Zu diesem Buch

Mit «Die Dynastie» (rororo Nr. 5000), «Mandschu» (rororo Nr. 5484) und «Mandarin» (rororo Nr. 5760) hat Robert S. Elegant bereits dreimal Hongkong und China als Hintergrund seiner überaus erfolgreichen Romane gewählt. Dem New Yorker, der als Journalist lange Jahre im Fernen Osten verbrachte, gelingt mit «Sturm über Schanghai» wieder ein farbiger historischer Roman.

1921 kommt die junge Amerikanerin Julia Pavernen mit ihrer chinesischen Freundin Emily Howe auf der «Empress of Australia» in Schanghai an, um für einige Wochen Gast der reichen Familie Howe zu sein. Die beiden College-Studentinnen geraten in eine exotische Welt voller Widersprüche: Eine Welt, in der Emilys Bruder Tommy, der Arzt ist, sich den neuen revolutionären Theorien verschreibt, während seine Mutter erst wenige Jahre zuvor ihre Füße aufgebunden hat; eine Welt, in der Emily beginnt, mit Zeitschriftenartikeln für die Rechte der Frauen zu kämpfen, während ihre Eltern einen Heiratsvermittler mit der Suche nach einem geeigneten Ehemann für sie beauftragen; eine Welt, in der der Fuß eines Reichen praktisch nie die Straße berührt, während Kulis neben ihm im Rinnstein elend zugrunde gehen. Was als Reise von wenigen Monaten gedacht war, wird für Julia zu einer Entscheidung für das ganze Leben. Sie nimmt teil am politischen Kampf, begegnet den großen Persönlichkeiten des Umbruchs: Sun Yat-sen, Tschiang Kai-schek, Mao Tse-tung. Aus dem idealistischen Abenteuer wird bald bitterer und gefährlicher Ernst. Aber auch eine große Liebesgeschichte.

Robert S. Elegant war Auslandskorrespondent in Hongkong, Singapur, Neu-Delhi und Tokio. Er lebt in England.

Robert S. Elegant

Sturm über Schanghai

Roman

Deutsch von
Alfred Hans

rororo

Rowohlt

Die englische Originalausgabe erschien 1986 unter dem Titel
«From A Far Land» bei Hamish Hamilton Ltd., London
Die deutsche Übersetzung folgt auf Wunsch des Autors
der bei Random House Inc., New York, erschienenen Ausgabe
Umschlaggestaltung Angela Dobrick

Veröffentlicht im Rowohlt Taschenbuch Verlag GmbH,
Reinbek bei Hamburg, August 1992

Gesamtherstellung Clausen & Bosse, Leck
Printed in Germany
1690-ISBN 3 499 13152 8

Für Henry Ford und
für Monica und Francis Cheung

Vorbemerkung des Autors

Sturm über Schanghai ist die Geschichte jener Männer und Frauen, die an den ungewöhnlichen Ereignissen Anteil hatten, welche zur Entwicklung des heutigen China führten.

Ein Roman soll nicht nur spannend erzählen, sondern dem Leser auch ein Stück Realität nahebringen, das ihm vielleicht vorher nicht besonders gut vertraut war. Andererseits darf der Autor den Fluß der Erzählung nicht durch ein Übermaß an Erläuterungen stören, wenn er über eine Zeit voller großer Ereignisse berichtet. Daher sollen in dieser Vorbemerkung kurz die wichtigsten Kräfte angesprochen werden, die in der ersten Hälfte unseres Jahrhunderts Einfluß auf China hatten.

Damals beherrschte der *Konfuzianismus* das Verhalten und Denken nahezu aller Chinesen. Diese auf politischer wie moralischer Ebene konservative Lehre, die eine autoritäre Haltung in Familie und Staat befürwortet und sich dem Wandel widersetzt, geht auf den Weisen Kung Fu (Konfuzius) zurück, der etwa von 551 bis 479 v. Chr. lebte.

Bürgerkriegsgeneräle oder *Herren des Krieges* nannte man die ehrgeizigen Militärmachthaber, die beständig miteinander um den Besitz der Macht im Land kämpften, nachdem 1911 die nationalistische Revolution die konfuzianisch geprägte Mandschu-Dynastie gestürzt hatte. Ihre Herrschaft war gewöhnlich von Raubgier, Grausamkeit und Unfähigkeit geprägt.

Dr. Sun Yat-sens Nationale Volkspartei *Kuomintang* bemühte sich darum, den Kriegsherren die Macht zu entwinden und eine geeinte, unabhängige und mächtige Republik China zu schaffen. Suns Politik gründete sich auf sein Christentum und seinen Glauben an einen gemäßigten Sozialismus, Haltungen, die er im westlichen Ausland kennengelernt hatte.

Ganz China war einem *starken ausländischen Einfluß* ausgesetzt, der von *Vertragshäfen* wie Schanghai ausging. In ihnen übten die Vertreter fremder Mächte nach eigenem Gesetz die Regierungsgewalt aus, nachdem sie den Chinesen mit Gewalt das Zugeständnis solcher *exterritorialer Rechte* abgepreßt hatten. Ihnen ging es in erster Linie um möglichst große ökonomische Gewinne und ein angenehmes Leben – für sich, nicht unbedingt für die Chinesen. Einige Idealisten sowie manche Missionare unterstützten Dr. Sun Yat-sens Kuomintang, doch zahlreichen Ausländern war daran gelegen, daß die für sie einträgliche Unordnung fortdauerte.

Ausländisches Gedankengut wie Demokratie und Naturwissenschaft, die Frauenemanzipation, die Freiheit des einzelnen und die Gleichheit aller beflügelten hingegen die *Studenten* an Chinas neuen Universitäten und Hochschulen. Daß sie einen weit über ihren zahlenmäßigen Anteil an der Bevölkerung hinausgehenden politischen Einfluß ausübten, hatte seinen Grund in der den Chinesen eigenen Verehrung der Gelehrsamkeit, ein weiteres Erbe des Konfuzianismus. (Einfache Menschen hielten sogar mit einzelnen Ideogrammen beschriebene Papierfetzen in Ehren.) So verwundert es nicht, daß die jungen Intellektuellen die entscheidende Rolle bei der Umwandlung der Nation in eine neuzeitliche Gesellschaft spielten.

R. E.

Prolog
Schanghai

2. Mai 1952

Die schlanke Frau mit dem mahagonifarben schimmernden Haar zog den Vorhang beiseite und spähte hinaus. Sie war entschlossen, die düsteren Wohnviertel und Fabriken, die sich vor Schanghais grauem Nachmittagshimmel an jenem 2. Mai 1952 abzeichneten, auf immer ihrem Gedächtnis einzuprägen. Ihr bleiches Gesicht hob sich scharf von ihrem Seidenkleid ab, das vom gleichen Rot war wie der Stander mit den fünf goldenen Sternen über dem verchromten Kühlergrill der russischen Luxuslimousine, in der sie saß.

Sie wandte sich nicht um, als der Mann neben ihr sagte: «Julia, ich begreife immer noch nicht, warum Sie unbedingt fortwollen. Aber da Sie sich nun einmal entschlossen haben, uns zu verlassen, sagen Sie bitte der Welt, daß wir Sie nicht nach Amerika zurückgetrieben haben. Ganz im Gegenteil! Sie wissen, daß ich immer noch nicht sicher bin, ob ich Sie gehen lassen sollte.»

Schweigend erwog die Frau, der diese Worte galten, das Gesagte und wandte sich schließlich dem Mann im eleganten grauen Leinenjackett zu. «Ich würde ja bleiben, wenn ich könnte, denn ich habe hier die besten Jahre meines Lebens verbracht. Aber es geht nicht, Premierminister.»

«Wozu die Förmlichkeit, Julia?» fragte die Chinesin, die links neben dem Mann saß. «Sie trennt Freunde wie der Schnitt eines Messers.»

«Ich trenne mich nicht völlig von euch, Rosamonde», gab die Amerikanerin zur Antwort. «Und dennoch ist es ungeheuerlich . . . für *mich*. Fortgehen bedeutet das Ende von so vielem. Für mich beinahe von allem!»

«Es ist wohl wegen Tommy?» forschte der Mann. «Immer wieder Tommy.»

«Was glauben Sie denn?» fragte Julia zurück.

«Sie können uns nicht verzeihen, nicht wahr?» beharrte der Premierminister. «Obwohl niemand genau weiß, was vorgefallen ist – nicht einmal ich.»

«Vielleicht könnte ich verzeihen, wenn ich es wüßte. Aber so . . .»

Einige hundert Meter voraus wartete ungeduldig ein bleicher Mann am Rande der Menge, die sich vor den Bürogebäuden der South Seas Spinning Corporation drängte. Der Blick seiner schmalen Augen hinter der randlosen Brille war leer. Im Unterschied zu den Spinnereiarbeitern in ihren weiten blauen Baumwollhosen und den verschwitzten ärmellosen Hemden zeigte er keinerlei Interesse an dem Verhör, das die an den Straßenlaternen angebrachten Lautsprecher nach draußen übertrugen. Er strich ein Revers am Jackett seines Nadelstreifenanzugs glatt und befingerte nervös den Knoten seiner gelben Seidenkrawatte.

Er wandte sich der leeren Fahrbahn zu und lauschte aufmerksam mit schräg gehaltenem Kopf. Aus den Lautsprechern drangen vielfach verstärkt die Stimmen der kommunistischen Kaderführer, die dem Spinnereibesitzer zusetzten. Doch der Wartende wollte offenbar etwas anderes hören als die scharfen Anklagen und die kläglichen Antworten.

Als er nach einigen Minuten die sich nähernden Sirenen wahrnahm, trat ein feines Lächeln auf seine Züge. Umgeben von einer Motorradeskorte der Befreiungsarmee des chinesischen Volkes, bog eine schwarze Limousine um die Ecke und fuhr dem Südbahnhof entgegen.

Der Mann im Nadelstreifenanzug mußte flüchtig daran denken, daß die pompöse Zil-Limousine ein Nachbau der Vorkriegs-Packards war und dem Tourenwagen ähnelte, den er einst als Student an der Technischen Hochschule von Georgia besessen hatte. Mit düsterer Befriedigung nickte er beim Anblick des scharlachroten Standers, der ihm bestätigte, was ohnehin klar war. Da Privatwagen nach der «Befreiung» praktisch von den Straßen verschwunden waren, konnte in einer

Limousine nur ein hochrangiges Mitglied der Regierung des Neuen China sitzen.

Der blauuniformierte Verkehrspolizist auf der Kreuzung nahm Habtachtstellung ein, blies in seine Trillerpfeife und ruderte mit den Armen, um dem nicht existierenden Verkehr Halt zu gebieten. Andere Polizisten stießen geschäftig die Menge zurück, die auf die Straße drängte.

Der hochgewachsene Mann glitt unter den ausgestreckten Armen der Polizeibeamten hindurch, die Rechte tief in seine Jackentasche geschoben. Die Beamten machten sich an ihren hölzernen Pistolentaschen zu schaffen, und der Leibwächter auf dem Vordersitz der Limousine griff nach der russischen Pistole in seinem Gürtel. Aber es war bereits zu spät.

Blitzschnell lief der Mann zwischen den erstaunten Motorradfahrern hindurch, zog einen weißen Umschlag aus der Tasche und warf sich vor den schweren Wagen. Der Aufprall schleuderte ihn durch die Luft. Obwohl der Fahrer sofort scharf bremste, überrollte ein Rad den Mann.

Als die Limousine zum Stehen gekommen war, klopfte der Premier an die Trennscheibe und fragte den Fahrer: «*Schen-me schi, Li?* . . . Was gibt es, Li?»

«Wo kan-yi-kan, Tsung-li . . .» Der Leibwächter stieg aus. «Ich sehe nach, Premier. Es scheint ungefährlich zu sein. Er ist allein.»

«Schon wieder so ein verdammter Selbstmörder!» Die Stimme des Premiers klang betrübt, auch wenn erkennbar Ärger in ihr mitschwang. «Wir *müssen* die korrupte Bourgeoisie zerschlagen, aber . . .»

«Wollen Sie einen neuen Rekord aufstellen, alter Freund?» fragte Julia in leicht amerikanisch gefärbtem Schanghai-Chinesisch. «Wo soll das nur enden?»

«Was meinen Sie mit einem Rekord, Julia?»

Tschou En-lai, der als Premierminister der einundzwanzig Monate alten Volksrepublik China über mehr Menschen herrschte als jeder andere auf der Erde, lächelte über die Stichelei. Die Frau in dem roten Seidenkleid war ein Vierteljahrhundert lang seine gute Bekannte und Verbündete gewesen.

«Was meinen Sie mit einem Rekord?» wiederholte er, als sie nicht antwortete.

«Ich dachte an New York 1929», sagte Julia. «Als man nicht durch die Wall Street gehen konnte, weil man Angst haben mußte, daß einem jeden Moment ein Finanzmagnat auf den Kopf fallen könnte. Wir hatten hier in Schanghai schon weit mehr Selbstmorde als damals nach dem Börsenkrach in New York. Und es geht immer noch weiter.»

«Es macht uns keinen *Spaß*, meine liebe Julia!» wandte die Chinesin zur Linken des Premiers ein. «Manchmal wache ich nachts auf und weine. So *viele* Selbstmorde. Manchmal frage ich mich: Sind all diese Opfer wirklich nötig?»

«Nicht nur nötig», erwiderte der Premier, «sondern unvermeidlich, Madame Sun – äh – Tsching-ling.»

Obwohl er seit zwei Jahrzehnten mit der älteren der beiden Frauen befreundet war, sprach sie der Premier bisweilen immer noch förmlich an, statt mit ihrem Vornamen. Die Witwe des großen Revolutionsführers Sun Yat-sen war ein lebendes Denkmal. Sie hatte trotz ihrer zweiundsechzig Jahre keinerlei Falten in ihrem herzförmigen und von geradezu unnatürlicher Jugendlichkeit geprägten Gesicht. Sowohl die Kommunisten wie auch deren ständige Gegenspieler, die Nationalisten, verehrten den vor sechsundzwanzig Jahren verstorbenen Dr. Sun als Vater der chinesischen Republik. Deshalb genoß seine Witwe ein einzigartiges Ansehen.

«Vielleicht sind diese Selbstmorde aus Protest unvermeidlich», überlegte sie laut, «und möglicherweise sogar unerläßlich.»

«Glauben Sie das wirklich, Rosamonde?» wandte sich Julia empört an Madame Sun, wobei sie deren westlichen Namen benutzte. «Wenn Sie nachts weinend aufwachen, glauben Sie dann wirklich, daß so etwas nötig ist? Halten Sie es wirklich für unvermeidlich, Hunderte von Geschäftsleuten in den Selbstmord zu treiben?»

Der Leibwächter nahm wieder seinen Platz ein und nickte dem Fahrer zu. Während der schwere Wagen anfuhr, berichtete er dem Premierminister: «Der Kerl war unbewaffnet. Neben ihm hab ich diesen Umschlag hier gefunden.»

«Ohne Anschrift, aber wohl an mich gerichtet, sozusagen stillschweigend.» Der Premier lächelte mürrisch. «Ich sollte den Brief wohl besser lesen.»

Tschou En-lai konnte es sich nicht gestatten, sich durch die Selbstmordwelle unter den Kapitalisten Schanghais von seinem Weg abbringen zu lassen. Diese Stadt war einst ein Paradies für Kapitalisten gewesen, und es gab darin auch jetzt, nach zwei Jahren der «Diktatur des Proletariats», noch Modefriseure, denen seine Gefährtin es verdankte, daß ihr Haar ebenso mahagonifarben war wie vor einem Vierteljahrhundert. Doch heute hatte ihn zum erstenmal eine unmittelbare Auswirkung der als «Kampf gegen die Fünf Übel» bezeichneten Kampagne selbst betroffen, die betrügerische Machenschaften aller Art mit Stumpf und Stiel auszurotten versuchte. Seit Jahrhunderten schon war in China Selbstmord vor der Schwelle hoher Beamter oder unter den Rädern ihrer Kutsche die schärfste Form des Protestes gegen Ungerechtigkeiten gewesen.

Während der Premier die Mitteilung las, erklärte er abwehrend: «Nichts Neues. Die üblichen Klagen. Wir bösen Kommunisten, beklagt sich dieser Herr Liu Tsung-wi, hätten versprochen, Schanghai zu erhalten und geschworen, das Neue China werde keine kapitalistischen Firmen zugrunde richten. Dann aber hätten wir unser Wort gebrochen . . . Was haben diese Narren eigentlich erwartet? Der gute Mann behauptet, unser ‹Kampf gegen die Fünf Übel› habe nicht nur ihm die Existenzgrundlage entzogen, sondern dem gesamten freien Unternehmertum in China.»

Auf Rosamonde Suns Gesicht trat ein gequälter Ausdruck. Ihre porzellanglatte Stirn legte sich in Falten, während ihre Finger die blaue Seide ihres einfachen geschlitzten Rocks glattstrichen. Obwohl sie nie offiziell der Kommunistischen Partei Chinas beigetreten war, hatte sie diese schon vor drei Jahrzehnten als einzige Hoffnung zur Rettung Chinas angesehen. Manchmal jedoch war sie entsetzt über die Härte, mit der das Regime vorging, das zu schaffen sie mitgeholfen hatte. Als sie den Ausdruck der Empörung auf Julias Gesicht sah, berührte sie die Hand der Freundin und sagte mit weichem Südakzent auf englisch: «Es wird eine Weile dauern – vielleicht sogar sehr lange –, bis wir Sie wiedersehen. Bitte sagen Sie jetzt nichts, was Ihnen später leid tun könnte . . . Hier ist schon der Bahnhof.»

Uniformierte Eisenbahnbeamte begrüßten die Ankömmlinge. Die Amerikanerin nahm Madame Suns Hand, und beide folgten dem Bahnhofsvorsteher in einen Wartesaal, der förmlich in gelben und roten Blüten ertrank. Nachdem die hohen Gäste an einem mit köstlichen Häppchen überladenen Tisch Platz genommen hatten, zogen sich die Eisenbahner zurück.

«Natürlich hat der Zug wieder Verspätung.» Die Ironie des Premiers klang bemüht. «Ich muß mich um das Eisenbahnwesen kümmern – bald.»

«Auch Sie können nicht alle Schwierigkeiten Chinas auf einen Schlag lösen», beschwichtigte ihn Madame Sun. «Aber wir alle müssen es versuchen. Eines Tages –»

«Sie brauchen nicht mit mir auf den Zug zu warten», unterbrach Julia sie. «Sie haben beide so viel zu tun. Ich finde meinen Platz schon.»

«Wir haben Ihnen ein Abteil reservieren lassen», sagte der Premier. «Aber wir werden selbstverständlich warten.»

«Mir wäre es wirklich lieber, ich würde Schanghai nach so vielen Jahren in der zweiten Klasse verlassen. Es ist passender. Auf keinen Fall möchte ich ein ganzes Abteil für mich.»

«Aber bedenken Sie, welchen Gesichtsverlust das für Tsching-ling und mich bedeuten würde», scherzte der Premier. «Außerdem ist es von Schanghai nach Hongkong sehr weit.»

«Und noch viel weiter von dort nach Amerika», sagte Rosamonde. «Sagen Sie uns doch, Julia, was Sie in Ihrem Herzen empfinden. Sie sollten nichts für sich behalten, jetzt, wo Sie abreisen.»

«Wo lao peng-yu . . .» sagte Julia bedächtig. «Meine lieben alten Freunde, ich kannte diesen Liu Tsung-wi, den Mann, der sich vorhin das Leben genommen hat. Nicht besonders gut, aber ich kannte ihn. Er war ein kleiner Fisch, ein Gesellschafts-

löwe, Sohn einer wohlhabenden Familie und wohl auch ein Frauenheld. Aber er hat niemandem je etwas Böses getan. Außerdem war er ein erstklassiger Ingenieur. Kann China es sich erlauben, soviel Begabung zu vergeuden? Können Sie es sich leisten, so viele hochqualifizierte Arbeitskräfte zu opfern?»

Als keiner der beiden Angesprochenen antwortete, fügte sie ohne erkennbaren Zusammenhang hinzu: «Ich sehe trotzdem keinen Grund, warum ich nicht in der zweiten Klasse reisen darf.»

«Es ist das mindeste, was wir für die *berühmte ausländische Freundin Chinas* tun können.» Die Stimme des Premiers klang deutlich sarkastisch. «Nur zu, Julia, ich stehe Ihnen zu Diensten.»

«Sie haben es versprochen, mein Freund. Sie haben versprochen, Schanghai zu lassen, wie es ist. Und jetzt sterben Tausende. Nicht nur das Leben hier im Land ist gänzlich zum Stillstand gekommen, Sie haben sich außerdem in Korea in einen aufwendigen Krieg gegen Amerika hineinziehen lassen . . . Ich weiß, die Amerikaner sind *sehr* gefährlich, vor allem MacArthur. Aber der Krieg war *nicht* nötig. Er nützt ausschließlich den Sowjetrussen. Und nur wenige Monate nach der Amtsübernahme haben Sie Säuberungen in der eigenen Beamtenschaft durchgeführt –»

«Das haben die Beamten selbst getan», warf der Premier ein, «indem sie gegen die Partei gerichtete Gruppierungen gebildet und Intrigen geschmiedet haben. Außerdem haben sie sich korrupt verhalten und ihre Macht mißbraucht.»

«Verstehen Sie denn nicht?» drängte die Amerikanerin. «Verstehen Sie nicht, daß sich alles auflöst, bevor es richtig angefangen hat? Daß ich deswegen fortgehe?»

«Sie *können* bleiben, Julia», erwiderte der Premier. «Sie sind uns sehr willkommen.»

«Sie wissen, daß es nicht gutgehen würde», gab sie zur Antwort. «Es ist nicht nur wegen Tommy. . . . Die Revolution ist vollzogen, und jetzt ist für mich hier kein Platz mehr.»

«Es ist nicht annähernd so schlimm, wie Sie denken», erklärte der Premier. «Wir können uns keine Nachgiebigkeit leisten – ebensowenig wie während der Revolution. Damals waren auch Sie nicht nachgiebig. Wir müssen hart sein, aber das Ergebnis wird den Aufwand lohnen. Sie werden es sehen.»

«Eins weiß ich sicher», gab Julia zur Antwort. «Sie werden Schanghai nie ändern, nicht wirklich. Dazu ist die Stadt zu eigenwillig und zu großartig, zu verdorben und zu hinreißend.»

«Wir haben Schanghai», gab der Premier zurück, «und wir werden es umkrempeln.»

«Eine Weile lang mag Ihnen das gelingen – oberflächlich gesehen», erklärte die Amerikanerin. «Aber letzten Endes wird Schanghai Sie unterkriegen.»

I
Ankunft

1921–1923

1

21. Juni 1921

Der Schein der Abendsonne fiel auf Kriegsschiffe aus fünf Nationen, die vor der niedrigen Gebäudefront an der «Bund» genannten Kaistraße vertäut lagen. Eine junge Frau in einem blauen Matrosenkleid durchquerte tänzelnd die Kabine des Ozeandampfers *Empress of Australia* und hielt ein durchscheinendes, mit türkisfarbenen Schmetterlingen und gelben Grillen besticktes Seidentuch vor das Bullauge. Diese unendlich feine chinesische Arbeit war ein Willkommensgeschenk. Als die junge Frau durch das Tuch einen Blick auf Schanghai warf, konnte sie kaum glauben, in einer chinesischen Stadt zu sein – hätte es auf dem dunklen Wasser des Huangpu nicht die Dschunken mit ihren Mattensegeln gegeben.

Als Julia Pavernen auf einem Kanonenboot und einem Zerstörer die amerikanische Flagge erkannte, hielt sie den Atem an. Stolz erfüllte sie beim Anblick des Sternenbanners so weit entfernt von ihrer Heimat. Die anderen Kriegsschiffe trugen gleichfalls die Farben ihrer Länder. Julia mußte daran denken, daß Schanghai nicht nur eine eigenwillige chinesische Stadt war, sondern zugleich eine als Pacht- oder Konzessionsgebiet bezeichnete internationale Stadt unter der ordnenden Hand Amerikas und mehrerer europäischer Mächte. Dennoch war Schanghai unbezweifelbar China – und es lag gut zwanzigtausend Kilometer vom vertrauten Philadelphia entfernt.

Neben zwei britischen Zerstörern und einem Kreuzer erkannte sie im Dämmerlicht die Trikolore, die japanische Sonne und die Flagge der Niederlande.

Auf keinem der Kriegsschiffe wehte die Flagge einer der beiden miteinander rivalisierenden chinesischen Republiken, die eine mit dem Regierungssitz Peking im Norden und die andere mit Kanton im Süden. Sie waren die Hauptbewerber im Kampf um die Macht über ganz China, doch gab es noch eine ganze Zahl anderer bewaffneter Parteiungen, die miteinander um die Herrschaft über das volkreichste Land der Erde rangen.

Da die Regierungen der beiden chinesischen Republiken nicht einmal imstande waren, die Menschen im Land vor den Bürgerkriegsgenerälen zu schützen, die Leben und Besitz bedrohten, geschweige denn die Ausländer, patrouillierten ausländische Kriegsschiffe auf den Flüssen Chinas und bildeten einen stählernen Schutzschild vor der Stadt Schanghai, dem größten Ballungszentrum von Ausländern und ausländischem Vermögen im Fernen Osten.

Hinter Julia sprach Emily Howe in der eichegetäfelten Kabine lebhaft – und für Julia unverständlich – in Schanghai-Chinesisch auf ihre alte Amme Wen Ye ein, die an der Mündung des Yangtse vom Lotsenboot an Bord gekommen war. Während Julia dem verschwörerischen Gelächter der beiden lauschte, fiel ihr mit einemmal auf, daß die junge Frau, die seit zehn Jahren ihre engste Freundin war, noch ein anderes und ihr vollständig fremdes Leben hatte. Die alte Amme sprach Emily als Yue-lin an, und es bestand kein Zweifel daran, daß diese Yue-lin Chinesin war und nicht etwa eine amerikanische Studentin mit exotischen Gesichtszügen. Sie war ein Kind jenes ungeheuren und schrecklichen Landes, das man vom Schiff aus sah.

«Woran denkst du?» fragte jetzt die Freundin. «Vorhin bist du noch wie verrückt herumgetanzt, und jetzt stehst du stocksteif da. Was fehlt dir?»

«Nichts, Emily. Nur . . .»

«Ich kann es mir ziemlich genau vorstellen», sagte die junge

Chinesin beruhigend. «Als ich San Francisco zum erstenmal sah, hatte ich schreckliche Angst.»

«Damals warst du zehn Jahre alt, ein Kind. Aber ich bin erwachsen. Eigentlich dürfte ich keine Angst haben, schon gar nicht, wo du doch in meiner Nähe bist.»

«Schanghai ist mir beinahe ebenso fremd wie dir, Julie. Zehn Jahre sind eine lange Zeit. Als mich meine Eltern nach Amerika schickten, war China noch ein Kaiserreich. Ich bin auf Schanghai ebenso neugierig wie du.»

«Aber du hast doch kaum nach draußen gesehen.»

«Vielleicht habe ich auch ein bißchen Angst. Wir werden ja später sowieso alles sehen. Jetzt muß ich erst einmal das richtige Kleid für die Gesellschaft aussuchen.»

«Du wirst bestimmt nicht rechtzeitig mit dem Packen fertig», mahnte Julia. «Alles ist wie Kraut und Rüben in der Kabine verstreut.»

«Mach dir keine Sorgen. Wen Ye wird sich darum kümmern. Sie hat sich eigens dafür Ah Wong als Hilfe mitgebracht.»

«Ich verstehe das nicht, Emmy. Zwei Zofen kommen extra für dich – für uns an Bord, aber keiner von deinen Angehörigen. Das ist doch widernatürlich.»

«Es soll auch gar nicht natürlich sein. Die Etikette verlangt es so. Außerdem kennt mich Wen Ye von klein auf. Sie hat mich praktisch erzogen, und Ah Wong war schon immer ihre Helferin.»

Während Emily Howe aus dem Bullauge auf die im Abendlicht liegende Stadt sah, fragte sie sich, ob sie wirklich heimkam. War nicht inzwischen Amerika ihre wahre Heimat geworden? Zehn Jahre im Ausland hatten sie sehr verändert, vielleicht grundlegend geprägt. War China noch ihr Zuhause?

Von ihren Empfindungen überwältigt, erklärte sie: «Mama und Papa hätten mich vielleicht abgeholt, auch wenn es als ungehörig gilt. Ältere kommen nun einmal nicht den Jüngeren entgegen. Aber heute abend geben sie anläßlich ihres dreißigsten Hochzeitstages eine große Gesellschaft und müssen zu Hause sein, um ihre Gäste zu empfangen. Da der Brauch es verbietet, daß einer meiner Brüder eine unverheiratete junge Frau wie dich abholt», fuhr Emily fort, «ist Wen Ye gekommen.»

«Bräuche sind das – wie im Mittelalter», kommentierte Julia, «aber du scheinst das alles als ganz natürlich hinzunehmen.»

«Wen Ye und Ah Wong sind praktisch Mitglieder des Haushaltes Howe und werden es bis an ihr Lebensende bleiben.»

«Es muß hübsch sein, so willige Sklaven zu haben», sagte Julia. «In unserem Pfarrhaus in Plattsburg hatten wir immer nur ein Zugehmädchen.»

«Aber arm seid ihr deswegen trotzdem nicht», gab Emily zur Antwort. «Mir werden deine Leute fehlen. Doch genug geplaudert. Wir müssen uns für den Empfang umziehen.»

Zögernd wandte sich Julia vom Bullauge ab, von dem aus sie zugesehen hatte, wie sich die *Empress of Australia* zentimeterweise an ihren Liegeplatz am Bund heranschob. Der Bund war, wie ihr Emily gesagt hatte, nicht nur das Tor zu China, sondern zugleich auch das Symbol der Unterjochung ihrer Heimat. An die Stelle eines mit roten Ziegeln gedeckten Zollhäuschens im chinesischen Stil, das einst zwischen den fremdartigen Häusern gestanden hatte, war ein neues Bauwerk im westlichen Stil getreten. Die Ausländer, hatte Emily verärgert hinzugefügt, ließen den Chinesen nicht einmal ihre eigene Architektur.

Man wußte nie, woran man mit Emily war. Manchmal gab sie sich als glühende Patriotin, die am liebsten alle fremden Teufel aus China verjagt hätte, dann wieder redete sie, als sei sie selbst Ausländerin, und ließ sich spöttisch darüber aus, daß man von Chinesen weder Ehrlichkeit noch Sauberkeit oder Tüchtigkeit erwarten dürfe. Auf ihre zweideutige Haltung hingewiesen, lachte sie dann: «Wahrscheinlich habe ich einfach die Mentalität des Vertragshafens angenommen. Als die Ausländer Städte wie Schanghai in ihre Gewalt brachten, haben sie die Herrschaft über unser Denken gleich mit übernommen.»

Die Brise über dem kaffeefarbenen Huangpu ließ nach. Die rechteckigen Segel der Dschunken hingen schlaff von ihren

Masten, und grauer Rauch stieg senkrecht aus den Kohlebecken auf ihrem Heck zum Himmel. Man hörte einen Gong und das Kratzen einer Erhu, der in China üblichen zweisaitigen Geige. Vertragshafen oder nicht – Julia begriff, daß sie in China war.

«Träum nicht, Julie. Wir gehen gleich an Land, und du bist noch nicht mal umgezogen!»

Obwohl fünf Zentimeter größer als Julia mit ihren einen Meter sechzig, wirkte Emily in ihrem knielangen pfirsichfarbenen Unterrock zerbrechlich. Diesen Eindruck unterstrichen ihre weit auseinanderstehenden Augen und hohen Wangenknochen. Wer sie so sah, hätte nie geglaubt, daß sie am Mädchen-College von Bryn Mawr im Sturm der Hockeymannschaft gespielt hatte. Hinter ihrer scheinbaren Nachgiebigkeit verbarg sich ein unerschütterlicher Wille. «Zäh wie Sohlenleder», hatte Julias Mutter sie genannt.

«Ich überlege gerade, welches Kleid ich anziehen soll. Was glaubst du wohl, was in der Truhe ist, die Wen Ye mitgebracht hat?»

«Ich habe nicht darauf geachtet, weil ich die ganze Zeit nach draußen gesehen habe.»

«Dann sieh es dir mal an!»

Als Julia den rot und golden verzierten Deckel hob, hielt sie den Atem an.

«Das müssen ja Dutzende von Kleidern sein!» rief sie aus.

«Eine Auswahl für uns *beide*, damit wir für heute abend auch das Richtige finden. Schließlich kannst du nicht in deinem Matrosenkleidchen bei dem Empfang aufkreuzen.»

Während sich Emily an der Truhe zu schaffen machte, erhob Julia Einwände: «Deine Mutter kennt doch meine Größe gar nicht. Aber das spitzenbesetzte Taftkleid da ist tatsächlich schön. Schade, daß es mir nicht paßt –»

«Ich habe Mama eine Beschreibung von dir geschickt. Sie weiß ja auch nicht genau, was mir paßt und hat deshalb mehrere Kleider in verschiedenen Größen anfertigen lassen. Da sie sparsam ist, mußte die Schneiderin überall breite Säume machen, damit man alles auslassen kann.»

«Sparsam! Das sind doch bestimmt drei Dutzend Kleider! So etwas kann ich unmöglich annehmen –»

«Du würdest meine Eltern beleidigen, wenn du ihr Geschenk ablehntest. Außerdem möchte ich, daß du einen großartigen Eindruck machst. Laß mal sehen . . .»

Emily hielt das von Julia bewunderte Taftkleid hoch, verwarf es aber als zu lang. Sorgfältig legte Wen Ye wieder zusammen, was ihre junge Herrin im Überschwang achtlos beiseite fegte. Als sich Julia und Emily schließlich entschieden hatten, nahm sie kleine Änderungen an den Kleidern vor und frisierte beide mit Ah Wongs Hilfe. Kurz darauf gingen zwei selbstsicher wirkende junge Damen von Bord der *Empress of Australia*.

Trotz einiger verlockender Kleider, die nach der letzten Pariser Mode geschneidert waren, hatte sich Emily, um den Ehrentag ihrer Eltern würdig zu begehen, für ein Kleid im chinesischen Stil entschieden. Der Perlenkranz um ihren Haarknoten glänzte wie die cremefarbene Seidenjacke mit dreiviertellangen Ärmeln, die sich an die Amtstracht der vor einem Jahrzehnt gestürzten Mandschu-Dynastie anlehnte. Der Rock war mit einer Bordüre aus antiker Stickerei besetzt.

Auch Julias anfänglicher Widerstand war angesichts der verführerischen Auswahl dahingeschmolzen, und so schritt sie in einem feinplissierten cremefarbenen Kleid aus Seidenvoile mit türkisfarbenen Einsätzen und einer gleichfarbigen Schärpe die Gangway zur Barkasse hinab. Ihr magahonibraunes Haar fiel ihr bis auf die Schultern.

Sie achtete kaum darauf, mit welcher Ehrerbietung man Emily und ihr begegnete, so sehr war sie von der wunderbaren Vorstellung gefangen, in China zu sein – doch den riesigen smaragdgrünen Rolls-Royce mit Messingbeschlägen und schwarzem Stoffverdeck konnte auch sie nicht übersehen.

Während sich der livrierte Chauffeur verbeugte, riß ein Lakai in gleicher Uniform den Schlag auf. Als Julia auf den Lederpolstern Platz nahm, bemerkte sie an der Sandelholzverkleidung des Fonds mehrere Kristallvasen mit frischen Rosen.

2

21. Juni 1921

Der Lakai neben dem Chauffeur saß keinen Augenblick lang still; sein Kopf bewegte sich fortwährend hin und her. Obwohl Julia das merkwürdig vorkam, fragte sie ihre Freundin nicht, die gebannt auf die Straße hinaussah. Emilys Blasiertheit schien mit einem Schlag verschwunden, ganz offensichtlich war sie von Schanghai fasziniert, der Heimatstadt, die sie ein Jahrzehnt lang nicht gesehen hatte.

Die Nanking Road war eine Hauptverkehrsader. Dort herrschte ein Durcheinander aus grellen Lichtern, ohrenbetäubendem Lärm, leuchtenden Farben und beißenden Gerüchen. Riesige Reklamefahnen wehten über einer Vielzahl von Läden, und ein ununterbrochener Strom von Fußgängern schob sich über Gehwege und Straße. Nur zögernd teilte sich die Menschenmasse vor den Rufen der Kulis, die ihre gelben Rikschas zogen. Einspänner durften schon mit größerem Respekt rechnen, und wenn eine Straßenbahnklingel ertönte, machten die Menschen rasch Platz.

«Wir sind gleich da.» Emily war eingefallen, was chinesische Höflichkeit einem Gast gegenüber gebot. «Es ist nicht mehr weit bis zur Bubbling Well Road.»

Ihr Atem ging rasch, und ihre elfenbeinfarbenen Wangen waren gerötet. Sie gehörte *hierher*, nicht nach Amerika!

«Emmy, was ist denn mit eurem Lakaien los?» fragte Julia. «Warum zuckt er denn dauernd so?»

Behaglich lehnte sich Emily in das rote Lederpolster zurück und lächelte. «Er ist kein Lakai, sondern ein Leibwächter. Er –»

«Ein *Leibwächter*?» staunte Julia – und hatte zugleich ein wenig Angst. «Wozu brauchen wir den?»

«In Zeiten wie diesen ist Vorsicht angebracht. Papa ist nicht gerade der ärmste Mann von Schanghai, und so könnte jemand darauf verfallen, uns zu entführen. Auch andere Zwischenfälle sind möglich.»

«Was meinst du mit ‹anderen Zwischenfällen›?»

«Im Land herrscht Unruhe. Natürlich gibt es in Schanghai keine chinesischen Soldaten, denn es ist ja internationales Gebiet, aber um die Stadt herum bekämpfen verschiedene Bürgerkriegsgeneräle einander. Hätte nicht dein Onkel die heiligsten Eide geschworen, daß du hier in Sicherheit bist, deine Eltern hätten dich nie und nimmer herfahren lassen.»

«Wenn er nicht die Überfahrt bezahlt hätte, wäre ich sowieso gleich nach dem College wieder in Plattsburg, New York, gelandet. Außerdem hat er gesagt, in der internationalen Konzession gäbe es keine Probleme.»

«Nicht für dich. Aber jeder weiß, daß Papa Dr. Sun Yat-sen mit großen Beträgen unterstützt. Das ist ein Politiker, der nicht nur gegen Kriegsherren und Reaktionäre kämpft, sondern auch für ein modernes, geeintes China eintritt.»

«Und?»

«Daß mein Vater ihn unterstützt, würde manchem genügen, ihm nach dem Leben zu trachten. Also sitzt stets ein Leibwächter neben dem Chauffeur. Auch unser Haus ist bewacht.»

Der Rolls-Royce fuhr über die Avenue Foch in die Rue Pataro im französischen Viertel und bog dann in ein von Platanen beschattetes Sträßchen ein. Neben einem schmiedeeisernen Gittertor, über das sich ein verschnörkelter Schriftzug mit den Worten HALLE DER HARMONIE zog, stand ein aus rotem Backstein errichtetes Torwächterhäuschen. Die kiesbestreute Auffahrt, die sich zwischen hoch aufragendem Bambus und riesigen Rhododendronbüschen wand, wurde von bunten Lampions erleuchtet. Zwischen dem grünen Laub entdeckte Julia ein paar dunkle Gestalten – vermutlich die Wächter, von denen Emily gesprochen hatte. Nach zwei Minuten fuhren sie vor einem riesigen Gebäude vor, das von außen so grell erleuchtet war, daß man seine Umrisse nicht zu erkennen vermochte.

«Wundere dich nicht über die Art, wie meine Mutter geht», mahnte Emily sie. «Bis nach meiner Geburt waren ihre Füße eingeschnürt, deswegen trippelt sie noch immer ein bißchen, vor allem, wenn sie müde ist.»

Eurydice und Donald Howe standen unter den Buntglasfenstern der Eingangshalle, um ihre Gäste zu empfangen. Das harte Licht eines Kristallüsters brach sich im Schachbrettmuster des rosa und grau gemusterten Marmorbodens. Von der hohen Decke hingen einige smaragdgrün lackierte elektrische Ventilatoren.

Mit ausdruckslosem Gesicht verbeugte sich der hochgewachsene Donald Howe vor seiner einzigen Tochter, die er zuletzt als zehnjähriges Mädchen gesehen hatte, tat aber keinen Schritt auf sie zu. Trotz seines westlichen Aussehens mit schwarzgeränderter Brille und gutsitzendem Frack war er ein altmodischer chinesischer Vater, der getreu der konfuzianischen Lehre seine Gefühle nicht in der Öffentlichkeit zeigte.

Der bis zum Boden reichende golddurchwirkte Rock Eurydice Howes verbarg ihre Füße. Sie wollte instinktiv zur Begrüßung ihrer Tochter entgegengehen, verhielt dann aber mitten in der Bewegung und blieb steif stehen, den Rumpf leicht vorgebeugt. Auf ihrem Gesicht war nicht zu erkennen, was in ihr vorging.

Jetzt sah Julia zum erstenmal, wie streng die chinesische Etikette war. Es kam ihr unmenschlich vor, daß Emilys Mutter trotz der langen Abwesenheit ihrer Tochter einfach stehenblieb. Emily selbst verharrte in einer reglosen Verbeugung unter dem Lüster. Ihre großen Augen glänzten, und ihre vollen Lippen bebten leicht.

«Tsching-ai di fu-mu», setzte sie mit zitternder Stimme an. «Hochgeehrte Eltern . . .»

Da trat Donald Howe in seinen Lacklederschuhen fast genauso rasch wie seine Frau mit ihren verkrüppelten Füßen auf die Tochter zu, und die drei umarmten einander in der prunkvollen Vorhalle ebenso gefühlvoll und offen wie Kleinbauern in einer strohgedeckten Hütte.

«Hsiu nü-nü! Wao nü-nü!» rief Eurydice ein um das andere Mal. «Kindchen, mein Kindchen!»

Eine halbe Minute später war der Ausbruch vorüber, alle

Angehörigen der Familie Howe waren wieder beherrscht wie zuvor. Mit unbewegtem Gesicht stellte Emily ihren Eltern Julia vor.

«Ich bin entzückt, daß Sie kommen konnten», sagte Donald Howe in fließendem, aber merkwürdig abgehacktem Englisch. «Es ist ein Freude, Sie bei uns zu haben.»

«Sie sind . . . sehr . . . willkommen.» Eurydice Howe sagte stets, daß sie Englisch zwar verstehe, aber nicht gut spreche. «Ich bin . . . glücklich . . . daß Sie heute . . . bei uns sind.»

Julia bemerkte, wie ihre Gastgeberin die Formel wiederholte, mit der sie alle ausländischen Gäste bei diesem Empfang zu ihrem dreißigsten Hochzeitstag begrüßt hatte. Sie empfand eine merkwürdige Zuneigung für dieses nach außen hin ungerührte Paar, das einen Augenblick lang bei der Begrüßung der Tochter tiefe Empfindungen verraten hatte.

«Ich bin glücklich, hierzusein», sagte sie. «Wirklich glücklich, daß Sie mich mit Emmy haben kommen lassen. Ich bin einfach überwältigt.»

«Julie, Schätzchen, und wie überwältigt ich erst bin, dich zu sehen.» Die Stimme klang amerikanisch, und der Mann, der gerade hereinkam, trug einen weißleinenen Smoking. «Du bist ja richtig hübsch geworden – zum Anbeißen.»

Julia, die gewöhnlich freundlich zu allen Menschen war, sah den Mann kalt an.

«Aber – du mußt mein Onkel John sein!» rief sie schließlich aus. «Oder?» Er ähnelte mit seiner langen Nase und seinem schwarzen Schopf ihrem Vater in keiner Weise. Dessen schütteres Haar war rötlich, und er war auch weit größer als sein Bruder. Doch die grünen Augen glichen denen ihres Vaters – und ihren eigenen.

«Erraten, Mädchen.» Er streckte ihr die Arme entgegen. «Und wie geht es meiner Lieblingsnichte?»

«Wie schön, dich zu sehen.» Sie lachte, während er sie umarmte. «Ich bin dir ja so dankbar, daß du Mama und Papa überredet hast, mich nach Schanghai reisen zu lassen.»

«Julie, wir wollen die Howes in Frieden ihre Gäste begrüßen lassen . . . Woher hast du das wunderschöne Kleid?»

John Pavernen nahm Julias Arm und führte sie, während er pausenlos auf sie einredete, einen smaragdgrünen Gang hinunter zu einer Doppeltür. Sie gelangten in einen kreisrunden Saal, der so groß und so voller Menschen war, daß Julia kaum die Wände sehen konnte. Unter einer gläsernen Kuppel warfen sechs vielstöckige Lüster ihr helles Licht auf die dichte Menschenmenge.

«Der Ballsaal hier», sagte ihr Onkel mit einem Bühnenflüstern, «dürfte so gerade für die tausend Gäste genügen, die erwartet werden. Das ist sowieso nur der erste Teil des Ganzen, hauptsächlich für *yang guei-tse* . . .»

«Für was?»

«*Yang guei-tse*. Das bedeutet fremde Teufel. So nennen uns die Chinesen. Die ganz große Sache kommt erst nächste Woche, ein gewaltiges Bankett, in erster Linie für chinesische Gäste.»

«Onkel John, was macht Emilys Vater? Sie hat zwar gesagt, daß er nicht arm ist, aber das hier –»

«Donald Howe dürfte der zweit- oder drittreichste Chinese in der Stadt sein. Der reichste ist er nicht, und ein paar von den Ausländern, die Sassoons oder die Haleevies, stecken ihn leicht in die Tasche. Sein Vater hat ihm ein paar Banken hinterlassen, außerdem hat er viel Grundbesitz und handelt ein bißchen mit Textilien und Streichhölzern. Ich versuche, ihn für dies und jenes zu interessieren, aber er ist sehr konservativ.»

«Konservativ? Emmy hat mir gesagt, er unterstützt Dr. Sun Yat-sen, und der arbeitet doch auf eine Revolution hin?»

«Konservativ im Geschäftsleben, Julie. Außerdem ist der gute Dr. Sun kein großer böser Bolschewik. Vielleicht ein bißchen rosa angehaucht, das ist aber auch schon alles. Er hat sogar eine christliche Frau, eine von Charles Jones Sungs drei wunderhübschen Töchtern. Der aber war ganz gewiß kein Bolschewik, sondern ein Methodist und Millionär, fast ein Amerikaner.»

«Und warum will Dr. Sun eine Revolution?»

«Sie sind dabei, in China eine vernünftige Regierung einzurichten. Auch wenn ich persönlich der Ansicht bin . . . Aber was soll das, Kleines. Später können wir beide uns in aller Ruhe unterhalten. Ich möchte alles über die Familie wissen, aber hier ist nicht der richtige Ort –»

«Natürlich, Onkel John. Dazu haben wir reichlich Gelegenheit, wenn ich erst bei dir eingezogen bin.»

«Nun, meine Wohnung ist noch nicht so richtig in Schuß. Außerdem sagt Eurydice Howe, es gehöre sich nicht, daß ein junges Mädchen einzieht bei einem –»

«Was, beim eigenen Onkel? Also wirklich, Onkel John, ich habe gar nicht gewußt, wie spießig man in Schanghai ist.»

«Alteingesessene Familien wie die Howes achten *sehr* auf Sitte und Anstand. Deshalb wirst du eine Weile bei ihnen wohnen. Im übrigen ist man hier in Schanghai in keiner Weise spießig. Du mußt dich sehr in acht nehmen.»

«Ich werde mir Mühe geben», antwortete Julia pflichtschuldig. «Allerdings kann ich mir nicht vorstellen, daß es verworfener sein könnte als Philadelphia.»

John Pavernen lachte laut und sagte: «Du mußt noch eine Menge lernen, Herzchen. Die Vorstellung schlag dir gleich aus dem Kopf. Schanghai nicht verworfener als Philadelphia! Ich habe ja schon vieles gehört, aber das . . .»

Mit einem solchen Heiterkeitserfolg hatte Julia nicht gerechnet, denn schließlich hatte sie das nur halb im Scherz gesagt. Die bessere Gesellschaft der angeblich verworfenen Stadt Schanghai wirkte auf sie tatsächlich äußerst achtbar.

Diener in knielangen weißen Gewändern trugen Silbertabletts durch die Menge miteinander plaudernder Menschen. Auf Tischen an den Wänden stand reichlich Champagner, Bordeaux, Whisky, Cognac und Portwein, und während die Diener geschäftig die Gläser füllten, bekamen die Damasttücher so manchen Fleck. Hummer, Austern, Krabben und Garnelen türmten sich auf Platten, und aus Eis geschnitzte Drachen bewachten mit leuchtenden, von elektrischen Batterien gespeisten Augen Berge von Kaviar, Räucheraal und Lachs. Auf anderen Tischen warteten am Stück gebratene Gänse, Enten, Fasane und Spanferkel auf die hungrigen Gäste.

«Unchinesisch bis dorthinaus. Typisch *yang guei-tse*.»

«Ich verstehe nicht, Onkel John.»

«Du wirst es lernen», sagte John Pavernen und hob sein Glas. «Aber vergiß nie: Schanghai ist *nicht* Philadelphia. Es ist eine *äußerst* sittenlose Stadt.»

Obwohl die Lüftungsfenster in der Glaskuppel offenstanden und Ventilatoren an der Decke kreisten, war es im Ballsaal zum Ersticken heiß. Während sich noch mehr Gäste hereindrängten, wurde das Durcheinander der Stimmen – wohl vom Alkohol beflügelt – lauter und hektischer.

Mehrere Chinesen in mittleren Jahren blieben bei Julia und ihrem Onkel stehen, um sie zu begrüßen. Alle behandelten sie nahezu so ehrerbietig, als sei sie eine zu Besuch weilende Prinzessin und nicht die unbedeutende Tochter eines Kleinstadtpfarrers. Offensichtlich, befand sie, wurde die übliche chinesische Höflichkeit durch eine allgemeine Wertschätzung John Pavernens verstärkt. Eigentlich erstaunlich, wenn man bedachte, daß er sich erst seit drei Jahren in Schanghai aufhielt.

Als sie ihn zu seiner Beliebtheit beglückwünschte, lächelte er unverbindlich. Warum ihr erklären, daß *ihr* die Achtung der Männer galt – und ihre Neugierde? Nicht weil sie seine Nichte war, behandelte man sie so zuvorkommend, sondern weil ganz Schanghai wußte, daß sie eine enge Freundin Emily Howes und ein Gast ihrer Eltern war. Wer nahe am Thron stand, auch wenn es sich nur um einen vergleichsweise unbedeutenden Thron handelte, dem zollte man Achtung. Wer wußte schon, wann er einen Freund bei Hofe brauchte? In dieser Hinsicht unterschied sich Schanghai in keiner Weise von London, New York – oder von Plattsburg.

Julia und ihr Onkel traten in den Kreis um ein eindrucksvolles ausländisches Paar. Den Frack des mittelgroßen Mannes, dessen Brust sich machtvoll wölbte, zierten zahlreiche Orden. Über seinem weißen Kinnbart und der Hakennase blitzten blaue Augen. Auf dem blonden Haar seiner Frau thronte ein mit Amethysten und Diamanten besetztes Diadem.

Julia schätzte sie auf Mitte Fünfzig, wohl fünf oder zehn Jahre jünger als ihren Mann. Die üppigen Rundungen der Frau triumphierten über das Korsett, das der Mode gehorchend ihren Busen und ihre Hüften zu bändigen versuchte. Julia erinnerte sich, das Abendkleid im letzten *Vogue*-Heft gesehen zu haben. Die auf den Chiffon gestickten Blumen hatten wohl Hunderte von Arbeitsstunden gekostet; die Blütenblätter der winzigen Sonnenblumen auf den Abendschuhen aus schwarzem Atlas bestanden aus weißer Jade und waren um Diamanten herum angeordnet.

«Darf ich meine Nichte Julia Pavernen vorstellen?» Onkel John gab sich ungewohnt förmlich. «Meine Liebe, Sir Judah und Lady Haleevie.»

Unwillkürlich deutete Julia einen Knicks an. Lady Haleevie ergriff ihre beiden Hände, und Sir Judah klopfte ihr gönnerhaft auf die Schulter.

«Wir freuen uns, daß Sie gekommen sind», sagte schließlich Lady Haleevie. «Sagen Sie Emily, sie soll Sie bald einmal zu uns mitbringen.»

«Wirklich freundlich von Ihnen, Rachel», bedankte sich John Pavernen. «Aber Julie darf Ihnen oder Judah auf keinen Fall zur Last fallen.»

Er plauderte eine Weile angeregt mit den Haleevies weiter und schien es zu genießen, daß er sie mit Vornamen anreden durfte. Julia nahm das zweite ihr angebotene Glas Champagner an.

«Die Haleevies sind eine alte jüdische Familie aus Bagdad; sie sind schon lange hier», flüsterte ihr Onkel John zu, nachdem sie sich verabschiedet hatten. «Sie waren von Anfang an hier in Schanghai dabei. Der alte Judah ist so steinreich, daß er wahrscheinlich selbst nicht mehr weiß, was ihm alles gehört. Die Leute sind sehr orthodox, aber nicht nur großzügig, wie andere Juden, sondern in ihren Wohltaten geradezu verschwenderisch – vor allem den Chinesen gegenüber. Dabei ist der alte Judah ein äußerst gerissener und zäher Bursche. Mit den Haleevies sollte man sich auf *keinen* Fall anlegen.»

Weil er sicher sein konnte, daß Julia angesichts so zahlreicher ausländischer Gäste nicht lange allein bleiben würde, machte sich John Pavernen auf, neue Kontakte zu knüpfen.

Julia war richtig froh, daß Euridyce Howe die wunderbaren

Kleider hatte aufs Schiff bringen lassen, denn in dieser Gesellschaft aus buntbetreßten Offizieren und jungen Männern im Smoking hätte sie sich in ihrem praktischen blauen Matrosenkleid wie eine Landpomeranze gefühlt. Sie war sicher, daß ihr Schanghai gefallen würde, auch wenn die Stadt so sittenlos sein sollte, wie ihr Onkel angedeutet hatte.

Auf die ihr immer wieder gestellte Frage, wie lange sie bleiben werde, konnte Julia nur antworten, daß sie es nicht wisse. Daß Männer sie offen bewunderten, war ihr nichts Neues, aber noch nie zuvor hatten ihr so viele junge Männer zugleich den Hof gemacht. Der von den Howes zur Schau gestellte Reichtum überwältigte sie ebenso sehr wie die Anzahl ihrer wohlhabenden und mächtigen Gäste. Trotz ihres ersten Eindrucks war die Gesellschaft keineswegs steif. Was Schanghai auch immer fehlen mochte, an Glanz gebrach es der Stadt nicht.

«Miss Pavernen, hören Sie mir überhaupt zu?» Der junge Amerikaner mit den kornblumenblauen Augen und dem frischen Gesicht war offenkundig nicht verärgert, sondern verwundert darüber, daß sie seiner Geschichte, wie er mit einem Doppeldecker von Schanghai nach Nanking geflogen war, so wenig Aufmerksamkeit schenkte. «Ihre Gedanken scheinen endlos weit fort von hier.»

Es kostete Julia Mühe, sich zu besinnen, wo sie war. Der Mann hatte sich nicht nur vorgestellt, sondern ihr zugleich seine Visitenkarte in die Hand gedrückt: Harrison Parker Smythe III. Er vertrat die Vereinigten Staaten als Vizekonsul und war als Kriegsflieger ausgebildet, durch den Waffenstillstand aber nicht mehr in Frankreich zum Einsatz gekommen. Fliegen war seine Leidenschaft, wie es schien, sein Fluchtweg vor Konsularfakturen, in Not geratenen Seeleuten und Visaanträgen, mit denen er sich an seinen Arbeitstagen herumschlagen mußte.

«Natürlich höre ich zu», protestierte sie. «Sie waren gerade über Tschinkiang, Wind kam auf, und bis Nanking waren es noch hundertzwanzig Meilen.»

«Nicht in der Luftlinie natürlich, aber ich mußte der Eisenbahn folgen. Mein Kompaß funktionierte nicht, es wurde dunkel . . .»

Nachdem sie sich nun endlich auf Harry Smythes Abenteuer konzentriert hatte, war Julia enttäuscht, als er unvermittelt abbrach und auf die andere Seite des Saals starrte.

«Wie interessant», murmelte er. «Wirklich sehr interessant.»

«Was gibt es denn so Spannendes, Mr. Smythe?»

«Sehen Sie die beiden Chinesen da? Neben dem hübschen jungen Mädchen in dem blaßblauen langen geschlitzten Kleid? Der jüngere, mit dem glatten Haar und der runden Brille, ist T. W. Sung, Charlie Sungs Sohn. Natürlich können Sie noch nicht wissen –»

«Charles Jones Sung?»

«Mein Gott, sind Sie fix, Miss Pavernen. Kaum da, und schon kennen Sie Charlie Sung.»

«Nur seinen Namen. Außerdem weiß ich, daß er sehr reich ist und schöne Töchter hat. Und wer ist der andere? Und die junge Dame?»

Ein Mann in einem karierten Anzug neigte aufmerksam den Kopf und hörte T. W. Sung zu. Aus seinen Augen strahlte eine selbstbewußte Autorität. Die junge Frau in dem blaßblauen Kleid, die wortlos zuhörte, sah fast zu vollkommen aus. Ihr Teint war wie mattes Elfenbein, und ihr Mund wirkte durch die volle Oberlippe sinnlich. Ihr kräftiges Kinn reckte sich gebieterisch über den steifen Kragen, der so hoch war, daß er an die schwarzen Perlen in ihren Ohrläppchen stieß.

«Wirklich interessant!» wiederholte Harry Smythe. «Ich dachte, der General hätte sich irgendwo ins Landesinnere zurückgezogen, wo er sicher ist.»

«Schon möglich, daß ich fix bin», sagte Julia, «aber ich habe nicht den blassesten Schimmer, wovon Sie reden. Wer ist die junge Dame? Und der andere Herr?»

«Sie heißt Mei-ling Sung und ist T. W.s jüngste Schwester. Sie hat am Wellesley College Examen gemacht und spricht noch nicht besonders gut Schanghai-Chinesisch. Der General heißt Tschiang Kai-schek. Es gibt für Sie keinen Grund, von ihm gehört zu haben, aber er ist mein Steckenpferd.»

«Wie das, Mr. Smythe?»

«Es lohnt sich, ihn im Auge zu behalten. Er ist Mitte Dreißig, Heeresoffizier, einer der wenigen in China. Er dient Dr. Sun Yat-sen, der sich unten in Kanton befindet.»

«Und Sie sind überrascht, ihn hier zu sehen?»

«Seine Mutter ist vor ein paar Wochen gestorben. Er müßte eigentlich zu Hause sein und sie betrauern, wie es sich für einen gehorsamen Sohn gehört. Diese Zusammenkunft muß verdammt wichtig sein.»

«Wieso?» beharrte Julia.

«Miss Pavernen, Sun Yat-sen ist die größte Hoffnung, die es für China auf eine anständige demokratische Regierung gibt», antwortete Smythe. «Außerdem setzen die Vereinigten Staaten auf ihn. Er ist in Honolulu aufgewachsen. T. W. Sung ist sein Schwager und unterstützt ihn finanziell – auch er ist proamerikanisch eingestellt, hat in Harvard studiert. Wenn Sun Yat-sen Präsident Chinas wird, kann das für die Vereinigten Staaten nur von Vorteil sein. General Tschiang Kai-schek spielt dabei mit Sicherheit eine bedeutende Rolle.» Der Vizekonsul ließ eine Pause eintreten und fragte dann: «Würden Sie sagen, daß er ein Auge auf Mei-ling geworfen hat? Ich meine, Miss Sung?»

«Wirklich, Mr. Smythe, woher soll ich das wissen? Ich würde sagen, Ihr General achtet so sehr auf T. W. Sungs Worte, daß er die Anwesenheit der Dame kaum zur Kenntnis zu nehmen scheint.»

«Na ja, man kann nicht alles zugleich haben . . . Miss Pavernen, ich bitte um Entschuldigung für meine Abschweifung. Können wir Samstag miteinander zu Abend essen? Ich würde Ihnen gern Schanghai bei Nacht zeigen.»

«Da müßte ich zuerst meine Gastgeberin nach ihren Plänen fragen, Mr. Smythe.»

Schanghai, überlegte Julia, war merkwürdig, wenn auch nicht unbedingt verworfen. Hier konnte sie unter dem Dach gemeinsamer Bekannter mit einem jungen Mann völlig frei reden, ohne daß sie einander offiziell vorgestellt worden waren. In Philadelphia wäre es undenkbar gewesen, daß er sie nach so kurzer Bekanntschaft ohne Umschweife zum Abendessen eingeladen hätte.

«Harry», verlangte eine Stimme mit britischem Akzent, «stell mich der jungen Dame vor.»

Smythe kam dem Wunsch mit kaum verhohlener Abneigung nach. «Richard Hollings von der örtlichen Journaille. Miss Julia Pavernen. Bye, Miss Pavernen, bis Samstag.»

Richard Hollings wirkte auf Julia eher französisch als englisch. Haar und Augen waren dunkelbraun, er bewegte sich sicher und war, wie sie fand, etwas aufdringlich. Sie schätzte ihn auf gut einsachtzig und höchstens drei- bis vierundzwanzig Jahre.

«Sagen Sie», fragte Julia, «was hat er mit ‹Journaille› gemeint?»

«Damit will er mich runtermachen», sagte Hollings, und ein Lächeln blitzte in seinen Augen auf. «Ich schreibe gelegentlich für die Londoner *Times*, weil es deren eigentlicher China-Korrespondent vorzieht, sein Amt von Peking aus zu zelebrieren. Mein tägliches Brot allerdings verdiene ich mit der *North China Daily News*.»

«Wie aufregend. Ich habe noch nie einen richtigen Journalisten kennengelernt. Sie kommen bestimmt mit den –»

«– interessantesten Menschen zusammen», sagte er und vollendete damit das Klischee. «Das sagt jeder. Aber diesmal . . . Sie haben recht. Diesmal stimmt es.»

3

21. Juni 1921

Der drahtige Mann im karierten Anzug hielt sich nicht lange im hellerleuchteten Vorraum zur Halle der Harmonie auf. Es ärgerte General Tschiang Kai-schek, daß ihn lediglich ein junger Diener zur Tür brachte, nachdem sich das Ehepaar Howe zu seinen Gästen im Ballsaal gesellt hatte. Während er im Schatten der Rhododendren durch den Garten schritt, sagte er sich, zumindest einer der vier Söhne des Gastgebers könne die Gäste verabschieden, wie es sich gehörte. Die Höflichkeit früherer Zeiten schwand rasch dahin! Soweit er zu sehen vermochte, traf Thomas Tan-se Howe, der jüngste Sohn des Hauses, keine Anstalten, seinen Posten an der Tür wieder einzunehmen, den er für eine kurze Weile verlassen hatte, um einen Streit in der Dienerschaft zu schlichten.

Trotz dieser Unaufmerksamkeit war Tschiang Kai-schek mit dem Verlauf des Abends zufrieden. Politische Gründe hatten es erforderlich gemacht, den Empfang bei den Howes zu einer Zeit zu besuchen, da er eigentlich hundertfünfzig Kilometer entfernt den Tod seiner Mutter betrauern sollte. Aber es hatte sich gelohnt, die Sohnespflicht kurzfristig zu vernachlässigen, denn er hatte gerade einen taktischen Sieg errungen.

Die Provisorische Regierung der Republik China, die erst drei Monate zuvor in Kanton neu gegründet worden war, befand sich in einer bedenklichen Lage. Präsident Sun Yat-sen war zu vertrauensselig, fand Tschiang Kai-schek. Der General hatte sich große Mühe gegeben, ihn davon zu überzeugen, daß er seinen Feinden mit Entschlossenheit und vorgeblichen Freunden mit Mißtrauen entgegentreten müsse. Aber der Präsident verfiel immer wieder in seinen alten Fehler, vertändelte seine Zeit mit listenreichen Gegnern und vertraute falschen Freunden.

Die Möglichkeit, öffentlich mit Dr. Suns Schwager T. W. Sung zusammenzutreffen, hatte General Tschiangs Loyalität seinem Präsidenten gegenüber bestärkt – und T. W. an seine eigenen Verpflichtungen erinnert. Der Millionär, dessen Vater Dr. Sun in erster Linie finanzierte, hatte jetzt begriffen, wie dringend er weitere Mittel aufbringen mußte.

Nachdem er seine Augen an das Flackerlicht der Lampions gewöhnt hatte, spähte Tschiang Kai-schek vorsichtig aus dem Schutz der Rhododendronbüsche heraus. Eine Gefahr schien nicht zu drohen. Doch dann trieb ihn ein Rascheln in dem finsteren Gebüsch auf der anderen Seite der Auffahrt in seine Deckung zurück. Seine Feinde waren zu allem entschlossen.

Mit einem von ihnen hoffte er an jenem Abend noch zusammenzutreffen – und ihn außer Gefecht zu setzen: Feng Yühsiang, ein Kriegsherr, den die Ausländer den Christlichen General nannten, weil er seine Truppen mit Feuerwehrschläuchen taufte, womit er sich in erster Linie finanzielle Unterstützung von den westlichen Ländern zu erschleichen hoffte. Die für diesen Abend vorgesehene Zusammenkunft sollte zu einem Bündnis zwischen diesem Opportunisten und der Regierung in Kanton führen.

Tschiang Kai-schek fuhr sich mit der sehnigen Hand durch das Haar, das er so kurz geschoren trug wie die japanischen Offiziere, die an der Militärakademie in Tokio seine Ausbilder gewesen waren. Mit Ausnahme der Japaner, die er gerade noch zu ertragen vermochte, waren ihm alle Ausländer zuwider, vor allem die vollständig ungehemmten Amerikaner. T. W. Sungs Schwester Mei-ling jedoch war, obwohl sie den größten Teil ihres Lebens in Amerika verbracht hatte, eine angenehme junge Frau, denn sie besaß die Haupttugend einer Frau, ein zurückhaltendes und bescheidenes Wesen. Allerdings kleidete sie sich für seinen Geschmack eine Spur zu auffallend.

Der General lief nun rasch auf jene Biegung der Auffahrt zu, wo unmittelbar jenseits der von den Lampions beschienenen Fläche das kleine Hupmobile abgestellt war, das ihm T. W. zur Verfügung gestellt hatte. Obwohl er keinen Hinterhalt zu erspähen vermocht hatte, näherte er sich dem Wagen vorsichtig von hinten. Er sah seine Uniformmütze auf der Ablage unter dem Heckfenster und merkte, daß der Fahrer auf dem Vordersitz eingeschlafen war.

Der General hörte ein Geräusch und spürte im gleichen Augenblick, wie sich ihm eine Hand auf den Mund legte und kräftige Arme ihn ins Rhododendrongebüsch zerrten. Mit aller Kraft warf er sich nach vorn, kam einen Augenblick lang frei und tastete nach seiner kleinen belgischen Pistole. Sein Schwurbruder, das Oberhaupt der Geheimgesellschaft vom Schleusentor, den man den Grünen Drachen nannte, weil man Angst hatte, seinen wahren Namen auszusprechen, hatte sie ihm geschenkt.

Bevor sich der General gegen seine unbekannten Angreifer wenden konnte, wurde seine Hand so fest umklammert, daß ihm der Griff der Pistole ins Fleisch schnitt. Eine Binde wurde ihm vor die Augen gelegt, während er blind um sich trat.

«Da ma-di!» Sein Schuh traf etwas Weiches, und er hörte eine rauhe Stimme fluchen: «Verdammter Mist!»

«Ich trage eiserne Sohlen», keuchte Tschiang Kai-schek. «Bist du blind?»

«Ich bin nicht blind.» Das war die vereinbarte Antwort auf die Parole, mit der er sich zu erkennen gegeben hatte. «Meine Augen sind besser als deine.»

Die Hände lösten sich, und die Binde wurde ihm von den Augen genommen. Der General sah vier Männer in langen Baumwollgewändern und mit breitkrempigen Filzhüten auf dem Kopf – der übliche Aufzug von Schanghais Unterwelt. Das durch die Rhododendronbüsche dringende Mondlicht erhellte das Gesicht ihres Anführers, und der General erkannte den Meister der Wohlgerüche, einen der Führer des Geheimbundes, der seinem eigenen Schwurbruder, dem Grünen Drachen, unmittelbar unterstellt war.

«Exzellenz, Sie waren zu rasch», entschuldigte sich der Meister der Wohlgerüche. «Wir hatten keine Gelegenheit, die Parole zu nennen, bevor Sie zugeschlagen haben. Ich bedaure zutiefst –»

«Warum habt ihr mich überhaupt angegriffen? Man hätte doch Erkennungszeichen austauschen können . . .»

«Exzellenz, der Oberste Herr selbst hat uns angewiesen, Sie nicht anzusprechen. Wir sollten Sie ergreifen, damit kein zufälliger Beobachter den Verdacht schöpfen könnte, daß wir der Loge angehören.»

«Und was ist der Zweck dieser Maßnahme?»

«Exzellenz, Sie dürfen Ihre Verabredung mit dem Christlichen General keinesfalls einhalten und auch den Wagen nicht benutzen. Ihr Leben ist in Gefahr.»

Tschiang Kai-schek hielt das verschwörerische Hokuspokus der Geheimgesellschaft, die von den Ausländern als Grüne Bande bezeichnet wurde, für ziemlich überflüssig. Andererseits war klar, daß die zahlreichen Mitglieder dieser außerhalb der Gesetze operierenden machtvollen Bünde in ihren Reihen scharfe Disziplin aufrechterhalten mußten und Ungehorsam streng bestraften. Seit drei Jahrhunderten erhoben Geheimbünde den Anspruch, den Eindringlingen aus der Mandschurei Widerstand zu leisten und die alte chinesische Ming-Dynastie neu begründen zu wollen. Die meisten von ihnen waren inzwischen nichts als bessere Räuberbanden, die sich immer dann gern in die Politik einmischten, wenn sie einen Vorteil daraus ziehen konnten.

Zwar hatte Dr. Sun Yat-sens Revolution im Jahre 1911 mit Hilfe der Geheimbünde die Mandschu-Herrschaft gestürzt, aber von einer Neubegründung der Ming-Dynastie träumte niemand mehr. Einige alte Getreue wollten zwar nach wie vor einen neuen Kaiser auf den Drachenthron bringen, doch kämpften die wirklichen Patrioten für ein einiges China unter einem Präsidenten. Da die von unwissenden Ausländern geschmähten Geheimbünde dazu beitragen konnten, die Republik China zu festigen, duldete Tschiang Kai-schek ihre gesetzwidrigen Umtriebe, obwohl er Prostitution verabscheute, Erpressung haßte und den Drogenhandel widerwärtig fand.

«Also vorwärts», sagte er, «sicher wird mein Schwurbruder alles genauestens erklären.»

«Das ist nicht nötig, Exzellenz», erwiderte der rundliche Meister der Wohlgerüche nervös. «Ich kann es selbst erklären. Schicken Sie aber zuerst Ihren Wagen fort.»

Tschiang Kai-schek trat allein aus den Rhododendronbüschen hervor, stieg ein, nahm auf dem Rücksitz des Hupmobile Platz und zog die Fenstervorhänge zu. Während der Fahrer den Wagen ankurbelte, glitt der General ungesehen wieder in die Dunkelheit zwischen den Büschen zurück.

Der Motor sprang an, stotterte und ging dann aus. Geduldig begann der Fahrer erneut zu kurbeln. Der Meister der Wohlgerüche übergab Tschiang Kai-schek ein langes Baumwollgewand und einen zerbeulten Schlapphut. Um seine vortretenden Wangenknochen zu verbergen, zog sich der General die Krempe tief ins Gesicht und war jetzt von seinen finsteren Begleitern nicht mehr zu unterscheiden. Nach dem dritten mißlungenen Versuch sprang der Motor endlich an.

«Exzellenz, der Oberste Herr hat mich beauftragt, gewisse Informationen an Sie weiterzuleiten.» Auch während sie durch das Gebüsch glitten, wahrte der Meister der Wohlgerüche die Form. «Natürlich hören die Streitigkeiten zwischen den Bürgerkriegsgenerälen nicht auf. Sie bekämpfen einander wilder denn je, um die Herrschaft über Peking an sich zu bringen.»

«Peking ist nur ein Symbol, nicht die wirkliche Hauptstadt Chinas», erklärte Tschiang Kai-schek mit Nachdruck. «Der legitime Präsident der Republik ist Sun Yat-sen – *ihn* hat die Nationalversammlung gewählt.»

«Ich bin Ihnen dankbar für diese Unterweisung, Exzellenz», unterbrach der Meister der Wohlgerüche den General. «Doch die Zeit drängt, ich muß Ihnen alles erklären.»

«Tun Sie das.»

«Ich danke Eurer Exzellenz für die gütige Erlaubnis.» Der untersetzte Mann wiederholte seinerseits, was bekannt war. «Wohl sind die Kriegsherren im Norden zerstritten, aber einig sind sie sich in ihrer Feindschaft gegenüber der Regierung in Kanton.»

«Selbstverständlich!»

«Feng Yü-hsiang, der Christliche General, behauptet, von einer Gruppe Bürgerkriegsgeneräle Vorschläge für ein Bündnis mit Dr. Sun Yat-sen zu haben. Diese Aussage aber ist nicht wahrhaftiger als sein angebliches glühendes Christentum, mit dem er die Unterstützung des Auslands gewinnen will. Er ist unaufrichtig –»

«Ich erwarte keine Aufrichtigkeit», blaffte Tschiang. «Halten Sie mich für einen Dummkopf?»

«Keineswegs, Exzellenz. Darüber hinaus haben wir in Erfahrung gebracht, daß der Christliche General nur ein Strohmann ist. Peking hat Mörder gedungen und nach Schanghai geschickt, die es auf Sie abgesehen haben. Er wird sie zu Ihnen führen – willentlich oder nicht.»

«Ich werde ihm von Angesicht zu Angesicht entgegentreten», erklärte der General.

«Exzellenz, der Oberste Herr hat mich gebeten zu sagen: *Ihr Leben ist zu kostbar, als daß Sie es bei unsicheren Aktionen blindlings aufs Spiel setzen dürften.*»

«Wie stets ist mein Schwurbruder voller Weisheit und Vorsicht.»

Tschiang Kai-schek überlegte flüchtig, ob auch der Grüne Drache in Beziehung zu den Bürgerkriegsgenerälen im Norden stand, auf deren Geheiß die Mörder handelten, verwies sich aber diese Verdächtigung. Sie war seiner unwürdig, und sie war naiv. Selbstverständlich stand sein Schwurbruder in Beziehung zu den Kriegsherren – nur ein Narr würde sich nicht alle Wege offenhalten.

Doch war der Grüne Drache nicht bereit, den Attentätern in seiner Festung – der französischen Konzession von Schanghai – Handlangerdienste zu leisten. Ein Meuchelmord an seinem Schwurbruder würde seine eigene Stellung deutlich schwächen, und man würde ihn als Verräter brandmarken. Tschiang Kai-schek kam zu dem beruhigenden Schluß, daß es im Interesse seines Schwurbruders lag, zu ihm zu halten.

Die fünf Männer in den langen Gewändern schoben sich durch die Rhododendronbüsche auf das Wärterhäuschen am Einfahrtstor zu. Hinter ihnen ratterte das Hupmobile davon, seine schwachen Scheinwerfer leuchteten die Kurven der Auffahrt aus. Der Meister der Wohlgerüche trat kühn durch das Tor, hob die Arme und führte die Fingerspitzen über dem Kopf zusammen – ein Zeichen, das den Wachen, gleichfalls Mitglieder der Gesellschaft zum Schleusentor, sagte, wer er war. Das Kinn tief gesenkt, damit die Hutkrempe sein ganzes Gesicht verdunkelte, folgte Tschiang Kai-schek. Hinter den Platanen, die das Sträßchen säumten, schritten sie eilends der Rue Pataro entgegen.

Jetzt fuhr das Hupmobile durch das Tor, wobei seine Scheinwerfer zwischen den Platanen schwarze Schatten warfen. Es bog in die Rue Pataro ein.

Tschiang Kai-schek hatte den Wagen aus seinem Bewußtsein gestrichen, wie ein Regiment, das er aus der Schlacht nahm. Er wollte rasch einen sicheren Ort finden, wo er diese neue Entwicklung der Lage überdenken konnte. Die chinesische Politik um die Mitte des Jahres 1921 bestand vorwiegend aus Intrigen. Als ihm eine Fehlzündung seinen Wagen ins Gedächtnis zurückrief, trat er an die Straße, um besser sehen zu können.

Zwei breitschultrige Männer, ebenfalls in langen Gewändern und mit Schlapphüten auf dem Kopf, waren vor den Wagen gesprungen und feuerten aus großkalibrigen Luger-Pistolen mit Schalldämpfern auf die Windschutzscheibe. Als der Wagen führerlos ausbrach, nahmen sie den Rücksitz unter Feuer.

Die Schirmmütze fiel herab, der Wagen raste auf die Platanen zu und prallte frontal gegen einen der moosbewachsenen Stämme. Als Feuerzungen emporzulecken begannen, verbargen die Banditen ihre Waffen unter den langen Gewändern und verschwanden auf der Rue Pataro.

Ungeachtet der züngelnden Flammen rüttelte Tschiang Kai-schek an der Klinke der Fahrertür. Eine schwere Hand legte sich ihm auf die Schulter. «Es ist Zeit zu verschwinden!» Der Meister der Wohlgerüche wies mit dem Daumen auf den zusammengesunkenen Fahrer. «Ihm können Sie nicht mehr helfen, Exzellenz. Er ist tot.»

Tschiang Kai-scheks strenges Gesicht wurde weich, und einen Augenblick lang betrauerte er ein weiteres Leben, das geopfert worden war, um China zu einen. Im nächsten Augenblick nahm er wieder seinen gewohnten Ausdruck an.

«Ich wollte dem Christlichen General meine Aufwartung in Uniform machen», sagte er ohne erkennbaren Zusammenhang, «daher hatte ich meine Mütze hinten liegengelassen.»

«Die hätten auch so geschossen. Schade um den Fahrer.»

4

21. Juni 1921

Der hochgewachsene, schlanke Thomas Tan-se Howe, dem sein in London geschneiderter Frack wie angegossen saß, verabschiedete die Gäste seiner Eltern mit einer halben Verbeugung und den vorgeschriebenen blumigen Worten. Die Mehrzahl derer, denen der jüngste Sohn des Hauses Howe diese Ehre erwies, waren Chinesen wie er, und er überlegte flüchtig, daß seine Landsleute im Unterschied zu Ausländern genau wußten, wann sie eine Festlichkeit zu verlassen hatten. Mit Ausnahme erfahrener Diplomaten sahen Ausländer sogar in einem Empfang anläßlich eines dreißigsten Hochzeitstages eine Gelegenheit, sich zu vergnügen und nicht die formale Bekräftigung gegenseitiger Achtung und wechselseitiger Verpflichtung zwischen Gastgebern und Gästen – das aber war diese Feier letztlich.

Er glättete sein schwarzes Haar, das er nach englischer Manier etwas länger als die Amerikaner trug. Ein leichtes Lächeln trat auf seine Züge, und der strenge Ausdruck, der einen Augenblick lang sein schmales Gesicht verdüstert hatte, verschwand. Die Eltern riefen ihn Tan-se, seine Freunde aber, ob Chinesen oder Ausländer, nannten ihn Tommy, obwohl sein westlicher Name eigentlich Thomas war.

«Hsie ni lai . . .» murmelte er die vorgeschriebene Formel, während er sich vor einer älteren Dame verneigte, die ein Diamantenkollier trug. «Ihr Besuch war uns eine hohe Ehre, Madame Ye. Ich weiß, daß sich meine Mutter sehr gefreut hat . . .»

Während seinem Mund diese Worte wie von selbst entströmten, wandten sich seine Gedanken dem Streit in der Dienerschaft zu. Er hatte zwanzig Minuten gebraucht, ihn zu schlichten. Hätte nicht der alte Wu, der Aufseher über das Personal, im Ballsaal das Servieren überwachen müssen, wäre es nie dahin gekommen. Doch schließlich war es auch Tommy gelungen, die Auseinandersetzung zwischen den drei fest angestellten Köchen der Familie Howe und den beiden für diese besondere Gelegenheit ins Haus geholten Aushilfsköchen beizulegen. Entzündet hatte sich der Streit an deren Prahlerei darüber, wieviel man ihnen für den einen Abend zahlen würde, obwohl sie wenig Erfahrung in der Küche hatten.

«Ihr seid es nicht wert, den Feuerkessel eines herumziehenden Knödelkochs zu tragen», hatte der Oberkoch voller Verachtung gesagt. Und mit einemmal, niemand wußte genau wie, blitzten in den raucherfüllten Küchenräumen Messer und zuckten Küchenbeile durch die Luft.

Die beiden Aushilfsköche waren tatsächlich sonderbare Gesellen, überlegte Thomas. Nicht ihre Selbstsicherheit störte ihn, die war in Schanghai an der Tagesordnung, aber sie wirkten nicht nur arrogant, sondern auch – ja, das war es – nicht wie fachkundige Köche. Er beschloß, der Sache nachzugehen, sobald die Gäste fort waren.

Erneut konzentrierte er sich auf seine Pflichten, verbeugte sich tief vor dem schmächtigen Vorsitzenden der Gilde der Silberhändler und begleitete ihn zu seinem geschlossenen Wagen, obwohl der alte Würdenträger, wie es das Ritual verlangte, heftig dagegen protestierte.

Als sich Tommy Howe aus der letzten Verbeugung aufrichtete, sah er aus der Gegend der Rue Pataro Feuerschein gegen den Abendhimmel. Da es bis dorthin nur wenige hundert Meter waren, beschloß er nachzusehen. Zwar wurde von ihm erwartet, daß er auf seinem Posten blieb, aber mit seinen dreiundzwanzig Jahren zog ihn das Feuer doch sehr an. Der Hausvorsteher, der alte Wu, konnte solange seine Stelle einnehmen und die scheidenden Gäste verabschieden.

Tommy beschloß, keinen Alarm auszulösen. Zum einen

könnten dann Kutschen und Autos das Grundstück nicht mehr verlassen, weil sich die Tore bei Alarm automatisch schlossen, und zum anderen würden die Alarmglocken die noch anwesenden Gäste erschrecken. Solange er nicht genau wußte, was eigentlich passiert war, gab es keinen Anlaß, die anderen zu beunruhigen.

Er rief den alten Wu herbei und eilte dann im Laufschritt über die geschwungene Auffahrt. Der Kies knirschte unter seinen Lackschuhen. Überrascht sah er, daß alle Torwächter auf dem Posten waren, statt das Feuer zu begaffen. Nach wenigen Minuten sah er unter den Platanen das Hupmobil, das in hellen Flammen stand.

Trotz der Hitze näherte er sich. Der Fahrer war tot. Für diese Feststellung hätte er nicht einmal die Kenntnisse seines Medizinstudiums gebraucht. Die Lenksäule hatte die Brust des Mannes durchbohrt, sein verkohlter Körper war in der sengenden Hitze zusammengeschrumpft.

Tommy nahm bewußt die kühle Haltung des Mediziners ein und betrachtete den brennenden Wagen. Die Löcher in den Resten der Windschutzscheibe ließen darauf schließen, das geschossen worden war. Den Wagen kannte er, obwohl es in Schanghai schon mehr als hundert Autos gab. Er war sicher, daß es sich um T. W. Sungs neues Spielzeug handelte. Ebenso sicher hatte er vor wenigen Minuten T. W. und Mei-ling Sung in einer großen Limousine abfahren sehen.

Der ausgebrannte Wagen bedeutete sicher keine Bedrohung für die Halle der Harmonie. Zwar war der Zwischenfall verwirrend und der Tod eines Menschen beklagenswert, doch entscheidend war, daß die Howes und ihre Gäste nicht in Gefahr waren. Die Polizei würde die Sache aufklären.

Nachdenklich vor sich hin pfeifend, wandte sich Tommy dem elterlichen Haus zu und gebot den Wachen, die Tore zu schließen. Vorsicht konnte nicht schaden – außerdem waren inzwischen wohl die meisten Gäste aufgebrochen.

Während er gedankenverloren zwischen den hohen Rhododendronbüschen auf das Haus zuschritt, ließ ihm die Frage nach den Hintergründen für den gewaltsamen Tod des Mannes am Lenkrad des Hupmobile keine Ruhe. Die meisten Lampions waren ausgebrannt. Im Park herrschte Dunkelheit, nur hier und dort fiel das Licht der Mondsichel auf den hellen Kies. Das Knirschen unter seinen dünnen Ledersohlen störte ihn, und so ging Tommy über den Grasrand der Auffahrt. Obwohl er dem Haus immer näher kam, war die Nacht um ihn herum still.

«Nei-ge ge fei-tsche . . .» hörte Tommy überrascht eine knarrende Stimme in ungehobeltem Peking-Chinesisch sagen. «Wie sieht das reiche Schwein Howe eigentlich aus?»

«Woher soll ich das wissen?» antwortete ein piepsender Tenor. «Ich weiß nur, daß er groß ist. Aber wir erkennen ihn bestimmt, oder nicht? Er ist der Vater, also der Alte.»

«Und ist unseren beiden Leuten im Haus klar, was sie zu tun haben?» fragte die erste Stimme.

«Sie lenken die anderen mit einem Streit ab, so daß niemand auf den Alten achtet und er unbeschützt ist. Dann kommen sie, um uns zu helfen.»

«Wenn das nur klappt.» Die knarrende Stimme klang beunruhigt. «Wir wollen den Plan noch einmal durchgehen.»

«*Wang-ba* . . . Nicht zum drittenmal, Hundesohn», meldete sich der Tenor wieder. «Wir können nicht die ganze Nacht hier verplempern. Die anderen haben Tschiang Kai-schek erledigt, und jetzt ist Howe an der Reihe . . . Denkt nur an das dicke Lösegeld. Also los!»

Im Schatten der Rhododendronbüsche verborgen, hatte Tommy der Unterhaltung der unsichtbaren Halunken mit zunehmender Verwunderung zugehört. Er kam sich unbeteiligt vor, beinahe wie ein Zuschauer im Theater. Doch das scharfe Kommando «Also los!» zwang ihn zu handeln. Wahrscheinlich würde der einfache Plan der Halunken gelingen, wenn er nichts unternahm.

«Lai lai, er-tse-men!» rief Tommy. «He, Leute, zu mir! Kommt alle her. Hilfe! Entführer! Helft eurem Vater!»

Tommy reagierte sofort, als kaum drei Meter vor ihm zwei dunkle Gestalten aus der Finsternis auftauchten. Er wartete einen Augenblick, um sicher zu sein, daß sie seine Hemdbrust, die weiße Frackweste und die weiße Fliege sehen konnten, drehte sich dann um und eilte davon, wobei er erneut ausrief: «Helft eurem Vater!»

Er bewegte sich betont schwerfällig, um sie vom Haus fortzulocken. Er durfte keinesfalls zu rasch laufen, weil sie sonst Verdacht schöpfen und merken würden, daß sie nicht hinter einem Sechzigjährigen her waren. Schließlich griffen Hände nach ihm. Er tat so, als stolpere er, damit die Angreifer ganz nahe herankommen konnten. Mit einem heftigen Ellbogenstoß schleuderte er einen beiseite, löste sich aus dem Griff des anderen und stürmte mit raschen Schritten auf das Haus zu. In ihrer Wut würden die Halunken nicht merken, daß er nun für einen alten Mann viel zu schnell lief. Sie würden nur noch daran denken, wie sie ihn fassen konnten.

«Huo tsai! Tschiu ming!» hörte Tommy im Haus rufen. «Feuer! Feuer! Hilfe!»

Er stürzte durch den hellerleuchteten Eingang, und die bis aufs Blut gereizten Schläger folgten ihm. Durch die Schreie verwirrt, erstarrten die Anwesenden bei diesem Anblick. Sein Vater verbeugte sich gerade vor Sir Judah und Lady Haleevie, seinen engsten ausländischen Freunden. Seine Mutter, seine Schwester und deren amerikanische Freundin, der er noch nicht vorgestellt worden war, standen hinter ihm.

Offensichtlich hatten sich seine drei älteren Brüder bereits zurückgezogen, und so sah Tommy voll Erleichterung vier Männer im Korridor zur Küche stehen, wo Leute nach wie vor Feueralarm schlugen. John Pavernen, Richard Hollings und Harrison Smythe wandten sich um. Der vierte Mann, der bereits auf ihn zukam, war Joshua, der jüngste Sohn der Haleevies und sein guter Freund.

Nach wenigen Sekunden waren die Angreifer außer Gefecht gesetzt.

«Und was ist mit dem Feuer?» fragte Richard Hollings.

«Es gibt kein Feuer, Dick», antwortete Tommy. «Es war ein Vorwand, mit dem man euch ablenken wollte . . . Übrigens vielen Dank für die Hilfe.»

Julia Pavernen beobachtete mit einem Lächeln, wie die

jungen Männer miteinander darin wetteiferten, den Vorfall herunterzuspielen. Was für ein aufregender Abend!

Richard Hollings hatte den jungen Mann, der gerade hereingestürzt war, Tommy genannt. Es mußte sich also um Emilys Bruder Thomas handeln. In diesem zerzausten jungen Mann sah sie allerdings nur wenig Ähnlichkeit mit dem eleganten jungen Herrn, als den ihn Emily beschrieben hatte. Er keuchte, und das Haar hing ihm in die Stirn. Doch eine gewisse Ähnlichkeit zwischen ihm und dem Foto, das im Rahmen von Emilys Spiegel gesteckt hatte, war unverkennbar. Er sah wirklich gut aus.

Julia lächelte. Jeder dieser jungen Männer war auf seine Weise interessant. Doch sie hatte an anderes zu denken.

5

24. Juni 1921

«Das französische Viertel hier ist ein wahrer Tummelplatz reicher Chinesen und Ausländer», erläuterte Tommy. «Für arme Chinesen ist es die Hölle. Die Absicht, das Elend der kleinen Leute zu lindern, steht obenan auf der Liste aller fortschrittlichen Patrioten.»

Mit gespielter klinischer Distanz betrachtete er die Läuse im verfilzten Haar des Kulis, der in der Avenue Joffre regungslos in der Gosse lag. Hier begegneten einander zwei verschiedene Welten: Tommy, schlank und muskulös, trug ein gestärktes Hemd und eine frisch gebügelte braune Hose; der Mann, der halb bewußtlos war, nichts als eine zerfetzte Hose, die über den Knien abgeschnitten war. Seine Rippen stachen scharf unter der grauen Haut hervor, die Augen waren eingefallen, und seine dürren Hände zuckten kraftlos und flehend.

Tommys Augen wanderten hinter dem Fensterglas seiner schwarzen Hornbrille hin und her, die er trug, um älter, seriöser und wissenschaftlicher zu wirken. Er hatte ein angenehmes Gesicht, überlegte Julia Pavernen, und er wirkte willensstark. Es war stark gebräunt, obwohl Chinesen der Oberschicht gewöhnlich die Sonne mieden – möglicherweise wollte er auf diese Weise seine Solidarität mit den einfachen Menschen demonstrieren, die sich dem Einfluß von Wind und Wetter nicht entziehen konnten.

«Zum Glück ist es Sommer», sagte er bitter. «Im Winter würde man hier nicht nur einen einzelnen Sterbenden finden, sondern jeden Morgen ein Dutzend – oder mehr.»

Den britischen Akzent, mit dem er sprach, verdankte Tommy seiner Ausbildung in Radley, einer in der englischen Grafschaft Oxfordshire gelegenen Schule für die Söhne der Privilegierten. Patriotische Begeisterung – sein Vater hatte gemeint, es sei nichts als Heimweh gewesen – hatte ihn nach China zurückgetrieben. In England, hatte Thomas erklärt, würde er auf die Dauer nicht nur die Heimat, sondern auch die Muttersprache vergessen, und so hatte ihm Donald Howe die Rückkehr gestattet. Er wollte nicht, daß sein vierter Sohn ein entwurzelter Vertragshafen-Chinese wurde, der zwar perfekt Englisch sprach, aber Sprache und Kultur seines eigenen Landes nur unzulänglich kannte.

Gegenwärtig studierte er im letzten Jahr an der Medizinischen Hochschule von Peking und genoß die langen Semesterferien. Da er seiner Schwester Emily und deren Freundin Julia möglichst viele Facetten des Lebens in Schanghai zeigen wollte, nahm er sie schon drei Tage nach ihrer Ankunft zu einer Versammlung der nationalen Studentenvereinigung mit, eine Gruppe, von der er behauptete, sie bestehe aus engagierten Leuten mit eindrucksvollem politischen Sachverstand.

Zu den zahlreichen neuen Seiten Schanghais, die die beiden jungen Frauen entdeckten, gehörte auch, daß nicht nur Geschäftsleute und Arbeitskräfte in die den Chinesen von den Ausländern mit Gewalt entrissene internationale Konzession strömten, sondern auch Künstler und Idealisten aller Schattierungen. Hier waren sie vor der scharfen Zensur und der brutalen Polizei des Landes sicher, die das geistige, politische und künstlerische Leben Chinas ständig bedrohte. Auch fortschrittliche politische Gruppen wie die Studentenvereinigung konnten in Schanghai vergleichsweise frei ihre Ziele verfolgen.

Obwohl der unter der Verwaltung mehrerer fremder Mächte stehende internationale Teil der Stadt Schanghai zusammen mit dem deutlich kleineren französischen Viertel, das unmittelbar an die Chinesenstadt stieß, nur knapp dreißig Quadratkilometer umfaßte, stellte diese ausländische Enklave einen lebhaften Markt nicht nur für fremdländische Waren dar, sondern auch für Ideen, die aus dem Ausland kamen.

Tommy, der noch kurz zuvor zur Eile gedrängt hatte, um pünktlich zur Versammlung in der Po-Wen-Mädchenschule zu gelangen, war auf der Avenue Joffre plötzlich stehengeblieben, um Emily und Julia einen Vortrag zu halten. Er dozierte wie ein Medizinprofessor, während Vorüberkommende dem Kuli auswichen, der mit ausgebreiteten Armen auf dem Rücken lag.

«Ihr erkennt die klassischen Symptome der Unterernährung: Abmagerung, stumpfer Blick und angeschwollener Unterleib», sagte Tommy. «Außerdem sieht man um die Lippen herum die rötlichen Beriberi-Flecken. Wenn man das Körpergewebe eindrückt, bleibt die Spur davon längere Zeit erhalten.»

«Willst du ihn nicht untersuchen?» fragte Julia.

«Wozu?»

«Damit wir wissen, ob er durchkommt oder nicht. Was du sagst, *klingt* so, als ob du das feststellen könntest.»

Ihre Worte überraschten Julia selbst nahezu ebenso sehr wie Tommy. Sie hatte noch nie etwas so Entsetzliches gesehen wie diesen sterbenden Kuli, der zwischen Hundekothaufen, verfaultem Gemüse und stinkenden Lumpen auf dem von der Nachmittagssonne aufgeheizten Straßenpflaster lag.

Tommy warf ihr einen Blick zu, in dem eine Spur von Achtung zu erkennen war. Er konnte sie nicht länger als vergnügungssüchtige junge Amerikanerin abtun, die Art hübscher und gedankenloser Freundin, die seine impulsive Schwester mitbringen mochte. Hinter ihrem oberflächlichen Auftreten verbarg sich offenbar eine sensible junge Frau, die noch dazu den Mut besaß, ihm Weisungen zu erteilen.

Im übrigen war sie keineswegs unattraktiv. Die meisten Ausländerinnen stießen ihn mit ihrer kränklich wirkenden weißlichen Haut und ihren hellen Haaren ab; ihr Teint aber war schimmernd und ihr Haar von der Farbe dunklen Mahagonis. Ja, gestand Tommy sich ein, sie wirkte durchaus anziehend.

Er kniete sich neben den Mann und untersuchte ihn rasch und, wie es Julia schien, kundig. Nachdem er ihm das Ohr an die Brust gelegt hatte, nickte er.

«Was tun wir jetzt?» fragte Julia.

«Was meinst du mit ‹Was tun wir jetzt›?» fragte er zurück.

«Wir werden doch etwas *unternehmen*, um diesem armen Mann zu helfen?»

«Sie hat recht!» mischte sich Emily ein. «Wir können ihn doch nicht einfach hier liegenlassen.»

«Emily, ist dir klar, was du da verlangst?» Er ließ an seiner Schwester die Empörung aus, die er dem Gast nicht zeigen durfte. «Wenn wir jeden der Kranken und Sterbenden auf den Straßen Schanghais –»

«Er ist aber nicht *jeder*, Tommy», beharrte Emily. «Er ist *dieser*. Wir können und müssen ihm helfen. Sonst hält Julie alle Chinesen für Heuchler, die zwar pausenlos darüber reden, wie sie sich für das Land und die einfachen Leute einsetzen, aber in Wirklichkeit nichts unternehmen. Und sie hätte recht damit!»

Die Tirade seiner Schwester verblüffte ihn. Er hatte sie nach ihrer Rückkehr als eine flatterhafte junge Frau eingeschätzt, sie war ihm ganz anders vorgekommen als die ernsthafte und temperamentvolle Zehnjährige, an die er sich erinnerte. Jetzt putzte sie ihn herunter wie ein Fischweib – und noch dazu wie ein *amerikanisches* Fischweib.

«Nun, wir könnten das Rote Sonnenkreuz rufen», lenkte er ein. «Vorausgesetzt, wir finden ein Telefon.»

«Ich bin sicher, daß dir das möglich ist, geschätzter älterer Bruder», sagte Emily mit von Sarkasmus triefender Stimme. «Im Tabakladen da drüben gibt es bestimmt eins. Rufst du an?»

«Warum ich?» versuchte er sich aus der Verantwortung zu stehlen, «kannst du das nicht selbst?»

«Auf eine Frau würden die nicht hören.»

«Da hast du wahrscheinlich recht.» Er ging auf den Tabakladen zu, wandte sich dann um und grinste sie verlegen an. «Es gibt einfach zu viele Menschen in China, und deswegen vergessen wir, daß wir einzelnen helfen müssen und nicht nur der großen Masse insgesamt.»

«Eine annehmbare Entschuldigung», sagte Julia. «Emmy, mir gefällt dein Bruder, auch wenn er uns wahrscheinlich für verrückt hält. Was ist das eigentlich, dieses Rote Sonnenkreuz?»

«Ein Hilfsdienst, ich glaube, die Buddhisten machen das.»

«Da heißt es, Chinesen hätten keinen Gemeinsinn! Und dabei unterhalten sie in einer wilden Stadt wie Schanghai einen Hilfsdienst.»

«Julie, die Buddhisten machen die Arbeit», gab ihr Emily zu bedenken. «Aber das Geld stammt großenteils von Ausländern. Du mußt dir darüber klarwerden –»

Ihre Worte gingen im Hupen eines Lastwagens unter, auf dessen Ladefläche sich schmächtige annamitische Soldaten drängten. Auf ihren Tropenhelmen prangte der Anker der französischen Kolonialarmee. Die beiden jungen Frauen schwiegen auch noch, als der Wagen vorüber war. Emily war ihr eigener Ausbruch peinlich, und Julia begann zu begreifen, wie viele Schichten von Mißverständnis, Vorurteil und falschen Annahmen in Schanghai die Wahrheit überlagerten.

Emily war drei Tage zuvor ähnlich überrascht gewesen, als ihr Vater die Männer, die ihn hatten entführen wollen, nicht der Polizei übergeben, sondern laufengelassen hatte. Sie hatten bereitwillig zugegeben, als Angehörige eines Geheimbundes aus dem Norden des Landes mit dem Auftrag nach Schanghai gekommen zu sein, General Tschiang Kai-schek zu ermorden. Bei dieser Gelegenheit hatte ihr Anführer auf eigene Faust Donald Howe entführen und ein Lösegeld erpressen wollen.

«Wir sollten keinen endlosen Rachefeldzug provozieren, indem wir die Leute ins Gefängnis bringen», hatte Donald Howe schließlich entschieden. «Sollen sie doch ruhig frei herumlaufen und Zeugnis für die Großherzigkeit der Howes ablegen – und für unsere Wachsamkeit.»

Ihre eigenen Gedanken beschäftigten Julia und Emily ebenso sehr wie das sich ständig verändernde Straßenbild, so daß sie gar nicht merkten, wie die Zeit verging. Zwanzig Minuten später kehrte Tommy lächelnd, aber mit erhitzten Wangen zurück.

«Es hat fast zehn Minuten gedauert, bis ich durch war – und noch mal genauso lange, bis ich sie überreden konnte, eine Ambulanz zu schicken», sagte er verärgert. «Außerdem mußte ich versprechen, an Ort und Stelle eine Spende zu geben. Jetzt kommen wir zu spät zu der Versammlung. Das hat man davon, wenn man sich in anderer Leute Angelegenheiten einmischt.»

Julia verkniff sich den Hinweis auf die von Tommy stets lauthals verkündeten Ideale, die Angelegenheiten jedes einzelnen seiner vierhundert Millionen Mitchinesen zu seinen eigenen machen zu wollen, denn sie fand, daß er statt weiterer Schelte Lob verdiente. Nur die wenigsten Chinesen – und nicht viele Ausländer – hätten den Bitten zweier junger Frauen so bereitwillig nachgegeben.

«Jetzt mußt du mir aber erzählen, was du hier in China willst», forderte er Julia auf. «Schanghai ist ja nun wirklich keine Sommerfrische, vom Landesinnern ganz zu schweigen.»

Nachdenklich zog sie die Stirn kraus und überlegte, was sie auf die Frage antworten sollte, der sie sich bisher nicht einmal selbst gestellt hatte. Schließlich sagte sie langsam: «Als Emily das erste Mal davon sprach, daß ich sie begleiten könnte, ist mir das gänzlich unmöglich vorgekommen. Ernsthaft erwogen habe ich den Vorschlag erst, als sich mein Onkel John angeboten hat, die Überfahrt zu bezahlen. *Warum* er das allerdings getan hat –»

«Er hat sich mit den Howes recht gut angefreundet, was?» Es war nur allzu klar, was Tommy damit sagen wollte.

«Wenn du das Gefühl hast, daß es euch mit den Pavernens in der Halle der Harmonie zu eng wird», fuhr Julia auf, «reise ich gleich morgen ab.»

«Augenblick», versuchte er sie zu beschwichtigen. «Das

habe ich nicht gesagt. Sofern die anderen Mitglieder eurer Familie nur halb so reizend sind wie du, würde ich mit Wonne ein Dutzend von ihnen einladen. Du hast meine Frage noch nicht beantwortet.»

«Ich bin auch gar nicht sicher, ob ich das kann. Ich mag Emily sehr, und ich wollte gern mit ihr zusammensein und ihre Angehörigen kennenlernen. Eure Eltern sind ganz wunderbar –»

«Aber nicht der Bruder», fiel ihr Tommy trocken ins Wort. «Er ist ein Scheusal.»

«In keiner Weise. Nur dickköpfig und eigensinnig. Dagegen kann man etwas tun», sagte Julia neckend. «Es hat mir außerdem eine Gelegenheit geboten, ein fremdes Land von innen kennenzulernen.»

«Du weißt also nicht genau», beharrte er, «was du hier willst?»

«Nun, mein Hauptfach im Studium war vergleichende Kulturwissenschaft, und welche Kultur unterschiede sich deutlicher von der amerikanischen als die Chinas?»

«Amerikanische Kultur? Was soll denn das sein?» Tommys gespielte Hochnäsigkeit löste sich in Gelächter auf, als die beiden jungen Frauen gleichzeitig empört protestierten. «Ich dachte mir doch, daß ihr gleich darauf anspringen würdet. Und –»

Er unterbrach sich, als die Ambulanz des Roten Sonnenkreuzes in Sicht kam, ein von zwei Kulis gezogener düster wirkender schwarzer Karren. Nachdem Tommy zwei Silberdollar herausgerückt hatte, betteten sie den Patienten auf eine Trage.

Mit offenem Mund sah Julia dem seltsamen Gefährt nach, das in dem Durcheinander von Fuhrwerken, Rikschas und Karren verschwand, wobei ab und zu seine große Glocke ertönte. Während Julia und Emily ihn mit Lob überschütteten und sich gegenseitig dazu beglückwünschten, ihn zum Handeln veranlaßt zu haben, überlegte Tommy im stillen, ob der Patient das Allgemeine Krankenhaus von Schanghai lebend erreichen und welche Pflege man ihm dort angedeihen lassen würde. Vermutlich würde er kaum den nächsten Tag erleben. Tommy behielt diese trübe Prognose für sich – warum sollte er seiner amerikanisierten Schwester und ihrer amerikanischen Freundin im Wege stehen, wenn sie Barmherzige Schwestern spielen wollten?

Andererseits war er aber nicht bereit, sich Täuschungen hinzugeben. Ohne ihrer beider beharrliches Drängen wäre er weitergegangen, nachdem er den mittellosen Sterbenden als Vorwand für einen politischen Vortrag benutzt hatte. Tommy warf sich vor, daß er wie die Mehrzahl der chinesischen Intellektuellen leichthin und abstrakt über das Elend der Massen und die bevorstehende Revolution sprach, sich aber heraushielt, wenn es darum ging, einem leidenden Menschen zu helfen. Noch war er nicht zu alt, das zu ändern!

Hinter den Betonbögen der Po-Wen-Mädchenschule in der Rue Bourgeat roch es nach feuchtem Gips – nicht etwa, weil das Gebäude neu gewesen wäre, sondern weil Wandputz in Schanghais feuchter Luft nie richtig trocken wurde. Aus dem für die Sitzung der nationalen Studentenvereinigung vorgesehenen Klassenraum fiel der Blick durch schmutzige Fensterscheiben auf einen mit Unrat übersäten Hof. Als die drei jungen Leute um Viertel vor sieben eintraten, eine halbe Stunde nach der angesetzten Zeit, saßen an die drei Dutzend Studenten in die engen Bänke gequetscht, aber noch keiner der vorgesehenen Sprecher war da.

Während sie warteten, stellte Julia fest, daß die Anwesenden ausnahmslos gut gekleidet waren und wohlgenährt aussahen. Offenbar handelte es sich durchweg um Angehörige gutsituierter Familien – eine merkwürdige Ansammlung von Radikalen.

«Sind das alles Studenten?» flüsterte Emily auf englisch. «Auch die drei Mädchen?»

«Mädchen können jetzt Universitäten besuchen», gab Tommy zur Antwort, «und viele tun das auch.»

«Aber du hast mir doch gesagt, du hättest in den Staaten studieren *müssen*», wandte sich Julia an die Freundin, «weil keine chinesische Universität Studentinnen aufnimmt.»

«Damals traf das auch zu», sagte Tommy. «Aber vor eineinhalb Jahren hat die Universität Peking ein paar Mädchen zugelassen, und andere Universitäten sind diesem Beispiel gefolgt. Vater ist allerdings der Ansicht, daß nach wie vor das Ausland die beste Bildung bietet, von dem snobistischen Prestige einmal abgesehen, das ein dort erworbener Abschluß bedeutet.»

«Und was ist mit der Medizinischen Hochschule in Peking?» fragte Julia. «Warum studierst du dort, wenn sie nicht so gut ist?»

«Da sieht die Sache anders aus. Das ist in Wirklichkeit eine ausländische Hochschule auf chinesischem Boden. Nahezu alle Professoren sind Ausländer, die meisten stammen aus Amerika.»

«Hast du denn keine Angst vor imperialistischer Unterwanderung?» neckte ihn seine Schwester. «Fürchtest du nicht, deine Vaterlandsliebe einzubüßen?»

«Die MHP ist völlig unpolitisch, auch wenn sie missionarische Wurzeln hat. Dort interessiert man sich wirklich nur für Medizin, im Unterschied zur Universität Peking. Manchmal könnte man glauben, daß es dort *ausschließlich* um Politik geht. Andererseits kann man meiner Ansicht nach heutzutage Bildung nicht von Politik trennen . . .»

Tommys Aufmerksamkeit wurde abgelenkt, als ein vierschrötiger junger Mann, der unaufhörlich redete, den Klassenraum betrat. Sein dichtes Haar war in der Mitte gescheitelt, und unter dem offenen Kragen seines altmodischen langen Gewandes war ein fleischiger Nacken zu erkennen. Er hatte eine hohe Stirn und dichte Augenbrauen. Auf dem Weg zum Podium, wo hinter einem aus Böcken und einer Holzplatte gebildeten Tisch fünf Stühle standen, sah er sich um, als erwarte er einen Beifallssturm.

«Das ist Mao Tse-tung, ein Studentenführer aus Peking», flüsterte Tommy. «Ursprünglich war er Büchereigehilfe. Der nächste ist viel interessanter.»

Ein weiterer junger Mann trat ein und nickte einem am Fenster sitzenden Bekannten zu. Er war größer als Mao Tse-tung und auch besser gekleidet. Aus den Ärmeln und über den Kragen seiner dunkelblauen Baumwolljacke sah gestärktes weißes Leinen hervor. Sein Haar war kurz geschnitten, und über seinen breiten Backenknochen sahen tiefliegende Augen offen um sich.

«Der hier heißt Tschang Kuo-tao», flüsterte Tommy. «Er hat wirklich studiert – und er war von Anfang an Führer der fortschrittlichen Bewegung. Ich freue mich schon auf das, was er zu sagen hat.»

Vorgebeugt, so daß ihr das Haar über die Augen fiel, hörte Julia aufmerksam zu. Hier war sie nicht nur in einem neuen Land, sondern in einer neuen Welt. Die Atmosphäre war förmlich elektrisch geladen, aufregend, aber auch angsteinflößend. Gewalttätigkeit lag in der Luft. Frauen kämpften in China noch um Ziele, die in den Vereinigten Staaten längst erreicht waren, etwa das Recht, eine Universität zu besuchen. Männer wie Frauen waren zutiefst unzufrieden mit den althergebrachten Einschränkungen ihrer persönlichen Freiheit – und mit den chaotischen Zuständen in ihrem Land.

Die Versammlung verstummte, es wurde nicht einmal mehr gehüstelt. Lediglich Tommy flüsterte weiter. Julia strich sich das Haar aus der Stirn und sah, daß die Aufmerksamkeit aller auf sie und ihre beiden Begleiter gerichtet war. Mao Tse-tung wies in ihre Richtung, und alle starrten sie an.

«Na-ge nü-di», schrie Mao auf mandarin, der Sprache des im Norden gelegenen Peking, die die Radikalen zur Einheitssprache für ganz China machen wollten, und Tommy übersetzte flüsternd: «Wer ist die Frau? Wer wagt es, eine Ausländerin, zweifellos eine kapitalistische Spionin, in unsere Versammlung mitzubringen?»

Tommy erwiderte, gleichfalls auf mandarin: «Ich bin Hsia Tan-se, Student an der Medizinischen Hochschule Peking, und dies ist meine Schwester Yue-lin. Die andere ist unsere amerikanische Freundin – unsere amerikanische Schwester. Sie ist keine Spionin. Ich verbürge mich für sie.»

«Und wer bist du, daß du –» begann Mao hitzig, aber sein Gefährte zupfte ihn am Ärmel, bis er schließlich nachgab.

«Genosse Tschang Kuo-tao sagt mir, daß deine Bürgschaft gelten soll. Ich selbst bin noch nicht überzeugt! Sohn und Tochter eines der größten Kapitalisten, die mit dem Ausland Handel treiben . . . Aber Genosse Tschang sagt, es sei in Ordnung.»

«Eine schöne Begrüßung!» fauchte Emily. «Sind wir keine Chinesen, nur weil Vater reich ist? Lediglich unwissende Dienstboten halten alle Ausländer für Teufel. Aber dieser Mao Tse-tung scheint sogar überzeugt zu sein, daß alle Frauen dumm sind! Ich könnte ihm –»

«Schluß, Emmy!» gebot Tommy mit Nachdruck. «Du hältst die Versammlung auf. Kaum jemand versteht dich, aber alle sperren Mund und Nase auf, weil eine Chinesin ihrer Wut auf englisch Luft macht.»

Nachdem Ruhe eingetreten war, stellte der Sekretär des Ortsvereins Schanghai die aus Peking gekommenen Redner der Nationalen Studentenvereinigung vor. Er begann auf mandarin, fand sich aber schon bald nicht mehr in dieser ihm fremden Sprache zurecht. Als sich ein anderer Student erbot, für die auswärtigen Besucher zu dolmetschen, ging er erleichtert auf Schanghai-Chinesisch über.

«Der eine ist höchstens Mitte Zwanzig», flüsterte Emily hinter dem Rücken ihres Bruders, «Mao, der mit den dichten Haaren, dürfte etwas älter sein, vielleicht an die Dreißig.»

Als die Einführung beendet war, erhob sich Mao Tse-tung und begann seinen Vortrag. Während Tommy den beiden jungen Frauen dessen genuscheltes, kaum verständliches Mandarin übersetzte, flocht er hier und da eigene Kommentare ein.

«Ich bringe Grüße des chinesischen Volkes nach Schanghai. (*Für wen hält er uns Bewohner von Schanghai eigentlich – für Abessinier?*) Die Stadt ist ein Skandal, eine Schande für das chinesische Volk. (*Er soll sich lieber an die eigene Nase fassen!*) Eine Schande ist die Stadt, weil Ausländer ihr Herz beherrschen, den Ort, an dem wir jetzt stehen. Wie paradox, daß chinesische Patrioten auf den Schutz von Ausländern angewiesen sind, um frei über die Zukunft des Landes sprechen zu können. Die Ausländer leben hier, auf chinesischem Boden, nach ihren eigenen Gesetzen und spucken auf die Souveränität des chinesischen Volkes –»

Emily tadelte ihren Bruder in scharfem Ton, als Mao Tsetung eine Pause machte, um einen Schluck Tee aus einem Porzellanbecher zu trinken, und Tommy versprach, seine spöttischen Bemerkungen einzuschränken.

«Die Ausländer in Schanghai beuten rücksichtslos die werktätigen Massen Chinas aus und werden dabei von chinesischen Lakaien unterstützt», erklärte Mao Tse-tung. «Weil hier Hungerlöhne gezahlt werden, blüht die Industrie in Schanghai. Anderswo dagegen gibt es kaum Fabriken.

Schanghai hat den Rest des Landes in weniger als einem Jahrhundert in wirtschaftlicher Hinsicht weit hinter sich gelassen. Dennoch hat diese Industrie- und Handelsstadt wenig Verbindung zum wirklichen Leben Chinas – zu den Bauern auf dem Land. (*Sollen wir etwa jetzt alle hingehen*, flüsterte Tommy, *und uns im Schweinemist suhlen?*)

Vor zwei Jahren, am 4. Mai 1919, haben sich die Studenten der Universität Peking dagegen erhoben, daß die dortige Regierung der Bürgerkriegsgeneräle den von japanischen Imperialisten erhobenen maßlosen Forderungen an China stillschweigend nachgegeben hat. An jenem Tag hat eine neue Ära begonnen. Wir leben in der Zeit der Bewegung des Vierten Mai, und wir Studenten können die politischen Entwicklungen entscheidend beeinflussen. Wir stehen im Begriff, die Herrschaft über China anzutreten. Wir . . .»

Wie sehr sich Tommy langweilte, war daran zu erkennen, daß seine Finger unruhig auf die Bank vor ihm klopften. Nach beinahe zwei Stunden flüsterte er erleichtert: «Jetzt dauert es nicht mehr lange – das wurde aber auch Zeit.»

«Genossen», ertönte Mao Tse-tungs Stimme, «wir müssen die Bürgerkriegsgeneräle stürzen, die ausländischen Imperialisten verjagen und ihre chinesischen Lakaien bestrafen. Vor allem aber muß unser Kampf dem japanischen Imperialismus gelten. Wir müssen ein neues China und ein neues chinesisches Volk schaffen – selbstlos, arbeitsam, dem Land ergeben und klarblickend!»

«Nun, jetzt habt ihr einen Eindruck», sagte Tommy. «Noch etwa zehn Minuten, denke ich, dann versiegt dieser Redefluß. Gott sei Dank!»

Er hatte unrecht. Es dauerte noch volle zwanzig Minuten, bis Mao Tse-tung zum Ende kam.

Trotz seiner bissigen Kommentare wollte Tommy die beiden jungen Frauen unbedingt den Studentenführern vorstellen. Zwar lächelten beide Männer freundlich, würdigten aber Emilys Versuch, einige Brocken Mandarin zu sprechen, in keiner Weise. Allerdings ließen sie Julia nichts von der grimmigen Ausländerfeindlichkeit spüren, die Mao Tse-tungs Rede durchzogen hatte.

Die lange Abenddämmerung ging in Dunkelheit über, während die jungen Leute gegen zehn Uhr zu Fuß zur Halle der Harmonie zurückkehrten. Tommy pries jetzt die Versammlung, die er zuvor bespöttelt hatte, und erklärte, die Nationale Studentenvereinigung diene als Sammelbecken aller fortschrittlichen Elemente, obwohl sie bislang in ganz China höchstens hundert Mitglieder zähle. Tschang Kuo-tao, fügte er in leichtem Ton hinzu, sei wie Mao Tse-tung Sozialist, wenn nicht gar Kommunist.

«Warum haben sie das nicht offen zugegeben?» fragte Emily empört. «Sie haben mit keiner Silbe etwas über Sozialismus oder Kommunismus gesagt.»

«Dazu sahen sie wohl keinen Anlaß», gab Tommy lächelnd zurück. «Noch nicht.»

6

30. Juni 1921

Die Lebensader des internationalen Teils der Stadt war die Nanking Road. Sie zog sich vom Bund, der einst die Westgrenze der internationalen Konzession gebildet hatte, bis zur Pferderennbahn, der gegenwärtigen Westgrenze. Von dort an hieß sie nach einer heiligen Quelle Bubbling Well Road. Während sich in der Nanking Road das Wirtschaftsleben der Stadt konzentrierte, Banken, Kaufhäuser und zahlreiche Einzelhandelsgeschäfte dicht an dicht standen, drängten sich am Anfang der Bubbling Well Road Nachtklubs, Tanzsäle und Restaurants für Ausländer. Später führte sie durch offenes und grünes Gelände, obwohl die Straßenbahngleise dem Verlauf der ganzen Straße folgten.

Am letzten Abend des Juni 1921, während sie über die Bubbling Well Road fuhren, stieß Tommy Howe seine Schwester Emily an und wies auf ein riesiges Motorrad, das neben ihrem smaragdgrünen Rolls-Royce anhielt. Trotz der Hitze trug der im Sattel sitzende chinesische Chauffeur ein Jackett aus Serge, eine Reithose aus dem gleichen Material und Ledergamaschen. Der Ausländer, der als Fahrgast im Beiwagen saß, trug einen weißen Smoking aus Schantung-Seide. Er lächelte und hob die Hand, als wolle er jemanden segnen. Dabei glänzten seine Goldzähne noch strahlender als der blitzende Kühlergrill des Rolls-Royce.

«Jeff Jehosophat Geoffreys höchstpersönlich!» sagte Harrison Parker Smythe III, der amerikanische Vizekonsul, vom Rücksitz des Rolls-Royce aus. «Der einstige Unteroffizier der US-Infanterie auf dem Weg in sein neues Reich.»

Julia Pavernen warf Richard Hollings einen fragenden Blick zu, doch der Engländer sah gelangweilt nach draußen.

Dort stand der neunundzwanzigjährige Sohn der Haleevies, Joshua, neben seinem am Bordstein geparkten mitternachtsblauen Delage. Neidvoll krampfte sich Tommys Herz zusammen. Sein Vater vertrat unerbittlich die Ansicht, ein wirklicher Gentleman dürfe sein Auto keinesfalls selbst lenken. Diese Tätigkeit erschien ihm ebenso erniedrigend wie das Ziehen einer Rikscha. Keinen Steinwurf weit entfernt erhob sich die Villa von Joshuas Eltern, die den bescheidenen Namen Jade-Haus trug, in einem riesigen Park.

Der hochgewachsene dunkelhaarige Joshua hatte dasselbe Ziel wie Tommy, die beiden jungen Frauen und ihre Begleiter: einen neuen Nachtklub. Emily war noch nie an einem solchen Ort gewesen und wußte lediglich, daß ihre Mutter entsetzt gewesen wäre, wenn sie vom Vorhaben der beiden jungen Frauen erfahren hätte – auch wenn sie in Herrenbegleitung waren.

«Nach oben, meine Herrschaften?» fragte der Hausherr Jeff Geoffreys, verbeugte sich zuvorkommend vor den Besuchern und wies mit der Hand auf die Wendeltreppe, die zur Balustrade führte. Von dort hatten besonders bevorzugte Gäste, diskret hinter großen Kübelpflanzen und Glasperlenvorhängen verborgen, einen ungehinderten Blick auf die gläserne Tanzfläche, neben der die aus Filipinos, Europäern und Chinesen bestehende Kapelle aufspielte. Die Stadt war ein Schmelztiegel, in dem Menschen, Bräuche und Sprachen aus einem Dutzend Länder wild durcheinanderbrodelten, ohne sich erkennbar zu vermischen – China war es nicht.

Doch war diese internationale Gemeinschaft auf chinesische Energie und chinesisches Talent angewiesen, ja, sie lebte geradezu davon. Emily mußte daran denken, wie die Ausländer ihre chinesischen Landsleute auspreßten und fortwarfen – der sterbende Kuli in der Avenue Joffre fiel ihr ein. Einige Chinesen, wie ihr Vater, konnten in diesem System reich werden, doch die meisten wurden unbarmherzig ausgebeutet.

Und doch war die Mehrzahl der im übrigen China lebenden Menschen noch weit ärmer als die armen Chinesen Schanghais. Immerhin schuf die Ausländerherrschaft Arbeitsplätze und Stabilität und bewirkte ein gewisses Maß an Freiheit, was sogar der revolutionäre Feuerkopf Mao Tse-tung zugegeben hatte. Bis eine chinesische Regierung dem ganzen Land Sicherheit und die Möglichkeit eines menschenwürdigen Lebens bieten konnte, würden die Chinesen weiterhin nach Schanghai strömen.

Doch diese Stadt war nicht nur ein Wirtschaftszentrum, sie war auch abgrundtief korrupt, ein Paradies für Glücksritter und skrupellose Abenteurer. Jeder denkbaren Perversion wurde auf ihren dreißig Quadratkilometern gefrönt: Kinderprostitution, ob mit Jungen oder Mädchen, gegen Geld vorgeführte Folter und Bestialität, Handel mit seelenzerstörendem Rauschgift. Die menschlichen Abfälle dieser Metropole wurden anschließend in Massengräber geschaufelt.

«. . . darf ich bitten?» Emily hob den Blick. Vor ihr verbeugte sich Joshua Haleevie und wiederholte: «Darf ich um diesen Tanz bitten?»

«Nun, dazu sind wir ja wohl hergekommen», sagte sie zögernd. «Allerdings weiß ich nicht recht . . .»

«Wieso, Emmy?» wollte Julia wissen. «Wenn unsere Herren tanzen wollen –»

«Die Damen auf der Tanzfläche . . .» begann Emily verwirrt. «Die Tänzerinnen . . . scheinen mir keine . . .»

«Engel sind sie nicht, Emmy, das stimmt.» Mit blauen Kinderaugen bat Harry Smythe um Entschuldigung für seine leicht gewagten Worte. «Aber jede dieser . . . Damen hat ihren . . . äh . . . besonderen Freund, und sie alle benehmen sich . . . äh . . . in der Öffentlichkeit anständig. Etwas anderes würde Jeff auch gar nicht dulden.»

Als Emily dennoch zögerte, erklärte Richard Hollings: «Es ist für anständige junge Damen eine Sache, sich die Nachtseite des Lebens anzuschauen, aber eine ganz andere, auf demselben Tanzboden zu erscheinen wie . . . äh . . . bezahlte Tänzerinnen, ganz gleich, wie einwandfrei sie sich benehmen. Sollten wir nicht besser –»

«Ach, komm, Dick, sei kein Spielverderber!» Es war Julia klar, daß ihre Worte unpassend klangen, aber Hollings' hochtrabende Art ärgerte sie; er schien zu glauben, daß Emily und sie eines männlichen Schutzes bedurften. «Wir wollen alle Foxtrott tanzen.»

Richard warf ihr einen finsteren Blick zu, sein Gesicht hellte sich aber gleich wieder auf, als ihm Emily wegen seiner Besorgnis dankbar zulächelte.

Die Kapelle spielte eine Melodie, an die sich Emily undeutlich erinnerte. Als Herren in Smoking die Tänzerinnen aufforderten und sich diese erhoben, sah sie, daß es sich ausschließlich um Asiatinnen handelte, meist Chinesinnen, aber auch einzelne Vietnamesinnen, Japanerinnen und eine Koreanerin. Der Kapellmeister, ein Filipino, sang den Text, und jetzt erkannte Emily das Lied: Sie hatte es noch vor kurzem bei jedem Tanzfest in ihrem College gehört. Es verkündete, daß auf Regen Sonnenschein folge.

Am Rand der Tanzfläche sah sie, wie ein ungewöhnlich hochgewachsener Chinese ein Mädchen ansprach. Als dieses den Kopf hob, erkannte sie überrascht, daß es sich um eine Europäerin handelte. Sie hatte große tiefblaue Augen, deutlich vortretende Wangenknochen und ein kleines eckiges Kinn. Ihre Haut war so weiß, daß sie im Licht der sich über der Tanzfläche drehenden Spiegelkugel bläulich erschien.

Die Tänzerin erhob sich. Ihr ganzer Körper schien starr und drückte deutlich erkennbare Verachtung aus. Emily sah, daß ihr tief ausgeschnittenes Kleid ziemlich altmodisch war. Es ließ eine üppige Figur mit schwellendem Busen erkennen. Obwohl die Frau nicht besonders klein war, reichte sie dem Chinesen kaum bis zur Schulter. Mechanisch nahm sie seine Hand, während er ihr den Arm um die Taille legte. Zögernd schob sich ihre Rechte auf seinen Oberarm. Beim Tanzen beugte sie sich zurück, bemüht, von ihm nicht in eine enge Umarmung gezogen zu werden.

Emily wäre nie auf den Gedanken verfallen, daß es in Schanghai arme westliche Ausländerinnen geben könnte, und schon gar nicht darauf, daß eine Europäerin darauf angewiesen sein könnte, sich ihr Geld als Animiermädchen zu verdienen.

Als die Kapelle zu einem Tango überging, beugte sich der Chinese zu der Frau, redete auf sie ein und zog sie gegen ihr Sträuben enger an sich, wobei sich seine große Pranke besitzergreifend auf ihren bloßen Rücken legte. Sie erstarrte mitten in der Bewegung, hob ihm wütend den Kopf entgegen und schleuderte ihm einige Worte zu. Daraufhin schüttelte der Mann sie so heftig, daß ihr Kopf wie der einer Stoffpuppe hin und her flog und ihr die hochhackigen silbernen Schuhe fast von den Füßen fielen. Während andere Paare achtlos an ihnen vorbeitanzten, versuchte sie mit geballten Fäusten, ihn von sich zu schieben, woraufhin er sie noch heftiger schüttelte.

Jetzt zog die Europäerin mit weit aufgerissenen Augen ein Federmesser mit Perlmuttgriff aus ihrer Korsage, öffnete es und zielte damit auf die Augen ihres Peinigers.

Die knochige Hand des Mannes schloß sich fest um die ihre. Mit sadistischem Vergnügen drehte er die blitzende Klinge so, daß sie auf ihr Gesicht wies, und ihre Spitze senkte sich unaufhaltsam, beschrieb schon in der Luft den Bogen, den er auf ihre glatte Wange ritzen wollte.

Mit ihren rotlackierten Fingernägeln fuhr die Frau über den Rücken der Hand, die nach wie vor ihre Schulter hielt. Eher verwundert als verletzt löste der Mann seinen Griff, sie riß sich los und wandte sich zur Flucht. Dabei glitt sie auf dem Tanzboden aus und stolperte.

Der hochgewachsene Chinese beugte sich nach unten und griff erneut nach ihren Schultern, doch mit drohend erhobenen Fäusten trat Jeff Geoffreys zwischen sie, und zwei seiner stämmigen Türsteher packten die Arme des Mannes.

Auch das also war Schanghai, erkannte Emily betroffen.

Joshua Haleevie stürzte die Wendeltreppe hinab, hob die junge Frau auf und trug sie ohne erkennbare Anstrengung zur Balustrade hinauf. Er bot ihr einen Platz an einem freien Tisch an, doch Emily sagte: «Bring sie her. Wir können sie nicht allein lassen.»

Die junge Frau lächelte matt. Ihr Blick flackerte zwischen Emily und dem Kellner, der ihr Wodka eingoß, unruhig hin und her. Einen Ellbogen auf den Tisch gelegt, stürzte sie den Inhalt des Glases mit einem Zug hinunter und lächelte erneut.

Sie war zweifellos schön. Blauschwarz glänzte ihr Haar, das in einem Knoten zusammengefaßt war, sie hatte eine fein gebogene Nase und äußerst ausdrucksvolle Hände mit schlanken Fingern.

«Es ist sehr freundlich von Ihnen», sagte sie mit leicht rollendem «r».

«Noch einen Wodka auf den Schreck?» fragte Emily.

«Genau das Richtige unter den Umständen!» sagte die junge Frau mit katzenhaftem Lächeln. «Auf Ihre Gesundheit! *Na sdarowje!*»

«Ach, sind Sie Russin?» fragte Tommy. «*Na sdarowje* ist das einzige russische Wort, das ich kenne. Ich heiße Howe, Thomas Howe. Man nennt mich Tommy.»

«Sehr angenehm, Mr. Howe. Ich bin Elisaweta Alexandrowna Jawalenka. Mein Kindermädchen hat mich Liz gerufen.»

«Ihr Kindermädchen?» erkundigte sich Joshua Haleevie. «Und wo war das, wenn ich fragen darf?»

«Natürlich dürfen Sie, mein tapferer Retter», sagte sie munter. «Im einstigen Sankt Petersburg.»

«Ich heiße übrigens Joshua Haleevie», stellte er sich mit breitem Grinsen vor.

«War das vorhin sehr schrecklich für Sie?» fragte Julia sie mitfühlend.

«Nun . . . Sie können sich ja vorstellen, was er wollte.» Sie lächelte. «Und ich war wohl etwas unhöflich zu ihm – aber er hat sich nun einmal widerwärtig aufgeführt.»

«Und was hat Sie aus Sankt Petersburg hierher verschlagen?»

Es belustigte Richard Hollings, der diese sehr direkte Frage gestellt hatte, wie der Vizekonsul Harrison Parker Smythe III durch seine ganze Haltung zu erkennen gab, daß er mit dieser zweifelhaften Abenteurerin nichts zu tun haben wollte.

«Zuerst kam ich mit der weißrussischen Armee nach Sibirien», gab sie zur Antwort. «Mein Bruder Sascha war Kosaken-Major. Natürlich ist er umgekommen, ganz der Sohn seines tapferen Vaters.»

Fast kampflustig fügte sie hinzu: «Hat denn keiner von Ihnen je von Graf Alexander Sergejewitsch Jawalenko gehört, dem bekannten ukrainischen Millionär und Philanthropen? Er besaß seinerzeit eine Zuckerfabrik.»

Die Pausen und dramatischen Gesten, mit denen sie ihre Erzählung unterstrich, zeigten, daß sie diese Geschichte schon oft erzählt hatte. «Da der größte Teil des Schmucks inzwischen versetzt war, bin ich dann mit einigen nicht besonders wertvollen Schmuckstücken und einem Schiffskoffer voller Abendkleider, die vor dem Krieg meiner Mutter gehört hatten, über Sibirien nach Wladiwostok gekommen. Ich hatte nur noch eine Handvoll Rubel. Die Weißen waren beinahe am Ende. Sie waren undiszipliniert und, was noch schlimmer war, glücklos. Also kaufte ich mir eine Fahrkarte nach Schanghai.»

Julia war von dem Bericht gerührt – und fasziniert von der schönen russischen Emigrantin. «Und wie ging es weiter?»

«Nun, als ich hier ankam, hatte ich keinen roten Heller mehr», fuhr Elisaweta fort. «Deswegen gehe ich ja diesem Beruf hier nach. Es hält ganz schön auf die Füße.»

«Bestimmt könnten Sie etwas Passenderes finden», ließ sich Richard Hollings mit mißtrauischer Stimme vernehmen. «In einer Stadt von der Größe Schanghais muß es doch etwas anderes geben, was Sie tun können.»

«Natürlich, ich könnte von meinen Zinsen leben», fuhr ihn Elisaweta an. «Nur ist leider die Bank zusammengebrochen.»

«Schluß, Richard», mahnte Joshua. «Und Sie . . . äh . . .»

«Gräfin Jawalenka, genaugenommen. Aber das klingt wohl etwas hochtrabend für eine Animierdame in Jeff Geoffreys *St. Andrew's Café*. Sagen Sie einfach Liz zu mir.»

«Also, Liz», fuhr Joshua fort. «Wenn Sie ernsthaft arbeiten wollen, könnte ich etwas finden, das besser geeignet wäre als das hier . . .»

Die junge Russin sah nachdenklich in ihr leeres Glas. Nachdem der Kellner es erneut mit Wodka gefüllt hatte, drehte sie es zwischen den Fingern. Diesmal nippte sie daran, statt den Inhalt hinunterzustürzen. «Dafür wäre ich Ihnen dankbar, Mr. Haleevie», sagte sie.

«Nennen Sie mich doch Joshua.»

«Nun schön, Joshua. Eigentlich haben Sie keinen Grund, sich um mich zu kümmern. Ich bin erwachsen, und ich –»

«Bitte berauben Sie mich nicht des Vergnügens, es zu versuchen.»

«Ich wäre äußerst dankbar, habe aber wenig Hoffnung.»

«Was haben Sie denn schon probiert?» erkundigte sich Joshua unbeirrt.

«Meine Fähigkeiten sind auf das beschränkt, was eine junge Aristokratin vor der Revolution lernte. Es galt damals nicht als standesgemäß, sich seinen Lebensunterhalt zu verdienen. Natürlich beherrsche ich mehrere Sprachen, neben meiner Muttersprache Französisch, Deutsch, Italienisch und Englisch. Und sonst? Ich kann ein wenig nähen, aquarellieren und auf dem Klavier etwas Mozart klimpern. Das dürften wohl kaum verwertbare Fähigkeiten sein.»

«Woher wollen Sie wissen, daß Sie sonst nichts können?» erkundigte sich Richard Hollings. «Haben Sie es probiert? Ich meine ernsthaft?»

«Durchaus – und immer wieder», gab sie unbeeindruckt zur Antwort. «Ich nähe ziemlich gut, aber wie kann ich mich mit Tausenden von geschickten Chinesinnen messen, die für einen Hungerlohn arbeiten? Auch etwas Englischunterricht und ein paar Französischstunden habe ich gegeben, aber groß war die Nachfrage nicht, und Russisch wird heutzutage erst recht nicht verlangt. Wir Russen sind nicht mehr in Mode.»

«Das ist alles?» beharrte Richard.

«Ich wüßte gern, was Sie in meiner Lage täten», konterte Elisaweta, deren Ärger wuchs, seine Feindseligkeit. «Ihr Kreuzverhör gefällt mir nicht. Aber ich will Ihnen antworten. Ich habe anderes probiert und war eine Zeitlang Gouvernante bei zwei der abscheulichsten französischen Gören, die die Welt je gesehen hat. Glücklicherweise – oder unglücklicherweise – wurde ihr Vater nach Saigon versetzt. Außerdem war ich Verkäuferin und Empfangsdame in Hotels, doch auch da konnte ich mit den Chinesinnen einfach nicht konkurrieren. Eine Europäerin kann hier in solchen Berufen unmöglich ihren Lebensunterhalt verdienen.»

«Ich will sehen, was ich tun kann, Miss ... äh ... Liz», wiederholte Joshua.

«Das würde mich sehr glücklich machen, und ich wäre Ihnen zu großem Dank verpflichtet, obwohl ich mir, wie ich schon gesagt habe, nicht vorstellen kann –»

«Aber was könnten Sie denn dann tun?» Julias Anteilnahme war echt, aber ihr Takt ließ zu wünschen übrig. «Wenn es für eine junge Frau so schwer ist, sich in Schanghai durchzuschlagen, was wollen Sie dann machen?»

«Manchmal scheint es mir nur *eine* Möglichkeit zu geben», sagte Elisaweta ohne Rücksicht auf Emilys entsetzten Gesichtsausdruck. «Und ich habe ganz einfach vor zu überleben.»

7

9.–12. Juli 1921

Tschang Kuo-tao wischte sich den Schweiß von der Stirn. Der hochgewachsene Führer der Radikalen mit den breiten Backenknochen hatte sich bei der Sitzung der Nationalen Studentenvereinigung betont selbstsicher gegeben. In Wirklichkeit aber war er ziemlich erregt, als er an die erneute Kritik denken mußte, die sein Vater vor sechs Wochen bei seinem Besuch zu Haus an ihm geübt hatte.

«Du bist erst vierundzwanzig», hatte sein Vater gesagt, «redest und handelst aber, als hättest du allein die Weisheit gepachtet. Mich verachtest du, weil ich ein nicht ganz armer Landbesitzer bin, hattest aber selbstverständlich nichts dagegen, daß ich dir mit meinem Blutgeld, wie du es nennst, das Studium an der Universität Peking, dieser radikalen Pesthöhle, bezahlt habe. Alles, was du dort gelernt hast, hat dich starrköpfig, voreingenommen und rücksichtslos gemacht. Aus dir wird ebensowenig etwas werden wie aus den anderen halbwüchsigen Herumtreibern, die wie du das Spiel der Politik und der Revolution spielen.»

Diese Worte hatten ihn zutiefst gekränkt. Aber warum fühlte er sich nur von den verärgerten Vorwürfen eines engstirnigen Reaktionärs so verletzt? Wie alle Chinesen hatte er tiefverwurzelte Ehrfurcht vor dem Alter. Wann würde er die Überreste dieser Ehrerbietung überwinden, die dem Fortschritt im Wege stand?

Noch heute, beschloß er, wollte er sich von seiner abergläubischen Achtung vor den antiquierten Vorurteilen seines Vaters befreien. Und die beiden Ausländer, beide in mittleren Jahren, die als Abgesandte der Kommunistischen Internationale in Moskau, der Komintern, uneingeladen hergekommen waren und nichts als Schwierigkeiten machten, führten sich ebenfalls wie Väter auf. Sie äußerten sich herablassend, bezweifelten unverhohlen die Erfolgsaussichten seiner Gruppe. Auch denen würde er es zeigen!

Obwohl die Kommunistische Partei Chinas bei diesem ersten nationalen Kongreß erst entstehen sollte, stand für Tschang Kuo-tao schon jetzt ohne Zweifel fest, daß sie bald zur machtvollsten Kraft im Land werden und es zu gegebener Zeit auch regieren würde. Als geschäftsführender Vorsitzender des Ersten Kongresses würde er an die Spitze der Reformbewegung treten, die China zu einer von anderen Ländern unabhängigen und mächtigen Industrienation machen sollte, in der soziale Gerechtigkeit herrschte.

Doch erst mußten sie mit den beiden ungebetenen Gästen fertig werden. Am besten brachten sie diese vermaledeite Sitzung so rasch wie möglich hinter sich. Kurz vor sieben an jenem Juliabend war die Hitze im französischen Viertel der Stadt geradezu unerträglich.

Furcht vor Entdeckung durch die Ausländerpolizei hatte die Delegierten dazu veranlaßt, den Kongreß nicht in der nahe gelegenen Po-Wen-Mädchenschule stattfinden zu lassen. Ein schwerer grüner Vorhang hing vor der Tür zu dem winzigen Innenhof eines kleinen Wohngebäudes, in dem sich die Hitze staute. Alle schwitzten, denn die Tür war fest geschlossen. Gelegentliche Regengewitter kühlten die Atmosphäre nicht etwa ab, sondern der aufsteigende Wasserdampf erhöhte die Luftfeuchtigkeit und machte alles noch schlimmer.

Zwölf der vierzehn Männer, die auf Hockern an einem langen Tisch in dem spartanisch eingerichteten Wohnzimmer saßen, waren Chinesen, der älteste von ihnen gerade vierunddreißig Jahre alt. Alle vertraten die Ansicht, daß die Sitzung nicht nur überflüssig war, sondern auch gefährlich.

Der Hauptvertreter der Komintern war der Holländer Hendricus Sneevliet, der sich Maring nannte. Mit seinem kantigen Gesicht und dem kurzgeschorenen Haar wirkte er wie ein preußischer General. Trotz seiner Sympathie für die unterdrückten Massen sah er auf die zurückgebliebenen Asiaten herab.

Seine überwältigende Persönlichkeit schien den zweiten Ausländer, einen kleinen dunklen Russen namens Nikolajewski, beinahe zu erdrücken. Er machte kaum einmal den Mund auf.

Dem geschäftsführenden Vorsitzenden Tschang Kuo-tao war klar, daß sein Kollege Mao Tse-tung, der siebenundzwanzigjährige stellvertretende Delegierte der Provinz Hunan, Schwierigkeiten machen würde. Kurz nach seiner Rede vor der Studentenvereinigung hatte Mao den eigentlichen Delegierten mit angeblich dringenden Geschäften fortgelockt, und so waren die Mitglieder aus Hunan, alles in allem ein rundes Dutzend, ausschließlich durch den aggressiv wirkenden jungen Mann vertreten, der so viel von sich hielt. Mao war bleich und angespannt und wirkte in seinem grauen langen Gewand wie ein fanatischer Mönch. Obwohl er nur wenig vom Marxismus wußte, gab er sich äußerst selbstsicher und tat Einwände arrogant und mit überlegenem Lächeln ab.

Als alle Delegierten Platz genommen hatten, ordnete Maring seine Notizen und gab seinem Dolmetscher Anweisungen, der seine Rede vom Englischen ins Mandarin übersetzen sollte. Er schien im übrigen nicht den von ihm verlangten Rechenschaftsbericht über die erzielten Fortschritte als Hauptzweck der Sondersitzung anzusehen, sondern seine eigene Ansprache, mit der er den jungen Delegierten zeigen wollte, wie sie ihre Angelegenheiten zu führen hatten.

Der geschäftsführende Vorsitzende Tschang Kuo-tao sah sich noch einmal um und mahnte die Anwesenden zur Ruhe. Je früher die Sitzung begann, desto eher kamen sie aus diesem Schwitzkasten wieder heraus.

Bevor Tschang Kuo-tao den Mund öffnen konnte, bewegte sich der grüne Vorhang an der hinteren Tür, und ein kleingewachsener Mann steckte den Kopf herein. Die Krempe eines Filzhutes verdeckte seine Züge, aber sein Kopf fuhr wortlos hin und her wie der einer aufmerksam beobachtenden Kobra, als wolle er sich jedes Gesicht genau einprägen.

«Entschuldigung!» sagte der Fremde schließlich in Schanghai-Chinesisch, «ich muß mich im Haus geirrt haben.»

Der Vorhang schloß sich hinter ihm. Die vierzehn Männer saßen stocksteif da und lauschten, während die Filzsohlen des Unbekannten über den steinernen Hof tappten.

«Wir müssen hier verschwinden!» gebot Tschang Kuo-tao. «Vielleicht ist er ein Polizeispitzel.»

Maring, der das Leben im Untergrund kannte, schloß sich dieser Meinung an. Er schlug mit der Faust auf den Tisch und erklärte: «Ich schlage vor, daß wir die Sitzung vertagen. Jeder geht einzeln!»

Eine Diskussion war nicht erforderlich. Nach den beiden Ausländern verließen die Delegierten den Raum durch die Hintertür, und nach kaum einer Minute brach Tschang Kuo-tao als letzter auf. Nur zwei Männer blieben: der Mieter des Hauses und ein Freund, der angeboten hatte, ihm notfalls beizustehen.

Zehn Minuten später, die beiden hatten kaum die Unordnung beseitigt, die ihre Genossen bei dem hastigen Aufbruch zurückgelassen hatten, flog die Tür zur Straße auf. Der Spitzel war mit einem französischen Polizisten und fünf chinesischen Kriminalbeamten in Zivil zurückgekehrt. Enttäuscht darüber, daß er nur zwei Männer vorfand, wo er noch vor kaum einer Viertelstunde vierzehn gesehen hatte, beharrte der Spitzel darauf, daß er eine verdächtige Versammlung beobachtet hatte.

«Warum hätten sonst zwei Ausländer dabeisein sollen?»

fragte er mit Nachdruck, «und warum sonst wären alle so rasch verschwunden?»

Der französische Beamte verhörte die beiden Männer scharf, aber korrekt. Auch wenn in seinen Worten unausgesprochene Drohungen mitschwangen, blieb er höflich.

«Was war der Zweck der Versammlung?» erkundigte er sich. «Wer sind die zwölf Männer, die das Haus verlassen haben? Warum ist das so rasch geschehen?»

«Wir sind eine kleine kulturelle Vereinigung», erwiderte der Mieter des Hauses, «und haben uns über neuere Entwicklungen der Literatur unterhalten. Die Ausländer haben eine von der unsrigen abweichende Sichtweise beigetragen. Für einen Polizisten ist der Gegenstand vielleicht nicht besonders interessant, wohl aber für Gelehrte und Künstler wie meine Freunde.»

«Und warum haben sie sich so rasch davongemacht?» beharrte ein chinesischer Beamter. «Wovor hatten sie Angst?»

«Vielleicht vor ihren Frauen», gab der Mieter lächelnd zurück. «Einer hat gesagt, wenn er nicht pünktlich heimkäme, würde ihm seine Frau die Hölle heiß machen. Heute abend hat eine neue Oper Premiere, und die Damen brennen darauf, hinzugehen.»

Obwohl ihm die Hartnäckigkeit der Kriminalisten Sorge machte, wirkte der Mann gelassen. Der Freund, der zu seiner moralischen Unterstützung geblieben war, bebte vor Angst, und von seinem Gesicht ließ sich sein Schuldbewußtsein deutlich ablesen. Je mehr die Eindringlinge das Haus auf den Kopf stellten, desto ängstlicher wurde er.

Schließlich mußten die Vertreter der Staatsgewalt ergebnislos abziehen; sie hatten nichts gefunden, was sie den Männern zur Last legen konnten. Die Polizei des französischen Viertels würde das Haus jedoch weiterhin im Auge behalten, dessen durfte man sicher sein.

Der geschäftsführende Vorsitzende Tschang Kuo-tao beglückwünschte sich selbst und wich einem mit Zeitungen beladenen Handkarren aus. Er war sicher, daß er keinerlei Aufmerksamkeit erregt hatte. Da er zeitig genug gekommen war, schlenderte er gemütlich auf den wartenden Zug zu. Alles schien in bester Ordnung zu sein.

Aber daß die Polizei die Gründer der Kommunistischen Partei Chinas drei Tage zuvor bei ihrer Sondersitzung beinahe gefaßt hätte, war ein böses Omen. Es gab keinen Anlaß, den herablassenden Maring und seinen grauen Schatten Nikolajewski zur Schlußsitzung einzuladen, da sie bei der Bahnfahrt unweigerlich auffallen würden. Der einzige Beitrag des Holländers zum Ersten Kongreß würde damit seine Aufforderung bleiben, eine Sitzung zu vertagen, die noch gar nicht in aller Form eröffnet worden war.

Während Tschang Kuo-tao darauf wartete, daß der Zug um 7.02 Uhr abfuhr, nahm er befriedigt wahr, daß sechs Delegierte einzeln eingestiegen waren, ohne in der Menge aufzufallen, die sich auf dem Bahnsteig drängte. Selbst Mao Tse-tung hatte dieses eine Mal darauf verzichtet, auf und ab zu schreiten wie ein fahrender Ritter in einer Provinzoper.

Obwohl es für den Ersten Kongreß kaum noch etwas zu tun gab, konnte er die zweistündige Fahrt von Schanghai nach Kasching am Südlichen See gut nutzen, um seine Unterlagen noch einmal ungestört durchzuarbeiten. Kaum hatte Tschang Kuo-tao jedoch eine Akte geöffnet und darin zu lesen begonnen, sank ihm das Kinn auf die Brust, und als ihn der Schaffner in Kasching wachrüttelte, stellte er erstaunt fest, daß er geschlafen hatte.

Als er den Zug verließ, fühlte er sich sicher. Zum einen hielt er es für ausgeschlossen, daß die chinesische Polizei dieses abgelegenen Ortes mit der Polizei im französischen Viertel von Schanghai in Verbindung stand, und zum anderen würde sie kaum auf einen ungenauen Verdacht dieser Ausländer hin tätig werden. Ohnehin konnte sich einem Hausboot niemand ungesehen nähern, und kein Delegierter konnte es vorzeitig verlassen. Die Schlußsitzung des konstituierenden Ersten Kongresses der Kommunistischen Partei Chinas würde unter perfekten Sicherheitsvorkehrungen vonstatten gehen.

Wie zu einem Vergnügungsausflug betraten an diesem milden Tag Mitte Juli die jungen Männer das luxuriöse Hausboot auf dem Südlichen See. Obwohl man ihm versichert hatte, der Koch wie die Kellner seien zuverlässig, stellte Tschang Kuotao erfreut und befriedigt fest, daß sie lediglich ihren regionalen Dialekt sprachen, nicht aber Mandarin, die Sprache, in der die Delegierten miteinander verkehrten.

Die Männer, die der Haß auf die seit ewigen Zeiten andauernde Ausbeutung der Massen Chinas einte, kamen mit ihrer Arbeit rasch voran und ratifizierten zuvor bereits diskutierte Beschlüsse. Nachdem über den Programmentwurf per Handzeichen abgestimmt worden war, kamen sie überein, daß die Arbeiterbewegung die Grundlage ihrer Macht bilden sollte. Nicht nur würden sie Werktätige für die Kommunistische Partei werben, sondern auch ihre eigenen Gewerkschaften aufbauen. Ein großer Verwaltungsapparat wurde nicht gebraucht, da die Bewegung vorerst nicht mehr als sechzig oder siebzig ergebene Anhänger zählte. Statt dessen wurde ein geachteter Professor, den dringende Aufgaben an der Teilnahme hinderten, zum Generalsekretär ernannt; der älteste der Anwesenden übernahm die Verantwortung für die Propaganda, und den energischen Tschang Kuo-tao berief man zum Leiter des Organisationsbüros.

Dann sprach der geschäftsführende Vorsitzende das Schlußwort. Die neue Kommunistische Partei, sagte er, werde sich weder formal der Moskauer Komintern anschließen noch ihre Freiheit dadurch beschneiden, daß sie die von Moskau angebotene Finanzhilfe annehme. Als die hellen Lichter der Fischerboote über den stillen Wassern des Südlichen Sees aufleuchteten, erklärte Tschang Kuo-tao den Ersten Kongreß für beendet.

8

14. August 1921

Tommy Howes Junggesellenwohnung im fünften Stock eines düsteren Backsteinhauses an der Kiukiang Road hatte deutlich gewonnen, seit Emily und Julia sie mit Kissen in Regenbogenfarben und japanischen Drucken verschönert hatten. Das mußte selbst Tommy anerkennen, dem Veränderungen seiner persönlichen Umgebung nahezu ebenso zuwider waren, wie er den politischen Wandel herbeisehnte.

«Es ist nur ein *pied-à-terre*», hatte er zunächst eingewandt, «und ich muß ohnehin bald für mein letztes Studienjahr nach Peking zurück. Warum sich also die Mühe machen und die Wohnung noch besonders herrichten?»

Ohne darauf zu achten, hatten seine Schwester und ihre Freundin den riesigen Dachboden, von dem eine winzige Küche und zwei kleine Schlafräume abgetrennt waren, behaglich eingerichtet. Das Bad war glücklicherweise schon in einwandfreiem Zustand gewesen. Seit Tommys Internatsjahren in Radley, wo die englische Oberschicht ihre Söhne mit spartanischer Härte erziehen ließ, war er geradezu süchtig nach schimmernden Porzellanwaschschüsseln und heißem Wasser. Ansonsten war ihm, wie jedem alten Radley-Schüler, seine Umgebung völlig gleichgültig – solange sie sich nicht erkennbar änderte.

Jetzt genossen Emily und Julia die Früchte ihrer Arbeit als Tommys Gäste. Julia hatte ein unbehagliches Gefühl, weil Emilys Eltern nicht wußten, daß auch Richard Hollings anwesend sein würde. Zögernd hatte Tommy dem Vorschlag der beiden jungen Mädchen zugestimmt, die den Howes sagen wollten, daß sie ihn allein besuchen würden. Eurydice Howe hätte ihnen sonst keinesfalls gestattet, nach sechs Uhr abends unbegleitet die Halle der Harmonie zu verlassen.

Tommy fand nichts dabei, seine Mutter auf diese Weise hinters Licht zu führen, denn ihm erschienen die herkömmlichen chinesischen Beschränkungen der persönlichen Freiheit als überholt. Allerdings hielt er Frauen durchaus für schutzbedürftig – und vertrat die Ansicht, sie hätten zu tun, was man ihnen sagte. Da man seine Schwester Emily nach der Ungebundenheit, die sie in Bryn Mawr kennengelernt hatte, nicht vollständig wieder in die althergebrachte Rolle der unterwürfigen chinesischen Frau pressen konnte, war es immer noch besser, daß sie ihren Verehrer unter seinem wachen brüderlichen Auge traf als ganz allein. Allerdings begriff er nicht, was sie an einem Ausländer fand – konnte sie doch in den Kreisen, in denen die Howes verkehrten, unter Dutzenden passender junger Chinesen wählen.

Emily, der solche Gedanken offenbar fremd waren, posierte stolz in einem enganliegenden weißen Kleid mit zu beiden Seiten weit hinauf geschlitztem Rock, in dem sie Richard Hollings zu gefallen hoffte. Auch über diesen sogenannten Tschipao hatte Tommy bereits die Brauen gerunzelt, nicht nur, weil er diese Kleider als schamlos ansah, sondern auch, weil sie den Stil der Reitgewänder der nomadischen Mandschus aufnahmen, die von der Mitte des siebzehnten Jahrhunderts bis ins Jahr 1911 China das Joch der Fremdherrschaft aufgezwungen hatten.

Als Emily jetzt mit dem Teetablett in den Raum trat, beugte sich Richard Hollings vor. Es war mehr als deutlich, daß er genoß, was er sah, denn der durchscheinende Stoff ließ gegen das Licht Emilys körperliche Vorzüge deutlich erkennen. Tommy warf seiner Schwester auf Schanghai-Chinesisch, das der Gast nicht beherrschte, ihre unzüchtige Aufführung vor, was sie mit der Bemerkung konterte: «Wenn Männer zeigen dürfen, was sie haben – wieso dann wir Frauen nicht?»

«Richtig ärgerlich, wenn man nichts versteht», knurrte Richard Julia zu. «Sie hören sich an wie zwei Fischhändler, nicht? Ich sag euch», fuhr er übergangslos fort, «Joshua trifft sich ziemlich häufig mit dem russischen Flittchen aus dem *St. Andrew's Café*. Bestimmt nicht aus Nächstenliebe. Wenn die eine Gräfin ist, bin ich ein Großherzog.»

Als Emily das hörte, wandte sie sich ihm zu und sprach sofort wieder Englisch. «Und da heißt es, Frauen klatschen! Erst macht mich mein Bruder herunter wie eine Gouvernante, und jetzt tratscht Richard wie ein Waschweib. Ist das die männliche Überlegenheit?»

Julia mußte lächeln. Kaum zwei Monate in Schanghai hatten genügt, aus Emily eine glühende Feministin zu machen. Sie war entsetzt über die Selbstverständlichkeit, mit der die meisten Chinesinnen sich allen möglichen Einschränkungen unterwarfen. Als Julia ihrer Freundin nickend zustimmte, warf ihr Tommy einen Blick zu, der wohl heißen mochte, daß sie sich ihr hübsches Köpfchen nicht über die Sorgen Erwachsener zu zerbrechen brauche.

Richard ließ nicht locker: «Du nimmst die Russin ja nur in Schutz, weil sie eine Frau ist. Dabei ist doch sonnenklar, daß sie ein falsches Spiel spielt. Animiermädchen, und wer weiß was noch!»

«Eben, wer *weiß*?» wies ihn Emily zurecht. «Solange wir nichts Genaues wissen, solltest du dich etwas zurückhalten.»

«Wenn sie all diese Sprachen spricht, muß sie echt sein», sagte Julia. «Woher hätte sie ohne reichen Vater ihre Bildung bekommen sollen? Und wenn er reich war, kann er doch auch ohne weiteres ein Graf gewesen sein, oder nicht?»

«Sie spricht sie tatsächlich», erklärte Tommy. «Joshua hat das nachgeprüft, bevor er versucht hat, Arbeit für sie zu finden.»

«Siehst du, Richard, sie spielt kein falsches Spiel», triumphierte Emily, bevor sie sich an ihren Bruder wandte: «Davon hast du mir ja noch gar nichts gesagt. Hat er etwas für sie gefunden?»

«Nein», gab Tommy zurück. «Sein Vater hat sich quergelegt, kaum daß er ihren Namen hörte. Der alte Knabe haßt die Russen wegen ihres Antisemitismus wie die Pest. Er hat keine Ahnung, wie vernarrt Joshua in sie ist – verknallt oder behext von ihr.»

«Ich würde Elisaweta gern wiedersehen», sagte Julia. «Sie fasziniert mich. Aber in eurem Haus kann man sich ja nicht frei bewegen . . .»

«Das ist auch gut so», sagte Tommy. «Wer weiß, was ihr sonst alles anstellen würdet . . . Nach dem, was mir Joshua sagt, ist die Dame äußerst temperamentvoll, manchmal richtig wild. Ich verstehe nicht, wie er ihre Launen ertragen kann.»

«Vielleicht ist es Liebe», gab Julia zu bedenken, «das soll ja vorkommen.»

«Ich kann mir denken, was es ist», lachte Tommy, «Liebe jedenfalls nicht.»

Julia wußte selbst nicht, warum sie gerade bei diesen Worten Tommy sehr anziehend fand. Nie zuvor war ihr ein Chinese begehrenswert erschienen. Zu Hause in Amerika waren ihr einige von Emilys chinesischen Bekannten recht sympathisch und andere unsympathisch gewesen, aber *so* hatte sie an keinen von ihnen je gedacht. Doch Tommy . . . Sogleich verwies sich Julia diesen Gedanken. Etwas Ernsthaftes konnte nie daraus werden – nicht nur wegen des Rassenunterschiedes, sondern vor allem wegen ihres ganz und gar verschiedenen Hintergrundes. Hinter dem Schein seiner englischen Erziehung war Thomas Tan-se Howe bis auf die Knochen Chinese. Außerhalb Chinas würde er nie glücklich sein können. Und auch sie konnte sich nicht vorstellen, ihr Leben in einem fremden Land zu verbringen.

Julia nahm sich zusammen. Sie schwärmte wie eine Sechzehnjährige, die glaubt, jeder Mann müsse von ihrer Schönheit hingerissen sein. Bei Tommy war das erkennbar nicht der Fall. Er duldete sie ganz offensichtlich nur in seiner Nähe, weil sie die beste Freundin seiner Schwester war.

Jetzt wandte sich Emily wieder an Richard, der wie Tommy eine englische Privatschule besucht hatte, lächelte ihm zu und sagte:

«Auf, wir dürfen nicht zu spät kommen.»

Als die Tür hinter ihnen ins Schloß fiel, grinste Tommy, nahm die Brille ab und putzte sorgfältig deren blitzende Gläser.

«Uff», sagte er, «da hat sie es mir aber wieder gegeben.»

«Männern gegenüber setzt sie sich immer durch», lachte Julia.

Mit einemmal ging es Julia auf, daß sie bis zu Emilys Rückkehr mit Tommy allein sein würde, denn sie konnte unmöglich ohne die Freundin in deren Elternhaus auftauchen. Selbstverständlich war Tommy ein Gentleman, auch wenn Chinesen diese Dinge etwas anders sahen. Sie mußte ihm entweder draufgängerisch oder töricht erscheinen, wie sie da mit ihm allein in seiner Wohnung saß. Sogar die selbstbewußte Emily und ihr Richard würden sich bei dem Empfang, zu dem sie aufgebrochen waren, unter vielen anderen Menschen an einem öffentlichen Ort befinden.

«Ziemlich unangenehm», überlegte Tommy, dessen Bedenken sich grundlegend von Julias unterschieden. «Wenn nun jemand, der Emmy kennt, die beiden sieht und die Eltern davon erfahren! Der Teufel wäre los!»

«Emmy meinte, in einem so gänzlich anderen Gesellschaftskreis bestünde keine Gefahr. Es tut mir nur leid, daß du mit mir hier herumsitzen mußt, bis sie wiederkommt.»

«Das macht mir nichts aus, Julia. Wenn ich ehrlich sein soll, ist es mir ein großes Vergnügen.»

Toms Galanterie kam automatisch. Jeder wohlerzogene junge Mann in seiner Lage hätte dasselbe gesagt. Schon sein nächster Satz verriet, daß er Julia als Mensch – oder als Frau – kaum zur Kenntnis nahm. Er sprach so unverbindlich, als wäre sie jemand, den er im Zug kennengelernt hatte und nie wiedersehen würde.

«So ist das mit diesen verdammten Ausländern», sagte er, «natürlich fällt es Emily schwer, sich in Schanghai wieder einzugewöhnen, und natürlich könnte sie zu keinem Chinesen dieselbe Art von freizügiger Beziehung haben. Der grundlegende und unaufhebbare Unterschied zwischen Fremden und Chinesen scheint ihr gar nichts auszumachen. Es sieht ganz so aus, als fühlte sie sich zu ausländischen Männern hingezogen. Wahrscheinlich erinnert sie das an ihre Studienzeit . . . Jetzt ist es Hollings, aber es könnte auch jeder andere sein. Ich bin ein Trottel, daß ich mich dazu hergebe, die Eltern zu hintergehen. Die Sache wird bestimmt mit Tränen enden.»

«Er ist nicht ein beliebiger Ausländer!» nahm Julia ihre

Freundin eifrig in Schutz. «Ihr liegt nichts an Harry Smythe oder einem Dutzend anderer, die wir im Jade-Haus kennengelernt haben. Sie weiß, was sie will, und sie kann auf sich selbst aufpassen. Schließlich hab ich sie früher auch schon so erlebt. So etwas geht bei ihr bald vorüber. Es ist rasch und intensiv, aber nicht tief. Sie hütet ihr Herz.»

«Ach ja?» gab Tommy zurück. «Trotzdem muß sie ihre krankhafte Hinwendung zu Ausländern aufgeben.»

Julia sah aufmerksam auf den hochgewachsenen vierundzwanzigjährigen jungen Mann, der in den aufgeklärten zwanziger Jahren sprach wie ein bigotter Greis. Er schien kein persönliches Vorurteil gegenüber Ausländern zu haben, denn kein rassistischer Zorn schwang in seinen Worten mit. So demütigend sie sein mochten, seine Worte hatten mit ihr persönlich nichts zu tun. Es ging lediglich um eine praktische Frage, nämlich darum, daß seiner Ansicht nach Emily Yue-lin Howe gut daran tun würde, sich Männern ihrer eigenen Rasse und Nation zuzuwenden.

Erneut sah Julia Tommy an. Doch, er war durchaus anziehend – schlank, gebräunt und lässig. Außerdem bedeutete er eine Herausforderung. Eines Tages würde eine Frau dieselbe Leidenschaft in ihm erwecken, mit der er sich jetzt der Politik hingab. Doch das würde sie, Julia Pavernen, nicht sein.

«Immerhin ist Emily nicht so emanzipiert, wie sie meint», befand er abschließend. «Ich weiß, sie schätzt mich politisch als radikal ein, beinahe als Bolschewiken. Das ist Unsinn, auch wenn ich fortschrittliche Gedanken vertrete. Aber in mancher Hinsicht bin ich eher konservativ – beispielsweise, was junge Damen und ihr . . . äh . . . Verhalten betrifft.»

Julia merkte, daß Tommy weder so überlegen noch so selbstsicher war, wie er sich gab, sondern eher schüchtern und zurückhaltend. Dabei schien er Humor zu haben und sich über sich selbst ebenso lustig machen zu können wie über andere.

Nun, beschloß sie, sie würde die von Tommy Howe ausgehende Herausforderung annehmen, allerdings nur, um seine Distanziertheit zu durchbrechen, nicht einen Schritt weiter.

Mit bewußt weit aufgerissenen Augen fragte sie also: «Das Verhalten junger Damen?»

«Ich meine, was ... äh ... persönliche Beziehungen betrifft.» Seine Worte kamen langsam und genau. «Für uns Chinesen muß es an einer Dame immer etwas Fernes und Unerreichbares geben; das macht in unseren Augen ihren Zauber aus. Und natürlich erwarten wir, daß sie sich bewahrt ...»

Offenbar um zu betonen, was er zu sagen hatte, setzte er seine schwarzgeränderte Hornbrille auf und äußerte sich wortreich über die herkömmliche chinesische Verehrung der Jungfräulichkeit. In ihm, das erkannte Julia deutlich, steckte tatsächlich ein altmodischer chinesischer Herr.

Er hatte noch nicht einmal versucht, ihre Hand zu berühren. Wie sich ein amerikanischer Medizinstudent unter den gleichen Umständen verhalten würde, vermochte sie sich leicht auszumalen. Vielleicht, überlegte Julia, fand er sie nicht anziehend. Es gab ihr einen leisen Stich.

«Woran denkst du gerade?» fragte er.

«Ach, nichts weiter», gab sie rasch zur Antwort.

«Findest du das Ganze hier nicht etwas seltsam?» fragte er übergangslos.

Das war die erste persönliche Äußerung, die er je an sie gerichtet hatte. Er hatte ihr die üblichen Komplimente gemacht und mit ihr gespaßt, aber diese Frage war der erste Hinweis darauf, daß er ihre Existenz als Mensch mit eigenen Hoffnungen und Gefühlen wahrnahm.

«Du meinst China und Schanghai?» fragte Julia zurück. «Nun, wir sind hier nicht in Plattsburg im Staat New York ... Doch, Tommy, ich finde das Leben hier sogar ausgesprochen seltsam und manchmal etwas beängstigend. Aber es fasziniert mich; ich möchte nirgendwo sonst auf der Welt sein.»

«Zumindest bist du alt genug, um dich nicht unterkriegen zu lassen. Man hat dich nicht einfach als Kind in ein völlig fremdes, furchteinflößendes Land gesteckt. Ohne jede Möglichkeit der Flucht ...»

Er sah auf seine Meerschaumpfeife herab, die ihm wie seine Hornbrille dazu diente, erwachsen und würdevoll zu wirken.

Von seinen eigenen Äußerungen peinlich berührt, beschäftigte er sich eifrig damit, die Pfeife zu stopfen und suchte auf einer als Kaffeetisch dienenden Holzkiste nach Streichhölzern.

«Das stimmt», gab Julia zu, «aber mein erstes Jahr in der George School war auch entsetzlich. Mein Vater war so krank, und Mutter hat mich fortgeschickt. Ich glaubte damals, daß sie mich nicht mehr haben wollte. Manchmal denke ich das immer noch . . . Es war furchtbar, bis Emily kam. Die Arme hatte noch weniger Halt als ich, und so haben wir uns gegenseitig getröstet.»

«Du hast dich auch verlassen gefühlt?» sagte er erstaunt. «Aber du konntest doch die Sprache und warst kein Fremder, der anders aussah als die anderen. Du kannst dir einfach nicht vorstellen, wie es ist, wenn man in einer englischen Privatschule anders ist als alle anderen!»

Sorgfältig zündete er die Pfeife an, bevor er mit gleichmütiger Stimme fortfuhr: «Diese Schulen sollen junge Männer durch Leiden – Prügeleien unter den Schülern, Schläge von den Lehrern – zur Härte erziehen. Und mich haben sie damit bestimmt hart gemacht. Es war immer kalt und naß, und ich hatte dauernd Hunger. Mein Englisch war nicht halb so gut, wie ich zuerst geglaubt hatte. Damals war ich kaum zehn Jahre alt. Merkwürdig, daß ich die Engländer hinterher doch ganz nett fand . . . Vermutlich ist das Masochismus . . . Das Schlimmste war, daß ich der einzige Chinese war. Alle haben sich über China lustig gemacht.»

«Und deswegen liebst du dein Land so sehr?»

Julia hatte ähnliche Klagen von Emily gehört, aber nie so heftig. Allerdings hatte Emily auch nicht so sehr gelitten wie ihr Bruder. Zumindest was körperliche Gewalt betraf, waren Mädchen wohl weniger brutal als Jungen.

«Möglich», gab Tommy langsam zur Antwort. «Vermutlich hat mir ihr Spott meine Herkunft bewußtgemacht. Aber diese Erinnerungen machen mir heute fast nichts mehr aus. Ich weiß, wer ich bin und was ich tun will – und tun werde.»

«Nämlich?»

«Erstens will ich ein guter Arzt sein», erwiderte er. «Für

jeden, der Hilfe braucht, nicht nur für die Reichen. Hier bei uns in China gibt es so wenig Ärzte, da kommt es auf jeden einzelnen an. Zweitens möchte ich das Land gemeinsam mit anderen stärken und zu Ansehen bringen, frei von ausländischem Einfluß. Niemand soll mehr über mein Land lachen.»

Julia hatte den Eindruck, langsam zu ihm vorzudringen. «Und wie –»

«Aber was ist mit dir?» unterbrach er sie. «Welche Ziele hast du?»

Sie überlegte eine Weile. Dann sagte sie: «Da bin ich noch nicht ganz sicher, Tommy. Natürlich dieselben wie die meisten Mädchen: heiraten, eine Familie gründen, aber auch noch etwas mehr. Es ist großartig, hier in Schanghai zu sein, so anders, so aufregend, so herausfordernd. Ich möchte China wirklich kennenlernen, die chinesische Kultur verstehen. Vielleicht kann ich eines Tages den Menschen ein wenig helfen. Und vielleicht auch die Welt ein wenig verändern.»

«Ach ja, ich vergaß: du hast ja vergleichende Kulturwissenschaft studiert. Vermutlich gibt es da für dich eine Menge zu vergleichen . . .» Erneut war sein Ton unpersönlich und seine Art distanziert, als bedaure er, über so persönliche Dinge mit ihr gesprochen zu haben.

«Ich will dir eine kleine Geschichte über China erzählen, etwas zum Thema chinesische Kultur im Jahre 1921», sagte er schließlich. «Dann siehst du vielleicht, warum es so schwer sein wird, das Land zu verändern – aber auch, warum wir schließlich bestimmt Erfolg haben werden. Vielleicht kommt sie dir etwas kindisch vor, aber das zeigt nur, mit welchem Rohmaterial wir arbeiten müssen.»

Julia lehnte sich in dem Korbsessel zurück, während Tommy mit der Leidenschaft, die er sich anscheinend für die Politik vorbehielt, begann: «Bestimmt erinnerst du dich an Tschang Kuo-tao, den großen Burschen in der Studentenvereinigung? Er hat mir die Geschichte erzählt . . . Am anderen Ufer des Huangpu, gegenüber der Ausländerstadt, steht im Industrie- und Elendsviertel Putong die Fabrik der British-American Tobacco Company – das größte Werk der weltgrößten Tabakfirma im weltbesten Absatzmarkt für Zigaretten. Du hast ja selbst gesehen, was für starke Raucher die Chinesen sind. Die BAT verdient gut. Sie zahlt ihren Aktionären hohe Dividenden und ihren Direktoren und leitenden Angestellten, natürlich lauter Ausländer, fürstliche Gehälter. Aber seine chinesischen Arbeiter verwöhnt das Unternehmen nicht. Sie müssen zwölf bis vierzehn Stunden am Tag arbeiten. Da sich Zehntausende auf dem Land alle Finger nach regelmäßiger Arbeit in der Stadt lecken, werden Hungerlöhne gezahlt, und die Arbeitsbedingungen sind katastrophal.»

«Du willst auf den Streik bei der BAT hinaus, den es Anfang dieses Monats gegeben hat», warf Julia ein. «Haben sich dabei die Arbeiter nicht durchgesetzt?»

«Doch, und ich sage dir, wie», sagte Tommy. «Tschang Kuotao steht dem Gewerkschaftssekretariat vor, das mit der neuen Kommunistischen Partei Chinas zusammenhängt. Der Streik bei der BAT war eine einmalige Gelegenheit, eine starke Gewerkschaft zu gründen. Zehn der Streikführer haben meinen Freund Tschang Kuo-tao aufgesucht, und er hat ihnen gezeigt, was sie tun müssen, damit alle Arbeiter gemeinsam hinter der Forderung nach höherer Bezahlung und besseren Arbeitsbedingungen stehen. Er hat offen gesagt, daß er Marxist ist, aber das hat den Streikführern nichts ausgemacht. Ihr Sprecher hat gesagt: ‹Jeder hat ein Recht auf seine eigene Religion.› Den größten Ärger hatten die Streikenden mit dem Betriebsleiter der BAT, der eine hohe Position im Geheimbund der Bruderschaft vom Schleusentor bekleidet. Er hat die Männer gezwungen, an die Arbeit zurückzukehren.»

«Tommy», unterbrach ihn Julia, «was haben Geheimbünde mit Gewerkschaftsangelegenheiten zu tun? Ich dachte, das sind halbe Gangsterbanden?»

«Natürlich sind sie das – aber sie beherrschen die Arbeiterschaft Schanghais. Die Vorarbeiter aller größeren Firmen hier spielen eine wichtige Rolle in diesen Geheimbünden. Sie haben nichts anderes im Sinn, als sich zu bereichern und die Werktätigen im Interesse der Geschäftsführung möglichst kräftig auszubeuten.

Der Betriebsleiter der BAT wollte alle Streikführer entlassen, aber Tschang Kuo-tao wußte eine Antwort darauf.

‹Ihr streikt doch sowieso schon›, sagte er ihnen, ‹und der Betriebsleiter möchte euch ohnehin auf die Straße setzen. Schlimmer kann es für euch also nicht werden. Ich an eurer Stelle würde eine Massenversammlung einberufen, um von möglichst vielen Kollegen Unterstützung zu bekommen. Damit könnt ihr die Macht des Betriebsleiters brechen.›»

Tommy ließ eine Pause eintreten, in der er seine Pfeife erneut entzündete, und Julia steckte eine Zigarette in die elfenbeinerne Zigarettenspitze, die sie in einem Trödelladen gefunden hatte. Als ihr Tommy Feuer gab, inhalierte sie – und mußte sogleich wegen des ungewohnten Kratzens im Hals husten.

«Bei der Betriebsversammlung», fuhr Tommy fort, «haben vierhundert Arbeiter schweigend zugehört – und dann sind sie verschwunden. Kuo-tao war entmutigt, aber die Streikführer jubelten – trotz des Drucks, den der Betriebsleiter ausübte, war keiner der Männer an die Arbeit zurückgekehrt.»

«Und wie ist die Sache weitergegangen?» fragte Julia. «Das klingt allmählich wie eine chinesische Oper – weit und breit kein Höhepunkt.»

«Der kam ein paar Minuten später», lächelte Tommy. «Während der Betriebsleiter lauthals verkündete, welch schreckliche Rache der Geheimbund an jedem Streikenden nehmen werde, ist ein Arbeiter mit einer riesigen Wassermelone aufgetaucht. Er hat sie dem Mann über den Kopf gestülpt – und der Inhalt eines Nachtkübels ist an ihm heruntergelaufen.

Damit hatte der Betriebsleiter sein Gesicht verloren und zugleich alle Macht über die Arbeiter, genauso wie ein taoistisches Götzenbild seine magische Kraft verliert, wenn man es auf einen Misthaufen wirft. Die ausländische Geschäftsführung war nicht mehr imstande, etwas gegen die Gewerkschaft zu unternehmen und mußte den Forderungen der Arbeiterschaft nachgeben.»

«Und was ist die Moral dieser Geschichte?» fragte Julia. «Das ist zwar sehr aufregend, aber . . .»

Tommy nahm die Brille ab und sagte: «Die Moral lautet: Im heutigen Schanghai vermischen sich der moderne Kapitalismus und der moderne Marxismus, mittelalterlicher Aberglaube und der altüberkommene Stolz von Chinesen auf ihr ‹Gesicht›. Im Landesinnern ist das noch weit ausgeprägter. Aber ein radikaler Wandel steht bevor – und wenn er manchmal durch so merkwürdige Mittel wie eine Wassermelone voll menschlicher Exkremente bewirkt wird.»

Julia wußte nicht recht, was sie sagen sollte. Zwar hatte Tommy die Geschichte gut erzählt, zugleich aber kam es ihr vor, als habe er damit die zwischen ihnen aufkeimende Vertrautheit ersticken wollen. Auch der darin mitschwingende Fremdenhaß störte sie. Zwar behauptete Tommy, Ausländern nicht feindlich gegenüberzustehen, doch gehörte es zu seinen erklärten Zielen, deren Einfluß in China zu beenden. Wieviel persönliches Engagement steckte hinter seinen vorgeblich politischen Gründen?

Julia fühlte sich von seiner Stärke und Begeisterung ebenso angezogen wie von seinem deutlichen Bedürfnis nach Freundlichkeit. Zugleich war er ihr ein Rätsel. Nach außen wirkte er heiter und gelassen, in Wirklichkeit aber schien er von etwas gehetzt zu sein.

Sie beschloß, sich nicht weiter in die Angelegenheit hineinziehen zu lassen. Tommy war weit schwerer auszuloten als seine Schwester, und Julia spürte, wie sehr er sie fesselte. Sie war nicht nach Schanghai gekommen, um sich von einem faszinierenden, wortgewandten und fremdartigen jungen Mann das Herz brechen zu lassen. Unter seinem gelassenen und spöttischen Äußeren war er viel zu ernsthaft für einen Gelegenheitsflirt, und alles, was darüber hinausging, würde gefährlich für sie werden.

«Das ist alles sehr interessant», sagte sie steif. «Wann nur Emily zurückkommt?»

9

26. Oktober–21. Dezember 1921

Für Julia würde es das erste Weihnachtsfest in Schanghai sein und für Emily das erste, das sie seit zehn Jahren zu Hause verlebte. Zwar begann gegen Ende des Jahres 1921 der Glanz des Nachkriegswohlstands allmählich zu verblassen, und Weihnachten war den Chinesen, der mit Abstand größten Bevölkerungsgruppe in der Stadt, fremd, doch wurde das Fest immer mehr kommerzialisiert. Das aber konnte der auf Handel ausgerichteten großen Stadt nur recht sein, und so herrschte hier unmittelbar vor den Feiertagen hektische Betriebsamkeit.

Inmitten des Festglanzes sollte Rachel Haleevies donnerstäglicher *jour fixe*, der letzte des Jahres, das glanzvollste Ereignis werden. Es fand vier Tage vor Weihnachten statt, doch Rachel betonte, daß es sich keineswegs um eine Weihnachtseinladung handele, denn in orthodoxen jüdischen Häusern wurden christliche Feste selbstverständlich nicht gefeiert. Dennoch wollte sie, daß der Tag durch ihre üppige Gastfreundschaft und die ausgewählten Gäste zum gesellschaftlichen Höhepunkt der Saison wurde.

Obwohl Tommy über Weihnachten in der Klinik der Medizinischen Hochschule von Peking arbeiten mußte, genoß Julia die festliche Stimmung der großen Stadt. Sie war ihm in den letzten Monaten zwar nähergekommen, hatte aber genug andere Verehrer. Sie freute sich schon auf Lady Haleevies Empfang im Jade-Haus, das ihr wie eine prächtige Miniatur ihres geliebten Schanghai vorkam.

Julia hatte ihr Herz längst an die internationale Metropole verloren. Die große Hafenstadt am Mündungsfluß des Jangtse, in die sich Menschen aus der am dichtesten bevölkerten Ebene der Erde ergossen, die noch keine achtzig Jahre alt und so eitel war wie eine hübsche Debütantin, erschien Julia einzigartig und als aufregendster Ort auf der ganzen Welt.

Es hieß, der internationale Teil der Stadt sei ein Musterbeispiel für die Zusammenarbeit zahlreicher Völker zum Wohl aller. Von der Gesamtbevölkerung von achthunderttausend Menschen, die beständig zunahm, waren etwa fünfundzwanzigtausend Ausländer aus hundert Ländern dieser Erde, Angehörige der verschiedensten Rassen und Religionen. Manche Fürsprecher der Stadt priesen die dort herrschende Harmonie: Die Unterschicht verrichtete pflichtbewußt ihre Arbeit, und die Oberschicht regierte selbstlos zum allgemeinen Nutzen. Selbst diejenigen, die sich mit perversem Stolz brüsteten, Schanghai sei die Welthauptstadt des Lasters und aller Glanz dort gründe sich auf Sklavenarbeit, waren der Ansicht, der neue Völkerbund solle sich die Stadt zum Vorbild nehmen, wenn er auf der ganzen Welt für Zusammenarbeit, Frieden und Wohlstand sorgen wolle.

Sir Judahs Jade-Haus war der Mittelpunkt jener wahrhaft internationalen Gemeinschaft. Die Haleevies verkörperten Schanghai in geradezu idealer Weise.

Da das Haus der Haleevies allen Freunden der Familie und deren Freunden offenstand, hatte Joshua zum *jour fixe* seiner Mutter Julia und Emily eingeladen. Er wußte, daß sie die beiden gut leiden konnte. Nie wäre es ihm in den Sinn gekommen, daß sie auf Elisaweta Jawalenka verfallen könnten, als er seiner Einladung beiläufig hinzufügte: «Bringt ruhig noch jemanden mit, der dazu paßt.»

Zwar war ihre Beziehung zu Joshua ein offenes Geheimnis, doch war sie im Jade-Haus mit Sicherheit fehl am Platz. Eine Zeitlang war es ihr nicht nur, wie üblich, materiell, sondern auch gesundheitlich ziemlich schlecht gegangen. Sie hatte sich von Tommy und Julia helfen lassen, weil sie nicht wollte, daß Joshua von ihrer mißlichen Lage erfuhr. Als er dennoch dahinterkam, hatte er sie angefahren: «Warum hast du dich in drei Teufels Namen nicht an mich gewandt? Ich hätte dir wirklich gern geholfen. Schick mir doch in Zukunft einfach die Rechnungen.»

«Nein, mein Liebling», hatte sie geantwortet. «Du schenkst mir schon so viel Wärme und Zuneigung. Beides erwidere ich von Herzen, obwohl ich das vielleicht nicht zugeben sollte. Mehr kann ich vor dir unmöglich annehmen. Rosen, Champagner, von mir aus auch Kaviar – warum nicht, mit Vergnügen. Aber Schuhe, Kartoffeln oder gar Medikamente – nein, unmöglich.»

Natürlich wußten Julia und Emily weder etwas von dieser Unterhaltung, noch davon, daß Joshua es mit voller Absicht unterlassen hatte, Elisaweta einzuladen. In ihrer Naivität sahen sie keinen Grund, warum Elisaweta sie nicht ins Jade-Haus begleiten sollte. Joshuas Mutter brauchte weder zu erfahren, welche Rolle sie im Leben ihres Sohnes spielte, noch womit sie ihren Lebensunterhalt verdiente.

Klüger als es ihre einundzwanzig Jahre vermuten ließen, hatte Elisaweta die Einladung der beiden jungen Mädchen erwogen und überlegt, warum Joshua den Empfang bei seiner Mutter nicht erwähnt hatte. Ihre Impulsivität und Selbstsucht drängten sie, anzunehmen, aber aristokratischer Stolz und gesunder Menschenverstand rieten ihr ab.

Sie wollte Joshua nicht in eine peinliche Situation bringen. Andererseits ärgerte es sie, daß er sie nicht eingeladen hatte. Außerdem war sie neugierig auf seine Familie. Sie wollte sehen, was für Menschen einen neunundzwanzigjährigen ehemaligen Infanteriehauptmann dazu bringen konnten, sich bisweilen so aufzuführen, als fürchte er nichts so sehr wie die Mißbilligung seiner Eltern. Schließlich hatte sie sich entschieden, Julia und Emily zu begleiten. Sie gab sich betont selbstsicher, konnte aber eine gewisse Ängstlichkeit nicht ganz verbergen.

Widerstreitende Gedanken gingen Elisaweta durch den Kopf. Ihr Haß galt den Bolschewiken, die so gewaltsam in ihr Leben eingegriffen und so viele ihrer Freunde und Angehörigen getötet hatten. Ihr war bewußt, daß es unter den Bolschewiken zahlreiche Juden gab. Doch ihr Vater, ein führender Geist der Liberalen unter dem russischen Adel, hatte sie gelehrt, es sei nicht nur töricht, eine ganze Gruppe von Menschen zu verachten, sondern man schade sich damit auch selbst.

Andererseits wußte sie aber aus Erfahrung, daß die meisten Juden Schanghais die Russen haßten, vor allem den russischen

Adel. Sie war froh, daß sie sich nicht Gräfin nannte. Das wäre ihr in ihrer Lage nicht nur albern erschienen, sondern konnte auch die Vorurteile der Haleevies bestärken. Doch selbst wenn Joshuas Eltern gegen eine weißrussische Aristokratin keine Einwände erheben würden, wären sie wohl kaum bereit, eine junge Dame mit einem keineswegs gesellschaftsfähigen Beruf zu empfangen.

Dennoch beschloß sie, zu Lady Haleevies *jour fixe* zu gehen. Schlimmstenfalls würde sie sich unbehaglich fühlen, bestenfalls würde sie sich amüsieren – und viel Neues über ihren Liebhaber erfahren.

Sie wählte aus der von ihrer Mutter hinterlassenen Garderobe ein Kleid aus karmesinrotem Atlas. Trotz seines zurückhaltenden Schnitts betonte es nicht nur ihre üppige Figur, sondern ließ auch ihre porzellanweiße Haut und ihr schwarzes Haar zur Geltung kommen.

Bunte Azaleen in Keramikschalen erfüllten die langen Gänge des Jade-Hauses mit ihrem schweren Duft. Den in Taubengrau gehaltenen Salon, in dem Rachel Haleevie ihre Gäste empfing, schmückte ein Meer mauvefarbener Blüten.

Ihre eigene Reaktion auf das Haus entsetzte Elisaweta. Die Vielzahl der Räume und die prunkvolle Ausstattung wirkten zuerst protzig auf sie. Bald jedoch mußte sie sich eingestehen, daß sie in Wirklichkeit neidisch war – und eingeschüchtert.

Angesichts der Umstände, unter denen sie zu leben genötigt war, ließ sich der Neid verstehen. Doch warum sollte der Wohnsitz einer bürgerlichen Familie sie einschüchtern? Hatte sie nicht auf Bällen im Winterpalast von Sankt Petersburg getanzt, und war nicht der Besitz ihres Vaters so groß gewesen, daß man drei Tage geradeaus hatte reiten können, ohne seine Grenze zu erreichen?

Doch der Glanz ihrer Herkunft war für immer dahin. Nie wieder würde sie auch nur bürgerlichen Überfluß genießen können, wie ihn das Jade-Haus bot. Sie war tief gefallen.

Als sie Joshua in der Menge erkannte, kehrten ihre Gedanken in die Gegenwart zurück. Während er ihr kaum zunickte, als er sie sah, empfing seine Mutter sie voll Wärme – nicht zuletzt deshalb, weil Emily und Julia sie ihr als enge Freundin vorgestellt hatten. Als Lady Haleevie sie schließlich freundlich aufforderte: «Sie müssen unbedingt wiederkommen. Wann immer Sie wollen, nicht nur donnerstags», fragte sich Elisaweta, warum sie so lange gezögert hatte, hinzugehen.

«Ihr hattet recht», vertraute sie Emily und Julia glücklich an. «Sie ist hinreißend, und sie hat mich eingeladen, bald wiederzukommen. Manchmal ist töricht, wer zu klug sein will.»

«Ich verstehe immer noch nicht, warum du dir Sorgen gemacht hast», bemerkte Julia. «Du bist nicht nur vorzeigbar, sondern hinreißend schön. Kein Wunder, daß dich Lady Haleevie wiedersehen möchte. Du wirst den Glanzpunkt ihrer Gesellschaften bilden.»

«Ihr seid beide sehr lieb», sagte Elisaweta mit einem entzückten Lächeln in den Raum hinein, in dem sich die Menschen drängten. «Trotzdem frage ich mich . . .»

«Was?» wollte Emily wissen.

«Sie weiß nicht, was ich tue», erklärte Elisaweta trübsinnig. «Wenn sie das erfährt . . .»

Julia machten Elisawetas Befürchtungen ungeduldig, und sie war erleichtert, das Thema wechseln zu können, als sie ihren Onkel auf sie zukommen sah.

«Nanu, Julie, mein Schatz», sagte John Pavernen. «Ich wußte gar nicht, daß du bekannt bist mit . . .»

Über seine linke Schulter warf Elisaweta einer fülligen italienischen Matrone einen zornigen Blick zu, da deren Kleid von der gleichen Farbe war wie ihr eigenes. Emily sah, daß John Pavernens Gesicht bei Elisawetas Anblick ein Schatten überflog, doch Julia merkte nichts davon. Sie bewunderte ihren Onkel, der für sie der Inbegriff des Menschen war, der in Schanghai Erfolg hatte, ein Mann der Zukunft.

«. . . den Haleevies, jedenfalls nicht so gut», improvisierte John Pavernen rasch. «Emily, Sie sehen wieder einmal hinreißend aus. Würden Sie mich Ihrer Freundin vorstellen?» Geschickt überspielte er die Tatsache, daß er und die junge Russin einander bereits kannten. Mit kühlem Lächeln hielt ihm Elisaweta die Hand hin.

«Onkel John! Du kommst wie gerufen!» sagte Julia. «Liz braucht ... hätte gern Arbeit. Ich dachte, daß dein neues Projekt –»

«Ich werde sehen, was ich tun kann», sagte er lächelnd. «Sind Sie denn wirklich an einer langweiligen Bürotätigkeit interessiert, bei der Sie jeden Tag acht Stunden hinter dem Schreibtisch sitzen müssen?»

«Ich möchte gern arbeiten, Mr. Pavernen», sagte Elisaweta, ohne zu lächeln. «Darf ich Sie anrufen?»

«Gern. Julie hat meine Nummer. Wenn mich die Damen jetzt entschuldigen wollen. Ich muß ...»

Er verbeugte sich leicht und verschwand in der Menge.

Joshua erschien mit einem Tablett dampfender Punschgläser. Während sich die beiden anderen bedienten, spähte Emily angestrengt zu einem Mann hinüber, der den Salon gerade betreten hatte. Das Jade-Haus schien ihr ein merkwürdiger Rahmen für Präsident Sun Yat-sens Lieblingsgeneral Tschiang Kai-schek zu sein, doch er unterhielt sich ganz ungezwungen mit dem rothaarigen amerikanischen Vizekonsul Harrison Parker Smythe III.

Emily schob Julia zu den beiden Männern hinüber, während Joshua Elisaweta beim Arm nahm und beiseite führte. «Ich möchte dich einigen interessanten Leuten vorstellen», sagte er.

Aus Furcht vor der unvermeidlichen Demütigung Elisawetas durch seine geliebte – und fest in den Konventionen verwurzelte – Mutter war er zunächst in den Wintergarten geflohen. Als ihn die Sorge um Elisaweta schließlich zurücktrieb, fand er die beiden Frauen in einträchtigem Geplauder. Anscheinend hatte er seine hochmütige, aber ansonsten freundliche Mutter wieder einmal unterschätzt. Reumütig hatte er beschlossen, Elisaweta der Gesellschaft vorzustellen.

«Graf von Schweinitz und Madame Lollard. Der Streichholzkönig Tschau, General Li ...»

Elisaweta prägte sich alle Namen sorgfältig ein. Jeder einzelne von ihnen konnte sich künftig als unschätzbar für ihr Überleben erweisen. Es machte ihr keine Freude, den möglichen Nutzen der Menschen, die sie kennenlernte, so genau zu kalkulieren, sie hatte keine Wahl.

Zum erstenmal, seit sie vor vierzehn Monaten aus Wladiwostok geflohen war, spielte Gräfin Elisaweta Alexandrowna Jawalenka mit dem Gedanken, wieder ein normales Leben führen zu können. Dabei dachte sie nicht an den aristokratischen Prunk des russischen Hochadels – ein solches Leben hatten die Bolschewiken für immer unmöglich gemacht. Aber vielleicht konnte sie auf ein bürgerliches Leben hoffen, ein behagliches, anständiges Dasein.

Eine weihnachtliche Stimmung war, entgegen der erklärten Absicht der Gastgeber, in dem überheizten Raum überall zu spüren. Ein Streichquartett spielte abwechselnd Arrangements aus Bach-Kantaten und beliebten moderneren Melodien. Auch Kerzenschein und Blumenduft standen in deutlichem Gegensatz zu dem grellen Kunstlicht und dem Geruch nach billigem Parfüm, in dessen Dunstkreis Elisaweta sonst arbeitete.

Man hatte sie im Jade-Haus freundlich begrüßt. Statt der befürchteten Herabsetzung hatte sie von Lady Haleevie weibliche Anteilnahme erfahren. Vielleicht, überlegte Elisaweta, war Schanghai doch mehr als eine seelenlose Wüstenei.

John Pavernen hatte sie die kalte Schulter gezeigt, obwohl sie ihn sofort erkannt hatte. Sie erinnerte sich, daß sie ihn in einem üppig ausgestatteten Appartement auf der Sezuan Road getroffen hatte; in einer durch Kokain und Roulette animierten Gesellschaft, bei der überaus respektable Herren anwesend waren – und keine einzige respektable Dame. Sicherlich würde sich Julia bei ihm für sie einsetzen. Warum sollte sie nicht von John Pavernen die achtbare Tätigkeit annehmen, um die sie sich schon so lange bemühte – und auf diese Weise zumindest Zeit gewinnen, um in Ruhe über ihre Zukunft nachzudenken?

Rachel Haleevies freundliches Willkommen hatte Elisaweta den Eindruck vermittelt, nicht unwiderruflich in der Halbwelt verloren zu sein. Nachdem John Pavernen mehr oder weniger versprochen hatte, sich um Arbeit für sie zu kümmern, begann sie, sich ein neues Leben vorzustellen, und als sie mit Emily und Julia die Gesellschaft verließ, quoll sie über vor Lebensfreude.

Sie verabschiedete sich von den beiden Freundinnen, die noch zu einem vorweihnachtlichen Abendessen bei den Sungs wollten. Obwohl sie nicht im smaragdgrünen Rolls-Royce der Howes, sondern in einer kalten Rikscha zu ihrer schäbigen Wohnung am falschen Ende der Kiangse Road fuhr, mußte sie unausgesetzt daran denken, wie großartig es sein würde, endlich eine ordentliche Arbeit zu bekommen.

Als sie die fünf Treppen emporgestiegen war, fand sie die Tür zu dem kleinen Zimmer, das ihre Wirtin hochtrabend als Atelierwohnung bezeichnete, angelehnt. Joshua Haleevie saß in dem altersschwachen Ohrensessel neben der Klappcouch; seinen marineblauen Kaschmirmantel hatte er nicht einmal aufgeknöpft.

Seine Lippen waren zusammengepreßt, als bewahre er ein Geheimnis. Er sah sie mit finsterem Gesicht und ohne den kleinsten Anflug eines Lächelns an.

«Was für eine wunderbare Überraschung!» sprudelte Elisaweta hervor. «Ich habe irgendwo eine Flasche Wodka . . . und ein Restchen geräucherten Stör. Zieh doch den Mantel aus, mein tapferer Hauptmann.»

«Dies ist eigentlich kein geselliges Beisammensein, Elisaweta», gab er zurück, hängte aber doch seinen Mantel in der winzigen Diele auf. «Eher das Gegenteil.»

«Was willst du damit sagen, mein Liebling?» Sie war noch immer voller Vorfreude und Munterkeit.

«Harry Smythe hat die Katze aus dem Sack gelassen, wohl unabsichtlich, und meiner Mutter gesagt, woher wir dich kennen. Und sie –»

«Und sie?» Stocksteif stand Elisaweta inmitten ihrer zerbrochenen Illusionen. «Was hat sie gesagt?»

«Daß sie es sehr bedaure . . . wirklich außerordentlich . . . aber keine Wahl habe. Sie wollte dir einen kurzen Brief schicken, aber ich habe gesagt, ich würde selbst zu dir gehen. Nun, du kannst dir ja wohl denken . . .»

«Natürlich. Aber wenn du schon den ganzen Weg hierher gemacht hast, kannst du es mir auch sagen. Wie lautet Lady Haleevies Mitteilung?»

«Mutter läßt dir sagen, daß du ihr sehr gefällst und sie dich gern wiedergesehen hätte. Sie hatte schon überlegt, ob sie keine für dich passende Stellung finden könnte. Aber . . . sie legt Wert darauf, daß es nichts mit dir persönlich zu tun hat, und daß sie dich unter anderen Umständen wirklich gern zur Freundin hätte. Vielleicht kann sie dir auch jetzt noch helfen, etwas zu finden. Aber . . . aber sie . . .»

«Aber, Joshua», drängte sie, «was ist mit all dem ‹aber›?»

«Aber natürlich kannst du unmöglich wieder ins Jade-Haus kommen. Es tut ihr wirklich leid, aber das muß sie ganz deutlich machen.»

«Und warum eilt es dir so sehr, mir das mitzuteilen, Joshua?» fuhr sie auf. «Du konntest es ja offenbar gar nicht abwarten!»

«Ich wollte nicht, daß du unter der Sache leidest», sagte er. «Ich wollte nicht, daß du Pläne schmiedest und zu anderen über künftige Besuche bei meiner Mutter sprichst. Ich wollte nicht, daß man sich über dich lustig macht.»

Mühsam gefaßt sagte sie: «Du hast wirklich ein gutes Herz, mein schmucker Hauptmann, und ich danke dir.»

Den Blick auf den abgewetzten Teppich gesenkt, stammelte er: «Natürlich tue ich alles, was ich kann, um dir zu helfen. Großer Gott, ich habe ja gar nicht geahnt, daß du . . . in so beengten Verhältnissen lebst. Ich werde Pavernen drängen, daß er dir eine Stellung besorgt. Oder mich selbst um etwas kümmern. Ganz bestimmt. Was ich tun kann, tue ich –»

«Nicht nötig.» Nüchtern räumte sie die Scherben ihrer Träume beiseite. «Ich schaffe es schon allein, vielen Dank. Sei sicher, daß ich das kann. Ich suche mir einen Gönner, einen guten, reichen Mann. Aber nur jeweils einen. Mit dir und mir hat das nichts zu tun. Meine Empfindungen für dich sind unverändert.»

Joshua stand stumm, während sie die Tür abschloß. Sie griff hinter sich und löste die obersten Haken ihres roten Kleides. Dann wandte sie ihm den Rücken zu.

«Nun», sagte sie munter, «knöpf mir doch bitte mein Kleid auf.»

«Himmel, Elisaweta, sei nicht böse!» protestierte er. «Mir zuliebe! Ich verspreche, daß ich es noch einmal versuche. Ich finde bestimmt etwas . . . Vielleicht wird es eine Weile dauern –»

«Hör auf damit», sagte sie lachend. «Knöpf mir bitte das Kleid auf. Ich will wirklich nichts anderes von dir.»

10

23. April 1922

Das ferne Klopfen drang störend in Julias Schlaf, weckte sie aber nicht vollständig. Da es auch nichts half, das Kissen über den Kopf zu ziehen, tastete sie schließlich seufzend nach ihrem Morgenrock und blinzelte verschlafen in das Dämmerlicht des beginnenden Tages.

Einen Augenblick später riß sie überrascht ihre grünen Augen weit auf und schlüpfte rasch in den Morgenrock. Sie befand sich nicht mehr in ihrem wohlvertrauten Schlafraum in der Halle der Harmonie, wo sie seit ihrer Ankunft in Schanghai gewohnt hatte. Sie ließ den Blick über die wenigen Möbel und die schräge Zimmerdecke schweifen, und ihr fiel wieder ein, wo sie war. Zum erstenmal hatte sie eine Wohnung ganz für sich allein. Wie so vieles andere verdankte sie auch das ihrer Freundschaft mit Emily Howe.

Tommy hatte ihr seine Dachwohnung angeboten, als sie glaubte, die Gastfreundschaft seiner Eltern nicht länger in Anspruch nehmen zu dürfen. Zwar hatte Eurydice Howe sie zum Bleiben gedrängt, glücklich, nicht eine, sondern zwei

Töchter im Haus zu haben, doch trotz ihrer Freundlichkeit wies Julia darauf hin, daß sie nicht so weit von ihrem Arbeitsplatz in John Pavernens Büro entfernt leben konnte. Es lag im wenig vornehmen Hunggu, nördlich des Sutschou-Flusses.

Nachdem seine Mutter betrübt den Kopf geschüttelt und den Raum verlassen hatte, hatte Tommy vorgeschlagen: «Julie, warum nimmst du nicht meine Dachwohnung? Ich bin sowieso nicht da, weil ich noch ein ganzes Jahr in Peking studiere, bevor ich im Allgemeinen Krankenhaus von Schanghai Assistenzarzt werde. Die Miete ist sehr niedrig, weil die Wohnung meinem Vater gehört. Glücklicherweise weiß er kaum, was ihm alles gehört. Ich habe den Vertrag mit seinem Bürovorsteher abgeschlossen, dem alten Lao. Nimm die Wohnung doch, Julie. Es wäre zu schade, wenn sie einfach leerstünde.»

Obwohl ihr Wecker auf dem Nachttisch erst Viertel vor sieben zeigte, hallte das Klopfen durch die ganze Wohnung. Julia schlurfte in ihren Pantoffeln über die Teakdielen des großen Wohnraums. Sie schob das stählerne Scherengitter vor der Tür beiseite und öffnete mechanisch die Schlösser der Wohnungstür. Wirklich nötig waren diese Sicherheitsvorkehrungen nicht, denn Ausländer galten in Schanghai buchstäblich als unantastbar, sofern sie nicht von sich aus Schwierigkeiten machten. Daher hatte Julia auch keine Angst vor ungebetenen Besuchern.

«Die-wo gong-si . . .» ertönte eine Männerstimme. «Wir sollen das Telefon anschließen.»

Julia knotete ihren Gürtel zu und öffnete die Tür vollständig. Drei lächelnde Männer in Arbeitskleidung zeigten auf englisch und chinesisch abgefaßte Dienstausweise mit ihren Fotos.

Nicht einmal in Amerika wurde man an einem Sonntag so zuvorkommend bedient. Julia zeigte den Männern die Ecke, in der sie das Telefon haben wollte. Kaum war sie in ihr winziges Schlafgelaß zurückgekehrt, um sich anzuziehen, als das Klopfen wieder begann. Es klang, als seien die Handwerker im Begriff, die Wände einzureißen.

Als sie den von einer Staubwolke erfüllten Raum wieder betrat, drang ihr der verlockende Duft von Schinken und Kaffee in die Nase. Lao Tsi, ihre neue, durch Emilys alte Amme Wen Ye eingeführte Dienerin, war offensichtlich den Männern von der Telefongesellschaft auf dem Fuß gefolgt und hatte ihr zum Frühstück Obst, Toast und Rührei mit Schinken zubereitet.

Sie hatte auch alles andere in die Hand genommen, und befriedigt sah Julia, wie sie die Männer herumkommandierte und den Kulis, die die Möbel brachten, sagte, wohin sie diese stellen sollten.

Obwohl Julia gebrauchte Möbel gekauft hatte, meinte Emily, sie hätte sie billiger bekommen können. Zwar kaufte Julia gern ein, aber das endlose Feilschen war ihr zuwider.

Als das Telefon klingelte, eilte Lao Tsi sofort hin, um abzunehmen; es war aber nur ein Kontrollanruf der Telefongesellschaft, ob der Anschluß funktionierte. Eine halbe Stunde lang klingelte es immer wieder, und Julia war überrascht, als der grauhaarige Vorarbeiter plötzlich auf englisch sagte: «Mr. John Pavernen ist am Apparat und möchte mit Ihnen sprechen.»

Erstaunt sah Julia, daß das Wohnzimmer wieder in einwandfreiem Zustand und von den Telefonleitungen nichts zu sehen war. Der Arbeiter wies auf den zweiten Apparat im Schlafzimmer.

Zweifelnd hob sie ab. Obwohl seit der Erfindung des Telefons fast ein halbes Jahrhundert vergangen war, fand man es nach wie vor überwiegend in Büros und nur selten in Privatwohnungen. In der vornehmen Gesellschaft schrieb man private Mitteilungen lieber mit der Hand, als sie telefonisch weiterzugeben.

«Bist du das, Schätzchen?» knarrte die Stimme ihres Onkels. «Wie geht es dir? Hast du's dir in deinem neuen Nest bequem gemacht?»

«Hallo, Onkel John. Es ist herrlich. Das Telefon ist gerade erst angeschlossen worden. Du bist der erste Anrufer.»

«Jetzt, wo du für mich arbeitest, brauchst du schließlich ein Telefon. Siehst du, wie praktisch es ist?»

«Um darüber etwas zu sagen, ist es wohl noch ein bißchen früh.»

«Julie, Schätzchen, ich habe gerade ein Telegramm bekommen. Es lautet: ‹Fröhliche Ostern Liebling Stop Wann kommst du nach Hause Fragezeichen Alles Liebe Mutter und Vater.› Möchtest du darauf antworten? Der Bote wartet noch.»

«Nicht jetzt, Onkel John», sagte Julia nach kurzem Überlegen. «Später, wenn ich etwas darüber nachgedacht habe. Ich möchte jetzt noch nicht nach Hause, aber ich weiß nicht genau, wie ich es den Eltern sagen soll.»

«Von mir aus. Solange du mich nicht sitzenläßt. Ich versuche, zu deiner Einweihungsfeier zu kommen, aber ich habe viel um die Ohren.»

«Am Ostersonntag? Nun, so ist das wohl im Geschäftsleben. Ach, übrigens, Onkel John, was ist mit Elisaweta? Gibt es etwas Neues?»

«Ich habe sie nicht vergessen. Ich kann wahrscheinlich im Immobiliengeschäft etwas für sie finden. Bald kommen noch mehr Russen her, und die können ja nicht *alle* pleite sein.»

«Tausend Dank, Onkel John. Du bist großartig.»

Nachdem sie den Hörer vorsichtig zurück auf die Gabel gelegt hatte, fiel ihr auf, wie viele Koffer aller Größen sich im Schlafzimmer drängten. Lao Tsi, die Amah, würde in diesem Chaos bald Ordnung geschaffen haben. Julia lächelte mit leichter Selbstironie vor sich hin. Noch vor einem Jahr hätte sie das selbst aufgeräumt. Sie konnte förmlich ihre Mutter hören: «Liebling, du kannst dein Zimmer unmöglich in diesem Zustand lassen. Das tut eine junge Dame einfach nicht.»

Ihren Eltern gegenüber empfand sie Schuldbewußtsein. Sie wußte, wie sehr sie ihnen fehlte, und sie nahm es ihnen auch nicht mehr übel, daß sie sie mit zehn Jahren, als ihr Vater so krank war, in die George School geschickt hatten. Doch sobald sie daran dachte, Schanghai irgendwann verlassen und nach Plattsburg zurückkehren zu müssen, sank ihr das Herz.

Jetzt, da sie für sich selbst aufkam, würde sie noch ein Jahr bleiben – und dann bestimmt nach Hause fahren.

Sie wollte unbedingt mehr über China wissen, Tommys

Land. Vor allem aber wollte sie mehr über ihn erfahren, wollte begreifen, wie er wirklich war. Nur gut, daß er sich in Peking aufhielt. Das gab ihr Zeit, sich über ihre Gefühle klarzuwerden.

Unzufrieden mit dem Baumwollkleid, das sie rasch übergezogen hatte, kniete sich Julia vor den großen Schiffskoffer. Ihre Mutter hätte es kaum gebilligt, daß sie ihr letztes Geld für Kleider ausgegeben hatte, nachdem John Pavernen sie für sein neues Unternehmen, JPEnterprises, eingestellt hatte. Nachdem sie alle möglichen Kleidungsstücke achtlos aus den Schubladen gezogen und auf den Boden geworfen hatte, erhob sich Julia und drückte einen blaßgrünen Hausanzug an sich, den sie selbst entworfen hatte.

Sie hatte kein schlechtes Gewissen mehr, wenn sie ihr Gesicht puderte und die Lippen nachzog, aber weiter wollte sie mit dem Schminken nicht gehen. Es machte sie, wie sie fand, mit ihren einundzwanzig Jahren einfach häßlich. Natürlichkeit stand ihr am besten. Sie legte ein schweres altes Elfenbeinarmband an, und nachdem sie eine Zigarette in ihre lange Zigarettenspitze gesteckt hatte, war sie bereit für den neuen Tag.

Als ihr Blick auf den Wecker fiel, ließ sie erschrocken die Zigarette fallen, schlug sich mit der Hand auf den Mund, zog in aller Eile einen Staubmantel über ihren Hausanzug, drückte sich einen Filzhut auf den Kopf und eilte die Treppe hinunter.

Natürlich funktionierte der Fahrstuhl wieder einmal nicht, doch zu ihrem Glück kam gerade eine freie Rikscha vorbei, als sie vor das Haus trat. Sie versprach dem Kuli dreißig Cent mehr als üblich, wenn er sich beeilte, und lehnte sich in der Hoffnung zurück, zum Ostergottesdienst doch nicht zu spät zu kommen.

Als Julia kurz nach Mittag heimkehrte, blitzte Joshua Haleevies Delage vor der Tür. Dahinter stand der Marmon seiner Eltern wie ein perlgrauer Ozeanriese neben dem Bordstein. Bestimmt enthielt er seine Geschenke für die Wohnungseinweihung.

Voll Vorfreude erstieg Julia die Treppe. Sie war müde und ihre Füße schmerzten, denn sie hatte von der Kirche zu Fuß zurückgehen müssen, weil weit und breit keine Rikscha zu entdecken gewesen war. Ihr war entsetzlich warm, denn ohne die Gefühle der frommen Damen in ihren österlichen Hauben und neuen Kleidern zu verletzen, hätte sie unmöglich den Mantel ausziehen können, der ihren frivolen Hausanzug verdeckte.

Außerdem hätte man sie dann auf der Straße für eine Nachtklubtänzerin halten können, die von ihrer Arbeit zurückkehrte. In dem Dreivierteljahr seit ihrer Ankunft hatte Julia viel gelernt, keineswegs nur angenehme Dinge. Viel war nicht von dem naiven jungen Ding geblieben, das mit der *Empress of Australia* ins Land gekommen war.

Als sie die Tür öffnete, hörte sie eine schmissige Melodie. Joshua zog gerade ein Grammophon auf, und aus dem Schalltrichter ertönte Cole Porters «China Doll». Joshua, der eine elegante blaue Leinenjacke und weite Flanellhosen trug, küßte sie feierlich auf beide Wangen. Noch vor nicht allzulanger Zeit hätte eine solche Begrüßung sie entsetzt, jetzt lachte sie entzückt auf.

Elisaweta umarmte ihren Liebhaber und ihre Freundin gleichzeitig. Julia konnte gerade noch sehen, daß sie zu ihrem langen weißen Kittel, der wie eine Litewka aussah, rote Stiefeletten und eine Karakulmütze trug. Sie sah aus wie ein verwegener Kosak.

«Sieh nur», sagte Elisaweta und lenkte Julias Blick auf das hohe Nordfenster. Unter ihm stapelten sich zehn Kisten französischen Champagners. Auf dem langen Tisch stand ein Silbertablett mit Räucherlachs und geräuchertem Stör. Während Julia noch mit offenem Mund die Fülle bestaunte, kam der Chauffeur der Familie Haleevie mit einem Tablett aus der kleinen Küche und servierte frischen Kaviar und Blini. Hinter ihm brachte ein weiterer Diener einen Eisblock, der eine Wodkaflasche umschloß.

«An so etwas hatte ich nicht gedacht, als ihr sagtet, ich solle alles euch überlassen», protestierte Julia. «Es ist viel zuviel . . .»

«Wieso denn?» widersprach Elisaweta. «Wir wollen, daß du hier glücklich bist. Außerdem ist es die Pflicht der Männer, zu schenken und zu verwöhnen, und zwar reichlich! Die Pflicht der Frauen ist es zu genießen – ausschweifend! Sag nie, es sei zuviel. Trink, iß, lache und singe, und dann trinke wieder!»

Da klar war, daß die beiden anderen das bereits getan hatten, hob auch Julia ein Glas mit Wodka.

«Und essen mußt du auch!» mahnte Elisaweta sie. «Wenn du zu jedem Schluck Wodka ein bißchen ißt, macht er dich fröhlich. Andernfalls wirst du traurig und weinst.»

«Oh, ihr Russen!» rief Joshua dazwischen. «Ihr verrückten Russen!»

Julia fragte sich erneut, ob wohl Tommy mit seiner Vermutung recht haben konnte, daß der Sohn des jüdischen Multimillionärs in die Spionageaffären der Stadt Schanghai verwickelt war. Auf sie wirkte er eher wie ein amüsiersüchtiger junger Mann aus gutem Hause, der nicht wußte wohin mit seinem Geld. Vielleicht war gerade das seine Tarnung.

Sie fragte sich auch zum hundertstenmal, warum sich Tommy so eisern von Schanghai fernhielt. Das mochte mit seinen Examensvorbereitungen zusammenhängen. Vielleicht kämpfte aber auch er gegen Gefühle an, die er, vorsichtig gesagt, für unklug hielt. Dabei war doch, was sie füreinander empfanden, nicht Liebe, sondern nur eine starke Zuneigung. Wie hätten sie einander auch lieben können?

Was auch immer es genau war, es entsprach jedenfalls nicht Julias Ideal von einer großen Leidenschaft. Dennoch war es herrlich, wenn Tommy da war – und ohne ihn fühlte sie sich ein wenig verloren.

Als Julia Harry Smythes lautstarke Begrüßung aus der Diele hörte, nahm sie Elisawetas Arm. «Ich zeige dir mein neues Kleid», sagte sie, «bevor so viele Leute da sind, daß wir nicht mehr dazu kommen.»

«Und solange sie noch etwas erkennen kann», grinste Joshua unverschämt. «Ich halte die Stellung, während ihr Boudoirgeheimnisse austauscht.»

«Wir hatten schon ein, zwei Flaschen Champagner, bevor

wir kamen», gestand Elisaweta, als sich die Schlafzimmertür hinter den beiden jungen Frauen schloß. «Wo ist das Kleid? Dein Geschmack wird immer besser, meine Liebe. Der Hausanzug ist hinreißend.»

«Ich wollte nicht über Kleider mit dir sprechen, Liz. Onkel John hat gesagt, er könne dir eine Stellung besorgen. Außerdem dachte ich, du würdest vielleicht gern bei mir einziehen; ich habe ja noch ein Zimmer frei.» Taktvoll überging Julia den himmelweiten Unterschied zwischen Elisawetas heruntergekommenem Wohnschlafzimmer und der großzügigen Dachgeschoßwohnung. «Du würdest mir einen Gefallen tun. Es wäre mir lieb, die Kosten mit jemandem teilen zu können.»

«Was für eine Anstellung?»

«Es geht darum, Häuser und Wohnungen zu verkaufen und zu vermieten, in erster Linie an Russen.»

«Ich werde mal mit ihm reden», sagte Elisaweta zurückhaltend, «aber ich glaube nicht, daß ich Zeit dafür haben werde.»

«Wieso? Bist du so beschäftigt? Womit?»

«Dies und das, Julie. Das Leben besteht nicht nur aus Champagner und Kaviar . . . Ich habe großartige Pläne. Eines Tages wirst du alles erfahren, bald.»

«Wenn du die Stellung wirklich nicht mehr brauchst, freue ich mich für dich. Aber überleg es dir gut. Und was ist mit der Wohnung hier? Es wäre doch schön, wenn du hier mit einziehen würdest.»

Elisaweta sah Julia lange an. Ihre volle Unterlippe bebte vor unterdrücktem Lachen, und ihre dichten Wimpern verhüllten den Blick ihrer mitternachtsblauen Augen.

«Dein Angebot rührt mich», sagte sie schließlich. «Es könnte sicher sehr schön sein, aber es würde mich einengen.»

Da Julia glaubte, Elisaweta schlage das Angebot aus bloßer Höflichkeit aus, wiederholte sie es, doch ohne Erfolg.

«Es hat keinen Zweck», sagte Elisaweta schließlich. «Komm, laß uns etwas trinken. Mir gefällt mein gegenwärtiges Leben, und ich möchte es um nichts in der Welt mit einem anderen vertauschen.»

Obwohl sie Elisawetas Zurückweisung als kränkend empfand, verkniff sich Julia die Antwort, die ihr auf der Zunge lag. Wenn ihr Joshua erst einen Antrag machte, was nicht mehr lange dauern konnte, und die beiden heirateten, würde die temperamentvolle Russin ihren Lebensstil ohnehin ändern müssen.

Der Wohnraum füllte sich mit immer mehr Gästen. Julia schüttelte Harry Smythe die Hand, der ihr eine üppige belgische Blondine vorstellte. Während sie Richard Hollings die Wange zum Kuß hinhielt, ließ dieser seinen Blick suchend durch den Raum gleiten. Nachdem er gemerkt hatte, daß Emily nicht da war, fragte er: «Wer ist denn der chinesische Schrankkoffer da hinten?» Seinem Blick folgend, sah Julia am Nordfenster einen breitschultrigen Mann in blauer Baumwolljacke. Er mußte hereingekommen sein, während sie mit Elisaweta im Schlafzimmer gewesen war. Der Blick seiner Augen und seine breiten, vorstehenden Wangenknochen ließen ihr das Gesicht vertraut vorkommen. Während sie sich noch zu erinnern versuchte, wer er war, sah sie, daß er im linken Arm einen schwarz-weiß gefleckten Welpen hielt.

Als er sich zur Begrüßung vor ihr verbeugte, fiel es ihr ein. Er war Tschang Kuo-tao, Tommy Howes geheimnisvoller radikaler Freund. Sie hatte ihn bei jener Sitzung der Studentenvereinigung kennengelernt, auf der dieser Fanatiker, dessen Namen ihr ebenfalls entfallen war, eine endlose Ansprache gehalten hatte.

«Hsia Tan-se Hsien-scheng dschiao wo lai kao-su . . .»

Es schien den Neuankömmling zu erstaunen, daß Julia seinen auf mandarin vorgetragenen Wortschwall nicht verstand. In ihrem zögernden Schanghai-Chinesisch bat sie ihn fortzufahren. Immerhin hatte sie Tommys Namen verstanden. Er antwortete in recht flüssigem Schanghai-Chinesisch, und so verstanden sie einander recht gut.

Er berichtete, daß er auf seinem Rückweg von Moskau Tommy in Peking besucht habe. Moskau? überlegte Julia. Was um Himmels willen hatte ein junger chinesischer Arbeiterführer in der Hauptstadt der Bolschewiken verloren?

Der Welpe, erklärte er, sei Tommys Geschenk zum Einzug.

In ihrer Heimat Tibet dienten diese Hunde, obwohl sie nicht besonders groß würden, als hochgeschätzte Tempelwächter. Dieser hier heiße Tang Jo-wang. Als sie den Welpen auf die Arme nahm, leckte ihr eine rosa Zunge die Finger.

«Fast hätte ich es vergessen», fügte Tschang Kuo-tao hinzu. «Ich habe noch einen Brief für Sie.»

Sie setzte den kleinen Hund gerade rechtzeitig zu Boden, denn sogleich bildete sich auf den Dielen eine kleine Pfütze. Während sich Lao-Tsi mißbilligend mit einem Wischtuch näherte, nahm Julia den Hund wieder auf und drückte ihn warm an sich: das erste Geschenk, das ihr Tommy je gemacht hatte. Sie entschuldigte sich bei Tschang Kuo-tao und zog sich mit dem Hund und dem Brief ins Schlafzimmer zurück.

Daß Tommy diesen Brief geschrieben hatte, war beinahe ebenso wichtig wie das, was darin stehen mochte. Bisher hatte er ihr lediglich einige nüchterne Mitteilungen zukommen lassen, die nahezu ausschließlich die Wohnung betrafen, aber noch nie einen richtigen Brief.

Hastig überflog sie die beiden ersten Seiten. Auf ihnen beschrieb er ausführlich seinen Tageslauf. Nicht besonders spannend, fand sie. Oder konnte diese lange Beschreibung als umständliche Erklärung dafür genommen werden, daß er so lange nicht nach Schanghai gekommen war und sich kaum je gemeldet hatte?

Obwohl sie eigentlich bei ihren Gästen hätte sein müssen, las sie den ganzen langen Brief von vorn bis hinten. Das war schon besser. Er schrieb, er hoffe sie bald zu sehen, und daß es von April bis Juni nicht mehr lange dauere. Es hatte ganz den Anschein, als wolle er sie ebensogern sehen wie sie ihn. Außerdem schloß er den Brief mit «Herzlichst», wo er bei seinen früheren Mitteilungen nur «Freundliche Grüße» geschrieben hatte.

Erneut drückte sie den Welpen an sich, schob den Brief zögernd in den Umschlag zurück und legte ihn in die oberste Schublade zu den Strümpfen, wo sie ihn jeden Tag sehen würde.

Mit leuchtenden Augen kehrte sie ins Wohnzimmer zurück.

Den Hund ließ sie im Schlafzimmer, wo Lao Tsi bereits alte Zeitungen ausgebreitet hatte. Instinktiv suchte ihr Blick nach Tschang Kuo-tao. Als sie sah, daß er allein am Fenster stand, nahm sie die Unterhaltung mit ihm wieder auf. Er hatte in Moskau am Ersten Kongreß der Werktätigen des Ostens teilgenommen, als Delegierter des ganz China vertretenden Gewerkschaftssekretariats, obwohl er selbst als Angestellter kein Arbeiter der Faust war, sondern einer der Stirn. Der weder insgeheim noch offen bolschewistisch ausgerichtete Kongreß, bei dem auch Dr. Sun Yat-sens Kuomintang vertreten war, hatte eine «Kampagne zur Einigung der ausgebeuteten Massen Asiens» beschlossen.

Als sich Tschang Kuo-tao von ihr verabschiedete, machte er ihr Komplimente über ihr gutes Schanghai-Chinesisch. Er drückte seine Hoffnung aus, sie wiederzusehen. Ob sie nicht Zeit habe, fragte er, einige Stunden an der Sprachenschule zu unterrichten, die seine Organisation einzurichten im Begriff stand?

«Was für eine Organisation ist das?» wollte sie wissen.

«Das Gewerkschaftssekretariat», antwortete er sogleich. «Ich leite es.»

«Ach», sagte Julia, «ich dachte, es handele sich um eine andere Organisation – eine politische Partei?»

«Ah-la fu hsiu-de!» gab er mit Nachdruck zurück. «Davon ist mir nichts bekannt!»

Als Julia in der Küche nach dem Rechten sehen wollte, schickte Lao Tsi sie zu ihren Gästen zurück. Der große Wohnraum wirkte jetzt, da er voller Menschen war, nicht mehr annähernd so riesig wie sonst.

Richard Hollings lächelte ihr flüchtig zu und sah dann gleich wieder zur Eingangstür, durch die Emily Howe gerade mit den Geschwistern Sung hereinkam. Unter ihrem schwarzen Mantel trug sie einen wunderschönen blauen Tschipao aus fließender Seide. Mit leuchtenden Augen schob sich Richard durch die Menge auf sie zu und flüsterte ihr eindringlich etwas ins Ohr, woraufhin sie sich von ihm beiseite führen ließ.

«Haben Sie sich in Schanghai gut eingelebt, Miss Pavernen?» fragte Mei-ling Sung, die einen weitgeschnittenen grünseidenen Tschipao trug.

«Es ist einfach wunderbar. Ich fände es nur gut, wenn ich die Sprache besser spräche. Ich gebe mir große Mühe, aber . . .»

«Wir sprechen ohnehin lieber Englisch», sagte Mei-lings Bruder Tse-wen, den alle Welt T. W. nannte, mit amerikanischem Akzent.

Mei-ling fügte hinzu: «Wir finden das nur natürlich, denn wir haben alle in Amerika studiert. Wir rufen meine älteste Schwester Ai-ling Nanny, und Tsching-ling – Sun Yat-sens Frau – heißt Rosamonde.»

«Ein Bekannter hat mir gerade ein niedliches Hündchen geschenkt», begann Julia.

«Hallo, T. W., wie geht's?» Vizekonsul Harry Smythe reichte ein Tablett mit Getränken herum. «Und Mei-ling . . . schön, Sie zu sehen!»

Ohne auf ihn zu achten, nahm Mei-ling das unterbrochene Gespräch wieder auf. «Was sagten Sie, Julia?»

«Einen niedlichen Welpen. Man hat mir gesagt, er komme aus Tibet und heiße Tang Jo-wang.»

«Ein merkwürdiger Name», sagte Mei-ling, «außer es handelt sich um einen Hund, den man für irgendwelche religiösen Dinge benutzt.»

«Ja», gab Julia zurück, «angeblich bewachen solche Hunde die Tempel in Tibet.»

«Tang Jo-wang», erklärte T. W., «war der chinesische Name des deutschen Jesuiten Johann Adam Schall von Bell, der im siebzehnten Jahrhundert nach Peking kam. Ein bedeutender Wissenschaftler und Theologe.»

«Dann werde ich den Hund Adam nennen», beschloß Julia, «Pater Schall kann ich ihn ja kaum rufen.»

«Wie kommt es, daß Sie sich so gut auskennen, T. W.?» ließ sich Harry Smythe vernehmen, auf dessen Anwesenheit niemand mehr geachtet hatte. «Von dem Burschen habe ich noch nie gehört.»

«Dann kann er ja wohl nicht wichtig gewesen sein!» Betont

wandte sich T. W. Sung wieder Julia zu. «Einen unserer Vorfahren mütterlicherseits hat Schall zum Christentum bekehrt. Er hieß Hsü Guang-tschi, mit Taufnamen Paul Hsü. Zur Zeit der Ming-Dynastie wurde er Großkanzler, wir würden heute Premierminister sagen.»

«Aber Ihre Familie ist doch nicht katholisch?» Harry Smythe schien nicht zu merken, wie man ihn schnitt, und Dickfelligkeit geradezu für eine Diplomatentugend zu halten. «Das müßte ich wissen.»

«Sie sind ja wirklich gut informiert», sagte T. W., der mit Rücksicht auf die Position des Amerikaners seine Abneigung zu mäßigen versuchte. «In der Tat sind wir Sungs alle Protestanten, und auch meine Schwäger, Dr. Sun Yat-sen und Ai-lings Mann H. H. Kung.»

«Wenn Sun Yat-sen ein so guter Christ ist», fuhr Harry Smythe fort, «wieso macht er dann gemeinsame Sache mit den Beauftragten der Komintern? Das sind doch Bolschewiken!»

«Vielleicht ist der Sozialismus für China eine Notwendigkeit», antwortete T. W. offen.

«Was erwarten Sie denn?» mischte sich Mei-ling ein. «England und Frankreich sind nicht daran interessiert, unserem Präsidenten zu helfen, nicht einmal Amerika. Dr. Sun Yat-sen steht für den Fortschritt, aber unterstützen wollen ihn bei seinen Bemühungen nur die Bolschewiken.»

«Verlieren Sie die Hoffnung nicht», riet Harry Smythe. «Einige Amerikaner wollen Dr. Sun durchaus helfen. Andere halten große Stücke auf General Tschiang Kai-schek.»

«Ich auch», sagte Mei-ling leise. «Er ist ein bemerkenswerter Mann.»

Allmählich löste sich die Gesellschaft auf. Julia hatte ihre Party sehr genossen. Jetzt mußte sie unwillkürlich an Tommys Brief denken, in dem er geschrieben hatte, daß er sich sehr darauf freue, sie wiederzusehen. Bei seiner zurückhaltenden Art war das ebensoviel, als hätte er geschrieben, sie fehle ihm.

Sie freute sich, aber ihr war auch etwas bang. Als sie Emily sah, fragte sie: «Wo ist eigentlich Liz? Ich möchte gern auf sie und Joshua trinken, um ihnen für den Champagner und all das andere zu danken. Es war ein wundervolles Fest.»

«Sie haben mich gebeten, sie bei dir zu entschuldigen», gab Emily zur Antwort. Hinter ihrem Rücken hörte Julia eine ihr unbekannte Männerstimme murmeln: «Elisaweta Alexandrowna, die Nutte, deren Herz zwar nicht aus Gold ist, aber am Gold hängt.»

Sie war zu müde und zu glücklich, um darin etwas anderes zu sehen als einen äußerst geschmacklosen Scherz.

11

16. Mai 1922

Immer wenn Emily zur Halle der Harmonie zurückkehrte, empfand sie eine gewisse Bedrückung. Wie im Mittelalter mußten die schweren Eisentore jedesmal feierlich aufgeschlossen werden, der smaragdgrüne Rolls-Royce wurde gründlich durchsucht, und immer saß ein Leibwächter neben dem Fahrer. Die dunklen Gestalten zwischen den Rhododendronbüschen kamen ihr vor wie Gefolgsleute, die das Schloß eines Raubritters bewachten. Sie hatte sich an das ungezwungene Leben in Amerika gewöhnt, und im Haus ihrer eigenen Eltern fühlte sie sich beklommen.

Das hatte nicht nur mit der äußerlichen Abgeschlossenheit zu tun. Gewiß, ihr Vater war ein vorausblickender kluger Geschäftsmann und ein aufgeklärter Geist, sonst hätte er nicht Dr. Sun Yat-sen so nachhaltig unterstützt und seine beiden jüngsten Kinder zur Ausbildung ins Ausland geschickt. Trotzdem aber war Donald Howe, was seine Familie betraf, sehr konservativ. Wie Konfuzius zweitausendfünfhundert Jahre zuvor, hielt er unerschütterlichen Gehorsam der Kinder den Eltern gegenüber – ganz gleich, wie alt die Kinder waren – für den Eckpfeiler einer auf Moral gegründeten, harmonischen

Gesellschaftsordnung. Während der Kies der Auffahrt unter den Reifen des Wagens knirschte, kam es Emily vor, als kehre sie in Begleitung zweier grimmiger Wärter in ein Gefängnis zurück.

Dennoch liebte sie ihre Eltern, die sie nach so langer Abwesenheit erst vor so kurzer Zeit wiedergesehen hatte. Warum, fragte sie sich, täuschte sie sie beständig? War es wirklich notwendig, so zu tun, als gebe es Richard Hollings nicht? Die Antwort darauf war eindeutig. Ja, wenn sie weiterhin mit ihm zusammentreffen wollte, war es notwendig.

Aber warum wollte sie ihn sehen? Obwohl er sehr anziehend war, wußte sie, daß sie ihn jederzeit aufgeben konnte, ohne daß ihr das Schmerzen bereiten würde. Er würde ihr zwar fehlen, aber, so hatte sie Julia erklärt, ihre große Liebe war er gewiß nicht.

Darüber hinaus fragte sich Emily, wieso sie sich überhaupt zu einem Ausländer hingezogen fühlte. An der Oberfläche schien sie zwar selbst sehr westlich orientiert, wußte aber genau, daß sie nie einen Ausländer heiraten konnte, ganz davon abgesehen, daß ihr Richard höchstwahrscheinlich nie einen Antrag machen würde.

Vielleicht, überlegte sie, lag darin sein größter Vorzug. Schließlich bewies sie ihre Unabhängigkeit, indem sie sich mit ihm traf, gerade *weil* ihre Eltern das mißbilligen würden. Ihr ging es um ihre Freiheit und nicht um Richard.

Freiheit war das wichtigste, nicht nur für sie persönlich, überlegte Emily. Sie wollte sich für einen grundlegenden Wandel in China einsetzen und darum kämpfen, die unterjochten Frauen des Landes zu befreien. Sie war ebensowenig bereit, ihre persönliche Freiheit Richard zu opfern, wie sich den Zwängen der Tradition zu beugen.

Als sie ausstieg, war ihre Bedrückung verflogen. Besuche bei Julia machten ihr immer wieder Mut. Dazu trug auch der muntere schwarz-weiße Welpe bei. Seine Herrin war allerdings nicht wenig besorgt darüber, daß er mit seinen drei Monaten schon so groß wie ein ausgewachsener Spaniel war. Außerdem half Emily ihrer Schulfreundin dabei, möglichst rasch gutes

Schanghai-Chinesisch zu lernen. Dabei hatte sich gezeigt, daß der Verehrungswürdige Meister, wie sie Julias zweiundvierzig Jahre alten Lehrer nannten, möglicherweise auch für Emily von Bedeutung sein konnte. Er verfaßte für eine der zahlreichen Zeitungen und Zeitschriften, die in Groß-Schanghai den Lesehunger von zweieinhalb Millionen Chinesen stillen sollten, Artikel über historische und literarische Themen. Auf seine Anregung hin hatte sie für die in chinesischer Sprache erscheinende Zeitschrift *Women's Weekly* einen Bericht über ihre Erlebnisse und Erfahrungen in Amerika geschrieben.

Der Verehrungswürdige Meister half Emily nicht nur wegen des Honorars, das er bekam, weil er ihre Artikel lancierte und ihren Stil verbesserte. Er hatte großes Zutrauen zu ihren Fähigkeiten, und von ihm ermutigt, entdeckte Emily erneut ihre Freude daran, Geschichten zu erzählen.

Nachdem sie eine Zeitlang Märchen für Kinder verfaßt hatte, schrieb sie jetzt leichte Liebesgeschichten. Da sie sie unter ihrem eigenen Namen nicht zu veröffentlichen wagte, wählte sie als Pseudonym Ye Hsin, was soviel wie «begeistert» hieß, im buchstäblichen Sinne «von Hitze erfülltes Herz». Der Verehrungswürdige Meister sah es jedoch nicht gern, daß die monatlich erscheinende Zeitschrift *China Today* seinen Schützling schließlich bat, regelmäßig über das Elend der chinesischen Frauen zu schreiben. Emilys zunehmend scharfer Ton betrübte den traditionsbewußten gelehrten Herrn.

Sie sei weder ein Herr noch besonders gelehrt, hielt sie seinen Einwänden entgegen, und daher könne man von ihr besondere literarische Anmut nicht erwarten. Chinesen der alten Schule, fügte sie hinzu, verlangten von ihren Frauen Fruchtbarkeit, Keuschheit und Ergebenheit – nichts weiter. Dieses Thema war Gegenstand ihres jüngsten Artikels für *China Today*, den sie an jenem Nachmittag verfaßt hatte, und insgeheim freute sie sich über die Empörung, die der Verehrungswürdige Meister an den Tag gelegt hatte, während er pflichtschuldig – und mit der üblichen Genauigkeit – ihren Stil verbesserte.

Als sie jetzt aus dem Wagen in den Sonnenschein des späten Nachmittags hinaustrat, schämte sie sich ein wenig, weil sie über den Kummer ihres Lehrers gelacht hatte. Doch man mußte Männer wie ihn, wohlmeinende anständige Männer, dazu bringen, ihre Haltung grundlegend zu ändern, bevor Chinas versklavte Frauen aus dem Elend herauskamen. Sein Zorn war eigentlich ein ermutigendes Zeichen, bewies er doch, daß ihre Argumente ins Schwarze trafen. Dabei stand sie noch am Anfang eines mühevollen und langen Kampfes zur Befreiung der Frauen.

Sie war so tief in ihre Gedanken versunken, daß sie zusammenfuhr, als der silberhaarige Alte Wu selbst öffnete. Am Hals des für einen Chinesen sehr hochgewachsenen Aufsehers über das Personal hing das eindrucksvolle grüngoldene Siegel der Familie Howe. Nicht einmal der Herr des Hauses durfte erwarten, täglich schon am Eingang vom Alten Wu begrüßt zu werden. *«Yue-lin, Yue-lin suei-yüe . . .»* Die Stimme des Alten Wu verhieß nichts Gutes. «Miss Emily, Ihr Herr Vater und Ihre Frau Mutter erwarten Sie in der Bibliothek. Sie sollen sogleich zu ihnen kommen.»

Emilys Herz schien einen Schlag lang auszusetzen. Etwas Entsetzliches mußte in den wenigen Stunden ihrer Abwesenheit vorgefallen sein. Vielleicht war Tommy etwas zugestoßen?

Rasch eilte sie in die Bibliothek.

«Ah-ba! Mng-ma!» sagte Emily, ohne mit einer Begrüßung Zeit zu verschwenden. «Papa, Mama! Was gibt es? Warum seht ihr so betrübt drein?»

Ihre Mutter blickte unverändert ernst drein, die Augen des Vaters hingegen zwinkerten hinter den dicken Gläsern seiner schwarzgeränderten Brille.

«Es ist nichts, Yue-lin.» An dem Ton, mit dem die Mutter das sagte, war zu hören, daß das keineswegs stimmte.

«Überhaupt nichts, Yue-lin», sagte ihr Vater mit gequältem Lächeln. «Wir wollen nur . . .»

«Im Gegenteil, es ist eine Gelegenheit zur Freude», fiel Eurydice Howe ihrem Mann ins Wort, etwas, das sie in der Öffentlichkeit nie getan hätte. «Wir sind alle sehr glücklich, denn wir haben großen Grund zur Freude!»

«Nun, so seht ihr aber nicht aus!» sagte Emily erleichtert

und zugleich voll Mißtrauen. «Ihr habt mich halb zu Tode erschreckt. Was ist denn los, Papa?»

«Wir wollten, daß du es sofort erfährst», antwortete dieser. «Also habe ich dem Alten Wu gesagt, daß er dich gleich bei deiner Rückkehr herschicken soll.»

«Hat es mit mir zu tun?»

«Es ist etwas Wunderbares», antwortete ihre Mutter. «Wir sind entzückt, dir mitzuteilen, daß du im Oktober heiraten wirst, gleich nach dem Herbstfest. Wir sind so glücklich für dich.»

Emmy stand, die Lippen zu einer Antwort geöffnet, wie angewurzelt auf dem blau-weißen Tientsin-Teppich. Während das Blut in ihren Schläfen hämmerte, hörte sie undeutlich ihren Vater sagen: «Ihr paßt wunderbar zueinander, Yue-lin. Nien-lao ist ein vielversprechender junger Mann, und die Lis sind eine hochgeachtete Familie, die seit vielen Generationen Gelehrte hervorbringt und seit vielen Generationen Geld hat. Für beide Familien eine äußerst vorteilhafte Verbindung.»

«Ist das nicht ... glaubt ihr nicht ... ich verstehe nicht ganz», stotterte Emily benommen. «Es kommt alles ... so überraschend! Ich kann kaum einen Gedanken fassen ...»

«Du weißt es doch schon längst, meine Liebe», warf ihre Mutter ein. «Wir haben euch beide verlobt, als du vier warst. Da kannst du kaum von Überraschung sprechen.»

«Mutter, das ... das war doch nur eine Formalität. Papa hat mir das immer wieder gesagt. Wenn ich alt genug sei, würde ich *vielleicht* Nien-lao heiraten, hieß es. Aber nur, wenn ich das wollte. Das hat Papa mir immer versprochen. Und jetzt das! Ich kann es nicht glauben!»

«Dein Vater war schon immer zu nachsichtig mit dir.» Die Lippen der Mutter bewegten sich kaum, während sie das sagte. «Er hat dir stets zuviel Freiheit gewährt ... dich verwöhnt. Seine einzige Tochter! Sein Goldschatz!»

«Formalität oder nicht, Yue-lin, die Verlobung gilt.» Donald Howe überhörte den Ausbruch seiner Frau. «Sie ist zu keinem Zeitpunkt aufgelöst worden, und jetzt haben die beiden Familien beschlossen, daß die Eheschließung im Oktober stattfinden soll. Dir ist bekannt, daß stets die Eltern die Ehe arrangieren, um das Wohl der Tochter zu gewährleisten.»

«Ihr Wohl?» Wütend darüber, daß er stillschweigend annahm, sie werde tun, was man von ihr erwartete, war sie zugleich von der Erkenntnis entsetzt, daß sie es wahrscheinlich auch tun würde. «Warum sagt ihr nicht zum Wohl der Eltern – und der Familien? Auf die Töchter kommt es doch gar nicht an! Auf diese am wenigsten von allen!»

Eurydice Howe hielt die Lippen nach wie vor fest zusammengepreßt. Die elterliche Macht hatte gesprochen, daher gab es nichts mehr zu sagen. Die Eheschließung würde stattfinden, wie es die Howes mit den Lis vereinbart hatten. Eine weitere Erörterung der Frage war nicht nötig. Kindern mußte man sagen, was sie zu tun hatten – vor allem Mädchen.

«Nun, meine Liebe, du weißt sehr wohl, daß wir stets nur dein Bestes im Auge hatten.» Noch immer versuchte der Vater, sie zu besänftigen. «Und wir haben lange über die Sache nachgedacht.»

«Aber ihr habt über meinen Kopf hinweg beschlossen, ohne auch nur mit mir darüber zu sprechen! Ihr habt einfach über mich und mein Leben verfügt!»

Vater und Tochter sahen einander an. Da beide einen offenen Streit vermeiden wollten, bemühten sie sich, ihren Zorn im Zaum zu halten. Donald Howe betrachtete seine über dem Bauch verschränkten Hände, und Emily spürte, wie erstarrt sie dastand, die Bücher so fest an sich gepreßt, daß ihre Knie zitterten.

«Verehrte Eltern! Wollt ihr eure Herzen nicht öffnen?» bat sie. «Hört mich doch nur an! Könnt ihr es euch nicht noch einmal überlegen? Ich weiß nicht einmal mehr, wie Nien-lao aussieht! Die Sache ist für mich so *ungeheuer* wichtig. Könnt ihr nicht einfach . . .»

Vater und Mutter sahen sie an wie unerbittliche Buddhas – mit steinernen, unbeweglichen Gesichtern, unerreichbar fern. Ihre Ohren waren gegenüber den Bitten der Tochter ebenso verschlossen wie ihre Herzen. Verzweifelt begriff Emily, daß sie keine Wahl hatte, nicht in der Welt ihrer Eltern. Sie würde nachgeben müssen. Also verbeugte sie sich vor den beiden fernen Gestalten und stellte sich auf ein Geschick ein, das ihr widerwärtig war.

Mit einemmal aber flammte Wut in ihr auf – Wut auf ihre unterwürfige Haltung, auf die jahrhundertealte Willfährigkeit der Chinesin, die lieber Demütigungen und Entbehrungen hinnahm, ja sogar den Tod, als sich einer Anordnung zu widersetzen. Beinahe hätte sie alle ihre Überzeugungen verraten, alles, woran sie glaubte. Kaum hatte sie begonnen, für die Sache der Frauen zu kämpfen, und schon hätte sie beinahe dem ersten Angriff auf ihre Position nachgegeben. Noch stärker als ihr gerechter Zorn auf die Eltern war die glühende Verachtung, die sie für sich selbst empfand.

Ihre Bücher polterten zu Boden, und sie hob die Hände wie zu einem Fluch. Nach wie vor sah die Mutter teilnahmslos drein, doch der Vater senkte die Augen vor dem durchdringenden Blick seiner Tochter.

«Warum nur tut ihr mir das an?» wollte Emily wissen. «Habe ich euch gekränkt? Wollt ihr mich bestrafen? Was habe ich getan, um eine solche Behandlung zu verdienen?»

Donald Howe saß da, ohne zu antworten, wie ein geschnitztes Bildnis der Gottheit des Zorns. Sein Gesicht wurde rot und gleich darauf so bleich, daß seine grauen Augenbrauen beinahe schwarz wirkten. Er drückte die Hände fest gegen die Brust und keuchte: «Du . . . mußt . . . verheiratet . . . werden! Und zwar *bald*!»

«Dein armer Vater!» sagte Eurydice streng. «Was tust du ihm an! Wenn du so weitermachst, bekommt er noch einen Herzanfall. Und alles, weil er dich liebt und dein Bestes will, du törichtes Geschöpf.»

Was Emily gesagt hatte, schien gar nicht bis zu ihnen durchgedrungen zu sein. Ihr Vater bemühte sich mit aschgrauem Gesicht, gelassen zu sprechen, doch seine Stimme schwoll zornig an.

«Du undankbares Kind zwingst mich, dir die Gründe zu nennen. Selbstverständlich war die Verlobung ursprünglich nichts weiter als eine Formsache – so, wie ich es dir gesagt hatte. Doch jetzt habe ich sie bindend und unwiderruflich gemacht. Du kannst sie . . . unter keinen Umständen . . . auflösen.»

Emily hatte ihren Vater noch nie zuvor so unerbittlich gesehen. Er fuhr fort: «Und warum? Weil das deine letzte Chance ist. Nach allem, was man mir über dich berichtet hat, würde dich kein anderer Mann aus guter Familie heiraten. Die Familie Li aber ist in ihrer Großmut bereit, darüber hinwegzusehen und den Vertrag trotz deines . . . schlechten Rufs zu erfüllen. Du solltest auf deinen Knien dem Himmel für die Duldsamkeit dieser Menschen danken.»

Benommen von den ihr unverständlichen Vorwürfen des Vaters sagte Emily schließlich: «Vater, ich weiß nicht, wovon du sprichst. Mein schlechter Ruf? Was *meinst* du nur damit? Sag es mir! Bitte sag es mir! Ich fürchte, daß ihr beide den Verstand verloren habt.»

«Er meint damit dein widerliches Verhalten», erklärte die Mutter. «Nicht nur deine geheimen Zusammenkünfte mit diesem langnasigen Engländer, sondern auch deine –»

«– schamlosen Artikel für die Gossenpresse», ergänzte ihr Vater mit erhobener Stimme und zornrotem Gesicht. «Meine Tochter verfaßt Pornographie! Ich kann es immer noch kaum glauben. Und du . . . du wagst unseren Verstand in Zweifel zu ziehen.»

«Vater, das war unverzeihlich», begann Emily zerknirscht und mit leiser Stimme, doch bald riß ihre Wut sie mit. «Aber ich schwöre dir, ich habe nichts getan, dessen ich mich schämen müßte. Bestimmt nicht! Zwar konnte ich euch nichts über . . . meine Treffen mit Richard sagen, doch ist dabei nichts Unrechtes geschehen. Und Pornographie? Mein Gott, wie könnte ich, eine unberührte Frau, Pornographie schreiben? Es sind einfach kleine Erzählungen von jungen Frauen – Liebesgeschichten zur Unterhaltung. Habt ihr sie gelesen? Wenigstens eine?»

«So etwas kommt uns nicht ins Haus», erwiderte Eurydice mit einer Stimme, die keinen Widerspruch duldete. «Aber deine politischen Artikel *hat* dein Vater gelesen. Rote bolschewistische Propaganda! Nichts anderes!»

«Bolschewistische Propaganda? Meine Artikel informieren lediglich Frauen über ihre Rechte.»

Als hätte sie das nicht gehört, fuhr die Mutter fort: «Ich habe es dir stets gesagt, mein Gatte. So etwas passiert, wenn man Mädchen eine Ausbildung gibt. Es war Wahnsinn, sie ins Ausland gehen zu lassen. Vielleicht hat deine Tochter recht, vielleicht haben wir den Verstand verloren, weil wir zu tun versuchen, was für sie gut und richtig ist.»

«Ist es richtig, eine junge Frau in eine arrangierte Ehe zu zwingen, die sie verabscheut?» gab Emily zurück, «und sie wie ein Küchenmädchen herunterzuputzen, weil sie ein paar kleine Geschichten verfaßt hat? Großer Gott, und ich dachte, ihr wärt stolz auf mich.»

«Nun, du bist mit ihnen ja nicht gerade zu uns gestürzt, um sie uns zu zeigen», sagte ihre Mutter. «Aber mit alldem ist es jetzt vorbei. Sobald du Nien-lao geheiratet hast, wirst du dein Gekritzel vergessen. Denk nur an die wunderschöne Feier. Du wirst schon noch begreifen, wie gut du es hast.»

«Mutter, ich bin weder ein kleines Kind noch ein Dummkopf», antwortete Emily. «Also sprich nicht so mit mir.»

«Wie sonst könnte deine Mutter mit dir sprechen, wenn du dich wie ein Dummkopf aufführst?» fragte Donald. «Sie hat recht. Ein halbes Jahr nach deiner Hochzeit hast du den ganzen Unsinn vergessen.»

«Du scheinst anzunehmen, Vater, daß es eine Hochzeit geben wird. Ich bin da nicht so sicher.»

«Sei nicht töricht, meine Tochter», sagte er. «Was könntest du tun, sofern du auf den vermessenen Gedanken kämst, dich mir zu widersetzen? Wovon würdest du leben?»

«Nie im Leben heirate ich diesen Nien-lao, das sage ich euch!» Sie stürmte aus der Bibliothek. «Ich *kann* einfach nicht!»

Die Eltern hatten mehr oder weniger mit einer Reaktion dieser Art gerechnet, wenn deren Heftigkeit sie auch überraschte. Natürlich, der amerikanische Einfluß. Im Laufe der Zeit würde sich Yue-lin schon fügen.

Während sie die Treppe emportaumelte, der Zuflucht ihres Schlafzimmers entgegen, blieb sie plötzlich auf dem Absatz stehen und fragte sich laut: «Großer Gott, was *könnte* ich denn tun? Was könnte ich *tun*?»

12

29. Mai 1922

Der Telefonapparat war etwas ganz Neues, denn er faßte in raffinierter Weise Sprech- und Hörmuschel in einem Handapparat zusammen. Er stand auf dem Mahagonitisch, neben dem Messingschild, auf dem Miss J. Pavernen zu lesen war. Eine Schreibmaschine war auf ihrem Rollständer an die Wand geschoben und unter einer schwarzen Haube verborgen.

John Pavernen wollte nicht, daß man die Maschine ohne weiteres sah, denn Julia durfte als zweite stellvertretende Direktorin von JPEnterprises Inc. keinesfalls den Eindruck erwecken, bloße Sekretärin zu sein.

Julia war von ihrer neuen Position entzückt und von den mannigfaltigen Geschäftstätigkeiten ihres Onkels fasziniert. Man nannte ihn den Flinken John, und ihr gefiel nicht, was in diesem Spitznamen mitschwang, auch wenn sie begriff, daß man damit seiner Umtriebigkeit Tribut zollte.

Es störte sie nicht, daß sich das Büro in einem etwas heruntergewirtschafteten Mietshaus in Hunggu befand. Obwohl der Name «glückbringender Regenbogen» bedeutete, war dieser Stadtteil nordöstlich des Zusammenflusses von Huangpu und Sutschou, der einst zum amerikanischen Viertel gehört hatte, weitgehend in japanischer Hand und damit in den Augen der Weißen als Wohn- oder Firmensitz ganz und gar unmöglich. John Pavernen erklärte stets, er habe sich genau im richtigen Augenblick in einer Gegend angesiedelt, die demnächst ganz groß herauskommen werde. Allerdings störte es Julia, daß die schäbigen Büroräume im vierten Stock lagen und nur über eine Vielzahl baufälliger Treppen zu erreichen waren.

Zwischen dem Firmeninhaber John Pavernen und ihr stand nur noch Tschou Kasing, sein erster Stellvertreter, den aber eine beständige Krankheit daran hinderte, je in die Firma zu kommen. So war Julia de facto nicht nur Büroleiterin, sondern auch zuständig für Schriftverkehr, Ablage und das Telefon. Abgesehen vom Kleinen Pao, der gerade erst zehn Jahre alt war, beschäftigte JPEnterprises außer ihr keine Angestellten. Der großäugige Waisenjunge Pao erledigte Botengänge, kehrte mit Schwung das Büro aus und redete dabei in einem so schnellen und mit Straßenausdrücken durchsetzten Schanghai-Chinesisch auf Julia ein, daß sie anfangs höchstens jedes fünfte Wort verstanden hatte.

Der Kleine Pao trug ein für ihn viel zu weites, gekürztes langes Baumwollgewand in einem längst verwaschenen Himmelblau, das über und über mit Flicken besetzt war. Stolz trug er es sommers wie winters, um zu zeigen, daß er zu jener Elite gehörte, die in den Büros tätig war, und nicht etwa Handarbeit verrichten mußte.

Da sie nicht so tun konnte, als verstehe sie kein Schanghai-Chinesisch, fühlte Julia sich genötigt, angesichts einer betrüblichen Geschichte, die Pao ihr gerade erzählte, in die Börse zu greifen und ihm einen glänzenden mexikanischen Dollar in die schmutzige Hand zu drücken. Diese als «Dollar Mex» bezeichnete Münze, deren Wert etwa einen halben US-Dollar betrug, schätzten die einfachen Chinesen in der internationalen Konzession von allen im Umlauf befindlichen Geldstücken wegen ihres hohen Silbergehalts am meisten.

«Das ist ein Geschenk von mir», sagte sie dazu, «kein Geld von der Firma.»

Ihr war klar, daß der kleine Pao ihr kaum glauben würde. Niemand, der bei klarem Verstand war, würde einen so ungeheuren Betrag aus dem eigenen Geldbeutel nehmen, wenn er ihn aus der Firmenkasse nehmen konnte. Auch für Julia war ein Dollar Mex keine Kleinigkeit.

Sie wußte, daß sie damit ihr Gewissen beschwichtigte.

Schanghai hieß keineswegs ausschließlich Champagner, Kaviar und Tanz, sondern bedeutete auch Cholera, Hunger und einen sechzehnstündigen Arbeitstag in schmutzigen Fabriken. Mit dieser Silbermünze opferte sie den neidischen Glücksgottheiten, die ihr so freundlich gesonnen schienen. Sie hatte selbst in absehbarer Zeit keine Gehaltserhöhung zu erwarten, denn bei JPEnterprises handelte es sich um ein im Wachstum begriffenes junges Unternehmen, dessen Liquiditätslage ungünstig war.

Das hinter einer Trennwand gelegene Büro des Firmeninhabers war kaum größer als ihr beengtes Vorzimmer. Allmählich verdrängte der von dort ausgehende Duft von Havannazigarren und schottischem Whisky den Geruch nach neuer Farbe und billigem Sisalteppichen.

John Pavernen hatte Julia und denjenigen seiner Lieferanten und Kunden, die tatsächlich zu ihm emporklommen, nachdrücklich klargemacht, daß die Firma JPEnterprises nicht auf Äußerlichkeiten achtet, wohl aber auf Qualität. Daher handele das Unternehmen nur mit bestem Material in bester Verarbeitung, und man dürfe sich bei allen Dienstleistungen auf die unantastbare Integrität der Firma verlassen, ganz gleich, ob es um die Lieferung von Korbmöbeln oder den Abschluß von Versicherungsverträgen ging.

Vor seinem Aufbruch nach Kanton, wo er Dr. Sun Yat-sens nationalistischer Armee gebrauchte Maschinengewehre zu verkaufen hoffte, hatte John Pavernen seiner Nichte noch einmal einen Vortrag über Schanghai gehalten.

«Vergiß nicht, daß in dieser Stadt nur Halunken leben, ganz gleich, ob es die Stadträte sind oder der britische Generalkonsul», hatte er erklärt. «Auch die Richter des amerikanischen Gerichts oder des Gemeinsamen Gerichts bilden keine Ausnahme. Sie sind vielleicht nicht gerade Kriminelle, aber auf jeden Fall Halunken. Die einzige Ausnahme sind die Konsuln der Vereinigten Staaten, aber die waren noch nie besonders helle.»

Die Klingel riß sie aus ihren Gedanken, doch kein Schatten war vor der gläsernen Eingangstür zu sehen. Als es erneut klingelte, begriff sie, daß es der unvertraute Ton des neuen Telefons war, und sie nahm ab.

Ein Kunde war mit einer Lieferung nicht zufrieden, und da sie in John Pavernens Abwesenheit nichts unternehmen konnte, mußte sie ihn auf dessen Rückkehr vertrösten.

Kaum hatte sie aufgelegt, klingelte das Telefon erneut, und sie nahm wieder ab.

«Julie, Julie, Liebste, wie froh bin ich, daß ich dich an den Apparat bekommen habe.» Die Stimme der sonst kühlen und gelassenen Emily klang verzweifelt. «Ich muß unbedingt sofort mit dir reden, unter vier Augen.»

«Selbstverständlich, Emmy. Ich kann allerdings erst um sechs aus dem Büro. Danach jederzeit.»

«Danke, Julie, vielen Dank. Ich weiß nicht, was ich ohne dich täte.»

«Was ist denn nur? Hat sich etwas Neues ergeben?»

«Das kann man wohl sagen. Als mich meine Eltern vor ein paar Wochen mit dieser Heirat überfahren haben, habe ich ihnen gesagt, ich würde nicht mitmachen. Seither haben sie kein Wort über die Sache verloren.»

«Dann hast du doch gewonnen, Emmy!»

«Stell dir das nicht so einfach vor», seufzte Emily. «Sie treffen ihre Vorbereitungen, als hätte ich zugestimmt. Sie wollen mich vor vollendete Tatsachen stellen, ganz gleich, was ich sage.»

«Aber wie können sie das? Mach ihnen doch einfach klar, daß du *keinesfalls* mitspielst. Einen Gesichtsverlust können sie sich nicht leisten. Überlege doch nur, welchen Skandal das gäbe, wenn du dich im letzten Augenblick weigern würdest.»

Julia nahm den Hörer ans linke Ohr, weil ihre antiken Ohrringe mit dem Schu-Ideogramm für langes Leben sie drückten. Sie nickte dem Kleinen Pao zu, der ihr eine Tasse Jasmintee eingoß. Es schien ein langes Gespräch zu werden, doch konnte sie ihrer unglücklichen Freundin unmöglich sagen, daß sie die Leitung eigentlich für geschäftliche Anrufe freihalten mußte. Vorsorglich nahm sie die Ohrringe ab.

«Du verstehst nicht», entfuhr es Emily. «Wenn ich einen

Skandal verursache, gelte ich als liederliche Frau. Es wird heißen, ich hätte vor der Ehe *Angst* gehabt, weil ich nicht unberührt sei. Natürlich würden auch meine Eltern leiden, für mich aber wäre es zehnmal schlimmer. Darauf verlassen sie sich. Außerdem mag ich einfach nicht die Schuld daran tragen, daß meine Familie ihr Gesicht verliert.»

«Dann kannst du also gar nichts tun? Wirklich nichts?»

«Ich kann ja nicht gut eine Zeitungsanzeige aufgeben: *Die vor achtzehn Jahren zwischen Miss Emily Yue-lin Howe und Mr. Li Nien-lao vereinbarte Eheschließung wird nicht stattfinden.*»

«Und wie wäre es, Emmy . . . wie wäre es, wenn du einfach verschwindest? Eines schönen Morgens bist du einfach nicht mehr da. Was dann?»

«Dann müßten sie die Sache abblasen», gab Emily sofort zurück. «Eine plausible Entschuldigung erfinden und die Sache abblasen, denn sonst würde sich alle Welt über sie lustig machen.»

«Nun, und warum tust du es nicht? Verschwindest einfach?»

«Wie könnte ich?» Emilys Stimme klang verärgert. «Julia, du nimmst die Sache nicht ernst. Für dich ist das nur ein Spiel.»

«Ich meine es völlig ernst. Du brauchst dich ja nicht zu verstecken. Jeder kann schließlich wissen, wo du bist.» Während Julia weitersprach, gewann sie selbst Klarheit über den Plan. «Zieh doch einfach zu mir. Deine Familie muß so tun, als sei sie damit einverstanden, denn sonst würde sie noch mehr Gesicht verlieren. Wenn du nicht mehr unter dem Dach deiner Eltern lebst, können sie dich auch nicht überfahren.»

«Das könnte klappen. Sobald ich nicht mehr bei meinen Eltern wohne, stellen die Lis bestimmt Fragen. Und eine Lüge würde ihnen mein Vater nicht auftischen.»

«Und was meinst du, wie das weitergehen würde?»

«Da bin ich nicht sicher», gab Emily zur Antwort, «aber vielleicht so: Papa gibt klein bei, wenn er sieht, daß er sich nicht durchsetzen kann, und löst mit dem Ausdruck des Bedauerns die Verlobung. Er erfindet eine glaubhafte Geschichte. Niemand nimmt sie ihm ab, aber sie sorgt dafür, daß alle Beteiligten ihr Gesicht wahren.»

«Und du könntest auf diese Weise aus der Sache herauskommen?»

«Es ist denkbar. Ich versuche, gegen sieben bei dir zu sein. Aber wie die Dinge liegen, kann ich nichts versprechen.»

«Oh, Emmy! Wie geht es Richard? Glaubst du –»

«Hör bloß auf», lachte Emily. «Ich versuche, aus einer Sache herauszukommen, und du verkuppelst mich schon mit dem nächsten. *Dabei* gäbe es noch mehr Probleme.»

Julia legte auf. Als sie ihr Haar ordnete, vermißte sie ihre Ohrringe und suchte auf dem Schreibtisch danach. Mit triumphierendem Lächeln zog der Kleine Pao sie aus einem seiner weiten Ärmel. Er mußte sie fleißig geputzt haben, denn die Patina der antiken Schmuckstücke war verschwunden, sie glänzten wie neu. Julia brachte es nicht übers Herz, ihm zu sagen, daß sie ihr vorher sehr viel schöner erschienen waren, zog den Schreibmaschinenständer heran und nahm die Haube von der Maschine. Ein ganzer Stapel von Briefen, die sie beantworten mußte, wartete auf dem Tisch vor ihr. Sie spannte einen Bogen ein und begann einen Brief an den Exportleiter der United Metal Fasteners Inc. in St. Louis: *Sehr geehrter Mr. Sylvester, ich bestätige dankend den Empfang Ihres Schreibens vom 16. Mai . . .*

Erneut klingelte das Telefon. Seufzend nahm sie ab. Kein Wunder, daß sich manche Firmen beharrlich gegen die Einführung des Telefons sträubten; man kam überhaupt nicht dazu, die eigentliche Arbeit zu erledigen. Ein weiterer Kunde stellte ihr Fragen, die sie in Abwesenheit ihres Onkels nicht beantworten konnte, und sie mußte ihn mit nichtssagenden Floskeln vertrösten.

Julia verzog das Gesicht und wandte sich wieder ihrem Brief an die Firma United Metal Fasteners zu. *. . . wir könnten weit mehr Reißzwecken absetzen, wenn sie goldfarben wären. Die Chinesen, die vom Gold förmlich besessen sind, würden zweifellos Hunderttausende davon kaufen, um ihre Ahnenschreine und sonstige Einrichtungen mit dem Wohlstand verkündenden Goldglanz zu schmücken. Was Ihre Messingschrauben betrifft . . .*

«JPEnterprises», meldete sie sich automatisch, als es wieder klingelte. «Ach, hallo, Liz, wie geht es dir?»

«Ich bin in großen Schwierigkeiten!» Die Munterkeit in Elisawetas Stimme strafte diese Erklärung Lügen. «Ich muß unbedingt mit dir sprechen.»

Julia murmelte etwas, das Verständnis signalisieren sollte.

«Joshua will mich bekehren», fuhr Elisaweta fort. «Ich soll mein bisheriges Leben aufgeben, weil er mich heiraten möchte.»

«Aber Liz, das ist doch großartig! Ich freue mich für dich! Nagel ihn gleich auf ein Datum fest, laß ihn nicht entwischen!»

«Ich bin gar nicht sicher, daß ich ihn schon habe. Rachel Haleevie wird kaum zulassen, daß ihr Liebling eine ... eine Frau wie mich heiratet. Sie will mich ja nicht mal im Haus haben! Außerdem bin ich keine Jüdin!»

«Laß uns das Schritt für Schritt durchgehen», sagte Julia. «Erstens kannst du nicht sicher sein, ob sie wirklich nein sagt. Bei ihren sieben Söhnen kann sie doch bestimmt einen für eine Nichtjüdin entbehren. Immerhin liebt dich Joshua sehr. Überdies ist es seine Familie. *Er* muß mit diesen Schwierigkeiten fertig werden.»

«Ich bin nicht sicher, ob er seiner Mutter gegenüber hart bleibt», sagte Elisaweta. «Nehmen wir mal an, er wäre fest entschlossen, und sie würde ihm die Sache ausreden. Das wäre für ihn eine schlimme Demütigung – fast wie eine Kastration.»

«Liz, er setzt sich ihr gegenüber *bestimmt* durch. Auch ein ehemaliger Hauptmann mit einem Haufen Orden braucht etwas Unterstützung, wenn er sich von so herrischen Eltern lösen soll. Aber er schafft es bestimmt. Und Sir Judah hat eine romantische Ader. Er wird sich letzten Endes auf eure Seite schlagen.»

«Wenn ihn seine Frau gründlich genug bearbeitet, wird er seinem Sohn vielleicht die Bezüge streichen. Geld ist aber sehr wichtig, Julie.»

«Ach, Geld! Ein Haleevie wird nie verhungern.»

«Julie, Liebe in einer Hütte interessiert mich nicht, und Joshua ist nicht imstande, seinen Lebensunterhalt selbst zu verdienen. Sag von mir aus, daß ich nur hinter dem Geld her bin, aber nichts tötet Liebe rascher als Armut.»

«Wenn du ihn wirklich liebst . . .»

Julia konnte Elisawetas Seufzer hören: «Liebe ist Liebe, und Leben ist Leben. Ich möchte Joshuas Leben nicht aufs Spiel setzen, von meinem ganz abgesehen. Außerdem bin ich gar nicht sicher, daß ich ihn heiraten *will.*»

«Aber, Liz, was willst du denn dann?»

«Eine Gruppe von Weißrussen hat sich mit mir in Verbindung gesetzt. Sie wollen ein kleines Hotel mit einem Nachtklub gründen», erzählte Elisaweta ohne erkennbaren Übergang. «Sie wollen es *Ikra* nennen, das bedeutet soviel wie ‹Kaviar›. Ist das nicht ein guter Name? Aber ich müßte noch einmal soviel investieren wie sie, etwa hunderttausend Mex. Sucht JPEnterprises gerade eine gute Investitionsmöglichkeit? Meine Russen garantieren eine vierzigprozentige Belegung der Räume. Wäre dein Onkel an dem Projekt interessiert?»

«Liz, eher findest du Kokosnüsse in der Mandschurei als fünfzigtausend US-Dollar bei JPEnterprises. Wir sind nicht sehr flüssig und haben selbst Schulden. Von Investieren kann keine Rede sein. Ich bin sicher, daß Onkel John da gern einsteigen würde, aber die Sache ist aussichtslos.»

«Ach je, und ich dachte . . . Nun, vielleicht kann Emily aushelfen. Ihr Vater . . .»

«Ich weiß nicht, ob ich dir das erzählen soll. Aber es weiß ja ohnehin bald jeder. Wundere dich nicht, wenn Emily demnächst *dich* um ein Darlehen angeht. Sie erwägt, zu Hause auszuziehen . . . mit ihren Eltern zu brechen.»

«Das ist eine schlechte Nachricht für uns beide. Bald wirst du die einzige von uns sein, die ein regelmäßiges Einkommen bezieht.»

«Komm doch einfach heute abend gegen sieben auf einen Schluck vorbei», schlug Julia vor. «Emily ist dann auch da, und wir können miteinander reden.»

Trotz der Schwierigkeiten ihrer Freundinnen freute sich Julia darauf, sie zu sehen. Sie würden einander ihr Herz ausschütten und es sich richtig gemütlich machen.

Elisaweta kam für ihre Verhältnisse kaum verspätet um Viertel nach acht und wirkte sehr munter. Sie redeten stundenlang, doch nach und nach wurde Julia immer unruhiger, weil Emily nicht kam.

Schließlich nahm sie all ihren Mut zusammen und rief bei den Howes an. Der Alte Wu war am Telefon. «Fräulein Yue-lin hat das Haus vor zwei Stunden verlassen», sagte er. «Nein, ich weiß nicht, mit welchem Ziel. Vielleicht kommt sie bald.»

Doch Emily kam an diesem Abend nicht mehr.

13

24. Juni 1922

Auch als John Pavernen einige Tage später aus Kanton zurückkehrte, hatte Julia noch kein Wort von Emily gehört. Der Alte Wu machte Ausflüchte, wenn sie anrief, und Emilys Eltern waren nicht bereit, am Telefon mit ihr zu sprechen. Uneingeladen konnte sie keinesfalls in der Halle der Harmonie auftauchen, und Tommy war im fernen Peking, unerreichbar für sie.

Im Augenblick allerdings hatte die Sorge um ihren Onkel die um Emily verdrängt. Ganz offensichtlich war er erschöpft. Seine grünen Augen blickten stumpf, und sein sonst so strahlender Charme war wie weggeblasen. Am meisten beunruhigte sie, daß er nicht einmal wissen wollte, was im Geschäft vorgefallen war. Bei seiner Rückkehr hatte er ihr lediglich ziemlich kurz angebunden mitgeteilt, aus dem erhofften Abschluß in Kanton sei nichts geworden.

«Keine einzige Patrone habe ich denen verkaufen können», hatte er geschimpft. «Der Brief von T. W. Sung an Sun Yat-sen war das Papier nicht wert, auf das er geschrieben war. Es lag natürlich an den Umständen, nicht etwa daran, daß der Präsident seinem Schwager eins auswischen wollte.»

Selbst wenn man John Pavernens Enttäuschung in Rechnung stellte, wirkte er ungewöhnlich niedergeschlagen. Es war wohl nicht der rechte Zeitpunkt, ihn mit den Sorgen zu behelligen, die sie sich um Emily und Liz machte. Vor allem lag Julia Emilys Schicksal am Herzen, aber auch Elisaweta geriet bei ihrer Suche nach Kapital für das zu gründende Hotel in immer größere Schwierigkeiten. Kaum wagte Julia ihrem Onkel mitzuteilen, daß sie einige Anrufe von Kunden bekommen hatte, die mit den Leistungen der Firma JPEnterprises nicht zufrieden waren.

Als sie es schließlich doch tat, weil sie die Fälle klären mußte, sagte ihr der Onkel in dürren Worten, was sie tun sollte. Dann zog er das Jackett aus, goß sich ein Glas Whisky ein und entzündete eine Havanna. Der Kleine Pao war schon gegangen. An Renntagen meldete er sich immer krank.

«Ich bin ziemlich fertig», sagte John Pavernen schließlich, als er sich allem Anschein nach etwas entspannt hatte. «Sicher fragst du dich, was mit deinem alten Onkel los ist?»

«Ein wenig schon. Du bist so ganz anders.»

«Das kann man wohl sagen.» Er nahm einen Schluck. «Wie du weißt, hat man Präsident Sun Yat-sen aus Kanton vertrieben.»

«Ich habe etwas in der Zeitung gelesen, aber nichts Genaues. Es scheint ihm wie einem Bürgerkriegsgeneral zu gehen – heute oben, morgen unten.»

«Ja, so ungefähr. Früher habe ich keinen Gedanken an diese Burschen verschwendet. Ein paar Dollar Bestechungsgeld hier, ein paar Dollar da – und das Geschäft lief. Solange das Freiwilligenkorps sie aus Schanghai heraushielt, konnten sie von mir aus so viel Krieg gegeneinander führen, wie sie wollten. Bürgerkriege sind gut für das Waffengeschäft . . . Aber paß auf, es dauert nicht mehr lange, und einer von denen bringt ganz China in seine Gewalt. Dann könnte die Sache für unsereinen anders aussehen.»

«Erzähl mir doch, was in Kanton geschehen ist», unterbrach sie ihn.

«Na ja, nachdem sie mich aus dem Gefängnis herausgelassen hatten . . . Das war natürlich, *nachdem* sie mich an die Wand gestellt hatten. Vielleicht sollte ich besser von vorn anfangen . . .»

Mit einem gewissen Stolz auf sein neuerworbenes Wissen erläuterte John Pavernen seiner Nichte haarklein die Beziehungen zwischen den Bürgerkriegsgenerälen, die miteinander im Kampf um die Herrschaft über China lagen. Dr. Sun Yat-sen, dessen Nationale Volkspartei, die Kuomintang, die Provinz Kanton im fernen Süden mehr oder weniger fest in der Hand hatte, war strenggenommen keiner jener Kriegsherren, aber mit dem mächtigsten unter ihnen dort verbündet. Er bemühte sich, diese Männer gegen die große Koalition der im Norden herrschenden Bürgerkriegsgeneräle zusammenzuschließen.

Eine verwirrende Lage, die sich, wie es seit 1915 immer wieder geschehen war, jederzeit ändern konnte. Das große Ziel, das alle lockte, war die alte Kaiserstadt Peking. Wer sie beherrschte, ernannte den Präsidenten – und genoß die Vorteile, die mit der dann automatisch erfolgenden Anerkennung durch das Ausland verbunden waren. Zu ihnen gehörte das beträchtliche Einkommen aus dem Seezoll, den die ausländischen Mächte verwalteten.

«Jedenfalls», fuhr John Pavernen fort, «hat sich Sun Yat-sen mit Dschang Dso-lin gutgestellt, dem Kriegsherrn in der Mandschurei. Dieser Alte Marschall, wie man ihn nennt, will sich mit ihm zusammentun und die anderen Bürgerkriegsgeneräle ausschalten, vor allen den Christlichen General Feng Yü-hsiang. Weißt du, sosehr unterscheidet sich Dr. Sun von denen gar nicht . . .»

«Das finde ich nicht, Onkel John! Die Nationalisten sind ganz anders!» Julia hatte ihre Kenntnisse von Emily Howe und Mei-ling Sung, die auf der Seite der Kuomintang standen. «Immerhin hat die Nationalversammlung Sun Yat-sen zum Präsidenten *gewählt*, auch wenn das schon zehn Jahre her ist. Die Nationalisten kämpfen für ein Ideal, und sie werden auch gewinnen.»

«Hübsch gesagt, Julie. Aber was der gute Dr. Sun jetzt braucht, sind nicht Ideale, sondern mehr Soldaten, mehr Waffen und eine sichere Operationsbasis. Es sieht nicht besonders gut für ihn aus. Na schön, folgendes ist also in Kanton passiert. Zuerst hat alles ganz nett angefangen . . .»

Im Hotel Victoria in der winzigen britischen Konzession auf der Insel Schamin war John Pavernen freundlich empfangen worden. Er hatte tropische Früchte und Bourbon in seinem Zimmer vorgefunden und unter dem Moskitonetz eine angenehme Nacht verbracht. Am nächsten Morgen kam eine schriftliche Einladung ins Amt des Präsidenten der Republik China – in einwandfreiem Englisch mit amerikanischer Rechtschreibung. Offenbar fungierte Madame Sun Yat-sen, geborene Rosamonde Sung, nach wie vor als Sekretärin ihres Mannes.

Statt jedoch vom Präsidenten oder seiner Gattin empfangen zu werden, wartete John Pavernen sieben Stunden lang, bis man ihn in ein winziges Büro wies. Inmitten zahlreicher Aktenordner, Feldtelefone und Wandkarten empfing ihn ein korpulenter ausländischer Offizier in der Uniform der Nationalisten, der sich in recht flüssigem Englisch als Oberst Bowe vorstellte, Militärberater des Präsidenten. John Pavernen horchte auf, als sich herausstellte, daß der Oberst mindestens hundert Vickers-Maschinengewehre sowie eine große Anzahl von Granaten, Gewehren und Pistolen zu kaufen gedachte.

Die Bezahlung würde keine Schwierigkeiten bereiten, denn T. W. Sung, dem Finanzberater des Präsidenten, wurden von weitblickenden Geschäftsleuten, Ausländern wie Chinesen, beträchtliche Summen zur Verfügung gestellt. Darüber hinaus war den Firmen Colt und Vickers daran gelegen, das Vertrauen des Mannes zu gewinnen, den sie als legitimen Präsidenten Chinas ansahen. Ihnen war klar, daß die Umsätze gewaltig werden konnten, sofern es tatsächlich zur geplanten Expedition in den Norden des Landes kommen würde, mit der die Nationalisten ein für allemal die Kriegsherren entmachten wollten, und sie boten ungewöhnlich günstige Bedingungen an.

Zu jenem Zeitpunkt wußte John Pavernen über die miteinander im Krieg befindlichen Parteien kaum mehr, als daß sie

Waffen brauchten. Er schenkte daher Oberst Bowes Versicherung, die Unruhe in der Garnison der Stadt sei nicht von Bedeutung, ohne weiteres Glauben. Er fragte auch nicht, warum es Präsident Sun für nötig erachtet hatte, die kämpfende Front sich selbst zu überlassen und nach Kanton zurückzueilen, um dort die Ordnung wiederherzustellen.

In einer Sänfte kehrte John Pavernen in sein Hotel zurück. In den Straßen wimmelte es von Soldaten in senffarbener Uniform. Sie schoben mit ihren Gewehrläufen Zivilisten beiseite und nahmen sich aus den Geschäften, deren Besitzer keine Holzläden vorgelegt und diese mit Vorhängeschlössern gesichert hatten, wonach ihnen der Sinn stand. Die Sänftenträger rannten zweimal in schmale Gäßchen, um ein Zusammentreffen mit Gruppen von Marodeuren zu vermeiden, die von Passanten Wertgegenstände forderten.

Die Stadtmitte von Kanton, die gewöhnlich um sieben Uhr abends voller Farben, Lichter und Geräusche war, leerte sich an jenem Abend rasch; jeder schien sich rasch und unauffällig in seiner eigenen Wohnung in Sicherheit bringen zu wollen. Selbst die grellgeschminkten Amüsiermädchen und ihre herumstolzierenden Zuhälter machten einen Bogen um die Soldaten, die sonst ihre natürliche Beute waren, zogen sich zurück und verschlossen hinter sich die Türen. Nicht ein einziger Polizist war auf den Straßen zu sehen, Theater, Teehäuser und Restaurants lagen wie ausgestorben. Doch immer wieder hörte man in der unnatürlichen Stille Schüsse, das Lachen betrunkener Soldaten und die angstvollen Schreie von Frauen.

Zum erstenmal, seit er nach China gekommen war, fürchtete John Pavernen um seine Sicherheit. Doch als die Sänfte die Brücke zum britischen Teil der Stadt überquerte und die viktorianischen Bungalows mit ihren Tennisplätzen und englischen Gärten in Sicht kamen, schwand seine Angst. Als die Kulis vor dem säulengeschmückten Portal des Hotels *Victoria* haltmachten, war John Pavernen ganz sicher, daß seine Furcht grundlos gewesen war. Hatte er China-Neulingen nicht immer wieder gesagt, sie sollten sich durch die wild aussehende Soldateska der Kriegsherren nicht ins Bockshorn jagen lassen? Deren

Offiziere wußten schließlich nur zu genau, daß die Soldaten und Kanonenboote der Schutzmächte nie weiter als wenige Tagesstrecken entfernt waren und Übergriffe auf Ausländer mit größter Härte ahnden würden.

Nach einem guten Abendessen, Ente mit Orange und einem anständigen Bordeaux, nahm er einen Cognac mit auf sein Zimmer und legte sich kurz nach zehn Uhr schlafen.

Als man ihn um halb zwölf wachrüttelte, war er zwar überrascht, aber nicht beunruhigt. Ein Leutnant in der Uniform der Nationalisten erklärte in stockendem Englisch, Oberst Bowe bitte für die späte Störung um Entschuldigung, wünsche aber den Herrn sogleich zu sprechen. Da sich John Pavernen keinen anderen Grund denken konnte als einen raschen Geschäftsabschluß, zog er sich eilends an. Es war zwar eine sonderbare Uhrzeit, aber nachts Geschäfte zu machen, war in China nicht unüblich.

Fröhlich pfeifend folgte er dem Offizier. Als die Sänften, in denen er und der Leutnant saßen, die Höckerbrücke von der im Mondschein daliegenden Insel Schamin in den chinesischen Teil der Stadt überquerten, nickte er dem verblüfften britischen Wachposten kurz zu.

Auf chinesischem Gebiet erwarteten sechs Soldaten in der Uniform der Nationalisten die Sänften und trabten durch die dunklen, verlassenen Straßen neben ihnen her. Müde schloß John Pavernen die Augen und dämmerte ein.

Als die Kulis unvermittelt stehenblieben und seine Sänfte auf das Pflaster krachen ließen, fuhr er hoch. Er hörte einen Schuß, dann zwei weitere. Der Leutnant sprang mit gezogener Pistole auf die Straße hinaus. Ein Gewehrschuß ertönte, und mit ungläubigem Gesichtsausdruck stürzte der Offizier rücklings zu Boden.

Ein Hauptmann in der senffarbenen Uniform der Armee des Bürgerkriegsgenerals trat aus dem Schatten, die Waffe schußbereit in der Hand, begleitet von einem Unteroffizier, der dem nationalistischen Leutnant das Bajonett in den Hals stieß.

Zwei nationalistische Soldaten lagen reglos auf dem Pflaster – die anderen vier waren offenbar zusammen mit den Sänftenträgern in die Dunkelheit geflohen. Den Revolver in der Hand, sah der Hauptmann auf den Amerikaner hinab.

«Solche Angst hatte ich noch nie im Leben», gestand John Pavernen seiner Nichte. «Es erwies sich, daß mich sowohl Oberst Bowe wie auch der Hauptmann des Kriegsherrn benutzen zu können glaubte – weil ich Amerikaner bin. Der Oberst war der Ansicht, meine Gegenwart werde Dr. Sun und dessen Frau Schutz gewähren. Da die anderen Angst hatten, ich könnte die Marine der Vereinigten Staaten holen, um an ihnen Rache zu nehmen, haben sie mich eingesperrt . . . Aber ich eile voraus. Während ich am Morgen des 16. Juni in einer Zelle festsaß, war der Kriegsherr dem Präsidenten auf den Fersen. Die Einzelheiten hat mir Sun Yat-sens Frau später in Hongkong erzählt.»

Rosamonde Sung war davon überzeugt, daß sie träume, berichtete John Pavernen, und achtete daher nicht auf das ferne Läuten des Telefons. Dann riß ihr Mann sie aus dem Schlaf.

«Sie kommen!» sagte er knapp. «Ich habe es gerade erfahren. Wir müssen von hier fort.»

Noch ganz schläfrig antwortete sie: «Liebling, *du* mußt fort. Ich würde dich nur behindern. Ich bleibe. Einer Frau tut niemand etwas.»

Der Präsident stimmte schließlich zu. Wenn er in dieser Nacht ums Leben käme, wären alle Hoffnungen Chinas mit ihm dahin. Von zehn Soldaten begleitet, schlüpfte er durch das Tor und ließ unter Oberst Bowes Kommando fünfzig Männer zum Schutz seiner Frau zurück. Glücklicherweise lag das Haus mehrere hundert Meter von dem imposanten Amtssitz des Präsidenten entfernt, auf den es die Meuterer wohl in erster Linie abgesehen hatten. Vielleicht fielen das Wohnhaus und die lange Brücke, die von dort zum Amtsgebäude führte, den Marodeuren nicht weiter auf.

Schon eine halbe Stunde später aber feuerten die Angreifer von den Hängen auf das Haus. Durch die Fensterläden hörten Rosamonde Sun und Oberst Bowe Rufe: «*Saat! Saat! Saat Sun Yat-sen!* Tötet! Tötet! Tötet Sun Yat-sen!»

Der Kriegsherr, der Kanton beherrschte, hatte nicht nur den Angriff befohlen und seinen Truppen zugesagt, daß sie, falls sie siegten, die Stadt plündern dürften – er hatte auch für denjenigen, der Präsident Sun tötete, zweihunderttausend mexikanische Silberdollar ausgesetzt.

Oberst Bowe befahl seinen Leuten, das Feuer nicht zu erwidern, solange es dunkel war. Damit hätten sie lediglich ihre Stellung preisgegeben und Munition vergeudet. Um Viertel vor sechs aber kam mit der Morgendämmerung ein wahrer Angriffshagel. Die Verteidiger brachten den Sturm kurzzeitig zum Stehen, doch dann ließ der Kriegsherr Feldgeschütze gegen das unbefestigte Ziel richten. Die meisten Granaten gingen daneben, aber einige schlugen im Obergeschoß des Wohngebäudes ein. Um acht Uhr ließ das erbarmungslose Licht der Sonne große Breschen in den Mauern erkennen. Die Munition der Verteidiger war nahezu aufgebraucht; zwanzig waren gefallen und der größte Teil der übrigen verwundet.

Der einzige Fluchtweg war die Brücke zum Amtssitz des Präsidenten. Begleitet von zwei Freiwilligen robbten Rosamonde Sun und Bowe im Schutz des Geländers hinüber. Die meisten Kugeln gingen über sie hinweg, doch Bowe wurde in den Schenkel getroffen.

Die beiden Soldaten schleppten ihn ins Präsidentschaftsgebäude. Mit Hilfe der Verteidiger dort, die bisher vergleichsweise wenig abbekommen hatten, brachten sie ihn in ein Schlafzimmer und versorgten seine Wunde. Falls sie fliehen mußten, würde ihnen nichts anderes übrigbleiben, als ihn zurückzulassen.

Da die Soldaten des Bürgerkriegsgenerals zum Glück schlechte Schützen waren, hatten sie nach einem siebenstündigen Angriff noch keine größeren Schäden angerichtet. Dennoch entschied der Kommandant der Garnison, zu den Angreifern überzulaufen, weil er davon überzeugt war, daß sie die Oberhand behalten würden. Er erklärte sich bereit, sich für Madame Sun zu verwenden, wollte aber für ihre Sicherheit nicht garantieren. Die beiden Soldaten der Leibwache des Präsidenten entschlossen sich, bei ihr zu bleiben.

Rosamonde Sun wußte nicht, was sie tun sollte. Erschöpft und verzweifelt sah sie sich zum erstenmal in ihrem behüteten Leben nackter Gewalt ausgesetzt. Als die Decke des Wohnraums eine halbe Minute, nachdem sie ihn verlassen hatten, von einer Granate durchschlagen wurde und einstürzte, brach sie fast zusammen. Bald zeigte sich, daß das Gebäude nicht länger gehalten werden konnte. Zwischen ihren Leibwächtern taumelte sie auf den Hof hinaus.

Ein Strom von Soldaten in senffarbener Uniform ergoß sich durch die zerstörten Tore. Mit blutigen Bajonetten und pulvergeschwärzten Gesichtern stürmten sie vorwärts, um das Schatzamt und die Zollbehörde zu plündern. Unter den zahlreichen Überläufern in der braunen Uniform der Nationalisten fielen die beiden Soldaten nicht auf, die eine Frau zwischen sich führten.

Völlig außer sich über das Gemetzel auf den Straßen, stolperten die drei in ein schmales, ruhiges Gäßchen.

«Erschießt mich! Bitte erschießt mich doch!» flehte Rosamonde mit aufgeplatzten Lippen. «Ich kann unmöglich entkommen. Erschießt mich jetzt! Laßt mich nicht in die Hände dieser Wilden fallen!»

«Es wird alles gut», beruhigte sie der ältere der beiden. «Kommen Sie jetzt, bitte.»

Sie stützten sie, hoben sie über Schutthaufen und über Granattrichter. Als sie hörten, wie sich ein Trupp im Marschtritt näherte, deckten sie sie mit ihren Körpern, damit man sie nicht sehen konnte.

«Stellen Sie sich tot!» zischte der Ältere. «Das ist unsere einzige Chance!»

Die drei Flüchtlinge blieben, ohne sich zu rühren, inmitten der Leichen liegen, bis die Abteilung vorüber war. Als die Männer Rosamonde schließlich in ein abseits liegendes Bauernhaus trugen, übergab sie sich. Der Bauer forderte sie auf, sein Anwesen sofort wieder zu verlassen, doch die Wachen bedrohten ihn mit ihren Bajonetten.

Rosamonde brach zusammen. Als sie wieder zu sich kam, kühlte der Jüngere mit einem Schwamm ihr Gesicht, während der Ältere zur Tür hinausspähte. Ein Schuß ertönte, und er sank zu Boden.

«Sehen Sie nicht hin!» sagte der andere. «Ihm kann niemand mehr helfen.»

Mitten in ihrer Verzweiflung hörte Rosamonde durch den Donner der Feldgeschütze unverkennbar Schiffsartillerie. Da die Bürgerkriegsgeneräle nicht über Kriegsschiffe geboten, mußte das ein Gegenangriff regierungstreuer Kanonenboote sein. Etwas ruhiger schlief sie schließlich unter dem Geschützdonner erschöpft ein.

Ihr unfreiwilliger Gastgeber sagte ihr am nächsten Morgen nur allzugern Lebewohl. Er staffierte den Soldaten mit einer geflickten Hose und einem zerfetzten Hemd aus; Rosamonde Sun gab er einen abgelegten schwarzen Hausanzug seiner Frau und einen alten, spitz zulaufenden Strohhut. Sie hielt einen Korb mit Gemüse und Eiern an sich gedrückt, und man konnte sie für eine Bauersfrau halten.

«Das war es so in etwa», schloß John Pavernen seinen Bericht. «Ein Sampan hat sie flußabwärts zum Präsidenten gebracht. Er hatte auf einem nationalistischen Kanonenboot Zuflucht gefunden. Wäre sie gleich mit ihm gegangen, wäre ihr das alles erspart geblieben. Er ist immer noch auf dem Kanonenboot und hofft, seine Streitkräfte sammeln und Kanton zurückerobern zu können. Seine Frau ist nach Hongkong gereist, noch immer in ihrer Verkleidung. Dort will sie Hilfe von außerhalb zusammentrommeln.»

«Und was haben die Rebellen mit dir gemacht?» wollte Julia wissen.

John Pavernen sah einen Augenblick nachdenklich drein, bevor er antwortete: «Sie haben mich an die Wand gestellt. Ich glaube, sie wollten mir nur Angst einjagen. Das ist ihnen auch glänzend gelungen. Dann hat sich der Bürgerkriegsgeneral von Kanton für den angeblichen Fehler seines Offiziers entschuldigt und mich laufenlassen. Er wollte wohl keinen Ärger mit Amerika haben. Gott segne unsere Fahne!»

14

3. August 1922

Im August kam Julia zu dem Ergebnis, daß sich die Familie Howe gegen sie verschworen hatte. Warum sonst machte man es ihr unmöglich, etwas über Emily in Erfahrung zu bringen? Nicht einmal von Tommy hörte sie etwas, obwohl er sicher wußte, was gespielt wurde. In seinen Briefen erwähnte er Emily mit keinem Wort. Nahezu zwei Monate waren seit ihrem letzten Anruf vergangen – und nach wie vor hatte Julia nicht die leiseste Ahnung, wo sich die Freundin aufhielt.

Obwohl sie sich sorgte, verspürte Julia aber nicht mehr diese panische Angst. Wäre Emily etwas zugestoßen, hätte ihr das bestimmt irgend jemand mitgeteilt – wenn nicht die Eltern, dann sicherlich Tommy. Andererseits war sie nicht sicher, ob er nicht in ein Komplott gegen Emily verwickelt war, denn schließlich ging es um die Familienehre. Wie gut kannte sie ihn wirklich?

Julia litt, und das nicht nur wegen der drückenden Augusthitze und der hohen Luftfeuchtigkeit. Sie fühlte sich außerstande, Richard Hollings zu trösten, als dieser anrief und klagte, daß Emily ihm fehle.

Käme doch nur Tommy aus Peking zurück! Er würde wissen, was zu tun war.

Obwohl er schon Ende Juni Examen gemacht hatte und Mitte September am Allgemeinen Krankenhaus von Schanghai seinen Dienst als Assistenzarzt antreten sollte, war er noch nicht zurückgekehrt. In ihren Briefen hatte ihm Julia ihre Enttäuschung über seine lange Abwesenheit nur andeutungsweise zu erkennen gegeben, ihm aber klar und deutlich gesagt, welche Sorgen sie sich um Emily machte. Er hatte darauf beruhigend, aber ausweichend geantwortet: Emily werde es wohl gutgehen, und er werde nach Schanghai kommen, sobald ihm das möglich sei.

Ihr fehlte Tommy – und nicht nur, damit sie ihm ihr Herz ausschütten konnte. Ihr fehlten seine lachenden Augen hinter der schwarzgeränderten Fensterglasbrille. Ihr fehlten sein willensstarkes Kinn und sein einfühlsames Lächeln, das sich nur langsam auf seinem Gesicht ausbreitete. Harry Smythe war ein amüsanter Begleiter, dessen immer wiederkehrende Annäherungsversuche sie ohne Schwierigkeiten zu parieren vermochte. Aber Tommy Howe fehlte ihr mehr, als sie je für möglich gehalten hätte. Dabei hatten sie einander noch nicht einmal geküßt!

Das Geheimnis um Emily überschattete alle Gedanken Julias. Donald Howe hatte sie höflich empfangen, als sie schließlich den Mut aufgebracht hatte, ihn in seinem Büro am Bund aufzusuchen. Mit freundlichem Lächeln hatte er den Kopf geschüttelt, als sie ihn bat, etwas über Emily zu sagen. Weniger freundlich war er gewesen, als sie ihm zufällig bei einem Wohltätigkeitsball begegnet war. Da hatte er ihr frostig erklärt, die Angelegenheiten seiner Familie seien nicht Gegenstand des Klatsches bei einer öffentlichen Tanzveranstaltung.

Sie hatte es sogar gewagt, die lange Auffahrt zur Halle der Harmonie hinaufzugehen und den Alten Wu anzusprechen, der sie zu mögen schien. Doch auch der hatte lediglich den Kopf geschüttelt und abweisend erklärt, daß Miss Emily nicht zu sprechen sei.

So konnte Julia nur warten und, von Tommys Versicherung bestärkt, hoffen, alles werde gut ausgehen. Überdies hatte sie ihre eigenen Schwierigkeiten. Mit ihrem Telegramm zu Ostern hatten ihre Eltern begonnen, sie zur Rückkehr zu drängen. Dieses Drängen wurde nun heftiger. Sie sei schon seit mehr als einem Jahr fort, schrieben sie, und das sei doch mehr als ausreichend, um den Fernen Osten kennenzulernen.

Julia aber war noch nicht bereit, nach Plattsburg zurückzukehren. Sie hatte ihre Eltern bisher mit vagen Versprechungen hingehalten und gehofft, ihr Vater werde seinen jüngeren Bruder nicht bitten, ihre Stelle zu kündigen, denn ohne eigenes Einkommen würde sie heimkehren müssen. Sie war entschlossen, die aufregendste, bunteste Stadt der Welt nicht zu verlassen – auch Tommys wegen nicht, obwohl er nie mit ihr über das Verhältnis zwischen ihnen beiden gesprochen hatte. Keinesfalls konnte sie fortgehen, bevor er zurückgekehrt war und sie Gelegenheit hatte, festzustellen, was sie genau für ihn empfand.

Und Emily! Wie konnte sie abreisen, solange sie nicht wußte, was aus ihrer engsten Freundin geworden war? Sie jetzt sich selbst zu überlassen wäre schändlich.

So viele gute Gründe gab es zu bleiben, soviel neue Verantwortung hatte sie übernommen.

Auch über ihren Onkel John gab sie sich keinen Täuschungen mehr hin. Sie hatte begriffen, daß er ein ziemlich unbedeutender Geschäftsmann war, und obwohl die verschiedenen Bürgerkriege, die China seit langem erschütterten, für seine Waffengeschäfte von Vorteil gewesen waren, schleppte sich seine Firma doch mühsam dahin. Mit gequältem Lächeln hatte er ihr anvertraut: «Ich könnte morgen schon Waffen für zehn Millionen Dollar an den Mann bringen. Käufer dafür lassen sich leicht finden, aber Zahler nur sehr schwer!»

Unmöglich konnte sie ihn angesichts seiner eigenen Schwierigkeiten mit Elisawetas geradezu zur Besessenheit gewordenen Wunsch behelligen, ihr eigenes Hotel zu erwerben. Zwar hatte er versprochen, sich Gedanken darüber zu machen, wie sie das nötige Kapital zusammenbringen könne, aber Julia fand, es sei nicht recht – und wohl auch sinnlos – ihn zu bedrängen.

Elisaweta dagegen sprach kaum noch von etwas anderem. Das *Ikra* sollte sowohl ein Spielkasino wie auch ein Kabarett sein und, auch das hatte Julia mittlerweile begriffen, natürlich auch ein Freudenhaus. Elisaweta wollte nicht mehr nur überleben. Sie wollte Wohlstand, denn der bedeutete Macht.

Sie weigerte sich, von Joshua Geld zu nehmen und genoß jetzt den «Schutz» eines überaus reichen Franzosen. Dieser aber war nicht so töricht, ihr zur Unabhängigkeit zu verhelfen, indem er ihr Geld lieh. Mit geradezu atemberaubender Offenheit hatte Elisaweta Julia anvertraut, daß sie über die Geheimbünde das erforderliche Kapital aufzubringen versuchte. Sie hatte es sich in den Kopf gesetzt, den Grünen Drachen auf ihre

Seite zu ziehen, den Obersten Herrn der Bruderschaft vom Schleusentor und Beherrscher von Schanghais Unterwelt.

Sie komme schon zurecht, hatte Elisaweta mit Nachdruck erklärt, als Julia sie warnend darauf hinwies, daß mit einem solchen Darlehen unerfüllbare Bedingungen verknüpft sein würden. Ihr werde schon nichts zustoßen, hatte sie ungerührt geantwortet, als ihr Julia vorhielt, daß sie sich mit Mördern, Drogenhändlern und Erpressern einlasse, und Julias Frage, ob sie nicht einige ihrer neuen Freunde ziemlich widerwärtig fände, tat sie achselzuckend ab. Als Julia sie drängte, das gefährliche Leben aufzugeben und Joshua zu heiraten, lachte sie nur. Sie schien nicht zu befürchten, daß dieser angesichts ihrer Sprunghaftigkeit die Geduld verlieren könnte und hatte lachend gesagt, sie liebe Gefahr und Aufregung – und auch Joshua, von ganzem Herzen. Julia indes hatte den Eindruck, daß es damit nicht besonders weit her sein konnte.

Sie schlürfte grünen Tee und räkelte sich. Als es an der Tür klingelte, fragte sie sich, wo Lao Tsi sein mochte. Sie hätte längst von der Zusammenkunft ihrer buddhistischen Gemeinde zurück sein müssen. Julia lachte laut auf. Wie rasch man sich daran gewöhnte, bedient zu werden!

«Ich komme!» rief sie. Sie öffnete die schwere Tür und sah verblüfft auf die schmale Gestalt, die in dem düsteren Hausflur stand.

«Emmy! Liebe Emmy!» Julia warf sich der Freundin in die Arme. «Oh, Emmy! Ich hatte ja solche Angst, dir sei etwas zugestoßen.»

«Das ist es in gewisser Hinsicht auch. Wir wollen uns setzen und einen Schluck trinken», sagte Emily mit matter Stimme. «Katastrophen ermüden mich.»

Julia machte zwei Gin mit Tonic zurecht. Während sie Zitronenscheiben schnitt und an dem Eisblock herumhackte, sah sie gedankenvoll ihre alte Zimmergenossin an, die niedergeschlagen in das Licht starrte, das durch das hohe Nordfenster hereindrang.

«Jetzt bist du also da», sagte Julia betont munter. «Erzähle doch. Was hast du getrieben?»

«Ich habe es versucht, Julie», gab Emily zur Antwort. «Ich habe mir solche Mühe gegeben, aber ich konnte es nicht über mich bringen, ihren Wunsch zu erfüllen. Es ging einfach nicht. Und mit alldem habe ich die Katastrophe nur aufgeschoben.»

«Was für eine Katastrophe denn nur? Du bist doch hoffentlich nicht krank? Du siehst entsetzlich mager aus.»

«Ich habe mit meinen Eltern gebrochen – endgültig. Wir hatten einen entsetzlichen Streit, und sie haben mich aus dem Haus gejagt. Für mich . . . für jeden Chinesen . . . ist ein Bruch mit der Familie so, als wäre man halb tot. Ohne Familie bin ich kein vollständiger Mensch. Meine großartigen westlichen Ideale von individueller Freiheit bedeuten jetzt nicht mehr viel. Ich bin wie Strandgut, irgendwo ans Ufer gespült.»

«Ach, Em, es tut mir so leid. Ich kann mir vorstellen, wie du dich fühlst», warf Julia ein. Emily würde es gewiß guttun, endlich einmal über diese schwere Entscheidung zu sprechen. «Sag mir, warum du verschwunden warst. Wo hast du dich versteckt gehalten? Was hast du gemacht?»

«Es tut mir leid, Julie, daß ich dich im dunkeln lassen mußte. Du hättest alles aus mir herausgefragt – und dann hätte es jeder gewußt. Manchmal bist du etwas zu vertrauensselig, weißt du. Ich mußte schwören, keinen Kontakt zu dir aufzunehmen. Auch Tommy hatte keine Wahl. Die Familie hatte Vorrang.»

«Ich verstehe nicht. Was für ein entsetzliches Geheimnis mußtet ihr denn verbergen?»

«Nicht nur mein Verhalten, das einer Tochter nicht ansteht, obwohl das schlimm genug war. Vor allem durften meine Eltern unter *keinen* Umständen durchsickern lassen, daß sie mir Zugeständnisse machten. Wer sich in unserem Land über die alten Moralbegriffe hinwegsetzt, wirkt schwach und töricht. Die Menschen hätten das Vertrauen in die Urteilskraft meines Vaters verloren . . . und damit auch in seine Fähigkeiten als Geschäftsmann.»

«Zugeständnisse? Mir kam deine Familie ziemlich hart vor.»

Emily erklärte, daß die meisten chinesischen Eltern auch in den aufgeklärten zwanziger Jahren im weltoffenen Schanghai eine so ungehorsame Tochter wie sie entweder eingesperrt oder sich sofort von ihr losgesagt hätten. Statt dessen hatten die Howes Emilys Versprechen, «sehr ernsthaft über eine Ehe mit Li Nien-lao nachzudenken», akzeptiert und sogar zugestimmt, daß die künftige Braut gegen alle Tradition Gelegenheit haben sollte, ihren Verlobten vor der Eheschließung kennenzulernen.

Donald Howe hatte einen Weg dafür gefunden, der keinen Skandal verursachen würde. Emily und Nien-lao waren, natürlich jeder für sich, in die britische Kronkolonie Hongkong gereist, wo sie sich bei Verwandten aufhielten. Eurydice Howe fuhr als Anstandsdame mit ihrer Tochter, obwohl diese ein Jahr zuvor den Pazifik ohne Anstandsdame unbeschadet überquert hatte. In der britischen Kronkolonie ging es eben noch altmodischer zu als in Schanghai.

«Ich konnte ihn nicht ausstehen, Julie!» brach es aus Emily heraus. «Er ist gräßlich. Viel schlimmer, als ich gedacht hatte. Ein hirnloser, amüsiersüchtiger Sohn aus einer reichen Familie. Aber was blieb mir anderes übrig? Dann aber kam Mei-ling Sung und riet mir, nein zu sagen und mich auf keinen Fall mit Li Nien-lao einzulassen.»

Emily nahm einen Schluck aus ihrem Glas und fügte zusammenhanglos hinzu: «Mei ist schon merkwürdig. Nach außen hin wirkt sie, als ob sie zu allem ja und amen sagte, aber in Wirklichkeit ist sie sehr stark und kämpft für die Rechte der Frauen. Von einer arrangierten Ehe will sie nichts wissen! Sie hat ein Auge auf General Tschiang Kai-schek geworfen und macht sich Sorgen, weil er sich in der Nähe von Kanton mit Präsident Sun Yat-sen auf einem Kanonenboot aufhält.»

Julia begriff, daß das muntere Geplauder ihrer Freundin, die in dem großen Rosenholzsessel fast versank, bloße Maske war.

«Mei schwört, daß sie einer arrangierten Ehe unter keinen Umständen zustimmen würde», fuhr Emily fort. «Da Tschiang Kai-schek aber bereits verheiratet ist, hat eine gute Methodistin wie sie keinerlei Aussichten. Sind wir Frauen nicht merkwürdig?»

«Schon möglich, Em. Wie ist es dann mit dir weitergegangen?»

«Vater ist gekommen, nachdem ich deutlich gesagt hatte, daß Nien-lao für mich auf keinen Fall in Frage kommt. Er war so wütend, daß ich dachte, er würde mich schlagen.»

Donald Howe hatte getobt und gerast. Er hatte den Himmel angerufen, seine ungehorsame Tochter zu strafen, und die Hand erhoben, um sie zu züchtigen. Doch er hatte den Arm wieder sinken lassen. Damit hatte er zwar selbst eine Pflicht nicht erfüllt, doch liebte er seine widerspenstige Tochter viel zu sehr, als daß er sie hätte schlagen können.

Emily war zwar widerspenstig, aber nur in diesem einen Punkt. Abgesehen von ihrer Weigerung, den Mann zu heiraten, den ihr die Eltern zugedacht hatten, erfüllte sie ihnen jeden Wunsch. Daher forderte ihr Vater sie auf, den Sommer fern von Schanghai im Norden des Landes zu verbringen. Dort sollte sie die Konsequenzen ihres Verhaltens und ihre Entscheidung noch einmal überdenken. Gequält hatte sie die Eltern gefragt: «Seht ihr nicht, daß ihr mir damit eine Strafe auf Lebenszeit aufbürden würdet? *Warum* nur könnt ihr das nicht verstehen?»

Zwei Monate lang hatte Emily in dem ihr so fremden Norden des Landes gelitten. Tommy war seinen familiären Pflichten insoweit nachgekommen, als er ihr Gesellschaft geleistet hatte. Im übrigen aber hatte er sie in ihrem Entschluß bestärkt.

Vor wenigen Tagen war Emily nach Schanghai zurückgekehrt und einem Streit zunächst mit der Erklärung ausgewichen, sie denke noch nach. Da aber ihr Vater seine Entscheidung nicht zurücknehmen konnte – ebensogut hätte er über die Große Mauer springen können –, hatte sich die Krise an diesem Abend nicht mehr vermeiden lassen. Da der große, leidenschaftliche Streit schon hinter ihnen lag, kam es zu keinem dramatischen Ausbruch mehr. Die Mutter hatte leise vor sich hin geweint und der Vater mit belegter Stimme erklärt, er werde sich von seiner Tochter lossagen, wenn sich diese seinem Wunsch nicht füge. Das aber konnte Emily ebensowenig, wie er nachzugeben vermochte. Schließlich hatte er ihr ohne Zorn geboten, das elterliche Haus zu verlassen.

«Und was wirst du jetzt tun?» fragte Julia, die bereits an die praktische Seite dachte.

«Ich hatte gehofft, daß ich eine Weile hierbleiben könnte.»

«Aber natürlich! Die Wohnung gehört Tommy und damit sozusagen auch dir. Ich bin ohnehin ziemlich allein und würde mich freuen.»

«Danke, Julie», sagte Emily und lächelte matt. «Morgen früh werden mir meine Kleider geschickt. Wir hassen einander nicht, ich bin nur einfach nicht mehr ihre Tochter.»

«Was wirst du jetzt tun, Emmy?»

«Mach dir keine Sorgen. Du brauchst mich nicht durchzufüttern . . . Kennst du die Women's Commercial and Savings Bank an der Nanking Road? Es ist die erste Bank auf der Welt, die ausschließlich von Frauen betrieben wird. Nun, ich habe vor einer Weile dort Anteile erworben – und ich kann dort auch arbeiten. Mein Großvater Howe hat mir etwas Geld hinterlassen. Ein ungewöhnlicher Mann, er war der Ansicht, auch eine Frau brauche eigenes Geld. Also gehe ich ins Bankgeschäft.»

«Nun, das hört sich doch gar nicht so schlecht an, oder? Und dann gibt es auch noch Richard. Er hat sich große Sorgen gemacht.»

«Er muß warten . . . Weißt du noch, Julie, wie wir uns immer darüber beklagt haben, daß unsere Eltern uns herumschubsen? Wir haben geschworen, uns ihnen zu widersetzen. Nun, ich habe mich daran gehalten – und bin jetzt todunglücklich! Das Herz bricht mir fast!»

«Es wird alles wieder gut werden, Emmy. Bestimmt werden sie sich besinnen, du wirst es sehen.»

«Sie werden sich *nicht* besinnen», brach es aus Emily heraus. «Du hast ja keine Ahnung, wie halsstarrig Chinesen sein können!»

Richard Hollings würde erst am nächsten Morgen erfahren, daß Emily wieder da war. Sie war zu erschöpft, um mit irgend jemandem zu reden, selbst mit ihm.

15

26. August 1922

Julia wußte, daß sie kein Recht hatte, verärgert zu sein. Was bedeutete ihr schließlich Tommy Howe? Und was bedeutete sie ihm?

Er war vor drei Tagen nach Schanghai zurückgekehrt und hatte gleich am ersten Nachmittag lange mit seiner Schwester telefoniert, war aber nicht in die Dachwohnung gekommen. Gewiß, er hatte unmittelbar vor Beginn seiner Zeit als Assistenzarzt viel zu tun, und außerdem hatte er versprochen, vorbeizukommen, so bald er konnte. Warum also fühlte sie sich enttäuscht? Sie durfte wohl kaum erwarten, daß Tommy, nachdem er länger als ein halbes Jahr fort gewesen war, sogleich zu ihr eilte und sie in die Arme schloß. Schließlich hatte ihre ganze Beziehung darin bestanden, daß sie einander einige Briefe geschrieben hatten. Umarmt oder gar geküßt hatte er sie noch nie.

Ihre Niedergeschlagenheit war nichts als kindisch, befand Julia. Immerhin war Samstagabend, und ein Mann wollte sie ausführen. Ungeduldig wartete Harrison Parker Smythe III auf dem Korbsofa in ihrem großen Wohnraum auf sie. Nach einem langen Nachmittag beim Pferderennen hatte sie unbedingt duschen und sich umziehen müssen. Harry wollte, daß sie bei der Abendgesellschaft in dem feinen Restaurant *Sun Ya*, bei der all seine Bekannten aus dem konsularischen Korps anwesend sein würden, gut aussah.

Während sich Julia noch einmal mit der Bürste über das dichte Haar strich, überlegte sie, daß Harry sich in letzter Zeit sehr besitzergreifend gegeben hatte – ohne jeden Anlaß. Obwohl sie gelegentlich miteinander ausgegangen waren, hatte sie ihn in keinerlei Hinsicht ermutigt. Außerdem vermutete sie, daß sie lediglich als Ersatz für Emily diente, die Harry seit ihrem Wiederauftauchen mit Einladungen förmlich bombardiert hatte.

Emily aber hätte nicht einmal dann Zeit gehabt, sich mit Harry zu beschäftigen, wenn sie das gewollt hätte. Richard Hollings führte sie so oft aus, wie er konnte. Er schien entschlossen, ihre Niedergeschlagenheit über den Bruch mit den Eltern zu verjagen. Emily war mit Richard vollauf beschäftigt und erklärte immer wieder, sie habe mit Harry nicht das geringste im Sinn. Im übrigen, vermutete sie, sei er in Wirklichkeit in China verliebt und finde sie nur deswegen anziehend, weil sie Chinesin sei.

Julia fuhr sich mit der Puderquaste über die Nase und zog behutsam ihre Lippen nach. Sie glättete die Seide des grünen Kleides, für das sie sich entschieden hatte, und öffnete dann die Tür zum Wohnzimmer. Bei ihrem Anblick sprang Harry Smythe auf, schob den linken Ärmel seines Sommerjacketts zurück, sah bedeutungsvoll auf die Uhr und sagte: «Gerade noch Zeit für einen Schluck.»

«Warum nicht?» stimmte sie ihm zu.

Er goß gerade Gin über den Limettensaft und das Eis, als es an der Tür klingelte. Julia öffnete – und stand Tommy gegenüber. Er lächelte sie an und trat unaufgefordert an ihr vorbei ins Wohnzimmer. Seine Gelassenheit schwand sekundenlang, als er Harry bemerkte. Er blinzelte und lächelte dann erneut.

«Julia, Liebling!» sagte er. «Wie schön, daß du schon fertig bist.»

«Was meinst du mit fertig?» fragte sie verwirrt. «Tommy, was . . .»

«Hast du etwa vergessen», fragte Tommy unbeeindruckt, «daß wir heute abend zum Essen bei den Sungs eingeladen sind, liebste Julie? . . . 'n Abend, Smythe.»

«Bei den Sungs? Aber Tommy . . . Ach so, natürlich. War das tatsächlich heute? Wie peinlich. Du siehst ja . . .»

Es war ihr mehr als peinlich, daß Tommy einfach in die Wohnung platzte und von einer Einladung redete, die überhaupt nicht existierte. Noch peinlicher aber wäre es gewesen, ihm vor Harry zu widersprechen und mit ihm streiten zu müssen.

Sie war wütend. Was aber blieb ihr übrig als mitzuspielen? Außerdem war sie nicht *nur* wütend, wie sie merkte.

Harry Smythe allerdings war nicht bereit, sich so ohne weiteres verdrängen zu lassen. Röte stieg ihm ins Gesicht, während er die Getränke mischte und sogar ein drittes Glas für Tommy dazustellte.

«Was soll das heißen? Julie und ich sind auf dem Weg ins *Sun Ya.*»

«Oh», gab Tommy gleichmütig zur Antwort, «und ich dachte, Sie warten auf meine Schwester. Wo ist Em überhaupt?»

«Ausgegangen», sagte Julia verwirrt, «mit Richard Hollings.»

«Ach ja», sagte Tommy. «Wie dumm von mir, natürlich ... Wir brauchen uns mit den Gimlets nicht zu beeilen, wir haben reichlich Zeit. Die Sungs erwarten uns nicht vor acht Uhr ... Es tut mir leid, daß ich Sie nicht mitnehmen kann, Smythe, aber es ist ein formelles Essen mit fester Tischordnung.»

Harry stürzte sein Glas hinunter, durch diese doppelte Kränkung einen Augenblick lang aus der Fassung gebracht. Liebend gern wäre er mit zu den Sungs gegangen, da diese eine erstklassige Informationsquelle für chinesische Politik waren, die ihn brennend interessierte – außerdem war an einer chinesischen Tafel stets Platz für einen zusätzlichen Gast.

«Ich kann kaum glauben, daß Julia ein solcher Fehler unterläuft», sagte Harry.

«Aber es ist nun mal passiert», sagte Tommy herablassend. «Und damit ist der Fall erledigt.»

«Julie», wollte Harry wissen, «haben Sie wirklich –»

«Es tut mir wirklich sehr leid, Harry!» Sie konnte Tommy nicht offen widersprechen und die Sache damit noch schlimmer machen. «Es ist wirklich zu dumm von mir. Werden Sie mir je verzeihen können?»

«Wenn Sie es sagen», brummte Harry zweifelnd.

«Ich würde mir liebend gern von Ihnen erzählen lassen, was während meiner Abwesenheit in Schanghai vorgefallen ist», wandte sich Tommy an Harry, «aber im Moment ist leider keine Zeit dazu. Wenn Sie uns bitte entschuldigen wollen . . .»

«Ich muß selbst auch aufbrechen», sagte Harry steif. «Also, bis zum nächstenmal.»

Als sich die Tür hinter ihm schloß, wandte sich Julia wutentbrannt Tommy zu, der vor Lachen gluckste. Einen Augenblick lang war sie so durcheinander, daß sie kein Wort herausbrachte. Dann mußte sie wider Willen in sein Gelächter einstimmen. Sie versuchte ihre Heiterkeit zu unterdrücken und sah ihn streng an.

«Das hast du wirklich gut gemacht, Tommy Howe», sagte sie böse. «Du hast mich in eine entsetzliche Lage gebracht und einen guten Freund beleidigt. Harry muß mich für verrückt halten. Und dann lachst du auch noch.»

«Er war doch auch sehr komisch, oder nicht?» Mit derselben Taktik, die er so erfolgreich bei Harry Smythe angewandt hatte, wich er ihrem Vorwurf aus.

«Nun, Tommy, das ist –» Sie mußte sich eingestehen, daß sie hocherfreut war, ihn zu sehen. Aber sein Verhalten war unentschuldbar. Er hatte sie vor Harry wie ein dummes Kind hingestellt. Dennoch jubilierte sie innerlich. Soviel machte er sich aus ihr, daß er zu solchen Mitteln griff!

«Warum hast du das getan?» fragte sie. «Das war nicht sehr nett von dir. Was gibt dir das Recht –»

«Es geht nicht um Recht, Julie. Es ist doch sehr einfach. Wir haben nur eine Woche, bis ich mich im Krankenhaus vergraben muß. Und diese Woche wollen wir nutzen – du und ich.»

Er zog sie an sich und küßte sie zum erstenmal. Julia stockte der Atem. Solche Küsse kannte sie nicht, es waren eigentlich gar keine Küsse, eher eine Flutwelle, dachte sie. Und dann dachte sie gar nichts mehr.

16

25. Oktober 1922

«Paß auf dich auf, meine Liebe!» hatte Julia der Freundin geraten, als sie die Wohnung verließ, kurz bevor Richard kommen wollte. «Laß dich nicht zu sehr einwickeln!»

Dieser wohlgemeinte Rat kam mindestens einen Monat zu spät. Außerdem hatte Julia sich selbst in eine sehr intensive Beziehung zu Tommy Howe verwickelt – sobald sich dieser dem Krankenhaus, wo ein Assistenzarzt hundert Stunden pro Woche arbeiten mußte, für kurze Zeit entziehen konnte.

«Was hätte ich alles verpaßt», seufzte Emily eine Stunde später, «wenn ich auf mich aufgepaßt hätte! Es ist ein reines Vergnügen.»

«Ein großes Vergnügen, Em», grinste Richard, «auch wenn es rein ist . . . viel *zu* rein für meinen Geschmack!»

Sie warf ein Kissen nach ihm, doch es ging fehl und streifte die Stehlampe. Richard stand auf und hob Emily aus dem Rosenholzsessel, legte ihren Kopf in die Beuge zwischen Hals und Schulter und verbarg sein Gesicht in ihrem dichten Haar.

«Ärgere mich nur nicht damit, daß du von *Reinheit* redest», beklagte er sich in munterem Ton. «Es ist auch so schon schwer genug.»

Emily war weder dumm noch naiv, sondern sich einfach ihrer Gefühle nicht sicher. Außerdem war sie, wie sie selbst fand, schrecklich gehemmt.

Man schrieb das Jahr 1922, erinnerte sie sich, nicht 1822, und die Moralbegriffe hatten sich grundlegend gewandelt. Kluge junge Frauen besiegelten mit ihrem Körper das Versprechen, das sie mit dem Herzen gaben.

Dennoch zögerte sie. Auch wenn Richard sie nicht ständig bedrängte, hatte sie doch ein schlechtes Gewissen, seine natürlichen Sehnsüchte – und ihre eigenen – unbefriedigt zu lassen. Doch die Hemmungen, die hundert Generationen von Chinesinnen auf sie vererbt hatten, erwiesen sich als zu stark.

Sie ließ sich seine Liebkosungen gefallen, genoß sie und küßte ihn mit derselben Leidenschaft wie er sie. Doch wann immer sich seine Hand ihrer Scham näherte, erstarrte sie, und er spürte ihre unwillkürliche Zurückweisung. Weder brachte sie es fertig, Hingabe zu heucheln, noch sich einfach hinzugeben.

Vorwürfe machte ihr Richard deswegen nie, und das war auch nicht nötig, denn sie hatte selbst den Eindruck, mit ihrer Zuwendung zu knausern. Zwar schien Richard, wenn auch unwillig, bereit zu warten, doch befürchtete sie, durch ihr Zögern ihre Liebe irgendwann zu zerstören.

Trotz großer Unterschiede zwischen ihnen band eine tiefe Leidenschaft sie aneinander. Richard lebte schon seit fünf Jahren in der einem Engländer vollständig fremden Kultur Chinas, und Emily, die aus dem Vertragshafen Schanghai stammende Chinesin, hatte einen großen Teil ihres Lebens in den Vereinigten Staaten zugebracht. Deshalb gab es trotz ihrer Verschiedenheit große Bereiche gemeinsamen Wissens und ähnlicher Erfahrungen. Zum erstenmal liebte Richard Hollings, der zahlreiche – wenn auch oberflächliche – Beziehungen zu Frauen gehabt hatte, mit seinem Herzen und Verstand ebenso sehr wie mit seinem Körper. Er kam zu dem Schluß, daß er nicht Emilys Intellekt verführen müsse, sondern ihren Leib *durch* ihren Intellekt – so würde er ihre Hemmungen überwinden können.

Er setzte sie wieder im Rosenholzsessel ab. Trotz des Bedauerns, das sie dabei empfand, verstand sie, warum er ihre Umarmungen immer dann beendete, wenn er, wie er ihr leicht betreten erklärt hatte, die davon hervorgerufene körperliche Erregung nicht länger zu ertragen vermochte. Reuevoll und schweigend lächelte sie.

Unvermittelt sagte er: «Ihr schafft das nie.»

«Was sollen wir nicht schaffen?»

«Den Durchbruch mit eurer Frauenbank», spottete er.

Bei der Selbstgefälligkeit, mit der er das sagte, zuckte sie zusammen. Schon früher hatte er sie mit Bemerkungen geärgert, wie beispielsweise der, daß nur eine törichte Frau das Geburtsrecht der Weiblichkeit aufgebe, um im schmutzigen Reich des Handels tätig zu werden.

Dabei war sie so stolz, in dem unansehnlichen Gebäude ihren Unterhalt zu verdienen.

Sie verstand seine Haltung nicht. Wie konnte er solche Verachtung für ihre Arbeit zeigen und sie zugleich so stürmisch begehren? Vielleicht war er eifersüchtig darauf, daß sie soviel Zeit in der Bank verbrachte. Vielleicht aber saß der Stachel tiefer. Äußerlich gab er sich zwar als Bohemien, was ihn dazu zwang, ein Lippenbekenntnis für die Rechte der Frauen abzulegen. Bisweilen hatte sie jedoch den Eindruck, daß ihn ihr militanter Feminismus ärgerte.

Sie erschauerte. Obwohl an beiden Enden des riesigen Wohnraums ein Kanonenofen glühte, kroch die feuchte Oktoberkälte durch das Dach. Dabei hatte sie noch das graue Flanellkostüm an, das sie im Büro getragen hatte. Sie sah gedankenverloren vor sich hin.

«Ich wollte dich nicht ärgern», versuchte Richard sie zu besänftigen, «aber ich mache mir wirklich Sorgen. Du sagst, daß dir die Arbeit gefällt, aber stimmt das auch?»

«Selbstverständlich!» lachte sie. «Außerdem verdiene ich damit, was ich zum Leben brauche!»

«Es scheint dir wirklich Spaß zu machen! Schließlich habe ich dir etliche Male angeboten, dir zu helfen. Außerdem schreibst du ja noch.»

«Was ich damit verdiene, würde nicht mal reichen, um diesen Riesenwelpen Adam zu füttern. Außerdem schwimmst du auch nicht gerade im Geld. Wie könnte ich da von dir Hilfe annehmen?»

«Nun, wenn ich die feste Anstellung und die damit verbundene Gehaltserhöhung bekomme, könnten wir zum Beispiel heiraten», sagte er bekümmert.

«Ach, das kann noch ewig dauern. Außerdem habe ich dir schon gesagt, daß ich zur Zeit nicht einmal ans Heiraten denken mag. Es gibt so vieles, was ich noch tun möchte. Meine

Arbeit in der Bank ist eine ganz neue Welt, so aufregend wie Tibet oder Timbuktu.»

«Ich kannte mal einen, der in Timbuktu war, und der hat gesagt, da wäre es noch langweiliger als in einer englischen Kleinstadt an einem regnerischen Sonntag nach der Kirche.»

Insgeheim war er froh über ihre Weigerung, über eine Ehe zu sprechen, denn in Wirklichkeit wollte auch er daran zur Zeit nicht einmal denken. «Was ist denn an der Bank so spannend? Erzähl mir doch zum Beispiel, was du heute getan hast.»

«Es wird dich überraschen. Ich habe den für die Kreditvergabe zuständigen Ausschuß überredet, für ein neues Hotel an der Kiangse Road hunderttausend Dollar Mex zu genehmigen.»

«Das ist zwar kein Taschengeld, aber dieser Abschluß allein kann dich unmöglich in solche Hochstimmung versetzt haben.»

«Das Hotel soll im nächsten Monat unter dem Namen *Ikra* eröffnen, und es gehört Elisaweta Alexandrowna Jawalenka. Was sagst du dazu?»

«Damit hast du dich wirklich in die Nesseln gesetzt, endgültig! Empörte Ehemänner und Väter werden sich voller moralischer Entrüstung auf euch unschuldige Damen von der Bank stürzen und euch an den heimischen Herd zurückschleppen. Weißt du nicht –»

«*So* unschuldig sind wir nicht!» fuhr sie ihn an. «Uns ist durchaus bekannt, daß Liz keine vollkommene Dame ist. Also spare dir –»

«Genug, genug!» Er hob beschwichtigend die Hand. «Du weißt, daß ich einen Spaß gemacht habe. Wie in drei Teufels Namen hast du denn die achtbaren Damen dazu gebracht, Geld für ein . . . äh . . . ein *maison de rendezvous* zur Verfügung zu stellen?»

«Einen Puff, wie ihr Männer sagt», erwiderte sie mit grimmigem Lächeln. «Offen gestanden war es auch mir zuerst nicht recht. Schließlich beutet Liz damit Frauen aus. Aber im Alleingang kann ich die Prostitution in Schanghai nicht abschaffen. Besser, daß eine Frau . . . Außerdem, habe ich meinen

Kolleginnen gesagt, ist es unser Geschäft, Geschäfte zu machen: Was zählt, sind die Gewinne der Bank und die Unterstützung von Frauen geführter Unternehmen. Wir hatten eine geschäftsmäßige Anfrage von einer Geschäftsfrau bekommen, die ihr Kapital aufstocken wollte, und wir hatten diesen Antrag ausschließlich unter Gesichtspunkten der Kreditwürdigkeit zu prüfen. Wie hätten wir ihr den Kredit ablehnen können, wo doch die vorgelegten Zahlen in Ordnung waren? Damit hätten wir nur bewiesen, was ihr Männer behauptet: daß sich Frauen im Geschäftsleben von ihren Empfindungen statt von kühlen geschäftlichen Erwägungen lenken lassen.»

«Großartig!» applaudierte er. «Ein glänzendes Plädoyer.»

Obwohl Richard die Frauenbank mit Herablassung betrachtete, gefiel es ihm, daß Emilys Erfolg im Geschäftsleben sie selbstbewußter machte. War es nicht ein Beweis seiner Liebe, daß er die besondere Stellung dieser jungen Chinesin tolerierte?

Während ihm dieser Gedanke durch den Kopf ging, stellte Emily zwei Champagnergläser und eine Flasche Krug 1912 auf den Tisch, die letzte, die von Joshua Haleevies zur Wohnungseinweihung mitgebrachten Vorräten noch übrig war.

«Laß mich das machen», erbot er sich, «Flaschenöffnen ist Männersache.»

«Heute nicht, Liebling. Ich trinke auf Elisaweta und das *Ikra*! Auf den Erfolg! Auf die Frauenbank!»

Durch sein schimmerndes Glas musterte Richard Emilys Züge, die von derselben edlen Blässe waren wie der Champagner. Wie seltsam, daß er sich nach all seinen sexuellen Abenteuern ausgerechnet in diese junge Chinesin verlieben mußte!

Wie würden seine Eltern reagieren, wenn er sie mit nach Hause brächte? Sein bigotter Vater würde sie verachten, und seine vornehm tuende Mutter hätte Angst vor der Mißbilligung der Nachbarn. Nein, er konnte ihnen Emily unter keinen Umständen vorstellen. Er würde den Eltern nie Gelegenheit geben, seine Frau zu demütigen . . . immer vorausgesetzt, sie stimmte schließlich doch einer Heirat zu.

Er war nach Schanghai gekommen, um der Enge eines

Lebens in der englischen Mittelschicht zu entfliehen – und um eine neue Welt zu erobern. Er war fest davon überzeugt, daß es ihm gelingen würde. Würde sich eine Ehe mit Emily, deren Familie ungleich reicher und bedeutender war als seine eigene, dabei als hilfreich oder als hinderlich erweisen? Er war sich nicht sicher, aber in diesem Augenblick machte es ihm auch nichts aus.

«Warum so nachdenklich?» Sie füllte sein Glas nach. «Nachdenken ist heute abend verboten.»

Sie sprang auf und tanzte durch den Raum. «Wir feiern!» sprudelte sie hervor. «Wir feiern meinen großen Sieg in der Bank – und deinen großen Sieg über mich!»

Sie sprang ihm förmlich auf den Schoß, und als sie sich zu ihm wandte und ihm die Arme um den Hals schlang, rutschte ihr der Rock bis zu den Knien.

Als Richard sie küßte, spürte er den Geschmack von Champagner auf ihren Lippen. Wie wenig davon doch genügte, ein so schlankes, eigensinniges Geschöpf schwach zu machen! Emily trank selten. Bedauernd lockerte er seine Umarmung und zog sich zurück. Es wäre nicht anständig von ihm, ihren Schwips auszunutzen. Außerdem würde sie ihm das möglicherweise nie verzeihen.

«Was hast du?» wollte sie wissen. «Hör nicht auf. Wenn wir jetzt nicht . . .»

Als er noch immer zögerte, rief sie hitzig: «Sei doch nicht so ein verdammter Gentleman! Ich bin nicht betrunken.»

Mit beiden Händen nahm sie seine Hand, küßte sie nachdrücklich und legte sie auf die ihm so lange verbotene Stelle.

«Jetzt zeig es mir!» Ihr Atem kitzelte ihn im Ohr. «Zeig mir alles!»

Er umfaßte sie mit den Armen und erhob sich vom Sofa. Aufmerksam ruhten ihre Augen auf seinem Gesicht. Schweigend, um den Zauber nicht zu zerstören, trug er Emily zu ihrem Bett. Sie zog ihn zu sich nieder.

«Ich bin nicht betrunken, weißt du.» Sie küßte sein Ohr und flüsterte: «Ich tue nur so.»

Es war ohnehin zu spät für irgendwelche Bedenken, auch

wenn sie ihm nie vergeben würde. Er knöpfte ihre Kostümjacke auf und küßte sie nach jedem Knopf auf den Mund.

Als sie vollständig ausgekleidet war, stockte Richard einen Moment lang der Atem. Wie schön ihr zerbrechlicher elfenbeinfarbener Körper war! Er legte seinen Kopf auf ihre Brust, und sie hielt ihn fest an sich gedrückt. Einen Augenblick später erstarrte sie und wandte sich ab.

Zu spät, dachte Richard, nie wieder würde er ihr so nah sein. Diesmal durfte er nicht nachgeben, auch wenn sie sich fürchtete.

Als sie sein Gewicht auf sich spürte, bewegten sich ihre Hüften zaghaft, doch wie von selbst. Ihre Schenkel öffneten sich. Einige Augenblicke später schrie sie vor Schmerz auf.

Sehr viel später küßte Richard ihre Brüste und zog die aquamarinfarbene Decke über sie. Eine Weile lagen sie schweigend da, und ihre Tränen netzten seine Schulter.

Schließlich bedeckte sie seine Schulter mit Küssen und flüsterte: «Das war schön, Richard, sehr schön. Aber warum machen die Leute so viel davon her? Ist das etwa alles?»

Er strich ihr das schweißnasse Haar aus der Stirn und küßte sie auf die Augenlider, bevor er zur Antwort gab: «Nein, bei weitem nicht. Schon gar nicht für eine Frau.»

«Woher weißt du das?» fragte sie. «Nein, sag nichts. Ich will es gar nicht wissen. Aber bist du sicher?»

«Ganz sicher.» Er beugte sich über sie, um sie zu küssen.

«Schön», sagte sie sehnsüchtig. «Wir müssen es wieder versuchen – sehr bald. Ich glaube, es könnte mir gefallen.»

17

22. Dezember 1922

Das Haus war unauffällig, ein fünfstöckiges Gebäude an der Kiangse Road wie viele andere. Wie üppig es innen ausgestattet war, ließ die trübe Backsteinfassade nicht ahnen. Unter dem altmodischen Glockenzug war ein Messingschild an der Mauer angebracht, in das der Name Ikra eingraviert war. Die Fenster waren diskret verhängt.

Das Delage-Luxuscoupé vor dem Haus, das saphirblau schimmerte, als um fünf Uhr nachmittags die Straßenbeleuchtung eingeschaltet wurde, verdarb den Eindruck tugendhafter Bürgerlichkeit. Aus einer riesigen Limousine, die dahinter parkte, wurde kistenweise Champagner, Cognac und Bordeaux ausgeladen.

Joshua Haleevie, der Besitzer des Delage, rutschte in dem mit rotem Plüsch ausgestatteten Empfangsraum unruhig hin und her. Es kam ihm vor, als seien die Weihnachtsgeschenke, die er durch den Fahrer seiner Eltern hatte bringen lassen, willkommener als er. Die Kisten mit den Flaschen waren bereits mit dem Aufzug nach oben geschafft worden, doch er saß noch völlig unbeachtet in der Halle. Die Empfangsdame hatte ihm mitgeteilt, Elisaweta bedaure, im Augenblick nicht einmal über das Haustelefon mit ihm sprechen zu können, dessen Einrichtung er selbst überwacht hatte.

Zur Zeit waren alle Männer aus dem privaten Salon verbannt, wo Julia Pavernen und Emily Howe mit Elisaweta Alexandrowna Jawalenka saßen. Verglichen mit den pompösen Räumen für das zahlende Publikum war Elisawetas Wohnung erfrischend schlicht und geschmackvoll ausgestattet mit minzgrünen Kissen auf weißen Korbmöbeln.

Durch eine Zigarettenspitze aus Lapislazuli nahm Elisaweta einen tiefen Zug aus ihrer dunklen ägyptischen Zigarette. Ihr mit Diamanten besticktes Abendkleid mit der langen Schleppe stach deutlich von den einfachen Nachmittagskleidern ihrer beiden Freundinnen ab und wirkte geradezu hochherrschaftlich.

«Natürlich ist alles nur Theater und schöner Schein», erklärte Elisaweta jetzt. «Ich handle mit Illusionen. Wie gefällt euch das hier? Es war Mamas Lieblingskleid für Empfänge bei Hof. Eigentlich gehört eine Tiara dazu, aber ich fand, das würde zuweit gehen.»

Während sie aus einer silbernen Kanne Rauchtee in winzige Porzellanschälchen goß, fragte sie: «Ist das nicht großartig? Es macht richtig Spaß!»

Julia gab taktvoll zur Antwort: «Glänzend, Liz. Dein *Ikra* riecht sogar richtig: nach schwerem Parfüm, guten Zigarren und teurem Cognac.»

Julia war entschlossen, sich vom offenkundigen Zweck des *Ikra* nicht schockieren zu lassen, und Emily hatte in ihrem Terminkalender in der Bank nüchtern notiert: «Besichtigung des Objektes an der Kiangse Road, für das eine Hypothek gewährt wurde.»

Elisaweta hatte sie bereits durch das Haus geführt. Die Suiten im obersten Stockwerk waren Dauergästen vorbehalten, die Salons und Speisesäle im Erdgeschoß und im ersten Stock waren öffentlich, wie auch das Kasino und der Ballsaal in dem großen runden Anbau an der Rückfront des Gebäudes. Der verschwenderische Glanz der Räume im zweiten und dritten Obergeschoß war jedoch äußerst privatem Tun vorbehalten. Weder Julia noch Emily brannten darauf, in Einzelheiten zu erfahren, was in diesen Räumen vor sich ging.

«Es ist fast sechs», hatte Elisaweta am Ende der Besichtigung verkündet und sich ihrem eigenen Salon zugewandt. «Da bleibt gerade noch Zeit für einen Schluck und ein Schwätzchen. Dieser Champagner hier ist von Joshua», erklärte sie, während sie die Flasche öffnete. «Ihr solltet ihn probieren, er ist erstklassig. Was übrigens die verschlossenen Privatsuiten im vierten Stock betrifft», fuhr sie übergangslos fort, «nun, dort wohnen äußerst achtbare Russen. Nicht, was ihr denkt! Emily, du weißt ja, daß sie die Hälfte des Kapitals für das *Ikra* aufgebracht haben. Auch wenn man die Weißen aus Sibirien vertrieben hat, hoffen sie nach wie vor – und schmieden Pläne. Außerdem kaufen sie Waffen. John Pavernen kommt öfter her.»

«Plauderst du da keine Geschäftsgeheimnisse aus, Liz?» fragte Emily spitz. «Ich dachte, in deinem ... deinem ... Gewerbe behielte man für sich, wer die ... äh ... Kunden sind.»

«Ich habe nicht gesagt, daß Julias Onkel ein Kunde ist, sondern lediglich, daß er meine Mieter im obersten Stockwerk besucht.»

«Der gute alte Onkel John könnte neue Aufträge gut brauchen», sagte Julia rasch, um die Situation zu entschärfen.

Ein Telefon klingelte, und Elisaweta nahm den mit viel Messing und Malachit verzierten Hörer ab. «Ja, Liebster, komm nur herauf», sagte sie mit kehliger Stimme. «Es tut mir leid. Wir haben uns so gut unterhalten, daß ich dich ganz vergessen habe ... Nein, nie wieder, ich verspreche es ... Wer kommt? Wann? Jetzt gleich? Das ist *wirklich* interessant. Bis gleich, Liebling. Beeil dich!»

Es ärgerte Julia, daß Elisaweta Joshua so herablassend behandelte. Diese wiederum schien sich darüber zu amüsieren, daß Julia das im *Ikra* betriebene Gewerbe so offen mißbilligte, während sie anscheinend die Waffengeschäfte ihres Onkels gelten ließ.

Die Gräfin, die von ihrem Titel nur selten Gebrauch machte, sah mit aristokratischer Distanz auf die bürgerliche Sexualmoral herab. Zwar hielt sie nichts von der sogenannten freien Liebe, denn die schadete ihrem Geschäft nur, doch glaubte sie an die wahre Liebe und Leidenschaft und spöttelte daher über die Prüderie der beiden Freundinnen. Sie verbiß sich jedoch eine Bemerkung über Liebe und Krieg; ihr Liebhaber würde jeden Augenblick hereinkommen, und es gehörte zu ihren Grundsätzen, vor Männern nie ernsthafte Dinge zu erörtern.

«Joshua ist gleich da», erklärte sie also. «Er sagt, daß auch General Tschiang Kai-schek meinem bescheidenen Unternehmen die Ehre erweist.»

«Die arme Mei Sung darf das nie erfahren», sagte Emily. «Da verzehrte sie sich förmlich nach diesem verheirateten Mann mit den beiden halberwachsenen Söhnen, und dann das!»

«Jetzt hast du aber den Namen eines Kunden preisgegeben», neckte Julia Elisaweta.

«Aber nein, meine Liebste. Auch der General sucht einen der Herren im obersten Stock auf. Er soll allerdings, wie ich gehört habe, neuerdings andere Häuser beehren.»

In diesem Augenblick trat Joshua Haleevie ein und küßte Elisaweta zur Begrüßung.

Alle wußten, daß er seiner russischen Geliebten mit Haut und Haar verfallen war, wie schlecht sie ihn auch behandeln mochte. Obwohl seine Worte munter und manchmal zynisch wirkten, war er stets gütig und, so vermutete Emily, auch verletzlich.

General Tschiang Kai-schek wäre entsetzt gewesen, hätte er gewußt, daß Joshua Haleevie ihn erkannt hatte. Er hatte den Hut tief in die Stirn gezogen und den Mantelkragen hochgeschlagen, um inkognito zu bleiben. Später mochte alles an den Tag kommen, aber noch mußte er sein Geheimnis hüten.

Zum Glück war die Gefahr einer vorzeitigen Entdeckung gering. Die junge und naive weißrussische Besitzerin des Ikra hielt ihre Geldgeber für weißrussische Royalisten, die das Kapital aus dem Goldschatz des Zarenhauses aufgebracht hatten. Selbst wenn sie von seiner Gegenwart erfuhr, mußte sie annehmen, daß er in deren kindischen Plänen eine Rolle spielte.

Er war bester Stimmung, seit ihn Präsident Sun Yat-sen mit diesen Verhandlungen betraut hatte, bei denen es um Sein oder Nichtsein ging. Dreiundfünfzig Tage hatten sie gemeinsam auf dem Kanonenboot vor Kanton verbracht, bis der Präsident endlich einem Rückzug nach Schanghai zustimmte. Dabei hatten sie gelernt, sich aufeinander zu verlassen.

Dr. Suns Haus in der Rue Molière im französischen Teil der Stadt war nicht nur behaglicher als das Kanonenboot, es war auch ein besseres Hauptquartier. Obwohl der Führer der Nationalisten engen Kontakt mit Feng Yü-hsiang, dem Christlichen General, hielt, wie auch mit Dschang Dso-lin, dem Alten Marschall aus der Mandschurei, hatte er von den Bürgerkriegsgenerälen im Grunde mehr als genug. Er hatte für China drei erklärte Ziele: eine einzige Nation zu bilden, allgemeinen Wohlstand zu schaffen und demokratische Verhältnisse zu errichten. Ihm war klar, daß er das alles erst erreichen konnte, wenn sämtliche Kriegsherren entmachtet waren.

Von seinen bisherigen Fehlschlägen zeigte sich Präsident Sun ebenso unbeirrt wie von dem blutigen Aufstand in Kanton. Gerade jetzt suchte er Bundesgenossen für eine Expedition nach Norden, mit der er die Macht der Kriegsherren endgültig brechen wollte. Obwohl Sun Yat-sen Christ war, verweigerten ihm christliche Länder wie Großbritannien und Amerika ihre Unterstützung – in erster Linie deshalb, weil ihnen die chaotischen Zustände in China recht gelegen kamen. Daher hielt der Präsident es für das beste, Hilfe bei der Kommunistischen Internationalen in Moskau zu suchen und bei deren Schützling, der Kommunistischen Partei Chinas.

Die Komintern stellte Dr. Suns Kuomintang nicht nur finanzielle Hilfe und Waffen zur Verfügung, sondern auch, was nahezu ebenso wichtig war, Agitatoren, die auf eine Revolution hinarbeiteten, und Generäle, deren Erfahrung für die Führung eines Bürgerkriegs von Nutzen sein konnte. Überdies mobilisierte die junge Kommunistische Partei Chinas eine neue politische Kraft, indem sie eine militante Arbeiterbewegung ins Leben rief. Sie hatte in den achtzehn Monaten seit ihrem Ersten Nationalkongreß in Schanghai immer mehr Macht gewonnen und mit großem Geschick Streiks der Eisenbahner, Bergarbeiter und Matrosen organisiert, um politische Ziele durchzusetzen. Eine enge Zusammenarbeit mit den Kommunisten würde die Kuomintang, die Nationale Volkspartei, nachhaltig stärken. Tschiang Kai-schek war damit betraut, diese Zusammenarbeit unter den bestmöglichen Bedingungen in die Wege zu leiten.

Als er am 22. Dezember 1922 das Obergeschoß des *Ikra* aufsuchte, war die Mehrzahl der Mitglieder der Kommunistischen Partei Chinas bereits der Kuomintang beigetreten. Selbst für so unabhängige Männer wie Tschang Kuo-tao, den Arbeiterführer, und Mao Tse-tung, den Feuerkopf aus der Provinz Hunan, gab es keine andere Möglichkeit. Das Büro der Komintern hatte sie aufgefordert, sich ungeachtet persönlicher Vorlieben den Nationalisten anzuschließen, und als gehorsame Kommunisten hatten sie die Anweisung befolgt. Hatten Nationalisten und Kommunisten sich erst einmal geeinigt, konnten sie bald die Macht über ganz China an sich bringen.

Tschiang Kai-schek wußte, daß dieses Bündnis das wichtigste Ereignis im Land war, seit die Revolution des Jahres 1911 die Mandschu-Dynastie gestürzt hatte. Dennoch glaubte er ebensowenig wie die Kommunisten, daß es lange Bestand haben würde. Beide Seiten hofften, den Bündnispartner benutzen und ihn anschließend wie eine ausgepreßte Zitrone fortwerfen zu können.

«Kommen Sie herein, General», rief der kleine bärtige Europäer auf Tschiangs Klopfen. In ausgezeichnetem Mandarin fuhr er fort: «Herrn Tschang Kuo-tao, den Arbeiterführer, kennen Sie wohl schon?»

Zwar ließ die dick gepolsterte Tür mit der Nummer 555 nichts von dem nach außen dringen, was in dem Zimmer gesprochen wurde. Statt dessen leiteten verborgene Mikrofone das Gespräch ins Kellergeschoß weiter, wo zwei Polizeibeamte in Zivil mit Kopfhörern saßen und mitstenografierten, was sie hörten.

Die Mikrofone hatte Joshua Haleevie anbringen lassen, als er den Einbau der Telefonanlage des *Ikra* überwachte. Obwohl niemand seine Rolle genau kannte, hatte Tommy recht gehabt mit seinem Verdacht, daß Joshua im Geheimdienstdschungel Schanghais eine nicht unbedeutende Rolle spiele.

Seine ausgezeichneten Beziehungen zu London machten Joshua überaus mächtig. Später würde er einen Bericht nach London schicken, in dem es hieße, Nationalisten und Kommunisten seien übereingekommen, daß alle Mitglieder der Kommunistischen Partei Chinas auch zugleich Mitglieder der Kuomintang werden und die Kommunistenführer hohe

Positionen in der Hierarchie der Nationalisten übernehmen sollten.

Anschließend würde Joshua seine eigene Deutung dieses Vorgangs liefern: Erstens hatte die Sowjetunion durch die Komintern einen entscheidenden politischen Sieg errungen. Zweitens würden die Kommunisten durch eine Verbindung mit Sun Yat-sen, der über großes persönliches Ansehen und ein stehendes Heer verfügte, ihren Einfluß in ungeahnter Weise steigern. Drittens würde vermutlich ein glänzender Sieg der neuen Allianz irgendwann die kritische Phase im Kampf um China beenden, die gerade begonnen hatte.

Der Unterhändler der Komintern übergab General Tschiang Kai-schek einen verschlossenen Umschlag, um das Abkommen zu besiegeln. Joshua konnte zwar an London nicht den genauen Betrag der darin enthaltenen ersten Rate melden, mit der Moskau die Nationalisten unterstützte, aber er berichtete: «Es handelt sich um eine beträchtliche Summe – soviel Gold, daß es die Waage der Macht entscheidend beeinflussen wird.»

18

23. Januar 1923

«Kümmere dich bitte um deine eigenen Angelegenheiten», sagte Julia leichthin, aber mit einem kalten Blick ihrer grünen Augen. «Die Sache geht dich nichts an!»

«Na hör mal! Du wohnst schon fast in diesem Bordell und hast Emily auch noch mit in die Sache hineingezogen», sagte Tommy mit zornrotem Gesicht. «Und jetzt hast du noch die Stirn zu sagen, es ginge mich nichts an. Geht mich etwa meine Schwester nichts an? Und du, gehst *du* mich womöglich auch nichts an? Verdammt noch mal!»

Immer wenn Tommy wütend wurde, mußte Julia lachen. Sie konnte ihm dann nicht länger böse sein. Immer noch lachend gab sie zurück: «Du bist so engstirnig, als lebten wir im vorigen Jahrhundert. Statt dich aufzuregen, solltest du dich lieber ausruhen.»

Tommy mußte ihr insgeheim recht geben. Er verfügte nur über sehr wenig Freizeit, da er neben seinen zahlreichen Arbeitsstunden in jeder zweiten Nacht und an jedem zweiten Wochenende Stationswache hatte. Was mußte er sich da einmischen in Julias ständige Besuche bei Elisaweta?

Julia hatte dafür gesorgt, daß der ehemalige Bewohner der Dachwohnung dort an diesem Abend ungestört war. Sie hatte nicht nur Lao Tsi Ausgang gegeben, die ein kaltes Abendessen vorbereitet hatte, sondern auch Emily und Richard mehr oder weniger deutlich aus der Wohnung gedrängt. Außer Julia und Tommy befand sich nur noch der ihr treu ergebene Hund Adam bei ihnen. Und was kam bei alldem heraus? Statt sich zu freuen, daß er mit Julia allein war, stritt sich Tommy mit ihr herum. Vergeblich versuchte sie ihm klarzumachen, daß sie und Emily wirklich höchstens ein- oder zweimal im Monat Elisaweta im *Ikra* aufsuchten.

«Trotzdem ist und bleibt es ein Puff», schnaubte Tommy.

Seine überholten Moralbegriffe begannen Julia zu ärgern, obwohl ihr beim Gedanken an die Geschäfte des *Ikra* auch nicht ganz wohl war. Andererseits – sie lebten im dritten Jahrzehnt des zwanzigsten Jahrhunderts. Die Regeln einer prüden Vergangenheit galten nicht mehr.

Dagegen fand sie es beruhigend, daß sich die moralischen Maßstäbe, die er an Männer anlegte, nur geringfügig von denen für Frauen unterschieden – und er schien sich selbst daran zu halten. Sie war allerdings sicher, daß er trotzdem Erfahrungen mit Frauen hatte. Nie aber würde er es wagen, eine Frau wie sie zu verführen. Und sie hätte keine Ahnung, was sie tun müßte, um Tommy zu verführen, selbst wenn sie sich ihrer Gefühle sicher gewesen wäre.

Ohnehin fand Julia ihre Gefühle füreinander viel wichtiger als ein körperliches Verlangen. Inzwischen war sie sicher, daß Tommys Zuneigung zu ihr weder vorübergehend noch oberflächlich war. Lediglich seine Zurückhaltung, die zum einen

Teil auf sein chinesisches Erbe zurückging und zum anderen auf seine britische Erziehung, hinderte ihn daran, seine tieferen Gefühle zu zeigen – dessen war sie gewiß.

Zugleich war ihr nicht klar, wie eine gemeinsame Zukunft mit ihm aussehen sollte. Angehörigen der chinesischen Oberschicht, wie es die Howes waren, galt eine Verbindung ihrer Kinder mit Ausländern als völlig unmöglich. Sie schob den Gedanken von sich, denn in nächster Zeit gedachte sie keinesfalls zu heiraten – weder Tommy Howe noch sonst jemanden.

Überdies galt es, einen kühlen Kopf zu bewahren und Verliebtheit nicht mit Liebe zu verwechseln – einmal abgesehen davon, daß sie bestimmt nicht ihr ganzes Leben in Schanghai würde zubringen wollen.

Tommy erwähnte diese Dinge niemals, sprach nicht von Hoffnungen, schmiedete keine Pläne. Vielleicht war sie für ihn doch nichts als eine vorübergehende Laune und erschien ihm nur reizvoll, weil sie Amerikanerin war?

Plötzlich sagte er: «Nun, ich lasse mich überzeugen. Warum fahren wir nicht einfach zum Ikra hinüber und sehen uns Elisawetas unschuldiges kleines Etablissement einmal näher an?»

«Du willst hinfahren?» Julia tat erstaunt, um Zeit zu gewinnen. «Ich weiß nicht, ob das gut wäre. Emmy und ich gehen nur nachmittags hin, wenn Liz etwas Zeit hat.»

«Also hatte ich recht!» sagte Tommy mit Nachdruck. «Sie hat abends mit ihren Freudenmädchen zuviel um die Ohren. Wirst du dich also künftig aus diesem Bordell heraushalten?»

«Ich denke nicht daran!» Julia schüttelte entschlossen den Kopf. «Und ich werde auch Emily nicht davon abhalten. Von mir aus geh hin, wann immer du willst. Mir ist das völlig gleichgültig . . .»

«Ach ja?»

«Tommy, sei doch nicht töricht. Natürlich ist es mir nicht gleichgültig . . . Glaub mir doch, Liz hat nicht vor, Emmy und mich in einen Sündenpfuhl zu ziehen. Und eigentlich bist an der ganzen Sache letzten Endes du schuld. Schließlich hast du uns beide mit ins *St. Andrew's Café* genommen und uns praktisch mit Liz bekannt gemacht. Du darfst also gar nichts sagen.»

«Damals war das etwas anderes», sagte er. «Es war nur ein Spaß – und ihr wart von vier Herren begleitet, die euch beschützten. Wer konnte auch ahnen, daß ihr euch so mit Elisaweta anfreunden würdet? Wie sollte ich wissen, daß sie . . . äh . . . diesen Weg gehen würde? Damals sah alles vollkommen anders aus.»

«Was meinst du damit, vollkommen anders?»

«Julie, du mußt doch wissen, was ich meine. Ich habe damals nicht . . . nicht so empfunden wie heute. Versteh doch, daß alles anders war!»

Das Telefon klingelte und hinderte Julia daran, von Tommy endlich zu hören, worauf sie schon so lange wartete. Seufzend nahm sie ab.

Sie hörte ein Rauschen, und nach einer Weile meldete sich die Zentrale: «Ist dort neun-null-sechs-fünf-vier? Es tut mir leid, die Leitung ist unterbrochen.»

Obwohl auch die vielversprechende Unterhaltung mit Tommy durch den Anruf unterbrochen war, setzte sich Julia hoffnungsvoll neben ihm auf das Korbsofa. Er nahm ihre Hand, und sie dachte, er werde weiter mit ihr über seine Gefühle sprechen. Doch es zeigte sich, daß er mit dieser Geste lediglich die Wirkung seiner nächsten Worte mildern wollte.

«Ich mache mir keine großen Sorgen darüber, daß das *Ikra* euch verderben könnte», sagte er. «Nicht in *dem* Sinne. Nicht . . . äh . . . äh . . . physisch. Wohl aber sind die falschen Werte eines solchen Ortes gefährlich.»

«Tommy, ganz Schanghai ist voller solcher falscher Werte», unterbrach sie ihn. «Es ist doch alles nur Flitter und Champagner, helles Licht und Kaviar. Mir gefällt das, aber ich halte es keineswegs für wirklich.»

Ohne auf ihre Worte einzugehen, sagte er: «Schanghai ist auch Hunger und Elend . . . Ich wollte aber etwas ganz anderes sagen. Mir gefällt die kleine abgeschlossene Welt nicht, die ihr drei euch da erschafft. Ihr kommt mir in meiner Männerwelt wie feindliche Spioninnen vor, die sich immer wieder in ihre geheimnisvolle weibliche Welt zurückziehen, wie auf einen anderen Planeten. Mir gefällt es nicht, daß du ein geheimes Leben hast, an dem ich nicht teilhaben kann, und daß ich nicht weiß, was du treibst. Dazu mag ich dich viel zu sehr. Ja, tatsächlich, manchmal habe ich das Gefühl, ich mag dich viel zu sehr.»

Julia hielt den Atem an. Jetzt war er nah daran, ganz nah. Er hatte noch nicht gesagt, daß er sie liebte, aber viel fehlte nicht.

«Armer Tommy», sagte sie provozierend. «Es gibt keine geheimnisvolle weibliche Welt voller Mysterien und Schwarzer Magie. Wenn wir zusammen sind, schwatzen und schnattern wir albernen Gänse nur! Ach, ich bin ja so froh, daß du eifersüchtig bist.»

Sie umarmte ihn von der Seite und spürte, wie seine Schulter sich gegen ihre Brüste preßte. Sein Mund legte sich fest auf ihren, und seine Lippen öffneten sich. Eine eigenartige Sehnsucht überkam Julia, und sie wartete aufgeregt. Er würde ihr irgendwann sagen, was er für sie fühlte, später vielleicht. Sie überlegte, was sie darauf antworten sollte, als das Telefon erneut klingelte.

«Verdammt!» entfuhr es ihr. «Der Teufel soll es holen!»

Sie erhob sich, um an den Apparat zu gehen. Tommy lächelte zwar über ihren Ausbruch, sah aber einen Augenblick lang so aus, als habe er etwas Wichtiges verloren.

«Ja, ich warte. Ich bleibe dran», sagte Julia verärgert. «Ja, das ist die Nummer. Mit wem spreche ich?»

Der Anrufer bewohnte eine Wohnung in einem der Häuser, die John Pavernen in einem neuerschlossenen Viertel Schanghais verkauft hatte. «Was gibt es?» fragte Julia.

«Hier brennt es.»

«Wie meinen Sie das – bei Ihnen brennt es?»

«Nun, meine Frau und ich sitzen ganz friedlich in unserer neuen Wohnung, und mit einemmal kommt Feuer aus der Wand.»

«Ist jemand verletzt? Ist etwas passiert? Es tut mir so leid, Mr. Smidgelou!»

Das Kinn aufgestützt, beugte sich Tommy über die Sofalehne und erklärte mit Grabesstimme: «Es gibt eine goldene Regel für junge Ärzte, und die gilt auch für unerfahrene Unternehmer: nie die Verantwortung übernehmen, nie einen Fehler zugeben.»

Mit einer Handbewegung gebot sie ihm Schweigen und fuhr fort: «Selbstverständlich kümmern wir uns darum. Wahrscheinlich ist es nur eine Kleinigkeit. Ist jetzt alles wieder in Ordnung?»

«Nachdem wir Wasser auf das Feuer gegossen haben, war alles in Ordnung. Nur weiter unten, wo das Wasser die Wandfarbe abgewaschen hat, ist die Wand grün.»

Da es weder Verletzte noch größeren Sachschaden gegeben hatte, beschloß Julia, ihren Onkel erst am nächsten Tag im Büro darauf anzusprechen. Als sie Tommy lachend die Geschichte erzählte, runzelte er zu ihrer Überraschung die Stirn.

«Ganz plötzlich hat es sich entzündet?» murmelte er. «Ich wüßte nicht wie, außer dein Onkel hat einen Putz verarbeiten lassen, der Schwefel enthält. Das aber kann ich mir kaum vorstellen.»

Julia lächelte zärtlich, als er laut weiterdachte: «Du hast mir doch erzählt, wie stolz er darauf ist, daß es in allen Häusern Elektrizität gibt. Der Mann, der da angerufen hat, sollte sich mal die Steckdosen und die Verteilerdosen gut ansehen. Vielleicht gibt es irgendwo einen Fehler in der Isolierung.»

«Und der grüne Fleck an der Wand, Tommy?» Julia war nun doch beunruhigt. «Was kann das sein?»

«Weiß der Kuckuck. Vielleicht Schimmel. Aber warum *unter* der Farbe? Ich habe, offen gestanden, keine Ahnung. Aber es klingt ganz so, als ob auf deinen Onkel ernsthafte Schwierigkeiten zukämen!»

19

30. Januar – 7. Februar 1923

Während er durch das schmutzige Abteilfenster hinaussah, fragte sich Tommy, ob es klug gewesen war, die Einladung des Kommunistenführers Tschang Kuo-tao anzunehmen, an den sich Julia voller Freude erinnerte als «den Mann, der mir Adam gebracht hat». Tschang sollte am 2. Februar beim Gründungskongreß von Chinas erster größerer Gewerkschaft den Vorsitz führen – mit dem Segen der Bürgerkriegsgeneräle, die Peking beherrschten. Die allgemeine Gewerkschaft der Eisenbahner Peking–Hankao stand an der Spitze der von der Kommunistischen Partei Chinas gelenkten und rasch anwachsenden Gewerkschaftsbewegung. Und der entscheidende Mann dieser Bewegung war Tschang Kuo-tao.

Tommys Ziel war die sich etwa achthundert Kilometer südwestlich von Schanghai zu beiden Ufern des Jangtse erstreckende Stadt Hankao. Um sie zu erreichen, mußte er mit der Bahn, der Fähre und noch einmal mit der Bahn nahezu zweitausend Kilometer zurücklegen, sofern er nicht einen langsamen Flußdampfer nehmen wollte. Das Eisenbahnnetz war noch unvollständig, und weder Busse noch Personenwagen konnten auf den unbefestigten Straßen weit ins Landesinnere fahren. Das mittelalterliche China begann unmittelbar jenseits der Vororte des modernen Schanghai.

Als er in Hankao eintraf, wünschte Tommy beinahe, er hätte doch den Dampfer genommen. Er war absichtlich durch das Innere des Landes gereist, das er kaum kannte, doch dabei hatte er so viel Hunger, Elend und Krankheit gesehen, daß er beinahe verzweifelte. Die Bauern, die sich auf dem kargen Boden abschufteten, kamen ihm nicht wie Menschen aus dem Mittelalter, sondern aus der Urzeit vor.

Die Stadt Hankao war schon fortgeschrittener. Die Menschen dort hatten ein vergleichsweise behagliches Leben –

hauptsächlich, weil Hankao, wie Schanghai, ein Vertragshafen war, dem Ausländer zu einer gewissen Blüte verholfen hatten. Imperialistische Hochburg hin oder her, Tommy war froh, den Zug verlassen zu können, der ihn mehrere Tage lang durchgeschüttelt hatte.

Mit wichtiger Miene trat der Stationsvorsteher mit seiner roten Dienstmütze auf Tommy zu, kaum daß er einen Fuß auf den Bahnsteig gesetzt hatte. Er übergab ihm eine Nachricht und blieb abwartend stehen, während Tommy sie las: *In Eile. Pläne geändert. Rückkehre sofort nach Tschengtschou, Kongreß dorthin verlegt. Kuo-tao.*

«Sie können im Abteil bleiben, Doktor», sagte der Stationsvorsteher. «Der Zug fährt von hier zurück. Die Fahrt nach Tschengtschou dauert nur zwölf bis fünfzehn Stunden, es sind nicht einmal siebenhundert Kilometer.»

Während auf der langen Reise nach Hankao neue Eindrücke von seiner Heimat auf Tommy eingestürmt waren, konzentrierten sich seine Gedanken bei der eintönigen Rückkehr nach Tschengtschou auf Julia und ihren letzten gemeinsamen Abend. Es war verdammt knapp gewesen. Fast hätte er ihr einen Heiratsantrag gemacht.

Er mochte Julia, sehr sogar. Um genau zu sein, war er davon überzeugt, daß er sie liebte, denn nur in ihrer Gegenwart war er wirklich glücklich. Aber heiraten war etwas ganz anderes. Es würde in jedem Fall einen Riesenkrach mit seinen Eltern geben, wenn er versuchte, eine Frau zu heiraten, die er selbst ausgesucht hatte – und bei einer Ausländerin wäre es noch hundertmal schlimmer.

Außerdem konnte er noch lange nicht an eine Heirat denken. Dazu lag noch zuviel vor ihm – eine große berufliche Herausforderung und eine ebenso große Verantwortung gegenüber dem Vaterland.

Könnte er doch die Dinge nur so leicht nehmen wie die Mehrzahl seiner Altersgenossen! Aber er brachte es nicht über sich, Julia wie eine Art Edelprostituierte zu behandeln, sie einfach zu benutzen. Und heiraten konnte er sie auch nicht.

Also würde er sie aufgeben müssen. Kaum hatte er das gedacht, als ihn die Furcht überfiel, sie nie wiederzusehen. Was würde aus ihnen werden?

Am 31. Januar um sechs Uhr abends endete seine Reise in Tschengtschou. Der einstmals häßliche Marktflecken hatte sich zu einer abscheulichen Stadt entwickelt, die zur Hälfte von der Industrie lebte. Außerdem war sie der einzige Ort in China, an dem sich die von Norden nach Süden führende Eisenbahn mit der von Osten nach Westen kreuzte.

Über den schneebedeckten Bahnsteig wirbelte Ruß und brachte Tommy zum Husten, als er sich zum Büro des Stationsvorstehers vortastete, wo der Arbeiterführer Tschang Kuo-tao wie ein Feudalherr inmitten von weißen Leinensäcken voller Propagandaschriften thronte. Ohne jede Einleitung fragte er Tommy: «Erinnerst du dich an Mao Tse-tung, den Burschen mit der Warze am Kinn? Ein richtiger Bauerntölpel, der immer in einem altmodischen langen Gewand herumläuft.»

«Warum regst du dich so über ihn auf?»

«Der verdammte Narr glaubt, er kann eine Revolution vom Zaun brechen und die Macht an sich bringen, indem er die Landbevölkerung organisiert. Aber das hieße, die Revolution auf Sand bauen. *Wir* sind auf dem richtigen Weg, das wird er schon noch merken. Ich organisiere das Proletariat: Industrie, Transportwesen und Bergbau. Damit habe ich die Revolution in der Tasche. Außerdem ist uns der große Kriegsherr in Peking, Wu Pei-fu, der Gelehrte General, freundlich gesonnen. Was man von seiner Polizei allerdings nicht sagen kann.»

An den geröteten unrasierten Wangen seines Freundes erkannte Tommy, daß sich dieser mit Baigan, dem übelriechenden chinesischen Schnaps, gegen die Kälte gewappnet hatte. Er erkundigte sich nach dem tibetischen Hund Tang Jo-wang und der Ausländerin Yu-li, und Tommy teilte ihm mit, sie mache sich Sorgen über das unaufhörliche Wachstum des Tieres. Tschang Kuo-tao grinste breit und lachte laut, als Tommy hinzufügte, die Amah Lao Tsi sage voraus, das Tier werde größer als ein Wasserbüffel. Der geschäftsführende Generalsekretär der Kommunistischen Partei Chinas war erkennbar bester Laune.

Dann wechselte Tschang Kuo-tao das Thema und sprach wie ein stolzer Vater vom bevorstehenden Eisenbahnerkongreß. «Wußtest du, daß das Bündnis zwischen Kommunisten und Nationalisten im Hotel *Ikra* besiegelt worden ist? Außerdem ist der Vorsitzende des Ausschusses zur Neuorganisation der Kuomintang niemand Geringeres als der Generalsekretär der Kommunistischen Partei Chinas. Ist doch nicht schlecht, was?»

Tommy biß die Zähne auf seinem Pfeifenstiel fest zusammen, als sein Freund fortfuhr: «Ich traue diesem neuen Bündnis nicht. Moskau hat das in die Wege geleitet und will, daß wir alle der Kuomintang beitreten. Da Moskau zahlt, darf es auch bestimmen – vorerst.»

«Für euch ist das wohl ziemlich hart, was?» forschte Tommy. «Die Komintern unterstützt Sun Yat-sen mit der Erklärung, daß China noch nicht für den Kommunismus reif ist.»

«Moskau unterstützt zwar die Nationalisten», fuhr Tschang Kuo-tao fort, «aber es steht nach wie vor hinter uns Kommunisten. Morgen werden wir zeigen, wer die wahre Macht in China besitzt.»

«Mit rund vierhundert Parteimitgliedern», fragte Tommy gedehnt, «bei einer Bevölkerung von vierhundert Millionen?»

«Ein kleiner Funke kann einen Waldbrand entzünden!» Tschang zitierte das alte Sprichwort mit Behagen. «Warte nur, bis du morgen die Funken fliegen siehst.»

Die Delegierten des Gründungskongresses der Allgemeinen Eisenbahnergewerkschaft begannen im Vertrauen darauf, daß der Bürgerkriegsgeneral Wu Pei-fu, der Peking und Nordchina beherrschte, ihre Versammlung dulden werde, am frühen Morgen des 1. Februar ins Pulo-Theater zu strömen. Wegen seiner Achtung vor der Lehre des Meisters Konfuzius nannte man ihn den Gelehrten General – seine Freunde voller Bewunderung, seine Feinde voller Spott. Auch ihn bewegte die Sorge um das einfache Volk, er bestärkte die Arbeiterbewegung und machte sich auch die Kommunisten zunutze, um seine Feinde in der Führung des Eisenbahnwesens zu beseitigen und damit seine eigene Macht zu festigen. Zur Belohnung gestattete er den Kommunisten, die Eisenbahnergewerkschaft zu organisieren, die bisher größte Gewerkschaft in der Geschichte Chinas.

Kaum hatte die Gewerkschaftsführung den bevorstehenden Kongreß in allen größeren Zeitungen angekündigt, setzten die Konservativen den Gelehrten General unter Druck. Er vollzog sofort eine Kehrtwendung und verbot den Kongreß. Doch noch am Vortag hatte er einer Delegation der Gewerkschaft erklärt, diese Entscheidung bedürfe der Interpretation. Er könne keinen *formellen* Kongreß zulassen, habe aber nichts gegen eine einfache Feier einzuwenden. Also hatten die Kommunisten beschlossen, eine solche Feier durchzuführen, in der festen Überzeugung, sie werde dieselbe Wirkung haben wie ein Kongreß.

Wie sein Freund Tschang Kuo-tao in einen blauen Baumwollanzug gekleidet, betrat Tommy das Pulo-Theater voller Hoffnung. In der Hand hielt er seine braune Arzttasche.

Um neun Uhr vormittags füllten sich die Reihen mit Delegierten. Die meisten trugen ihre Sonntagskleider. Auf der Bühne wartete vor einigen Klappstühlen ein langer Tisch auf die Gewerkschaftsführung.

Tschang Kuo-tao strebte der Bühne zu, wo einige Arbeiterführer den Hilfskräften in blauer Arbeitskluft letzte Anweisungen gaben. In ihrer Mitte stand ein kleiner Mann mit einer gekrümmten Nase, einem dichten Schnurrbart und kränklichem Gesichtsausdruck. Auf seiner Uniform blitzten Abzeichen, und er trug einen Gürtel mit einem Revolver.

Tommy sah, daß auch die blaugekleideten Hilfskräfte bewaffnet waren und begriff, daß es sich um Polizeibeamte handelte. Er sah, daß noch mehr Polizeibeamte durch den Gang herbeiströmten. Durch die geöffneten Türen hörte er Marschtritte und ein Signalhorn.

«Was soll das?» rief Tschang Kuo-tao und sprang auf die Bühne. «Was zum Teufel geht hier vor?»

«Du kannst hier gleich wieder verschwinden», rief der Chef der Polizeitruppe. «Es gibt weder eine Versammlung noch eine Feier.»

«Der General hat uns zugesichert, daß wir die Feier abhalten dürfen», beharrte der Erste Sekretär der Gewerkschaft. «Eine einfache Feier, keinen Kongreß.»

«Was ist der Unterschied?» fragte der Polizeichef. «Ich gebe euch fünf Minuten zu verschwinden. Danach knallt's!»

Tschang Kuo-tao trat zwischen den Ersten Sekretär und den Polizeichef und wies seine Kollegen an, sich weder mit der Polizei drinnen noch mit den Soldaten draußen anzulegen. Der Gründungskongreß werde, sagte er, an einem anderen Ort unter günstigeren Bedingungen zusammentreten. Gehorsam riefen die Führer den Delegierten im Saal zu, daß die Zusammenkunft vertagt sei und forderten alle auf, das Gebäude friedlich zu verlassen.

Einige erhoben sich, aber die meisten blieben sitzen, trampelten und zischten. Durch diesen Akt des Widerstandes ermutigt, legte der Erste Sekretär seine Hände wie einen Schalltrichter vor den Mund und schrie: «*Kung-huei wan sui!* Lang lebe die Gewerkschaft!»

Die Menge erwiderte: «Lang lebe die Gewerkschaft der Eisenbahn Peking–Hankao! Es lebe der Gründungskongreß!»

Bleich vor Wut legte der kleinwüchsige Polizeichef dem Sekretär die Hand auf den Mund und erklärte wütend, dieser habe gegen das Gebot verstoßen, die Versammlung aufzulösen. Wie ein Terrier, der einen Bären angreift, klammerte er sich an den breitschultrigen Sekretär. Unter lauten Sprechchören verließen die Delegierten das Pulo-Theater und gingen hinaus in den regnerischen Vormittag.

Wutschnaubend befahl der Polizeichef seinen Leuten, die Spruchbänder und Fahnen der Arbeiter zu beschlagnahmen. Die Truppen waren nicht zimperlich. Sie zerrissen Girlanden und Spruchbänder.

Trübsinnig zog Tommy durch den Regen. Über zweitausend, inzwischen fast dreitausend öde Kilometer war er von Schanghai gefahren, nur um dieses Fiasko zu erleben. Die

Gewerkschaftsbewegung der Kommunisten war gleich bei ihrem ersten Auftritt in demütigender Weise unterdrückt worden. Die Kommunistenführer, vor allem der selbstsichere Tschang Kuo-tao, waren von geradezu sträflicher Naivität gewesen. Wie hatten sie glauben können, ein reaktionärer Kriegsherr werde die Arbeiterbewegung dulden – oder gar stärken?

Ins Hotel zurückgekehrt, fand Tommy in dem großen Raum im ersten Stock, den er mit Tschang Kuo-tao teilte, die Arbeiterführer zusammengedrängt, junge Kommunisten und alte Arbeiter. Sie sprachen nicht von Rückzug, sondern von Vergeltung. Tschang Kuo-tao, der zu seinem üblichen Überschwang zurückgefunden hatte, versuchte nicht mehr, sie zurückzuhalten, sondern sprach sich für einen Generalstreik aus.

Die Gewerkschaft verlangte, daß der Polizeichef und die höheren Eisenbahnbeamten in aller Form gemaßregelt würden. Außerdem sollten alle Arbeiter einen ganzen freien Tag pro Woche und alljährlich eine Woche bezahlten Urlaub erhalten.

Als sich der Gelehrte General Wu Pei-fu weigerte, über die Forderungen zu verhandeln, wurde der Streik unvermeidbar. Tschang Kuo-tao war davon überzeugt, daß der zunehmende Widerstand der Arbeiter den Gelehrten General beeindrucken werde. Der Sturm sollte von Hankao ausgehen.

Mit bemerkenswerter Einigkeit legten alle Beschäftigten der Linie Peking–Hankao die Arbeit nieder, so daß der Betrieb zum Stillstand kam. Am 6. Februar 1923 schien ein rascher Sieg der Gewerkschaft unmittelbar bevorzustehen. Die Behörden, die sich zum erstenmal der Macht organisierter Arbeiter gegenübersahen, gaben nach.

Es war dem Militär nicht gelungen, die Züge wieder in Gang zu bringen, obwohl Dutzende von Lokomotivführern festgenommen und verprügelt worden waren. Der Provinzrat der Gewerkschaften hatte in Hankao eine Massendemonstration einberufen, um zu zeigen, daß er vollständig hinter den Eisenbahnern stand. Mehr als zehntausend Menschen waren in den Industrievorort Kiangan marschiert, wo die Eisenbahnarbeiter in der Nähe der Waggonwerke lebten, und forderten eine Massenniederlegung der Arbeit. Hankao sollte mitsamt seinen Schwesterstädten, die den gemeinsamen Namen Wuhan trugen und als Industrieanballung lediglich Schanghai nachstanden, gelähmt werden.

An jenem Abend schlug der Provinzgouverneur für den nächsten Tag ernsthafte Verhandlungen vor. Die Behörden, die sich ursprünglich dagegen ausgesprochen hatten, baten jetzt förmlich darum.

Tommy Howe sah aus dem Fenster des Schulhauses, das den Streikenden als Hauptquartier diente und in dem er eine Klinik für die Arbeiterfamilien improvisiert hatte. Sein Herz bebte vor Freude über die neugewonnenen Kräfte der Eisenbahnergewerkschaft.

Vier räudige Hunde jagten eine nur in ihrer Vorstellung existierende Katze durch die Dämmerung, und eine zweisaitige Geige ertönte mit schriller Klage. Arbeiter im Feiertagsstaat sahen Stockfechtern zu, und ihre Frauen schwatzten in der Nähe der Bambusbühne auf dem Platz. Wie ein Lauffeuer verbreitete sich die Neuigkeit: «Sie geben nach . . . Sie wollen Gespräche. Wir müssen nur noch reden, dann haben wir gewonnen! Wir können unseren Sieg feiern!»

Doch Tschang Kuo-tao war mißtrauisch. Er gebot den Männern, die die Verhandlungen mit der Delegation des Gouverneurs führen sollten, ihre Identität erst preiszugeben, wenn die Gespräche wirklich begannen. Eine reine Vorsichtsmaßnahme.

Donner grollte im Norden, und Tommy hob den Blick zum Himmel. Die bleiche Wintersonne ging zwar um fünf Uhr unter, aber die Wolken am Himmel waren weiß und keineswegs dunkel. Erneut grollte Donner; dann folgten rasch aufeinander Laute wie Peitschenschläge.

In der Stille, die sich daraufhin ausbreitete, eilten zwei junge Männer mit roten Armbinden quer über den Platz zum Hauptquartier der Streikenden. Einer von ihnen rief Tommy zu: «Doktor, sie greifen das Gewerkschaftsbüro am Bahnhof an. Polizei und Soldaten mit großen Geschützen. Es ist alles vorbei. Sie müssen rasch verschwinden!»

Binnen zwei Minuten stürzten die Streikführer aus ihrem Hauptquartier und verschwanden in den Gäßchen um den Platz herum. Die Nachricht verbreitete sich in Windeseile, und die noch vor wenigen Augenblicken freudetrunkenen Arbeiter zerstreuten sich gleichfalls. Noch keine zehn Minuten waren seit der Ankunft der Boten vergangen, da verließen Tschang Kuo-tao und der Erste Sekretär der Eisenbahnergewerkschaft als letzte das Schulhaus.

«Komm, Tommy!» drängte Tschang Kuo-tao. «Wir müssen fort.»

«Ich bleibe», sagte Tommy. «Eine ganze Woche lang war ich nichts als Ballast, ein Mitläufer bei eurem Streik. Wenn es hier zu Schießereien kommt, wird man mich brauchen.»

«Wie du willst.» Kuo-tao zuckte die Schultern. «Aber glaub nicht, daß dein Beruf dich schützt. *Meine* Aufgabe ist es jedenfalls, zu überleben.»

«I-lu ping-an!» erwiderte Tommy. «Friedvolle Reise!»

Unterstützt von Frauen, deren Kinder er behandelt hatte, legte Tommy Verbandszeug bereit. Zu den wenigen Medikamenten, die ihm noch verblieben waren, stellte er auch Flaschen mit Baigan, den er sowohl zur Betäubung wie auch zur Wundreinigung brauchte.

Schüsse kündigten die Ankunft der Truppen des Gelehrten Generals an. Auf Knien suchte Tommy hinter der Steinmauer des Schulhauses Deckung und spähte über das Fensterbrett, während Nagelstiefel über den Platz dröhnten. Kleine Trupps grünuniformierter Männer begannen, Gassen und Häuser zu durchsuchen. Tommy erhob sich erleichtert. Seine geringen Bestände an Hilfsmitteln würden nun doch nicht gebraucht werden.

Hinter ihm wurde krachend die Tür aufgestoßen, und er hörte, wie Gewehre entsichert wurden. Als er sich umwandte, hielt ein schmächtiger Offizier eine riesige Pistole auf ihn gerichtet, deren Lauf hin- und herschwankte.

«Ich bin Arzt.» Er erfand eine Geschichte. «Ich komme aus Schanghai und habe hier Freunde besucht. Ich habe mit diesem . . . Streik nichts zu tun.»

«Arzt?» gab der Offizier zurück, «bestimmt auch Kommunist. Ihr Halunken aus Schanghai seid alle Kommunisten.»

«Ich? Kommunist? Nie im Leben! Die Roten haben mich gezwungen, ihre Leute zu behandeln.»

«Mitkommen!» bellte der Offizier. «Ich habe meine Befehle. Alle verdächtigen Subjekte werden festgenommen.»

Als er sich der Tür zuwandte, hörte Tommy Glas splittern. Er drehte sich um und sah, wie sich Soldaten der Flaschen mit Baigan bemächtigten. Die Dunkelheit draußen wurde durch Fackeln erhellt; gelegentlich blitzte Mündungsfeuer auf. Die Hände hinter dem Rücken gefesselt, wurde Tommy einem breitschultrigen Unteroffizier übergeben, der freundlich lächelte. Er wies ihn an, sich auf den steinharten Boden zu hocken. Also würde man ihn zumindest nicht sofort erschießen.

Aus den dunklen Gäßchen um den Platz kamen die Suchtrupps nach und nach ins Licht der Fackeln zurück. Mit Bajonetten stießen die Soldaten nach den Verdächtigen, die sie in Verstecken aufgestöbert hatten. Blut bedeckte die Feiertagskleidung der Arbeiter.

Als sich Tommy erhob und bat, die Verwundeten behandeln zu dürfen, schlug ihn der Unteroffizier ins Gesicht. Er stürzte zu Boden, wobei der Schock sicher ebenso groß war wie der Schmerz: Seit seiner Schulzeit hatte ihn niemand geschlagen.

Er hockte sich erneut hin, wartete auf einen Offizier und sah zu, wie die Suchtrupps mit ihrer Beute zurückkehrten. Nicht alle waren verwundet, tröstete er sich, genaugenommen nur wenige der festgenommenen Arbeiter. Trübsinnig lächelnd erinnerte er sich daran, daß für einen Arzt selbst ein einziger Verletzter, dem die Behandlung verweigert wurde, eine Tragödie bedeutete.

«Sie haben Li und Wang die Hände abgehackt und sie umgebracht», flüsterte es hinter ihm. «Auch den guten alten Liu. Das war ein Gewerkschaftsführer, der nicht davongerannt ist.»

Schließlich waren etwa achtzig Gefangene auf dem von Fackeln erhellten Platz versammelt; ihre Gesichter lagen im

Schatten. Der befehlshabende Oberst, der zitterte, obwohl er einen pelzgefütterten Mantel trug, gebot den Wachen: «Bringt sie herein, in Fünfergruppen.»

Tommy drängte sich in die erste Gruppe, die ins Schulhaus geführt werden sollte. Er wollte unbedingt erreichen, daß man ihm gestattete, sich um die Verwundeten zu kümmern. Zu seiner Überraschung stimmte der Oberst sofort zu.

Tommy schnitt und nähte mechanisch. Obwohl seine Augen auf sein Tun konzentriert waren, lauschte er aufmerksam den scharfen Fragen des Oberst und den zögernden Antworten der Arbeiter. Er sah mit einem Seitenblick, daß einige Offiziere die Hände der Männer gründlich in Augenschein nahmen – ein professioneller Agitator hatte weiche Hände, ein Arbeiter aber harte.

Von Gewehrkolben vorwärtsgestoßen, wurden die meisten Gefangenen so rasch hinausbefördert, wie man sie hereingeholt hatte. Nach zwei Stunden blieben nur vier übrig; in dreien von ihnen erkannte Tommy Arbeiterführer. Der vierte, Lin, war Vorsitzender der Ortsgruppe der Eisenbahnergewerkschaft in Kiangan. Da sich Tommy auf eine Naht konzentrieren mußte, bekam er die nächsten Fragen und Antworten nicht mit, und als er erneut den Blick hob, sah er, wie der Oberst die vier Männer mit einer Handbewegung zur Tür hinauswies.

«Nach Ihnen, meine Herren!» sagte er mit deutlicher Ironie. «Wir werden ja sehen, ob ihr es euch überlegt oder nicht. Sagt den Männern, sie sollen wieder an die Arbeit gehen; auf euch werden sie hören. Einige einfache Worte – oder euer Leben!»

Tommy sah sie durch das Fenster zwischen Reihen von Bajonetten, die im Mondlicht und im Fackelschein glänzten. Das Drama spielte sich für ihn lautlos ab.

Wie schon zwei Dutzend Male zuvor schüttelte der Vorsitzende Lin den Kopf. Betrübt nickte der Oberst, ein untersetzter Unteroffizier trat in den von Fackeln gebildeten Kreis und zog fast beiläufig aus einer Schlinge auf seinem Rücken einen über einen halben Meter langen halbmondförmigen Säbel. Das Mondlicht brach sich darin, als er das Krummschwert wie ein Tänzer mit beiden Händen hoch in die Luft hob.

Die Augen des Vorsitzenden Lin folgten dieser Bewegung, und knapp vor seinen Zehen fuhr die Klinge tief in den gefrorenen Boden.

Der Oberst wiederholte seine Forderung und bekam dieselbe Antwort wie zuvor – ein unnachgiebiges Kopfschütteln.

Müde wandte er sich ab. Lins Augen sahen ihm nach, und im selben Augenblick fuhr die Klinge nieder. Sein Kopf fiel, und ein dicker Blutstrahl spritzte aus dem Hals, als der Rumpf zu Boden stürzte.

Den übrigen Arbeiterführern wurde die Gnade nicht zuteil, den Tod unerwartet zu empfangen. Eine halbe Stunde lang wechselten Drohungen und Forderungen immer wieder mit ihrer Weigerung, bis der letzte der Männer enthauptet war.

Der Oberst spie vor Abscheu aus, kehrte ins Schulhaus zurück und verlangte nach Baigan.

«Verdammte Idioten! Was war nur in sie gefahren?» wollte er wissen. «In einem oder zwei Tagen ist das Pack doch sowieso wieder an der Arbeit. Warum haben sie sich nicht freigekauft? Für ein einziges Wort! Ich verstehe es nicht.»

Eine Ordonnanz sprach leise auf ihn ein.

«Die Köpfe?» Nachlässig verfügte der Oberst über die sterblichen Reste der Arbeiterführer. «Die Hunde werden sich freuen . . . Nein! Lassen Sie sie vor dem Bahnhof an die Telegrafenmasten hängen. Das wird allen, die es angeht, eine Lehre sein!»

20

3. März 1923

«Nach Schanghaier Maßstäben ist deine Amah Lao Tsi nichts weiter als eine gute Köchin», sagte Tommy anerkennend, «nach englischen jedoch ein wahres Genie.»

An einem feuchtkalten Märzabend hatte er zum erstenmal seit seiner Rückkehr die Dachwohnung aufgesucht. Erst in der letzten Februarwoche war er von ebenjenem Obersten freigelassen worden, der davon überzeugt war, daß alle Bewohner Schanghais Kommunisten waren, auf jeden Fall aber die Intellektuellen wie Anwälte, Lehrer und Ärzte. Der Gelehrte General Wu Pei-fu hatte, um dem Multimillionär Donald Howe zu Gefallen zu sein, seinen Offizier angewiesen, dessen Sohn zu entlassen. Da jenem nicht verborgen geblieben war, wie nützlich es sein konnte, einen fähigen Arzt zur Verfügung zu haben, hatte Tommy von Syphilis über Tuberkulose bis zu Schrapnellwunden alles mögliche behandelt. Was seine Berufserfahrung betraf, bedauerte er es fast, daß er mit dem Jangtse-Dampfer nach Schanghai zurückkehren durfte.

Den Rat seiner Mutter, sich etwas Ruhe zu gönnen, bevor er ins Allgemeine Krankenhaus zurückkehrte, hatte er in den Wind geschlagen, und jetzt endlich, nach zwei Tagen Arbeit dort, hatte er Zeit gefunden, mit Emily und Julia zu Abend zu essen.

Der andere Gast, der Korrespondent Richard Hollings, konnte es kaum erwarten, aus erster Hand etwas über den Streik zu hören, über den man lediglich Gerüchte kannte, weil Zensur und schlechte Nachrichtenverbindungen verhindert hatten, daß die Öffentlichkeit Einzelheiten erfuhr. Auch wenn er kaum hoffen durfte, daß die *Times* einer Überschwemmung des Gelben Flusses, die Zehntausende von Menschenleben forderte, mehr als einen Absatz einräumte, so war doch die «entschlossene Unterdrückung des von Anarchisten und Kommunisten angezettelten Komplotts, das Eisenbahnwesen in China lahmzulegen», auf großes Interesse gestoßen. London war sich der roten Gefahr durchaus bewußt.

Kein Berichterstatter außer ihm wußte Näheres, sagte sich Richard selbstzufrieden, während er Adam streichelte, der mit seinen achtzehn Monaten so groß wie ein Kalb war und mit einem einzigen Schwanzwedeln schwere Kristallaschenbecher vom Kaffeetisch fegen konnte. Weil er aber so rührend unschuldige braune Augen und ein so treues Herz besaß, hatte Julia Tommy verziehen, daß sich der Welpe, den er ihr geschenkt hatte, nicht in einen kleinen Tempelhund verwandelt hatte, sondern in einen ungeschlachten Mastiff.

«Nach welchen Maßstäben auch immer», gab Julia auf Tommys eher ungeschicktes Kompliment zurück, «alles ist wunderbar.»

«Ich habe was übrig für Gastgeberinnen, die vor Eigenlob nicht zurückschrecken», sagte Hollings. «Aber wirklich, delikat. Was ist es denn, Julie?»

Diese hatte keine Ahnung, wie das Gericht hieß. Sie wußte nur, daß die großen Fleischkugeln, eingehüllt von gedünstetem Chinakohl, hinreißend schmeckten.

«*Schi-tse tou*, Löwenköpfe», beschied ihn Emily. Sie hatte die Mahlzeit geplant. Sie hoben ihre Becher mit gelbem Reiswein und tranken auf Tommys glückliche Rückkehr.

«Ach, übrigens, Tommy», sagte Julia verlegen, weil sie offenbar nicht recht wußte, wie sie ihre Freude über seine Rückkehr verbergen sollte, «erinnerst du dich noch an den Mann, der sich telefonisch über Feuer in seiner Wohnung beschwert hat und darüber, daß die Wände grün wurden?»

«Ja. Was war es denn?» Tommy heuchelte Interesse.

«Das Feuer war durchaus ernst – beziehungsweise hätte es werden können. Der Bauunternehmer, den mein Onkel beauftragt hatte, hat einfach alte elektrische Leitungen zusammengedreht, um Geld zu sparen, so daß überall Isoliermaterial fehlte. Während sich die Wände setzten, sind Funken übergesprungen – daher die geheimnisvollen Feuer in den Wänden.»

«Und das Grün?» fragte Tommy. «Kam nicht unter der Wandfarbe etwas Grünes zum Vorschein?»

«Das war auch eine seltsame Geschichte. Gräser und Wildblumen sind aus den Wänden gewachsen.»

«Und wie sind die dahin gekommen?»

«Der Bauunternehmer wollte offenbar kein Geld für den Putz ausgeben und hat einfach Flußschlamm zusammengekratzt, und der enthielt vermutlich Pflanzensamen.»

«Ich bin froh, daß du es lustig finden kannst», sagte Tommy. «Das hätte für den Flinken John Pavernen böse ausgehen können.»

«Nun, er wird schon einen Ausweg finden», meinte Julia, «wie immer.»

«Lao-tsi soll abräumen», beendete Emily das Geplauder. «Und dann kannst du, lieber Bruder, uns alles über deine Abenteuer berichten.»

«Die langweilige Geschichte will bestimmt keiner hören.»

«Überlaß das ruhig uns», sagte Richard.

«Na schön. Nachdem Julie und Em mich zum Nordbahnhof gebracht hatten . . .» begann Tommy und berichtete, wie auf das Verbot des Gründungskongresses die Entscheidung folgte, einen Generalstreik auszurufen, der mit dem brutalen Mord an den Streikführern in sich zusammengebrochen war. Er schilderte, wie es seinem Freund Tschang Kuo-tao gelungen war, als Erdnußverkäufer verkleidet nach Hankao zu entkommen. Er konnte deutlich sehen, wie begierig Richard Hollings jedes Wort in sich aufnahm. Während Julia angespannt lauschte, gestand sie sich ein, daß sie höchstwahrscheinlich bis über beide Ohren in Tommy verliebt war.

21

23. Juni–15. August 1923

«Könntest du doch nur schreiben!» rief Emily aus, «dann könntest du Artikel verfassen, wie Dick und ich.»

«Da ich das nun einmal nicht kann», gab Julia zurück, «muß ich eine andere Möglichkeit finden, Geld zu verdienen – oder nach Hause fahren.»

Verzweifelt seufzte Emily auf. Früher hätte sie das Geld, das ihre Freundin brauchte, von dem abzweigen können, was ihr die Eltern zur Verfügung stellten, und es kaum gespürt. Inzwischen fiel es ihr schwer, ihren eigenen Anteil am gemeinsamen Haushalt aufzubringen.

Bei Licht betrachtet ging es Emily glänzend; sie war nie glücklicher gewesen und hatte nie so viele praktische Probleme ganz allein gelöst. Früher hatte sie das Geld mit vollen Händen ausgegeben, denn von ihrem Vater hatte sie bekommen, was sie wollte – jetzt sah sie voll Staunen, mit welch atemberaubender Geschwindigkeit es dahinschwinden konnte.

Da sie und Julia häufig zum Abendessen eingeladen wurden, reichte ihrer beider Verdienst für das Notwendigste, doch obwohl Besucher selten ohne ein Mitbringsel kamen, konnten sich die beiden jungen Damen die Luxusgüter, an die sie sich gewöhnt hatten, kaum leisten: das Telefon, neue Kleider, Schallplatten und Bücher. Wäre nicht Tommy stillschweigend für die geringe Miete aufgekommen, hätten sie möglicherweise sogar ausziehen müssen. Dabei verdiente Emily gar nicht schlecht mit ihren Artikeln. Sie bekam sogar Anfragen verschiedener Zeitschriften aus Amerika, doch wollte sie sich nicht von ihrer Arbeit für die in Schanghai erscheinende Presse ablenken lassen, von deren Honoraren sie sich und Julia über Wasser hielt. Die amerikanischen Zeitschriften zahlten zwar weit besser, es war aber nie sicher, ob sie einen Artikel auch nahmen.

Von der Frauenbank bezog Emily kein Gehalt, und obwohl sie ihr gesamtes großväterliches Erbe in das idealistische Unternehmen gesteckt hatte, akzeptierte sie die Entscheidung der anderen Anteilseignerinnen, als Genossenschaft tätig sein zu wollen. Da keine der Frauen, die alle auch in der Bank arbeiteten, auf ein Einkommen angewiesen war, bekam jede von ihnen lediglich ein symbolisches Wochengehalt von fünf Dollar Mex, bis die Bank Gewinn abwarf.

Als Julia arbeitslos wurde, konnte sich Emily diese Geste nicht mehr wirklich leisten.

Da es so aussah, als ob alles fehlschlug, was der Flinke John Pavernen anfaßte, hatte er sich genötigt gesehen, in aller Freundschaft seiner Mitdirektorin und Sekretärin Julia zu kündigen. Ihm drohten wegen des verunglückten Bauprojektes große Schadenersatzforderungen, und da sich die von ihm mit den Arbeiten betraute Baufirma einfach in Luft aufgelöst zu haben schien, blieb ihm keine Wahl, als sein Unternehmen zu liquidieren. Julia stand ohne Einkommen da. Zum Glück war ihrem Onkel rechtzeitig eingefallen, daß die Schreibmaschine nicht der Firma JPEnterprises gehörte, sondern ihm selbst, und er hatte sie Julia sozusagen als Abschiedsgeschenk vermacht. Sogleich hatte sich Emily mit Wonne darauf gestürzt und binnen einer Woche Maschineschreiben gelernt.

Von einem weiteren Überbleibsel der Firma JPEnterprises war Emily weniger beglückt: dem Kleinen Pao. Er war Julia wie ein herrenloses Hündchen gefolgt, nachdem sie die Bürotür zum letztenmal hinter sich abgeschlossen hatte, und schlief jetzt unter dem Küchentisch neben dem tibetischen Mastiff Adam. Außerdem versuchte er, sich mit unerschöpflicher Energie und guter Laune unentbehrlich zu machen.

«Mit dem kleinen Pao sind wir fünf», stellte Emily fest – «du, ich, Lao-tsi, Adam und Pao. Die alle sollen von fünf Dollar Mex die Woche als Grundeinkommen leben.»

«Zumindest verdient Adam seinen Unterhalt», lachte Julia, «mit einem solchen Hund werden wir nie Einbrecher haben.»

«Julia, warum kannst du nicht ernsthaft sein? Die Sache ist nicht lustig.»

«Können wir Lao-tsi nicht entlassen? Ich würde sie zwar ungern gehen sehen, aber –»

«Bist du verrückt?» fragte Emily. «Du weißt doch, daß es in Schanghai unmöglich ist, einen Haushalt ohne Amah zu führen.»

«Viele arme Leute tun es. Man könnte meinen, daß du noch nie aus Schanghai herausgekommen bist – dabei hast du doch in deinen Jahren in Amerika gelernt, wie schön es ist, für sich selbst zu sorgen.»

«Sehr schön!» schnaubte Emily. «Ich hatte bisher nicht den Eindruck, daß du dich im Haus besonders nützlich machst. Wir können Lao-tsi unmöglich gehen lassen. Sie ißt kaum etwas, und sie bekommt ein geradezu lächerliches Gehalt. Was sollte auch aus ihr werden?»

«*Noblesse oblige*, was? Lady Emily kann sich keinesfalls selbst Frühstück machen.» Trotz ihrer Munterkeit fühlte sich Julia plötzlich verloren. «Ach, Em, was sollen wir nur tun? Und ich bin an allem schuld . . . Wüßte ich nur, wer gerade ein paar Waffen kaufen möchte. Dann könnte Onkel John eine neue Firma eröffnen, und ich –»

«Da besteht wenig Aussicht. T. W. Sung hat versprochen, mit Dr. Sun Yat-sen zu reden, und Mei-ling wird Tschiang Kai-schek auf die Sache ansprechen. Doch ich sehe keine große Hoffnung. Moskau finanziert die Nationalisten und sagt ihnen, was sie kaufen dürfen.»

«Käme ich doch nur an diesen Dr. Sun heran. Ich bin keine schlechte Verkäuferin.»

«Das ist doch nicht dein Ernst? Auf eine so vage Aussicht hin lohnt es sich nicht, nach Kanton zu fahren.»

«Ich habe ganz vergessen, daß er dorthin zurückgekehrt ist. Natürlich! Deswegen war ja auch Tommys kommunistischer Freund unterwegs nach Kanton. Erinnerst du dich an Tschang Kuo-tao, Emily? Er hat mir Arbeit angeboten.»

«Yu-li, im Unterschied zu dir vergesse ich keine chinesischen Namen», lachte Emily. «Was für Arbeit ist das?»

«Ich könnte unterrichten . . .» Während sie das sagte, mußte Julia an den Mann denken, der ihr die Arbeit angeboten hatte.

Er wirkte für sein Alter sehr ernsthaft. Wenn man bedachte, welchen Wert die Gesellschaft um sie herum auf Alter und Erfahrung legte, war er mit seinen sechsundzwanzig Jahren für eine größere politische Rolle eigentlich lächerlich jung. Seine Kollegen allerdings waren kaum älter; lediglich der Generalsekretär der Kommunistischen Partei war über vierzig. Im Jahre 1923 hatten sich junge Männer darangemacht, ein neues China zu schaffen.

Beim Tee hatte Tschang Kuo-tao ganz nebenbei die Möglichkeit angedeutet, Julia könne an der von den Kommunisten neu gegründeten Arbeiteruniversität von Schanghai Englisch unterrichten und sie mit rührender Förmlichkeit gefragt, ob sie ein solches Angebot annehmen würde. Einen großen Teil ihrer wertvollen Zeit würde das nicht beanspruchen, erklärte er.

Die revolutionäre Sache verlockte Julia beinahe ebenso sehr wie die Aussicht, interessante Menschen kennenzulernen. Allerdings konnte sie Tschang Kuo-tao unmöglich sagen, daß es ihr eher an Geld als an Zeit fehlte. Offensichtlich hatte der radikale Führer sie als Ausländerin für so wohlhabend gehalten, daß es in seinen Augen einer Kränkung gleichgekommen wäre, ihr ein Honorar anzubieten.

«Nun, falls ich Tschang Kuo-taos Angebot annehme, käme das sicher Harry Smythe zupaß», überlegte Julia laut. «Er fragt mich immer über die Nationalisten aus – wohl weil er glaubt, daß du alles über sie weißt, und er bestürmt mich immer wieder, ich solle mich näher mit den Kommunisten beschäftigen.»

«Paß nur auf, wenn du bei denen spionieren willst», lachte Emily. «Denk dran, wie es Mata Hari ergangen ist!»

Tommy Howe sah dem Kellner nach, der die schmiedeeiserne Wendeltreppe vom *St. Andrew's Café* hinabging, um dem Mann an der Bar genaue Anweisungen für den Brandy Alexander zu geben, den Julia seit neuestem so gern trank. Sorgfältig wich er ihrem Blick aus und sagte: «Weißt du, das ist nicht der wahre Grund . . .»

«Was ist nicht der wahre Grund wofür?» fragte Julia. «Habe ich irgendwas nicht mitbekommen, was du gesagt hast?»

«Eigentlich nicht», gab er zur Antwort. «Nein, ich habe nur laut über Hollings nachgedacht. Er ist nicht der wahre Grund dafür, daß meine Eltern Emmy den Stuhl vor die Tür gesetzt haben. Sie hat sie gedemütigt mit ihrer Weigerung, Li Nien-lao zu heiraten, den Mann, den sie ihr ausgewählt hatten.»

«Und wenn nun Richard Chinese wäre?»

«Das hätte keinen Unterschied gemacht. Sie sollte Li Nien-lao heiraten, und sonst keinen.»

«Wenn sie aber nichts mit Richard zu tun gehabt hätte», beharrte Julia.

«Ich sehe, was du meinst. Dann hätten sie möglicherweise nicht unbedingt darauf bestanden, daß sie Nien-lao *sofort* heiratet. Aber um das alles geht es überhaupt nicht.» Er ließ eine Pause eintreten, weil er sich auf unsicherem Boden fühlte. «Was ich zu sagen versuche, ist folgendes: Meine Eltern haben sich von Emmy nicht losgesagt, weil Dick Ausländer ist, verstehst du?»

«Möglich», gab sie zweifelnd zur Antwort. «Wenn du es sagst. Aber worauf willst du hinaus?»

«Da bin ich selbst noch nicht ganz sicher. Hab etwas Geduld mit mir.» Er nahm seine überflüssige Brille ab und legte sie auf die marmorne Tischplatte. «Da es nichts damit zu tun hatte, daß er Ausländer ist, betrifft es dich und mich nicht. Verstehst du?»

«Nicht so ganz.»

Der schwitzende Kellner brachte Julias Cocktail, und Tommy, dem die Unterbrechung willkommen war, nahm einen langen Zug aus seinem Glas.

«Ich meine», fuhr er dann fort, «der Bruch zwischen Emmy und unseren Eltern ist nicht *in erster Linie* darauf zurückzuführen, daß Richard Ausländer ist. Das habe ich dir doch bewiesen, oder nicht?»

Julia wartete voll Wohlgefühl – und Unbehagen – auf das, was kam. Offensichtlich tastete sich Tommy an einen Antrag heran, auch wenn seine Argumentation, was die Haltung seiner Eltern anging, nicht sehr überzeugend war. Selbst dann, wenn sie ernsthaft an eine Ehe mit ihm gedacht hätte, wäre sie von der Art und Weise abgestoßen gewesen, wie er sich lang und breit über die Ansichten seiner Eltern ausließ. Wie hätte sie auch nur im Traum daran denken können, einen Mann zu heiraten, dem die Empfindungen seiner Eltern wichtiger waren als ihre eigenen?

«Und sie haben auch nichts gegen dich gesagt», faßte er zusammen. «Kein Wort.»

«Wunderbar, Tommy.» Julia zwang sich zu einem Lächeln. «Hast du dir je überlegt, daß *meine* Eltern etwas gegen eine solche Verbindung haben könnten?»

«Wie das?» fragte er aufrichtig erstaunt. «Wir haben doch nichts getan, gegen das sie etwas einwenden könnten. Nicht daß es mir gerade leichtgefallen wäre ... Immerhin bist du eine Wucht, Julie.»

Obwohl das Kompliment wenig geschickt war, errötete sie vor Freude darüber. Sie wollte Tommy weder jetzt noch später heiraten und bemühte sich, ihm eine Zurückweisung zu ersparen, indem sie das Gespräch in eine andere Richtung lenkte. Ihr gegenwärtiges Leben war viel zu erfüllt und zu aufregend, als daß sie an eine Ehe – mit wem auch immer – hätte denken können. Außerdem konnte sie unmöglich einen Mann heiraten, dessen Werte sich so grundlegend von ihren eigenen unterschieden. Doch als er ihre Hand in die seine nahm, gab sie den Druck seiner Finger zurück.

Trotz ihrer Freude verstand sie nicht, wie jemand, der im Ausland erzogen war, nicht sehen konnte, daß sich amerikanische Eltern europäischer Abstammung wahrscheinlich auch gegen einen chinesischen Schwiegersohn stellen würden. Offenbar stand dieser Erkenntnis die uralte chinesische Überzeugung von der unumschränkten Überlegenheit der chinesischen Kultur entgegen.

«Nun», sagte er einen Augenblick später, «natürlich könnten sie Einwände erheben. Tun sie es?»

«Ich ziehe sie nicht immer sofort und bei allem und jedem ins Vertrauen», gab Julia zur Antwort. «Aber wahrscheinlich wären sie dagegen – wenn ich ihnen davon erzählen würde.»

«Nun, dann steht die Sache unentschieden», lächelte er betrübt. «Weißt du, ich habe dir nicht die ganze Wahrheit über die Ansicht meiner Eltern gesagt. Natürlich wissen sie nicht alles über uns.»

«Das hatte ich mir schon fast gedacht, Tommy.» Julia nahm einen Schluck von ihrem Brandy Alexander und schüttelte sich. Er war süß und klebrig, nicht mild und angenehm, wie sie ihn in Erinnerung hatte. Sie schob das Glas beiseite und steckte sich eine Zigarette an.

«Trotzdem möchte ich ... muß ich dir etwas sagen.» Tommy ließ eine Pause eintreten und sah in sein Glas. «Julie, ich ...»

Wie wohl die meisten jungen Frauen hatte Julia diesen zauberhaften Augenblick in ihren Träumen schon mehrfach erlebt und in den verschiedensten Richtungen ausgeschmückt. Aber jetzt, wo es soweit war, hatte sie kein anderes Ziel, als Tommys Empfindungen zu schonen. Sie mußte seinen Antrag ablehnen, aber sie wollte ihn nicht verletzen.

Doch war es wirklich nur das? Wollte sie ihm lediglich eine Demütigung ersparen, indem sie ihm sagte, daß sie nie seine Frau werden konnte?

«Du hörst mir nicht zu», unterbrach er ihre Gedanken. «Du hast nicht die Hälfte von dem gehört, was ich gesagt habe, stimmt's?»

Julia sah ihn offen an, lächelte entschuldigend und gestand: «Ich glaube, ich war mit meinen Gedanken woanders. Du brauchst nichts mehr zu sagen.»

«Ich will aber, auch wenn du ... Ach, Julie, wir kommen doch so blendend miteinander aus!»

«Tommy, ich würde ja gern ...» Sie merkte, daß sie in dem Versuch, die Zurückweisung nicht allzu schroff klingen zu lassen, beinahe das Falsche gesagt hätte. Hastig verbesserte sie sich: «Ich fürchte allerdings –»

Ohne auf ihr Zögern zu achten, fuhr er fort: «Wenn ich dich doch nur bitten könnte, meine Frau zu werden. Denn das möchte ich, ganz gleich, was meine Eltern für richtig halten, und was uns sonst im Weg stehen könnte.»

«Ach, Tommy.» Einen Augenblick lang war sie tief enttäuscht und fragte sich, was sie eigentlich wollte. «Ich verstehe . . . Aber es ist nicht die Einstellung deiner Eltern, die mir . . . Mir geht es um –»

«Es tut mir so leid!» Mit einemmal verstand er sie. «Ich hatte nur angenommen, daß dich die Art, wie sie Emmy behandelt haben, aufgebracht hat. Nein, Julie, es hat mit ihnen nichts zu tun. Nicht wirklich. Aber . . . ich liebe dich, Julie, ich liebe dich so sehr.»

Ihr Widerstand schmolz dahin. Noch nie zuvor hatte er diese wunderbaren Worte gesagt. Tränen traten ihr in die Augen, und mit belegter Stimme antwortete sie schließlich: «Tommy, Liebster, du bist so wunderbar. Ich liebe dich auch, wirklich.»

Einen Augenblick lang saß er stocksteif da, als sei er völlig verblüfft über ihre Erklärung, dann hob er automatisch sein Glas an die Lippen. Als er die wahre Bedeutung ihrer Worte begriff, stellte er es sorgfältig auf die weiße Marmorplatte zurück, faßte sie bei den Handgelenken und zog sie zu sich herüber. Er schien vergessen zu haben, daß sie sich in einer öffentlichen Bar befanden.

«Wirklich? Wirklich!» brach es aus ihm heraus. «Dann ist ja alles gut! Wie glücklich ich bin!»

Julia beugte sich über den Tisch und gab ihm einen Kuß. Nach einer Weile sagte sie wie benommen: «Tommy, mein Liebling, mir schwirrt der Kopf vor Glück.»

«Seit wann weißt du –» begannen beide gleichzeitig und mußten lachen. Spontan hoben sie ihre Gläser, um einander zuzutrinken. Voller Überraschung merkte Julia, daß ihr Cocktail wieder köstlich schmeckte.

«Was wolltest du sagen, Tommy?» fragte Julia.

Er senkte den Blick auf ihre ineinander verschlungenen Hände und begann zögernd: «Das ist nicht einfach, Julie, schon gar nicht jetzt! Aber es muß gesagt werden. Wir können unmöglich jetzt gleich heiraten, und ich –»

«Tommy, wer hat von Heirat gesprochen?» fragte sie. «Laß uns mit dem zufrieden sein, was wir haben und uns nicht um das kümmern, was sein könnte. Ich liebe dich! Das bedeutet aber nicht, daß ich dich heiraten möchte – oder meine, es zu müssen. Auf jeden Fall nicht jetzt, und vielleicht niemals. Sprich nicht mehr von Heirat, bitte.»

«Ich fürchte, ich muß, Julie.» Er ließ ihre Hand los und lehnte sich steif zurück. «Der Anstand verlangt es. Die Haltung meiner Eltern ist ein bedeutendes Hindernis, das eines Tages sogar entscheidend sein kann. Gegenwärtig aber sieht die Sache viel einfacher aus: Ich habe keine Vorstellung, wann ich heiraten können werde. Jetzt bin ich Assistenzarzt, und dann muß ich noch jahrelang arbeiten, bis ich meinen Facharzt habe . . .»

«Mach dir bitte keine Gedanken», sagte Julia entschlossen. «Ich liebe dich, Tommy, aber ich möchte dich nicht unbedingt besitzen . . . jedenfalls noch nicht.» Sie lächelte, um ihren Worten die Schärfe zu nehmen, und fügte hinzu: «Auch für mich gibt es Schwierigkeiten. Will ich wirklich den Rest meines Lebens in China verbringen . . . selbst mit dir, Liebster? Außerdem nehme ich an, daß du von Heirat sprichst, weil du weißt, daß es mir finanziell nicht gutgeht. Aber diese Dame in Not braucht keinen fahrenden Ritter . . . Laß uns genießen, was wir haben, und hoffen, daß es möglichst lange dauert. Über die Zukunft wollen wir uns den Kopf jetzt nicht zerbrechen.»

Julia nahm seine Hand und erklärte, voller Verwunderung über ihre eigenen Worte: «Ich liebe dich so sehr. So richtig ist es mir eigentlich erst jetzt klargeworden. Tommy, sag es mir bitte noch einmal.»

22

24. August–16. September 1923

Emily Howe, die sich schon auf den Tanzabend im Columbia Country Club gefreut hatte, gab sogleich nach – was eigentlich nicht ihrer Art entsprach –, als Richard Hollings erklärte, er könne nicht mit ihr hingehen.

«In diesem Jahr müssen die ohne mich auskommen», sagte er. «Wenn du natürlich allein gehen willst . . .»

«Das würde mir keinen Spaß machen, Dick.»

Emily küßte ihn auf die Wange. Reumütig dachte sie an das überaus förmliche und öde chinesische Bankett, zu dem sie ihn mitgenommen hatte. Richard hatte Informationen erhofft und obwohl der Gastgeber T. W. Sung war, der Schwager des Präsidenten Sun Yat-sen, nichts als Langeweile geerntet. Unter diesen Umständen konnte ihm Emily unmöglich in der folgenden Woche eine ähnliche Heimsuchung amerikanischer Machart zumuten.

In Richard, das gestand sie sich ein, hatte sie ihren Meister gefunden. Er konnte beinahe ebenso gebieterisch sein wie sie – und möglicherweise noch launischer. Um des Glückes willen, das sie zusammen erlebten, nahm sie das alles in Kauf. Sie rühmte sich nicht mehr, kein Mann könne bis zu ihrem Herzen vordringen.

Obwohl Emily nicht zum Ball ging, wollte Julia Pavernen die Verabredung, die sie ursprünglich mit Harry Smythe und dessen Freunden vom konsularischen Korps getroffen hatte, nicht absagen. Tommy mußte wie gewöhnlich arbeiten. Zwar wäre ihr die Gesellschaft Elisawetas und Joshuas lieber gewesen, doch war Elisaweta von der Teilnahme ausgeschlossen, denn im Columbia Country Club, der sich viel darauf zugute hielt, alle Rassen und Religionen zuzulassen, war Frauen, deren Verhalten nicht den amerikanischen Moralvorstellungen entsprach, der Zutritt verwehrt – und worum es sich beim *Ikra* handelte, war nun einmal stadtbekannt.

Prompt fühlte sich Julia auch fehl am Platz zwischen den herausgeputzten Damen und den jovialen Herren in weißen Smokings. Sie bedauerte, daß sie gekommen war, denn zu allem Überfluß drehte sich die Unterhaltung der jungen Diplomaten an ihrem Tisch nur um Heimaturlaub, Aufwandsentschädigungen und den nächsten Auslandsposten. Zum Glück erwies sich Harry Smythe wenigstens als bemerkenswert leichtfüßiger Tänzer und sprach, wie immer, in erster Linie über chinesische Politik. Julia, der dieser Gegenstand immer wichtiger wurde, hörte aufmerksam zu und streute gelegentlich selbst eine Bemerkung ein.

«Auf Sun Yat-sen können wir nicht bauen», vertraute ihr Harry an. «Seit seiner Rückkehr nach Kanton wird er immer sozialistischer und macht das freie Unternehmertum herunter, dem er alles verdankt – seine Ausbildung, seinen Beruf und seinen Erfolg. Außerdem schmäht er alle ausländischen Mächte, selbstverständlich mit Ausnahme der Sowjetunion, als imperialistische Blutsauger. Da braut sich etwas zusammen.»

«Was hat denn diesen plötzlichen Sinneswandel bei ihm bewirkt?»

«In erster Linie wohl, daß er nicht bekommen hat, was er wollte», gab Harry zur Antwort. «Aber warum informieren wir uns nicht an der Quelle?»

Harry wies mit dem Kinn auf eine Wandnische, und als er Julia ein paar Schritte gedreht hatte, sah sie T. W. Sung in einem schwarzen Smoking. Obwohl sie seine ältere Schwester nicht kannte, Dr. Sun Yat-sens junge dritte Gattin, wußte sie sofort, daß die zierliche Frau in dem mit diamantenen Lotusblumen bestickten silbernen Tschipao die Erste Dame der im Entstehen begriffenen Republik China sein mußte. Sie thronte wie eine Königin in ihrem Sessel, von jungen Chinesen und jungen Ausländern umschwärmt, als seien es Höflinge.

Als T. W. seiner Schwester Harry voll Zurückhaltung und Julia mit mehr Wärme vorstellte, begrüßte sie beide freundlich.

«Ich hoffe, Sie werden mich bald Rosamonde nennen», sagte sie mit ihrem weichen südlichen Akzent. «Die meisten jungen Leute tun das. Schließlich bin ich nicht sehr viel älter als Sie.»

Der zweiundzwanzigjährigen Julia erschien ein Abstand von zehn Jahren als eine unüberbrückbare Kluft, auch wenn Rosamonde Sun in keiner Weise alt aussah. Nicht die kleinste Falte war in ihrem Gesicht zu sehen, und selbst als sie das Lob, das Julia ihrem Kleid gezollt hatte, mit einem Lächeln quittierte, blieb ihr Gesicht so vollkommen wie das einer bemalten Puppe.

«Das Kleid ist gar nicht neu», sagte Rosamonde Sun. «Es gehört meiner ältesten Schwester Ai-ling.»

«Das ist Madame H. H. Kung», erläuterte T. W. Sung. «Ihr Mann führt seine Ahnen in der fünfundsiebzigsten Generation in gerader Linie auf Konfuzius zurück und ist ein ganz gerissener Bankier!»

«T. W., manchmal habe ich den Eindruck, daß du nichts anderes als Stammbäume und Geld im Kopf hast», tadelte ihn Rosamonde. «Allerdings ist es schon großartig, wie du für die Sache meines Mannes Geld auftreibst.»

Julia wußte, daß T. W. Sung als Schatzmeister für Dr. Sun Yat-sens Kuomintang fungierte. Allerdings konnte sich sein persönlicher Beitrag nicht mit dem von Tommys Vater messen, den, auch das war ihr bekannt, Dr. Suns Schwenk nach links zutiefst beunruhigte. Aber auf wen sonst konnte Donald Howe seine Hoffnungen für China richten? Gewiß nicht auf die Bürgerkriegsgeneräle, die einander bekämpften wie ein Korb voll giftiger Vipern.

«Sie arbeiten also für das amerikanische Außenministerium, Mr. Smythe», sagte Rosamonde. «Wirklich schade, daß sich mein Mann an Moskau halten muß, weil Washington immer . . . nun, immer unkooperativer wird.»

«Inwiefern, Madame Sun?»

Selbst Harry Smythes naßforsche Art wurde durch Rosamondes geschickte Kombination aus Freundlichkeit und unumwundener Offenheit gedämpft. Verblüfft hörte er zu, als sie erwiderte: «Hat man Ihnen denn nicht gesagt, daß mein Mann Ihrem Land angeboten hat, Einfluß auf das Geschick Chinas zu nehmen? Erst vor kurzem hat Präsident Sun mit dem amerikanischen Außenminister über ein Abkommen verhandelt, gemäß dem Frankreich und Großbritannien unter Federführung der Vereinigten Staaten alle bedeutenden Städte Chinas militärisch besetzen und überdies Ingenieure, Richter und Professoren zur Verwaltung des Landes schicken sollten. Nach fünf Jahren hätten sich die fremden Mächte dann aus einer geeinigten, aufblühenden und demokratischen Republik China wieder zurückgezogen.»

«Hat er das wirklich ernst gemeint?» fragte Julia. «Es klingt eher nach einer verzweifelten Maßnahme.»

«Es war sein voller Ernst», antwortete die Frau des Präsidenten. «Aber der amerikanische Außenminister hat wohl geglaubt, Dr. Sun scherze oder habe den Verstand verloren. Jedenfalls sind die Vereinigten Staaten nicht auf das Angebot eingegangen.»

«Und deswegen bändelt er jetzt mit den Bolschewiken an?» fragte Harry Smythe dreist. «Ist das nicht ein bißchen gefährlich?»

«Wir haben uns immer wieder um Unterstützung durch die kapitalistischen Mächte bemüht», antwortete Rosamonde Sun, «und bekommen jetzt von der Sowjetunion die Hilfe, die wir brauchen.»

Die Kuomintang, also die Nationale Volkspartei, fügte sie hinzu, müsse ebenso zentral zusammengefaßt und straff geführt werden wie die KPdSU, sonst würden die Nationalisten nie imstande sein, die Macht der Bürgerkriegsgeneräle zu brechen und die ausländischen Imperialisten zu verjagen.

Harry zuckte demonstrativ die Schultern, womit er sowohl Ungläubigkeit wie Resignation ausdrücken wollte. T. W. übersah diese deutliche Geste, und Rosamonde konzentrierte sich auf das, was sie sagte.

«Wissen Sie beispielsweise», fragte sie, «daß im Auftrag des Präsidenten General Tschiang Kai-schek in die Sowjetunion reisen soll? Er wird mehrere Monate lang aufmerksam die Rote Armee und den Aufbau der Kommunistischen Partei studieren. Das sind für uns gute Modelle.»

Harry, dem das neu war, pfiff leise durch die Zähne und wiederholte: «Das ist ein sehr gefährliches Spiel. Wenn man den Bolschewiken auch nur den kleinen Finger reicht, werden sie die Nationalisten vernichten. Haben Sie vergessen, daß die Kommunistische Partei Chinas eine Kreatur Moskaus ist?»

«Sie *war* es, Mr. Smythe.» Rosamonde wandte ihm endlich einen Teil ihrer Aufmerksamkeit zu. «Jetzt aber sind die chinesischen Kommunisten nichts weiter als der linke Flügel der Nationalisten.»

«Wer das glaubt, dem kann man alles erzählen.»

«Wieso, Mr. Smythe? Es muß doch Moskau wie gerufen kommen, daß es ohne Umwege mit den Nationalisten zusammenarbeiten kann, die bereits über eine Armee, eine Anhängerschaft und ein Programm verfügen?» Rosamonde Sun wandte sich Julia zu und wechselte unvermittelt das Thema. «Unglücklicherweise gibt es nicht die geringste Aussicht, daß General Tschiang Kai-schek meine Schwester Mei-ling heiratet, jedenfalls nicht, solange er sich nicht taufen läßt. Meine Mutter würde das nie dulden!»

Julia fand die Werbung des Generals um Mei-ling Sung äußerst sonderbar; schließlich sah man nicht jeden Tag einen verheirateten Mann auf Freiersfüßen wandeln, als sei er gänzlich ungebunden. Aber sie hatte keine Gelegenheit, den Gedanken weiterzuverfolgen, denn erneut wechselte Rosamonde das Thema, vielleicht, weil sie ihre kleine Indiskretion bedauerte.

«Der Präsident hat mir die Aufgabe übertragen, Chinas Frauen zu mobilisieren», sagte sie zu Julia gewandt. «Ich habe große Pläne.»

«Das wird meine Freundin Emily Howe sehr interessieren. Sie möchte gern etwas gegen die Unterdrückung der Frauen tun.»

«Ach, Emily.» Rosamonde tat den Hinweis mit einer Handbewegung ab. «Ich fürchte, Emily steht ein bißchen zu weit rechts.» Begeisterung lag in ihrer Stimme, als sie fortfuhr: «Ich werde Frauengewerkschaften und Schulen zur Ausbildung von Propagandistinnen gründen. Wenn die Frauen Seite an Seite mit den Männern gekämpft haben, werden sie nach dem Triumph der nationalistischen Revolution ihre vollen Rechte einfordern dürfen.»

«Emily würde dabei gern mithelfen», sagte Julia, «und ich auch.»

«Machen Sie sich keine Gedanken um Emily», empfahl Rosamonde Sun. «Aber Sie könnten in der Tat sehr hilfreich sein. Soweit ich weiß, hat man Sie aufgefordert, an Schanghais Arbeiteruniversität Englisch zu unterrichten. Tun Sie das. Damit helfen Sie uns, für China eine ruhmreiche Zukunft zu errichten, und Sie leisten gleichzeitig einen Beitrag für die Befreiung der Frauen.»

Julia, die noch nicht sicher gewesen war, ob sie Tschang Kuo-taos Angebot annehmen sollte, spürte bei diesen Worten Begeisterung in sich aufsteigen. Gleich morgen würde sie Tommys Freund zusagen.

Harry, der keine fünf Minuten den Mund halten konnte, mischte sich wieder ein: «Madame Sun, ich stehe Ihren Zielen wirklich wohlwollend gegenüber. Aber lassen Sie mich sagen, daß Ihre Verbindung mit den Bolschewiken der größte Fehler war, den Sie begehen konnten. Die werden Sie mit Haut und Haar auffressen und dann ausspeien wie –»

«Bravo, Harry! Gib's ihr!» ertönte eine rauhe Männerstimme. «Der alte Doc Sun ist nichts mehr als ein kommunistischer Mitläufer. Wie eine Hure hat er sich den Bolschewiken an den Hals geworfen – für Geld. Und was ist dann Madame Sun, die so kunstvoll um den heißen Brei herumredet? Vielleicht die Stiefmutter dieses verdammten Landes, vielleicht noch was Schlimmeres!»

Entsetzt wandte sich Julia dem Störenfried zu. Er war klein und schmächtig, doch unter seinem schwarzen Kummerbund wölbte sich ein runder Bauch. Ein unverbindliches, gekünsteltes Lächeln lag auf seinen Lippen, aber seine hellblauen Augen blitzten. Sie erkannte den Geschäftsführer der größten amerikanischen Reederei am Ort. Seinen geröteten Wangen war anzumerken, daß er ziemlich viel getrunken haben mußte.

«Ihr Benehmen ist widerwärtig», sagte Julia kalt, «und Sie sind betrunken. Als Gast in diesem Lande wagen Sie es, die Gattin des Präsidenten zu beleidigen? Wie können Sie nur –»

«Hört euch das kleine Miststück an», sagte der Amerikaner und hob die Hand. «Wohl ein Chinesenflittchen? Man sollte Sie mal kräftig übers Knie legen!»

Er faßte sie an der Schulter, als wolle er seine Drohung wahr machen. Wortlos schlug Harry den Arm des Mannes beiseite und zog ihn fort.

Rosamonde Sun nahm kaum Notiz von diesem Zwischenfall, und Julias Zorn wich langsam wieder ihrer Bewunderung für sie. Noch nie war sie einer solchen Frau begegnet. Sie wußte, daß Madame Sun ihr ein Vorbild sein würde, solange sie in China war, und auch danach.

Noch nie war Julia Zeugin eines Streites zwischen Emily und Richard geworden, doch sie merkte es immer, wenn die beiden sich gestritten hatten. Emily war dann richtig katzenfreundlich, während Richards ohnehin schon bissiger Humor geradezu sarkastisch wurde. Wie Julia von ihrer Freundin erfahren hatte, erreichte die intensive Beziehung der beiden Höhen, die Tommy und ihr noch unbekannt waren – aber sehr oft stürzte sie sie auch in tiefste Zerstrittenheit. Nach einer dieser Auseinandersetzungen hatte ihr Emily anvertraut, daß Richard auf ihre Berufstätigkeit eifersüchtig war. Wenn ihm der Whisky die Zunge gelockert hatte, spöttelte er nicht nur über ihre journalistischen und erzählerischen Arbeiten, sondern äußerte sich auch herablassend über die Frauenbank und die Aufgabe, die Emily dort wahrnahm. Unter Anspielung darauf, daß sie Elisaweta mit Kapital für ihr «Hotel» unter die Arme gegriffen hatte, fragte er: «Was ist eigentlich wirklich das älteste Gewerbe der Frau – Hurerei oder Zinswucher?»

«Warum läßt du dir denn so etwas gefallen?» fragte Julia eines Abends ihre Freundin erregt. «Kein Mann ist es wert, daß man sich so über ihn ärgert!»

«Sag das nicht!» gab Emily zurück. «Sag das *nie*! Dick ist es auf jeden Fall wert . . . Außerdem muß er ab und zu auch etwas einstecken. Er war ganz schön wütend, als ich ihm neulich einen Knüller vor der Nase weggeschnappt habe.»

«Du ihm?»

«Als T. W. Sung in der Regierung von Kanton Finanzminister wurde, hatte der *Public Ledger* von Philadelphia den Bericht darüber vor der Londoner *Times*. Zwar war es kein welterschütterndes Ereignis, aber immerhin. Wir haben uns wieder vertragen, obwohl er nach wie vor findet, ich hätte ihm von der Sache erzählen müssen, *bevor* ich meinen eigenen Artikel abgeschickt habe. In letzter Zeit allerdings streiten wir uns hauptsächlich über die Ehe.»

«Heißt das, er will nicht heiraten?»

«Das war vor ein paar Monaten. Seit neuestem bestürmt er mich, ihn doch zu heiraten, im Prinzip jedenfalls, auch wenn wir noch kein genaues Datum für die Hochzeit festsetzen.»

«Das ist ja großartig, Emmy. Was hast du gesagt?»

«Julie, ich will zur Zeit weder Dick noch sonst jemanden heiraten. Außerdem ist er Ausländer.»

«Macht dir das immer noch zu schaffen? Ich dachte –»

«Vermutlich bin ich altmodischer, als ich selbst angenommen hatte. Es ist merkwürdig. Ich liebe ihn, das glaube ich jedenfalls, und . . . und alles andere auch. Aber die Vorstellung, ihn zu heiraten, Kinder mit blauen Augen zu bekommen! Nein, nie im Leben!»

«Mach dir darum keine Sorgen. Hast du vergessen, was wir im Biologieunterricht gelernt haben? Ihr habt beide braune Augen, und da das ein dominantes Erbmerkmal ist, könnt ihr keine blauäugigen Kinder bekommen – es sei denn, irgendeine Urahnin hat dir ein Gen für Blauäugigkeit vermacht. Eine Chinesin, die nichts gegen Ausländer hatte!»

«Sei doch nicht so empfindlich, Julie. Du weißt genau, was ich meine . . . Jedenfalls sind Dick und ich quitt. Manchmal will er nicht heiraten, und dann wieder will ich nicht.»

«Eine glänzende Grundlage für eine dauerhafte Beziehung.» Julia versuchte, mit ihrem Lachen ihren Ärger über Emilys Rassismus zu übertönen. «So könnt ihr unendlich lange weitermachen – wenn ihr euch nicht vorher gegenseitig umbringt.»

Als Julia den Schlüssel in der Tür zu ihrer Dachwohnung drehte, hatte sie das Gefühl, daß etwas Unausweichliches bevorstand. Hunderte von Malen schon hatte sie die Tür geöffnet, aber diesmal war es anders als sonst. Und sie wußte, daß auch Tommy spürte, was sie nicht zu benennen vermochte.

Auf ihren Wunsch waren sie zu einem Schaukampf mit Sumo-Ringern und Jiujitsu-Kämpfern gegangen, obwohl

Tommy nicht so recht gewollt hatte. Sie war enttäuscht, denn sie hatte sich von den Kämpfen mehr versprochen als das, was sie dann zu sehen bekam. Außerdem hatte sie der geheuchelt fröhliche Rahmen der Veranstaltung abgestoßen. Der japanische Generalkonsul hatte die Zuschauer in kaum verständlichem Englisch und ein japanischer Vizekonsul hatte sie nochmals in fließendem Schanghai-Chinesisch begrüßt. Tommy hatte sich zu Julia hinübergebeugt und hinter vorgehaltener Hand gesagt: «Alles heiße Luft. Sie beschwören die traditionelle chinesisch-japanische Freundschaft und Zusammenarbeit gegen die Ausplünderer aus dem Westen und propagieren gemeinsamen Wohlstand für alle Asiaten. Unsinn.»

«Tommy», hatte sie eingewandt, «die asiatischen Völker müssen doch an einem Strang ziehen.»

«Die Japaner wollen aber das genaue Gegenteil. Sie wollen aus China eine japanische Kolonie machen, damit sie die Rohstoffvorräte und Arbeitskräfte des Landes um so besser ausbeuten können. Es ist erst vier Jahre her, am 4. Mai 1919 war es, daß sich unter der Führung meines Freundes Tschang Kuo-tao in Peking Studenten gegen japanische Forderungen an China aufgelehnt haben. Japan ist für unser Land kein Verbündeter, sondern eine Bedrohung.»

Versuchte sie, sich selbst abzulenken von dem, was kommen würde, indem sie über den ansonsten völlig ereignislosen Abend nachdachte? Sie mußte sich eingestehen, daß sie, ohne es auszusprechen, auf dem Heimweg mehr oder weniger eine Vereinbarung getroffen hatten.

«Es ist noch früh», hatte Tommy mit einem Blick auf die Uhr gesagt. «Wollen wir nicht noch auf einen Sprung in *St. Andrew's Café* gehen und etwas trinken?»

«Ach», hatte sie geantwortet, «wir können es uns doch zu Hause gemütlich machen.»

«Und was ist mit Emmy und Dick? Ich muß sagen, daß ich mich heute abend weder meiner energischen Schwester noch Hollings gewachsen fühle.»

«Keine Sorge. Sie sind zur Kirche gegangen, und es dauert bestimmt Stunden, bis sie zurückkommen.»

«Dick Hollings in der Kirche? Das ist ja etwas ganz Neues!»

«Nicht um zu beten», lachte Julia. «Elisaweta hat sie in die orthodoxe Kirche eingeladen, zu einer Versammlung, bei der es um die Sache der Weißrussen geht. Sie macht sich Sorgen wegen der vielen russischen Flüchtlinge, die herkommen. Emmy und Dick hoffen, daß für sie da ein Bericht abfällt.»

«Gut! Ich liebe meine Schwester wirklich, aber heute abend kann ich gut auf sie verzichten.»

«Ich verspreche dir, daß wir allein sein werden.»

An diese Unterhaltung mußte Julia denken, während Tommy die Tür aufstieß. Ihr war klar, daß sie ihm weit mehr versprochen hatte als Ungestörtheit.

Ihre Nerven waren zum Zerreißen gespannt, aber es war ein angenehmes Gefühl. Ihre Sinne waren übernatürlich geschärft, und sie sah Tommy ungewohnt deutlich, als stehe er im Licht von Scheinwerfern.

Sie mußten, merkte sie plötzlich, schon lange so reglos hinter der Tür gestanden und einander angestarrt haben. Der Zauber, der sie band, hinderte sie daran zu reden, und ihr Stillschweigen besiegelte ihr Einvernehmen.

Seine Hände legten sich leicht auf ihre Schultern, und noch immer sah er sie unverwandt an. Dann zog er sie überaus langsam und behutsam zu sich heran und küßte sie leicht auf die Lippen. Der Zauber wurde stärker, und sie drängte sich an ihn. Dann trat sie einen Schritt zurück und nahm ihn bei der Hand. Sie wollte ihn in ihr Schlafzimmer führen, doch mitten in der Bewegung hielt sie inne. Zwar wußte sie, was sie sich so sehnlich wünschte, aber sie war einen Moment lang unsicher, ob auch er es wirklich wollte.

Noch einen Augenblick lang hielt Tommy ihre Hand, dann zog er sie wieder an sich. Als er sie diesmal küßte, hatte sie keinen Zweifel mehr. Sie gab ihm einen sanften Kuß auf die Wange, schlang ihm dann die Arme um den Hals und küßte ihn voller Verlangen. Als sie merkte, daß die Arme, mit denen er sie hielt, zitterten, flüsterte sie kaum hörbar: «Wir haben lange genug gewartet, Liebling! Viel zu lange!»

Die Abenddämmerung des 16. September senkte sich wie eine Wohltat auf die Stadt. Mit raschem Schritt ging Tommy Howe auf dem Heimweg vom Krankenhaus durch die beginnende Herbstkühle und hoffte, damit den Ätherdunst und den Geruch der Desinfektionsmittel zu vertreiben. Seine Gedanken beschäftigten sich mit dem herrlichen Sommer, der gerade zu Ende ging.

Die wohlvertrauten Straßen lagen im letzten Schein des Tages da, und einzelne Sonnenstrahlen verzauberten die Hausfassaden. Offenbar wußten Dichter mehr als Neurologen: Die Liebe war tatsächlich imstande, das Wahrnehmungsvermögen zu verändern. In so unirdischer Schönheit wie jetzt hatte er Schanghai noch nie erlebt.

Er ruhte zufrieden in seiner Liebe zu Julia. Trotz ihrer unverändert schwierigen finanziellen Lage war sie fröhlich. Beide wußten, daß sie nicht so rasch heiraten würden, wenn überhaupt jemals, aber sie wußten auch, daß sie einander liebten.

Die körperliche Vereinigung hatte ihre Liebe besiegelt. Es kam ihnen jetzt ganz natürlich, ja geradezu unvermeidlich vor, daß sie miteinander schliefen. Julia hatte es anfangs als angenehm empfunden, später geradezu als Ekstase. Doch vor allem sahen sie einander in einem gänzlich neuen Licht.

Die einzige Schwierigkeit bestand darin, daß Julia, ob das nun unvernünftig sein mochte oder nicht, jetzt nicht mehr zuließ, daß Tommy die Miete für die Dachwohnung bezahlte. Merkwürdigerweise war ihre einzige einträgliche Tätigkeit – Joshua Haleevie hatte sie ihr vermittelt – politisch gesehen ihrer ehrenamtlichen Lehrtätigkeit an der Arbeiteruniversität gerade entgegengesetzt. Sie bekam fünfzig Dollar Mex im Monat dafür, daß sie chinesischen Zollbeamten am Maritime Customs College Englisch beibrachte. Diese Einrichtung stützte den Status quo und damit die korrupte Pekinger Regierung und den Imperialismus der ausländischen Mächte.

Tommy wich einer Rikscha aus, zu langsam, weil er seinen Gedanken nachhing. Die Deichsel traf ihn an der Hüfte, und der Zauber war gebrochen.

Es war ein wunderbarer Sommer gewesen, dachte Tommy, während er seine schmerzende Hüfte rieb, aber bald würde er endgültig vorüber sein. Obwohl er nicht abergläubisch war, befürchtete er, auf so großes Glück werde unweigerlich eine schlechte Zeit folgen. Wer, so fragte Tommy sich, würde die unvermeidliche Zeche zahlen müssen?

II
Begegnungen
1926–1927

23

8. März 1926

Der Mann rückte seinen Uniformrock zurecht, schloß den braunen Ledergürtel, wischte sich die schweißnassen Handflächen an der Reithose ab, ordnete seine Wickelgamaschen und wußte doch, daß er die Sache nicht länger hinauszögern konnte. Seine Befürchtungen unterdrückend klopfte er an die Tür zum Vorzimmer.

Wenn er nur an dem Adjutanten mit dem stechenden Blick vorbeikam, war alles in Ordnung. Man hatte ihm versichert, der General sei viel zu sehr mit Fragen der Strategie beschäftigt, als daß er eine Gefahr wittern könnte.

Glücklicherweise plauderte der Adjutant, der die goldene Crysantheme eines Majors auf den Schulterklappen trug, mit einem hochgewachsenen Offizier, den zwei Chrysanthemen als Oberstleutnant auswiesen. Letzterer wirkte, sah man von diesem Rangabzeichen ab, mit seiner schwarzen Hornbrille und dem unmilitärisch langen Haar, das ihm fast bis auf den Kragen fiel, wie ein Zivilist. Der Adjutant hob den Blick und sah, wie jeden Morgen, daß ein Bursche die prall gefüllte lederne Aktentasche des Generals brachte. Er nickte in Richtung auf das Büro, und ohne anzuklopfen öffnete der Mann die Tür mit der Aufschrift OBERKOMMANDIERENDER DER NATIONALEN VOLKS-REVOLUTIONSARMEE UND KOMMANDANT DER MILITÄRAKADEMIE WHAMPOA.

General Tschiang Kai-schek hob den Blick, irritiert durch

die Störung. Als er sah, um was es sich handelte, wandte er sich wieder dem Geheimdienstbericht zu, an dem er arbeitete, sah dann erneut auf und fragte: «Sie sind neu, nicht wahr? Wo ist Wang?»

«Ihm geht es nicht besonders. Er hat mich gebeten, Ihnen an seiner Stelle die Papiere zu bringen.»

«Na schön», sagte der General. «Nein, die Tasche nicht auf den Tisch.»

«So hat Wang es mir gesagt.»

«Stellen Sie sie einfach ans Tischbein, da habe ich sie besser zur Hand», wies ihn der General an. «Sie können gehen. Ich habe keine Zeit zu vergeuden.»

Während der Bursche den Befehl ausführte, strich er über den Deckel der Tasche, als wollte er ihn glätten. Dabei zog er einen haarfeinen Draht aus dem Messingschloß. Als sich die Tür hinter ihm schloß, hatte der General die Störung schon beinahe vergessen, so tief war er in seinen Plan versunken, die Nation unter der Führung der Kuomintang, der Nationalen Volkspartei, zu einigen.

Die Nationale Revolutionsarmee sollte bald ihre Stellungen in Kanton im tiefsten Süden des Landes verlassen, um die erste Etappe ihres Feldzugs nach Norden hinter sich zu bringen. Das Ziel war Peking, die Nördliche Hauptstadt, doch bevor man es erreichen konnte, mußten die Bürgerkriegsgeneräle geschlagen werden, die nach wie vor den größten Teil des Landes beherrschten. Trotz aller Schwierigkeiten war Tschiang Kaischek voller Zuversicht; der Sieg schien ihm sicher.

Unter den an der Militärakademie von Whampoa ausgebildeten Offizieren der Revolutionsarmee gab es sowohl Kommunisten wie auch Nationalisten. Die Sowjetunion unterstützte das Vorhaben durch Munitionslieferungen und Geld. Überdies hatte sie hinter der Fassade der Komintern einen Amerikaner russischer Abstammung namens Michail Borodin als obersten Berater der Nationalisten nach Kanton geschickt. Zwar war die Revolutionsarmee den Streitkräften der Bürgerkriegsgeneräle an Zahl weit unterlegen, aber das einzige moderne Heer Chinas war gut bewaffnet und diszipliniert und wurde klug geführt. Alles sprach für ein Gelingen des Plans.

Doch seit der Meuterei von 1922, in deren Verlauf sich Präsident Sun Yat-sen genötigt gesehen hatte, auf einem Kanonenboot Zuflucht zu suchen, war Kanton ein schwieriger Standort. In erster Linie steckten nach Tschiang Kai-scheks Ansicht die Kommunisten dahinter. Solche Probleme hatte er schon vor Jahren vorausgesehen, als die Nationalisten im Ikra mit ihnen das erste Abkommen ausgehandelt hatten.

Erst vor einer Woche hatten seine Leibwächter eine Gruppe kommunistischer Attentäter gerade in dem Augenblick niedergeschossen, als sie ihre Pistolen gegen ihn erhoben. Auch diesen jüngsten Versuch, ihn aus dem Weg zu schaffen, betrachtete Tschiang Kai-schek als Beweis seiner ständig zunehmenden Macht. Offensichtlich sahen die Kommunisten in ihm das Haupthindernis für ihren Plan, die nationale Revolution zu ihrer Sache zu machen und allein die Macht über China zu gewinnen.

Mit Attentatsversuchen hatte er leben müssen, seit der sogenannte Christliche General Feng Yü-hsiang ihm damals ein Mordkommando auf den Hals geschickt hatte, als er den Empfang zu Donald und Eurydice Howes dreißigstem Hochzeitstag verließ. Beim Gedanken an diesen Zwischenfall fiel ihm ein, daß Donald Howes Sohn Thomas, Oberstleutnant der Sanitätstruppe, mit ihm hatte sprechen wollen. Nun, der junge Mann würde eben warten müssen, bis sein kommandierender General Zeit für ihn hatte. Tschiang Kai-schek ging seinen Plan noch einmal durch und versuchte abzuschätzen, welche Rolle in dem komplizierten politischen und militärischen Drama, das sich in China abspielte, so mächtigen Männern wie dem Kriegsherrn General Feng Yü-hsiang zukam.

Angewidert verzog sich sein breiter Mund. Der Christliche General war, was seine Bündnistreue betraf, ebenso unzuverlässig wie in seinen religiösen Überzeugungen. Zur Zeit wurde er von seinen eigenen Verbündeten, den anderen Bürgerkriegsgenerälen, belagert, weil er sie verraten hatte. Er hatte seine Truppen im Stich gelassen und war nach Moskau geeilt, um dort Hilfe zu erbitten. Und wie gewöhnlich spielten die Russen alle Beteiligten gegeneinander aus.

Feng Yü-hsiang bedeutete für Tschiang Kai-schek also keine unmittelbare Gefahr. Wohl aber bereitete ihm der Erzverschwörer Borodin, der Hauptagent der Komintern, große Sorge. Auch dieser Mann war verschwunden, vielleicht nach Moskau, um von dort aus ein neues Komplott gegen ihn zu schmieden. Borodin, der weder Mitglied der Kuomintang noch der Kommunistischen Partei Chinas, ja, nicht einmal Chinese war, hatte inzwischen größeren Einfluß auf die nationale Revolution als jeder andere – außer Tschiang Kai-schek selbst.

Der kommandierende General schüttelte den Kopf und tadelte sich selbst, weil er seine Gedanken hatte abschweifen lassen. Er nahm einen neuen Bambuspinsel zur Hand und fuhr fort, den Geheimdienstbericht zu kommentieren, der vor ihm lag.

Kanton, die Metropole des Südens, war ebenso störrisch wie der Widder in ihrem Stadtwappen – und überdies in geradezu schizophrener Weise gespalten.

Das Ufer des Perlflusses beherrschten westliche Bauten; doch wenn man vor dem Postamt stand und den Blick über den Fluß schweifen ließ, sah man, wie sich die Dampffähren den Weg nach Hongkong durch Tausende fest vor Anker liegender Sampans bahnen mußten, auf denen ganze Familien ebenso lebten wie ihre Vorfahren ein volles Jahrtausend zuvor. In der Metropole stank es immer nach Abfällen und verfaulendem Gemüse, dennoch eiferte man ihrer Küche auf der ganzen Welt nach. Hinter den Fassaden moderner Kaufhäuser standen von Geheimbünden und örtlichen Kriegsherren betriebene Opiumhöhlen in voller Blüte.

Die Revolution hatte einen roten Schimmer über die Stadt gebreitet. Leuchtendrote Spruchbänder spannten sich über mittelalterlichen Gäßchen, und von antiken Tempeln hingen blutrote Banner mit feurigen Parolen. Die wenigen Autos in der Stadt waren hohen Offizieren der Kriegsherren vorbehalten, deren Leibwächter sich auf den Kotflügeln lümmelten, sowie «Persönlichkeiten der Revolution». Diese erkannte man an den roten Halstüchern, die sie über dem Jackettkragen trugen. Kanton war die einzige Großstadt Chinas, in der die Kommunisten offen auftreten konnten. Vor den Büros des Provinzausschusses der Kommunistischen Partei hingen rote Girlanden, wie auch vor den Fenstern der zahlreichen Gewerkschaftsbüros und der von den Kommunisten beherrschten «Massenorganisationen».

Wie Napoleon, dessen Feldzüge er schon als Kadett an der Militärakademie von Tokio studiert hatte, besaß Tschiang Kai-schek die Fähigkeit, mehrere Dinge gleichzeitig zu tun. Er hatte gleichzeitig den Geheimdienstbericht durchgearbeitet und sich in Gedanken mit der Lage in der Stadt Kanton beschäftigt. Außerdem hatte er, wie er jetzt merkte, seinen Gesamtplan fertig. Erkennbar mit sich zufrieden, las er seine kurze Zusammenfassung noch einmal durch:

> «Die Russen sind wichtig. Sie stellen Waffen, Geld und Rat zur Verfügung. Lediglich auf ihren Rat könnten wir verzichten.
>
> Daher muß ich Borodin dulden. Die Kommunistische Partei Chinas dagegen brauche ich nicht.
>
> Sie versucht, uns Nationalisten mit ihrer Heimtücke aufzuspalten, indem sie den militärischen vom politischen Bereich trennt. Sie besudelt meinen Ruf und umschmeichelt die Zivilbeamten der Nationalen Regierung.
>
> Letzten Endes muß ich sowohl die zivile als auch die militärische Gewalt an mich bringen. Der kommunistischen Bedrohung muß ich unverzüglich entgegentreten. Ich kann die Kommunisten jetzt noch nicht aus der Kuomintang hinausdrängen, das könnte uns Moskau entfremden, von dem wir unsere Mittel beziehen. Aber ich muß gegen die roten chinesischen Verschwörer losschlagen, sobald ich dafür einen plausiblen Vorwand finden – oder schaffen – kann.»

Befriedigt darüber, daß er die Schwierigkeiten, die es zu lösen galt, klar formuliert hatte, legte Tschiang Kai-schek seinen

Schreibpinsel beiseite. Aber er durfte keine Zeit damit vertrödeln, sich selbst zu beglückwünschen. Sein Zeigefinger bewegte sich auf den Klingelknopf unter dem Schreibtisch zu; er wollte jetzt Dr. Howe hereinrufen. Ein beunruhigender Gedanke ließ ihn innehalten.

Es kam gelegentlich vor, daß sich sein Bursche von einem Freund vertreten ließ, wenn es ihm «nicht besonders» ging. Das war immer dann der Fall, wenn er am Vorabend zuviel getrunken hatte. Aber der Mann, der heute die Tasche gebracht hatte, war ihm irgendwie sonderbar erschienen.

Woran mochte das liegen? Richtig, der Mann hatte stark geschwitzt, obwohl der Märzmorgen recht frisch war und er seinem Akzent nach eindeutig aus dem warmen Süden stammte.

Leise lachte Tschiang Kai-schek vor sich hin. Anscheinend wurde er selbst nervös und fing an, sich Gefahren einzubilden. Vielleicht war der Mann bis vor kurzem im Norden gewesen, vielleicht war er auch erkältet oder hatte einen Kater. Ein Dutzend harmloser Erklärungen bot sich an.

Wenn er die Sache aufbauschte, würde er sich nur lächerlich machen. Außerdem mußte er vor seinen Leuten unbedingt als furchtloser, dem Tod trotzender Führer auftreten. Entschlossen drückte er auf den Klingelknopf.

Während er wartete, überlegte Tschiang Kai-schek, was er aus Berichten seiner Agenten, aus Mei-ling Sungs Briefen und von seinem Schwurbruder, dem Grünen Drachen, Oberster Herr der Geheimgesellschaft vom Schleusentor, über den jungen Mann wußte. Dr. Thomas Tan-se Howe war eng mit dem Kommunistenführer Tschang Kuo-tao befreundet, sein Vater hingegen gehörte zu den wichtigeren Förderern der Nationalisten, und seine Schwester Emily vertrat in ihren Artikeln die nationalistische Sache. Also mußte er etwas Nachsicht mit dem jungen Mann haben, den die Geheimpolizei der Nationalisten längst für verdächtig hielt und stillschweigend «beseitigt» hätte, wäre er nicht der Sohn seines Vaters.

Tommy hatte sich im Januar 1926 freiwillig im Hauptquartier Kanton gemeldet, um an der Expedition in den Norden teilzunehmen. Zu seiner Verwunderung war er im Rang eines Obristen eingestellt worden. Tschiang Kai-schek hatte gelacht über Tommys Bedenken und seinen Wunsch, als einfacher Feldscher in einem Infanteriebataillon zu dienen. Schließlich hatte er ihm angeboten: «Wenn Sie darauf bestehen, degradiere ich Sie zum Divisionschirurgen im Rang eines Oberstleutnants. Aber nicht darunter – wir haben nicht genug Ärzte.»

Tommy hatte ihm gedankt, und General Tschiang Kai-schek hatte sich den Vorfall genau eingeprägt. Welcher politischen Fehleinschätzung der junge Howe auch erlegen sein mochte, er war ein Mann von Ehre. Indem er einen höheren Rang ausgeschlagen hatte, um eine gefährlichere Stellung anzutreten, hatte er wahre konfuzianische Mannestugend bewiesen.

Als Tommy in das Büro trat, beeindruckte ihn sogleich wieder die Ausstrahlung der Persönlichkeit seines Oberkommandierenden, die mit einer überlegenen Intelligenz einherging. Tschiang Kai-schek dagegen sah in dem zehn Jahre jüngeren Tommy Howe den Prototypen eines chinesischen Intellektuellen: klug, leidenschaftlich und naiv. Billigend nahm er zur Kenntnis, welche Mühe sich sein Besucher gab, älter und verantwortungsbewußter zu wirken. Dazu bediente er sich einer geschwungenen Meerschaumpfeife, einer Hornbrille und einer abgewetzten Arzttasche.

Obwohl Tommy, die Schirmmütze unter dem linken Arm, zackig grüßte, war deutlich zu erkennen, daß er eben doch ein Zivilist in Uniform war; ihm ging die automatenhafte Gestik eines Berufsoffiziers völlig ab.

Zwar war er nach wie vor sehr schlank, doch seit jenem Abend, an dem ihn Tschiang Kai-schek vor einigen Jahren flüchtig als Donald Howes jüngsten Sohn kennengelernt hatte, war er breiter geworden und auch in den zwei Monaten seit seiner Ankunft in Kanton erkennbar gereift. Es war bekannt, daß er viel Mühe darauf verwandt hatte, den Sanitätsdienst der Nationalen Revolutionsarmee aufzubauen.

«Nehmen Sie Platz, Howe», forderte ihn der General auf, «und sagen Sie mir, was Sie zu mir führt.»

Tommy öffnete seine Tasche, nahm einen großen Umschlag mit Donald Howes Siegel heraus und übergab ihn dem Oberkommandierenden. «Mein Vater hat diesen Brief durch einen ... äh ... vertrauenswürdigen Menschen hierher übermitteln lassen und mich angewiesen, ihn sogleich an Sie weiterzuleiten.»

«Wenn Ihr Vater sagt, daß es wichtig ist, öffne ich ihn sofort.»

Der General goß Tommy Tee ein und füllte seine eigene Tasse nach, bevor er den Umschlag mit dem Bajonett aufschlitzte, das auf dem Tisch bereitlag. Trotz seiner strengen Selbstbeherrschung lief ein Lächeln über seine Züge, als er den kleinen Umschlag herausnahm, der in die Falten von Donald Howes umfangreicher Mitteilung geschoben war. Wie es die Pflicht gebot, legte er Mei-ling Sungs Brief beiseite, um den Donald Howes zu überfliegen.

«Ihr geschätzter Herr Vater empfiehlt Sie meiner Fürsorge», sagte er schließlich. «Er hofft, daß Sie unbeschadet zurückkehren, sobald die Expedition in den Norden beendet ist. Er würde sich freuen, wenn ich Ihre Dienste schon vorher entbehren könnte.»

«Die verständliche Sorge von Eltern», antwortete Tommy auf den versteckten Tadel. «Aber ich weiß, daß ein Soldat dort dient, wohin er gestellt wird – bis man ihn ablöst.»

«Ich denke, Ihre Tätigkeit als Divisionsarzt wird Ihrem Vater gefallen. Aber auch ein Divisionshauptquartier kann bombardiert oder gestürmt werden.»

«Ja.» Tommy begriff, was unausgesprochen hinter dieser Aussage stand: Keinesfalls würde der General einen einflußreichen Förderer seiner Sache vor den Kopf stoßen. Andererseits ließ er sich aber auch nicht in seine Entscheidungen hineinreden. «Mir wäre eine Aufgabe in einem Regiment oder Bataillon nach wie vor lieber.»

«Ich habe Ihnen bereits gesagt, daß ich nicht so viele Ärzte habe, als daß ich sie Bataillonen zuweisen könnte. Jetzt sagen

Sie mir, Howe, was hört man aus Schanghai? Was hat Ihnen dieser vertrauenswürdige Mensch berichtet, der den Brief Ihres Vaters hergebracht hat?»

Tommy zögerte nur einen kurzen Augenblick. Zwar hatte er gelernt, daß vollständige Offenheit oft fehl am Platz war. Zu seinem kommandierenden General aber konnte er gewiß offen reden.

«Alles steht zum besten», erwiderte er. «Inzwischen arbeiten Nationalisten und Kommunisten in Schanghai angeblich reibungslos zusammen, und die Führer beider Gruppen haben sich in jüngster Zeit regelmäßig im sowjetischen Konsulat getroffen.»

«Was, nicht mehr in dem Edelpuff, diesem *Ikra*?» unterbrach ihn Tschiang Kai-schek. «Berichten Sie mir über die Zusammenkünfte.»

«Da gibt es nicht viel zu sagen», begann Tommy. «Allerdings ist es eigentümlich, daß sich Chinesen in einem ausländischen Konsulat treffen müssen, um in Sicherheit zu sein. Aber so ist das nun einmal in Schanghai, nicht wahr? Zuerst haben die gemäßigten Nationalisten den Kommunisten mißtraut. Durch die gemeinsamen Besprechungen aber wachsen beide zu einer einigen, starken Kraft zusammen . . .»

Tschiang Kai-schek unterdrückte seinen Ärger. Er selbst umwarb vor allem die gemäßigte Gruppe innerhalb seiner Nationalen Volkspartei. Da er in letzter Zeit ausschließlich mit Kanton beschäftigt gewesen war, waren ihm die Anbiederungsversuche der Kuomintang bei den Kommunisten in Schanghai gänzlich aus dem Blick geraten.

Tommy, der spürte, daß dem General nicht gefallen würde, was er jetzt zu sagen hatte, fuhr fort: «Da wäre noch ein Punkt. Der . . . äh . . . Überbringer des Briefes würde Sie gern begrüßen. Sofern Sie einen freien Augenblick haben . . .»

«Nicht eine Sekunde, Howe», gab Tschiang Kai-schek scharf zurück. «Wer ist das überhaupt?»

«Ehrlich gesagt, es handelt sich um eine Dame. Sie wartet in meinem Wagen. Wenn Sie ein wenig Zeit hätten . . .»

«Ich verstehe.» Der General grinste breit. «Tut mir leid,

aber ich kann Ihnen heute nicht dabei behilflich sein, Ihre kleine Freundin zu beeindrucken.»

«Mit Verlaub, meine kleine Freundin ist sie nicht!» Tommy ließ sich nicht beirren. «Sie ist Ausländerin, und –»

«Unter keinen Umständen! Ich habe keine Zeit mit Ausländern zu verschwenden – und mit Ausländerinnen schon gar nicht.»

«Sie ist nicht nur eine Freundin meiner Schwester Emily», fuhr Tommy uneingeschüchtert fort, «sondern auch von Mei-ling Sung.»

Der Ausdruck des Zornes verflog, und der General sagte: «Wenn das so ist, bringen Sie sie herein, aber nur kurz.»

Als sich die Tür hinter Tommy schloß, bewegte sich General Tschiang Kai-scheks Hand auf Mei-ling Sungs ungeöffneten Brief zu. Er zog sie zurück, als sei der Umschlag glühend heiß. Zuerst die Arbeit, mahnte er sich, die Arbeit hatte immer Vorrang. Die Lageberichte bedurften seiner Aufmerksamkeit. Er schwang sich in seinem Drehsessel herum und griff nach der Aktentasche, die an einem der Schreibtischbeine lehnte. Als er den Griff schon fast in der Hand hatte, überlegte er es sich ganz gegen seine Gewohnheit anders.

Die Lageberichte mußten warten, bis er verdaut hatte, was ihm Donald Howe aus Schanghai mitzuteilen hatte. Vielleicht konnte er sich sogar einen kurzen Blick in Mei-lings Brief gestatten, bevor er die Aktentasche öffnete. Der Jasminduft war verführerisch – und ihre Briefe lohnten die Lektüre immer. Zuerst aber las er erneut den entscheidenden Schlußabsatz in Donald Howes Brief:

> «Wir sehen auf Sie, General, als den Oberkommandierenden der Streitkräfte. Die Zivilbeamten der Regierung sind schwach und unsicher. Hier in Schanghai steht es nicht zum besten. Studenten und Arbeiter schließen sich unter Führung der Kommunisten gegen die Kapitalisten zusammen. Die Geschäftsleute fürchten, daß es damit zu neuen Angriffen auf ihre Rechte und ihren Besitz kommt. Wir verlassen uns darauf, daß Sie solche Angriffe verhindern.

Selbstverständlich stehen dafür zusätzliche Mittel zur Verfügung.»

Tschiang Kai-schek verzog das Gesicht und rieb sich den Nacken. Er war es müde, beständig die Nationale Revolution gegen die Attacken der Kommunisten verteidigen zu müssen. Es war höchste Zeit für einen Gegenangriff gekommen.

Jetzt endlich erlaubte sich der disziplinierte Soldat eine Ablenkung. Ungeduldig öffnete er mit dem Daumennagel den nach Jasmin duftenden Umschlag, der Mei-ling Sungs Ideogramme enthielt. Ihr Brief endete:

«Geschätzter General, Sie müssen bald losschlagen. Wir können nicht zulassen, daß die Ereignisse an uns vorübergehen. Ihr Geschick steht auf dem Spiel. Auch unsere Zukunft, Ihre und meine. Meine Mutter wird unter keinen Umständen zulassen, daß ich einen Niemand heirate. Wir müssen einander würdig sein!»

Diese Worte ließen ihn förmlich erstarren. Alles, was man ihm mitteilte, lief auf dieselbe Schlußfolgerung hinaus: Er mußte *sofort* einen Schlag gegen die Verschwörungen der Kommunistischen Partei Chinas führen. Es ging nicht mehr um die Frage, was zu tun war, sondern darum, wie es zu tun war. Womit sollte er seinen Gegenangriff rechtfertigen? Wann und wo genau gegen die Kommunisten losschlagen?

Er gestattete sich, Mei-lings Brief noch einmal durchzulesen, bevor er sich den Berichten über den Gesundheitszustand seiner Truppen, ihre Ausbildung und die Vorräte zuwandte. Er beugte sich vor, um die prall gefüllte Aktentasche aufzuheben, als ihn ein Gedanke durchfuhr: Ganz gleich, ob Krieg oder Revolution herrschte, ein chinesischer Herr war es sich schuldig, Besucher mit der gebotenen Gastfreundschaft zu empfangen, und so ließ er frischen Tee und süße Kuchen für die mit Mei-ling befreundete Ausländerin kommen.

Als Tommy klopfte, erhob sich Tschiang Kai-schek hinter

seinem massiven Schreibtisch. Seine Würde ließ nicht zu, daß er selbst öffnete, aber zumindest würde er seinen Besuchern auf halbem Weg entgegengehen. Er rief «Herein!» und wartete neben einem Tischchen mit einer Intarsienarbeit aus Perlmutt, das von einigen Sesseln mit weißen Leinenbezügen umgeben war.

Der Anblick der Ausländerin überraschte ihn. Irgendwie hatte er sie sich hochgewachsen und staksig vorgestellt; statt dessen war sie klein und wohlgerundet. Sie war wohl etwa in Mei-lings Alter, obwohl sich das bei Ausländern nur schwer schätzen ließ. Ihr Haar, das gerade bis zu den Schultern reichte, hatte einen sanften rötlichen Schimmer. Ihr gelbes Seidenkleid lag so eng an, daß er sich unwillkürlich fragte, ob sie überhaupt etwas darunter trug. Aber Ausländerinnen waren eben kühn bis an die Grenze der Schamlosigkeit.

Julia klammerte sich an ihre Handtasche, als wäre sie ein Rettungsring, und kam sich alles andere als kühn vor. Sie selbst hatte Tschiang Kai-schek gar nicht sehen wollen, aber Tommy hatte ihr erklärt, sie dürfe die Gelegenheit keinesfalls vorübergehen lassen, vielleicht für ihren Onkel John etwas tun zu können. Sie hatte einen strengen Mann erwartet, aber der General lächelte ihr freundlich zu und bot ihr zuvorkommend einen Sessel an.

«Ich hoffe, Sie mögen den Tee», sagte er. «Er wächst an den Hängen über meinem Heimatdorf.»

«Er ist köstlich», sagte sie, «und irgendwie kommt er mir bekannt vor. Könnte es sein, daß ich ihn schon einmal –»

«Vielleicht bei den Sungs? Ich schicke ihnen immer ein paar Pfund vom Besten . . . Sie haben den Brief . . . äh . . . von Mr. Howe überbracht?»

«Und den von Mei-ling.» Es war Julia klar, daß er keinesfalls offen nach der Frau fragen würde, die er zu heiraten hoffte. «Es geht ihr ausgezeichnet; sie ist das blühende Leben. Aber Sie fehlen ihr.»

«Oh!» gab Tschiang Kai-schek zur Antwort. «Sehr gut! Ich danke Ihnen.»

Julia war zwar entschlossen, dem General zu gefallen, mußte aber doch lächeln über die Ironie, die darin lag, daß sie die Romanze zwischen zwei Menschen förderte, die sie nicht besonders mochte. Mit der kühlen und selbstsüchtigen Meiling Sung wurde sie nicht richtig warm, und der General stand für nahezu alles, was sie an der Arbeiteruniversität von Schanghai hassen gelernt hatte. Unter seiner revolutionären Maske sah sie den ehrgeizigen Reaktionär, der den fortschrittlichen Kräften im Weg stand.

Julia hatte sich gern bereit gefunden, Botendienste für den kommunistischen Apparat zu übernehmen. Sie gab auch weiter, was sie in den exklusiven Kreisen der Ausländer in Schanghai erfuhr, etwa über die Taktik der Polizei, wenn sie gegen die Streiks vorging, die seit zwei Jahren Schanghai und das übrige China in Unruhe versetzten. Den Kommunisten war ihre Mithilfe willkommen, und sie hatten ihr politisches Bewußtsein geschärft. Überdies hatte sie sich, weil Tommy so lange fort war, über einen neuen Freundeskreis gefreut.

Natürlich sah sie ein, daß Tommy seine medizinische Ausbildung beenden mußte, bevor er ans Heiraten denken konnte. Außerdem eilte es ihnen beiden nicht damit, obwohl Julia inzwischen sechsundzwanzig war. Und nach wie vor war es eine offene Frage, ob Tommys Eltern einer solchen Verbindung zustimmen würden. Eigentlich hätte Tommy nur noch zwei weitere Jahre im Allgemeinen Krankenhaus von Schanghai arbeiten müssen, bevor er sich als Facharzt niederlassen konnte. Jetzt aber hatte er sich der Revolutionsarmee angeschlossen und damit seine berufliche Zukunft auf unabsehbare Zeit in Frage gestellt.

Tschiang Kai-scheks Stimme riß Julia aus ihren Gedanken. In mühseligem Schanghai-Chinesisch fragte er: «Und was führt Sie nach Kanton, Miss Pavernen?»

«Außer Tommy», antwortete sie, «wollte ich die Hauptstadt der Revolution sehen. Und da mein Onkel hier geschäftlich zu tun hatte . . .»

«Was für Geschäfte sind das?»

«Er handelt mit Waffen, Kommandant.»

Es war deutlich zu sehen, daß ihm diese Anrede gefiel. «Soso, Waffen.»

«Leichte Maschinengewehre, Mörser und Sturmgewehre, Kommandant.»

«Interessant», sagte Tschiang Kai-schek, «ich brauche einen neuen Lieferanten, möchte nicht auf die Russen angewiesen sein. Wie bald könnte er liefern, wenn –»

Das Schnarren des Telefons unterbrach ihn. Sein Adjutant erinnerte ihn daran, daß er in zwei Minuten eine Verabredung mit Kommissar Tschou En-lai habe.

Er überlegte kurz und beschloß, seinen kommunistischen Verbündeten nicht warten zu lassen. Das würde nur dessen Verdacht erregen, denn Tschiang Kai-schek war in diesem unpünktlichen Land für seine Pünktlichkeit bekannt. Tschou En-lai würde sich fragen, woran es lag, wenn er zu spät kam. Drei Jahre der Zusammenarbeit hatten den Sinn des einen für die Besonderheiten des anderen geschärft.

«Ich lasse bitten», sagte Tschiang Kai-schek also in den Hörer und wandte sich dann an seine Gäste: «Sie haben Glück. Mein politischer Ausbildungsleiter kommt gerade her. Ein kommunistischer Genosse namens Tschou En-lai.»

Obwohl er sich um ein Lächeln mühte, als er den Namen nannte, spie er ihn aus wie eine faule Frucht. Julia aber war tief beeindruckt, als der junge Mann hereinkam. Obwohl erst achtundzwanzig Jahre alt, hatte er bereits einen weitreichenden Ruf als brillanter Unterhändler und Propagandist. Eine solch bezwingende Persönlichkeit mit so ausdrucksvollen Augen hatte sie jedoch nicht erwartet. Sie fand ihn auf Anhieb sympathisch.

«Ich habe von Ihnen gehört», sagte Tschou En-lai zu Julia, «und zwar nur Gutes. Schade, daß die Imperialisten die Arbeiteruniversität von Schanghai geschlossen haben. Man schätzte Ihre Arbeit dort sehr.»

«Sie ist nichts im Vergleich zu Ihrer Arbeit, Kommissar», antwortete sie.

«Ich bitte Sie. Daß ich die Revolutionsarmee ausbilde, dient demselben Zweck wie Ihre Lehrtätigkeit. Wir fördern an der Akademie von Whampoa das politische Bewußtsein unserer Kadetten und zeigen unseren Aktivisten, wie sie die Moral des

Gegners unterminieren können. Wir mobilisieren Schauspieler und Schriftsteller, Journalisten und Musiker, sogar Plakatkleber, alles um –»

«Manche Leute können nur über Politik reden», unterbrach Tschiang Kai-schek ärgerlich die gegenseitigen Schmeicheleien. «Kommen wir zu praktischeren Dingen. Sagen Sie, Miss Pavernen, was für Waffen kann Ihr Onkel liefern?»

«Amerikanische Sturmgewehre, Herstellungsjahr 1917, Kommandant», schnurrte Julia sogleich herunter, obwohl seine schroffe Art sie bestürzte. «Und Maschinengewehre, Fabrikat Browning, wassergekühlt.»

«Ich nehme zweihundert davon», entschied der General. «Der Preis muß zwar stimmen, ist aber nicht ausschlaggebend. Sie können doch prompte Lieferung garantieren?»

Julia überlegte gerade, welchen Liefertermin sie angeben sollte, als sich Tschou En-lai einmischte: «Kommandant, ich dachte immer, daß Waffenkäufe erst nach Billigung durch die –»

«Hören Sie, Kommissar, wir wollen unsere Besucherin nicht mit Einzelheiten unserer Militärverwaltung langweilen.» Tschiang Kai-scheks Tadel klang zuckersüß. «Außerdem nehme ich zehntausend Sturmgewehre, immer vorausgesetzt, daß Sie prompt liefern können.»

«Die Preise hängen selbstverständlich von der Menge und der Lieferzeit ab», sagte Julia aufs Geratewohl. «Außerdem davon, wieviel Munition und –»

«Ich bin kein Krämer! Ich feilsche nie!» Vielleicht erklärte Tschiang Kai-scheks Verachtung für den Handel sein Versagen sowohl als Kaufmann wie als Börsenmakler. «Besprechen Sie die Einzelheiten mit meinem Sekretär.»

Kommissar Tschou En-lai tat Julia fast leid, obwohl er sich bestimmt seiner Haut wehren konnte. Tschiang Kai-schek hatte ihn ganz bewußt lächerlich gemacht. Der General war ein Mann, in dem sich Unvereinbares erstaunlich mischte: Höflichkeit und Überheblichkeit, Diplomatie und Unbeholfenheit, Großmut und Herzlosigkeit. Offenkundig war es sein erklärtes Ziel gewesen, Julias Wertschätzung für Kommissar

Tschou zu verringern, indem er ihn vor ihr demütigte. Statt dessen aber fühlte sie sich zu dem jungen Kommunistenführer hingezogen, der ihr tief in die Augen gesehen hatte, als er ihre Arbeit an der Arbeiteruniversität pries.

Äußerlich unbewegt erhob sich Tschou En-lai und sagte: «General, ich muß gehen. Ich möchte Ihre Gäste nicht mit langweiligen Verwaltungsangelegenheiten vergraulen. Vielleicht später . . . Miss Pavernen, Oberst Howe, wenn Sie mich bitte entschuldigen wollen, ich habe zu tun. Es war mir ein Vergnügen, Sie kennenzulernen.»

Nachdem sich die Tür hinter ihm geschlossen hatte, bemerkte Tschiang Kai-schek: «Ist er nicht reizend? Aber ein Soldat – nie im Leben! Sollte man glauben, daß dieser junge Springer Vorsitzender des Militärausschusses der Kommunistischen Partei Chinas ist? Zumindest ist er ein Gentleman, ganz im Gegensatz zu diesem Tölpel Mao Tse-tung. Der hat nichts im Kopf als seine Bauern, aber auf die kommt es gar nicht an.»

Der Gesichtsausdruck des Generals wandelte sich, als er Julia fragte: «Sagten Sie wassergekühlte Brownings? Sind an denen Veränderungen möglich? Verschießen sie Munition vom Kaliber sieben Komma neun?»

«Die technischen Einzelheiten sind mir nicht geläufig, Kommandant», antwortete Julia. «Da muß ich meinen Onkel fragen. Ich kann Ihnen heute nachmittag Bescheid geben, ob –»

«Spielt keine Rolle. Ich habe alles hier, was ich brauche.» Tschiang Kai-schek erhob sich, schritt durch den Raum, stellte sich vor den Schreibtisch und blätterte in den Papieren, die darauf lagen.

«Ich weiß genau, daß ich es hier hatte», sagte er. «Wenn die Leute doch aufhören wollten, ständig in meinen Papieren herumzuwühlen . . .»

Wieder schlug seine Laune übergangslos um. Er ließ krachend die Faust auf den Schreibtisch sausen und sagte: «Wenn doch nur . . . Ach, hier ist es ja. Einen Augenblick, gleich werden wir es genau –»

Unvermittelt hörte er auf zu sprechen und neigte den Kopf.

Er konnte die Aktentasche nicht sehen, deren Lage durch den Schlag auf den Schreibtisch verändert worden war, aber er hörte ein Zischen und warf sich übergangslos mit dem Gesicht nach unten auf den Teppich, die Hände über dem Nacken gefaltet. Julia überlegte, ob seine seltsamen Launen womöglich auf irgendwelche schweren Verhaltensstörungen zurückzuführen seien.

«Deckung!» rief der General. «Ein Sprengsatz!»

Blitzschnell packte Tommy Julia bei den Schultern, stieß sie zu Boden und warf sich auf sie. In der Stille hörte sie das leise Zischen des Zünders, das den General alarmiert hatte.

Eine Sekunde später schien sich der große Raum in die Luft zu heben. Grelles Licht blendete sie, und die Druckwelle der Explosion traf sie mit voller Wucht.

24

12. März 1926

«Eine sonderbare Mission für eine junge Dame!» rief Richard aus. «Willst du damit sagen, daß *du* Tschiang Kai-schek dazu überredet hast, diesen ganzen Haufen Waffen zu kaufen? Du ganz allein?»

Emily ärgerte sich über die Herablassung, die Richard wieder einmal an den Tag legte, und hob mißbilligend die Augenbrauen. Sie sagte aber nichts, um Julias Geschichte nicht zu unterbrechen.

«Onkel John hatte mich gebeten, ihm zu helfen, und das habe ich getan», sagte Julia. «Tommy nennt ihn einen Floh im goldenen Hemd des Kapitalismus. Ich weiß durchaus, was von ihm zu halten ist, aber er ist mein Onkel und war immer sehr gut zu mir. Ganz davon abgesehen, daß mir die Provision für den Abschluß hochwillkommen ist.»

«Und das ging wirklich so einfach, wie du sagst?» fragte

Emily. «Du bist einfach zu Tschiang Kai-schek reingetänzelt, hast ein bißchen den Rock gehoben, und er hat den Kaufvertrag unterschrieben?»

«Nun, ganz so einfach nicht», gab Julia zu. «Tommy hat mir einen Termin verschafft und . . .»

Julia war nach einer langen Bahnreise gerade erst in Schanghai eingetroffen. Als sie um sechs Uhr abends die Dachwohnung an der Kiukiang Road betreten hatte, war sie überrascht gewesen, Richard Hollings dort vorzufinden, der sich, einen Whisky-Soda in der Hand, auf dem kleinen Sofa räkelte. Gewöhnlich hielt er sich um diese Zeit in den Räumen der *North China Daily News* auf. Julia war noch immer verwirrt und erregt von den Tagen in Kanton und hatte ihm und Emily unbedingt sofort erzählen müssen, was sie dort erlebt hatte.

«So war das also», schloß sie, nachdem sie berichtet hatte, wie Tschiang Kai-schek um ein Haar der Detonation zum Opfer gefallen wäre. «Tommy war großartig. Er hatte selbst einen tiefen Schnitt im Arm, aber er hat sich zuerst um den General gekümmert, dem das Blut aus einer Kopfwunde über das Gesicht lief. Der Splitter hätte ihn beinahe das Augenlicht gekostet. Ich habe mich fast geschämt, daß mir nichts passiert ist. Tommy hat mich gedeckt, aber das sagte ich ja schon.»

«Und woher stammte die Bombe?» fragte Richard.

«Das hat man später festgestellt», antwortete Julia. «Ein Mann, der sich als Vertreter von Tschiang Kai-scheks Burschen ausgegeben hat, muß sie in die Aktentasche getan haben. Den richtigen Burschen hat man mit durchschnittener Kehle auf der Latrine gefunden.»

«Nach dem Zischen zu urteilen, von dem du erzählt hast, war es wohl keine Zeitbombe?» erkundigte sich Richard.

«Ich kenne mich mit den technischen Einzelheiten nicht so gut aus», gab Julia zur Antwort, obwohl das nicht stimmte. «Es dürfte eine Art Säure gewesen sein, die sich durch irgendeine Hemmschicht – einen Holzpfropf oder so etwas – durchfressen mußte, bis der Zünder die Detonation auslöste. Zusätzlich war die Bombe mit einem Schwingungssensor versehen, damit sie sich nicht ohne weiteres entschärfen ließ. Durch den

Faustschlag auf den Tisch hat der General den Sensor aktiviert.»

«Und wenn er am Tisch gesessen hätte . . .» sagte Richard.

«Wäre es mit ihm aus gewesen», vollendete Julia seinen Satz. «Das müßte doch ein gefundenes Fressen für euch Neuigkeitenjäger sein. General Tschiangs wundersame Rettung, meine ich.»

Emily sagte nichts, aber Richard erklärte: «Leider kann ich damit nichts anfangen. Für die *Times* ist die Sache zu alt und abgestanden. Möglicherweise wäre sie was für den *Boston Globe*, aber . . .»

«Und was ist mit den *North China Daily News*?» fragte Julia. «Die müßten sich doch alle Finger danach lecken.»

«Für Zeitungen, die in chinesischer Sprache erscheinen, ist das sicher eine großartige Geschichte», meldete sich Emily zu Wort, «aber bei den *News* wird Dick sie nicht mehr los.»

«Ich bin gefeuert», stieß Richard hervor. «Wie ein Bürolehrling, der in die Portokasse gegriffen hat.»

«Dick, das kann doch nicht sein», sagte Julia. «Du warst doch glänzend im Geschäft! Ich dachte . . . wir alle dachten . . . du würdest demnächst stellvertretender Chefredakteur. Und jetzt das? Nach allem, was du für die *News* getan hast?»

«*Wegen* allem, was ich für die *News* getan habe, Julie», gab Richard zur Antwort. «Der Herausgeber hat mir mitgeteilt, ich sei für das Blatt wegen meiner prochinesischen Einstellung nicht mehr länger tragbar.»

«Ich kann es nicht glauben», sagte Julia. «Sicher, die *News* waren schon immer ein Bollwerk des Imperialismus und Kapitalismus, aber trotzdem . . .»

«Ich hätte es mir denken müssen», erklärte Richard. «Losgegangen ist das schon, als ich vor drei Jahren über den Machtkampf der Bürgerkriegsgeneräle im Norden berichtet habe. Die *Times* hatte mich damals hingeschickt, weil ihr ständiger Korrespondent Heimaturlaub hatte. Leider ist dann aus dem ganzen Krieg nichts Rechtes geworden . . .»

Die Auseinandersetzung zwischen den größten Heeren, die je auf Chinas Boden einander gegenübergestanden hatten, hatte nicht stattgefunden. Wu Pei-fu, der Gelehrte General, der die Eisenbahnergewerkschaft zerschlagen hatte, verteidigte Peking mit einem modern ausgerüsteten Marinegeschwader und nahezu zweihunderttausend Mann. Sein Hauptverbündeter war Feng Yü-hsiang, der käufliche Christliche General. Ihr Gegenspieler war der Beherrscher der Mandschurei, Dschang Dso-lin, der Alte Marschall. Er gebot über eine Art Luftwaffe, Weltkriegsflugzeuge mit leinwandbespannten Sperrholzrümpfen. Geflogen wurden sie zwar von ausländischen Piloten, doch unterstanden sie dem Kommando seines Sohnes Dschang Hsü-liang, den man den Jungen Marschall nannte. Die Japaner hatten mit Geschützen, Munition und gut ausgebildeten Artillerieeinheiten die Streitkräfte der Mandschurei unterstützt.

«Jeder rechnete fest mit einem Krieg», sagte Richard. Immerhin hatten die Japaner den Alten Marschall gehörig angestachelt. Wahrscheinlich glaubten sie, daß sie schlimmstenfalls einfach nach dem Kampf die Reste würden einsammeln können. Es kam aber alles anders.»

Der Christliche General, der insgeheim gleichfalls mit den Japanern im Bunde war, hatte sich nämlich hinter dem Rücken seiner Konkurrenten in den Besitz des Zankapfels Peking gebracht. Und wer diese umkämpfte Stadt besaß, hatte die Macht im Land inne.

«Es war eindrucksvoll», erinnerte sich Richard, «wie Wu Pei-fu in seinen Sonderzug gestiegen und verschwunden ist. Damit war der Krieg dann doch sehr schnell zu Ende.»

Der Christliche General, ein ausgekochter Ränkeschmied, hatte den Alten Marschall aus der Mandschurei zusammen mit dem Präsidenten der Republik Kanton, Sun Yat-sen, zu einer Konferenz nach Peking eingeladen. Die Japaner, die nicht nur hinter dem Staatsstreich des Christlichen Generals standen, sondern auch den Alten Marschall mit Waffen versorgt hatten, bestärkten nun Sun Yat-sen in seinem Glauben, es werde ihm möglich sein, alle miteinander verfeindeten Parteien unter seiner Führung zu einen.

Als Sun Yat-sen nach Peking aufbrach, hatte er im Gespräch

mit seiner Frau Rosamonde durchblicken lassen, daß die bevorstehenden Verhandlungen möglicherweise den Feldzug nach Norden überflüssig machen würden. Auch wenn er selbstverständlich mit der Nationalen Revolutionsarmee drohen würde, könne er auf friedlichem Weg erneut Präsident eines geeinten Chinas werden.

«Eine wahre Tragödie», sagte Emily, «daß er seinen Triumph nicht mehr erleben durfte. Er stand so kurz vor dem Ziel.»

«Ja, fast wie Moses», fügte Julia hinzu, «der auch das Gelobte Land nur von ferne sehen und nicht betreten durfte.»

«Wie mein Herausgeber zu Moses steht, weiß ich nicht», lachte Richard, «jedenfalls war er nicht mit dem zufrieden, was ich damals über Sun Yat-sen geschrieben habe. Und wenn ich noch so lange darüber nachdenke, ich weiß nicht, wie ich es hätte anders machen sollen. Und kaum hatte er Silvester 1924 sein Hotelzimmer in Peking bezogen, gaben die Ärzte sich dort die Türklinke in die Hand. Da mußten sich doch die Gerüchte überschlagen.»

Ende Januar 1925 war Sun Yat-sen an der Medizinischen Hochschule von Peking, wo Tommy Howe studiert hatte, operiert worden. Doch sein Leberkrebs war schon zu weit fortgeschritten. Dr. Suns Sterben zog sich lange hin. Seine Anhänger – und alle, die insgeheim seine Nachfolge anstrebten – versammelten sich in Peking. Nur General Tschiang Kai-schek blieb auf seinem Posten in Kanton. Zwei der Männer, die Dr. Suns Sterbebett umlagerten, waren von besonderer Bedeutung: Michail Borodin, der Beauftragte der Komintern, und Wang Tsching-wei, Tschiang Kai-scheks einziger Rivale um die Führung in Kanton. Beide bekamen von dem sterbenden Präsidenten, was sie wollten: Wang Tsching-wei formulierte dessen Abschiedsbotschaft, in der er die Nationalisten ermahnte, die Revolution fortzuführen – unter seiner Führung, wie Wang Tsching-wei selbstverständlich annahm. Michail Borodin dagegen entwarf einen offenen Brief an Moskau, in dem es unter anderem hieß, China werde gemeinsam mit der Sowjetunion auf eine Weltrevolution hinarbeiten. Nachdem

Dr. Sun diese Dokumente unterzeichnet hatte, ließ man ihn sterben.

Im Tode gelang ihm dann die Eroberung Pekings, die er sein ganzes Leben hindurch vergeblich angestrebt hatte. Drei Wochen lang lag er in der Verbotenen Stadt aufgebahrt, während ihm Hunderttausende die letzte Ehre erwiesen. Die Flagge der Nationalisten, die zum erstenmal in Peking wehte, bedeckte auch seinen Sarg. Unaufhörlich ertönten aus Lautsprechern, die in den Bäumen aufgehängt waren, Aufnahmen seiner Ansprachen.

Bei der Beisetzungsfeier, zu der Menschen aus allen Bevölkerungsschichten zusammenkamen, hatten die Polizeikräfte der Bürgerkriegsgeneräle machtlos und untätig der Demonstration zusehen müssen, die sich gleichermaßen gegen die Imperialisten wie gegen die Kriegsherren wandte. Dieses eine Mal konnten sie sie nicht gewaltsam unterdrücken.

«Wie hätte ich anders über ein so bewegendes Ereignis berichten sollen?» fragte Richard Hollings. «Einige wenige Stunden lang stand China so einig hinter Dr. Sun, wie er es sich sein Leben lang erträumt hatte. Ich habe einen ganz objektiven Bericht verfaßt, aber als ich wieder hier war, gab man mir bei den *News* zu verstehen, daß solche prochinesischen Äußerungen unerwünscht seien. Der Herausgeber hat mich sogar als Bolschewikenfreund bezeichnet, was nun wirklich lächerlich ist. Damals bin ich mit einer Ermahnung davongekommen. Ein Gutes hatte die Sache: T. W. Sung war sehr beeindruckt. Da er in Harvard studiert hat, kennt er in Boston Gott und die Welt und hat mich beim *Boston Globe* eingeführt, und der zahlt gut.»

«Aber warum haben sie dich dann bei den *News* so lange behalten?» wollte Julia wissen. «Die Sache liegt doch zwei Jahre zurück.»

«Vielleicht hätte ich auf die Ermahnungen hören sollen», sagte Richard. «Mein Artikel über den Zwischenfall vom 30. Mai vorigen Jahres hat meinen Untergang wohl besiegelt. Möglicherweise habe ich es nur der Großmut des Herausgebers zu verdanken, daß er mich erst jetzt, Monate später, vor die Tür setzt. Vermutlich war meine Hauptsünde, daß ich Schanghai dem Ausland gegenüber nicht hinreichend herausgestrichen habe.»

Während sich Richard seinen Erinnerungen überließ, mußte Julia an ihre eigene Rolle in dem sich lange hinschleppenden Konflikt zwischen den ausländischen Herren Schanghais und der chinesischen Bevölkerung der Stadt denken, der schließlich zum Massaker vom 30. Mai geführt hatte. Als im Frühjahr 1925 die Kommunisten, um es den Ausländern zu zeigen, über dem von Chinesen beherrschten Bezirk Tschapei rote Fahnen hißten, hatte Tommy Julias Begeisterung nicht teilen mögen. Wohl bewunderte er die Kommunisten, insbesondere Tschang Kuo-tao, aber er fürchtete, daß sie die Arbeiterbewegung rücksichtslos manipulierten.

«Das ist kein Sonntagsausflug einer Pfadfindergruppe», hatte er Julia gewarnt, die für seinen Geschmack viel zu tief in die Sache verstrickt war. «Noch hat die Stadtverwaltung nicht auf rote Agitatoren schießen lassen – aber das kann bald kommen.»

«Ich leiste doch nur Botendienste», erwiderte sie. «Ich bin wirklich nur ein ganz kleiner Fisch.»

Unerschrocken diente sie weiterhin als Kurier und lieferte den militanten Kommunisten Informationen, die ihnen für ihre Streikaktionen nützten. Es war für die Verschwörer von besonderer Bedeutung, daß Julia Zutritt zu Ausländerkreisen hatte, die ihnen verschlossen waren. Rachel Haleevies *jour fixe* im Jade-Haus hatte soviel Zulauf wie eh und je, und es gab dort genügend mächtige Männer, die sich der jungen, attraktiven Amerikanerin gegenüber völlig offen äußerten.

In der letzten Maiwoche wurden Arbeiter und Intellektuelle für Streiks gegen Fabriken in japanischem Besitz mobilisiert. Erleichtert darüber, nicht selbst das Ziel der Aktion zu sein, sahen die anderen Ausländer zu, wie Streikende und Studenten mit Spruchbändern durch die Stadt zogen und antijapanische Parolen riefen. Chinesische Polizisten gewährten ihnen freien Durchzug durch die Straßen, denn auch ihnen waren die überheblichen Japaner verhaßt. Sie sahen auch tatenlos zu, als ausgesperrte Arbeiter die Tore einer Baumwollfabrik aufbrachen, die von ihren japanischen Betreibern stillgelegt worden war, weil andere bestreikte Betriebe kein Rohmaterial mehr liefern konnten.

Mit Hämmern und Brechstangen gingen die Eindringlinge auf die Maschinen, die Webstühle und Spindeln los. Als sie der Aufforderung japanischer Ordnungskräfte, die sie mit gezogener Waffe vom Werksgelände vertreiben wollten, keine Folge leisteten, feuerten diese in die Menge. Sieben Arbeiter wurden getroffen; einer von ihnen starb inmitten der zerstörten Maschinen.

Tommys Freund Tschang Kuo-tao bekam in Kanton ein dringendes Telegramm vom Zentralkomitee der Kommunistischen Partei: *Rückkehre sofort um neue Welle von Unruhen zu lenken Stop Es gilt Märtyrer zu nutzen.* Am 27. Mai, noch bevor er eintraf, organisierte die Arbeiteruniversität von Schanghai eine Massendemonstration gegen die japanischen Mörder und verabschiedete eine Resolution mit dem Ziel, *alle* Ausländer mit Gewalt aus der Stadt zu vertreiben.

Jetzt war die Geduld der Behörden erschöpft. Sie nahmen mehrere Studentenführer fest und mobilisierten das Freiwilligenkorps – zu Richard Hollings großem Mißvergnügen. Da er dem Korps angehörte, mußte er nun tatenlos herumsitzen, statt über die schlimmste Krise berichten zu können, die Schanghai seit Jahrzehnten erlebte, denn das Korps mußte in der Kaserne auf den Einsatzbefehl warten.

Am Samstag, dem 30. Mai 1925, einem Tag, an dem sich Regen und Sonnenschein ständig abwechselten, beobachteten Julia und Emily die Demonstranten auf der Nanking Road, die die Freilassung der festgenommenen Studentenführer forderten. Obwohl die Demonstration friedlich verlief, hatten die Polizeibeamten, die den Zugang zur Polizeiwache Laodse an der Guitschou Road bewachten, Angst. Mehrere Studenten, die gegen Ausländer gerichtete Parolen riefen, winkten fröhlich, als sie Julia erkannten. Zugleich schwangen sie ihre Transparente, auf denen stand: BRECHT DIE MACHT DER IMPERIALISTEN! VERTREIBT DIE AUSLÄNDER!

Nachdem die Polizei die Menge mehrfach vergeblich aufgefordert hatte, sich zu zerstreuen, ordnete der zuständige Inspektor die Festnahme der Rädelsführer an. Drei Studenten wurden auf die Wache gebracht, und eine Welle von Demonstranten folgte ihnen in die Wache.

Durch die offenen Fenster konnte der Inspektor hören, wie die Agitatoren auf der Straße antiimperialistische Parolen schrien. In der engen Wachstube verlangten weitere Agitatoren die Freilassung der Gefangenen. Als Polizeibeamte die Eindringlinge vertrieben, verschwanden die Gefangenen mit ihnen.

Voll Jubel darüber, daß es ihnen gelungen war, der ausländischen Polizei ein Schnippchen zu schlagen, strömte die Menge friedlich zur Nanking Road zurück. Zwei junge Männer erzählten Julia und Emily unterwegs lachend, was auf der Polizeiwache vorgefallen war.

Mit einemmal tauchte ein Trupp von dreißig ausländischen Polizisten in der Nanking Road auf, die die Besatzung der Polizeiwache verstärken sollten. Mit munteren Sprüchen neckten die Demonstranten sie und faßten spielerisch nach ihren Waffen. Grimmig zogen die Polizisten ihre Schlagstöcke, um die Angreifer zurückzutreiben.

In diesem Augenblick schlug die Stimmung in der Menge unvermittelt um. Sie drängte zurück zur Polizeiwache Laodse, die zwanzig Jahre zuvor schon einmal vom chinesischen Mob niedergebrannt worden war, und rief: «*Scha yang guei-tse! Scha!* . . . Tod den fremden Teufeln! Tötet sie!»

Die Postenkette vor der Wache drohte von der Menge zurückgedrängt zu werden. Da gab der Inspektor den Männern den Befehl, ihre Karabiner zu entsichern. Seine letzte Warnung an die Demonstranten ging im Geschrei unter. Der Inspektor war entschlossen, eine erneute Erstürmung der Polizeiwache zu verhindern und gebot seinen Männern, auf die Menge anzulegen.

Für die Menschen waren diese Befehle unhörbar.

«Feuer!» schrie der Inspektor. «Feuer!»

Zweiundzwanzig Karabiner wurden abgefeuert, und noch

bevor der Inspektor es verhindern konnte, fuhr auch eine zweite Salve in die Menge.

Auf die Nanking Road legte sich eine entsetzte Stille. Sie schien eine Ewigkeit zu dauern – und löste sich doch schon nach wenigen Momenten in angstvolle Schreie und die Fußtritte Tausender auf, als sich die Demonstranten zur Flucht wandten.

Zwölf blieben auf der nassen schwarzen Straße liegen. Julia und Emily, die in einem tiefen Hauseingang Zuflucht gesucht hatten, sahen, wie sich ihr Blut schillernd mit dem Pfützenwasser mischte.

Binnen fünf Minuten war die Nanking Road menschenleer. Bald darauf näherten sich die Männer des Freiwilligenkorps; ihre Bajonette blitzten in der Sonne. Inmitten der unheimlichen Stille brachten sie ihre Maschinengewehre in Stellung.

Julia ließ Emilys Hand los, die sie die ganze Zeit fest gedrückt hatte. Als sie sich ihrer Freundin zuwandte, sah sie, daß deren Schultern bebten und ihr Tränen in den Augen standen. Tiefbewegt wollte Julia sie umarmen.

«Faß mich nicht an!» brach es aus Emily heraus, die den Blick nicht von den auf dem Pflaster liegenden Toten lösen konnte. «Ausländerin! . . . Sieh doch nur, was ihr Ausländer angerichtet habt!»

«Und weißt du was?» Richards Stimme holte Julia in die Gegenwart zurück. «Lange habe ich Emily glühend darum beneidet, daß sie am 30. Mai als Augenzeugin dabei war.»

«Ja, bei einem Massaker. Und ich habe nie verstanden», sagte Emily, «wieso du mir übelgenommen hast, daß ich in deinem Namen den Bericht darüber an die *Times* und den *Boston Globe* geschickt habe.»

«Das weißt du ganz genau – weil du ihn vorher an den *Philadelphia Ledger* geschickt hattest. Mit der *Times* und dem *Globe* verdiene ich immerhin meinen Lebensunterhalt, während du für den *Ledger* nur zum Vergnügen schreibst.»

«Tu doch nicht so von oben herab», gab Emily zurück. «Vergnügen! Es geht um mein Land, meine Heimat, und du –»

Julia wollte einen Streit zwischen den beiden vermeiden und sagte rasch: «Die Unruhen sind noch nicht vorüber – und der Protest gegen den Imperialismus wird immer größer.»

Sie wußte, wovon sie sprach, denn sie hatte es in Kanton gerade selbst erlebt. Der Zwischenfall vom 30. Mai hatte sich tief ins Bewußtsein der Menschen eingegraben. Alle Ausländer waren jetzt das Ziel des Volkszorns. Die Mitgliederzahlen der Kommunistischen Partei Chinas und der Kuomintang wuchsen sprunghaft an, während liberale Kräfte im Ausland bereits laut über einen Rückzug aus Schanghai nachdachten. Der von Tommys Freund Tschang Kuo-tao geleiteten Kampagne, die das Opfer der Märtyrer vom 30. Mai propagandistisch verwertete, war anfänglich ein ebenso spektakulärer Erfolg beschieden wie dem Generalstreik in Schanghai.

Für Julia war es ein schmerzhafter Schlag gewesen, als die Behörden die Arbeiteruniversität von Schanghai mit der Begründung geschlossen hatten, sie sei eine Kaderschmiede unpatriotischer Agitatoren. Der darauf folgende Streik hatte alle im Besitz von Ausländern befindlichen Fabriken und Werkstätten in Schanghai gelähmt. Nicht einmal die fremdsprachigen Zeitungen hatten erscheinen können. Als dann auch die Zollschule ihre Pforten schloß, war Julia erneut ohne Einkommen. Lastenkulis und Ladearbeiter stellten ihre Tätigkeit ein, keine Rikscha fuhr mehr; der Handel kam vollständig zum Erliegen.

Demonstrationen gab es immer wieder; beständig wurden die Ausländer in Sketchen, Kabarett- und Theaterszenen angegriffen, die auf offener Straße dargestellt wurden. Da patriotisch gesinnte Kapitalisten wie Donald Howe solche Schauspieler und die patriotische Presse unterstützten, hörte Anfang September die von den Briten betriebene Elektrizitätsgesellschaft auf, deren Häuser und Betriebe mit Strom zu versorgen. Ende September war der Generalstreik vorbei.

Eine Woche später ging in Schanghai alles wieder seinen gewohnten Gang. Das Wirtschaftsleben war hektisch wie eh und je. Die Millionäre wurden immer reicher, und die Armen arbeiteten für ihren Hungerlohn härter als zuvor. Doch weder

Nationalisten noch Kommunisten ließen in ihrem Kampf gegen den Imperialismus der ausländischen Mächte nach.

«Es sollte mich nicht wundern», sagte Emily, «wenn es bald wieder zu Unruhen käme.»

«Genau das hat mein Chef auch gesagt, als er mich rausgesetzt hat», sagte Richard. «Der alte Narr glaubt tatsächlich, daß die Nationalisten alle Ausländer abmurksen wollen.»

«Nicht alle, Dick», sagte Emily, «ein paar lassen wir übrig, um uns mit ihnen zu amüsieren.»

Richard lächelte säuerlich und fuhr fort: «Er hat behauptet, so gut informiert wie ich könne nur sein, wer als Agent der chinesischen Bolschewiken tätig sei. Einen Roten aber wolle er auf seiner Gehaltsliste nicht haben.»

«Was wirst du jetzt tun, Dick?» erkundigte sich Julia. «Du mußt doch nicht etwa zurückfahren?»

«Ich schlage mich schon durch», gab er zur Antwort. «Ich habe etwas auf die hohe Kante gelegt, und hin und wieder fällt ja auch ein Artikel für die *Times* und den *Globe* ab. Eine Weile kann ich mich damit hoffentlich über Wasser halten!»

25

15. März–16. April 1926

An diesem hellen, sonnigen 15. März 1926 war Gräfin Elisaweta Alexandrowna Jawalenka der Verzweiflung nahe. Sie hatte entdeckt, daß sie Opfer einer Verschwörung war, die das *Ikra* bedrohte.

Bisweilen kam sie sich weit älter vor als siebenundzwanzig Jahre, weil sie schon so viele Dinge erlebt hatte. Das Hotel war ihr ganzer Stolz – und ihr Trost, denn es ersetzte ihr auch die Familie. Sie beschäftigte dort einige russische Flüchtlinge, die kochten, kleinere Reparaturen ausführten, als Nachtwächter tätig waren und ihr gewissermaßen als Höflinge dienten. Zwar

war sie fest davon überzeugt, daß sie Joshua Haleevie auf ihre Weise liebte – leben konnte sie indes ohne ihn, aber nicht ohne das *Ikra*. Und nun war gerade das in Gefahr.

Das aufwendig ausgestattete Etablissement erforderte zu seinem Unterhalt einen großen finanziellen Aufwand, obwohl die Zahl seiner Besucher rasch abnahm. Am schlimmsten war, daß ihre russischen Geldgeber ihr von einem Tag auf den anderen den Kredit gekündigt hatten. Sie waren nicht mehr auf den unauffälligen Zugang zu den Privaträumen des *Ikra* angewiesen, seit Peking die Sowjetunion anerkannt und den Bolschewiken das russische Konsulat in Hunggu übergeben hatte. Dort trafen jetzt chinesische Kommunisten und Nationalisten mit den Agenten der Kommunistischen Internationale zusammen – unbeobachtet und vollkommen sicher.

Endlich hatte Elisaweta begriffen, was für eine Törin sie über Jahre hinweg gewesen war. Nicht Weißrussen hatten das *Ikra* unterstützt, sondern die Bolschewiken. Jetzt verlangten sie die sofortige Rückzahlung eines horrenden Betrags: hunderttausend Dollar Mex, also etwa fünfzigtausend US-Dollar. Sie war Joshuas Rat gefolgt und hatte dem Beauftragten der Bolschewiken, der sich als Diamantenhändler ausgab, mitgeteilt, sie denke nicht daran, auch nur eine Kupfermünze herauszurücken. Als Antwort hatte er ihr mit nach wie vor lächelndem Gesicht Vergeltung angedroht.

Außerdem mußte sie auch der Frauenbank noch fünfundsiebzigtausend Dollar Mex ordnungsgemäß zurückzahlen. Sie war eine Geschäftsfrau und konnte es sich keinesfalls leisten, ihre Schulden mit aristokratischer Herablassung zu behandeln.

In jenen schrecklichen Tagen war Joshua ihre einzige Stütze. Er hätte alles für sie getan – und damit auch für das *Ikra*. Aber Geld nahm sie von ihm nicht.

Und das Geld sollte nicht einmal ihre einzige Sorge bleiben. Bei einem Mittagessen erzählte ihr Joshua, der mächtige amerikanische Generalsekretär des Rates von Schanghai habe ihm berichtet, England wie auch die Vereinigten Staaten bedrängten die Verwaltung der internationalen Stadt, sie möge die

Prostitution verbieten. Kirchenvertreter beider Länder hätten sich entsetzt von den Berichten gezeigt, die Missionare über die Ausschweifungen und das Laster in Chinas ausländischer Enklave mit in die Heimat gebracht hatten.

«Ebensogut könnte man Eßstäbchen verbieten», spottete Elisaweta. «Im einen wie im anderen Fall würde Schanghai zusammenbrechen.»

«Der Druck kommt direkt aus dem Weißen Haus und aus der Downing Street», sagte Joshua, «also wird die Stadtverwaltung irgend etwas unternehmen *müssen.*»

«Und was? Will sie etwa per Dekret Tugendhaftigkeit zur Bürgerpflicht erklären?»

«Nun, man hat sich da schon Gedanken gemacht.»

Damit bezog sich Joshua auf einen Plan, der vorsah, daß ausgelost werden sollte, welche der angeblich über sechshundert Bordelle in Schanghai als erste zu schließen seien. Zweifellos würde auf eine erste Lotterie bald eine zweite folgen, und so weiter. Man hoffte wohl, die Gemüter im Ausland mit der Meldung beruhigen zu können, daß regelmäßig Freudenhäuser geschlossen würden.

Elisaweta nahm diese Mitteilung besorgt auf. Sie wußte, daß sie sich Feinde gemacht hatte, und konnte jeden Freund nur zu gut brauchen.

«Meinst du, die Sache ließe sich so beeinflussen, daß das Ikra ungeschoren davonkommt?» fragte sie.

«Wohl kaum. Aber es eilt den Behörden mit der Sache nicht sonderlich. Sie müssen zwar die puritanischen Miesepeter zufriedenstellen, aber das Ganze wird Jahre dauern.»

Trotz seiner optimistischen Worte war es Joshua klar, daß das *Ikra* gefährdet war. Die Schließung eines Bordells, das von einer Ausländerin betrieben wurde, würde den Missionaren besonders gefallen. Ihm lag zwar selbst in keiner Weise daran, das *Ikra* zu retten, denn es stand zwischen ihm und der Zuneigung seiner Geliebten. Würde es geschlossen, war sie vielleicht doch bereit, ihn zu heiraten. Doch er fühlte sich zugleich verpflichtet, ihr in jeder möglichen Weise zu helfen.

Überdies mußte er noch immer den Widerstand seiner

Eltern gegen eine Verbindung überwinden, die in ihren Augen eine offenkundige Mesalliance war. Elisaweta würde sich keinesfalls damit einverstanden erklären, daß er sich von den Eltern lossagte. Sie hatte ihm unumwunden klargemacht, keinen Habenichts zum Ehemann haben zu wollen.

Was würde sie wohl, überlegte er, zu der glänzenden Partie sagen, zu der ihn seine Mutter beständig zu drängen versuchte? Würde eine solche Ehe nicht seine Beziehung zu Elisaweta zerstören? Er war vierunddreißig Jahre alt, und es war höchste Zeit für ihn zu heiraten. Doch niemals, das wußte er, würde er die lebhafte Elisaweta aufgeben können, die allein imstande war, seine Anfälle von Schwermut zu vertreiben, von denen er auch noch acht Jahre nach Kriegsende heimgesucht wurde.

Insgesamt erwies sich der März als sehr günstig für Elisaweta. Am Monatsende hatte das *Ikra* weit mehr eingenommen, als für die gewaltigen Ausgaben – und Elisawetas aufwendigen Lebensstil – erforderlich war. Als zum erstenmal eine Reisegruppe eintraf, die eine Luxusrundreise gebucht hatte, nahm Elisaweta ihre frühere Gewohnheit wieder auf, den zehnten Teil ihrer Einnahmen der russisch-orthodoxen Kirche zu spenden, die damit nicht nur die materiellen, sondern auch die seelischen Bedürfnisse der weißrussischen Gemeinde befriedigte.

Es war der Flinke John Pavernen gewesen, der ihr den Vorschlag gemacht hatte, doch Passagiere von Kreuzfahrtschiffen im *Ikra* unterzubringen. Zugleich hatte er ihr geraten: «Sie müssen mehr Pfiff in die Sache bringen. Für reiche Weltreisende, die sich langweilen, ist der Laden zu spießig, zu zahm!»

Daraufhin hatte Elisaweta zum erstenmal ihren sonst so diskret im Hintergrund agierenden Damen den Zutritt zum Kasino und den anderen für die Öffentlichkeit bestimmten Räumen gestattet. Ihr Hotel hatte damit zwar bedauerlicherweise den Mantel der Achtbarkeit abgelegt, aber das ließ sich nicht ändern. Ihre Sorgen waren noch immer groß genug: In der *North China Daily News* stand eines Tages zu lesen, wie sich die Behörden die Lösung des Prostitutionsproblems dachten. Über einen Zeitraum von zehn Jahren plante man im Abstand von zwei Jahren jeweils ein Fünftel der Bordelle zu schließen, bis keines mehr übrig war. Bei der ersten Auslosung sollte die Quote der von Ausländern betriebenen Etablissements ein Viertel betragen. Wütend warf sie die Zeitung beiseite und nahm den Hörer ab. Bevor sie Joshua erzählen konnte, was sie gelesen hatte, sagte dieser gelassen: «Ich weiß schon. Ich wollte dich gerade anrufen. Mach dir keine Sorgen, irgendwie kriegen wir das schon hin –»

«Was kann ich denn unternehmen?» wollte sie wissen. «Weißt du Näheres?»

«Nein, aber ich kümmere mich darum. Möglichkeiten gibt es immer.»

Nicht ganz beruhigt legte sie den Hörer wieder auf. Selbst wenn sich das *Ikra* als normales Hotel halten konnte, würde das Leben dort von unerträglicher Langeweile sein.

Sie versuchte, sich ein Leben als Joshuas Gattin auszumalen. Zwar kannte sie Russinnen, die das Gewerbe aufgegeben hatten, um achtbare Ehefrauen und Mütter zu werden, doch hatte keine von ihnen in eine Familie eingeheiratet, die nur annähernd so machtvoll – oder fromm – war wie die Haleevies. Überdies war auch keine von ihnen in der Öffentlichkeit auch nur annähernd so bekannt gewesen wie Elisaweta.

Vielleicht setzten die Haleevies ja Joshua für den Fall, daß er sie heiratete, eine ansehnliche Rente aus, damit er Schanghai verließ. Es gab Schlimmeres, als das Leben in London, Paris oder Rom zu genießen – notfalls sogar in New York, auch wenn die Vereinigten Staaten ein grauenvoll unkultiviertes Land waren, in dem der Verkauf und Genuß von Wein und anderen alkoholischen Getränken nicht gestattet war.

Vielleicht war eine Heirat gar kein so schlechter Gedanke. Einen Augenblick lang gab sie sich dieser Vorstellung hin. Es wäre eigentlich hübsch, endlich einmal verwöhnt zu werden, statt sich allein mit allen möglichen Problemen herumschlagen zu müssen.

Sie liebte Joshua aufrichtig, redete sie sich ein, und zweifellos liebte er sie auch. Allerdings lag sein letzter Versuch, sie zu einer Eheschließung zu überreden, schon eine Weile zurück. Er hatte zwar gesagt, sein Antrag gelte stets und ständig, aber sie mußte ihn dazu bringen, ihn erneut und drängend zu wiederholen – selbstverständlich aus eigenem Antrieb. Vielleicht war er entmutigt? Doch dagegen ließ sich sicher etwas unternehmen.

Kurz nach Tommys und Julias Besuch hatte General Tschiang Kai-schek seine Offensive gegen die Kommunisten begonnen. Es war wichtig zu zeigen, daß man mit ihm rechnen mußte. China brauchte einen starken Führer – nicht nur, um mit den Kommunisten fertig zu werden; auch die Japaner wurden täglich aggressiver. Seine Gegner hatten ihn der Notwendigkeit enthoben, einen Vorwand für die offene Auseinandersetzung zu suchen und ihm frei Haus einen plausiblen Grund dafür geliefert.

Am 18. März hatte den General ein merkwürdiger Anruf erreicht. Das Kanonenboot *Tschung Schan*, berichtete ihm ein Offizier, war gerade vor der Militärakademie Whampoa südlich von Kanton gesichtet worden. Er wollte wissen, welche Befehle der Oberkommandierende habe.

«Wer hat angeordnet, daß das Schiff aus Kanton ausläuft?» wollte Tschiang Kai-schek wissen.

«Der Kommandant der Militärakademie von Whampoa», gab der Offizier zurück.

Nachdenklich sah Tschiang Kai-schek auf die Wandkarte. Dieser Kommandant war er selbst, und er hatte keinen solchen Befehl erteilt. Sein Instinkt sagte ihm, daß zwischen dem Auslaufen des Schiffes ohne seinen Befehl und den wiederholten Anschlägen auf sein Leben ein Zusammenhang bestand. Auf welche Weise konnte man ihn besser entführen – oder beseitigen – als dadurch, daß man ihn an Bord der *Tschung Schan* lockte?

Am 20. März 1926 verhängte Tschiang Kai-schek das Kriegsrecht über Kanton und ließ ohne Prozeß zwei Dutzend kommunistische Führer festsetzen, unter ihnen Tschou En-lai. Soldaten stürmten an Bord des Kanonenbootes, das den Befehl, nach Kanton zurückzukehren, befolgt hatte; ein weitgehend von Kommunisten befehligtes Infanterieregiment wurde entwaffnet und die mit Gewehren ausgerüstete Miliz des Streikausschusses der Kommunisten von Hongkong aufgelöst.

Jetzt hatte Tschiang Kai-schek die provisorische Hauptstadt der Provinz Kanton in der Hand. Damit war er unter den Nationalisten der mächtigste Mann, doch war ihm klar, daß er mit Wang Tsching-wei abrechnen mußte, dem Mann, der sich noch in Peking bei Sun Yat-sen eingeschmeichelt hatte und der an der Spitze von Kantons Zivilverwaltung stand. Der Arbeiterführer Tschang Kuo-tao faßte Tommy Howe gegenüber die neue politische Realität so zusammen: «Tschiang Kai-schek hält alle Fäden in der Hand – im Augenblick. Wir Kommunisten werden weiterhin das Gespräch mit ihm suchen. Aber bald werden wir gegen ihn kämpfen.»

«Es geht ums Prinzip», erklärte Joshua Haleevie. Er fuhr mit seinem offenen blauen Delage in Richtung Süden der Avenue Edward VII. entgegen, wo der französische Teil der Stadt begann. Der 14. April 1926 war ein milder Tag. Elisaweta hielt mit einer Hand das seidene Tuch fest, das sie sich zum Schutz vor dem Wind umgebunden hatte. Sie verstand kaum, was er sagte.

«Ob man nun dafür ist oder dagegen», sagte er mit lauter Stimme, «es ist eine Frage des Prinzips.»

«Wogegen denn eigentlich?»

«Heute haben drei Chinesen ihren Sitz im Stadtrat von Schanghai eingenommen – zum erstenmal überhaupt.»

«Warum erst jetzt? Es ist doch eine chinesische Stadt.»

«Wirklich? Zum größten Teil wurde sie von Europäern errichtet. Manche sagen, man solle im Stadtrat nicht einmal reiche, friedliche Chinesen dulden. Die Gelegenheit wäre günstig gewesen, denn du weißt ja wohl noch, daß im vorigen Jahr nach den Mai-Unruhen der gesamte aus Chinesen bestehende beratende Ausschuß des Stadtrates zurückgetreten ist.»

«Und was ist deine Meinung?»

«Daß letztlich ganz Schanghai in die Hände der Chinesen gehört. Es wird bestimmt dahin kommen, wenn auch noch nicht gleich. Bis dahin kann es nichts schaden, die Selbstachtung der Chinesen ein wenig zu stärken.»

Während der Wagen in die Avenue Edward VII. einbog, überlegte Elisaweta, wie es Joshua wohl immer wieder gelingen mochte, edle Grundsätze mit ganz pragmatischem Verhalten zu vereinbaren.

Im französischen Teil der Stadt kam man sich vor wie in Frankreich; es roch förmlich danach. Chinesen wie Ausländer strebten mit langen Weißbrotstangen unter dem Arm heimwärts. Paris am Huangpu, dachte Elisaweta unwillkürlich.

Joshua bog in die Auffahrt zum Cercle Sportif Français ein, der einfach französischer Klub genannt wurde und in dessen halbkreisförmigem weißem Klubhaus sich Schanghais *jeunesse dorée* unter der Trikolore vergnügte.

Zwar gab es in Schanghai mehr als genug Klubs, doch der Cercle Sportif war der einzige, in den Joshua Elisaweta mitnehmen konnte, ohne zurückgewiesen oder beleidigt zu werden. Rassenschranken kannte zwar auch der tugendhafte amerikanische Columbia Country Club nicht, aber nur im französischen Klub stellte niemand Fragen nach dem Ruf oder der Stellung einer weiblichen Begleitung.

Frauen in hellen Sommerkleidern und Männer in weißen Leinenjacketts saßen auf der Veranda. Nachdem Joshua für sie frischen Limonensaft bestellt hatte, drängte ihn Elisaweta, endlich zu erzählen, was er über die Lotterie wußte. Immerhin lag der Artikel in den *News* schon einen vollen Monat zurück.

«Es tut mir leid, daß es so lange gedauert hat. Meine Mutter hat den Leuten, die mich sonst auf dem laufenden hielten, den Mund verboten.»

«Was hat deine Mutter damit zu tun?»

«Ich sollte es dir eigentlich nicht sagen, denn es wird dir nicht gefallen», warnte sie Joshua. «Sie möchte, daß das Ikra geschlossen wird, damit du unauffällig verschwindest.»

Zwar hoffte er nach wie vor, Elisaweta zu heiraten, doch

seine Mutter hatte ganz offen erklärt, Elisaweta gehöre in die Gosse und sonst nirgendwohin.

«Damit du endlich eine brave jüdische Jungfrau heiratest?»

«Sie hat drei oder vier Kandidatinnen in petto, alle aus wohlhabender und achtbarer Familie. Sorgen mache ich mir aber erst, wenn sie nur noch von einer einzigen spricht.»

«Und was ist mit deinem Vater?»

«Er sagt, so etwas sei Frauensache. Aber er scheint sich über ihre Machenschaften zu ärgern.»

«Machenschaften? Wie spannend! Erzähl mir mehr.»

«Das muß ich wohl. Sie hat versucht, die Auslosung zu beeinflussen, damit das *Ikra* auf jeden Fall geschlossen wird.»

«Eigentlich nicht sehr klug von ihr.»

«Sagt mein Vater auch», lachte Joshua. «Er hat ihr erklärt, daß ich dich dann erst recht heiraten würde, damit du versorgt bist. Glaub mir, ich hatte keine Ahnung von der ganzen Geschichte. Weißt du – eigentlich könnten wir doch gleich morgen heiraten. Der alte Hauptmann Hyde, mein angeheirateter Großvater, hat mir etwas hinterlassen. Es ist zwar kein Vermögen, aber –»

«Später, Liebling, bitte. Ich möchte zuerst über die Sache reden. Wie sehen ihre Pläne aus? Immerhin handelt es sich um eine ernsthafte Bedrohung, die mein ganzes Leben verändern kann.»

Joshuas Herz sank, aber er verkniff sich die Antwort, die ihm auf der Zunge lag: «Auch eine Heirat könnte das!» Statt dessen erwiderte er leichthin: «Vater hat ihr klargemacht, daß eine Schließung des *Ikra* dich nur in meine Arme treiben würde. Niemand wird jetzt also Druck ausüben, um dein *Ikra* zu schließen – allerdings auch keinen, um es zu erhalten.»

«Wie edel! Und wann erfahre ich mein Geschick?»

«Ich stehe dir jederzeit zur Verfügung, aber es empfiehlt sich, rasch zu handeln!» sagte er mit gekünsteltem Lachen. «Vermutlich interessierst du dich mehr für die Auslosung als für mich. Aber bis dahin dauert es noch ein paar Monate, und natürlich hofft alle Welt, daß die Sache vorher in Vergessenheit gerät.»

«Das ist für mich eine große Erleichterung, Liebling. Wirklich, eine große Erleichterung.»

«Können wir jetzt über uns beide reden? Ich würde gern –»

«Einen Augenblick, Liebling», bat sie. «Zuerst möchte ich eine eisgekühlte Flasche Champagner – wir haben etwas zu feiern!»

Während der ersten Monate nach seiner Entlassung hielt sich Richard Hollings mit Hilfe seiner geringen Ersparnisse und gelegentlicher Artikel für die Londoner *Times* und den *Boston Globe* über Wasser. Doch eines Abends Mitte April kam er, ein Telegramm schwenkend, in die Dachwohnung und jubelte: «Hört mal, Kinder, was mir der *Globe* hier kabelt. Sie wollen ihre Leser in Zukunft regelmäßiger über die Ereignisse in China informieren – und ich soll als Korrespondent für China und Fernost arbeiten. Dreitausendfünfhundert im Jahr plus Spesen! Sofern die NANA Artikel übernimmt, gibt es natürlich mehr.»

Emily verschlug es vor Freude den Atem, doch Julia fragte: «Was heißt NANA?»

«North American Newspaper Alliance – sie beliefert Hunderte von Zeitungen mit Material», belehrte Emily, die sich natürlich auskannte, ihre Freundin. «Oh, Dick, das ist großartig!»

In überschäumender Begeisterung nahm Hollings beide in die Arme, schwenkte das Telegramm erneut und fragte: «Wißt ihr, was das bedeutet?»

«Du bist ein gemachter Mann, Dick!» jubelte Emily. «Ich habe ja immer gesagt, daß deine Artikel für den *Globe* glänzend waren. Ich freue mich so für dich!»

«Für uns, Em, für *uns*! Mit jährlich dreitausendfünfhundert Dollar vom *Globe* und, sagen wir, vierhundert Pfund von der *Times*, das macht noch mal zweitausend Dollar, bin ich, sind *wir* unabhängig! Wir können in Asien hingehen, wo wir wollen.»

«China und Fernost», überlegte Emily laut. «Heißt das, daß du viel reisen wirst? Ich kann die Bank ja nicht einfach immer im Stich lassen, wenn ich Lust dazu habe.»

«Nein», versicherte er ihr, «es heißt nur, daß ich selbst entscheiden kann zu reisen, wann ich es für nötig halte. Es ist einfach wunderbar!»

Julia belustigte es, daß der sonst so kühle Engländer sich gar nicht beruhigen konnte. Sie ging in die Küche, um die Flasche Champagner zu holen, die für besondere Gelegenheiten ständig auf Eis lag, und ließ die beiden eine Weile miteinander allein. Als sie zurückkehrte, hörte sie noch, wie Emily trübsinnig sagte: «. . . dem Fall lassen wir es besser einstweilen. Jetzt zu heiraten hat keinen Sinn.»

Richard nickte zustimmend, ebenso trübsinnig wie sie. Beide schienen mit ihren Gedanken woanders zu sein, als sie das Glas auf Julias Trinkspruch hin hoben: «Auf den großen Korrespondenten!»

26

9. Juli 1926

Obwohl Tommy Howe von seiner Arbeit stark in Anspruch genommen wurde, beobachtete er fasziniert Tschiang Kaischeks kometenhaften Aufstieg. Im Juli 1926 war Mei-ling Sungs Verehrer als Oberkommandierender der Nationalen Revolutionsarmee im Rang eines Generalissimus bestätigt worden und hatte zusätzliche Ämter in der Nationalen Regierung und in der Führung der Kuomintang übernommen. Seine persönliche Macht war jetzt in Kanton unumschränkt, vor allem, weil er so entschieden gegen die Kommunisten vorgegangen war. Diese aber hatten keineswegs das revolutionäre Bündnis aufgekündigt.

Tommy stellte ein medizinisches Korps für die Betreuung und Versorgung der einhunderttausend Mann starken Streitmacht zusammen, der die auf insgesamt eine Million Soldaten geschätzten Heere der Bürgerkriegsgeneräle gegenüberstehen würden. Der Generalstabsarzt der Nationalen Revolutionsarmee war ein ältlicher Kinderarzt. Da ihn Politik mehr interessierte als Medizin, hatte er Tommy zu seinem Stellvertreter ernannt und seinem begeisterten Untergebenen die «Verantwortung für Einzelheiten der Organisation» übertragen. Tommy bemühte sich, mehr Medikamente und ärztliche Instrumente zu bekommen, und versuchte zugleich, den Ärztemangel in den einzelnen Einheiten zu beheben, indem er an seine ehemaligen Kommilitonen von der Medizinischen Hochschule in Peking appellierte, sich zur Verfügung zu stellen.

Doch zugleich mit einer breiten nationalistischen Bewegung entstand auch eine lähmende Bürokratie, die so manchen seiner Pläne hintertrieb, und oft sehnte sich Tommy erschöpft nach der Dachwohnung in Schanghai – und vor allem nach Julia.

Die meisten Männer an der Spitze der Nationalen Revolution standen bereits im Schatten von deren hellstem Stern, Generalissimus Tschiang Kai-schek. Sein Hauptrivale Wang Tsching-wei, der ehemalige Vertraute Dr. Suns, der an der Spitze der Zivilregierung stand, hatte sich nach Frankreich abgesetzt, angeblich, um sich dort wegen seiner chronischen Diabetes behandeln zu lassen. Tschou En-lai, der nach kurzer Unterbrechung erneut zum bevollmächtigten politischen Hauptkommissar der nationalistischen Streitkräfte ernannt worden war, hatte sich mit den ersten Regimentern nach Norden aufgemacht. Der andere glühende Revolutionär, der seinen Posten in der Hierarchie der Kuomintang verloren hatte, war Mao Tse-tung. Er war nach Schanghai gegangen, um sich im zentralen Exekutivkomitee der Kommunistischen Partei Chinas für die Angelegenheiten der Bauern einzusetzen.

Einer aber war wieder in Kanton aufgetaucht: Michail Borodin, der jetzt aber nur eine Nebenrolle spielte, wo er einst im Rampenlicht gestanden hatte. Da er von Moskau den Auftrag hatte, um jeden Preis einen Kompromiß zwischen Nationalisten und Kommunisten herbeizuführen und einen offenen Bruch zwischen ihnen zu verhindern, untersagte die Komintern den chinesischen Kommunisten, die Nationale

Volkspartei zu verlassen – eine Weisung, die diese nur zögernd befolgten.

Tommys Freund Tschang Kuo-tao wandte sich ganz offen gegen die unnachgiebige Haltung Moskaus. Er hatte jedoch keine Möglichkeit, in Kanton etwas gegen diese Entscheidung zu unternehmen, obwohl er der zweite Mann in der Kommunistischen Partei war. Da er dort nichts bewirken konnte, wollte auch er am nächsten Morgen, dem 10. Juli, nach Schanghai aufbrechen.

Während alle Welt Kanton zu verlassen schien, erwartete der stellvertretende Generalstabsarzt seinen Oberkommandierenden, der so lange in der Stadt bleiben wollte, bis er die ihm zugesagten fünfhunderttausend Dollar von der Handelskammer und die von den Gewerkschaften versprochenen viertausend Kulis bekommen hatte. Der Komintern-Agent Michail Borodin wiederum hatte erklärt, er werde Kanton erst verlassen, wenn auch der Generalissimus aufbrach.

An diesem 9. Juli stand Tommy Howe zwischen Tschang Kuo-tao und Michail Borodin auf einem kleinen Platz in der Stadt. Sie sahen zu, wie die Kadetten des letzten Jahrgangs der Militärakademie von Whampoa den Treueid leisteten und ihr Offizierspatent erhielten. Die vom Wind gezausten Palmen standen schwarz vor dem violetten Abendhimmel. Als es dunkel wurde, warfen zahlreiche Kerzen einen unirdischen Glanz über die auf dem Platz aufgereihten Männer in Khakiuniform.

«Wie junge Kreuzritter», meinte Borodin. «Knappen vor dem Empfang der Schildweihe.»

Tommy, der für Tschang Kuo-tao dolmetschte, belustigte dieser Kommentar, denn er wußte, daß sein praktisch veranlagter Freund mit der romantischen Ader des Komintern-Agenten nichts anzufangen wußte. Tschang Kuo-tao, der über die europäische Geschichte des Mittelalters etwa so gut informiert war wie über das Geschlechtsleben der Forelle, gab zur Antwort: «Wir wollen hoffen, daß sie Erfolg haben.»

Die Gesichter vor Bewegung angespannt, verbeugten sich die jungen Leutnants vor Dr. Sun Yat-sens Porträt, das vor gekreuzten nationalistischen Fahnen auf einem Altar stand. Der blasse Rauch von Räucherstäbchen strich über sie hin.

Als sie abmarschierten, knallten ihre genagelten Stiefel auf das Pflaster. Die Nationale Revolutionsarmee rühmte sich, daß sogar ihre gemeinen Soldaten lederne Kampfstiefel trugen. Sie war die erste chinesische Armee, die diese im Grunde bescheidene Behauptung aufstellen konnte. Ihre Gegner, die Soldaten der Bürgerkriegsgeneräle, kämpften nach wie vor in Schuhen aus Tuch oder in Strohsandalen.

Die geisterhaften Reihen der jungen Männer verschwanden in der Dunkelheit. Tommy und seine Gefährten wandten sich einer Gasse zu, die nur vom Mondlicht erhellt wurde. «Nun, Genossen, morgen geht es nordwärts», erklärte Borodin. «Schade, daß Sie nach Schanghai fahren, Kuo-tao. Sie werden Dr. Thomas und mir feh –»

Ein in der Nähe abgefeuerter Gewehrschuß unterbrach ihn. Kurz darauf hörte man zwei weitere Schüsse aus der Ferne. Nach einer Weile zuckte Borodin die Schultern und fuhr fort: «Wir werden Ihre Gesellschaft und Ihren Rat vermissen.»

Tommy wurde unruhig. Er hatte noch nicht gelernt, die häufigen Feuergefechte zwischen der Polizei und der bewaffneten Miliz der Kommunisten zu ignorieren und lauschte angestrengt in die Dunkelheit. Als er aber keine weiteren Schüsse hörte, begann er, Tschang Kuo-taos Antwort für den Russen zu übersetzen: «*Tung-tschi, ming-tien wo-men tou* . . . Genosse, morgen werden wir alle –»

Das Rattern einer Maschinenpistole schnitt ihm das Wort ab. Dann begann ein schweres MG zu feuern, und rote Leuchtspurgeschosse fuhren über den Himmel. In der Ferne hörte man Rufe, eine Frau schrie entsetzt auf.

«Bo-lo-ting, tsche tschiu schi . . .» Tschang Kuo-tao schüttelte die geballte Faust. «Wollen Sie *das*, Borodin? Wollen Sie, daß die Polizei die Werktätigen im Namen der Nationalen Regierung unterdrückt – und dabei von Ihrer Komintern unterstützt wird? Wir hätten längst mit den nationalistischen Mördern brechen müssen!»

«Mein Freund, Sie sind zu ungeduldig!» gab Borodin gleichmütig zur Antwort. «Wir Kommunisten können nur mit dem Werkzeug arbeiten, das wir haben. Die Revolution ist noch nicht so weit fortgeschritten, daß ein solcher Bruch –»

«Ausflüchte!» Tschang Kuo-tao sprach voller Leidenschaft. «Wie können Sie rechtfertigen, daß wir Kommunisten mit den Leuten auf der Rechten gemeinsame Sache machen, den Generalissimus unterstützen, den Mann, der die Werktätigen knutet und uns Kommunisten angegriffen hat? Das ist Wahnsinn – diese Strategie muß in den Untergang führen!»

«Mein Freund, ich teile Ihre Entrüstung, aber wir brauchen für die Expedition in den Norden einen festen Stützpunkt.»

«Ist das alles, worauf es ankommt, Borodin? Wie kann die Komintern nach wie vor von der Kommunistischen Partei Chinas erwarten, daß sie Teil der Kuomintang bleibt? Sind die in Moskau denn *alle* verrückt?»

Keiner der drei Männer sah zu dem roten Schein am Himmel auf, obwohl nur wenige Straßenzüge entfernt die Dächer brannten. Tommy, der selbst völlig verwirrt war, dolmetschte pflichtgemäß die Antwort des Komintern-Agenten: «In Moskau ist man nicht verrückt, sondern einfach mit eigenen Schwierigkeiten beschäftigt. Was würden *Sie* denn tun, mein Freund?»

«Es ist zu spät!» entfuhr es Tschang Kuo-tao. «Viel zu spät. Ich hätte längst schon etwas unternommen. Ich hätte Kanton besetzt. Ich habe immer darauf gedrängt. Stark genug waren wir.»

«Das haben viele geglaubt. Vielleicht waren wir es tatsächlich. Ja, ich glaube, wir waren es.»

Der Komintern-Agent verfiel in nachdenkliches Schweigen. Im Mondlicht war zu erkennen, daß Tschang Kuo-tao kaum glauben konnte, was Borodin gesagt hatte. Er starrte ihn fassungslos an. «Und warum haben wir dann nicht gehandelt?» wollte er wissen. «Warum haben Sie – im Namen der Komintern – uns verboten, die Stadt zu besetzen?»

«Weil wir sie», sagte Borodin betont langsam, «nicht hätten *halten* können. Hätte auch nur die geringste Aussicht bestanden, sie ein einziges Jahr zu halten, wäre ich der erste gewesen, der die Anweisungen der Komintern mißachtet und die Nationalisten angegriffen hätte. Ich hätte mich selbst an die Spitze der Truppen gestellt.»

Er ließ eine Pause entstehen, damit Tommy dolmetschen konnte, und erklärte dann leidenschaftlich: «Da es aber *keinerlei* Aussicht darauf gab, habe ich mich allen törichten Aktionen widersetzt. Ja, ich habe mit Tschiang Kai-schek gemeinsame Sache gemacht, und ich würde es wieder tun. Wir Kommunisten können jederzeit mit den Nationalisten brechen und Tschiang Kai-schek angreifen. Doch wenn wir das zu früh tun, bevor wir eine sichere Machtbasis haben, wird es zu einer Katastrophe kommen!»

27

27. Januar–28. Februar 1927

Mit seinem schmutzigen Zeigefinger schob der Kleine Pao Julias rotlackierten Nagel auf der großen Wandkarte beiseite und zeigte entschlossen auf die Stelle, an der die drei Städte Hankao, Wutschang und Hanyang, die den gemeinsamen Namen Wuhan trugen, in einer Schleife des Jangtse lagen. Zu Beginn des Jahres 1927 war dieser Provinzort die Hauptstadt der Nationalen Republik China.

«Nie wieder wird es einen britischen Besitz in Wuhan geben», verkündete der Kleine Pao stolz. «Die Nationale Revolution hat unser Land zurückgewonnen. Wir geben Wuhan nie wieder auf. Eher sterben wir!»

«Wollen wir mit der Lektion weitermachen, Kleiner Pao?» fragte Julia. Sein revolutionärer Schwung belustigte sie, obwohl sie seine Gefühle im Grunde teilte. «Auch wenn dir der Leitartikel vielleicht nicht zusagt, so mußt du ihn doch verstehen.»

Der Kleine Pao, der Julia nach der Auflösung der JPEnterprises nicht von der Seite gewichen war, weil er sonst niemanden auf der Welt hatte, der sich um ihn kümmerte, setzte sich wieder an den Schreibtisch aus Rosenholz unter dem Nordfenster der Dachwohnung. In Tommys langer Abwesenheit hatte Julia mehr als genug freie Zeit und nutzte sie, um dem Kleinen Pao Englischstunden zu geben. Es schien wirklich der Mühe wert, den begabten Fünfzehnjährigen zu fördern, der der kommunistischen Revolution treu ergeben war und sie geradezu verkörperte: ein Kind der ausgebeuteten Massen, die sich nach Jahrhunderten der Unterdrückung im Zorn erhoben.

«Unbedingt, ehrwürdige Lehrerin», grinste der Junge. «Fast das halbe Land hat Generalissimus Tschiang Kai-schek schon von den Kriegsherren befreit, und dabei hat die Revolutionsarmee Kanton erst vor einem halben Jahr verlassen. Bald nimmt er den Ausländern auch Schanghai ab.»

«Wir müssen arbeiten», mahnte Julia. «Gewiß erinnerst du dich an den Leitartikel, in dem es heißt, daß der Generalissimus kein Recht hatte, die britische Zone von Hankao zu besetzen.»

Der Kleine Pao kämpfte sich durch die *North China Daily News* und rief schließlich aus: «Ah ja, hier! Soll ich wie immer erst vorlesen?»

Julia nickte, und er räusperte sich bedeutungsvoll, bevor er begann: «Wenn vom Genossen Borodin gekaufte Chinesen uns den Krieg erklären, sollten wir den Mut haben, uns einzugestehen, daß tatsächlich Krieg herrscht.»

Das schmale Gesicht des Kleinen Pao glühte vor Begeisterung, während er mit seinen vernarbten Händen die Zeitung hielt. Offenkundig war der Leitartikel des Blattes, das Richard Hollings als «Sprachrohr der Plutokratie» bezeichnete, keine glückliche Wahl für diese Lese- und Schreibübung gewesen. Doch für die heutige Stunde war es zu spät, den Fehler zu korrigieren.

«Es ist bereits Krieg», sagte der Kleine Pao wieder in Schanghai-Chinesisch und ließ die Zeitung fallen. «Die Lehrer in der Abendschule der Arbeiter sagen, daß die Polizei von Schanghai jeden Augenblick über uns herfallen kann. Aber wir sind wachsam. Und inzwischen sind wir auch gut organisiert.»

Obwohl Julia noch einmal schwach protestierte, daß sie weiterarbeiten müßten, holte der Kleine Pao aus den unergründlichen Tiefen seines langen Gewandes eine weiße Armbinde mit den zwei Ideogrammen Min Ping, Volksmiliz, und vertraute ihr an: «Ich überbringe Botschaften für die Führer.»

Julia war von den Ereignissen wie gebannt. Generalissimus Tschiang Kai-scheks Armee aus Nationalisten und Kommunisten bewegte sich von Wuhan aus ostwärts auf Schanghai zu. Doch schon bevor die Nationale Revolutionsarmee eintraf, würden die aufgebrachten Volksmassen unter der Führung der Kommunisten einen Großteil der Stadt besetzt haben. Der frühere Dekan der Arbeiteruniversität Schanghai hatte einen glänzenden Plan dafür entworfen, und Kommissar Tschou En-lai befehligte die Untergrundarmee, die den von Chinesen beherrschten Bezirk Groß-Schanghai, die volkreichen Gebiete um die ausländische Konzession herum, in ihre Macht bringen sollte. Für diese Truppe war der Kleine Pao als Kurier tätig.

Je weiter die Nationale Revolutionsarmee vom Süden Chinas zur Mitte des Landes vorgestoßen war, desto mehr war aus der anfänglichen Verachtung der Ausländer so etwas wie Panik geworden. Während sich eine Viertelmillion chinesischer Flüchtlinge angstvoll in die Konzession drängte, tönten die Ausländer, sie würden ihr Eigentum bis zum Tode verteidigen. Bald aber schon entdeckten einige von ihnen, daß sie anderweitig dringende Geschäfte zu erledigen hatten. Julia hingegen, die darauf brannte, den Triumph der Revolution zu erleben, wäre sogar dann in Schanghai geblieben, wenn sie nicht Tommy – und China – geliebt hätte.

Die Taipane, wie man die großen Finanzmagnaten nannte, hatten Verstärkung gegen die roten Horden Tschiang Kai-scheks angefordert, denn weder das Freiwilligenkorps noch die auf dem Jangtse patrouillierenden Kanonenboote waren imstande, die ausländischen Besitzungen vor massierten Angriffen zu schützen. Zwar hatten die Schutzmächte erklärt, sie würden reguläre Bodentruppen und Flottenverbände schicken, doch konnte es Monate dauern, bis diese einsatzfähig und an Ort und Stelle waren. Unterdessen näherte sich die

Revolutionsarmee bereits Chinas alter Hauptstadt Nanking, die nur etwa vierhundert Kilometer flußaufwärts gelegen war.

Sie, Julia Pavernen, die mit knapper Mühe und Not ihren Lebensunterhalt verdiente, indem sie den künftigen Handlangern des Imperialismus an der – wieder eröffneten – Zollschule Unterricht erteilte und außerdem für einen chinesenfeindlichen neuen Rundfunksender in Schanghai Nachrichten las, würde Zeugin sein, wie in China ein neues Zeitalter geboren wurde.

Der Kleine Pao war wirklich ein typischer Vertreter der Massen, zu deren Befreiung die Revolutionsarmee unterwegs war. Er hatte seine Eltern nie richtig kennengelernt und erinnerte sich nur undeutlich an einen Vater mit kräftigen Händen, der seiner Mutter beim Hühnerfüttern half, sowie an eine strohgedeckte Hütte inmitten silbrig glänzender Reisfelder, an die ein Schweinekoben stieß. Nach Schanghai war er mit seiner Tante Tsi gekommen, als er zwei Jahre alt war, und hatte mit ihr Zuflucht im Industrievorort Putong gefunden.

«Die Revolution gegen die Mandschu-Herrschaft hat mich meinen Wurzeln entfremdet», hatte er in der Arbeiterschule deklamieren gelernt, «aber die Nationale Revolution wird mir den Boden meiner Vorfahren zurückgeben.»

In Wirklichkeit hatte der Kleine Pao weder den Wunsch, aufs Land zurückzukehren, noch wußte er, wo der Boden seiner Vorfahren lag. Seine Tante Tsi war gestorben, als er fünf Jahre alt gewesen war, und Pao wurde, ohne Angehörige in einem Land, in dem die Familie alles bedeutete, ein Geschöpf der Gassen Schanghais.

Irgendwie hatte er die nächsten sechs Jahre überlebt, in denen er ohne Freunde durch die Stadt streifte. An die beiden ersten Jahre nach dem Tod seiner Tante erinnerte er sich nicht; Tommy nahm an, daß er sie verdrängt hatte. Er hatte aus verschiedenen Andeutungen des Jungen geschlossen, daß Pao diese Zeit in einem «Haus für kleine Jungen» verbracht hatte, einem Bordell im französischen Teil der Stadt, in dem Kinder mißbraucht wurden. Da jedoch die Abendschule der Arbeiter ihre Zöglinge darin bestärkte, «die Bitterkeit der Unterdrückung aus sich herauszulassen», hatte Pao begonnen, mehr über sein Leben vor der Zeit zu erzählen, als ihn John Pavernen bettelnd an einer Straßenecke aufgelesen hatte.

Damals hatten zuerst die leuchtenden Augen im Gesicht des abgezehrten Kindes, dann aber Paos Hände die Aufmerksamkeit des Amerikaners auf sich gelenkt. Sie bestanden förmlich aus rohem Fleisch, so daß der Kleine kaum imstande war, die Kupfermünzen aufzuheben, die ihm Passanten gelegentlich zuwarfen.

Im Laufe der Zeit waren die Wunden geheilt, und er war größer und kräftiger geworden, weil er bei John Pavernen weit mehr zu essen bekam als die Hälfte der vierhundert Millionen Menschen im Lande. Dennoch ließen sich die frühen Entbehrungen damit nicht ausgleichen, und so konnte Julia mit ihren ein Meter fünfundsechzig, wenn sie hohe Absätze trug, ohne weiteres auf Paos ein Meter fünfundfünfzig herabblicken. Stets würde er der *Kleine* Pao bleiben, und wenn er neunzig Jahre alt wurde.

Tommy hatte einmal aus ihm herausgefragt, woher die Narben auf seinen Händen stammten. Nach den Jahren im Jungenbordell hatte er in einer Zigarettenfabrik Arbeit getan, die für ein kleines Kind viel zu schwer und viel zu gefährlich war. Bisweilen hatte er vierzehn, meist aber sechzehn Stunden am Tag arbeiten müssen. «Es gab so wenig zu essen», klagte der Junge, «und es war schlechter als Schweinefutter – verfaulter Kohl voller Maden. Schlafen mußten wir auf kalten nassen Steinen.»

«Und deine Hände?» hatte ihn Tommy vorsichtig gefragt. «Hast du dir die in der Zigarettenfabrik verbrannt und gebrochen?»

«Nein, Doktor Tom, in der Seidenfabrik. Da war ich Vorarbeiter . . .»

«Vorarbeiter?» hatte Julia ungläubig ausgerufen, «wie kann das sein? Du warst doch noch nicht einmal zehn Jahre alt!»

«Die meisten waren viel jünger als ich. Kleine Mädchen von sechs oder sieben, vielleicht auch acht, aber nie älter. Kleine Finger können die Fäden viel besser von den Kokons der

Seidenraupen abwickeln. Außerdem bekommen Mädchen keinen Lohn. Sie müssen den Kaufpreis abarbeiten, den die Fabrikbesitzer ihren Vätern zahlen. Das kann vier oder fünf Jahre dauern. Wenn ihre Arbeit nicht einwandfrei ist, müssen sie Strafe zahlen. Gewöhnlich schicken die Fabrikherren die Mädchen nach vier Jahren fort, weil ihre Finger dann zu dick und schwerfällig werden. Außerdem verderben sie sich die Augen, weil sie immer in dunklen Räumen nach den kaum sichtbaren Fäden suchen müssen.»

«Das muß entsetzlich gewesen sein, Kleiner Pao!»

«Wie Bilder von der Hölle. Der Raum hatte nur ein winziges Fenster ganz oben, damit keine Luft hereinkam, denn schon der leiseste Luftzug kann die dünnen Fäden zerreißen. Die kleinen Mädchen stehen den ganzen Tag und wickeln bis spät in die Nacht die Fäden ab, an Becken mit kochendem Wasser, weil das die Kokons weich macht. Sie müssen immerzu die Hände ins Wasser tauchen. Also sind alle verbrannt, alle rot, blutig und voll Eiterbeulen.»

«Und *deine* Hände, Pao?» fragte Tommy. «Mußtest du auch Kokons in siedendem Wasser abwickeln?»

«Wie hätte ich das tun können, Doktor Tom? Meine Finger waren dazu viel zu plump. An der Sache mit meinen Händen war ich selbst schuld. Ich habe nicht schnell genug gelernt, daß man sich nur um sich selbst kümmern darf – nie um andere. Die Aufseher und die Bosse schlagen die kleinen Mädchen immer, weil sie ihnen zu langsam arbeiten. Eines Tages sind ein Mann und eine Frau ganz wütend in unseren Raum gekommen. Lauter unnütze Fresser, hat die Frau gekreischt. Sie fressen nur und tun nichts. Kleine Mädchen, hat sie gesagt, taugen nur als Huren.»

Der Kleine Pao schloß die Augen, als wolle er die Erinnerung verscheuchen, und Julia nahm seine vernarbte Hand.

«Die Frau war schlimmer als der Mann», fuhr er fort. «Sie hat gesagt, sie will mit dem kleinsten Mädchen ein Beispiel geben. Also haben sie ihr die Hose ausgezogen, und der Mann hat sie mit dem Bambusstock geschlagen, bis sie blutete. Damit alle sehen, welche Strafe es für Faulheit gibt. Die

Frau war richtig verrückt. Sie hat das Mädchen über das siedende Wasser gehalten und wollte sie reinwerfen. Ich habe gar nicht nachgedacht, sondern bin nur auf die Frau zugesprungen, und das Mädchen ist weggerannt. Der Mann hat geflucht und gesagt, er würde es mir schon zeigen. Aber ich habe so gestrampelt, daß sie mich nicht hochheben konnten. Also haben sie meine Hände genommen und in das kochende Wasser gehalten. Dann hat mir die Frau mit dem Bambusstock so lange auf die Hände geschlagen, bis sie bluteten und die Knochen gebrochen sind. Danach bin ich fortgelaufen – und Mister John hat mich gefunden. Sonst wäre ich bestimmt gestorben.»

An diesen entsetzlichen Bericht mußte Julia denken, als sie jetzt auf den Kleinen Pao sah, der nach wie vor mit gerunzelter Stirn über der Zeitung saß. Er verdiente seinen Unterhalt selbst, auch wenn er immer noch an den tibetischen Mastiff gekuschelt unter dem Küchentisch schlief. Die Arbeit, die er leistete, war weit mehr wert als die geringen Ausgaben, die er verursachte: Er machte Besorgungen, half den Amahs bei schwerer Arbeit und trug Informationen für Emilys Artikel zusammen. Julia war davon überzeugt, daß er dem chinesischen Volk einen großen Dienst erwies, denn die zahlreichen Straßenjungen Schanghais hatten nahezu unbemerkt überall Zutritt, und so waren sie ideale Kuriere und Ausspäher. Den großen schwarzen Augen in Paos dreieckigem Gesicht entging kaum etwas, das von Bedeutung war.

Das Telefon unterbrach Julias Gedanken, und zögernd erhob sie sich.

Wohl durch das Geräusch angelockt, kam Adam durch die Küchentür ins Wohnzimmer gestürzt. Er war fast einen Meter hoch, und sein buschiger Schwanz wedelte heftig hin und her. Glücklicherweise befanden sich Aschenbecher und Nippesgegenstände auf dem Kaffeetisch jetzt unterhalb seiner Schwanzhöhe, doch Julia griff vorsichtshalber nach der Lampe und rief in den Hörer: «Augenblick!»

Mit Hilfe des Kleinen Pao zerrte sie Adam am Halsband in die Küche.

«Entschuldigung», sagte Julia in den Hörer. «Hier ging es gerade etwas drunter und drüber.»

«War wohl wieder der verrückte Hund?» fragte John Pavernen. «Warum schaffst du das lästige Vieh nicht ab?»

«Das tue ich bestimmt nicht, Onkel John. Adam ist die beste Diebstahlversicherung auf der Welt. Außerdem mag ich ihn sehr. Immerhin ist er ein Geschenk von Tommy.»

«Deine Stimme klingt heute so unruhig.»

«Immer wenn das Telefon läutet, bin ich sicher, daß Tommy etwas Entsetzliches passiert ist. Wie geht's dir, Onkel John?»

«Blendend!» Sein Ton klang feierlich. «Wie sollte es auch nicht – ich bin jetzt Botschafter!»

«Das ist ja phanta –» Sie unterbrach sich mitten im Wort. «Du ziehst mich auf. Wer sollte dich zum Botschafter gemacht haben?»

«Wer schon – der Stadtrat. Ich bin Botschafter des internationalen Teils von Schanghai.»

«Du ziehst mich wirklich auf. Wie könnte der Stadtrat einen Botschafter ernennen? Schanghai ist doch kein Land.»

«Gegenwärtig schon. Eine halbautonome Einheit, die bedroht wird. Also mußte ein Botschafter her.»

«Und wohin schickt dich der Stadtrat? Etwa nach Peking zum alten Regime der Bürgerkriegsgeneräle? Oder nach Wuhan, zur neuen nationalistischen Regierung?»

«Das wirst du schon sehen, Julie. Mehr kann ich dir am Telefon leider nicht verraten. Sagen wir einfach, ich bin bei einem mächtigen Nachbarn akkreditierter Botschafter.»

An jenem letzten regnerischen Tag des regnerischen Februars 1927 hatte John Pavernen bereits sechsmal den Stacheldrahtzaun um den internationalen Teil Schanghais durchquert. Hinter ihm lag ein Gebiet, das von der größten Ansammlung ausländischer Truppen und Kriegsschiffe geschützt wurde, die es je in China gegeben hatte. Vor ihm, in Tschapei, dem von Chinesen beherrschten Bezirk unmittelbar nördlich des Flusses Sutschou, lag das Hauptquartier eines der als Kriegsherren bezeichneten Militärpotentaten.

Die Mission des Flinken John Pavernen hatte ihre Ursache in der verzweifelten Lage der Stadt. Obwohl Tschiang Kaischeks Nationale Revolutionsarmee noch Hunderte von Kilometern entfernt war, empfanden die ausländischen Taipane Schanghai bereits als belagert. Die angespannte Atmosphäre wurde durch die den Jangtse hinaufdampfenden Kriegsschiffe und Truppentransporter noch verstärkt. Etwa vierzigtausend Ausländer wurden bereits von über zwanzigtausend Soldaten beschützt, wenn man die zweitausend Angehörigen des Freiwilligenkorps einrechnete. Das Oberkommando hatte ein britischer General. Zusätzlich waren vierundvierzig Kriegsschiffe aufgeboten, die einem amerikanischen Admiral unterstanden und zu denen ein Flugzeugträger gehörte. Doch je mehr man die ausländischen Gebiete zu schützen versuchte, desto ängstlicher wurden deren Bewohner.

Die Entschlossenheit, die die ausländischen Mächte zur Schau trugen, entsprach zum großen Teil auch nicht ihrer wirklichen Haltung. Trotz der Truppenverstärkung hatten die Briten bereits die Besetzung ihres Gebietes in Wuhan durch die Nationalisten hingenommen. Möglicherweise kam Schanghai als nächstes an die Reihe. Trotz Stacheldraht, Maschinengewehrnestern, Flugzeugen und Kreuzern ängstigte die Ausländer die Vorstellung, Horden chinesischer Bolschewiken könnten die Verteidigungsanlagen überrennen, um in der Stadt zu plündern, morden und vergewaltigen.

Außerdem ging das Gespenst des Verrats um. Früher hatte man chinesische Ansprüche stets entschlossen durch den Einsatz ausländischen Militärs zurückgewiesen, doch seltsamerweise hatten im Vorjahr britische Kanonenboote eine Auseinandersetzung mit einem Kriegsherrn auf dem Jangtse abgebrochen und sich zurückgezogen. Nur mit deutlichen Siegen jedoch ließ sich den aufrührerischen Chinesen klarmachen, daß die Macht der Ausländer nicht zu brechen war, und nur auf diese Weise war zu erreichen, daß Ausländer und ihr Besitz unangetastet blieben.

Die unangenehme Wirklichkeit beherrschte John Pavernens Denken so sehr, daß er nicht einmal merkte, wie schlecht das

Wetter war, während er mit seinem schwarzen Studebaker vom Bund aus die Garden Bridge nach Tschapei überquerte. Trotz des Mantels aus mandschurischem Fuchs, den ihr Tommy zum Geburtstag geschenkt hatte, zitterte Julia bei den Windstößen, die durch den Wagen fuhren. Ihr Onkel hatte sie als Dolmetscherin engagiert. Sie hatte sich ihrerseits einen Helfer mitgebracht. Ordentlich gekleidet saß der Kleine Pao auf dem Notsitz – je größer das Gefolge eines Botschafters, desto bedeutungsvoller schien er.

Neben John Pavernen saß eine stämmige Gestalt, die allein ebenso eindrucksvoll war wie ein halbes Dutzend gewöhnlicher Attachés. Der zweiundvierzigjährige ehemalige Offizier der britischen Armee, der nach dem Verlust eines Arms bei Gallipoli im Rang eines Majors entlassen worden war, nannte sich Brigadegeneral Sutton. Dazu hatte ihn der Alte Marschall aus der Mandschurei befördert, dem er diente und der gegenwärtig Herr über Peking und über Nordchina war.

Er beeindruckte mit seiner Größe von einem Meter achtundachtzig die kleinwüchsigen Chinesen, und seine in Eton erlernte Hochnäsigkeit schüchterte sogar die Angehörigen dieses überheblichen Volkes ein. Er suchte Kunden für seinen Grabenmörser, den er in einem Arsenal in der Mandschurei vervollkommnet hatte. Das winzige Geschütz schleuderte mit seiner Lauflänge von kaum einem halben Meter eine Granate hoch in die Luft, die mit Stabilisierungsflossen versehen war, so daß sie nahezu senkrecht auf die feindlichen Stellungen herunterfiel. Sutton hatte erklärt, er könne hundertfünfzig Stück davon liefern, mit jeweils tausend Granaten – und John Pavernens Bereitschaft, ein gutes Geschäft zu machen, hatte sich durch seine neugewonnenen diplomatischen Würden nicht vermindert.

Es ging vorbei am Nordbahnhof, wo vor einem gepanzerten Zug eine dampfende Lokomotive stand. Der Studebaker trug auf einem Kotflügel einen Stander mit dem Sternenbanner und auf dem anderen einen mit dem Union Jack, obwohl weder Pavernen noch Sutton das Recht hatten, die Fahne ihres jeweiligen Vaterlandes zu führen. Allerdings war nicht anzunehmen, daß sich General Su, der Kriegsherr, zu dem sie unterwegs waren, mit solchen feinen Unterschieden aufhalten würde. Offiziell unterstand er Suttons Auftraggeber, dem Alten Marschall, verfolgte aber entschlossen seine eigenen Ziele.

Trotz der Stander mußte der Wagen nahezu fünf Minuten vor den schweren verschlossenen Toren der Mauer warten, hinter der sich in einer beschlagnahmten Villa das Hauptquartier des Bürgerkriegsgenerals befand und vor der zwei Schildwachen mit aufgepflanztem Bajonett postiert waren.

Über die Ziegelmauer ragten einige unüberdachte Wachtürme. Darauf standen Männer in senfgelben Uniformröcken, die ihre Maschinenpistolen auf den Studebaker richteten. Zum Schutz vor dem Regen hatten sie recht unmilitärisch wirkende Schirme aus Ölpapier aufgespannt.

In Gedanken sagte sich Julia immer wieder, daß sie nicht etwa schmutzige Spionage treibe, sondern ihre Anstandspflicht als Mensch es ihr gebot, den Kommunisten die Absichten der Ausländer zu enthüllen, wie sie es seit dem 30. Mai regelmäßig tat. Daher hatte sie der Bitte ihres Onkels entsprochen, ihn als Dolmetscherin zu begleiten, obwohl sie seine längst nicht immer sauberen Geschäftsmethoden allmählich satt hatte. Was sie an diesem Tag erfuhr, wollte sie nicht nur dem Dekan der Arbeiteruniversität berichten, der für die strategische Planung zuständig war, sondern auch unmittelbar an Tschou En-lai weitergeben. Nachdem die Nationale Revolutionsarmee den gutaussehenden politischen Kommissar abberufen hatte, war er von den Kommunisten als Oberbefehlshaber über Schanghais militanten Untergrund eingesetzt worden. Nun gebot er über Gewerkschaften, Handwerkerzünfte, Volksmiliz und die nach links tendierenden Logen der Geheimbünde, die gemeinsam den Großraum Schanghai in ihre Hand bringen wollten.

Die schmiedeeisernen Tore vor der luxuriösen Villa des Kriegsherrn öffneten sich endlich. Ein hochgewachsener Kosaken-Offizier, auf dessen weißem Uniformrock sich Bandelieren kreuzten und auf dessen Blondhaar ein Tschako aus grauer

Karakulwolle thronte, schritt heraus. Die Reitgerte in der Hand, betrachtete er in aller Ruhe mit seinen eisblauen Augen den wartenden Wagen, klopfte dann wortlos auf den Kotflügel und wies mit der Gerte zum offenen Tor hin. Langsam rollte der Studebaker zwischen den schwarzgrünen Kiefern hindurch, die die Auffahrt säumten und in deren Schatten Kosaken mit Maschinenpistolen hockten.

«Der Alte Marschall hat auch so eine russische Leibwache», knurrte Sutton, «das gibt ihm viel Gesicht: der weiße Mann dient dem gelben Mann. Für ein paar Dollars tun die Russkis, was man von ihnen verlangt.»

«Haben sie denn eine Wahl?» fragte Julia, die der herablassende Ton des Engländers ärgerte. «Außerdem sollen sie tapfer und sehr loyal sein.»

«Was bleibt ihnen auch anderes übrig? Sie können ja nicht gut desertieren und im Volk untertauchen – nicht in China. Loyal? Nun, zumindest gehen die Bürgerkriegsgeneräle davon aus. Weil die Russkis nicht mit dem Feind reden können, hält man sie für unbestechlich. Mumpitz! Silber und Gold haben in jeder Sprache die gleiche Überzeugungskraft.»

Als sie das Ende der Auffahrt erreichten, zeigte sich die Sonne einen Augenblick lang, so daß sich das große Gebäude in einem Teich spiegelte, der sich durch den Park bis zur Villa hin erstreckte. Der Kriegsherr war selbst an die Tür gekommen, um seine Gäste zu empfangen. Julia war erstaunt, einen gebrechlichen und gebeugten älteren Herrn in einer überaus prächtigen und mit zahlreichen Orden geschmückten Uniform zu sehen, wo sie einen grimmigen Banditen erwartet hatte. In seinem durch den Opiumgenuß bis auf die Knochen abgemagerten Gesicht fiel der schneeweiße Schnurrbart zunächst mehr auf als seine schiefergrauen Augen. Hatte dieser zarte alte Herr tatsächlich, wie man munkelte, eigenhändig achtundfünfzig Bauern geköpft, weil sie angeblich einen – in Wirklichkeit gar nicht existierenden – Schatz von Goldbarren in ihren Äckern versteckt hatten?

«General», begann John Pavernen, kaum daß er den Mann erblickt hatte, der sich auf den Arm seines Kosaken-Adjutanten stützte, «es ist eine hohe Ehre, daß Sie uns selbst empfangen . . .»

Obwohl sie fast an dieser blumigen Begrüßung erstickte, dolmetschte Julia getreulich Wort für Wort. Auch die ölige Antwort des Kriegsherrn wiederholte sie trotz ihres Widerwillens: «Aber ich bitte Sie. Ich bin unwürdig, und ich habe es versäumt, Eure Exzellenz hinreichend zu ehren. Wie aber könnte ich meinem älteren Bruder gegenüber förmlich sein?»

Unter vielen «unwürdig», «verehrt» und «geschätzt» schritten sie über einen mit Marmor ausgelegten langen Gang. Der Salon war von so vulgärer Pracht, daß es Julia den Atem verschlug. Durch eine halbgeöffnete Doppeltür erhaschte sie einen Blick auf ein Eßzimmer, in dem ein runder Tisch mit einem goldenen chinesischen Service für acht Personen gedeckt war. Eine Intarsienarbeit aus Halbedelsteinen schmückte die Wand aus rosa Marmor und zeigte je ein Paar Einhörner und Phönixe.

«Das Zeug läßt sich leicht mitnehmen und in den Zug laden», sagte der General, der Julias Erstaunen gesehen hatte. Offenbar wollte er die Besucher nicht nur mit seinem großen Reichtum beeindrucken, sondern auch mit seinen klugen Vorkehrungen, ihn zu bewahren.

Glaubte er wirklich, seine ganze Beute in den am Nordbahnhof abfahrbereit wartenden gepanzerten Zug schaffen zu können? Unmöglich! Die inzwischen aus mehr als dreihunderttausend Mann bestehende Nationale Revolutionsarmee hatte bereits den größten Teil Süd- und Mittelchinas fest in der Hand. Überdies war sie dabei, Nanking einzuschließen, den einzigen Zugang zu Nordchina. Dort mußte jeder, der mit der Bahn nach Peking reisen wollte, auf einer Fähre den Jangtse überqueren.

Nach schier endlosem Geplauder kam der Kriegsherr schließlich auf Suttons Patentmörser zu sprechen. Er zeigte sich am Ankauf dieser Waffe sehr interessiert – und gab damit zugleich zu erkennen, daß er wohl doch nicht die Absicht hatte, seinen Besitz zusammenzuraffen und zu fliehen.

Es galt in China als schlechter Stil, vor dem Ende der

gewöhnlich üppigen Mahlzeit über Geschäfte zu reden, doch kaum hatten sie mit geräucherten Entenzungen begonnen, als der Kriegsherr bereits fragte: «General Sutton, wieviel Schuß pro Minute feuert Ihr Mörser ab?»

Julia umschrieb die militärischen Begriffe, die sie nicht kannte. Nicht nur das technische Wissen des Mannes überraschte sie, sondern auch, daß er erklärte, als die Haifischflossensuppe mit Austern aufgetragen wurde: «Schön, meine Freunde, ich nehme hundert.»

«Und vielleicht pro Stück tausend Granaten, mein geschätzter Freund?» schnurrte Sutton, der damit seinen ersten Auftrag für den Mörser bekam, mit dem er seit sieben Jahren hausierend durch China zog. «Die Bedingungen wird Botschafter Pavernen mit Ihnen besprechen.»

«Wenn sie von Nutzen sein sollen», forderte General Su, «müssen sie spätestens in einer Woche geliefert werden.»

Diener trugen ein Tablett herein, auf dem sich ein schuppiger Drache zu ringeln schien. Diese als «Drache im Frühling» bekannte Delikatesse der kantonesischen Küche bestand aus daumennagelgroßen Stückchen weißen Kobrafleisches, das mit gelben Chrysanthemen-Blütenblättern bestreut war.

Tapfer würgte der Flinke John Pavernen das Schlangenfleisch hinunter, und sogleich legten die Diener reichlich nach. Um seinen Gastgeber nicht zu kränken, aß der Flinke John mit einem Lächeln auf den Lippen weiter, während sich sein Gesicht verfärbte und ihm große Schweißperlen auf die Stirn traten.

Schließlich konnte er sich nicht mehr überwinden und legte die elfenbeinernen Eßstäbchen beiseite. «Können wir jetzt über den großen Abschluß reden? Frag ihn leise, Julie; es muß nicht jeder hören.»

Der Kriegsherr winkte die Diener aus dem Raum und wartete, bis der Anführer seiner Kosaken-Leibwache draußen nach dem Rechten gesehen hatte und durch ein Nicken bestätigte, daß niemand lauschte. Mit wohlwollendem Lächeln auf den bläulichen Lippen forderte er dann den inoffiziellen Botschafter auf zu reden.

«Ich freue mich, Ihnen folgenden Vorschlag unterbreiten zu können», sagte John Pavernen. «Für die Verteidigung Schanghais bekommen Sie einen Ehrensold. Die Mörser hingegen», fuhr er fort, «sind ein Geschenk, ein Beitrag zum allgemeinen Wohl. Was uns Eure Exzellenz an persönlichem Gut anvertraut, wird in bewachten Lagerhäusern aufbewahrt.»

Aus General Sus runzligen Zügen strahlte Bereitwilligkeit, während er fragte: «Und was ist mit den Schecks für meinen Ehrensold? Sie denken doch daran, bestätigte Schecks – kein Gold!»

«Diese Schecks werden auf die Hong Kong and Shanghai Banking Corporation gezogen. Sie belaufen sich auf insgesamt –» hier ließ John Pavernen eine Pause eintreten, um die Wirkung seiner Worte zu steigern – «eine Million Silberdollar.»

«Gut! Gut!» Der General hob seinen Weinbecher aus Porzellan. «Und Sie, Exzellenz, bekommen Ihre Fünfzigtausend Provision in Gold.»

Mit einem Eßstäbchen klopfte er an seinen Becher, um die Diener herbeizurufen. Unmittelbar bevor sich die Tür öffnete, fragte John Pavernen: «Und die Gegenleistung, General? Nur, damit wir uns einig sind.»

Der Kriegsherr streckte einen Zeigefinger mit überlangem Nagel aus; die Tür schloß sich wieder, und er erklärte: «Ich werde den Großraum Schanghai unter Einsatz meines Lebens gegen die roten Banditen verteidigen. Meine hunderttausend tapferen Soldaten werden Schanghai um jeden Preis halten.»

John Pavernen wußte, daß General Su keinesfalls mehr als fünfundsechzigtausend Männer aufbieten konnte. Ebensowenig war Sutton in der Lage, binnen einer Woche hundert Mörser zu liefern. Solche durchsichtigen Täuschungsmanöver bewiesen lediglich den guten Willen auf beiden Seiten. In Wirklichkeit würden die angehäuften Schätze des Bürgerkriegsgenerals, die in Schanghai eingelagert werden sollten, dafür sorgen, daß er sein Wort hielt, während der bestätigte Scheck sicherstellte, daß die Ausländer ihn nicht betrogen. Trotzdem würden Su wie Sutton bezahlt werden, als hätten sie ihre vertraglich vereinbarten Dienste geleistet – und John Pavernen würde von beiden Seiten Provision dafür einstreichen.

Zwei Diener brachten auf einem Goldtablett ein rotgebratenes Spanferkel herein und zwei weitere Diener silberne Weinkühler mit Magnumflaschen von Veuve Cliquot. Zwar glaubte General Su, diese Art Getränk sei nur etwas für Frauen, doch hatte ihm sein Kosaken-Offizier versichert, daß Ausländer, wenn sie etwas zu feiern hatten, immer Champagner tranken.

Während die Diener Stücke des in Honig gebratenen Schweinefleisches servierten und Champagner in Kristallgläser gossen, entnahm General Su seiner Tasche ein kleines Päckchen. Auf sein Drängen hin löste Julia die Seidenschnur, die es verschloß. Mit angehaltenem Atem blickte sie auf eine doppelte Perlenkette, die ihr von der scharlachroten Seide entgegenschimmerte.

Auch wenn sie weniger abgelenkt gewesen wäre, hätte sie nicht verstanden, was der Diener dem Bürgerkriegsgeneral auf Schantung-Chinesisch zuflüsterte: «Oberst Tschang hat das Telegramm entschlüsselt. Das Schiff kann in zehn Tagen beginnen, vor Wusung Ladung aufzunehmen.»

28

7. März 1927

«Geh du mit Dick hin», forderte Julia die Freundin auf. «Ich käme mir wie das fünfte Rad am Wagen vor.»

«Du weißt selbst, daß das Unsinn ist», gab Emily zur Antwort. «Wir wollen alle, daß du mitkommst, allein schon deshalb, weil du Joshua zum Lachen bringst.»

«Em, ich bin heute nicht in der Stimmung, den Hofnarren zu spielen.»

«Eine kleine Ausfahrt in die Stadt und ein Schluck zu trinken können dir doch nichts schaden, Julie. Liz kommt auch, und du würdest ihr fehlen. Du hast ihr immer nähergestanden als ich.»

«Emily, ich habe *nein* gesagt!»

«Na schön, Julie, reiß mir nicht gleich den Kopf ab. Warum bist du nur so brummig?»

«Ich weiß es selbst nicht recht. Vielleicht hängt es damit zusammen, daß ich schon fast sechs Jahre hier in Schanghai bin. Ich sollte vielleicht nach Plattsburg heimkehren, bevor es zu spät ist.»

«Ich dachte, du wärst glücklich hier. Und denk doch an Tommy . . .»

«Doch, ich war glücklich . . . Ich bin es eigentlich noch immer. Es hat nicht nur mit Tommy zu tun. Wer weiß, was aus ihm und mir wird, wenn ich bleibe? Das ist aber nicht der wahre Grund.»

Emily, die vor ihrem Frisierspiegel einen neuen Lidschatten ausprobierte, wandte sich um und sah ihre Freundin besorgt an. «Du willst doch nicht wirklich fort? Das wäre ein entsetzlicher Schlag für Tommy.»

«Da bin ich nicht so sicher. Ohne ihn hätte ich ohnehin längst ein Schiff nach San Francisco genommen.»

«Julie, du würdest uns allen schrecklich fehlen.» Es gelang Emily nur mit Mühe, geduldig zu bleiben. «Was hast du bloß? Irgendwann sagst du es mir ja doch, warum dann nicht gleich?»

«Emily, was ich zu sagen habe, wird dir nicht gefallen.» Nervös drückte Julia die Zigarette aus, die sie erst wenige Augenblicke zuvor angesteckt hatte. «Ich habe wohl genug . . . genug von China. Daß ich diesem widerwärtigen General Su schöntun mußte, hat mir wohl den Rest gegeben. Manchmal frage ich mich, was ich hier eigentlich will. Hier gibt es so viel Brutalität und so viel Leid . . . und nichts, aber auch gar nichts, was ich dagegen unternehmen könnte, auch wenn ich manchmal gedacht habe, ich hätte vielleicht eine Möglichkeit dazu.»

«Du bist einfach deprimiert. Das gibt sich. Tommy ist jetzt schon über ein Jahr fort. Ist es das?»

«Natürlich, Em. Aber selbst wenn er ständig hier wäre, müßte ich über eine Rückkehr nachdenken. Meine Eltern drängen mich immer wieder, wenigstens zu einem Besuch nach Hause zu kommen. Und allmählich glaube ich, daß sie recht haben.»

«Ich möchte nicht taktlos scheinen, meine Liebe, aber wovon würdest du die Überfahrt bezahlen? Ein Kabinenplatz ist nicht billig, und als Deckspassagier sehe ich dich nicht reisen.»

«Onkel John kennt jemanden bei der Dollar-Linie, der ihm einen Gefallen schuldet. Er sagt, als Gegenleistung könnte er durchaus eine Passage für mich erwarten.»

«So weit hast du die Sache schon getrieben? Ich würde dich wirklich ungern abreisen sehen, Julie.»

«Nun, Em, ich fahre auch noch nicht morgen. Erst muß ich Tommy wiedersehen. Gott weiß, wie lange das noch dauert. Wenn er allerdings im nächsten halben Jahr nicht wiederkommt . . .»

Elisaweta Alexandrowna Jawalenka warf einen unglücklichen Blick auf den offenen Tourenwagen, der neben dem neuen kanariengelben Hupmobile der Haleevies darauf wartete, daß der Verkehrspolizist die Kreuzung freigab. Angewidert verzog sich ihr karmesinroter Mund, und sie wickelte sich fester in das Kaschmirtuch, das sie vorsichtshalber über ihr Kleid aus leichter Schantung-Seide geworfen hatte. Zwar war der Abend für die Jahreszeit mild, aber im März mußte man vorsichtig sein.

Ein ungeheuer dicker Chinese nahm den gesamten Rücksitz des Tourenwagens ein. Die Speckrollen seines Nackens quollen über die Lehne, und seine Gesichtszüge wirkten wie auf einen Luftballon gemalt. Ihm gegenüber saßen auf den Notsitzen zwei junge Frauen mit dick gepuderten Gesichtern und Augen, die vor Lidschatten und Wimperntusche kaum zu sehen waren. Billige Freudenmädchen, wie Elisaweta sogleich mit geschultem Blick erkannte.

Ein Diener saß neben dem Fahrer, und zwei Leibwächter standen auf den Trittbrettern – lauter Russen. Sie trugen eine Art weißer Uniform: Reithose und mit Messingknöpfen besetzte Litewkas. Alle vier waren bewaffnet. Entsetzt erkannte Elisaweta, daß der Diener ein ehemaliger Brigadegeneral war, ein Graf, der als Oberst im Regiment ihres Bruders gedient hatte. Die Blüte der russischen Aristokratie spielte jetzt den Leibwächter für chinesische Plutokraten und deren Flittchen!

«Wer ist dieser Fettsack?» fragte sie.

Nach einem kurzen Seitenblick gab Emily zurück: «Nie gesehen. Aber er scheint buchstäblich im Geld zu schwimmen.»

Emily war trübsinnig und wußte selbst nicht recht, warum. Die Arbeit an der Frauenbank begann Früchte zu tragen, ihre Beziehung zu Richard Hollings war in letzter Zeit sehr glücklich gewesen, und sie hatte seit Wochen keinen ernsthaften Streit mit ihm gehabt.

«Das tut er in der Tat, Em», sagte Joshua Haleevie auf seinem Klappsitz. «Das ist der alte Tsi Wion, der König der Taschendiebe – unter anderem. Man nennt ihn auch den Beutelschneider Tsi.»

«Wie kommt es, daß du ihn kennst und Emily nicht?» fragte Richard.

«Er investiert im großen Stil in Grundbesitz», gab Joshua zurück, «und wir hatten die größte Mühe, ihn abzuweisen.»

«Widerwärtig», sagte Elisaweta. Sie war deprimiert, weil sie sich von den vier Weißrussen an ihre eigene Position erinnert fühlte, und bemühte sich, auf andere Gedanken zu kommen.

«Ich möchte etwas über meine Zukunft erfahren», sagte sie unvermittelt. «Kennt einer von euch einen wirklich guten Wahrsager?»

«Die Amahs sagen, in der Großen Welt ist einer», meinte Emily.

«Das ist ganz hier in der Nähe», erklärte Joshua. «Wollen wir hin?»

Der Chauffeur lenkte das große gelbe Hupmobile der Avenue Edward VII. zu, und Elisaweta bedachte Joshua mit einem dankbaren Blick. Ihre Stimmung besserte sich bereits. Wahrsager machten ihr Spaß – und jagten ihr auch einen Schauer über den Rücken.

Ihr Blick fiel auf einige der Propagandaplakate, die in den letzten Tagen überall aufgetaucht waren. Sie konnte sie zwar nicht lesen, aber die Bilder sprachen für sich – davon abgesehen, daß sie dergleichen schon aus Sibirien kannte. Ein Bauer floh vor einem Tiger mit bluttriefenden Lefzen. Die Ideogramme, erklärte ihr Emily, bezeichneten den Tiger als Bürgerkriegsgeneral im Norden. Ein geschniegelter Offizier zerbrach die Ketten, die einen ausgemergelten Kuli an einen Pranger fesselten. Selbst arme Chinesen, überlegte Elisaweta, würden bald dahinterkommen, daß sich die Wirklichkeit des Bolschewismus deutlich von diesen Bildern unterschied.

Mit einemmal hörte man lautes Knattern über dem Straßenlärm. Als die Insassen des Hupmobiles die Köpfe hoben, sahen sie einen mit Leinwand bespannten hölzernen Doppeldecker in geringer Höhe über die Stadt fliegen. Sechs Bombenflugzeuge starteten täglich von der auf der Rennbahn behelfsmäßig angelegten Rollbahn zu Patrouillenflügen, um Tschiang Kai-scheks Nationale Revolutionsarmee einzuschüchtern, deren ganze Luftwaffe aus einer einzigen alten Fokker bestand. Außerdem wurde die Bevölkerung auf diese Weise ständig daran erinnert, in welcher Gefahr sich der von Ausländern bewohnte Teil Schanghais befand.

Elisaweta hatte Angst.

Sie warf einen Blick zu Joshua hinüber, der dem Flugzeug nachsah, und überlegte, ob er nicht allmählich von ihren Sorgen um das Ikra genug hatte. Obwohl er selbst nicht darüber sprach, wußte sie von Julia, daß ihn seine Eltern hart bedrängten, sich endlich eine passende Frau zu nehmen. Nicht nur Rachel Haleevie, sondern auch Sir Judah schwärmte in den höchsten Tönen von einer gewissen Charlotte Gubbai, deren Familie ebenso orthodox – und beinahe ebenso wohlhabend – war wie die Haleevies.

Auch Emily war unruhig. Dabei hatte sie möglicherweise Anlaß, für die bedrohliche Lage dankbar zu sein, nicht nur als Patriotin, sondern auch als Frau, denn ohne diese hätte sich Richard Hollings sicher längst aufgemacht, um sein neues journalistisches Reich zu erkunden, das sich von Japan bis Indien erstreckte.

Ihr war klar, daß die Initiative von ihr ausgehen mußte, sofern sie Richard heiraten wollte. Ihre Niedergeschlagenheit begann zu schwinden. Obwohl sie gewöhnlich in der Öffentlichkeit zurückhaltend war, nahm sie jetzt seine Hand. Trotz seiner Sonnenbräune konnte man sehen, daß er errötete, während er fest ihre Finger drückte.

Einen Augenblick lang beneidete Elisaweta die junge Chinesin. Könnte doch auch sie so leicht über die Kluft gesellschaftlicher und religiöser Vorurteile hinweg die Hand nach Joshua ausstrecken, so wie Emily gerade die Kluft des Rassenvorurteils überbrückt hatte! Aber wollte sie das überhaupt?

In ihre Gedanken hinein hörte sie Joshua sagen: «Und hier sind unsere tapferen Verteidiger.»

Ein sechseckiges Backsteingebäude mit einem sechsstöckigen weißen Turm erhob sich an der Kreuzung von Avenue Edward VII. und Tibet Road. Große Ideogramme verkündeten: Da Schi-tschie, was nichts anderes bedeutete als Große Welt. Davor stand in dunkelblauen Uniformen und mit Stahlhelmen eine Wache aus annamitischen Soldaten.

Das Hupmobile überquerte den Boulevard und hielt unter dem weißen Turm an. Respektvoll öffnete der Chauffeur ihnen den Schlag und sagte mit bedenklicher Miene: «Große Welt für Chinesen. Ausländer dort besser nicht hingehen.»

Emily lachte, aber Joshua fragte sich, ob es klug gewesen war, Elisawetas Laune nachzugeben. Ausländer mieden diese Vergnügungsstätte ebenso wie Chinesen den Park gegenüber dem britischen Konsulat am Bund. Doch bedroht fühlte er sich im riesigen kreisrunden Innern des Gebäudes nicht, wo fliegende Händler Teigtaschen verkauften, wo Teebuden standen und Jongleure mit der traditionellen Oper um die Gunst der Besucher wetteiferten.

Der Lärm und der Geruch nach altem Bratöl, Schweiß und ranziger Pomade jedoch stießen ihn ab. Auch Emily wollte angesichts der feindseligen Blicke umkehren, die ihr nicht nur wegen ihrer ausländischen Begleiter zugeworfen wurden, sondern auch, weil sie wie eine Ausländerin gekleidet ging. Doch Elisaweta ergriff ihren Arm. «Komm, Emily!» bat sie. «Du mußt mir helfen, den Wahrsager zu finden.»

Während sie sich einen Weg durch die Menge bahnte, wurde sie mehrfach angerempelt. Als sie vor der zeltartigen Bude des Wahrsagers darauf warteten, daß sich der rote Vorhang öffnete, hörte sie betont lautes Flüstern hinter sich: «Ausländerhure! ... Eine Schande für unser Volk! ... Die braucht einen Denkzettel!»

Voll Unbehagen und dunkler Befürchtungen folgte sie Elisaweta in die Finsternis, in der es nach Räucherstäbchen und billigem Parfüm roch. Eine hohl klingende Stimme sprach hinter dem roten Schleier, der über einem kleinen schwarzen Tischchen hing: «Setzen Sie sich, verehrte Dame, und gestatten Sie mir, Ihr Gesicht anzusehen.»

«Es ist für meine Freundin, nicht für mich», erläuterte Emily rasch. «Sagen Sie ihr die Zukunft voraus, nicht mir!»

Der rote Schleier teilte sich, und eine knochige Hand mit langen bleichen Fingernägeln legte einen Schildkrötenpanzer auf den Tisch. Er schaukelte hin und her und kam erst zur Ruhe, als Elisaweta zu ihrem ersten noch einen zweiten Silberdollar legte. Eine chinesische Arbeiterin hätte höchstens zwanzig Kupferstücke gezahlt.

«Ausländer sind teurer.» Die Stimme beantwortete Emilys Gedanken. «Ihre Gesichter sind nicht so fein ausgearbeitet, man kann in ihnen nur schwer ein Muster erkennen. Also muß ich mehr nehmen.»

Die Stimme verebbte zu einem leisen Murmeln. Der Seher begann: «Ich kann jetzt der Fremden verschiedenes sagen. Sie wird lange leben, aber nie dort, wo sie möchte. Viele Männer werden sie bewundern, aber sie wird nie den besitzen, den sie will. Sie wird viele Kinder haben, aber keines wird ihr eigenes sein. Ihre Feinde werden ihre Freunde sein und ihre Freunde ihre Feinde. Und sie wird sehr glücklich sein.»

Emily übersetzte alles genau. Auf Elisawetas verwirrte Fragen antwortete die Stimme lediglich: «Ich bin sehr matt. Mehr kann ich nicht sagen!»

«Das gibt überhaupt keinen Sinn», knurrte Elisaweta. «Glaubst du, daß er selber weiß, was er da sagt?»

«Doch, Liz. Natürlich kann sich ein Wahrsager nicht so genau festlegen – jedenfalls nicht, wenn er weiterhin von seinem Beruf leben will. Aber diese Leute haben einen geradezu unheimlichen Instinkt. Damit will ich selbstverständlich nicht sagen, daß –»

Emily schob die Vorhänge auseinander und sah zu ihrer Erleichterung, daß sich die Menschenmenge um die Bude herum zerstreut hatte. Als die beiden jungen Frauen wieder heraustraten, lächelte Richard nur spöttisch. Joshua jedoch war offenkundig wütend. Er wies auf ein grellfarbiges Plakat und rief aus: «Nach allem, was wir für sie getan haben! Schulen und Krankenhäuser haben wir ihnen gebaut ... lauter Schenkungen!»

Emily las die blutroten Ideogramme: TOD ALLEN AUSLÄNDISCHEN BLUTSAUGERN UND IHREN CHINESISCHEN LAKAIEN! Die Abbildung zeigte einen Kuli, der drei sich windenden Schlangen mit einer Hacke die Köpfe vom Rumpf trennte. Bei näherer Betrachtung erkannte sie, daß diese Köpfe Fotografien bekannter Männer waren. Sie erkannte den Vorsitzenden der Hong Kong and Shanghai Banking Corporation, der als Inbegriff der Ausbeutung durch die Fremden galt, sowie Dschang Dso-lin, den Alten Marschall aus der Mandschurei, der unter den Bürgerkriegsgenerälen der bedeutendste und mächtigste war. Obwohl das dritte Foto verschmiert war, vermochte sie schließlich Sir Judah Haleevies Züge auszumachen. Das allein aber konnte nicht der Grund für Joshuas hemmungslose Wut sein.

«Ein junger Bursche war gerade hier», erklärte Richard. «Sah aus wie ein Student. Joshua hat ihn gefragt, was auf dem Plakat steht, und er hat es übersetzt. Neben den Verschwörungen der Kriegsherren und der Imperialisten gegen China stellt das Plakat eine dritte Bedrohung heraus: Jüdische Kapitalisten auf der ganzen Welt haben sich angeblich zusammengeschlossen, um China auszuplündern – und der Anführer dieser Verschwörung soll Sir Judah sein. Es ist aberwitzig ... fast schon komisch. Aber Joshua kann darüber nicht lachen.»

Nachdem Emily auch die kleingedruckten Ideogramme gelesen hatte, verstand sie, wie tief sich Joshua gekränkt fühlen mußte. Die Haleevies waren ihrer eigenen Einschätzung nach eine ebenso echte Schanghaier Familie wie die Howes. Als Emily Joshua beruhigen wollte, sah sie, daß Elisaweta, die ihre eigene Verstörung vergessen zu haben schien, ihn umarmte.

Ein ohrenbetäubender Aufschrei erhob sich plötzlich über dem allgemeinen Lärm. Die vier Besucher drehten sich gleichzeitig um, wie aufgezogene Figuren auf einem Uhrwerk. Erneut ertönte der Schrei, jetzt schon deutlich näher. Eine Gruppe weiblicher Kulis in fleckigen schwarzen Baumwolljacken und -hosen stürmte auf sie zu. Einige schwangen schwere Fleischäxte, und alle kreischten: «Weg mit den fremden Huren! Bringt sie um!»

Joshua stellte sich schützend vor Emily und Elisaweta, doch Richard rief ihm zu: «Sei kein Narr! Das hier ist nicht der rechte Zeitpunkt für Ritterlichkeit! Wir müssen schnellstens verschwinden.»

Mühelos überholten die barfuß laufenden Chinesinnen Emily und Elisaweta mit ihren hochhackigen Schuhen und umzingelten wie Furien ihre Beute, ohne auf die Männer zu achten.

Schmutzige Hände griffen nach Emilys europäischer Kleidung. «Hure der behaarten Teufel! Ich bring dich um!» schrie eine der Angreiferinnen ihr ins Gesicht. Ihr Atem roch faul, fast nach Verwesung.

Eine andere riß ein Stück aus Elisawetas Kleid. Elisaweta knickte mit dem Fuß um. Sie klammerte sich instinktiv an Emily, und beide stürzten auf den Steinboden. Joshua trat zwischen sie und die Angreiferinnen. Diese schoben sich drohend näher, von ihrem Triumph selbst überrascht. Drei Hackbeile wurden erhoben, ihre Klingen blitzten, es schien ewig zu dauern, bis sie niederfuhren.

Im selben Augenblick stellte sich ein Trupp Annamiten schützend vor Emily und Elisaweta. Als die Soldaten ihre Gewehrläufe hoben, wandten sich die Kulifrauen zur Flucht.

Der französische Leutnant, der den Trupp kommandierte,

sagte mit mildem Tadel in der Stimme: «Mesdames . . . Sie sollten wissen, daß die Große Welt nur für Chinesen ist.»

Emilys und Elisawetas Kleider waren zerfetzt, und in Joshuas blauem Blazer klaffte ein langer Riß. Hin- und hergerissen zwischen Erleichterung und Empörung, sah Emily, daß Richard völlig ungeschoren davongekommen war. Statt den sinnlosen Versuch zu unternehmen, die Frauen zu verteidigen, war er klugerweise so rasch er konnte davongestürzt, um Hilfe zu holen.

29

21. März 1927

Weil er, wie wohl alle Fünfzehnjährigen, nie genug Schlaf bekommen konnte, erwachte der Kleine Pao nur langsam und unwillig. Er haßte die Morgenkälte. Montage waren besonders schlimm, weil er sich durch sein Zusammenleben mit Ausländern an den freien Sonntag gewöhnt hatte, den die meisten Chinesen nicht kannten. Der Junge wischte sich den Schlaf aus den Augen und griff neben sich, um seinen Schlafgenossen, den tibetischen Mastiff namens Johann Adam Schall von Bell, an den langen Ohren zu ziehen. Doch neben sich fühlte er nur den kalten Boden. Nun, Adam erwachte häufig früher als Pao und pflegte dann herumzustreunen. Pao zwang sich, die Augen zu öffnen, drehte sich um und wäre fast von der Bank gefallen, auf der er lag. Mit einem Schlag kam ihm die Erkenntnis, daß er die Nacht gar nicht in der Dachwohnung in der Kiukiang Road verbracht hatte, sondern in dem von Chinesen beherrschten Stadtviertel Tschapei nördlich des Flusses Sutschou, und zwar in einem der Büros der Allgemeinen Gewerkschaft Schanghais. Vor seinem Aufbruch am Vorabend hatte er Julia und Emily dringend gemahnt, bis zu seiner Rückkehr im Haus zu bleiben – und auch Adam in der Wohnung einzusperren.

Der Kleine Pao fuhr mit seinen bloßen Füßen in Julias alte Golfschuhe, die sie ihm geschenkt hatte, als sie bemerkte, daß er dieselbe Größe trug wie sie. Er tastete sich die steile Treppe hinunter zum Toiletten- und Waschraum im hinteren Hof. Noch halb verschlafen nahm er das Klappern der Holzsohlen und das Tappen von Filzschuhen um sich herum, die sich dem langen Steintrog näherten, kaum wahr.

Während er die Augen endlich ganz öffnete, pfiff er die Internationale vor sich hin. Das Frühstück würde in keiner Weise mit den Köstlichkeiten zu vergleichen sein, die ihm die Amah Lao-tsi gewöhnlich auftischte, es würde wohl lediglich eine Schüssel Reis mit etwas gesalzenem Kohl geben und, sofern er Glück hatte, einem Stückchen borstigen Schweinespeck. Dennoch war er bester Laune, und seine Augen glänzten, als er seine neue Armbinde aus der Tasche zog.

Stolz entzifferte er die großen roten Ideogramme Tschuan Schi, Sondermelder. Nach dem Frühstück würde er sich gleich an die Arbeit machen, denn heute kam es darauf an. Noch bevor mittags der Generalstreik und der Massenaufstand begannen, würde er der Arbeitermiliz die Befehle Kommissar Tschou En-lais überbringen.

Er setzte seine Reisschale nieder. Sie war noch nicht leer, aber er hatte keinen Hunger mehr. Sein Mund war wie ausgedörrt, und der bloße Gedanke an etwas zu essen drehte ihm den Magen um.

Dieser Tag würde ein Triumph werden. Der Fehlschlag, den die Kommunisten Mitte Februar in Schanghai erlitten hatten, würde sich mit Sicherheit nicht wiederholen. Damals war Pao den Soldaten der Bürgerkriegsgeneräle, die sich mit ihren breiten Schwertern einen blutigen Pfad durch die Menge der Arbeiter gebahnt hatten, nur entkommen, weil er so klein und so flink war.

Diesmal stand die Nationale Revolutionsarmee des Generalissimus fast vor den Toren der Stadt. Kommunisten und Nationalisten kämpften trotz der zwischen ihnen bestehenden Meinungsverschiedenheiten nach wie vor gemeinsam. Überdies hatten einige Offiziere der Militärakademie in Zivil die

Arbeitermiliz der Stadt auf einen hohen Ausbildungsstand gebracht. Und nach vielen Niederlagen gaben die Verteidigungsstellungen der Bürgerkriegsgeneräle in Südchina langsam nach; Teile ihrer Truppen desertierten. Obwohl General Sus Stellung in Schanghai unerschütterlich schien, war sie schon untergraben. Weder Polizei noch Soldaten hatten die Kommunisten ernsthaft daran zu hindern versucht, im Großraum Schanghai eine halbe Million Menschen zu mobilisieren – vielleicht, weil sie die Lage falsch einschätzten, vielleicht, weil sie Angst vor dieser Menschenmasse hatten.

Straffe Disziplin, moderne Waffen und eine gute Ausbildung hatten dazu geführt, daß die Nationale Revolutionsarmee den Gegnern im Dienst der Bürgerkriegsgeneräle weit überlegen war. Und doch würden, wie Kommissar Tschou En-lai wieder und wieder betonte, letztlich nicht Gewehre und Kanonen den Kampf entscheiden, sondern Mut und Entschlossenheit der Kämpfenden.

«Unsere Hauptwaffe», so hatte Kommissar Tschou zusammengefaßt, «ist die Propaganda: Wir führen einen psychologischen Krieg.»

Paraden und Massenversammlungen, Plakate und Flugblätter, fahrende Sänger und umherziehende Theatertruppen – alle kämpften darum, die Herzen des Volkes zu gewinnen. Zeitungen, Radiosendungen und Ausrufer verbreiteten Gerüchte und versprachen eine glänzende Zukunft; all das untergrub die Entschlossenheit des Feindes. Hinter dem Schutzwall ihrer psychologischen Kriegführung überwand die Nationale Revolutionsarmee erbarmungslos die sich zurückziehenden Streitkräfte der Bürgerkriegsgeneräle, die nach wie vor dreimal so zahlreich waren wie ihre eigenen.

Nein, vor denen brauchte er keine Furcht mehr zu haben, sagte sich der Kleine Pao, zwang sich, seine Reisschale zu leeren und gab sie den Genossinnen in der Küche zurück. Er wußte, daß der Kommandant seinen Unterführern im großen Büro im ersten Stock Anweisungen erteilte.

«Der Sieg ist uns sicher!» wiederholte Tschou En-lai gerade, als sich der Kleine Pao zu den anderen in den Raum drängte.

«Warum gehe ich dann den Plan zum zwanzigstenmal mit euch durch? Der Sieg ist uns sicher, gerade *weil* wir mit größter Sorgfalt planen, hart exerzieren und uns genau an unsere Pläne halten. Jetzt also noch einmal die Einzelheiten: Zwei Abteilungen rücken an der Polizeiwache im Westen von Tschapei in normaler Arbeitskleidung getrennt voneinander vor. Ihre Waffen verstecken sie in Tragstangen und Gepäckstücken. Um genau elf Uhr dreißig nehmen dann die Kolonnen Verbindung miteinander . . .»

Der Kleine Pao gähnte so ausgiebig, daß ihm die Genossin, die jedes Wort protokollierte, das der Kommissar von sich gab, durch ihre dicken Brillengläser einen verweisenden Blick zuwarf und sagte: «Diese Gassenjungen haben keine Manieren.»

Mit spöttischem Grinsen gab der Kleine Pao zurück: «Wir alle sind Genossen, und wir alle sind gleich. Sogar verzogene Töchter der blutsaugenden Bourgeoisie sind jetzt so gut wie Gassenjungen!»

Mit puterrotem Gesicht sah die Frau auf ihren Notizblock, während Tschou En-lai fortfuhr: «Im Großraum Schanghai leben mehr als drei Millionen Menschen, die Hälfte davon in den Außenbezirken unter der Herrschaft der Bürgerkriegsgeneräle, die andere Hälfte in den Enklaven der Imperialisten. Vierzigtausend von ihnen sind Ausländer . . . alle anderen Brüder unseren Blutes. Wir haben etwa eine halbe Million Arbeiter angeworben – davon gehören etwa fünftausend den bewaffneten Arbeitermilizen an. Das sind nicht besonders viele, um eine Stadt von drei Millionen einzunehmen, oder? Gegen uns stehen die Truppen der Bürgerkriegsgeneräle und ihre Polizei – sagen wir neunzigtausend. Die Imperialisten verfügen über etwa zwanzigtausend Mann Bodentruppen und zwanzigtausend auf ihren Kriegsschiffen. Das sieht nicht gut für uns aus, oder?»

Der Kleine Pao fragte sich, ob der Redner wirklich versuchen wollte, seine Truppen dadurch zu motivieren, daß er aufzählte, wie ungünstig ihre Aussichten waren.

«Dennoch ist unser Sieg unvermeidbar, weil wir die richtige Strategie haben!» erklärte Tschou En-lai, und der Kleine Pao hörte wieder aufmerksam zu. «Wir werden einen Stock des Holzbündels nach dem anderen zerbrechen: zuerst kommt Groß-Schanghai an die Reihe, dann die von den Fremden besetzten Gebiete. Die Imperialisten werden sie aufgeben, wenn der Druck zu stark wird – genau wie die Briten in Wuhan. Auf unserer Seite stehen nahezu drei Millionen Chinesen, und die Nationale Revolutionsarmee ist kaum einen Tagesmarsch von uns entfernt. Unser Sieg ist unvermeidlich!»

Nach diesem hochgemuten Tagesbeginn ließ die Spannung allmählich nach. Der Kleine Pao war enttäuscht, weil er Tschou En-lai nicht in die Stadt begleiten durfte, die sich schon bald in ein Schlachtfeld verwandeln würde. Statt dessen bekam er die Anweisung, sich bereitzuhalten, um den kämpfenden Verbänden als Melder dienen zu können. Doch es gab keine Botschaften zu überbringen, da mißtönend klingelnde Telefone diese Aufgabe erfüllten. Erstaunlicherweise funktionierte das sonst so unzuverlässige Schanghaier Telefonnetz einwandfrei.

Der Kleine Pao war bereit, sein Leben für die Revolution zu geben, und alles, was man von ihm verlangte, war, daß er sich am Telefon meldete! Vereinzelt ertönten Gewehrschüsse, und hier und da knatterten Maschinengewehre, so daß er sich noch nutzloser vorkam.

Wenn ihn Miss Yu-li später fragte, auf welche Weise er dem ruhmreichen Aufruhr von Schanghai gedient hatte, würde er gestehen müssen, daß er nur telefoniert hatte. Das konnte auch jedes ängstliche Mädchen. So empört er war, so genau notierte er aber doch alle Anrufe und Mitteilungen. Aus ihnen ergab sich, daß die Kommunisten nach anfänglichen Schwierigkeiten am frühen Nachmittag vorgedrungen waren. General Su hatte sogar sein Hauptquartier aufgeben müssen. Die meisten Soldaten der Bürgerkriegsgeneräle verschwanden, einige aber schlossen sich auch der Revolution an. Um drei Uhr nachmittags, gerade als die Meldung kam, daß die kommunistischen Kräfte am Nordbahnhof dringend Verstärkung brauchten, wo sie gegen russische Soldaten unter dem Kommando eines hochgewachsenen blonden Offiziers kämpften, brach das Telefonnetz zusammen. Vielleicht war die Zentrale getroffen worden. Kurz nach drei kam Kommissar Tschou En-lai die Treppe heraufgestürmt und verlangte einen Bericht. In der Annahme, daß die allgemeine Lage günstig sei, konzentrierte er sich auf den Kampf um den Nordbahnhof.

«Ich brauche einen Meldegänger, der sich mit den Einheiten am Bahnhof in Verbindung setzt», erklärte er. «Sie sollen sich zurückziehen, bis Verstärkung da ist. Lieber lasse ich General Su mit seiner ganzen Beute entkommen, als ein einziges Leben nutzlos aufs Spiel zu setzen . . .»

«Kommissar, wir haben gerade etwas über General Su gehört», unterbrach ihn ein Stabsoffizier. «Die Gewerkschaft der Hafenarbeiter berichtet, daß er schon im Morgengrauen bei Wusung auf ein Schiff gegangen ist. Sie hatten keinen Befehl, ihn abzufangen, und haben daher –»

«Soll das heißen, die Weißrussen kämpfen auf eigene Faust?» überlegte Tschou En-lai laut, bevor er befahl: «Wir müssen ihnen den Abzug ermöglichen. Es ist sinnlos, daß unsere Leute im Kampf gegen sie ihr Leben lassen. Es sind zwar weiße Banditen, aber politisch sind sie bedeutungslos. Kleiner Pao, ich brauche dich.»

Vor Stolz zitternd, glättete der Sondermelder seine Armbinde. Er strich über seine zu große blaue Baumwolljacke und nahm Habtachtstellung ein, so wie er es bei den ausländischen Soldaten gesehen hatte, wenn sie vor ihren Offizieren standen. Aber Tschou En-lai legte ihm einen Arm um die Schultern, führte ihn vor die große Wandkarte und fuhr mit dem Zeigefinger über die Straßenzüge der Stadt.

«Du nimmst diesen Weg», wies er Pao an. «Du mußt mit dem Kommandanten am Nordbahnhof sprechen. Er soll alle Männer abziehen, die den Weißrussen den Weg verlegen. Er darf nicht eingreifen, wenn sie sich zur Ausländerstadt hin zurückziehen. Sie sind keinen einzigen Tropfen chinesischen Blutes wert. Außerdem werden die anderen Ausländer, wenn sie selbst an der Reihe sind, nicht so hart kämpfen, wenn sie sehen, daß wir diese Männer schonen. Jetz lauf!»

Die befestigte Grenze zwischen dem unter chinesischer Herrschaft stehenden Tschapei und dem internationalen Teil der Stadt verlief unmittelbar nördlich der städtischen Schule und des Marktplatzes an der Elgin Road. Dieser Stadtteil war ein Gewirr schmaler Gäßchen, das hier und da von breiteren Straßen durchschnitten wurde. Er bot Hunderttausenden armer Chinesen Obdach, die in Notunterkünften wohnten und in lärmenden Fabriken arbeiteten.

Während der Kleine Pao dem Nordbahnhof entgegentrabte, wunderte er sich über die Stille. Man hörte keines der sonst im Alltag üblichen Geräusche, denn alle Arbeit war eingestellt worden. Keine Spindeln drehten sich in den Baumwollfabriken, keine Webstühle klapperten. Das Hämmern der Blechschmiede hatte aufgehört, und keine Achsen quietschten, weil die Männer keine Wagen durch die Straßen zogen. Lebensmittelläden, ja sogar Teehäuser und Restaurants waren geschlossen. Der Generalstreik hatte das sonst so laute Tschapei völlig verstummen lassen. Doch durch die Stille hörte man ein dumpfes Dröhnen, wie von tausend gedämpften Kesselpauken. Auf Massenversammlungen riefen die Stimmen eines neu erstehenden Volkes die Parolen der Revolution. Rote Fahnen hingen von jedem Gebäude, und Demonstranten marschierten unter Triumphbögen aus Bambusstäben, die mit Rosetten und Spruchbändern geschmückt waren. Überall war die Fahne der auf die Bürgerkriegsgeneräle gestützten Regierung Pekings durch die der Nationalen Revolution ersetzt worden: eine weiße Sonne, die vor einem blauen Hintergrund kurze dreieckige Strahlen aussandte.

Der Kleine Pao hüpfte in seinen Damenschuhen über Schlaglöcher und tiefe Wagenspuren, drängte sich durch die jubelnde Menge, fuchtelte gebieterisch mit seinen narbigen Händen und rief: «Sondermelder!»

Groß-Schanghai feierte. In keiner anderen Großstadt Asiens gab es so viele Werktätige – und diese hatten aus einem Staatsstreich gegen die geschwächten Bürgerkriegsgeneräle einen Feiertag gemacht. Übermütig wie Kinder hatten sie sich farbige Bänder ins glänzend schwarze Haar geflochten, tranken gelben Reiswein aus Keramikkrügen und riefen mutige Parolen. Das Publikum jubelte den Rednern an den Straßenecken so laut zu, daß deren Worte in dem Lärm untergingen. Die jungen Propagandistinnen aus Rosamonde Suns Frauenbewegung wurden nicht länger verspottet, sondern gepriesen. Nur einige ältere Frauen wiesen mißbilligend auf deren kurzen Haarschnitt. Jugendgruppen, Gewerkschaften und Arbeitermilizen marschierten zu den Klängen von Musikkapellen vor den Barrikaden auf, hinter denen sich die internationale Konzession verschanzte.

Am Rande von Tschapei, auf dem winzigen Platz vor dem Nordbahnhof, scharten sich nicht wie sonst Vergnügungssuchende, Kulis und Taschendiebe. Der Kleine Pao spähte vorsichtig hinter einer Ziegelmauer hervor über die Gleise. Er sah rund drei Dutzend Männer in der blauen Kleidung der Arbeiter unbeweglich um General Sus gepanzerten Zug liegen. Die roten Armbinden der Toten leuchteten wie Blutstropfen. Neben der Leiter zum Führerstand der Lokomotive lagen reglos vier Kosaken, doch die Gewehre, die aus den Schießscharten in den Panzerplatten der Waggons ragten, rauchten.

Gerade weit genug entfernt, um nicht getroffen zu werden, standen bewaffnete Milizionäre in Eisenbahneruniform mit Schirmmützen im Halbkreis beieinander. Alle lächelten stolz, doch ein Zugführer mit finsterem Gesicht hockte hinter einem schweren Browning-Maschinengewehr, das sich auf einem stählernen Dreibein drehen ließ. Vor den Augen des Kleinen Pao stürzte ein junger Heizer auf den Schotter zwischen den Gleisen. Mit offenem Mund starrte der Verwundete auf das Blut, das aus seinem Oberschenkel quoll.

Träge, wie es schien, bewegte sich der Lauf des Maschinengewehrs, und der Kleine Pao hörte, wie Kugeln von den Panzerplatten abprallten. Einige aber trafen. Ein Gewehr glitt aus einer der Schießscharten und schlug klappernd auf den Schotter auf.

Doch nun begannen auch die Maschinengewehre auf den Dächern der Waggons sich zu drehen. Die Milizionäre, die um das Browning-MG herumgestanden hatten, suchten

Deckung, doch zwei von ihnen fielen unter den Schüssen der Russen.

Der Kleine Pao huschte im Schutz der Mauer davon. Es dauerte mehrere Minuten, bis er die Wächter am Eingang zum Bahnhofsgebäude davon überzeugt hatte, daß er eine dringende Meldung für ihren Befehlshaber hatte. Immer noch geduckt erreichte er schließlich den improvisierten Befehlsstand hinter dem Fahrkartenschalter.

Der junge Kommandant in der Uniform der Nationalen Revolutionsarmee stammte offensichtlich aus dem Süden. Wahrscheinlich war er ein Absolvent der Militärakademie Whampoa. Als man ihm Paos auf Schanghai-Chinesisch vorgetragene Meldung übersetzt hatte, erklärte er sofort: «Kommissar Tschou En-lai befiehlt, alle Einheiten zurückzunehmen und die Russen abziehen zu lassen!»

Zwei Stunden mußte der Kleine Pao warten, bis die mißtrauischen Kosaken ihren gepanzerten Zug verließen. Inzwischen hatte sich die Abenddämmerung gesenkt und verhüllte die Gestalten, die sich einzeln auf den etwa einen Kilometer entfernten Zaun zubewegten, der den internationalen Teil der Stadt abriegelte. Hin und wieder ertönten gegen den ausdrücklichen Befehl Schüsse; zwei Russen fielen ihnen zum Opfer. Als die Posten sahen, daß Weiße Asyl suchten, öffneten sie die Tore im Stacheldrahtzaun.

Zusammen mit neugierigen Milizionären stürmte der Kleine Pao auf den gepanzerten Zug zu. Zu seiner Verblüffung waren die Waggons leer. Die Kisten voller Beute, die er zu finden gehofft hatte, waren entweder fortgeschafft oder nie eingeladen worden. Er erkundete den Zug gründlich, auch den Führerstand der Lokomotive, und stellte sich vor, er fahre den Zug in die Nacht hinein. Plötzlich war der Kleine Pao kein Revolutionssoldat mehr, sondern ein glückliches Kind, das die Armaturen bestaunte und davon träumte, einmal Lokomotivführer zu werden. Doch als er sich zum Tender umwandte, sah er eine Gestalt auf dem Kohlehaufen sitzen. Es war ein junger Mann, den grauen Karakul-Tschako schief aufs blonde Haar gedrückt. Bandeliere liefen kreuzweise über seine weiße

Litewka. Die linke Hand des Kosaken-Offiziers ruhte wie beiläufig auf dem silbernen Knauf der Reitgerte, die in seinem Stiefelschaft steckte, der stahlblaue Lauf des Revolvers, den er in der Rechten hielt, lag auf seinem Oberschenkel und wies genau auf den Kleinen Pao. Die Mündung der Waffe bewegte sich keinen Millimeter, ebensowenig wie die eisblauen Augen des Mannes.

Eine halbe Minute lang saß der Junge vor Schreck wie gelähmt. Der Revolver blieb reglos, und auch die blauen Augen zwinkerten nicht. Der Kommandant von General Sus Leibwache sagte kein Wort. Nicht einmal die Blutspur zuckte, die rote Spur, die von der Schläfe des Toten zu seinem Kiefer führte.

In Todesangst sprang der Kleine Pao vom Führerstand. Er spürte kaum, daß er sich am Schotter die Hände aufschürfte. Die Leiche war noch entsetzlicher als die Erscheinung, die er zuerst für lebendig gehalten hatte. Der böse Geist eines fremden Teufels konnte ihn bis an das Ende seiner Tage verfolgen. Durch die Straßen, die von den Jubelrufen der Arbeiter widerhallten, eilte er zum Hauptquartier der Allgemeinen Gewerkschaft Schanghais zurück.

Gemeinsam überlegten John Pavernen und Sutton später, was geschehen sein mußte, bevor General Su im Morgengrauen des Tages, da sich das Volk erhob, die Stadt verließ. Sie kamen zu dem Ergebnis, daß er nie die Absicht gehabt hatte, Schanghai zu verteidigen. Er war gerade lange genug geblieben, um sein Gesicht zu wahren – und das Geld einzusacken, das ihm die leichtgläubigen Ausländer nur zu gern für die Verteidigung Schanghais hatten geben wollen. Dann hatte er seine Konkubinen und seine wichtigsten Schätze auf einen Küstendampfer geladen und sich mit einer Leibwache von fünfzig Mann in Richtung Hongkong davongemacht.

Zum Glück bekam er nicht den ihm für die Erfüllung seiner Pflicht zugesagten Gesamtbetrag. Die gerissenen Taipane hatten Ratenzahlung mit ihm vereinbart, und so war erst ein bestätigter Scheck über dreihunderttausend Dollar auf die

Hong Kong and Shanghai Banking Corporation gezogen worden, knapp ein Drittel der vereinbarten Million. Davon ging noch eine Vorauszahlung von achtzehntausend Dollar für die Mörser an Sutton und von fünfzehntausend Dollar an John Pavernen als Vermittler des Geschäfts ab. Natürlich waren die Mörser nicht geliefert worden. Sie existierten überhaupt nicht.

John Pavernen war empört, weil er um seine zweite Provision geprellt worden war, die General Su hätte zahlen müssen. Aber immerhin lagerten in den Gewölben der Hong Kong and Shanghai Bank fünfundachtzig große hölzerne Kisten, die dem Kriegsherrn gehörten. Da die Bank von einer über allen Zweifel erhabenen Honorigkeit war, würde sie diese Schätze keinesfalls einem anderen als dem rechtmäßigen Eigentümer aushändigen – doch würde möglicherweise auch General Su ihre Herausgabe vergebens verlangen, denn er hatte seine Zusage nicht eingehalten, und die pragmatische Haltung der Bank in Geschäftsdingen war weithin bekannt.

Diese Sackgasse, befand John Pavernen, bot einem ehrlichen Makler wie ihm eine goldene Gelegenheit. Er hatte Anspruch auf seine Provision, und die Taipane, in deren Auftrag er gehandelt hatte, waren sicher gern bereit, ihn dafür zu entlohnen, daß er darauf verzichtete zu enthüllen, wie sie von dem Kriegsherrn genarrt worden waren. Sofern sie ihn aus dessen Schatz entlohnen konnten, würden sie das gewiß gern tun.

Doch bevor er in Verhandlungen darüber mit ihnen eintrat, veranlaßte er mittels diskreter Bestechungsgelder, daß die Verschläge geöffnet wurden. Als er erfuhr, was sie enthielten, platzte er erst vor Wut – und dann vor Gelächter. Die meisten waren mit dick umwickelten Pflastersteinen angefüllt, andere enthielten leere Kartuschen von verschossener Artilleriemunition. Da der Messingmarkt zusammengebrochen war, waren auch sie wertlos.

30

24.–28. März 1927

Oberst Thomas Tan-se Howe, Generalstabsarzt des Sechsten Korps der Nationalen Revolutionsarmee, wartete mit einem unbehaglichen Gefühl auf Commander Hugh England, den Kapitän der HMS *Emerald*. Dessen frostiges Nicken war ebenso beunruhigend wie die Anwesenheit seines werftneuen schweren Kreuzers vor Nanking. Die hundertfünfundsiebzig Meter lange *Emerald* konnte Granaten mit einem Durchmesser von fünfzehn Zentimetern auf Landziele abfeuern und verfügte zudem nicht nur über Luftabwehrgeschütze vom Kaliber zehn Zentimeter, sondern auch über sechzehn Torpedorohre. Sofern irgendwo sonst auf der Welt ein ebenso großes und gut ausgerüstetes Kriegsschiff existierte, war der Royal Navy davon jedenfalls nichts bekannt.

Diese Einzelheiten hatte der Artillerieleutnant der *Emerald* Tommy Howe mitgeteilt, der zufällig mit ihm in Radley gewesen war. Seine Freude über die Begegnung hatte die Mauer aus schweigender Höflichkeit durchbrochen, hinter der der Kapitän seinen unwillkommenen Besucher gern isoliert hätte. Dem Artillerieleutnant war es unvorstellbar, daß ein Absolvent seiner Schule etwas anderes sein konnte als ein Gentleman, ganz gleich, unter welcher Flagge er segelte, und ein solcher durfte, wenn er zu Besuch auf der *Emerald* weilte, keinesfalls etwas an der Art auszusetzen finden, wie man ihn dort empfing.

Das unerwartete Willkommen hatte das Unbehagen, mit dem Tommy seinen Auftrag ausführte, ein wenig gelindert. In Gesellschaft der jungen Marineoffiziere fühlte er sich für eine Weile fast in seine Schulzeit zurückversetzt und gestand sich mit trockenem Humor ein, daß er wohl doch mehr mit Gentlemen wie diesen gemeinsam hatte als mit der halbwilden Soldateska der Revolution, die in Nanking getötet, geplündert und vergewaltigt hatte. Die chinesischen Offiziere waren kaum besser als ihre Untergebenen. In der Mehrzahl waren sie nicht imstande, Zucht unter ihren Männern zu halten, und einige hatten sich sogar selbst an den Plünderungen beteiligt.

Tommys Auftrag war es, Wiedergutmachung zu leisten. Er sollte um Entschuldigung für etwas Unentschuldbares bitten und unglaubwürdige Versicherungen abgeben, daß sich Übergriffe gegen Ausländer, wie sie in Nanking vorgekommen waren, nicht wiederholen würden.

Ihn fröstelte in dem kalten Wind auf Deck. Während er den Gürtel seines Kamelhaarmantels enger zog, fragte er sich, wann der offensichtlich gottähnliche Kommandant Hugh England wohl geruhen würde, von seiner Anwesenheit Kenntnis zu nehmen.

Weiter flußaufwärts hoben sich vor der untergehenden Sonne die Umrisse zweier Zerstörer ab, auf deren Rümpfe riesige amerikanische Flaggen gemalt waren. Ihre Geschütze schwiegen jetzt ebenso wie die der *Emerald*. Die Kanonenboote der Nationalisten, die noch vor einer Weile den Kopfbahnhof in Putao am von den Bürgerkriegsgenerälen gehaltenen Nordufer des Jangtse beschossen hatten, waren verschwunden. In der Dunkelheit, die über dem breiten Fluß lag, hörte man nur Hundegebell und das Brüllen von Wasserbüffeln. Auch Nanking lag still da. Rauch trieb über die Mauern der Stadt. Die dichtesten Schwaden lagen über einem Hügel außerhalb der Stadtmauern, auf dem sich eine Niederlassung der New Yorker Standard Oil Company befand. Dort brannten riesige Benzintanks.

Großer Gott, überlegte Tommy, die Presse wird diesen Tag nach Kräften ausschlachten. Der Sache wird das nicht im geringsten nützen, und die Ausländer in Schanghai werden die Hosen voll haben, wenn sie davon lesen. Nur gut, daß Julie nicht weiß, daß ich hier bin. Er konnte sich die Schlagzeilen schon vorstellen, die um die Welt gehen würden: TAUSENDE VOR BOLSCHEWISTISCHEM RAUBZUG AUS NANKING EVAKUIERT / AMERIKANISCHE UND BRITISCHE KRIEGSSCHIFFE BESCHIESSEN DIE STADT, UM AUSLÄNDER ZU RETTEN / DUTZENDE GETÖTET UND VERGEWALTIGT / STADT IN FLAMMEN – SOLDATEN DER KRIEGSHERREN FLIEHEN / «NATIONALISTISCHE» ROTE TRIUMPHIEREN.

Zwar war der Kampf jetzt erst einmal vorüber, doch hatte man Ausländer in Nanking mehrere Tage lang attackiert – und einige waren umgekommen. Tommy, der doch dabeigewesen war, wußte selbst nicht so recht, wer in erster Linie die Verantwortung dafür trug. Aber wem man die Schuld zuschieben würde, daran bestand nicht der geringste Zweifel.

Generalissimus Tschiang Kai-scheks Nationale Revolutionsarmee wurde im Ausland bereits als «chinesische Bolschewiken» gebrandmarkt, weil die Kuomintang mit der Kommunistischen Partei Chinas und der Komintern verbündet war. Ausgelöst worden waren die Ausschreitungen mit Sicherheit von den Truppen der Bürgerkriegsgeneräle, die sich inzwischen auf dem Rückzug nach Norden befanden. Aber die Schuld an dem Desaster würde man den Nationalisten geben, vor allem ihrem Oberkommandierenden Tschiang Kai-schek, der im Ausland «roter Bandit» genannt wurde, obwohl er sich größte Mühe gab, den kommunistischen Einfluß in Militär und Regierung völlig auszumerzen.

Voller Entsetzen hatte Tommy beobachtet, wie die Soldateska der Bürgerkriegsgeneräle chinesische Zivilisten getötet hatte, bevor sie sich auf das andere Ufer des Jangtse zurückzog. Durch sein Fernglas hatte er aus dem südlichen Bezirk der Stadt, den die Nationalisten bereits besetzt hielten, beobachtet, wie sie Gebäude plünderten und in Brand setzten. Als die russischen Söldner, die er an ihren auffälligen Uniformröcken erkennen konnte, ihre beiden gepanzerten Züge verlassen mußten, hatte Tommy gesehen, wie einige dieser hartgesottenen Soldaten weinten. Keinen Russen hatte er bemerkt, der einen Zivilisten getötet hätte, wie es Chinesen beider Armeen getan hatten.

Die Ereignisse um Nanking waren abscheulich, eine Schmach. Doch der Sieg war bedeutend. Die Nationale Revolutionsarmee hatte zuvor nur wenige offene Feldschlachten bestehen müssen, denn der ihr vorauseilende und von den Propagandisten verstärkte Ruf hatte die feindlichen Truppen eingeschüchtert. Doch schließlich hatte die Furcht die Bürgerkriegsgeneräle hinter den aus dem vierzehnten Jahrhundert stammenden massigen Mauern Nankings wenigstens vorübergehend geeint. Vor ihrer letzten Bastion südlich des Jangtse, über den weit und breit keine Brücke führte und der China in zwei Teile schnitt, hatten sie sich zum Kampf gestellt. Sie kämpften mit dem Rücken zum Fluß, um zu verhindern, daß die Nationalisten nach Peking vorstießen, denn damit wäre Generalissimus Tschiang Kai-schek die Macht über ganz China zugefallen.

Wieder einmal hatten sich die Entschlossenheit und die politische Kriegführung der Nationalisten als unüberwindbar erwiesen. Nach wochenlangen Scharmützeln waren die Bürgerkriegsgeneräle am 23. März 1927 aus Nanking vertrieben worden. Danach hatte das Sechste Korps der Nationalen Revolutionsarmee Nanking, die einstige Hauptstadt der Ming-Dynastie, besetzt. Der Generalissimus selbst hatte mit dem Ziel Schanghai ein Kanonenboot bestiegen.

In jener Nacht waren die marodierenden Haufen der Bürgerkriegsgeneräle Ursache der Angst von siebenhundert Ausländern in Nanking, von denen vierhundert Amerikaner waren. Am Vormittag hingegen verschafften sich beutelüsterne nationalistische Soldaten Zugang zum britischen Konsulat und töteten dem Vernehmen nach den Konsul. Dieser Gewaltakt vertrieb die letzten Ausländer aus der Stadt. An die siebzig Männer, Frauen und Kinder ergriffen verspätet die Flucht aus dem amerikanischen Konsulat auf die Hügelfestung außerhalb der Stadtmauern, als die sich die Anlage der Standard Oil Company anbot. Sie vertrauten nicht nur auf den Schutz der amerikanischen Flagge, die sie an einer langen Bambusstange mitführten, sondern auch auf die Versicherung nationalistischer Offiziere, Ausländer würden nicht belästigt. Dennoch begleitete Maschinengewehrfeuer sie auf ihrem ganzen Weg.

Tommy, der ihre Flucht durch sein Fernglas verfolgte, sah, wie sie ins Feuer von Heckenschützen gerieten. Als er erkannte, daß nationalistische Soldaten voll Schadenfreude auf die verhaßten Imperialisten feuerten, packten ihn Wut und Scham. Erst als einige Truppen, die von den ausländischen Zerstörern an Land gegangen waren, drei Salven abgefeuert hatten, zogen sich die Nationalisten zurück, um anderswo nach Beute und Möglichkeiten zur Rache Ausschau zu halten.

Tommy trat zwar leidenschaftlich für die Sache der Revolution ein – doch in jener Situation hatte er sich den bedrängten Ausländern weit mehr verbunden gefühlt als seinen brutalen Landsleuten. Er fühlte sich persönlich gedemütigt, als er Soldaten in der Khakiuniform der Nationalisten an die Tür des großen weißen Fabrikgebäudes auf dem Socony-Hügel hämmern sah. Offensichtlich verlangten sie trotz der ausdrücklichen Zusage, daß die belagerten Ausländer nicht belästigt würden, Schutzgelder von ihnen.

Nachdem Tommy ins Hauptquartier des Sechsten Korps zurückgekehrt war, hatte er bei seinem General heftigen Einspruch erhoben. Dieser reagierte gleichgültig, was Tommy insgeheim vermutet hatte, und so erreichte er lediglich, daß sein Ruf als Freund der fremden Teufel gefestigt wurde.

Ansonsten war der Nachmittag ungewöhnlich ruhig verlaufen. Zum erstenmal seit Wochen blieben die Feldgeschütze stumm. Nur gelegentlich unterbrachen vereinzelte Schüsse aus Handfeuerwaffen und Rufe die Stille über der eroberten Stadt.

Doch damit war es um halb drei vorbei gewesen. Eine Viertelstunde lang hatte Artillerie-Sperrfeuer Nanking erschüttert. Vom Dach aus sah Tommy, daß die britischen und amerikanischen Kriegsschiffe die Zugänge zur Anlage der Standard Oil auf dem Hügel mit Granaten belegten. Es überraschte ihn nicht, als ihn sein General zu sich rief.

«Sie gehen an Bord des großen englischen Schiffs», befahl dieser, «und sorgen dafür, daß das aufhört. Man wird Ihnen sagen, daß das Feuer lediglich den Rückzug der Ausländer zu den Schiffen decken soll – und daß es sich ohnehin nur um ein paar Hundert Schuß handle. Aber wenn diese Halunken erst einmal Blut geleckt haben . . . Versprechen Sie ihnen, was sie wollen, nur sorgen Sie dafür, daß mit der Schießerei Schluß ist.»

Also hatte sich Tommy mit einem Sampan auf den Weg zur HMS *Emerald* gemacht, um weitere leere Versprechungen abzugeben. Erst nach einer längeren Auseinandersetzung mit dem Decksoffizier hatte er an Bord des Kreuzers gehen dürfen. Durch die Begrüßung seines einstigen Schulkameraden beschwichtigt, wartete er jetzt neben der Brücke darauf, daß sich der Kapitän zu einem Gespräch mit ihm herabließ.

In seiner Uniform mit goldenen Epauletten grüßte Commander Hugh England ihn knapp und fuhr gleich fort: «Sie sind Colonel Howe? Wenn ich langsam spreche . . . ganz langsam . . . können Sie mich dann verstehen?»

Als Tommy nickte, lächelte der Commander herablassend und sagte: «Also schön. Ich werde versuchen, Ihnen etwas begreiflich zu machen. Wir werden nur feuern, wenn man auf uns feuert. Wir haben inzwischen fast alle unsere Leute sicher an Bord gebracht. Aber Sie können sich auf etwas gefaßt machen, denn Ihre Leute haben mehr als fünfzehn Ausländer getötet. Dieser Tag wird euch Chinesen noch leid tun. Sind Sie der Kerl, der den Yankees die Zusagen gemacht hat, die dann nicht eingehalten worden sind?»

«Leider. Die Soldaten haben eigenmächtig gehandelt.» Tommy mußte an die plündernden Offiziere denken, die er gesehen hatte. «Ich kann Ihnen jedoch versichern, daß sich nichts dergleichen wiederholen wird. Außerdem möchte ich Sie bitten, meine persönliche Entschuldigung für das Fehlverhalten der Leute entgegenzunehmen.»

Verblüfft durch Tommys einwandfreies Englisch sah ihn Commander England aufmerksam an, bevor er erwiderte: «Ihre persönliche Entschuldigung. Wohl keine offizielle, wie?»

«Ich bedaure, daß ich ohne Anweisungen nicht . . .»

«Na schön.» Für den Fregattenkapitän war sein Fall erledigt. «Die Hauptsache ist, daß Sie mich verstanden haben. Beim kleinsten Ärger legen wir los – und ich kann Ihnen versichern, daß das Sperrfeuer von vorhin dagegen ein Neujahrsfeuerwerk war. Sie gehen jetzt wieder an Land.»

Nach der verächtlichen Zurückweisung seiner Entschuldigung durch den Briten bedeutete dieser abrupte Abbruch des Gespräches eine weitere Demütigung für Tommy. Wütend hockte er auf dem nach Fisch riechenden Sampan. Im eigenen Land hatte ihn ein überheblicher Ausländer heruntergemacht wie den letzten Kuli! So war er in seinem ganzen Leben noch nicht behandelt worden. Einen Augenblick lang freute ihn die Erniedrigung der Ausländer – und fast hätte er Verständnis für die Ausschreitungen der Soldaten aufgebracht.

«Deine Art zu schreiben hat sich seit der Eroberung von Nanking verändert, Dick. Sie ist einseitig geworden, fast antichinesisch . . . Du scheinst ein richtig altmodischer britischer Imperialist zu werden, dem das Schicksal des chinesischen Volkes völlig egal ist. Ich verstehe gar nicht, wie . . .»

Emily, die sich in Richards Redaktionszimmer im Gebäude der *North China Daily News* aufhielt, unterbrach sich mitten im Satz. Obwohl ihr klar war, daß sie sich auf gefährlichem Boden befand, konnte sie die Angelegenheit nicht einfach auf sich beruhen lassen. Vielleicht machte sie Richard nur deshalb Vorwürfe, weil die persönliche Beziehung zwischen ihnen brüchig geworden war. Dennoch, die Frage einer abgewogenen Berichterstattung über die Nationale Revolution war zu wichtig, als daß man sie stillschweigend übergehen konnte – selbst wenn das eine Katastrophe heraufbeschwor.

«Rede doch nicht solchen Unsinn!» brach es aus ihm heraus. «Du nimmst die Lokalpolitik viel zu wichtig.»

«Für dich mag es Lokalpolitik sein, für mich nicht!» gab Emily scharf zurück. «Es geht um meine Zukunft – und um mein Volk. China braucht . . . verdient . . . eine Berichterstattung, die der schwierigen Lage Rechnung trägt, ohne Vorurteil und Sensationshascherei. Bei deiner Art, die Dinge zu übertreiben, könnte es passieren, daß die ausländischen Mächte in den Bürgerkrieg eingreifen. Und wo bliebe dann dein kostbares, modellhaftes Schanghai?»

«Meine liebe Emily, es ist *dein* Schanghai, und zwar inklusive der internationalen Konzession. *Meine* Familie hat sich nicht dadurch bereichert, daß sie sich hinter den Röcken der Ausländer verkrochen und ihre eigenen Landsleute ausgebeutet hat. *Wir* haben nicht . . . zum Henker, es tut mir leid. Ich . . .»

Emily wirkte noch zarter als sonst, weil sie blaß war vor Wut. Dennoch mußte sie ihm insgeheim ein wenig recht geben. Aber sie war nicht ganz sicher: Griff er ihre Familie nur stellvertretend an und meinte in Wirklichkeit sie selbst?

«Wirklich, Em, es tut mir leid!» wiederholte er. «Aber ich beschreibe die Dinge nun einmal so, wie sie sind. Mir wäre es selbst viel lieber, wenn China keine riesige Arena für schmutzige Auseinandersetzungen wäre, aber ich kann nichts daran ändern. Ich bin nicht der liebe Gott, sondern nur ein bescheidener Reporter.»

«Ja, ungefähr so bescheiden wie Caligula. Mir gefällt nicht, wie du dich aufspielst und den Überlegenen herauskehrst. Ihr Ausländer seid alle gleich. Seit Nanking redet Julia immer häufiger davon, daß sie wieder nach Amerika zurück will. Sie sagt, sie hält es in China nicht mehr aus ... Wir Howes waren hier, lange bevor ihr Ausländer ins Land gekommen seid. Wir werden auch noch hiersein, wenn ihr alle längst wieder weg seid.»

«Ich strebe gar nicht fort, meine Liebe, sondern, im Gegenteil, zu dir hin, wenn du mich nur läßt.»

Trotz ihres Zorns mußte Emily lächeln. Und doch fragte sie sich wieder einmal, wie es wohl kommen mochte, daß er auf ihre bescheidenen journalistischen Erfolge und ihre Tätigkeit in der Frauenbank so eifersüchtig war. Er behauptete zwar immer, von Konventionen nichts zu halten, aber dennoch wollte er, wie sein viktorianischer und ihr konfuzianischer Vater, eine Frau, die demütig und zurückhaltend war und sich ausschließlich mit ihm beschäftigte.

Immerhin aber war Richard in seinen Vorurteilen konsequent. Indem er stillschweigend ihr Einverständnis voraussetzte, drängte er sie erneut, einen Termin für die Hochzeit festzulegen. Er wollte sie wirklich heiraten und beschützen. Gleichzeitig aber, das spürte sie, wollte er sie damit einengen. Was sie für die chinesische Presse schrieb, war ihm ziemlich egal, doch wenn sie erst einmal verheiratet waren, würde er mit Sicherheit erwarten, daß sie keine Berichte mehr für den *Public Ledger* in Philadelphia verfaßte, weil diese in gewisser Hinsicht mit den seinen für den *Boston Globe* konkurrierten. In einer traditionellen Ehe, wie er sie sich vorzustellen schien, fürchtete sie zu ersticken.

Es war paradox. Ihre Eltern hatten sich von ihr losgesagt, weil sie Richard nicht zugunsten einer herkömmlichen arrangierten Ehe aufgeben wollte, und dennoch konnte sie sich auch nicht dazu durchringen, einen Termin für die Hochzeit mit ihm festzulegen.

Dabei liebte sie Richard und wollte mit ihm zusammenleben. Doch während in den aufgeklärten zwanziger Jahren auf dem Montmartre, in Bloomsbury oder Greenwich Village ein Zusammenleben ohne Trauschein nicht als ungewöhnlich galt, gab sich das achtbare Schanghai engstirnig. Daher blieb nur die Ehe . . .

Emily wich Richards Blick aus. Er sollte nicht merken, daß ihr Zorn sich legte und daß sie gerührt war. Aus seinem Redaktionszimmer im Pressehaus konnte man auf den Bund hinabsehen. Der Raum war so groß, daß er ihr angeboten hatte, den zweiten Schreibtisch, der darin stand, zu benutzen. Zum chinesischen Neujahr hatte er ihr eine neue Schreibmaschine geschenkt, als sich die, die Julia aus dem Bankrott von JPEnterprises gerettet hatte, als nicht mehr reparabel erwies. Sie zwinkerte. Auf keinen Fall sollte er sie weinen sehen, und so schaute sie zum Fenster hinaus.

Mit einemmal lachte Emily laut auf, und Richard sah sie befremdet an. Wie, überlegte sie, wenn er ihr das Geschenk und das Angebot, in seinem Büro zu arbeiten, nur gemacht hätte, um sie besser im Auge behalten zu können?

«Seit ich vorhin gesagt habe, ich strebe nicht fort, meine Liebe, sondern zu dir hin, wenn du mich nur läßt», sagte Richard freundlich, «hast du aus dem Fenster gesehen, dir die Augen betupft und gelacht.»

«Ich mußte an etwas anderes denken.»

«Was findest du so lachhaft? Immer noch meine Berichterstattung?»

«Nein. Aber da du die Frage schon ansprichst – wie findest du denn selbst deinen Bericht über Tschiang Kai-scheks Pressekonferenz?»

«Gar nicht schlecht», sagte Richard streitlustig. «In keiner Weise antichinesisch, auch wenn er dir proimperialistisch vorkommen mag. Auch du kannst ja wohl kaum wollen, daß die ausländischen Gebiete von Tschiang Kai-scheks roten Horden überrannt werden.»

«Jetzt noch nicht, Dick. Aber China *muß* die internationale Konzession von Schanghai und das Franzosenviertel wieder in Besitz nehmen. Das ist unausweichlich – zu gegebener Zeit. Gegenwärtig ist es unmöglich. Sieh nur aus dem Fenster, dann weißt du, warum.»

Richard stellte sich neben sie und legte ihr den Arm um die Schultern. Sie spürte seine Wärme durch ihre Seidenbluse. Mit einer Hand fuhr er besitzergreifend über ihre Hüfte, während er die vor dem Bund vor Anker liegenden Schiffe zählte: zwei amerikanische Kreuzer, zwei britische Kreuzer, eine portugiesische Sloop, zwei japanische Zerstörer, ein holländischer Kreuzer. Er wußte, daß der größte Teil der zur Verteidigung Schanghais zusammengezogenen internationalen Kriegsflotte, die immerhin aus siebenundvierzig Schiffen bestand, vor Wusung im Jangtse lag.

«Für Generalissimus Tschiang Kai-schek mit seinem lächerlichen Kanonenboot ist das ein dicker Brocken», stimmte ihr Richard zu. «Trotzdem wüßte ich gern, was du an meinem Artikel auszusetzen hast. Du hast mir deinen nicht gezeigt, und deswegen fehlt mir die Vergleichsmöglichkeit.»

«Hier hast du ihn.»

032727 SIEGNAHE CHINATS OKDNA TSCHIANGKAISCHEK ZUSAGT USPRESSE SICHERHEIT AUSLÄNDERN UNDBESITZ . . .

Während Richard von dem Durchschlag ablas, was Emily im Telegrammstil formuliert hatte, weil Pressetelegramme in die Vereinigten Staaten pro Wort fünfunddreißig Cents kosteten, übersetzte er für sich automatisch in Klartext: «Schanghai, 27. März 1927. Generalissimus Tschiang Kai-schek, Oberkommandierender der Nationalen Armeen, die in China kurz vor dem Sieg stehen, erklärte heute amerikanischen Korrespondenten gegenüber, daß er sich persönlich für die Sicherheit ausländischer Staatsangehöriger in Schanghai und für deren Besitz verbürge. Er verlangte den Rückzug aller Truppen und Kriegsschiffe der ausländischen Mächte und sagte zu, daß die Nationalisten die Sicherheit der internationalen Konzession und des französischen Viertels von Schanghai gewährleisteten. Er wies weiter darauf hin, daß die Nationalisten keinen Anspruch auf die ausländischen Gebiete erheben oder in sie eindringen würden.»

«Das hat er wohl auch gesagt», gab Richard zu. «Ich sehe aber immer noch nicht, wo denn der große Unterschied zu meiner Darstellung liegen soll. Meine ist vielleicht etwas lebhafter.»

«Das kann man wohl sagen», schnaubte Emily. «Sie springt ja förmlich von der Seite! Gib sie mir doch noch einmal.» Sie las laut vor: «Schanghais mehr als vierzigtausend ausländische Bewohner rechnen seit heute mit einer Invasion der nationalistischen und kommunistischen Truppen, die die ausländischen Besitzungen umschlossen halten. Trotz einer in letzter Minute abgegebenen – und nicht unbedingt eindeutigen – Zusage der Nichteinmischung durch General Tschiang Kai-schek, der an der Spitze der revolutionären Streitkräfte steht, sind die Bedenken nicht geschwunden. Die Bevölkerung steht noch unter dem Eindruck der bei der Massenversammlung der Bolschewiken am heutigen Nachmittag heftig vorgetragenen Forderungen nach sofortiger militärischer Besetzung der ausländischen Gebiete.»

Emily unterbrach sich und bemerkte: «Es kommt einfach darauf an, wie man es sieht, Dick, nicht wahr? Worauf man die Betonung legt.»

«Natürlich, liebste Emily. Dein Bericht ist von einem chinesischen Standpunkt aus verfaßt, obwohl deine Leserschaft aus Amerikanern besteht. Sie können sich aber mit den Chinesen gar nicht identifizieren, sondern wollen wissen, wie es um die Ausländer steht, vor allem um die Amerikaner.»

«Das heißt, ich bin nicht imstande, die Tatsachen zu sehen, weil ich Chinesin bin», fuhr Emily auf. «Habe ich denn einen Knick in meinen verdammten Schlitzaugen?»

«Sei doch nicht so empfindlich, Em. Du weißt genau, was ich meine.»

«Jedenfalls bin ich nur froh, daß ich nicht so kühl und

professionell bin wie du – und nicht so rasch mit Lügen bei der Hand, wenn für eine bestimmte Leserschaft schreiben die Tatsachen verfälschen bedeutet.»

«Jetzt hör mir mal zu!» Der Ärger ließ rote Flecken auf Richards Wangen erscheinen. «Ich habe noch nie gelogen! Weder dir gegenüber noch in meinen Artikeln. Kannst du mir etwa in meinem Bericht eine einzige Unwahrheit nachweisen? Unsere Standpunkte weichen einfach voneinander ab.»

«Nicht nur in der Politik. Warum –»

«Em, paß auf, daß das hier nicht zu einer persönlichen Sache zwischen uns wird», unterbrach er sie. «Sieh doch einfach die Tatsachen. Die Ausländer haben Angst. Die Kommunisten *werden* jeden Augenblick stärker. Wer weiß, ob Tschiang Kai-schek sie zurückhalten kann? Hat er sich wirklich gegen die Kommunisten gewandt, wie du durchblicken läßt? Ich bitte dich noch einmal: Zeig mir eine einzige Unwahrheit in meinem Bericht.»

«Es sind keine richtigen Lügen, aber immerhin ist aufschlußreich, was du ausgelassen hast.»

«Was soll ich ausgelassen haben?»

«Zum Beispiel die Forderung des Generalissimus, die Stacheldrahtverhaue um das ausländische Gebiet zu entfernen, weil sie eine Beleidigung des chinesischen Volkes darstellen und uns Chinesen wie Wilde erscheinen lassen. Er hat außerdem zugesagt, daß der Pöbel nicht wie in Wuhan in die ausländischen Gebiete eindringen würde. Das hast du mit keinem Wort erwähnt!»

«Großer Gott, Em! Ich habe, um die Amerikaner zu beruhigen, über das berichtet, was er den amerikanischen Korrespondenten gesagt hat. Außerdem findet sich in *deinem* Bericht nichts über die Mitteilung aus London. Die Politik der Schwäche, wie wir sie in Wuhan und bis vor kurzem in Schanghai erlebt haben, ist jetzt vorbei. Wenn die Nationalisten den Kampf wollen, können sie ihn haben. Seit den Ausschreitungen von Nanking hat sich doch alles geändert!»

Unvermittelt wandte sich Emily um und sah auf die Landkarte von China, die über dem Bücherschrank aus Mahagoni an der Wand hing. Sie verschränkte die Hände, damit Richard nicht sah, daß sie zitterten. Langsam und betont, aber mit bebender Stimme, gab sie schließlich zur Antwort: «Du weißt sehr wohl, daß deine Berichte in der *Times* über die Vorfälle in Nanking den Zorn in England erst angefacht haben. Plünderung und Mord hat es dort gegeben, das stimmt, aber unter den Granaten der Ausländer sind Hunderte von *Chinesen* umgekommen. Und was Vergewaltigungen betrifft –»

«Beruhige dich, Em.»

«Und was Vergewaltigungen betrifft», fuhr sie fort, «ist kein einziger Fall nachgewiesen worden. Du solltest inzwischen wissen, daß Ausländerinnen auf einfache chinesische Soldaten abstoßend und widerwärtig wirken. Sie haben vor solchen Frauen riesige Angst, denn sie glauben, daß es böse Hexen sind, die Männer vernichten. Manchmal wünsche ich, *diese* heidnische Chinesin hier hätte weißen Männern gegenüber dieselben Empfindungen – zumindest gegenüber einem bestimmten!»

«Nun, Emily –» er überhörte ihren letzten Satz – «dieses eine Mißverständnis habe ich bereits richtiggestellt und heute nach London berichtet, daß es keine bewiesenen Fälle von Vergewaltigungen gegeben hat.»

Erneut sah sie zur Wandkarte und ließ den Blick wie versteinert auf der ungeheuren Weite der Mandschurei ruhen. Als Richard begriff, daß sie nicht antworten würde, sagte er versöhnlich: «Was diesen bestimmten Mann betrifft, Em . . . Ich fürchte manchmal, daß du –»

«Es ist nichts als ein antichinesisches Vorurteil und unverhüllter Rassismus!» fiel sie ihm ins Wort. «Wer wird schon einen so lahmen Widerruf bemerken?»

«Emily, wie könnte ich dich heiraten wollen, wenn ich antichinesisch eingestellt wäre?» wollte er wissen.

«Aber das bist du in deinem tiefsten Innern, auch wenn du dir darüber nicht im klaren bist. Hast du denn *gar keine* Ahnung von Psychologie?»

«Laß doch den psychologischen Mumpitz und antworte mir endlich! Warum sollte ich dich heiraten wollen, wenn ich wirklich etwas gegen Chinesen hätte?»

«Wer weiß? Vielleicht, um mich zu erniedrigen.» Emily lächelte dünn über die Absurdität dessen, was sie sagte. «Vielleicht willst du alle Chinesen demütigen, indem du mich zu deiner Sklavin machst.»

«Du wirst nie eine Sklavin sein, wessen auch immer, mein Schatz. Und versuche nicht, dich mit einem Scherz aus der Sache herauszuwinden. Weshalb sollte ich mir halb chinesische Kinder wünschen, wenn ich antichinesisch eingestellt wäre? Doch nicht nur, weil sie zur Hälfte Chinesen, sondern weil sie zur Hälfte du sein werden.»

«Ach, Dick, du weißt genau wie ich, daß das leeres Gerede ist. Männer empfinden eben in bezug auf Kinder nicht wie Frauen. Sie denken erst dann wirklich an Kinder, wenn sie da sind, falls überhaupt. Frauen aber –»

«Deswegen also willst du mich nicht heiraten», lachte er. «Du hast ein Vorurteil gegen Weiße, dein Rassismus hindert dich! Jetzt weiß ich es!»

Auch sie lachte, aber ihr Zorn flammte noch einmal auf. «Weiß ich denn, ob du mich wirklich heiraten willst?»

«Natürlich. Ich hab es dir hundertmal gesagt.»

«Na schön. Dann will ich auch.» Sie wandte sich von der Karte ab und sah ihm in die Augen. «Noch vor Ende des Jahres. Irgendwann im Dezember. *Falls* du wirklich willst.»

31

10. April 1927

Julia und Emily stiegen freudig erregt in das feuerwehrrote Plymouth-Kabriolett, das Emily gerade erworben hatte. Es hatte sie fast die gesamte erste Dividende auf ihr Kapital bei der Frauenbank gekostet. Zwar hatte sie gelernt, ohne das Vermögen der Howes auszukommen, doch sobald sie etwas Geld in der Hand hatte, war sie noch immer verschwenderisch.

Heute war die erste Gelegenheit zu einer Ausfahrt. Bei offenem Verdeck mit einem Tempo von fünfzig Stundenkilometern durch die Stadt zu brausen, war ein herrliches Vergnügen. Doch schon um sieben Uhr abends waren die Straßen nahezu verlassen. Der ängstliche Stadtrat hatte die Tore im Stacheldrahtverhau schließen lassen, der den von Ausländern bewohnten Bezirk umgab. Damit war nicht nur Groß-Schanghai, sondern auch das Franzosenviertel abgeschnitten. Die Menschen, die sonst abends ins Zentrum kamen, um sich zu amüsieren, hatten keinen Zutritt mehr, und die leeren Straßen wirkten bedrückend, ja sogar beängstigend.

Noch mehr Angst aber rief die Ungewißheit über die nächsten Schritte des Generalissimus Tschiang Kai-schek hervor. Niemand wußte, ob er die ausländischen Gebiete trotz ihrer beachtlichen Garnisonen anzugreifen gedachte, oder ob er nichts dergleichen beabsichtigte, obwohl er geschworen hatte, er werde den Imperialismus von chinesischem Boden verjagen. Die Konzession hielt den Atem an – sie konnte nur abwarten, wie immer er entscheiden würde.

Tschiang Kai-scheks Nationale Revolutionsarmee lag vor der Stadt, während die Kommunisten durch ihre Arbeiterräte die Gewalt über Groß-Schanghai hatten. Dem drei Wochen zuvor von Kommissar Tschou En-lai angeführten Aufstand war ein glänzender Erfolg beschieden gewesen. Das gesamte Gebiet um die ausländischen Enklaven herum war den Bürgerkriegsgenerälen entwunden worden und stand jetzt unter der Herrschaft der Revolutionäre – zum Entsetzen der Ausländer.

Diese waren überdies durch die Spaltung in den Reihen der Nationalisten verwirrt. Der Generalissimus Tschiang unterstehende rechte Flügel der Kuomintang hatte gerade sein Hauptquartier in das kurz zuvor eroberte Nanking verlegt, während ihr linker Flügel, der nach wie vor enge Beziehungen zu den Kommunisten pflegte, den Anspruch erhob, von der Drillingsstadt Wuhan am Jangtse aus ganz China zu regieren.

Wie groß die Angst der Menschen in Schanghai war, sah man an den leeren Straßen. Julia, die endlich einmal von ihrer beständigen Sorge um Tommy abgelenkt war, fand, es mache keinen Spaß, das neue Kabriolett vorzuführen, wenn es niemanden gab, der es bewundern konnte. Von der Stimmung in der verlassenen Stadt niedergedrückt, stimmte Emily ihr zu. Ebensogut konnten sie nach Hause zurückkehren.

Julia beschloß ein Bad zu nehmen. Während sich ihre verspannten Glieder in dem warmen Wasser langsam lösten, kreisten ihre Gedanken um ihre Zukunft. Tommys lange Abwesenheit hatte ihre Empfindungen für ihn geklärt. Sie wünschte nichts sehnlicher als seine sichere Heimkehr nach Schanghai – für immer. Doch nicht nur um ihn sorgte sie sich. Sie befürchtete täglich, jemand könnte dahinterkommen, daß sie für den kommunistischen Apparat tätig war. Dieser Gefahr konnte sie nur dadurch entgehen, daß sie nach Amerika zurückkehrte, doch diesen Gedanken schob sie gleich wieder von sich. Sie mußte auf Tommy warten, ganz gleich, was geschah. Sie war bereit, ihn sofort zu heiraten, wenn er ihr einen Antrag machte. Falls er es nicht tat, würde sie nahezu ebenso glücklich sein – solange sie nur an seiner Seite bleiben durfte.

Schon seit mehreren Wochen war sie ohne Nachricht von ihm. Sofern ihm etwas zugestoßen wäre, tröstete sie sich, hätte sie davon erfahren.

Sie zog ihren scharlachroten Seidenkimono an und setzte sich zu Emily ins Wohnzimmer, die sich im Radio ein Konzert anhörte. Zwischen ihnen lag Adam und wedelte von Zeit zu Zeit zufrieden mit seinem buschigen Schwanz. Plötzlich aber unterbrach das Telefon dieses häusliche Idyll.

«Ich hoffe, ich störe nicht», sagte Joshua Haleevie. «Ob ich wohl kurz vorbeikommen könnte? Hier fällt mir die Decke auf den Kopf.»

«Ich wüßte niemanden, den ich lieber sähe als dich», sagte Emily, die an den Apparat gegangen war. Julia war vom Bad so träge, daß sie nicht hatte aufstehen mögen.

«In zwanzig Minuten bin ich da.»

Als sie auflegte, begriff Emily, daß sie buchstäblich die Wahrheit gesagt hatte. Seit Tommy fort war, fühlten sie und Julia sich in Joshuas Gesellschaft am wohlsten. Sie hatte sich zwar mit Richard ausgesöhnt, aber eine gewisse Distanz zu ihm tat ihr gut. Emily ging in die Küche, um Tee und Brote vorzubereiten.

Julia war allein im Wohnzimmer, als es erneut klingelte. Automatisch nahm sie den Hörer ab und begriff erst dann, daß es an der Tür geläutet haben mußte. Ob Joshua schon da war? Sie schloß auf und öffnete, obwohl Emily und Pao ihr immer wieder eingeschärft hatten, sie solle erst feststellen, wer vor der Tür stand.

Zu spät fielen ihr diese Warnungen ein, als sie in der schlecht beleuchteten Diele einen hochgewachsenen Mann in Uniform stehen sah. Vielleicht war es ein weißrussischer Söldner, der eine Zuflucht oder Geld wollte – und dem dazu jedes Mittel recht war. Es konnte auch ein Angehöriger der zur Verteidigung der Stadt aufgebotenen Verstärkungstruppen sein. Fragwürdige Gestalten in den Uniformen acht verschiedener Länder ließen Vorsicht wirklich geboten erscheinen. Vergewaltigungen wurden nicht nur aus Nanking gemeldet.

«Was wollen Sie?» fragte sie. «Ich mache Sie darauf aufmerksam, daß ich nicht allein bin!»

«Doch nicht etwa ein anderer Mann?» rief der Fremde und trat auf sie zu. Im Lichtschein, der durch die offene Wohnzimmertür fiel, erkannte sie Tommys Gesicht. «Das wäre mir nämlich gar nicht recht.»

Sie stürzte in seine Arme und drückte das Gesicht an seine Brust. Er roch nach Tabak, Ruß und Schweiß – und ein bißchen nach Betäubungsmitteln.

«Tommy!» murmelte sie. «Tommy! Ich bin ja so glücklich! Du hast mir einen furchtbaren Schreck eingejagt!»

«Julie, Liebste», sagte er zärtlich.

Sie trat einen Schritt zurück, um sein Gesicht genauer zu betrachten, und sagte: «Du siehst müde aus. Komm endlich herein.»

Emily umarmte den Bruder stürmisch, als ihn Julia in die Wohnung führte. Fragen prasselten auf ihn ein, bevor er sich setzen und mit einem Whisky-Soda stärken konnte.

«Man hat mich hierher abkommandiert», erklärte er, ohne sich darüber auszulassen, wer «man» war. «Der Sanitätsdienst der Armee in Schanghai befindet sich in einem heillosen Zustand.»

«Wie hast du es nur geschafft, in die Konzession zu kommen?» wollte Julia wissen. «Gerade nationalistische Offiziere werden nicht durchgelassen.»

«Nach wie vor macht in Schanghai das Silber – nicht etwa die Liebe – alles möglich. Ich habe einfach ein paar Dollar verteilt. Meine Mütze hatte ich in der Tasche, und unter dem Mantel konnte niemand die Uniform sehen.» Nach einer kurzen Pause fragte er Emily: «Hast du in letzter Zeit von Papa und Mama gehört?»

Betrübt schüttelte sie den Kopf. Sie schämte sich beinahe, daß der Bruch mit ihren Eltern nicht auf wunderbare Weise geheilt war. Zwar empfand sie deshalb keine stechenden Schuldgefühle mehr, aber das Bewußtsein dieses Bruches begleitete sie ständig.

Sehnsuchtsvoll sah Emily, wie rückhaltlos sich Julia über Tommys Rückkehr freute. Vielleicht war sie selbst zu vernünftig, vielleicht zu kalt, jedenfalls konnte sie sich Richard nicht so gänzlich ausliefern – und auch keinem anderen Mann. Vielleicht war sie auch einfach nur zu stolz.

Tommy schien es ebenso zu gehen wie Julia. Die Erschöpfung, die nach der langen Bahnreise aus Nanking nur verständlich war, schien mit einem Schlag von ihm abgefallen zu sein, und seine Augen leuchteten, wenn er sie ansah.

Gerade wollte Emily aufstehen und erklären, sie sei müde und wolle zu Bett gehen, als es zweimal und nach kurzer Pause wieder zweimal klingelte. Joshua war da. Emily und Julia stürzten ins Schlafzimmer, um sich anzuziehen.

«Tommy, wie schön, dich zu sehen!» sagte Joshua voll Freude. Die beiden Männer waren stets gut miteinander ausgekommen, auch wenn sie keine engen Freunde waren.

«Laß es gut sein», sagte Tommy verlegen. «Emily und Julia kommen gleich, sie ziehen sich nur schnell etwas an, was weniger bequem ist.»

«Eigentlich bin ich gekommen, weil ich sie um einen Gefallen bitten wollte, aber du kannst mir vielleicht noch besser helfen.» Joshua zupfte nachdenklich an seinem Ohrläppchen. «Ich habe da ein gewisses Problem . . .»

«Nun sag schon, was es ist!»

«Tommy, was hältst du vom Obersten Herrn der Bruderschaft vom Schleusentor und seinen Spießgesellen?»

«Ach, du meinst den Grünen Drachen, Tschiang Kai-scheks Schwurbruder? Ungeziefer!» gab Tommy zurück, ohne eine Sekunde nachzudenken. «Von seinen anderen Verbrechen ganz abgesehen, hat er noch mehr Menschen mit Opium zugrunde gerichtet als die Japaner.»

Gerade in dem Augenblick kehrten Julia und Emily zurück; sie hatten sich so umgezogen, wie man es bei Herrenbesuch von achtbaren jungen Damen erwarten durfte.

Nachdem Joshua sie begrüßt hatte, kam er wieder auf den Zweck seines Besuches zu sprechen: «Ich habe zwar dagegen protestiert, aber unser amerikanisches Stadtoberhaupt, Sterling Fessenden, hat einen Handel abgeschlossen, um die ausländischen Gebiete zu retten. Und die Hilfe soll ausgerechnet von dem Grünen Drachen kommen. Er will mit seinen Geheimbünden gegen die Kommunisten losschlagen; dafür hat man ihm fünftausend Gewehre gegeben und läßt ihm freie Hand. In der Nacht von Montag auf Dienstag will er die Kommunistenführer ermorden.»

«Aber doch nicht Tschou En-lai?» entfuhr es Julia. «Wir müssen ihn warnen!»

«Ich denke», sagte Tommy gelassen, «daß Joshua deswegen hier ist.»

«Fessenden und der Grüne Drache wollen den Generalissimus vor vollendete Tatsachen stellen», fuhr Joshua fort. «Sie rechnen damit, daß ihnen die Nationalisten dankbar sein und die ausländischen Gebiete zufrieden lassen werden.»

«Etwas so Bedeutendes würde der Grüne Drache nie ohne Wissen des Generalissimus unternehmen», rief Tommy. «Der muß einfach davon wissen! Der Grüne Drache täuscht Fessenden bewußt.»

«Na gut, Tommy, aber das genügt nicht. Was weißt du sonst?»

«Offen gestanden ist das nur eine ganz private Einschätzung, Joshua. Ich verfüge über keinerlei geheime Kenntnisse.»

«Weißt du, mir wäre der Gedanke gar nicht gekommen, daß der Grüne Drache Fessenden hinters Licht führen könnte. Was würdest du noch sagen?»

«Natürlich weißt du, daß die Nationalisten des linken Flügels und die Kommunisten gegen den Generalissimus marschieren. Wang Tsching-wei, der Mann, der damals in Peking noch bei Dr. Sun war, ist aus Europa zurückgekehrt. Er hat in Wuhan die Regierung übernommen und den Generalissimus abgesetzt. Tschiang richtet jetzt seine eigene Regierung in Nanking ein.»

«Was – nicht hier in Schanghai?»

«Jede Regierung Chinas ist für ihre Einkünfte auf Schanghai angewiesen. Aber zu seiner Hauptstadt kann der Generalissimus Schanghai nur machen, wenn er die internationale Konzession und das Franzosenviertel besetzt. Und das letzte, was er will, ist ein Krieg mit den ausländischen Schutzmächten!»

«Willst du damit sagen, daß wir hier gar nicht bedroht sind?» fragte Julia. «Uns kommt das etwas anders vor.»

«Bedroht seid ihr in gewisser Weise schon», gab Tommy zur Antwort, «aber nur durch die Heißsporne, die es auf beiden Seiten gibt, nicht durch den Generalissimus.»

Emily nickte und sagte: «Das behauptet Mei-ling Sung auch immer wieder. Sie sagt, der Gemus – so nennt sie ihn – weiß, daß er China ohne Geld nicht regieren kann. Er braucht Dollar, und die bekommt er nur in Schanghai.»

«Das ist alles *überaus* nützlich zu wissen», kam es von Joshua.

«Klär mich auf, alter Knabe», sagte Tommy. «Welches Spiel spielst du? Erzähl schon!»

«Tommy, ich bin wie du aus Schanghai. In erster Linie bin ich bestrebt, Blutvergießen zu vermeiden und zu verhindern, daß die Schlacht um China ausgerechnet in Groß-Schanghai geschlagen wird, denn sie würde zwangsläufig auf die ausländischen Gebiete überspringen. Ich möchte, daß du Tschou En-lai warnst.»

32

13. April 1927

Tommy hob die Arme über den Kopf und streckte sich, bis er seine Knochen fast krachen hören konnte. Nachdem er sich mehr als zwölf Stunden lang über den improvisierten Operationstisch gebeugt hatte, waren seine Rückenmuskeln verspannt. Er zog die mit Blut verkrusteten Gummihandschuhe aus und rieb sich die schmerzenden Augen. Das einzige Licht kam von flackernden Kerosinlampen, die nicht nur übel rochen, sondern deren Dämpfe auch giftig waren. Es herrschte Stromsperre.

Nie hatte er Chirurg werden wollen, doch seit er zur Nationalen Revolutionsarmee gehörte, war er geradezu in Blut gewatet – und die beiden letzten Tage waren die schlimmsten von allen gewesen.

Aus der Tasche seines einst weißen Kittels fischte er seine Meerschaumpfeife. Während er sie stopfte, ließ er die Augen durch den Raum wandern. Er befand sich im Waschraum eines großen Wohnhauses in der Nähe des Gewerkschaftsgebäudes von Schanghai. Gewiß war das ein merkwürdiger Rahmen für Notoperationen an verwundeten Zivilisten, wie er sie nahezu ununterbrochen durchgeführt hatte. Es waren bemerkenswerte sechsunddreißig Stunden gewesen – selbst für jemanden, der das Blutvergießen und die seltsamen Ereignisse gewohnt war, die ein Jahr im Dienst der Nationalen Volksarmee mit sich gebracht hatten.

Begonnen hatte alles damit, daß ihn der Kleine Pao vor drei Tagen, am Montagmorgen, in das Büro der Allgemeinen Gewerkschaft von Schanghai geführt hatte. Tommy hatte, wie er mit trübsinniger Befriedigung erinnerte, die kommunistische Führung auf die Gefahr hinzuweisen versucht, obwohl Kommissar Tschou En-lai ganz offenkundig nicht bereit war, ihm Glauben zu schenken. Statt dessen hatte er in dessen ausdrucksvollen Augen Mißtrauen aufschimmern sehen.

«Vielen Dank, Dr. Howe», hatte Tschou En-lai übertrieben höflich auf seine Warnung geantwortet. «Selbstverständlich sind auch mir die Gerüchte über den sogenannten Gegenschlag zu Ohren gekommen. Nur frage ich mich: Warum sollten unsere Feinde darauf bedacht sein, mich davon in Kenntnis zu setzen? Wollen sie, daß ich mich auf die Verteidigung einrichte?»

Daß der erst neunundzwanzigjährige Tschou En-lai unbändig stolz auf sein erstes eigenes Kommando war, ließ sich verstehen. Natürlich hatte er sagen müssen, er wisse alles über das von den Ausländern zusammen mit den Geheimbünden und dem Generalissimus geschmiedete Komplott gegen die Kommunisten. Kein Politiker, und sei er noch so unerfahren, hätte zugegeben, daß ihm wesentliche Informationen nicht bekannt waren.

Tschou En-lai war aber auch unbändig stolz auf seinen Geheimdienst. Er rühmte sich, daß seine Agenten buchstäblich unsichtbar seien, weil sie so alltäglich waren: Kulis, Diener, Hebammen und Straßenjungen wie der Kleine Pao. Er konnte sich nicht vorstellen, daß ihnen allen jeglicher Hinweis auf den geplanten Gegenangriff verborgen geblieben sein sollte.

Da der Kommissar seiner Sache so sicher schien, hatte ihn Tommy ohne weitere Diskussion verlassen. Er hatte sein Teil getan, dachte er. In der Wohnung in der Kiukiang Road hatte er dann zögernd die Unterhaltung mit Julia fortgeführt, die einen Schatten über ihr Wiedersehen warf. Unterhaltung war vielleicht nicht das richtige Wort dafür, auch wenn es kein richtiger Streit war. Nach der ersten Wiedersehensfreude hatte Julia ihm gestanden: «Ich habe über einiges nachgedacht, was dir vielleicht nicht gefallen wird, Tommy.»

Als erstes hatte sie ihm erklärt, daß sie einen kurzen Besuch bei ihren Eltern in Plattsburg erwog, die sie heftig drängten, nach Hause zu kommen – und sei es nur für kurze Zeit. Dann hatte sie zugegeben, daß sie anschließend möglicherweise nicht nach Schanghai zurückkehren würde. Das lag nicht nur an den Kosten der Überfahrt, gab sie halbherzig zu – es war denkbar, daß ihr Schanghai von Plattsburg aus wie ein ferner Traum erscheinen würde. Wie aber konnte sie in einen Traum zurückkehren?

Zu erwidern vermochte Tommy darauf nur wenig. Er konnte ihr nicht reinen Herzens zureden, daß sie in Schanghai bleiben solle, denn er war zu sehr in der Tradition der konfuzianischen Lehre erzogen, als daß er sich zwischen eine Tochter und ihre Eltern hätte stellen können. Er befand sich in einer Zwickmühle. Drängte er sie, heimzufahren, mußte sie annehmen, er sei froh über ihre Abreise, bot er ihr an, für die Kosten ihrer Rückkehr aufzukommen, würde sie das kränken.

Zum Glück stritten sie nicht, sondern sprachen in aller Ruhe über diese Dinge, als der Kleine Pao ein zweites Mal kam. Tommy konnte die Bitte, für den in der Nähe der Allgemeinen Gewerkschaft eingerichteten ärztlichen Notdienst tätig zu werden, unmöglich ablehnen. Jetzt hatte er, ausschließlich von Laien unterstützt, volle sechsunddreißig Stunden gearbeitet und über hundert schwerverwundete Männer und Frauen sowie fünf oder sechs Kinder behandelt, unter ihnen auch den Kleinen Pao, der sonst verblutet wäre. Eine Handgranate hatte ihm beide Beine gebrochen, und in der Nähe des Oberschenkelknochens hätten Metallsplitter fast eine Arterie zerfetzt. Wenn auch sein Zustand gegenwärtig keinen Anlaß zur Besorgnis gab, würde er sich ohne ständige Pflege in einem Krankenhaus doch rasch verschlechtern. Und es gab nur wenig Hoffnung, ihn dorthin schaffen zu können.

Der improvisierte Verbandsplatz verfügte lediglich über ein paar Waschbecken aus Beton; über Holzkohlefeuern wurde Wasser zum Sieden gebracht, damit die Instrumente sterilisiert werden konnten. In dem feuchtkalten Raum roch es trotz Desinfektions- und Betäubungsmitteln vor allem nach Blut und Exkrementen. Auf Strohmatten, die den Betonboden bedeckten, lagen Patienten. Manche warfen sich unruhig hin und her, und ein alter Mann mit einem Verband über den Augen murmelte ein eintöniges buddhistisches Gebet.

Der Kleine Pao lag in einer entfernten Ecke unter einer von der Decke hängenden Kerosinlampe. Auf dem zerfetzten Mantel, der ihm als Zudecke diente, lag ein Buch mit unbeholfen bunten revolutionären Karikaturen. Mit seiner kleinen Hand hielt er das Buch wie einen Schatz umklammert. Seine Augen waren geschlossen.

Als er Tommys Schritte hörte, blickte er auf. Jedesmal wenn irgendwo eine Tür schlug, schwang die Lampe über ihm hin und her. In ihrem gelben Schein war sein abgezehrtes Gesicht zu erkennen. Mit fiebrigen Augen und einem Lächeln auf den blutleeren Lippen begrüßte er Tommy freudig.

Ohne auf den erhobenen Zeigefinger zu achten, der ihn zum Schweigen mahnte, sagte er leise: «*Tan Yi-scheng* . . . Dr. Tom, ich kann nicht mehr schlafen. Bitte, erzählen Sie mir etwas.»

«Na schön, Pao.» Während sich Tommy neben ihn hockte, merkte er, daß auch er menschliche Wärme brauchte. Die Welt um ihn herum schien nur aus Wunden, Schmerz und Tod zu bestehen. «Nun, Pao, du hast ja Großartiges vollbracht, was? Wir werden dir einen anderen Namen geben müssen. Du solltest nicht Kleiner Pao heißen, sondern Großer Pao.»

Dadurch, daß er die Silbe *pao* in einem anderen Tonfall aussprach, änderte sich ihre Bedeutung von «Blase» in «Kanone». Das Lächeln des Jungen zeigte, wie stolz er auf das Lob war. Er liebte Tommy nahezu ebenso wie seinen Retter John Pavernen. Tommys Kehle krampfte sich zusammen. Er mußte daran denken, daß dieser schlachterprobte Veteran, der in drei Monaten drei Feldzüge überlebt hatte, noch ein halbes Kind war.

«Was war eigentlich los?» wollte der Kleine Pao mit schwacher Stimme wissen. «Ich erinnere mich nicht besonders gut . . .»

«Was weißt du denn noch, du Kanone?» Es war besser, daß der Junge redete, als daß er schweigend über der Katastrophe brütete, die seine kleine Welt heimgesucht hatte. «Sag mir, was du weißt, und ich erzähle dir den Rest.»

Da sich der Junge nicht entsinnen zu können schien, half Tommy nach und berichtete, daß sechs Tage zuvor Hunderte von Schurken, die im Dienst der Geheimbünde standen, in blauer Arbeitskleidung und mit den Armbinden der Arbeiter das französische Viertel verlassen hatten. Sie alle waren mit

Pistolen oder Gewehren bewaffnet. Etwa zum selben Zeitpunkt hatten reguläre nationalistische Einheiten des Generalissimus in derselben Verkleidung die internationale Konzession auf Lastwagen durchquert. Ihr Ziel war Tschapei, wo sich die Arbeiter festgesetzt hatten. Der Kleine Pao erinnerte sich plötzlich wieder.

«Zuerst haben wir im Hauptquartier Schüsse aus der Ferne gehört, und bald kamen Berichte, daß der Feind genau wußte, wo unsere Posten standen und daß er sie ohne Vorwarnung angriff. Zuerst wußte nicht einmal Tschou En-lai, was er tun sollte. Das Hauptquartier wurde getroffen, und ich . . .»

Tommy stellte sich vor, wie der selbstbewußte Tschou En-lai verwirrt zu Boden ging, als die Fenster des Hauptquartiers unter den ersten Schüssen des Feindes splitterten. Eine Gegenwehr war nicht möglich, dazu war der Überfall zu überraschend gekommen. ‹«Komm her›, hat Kommissar Tschou Enlai zu mir gesagt», fuhr der Kleine Pao fort, «‹wirf deine Armbinde weg und schleich dich hinten raus. Paß gut auf dich auf. Sieh zu, daß du so viele Posten wie möglich erreichst und sag ihnen, sie sollen verschwinden. Geh auch zu deinem Freund Dr. Howe und bring ihn zum Notverbandsplatz.›»

Der Kleine Pao hatte diesen Befehlen nicht sofort gehorcht. Statt dessen hatte er in der Morgendämmerung hinter einer Mülltonne gehockt und beobachtet, wie die als Arbeiter verkleideten Männer auf das Hauptquartier der Gewerkschaft feuerten. Als die Verteidiger die Lüftungsgitter aus den Wänden herausstießen und durch diese improvisierten Schießscharten das Feuer erwiderten, hatte einen Moment lang Hoffnung den Kleinen Pao erfüllt, doch gegen einen Feind, den jetzt Soldaten in der Uniform der Nationalisten verstärkten, konnten sich die Männer der Gewerkschaft nicht halten. Ihre vorgebliche Neutralität hatten die Angreifer längst aufgegeben. Sie richteten sogar Mörser auf das Gebäude und wurden erst im letzten Augenblick durch einen Oberst, der auf die Nachbargebäude wies und sie warnte, daß diese von verirrten Geschossen getroffen werden könnten, daran gehindert, die Geschütze auch wirklich abzufeuern.

Der Kleine Pao wußte, daß der Feind gewonnen hatte. In der Abendschule der Arbeiter hatte er gelernt, daß den Reaktionären Eigentum wichtiger war als Menschenleben. Doch wenn die Nationalisten ihren Mörser nicht benutzten, weil sie Gebäude zu beschädigen fürchteten, mußten sie ihres Sieges wirklich sehr sicher sein. Dem Kleinen Pao war klar, daß er seine Genossen nie wiedersehen würde – am wenigsten Kommisssar Tschou En-lai, den Mann, dessen Kopf der Feind vor allen anderen haben wollte.

Unter einem Bambusgerüst vor einem halbfertigen Wohnhaus fand der Kleine Pao eine Tragstange, einen leeren Kerosinbehälter und einen Sack Gips. Er füllte den Behälter mit Wasser, hängte ihn an das eine Ende der Stange, den Sack Gips an das andere, und legte sie sich über die Schulter. So trottete er wie ein Lastenkuli am Nordbahnhof vorbei auf das Tor an der Elgin Road zu, das zwischen Stacheldraht und Maschinengewehrstellungen einen Zugang zum internationalen Teil der Stadt ermöglichte.

Als ihm die bärtigen Wächter nicht öffnen wollten, wandte sich Pao schulterzuckend um und trabte ostwärts an der Stacheldrahtumzäunung entlang. Zwischen dem Bauhof, der sich auf seiner Seite des Stacheldrahtes befand, und der Gemeindeschule, die auf der anderen Seite lag, befand sich ein Stück freies Gelände. Da er dort keine Posten sah, eilte er mutig auf den unkrautbewachsenen Zaun zu.

Dort ließ er sich in den Abflußgraben fallen und zwängte sich, durch Schlamm und Müll kriechend, unter dem Kettenzaun hindurch. Seine Tragstange zog er nach. Dann machte er sich auf den Weg zur Kiukiang Road.

«Ich konnte Kommissar Tschous Hauptquartier nicht einfach im Stich lassen, Dr. Tom», flüsterte der Kleine Pao. «Also bin ich wieder hingegangen, nachdem ich Sie geholt hatte.»

Tommys Gedanken kehrten von der Erzählung des Fünfzehnjährigen zu dem Notlazarett zurück. Die flackernden Kerosinlampen tauchten den Raum in düsteres Zwielicht. Er goß sich aus einer Thermosflasche Tee ein, während der Kleine Pao mit seinem Bericht fortfuhr.

Immer noch als junger Kuli verkleidet, hatte er sich zu der gaffenden Menge gesellt, die sich nach dem Ende der Schießerei vor dem zerschossenen Gebäude der Gewerkschaft versammelt hatte. Wahrscheinlich war seine Tragstange überflüssig, denn die Sieger waren in übermütiger Festlaune, und niemand achtete auf ihn. Uniformierte Soldaten und Söldner der Geheimbünde, die nach wie vor in Arbeiterkleidung steckten, prosteten einander mit Bier und Reiswein zu.

Zu den Gefangenen, die von Soldaten zusammengetrieben worden waren, gehörte auch Tschou En-lai. Sein gutgeschnittener grauer Uniformrock war zerfetzt, ein Ärmel fehlte ganz. Er zuckte nicht mit der Wimper, als ihn ein Hauptmann in der Uniform der Nationalisten mit den Worten übernahm: «Diesen Mann soll ich sofort ins Hauptquartier bringen.»

«Du bist jetzt also mein Gefangenenaufseher?» fragte Tschou En-lai den Offizier. «Du hast deine Lektion gut gelernt, Schi. Wer hätte damals an der Akademie von Whampoa gedacht –»

«Ich kann's nicht ändern!» gab der Offizier knapp zurück und warf einen Blick auf den Major, der den Sturm auf das Gebäude befehligt hatte und nun etwas unglücklich darüber wirkte, seinen wichtigsten Gefangenen hergeben zu müssen. «Krieg ist Krieg.»

Sechs Bewaffnete mit aufgepflanztem Bajonett umstellten den Kommunistenführer, und die Abteilung marschierte davon.

Der Kleine Pao, der die Szene beobachtet hatte, war gespannt, wie es weitergehen würde. Er eilte durch schmale Gassen, die den Weg zum Hauptquartier der Garnison abkürzten. Es dauerte länger, als er angenommen hatte, bis er den Trupp kommen sah – und der Gefangene in seinem zerfetzten Uniformrock fehlte. Verwundert zählte Pao noch einmal nach. Der Trupp bestand aus sechs einfachen Soldaten und zwei Offizieren. Paos Herz klopfte heftig. Die beiden Offiziere hatten ihre Schirmmützen tief in die Stirn gedrückt und verbargen ihre Gesichter darunter, doch Kommissar Tschou En-lais kräftiges Kinn war zwischen dem Uniformkragen und dem schwarzen Mützenschirm nicht zu verkennen.

Trotz aller Neugier folgte der Kleine Pao dem Trupp nicht. Wenn er nicht wußte, wo sich sein Oberkommandierender versteckte, konnte er auch unter der Folter nichts verraten, falls man ihn faßte.

«Und jetzt», unterbrach Tommy seinen Bericht, «mußt du schlafen.»

«Nur noch eins, Dr. Tom. An dem Abend durfte ich nicht zu Ihnen kommen, denn es wäre gefährlich gewesen. Also hab ich mich über Nacht versteckt.»

Am nächsten Morgen schon war Tschou En-lais Flucht in aller Munde gewesen. Niemand kannte den angeblichen Hauptmann, der ihn geholt hatte. Die Eroberer hatten inzwischen begonnen, ihre Gefangenen in Fünfergruppen zu erschießen. Weit über hundert waren schon tot – dabei lagen vom Vortag noch Tausende von Toten auf den Straßen.

Einige Gewerkschaftsführer lebten noch und waren in Freiheit, aber keiner von ihnen wußte, was man hätte unternehmen können. Irgend jemand beschloß, einen Generalstreik auszurufen, und ein anderer hatte den Einfall, einen Marsch auf das Hauptquartier der Garnison zu organisieren.

Bereits nach dem Zwischenfall vom Mai 1925 hatte ein Generalstreik für kurze Zeit das Leben in der internationalen Konzession und im französischen Viertel lahmgelegt. Damals hatte die ausländischen Herren ihr Gewissen – und der Druck der öffentlichen Meinung in ihren Heimatländern – daran gehindert, mit Gewalt gegen die Streikenden vorzugehen. Doch die neuen chinesischen Herren, die Nationalisten, die keinen Gedanken daran verschwendeten, irgendwann einmal von einer öffentlichen Meinung zur Rechenschaft gezogen zu werden, konnte ein Generalstreik nicht beeindrucken. Sie kannten ein Mittel dagegen: Massaker.

So war es nicht weiter verwunderlich, daß der gerade erst ausgerufene Generalstreik schon gebrochen war, als gegen Mittag mehrere tausend Männer und Frauen zu dem Protestmarsch aufbrachen. Doch noch immer waren die militanten Gewerkschaftsführer zuversichtlich.

Der Kleine Pao hatte erneut die Armbinde mit den roten Ideogrammen «Sondermelder» angelegt. Mit großen Augen sah er, daß die Männer links und rechts von ihm Gewehre von der Art trugen, wie sie das sowjetische Konsulat insgeheim unter den Arbeitern hatte verteilen lassen.

«Was wollt ihr mit den Gewehren? Es ist doch ein friedlicher Marsch, oder nicht?»

«Kleiner Genosse, wir wollen nicht schießen», hatte der Mann neben ihm geantwortet, «aber wir wollen zeigen, daß das Volk seine eigene machtvolle Streitkraft besitzt. Soldaten der Revolution sind furchtlos und lassen sich nicht einschüchtern. Verstanden?»

Betrübt nickte der Kleine Pao. Doch langsam hob sich seine Stimmung; er fühlte sich mitgerissen, als sich so viele Füße um ihn herum in Marsch setzten. Das laute Schlurfen zahlloser Strohsandalen und Filzsohlen war die wahre Hymne der Revolution. Der Kleine Pao reckte sich und ließ den Blick durch die Reihen schweifen. Zwar sah er viele Gewehrläufe, aber alle Waffen waren geschultert, niemand hielt sie schußfertig in der Hand. Auch Frauen und Kinder liefen mit, um zu zeigen, daß es sich um einen friedlichen Protestmarsch handelte. «Es lebe die Revolution!» riefen die Menschen immer wieder. «Freiheit für unsere unschuldigen Brüder!»

Weil Pao so klein war, konnte er nicht über die Schulter seines Vordermannes sehen. Daher war er völlig überrascht, als er eine Gewehrsalve hörte. Einen Augenblick später stürzte der Mann vor ihm zu Boden.

Jetzt erst sah der Kleine Pao die Soldaten in der Khakiuniform der Nationalisten, die in die Menge feuerten. Auch der Mann neben ihm, der mit ihm gesprochen hatte, stürzte zu Boden und riß Pao, der sich gerade entsetzt zur Flucht wenden wollte, mit sich. Vorsichtig spähend hob Pao den Kopf und sah, wieviel Unheil die Salven in den Reihen der Demonstranten angerichtet hatten. Mehr als ein Drittel von ihnen lag auf dem Straßenpflaster – verwundet, sterbend oder tot.

Auch jedem, der in Gefangenschaft geriet, drohte der Tod. Als Pao aufsprang und davonlief, verfolgten ihn zahlreiche Schüsse. Er warf sich zu Boden und vollführte dabei unabsichtlich einen Purzelbaum.

Die Kugel traf ihn in die linke Wade. Völlig betäubt von dem Schrecken, rannte er noch einige Sekunden lang weiter, bis ihn die Druckwelle einer detonierenden Handgranate zu Boden schleuderte.

Erst jetzt schrie er laut auf vor Schmerz. Dann wurde es um ihn dunkel.

«Und dann hat man dich hergebracht, du Kanone. Mehr gibt es nicht zu erzählen.» Tommy Howe wollte, daß sich sein Patient endlich ausruhte. «Du *mußt* jetzt schlafen!»

«Wird gemacht, Dr. Tom.»

«Die Kugel und die Splitter müssen raus. Aber das hat Zeit.»

In Wirklichkeit war höchste Eile geboten. Eine Infektion der Wunde drohte, und außerdem konnten die Granatsplitter eine Ader zerstören. Eine Röntgenuntersuchung war unerläßlich. Doch bis zum nächsten Tag waren es nur noch zehn Stunden. Am Vormittag, so nahm Tommy an, wären die Kämpfe sicher zu Ende. Dann konnte er Pao ins Allgemeine Krankenhaus von Schanghai verlegen.

«Ich bin nicht einmal Ihr Diener», flüsterte dieser jetzt. «Ich habe gar keinen Anspruch auf Ihre Hilfe, und trotzdem kümmern Sie sich um mich!»

«Aber du bist ein Diener – und außerdem ein Freund – meiner Schwester und meiner ... äh ... Miss Yu-lis. Die Familie Howe wird sich um dich kümmern, Kanone.»

Tommy, dem seine Rührung peinlich war, legte die Hand des schläfrigen Jungen auf den zerrissenen Baumwollmantel, der ihm als Decke diente, und erhob sich, um nach den anderen Patienten zu sehen. Eine Tür knirschte in den Angeln, und er schüttelte müde den Kopf. Ein weiterer Patient um diese Zeit war beinahe mehr, als er bewältigen konnte. Resigniert schob er den Rupfenvorhang beiseite.

Im Dämmerschein der Kerosinlampen sah Tommy khakifarbene Uniformen. Auch die Nationalisten brachten ihm ihre Verwundeten.

«Ja, Sergeant!» sagte er mit gebieterischer Stimme. «Was gibt es?»

«Ha Yi-scheng?» fragte der Unteroffizier. «Sie sind Dr. Howe?»

«Ja. Was gibt es?»

«Sie müssen mit uns kommen. Sie stehen unter Arrest. Befehl des Garnisonskommandanten.»

«Wissen Sie überhaupt, wer ich bin?» fuhr Tommy auf. «Wohl kaum – wenn Sie gekommen sind, um mich festzunehmen.»

«Howe Dan-erhs Sohn. Oberst im Sanitätsdienst, Generalstabsarzt des Sechsten Korps, jetzt hierher abkommandiert. Das stimmt doch?»

«Selbstverständlich. Sie sehen also . . .»

«Das ist der Mann, den festzunehmen ich Befehl habe. Kommen Sie mit, Gefangener.»

«Und wer kümmert sich um meine Patienten? Viele befinden sich in äußerst kritischem Zustand.»

«Lauter Kommunistenschweine. Sie können ja beten. Vielleicht kümmert sich Buddha um sie.»

33

28. April–4. Mai 1927

«Ich traue ihr nicht», erklärte Emily. «So vollkommen kann niemand sein.»

«Em, du bist zynisch», gab Julia zur Antwort. «Rosamonde Sun hat dasselbe Ziel wie du: ein besseres China und ein besseres Leben für Chinas Frauen.»

«Möglich, Julie. Aber ich werde mit ihr nicht richtig warm.

Außerdem steht sie den Kommunisten zu nahe. Jetzt, wo der Generalissimus gesehen hat, was gespielt wird, kann sich Rosamonde nicht mehr damit herausreden –»

«Em, so einfach ist das nicht.»

Julia wählte ihre Worte mit äußerster Sorgfalt. Zwar haßte sie es, ihre Freundin täuschen zu müssen, doch der Geheimdienst hatte sie häufig davor gewarnt, irgend jemandem über ihre Arbeit für die Kommunisten zu berichten, nicht einmal Tommy. Auch war sie nachdrücklich gemahnt worden, sich keinesfalls als kommunistische Sympathisantin zu erkennen zu geben. Deutlich reifer als die impulsive junge Frau, die sechs Jahre zuvor mit der *Empress of Australia* nach Schanghai gekommen war, vermochte Julia inzwischen ihre Offenheit zu zügeln. Dennoch verstellte sie sich ungern.

«Sieh mal», unterbrach Emily ihre Gedanken, «wenn sich der Generalissimus selbst gegen die Kommunisten wendet und mit patriotischen Kapitalisten wie meinem Vater gemeinsame Sache macht, muß er einen guten Grund dafür haben. Aber Rosamonde sieht das einfach nicht. Sie ist seit Dr. Suns Tod richtig gehässig geworden und will einfach nicht begreifen, daß die Kommunisten – und deren russische Freunde – für China nicht gut sind. Außerdem ist sie schrecklich eifersüchtig. Sollte Mei-ling tatsächlich eines Tages ihren Generalissimus heiraten, wird das ein schwerer Schlag für ihre liebende ältere Schwester sein.»

«Ach, Emily, ob es je zu dieser Heirat kommt . . . Und man sollte jedenfalls nicht vergessen, was Rosamonde für Chinas Frauen getan hat.»

Während Julia das sagte, merkte sie, daß Emily und sie wie Schauspielerinnen die häufig geprobten Argumente ihres uralten Streits über Rosamonde wiederholten und sich dabei in Gedanken mit gänzlich anderen Dingen beschäftigten. Rosamondes öffentliche Angriffe gegen den Mann, der möglicherweise bald ihr Schwager – und Herr über China – sein würde, interessierten sie zwar. Aber in Wirklichkeit litten sie beide vor allem unter Tommys spurlosem Verschwinden.

An jenem Donnerstag, dem 28. April, waren mehr als zwei

Wochen vergangen, seit der Kleine Pao atemlos in die Dachwohnung gekommen war, um Tommy zu bitten, er möge verwundete Arbeiter ärztlich versorgen. In dem Durcheinander, das dem Überfall gefolgt war, mit dem Tschiang Kaischek und sein Schwurbruder, der Grüne Drache, die Kommunisten entmachtet hatten, hatte sich seine Spur ebenso verloren wie die Tommys. Auch jetzt, da die Kämpfe vorüber und die Nationalisten Herren von Groß-Schanghai waren, hatten sie noch kein Wort von Tommy gehört.

«Die von Rosamonde ausgebildeten Propagandistinnen und Agitatorinnen kämpfen Seite an Seite mit den Männern», fuhr Julia mechanisch fort. «Jetzt können Frauen ihre Rechte *einfordern.*»

«Da bin ich nicht so sicher. Sich die Haare kurz schneiden und Reden schwingen ist eine Sache, praktische Politik eine andere. Wenn Rosamonde weiter gegen den Generalissimus ankämpft, wird sie gar nichts fordern können. Der Kampf der Kommunisten ist aussichtslos, und sofern sie auf deren Seite bleibt, hat sie keine Möglichkeit, der Sache der Frauen zu dienen . . .»

«Ich wollte, ich wäre da so sicher wie du, Em. Siehst du denn nicht, daß . . .»

Julia, die einst Politik für langweilig gehalten hatte, war von der komplizierten Situation fasziniert, die der Kampf um China heraufbeschworen hatte. Inmitten dieser politischen Umwälzungen war Tommys Verschwinden jedoch nur ein unbedeutendes Einzelereignis. Und im Augenblick waren ihr Politik und das Entstehen eines neuen China völlig egal. Sie wollte wissen, was mit Tommy geschehen war, denn er bestand aus Fleisch und Blut, war keine Abstraktion wie Freiheit oder Demokratie. Und er war ein wesentlicher Teil ihres eigenen Lebens. Was, wenn er tot war?

Während der ersten Woche nach seinem Verschwinden hatte sich Julia zwar Sorgen gemacht, aber nicht mehr als zuvor schon täglich, seit er sich der Nationalen Revolutionsarmee angeschlossen hatte. Emily hatte gemeint, es könnten ihn neue Befehle erreicht haben, er könnte an einen anderen Ort gerufen worden sein. Auf jeden Fall würden sie bald von ihm hören.

Doch nun war ein halber Monat vergangen, seit Tommy sie im perlgrauen Licht des frühen Morgens zum Abschied geküßt hatte – und Hunderte, vielleicht Tausende, waren in den Massakern, die auf Tschiang Kai-scheks Sieg gefolgt waren, umgebracht worden. Immer größer wurde Julias Angst, auch Tommy könnte tot oder verwundet sein.

Alle Bemühungen, ihn zu finden, waren ergebnislos verlaufen. Nicht ohne Gefahr für ihr eigenes Leben hatten sie und Emily die volkreichen Viertel von Tschapei und das Straßengewirr von Hunggu abgesucht. Emily hatte bei ihren nationalistischen Freunden nach ihm gefragt, während Julia, wenn auch vorsichtiger, den geheimen Apparat der Kommunisten gebeten hatte, nach ihm zu forschen.

Von den Nationalisten wie den Kommunisten waren mehr oder weniger gleichlautende Auskünfte gekommen. Dr. Howe war zuletzt am Notverbandsplatz in der Nähe des Gewerkschaftsgebäudes gesehen worden, wo am Abend des 13. April die schlimmsten Kämpfe stattgefunden hatten. Über seinen Aufenthalt war seither nichts bekannt.

Julia begriff, daß sie nie zuvor wirklich gewußt hatte, was Schmerz oder Sorge war. Immer schrecklichere Bilder, die sie nicht zu verdrängen vermochte, beherrschten ihre Gedanken. Das Beste, worauf sie hoffen konnte, war noch, daß man Tommy irgendwo gefangengenommen hatte. Doch was, wenn er eine von Dutzenden unidentifizierter Leichen war? Dann wieder sah sie ihn irgendwo im herzlosen Schanghai qualvoll in der Gosse sterben.

«Zumindest sprichst du seit Tommys Verschwinden nicht mehr von deiner Abreise», hörte sie Emily sagen. «Offenbar hast du es dir anders überlegt.»

«Im Gegenteil, Em. Ich bin fester denn je davon überzeugt, daß ich fort muß – ich muß reine Luft atmen, ein schlichtes, anständiges Leben leben . . . Oh, Em, glaubst du, daß wir ihn je wiedersehen? Manchmal habe ich den Eindruck, ich halte es keine Minute mehr aus.»

«Julie, hör auf!» gebot Emily mit scharfer Stimme. «Du kannst nicht ständig hier herumsitzen und grübeln. Komm, wir machen eine Tour mit dem Auto. Das bringt dich auf andere Gedanken.»

Joshua unterhielt sich mit einem französischen Obristen, der wie er auf den Beginn der Auslosung wartete. Endlich sollte darüber entschieden werden, welche Bordelle in Schanghai als erste zu schließen waren. Ob wohl Tommy Howe seine Warnung an Tschou En-lai weitergeleitet hatte? fragte Joshua sich. Da beide in den Wirren verschwunden waren, hatte er keine Ahnung. Gerade heute hatte er wieder einmal nach ihnen gefragt, doch die Staatsschutzabteilung der Polizei von Schanghai wußte auch an diesem 4. Mai, mehr als drei Wochen seit dem Gegenschlag der Rechten, weder etwas über den Verbleib des Arztes noch über den des Generals.

Keinen Monat nach den Massakern fand jetzt diese merkwürdige Lotterie statt, die das Schicksal jedes fünften der Schanghaier Bordelle besiegeln würde.

Zuerst hatte Elisaweta Alexandrowna Jawalenka unbedingt selbst kommen wollen. «Ich muß dabeisein und sehen, wie sich mein Schicksal entscheidet!» hatte sie erklärt. Joshua aber hatte ihr nachdrücklich auseinandergesetzt, sie dürfe keinesfalls durch ihre Anwesenheit ihre Besorgnis zeigen, daß das Ikra geschlossen werden könnte. Außerdem würde ihr Auftreten bei der Lotterie auch einer Heirat zwischen ihnen im Wege stehen, denn damit mache sie ihr Gewerbe sozusagen öffentlich bekannt. Schließlich hatte sie nachgegeben, und Joshua hatte ihr versprochen, sie gleich nach dem Ende der Auslosung anzurufen.

Emily Howe und Julia Pavernen sahen allerdings keinen Grund, nicht hinzugehen; sie waren fortschrittliche junge Damen und wollten das öffentlich demonstrieren. Außerdem war die Lotterie in Schanghai längst zum gesellschaftlichen Ereignis geworden. Emily erhoffte sich davon Stoff für einen saftigprallen Artikel, den sie den Lesern des *Public Ledger* in Philadelphia servieren wollte, und Julia war von dem prunkvollen

Rahmen der Veranstaltung so gebannt, daß sie eine Weile sogar Tommy vergaß, während sie mit ihrer Freundin durch die Menge zog, hierhin und dorthin nickte und Bekannten zulächelte.

Als ein Gong ertönte, verließen die zahlreichen Anwesenden das Büfett, auf dem sich Kaviar, Räucherlachs, Austern und Hummer türmten, und versammelten sich um die Lostrommel: Taipane mit ihren chinesischen Agenten, Zuhälter, Bandenchefs mit ihren zwielichtigen Revolvermännern, außerdem viele Militärs. Mit angespannten Gesichtern standen etwa zwanzig Inhaberinnen der bekannteren Freudenhäuser in der Nähe der Lostrommel. Sie enthielt sechshundertdreiundachtzig Messingkapseln, und in jeder befand sich ein Stückchen Papier mit dem Namen eines einschlägigen Etablissements.

Ein korpulenter Croupier aus dem Golden Wheel Club erhob sich und verbeugte sich zu dem halb spöttischen Applaus, der ihn empfing. Er war der einzige, dem alle, wenn auch widerwillig, einigermaßen trauten. Keiner der ausländischen Wirtschaftstaipane hätte diese Aufgabe übernehmen können, denn alle Firmen der Stadt waren auf die eine oder andere Weise mit den Häusern verbunden – als Vermieter, Gläubiger, Schutzmacht oder Geldgeber. Städtische Angestellte kamen unter keinen Umständen in Frage, da sie wegen ihrer geringen Gehälter sehr leicht bestechlich waren.

Die Spannung wuchs, während der Croupier die ersten Namen vorlas. «*Venus*!» rief er laut. «Die *Venus des Ostens* muß zumachen!»

Und so ging es weiter. Julia fand es fast langweilig und sah sich nach Joshua um.

«*Starlight! Starlight* ist erledigt!» verkündete der Croupier gerade. Überrascht sah Julia, wie das Glas Champagner in Joshuas Hand zitterte. Einige Tropfen liefen über seinen Ärmel. Einen Augenblick später lächelte er so munter wie zuvor, und sie fragte sich, ob sie sich nur etwas eingebildet hatte; sie hätte schwören können, daß er nervös war.

Die Verlosung ging weiter. Als nächstes kam das *Little Redwing* an die Reihe, das *La Nuit Noire* . . .

«*Star* –» rief der Croupier, brach irritiert ab, räusperte sich und rief blitzschnell: «*Sturgeon! Virgin Sturgeons* muß dichtmachen!»

Unvermittelt wandte sich Joshua an Julia und sagte: «Hat ja wohl keinen Sinn, sich die ganze Nacht hier zu langweilen, was? Ich verschwinde jedenfalls. Kommt ihr mit?»

Julia winkte zu Emily hinüber, und gemeinsam verließen sie den Saal.

«Bin ich froh, daß das vorbei ist!» Joshua wischte sich die Stirn mit dem Taschentuch, als sie in die leere Halle hinaustraten. «Nie wieder!»

Emily hob die Brauen, und Julia fragte: «Was ist vorbei, Joshua? Die sind doch noch lange nicht fertig!»

«Stimmt, das dauert wohl noch die halbe Nacht», bestätigte er. «Euch beiden kann ich es ja sagen, aber ihr müßt wirklich den Mund halten. Als er das Starlight zum erstenmal aufrief, war das schlimm genug, aber als es dann noch mal kam! Huh! Nur gut, daß er so ein fixer Kerl ist.»

«Willst du damit sagen, daß das erste *Starlight* in Wirklichkeit das *Ikra* war?» rief Julia erstaunt.

«Kluges Kind. Als er das Los zog, das für das Ikra das Aus bedeutet hätte, ließ er es verschwinden und ersetzte es durch ein anderes, das er für diesen Fall im Ärmel bereithielt – und darauf stand das *Starlight*. Dann hätte er den Namen fast noch einmal gesagt, als das *Starlight* tatsächlich drankam. Puh! Diese Anspannung hat mich mehr gekostet als der Betrag, den ich dem guten Mann zahlen mußte. Mit dem Geld allerdings kann er sich ohne weiteres selbst ein Freudenhaus einrichten, wenn ihm danach ist.»

«*Du*, Joshua?» fuhr Emily auf. «Du hast den Croupier geschmiert, damit er das *Ikra* nicht aufruft? Wie ritterlich – und zugleich hinterhältig!»

«Nie wieder! Mir ginge es besser, wenn das *Ikra* amtlich versiegelt wäre.»

«Warum hast du es dann getan? Joshua, glaubst du wirklich, Liz würde . . .»

Fast hätte ihm Julia ihre Zweifel verraten, daß Elisaweta ihn je heiraten werde. Doch sie brach ab. Erstaunt sah sie den smaragdgrünen Rolls-Royce Donald Howes vor dem Gebäude stehen. Neben dem uniformierten Chauffeur sah sie den silbrigen Haarschopf des Alten Wu.

Emily stürzte mit ausgestreckten Händen auf den Wagen zu. Der Alte Wu stieg aus. In dem weißen Gewand mit dem grünen Siegel des Hauses Howe auf der Brust, das seinen Rang bekräftigte, wirkte er majestätisch. Einen Augenblick lang schloß er Emily in die Arme, dann war er wieder der teilnahmslose Oberste Diener des Hauses.

«*Yue-lin Hsiu-jüe, he-jüehou . . .*» Er sprach leise. «Es ist schon so lange her, und es kommt uns noch länger vor als damals, als Sie in Amerika waren.»

«Wollen Sie mich nach Hause zurückholen?» fragte Emily eifrig. «Wollen meine Eltern mich sehen?»

Hinter der Fassade der kämpferischen Feministin lugte die liebende Tochter hervor, die es tief schmerzte, ihren Eltern nicht gehorsam zu sein. Nur noch selten sprach Emily von der Schuld, die sie empfand, weil ihre Unbeugsamkeit ihre Eltern dazu gezwungen hatte, sich von ihr loszusagen. Doch jetzt stand ihr die ängstliche Besorgnis auf der Stirn geschrieben.

«Ich bin nicht Ihretwegen hier», sagte der Alte Wu so leise, daß ihn die barbarischen Freunde seiner jungen Herrin nicht hören konnten. «Was auch immer Ihre hochverehrten Eltern wünschen, sie *können* nicht nach Ihnen schicken, solange Sie nicht Ihrem törichten Trotz entsagen. Aber Sie fehlen ihnen – sehr.»

«Was wollen Sie dann hier?» fragte Emily mit vor Enttäuschung brüchiger Stimme. «Hat es mit Tommy zu tun? Gibt es Neuigkeiten von ihm?»

«Ich bedaure», sagte der Alte Wu zögernd. «Ich habe lediglich den Auftrag, Ihre ausländische Freundin zu meinen Herrschaften zu bringen. Sie wird doch mitkommen?»

«Selbstverständlich. Aber warum, Wu? Sie müssen es doch wissen. Sie wissen alles.»

«Ich kenne den Grund nicht . . . Ich weiß es einfach nicht.»

Als Julia in den kreisrunden Empfangssaal der Halle der Harmonie trat, bedauerte sie, Emily zuliebe zum Besuch der Verlosung das frivole rote Kleid angezogen zu haben. Obwohl auch die Tschipaos emanzipierter Chinesinnen deren wohlgeformte Beine zeigten, würde Emilys Mutter zweifellos von dem Anblick entsetzt sein, den Julias kurzer Rock bot, ganz gleich, wie sehr sie beim Sitzen achtgab. Noch unangenehmer war ihr der tiefe Ausschnitt des Kleides, denn nicht einmal die verwegensten Chinesinnen zeigten ihren Busen.

Zwar waren Tabus Geschmackssache wie die Mode selbst, doch Julia befürchtete, Eurydice und Donald Howe könnten aus der Art, wie sie sich kleidete, den Schluß ziehen, daß Tommys Verschwinden sie nicht berühre – und sie seiner vielleicht gar für unwürdig halten. Doch was ging sie an, was die alten Howes dachten? Sie würden sich ohnehin nie damit einverstanden erklären, daß Tommy eine Ausländerin heiratete. Ausländer galten in jedem Fall als abstoßend.

Donald Howe erhob sich mit ausdruckslosem Gesicht von dem geblümten Sofa und wischte sich mehrfach die schwarze Hornbrille. Das Lächeln seiner Frau wirkte zögernd, und ihre zurückhaltende Begrüßung zeigte ebenso deutlich wie der betont feste Händedruck ihres Mannes, daß die Howes sich nahezu ebenso unbehaglich fühlten wie Julia.

Trotz allem wurde die chinesische Etikette befolgt: Eurydice goß blassen Tee ein und bot mit kandierten Datteln gefülltes Gebäck an, und ihr Gatte erkundigte sich ausführlich nach Julias und ihres Onkels Ergehen sowie nach dem ihrer Eltern, die er nie gesehen hatte. Die Howes schienen keinerlei Eile zu haben, obwohl sie Julia so dringlich zu sich gebeten hatten.

Schließlich fragte Eurydice: «Wie geht es meiner unglücklichen Tochter?»

Gerührt von diesem Bruch der Etikette, berichtete Julia der besorgten Mutter, wie Emily ihre Tage verbrachte. Dabei vermied sie es, Richard Hollings zu erwähnen, mit dem Emily einen bedeutenden Teil dieser Tage verbrachte.

«Emily liebt Sie sehr», schloß sie, «und ich weiß, daß Sie ihr schrecklich fehlen!»

«Sagen Sie ihr», begann die Mutter, doch der Vater unterbrach sie: «Sie brauchen unserer ungehorsamen Tochter nicht zu sagen, daß sie uns das Herz gebrochen hat. Aber etwas anderes *müssen* Sie ihr mitteilen.»

Obwohl ihr sein herrischer Ton mißfiel, nickte Julia.

«Wir brauchen Yue-lins Unterstützung», fuhr er fort. «Sie ist unsere einzige Hoffnung, Tan-se noch zu finden. Wir haben andeutungsweise gehört, daß er in Tschiang Kai-scheks Gewalt ist. Unsere letzten Informationen stammen von einem verwundeten Kuli, der gesehen haben will, wie ihn nationalistische Soldaten abgeholt haben.»

«Warum können Sie nicht den Generalissimus fragen?» Julia kam trotz ihrer langen Anwesenheit im Land immer noch nicht mit der chinesischen Art zurecht, sich allem auf Umwegen zu nähern. «Oder T. W. Sung. Schließlich steht er ihm nahe.»

«T. W.?» stieß Donald hervor, und Eurydice mischte sich ein: «Ihn interessiert nur, wie er den chinesischen Kapitalisten möglichst viel Geld abpressen kann. Es ist ein teures Vergnügen, seinen großartigen Generalissimus zu finanzieren. Sie müssen wissen –»

«Fünfzig Millionen sind bereits aus Schanghai geflossen – und ein Ende ist nicht abzusehen.» Die Bedrohung seiner Brieftasche lenkte Donald Howe nur für kurze Zeit vom Schicksal seines Sohnes ab. «Aber das spielt keine Rolle. Es kommt nur auf Tan-se an. Der einzige Weg führt über Mei-ling Sung. Tschiang Kai-schek ist gewiß aufgeschlossen für die Bitten der Dame, die er zu ehelichen hofft. Daher muß Yue-lin zu Mei-ling gehen und –»

«Glauben Sie wirklich, daß Mei-ling das für Emmy tun wird? Sie kann ziemlich hart sein.»

«. . . und sie bitten, sich ins Mittel zu legen», fuhr Donald Howe fort, als habe Julia kein Wort gesagt. «Sie kann ihr auch sagen, daß eine Million Dollar bereitliegen, um –»

«Ist es klug», fiel ihm Julia wieder ins Wort, «Mei Sung zu bestechen?»

«Eine Spende, keine Bestechung. Tschiang Kai-schek

braucht Geld für seine Heere und seine neue Regierung. Dazu einen Beitrag zu leisten, ist meine Pflicht als Patriot. Ich kann aber den Generalissimus nicht damit belästigen, daß ich mich unmittelbar an ihn wende. Das würde so aussehen, als versuchte ich, unziemlichen Druck auszuüben.»

Als Emily mit dem Mastiff Adam, der ihr auf dem Fuße folgte, Richards Redaktionsbüro im Gebäude der *Daily News* betrat, setzte ihr Herz erst einen Schlag aus, bevor es wild zu schlagen begann. Richard, sagte sie sich, war es wert, sogar den Bruch mit ihren Eltern. Zwar war er nicht gerade zuverlässig und meistens keine große Hilfe, wenn sie etwas bedrückte – aber er war immer aufregend.

«Na, du verflixtes Hundevieh!» sagte er, und Adam drehte sich entzückt auf den Rücken. «Du verflixtes Hundevieh!»

Emily spürte, wie ihr Puls schneller ging, als er sich ihr zuwandte und sie flüchtig küßte.

«Hallo, mein Schatz!» sagte er. «Schon zurück von der Puff-Auslosung? Wie war's?»

«Ganz nett, aber ich bin nicht lange geblieben.» Seine Munterkeit ärgerte sie. «Woran arbeitest du gerade?»

«An einem Bericht darüber, wie der Generalissimus unter den Roten aufräumt. Hunderte sind schon tot, vielleicht auch Tausende, und jetzt bastelt er in Nanking seine neue Regierung zusammen. Die Sache wird so kompliziert, daß bestimmt ein paar tausend Leser abspringen, wenn ich in die Einzelheiten gehe.»

Emily war entsetzt. Es war schwer, sich vorzustellen, daß Berichte über den heldenmütigen Kampf ihres Landes um seine Einheit von Amerikanern und Europäern nur ungeduldig überblättert wurden.

«Ich muß übrigens bald verreisen», fuhr Richard fort.

«Was gibt es denn in Japan so Spannendes?» wollte sie wissen. «Da ist doch genauso wenig los wie in Südostasien oder Ostindien.»

«Wir müssen unseren Lesern Neues bieten, Abwechslung. Das ist wichtig, wenn ich –»

«Mach mir nichts vor, Richard», fuhr sie wütend auf. «Ich weiß Bescheid. Du hast die Nase voll von uns aufsässigen Chinesen – von uns *allen*. Für deinen imperialistischen Geschmack ist die Revolution zu unordentlich. Die Eingeborenen werden frech.»

«Em, steigere dich da jetzt bloß nicht rein. Ich muß einfach mal etwas anderes bringen als immer nur Kommunisten und Nationalisten, Kommissare und Kriegsherren, Schlachten und Gemetzel. China ist nicht der Nabel der Welt, mußt du wissen.»

Sein zugleich trotziges und schwermütiges Lächeln versöhnte sie fast. Doch sie verschloß ihr Herz gegen seinen Charme und fuhr fort: «Ob Nabel der Welt oder nicht, du hast einfach Angst vor dem, was jetzt hier geschehen wird. Du denkst schon ganz wie die Wirtschaftstaipane und magst nicht zugeben, daß chinesische Arbeit und Mühe diese Stadt hier haben aufblühen lassen. Du würdest nur ungern sehen, daß eine starke Zentralregierung unser Land zum Wohlstand führt. Du hast Angst vor der Macht eines vereinten China . . .»

Ihr Ausbruch verblüffte Richard, und ein wenig erheiterte er ihn auch. Er kannte seine Emily und liebte sie – auf seine Weise. Wenn sie die eifernde Patriotin herauskehrte, war allerdings schwer mit ihr auszukommen.

«Unsinn, Em!»

«Nun, vielleicht habe ich das etwas überzeichnet», sagte sie versöhnlich und mußte wider Willen lächeln. «Aber die Entstehung eines starken und demokratischen China ist unvermeidlich.»

«Unvermeidlich? Das hat Zeit. Vielleicht kommt das irgendwann einmal, aber nicht in diesem Jahrzehnt und auch nicht im nächsten. Solange sich in euren Bürgerkriegen fünf oder sechs Seiten gegenseitig bekämpfen, solange in China so viele Kräfte vergeudet werden, besteht da keine Aussicht.»

«Wir Chinesen haben schon zu einer Zeit –»

«Ja, früher, aber davon ist heute nichts mehr übrig. Bei euch geht doch alles drunter und drüber . . .»

Erschrocken hielt er inne. Er hatte sich schon früher mit Emily gestritten, aber diesmal war er zu weit gegangen. Er wußte, wie ernst sie Kritik an ihrem Volk nahm.

«Ich wußte gar nicht, daß du Rassist bist!» zischte sie ihn an, bevor er eine angemessene Entschuldigung herausbringen konnte. «Ich hätte es schon früher merken müssen.»

«Das ist mir wohl so herausgerutscht», versuchte er zu beschwichtigen. «Ich meinte es nicht so. Du weißt doch –»

«Richard, wenn ich jetzt und hier *ja* sagte», fragte sie betont vernünftig, «würdest du mich morgen heiraten?»

«Liebend gern. Aber das würde nicht gehen», gab er zurück. «Wir brauchen Zeit für das Aufgebot und all diese Sachen, du weißt schon.»

«Ich scherze nicht, Richard.» Sie wandte sich um und sah aus dem Fenster auf den Bund hinab. «Würdest du? Du hast so oft behauptet, wenn ich ja sagte, würdest du mich heiraten – tust du es?»

«Morgen?» Er lächelte töricht. «Du weißt sehr gut, daß das unmöglich ist.»

«Und das ist deine Antwort?» sagte sie mit leiser, aber harter Stimme. «Du hast also nicht nur China satt, sondern auch mich?»

«Liebling, ich versichere dir, daß ich dich von ganzem Herzen liebe. Und ich habe China keineswegs satt. Ich hatte einfach nur noch keine Gelegenheit, dir zu sagen, daß ich bald verreisen muß. Sobald ich zurück –»

«Dann brauchst du dich bei mir nicht mehr sehen zu lassen.»

«Emily, Liebste, es hat sich doch nichts geändert. Das bildest du dir nur ein.»

«Fahr doch!» explodierte sie. «Gleich morgen! Von mir aus noch heute abend!»

«Das tue ich auch!» Nicht ohne Erleichterung ließ er seinem Zorn jetzt freien Lauf. «Jawohl, und zwar jetzt sofort!»

Er nahm seine Aktentasche, riß das Jackett vom Garderobenständer und schlug die Tür so fest hinter sich zu, daß die Scheibe darin bebte. Emily starrte auf die Lichterketten der an ihren Ankerbojen liegenden Kriegsschiffe. Adam gab einen merkwürdigen Laut von sich, der gar nicht nach einem Hund klang. Dann stupste er sie mit der Schnauze.

Sie legte ihm die Hand auf den Kopf und spürte den harten Schädel unter seinem weichen Fell. Als sie schließlich sprach, klang ihre Stimme unnatürlich gelassen. «Danke, Adam. Ich weiß, daß du da bist und immer dasein wirst, wenn –»

Das Telefon schrillte. Sie nahm ab, und Julia meldete sich. Sie schien mindestens ebenso verstört wie sie selbst. «Emily, bist du das? Wann kommst du nach Hause? Ich muß unbedingt mit dir sprechen.»

34

17. Juli 1927

«Wenn ich irgend etwas über Tommy wüßte, hätte ich es gesagt», erklärte Joshua. «Er scheint spurlos verschwunden zu sein.»

«Wirklich schlimm», sagte Elisaweta. «Und zwar nicht nur für Julia, sondern auch für seine Schwester. Nur gut, daß sie sich wieder mit ihrem Richard vertragen hat.»

«Dann ist doch endlich alles in Ordnung», sagte Joshua gedehnt, «wenigstens, was die beiden betrifft.»

«Ich weiß nicht recht, mein Lieber. Die Spannung zwischen den beiden war immer so groß, daß man förmlich Funken sprühen sehen konnte.»

«Ja, und?»

«Nun, jetzt turteln sie, daß es einem unheimlich werden kann. Dabei hatten sie vor ein paar Wochen einen schrecklichen Streit. Er ist auf und davon.»

«Und wiedergekommen.»

«Wahrscheinlich war das ein Gewitter, das die Atmosphäre gereinigt hat. Beide haben mir hinterher gesagt, daß sie sich kindisch aufgeführt hätten.»

«Na also. Was willst du denn noch?»

«Es sprühen keine Funken mehr, Joshua. Da ist etwas faul.»

«Was soll das, Liz. Wir kommen doch auch gut miteinander aus – ohne daß wir dauernd streiten.» Er tat absichtlich, als verstehe er nicht. «Was ist daran nicht in Ordnung?»

«Es wird sich zeigen. Außerdem weißt du, daß ich mit dir manchmal überhaupt nicht gut auskomme. Gott sei Dank!»

Elisaweta steckte sich eine Zigarette an und blies nachdenklich Rauchkringel in die Luft. «Josh, hast du dir noch nie überlegt, wie es in zwanzig oder dreißig Jahren sein wird?»

«Das tue ich pausenlos, meine Liebe. Und mich entsetzt die Vorstellung, an der Seite von Charlotte Gubbai alt zu werden. Aber möglicherweise bleibt mir keine Wahl. Mein Vater bedrängt mich, und ganz offen gesagt, finde ich die Aussicht nicht beglückend, mich nach einer Stelle außerhalb des Familienunternehmens umzusehen.»

Elisaweta fühlte sich nicht gekränkt. Dazu hatte sie kein Recht. Joshua war inzwischen davon überzeugt, daß sie ihn nie heiraten würde. Zu oft waren seine Anträge entschieden zurückgewiesen worden. Also fand er sich damit ab, daß er zu gegebener Zeit die passende reiche Erbin zur Frau nehmen würde, die seine Eltern für ihn ausgewählt hatten. Er wußte auch, daß er stets die ihnen unpassend erscheinende russische Aristokratin lieben würde, die die Frau seiner Wahl war und blieb.

«Armer Liebling!» sagte Elisaweta schließlich. «Aber so fährst du doch schließlich am besten, oder nicht? Hast einerseits Charlotte mit ihren Schekeln und andererseits mich.»

«Liz, du weißt genau, daß das nicht meiner Vorstellung entspricht. Aber du läßt mir ja keine Wahl, oder?»

«Joshua, hast du dir je überlegt –» sie ließ eine lange Pause eintreten – «wie es sein würde, mit mir alt zu werden?»

«Schon oft, meine Liebe. Ich habe die feste Absicht, mit dir alt zu werden – ganz gleich, wen ich heirate.»

«Dann ist dir diese Aussicht nicht zuwider?»

«Zuwider?» schnaubte er, «wie kannst du fragen?»

«Joshua, ich kann mir manchmal nicht recht vorstellen, daß

du dir wirklich je überlegt hast, wie es sein würde, wenn du mit mir verheiratet wärest.»

«Zu Hause wäre es der Himmel und außerhalb des Hauses ständige Eifersucht! Du erweckst zuviel Bewunderung.» Er sah sie zweifelnd an und fragte: «Was soll das alles, Liz? Willst du nur wissen, ob das Wasser warm genug ist, oder erwägst du ernsthaft, zur Probe einen Zeh hineinzustecken?»

«Ich bin nicht ganz sicher, Liebling. Vielleicht ist es einfach nur ein Gedankenspiel.»

Allein mit Adam in der Dachwohnung sah Julia trübsinnig zu, wie das Licht, das durch das hohe Fenster auf den Rosenholztisch fiel, mit der Dämmerung allmählich schwand. Sie hatte Lao-tsi fortgeschickt, da sie deren melodramatisch geäußertes Mitgefühl nicht länger ertrug. Es schmerzte zu sehr, während sie sich nach irgendeiner Nachricht von Tommy fast verzehrte. Sie sehnte sich danach, ihn wiederzusehen, und sie fürchtete, daß das nie mehr geschehen würde.

Überrascht stellte sie fest, daß ihr auch der Kleine Pao sehr fehlte, wenn auch auf andere Weise. Im Unterschied zu Tommy war der Junge fünf Jahre lang Tag für Tag Teil ihres Lebens gewesen. Sie hatte sich an Tommys Abwesenheit gewöhnt, besonders nachdem er sich zur Armee gemeldet hatte. Bald mußte sie als sicher annehmen, daß er nicht mehr lebte. Wäre es anders, hätte Donald Howe als Gegenleistung für die von ihm aufgewendeten riesigen Bestechungsgelder irgend etwas erfahren.

Er konnte ohne weiteres bei einer der zahlreichen Massenhinrichtungen ums Leben gekommen sein, die in den ersten Tagen nach dem Gegenschlag der Nationalisten an der Tagesordnung gewesen waren. In diesem Fall würde sie nicht einmal von seinem Tod erfahren.

Wie lange, fragte sie sich, sollte sie noch warten, bis sie die Passage nach Hause buchte? Immerhin war er schon seit drei Monaten verschwunden.

Wenn Tommy nicht zurückkam, band sie nichts mehr an China; das Land wäre ihr dann geradezu verhaßt. Und wenn er noch lebte? Sie würde nur darauf warten, ihn noch einmal zu sehen. Dann würde sie dem Wunsch ihrer Eltern nachgeben und sie besuchen. Und würde sie wirklich anschließend nach Schanghai zurückkehren? Sie wußte es einfach nicht. Aber wenn Tommy noch lebte, würde sie alles tun, um ihn zu retten, und nahezu alles, um Gewißheit über sein Schicksal zu erlangen. Das wußte sie genau.

Sie erinnerte sich daran, wie sie Mei-ling Sung bestürmt hatte, etwas für Tommy zu unternehmen, und verzog das Gesicht. Emily hatte darauf bestanden, daß sie der jüngsten Tochter des gefürchteten Hauses Sung gemeinsam ihre Aufwartung machten. Vor kurzem erst hatte der Generalissimus Tschiang Kai-schek in aller Form Mei-lings Mutter um die Hand ihrer Tochter gebeten. Eine verliebte junge Frau, hatte Emily angenommen, werde Mitgefühl für die Qualen einer anderen liebenden jungen Frau haben. Obwohl der Familienrat den Heiratsantrag des Generalissimus bereits verworfen hatte, war Mei noch siegesgewiß. Sie war sicher, den Widerstand ihrer Eltern überwinden zu können, obwohl die Mutter geschworen hatte, keine ihrer Töchter werde je einen Heiden wie Tschiang Kai-schek heiraten. Überdies hatte Mei, wie ihre Eltern auch, eine nicht zu übersehende Schwäche für Amerika und alles, was damit zusammenhing.

Die beiden jungen Damen waren im Haus der Sungs an der Seymour Road empfangen worden, und Mei hatte – ganz amerikanisch – Kaffee und Gebäck serviert. Wie stets war sie völlig selbstbeherrscht und etwas überheblich. Munter plauderten die beiden jungen Chinesinnen, während Julia wie abwesend daneben saß. Keiner von beiden schien es damit zu eilen, zur Sache zu kommen, bis Julia Mei zögernd um Hilfe bei der Suche nach Tommy bat. Merkwürdigerweise richtete diese ihre Antwort an Emily.

«Was soll *ich* denn dabei tun?» fragte sie. «Vor allem, wenn ihr sagt, daß ihr schon alles versucht habt.»

«Mei, meine Liebe, frag doch einfach den Gemus», sagte Emily unumwunden. «Er ist der einzige, den wir noch nicht gefragt haben.»

«Und wieso meint ihr –» fragte Mei-ling gedehnt.

«Wir glauben nicht etwa, daß er etwas damit zu tun hat!» antwortete Julia eifrig, «aber er könnte etwas herausbekommen – wenn überhaupt jemand. Ich möchte doch nur wissen, was geschehen ist, Mei.»

«Nun, ich will sehen, was ich tun kann», versprach Mei-ling nach kurzem Nachdenken. «Man kommt allerdings nur schwer an den Gemus heran. Aber ich kann mir vorstellen, wie du dich fühlst, Julia, und ich habe Tommy immer sehr gemocht. Ich versuche es.»

Seit jenem Nachmittag, der viele Wochen zurücklag, hatten sie von Mei nichts Neues erfahren, so beharrlich Emily auch nachfragte. Sie konnte lediglich berichten, Tschiang Kai-schek habe gesagt, er werde sich um die Sache kümmern, sobald er einen Augenblick Zeit habe. Julia hatte sich mit dem getröstet, was er angeblich hinzugefügt hatte: «Ich mag diesen jungen Dr. Howe.»

Der große Mastiff legte seinen Kopf auf Julias Bein, und sie streichelte ihn mechanisch. Ihre Gedanken begannen, sich im Kreis zu drehen. Sie versuchte, diese trübsinnigen Überlegungen zu verbannen, indem sie ihre Aufmerksamkeit einmal mehr der Situation des Landes zuwandte.

Seit Mitte April bekämpften die beiden «nationalen Revolutionsregierungen» einander bis aufs Messer. Dabei waren auch die Bürgerkriegsgeneräle im Norden des Landes inzwischen wieder kampfbereit. Die nationalistische Linksregierung in Wuhan und die nationalistische Rechtsregierung in Nanking schienen entschlossen, einander zu zerstören.

In Wuhan tobte der Komintern-Agent Michail Borodin: «Bevor die Revolution Erfolg haben kann, müssen wir erst einmal die Reihen der Revolutionäre säubern! Vergeßt den Zug nach Norden, wir müssen sofort gegen Tschiang Kai-schek marschieren!»

Dieser aber war bereits eifrig dabei, kommunistische Organisationen in ganz Südchina zu zerschlagen. Überdies befand sich die Regierung in Wuhan, an deren Spitze der von der Sowjetunion unterstützte Wang Tsching-wei stand, vor dem

Zusammenbruch, weil ihre Anhänger sie im Stich ließen. Sie hatten erfahren, daß die Sowjetunion im Gegensatz zu dem Komintern-Agenten bereit war, die linksliberale Regierung zu opfern, um mit dem Generalissimus zusammenzuarbeiten, der jetzt die Oberhand hatte – so wie sie zuvor die Eigenständigkeit der chinesischen Kommunisten geopfert hatte, um es sich nicht mit den Nationalisten zu verderben.

Ohne daß Julia es ändern konnte, kehrten ihre Gedanken ständig zu Tommy zurück. Tommy ist nicht tot, sonst hätte man davon gehört, hämmerte es in ihrem Kopf. Warum aber erfährt man nichts ... wieso wird kein Lösegeld verlangt, warum will niemand Angaben verkaufen? ... Immerhin ist es beinahe drei Monate her, seit er ...

Erleichtert hörte sie das Telefon klingeln. Sie schob Adam beiseite und stand auf. Ihr linkes Bein war vom langen Sitzen eingeschlafen und schmerzte bei jedem Schritt.

«Julie!» klang Emilys erregte Stimme. «Bist du das?»

«Wer sollte es sonst sein, Em?»

«Es ist wunderbar! Einfach herrlich! Tommy lebt! Es ist ganz sicher! ... Julie? Julie, hörst du?»

Aber Julia konnte nicht antworten. Den Hörer in einer Hand, glitt sie, sich mit der anderen am Tisch haltend, langsam zu Boden. Eine große Pfote legte sich ihr auf den Arm, aber sie nahm sie nicht wahr, konnte nur eines denken: *Tommy lebt!*

«Wie geht es ihm? Fehlt ihm nichts?» Jetzt strömten die Fragen aus ihr heraus. «Wo ist er?»

«Es geht ihm gut, aber –»

«Emmy, ich kann es nicht glauben! Es ist das Wunderbarste, was ich je gehört habe», unterbrach sie Julia. «Woher weißt du das? Wo ist er? Warum hat er nicht –»

«Nicht alles auf einmal, Julie», lachte Emily.

«Dann erzähle es mir Stück für Stück. Aber sag mir zuerst noch einmal, daß er lebt und daß es ihm gutgeht.»

«Schön, Julie, Tommy lebt, und es geht ihm gut. Mehr weiß ich selbst nicht. Mehr konnte mir Mei Sung nicht sagen.»

«Ist sie endlich durchgekommen?»

«Ja. Das Garnisonskommando hat ihn in seiner Gewalt, und deswegen konnte Tschiang auch nicht –»

«Wann kommt er nach Hause, Emmy? Was wollen die Leute? Lösegeld? Warum halten sie ihn –»

«Nun laß mich doch mal zu Wort kommen, Julie. Mei weiß nicht, wann er freigelassen wird. Sie kann nicht einmal mit Sicherheit sagen, *ob* sie ihn freilassen. Sie weiß auch nicht, warum sie ihn festhalten. Aber sie hat versprochen, den Gemus zu fragen. Wir müssen Geduld haben.»

«Das ist doch verrückt, Em! Der Gemus ist doch der Chef, oder? Warum kann er Tommy nicht einfach freilassen?»

«Er ist eher Primus inter pares, Julie. Er ist kein absoluter Herrscher, also muß er sich zurückhalten.»

«Ich hoffe und bete, daß es gut ausgeht! Ich könnte es nicht ertragen. Jetzt, wo ich weiß, daß Tommy lebt . . .»

35

19. Juli 1927

Die stille Nachtluft auf der runden Terrasse des französischen Klubs roch nach Moder und Schweiß. Auch die Nacht, die langsam herabsank, versprach in der feuchtwarmen Schwüle des Juli nur wenig Erfrischung. Jeder, der irgend konnte, hatte sich bereits an die kühlen Strände Nordchinas oder in die Berge im Landesinnern geflüchtet. Die, die in der Stadt zurückgebliebenen waren, mußten in ihrer eigenen Langeweile schmoren. Sogar von den Missionaren kümmerten sich nur noch die Jesuiten um ihre Schäfchen – sowie um ihr Observatorium. Das Geschäftsleben in der halb verlassenen Stadt wurde in erster Linie von jungen Angestellten und einigen unglücklichen Abteilungsleitern in Gang gehalten.

Die Hitze lähmte alle Lebenskraft. Ehemänner, die sich darauf gefreut hatten, das Leben ohne Frau und Kinder eine

Weile genießen zu können, saßen träge an den runden Metalltischen auf der Terrasse und sehnten das Ende des Sommers herbei. Der eine oder andere erwog einen keuschen Ausflug ins *Olympia*, denn dieses Kino rühmte sich einer für Schanghai wahrhaft idealen neuen Errungenschaft: Es besaß eine Klimaanlage.

An einem Tisch saßen zwei Männer mit drei Frauen, die offenkundig nicht zur Kategorie derer gehörten, um die sich die Sehnsüchte der zurückgelassenen Ehemänner ursprünglich gerankt hatten. Eine von ihnen war Elisaweta Alexandrowna. Den Mann neben ihr kannten zwar alle, doch wußten nur wenige, daß Joshua Haleevie keineswegs der unbekümmerte Müßiggänger war, dem es das väterliche Vermögen gestattete, sich ausschließlich den Dingen zu widmen, die ihm Freude machten. Kaum einem war bekannt, wie sehr ihm das Wohlergehen der Bewohner Schanghais am Herzen lag. Er ermöglichte begabten Kindern von Kulis und Dienstboten eine Schulausbildung, unterstützte mittellose Weißrussen, beschaffte Prothesen für verstümmelte chinesische Soldaten und bot Medizinstudenten finanzielle Hilfe. Ebensowenig bekannt war, wie wichtig seine Rolle in den westlichen Geheimdiensten war.

Ihm gegenüber saß Emily Howe und fragte sich – nicht zum erstenmal –, wie Elisaweta und Joshua es schafften, so gut miteinander auszukommen. Selbst wenn sie stritten, lachten sie meistens noch. Als die Tanzkapelle, die aus Filipinos bestand, «Tea for Two» anstimmte, lächelte Emily Richard zu. Dieser nickte zum Tanzboden hinüber, doch anstatt aufzustehen, beugte sich Emily zu ihm und flüsterte: «Tanz zuerst mit Julie. Sie braucht ein bißchen Ablenkung.»

Er zuckte die Schultern. Emily verstand, was er damit meinte: Es hat keinen Sinn. Sie lehnt bestimmt ab. Sie ist in letzter Zeit ziemlich öde. Richard war zwar temperamentvoll, aber oberflächlich, und so brachte er für Julias tiefen Kummer um Tommy kein rechtes Verständnis auf.

Der wohlbekannte Schlager erweckte in Emily angenehme Erinnerungen. Als Richard sie erneut aufforderte, erhob sie sich, um mit ihm zu tanzen.

Julia, die wirklich in trübe Gedanken über Tommys Geschick versunken war, bemühte sich, den anderen die Stimmung nicht zu verderben. Nervös rauchte sie eine Zigarette nach der anderen an und drückte sie alle gleich wieder aus. Wenn sie lachte, klang es zu laut und zu schrill.

Joshua Haleevie hatte durchaus versucht, ihr durch seine Kontakte zu helfen, aber in einer Angelegenheit, die sich in erster Linie zwischen Chinesen abspielte, waren ihm die Hände gebunden. Auch Julias Versuche, über einige einflußreiche Amerikaner etwas in Erfahrung zu bringen, waren gescheitert.

Ihre Genossen in der Kommunistischen Partei Chinas verstanden zwar ihre Besorgnis, hatten aber genug eigene Schwierigkeiten. Der Apparat hatte alle Hände voll damit zu tun, sich vor den unaufhörlichen Kontrollen der ausländischen Polizei und den Angriffen der rechtsgerichteten Nationalisten zu schützen. Daher vermochten die Genossen für die ausländische Freundin eines jungen Chinesen aus reichem Hause nicht viel Mitgefühl aufzubringen – geschweige denn, etwas für sie zu erreichen.

Julia hatte auch versucht, eine amtliche Bestätigung dafür zu bekommen, daß Tommy Gefangener der Nationalisten war. Eifrig bestürmte sie die neue nationalistische Rechtsregierung von Groß-Schanghai.

Es kam gar nicht in Frage, daß sie das Land verließ, bevor Tommy in Freiheit war. Oft fühlte sie sich durch ihre vergeblichen Vorstöße gedemütigt – und bisweilen befürchtete sie, daß ihre Bemühungen für Tommy alles nur schlimmer machten.

Als sie den Blick hob, merkte sie, daß Elisaweta sie ansah. «Geduld, es wird alles gut», versuchte sie sie zu trösten, und Joshua fügte hinzu: «Du wirst sehen, er kommt zurück. Sie können ihn nicht ewig festhal–»

«Sieh an, sieh an! Die Puffmutter persönlich.» Der Mann, der das sagte, war unverkennbar Engländer und ebenso unverkennbar betrunken. «Was um alles in der Welt tun *Sie* hier, Madame?»

Mit erzwungenem Lächeln sah Elisaweta auf, und Joshua senkte den Blick. Elisaweta war schon mit vielen lästigen Kunden fertig geworden, und diese vier jungen Männer in den Khakishorts und leichten Jacken der britischen Indienarmee würden ihr gewiß keine großen Schwierigkeiten machen. Wenn er hingegen eingriffe, stand zu befürchten, daß er den Zorn der Leute anstachelte und die Dinge verschlimmerte.

«Das sind wohl zwei von Ihren Miezen.» Der Wortführer war ein untersetzter blonder Leutnant. «Was treiben *die* denn hier, Madame?»

«Sie genießen den kühlen Abend», gab Elisaweta ungerührt zur Antwort. «Vielleicht gönnen Sie uns das Vergnügen. Ich kenne Sie nicht.»

«Aber ich kenne Sie. Alle Welt weiß, daß Sie den besten Bumsschuppen von ganz Schanghai haben. Wir wollen tanzen. Sind die beiden da gut?»

«Warum setzen Sie sich nicht wieder?» In Elisawetas beschwichtigender Stimme schwang offenkundige Verzweiflung mit. «Ich lasse Ihnen Champagner bringen. Aber bitte –»

«Ach so, die Nutten haben heute frei? Nicht mal tanzen? Hier, das müßte reichen.»

Er nahm ein Bündel Banknoten aus der Tasche, zählte die zerknitterten Zehndollarscheine verächtlich durch und warf sie auf den Tisch. «Ein einwandfreies Geschäft», sagte er. «Hundertzehn chinesische Dollar – fast ein Monatsgehalt. Wehe, wenn das nicht genügt.»

Joshua schob seinen Stuhl zurück, als der Leutnant Elisaweta am Arm und Julia an der Schulter faßte.

«Lassen Sie sie los», befahl er, «sonst bekommen Sie es mit mir zu tun.»

Aufsässig knurrte der Leutnant: «Ach, der Judenlümmel? Nun, hier kannst du dich nicht hinter Papas Geldsäcken verstecken . . .»

Der Rundschlag traf Joshuas Gesicht und riß ihn fast um. Mit erhobenen Fäusten trat er gegen seine Widersacher an und bekam als nächstes einen Schlag in den Magen. Er schnappte nach Luft, wich zur Seite aus und traf den Engländer mit der Faust ins Auge.

«Er hat mich von hinten geschlagen!» brüllte dieser. «Der dreckige Judenlümmel! Packt ihn euch, Leute!»

Die anderen Männer stürzten sich auf Joshua, rissen seine Arme nach hinten, und der Anführer hob den schweren Marinestiefel zu einem Tritt in die Weichteile.

«Schluß! Eine Schande ist das! Sie wollen Offiziere sein?»

Die Kommandostimme brachte den Angriff zum Stehen. Die Soldaten wandten sich Richard Hollings zu, der von der Tanzfläche herüberkam.

«Wer ist denn das schon wieder?» Der blonde Leutnant gewann seine Fassung zurück. «Na, mit zweien werden wir ja wohl genauso leicht fertig, Leute!»

Da Richard sah, daß er mit seinem Appell an die Offiziersehre der Briten nicht weiterkam, trat er einen Schritt zurück und hob die Fäuste, um sich zu verteidigen. Joshua nutzte die Ablenkung, riß sich los, fuhr herum und schlug einem der Männer, die seine Arme gehalten hatte, die Faust ins Gesicht.

Wütend brüllte der Anführer auf und sprang Richard an. Doch mitten im Sprung wurde er von vier Kellnern in weißen Jacken gepackt und weggetragen. Angeführt von Joshuas altem Freund Fatty Wu nahm sich ein Dutzend Kellner der kampfeslustigen Eindringlinge an und setzte sie an die frische Luft.

Fatty Wu entschuldigte sich wortreich und ließ eine Magnum von Joshuas Lieblingschampagner bringen, Krug 1912.

Der plötzliche Ausbruch von Gewalt entsetzte Emily. Voller Zorn über ihre eigene Schwäche begriff sie, wie hilflos die drei Frauen gewesen waren. Julia war sichtlich erschüttert, und Elisaweta bebte wegen der erlittenen Erniedrigung.

«Willst du das, Joshua?» fragte sie bitter. «Willst du das *wirklich*?»

«Nicht jeden Abend, Liebling», erwiderte er munter. «Eine Prügelei pro Woche genügt. Dachtest du an einen bestimmten Tag?»

«Ach, das ist mir gleich, mein Liebster.» Elisaweta mußte

lächeln, doch dann fragte sie ernsthaft: «Möchtest du so leben? Willst du wirklich eine Frau, die Beleidigungen provoziert und Schlägereien auslöst?»

«Meine liebste Liz, ich will *dich.*» Joshua beugte sich über den Tisch, um ihr Kinn in seine Hände zu nehmen. «Und wenn solche Schwierigkeiten dazugehören, kann ich das ja wohl nicht ändern, oder?»

«Bist du ganz sicher? Du hast ja wieder einmal gesehen, wie abscheulich es sein kann.»

Er nickte und sagte: «Absolut sicher!»

«Dann ...» Sie nahm seine Hand in beide Hände. «Dann ... will ich auch.»

Jubelnd begrüßten Emily und Julia Elisawetas Rückkehr in die Gemeinschaft der achtbaren Frauen. Im stillen dankte Joshua Gott für die betrunkenen Seeleute und die Lotterie, die es mit vereinten Kräften fertiggebracht hatten, seine Geliebte in Angst und Schrecken zu versetzen. Er dankte ihm auch dafür, daß ihm seine Eltern Charlotte Gubbai aufgedrängt und damit Elisaweta zu einem Entschluß gebracht hatten. Endlich war sie tatsächlich bereit, ihn selbst zu heiraten, statt zuzusehen, wie er eine ungeliebte gute Partie zur Frau nahm.

Joshua gab sich keinen Täuschungen über Elisawetas Liebe zu ihm hin – wenn es überhaupt Liebe im üblichen Sinne war. Ihr Schicksal hatte sie so sehr gebeutelt, daß sie Sicherheit höher schätzte als alles andere. Sie hatte auf so schmerzliche Weise gelernt, für sich selbst zu sorgen, daß sie nicht zulassen konnte, ganz und gar von einem anderen Menschen abzuhängen, nicht einmal von ihm. Daher bedeutete für sie das *Ikra* nicht nur Unabhängigkeit, sondern auch ihre einzige wahre Sicherheit. Hätte ihrem Hotel nicht der Untergang gedroht, wäre sie nie bereit gewesen, seinen Antrag anzunehmen.

Ebenso nüchtern betrachtete er seine Liebe zu ihr, von der er wußte, daß sie echt war. Dennoch hätte er ihr vielleicht nicht so lange den Hof gemacht, wäre sie nicht seine einzige Zuflucht gewesen. Elisawetas Gegenwart linderte die Schwermut, die ihn als Folge seiner Fronterlebnisse im Weltkrieg von Zeit zu Zeit heimsuchte. Nur sie konnte die Depressionen verscheuchen, die ihn gelegentlich an den Rand des Selbstmords zu treiben schienen, und er war entschlossen, sie durch die Ehe an sich zu binden. Sie war sein einziger Trost – und seine größte Freude.

Der Bräutigam in spe rieb sich vorsichtig die schmerzende Brust, hob sein Glas und sagte in nahezu ehrfürchtigem Ton: «Auf die Braut! Lang lebe die Braut! Jetzt und immerdar!»

Konzentriert fädelte Richard Emilys offenen roten Plymouth-Zweisitzer in den Verkehrsstrom auf der Kiukiang Road ein. Er und Emily hatten Julia eingeladen, mit ihnen zum Essen auszugehen, doch sie hatte erklärt, sie müsse nicht nur für den kommenden Vormittag den Unterricht an der Zollschule vorbereiten, sondern sei auch sehr müde und müsse überdies um sechs Uhr aufstehen, um im Sender XMHA die Nachrichten zu lesen. Drei Entschuldigungen, wo eine genügt hätte! Offensichtlich wollte sie einfach die anderen nicht mit ihrem Kummer belasten. Also hatten sie Julia vor ihrem Haus abgesetzt.

Obwohl Emily eine Mahlzeit in einem stillen Restaurant in der Nähe ihrer Wohnung vorgezogen hätte, bestand Richard darauf, im *St. Andrew's Café* zu essen. Er hatte in jüngster Zeit einen Hang zu lauten Nachtklubs und deren hektischer Fröhlichkeit entwickelt.

«Die Blitzverlobung von Josh und Liz war schon sehr sonderbar», sagte er. «Findest du nicht?»

Emily schwieg.

«Äußerst sonderbar.» Er schob sich nicht besonders rücksichtsvoll zwischen eine Doppeldecker-Straßenbahn und einen hoch mit Baumwollballen beladenen Lastkarren, den ein Kuli zog. «Wer hätte gedacht, daß unser Joshua so töricht sein kann? Er führt sich auf, als habe er nie eine Public School besucht – auch wenn seine Vorfahren aus dem Getto von Bagdad kommen.»

«Man kann es kaum töricht nennen, wenn jemand sich verlobt», murmelte Emily. «Ich freue mich sehr für die beiden.»

«Es war unbesonnen!» blaffte er. «Völlig unbesonnen!» Um ein Haar wäre ihm ein mehr als gewagtes Überholmanöver mißlungen. Es schien ihn nicht zu berühren, daß er sich und andere in Gefahr brachte.

«Sie lieben sich doch schon seit Jahren», sagte Emily, «vom ersten Augenblick an. Die einzige Überraschung ist doch eigentlich, daß Liz so lange gebraucht hat. Ansonsten ist es . . .»

Ihre Stimme erstarb. Auf ihren Versuch, die Atmosphäre zu entspannen, reagierte Richard nur mit dumpfem Schweigen. Ob er zu viel getrunken hatte? Welchen anderen Grund könnte es für seine Gereiztheit geben und dafür, daß er so rücksichtslos fuhr? Man mußte bei dieser für ihn untypischen Fahrweise ja geradezu um sein Leben bangen. Am liebsten hätte sie sich selbst ans Steuer gesetzt, aber das hätte ihn nur noch mehr aufgebracht.

Warum er so gegen Joshuas Verlobung mit Elisaweta wetterte, war ihr nur allzu klar – er scheute die Parallelen, die sich daraus ziehen ließen. Julia hatte ihr schon früher vorausgesagt, daß eine Ehefrau das letzte sei, was Richard haben wolle. «Ebensogut könnte er sich einen Mühlstein um den Hals hängen.»

Die meisten Junggesellen schraken vor der Ehe zurück, überlegte Emily, aber bei Richard grenzte das schon an Verfolgungswahn. Vielleicht klammerte er sich, so paradox das schien, gerade deshalb an sie. Das wäre eine Erklärung dafür, warum er sie immer dann bedrängte, wenn sie sich ihm entzog, und vor ihr förmlich zu fliehen schien, wenn sie ihm entgegenkam. Ganz gleich, wie stark ihre westliche Erziehung sie beeinflußt haben mochte, sie war unbestreitbar Chinesin – und nur gesellschaftlich heruntergekommene Engländer heirateten Chinesinnen. Sie war für Richard nicht einfach ein Spielzeug, wie sie gefürchtet hatte, sondern ein Schutzschild. Solange er mit ihr liiert war, hatte keine andere Frau die Möglichkeit, ihn in den Hafen der Ehe zu steuern.

Emily fühlte sich gedemütigt. Wie konnte er es wagen, sie als bessere Dirne zu benutzen!

Sie richtete sich auf. Da hielt sie sich etwas auf ihren Verstand und ihr kühles Urteil zugute und spekulierte herum wie eine kleine Verkäuferin. Ihre trübsinnige Schlußfolgerung gründete sich schließlich auf nichts anderes als Julias beiläufige Bemerkung.

Sie nahm sich vor, Richard vorurteilsfrei zu sehen, denn er kreiste keineswegs so sehr um sich selbst, wie es häufig den Anschein hatte, und war durchaus aufrichtiger Gefühle fähig. Gewiß, er hatte vorhin wenig Mitgefühl für Elisaweta an den Tag gelegt und schien sich auch aus Julias Kummer nichts zu machen, doch sie wußte, daß er ihre eigenen Stimmungen verstand und auf sie einging. Zweimal hatte er ziemlich lange gezögert, bevor er den anderen half: damals in der Großen Welt und am heutigen Abend; doch in beiden Fällen war es ihm gelungen, durch sein kluges Eingreifen Schlimmeres zu verhüten.

«Dick, ich verstehe, was du über Joshua und Elisaweta sagst», sagte Emily versöhnlich und verdrängte ihre müßigen Überlegungen. «Es kam wohl wirklich ein bißchen unerwartet, daß sie jetzt doch heiraten wollen.»

«Unerwartet? Wie ein Blitz aus heiterem Himmel!»

«Nun, jedenfalls ist jetzt alles in Ordnung.» Sie lenkte das Gespräch ganz bewußt auf ein Thema von journalistischem Interesse. «Hat eigentlich die Regierung in Wuhan Aussichten zu überleben?»

«Nicht die Spur», sagte er. «Die einzige Hoffnung für China ist der Generalissimus. Ich kann die Abreise der Komintern-Agenten nicht bedauern. Aber sag mir, warum in aller Welt hat Rosamonde Sun eine Passage nach Moskau gebucht?»

«Du darfst nie vergessen, daß sie die Witwe des Präsidenten Sun Yat-sen ist. Sie könnte den Gedanken wohl nicht ertragen, daß ihre kleine Schwester Mei-ling sie damit übertrumpft, daß sie als Tschiang Kai-scheks Gemahlin an der Spitze des ganzen Landes steht.»

«Die Sache ist noch nicht sicher. Noch längst nicht.»

«Sag das bloß nicht Mei. Für sie geht es nicht mehr um das Ob, sondern nur noch um das Wann. Mutter Sung wird sehr viel weiter rennen müssen als bis Japan, wenn sie ihrem künftigen Schwiegersohn entkommen will. Mei stachelt ihn ganz schön an.»

«Ihr Chinesinnen wißt verdammt gut, was ihr wollt, wie? Wenn du doch nur meinen bescheidenen Antrag auch einmal ins Auge fassen würdest.»

Seine Schlagfertigkeit überzeugte sie, daß er keineswegs betrunken war. Tändelnd sagte sie: «Na schön, ich bin einverstanden . . . gleich jetzt. Laß uns morgen heiraten. Was sagst du dazu?»

«Großartig, Em! Ich würde es dir zeigen, wenn ich das Lenkrad loslassen könnte. Ist es dein Ernst?»

«Ja, Dick. Also morgen?»

«Morgen . . . grundsätzlich ja. Aber aus praktischen Erwägungen sollten wir besser warten, bis ich zurückkomme. Ich fahre übermorgen mit der *Koryu-maru* nach Kobe. Ich wußte nicht recht, wie ich es dir sagen sollte und habe es immer wieder aufgeschoben. Ich bin aber bald zurück, und dann . . .»

«Und dann *was*?»

«Dann werden wir darüber reden und sehen, was am besten zu tun ist . . . und wenn dann . . .»

Unsicher brach er ab, und Emily begriff, daß er doch betrunken war – und zwar sehr. Offensichtlich hatte er sich Mut machen müssen, um ihr seine unmittelbar bevorstehende Abreise zu beichten. Einen schrecklichen Augenblick lang glaubte sie, er habe keineswegs die Absicht, sie zu heiraten – weder morgen noch sonst irgendwann. Gleich darauf aber beruhigte sie sich. Er zeigte wenig Neigung zu heiraten, aber er täuschte sie nicht absichtlich.

Mit einem Schlag aber wußte sie, was sie selbst wollte. Sie wollte ihn heiraten. Sie konnte ihren Stolz auf ihre Herkunft überwinden, weil sie ihn zutiefst liebte. Sie traute sich auch zu, seine Fehler auszubügeln – das war eine Frage der Zeit. Das einzige, was sie wirklich beunruhigte, war seine Ruhelosigkeit.

Sie waren jetzt ganz in der Nähe vom *St. Andrew's Café*.

«Natürlich, Richard. Wir werden uns über alles unterhalten, sobald du zurück bist», sagte sie zuversichtlich und fragte nach einer kleinen Pause betont freundlich: «Könntest du bitte etwas langsamer fahren? Mir scheint es ein bißchen zu –»

«Verdammt noch mal, Emily, hör mit diesem herablassenden Ton auf», fuhr er auf. «Den kenne ich nur zu gut. Und du . . .»

Er wich scharf aus, als wie aus dem Nichts der schwarze Umriß einer Rikscha in der Dunkelheit vor ihnen auftauchte. Da der Alkohol seine Reaktionen verlangsamt hatte, mißlang das Manöver. Der Wagen erfaßte den Kuli mit dem Kotflügel und schleuderte ihn hoch in die Luft. Richard trat entschlossen auf das Gaspedal.

«Wir müssen hier verschwinden», knurrte er. «Zu viele Feinde, die mich wegen meiner ehrlichen Berichterstattung hassen. Die würden mich kreuzigen, wenn sie mich hier erwischten. Die würden glatt versuchen, mir einen *Mord* anzuhängen.»

Emily schwieg, um ihn nicht zu provozieren. Ihr war klar, daß er nach wenigen Augenblicken umkehren und sich um den unglücklichen Kuli kümmern würde. Wenn der Mann noch lebte, brauchte er ärztliche Betreuung, und falls er tot war, mußte man sich auf jeden Fall um seine Angehörigen kümmern und sie materiell entschädigen. Doch Richard fuhr weiter. Nach zwei Minuten seufzte er erleichtert auf und sagte: «Geschafft. Falls jemand was gesehen hat . . . die Nummer konnte er nicht erkennen. Dazu war ich zu schnell.»

Er beglückwünschte sich geradezu, einen kühlen Kopf bewahrt zu haben. Nicht die Spur der Sorge um den Kuli, nicht der leiseste Versuch, umzukehren. Vor Entsetzen und Abscheu wurde Emily ganz steif. Richards Befürchtungen waren ohnehin völlig unbegründet. Für einen Ausländer, der versehentlich einen Kuli überfuhr, gab es höchstens eine symbolische Geldstrafe. Richard wollte nicht etwa einer Gefahr entkommen, sondern lediglich einer Unbequemlichkeit aus dem Wege gehen.

«Du kehrst nicht um?» fragte sie entsetzt. «Machst du dir gar nichts aus dem Mann?»

«Warum sollte ich umkehren?»

«Nun . . . um zu sehen, ob du den armen Kerl umgebracht hast. Um ihm zu helfen . . . oder seinen Angehörigen. Es ist ein Gebot des Anstandes . . .»

Richard fuhr an den Bordstein heran, wandte sich ihr zu und sah ihr völlig verblüfft ins Gesicht.

«Umkehren? Meinen Kopf in die Schlinge stecken? Ich denke ja nicht daran!»

«Liegt dir denn gar nichts an dem armen Menschen?»

«Wenn er tot ist, geht es ihm wahrscheinlich sowieso besser. Warum sollte ich für einen elenden Kuli meinen Kopf in die Schlinge stecken?»

«Weil er ein Mitmensch ist. Weil du . . . verantwortlich bist.»

«Ich? Ver . . . antwortlich?» Er sprach mit schwerer Zunge. «Ich soll für einen gelben Kuli verantwortlich sein? Daß ich nicht lache.»

«An Julie oder Liz liegt dir wohl auch nichts, was?» wollte Emily wissen. «Du empfindest für niemanden etwas, außer für dich selbst, stimmt's? Nicht einmal . . . nicht einmal für mich. Gib es ruhig zu!»

Empört über seine Gewissenlosigkeit und seine rassistische Haltung, vor allem aber über seine brutale Selbstsucht, riß Emily den Schlag des Wagens auf und trat in die finstere Nacht.

«Dann wirst du ja wohl auch mit einer Gelben nichts mehr zu tun haben wollen!» Im fahlen Schein einer Straßenlaterne wandte sie sich ihm zu. «In dem Fall gibt es nichts mehr zu sagen.»

Für einen Betrunkenen erstaunlich flink sprang Richard aus dem Wagen, packte sie am Arm und riß sie zu sich herum. Emily strauchelte, so daß der Absatz eines ihrer silbernen Abendschuhe abbrach, und fiel gegen den Kotflügel.

«Du willst wohl zu deinen armen mißhandelten Landsleuten zurück, was?» In seiner Wut sprach er wieder deutlicher. «Ihr Gelben steckt doch wirklich alle unter einer Decke.»

«Du gehst jetzt besser, Richard.»

«Nichts lieber als das, wenn ich ehrlich sein soll. Mir geht dein ganzes menschenfreundliches Getue und dein Patriotismus schon lange auf die Nerven. Ich gehe gern.»

«Ich weiß, Richard!» sagte sie. «Ich weiß!»

Sie setzte sich auf den Fahrersitz und legte den Kopf auf das

Lenkrad. Sie versuchte, ihre Tränen zurückzuhalten. Als sie den Kopf hob, sah sie eine einsame Gestalt die Bubbling Well Road hinuntergehen, hinter deren Mauern gut bewacht die Herrensitze der Millionäre lagen. Obwohl sie noch zitterte, legte sie den ersten Gang ein und fuhr ganz langsam in Richtung des *St. Andrew's Café* zurück. Im Rückspiegel sah sie, wie ihr Richard hämisch nachwinkte.

In diesem Augenblick der Trennung erst begriff sie, daß er sie über Jahre hinweg getäuscht hatte. Nicht nur ein Rassist war er, sondern auch ein Halunke. Er hatte ihren Körper und ihre Gefühle für seine Zwecke benutzt. Zynisch hatte er ihr Wissen über das Land und ihre Beziehungen genutzt, sie rücksichtslos ausgebeutet – wie das Europäer und Amerikaner mit Chinesen stets taten.

Sie fühlte sich besudelt und entsetzlich leer. Dennoch war ihr klar, daß sie sich ihre Lage weitgehend selbst zuzuschreiben hatte. Alles kam daher, daß sie sich über den althergebrachten chinesischen Anstand hinweggesetzt und sich einem Barbaren an den Hals geworfen hatte, um zu beweisen, wie emanzipiert und mit der westlichen Lebensweise vertraut sie war.

Jetzt war sie Richard Hollings los, für immer. Mit einemmal war sie froh – sehr froh.

Doch fand sie, daß sie den gemeinsam verbrachten Jahren etwas schuldete. Richard hatte den Kuli mit ihrem Wagen angefahren, und so würde sie ihn oder seine Angehörigen nach Kräften unterstützen. Sie würde Richard aus der Sache möglichst heraushalten, würde aber nicht so weit gehen, seine Schuld auf sich zu nehmen, um ihn zu decken. Sie war endlich wieder ihre eigene Herrin.

36

26. Juli–1. August 1927

Der Abend des 26. Juli 1927 senkte sich zögernd über Wuhan, die Drillings-Industriestadt in der Mitte Chinas, die von zahlreichen Flüßchen und Seen umgeben am Jangtse lag. Um neun Uhr war das jenseitige Flußufer ein dunkler Fleck vor der untergehenden Sonne.

Niedergeschlagen lehnte ein hochgewachsener Mann an der Reling eines Flußdampfers. Widerwillig hatte Tschang Kuotao dieser Reise zugestimmt. Das Schiff fuhr unter amerikanischer Flagge – nur sie und der Schutz ausländischer Kriegsschiffe boten in diesen Zeiten Sicherheit. Gerade das ärgerte ihn.

Jetzt fuhr das Schiff in den Kanal ein und richtete den Bug auf das dreihundert Kilometer weiter flußabwärts gelegene Kiukiang. Mit finsterem Gesicht blickte der Mann auf Wuhan zurück, wo allmählich die Lichter aufflammten. Dort lag eine chinesische Regierung in den letzten Zügen, die so gute Absichten gehabt hatte wie seit mindestens einem Jahrhundert keine vor ihr. Während er sein kurzes Haar glattstrich, kam ihm unwillkürlich eine Ode aus der Zeit der Tang-Dynastie in den Sinn, deren zwei letzte Verse seine Empfindungen zusammenfaßten: *Der goldene Kranich fliegt nimmermehr, und sein stolz aufragendes Nest ist auf immer verlassen.*

Das Leiden seines Vaterlandes schmerzte ihn, und er bezweifelte, daß sein Auftrag daran etwas ändern würde. Die Botschaft, die er zu überbringen hatte, konnte das Schicksal Chinas auf Jahrzehnte hinaus bestimmen. Aber es war die falsche Botschaft.

Überdies bedrückte ihn der unmittelbar bevorstehende Aufbruch Michail Borodins, der in China die Komintern vertrat. Im Grunde war die Komintern nichts als eine Außenstelle Moskaus, die in fremden Ländern die Revolution schürte. Auf

Borodin wartete am Bahnhof von Wuhan ein mit gekreuzten nationalistischen und sowjetischen Fahnen geschmückter Sonderzug. Zwischen den Fahnen prangte ein Bild des strahlenden Dr. Sun Yat-sen. Die Flachwagen waren mit geländegängigen Last- und Personenwagen beladen, mit deren Hilfe Borodin und seine Leute die Wüste Gobi durchqueren wollten, um die Sowjetunion zu erreichen. Nachdem die Regierung in Wuhan unter Wang Tsching-wei so gut wie zusammengebrochen war, zog sich Borodin zurück, um seine Wunden zu lecken.

Der Komintern-Agent war nicht nur ein glühender Revolutionär, sondern auch Realist. Deshalb hatte er damals in Kanton einen Aufstand der Kommunisten verhindert, weil er wußte, daß sie die Stadt nicht würden halten können. Jetzt, da sich die Kommunistische Partei Chinas nicht mehr auf Borodins Erfahrung und Rat stützen konnte, hatte sie eine noch weit kühnere Erhebung beschlossen. Der Mann, den Julia als Dekan der Arbeiteruniversität von Schanghai kennengelernt und der hinter dem Aufruhr von Schanghai gestanden hatte, war jetzt praktisch Alleinherrscher über die Partei. Er plante, mit Unterstützung der Militärs alle nationalistischen Gruppierungen in Nantschang, der Hauptstadt der Provinz Kiangsi, hinwegzufegen. Sofern das Vorhaben gelang, bekämen die Kommunisten nicht nur ihre eigene unabhängige Armee, sondern auch die Herrschaft über den ganzen Süden Chinas. Vorgesehen war die Erhebung von Nantschang für den 31. Juli. Bis dahin waren es nur noch fünf Tage.

Doch gerade jetzt hatte sich Moskau gegen diesen Aufstand ausgesprochen, und gehorsam hatte der Dekan zugestimmt, seinen Plan nicht auszuführen. Tschang Kuo-tao gestand sich insgeheim ein, daß selbst eine erfolgreiche Erhebung nichts bewirken würde, wenn die Sowjets dann zur Strafe für den Ungehorsam der Chinesen keine Berater, keine Waffen und kein Gold mehr schickten. Daher hatte er sich zögernd bereit erklärt, die Mitteilung der Führung der Kommunistischen Partei Chinas nach Nantschang zu überbringen, in der es hieß, der geplante Aufstand werde nicht stattfinden.

Alle Knochen taten Tschang Kuo-tao weh, als er nach einer schier endlosen Fahrt in einem Eisenbahnwagen mit zerbrochenen Scheiben und gesplitterten Holzbänken von Kiukiang aus schließlich am 30. Juli Nantschang erreichte. Lange hatte er auf Abstellgleisen warten müssen, während Truppentransportzüge vorbeigerattert waren. Seine Laune hatte das nicht gerade verbessert, und so berührte ihn die Fahrt durch seine Heimatprovinz kaum. Außerdem hatte er keine Zeit, Gefühlen nachzuhängen. Sobald der Zug zum Stehen gekommen war, wurde er in lebhafte Diskussionen verwickelt, die auf der Fähre über den Fluß Kan nach Nantschang immer hitziger wurden. Die Erhebung war für den nächsten Tag angesetzt.

Alle Verschwörer versammelten sich in einem verwitterten Backsteinbau neben der größten Gastwirtschaft der unansehnlichen Provinzhauptstadt. Obwohl die Ölpapierfenster und die Bambusläden offenstanden, linderte nicht der leiseste Luftzug die lähmende feuchtschwere Hitze. Wo sich jetzt die Stadt erhob, hatten sich einst armdicke Ranken zwischen hohen Bäumen entlanggezogen, und in den Wipfeln des Dschungels hatten Affen und grünschimmernde Sittiche gekreischt.

Der lange Tag voller unergiebiger Auseinandersetzungen in dem luftlosen Raum war erschöpfend. Persönliche Rivalitäten und Eifersüchteleien standen klarem strategischen Denken im Wege. Nicht nur die rebellischen Offiziere stritten sich mit Tschang Kuo-tao herum, sondern auch der Kommissar Tschou En-lai, der kurz nach seinem ans Wunderbare grenzenden Entkommen aus Schanghai nach Nantschang abkommandiert worden war. Die Männer, die am Ort stationiert waren, bestanden darauf, die Erhebung wie geplant durchzuführen.

Abwechselnd spöttisch und verbindlich, beherrschte Tschou En-lai die Diskussionen. Er schien von der Hitze, die andere benommen machte, völlig unbeeindruckt und weigerte sich hartnäckig, den Aufstand abzublasen.

Als der Abend näherkam, schlug der ranghöchste der anwesenden Offiziere vor: «Vielleicht sollten wir die Sache eine Weile aufschieben und sie noch einmal gründlich überdenken, wie es Tschang Kuo-tao gesagt hat.»

«Die Partei hat mir einen Auftrag erteilt», fuhr ihn Tschou En-lai an, «und den erfülle ich, ganz gleich, was für Vorstellungen andere haben mögen.»

Von draußen hörte man den alltäglichen Lärm der geschäftigen Stadt. Tschang Kuo-tao zwang sich, der Diskussion weiter zuzuhören. Er begriff allmählich, daß es unmöglich war, den Aufstand abzusagen. Zu viele kannten den Plan, und die Verschwörer wären ihres Lebens nicht mehr sicher. Daher bat er nur um einen einzigen Tag Aufschub. Wahrheitsgemäß erklärte er, daß er sich trotz Moskaus Bedenken nie gegen den Aufstand ausgesprochen habe, und sicherte den anderen seine ausdrückliche Unterstützung zu.

Vierundzwanzig Stunden später, am Abend des 31. Juli, knisterte es im Beratungszimmer der Kommunisten vor Spannung. Auf dem Weg dorthin war Tschang Kuo-tao allen möglichen Straßenverkäufern begegnet, die sich in hölzernen Schuhen einen Weg durch die schlammigen Straßen bahnten. In der Gaststätte nebenan wurde musiziert. Eine Szene, dachte er, wie man sie vor einem, ja, genauso vor fünf oder zehn Jahrhunderten hätte beobachten können. Der einzige Hinweis auf die Neuzeit war das ferne Pfeifen einer Lokomotive. Im Grunde war das wirkliche China genauso mittelalterliche Nantschang am Südufer des Kan, jenseits der Eisenbahnlinie – und keinesfalls die Industriestadt Schanghai.

Er wandte seine Aufmerksamkeit wieder der Gegenwart zu. Der kommandierende Offizier, der sich am Vortag für den Aufschub ausgesprochen hatte, war ein alter Berufssoldat. Sein Lächeln wirkte im Licht der Azetylenlampe, die über seinem Kopf hing, verzerrt. Bis zum Morgen waren es noch neun Stunden, und bis dahin würden sie den Ausgang der Erhebung kennen. Sofern der Aufstand gelungen war, standen die Kommunisten vor der Eroberung ganz Chinas. Ein Scheitern wäre gleichbedeutend mit einer entscheidenden Schwächung der Kommunistischen Partei. Überdies würde es bedeuten, daß alle Kommunisten in der Provinz Kiangsi tot oder dem Tode verfallen wären.

Auf dem Tisch, wo inmitten schmutziger Teller ein großer Stadtplan ausgebreitet lag, klingelte ein Feldtelefon, und alle Anwesenden erstarrten. Der kommandierende Offizier nahm den Hörer ab und hörte mit angespanntem Lächeln zu.

«Ein Bericht von unserer im äußersten Norden stehenden Kompanie», sagte er schließlich. «Der Oberkommandierende . . .»

Kommissar Tschou En-lai flüsterte Tschang Kuo-tao zu: «Das ist der alte Eisenfresser selbst. Er ist an dieser Front dem Namen nach unser nationalistischer Oberkommandierender.»

«. . . ist gestern am Spätnachmittag hundert Kilometer nördlich von Nantschang aufgetaucht. Er hat gesehen, daß sich unsere Truppen nach Süden in Marsch setzten. Da er vermutlich den Verdacht geschöpft hat, daß sie sich einem Aufstand anschließen wollten, hat er ihnen den Weitermarsch untersagt.»

Der Offizier steckte sich eine Zigarette an, und Tschang Kuo-tao sog scharf die Luft ein. Sollte etwa altmodische Disziplin den Aufstand von Nantschang vereitelt haben, bevor er überhaupt begonnen hatte? Tschou En-lai lehnte sich lässig an einen Tisch, aber seine langen Finger trommelten auf dessen Ebenholzplatte.

«Als unsere Leute eine Maschinengewehrsalve über ihn hinweggejagt haben», fuhr der Offizier fort, «hat der alte Eisenfresser verstanden und sich verzogen.»

Lautes und schadenfrohes Gelächter erfüllte den Raum. Doch noch war nichts entschieden; wichtig war, was am heutigen Abend in Nantschang geschah. Die Hälfte des in der Stadt stationierten Militärs stand den Kommunisten feindselig gegenüber. Wenn diese Truppen angriffen, ja, wenn sie auch nur heftigen Widerstand leisteten, würde der Aufstand in sich zusammenbrechen.

Die in dem Raum versammelten Stabsoffiziere waren jetzt völlig machtlos. Nachdem sie ihre Pläne entworfen, die Truppen auf ihre Posten beordert und ihre letzten Befehle erteilt hatten, konnten sie lediglich auf Berichte warten und voreinander gelassen tun, zu verheimlichen versuchen, daß ihr Mund vor Anspannung wie ausgedörrt war.

Gegen zwei Uhr morgens klingelte das Telefon erneut. Der kommandierende Offizier griff mit seiner sehnigen Hand nach dem Hörer, hörte eine Weile angespannt zu, knurrte etwas Undeutliches und legte wieder auf. Eine halbe Minute lang beschäftigte er sich mit dem Stadtplan und zeichnete einen roten Pfeil ein.

«Das war Abteilung Sechs», sagte er. «Sie hat ihre Ausgangsposition erreicht.»

Ein junger Meldegänger lachte nervös, Ältere lächelten erleichtert vor sich hin. Doch als in der Ferne eine Salve ertönte, legte sich Stille über die Kommandozentrale. Das Schießen kam näher, wurde lauter.

Salve folgte auf Salve. Ein Maschinengewehr feuerte, ein zweites antwortete. Plötzlich hörte der Schußwechsel schlagartig auf, und durch die Fenster drang nur noch die Stille der Nacht.

Sie dauerte zehn, zwanzig Sekunden, eine halbe Minute, dehnte sich nahezu eine volle Minute in dem Raum aus. Man hörte nichts als das Knarren von Stühlen. Tschou En-lai gähnte mit offenem Mund. Als die Ordonnanz des kommandierenden Offiziers mit den Fingerknöcheln knackte, fuhren zwei der Männer zusammen.

Ein weiteres Telefon läutete, und der kommandierende Offizier nahm mit schweißnassen Fingern den Hörer ab. Während er sich den langen Bericht anhörte, runzelte er die Stirn. Mit zornigem Gesicht warf er den Hörer auf die Gabel.

«Diese Idioten!» brach es aus ihm heraus. «Wie oft habe ich ihnen eingebleut, wie man eine anständige Meldung macht! Und die Nachrichtenleute bekleckern sich auch nicht gerade mit Ruhm. In den Leitungen hört man nichts als Knacken . . .»

«Sagen Sie doch endlich, was los ist, Mann!» rief Tschang Kuo-tao. «Verraten Sie uns Ihr militärisches Geheimnis!»

«Die Garnison von Nantschang – rund dreitausend Leute – hat sich ergeben», gab der Kommandant zur Antwort. «Ein kurzes Gefecht hat stattgefunden. Sie haben ja den Schußwechsel gehört. Die Stadt ist in unserer Hand. Jetzt geht es um die Außenbezirke. Da draußen liegt sehr viel mehr Militär.»

Eine halbe Stunde lang blieb das Telefon stumm. Als es endlich klingelte, hörte man es über den erleichterten Gesprächen der Anwesenden kaum. Die Furchen der Anspannung um den Mund des Kommandanten vertieften sich, als er abnahm. Dann aber lächelte er breit und gab seine Anweisungen: «Entwaffnen Sie sie erst einmal. Dann werden wir darüber entscheiden, ob wir sie in die Reihen der Revolution aufnehmen. Ja, großartig!»

Er ließ sein Feuerzeug aufflammen und steckte sich eine Zigarette an. Dann hustete er und verkündete voll Zufriedenheit: «Die Zweite Division ist auf keinen Widerstand gestoßen. All die lauen Feiglinge, die sich vorher nicht entscheiden konnten, wollen jetzt zu uns überlaufen!»

Nach dem vierten Bericht dieser Art beugte sich der kommandierende Offizier der Kommunisten über den Tisch und sagte: «Das dürfte es wohl gewesen sein. Das war gerade das Kadettenregiment. Alle Polizeieinheiten haben sich angeschlossen, und wir haben außerdem alle Geschützbedienungen in der Hand. Jetzt kann nichts mehr schiefgehen.»

Obwohl bei diesen Worten verschiedene abergläubische Genossen erschrocken zusammenfuhren, bewahrheitete sich die selbstgefällige Voraussage. Als der erste helle Schein des Morgens in das raucherfüllte Zimmer drang, waren Nantschang und die ganze Umgebung der Stadt fest in kommunistischer Hand.

Die jungen Führer des Aufstandes sahen einander mit geröteten Augen an und rieben sich das Stoppelkinn. Ihre Gesichter waren vor Ermüdung aschfahl, sie hatten Kopfschmerzen von der Anspannung und dem Nikotin. Aber vor sich sahen sie eine glänzende Zukunft.

Die Streitkräfte der Kommunistischen Partei hatten gerade ihren ersten eindeutigen Sieg errungen; das bedeutete den Beginn einer ruhmreichen neuen Etappe der Revolution. Auf diesen großen Sieg würde zwangsläufig eine Massenerhebung im ganzen Land folgen, so wie ein einziger Funke einen Waldbrand auslöst. Die neue Rote Armee, die am Vormittag des 1. August 1927 entstanden war, würde ohne Zweifel binnen Jahresfrist, spätestens binnen zwei Jahren, in ganz China die Macht an sich bringen.

37

13. August–6. September 1927

An einem Abend im August, es war fast schon Mitternacht, war Emily Howe auf einem der Korbsofas eingedämmert. Außer ihr befand sich nur noch Adam, der tibetanische Mastiff, in der Wohnung.

Vielleicht hätte sie die Einladung ihrer Eltern, die heißen Wochen mit ihnen an der Küste von Peitaiho im Norden des Landes zu verbringen, doch annehmen sollen, obwohl ihr die ordinäre Art mißfiel, wie dort die Geschäftsleute aus Hongkong ihren Reichtum zur Schau stellten. Andererseits wollte sie die nach ihrem Bruch mit Richard Hollings zögernd wieder aufkeimende Beziehung zu ihren Eltern keiner zu starken Belastungsprobe aussetzen. Die Wunden, die sie einander zugefügt hatten, brauchten noch Zeit – und auch etwas Distanz –, um zu heilen.

Noch immer schmerzte sie der Gedanke an Richard, doch hatte sie es ehrlich gemeint, als sie ihren Eltern gesagt hatte, mit Ausländern sei sie auf alle Zeit fertig. Das aber bedeutete nicht, daß sie schon bereit gewesen wäre, sich von einem Ehevermittler auf die gute altmodische Weise einen guten altmodischen chinesischen Gatten aussuchen zu lassen. Zum einen war ihr die Vorstellung widerwärtig, wie eine Zuchtstute auf dem Heiratsmarkt feilgeboten zu werden, zum anderen hätte das auch ihre Eitelkeit verletzt – sie konnte auch ohne fremde Hilfe einen Mann finden.

Selbstverständlich zog Emily die lässige Freiheit der Dachwohnung der steifen Atmosphäre vor, die in der Halle der Harmonie herrschte. Da sie Julia nicht gut im Stich lassen konnte, war sie geblieben, um mit ihr gemeinsam die Kosten für Tommys Wohnung zu tragen. Außerdem konnte sie Julia unmöglich allein lassen, bevor Tommy freikam – falls das überhaupt je geschehen würde.

Nach wie vor glaubte Emily nicht, daß ihre Freundin dann nach Amerika zurückkehren würde. Julia jedoch bestand darauf, nach Hause fahren zu müssen, und sei es nur, um ihre Eltern zu besuchen.

Das Warten zermürbte Julia, und Emily war vollauf damit beschäftigt, sie zu trösten. Von Elisaweta und Joshua, die sich nach wie vor bemühten, ihre Verlobung geheimzuhalten, war kaum Hilfe zu erwarten, denn sie hatten genug miteinander zu tun. Julias linksgerichtete chinesische Bekannte erwiesen sich als noch weniger hilfreich. Wenn sie nicht gerade vor antikommunistischen Razzien in der ausländischen Konzession oder in Groß-Schanghai auf der Flucht waren, feierten sie die Wiederbelebung der kommunistischen Hoffnungen durch den gelungenen Aufstand von Nantschang.

Emily, die dem Generalissimus Tschiang Kai-schek inzwischen geradezu glühend anhing, empfand diesen Jubel als Selbsttäuschung. Bloße vier Tage nach der triumphalen Erhebung hatten überlegene nationalistische Streitkräfte die Kommunisten wieder aus Nantschang vertrieben. Die im Entstehen begriffene Rote Armee hatte sich ungeordnet nach Swatao an der Küste zurückziehen müssen, wo die kommunistischen Führer einen Stützpunkt für die Eroberung Südchinas errichten wollten. Die Bevölkerung dort konnte sich aber nicht recht für ihre selbsternannten Befreier begeistern, die beständig vor feindlichen Streitkräften davonliefen. Befriedigt überlegte Emily, daß der Jubel der Kommunisten nicht nur eine Selbsttäuschung, sondern auch selbstzerstörerisch war.

Ein Bellen drang in ihre Gedanken. Adam wies mit der Schnauze auf das Radio. Es war jetzt stumm. Hatte es nicht gerade noch Musik gebracht? Eine Ansagerin, sie erkannte Julias Stimme, sagte: «. . . bitten um Entschuldigung für die Unterbrechung», und fuhr fort: «Wie die Nachrichtenagentur Reuter berichtet, hat der Generalissimus Tschiang Kai-schek heute alle Ämter in der Regierung von Nanking niedergelegt. Die beherrschende Gestalt in der nationalistischen Mitte-Rechts-Regierung zieht sich aus dem politischen Tagesgeschehen zurück, um es den verschiedenen Parteiungen, die innerhalb der nationalistischen Bewegung unter seiner Führung entstanden sind, zu ermöglichen, wieder zusammenzufinden. Man rechnet damit, daß die nationalistischen Armeen, die von dem Christlichen General Feng Yü-hsiang unterstützt werden, gegen die Kriegsherren im Norden marschieren werden, sobald nach dem Rücktritt des umstrittenen Generalissimus eine solche Einigung erzielt ist. Weitere Einheiten sollen die zahlreichen Aufstände im Süden und in der Mitte des Landes niederschlagen, die von den Kommunisten unter dem Schlagwort ‹Im Herbst die Ernte – und die Erhebung!› angezettelt worden sind.»

Man hörte das Rascheln von Papier, dann fuhr Julia mit merkwürdig zittriger Stimme fort: «Der Generalissimus ist bereits nach Schanghai aufgebrochen, wo er persönliche Freunde besuchen will, bevor er sich auf seinen Besitz in der Provinz Tschekiang zurückzieht. Er beabsichtigt, die nächsten fünf Jahre mit dem Studium moralphilosophischer und ästhetischer Fragen zuzubringen.

Wir setzen jetzt das unterbrochene Konzert mit Weisen von Johann Strauß fort. Als nächstes hören Sie ‹Geschichten aus dem Wienerwald›.»

Emily wunderte sich nicht über das Zittern in Julias Stimme. Sie selbst hatte bei der Mitteilung vom Rücktritt des Generalissimus Entsetzen gepackt. Diesmal schien er es ernst zu meinen und nicht nur wie sonst damit zu drohen, um seinen Kopf durchzusetzen. Außer ihm aber war niemand imstande, China wieder zu einigen. Sein erzwungener Rücktritt konnte sich als katastrophal erweisen.

Überdies war der Generalissimus die einzige Hoffnung für die Freilassung ihres Bruders, wenn nicht sogar für sein Überleben. Auf Mei-ling Sungs Drängen hatte Tschiang Kai-schek mitteilen lassen, Tommy befinde sich als Gefangener in den Händen der Nationalisten. Er hatte ihr zuliebe praktisch zugesagt, daß man ihn bald entlassen werde. Ohne den Schutz des Generalissimus war die Wahrscheinlichkeit, daß Tommy erschossen wurde, größer als die seiner Freilassung.

Emily nahm den Hörer ab und ließ sich mit den Sungs

verbinden. Wahrscheinlich würde Mei-ling über einen Anruf zehn Minuten vor Mitternacht nicht entzückt sein, aber daran konnte sie jetzt auch nichts ändern.

«Mei, hier spricht Emily. Ich habe gerade im Rundfunk vom Rücktritt des Generalissimus gehört. Was geht da vor sich? Ist das wieder ein Scheinrücktritt?»

«Nein. Diesmal ist es ernst. Der Gemus sieht keine andere Möglichkeit, den Frieden zu bewahren. Aber ich bin sicher, daß er erneut an die Spitze der vereinigten Nationalisten treten wird, um sie zum Sieg zu führen.»

«Hoffentlich bald.»

«Ich fürchte nein», gab Mei-ling zur Antwort. «Das wird eine ganze Weile dauern. Die Politiker, die sich da wie die Schuljungen prügeln, müssen erst einmal ihre Lektion lernen und begreifen, daß sie ohne ihn nicht auskommen können.»

«Ein sehr riskanter Schritt», meinte Emily. «Trotzdem klingst du glücklich.»

«Es gibt noch etwas. Du weißt, daß sich meine Mutter nach Japan zurückgezogen hat. Nun, der Gemus wird sie aufspüren und ihre Zustimmung erwirken. Endlich trennt er sich von dieser . . . seiner früheren Frau. Er hat geschworen, daß wir noch vor Ende des Jahres heiraten.»

«Herzlichen Glückwunsch, Mei. Ich freue mich für dich. Darf ich dich noch etwas fragen?»

«Natürlich. Ich dachte mir doch, daß du einen Grund hast, mitten in der Nacht anzurufen.»

«Ja. Julia hat die Nachricht gerade im Sender vorgelesen. Ihre Stimme klang richtig verzweifelt. Was bedeutet der Rücktritt des Gemus für Tommy? Wenn er nicht mehr da ist, um ihm zu helfen . . .»

«Ach je, Emmy. Daran hab ich gar nicht gedacht. Ich weiß, er hatte versprochen, ihn rauszuholen. Aber es gab in letzter Zeit so viel zu tun, ich weiß einfach nicht . . .»

«Du mußt sofort etwas unternehmen», sagte Emily mit fester Stimme, obwohl sie nie ganz sicher war, ob sie sich wirklich auf Mei verlassen konnte. «Kannst du ihn heute noch erreichen?»

«Kaum, Emmy.» Klang Meis Stimme nicht schon kühler?

«Aber morgen sehe ich ihn. Wie immer mit einer alten Tante als Anstandsdame. In meinem Alter!»

«Du *mußt* ihn nach Tommy fragen! Liebste Mei, bitte! Ich werde dich nie wieder um einen Gefallen bitten und mein Leben lang deine Sklavin sein. Du mußt ihn dazu bringen, etwas zu tun, solange er noch die Möglichkeit hat. Wenn es nicht schon zu spät ist . . .»

«Ich bin sicher, daß er nach wie vor die Möglichkeit hat.» Mei-lings Stimme klang jetzt eindeutig frostig. «Aber er hat *wirklich* viel zu tun. Ob er etwas unternehmen kann, bevor er ins Landesinnere aufbricht, weiß ich nicht.»

«Aber du wirst es doch versuchen, Mei? Ich weiß, daß du ihn dazu bringen kannst. Ach, Mei . . .»

«Natürlich versuche ich es.» Die zukünftige Gattin des mächtigsten Mannes von China war jetzt wieder herzlich, nachdem ihre eigene Macht anerkannt war. «Ich werde mir alle Mühe geben, aber ich kann nichts versprechen . . . Ich an eurer Stelle würde mir keine allzugroßen Hoffnungen machen.»

Ende August verschwand Generalissimus Tschiang Kai-schek in die Berge seiner südlich von Schanghai gelegenen Heimatprovinz Tschekiang. Wie ein kaiserlicher Mandarin zog er sich nach der Niederlegung seines Amtes in sein Geburtsdorf zurück, wo er sich um die Gräber seiner Ahnen kümmern wollte, vor allem um das seiner geliebten Mutter. Doch die Kuriere, die über die von Teebüschen umgebenen Bergpfade hin- und hereilten, straften die Behauptung Lügen, er beschäftige sich kaum noch mit Politik.

Ob er sich mit Tommy Howes Freilassung beschäftigte, blieb ungewiß. Mei-ling Sung berichtete lediglich, er habe bisher einfach keine Zeit dafür gefunden, so, als werde er selbstverständlich etwas unternehmen, sobald er eine freie Minute hatte. Emily dankte ihr pflichtschuldigst, denn wenn sie ihre Zweifel zum Ausdruck gebracht hätte, hätte das Mei-ling tödlich gekränkt – und Tommy in keiner Weise geholfen.

Die letzte schwache Hoffnung war dahin. Falls Tommy

Glück hatte, konnte eines Tages irgendein gnädiges Geschick seine Freilassung möglich machen. Hatte er kein Glück, würde er auf unabsehbare Zeit in seiner Zelle schmachten oder irgendwann liquidiert werden.

Selbst Julia, die sich die Hoffnung nie hatte nehmen lassen, sprach nicht mehr von Tommy. Statt dessen ging sie ins Büro der amerikanischen Schiffahrtslinie Dollar Line, um ihre Überfahrt nach San Francisco zu buchen. In zwei Wochen, am 16. September, würde sie abreisen.

Emily verstand die Freundin, auch wenn es ihr nicht recht war, daß sie Tommy aufgab. Auf der anderen Seite bekam sie allmählich den Eindruck, daß man ihren Vater wie einen leichtgläubigen Trottel behandelte, denn obwohl Donald Howe über den Geheimbund der Bruderschaft vom Schleusentor ungeheure Beträge zahlte, um sicherzustellen, daß Tommy ordentlich verpflegt wurde und gewisse Hafterleichterungen bekam, hatte er keinen Beweis dafür in der Hand, daß sein Sohn überhaupt noch lebte.

«Es kostet mich mehr als die Präsidentensuite im Palace Hotel», vertraute er seiner verlorenen Tochter in einem Telefongespräch an. «Wenn ihn doch nur jemand sehen dürfte – und sei es auch nur eine einzige Sekunde.»

«Vielleicht geht das nicht, Vater.» Emily schonte ihn nicht. «Vielleicht . . . lebt er nicht mehr. Es kann doch sein, daß man dich an der Nase herumführt.»

«Diese Möglichkeit besteht natürlich, Yue-lin. Aber was könnte ich sonst tun?»

An einem schwülen Nachmittag Anfang September stellte Emily schläfrig die Außenstände ihrer Bank zusammen. Dringendere Aufgaben gab es zur Zeit nicht. Als sie auf die Akte des *Ikra* stieß, staunte sie über Elisawetas prompte Zahlungsweise. Was würde aus Schanghais luxuriösestem Bordell werden, wenn seine Besitzerin heiratete?

Emily überlegte, ob sie nicht doch zu ihren Eltern in die kühle Sommerfrische Peitaiho fahren sollte. Es wäre schön, mit Julia noch ein paar ruhige Tage zu verbringen, bevor diese von China

Abschied nahm. Die Tage ihrer Freundin waren merkwürdig leer. Die Arbeit beim Sender XMHA nahm sie nur wenige Stunden pro Woche in Anspruch, in der Zollschule waren immer noch Sommerferien, und ihre linken Freunde waren nach wie vor untergetaucht. Julia lächelte nur noch selten.

Emilys Apparat klingelte, und die Telefonistin teilte ihr mit träger Stimme mit, Fräulein Mei-ling Sung wünsche sie zu sprechen. Mei wollte sie, wie sich zeigte, zum Tee einladen, und da das eine Ablenkung versprach, nahm Emily bereitwillig an und versprach, auch Julia mitzubringen.

Da Mei nie andere Gäste einlud, wenn die beiden Freundinnen bei ihr waren, fühlten sich Emily und Julia der Notwendigkeit des Umziehens enthoben. Ein wenig Puder und Lippenstift genügten vollauf.

Der Salon der durch und durch amerikanisierten Familie Sung war wie stets voller Zeugnisse ihrer prowestlichen Haltung. Das Beste daran waren heute die elektrischen Ventilatoren, die die Luft angenehm kühlten. Mei-ling servierte Eistee, und über ihrem harmlosen Geplauder vergaß Julia fast ihre Sorgen. Nach einer Weile ertönte die Türglocke, und eine halbe Minute später hörte man, wie irgend jemand, vermutlich die Amah, auf Strohsandalen zur Haustür schlurfte, wo ein leiser Wortwechsel entstand. Mei-ling goß Tee aus einem gekühlten Glaskrug nach.

Julia hob den Blick, als Ledersohlen über die Bodendielen knarrten. Ein hochgewachsener Mann trat in die Tür. Er war sehr hager, und sein weißer Anzug schlotterte ihm um die Glieder. Obwohl die geschlossenen Bambusläden das Licht der Nachmittagssonne dämpften, blinzelte er heftig.

Vor Julias Augen tanzten dunkle Ringe. Voll Ärger über ihre Schwäche schloß sie die Augen und versuchte, das Unwohlsein niederzukämpfen. Sie sollte, dachte sie, doch längst an die drückende Hitze gewöhnt sein.

Als sie die Augen wieder öffnete, sah sie, wie Emily den Fremden wild umarmte. Sie blickte auf sein schmales Gesicht und glaubte, ein Trugbild zu sehen. Erneut schloß sie die Augen und bemühte sich, nicht ohnmächtig zu werden.

«Julie! Julie, Liebste! Ich habe dir angst gemacht!» Der englische Akzent war unverkennbar. «Sie haben mich gerade hergebracht. Liebste Julie, ich bin so glücklich, dich zu sehen. Ich . . .»

Julia öffnete langsam die Augen. Tommy kniete neben ihr. Sie schlang die Arme fest um seinen Nacken.

«Tommy, mein Liebling!» rief sie aus. «Ach, Tommy, du bist wieder da. Bist du es wirklich?»

«Ganz bestimmt! Julie, es ist wunderbar.»

«Du bist so schmal.» Sie betrachtete ihn besitzergreifend. «Wir werden dich aufpäppeln müssen. Fehlt dir auch nichts? Bist du wirklich nur dünn geworden, nicht krank oder dergleichen?»

«Mir geht es glänzend, glaub mir, Julie.»

Julia sah, daß Emily vor Freude völlig aus dem Häuschen war, und selbst Mei-ling schien sich zu freuen. Als schließlich alle wieder Platz nahmen, setzte sich Julia auf die Lehne des Sessels, den sie Tommy abgetreten hatte.

«Mei-ling, das hast du doch arrangiert, stimmt's?» begann Emily mit fast anklagender Stimme. «Du hast das ins Werk gesetzt!»

«Nicht ganz!» sagte Mei-ling mit einem wenig damenhaften Grinsen. «Ich wußte nicht, daß er gerade jetzt kommen würde, wo ihr hier seid. Gehofft habe ich es allerdings. Du kennst ja meine kleine Schwäche für dramatische Auftritte.»

«Vor einer Stunde haben sie mich praktisch auf die Straße geworfen», sagte Tommy. Dann wurde seine Stimme hart. «Von den fünfundvierzig Männern und sechs Frauen, die mit mir festgenommen worden waren, lebe nur noch ich. Alle anderen haben sie vor meinen Augen hingerichtet. Alle sind tot, außer mir.»

«Und was ist mit dem Kleinen Pao?» wollte Julia wissen. «Sie haben ihn doch nicht auch erschossen?»

«Nicht, soweit mir bekannt ist. Anfangs hat es mich vor dem Verrücktwerden bewahrt, daß ich mich um ihn kümmern konnte. Dann haben sie ihn weggeholt, Gott weiß, wohin . . . Aber warum waren sie auf einmal so darauf erpicht, mich loszuwerden? Die beiden, die mich hergebracht haben, waren ziemlich finstere Typen.»

«Das liegt an ihrem Beruf», gab Mei-ling lachend zur Antwort. «Sie gehören zum Obersten Herrn des Geheimbundes vom Schleusentor, dem Grünen Drachen, ihr wißt ja, dem Schwurbruder des Gemus.»

«Ach so . . .»

«Ihr müßt versprechen, niemandem zu sagen, was ihr jetzt von mir hört», sagte Mei-ling.

Tommy nickte voll Nachdruck. Jede Indiskretion würde die Dankesschuld seiner Familie dieser entschlossenen jungen Frau gegenüber noch vergrößern.

«Ich konnte den Gemus nicht immer wieder wegen Tommy angehen», sagte Mei-ling, «und bin dann neulich wirklich ganz *zufällig* dem Grünen Drachen begegnet. Er war nur zu gern bereit, seinem Schwurbruder einen Gefallen zu tun. Er hat ein paar . . . äh . . . überzeugend wirkende Männer zum Garnisonskommandanten geschickt, die diesen daran erinnert haben, daß er dem Geheimbund vom Schleusentor viel verdankt.»

«So einfach also geht das!» staunte Emily, doch Tommy unterbrach sie. «Sie haben mich förmlich vor die Tür gesetzt, fallen gelassen wie ein Stück glühender Kohle. Wieso?»

«Nun, der Gemus hatte es versucht, aber er konnte nicht besonders viel Druck ausüben. Es war nicht ratsam, den Garnisonskommandanten von Schanghai zu verärgern, denn der Gemus könnte später noch einmal auf seine Unterstützung angewiesen sein. Aber dem Grünen Drachen sind solche Erwägungen natürlich fremd. Der Garnisonskommandant muß entsetzliche Angst gehabt haben. Vielleicht hat er befürchtet, daß er kein Opium mehr bekommt. Und so . . .»

Julia hörte nur mit halbem Ohr zu. Ihr Blick ruhte auf Tommy. Sein schmales Gelehrtengesicht war von der langen Haft bleich, und in seinen Augen stand Schmerz. Sie strich ihm mit der Hand über das dichte Haar.

Julia Pavernen wußte deutlicher als je zuvor, was sie wollte. Obwohl die Lage in China sie ängstigte und die alltägliche

Brutalität sie anwiderte, wollte sie Tommy Howe für den Rest ihres Lebens – ob in Schanghai oder im fernsten Winkel seines rückständigen Landes. Sie war bereit, ihm überallhin zu folgen, selbst wenn die Umstände, unter denen sie leben würde, ihr nicht gefielen.

Die Kraft und die Klarheit ihrer Gefühle verblüffte sie. Sie wollte nur Tommy. Und sie war gern bereit, alles in Kauf zu nehmen, was zu einem Leben an seiner Seite gehörte – Aufruhr oder Ruhe, Luxus oder Armut.

38

10. Oktober 1927

Stets am unachtsamsten, wenn er sich für besonders umsichtig hielt, hatte der auf der Flucht befindliche Kommunistenführer Tschang Kuo-tao den Ort der Verabredung mit seinem üblichen Schwung ausgewählt. Das etwa in der Mitte der Bubbling Well Road gelegene Café *Majestic* nannte sich selbst «Schanghais größtes Tanzlokal». Obwohl Dutzende weißgedeckter Tische die riesige Tanzfläche umstanden, tanzten kaum zehn Paare, als Julia und Tommy hereinkamen.

Niemand hob den Blick. Junge Ausländerinnen in Abendkleidern waren im *Majestic* kein ungewohnter Anblick, und es kümmerte niemanden, was sie dort trieben. Auch der Anblick junger Chinesen, die sich amüsieren wollten, war dort nichts Besonderes. Tommy und Julia tanzten, tranken Champagner und merkten gar nicht, daß es schon elf Uhr war. Sie hatten sich für zehn Uhr mit Tschang Kuo-tao verabredet.

Sie kamen von einem chinesischen Bankett, zu dem fünfhundert Gäste geladen waren. Dieses Diner hatte Donald Howe vorgeblich zur Feier des 10. Oktober gegeben, an dem sich die Nationalistische Revolution, die 1911 die Mandschu-Dynastie gestürzt hatte, zum sechzehntenmal jährte. Er konnte ja nicht gut erklären, daß er in erster Linie die einen Monat zuvor erfolgte Freilassung seines jüngsten Sohnes aus der Gefangenschaft der Nationalisten feierte. Hätte er offen eingestanden, daß diese Tommy nahezu fünf Monate lang als mutmaßlichen Kommunisten festgehalten hatten, ohne daß seine Familie auch nur erfuhr, ob er noch lebte, hätte das dem guten Namen der Howes geschadet. Daher wurde erzählt, Tommy sei in geheimer Mission unterwegs gewesen.

«Weißt du», sagte Tommy jetzt, «Vater hat sich weit mehr Sorgen um Emmy und mich machen müssen als um meine drei älteren Brüder zusammen. Mutter sagt, das liegt daran, daß er uns ins Ausland in die Schule geschickt hat.»

Natürlich waren die Eltern davon entzückt, daß Emily wieder ihre gehorsame Tochter war. Seitdem sie die Weisheit der alten Sitten eingesehen hatte, verhielt sie sich bewundernswert sanftmütig. Die Eltern, die einem erneuten Streit aus dem Wege gehen wollten, waren einverstanden, daß sie einstweilen in der Frauenbank weiterarbeitete und bedrängten sie auch nicht, in die Halle der Harmonie zurückzukehren, solange sie sich noch Julia verpflichtet fühlte.

Emilys Mutter hatte sogar durchgesetzt, daß ihr Vater sie nicht aufforderte, ihre journalistische Arbeit einzustellen. Wenn sie erst verheiratet war, würde ihr das Geschreibsel eine nette Abwechslung bedeuten, bis die Verantwortung für Mann und Kinder all ihre Energie und Talente forderte. Und heiraten würde sie bald. Es war eine Frage der Zeit, bis sich Emily dem Wunsch ihrer Eltern fügen würde, die einen Ehevermittler mit der Aufgabe betrauen wollten, einen passenden Mann für sie zu finden. Zwar war sie alt, bereits sechsundzwanzig, und ihr Ruf war nicht mehr einwandfrei, doch sie war die einzige Tochter Donald Howes, und dessen Wohlstand und Macht würden für eine gute Partie bürgen, erklärte Tommy.

«Das darf sie auf keinen Fall tun!» rief Julia aus. «Aber Emmy hört ja nicht auf mich. Sie hört auf niemanden. Ich glaube, sie haßt sich dafür, daß sie sich von Dick Hollings hat zum Narren halten lassen.»

«Sie will sich ganz offenkundig selbst strafen», stimmte

Tommy zu. «Wenn sie es doch mit dem Heiraten bloß nicht so entsetzlich eilig hätte. Aber man kann überhaupt nicht mit ihr reden.»

Mit einem Seitenblick auf eine platinblonde Frau, die gerade mit einem schwarzbärtigen Russen auf die fast leere Tanzfläche gekommen war, fragte Julia: «Vom Kleinen Pao hast du wohl noch nichts gehört?» Die Beiläufigkeit, mit der sie die Frage stellte, klang unglaubwürdig.

«Nur, daß man ihn vorige Woche noch lebend gesehen hat.» Tommy lächelte, als er sah, wie entzückt sie die Mitteilung aufnahm.

«Das ist ja großartig, Liebling. Die beste Nachricht, seit *du* in Mei Sungs Salon aufgetaucht bist!» Sie nahm seine Hand. «Woher weißt du das? Von Joshua und seinen zahllosen fleißigen Zuträgern?»

«Nein. Über Kuo-taos Untergrundbewegung. Aber der Apparat verrät nicht, wo Pao festgehalten wird. Die Kommunisten müssen ihre Informationsquellen schützen, denke ich mir. Jedenfalls lebt er.»

«Seit wann hast du einen so guten Draht zu diesen Leuten?»

«Man hat mich aufgefordert, dir die Nachricht zu übermitteln», sagte er ausweichend. «Es war einfacher, es mir zu sagen.»

«Sie beantworten meine Frage nicht, Dr. Howe», sagte Julia mit gespieltem Ernst. «Ich wußte gar nicht, daß ihr so dicke Freunde seid, der Apparat und du.»

«Weißt du, seit meiner Haft bin ich mit Tschiang und der Kuomintang fertig», sagte er. «Sie haben mich zwar nicht schlecht behandelt, das hätten sie mit Donald Howes Sohn nicht gewagt, aber immerhin hätten sie mich fast erschossen. Jeden Tag habe ich brutale Hinrichtungen mit ansehen müssen. Meist waren es Arbeiter. Was auch immer die Nationalisten sagen mögen, in Wirklichkeit ist ihnen der kleine Mann völlig egal.»

«Und deshalb hast du Kontakt mit den Kommunisten aufgenommen? Vermutlich über Kuo-tao.»

«Ja. Ich habe versucht, an ihn heranzukommen. Er war

zwar nicht da, aber trotzdem hat mir der Apparat eine Nachricht über den Kleinen Pao zukommen lassen. Ich habe sie erst heute abend erfahren, von einem der Aushilfskellner bei Vaters Empfang ... Ich frage mich nur, was Kuo-tao von uns will. Er ist gerade erst in die Stadt zurückgekommen.»

«Ich bin sicher, daß er es uns erzählt – ausführlich. Statt zu spekulieren, sollten wir aber lieber wieder tanzen.»

Tommy erfüllte ihr den Wunsch. Er bewunderte ihre neuerworbene Reife und Zurückhaltung, die ihre Impulsivität so wunderbar ergänzte. In seinen Augen war Julia nicht weniger als die perfekte Frau für ihn. Als sie nach dem Tanz an ihren Tisch zurückkehrten, überlegte er einmal mehr, wie er Julia am besten überzeugen konnte, Schanghai nicht zu verlassen, nicht einmal für einen kurzen Besuch bei ihren Eltern. Amerika war so weit entfernt. Gerade wollte er einen neuen Vorstoß in dieser Richtung unternehmen, als ihm eine knochige Hand ein Büchlein entgegenstreckte.

Er zuckte zusammen und lächelte dann beschämt über seine übergroße Wachsamkeit. Es war eine Losverkäuferin. Die Regierung in Nanking glaubte, die Menschen am ehesten mit der Aussicht auf Gewinne dazu verlocken zu können, Geld für den Bau von Straßen und Flugplätzen zu spenden.

Tommy verscheuchte die Alte mit einer Handbewegung, aber sie krähte: «Vielleicht gibt es einen großen Gewinn? Ein Los kostet nur zehn Dollar, und man kann eine halbe Million damit gewinnen.»

Die Beharrlichkeit der Losverkäuferin rührte Julia. Sie nickte Tommy zu, und er legte gehorsam einen Zehndollarschein auf den Tisch.

«Sehen Sie sich das Los gleich an», drängte die Alte, «prüfen Sie, ob auch alles in Ordnung ist.»

Als Tommy das Los ohne Neugier umdrehte, verschwand die Frau flink in der Dunkelheit. Auf der Rückseite des Loses stand *Kasino, halb zwölf*. Tommy grinste belustigt über diesen verschwörerischen Mummenschanz. Wenn ihn jemals etwas verriete, überlegte Julia, während sie sich erhoben, war das sein unbezähmbarer Humor. Andererseits gab es keinen

Grund, den Kampf um soziale Gerechtigkeit immer mit Leichenbittermiene zu führen. Er konnte gelegentlich ganz lustig sein.

Im Kasino, das in einem Hinterzimmer lag, war es noch dunkler als im Tanzsaal. Es war praktisch leer. Zwei Chinesen saßen mit vier russischen Hostessen am Fan-Tan-Tisch und wetteten träge darauf, wieviel Spielmarken schließlich übrigbleiben würden, wenn der Croupier von einem willkürlich aufgeschütteten Haufen jeweils vier herunternahm.

In einer Ecke wurde die chinesische Variante des Roulette gespielt: die Kugel war größer, das Rad dagegen kleiner, und es hatte auch weniger Fächer. An diesem Tisch saß ein großer junger Mann allein, dessen reichverziertes blauseidenes Gewand ihn als Abkömmling einer wohlhabenden, den alten Bräuchen verhafteten Familie auswies. Auch als sich Julia neben ihn setzte, betrachtete er unverwandt das stillstehende Roulette. Schließlich sagte er dem Croupier, er solle seine Spielmarken auf Rot setzen. Als sich das Rad drehte, wandte er sich geringschätzig ab und nickte Tommy zu.

«Schön, dich wiederzusehen», sagte Tschang Kuo-tao beiläufig. «Der Croupier gehört zu uns. Spiel einfach weiter, während wir reden. Ziemlich lange her, daß wir uns das letzte Mal gesehen haben, was?»

«Im vorigen Juli», sagte Tommy mit erkennbarer Freude. «Du siehst gut aus, wenn auch ein bißchen schmal.»

«Das kann gut sein.» Der breitschultrige Mann lachte mit schmalen Lippen. «All die Bewegung an der frischen Luft. Seit wir uns das letzte Mal gesehen haben, bin ich durch halb China gewandert. Nach dem Sieg von Nantschang das Debakel von Südchina! Du weißt ja, daß die Rote Armee schon vier Tage nach dem Aufstand aus Nantschang abziehen mußte. Wir konnten es mit den beiden nationalistischen Verbänden nicht aufnehmen, die die Stadt in die Zange genommen hatten. Es war ein Rückzug, und wenn Tschou En-lai es zehnmal als Vormarsch zu einem neuen Stützpunkt hinstellt. Und Truppen auf dem Rückzug zerfallen nun einmal. Desertion,

Verletzungen, Hunger, all das hat uns geschwächt. Mitte September hatten wir kaum noch . . .»

Die kühle Sachlichkeit des Kommunistenführers enttäuschte Julia zutiefst. Ebenso hätte er flüchtigen Bekannten über seinen Sommerurlaub erzählen können. Während sie weiter zuhörte, begriff sie jedoch nach und nach, wie dramatisch die von ihm beschriebenen Entwicklungen in Wirklichkeit waren.

Er sprach nicht von seinem eigenen allmählichen Abstieg innerhalb der Kommunistischen Partei Chinas – vom geschäftsführenden Vorsitzenden des Ersten Kongresses zu seiner gegenwärtigen zweitklassigen Mitgliedschaft im Politbüro. Ein treues Mitglied diente der Partei bereitwillig in jeder Position, die sie ihm anwies. Und was hätte er sonst tun sollen? Die Partei war sein Leben, ohne sie war er nichts.

Viele der einfachen Soldaten, berichtete er jetzt, waren von den Nationalisten gefangengenommen worden. Die meisten aber hatten sich entweder wieder der Straßenräuberei zugewandt oder sich freiwillig den Nationalisten angeschlossen. Nur eine winzige Abteilung der jungen Roten Armee bestand noch. Etwa sechshundert Männer unter General Tschu De, dessen Name soviel bedeutete wie Rote Tugend, hatten sich in der Nordprovinz Kwangtung versteckt, um sich neu zu organisieren. Man hörte auch gerüchtweise von einem Trupp Bauernmiliz unter dem Eiferer Mao Tse-tung, aber der ließ sich wohl kaum als Kampfeinheit bezeichnen.

«Es war nicht einfach, wieder hierherzukommen», sagte Tschang Kuo-tao. «Ich mußte mich nach Hongkong durchschlagen und von da ein Küstenschiff nach Schanghai nehmen. Weil ich so schmal geworden bin, habe ich mich als kranker Lehrer ausgegeben. In dieses Kostüm hier hab ich mich nur geworfen, um euch zu treffen.»

«Na . . .» Tommy sah zu, wie der Rechen des Croupiers die hundert Dollar beiseite wischte, die er törichterweise auf die Dreizehn gesetzt hatte. «Das ging ja schnell. Also, mein alter Freund, was willst du von uns?»

«Der Apparat liegt in Scherben», gab Kuo-tao zur Antwort.

«Wir brauchen dringend eure Hilfe. Man hat mich aufgefordert, persönlich mit euch Kontakt aufzunehmen. Später bekommt ihr eure Anweisungen nur noch schriftlich. Ihr werdet ausschließlich auf höchster Ebene eingesetzt, und zwar für die Propaganda!»

Während Tommy den Vorschlag überdachte, sagte er mit todernstem Gesicht: «Und wer kommt für meine Verluste beim Roulette auf?»

«Die kannst du als nützliche Erfahrung verbuchen!» Kuo-tao lachte vergnügt. «Das Geld kommt in unsere Kriegskasse. Die Partei kann es dringend brauchen. Was ist mit Ihnen, Yu-li?»

«Natürlich mache ich mit», gab sie zur Antwort. «Sie wissen, daß ich für den Untergrund bereits Botendienste geleistet habe. Aber dem Apparat habe ich bisher nicht angehört. Was könnte ich überhaupt tun?»

«Eine ganze Menge», gab Tschang Kuo-tao zurück. «Die von Ihnen gelieferten Informationen waren immer hochwillkommen. Jetzt gilt es ein ganz neues Feld zu beackern. Eines Tages, und zwar schon bald, wird die öffentliche Meinung im Ausland für uns von großer, wenn nicht entscheidender Bedeutung sein. Journalistinnen wie Anna Louise Strong und Agnes Smedley sind zwar nützlich, aber man weiß eben, daß sie den Kommunisten nahestehen!»

«Und was habe ich mit der Propaganda zu tun?» fragte Julia. «Tommy weiß, daß ich keine zwei zusammenhängenden Sätze schreiben kann . . . Außerdem bin ich vielleicht . . . gar nicht da.»

«Das ist ja gerade das Gute.» Tschang Kuo-tao überging ihren Einwand. «Niemand wird einen Verdacht hegen. Ihr beide gebt euch nach außen hin als richtige Rechte, überzeugte Antikommunisten. Ju-li, Sie kümmern sich um die ausländischen Reporter, die hierherkommen, Leute wie den jungen Vincent Sheehan. Da er jetzt schon alles zu wissen glaubt, kann man ihm leicht schmeicheln und ihn damit auch leicht lenken.»

«Ich muß es mir überlegen», sagte Julia. «Ich kann nichts

versprechen, wenn ich vielleicht gar nicht da bin. Außerdem möchte ich ganz sicher sein, daß ich etwas Nützliches tue.»

«Wenn wir beide zusammenarbeiten», sagte Tommy, «werden wir ganz bestimmt . . .»

«Gibt es denn keine Hoffnung auf eine Aussöhnung zwischen euch Kommunisten und der Kuomintang?» Es war Julia klar, daß Tschang Kuo-tao sie möglicherweise für entsetzlich naiv hielt, aber sie hatte in den vergangenen Jahren oft genug gesehen, welch verblüffende Wendungen politische Bündnisse nehmen konnten. «Schließlich gibt es auch dort ein paar gute Leute wie Mei-ling Sung . . .»

Kuo-tao unterbrach sie: «Auch nur ein toter Zweig an dem verrotteten Baum des korrupten Sung-Klans.»

«Sie tun ihr Unrecht», protestierte Julia. «Denken Sie nur daran, was sie für Tommy getan hat. Noch dazu, ohne daß der Generalissimus etwas davon –» Entsetzt, weil sie unbeabsichtigt Meis Geheimnis ausgeplaudert hatte, schlug sich Julia die Hand vor den Mund. Aber Tschang Kuo-tao zeigte keine Überraschung.

«Sie glauben also tatsächlich, daß sie Tommy aus dem Gefängnis geholt hat?» Er lachte verächtlich. «Natürlich kenne ich das Märchen von dem geheimen Abkommen zwischen ihr und dem Grünen Drachen. Keine Sorge, das kennt die halbe Stadt.»

Zornig sah Julia zu Tommy hinüber. Er mußte dem Apparat das Geheimnis verraten haben. Zerknirscht darüber schien er allerdings nicht.

«Du hast das tatsächlich geglaubt, nicht wahr, Julie?» fragte er statt dessen liebevoll, doch mit mildem Tadel. «Du hast wirklich geglaubt, der Gemus hätte nicht feststellen können, wo man mich gefangenhielt und mich nicht befreien können, wenn er das gewollt hätte? Du hast geglaubt, daß Mei Sung hinter seinem Rücken zum Grünen Drachen gegangen ist? Selbst wenn sie so töricht gewesen wäre, hätte der Grüne Drache nicht mitgespielt. Von einer solchen politischen Aktion hätte er ohne Absprache mit seinem Schwurbruder die Finger gelassen!»

«Und warum dann . . . warum dann das Theater?» Es war Julia gleichgültig, ob ihre Frage ihre Naivität noch deutlicher herausstellte. «Warum der Versuch, uns in die Irre zu führen?»

«Genau aus diesem Grund müßt ihr beide ab jetzt ganz offen für die Nationalisten eintreten», antwortete Tschang Kuo-tao. «Yu-li, Tschiang Kai-schek *wollte* Tommy im Gefängnis halten. Er will das Land unter allen Umständen von den Kommunisten säubern, und Tommy hat er verdächtigt, ein heimlicher Kommunist zu sein.»

«Trotzdem verstehe ich nicht», beharrte Julia, «wieso wir uns als Anhänger der Rechten geben müssen.»

«Man verdächtigt euch kommunistischer Neigungen», betonte Tschang Kuo-tao. «Also muß man deutlich sehen, daß ihr euch lossagt. Ihr müßt über jeden Verdacht erhaben sein, sofern ihr dem Apparat wirklich von Nutzen sein – und überleben wollt!»

«Ich bin immer noch verwirrt, Kuo-tao. Warum hat Generalissimus Tommy mit einemmal gehen lassen?»

«Aus demselben Grund, aus dem er ihn nicht gleich hat erschießen lassen – das Gold seines Vaters», gab der Gefragte zur Antwort. «Donald Howe ist zu reich, als daß man es sich mit ihm verderben dürfte. Aber sie werden euch beide beobachten wie zwei Mikroben unter einem Vergrößerungsglas.»

Julia verzog bei dem wenig höflichen Bild das Gesicht, aber es machte ihr klar, was er sagen wollte. Zum erstenmal begriff sie, daß der revolutionäre Kampf kein Vergnügen war, sondern eine todernste Sache. Die Strafe für Nachlässigkeit war nicht etwa eine peinliche Situation, sondern Gefängnis – oder Tod!

39

25. November–1. Dezember 1927

Obwohl sie jetzt eine richtiggehende Agentin des kommunistischen Apparates war, hielt es Julia für ausgeschlossen, daß die Kommunistische Partei – oder überhaupt jemand – imstande war, China zu retten. Ihr Abscheu vor der Brutalität der Chinesen und ihre Sorge um die Zukunft des Landes hatten sich nicht vermindert. Nur wenig unterschied sich ihr gegenwärtiger Auftrag von den früheren: Sie sammelte Informationen über geplante Razzien der ausländischen Polizei in der internationalen Konzession von Schanghai gegen die hart bedrängten Kommunisten im Untergrund. Tommy tat dasselbe im von den Nationalisten beherrschten Groß-Schanghai. Doch ihre einstige Begeisterung für die Sache war verloren.

Trotz all ihrer Zweifel erfüllte sie ihre Aufgabe gern, denn jetzt konnte sie ja mit Tommy zusammenarbeiten. Dabei wußte sie weder genau, wie sie zu Tommy stand, noch was sie von ihm erwartete. Die Gewißheit, die sie an jenem Septembernachmittag in Mei-ling Sungs Wohnzimmer blitzartig empfunden hatte, schwand in den Stürmen des Novembers dahin.

Im September hatte Julia so klar wie nie zuvor gefühlt, daß sie den Rest ihres Lebens mit Tommy verbringen wollte, wo auch immer er sein mochte. Diese Gewißheit vermochte sie im November nicht mehr aufzubringen. Das Ganze war wie ein etwas unscharfes Bild, bei dem die Umrisse verschwammen und sich keine Einzelheiten mehr erkennen ließen.

Julia wußte, daß das nicht etwa Unbeständigkeit war. Seit sie Tommy kannte, hatte sie anderen Männern kaum einen Blick gegönnt. Auch hing ihre Unentschlossenheit nicht mit einer Art verspäteter Pubertät zusammen. Sie versicherte sich selbst, daß ihr Zögern eher ein Zeichen der Reife war. Sie wollte sich nicht mit Haut und Haar Tommy ausliefern – was gleichbedeutend mit einem Leben in China war –, solange sie nicht ganz sicher sein konnte, daß ihre Liebe zu ihm fest und unerschütterlich war.

Außerdem, das gestand sie sich ein, hatte sie Angst. Alle Bemühungen, in China eine bessere Zukunft zu errichten, schienen stets aufs neue in Wogen von Verrat und Gemetzel zu enden. Auch hatte sie Angst, die volle Verantwortung für einen anderen Menschen zu übernehmen. Sogar vor Tommy, der sich jetzt ganz der Sache der Kommunisten verschrieben hatte, empfand sie ein wenig Angst. Die Kommunisten konnten ebenso verräterisch und grausam sein wie die Nationalisten oder die Bürgerkriegsgeneräle. Ihre eigene Zukunft schien ihr ebenso unsicher und düster wie die Zukunft Chinas und hatte nichts mehr gemeinsam mit der wunderschönen klaren Vision, die sie am Tag von Tommys Entlassung empfunden hatte.

Schließlich wollte sie unbedingt ihre Eltern besuchen, bevor sie Entscheidungen über ihr weiteres Leben traf. Nach mehr als sechs Jahren schuldete sie ihnen das einfach. Außerdem konnte sie vielleicht die Gelegenheit nutzen, sich fern von Tommy und China endlich über ihre Gefühle klarzuwerden. Sie hatte die hektische Betriebsamkeit im überbevölkerten Schanghai bis obenhin satt, und ein Aufenthalt im idyllischen Plattsburg konnte ihr eigentlich nur guttun.

Sie war Tommy dankbar für seine Zurückhaltung. Zu keiner Zeit hatte er sie gedrängt, ihm zu sagen, was sie empfand oder vorhatte. Er vermied das Thema offenkundig und bat sie nicht einmal mehr zu bleiben. Er hatte auch noch nicht wieder von einer Ehe gesprochen, obwohl sie vermutete, daß er gern heiraten würde. Von Emily hatte sie erfahren, daß seine Eltern erwogen, auch für ihn durch einen Ehevermittler eine Frau suchen zu lassen – wenn auch nicht unbedingt durch denselben, der sich mit der Aufgabe schwertat, einen Gatten für Emily zu finden.

Aber nach einer Weile begann Tommys Zurückhaltung auf sie unnatürlich zu wirken. Sie war erleichtert, als er sie in Jeff Geoffreys einfachem, im amerikanischen Stil eingerichteten Restaurant endlich auf die Sache ansprach. Fast war sie froh, als er sagte: «Ich habe von Emily gehört, du hättest eine Passage gebucht und sogar schon eine Fahrkarte gekauft. Heißt das, daß es zwischen uns aus ist, Julie?»

«Natürlich nicht, Tommy.» Sofort wollte sie ihn beschwichtigen. «Aber ich bin froh, daß du es weißt. Ich wollte es dir gerade selbst sagen.»

«Was? Daß wir miteinander fertig sind?»

«Ach nein, Tommy ... Daß ich für eine Weile nach Hause zurückkehre. Die *President Lincoln* läuft am 3. Dezember aus. Ich habe meinen Eltern versprochen, daß ich Weihnachten bei ihnen bin. Nach Mei Sungs Hochzeit fahre ich ab. Oh, Tommy, du wirst mir schrecklich fehlen.»

«Das höre ich gern», sagte er. «Die Sache kommt für mich ziemlich überraschend – es ist kaum noch eine Woche. Weißt du, ich habe mich schon gefragt, ob du meiner wohl überdrüssig bist.»

«Niemals, mein Liebster!» Sie lachte. «Ich brauche einfach eine Weile Ruhe, um alles zu überdenken. Ich komme bestimmt wieder.»

«Ich wollte, ich wüßte das ganz sicher. Wenn du erst einmal in Amerika bist, wirst du alles völlig anders sehen. Denk daran, daß du selbst das gesagt hast, damals im April, bevor mich Pao geholt hat und ich im Gefängnis gelandet bin.»

«Ich erinnere mich, Tommy. Vielleicht hast du recht, aber was könnte ich tun?»

«Du könntest versuchen, mir zu sagen, warum du diesen unbezwingbaren Drang verspürst, Schanghai – und mich – zu verlassen.»

Julia nahm einen Schluck dampfend heißen Kaffee, der ihr fast den Gaumen verbrannte, und beschäftigte sich lange damit, eine Zigarette in ihre elfenbeinerne Zigarettenspitze zu stecken. Kaum brannte sie, da drückte sie sie schon wieder aus. Sie empfand Tommy gegenüber ein schlechtes Gewissen, weil sie ihn verließ, und weil sie zugelassen hatte, daß er von dritter Seite von ihrer beabsichtigten Abreise erfahren hatte.

«Schön, ich will versuchen, es dir zu erklären», begann sie. «Du hast nie einen kühlen Frühlingsmorgen im Norden des

Staates New York miterlebt: Der Regen hat die ganze Welt reingewaschen, und die Sonne lugt ein wenig durch die Wolken. Ich sehne mich nach dem Geruch von Kühen, Heu und feuchter Erde. Mir wird übel von dem Gestank Chinas: Urin, Schimmel und all den anderen widerlichen Gerüchen. Ich habe die drückende Hitze satt, den Schweiß und die Hautausschläge. Ich möchte . . . ich muß . . . dorthin, wo die Welt noch jung, frisch und sauber ist.»

«Ich verstehe.» Noch nie hatte sie Tommy ein so finsteres Gesicht machen sehen. «Es ist also tatsächlich alles aus.»

«Aber nein, Liebling. Es soll mir nur eine kurze Atempause verschaffen. Wirklich –»

«Julie, ich bin fast sicher, daß du nie zurückkommen wirst. Wenn du China haßt, kommst du nicht zurück. Und ich kann nicht fort von hier, nicht für immer . . . Wenn du gehst, Julie, werde ich mir von meinen Eltern eine Braut suchen lassen müssen. Immerhin werde ich im nächsten Jahr dreißig, das weißt du.»

«Tommy, das würde mich sehr unglücklich machen. Ich weiß, ich habe nicht das Recht, das zu sagen, aber . . . Ich bin es auch gar nicht wert. Es wäre furchtbar, wenn du dich dein ganzes Leben lang meinetwegen grämen würdest.»

«Dann heirate mich, jetzt gleich. Nur auf diese Weise kannst du sicherstellen, daß ich mein Leben lang glücklich sein werde und keinen Narren aus mir mache.»

«Tommy, du kannst sagen, was du willst, ich muß nach Hause», sagte sie leise. «Wirklich. Ich weiß, daß es mich in Stücke reißen wird, denn ich liebe dich sehr. Aber Liebe allein genügt nicht. Ich muß auch nachdenken, über China, über dich und alles andere.»

«Ich hoffe so sehr, daß du wiederkommst», sagte er. «Aber ich zweifle daran.»

Als er sie zur Wohnung in der Kiukiang Road zurückbrachte, gab er ihr an der Tür einen flüchtigen Kuß, als habe er sie bereits verloren. Aber sie zog ihn zu sich herunter und küßte seinen Mund. Sie klammerten sich aneinander wie Kinder in einem Sturm.

«Tommy, ich liebe dich wirklich», flüsterte sie. «Glaub mir, ich will nicht fort, aber ich muß.»

Wie eine in einem Rosenstrauß verborgene Nessel stach die Herabsetzung.

Emily hatte eine von Mei-ling Sungs vier Brautjungfern sein sollen, doch im letzten Augenblick hatte Mei-ling erklärt, der Gemus sei dagegen. Da sie ihm an diesem Tag nicht gut einen Wunsch abschlagen könne, habe sie mit großem Bedauern ihre Nichte Pauline, eine Tochter ihrer ältesten Schwester Ai-ling, mit der Emily zugedachten Aufgabe betraut.

Einen weiteren Stich bedeutete es, daß Mei hinzufügte: «Ich fürchte, über den Howes schwebt zur Zeit eine kleine Regenwolke. Es ist nicht nur Tommys Gefangenschaft, Emily, sondern offen gestanden auch deine Beziehung zu Hollings. Immerhin ein Ausländer! Ich weiß, daß die Sache vorbei ist, und es war ja wohl auch nichts Ernstes, aber in seiner Stellung muß der Gemus sehr vorsichtig sein.»

Unmöglich konnte Emily erwidern, daß Generalissimus Tschiang Kai-schek kein Recht hatte, Moralpredigten zu halten, denn von seinen Verbindungen zu den Geheimbünden einmal abgesehen, war er auch in den Konkurrenzunternehmen des *Ikra* kein Unbekannter, und obendrein immer noch nicht von seiner zweiten Frau geschieden. Sie hatte ihn auf den Feldzug nach Norden begleitet, von dem aus er Mei-ling sehnsüchtige Briefe geschrieben hatte. Die Mutter Sung hatte sich schließlich mit seiner Zusage zufriedengegeben, zum Zeitpunkt der neuen Eheschließung würden keinerlei Hindernisse mehr bestehen. Nicht nur dieses Versprechen hatte ihr aber die Erlaubnis zur Heirat abgerungen, sondern vor allem der unbeugsame Wille ihrer Tochter hatte eine Rolle gespielt. Die Matriarchin, deren Vorfahren schon seit dreihundert Jahren Christen waren, sah sogar darüber hinweg, daß ihr neuer Schwiegersohn nicht zu konvertieren bereit war. Sie hatte sich von seiner Versicherung besänftigen lassen, sich näher mit dem Christentum zu beschäftigen – und von seiner weltlichen Macht.

Die christliche Zeremonie mit dem heidnischen Bräutigam sollte im Familienkreis im Haus der Sungs an der Seymour Road stattfinden. Emily wußte, daß die Feierlichkeit schon seit einer halben Stunde vorüber sein mußte. Für die öffentliche Vermählung im traditionellen chinesischen Stil war der große Ballsaal des Hotels *Majestic* vorgesehen, in dem sie auf das Brautpaar wartete. Emily sah Tommy an, der links neben ihr unruhig auf seinem Stuhl hin und her rutschte. Julia lächelte dünn. Aus ihrem kühlen Verhältnis zu Mei-ling Sung, das sich nach Tommys Freilassung für eine kurze Weile erwärmt hatte, war tiefe Abneigung geworden, nachdem sie erfahren hatte, wie sie von Mei über die Umstände der Befreiung getäuscht worden war.

Mindestens ein Viertel der rund eintausenddreihundert Gäste, die auf die verspätete Hochzeitsgesellschaft warteten, waren Ausländer. Bankiers, Anwälte und Unternehmer hatten es sich nicht nehmen lassen, der machtvollen Familie Sung zu huldigen – und Tschiang Kai-schek ihre Aufwartung zu machen. Sie sahen in ihm ihren Erretter vor der kommunistischen Bedrohung, auch wenn sie noch vor kurzem der Ansicht gewesen waren, daß er selbst diese Bedrohung verkörperte. Unter dem wohlwollenden Auge seines Doyens, des amerikanischen Generalkonsuls, war das konsularische Korps vollzählig im Cutaway angetreten. Der Admiral, der die vor der Küste kreuzende US-Flotte kommandierte, saß neben dem Generalmajor, der für die britischen Landstreitkräfte in China zuständig war. Beide trugen Zivil als Geste dem Bräutigam gegenüber, den seine nationalistischen Überzeugungen nicht daran gehindert hatten, im internationalen Teil der Stadt Schanghai, der Heimat seiner Braut, zu heiraten.

Die Ausländer, die jetzt ihren Frieden mit den Nationalisten gemacht hatten, sahen selbstgefällig auf das Porträt des glühenden Ausländerfeindes Dr. Sun Yat-sen, das über einem mit weißen Blumen bedeckten Altartisch zwischen zwei gekreuzten weißen Fahnen mit dem Sonnenball hing. Gestecke aus roten und weißen Chrysanthemen bildeten das Ideogramm der zweifachen Freude, Symbol ehelichen Glücks. Über ihrem

Kopf sah Emily drei riesige, aus Zehntausenden weißer Rosen hergestellte Hochzeitsglocken.

Als jetzt Generalissimus Tschiang Kai-schek mit seinem Trauzeugen durch den Gang kam, hielt jeder im Saal den Atem an. Alles an ihm wirkte westlich – sein bleistiftdünner Schnurrbart, sein hoher Kragen, die Nelke im Knopfloch seines Cuts und die Glacéhandschuhe in seiner Linken. Nur seine Gesichtszüge – und sein Herz – waren chinesisch.

Fotoapparate klickten, und surrende Wochenschaukameras hielten das gesellschaftliche Ereignis des Jahres, wenn nicht des Jahrzehnts, fest. Dutzende von Blitzlichtbirnen flammten auf, als Mei-ling Sung am Arm ihres Bruders T. W. den Gang entlanggerauscht kam.

In ihrem ernsten Gesicht, das nicht mehr Leben zeigte als das einer Porzellanpuppe, blitzten die Augen in unverhülltem Triumph. Sie hatte gesiegt, und sie sah großartig aus. Ihr Kleid aus weißem und silbernen Georgette war über der linken Hüfte gerafft und endete in einer mit Silberfäden bestickten weißen Atlasschleppe. Ihren Spitzenschleier hielt ein Kranz aus Orangenblüten, und ihr riesiger Brautstrauß aus rosa Rosen wurde von weißsilbernen Bändern zusammengehalten, die zu Mei-lings silbernen Schuhen und weißen Strümpfen paßten.

«Da habt ihr die Familie Sung, wie sie leibt und lebt!» flüsterte eine Männerstimme hinter Emily. «Ohne Silber geht es bei denen nicht.»

Bedeutende Menschen, fuhr es Emily durch den Kopf, hatten stets Neider, und ohne Frage waren der Generalissimus und seine Braut das bedeutendste Paar im Land.

Die Hochzeitszeremonie krönte Tschiang Kai-scheks persönlichen Triumph. Selbst sein Hauptrivale Wang Tsching-wei war aus dem Süden gekommen, um zu beteuern, daß der fortschrittliche Flügel der Nationalisten fest zu ihm halte. Im Norden stand sein alter Verbündeter, der Christliche General, im Begriff, den Alten Marschall aus Peking zu vertreiben. Überdies würde sich das Zentralkomitee der wiedervereinigten Kuomintang in zwei Tagen in Schanghai versammeln, um den

Generalissimus in alle Ämter wieder einzusetzen, die er im Frühjahr niedergelegt hatte.

Wie es sich für die beinahe politische Gelegenheit gehörte, stellten sich Braut und Bräutigam den Kameraleuten, bevor sie sich vor Dr. Sun Yat-sens Porträt verneigten. Mit Ausnahme der älteren Schwester der Braut, der Witwe des Präsidenten Sun, waren sämtliche Sungs anwesend. Zwar lebte Rosamonde Sun wieder in Schanghai, doch wußte Emily, daß sie es nicht über sich brachte, dem Triumph ihrer jüngeren Schwester zuzusehen und daher der Feier demonstrativ ferngeblieben war.

Das Gesicht der Braut war hinter der Wolke aus Spitze kaum zu erkennen, während sie mit ernstem Gesicht zuhörte, als die Heiratsurkunde verlesen wurde. Mit freundlichem Kopfnicken sah der Bräutigam zu, wie die Zeugen dem Dokument ihre Jadesiegel aufdrückten. Er und seine Braut verbeugten sich erst voreinander, dann vor den Zeugen und schließlich vor dem Publikum. Zu keinem Zeitpunkt berührten sich dabei auch nur ihre Fingerspitzen, denn die herkömmliche Etikette untersagte jede Berührung der Brautleute vor dem Ende der Zeremonie.

Als das Paar schließlich unter einer großen Glocke aus weißen Rosen noch einmal für die Fotografen posierte, schlug Mei-lings Herz vor Stolz wie wild. Sie lächelte huldvoll, und das Händeklatschen der Gäste schien ihr wie ein Vorbote des Beifalls, der sie beide ihr Leben lang begleiten würde.

Während die Fotografen noch um ein weiteres Bild baten, schlüpfte die Braut davon, um ihr Reisekostüm anzuziehen, und der Bräutigam folgte ihr. Das Ehepaar Tschiang würde einen Sonderzug nach Hangtschou besteigen. Dieser alte Erholungsort sollte das Tor zum leuchtenden neuen China werden, das zu schaffen – und zu beherrschen – sie sich beide geschworen hatten.

III
Freuden

1932–1934

40

6. Januar–1. März 1932

Joshua Haleevie, der sonst nie um Worte verlegen war, wußte im Umgang mit Elisaweta oft nicht, was er sagen sollte. Gewöhnlich entwaffnete ihn ihre Anwesenheit, gelegentlich allerdings trieb sie ihn zur Weißglut. Weder konnte er sie erobern, noch brachte er es fertig, sie zu verlassen. Zu Beginn des Jahres 1932 war ihre komplizierte Verbindung noch so lebendig wie zehn Jahre zuvor. Sie brauchten einander und fanden ihre größten Freuden miteinander. Solange ihm Elisaweta allein gehörte, was zweifellos der Fall war, konnte Joshua sich damit abfinden, daß sie die Heirat – und damit die Aussicht auf die von ihm gewünschten Kinder – immer wieder hinausschob.

Darüber hinaus hatte Joshua noch ein anderes Interesse am Hotel *Ikra*, das einst geheimer Treffpunkt chinesischer und sowjetischer Kommunisten gewesen war. Jetzt waren unter den Gästen zahlreiche japanische Offiziere, die die Eroberung Chinas planten. Schanghai war zu Anfang der dreißiger Jahre ein wahrer Tummelplatz ausländischer Agenten und das Zentrum ganz Asien umspannender Intrigen. So bedeutete das *Ikra* für Joshua eine unschätzbare Informationsquelle. Seine Berichte wurden bei der Staatsschutzabteilung der Polizei in der internationalen Konzession aufmerksam gelesen, waren aber in erster Linie für den britischen Geheimdienst in London bestimmt.

Obwohl die Beziehung zwischen Joshua und Elisaweta inmitten der allgemeinen Unruhen stabil wirkte, kam es um den 3. März herum, dem Tag, da Joshua seinen vierzigsten Geburtstag feierte, zu Verstimmungen. Die Sache wäre vielleicht anders ausgegangen, hätte sich die Besessenheit, mit der Elisaweta am *Ikra* hing, gelegt, nachdem sie damit ein beträchtliches Vermögen verdient hatte. Das Hotel hatte zunehmend reiche Weltenbummler beherbergt und es Elisaweta gestattet, die Mehrzahl ihrer Damen fortzuschicken.

Doch inzwischen machte sich die Weltwirtschaftskrise bemerkbar, und die Mehrzahl der Globetrotter, auf die Elisaweta nun angewiesen war, blieb aus. Daher sah sie sich genötigt, das *Ikra* erneut seiner alten Bestimmung zuzuführen.

Es schmerzte Joshua zu sehen, mit welchem Feuereifer sie das tat. Er sah in ihren Augen wieder ein gewisses Glitzern, das lange daraus verschwunden gewesen war. Nun, er hatte sie nie für eine alltägliche, wohl aber stets für eine äußerst schwierige Frau gehalten.

Von einer Schließung des Etablissements war längst keine Rede mehr, denn nach der ersten Lotterie hatte die Verwaltung der Stadt den Plan, anrüchige Einrichtungen allmählich zu schließen, fallengelassen. Elisaweta hatte einige ungetrübte Jahre mit Joshua erlebt und sich erkennbar darauf gefreut, seine Frau zu werden. Doch jetzt schrak sie wieder davor zurück, einen Hochzeitstermin festzulegen. In der Wirtschaftskrise konnte sie das *Ikra* unmöglich sich selbst überlassen. Außerdem fürchtete sie, daß die Haleevies Joshua enterben würden, wenn er sie heiratete, statt der ungeheuer reichen und achtbaren Charlotte Gubbai, die sie für ihn vorgesehen hatten. Andererseits war sie selbst jetzt durchaus wohlhabend, und auch Joshua war dank seines Geschicks in geschäftlichen Dingen nicht gerade ärmer geworden.

«Wirklich, Liz!» erklärte er im Januar 1932, «ich lasse es gern auf einen Bruch mit meinen Eltern ankommen. Hinter diesem Argument kannst du dich also nicht länger verschanzen.»

«Mein Liebster, ich will doch nur das Beste für dich –»

«Wenn wir erst verheiratet sind», unterbrach er sie, «werde

ich tun, was für mich das Beste ist. Aber jetzt hast du noch kein Recht, mir so etwas zu sagen. Also ...»

«Liebster Joshua», fragte sie kokett, «wie kannst du so etwas sagen?»

Keiner von beiden sollte das letzte Wort behalten, denn Ereignisse, die sich weit im Norden des Landes abspielten, drängten sich unübersehbar in ihr Leben.

Die Japaner, die nacheinander alle drei als Mandschurei bekannten Nordostprovinzen Chinas besetzt hatten, hatten den von ihnen gestützten Bürgerkriegsgeneral, den Alten Marschall, aus dem Weg geräumt, als er ihnen zu selbstherrlich wurde. Fanatische Offiziere der kaiserlich japanischen Armee jagten seinen Salonwagen in die Luft. Da sich sein Sohn, der Junge Marschall, der ihm im Amt folgte, noch unabhängiger gebärdete, hatte die japanische Armee beschlossen, die Mandschurei ganz und gar in ihre Gewalt zu bringen.

Im Sommer 1931 töteten japanische Soldaten Hunderte von chinesischen Bauern, die ihr Land gegen eine von Japan betriebene Enteignung verteidigten. Als kurz darauf ein japanischer Hauptmann in Zivil, der in einem subversiven Auftrag unterwegs war, bei einer Bahnfahrt unter geheimnisvollen Umständen zu Tode kam, schob man das den Chinesen in die Schuhe. Damit waren die Japaner der Notwendigkeit enthoben, einen Vorwand für den Einmarsch in die Mandschurei zu erfinden.

Um das Gebiet für die Besiedlung durch Japaner und eine Durchdringung mit japanischen Agenten sicher zu machen, besetzte die kaiserliche Armee es vollständig. Der ins Exil getriebene Junge Marschall erneuerte vor Tschiang Kai-scheks Zentralregierung in Nanking sein Treuegelöbnis.

Für die Menschen in Schanghai lag die Mandschurei in weiter Ferne. Sie wußten lediglich, daß es dort sehr kalt und das ganze Gebiet völlig uninteressant war. Aber in der Nacht zum 28. Januar 1932 griffen japanische Einheiten plötzlich das unter chinesischer Herrschaft stehende Gebiet von Groß-Schanghai an. Sie hofften, damit die Aufmerksamkeit der Weltöffentlichkeit von der Mandschurei abzulenken; zwar wurde aus zweifachem Unrecht noch lange kein Recht, aber auf diese Weise entstand zumindest ein für das Ausland undurchschaubares Durcheinander. Die japanische Armee war entschlossen, den chinesischen Verteidigern Schanghais eine Lektion zu erteilen und ihnen zu zeigen, wer Herr im Land war.

Doch das Unternehmen verlief nicht ganz nach Plan. Die Chinesen leisteten unerwartet heftigen Widerstand, während die Japaner angenommen hatten, sie würden in wilder Flucht davonlaufen. Erneut strömten Flüchtlinge in die ausländischen Konzessionen. Jetzt lieferten Geschützlärm und das gelegentliche Aufbellen von Handfeuerwaffen die Salonmusik für feine Abendeinladungen. Es war alles ziemlich aufregend – und ein bißchen zu nah.

Dennoch waren den konservativen ausländischen Taipanen die Angriffe der Japaner insgeheim recht. Kein schlechter Gedanke, den Nationalisten eine Lektion zu erteilen, sagten sie. Dann würden die Chinesen wohl endlich wieder kuschen.

Das tat Generalissimus Tschiang Kai-schek zwar nicht, doch eines war ihm klar: Weder war China imstande, einer japanischen Großinvasion, die auf eine Schlappe der Japaner bei Schanghai zwangsläufig folgen würde, Widerstand entgegenzusetzen, noch würde irgendeine fremde Macht dem Land in diesem Fall zu Hilfe kommen. Daher befahl er den stark dezimierten Verteidigern den Rückzug, bevor sie völlig aufgerieben wurden, und nahm Friedensverhandlungen mit Tokio auf.

Joshua gehörte nicht zu denen, die es begrüßten, daß sich die Chinesen bei den Japanern beinahe blutige Köpfe geholt hatten. Zwar forderten die Nationalisten ein Mitspracherecht bei der Verwaltung der ausländischen Konzession einschließlich des französischen Teils der Stadt, und chinesische Agitatoren verlangten kategorisch, daß der Generalissimus beide Gebiete übernahm. Joshua allerdings fürchtete die zielstrebigen und tüchtigen Japaner weit mehr als die unorganisierten Chinesen.

Trotz ihrer Abneigung gegen Japan, die auf ihre russische Herkunft zurückging, waren Elisaweta japanische Offiziere im *Ikra* willkommen. Sie mußte einfach unbedingt im Mittelpunkt der Ereignisse stehen, und zur Zeit trieben eben die Japaner die geschichtlichen Ereignisse voran. Außerdem war es kein Fehler, sich gut mit den Siegern zu stellen. Andererseits ließ sie es bereitwillig zu, daß chinesische Geheimdienstleute ihre neuen Gäste beschatteten. Schließlich war sie den Japanern in keiner Weise verpflichtet.

Selbstverständlich zuckte sie nicht mit der Wimper, als ein gewisser Oberst Ishikawa ihre beste Suite sowie zwei Blondinen verlangte. Auch wenn sie seinen wahren Namen nicht kannte, war ihr klar, daß er nicht Ishikawa hieß. Sie wußte auch, daß er nicht Oberst war, sondern Generalmajor des Geheimdienstes und dafür zuständig, mit Hilfe von Gold, Opium, Einschüchterung und Mord die Subversion Chinas voranzutreiben.

Unwillkürlich lief ihr beim Blick in seine ausdruckslosen grauen Augen ein Schauer über den Rücken. Sie kannte die Geschichten, die über ihn erzählt wurden. Man sagte, er sei von besonderer Grausamkeit, wenn es darum ging, Japans Feinden Schrecken einzujagen, betrete aber Folterzellen grundsätzlich nur, wenn er dort als Opfer eine Frau erwarten durfte.

«Ich freue mich auf diesen Abend», erklärte der angebliche Oberst Ishikawa, «nicht einmal mein Stab weiß, wo ich bin. Kein Mensch wird mich stören. Es ist herrlich, sich einmal all seinen Pflichten zu entziehen.»

Elisaweta schloß die schwere Tür aus Teakholz hinter ihm und den beiden jungen Frauen, einer Russin und einer Norwegerin, nachdem sie Ishikawas Bestellung – Kaviar und Sake – entgegengenommen hatte. Sie hatte ihm bedeutet, wenn er Wünsche habe, brauche er lediglich das in einer Nische im Schlafraum verborgene Telefon zu benutzen.

Glücklich, daß sie für den Rest der Nacht nichts mehr von Ishikawa hören würde, überlegte sie, warum er sie so anwiderte. Er war ausgesucht höflich und wirkte gebildet, er bezahlte auch ausgesprochen großzügig für sein Vergnügen – und was er beruflich tat, ging sie nichts an. Kurz nach zehn Uhr trat Joshua aus dem privaten Aufzug, der hinter dem

Kasino zu ihrer Wohnung emporführte. Obwohl er sich stets für ihre japanischen Gäste interessierte, erwähnte sie Ishikawa mit keiner Silbe. Endlich einmal wollte sie das *Ikra* vergessen; ihr Leben kam ihr plötzlich seltsam leer vor.

Während Joshua eine Flasche Champagner öffnete, summte das Haustelefon. Unwillig nahm sie den Hörer ab. Doch schon nach den ersten Worten setzte sie sich bolzengerade auf und sagte schließlich auf russisch: «Ich komme gleich!»

«Gibt es Ärger?» fragte Joshua. «Brauchst du Hilfe?»

Normalerweise hielt er sich aus den Angelegenheiten des *Ikra* heraus, aber der Klang ihrer Stimme hatte ihn beunruhigt, auch wenn er kein Wort verstanden hatte. Nach einem Augenblick gab sie zur Antwort: «Würdest du wirklich mitkommen? Ich fürchte, du könntest mir in der Tat eine große Hilfe sein.»

Die russische Blondine hatte die Tür verriegelt. Sie zitterte unbeherrscht und betupfte immer wieder mit einem Handtuch ihr Haar, das ihr wie nasser Flachs um die Schultern hing.

Die Norwegerin lag benommen in einem Sessel. Die Russin antwortete zögernd und trotzig auf Elisawetas scharf vorgetragene Fragen, und Elisaweta schüttelte voll Abscheu den Kopf. Dann stieß das Mädchen die Tür zu dem mit Marmor ausgekleideten Badezimmer auf. Mit einer dramatischen Geste wies sie auf die in den Boden eingelassene Wanne. Elisaweta folgte mit ihrem Blick dem Zeigefinger – und warf sich entsetzt Joshua in die Arme.

«Großer Gott!» flüsterte sie heiser und überhaupt nicht mehr Dame von Welt. «Nur gut, daß du da bist! Sie hat zwar gesagt, es sei . . . es sei . . . schlimm. Aber das!»

Der Generalmajor des japanischen Geheimdienstes trieb mit dem Gesicht nach unten im parfümierten Wasser der riesigen Bodenwanne. Dünne rote Linien zogen sich über seinen wachsgelben Rücken. In einer Blutlache auf dem blassen Marmorboden lag eine Peitsche mit Schnüren, die aus zahllosen feinen Drähten bestanden.

Wortlos ließ die Russin ihren Morgenrock von den Schultern gleiten. Blutfäden liefen wie ein rotes Netz über ihren Rücken, und ihre bleichen Schenkel waren voller Abschürfungen. Auch aus einer Wunde an ihrer linken Hüfte sickerte Blut.

«Er hat ganz schön fest zugeschlagen!» sagte sie zu Joshua. «Verdammtes Japanerschwein ... Er wollte Marga und mich unter Wasser drücken ... Wir konnten nicht mehr atmen und haben um uns geschlagen. Dann ... ist er ausgerutscht ... Sie sehen ja!»

Sie kehrten zurück in den Salon der Suite, wo die Norwegerin beinahe reglos saß. Nachdem sie ihre Geschichte erzählt hatte, fühlte sich die Russin offenbar aller Verantwortung ledig.

«Weißt du», murmelte Joshua, «so, wie sie es erzählt, war es bestimmt nicht. Um ihn zu ertränken, wären zwei sehr kräftige und entschlossene Frauen nötig gewesen.»

«Was kann ich nur tun, Joshua?» fragte Elisaweta, deren Augen fast schwarz in ihren blassen Höhlen lagen.

Joshua stieß finstere Drohungen gegen die beiden Blondinen aus, bevor er sie fortschickte. Ein unbedachtes Wort, erklärte er ihnen, und sie würden der Ausländerpolizei übergeben – oder gleich den Japanern, die sie mit Sicherheit köpfen lassen würden.

Es war Joshua und Elisaweta klar, daß sie diese Angelegenheit nicht vertuschen konnten. Der Skandal würde der japanischen Armee einen mehr als willkommenen Vorwand liefern, gegen die internationale Konzession vorzugehen. Man habe den Oberst Ishikawa nicht nur ermordet, würden die japanischen Propagandisten behaupten, sondern seine Leiche auch noch in ein Bordell geschleppt, um die Moral des japanischen Offizierskorps in Mißkredit zu bringen. Die kaiserliche Armee konnte unter solchen Umständen ohne weiteres die ausländischen Viertel Schanghais besetzen, auch wenn das einen Zusammenstoß mit den Schutzmächten bedeutete.

Außerdem würde ein solcher Skandal Elisaweta mit Sicherheit zugrunde richten. Ihr drohten wenigstens Bankrott und Gefängnis, wenn die Japaner sie nicht gleich liquidierten.

«Er hat gesagt, er sei allein.» Sie klammerte sich an einen Strohhalm. «Niemand in seinem Stab wisse, wo er sich aufhalte. Er wolle eine Nacht für sich haben, hat er gesagt.»

«In dem Fall ...» begann Joshua zögernd und fragte dann: «Was haben wir zu verlieren, wenn es anders war?»

Das Wort «wir» machte ihr Mut. Sie war nicht allein. Er stand an ihrer Seite, obwohl ihn die Sache überhaupt nicht betraf.

«Wenn sie *wirklich* nichts wissen, könnten wir das Nächstliegende tun», überlegte er. «Ihn wegschaffen, nackt wie er ist. Bei den ständigen Schießereien hier werden doch dauernd irgendwo Leichen gefunden. Wen kümmert ein Schlitzauge mehr oder weniger? Man wird annehmen, daß er bei einer Prügelei in einer Hafenkneipe erschlagen worden ist, und ihn einfach in ein Massengrab werfen.»

«Meinst du, das könnte klappen?»

«Meine Liebe, das Beiseiteschaffen von Ermordeten gehört nicht zu meinen täglichen Obliegenheiten», sagte er. «Aber ich denke schon. Bitte Wang herauf.»

«Wang, den Barkeeper? Wieso –»

«Er gehört schon seit Jahren dem kommunistischen Apparat an, ist sich aber auch nicht zu schade, ein paar Dollar extra von den Nationalisten einzustecken. In jedem Fall aber ist er chinesischer Patriot – ganz gleich, für wen er gerade arbeitet. Er ist der Mann, den wir jetzt brauchen. Du gehst zurück und hältst die Stellung.»

Joshua bewachte die Leiche, bis im *Ikra* gegen drei Uhr morgens alles ruhig war. Mit Hilfe des Barkeepers Wang wuchtete er den nackten Japaner in einen großen leinenbespannten Wäschewagen, den sie mit dem Privataufzug nach unten brachten. Dann schob Wang den Korb durch ein Gäßchen von der hellerleuchteten Kiangse Road fort.

Joshua folgte in einiger Entfernung. In dieser Stadt, die niemals schlief, konnte ein chinesischer Kuli ohne weiteres um vier Uhr morgens Wäsche aus einem Hotel abholen. Wäre aber ein modisch gekleideter Europäer neben dem Wagen hergegangen, hätte das mehr als verdächtig ausgesehen.

Nur zwei Nebenstraßen vom *Ikra* entfernt rollten sie den Wagen in einen düsteren Winkel und legten den Leichnam auf den nassen Gehsteig. Joshua war zufrieden. Wohl war es denkbar, daß man die Leiche identifizierte, und es war bekannt, daß Ishikawa im *Ikra* verkehrte. Doch auf mögliche Fragen konnte Elisaweta ohne weiteres sagen: «Glauben Sie wirklich, ich wäre so dumm, ihn vor meiner eigenen Tür abzuladen, wenn ich mit der Sache zu tun hätte?»

Nach einer Woche war Joshua sicher, daß die Leiche bei einer der regelmäßigen Sammelaktionen mitgenommen worden und längst beerdigt war. Immerhin rafften an einem durchschnittlichen Februartag Krankheit, Kälte oder Unterernährung dreißig bis vierzig Unbekannte dahin. Da die Ausländerstadt von Flüchtlingen geradezu überschwemmt war und es in der angespannten Atmosphäre ständig zu Gewaltakten kam, war es nicht weiter verwunderlich, wenn ein Leichnam Wunden aufwies. So war allem Anschein nach auch der japanische Offizier nicht besonders aufgefallen.

Nach diesem Vorfall waren sich Joshua und Elisaweta näher denn je. Er verstand nicht recht, wie sie es weiterhin im *Ikra* aushielt, und sie mußte ihm halb recht geben. Es hatte ganz den Anschein, als könne ihre neu erwachte Zärtlichkeit nur zu einem Ergebnis führen, und Joshua ergriff die Gelegenheit, als sie einander am 1. März zu seinem vierzigsten Geburtstag zutranken. Er hatte das Gefühl, jung genug zu sein, um neue Verantwortungen zu übernehmen, aber zu alt, um auch nur einen Tag länger zu warten.

«Jetzt mußt du mich heiraten, Liz», sagte er. «Ich weiß es. Laß uns das Aufgebot bestellen.»

«Es tut mir leid, Joshua, mein Liebling, aber ich kann nicht.» Ihr war klar, daß sie ihn nicht länger hinhalten durfte.

«Du ... du hältst nicht Wort?» fragte er verständnislos. «Aber du hast doch gesagt, daß wir heiraten, es sei nur eine Frage der Zeit. Und jetzt ...»

«Ich kann dich nicht heiraten, Joshua. Es betrübt mich selbst zutiefst, mehr, als ich sagen kann. Aber ich kann wirklich nicht.»

«Warum nicht, in drei Teufels Namen? Ich warne dich, Liz, dieses Spiel spiele ich nicht länger mit. Es ist das *letzte* Mal.»

«Ich habe mich schon lange gefragt, wann deine Geduld zu

Ende sein würde.» Sie lächelte melancholisch. «Warum ich nicht kann? Wir haben immer wieder darüber gesprochen. Deine Familie und deine Bekannten würden mich nie akzeptieren. Außerdem gefällt mir mein Leben.»

«Es gefällt dir? Sogar nach dieser Sache mit Ishikawa? Das ist doch nicht möglich!»

«Alles andere wäre mir zu langweilig, zu bieder. Ich halte dich nicht länger hin. Ich kann dich nicht heiraten, Joshua. Weder jetzt noch sonst irgendwann.»

«Nun denn, meine einzige Geliebte!» Er sprach langsam, als denke er dabei gründlich nach. «Dann werde ich eben Charlotte Gubbai heiraten müssen – wenn sie mich noch will.»

«Sie wäre dumm, wenn sie nicht wollte – genauso dumm wie ich!» erwiderte Elisaweta. «Du gibst mich also auf? Ich mußte damit rechnen, aber es ist schrecklich . . . Werde ich dich je wiedersehen?»

«Nein», sagte er betont langsam, «ich gebe dich *nicht* auf. Ich wünschte . . . ich wünschte, ich könnte es, aber es geht nicht. Ich werde Charlotte heiraten, die Ärmste. Aber dich, Liz, werde ich nie aufgeben.»

41

12. Mai 1932

Zwei Tage nachdem Joshua Haleevie trübsinnig seinen vierzigsten Geburtstag begangen hatte, zog sich die kaiserlich japanische Armee aus Groß-Schanghai zurück. Nur drei Wochen später gab Sir Judah Haleevie bei einem Empfang im Jade-Haus vor zweitausend Gästen die Verlobung seines Sohnes Joshua mit Charlotte Gubbai bekannt.

Am Vorabend hatte der Bräutigam Abschied von seiner russischen Geliebten genommen, der einzigen Frau, das war ihm völlig klar, die er je würde lieben können. Während Elisaweta in Tränen ausbrach, hatte er distanzierte Höflichkeit zur Schau getragen, um nicht gleichfalls zu weinen. Er hatte ihr mitgeteilt, entgegen seiner erklärten Absicht könne er sie nicht wiedersehen, da das Charlotte gegenüber nicht recht sei. Er unterließ es, ihr zu sagen, daß er keineswegs sicher war, seinen Entschluß durchhalten zu können.

Am 5. Mai 1932 beendete ein formelles chinesisch-japanisches Abkommen alle Feindseligkeiten, die auf die Besetzung der Mandschurei gefolgt waren. Um diesen Waffenstillstand zu erreichen, hatte Generalissimus Tschiang Kai-schek große Zugeständnisse gemacht. Zwar warfen ihm seine Kritiker einen Ausverkauf des Landes vor, aber er wußte, daß China noch nicht in der Lage war, sich gegen eine Invasion der Japaner zu behaupten.

Lediglich eine Woche später wurden Charlotte Gubbai und Joshua Haleevie, der merkwürdig bleich aussah, unter dem Baldachin der alten Synagoge an der Seymour Road getraut. Ganz in der Nähe befand sich das erste Haus, das Joshuas Urgroßvater achtzig Jahre zuvor bei seiner Ankunft in Schanghai erworben hatte. Die zierliche blonde Braut trug ein cremefarbenes Kleid aus Seidensatin, das mit Blumenmustern aus Saatperlen bestickt war. Ihre grauen Augen blickten ernst.

An die tausend Gäste waren zum Hochzeitsmahl geladen, selbst für den großen Bankettsaal im Jade-Haus fast zu viele, und Trinksprüche chinesischer wie jüdischer Gäste hallten zum Dach empor. Braut und Bräutigam, die sich angeregt mit ihren Nachbarn am Ehrentisch unterhielten, brachen kurz vor Mitternacht auf, um ihre Suite im neuen Hotel *Cathay* am Bund zu beziehen.

Zum erstenmal hatte Charlotte ihren Kopf durchgesetzt. Sie war keinesfalls bereit, die Hochzeitsnacht unter dem Dach ihrer Schwiegereltern zu verbringen. Außerdem lag das *Cathay* günstig für die Einschiffung nach Europa, die für den folgenden Tag vorgesehen war. Die Hälfte der viermonatigen Hochzeitsreise sollte das frisch vermählte Paar, dem Wunsch der Braut entsprechend, nach Paris, Florenz und London führen. Die andere Hälfte, so hatte es der Bräutigam entschieden, würden sie in Rhodesien, Kenia und Sambesiland verbringen – mit einemmal hatte Joshua seine Leidenschaft für die Großwildjagd entdeckt.

«Julie», erkundigte sich Emily, die ihre Freundin vom Schiff abgeholt hatte, «wie lange willst du noch über den Pazifik hin und herreisen?» Sie steuerte die Freundin in den Palmengarten des Hotels *Cathay* hinein.

«Das war für eine ganze Weile das letzte Mal.»

«Noch immer zwischen deiner Heimat und China hin- und hergerissen?»

«Eigentlich nicht, Em. Mir ist klar, daß ich hierhergehöre.»

«Das wurde auch höchste Zeit», erklärte ihre Freundin. «Ich bin gespannt, wie Tommy diese Nachricht aufnehmen wird.»

«Na hör mal, Em! Er hat mir sogar versprochen», sagte Julia lächelnd, «daß ich jederzeit fahren kann, wenn mich das Heimweh packt. Endlich! Erinnerst du dich noch, wie schwierig es war, als ich vor fünf Jahren zum erstenmal nach Hause gefahren bin?»

«Wie könnte ich das je vergessen? Tommy war ganz und gar elend . . . völlig untröstlich. Warum er einen ganzen Monat gewartet hat, bis er –»

«Weißt du, Em, ich habe noch immer ein schlechtes Gewissen, weil er damals meinetwegen seine Zeit als Assistenzarzt unterbrochen hat. Auch wenn er das längst aufgeholt hat.»

«Ihr habt mir nie erzählt, wie das damals eigentlich war.»

«Da gibt es nicht viel zu erzählen. Als Tommy so mir nichts, dir nichts bei uns in Plattsburg buchstäblich hereingeschneit kam, war mir mit einem Schlag alles klar. Natürlich wirkte er dort ein bißchen fehl am Platz.»

Julias Gedanken kehrten in die Vergangenheit zurück. Sie sah förmlich vor sich, wie er Mitte Februar 1928 ohne Vorankündigung eines Tages an der Tür gestanden hatte, vor der sich der Schnee neben dem schmalen freigeschaufelten Fußweg mannshoch türmte. Julia hatte sich damals entsetzlich gelangweilt, ohne sich jedoch einzugestehen, daß sie in Wirklichkeit unglücklich war. Statt dessen redete sie sich ein, sie müsse sich nach so vielen Jahren in einem exotischen Land nur erst wieder an das Leben in Amerika gewöhnen. Wohl gestand sie sich ein, daß ihr Tommy sehr fehlte, führte aber ihre trübe Stimmung darauf zurück, daß sie nach ihrem hektischen Leben in Schanghai in Plattsburg nichts Rechtes zu tun hatte. Die Freunde ihrer Jugend kamen ihr mit einemmal uninteressant und provinziell vor. Sie war fest davon überzeugt, daß es ihr besser gehen werde, sobald sie, möglichst in New York, eine Anstellung und neue Freunde gefunden hätte. Schanghai und Tommy schienen eine ganze Welt – und ein ganzes Zeitalter – entfernt zu liegen.

Als es eines Tages an der Tür klingelte, ging sie öffnen und blieb erstarrt stehen. Tommys schmales Gesicht, das sie in letzter Zeit nur in ihren Träumen gesehen hatte, leuchtete ihr über dem Pelzkragen seines Mantels entgegen. Einen Augenblick lang brachte sie vor Überraschung kein Wort heraus, dann fiel ihr auf, daß seine Lederschuhe mit ihren dünnen Sohlen völlig durchweicht waren.

«Tommy!» sagte sie schließlich. «Tommy!»

Sie trat einen Schritt auf ihn zu und drückte ihn an sich, ohne daran zu denken, daß sein Mantel voller Schnee war und der Wind zum Haus hereinpfiff. In seiner Umarmung erfüllte sie namenlose Freude und ein unnennbares Wohlgefühl.

«Es ist . . . genau wie beim vorigen Mal», sagte sie. «Als ich damals die Tür aufmachte und du aus Nanking zurückkamst . . . Ach, Tommy, Liebster!»

«Dann bin ich also nicht unwillkommen?»

«Wie kannst du fragen? Mehr als willkommen . . .»

«Kind, mach die Tür zu», mahnte die Mutter aus dem Eßzimmer. «Was für ein eisiger Wind! Wer ist denn da?»

«Komm herein, Tommy», sagte Julia. «Du holst dir sonst den Tod.»

Danach war alles sehr schnell gegangen. Tommy schien auf ihre Eltern dieselbe Wirkung auszuüben wie auf sie selbst. Natürlich kannten sie Emily und mochten sie sehr, und aus Julias Erzählungen wußten sie schon sehr viel über Tommy. Vielleicht, hatte sie später überlegt, hatten sie die Situation so rasch akzeptiert, weil sie sich schon lange vor Tommys überraschendem Auftauchen damit abgefunden hatten, daß sie ihn heiraten und fern von Plattsburg leben würde.

Es betrübte Julias Mutter nur, daß so wenig Zeit blieb, die Hochzeit richtig vorzubereiten. Tommy dürfe nur einige Tage im Haus bleiben, sagte sie, denn es sei nicht klug, das junge Paar der Versuchung auszusetzen. Julia lächelte, ohne zu sagen, daß sie schon vor Jahren in Versuchung geraten war – und ihr nachgegeben hatte.

Sie kochte innerlich, als ihre Mutter anordnete, Tommy müsse Plattsburg für einige Wochen verlassen, konnte aber keine rechten Einwände dagegen erheben. Ohne ein Wort des Widerspruchs nahm er eine Woche nach seiner Ankunft den Zug nach New York. Er hatte Freunde, die dort an der Columbia University Medizin studierten.

Nur fünf Wochen nach Tommys unvermutetem Auftauchen in Plattsburg traute Julias Vater das Paar in seiner Kirche. Bei dem anschließenden Empfang in seinem Haus herrschte Fröhlichkeit, obwohl es keinen Tropfen Champagner gab. Pfarrer Pavernen weigerte sich beharrlich, gegen das Gesetz zu verstoßen, obwohl die Aufhebung der Prohibition unmittelbar bevorstand.

Julia beobachtete ihre Verwandten und Kindheitsfreunde und empfand Trauer bei dem Gedanken, sie verlassen zu müssen. Doch war sie nicht in Wirklichkeit längst fort? Im Grunde hatte sie schon vor Jahren Plattsburg und die Menschen, die dort lebten, weit hinter sich gelassen.

Als sie bei der Hochzeitsfeier, ein Glas Traubensaft in der Hand, im wohlvertrauten Wohnzimmer mit der abgewetzten Polstergarnitur stand, erkannte sie endlich den Zwiespalt, in dem sie sich befand und den die Aufregung der letzten Wochen verdeckt hatte. Sie war aus Schanghai davongelaufen, weil sie weder das hoffnungslose Elend Chinas noch die unaufhörliche Gewalttätigkeit länger hatte ertragen können – und dennoch würde sie dorthin zurückkehren. Erstaunt stellte sie fest, daß sie es gar nicht abwarten konnte.

Stocksteif stand sie neben Tommy zwischen den Hochzeitsgästen, ihre grünen Augen in träumerische Fernen gerichtet. «Endlich habe ich es verstanden», flüsterte sie ihm zu. «China ist entsetzlich – an der Oberfläche. Aber das Land fordert seine Menschen, auch mich. Es sind große Forderungen, denen ich hier im muffigen, sicheren Plattsburg in einem ganzen Jahrhundert nicht begegnet wäre, aber sie machen das Leben wahrhaft lebenswert. Die Augenblicke der Freude zeigen, daß wir wirklich leben. Verstehst du, was ich meine?»

«Ganz genau!» Er lachte. «Und, mein Liebling, wir *haben* die Möglichkeit, China zu verändern. Die Sache ist nicht aussichtslos, weit davon entfernt. Außerdem verspreche ich dir, daß du jederzeit hierher zurückkehren kannst, wann immer du möchtest. Aber ich wette, das wird gar nicht besonders oft sein.»

«Wenn man bedenkt, daß er dir praktisch freie Hand gelassen hat, bist du eigentlich wirklich ziemlich zurückhaltend gewesen», sagte Emily. «Zweimal in vier Jahren!»

«Und das letzte Mal nur, um Althea ihren Großeltern vorzuführen», sagte Julia. «Meine Eltern hätten es mir nie verziehen, wenn ich mit ihrem ersten Enkel nicht gekommen wäre. Sie lassen dich übrigens herzlich grüßen.»

«Aber warum hast du mir nie von dieser Abmachung mit Tommy erzählt? Das war doch eine gute Lösung!»

«Vermutlich habe ich mich ein wenig geschämt, weil ich auf diese Weise immer einen sicheren Fluchtweg aus Schanghai hatte. Du hättest vielleicht gedacht, daß ich mir nicht genug aus China mache, nicht wirklich hierhergehöre. Ach, es läßt sich schwer erklären. Aber ich glaube, ich werde allmählich erwachsen.»

«Nun, Liebste, nur nicht zu erwachsen.» Voll Zuneigung ließ Emily ihre Hand einen Augenblick auf der Julias ruhen. «Es könnte uns den ganzen Spaß verderben . . . und du mußt zugeben, daß der Empfang zu eurer Hochzeit hier ein ganz besonderer Spaß war. Etwas ganz anderes als die Feier in Plattsburg! Erinnerst du dich an den fetten Heiratsvermittler?»

«Natürlich! Er tat schrecklich wichtig, dabei hatte er doch gar nichts getan. Nun, dein Vater wollte eine große Feier im herkömmlichen Stil, und da gehörte er eben dazu.»

«Eben. Vater brauchte schließlich einen Ausgleich dafür, daß ich ihn damals wegen Richard so enttäuscht hatte.»

«Weißt du, Em, das war ganz merkwürdig . . .»

Ihre Gedanken schweiften erneut ab. Als sie und Tommy die winzigen Weinschalen mit beiden Händen gehoben hatten, war ihr das ganz natürlich vorgekommen, als habe sie die Zeremonie nicht erst einmal, einige Monate zuvor, bei Meiling Sung und Tschiang Kai-schek gesehen. Sie fühlte sich geborgen, es kam ihr vor, als habe sie seit langem auf diesen Moment gewartet. Nachdem sie allen Anwesenden und dann einander zugetrunken hatten, hatten sie die Schalen getauscht und einer aus der des anderen getrunken, um auf diese Weise ihren Bund zu besiegeln.

Donald Howe hatte die Nachricht von der bereits geschlossenen Ehe mit unbewegtem Gesicht zur Kenntnis genommen, dann aber sogar im Ballsaal des Hotels *Astor House* einen Empfang für zweitausend Personen gegeben – und das keineswegs nur, um zu zeigen, daß er es sich leisten konnte. Er hatte eine einzige Bedingung daran geknüpft, daß er den Brautleuten seinen Segen gab: Er wollte diesen Segen so öffentlich wie nur möglich erteilen. Dem konfuzianisch erzogenen Tommy bedeutete der Segen seines Vaters sehr viel – und darüber hinaus würde er dem frischgebackenen Arzt und seiner Frau ein behagliches, ja luxuriöses Leben gestatten, das sie sich sonst auf viele Jahre hinaus nicht hätten leisten können. Und so gab es Ankündigungen aller Art, Berichte in der Presse und auch große Anzeigen in den Zeitungen sowie eine lange Reihe von Abendgesellschaften, deren abschließender Höhepunkt der große Empfang im *Astor House* war. Niemand konnte behaupten, im Hause Howe herrsche Zwietracht, weil einer der Söhne eine Ausländerin zur Frau genommen hatte.

«Man könnte fast denken», sagte Emily nachdenklich, «es sei ihm gerade recht gewesen, daß Tommy keine Chinesin geheiratet hat. Nun mußte er erst recht öffentlich zeigen, daß die Familie geeint war, allein schon wegen der Demütigung, die er erlitten hatte, als ich mich damals weigerte, Li Nien-lao zu heiraten. Außerdem weißt du ja, daß *ich* 1928 noch unverheiratet war und nichts darauf hinwies, daß meine Eltern so ohne weiteres einen Mann für mich finden würden – wenn überhaupt.»

Emily hatte sich sehr bemüht, ihre frühere Aufsässigkeit wiedergutzumachen. Sie war sogar ins Haus der Eltern zurückgekehrt und hatte die Dachwohnung an der Kiukiang Road Tommy und Julia überlassen. Doch sie schrieb nach wie vor und ging weiterhin ihrer Arbeit in der Frauenbank nach.

Julia allerdings hatte sie geraten, keinesfalls ins Haus der Schwiegereltern zu ziehen, «nicht mal dann, wenn euch Vater in der Halle der Harmonie einen Flügel so groß wie ein Bahnhof anbietet». Emily konnte eine Weile damit leben, daß sich ihre Eltern in alles mögliche einmischten, doch eine Schwiegertochter – noch dazu eine ausländische – wäre dem Druck kaum gewachsen, den sie ganz selbstverständlich ausübten.

Auch Emily selbst hatte nicht die Absicht, für immer bei ihren Eltern wohnen zu bleiben. Zwar liebte sie sie und wollte ihnen gern zu Gefallen sein, aber lange bei ihnen zu leben würde über ihre Kraft gehen. Auch das bestärkte sie in dem Entschluß zu heiraten, sobald der Ehevermittler einen angemessenen Gatten für sie gefunden hatte.

Diese Überlegungen teilte sie eines Abends auch Tommy und Julia mit, nachdem sie in deren Wohnung miteinander gegessen hatten. Julia verschlug es die Sprache: War das die Vorkämpferin für die Rechte der Frau? Auch Tommy fand zuerst keine Worte und warnte dann die Schwester: «Du stürzt dich ins Unglück, wenn du ihnen gestattest, eine Ehe für dich zu arrangieren. Weiß Gott, wen sie anschleppen. Du *bist*, nach allem was geschehen ist, zweite Wahl, und deshalb werden sie wohl nur jemanden finden, der reich, alt – und abstoßend ist!»

Gleichmütig erwiderte Emily: «Ich weiß es zu schätzen, daß du dir um mich Sorgen machst. Aber je früher ich heirate, desto eher bin ich *wirklich* unabhängig. Ich habe keine Kraft mehr, den Eltern Widerstand zu leisten. Die habe ich verbraucht, als ich mich Richards wegen mit ihnen angelegt habe. Und du siehst ja, wohin es mich gebracht hat! Für mich ist eine Rückkehr zu den alten Traditionen genau das Richtige.»

Julia, die selbst erst vor drei Monaten aus Liebe geheiratet hatte, fragte ein bißchen altklug: «Em, Liebste, warum kannst du nicht noch ein wenig warten? Bestimmt kommt eines Tages jemand, der zu dir paßt. Wir wollen, daß du genauso glücklich bist wie wir. Das wirst du aber bestimmt nicht, wenn du jetzt Hals über Kopf –»

«Du verstehst immer noch nicht, Julie», antwortete Emily freundlich, «wie sehr wir Chinesinnen gefangen sind.»

«Schon möglich!» brach es aus Julia heraus, «aber ich verstehe, daß du drauf und dran bist, dich selbst zugrunde zu richten. Du kommst doch mit so vielen jungen Männern zusammen: Diplomaten, Auslandskorrespondenten und so weiter. Da müßte es doch mit dem Teufel zugehen –»

«*Nie* könnte ich einen Ausländer heiraten!» gab Emily zurück. «Das habe ich aus meiner Erfahrung mit Richard gelernt. Aber heiraten muß eine Chinesin nun einmal – und ich wäre auch selbst nicht glücklich, wenn ich es nicht täte. Bleibt mir also eine Wahl?»

«Aber ja. Du kannst ohne weiteres mit deiner Arbeit in der Frauenbank und deinem Schreiben ein erfülltes Leben führen, bis –»

«Bis ich zu alt bin, um Kinder zu bekommen, Julie? Zu alt, um eine gute Mutter zu sein? Ich möchte jetzt Kinder, nicht irgendwann. Das letzte, was ich brauche, ist eine romantische Affäre. Es dürfte am besten sein, ich heirate den Mann, den mir meine Eltern auswählen.»

Nach einer kurzen Pause fuhr sie fort: «Offen gestanden haben sie bereits einen guten Mann gefunden. Er heißt Ouyang Hsiu und ist ein wohlhabender, freundlicher Bankier. Ich achte ihn – und ich weiß, daß ich ihn nie lieben könnte. Also werde ich mein eigenes Leben führen.»

Eine Weile sagte niemand etwas. Dann beglückwünschten Tommy und Julia sie verlegen. Es war Julia klar, daß sich ihre

Schwägerin etwas vormachte. Sie hatte törichterweise beschlossen, den üblichen Unwägbarkeiten des Lebens auszuweichen – und damit verstellte sie sich auch den Weg zu den unerwarteten Freuden des Lebens. Offenkundig unbeeindruckt davon, wie gedämpft Julia und Tommy ihre Neuigkeit aufnahmen, erklärte Emily, sie könne über ihren Verlobten lediglich sagen, daß er ein «Gentleman der alten Schule» sei. Sie gab zu, ihn noch nicht kennengelernt zu haben, rechnete aber damit, ihn vor der Eheschließung wenigstens einmal zu Gesicht zu bekommen.

Sobald Emily sich auf den Heimweg gemacht hatte, rief der für gewöhnlich unerschütterliche Tommy hitzig: «Mehr kann sie uns nicht sagen, weil sie selbst mehr nicht weiß. Aber es ist unmöglich, sie zu hindern. Offenbar will sie unbedingt das Bild der vollkommen einigen Familie Howe wiederherstellen, deren Kinder genau wissen, was sich gehört. Dieses Bild hat sie befleckt, und jetzt will sie sich selbst strafen.»

«Auch wenn sie für den Rest ihres Lebens darunter leiden muß?» fragte Julia gedehnt.

«Die konfuzianische Morallehre kennt nichts Schlimmeres als ein Kind, das seinen Eltern den Gehorsam verweigert», erinnerte Tommy sie. «Der alte Weise vom Aprikosenhügel hat uns Chinesen noch immer fest im Griff, auch wenn wir uns noch so modern und westlich geben. Emmy ist entschlossen, unter allen Umständen ihren Verrat zu sühnen, indem sie aus sich ein lebendes Opfer macht.»

«Wir wollen nicht mehr darüber reden, Tommy. Es bedrückt dich.»

«Gesprochen wie eine gute Ehefrau. Aber nicht, daß ich über Emilys Wahnsinn spreche, bedrückt mich, sondern ihr Wahnsinn selbst.»

Drei Tage später bestellte Donald Howe Tommy und dessen Brüder in die Halle der Harmonie, wo die Männer der Familie mit Emilys künftigem Gatten zu Abend essen sollten. Die Frauen blieben, dem alten Brauch folgend, davon ausgeschlossen. Immerhin durften sich die Brautleute voreinander verneigen und in einem reichverzierten Salon im Abstand von vier

Metern einander gegenübersitzen, bis Eurydice Howe ihre Tochter wieder hinausführte.

Nachdem Tommy in die Kiukiang Road zurückgekehrt war, berichtete er: «Der alte Knabe, den sie da ins Netz gelockt haben, ist eigentlich ein ganz netter Kerl. Er hat sich sogar einverstanden erklärt, daß Emmy über ihr eigenes Geld verfügen und es in der Frauenbank lassen darf. Sie opfert sich, bewahrt sich aber ihre finanzielle Unabhängigkeit – und arbeitet nach wie vor für die Emanzipation der Frau! Wenn das kein Widerspruch ist! Ihr Frauen seid schon eigentümliche Geschöpfe!»

Julia hob die Brauen, sagte aber nichts, und Tommy fuhr fort: «Natürlich ist ihre Mitgift nicht zu verachten. Sie bekommt eine halbe Million, also immerhin so etwa zweihundertfünfzigtausend US-Dollar.»

«Mußte ihr dein Vater denn einen Mann *kaufen*?» fragte Julia ärgerlich. «Dieser Ou-yang Hsiu scheint mir keineswegs besonders nett zu sein, eher ein habgieriges Monster.»

«Julie, sie *ist* zweite Wahl!» wiederholte Tommy. «Schon daß man sie mit einem Ausländer gesehen hat, hat genügt, um ihren Ruf zu zerstören.»

«Diese Eheschließung ist die größte Heuchelei, von der ich je gehört habe . . . Erzähl mir ein bißchen von ihm, Tommy! Wie alt ist er?»

«Seine Familie, es sind Landbesitzer alten Schlages, stammt aus Sutschou. Er ist dreiundfünfzig Jahre alt, wirkt auf mich ziemlich steif und verschlossen, ist aber wohl anständig und freundlich.»

«Also vierundzwanzig Jahre älter als Emmy.»

«Ich finde ja den Altersunterschied auch gewaltig, aber der Tradition nach gilt er als annehmbar, zumal Herr Ou-yang zwölf Jahre jünger ist als sein künftiger Schwiegervater. Übrigens ist er sehr wohlhabend, wenn auch bei weitem nicht so reich wie Vater, und ihm ist sehr an einer Beziehung zum Haus Howe gelegen.»

«Er war doch sicher schon mal verheiratet. Gibt es da keine Kinder?»

«Doch, fünf. Er war zweimal verheiratet. Die erste Frau ist gestorben, und die zweite hat er vor ein paar Jahren zu ihrer Familie zurückgeschickt, warum, weiß ich nicht.»

«Keine Nebenfrau, keine Konkubine?» beharrte Julia. «Für einen altmodischen Chinesen aus gutem Haus gehört das doch dazu.»

«Weißt du, meine Liebe ...» Tommy sah beiseite. «Es hat da tatsächlich ein kleines Mädchen vom Land gegeben. Emily hat gesagt, es mache ihr nichts aus, aber Mutter hat darauf bestanden, daß er sie fortschickt.»

«So viele Opfer, nur um eine Frau zu bekommen, die nicht unberührt ist?» Julias Ton klang spöttisch. «Er muß ja ein wahrer Engel sein!»

«Er hat seine Gründe. Weißt du, er möchte noch Kinder haben.»

«Noch mehr Kinder? Er hat doch schon fünf.»

«Ja, aber die sind traditionell erzogen. Herr Ou-yang Hsiu möchte *moderne* Kinder haben, die in die heutige Zeit passen – und wer könnte ihm die eher schenken als eine moderne, in Amerika ausgebildete Dame?»

42

19. Juni 1932

Eines späten Abends, die Amah Lao Tsi und der neu eingestellte Oberste Hausdiener Lu waren bereits schlafen gegangen, klingelte es an der durch Ketten gesicherten Tür. Tommy öffnete sie einen Spaltbreit und sah einen geisterhaft hageren Mann davor stehen, dessen Gesicht unter einem breitkrempigen Schlapphut verborgen war. Da er Cloisonné- und Lackdöschen zum Kauf anbot, für die Julia eine Schwäche hatte, ließ ihn Tommy eintreten.

Während der Hausierer mit Händen, die nur aus Haut und

Knochen zu bestehen schienen, seine Waren auf dem Boden ausbreitete, sah Julia mit angehaltenem Atem zu, denn eins der Döschen war schöner als das andere.

So gefesselt war sie, daß ihr Adams ungewöhnliches Verhalten gar nicht auffiel. Er, der gewöhnlich jeden Fremden anbellte, hatte den Mann, ohne einen Laut von sich zu geben, eher neugierig als feindselig angesehen und leicht mit dem Schwanz gewedelt. Als könne er seinen Sinnen nicht trauen, war er um ihn herumgestrichen und hatte ihn berochen. Nachdem der Mann Julia eine besonders kostbare Lackdose in die Hand gegeben hatte, kraulte er den Hund unter dem Kinn, was sich dieser, ohne die Zähne zu fletschen oder ihn anzuknurren, gefallen ließ.

«Merkwürdig», sagte Tommy. «Ich habe noch nie erlebt, daß der Hund nach so kurzer Zeit so zutraulich war. Ob er ...» Der Händler nahm den Schlapphut ab – und Tommy erkannte seinen Freund Tschang Kuo-tao. Er war so abgemagert, daß sein Gesicht wie ein Totenschädel wirkte.

«Ni-men bu hsiang-hsin, Tan ... Yu-li ...?» fragte der Besucher, während er nach den Zigaretten auf dem Tischchen griff. «Seht ihr nicht, daß ich es bin, Tom, Julie?»

Julia erholte sich rasch von ihrem Schreck und sagte: «Großer Gott, wir dachten, Sie wären achthundert Kilometer entfernt.»

«Das war ich auch», gab er zur Antwort. «Aber ich mußte Verbindung mit dem Parteisekretariat aufnehmen ... oder besser gesagt mit dem, was davon noch übrig ist.»

«Ich freue mich, dich zu sehen», sagte Tommy. «Wie hast du es geschafft, durch die Linien der Nationalisten zu kommen?»

«Nun, es war kein Spaziergang. Aber so schlimm wie damals, als ich Schanghai verließ, war es auch nicht. Ich bin übrigens nicht nur wegen des Sekretariats hier, sondern habe auch ein Anliegen an euch beide. Deshalb bin ich eigentlich gekommen.»

«Nur zu», sagte Tommy eine Spur zu munter, denn er schämte sich, daß er die Verkleidung des Freundes nicht durchschaut hatte. «Setz dich. Was möchtest du trinken?»

«Ein Bier», gab Tschang Kuo-tao zur Antwort. «Und habt ihr wohl etwas zu essen für mich? Natürlich mußte ich um Restaurants einen großen Bogen machen. Nicht einmal Imbißstände oder Garküchen kamen in Frage, schließlich kennen mich doch sehr viele Arbeiter von meiner Gewerkschaftsarbeit her.»

Während Julia in der Küche verschwand, sagte Tommy: «Natürlich bleibst du bei uns. Es ist viel zu gefährlich für dich, in der Stadt umherzuwandern. Die Polizei und die Agenten der Nationalisten arbeiten Hand in Hand. Ich hab noch nie eine schlimmere Verfolgung der fortschrittlichen Kräfte erlebt.»

«Das habe ich schon gehört», erwiderte Kuo-tao. «Aber ich kann dein Angebot nicht annehmen. Es wäre nicht gut, wenn sich eure Dienstboten Gedanken über den seltsamen Gast machten. Trotzdem vielen Dank. Wenn meine Verkleidung sogar dich täuschen konnte, kann ich damit ja wohl recht zufrieden sein und müßte mich auch weiter durchschlagen können.»

Schon nach wenigen Minuten kam Julia zurück. Sie hatte vorgekochten Reis und fertig zubereitetes Schweinefleisch aus dem Kühlschrank genommen, es rasch aufgewärmt und mit verschiedenen Kleinigkeiten angereichert. Der bei aller Magerkeit breitschultrige Kommunistenführer machte sich über das Essen her, als habe er zwei Tage lang nichts bekommen, was wohl den Tatsachen auch entsprach. Er kam aus dem tiefsten Landesinnern, von Oquwan am nördlichen Ufer des Jangtse, wohin er zu Beginn des Jahres 1931 aufgebrochen war, um dort den Widerstand zu organisieren.

Tom und Julia wußten, daß er seit über einem Jahr zusammen mit Kommissar Tschou En-lai auf der Liste derer, die die Behörden suchten, ganz obenan stand und daß auf beider Ergreifung schwindelerregend hohe Belohnungen ausgesetzt waren. Nachdem Kuo-tao gegessen hatte, berichtete er, wie er in die aufrührerische Provinz gelangt war. Den ausländischen Frachter, auf dem er als Deckspassagier den Jangtse hinaufgefahren war, hatte er in Wuhan verlassen. Dort war es ihm gelungen, an den Wachen, die überall bei den Docks und um die Stadt postiert waren, vorbeizugelangen. Einen Teil seines Wegs war er mit einem klapprigen Überlandbus gefahren und dann noch fast zweihundert Kilometer zu Fuß bis zur kommunistischen Enklave im Norden vorgedrungen. Obwohl Kommissar Tschou En-lai, der die Verbindung zwischen dem schwachen Zentralkomitee der Kommunistischen Partei Chinas und Oyüwan und den übrigen sieben kommunistisch beherrschten Gebieten im Norden aufrechterhielt, den Weg für ihn sorgfältig geplant hatte, bedeuteten für Tschang Kuo-tao Spitzel, Geheimagenten, Patrouillen der Zentralregierung, ja sogar die sonst so trägen und nachlässigen Ortspolizisten eine beständige Gefahr. Sie alle warteten, ebenso wie die korrupten Truppen in den Provinzen, auf eine vierte Kampagne des Generalissimus Tschiang Kai-schek, mit der die Kommunisten endgültig vernichtet werden sollten.

«Es war großes Glück für einen so dicken Fisch wie mich, daß ich durch das Netz schlüpfen konnte», erklärte Tschang Kuo-tao. «Im sowjetischen Bezirk ist alles eine Zeitlang gutgegangen, aber jetzt weiß ich nicht, ob es nicht klüger wäre, wenn wir uns zurückzögen. Die meinem Befehl unterstehende Rote Armee der Vierten Front wird dem Feind zu stark, und deshalb will Tschiang Kai-schek mit seinen deutschen Beratern seinen Angriff auf uns konzentrieren. Nachdem ich mich mit den Genossen hier beraten habe, werde ich meine Entscheidung treffen.»

Julia hatte den Eindruck, daß für Kuo-tao der Rückzug aus der belagerten Enklave bereits beschlossene Sache war. Wollte er den Angriffen der Zentralregierung entgehen, konnte er nur nach Westen ausweichen. Zum einen vermochten die dort nach wie vor herrschenden Bürgerkriegsgeneräle der Roten Armee keinen entscheidenden Widerstand entgegenzusetzen, und zum anderen genügte es, sie ordentlich zu schmieren, damit sie gar nicht erst kämpften. Noch im Sommer 1932 wurden, wie einst in der Blütezeit der Bürgerkriegsgeneräle, zahlreiche Schlachten nicht durch Kugeln entschieden, sondern durch Silberstücke.

Doch hatte sich das Land grundlegend verändert. Mit Unterstützung des politischen Chamäleons Feng Yü-hsiang war es Generalissimus Tschiang Kai-schek vier Jahre zuvor endlich gelungen, Peking, die «nördliche Hauptstadt», einzunehmen. Er hatte sie hoffnungsvoll in Peiping umbenannt, was «Frieden im Norden» hieß. Seine inzwischen von allen ausländischen Mächten anerkannte Zentralregierung der Republik China blieb in Nanking, der «südlichen Hauptstadt». Zum erstenmal in mehr als zwei Jahrzehnten erhob eine einzige Regierung den Anspruch, das gesamte riesige Reich zu beherrschen.

Obwohl der Generalissimus die Kriegsherren unter Kontrolle hatte, vermochte er nicht, sie vernichtend zu schlagen. Auf der anderen Seite dämpfte die ständig von den Japanern ausgehende Bedrohung die Rivalität unter den gegen ihn gerichteten Gruppen – nur die Kommunisten tanzten in dieser Hinsicht aus der Reihe. Im Land herrschte keine richtige Einigkeit und kein richtiger Friede.

Dennoch hatte der Generalissimus für China eine größere Stabilität erreicht, als das Land ein halbes Jahrhundert lang gekannt hatte. Daraus resultierte ein wirtschaftlicher Aufschwung. Trotz der Uneinigkeit in den Reihen der Nationalisten, der Schwäche der Zentralregierung gegenüber den Provinzen, des Mangels an Kapital sowie an qualifizierten und ausgebildeten Arbeitskräften, der Bedrohung einerseits durch die Japaner und andererseits durch die Kommunisten, und nicht zuletzt auch trotz der Weltwirtschaftskrise, wurden zu Beginn der dreißiger Jahre Straßen und Eisenbahnlinien gebaut, Fabriken und Schulen errichtet.

Auch wenn Tommy und Julia mit Emily, einer glühenden Anhängerin der nationalistischen Politik, darin übereinstimmten, daß die Kuomintang sich tatsächlich ernsthaft an die herkulische Aufgabe der Umgestaltung Chinas gemacht hatte, hielten sie den Generalissimus für eine Schlange in Menschengestalt. Keine noch so bedeutende Leistung der Nationalisten konnte sie dazu bringen, die nationalistische Diktatur zu unterstützen.

Beiden war bekannt, daß der Rote Terror der Kommunisten

dem Weißen Terror der Nationalisten in nichts nachstand. Während die Rote Armee Landbesitzer bis zum Hals lebend begrub und sie dann ihrem Schicksal überließ, erschoß die Armee der Nationalisten jeden Bauern, den sie verdächtigte, mit den Kommunisten gemeinsame Sache zu machen. Nach Julias fester Überzeugung war der Rote Terror jedoch Wegbereiter eines neuen China, in dem Gerechtigkeit und Wohlstand herrschen würden; im Weißen Terror hingegen sah sie Gewaltakte, die um ihrer selbst willen begangen wurden. Obwohl Tommy diese Ansicht nicht teilte, stritt er nicht mit ihr, denn letzten Endes fühlten sie sich derselben politischen Linie verpflichtet.

Verpflichtet aber waren sie auch der Freundschaft, deren Band in China besonders stark war. Warum sonst hätten sie sich um Mitternacht in ihrer Wohnung friedlich mit einem Mann unterhalten, dessen Aufenthaltsort Hunderte von Polizeispitzeln, Informanten und Detektiven herauszufinden trachteten? Immerhin waren auf Hinweise, die zur Ergreifung Tschang Kuo-taos führten, fünfzigtausend Dollar Mex ausgesetzt, für einen einfachen Chinesen ein unvorstellbar hoher Betrag.

Und was geschähe mit Tommy und Julia, wenn man den Gesuchten in ihrer Wohnung festnähme? Günstigstenfalls würden sie gesellschaftlich geächtet, vielleicht kämen sie sogar ins Gefängnis, weil sie einen Rebellenführer beherbergt hatten, und im schlimmsten Fall wäre nicht einmal Donald Howes Reichtum imstande, sie vor der Hinrichtung zu bewahren.

Tschang Kuo-tao bat sie um einen Gefallen, den er von der Partei nicht erwarten konnte. Da es um eine persönliche Angelegenheit ging, würden ihm die kaltblütigen Männer des Apparates ein solches Ansinnen als Zeichen der Schwäche auslegen. Zu tun, worum er sie bat, würde mühselig sein, möglicherweise vergeblich und mit Sicherheit gefährlich – aber wie konnten sie ihm den Wunsch abschlagen?

«Es geht um Lien», erklärte er. «Ich wüßte außer euch niemanden, den ich bitten könnte, Ausschau nach meiner Frau zu halten. Ich suche sie schon seit einer ganzen Woche hier in

Schanghai – sie ist wie vom Erdboden verschluckt. Länger aber darf ich mich hier keinesfalls aufhalten. Werdet ihr es versuchen, Tom? Yu-li?»

«Sag mir etwas mehr», bat Tommy, «ich brauche irgendwelche Anhaltspunkte.»

Julia erinnerte sich gut an die stille Frau, die ihrem Mann Kuo-tao und der Sache der Kommunisten gleichermaßen ergeben war. Es hatte mehrere Jahre gedauert, bis Kuo-tao Julia einmal in die winzige Wohnung der Tschangs im Arbeiterbezirk Tschapei nördlich der internationalen Konzession eingeladen hatte. Er stand Ausländerinnen mißtrauisch gegenüber, und daran änderte auch die Tatsache nichts, daß diese die Frau eines guten Freundes war. Aber Lien hatte sich gleich mit Julia angefreundet. Das muntere Gelächter der beiden hatte die politischen Diskussionen aufgelockert, die gewöhnlich andauerten, bis der Morgen über dem Huangpu heraufdämmerte.

«Eigentlich habe ich nur herausgefunden», sagte Kuo-tao betrübt, «daß man sie nirgends finden kann. Sie hat den Kontakt zum Zentralkomitee verloren, als alle untergetaucht sind, um der Polizei zu entkommen. Ihr wißt ja, daß wir unseren Sohn zu meinen Geschwistern aufs Land geschickt hatten; er ist also in Sicherheit. Aber Lien wollte nicht fort. Sie hat sich schon immer für Krankenpflege interessiert, und deswegen dachte ich, ihr hättet vielleicht etwas von ihr gehört oder gesehen –»

«Absolut nichts», gab Tommy zur Antwort. «Aber ich halte die Augen offen.»

Trotz dieser unverbindlichen Worte hatte er ein festes Versprechen gegeben. Kuo-tao, der das verstand, nickte dankend und sagte: «Der Himmel allein weiß, wohin ich jetzt gehe. Aber der Apparat müßte es euch sagen können – auf etwa achthundert Kilometer genau.»

43

20. September 1932

Gewissenhaft sah Julia in ihrem Tagebuch nach, obwohl sie des Datums beinahe ebenso gewiß war wie ihres eigenen Hochzeitstages. Am 20. September lag Emilys aufsehenerregende Hochzeit auf den Tag genau vier Jahre zurück.

Als Julia den Hörer abnahm, um im Blumengeschäft anzurufen, mußte sie unwillkürlich an einen Vorfall der jüngeren Vergangenheit denken. Es nützte nichts, daß sie sich darauf konzentrierte, vier Dutzend Prachtlilien zu bestellen, die Emily an ihren Brautstrauß erinnern sollten – ihr Zorn legte sich nicht.

Es war gerade eine Woche her, daß der Apparat ihnen seinen willkürlichen Befehl erteilt hatte – etwa zwei Monate nach Kuo-taos unerwartetem Auftauchen in der Verkleidung eines umherziehenden Trödelhändlers.

Mit äußerster Vorsicht hatten sie, nachdem er wieder im Landesinnern verschwunden war, nach seiner Frau Lien gesucht und zahlreiche Spuren verfolgt. Diese Vorsicht war unerläßlich, denn es hätte nichts genützt, Lien zu finden und dabei zugleich die Aufmerksamkeit der nationalistischen Geheimpolizei auf sie zu lenken. Außerdem durften sie ihre eigene Tarnung unter keinen Umständen damit gefährden, daß sie zu erkennen gaben, wieviel ihnen am Schicksal einer stadtbekannten Kommunistin gelegen war. Tommy, der ein sehr feines Gespür für politische Entwicklungen hatte, vermutete überdies, daß tunlichst nicht einmal das Zentralkomitee der Kommunistischen Partei Chinas in Schanghai etwas von der Suche nach Tschang Kuo-taos Frau erfahren sollte. Es schien ihm denkbar, daß Kuo-tao gegenwärtig mit deren führenden Männern nicht auf bestem Fuße stand.

Das Ergebnis ihrer Bemühungen war niederschmetternd. Sie hatten nichts in Erfahrung gebracht, wohl aber trotz aller

Zurückhaltung und Umsicht, mit der sie vorgingen, am Vormittag des 12. September Aufsehen mit ihrer Suche erregt. Ein junger Straßenverkäufer hatte Tommy eine chinesische Zeitung aufgenötigt. Als Tommy ihm automatisch einige Kupfermünzen gab, fiel ihm die Ähnlichkeit des Jungen mit dem Kleinen Pao auf, der jetzt über zwanzig Jahre alt sein mußte – falls er überlebt hatte.

So viele Verschwundene, so viele Opfer der Revolution, schoß es Tommy durch den Kopf. Auf der zweiten Seite des Blattes, oberhalb einiger Anzeigen von Pflanzenheilern und Akupunkteuren, fand er dann die Botschaft der Partei. In Ideogrammen der Blumenschrift, die nur hochgebildete Chinesen zu lesen vermochten, hieß es dort: *Stellen Sie sofort die Suche nach der Frau ein.*

Tommy tobte innerlich. Er kehrte in seine Wohnung zurück, um Julia von der Anweisung des Apparats zu berichten. Zwar war sie darüber ebenso empört wie er, doch wies sie ihn darauf hin, daß sie offenen Ungehorsam nicht riskieren durften. Für eine Weile mußten sie wohl oder übel aufhören, nach Lien Ausschau zu halten.

Nachdem Julia die Lilien bestellt hatte, legte sie nachdenklich den Hörer auf. Ihre Gedanken wanderten zur Hochzeit ihrer Freundin zurück.

Emily Howe war eine moderne Frau, eine aktive Feministin, und überdies in der Bewegung der Nationalisten engagiert. Der sanfte und freundliche Mann, den sie heiratete, war ein lebendes Fossil und ihre Hochzeitsfeier ein archaisches pompöses Theater.

Als Zugeständnis an die Neuzeit wurde der üppige Brautschatz auf mit scharlach- und goldfarbenen Bändern geschmückten Lastwagen durch die Stadt gefahren, statt, wie üblich, auf von Kulis gezogenen Lastkarren, und Emily selbst saß nicht in einer verhängten scharlachroten Brautsänfte, sondern hinter vorgezogenen Vorhängen im smaragdgrünen Rolls-Royce ihres Vaters. Schon drei Wochen vorher war die Halle der Harmonie mit einer unvorstellbaren Fülle von Möbeln, Kleidungsstücken und Wertgegenständen vollgestopft gewesen. Dabei handelte es sich teils um Emilys Aussteuer, teils um die Massen von Hochzeitsgeschenken. Kaum vermochte der kreisrunde Ballsaal mit der Glaskuppel die Ballen von Seide und die ledernen Truhen voller Gewänder und Tischwäsche zu fassen. All das wurde ausgestellt, damit es nicht nur die zahlreichen Angehörigen, Freunde und Bekannten besichtigen konnten, sondern auch die Presse, die in allen Einzelheiten darüber berichtete. Besonders hervorgehoben wurde, daß die Braut mehr als vier Millionen Dollar Mex bekomme – eine geradezu unglaublich hohe Mitgift.

Zehn Lastwagen waren nötig, um Aussteuer und Geschenke zu dem altmodischen Haus in Jessfield Park zu bringen, das der Bräutigam mit seinen unverheirateten Kindern bewohnte. Zwar war es ein durchaus ansehnlicher Herrensitz, aber bei weitem kein Palast wie Emilys Elternhaus.

Voller Erwartung hatten sich die Gäste am Tag der Hochzeit dort eingefunden. Musikkapellen spielten auf, große bunte Lampions schmückten die Veranden, scharlachrote Fahnen bedeckten die Wände des dreistöckigen Haupthauses, und meterlange Knallfrosch-Schnüre hingen von den Dachtraufen.

Es hatte geheißen, die Braut werde um halb drei eintreffen, und so kamen die ersten Gäste, denen die alten Bräuche vertraut waren, um drei. Auch Tommy und Julia zeigten, daß sie in diesem Fall den alten Sitten huldigten, indem sie sich erst um kurz vor halb vier einstellten. Da Mei-ling Sung bei ihrer Hochzeit drei Stunden nach der angegebenen Zeit gekommen war, sagte Tommy zwar voraus, Emily werde sie bestimmt um eine halbe Stunde überbieten, warf aber dennoch ab vier Uhr nervöse Blicke auf seine Uhr. Um fünf Minuten vor halb fünf, als die Septemberhitze allmählich nachzulassen begann, trat endlich der Bräutigam auf, um seine Gäste zu begrüßen. Er war von seinem silbrigen Haar bis zu den Tuchschuhen ganz in Grau. Während er sich mit Tommy unterhielt, vermied er es, Julia anzusehen. Obwohl diese Ausländerin bald seine Schwägerin sein würde, war es ihm unangenehm, mit ihr zu sprechen. In jammervollem Ton klagte er: «Ich habe schon dreimal nach der Braut schicken lassen und sie mehrfach aufgefordert, endlich zu kommen. Aber sie denkt einfach nicht daran!»

Nachdem sich Ou-yang Hsiu mit ausgesucht höflichen Formeln von ihnen verabschiedet hatte, um weiteren Gästen sein Leid zu klagen, rief Tommy mit einem erneuten Blick auf die Uhr aus: «Zwanzig vor fünf! Vielleicht hat sie es sich in letzter Minute anders überlegt. In dem Fall . . .» Doch dann unterbrach er sich, pfiff leise durch die Zähne und fuhr fort: «Ich hätte das nie für möglich gehalten. Ganz wie in alten Zeiten! Julie, meine Liebste, jetzt wirst du miterleben, wie der Bräutigam seine Braut ihrer eifersüchtigen Familie entreißt!»

Tatsächlich ging Ou-yang Hsiu auf den vor dem Haus stehenden smaragdgrünen Rolls-Royce zu. Vier seiner Freunde stiegen mit ihm ein. Der Fahrer wartete, bis eine zwanzig Mann starke Kapelle auf einem der offenen Lastwagen, die die Mitgift gebracht hatten, untergebracht war. Unter Musikklängen fuhren beide Wagen davon.

Eine dreiviertel Stunde später tauchte der Rolls-Royce erneut vor der Auffahrt auf.

In der traditionellen Rolle der Ehrendame trat Julia vor, um der Braut den Schlag zu öffnen. Emily lächelte kaum merklich und drückte ihren Brautstrauß aus Prachtlilien an sich. Ihr Gesicht war weiß gepudert, und ihre Lippen glänzten kirschrot hinter dem langen Schleier.

In dem Augenblick, da ihr weißer Atlasschuh die Schwelle zum Hof berührte, knatterte es ohrenbetäubend, und Rauch stieg von der ersten Knallfrosch-Schnur auf. Zögernd trat Ou-yang Hsiu einen Schritt vor. Er zuckte zusammen, als die zweite Serie aus fünftausend Feuerwerkskörpern gezündet wurde, nahm sich zusammen und trat erneut vor. Seite an Seite warteten Braut und Bräutigam auf das Ende des freudigen Lärms. Hunde jaulten, kleine Kinder versteckten sich hinter ihren Müttern, während die größeren vor Freude auf und ab hüpften.

Beinahe zehn Minuten dauerte es, bis die Feuerwerksschnüre das Gesamtalter von Braut und Bräutigam verkündet hatten, insgesamt zweiundachtzig Jahre, nicht achtzig, denn Chinesen zählen das Leben eines Menschen nach begonnenen Jahren, nicht nach vollendeten.

Dann traten beide, mit roten Papierfetzen bedeckt, vor und verbeugten sich tief vor den drei Männern am mit Scharlachtüchern verhängten Altar: dem Ehevermittler und den amtlichen Zeugen. Jetzt begann die sich endlos hinziehende Zeremonie, die Julia bereits von ihrer eigenen in China nachgeholten Hochzeit und der Mei-ling Sungs und Tschiang Kaischeks kannte.

Da Ou-yang Hsius Mutter schon seit langem tot war, übernahm Emily mit der Eheschließung sogleich die Schlüsselgewalt über das Haus. Sie war mit ihren siebenundzwanzig Jahren nach herkömmlichem Verständnis für eine Braut bereits ziemlich alt. Chinesinnen heirateten meist mit vierzehn bis siebzehn Jahren, und so wurde ihr die übliche Hatz erlassen, bei der weibliche Verwandte die Braut neckten, plagten und sie schließlich nackt ins rotverhangene Brautbett stießen.

Es fiel auf, daß sich Emily beim Festschmaus neben den Bräutigam setzte, was dessen alte Onkel mit zustimmendem Nicken quittierten. Donald Howes Tochter konnte sich, da sie aus einer immens reichen Familie kam, eine Menge erlauben. Die Ehefrauen und Konkubinen der Männer waren weniger tolerant und flüsterten einander hinter vorgehaltener Hand ihre Mißbilligung zu. Da Emily nun keine Howe mehr war, sondern eine Ou-yang, durfte man erwarten, daß sie sich in Zukunft etwas bescheidener verhalten würde.

Ihren Fehler machte sie in den Augen der alten Frauen aber wenigstens teilweise damit wieder gut, daß sie ihrem Gatten im Abstand von drei Schritten folgte, während dieser von Tisch zu Tisch ging und die achthundert Gäste begrüßte.

Von den vierundsechzig Gängen des Festmahls bekam sie kaum etwas mit, denn nach jedem zweiten Gang zog sie sich in ihre Gemächer zurück, wo ihre Amahs ihr jeweils in ein anderes Kleid halfen.

Kurz nach elf Uhr abends erhoben sich Julia und Tommy erleichtert von der Festtafel und drängten sich durch die

Menge, um sich von Emily zu verabschieden. Hinter ihrer Maske aus weißem Puder wirkte sie völlig leblos. Schließlich lächelte sie mechanisch und verbeugte sich förmlich.

Als Julia mit Tommy auf die Straße trat, sagte sie unvermittelt: «Ein ungeheurer Aufwand, aber es ist alles hohl! Was kann es Emily bedeuten? Was können die beiden nur gemeinsam haben?»

«Weiß ich's?» Tommy ging aufrecht und sah starr geradeaus. «Wohl nicht einmal das Bett, fürchte ich!»

44

20. September 1933

Nach einer Pause von drei Jahren war Emily wieder schwanger. Daher hatte Julia gern die Einladung ihrer Schwägerin angenommen, ihren fünften Hochzeitstag im Hause Ou-yang Hsius mit ihr zu feiern.

«Wir werden ganz unter uns sein», versprach Emily mit gedämpfter Begeisterung. «Nur wir und die Kinder. Bring unbedingt Persephone mit, vielleicht schaut Hsiu kurz herein.»

Er zeigte sich jedoch nicht, und das war Julia im Grunde ebenso recht. Ihr war nicht ganz klar, warum sie die kleine Persephone hatte mitbringen sollen, die erst sechs Wochen alt war. «Reine Sentimentalität», sagte Emily, als sie sie fragte. «Ich möchte die ganze Familie beisammen haben. Außerdem kann die Kleine gar nicht früh genug lernen, daß sie ein Gesellschaftswesen ist.»

Eine wahrhaft chinesische Vorstellung, dachte Julia. Während Persephone in Lao Tsis Armen schlummerte, spielte Althea, die ältere, mit den anderen Kindern unter Aufsicht von Emilys Amahs. Julia hatte oft überlegt, ob sie noch ein drittes Kind haben wollte, und sei es nur, damit Tommy endlich den Sohn bekam, den er sich so sehnlich wünschte. Sie konnte sich nicht recht entscheiden, obwohl es ihr und Tommy trotz der Weltwirtschaftskrise weit besser ging als den meisten. Doch der unerbittliche Druck der Japaner auf das Land zwang Tschiang Kai-schek zu handeln. Schon sehr bald würde er gegen die Japaner kämpfen müssen. Das würde einen entsetzlichen Krieg bedeuten – es sei denn, der Generalissimus zog es vor, die Unabhängigkeit Chinas aufzugeben. In eine solche Welt konnte man keine Kinder setzen.

Julia war zudem fest davon überzeugt, daß die Kommunisten es dem Generalissimus nicht gestatten würden, das Land kampflos zu übergeben. Der beharrliche Patriotismus von Männern wie Tschang Kuo-tao, seinem Rivalen Mao Tse-tung und dem brillanten Kommissar Tschou En-lai band Tommy und sie an die Kommunistische Partei Chinas. Die Kommunisten würden entweder Tschiang Kai-schek zum Kampf zwingen oder den Kampf allein weiterführen. Daher war der Krieg so gut wie unausweichlich. Unter keinen Umständen würden die Japaner ihren ehrgeizigen Plan, China zu erobern, aufgeben, und die Kommunisten würden ihnen nie nachgeben.

Julia diente dem Land, indem sie weiterhin insgeheim für den kommunistischen Apparat arbeitete, ihre Schwägerin aber spielte in der Auseinandersetzung, die immer deutlicher auf eine Entscheidung drängte, eine öffentliche Rolle. Je deutlicher die Bedrohung durch die Japaner wurde, desto enger hatte sich Emily an Mei-ling Tschiang, geborene Sung, angeschlossen, die das Kommando über die schwache Luftwaffe der Chinesen übernommen hatte. Mei-lings Einsatz für die Sache überzeugte Emily davon, daß sich der Generalissimus letztlich zum Kampf entschließen würde. Auch Julia hoffte das. Im Unterschied zu Emily war sie, was den Ausgang eines neuen chinesisch-japanischen Krieges betraf, allerdings nicht besonders optimistisch. Bestenfalls würde sich die Sache endlos in die Länge ziehen. Der japanischen Effektivität und Angriffslust standen Chinas Ausdauer und die ungeheure Weite des Landes gegenüber.

Mit Ausnahme der wenigen von Deutschen ausgebildeten Divisionen der Kuomintang steckten deren Streitkräfte noch in den Kinderschuhen. Mei-ling hatte sich an die Spitze der Luftwaffe gestellt, weil ihr Gatte, der seine Offiziersausbildung vor dem Ersten Weltkrieg durchlaufen hatte, vom Luftkampf nicht mehr verstand als etwa Tschang Kuo-tao und Mao Tse-tung, die auf den Kampf auf dem Erdboden und auf Guerillataktiken spezialisiert waren.

Emilys Einsatz für die Sache der Tschiangs hatte sie nicht daran gehindert, ihre ehelichen Pflichten zu erfüllen, und jetzt stand sie vor einer neuen Entbindung. Als Ehefrau wahrte sie zwar Distanz, doch sie war eine hingebungsvolle Mutter.

Das erste Kind, der Sohn, den sich ihr Mann gewünscht hatte, war mit bemerkenswerter Promptheit zur Welt gekommen, im August 1929, weniger als elf Monate nach der Hochzeit. Er hatte den Namen Yen-hsun bekommen, was soviel wie «wahrer Gehorsam» bedeutete. Seine Mutter aber rief ihn Jason. Der quirlige und stets zu Streichen aufgelegte Vierjährige wurde nicht nur von seinen Eltern, sondern auch von den älteren Halbgeschwistern völlig verwöhnt. Einen ernsthaften Mitbewerber um deren Gunst hatte er nicht, denn Emilys zweites Kind, das Ende 1930 zur Welt kam, war ein Mädchen.

Patricia, jetzt nahezu drei Jahre alt, war fügsam und niedlich, eine richtige kleine chinesische Dame und Ou-yang Hsius Augapfel – doch auf ihren Bruder Yen-hsun war er stolz. Er wollte noch mehr Söhne, die seinen Namen weitertrugen, die die Familie durch ihre Talente bereicherten und ihn, wenn die Zeit erfüllt war, als ihren Vorfahren verehrten. Mädchen hingegen brauchten eine Mitgift, die andere Familien bereicherte.

Auch Thomas' und Julias Kinder konnten nicht mit Jason um die Zuneigung ihres Großvaters Donald Howe wetteifern, denn beide waren Mädchen. Tommy ließ gelegentlich durchblicken, daß auch er gern noch einen Sohn hätte, indem er auf ihre Wohnung wies und erklärte: «Hier ist noch reichlich Platz.»

Sie hatten bald nach Altheas Geburt gemerkt, daß ein Kleinkind neben Unmengen an Gegenständen des täglichen Bedarfs zwei eigene Amahs brauchte, die sich ausschließlich um das Baby kümmerten. Tommy und Julia hatten nach einem Haus im französischen Teil der Stadt Ausschau gehalten, mit einem Garten für Althea und den Mastiff Adam, der das Kind eifersüchtig hütete. Als Tommys Eltern davon erfuhren, hatten sie ihr Angebot wiederholt, die jungen Leute könnten einen Flügel der Halle der Harmonie beziehen. Da aber Julia strikt dagegen war, hatte Tommy seinen Vater gebeten, die Bürgschaft für eine Hypothek zu übernehmen, damit sie sich ein eigenes Haus kaufen konnten. Noch war er nicht der gesuchte Spezialist, der er eines Tages zu sein hoffte, noch war er auf das Geld seines Vaters angewiesen. Donald Howe aber weigerte sich; er vertrat die Ansicht, ein Sohn gehöre ins Haus seiner Eltern, ganz gleich, wie alt er war.

Schließlich hatte Joshua Haleevie, der das Haus in der Kiukiang Road 1929 unmittelbar nach dem Börsenkrach in der Wall Street von Donald Howe erworben hatte und somit jetzt ihr Vermieter war, ihre Schwierigkeit gelöst, indem er ihnen das Erdgeschoß und die übrigen drei Stockwerke des Gebäudes zu einem eher symbolischen Mietpreis anbot. Die Bedingungen, die er daran knüpfte, waren von nahezu peinlicher Großzügigkeit: erstens sollte ihm Tommy als persönlicher Arzt zur Verfügung stehen, und zweitens hatten sie die Möglichkeit, das gesamte Anwesen nach Ablauf von fünf Jahren käuflich zu erwerben.

Zuerst hatte Julia geglaubt, Joshua sonne sich in der Rolle des Wohltäters und genieße es, solch fürstliche Großzügigkeit an den Tag zu legen, doch Tommy witterte etwas anderes hinter dieser übertrieben selbstlosen Handlungsweise. Er sprach mit Julia über seinen Verdacht, und inzwischen fragte auch sie sich, ob nicht Joshua in dem Haus einen Posten für seine Nebentätigkeit sah, die Gegenspionage.

Doch ob sie nun auf sein Angebot eingingen oder nicht, sie konnten nur wenig tun, um seinen Verdacht von sich zu lenken – falls er ihnen tatsächlich mißtraute. So waren sie nur allzugern geblieben, wo sie waren, und hatten die Wohnung auch noch um einen Dachgarten für Althea und Adam erweitert.

Julias Gedanken wurden durch Emilys fragenden Blick unterbrochen. Sie antwortete auf die unausgesprochene Frage ihrer Schwägerin: «Ich überlegte gerade, wie gut ich es habe und wie glücklich ich bin. Wäre ich in Plattsburg geblieben, wäre Tommy damals nicht gekommen, sähe mein Leben jetzt völlig anders aus. Manchmal überläuft es mich kalt, wenn ich denke, wie knapp ich daran vorbeigekommen bin.»

«Schön, daß du gerade in so guter Stimmung bist», sagte Emily. «Ich hatte nämlich einen Hintergedanken, als ich dich bat, heute herzukommen», gestand sie.

«Dachte ich es mir doch, daß es dir nicht nur darum ging, Persephone die Grundbegriffe des Lebens in der Gesellschaft beizubringen.»

«Ich möchte dich ein bißchen über Tommy ausfragen. Meiling hat mich darum gebeten.»

«Was hat Tommy mit Mei-ling zu tun?» fuhr Julia auf. «Sie soll uns zufrieden lassen!»

«Du überraschst mich, Julie. Ich dachte, du hättest eine Schwäche für sie. Immerhin hat sie Tommy aus dem Gefängnis befreit, nicht wahr?»

Julia gab keine Antwort. Sie wollte Emily nicht offen sagen, was sie Mei-ling gegenüber empfand, und konnte ihr auch nicht anvertrauen, wie diese sie nach Tommys Freilassung damals belogen hatte – in beiden Fällen hätte sie womöglich umständliche Erklärungen abgeben müssen, die ihre und Tommys wahre politische Haltung zutage gefördert hätten.

«Es geht ohnehin nicht um etwas Persönliches», fuhr Emily fort, «sondern im wesentlichen darum, daß Tommy etwas Bedeutendes für China tun und dabei zugleich beruflich vorankommen kann. Mei möchte, daß er die medizinische Betreuung der Luftwaffe übernimmt. Dazu müßte er sich ein Jahr lang in Amerika ausbilden lassen, und das wäre dir doch sicher sehr recht.»

«Klingt aufregend, Em», sagte Julia betont warm. «Luftfahrtmedizin ist ein interessantes neues Gebiet.»

«Was wird Tommy davon halten?»

Julia tat ihre Wärme bereits leid. Kühl antwortete sie: «Ich frage ihn. Aber ich glaube nicht, daß er interessiert ist. Immerhin dauert es nur noch ein paar Monate, bis er fertiger Internist ist.»

«Das würde doch gut passen, Julie. Er könnte das Zusatzstudium in Amerika absolvieren und wäre doppelt spezialisiert. Besser geht es doch gar nicht.»

«Ich frage ihn, Em. Aber ich würde nicht auf seine Zusage bauen.»

«Es geht um China», beharrte Emily. «Tommy ist in erster Linie Patriot und erst in zweiter Linie Arzt. Das war er schon immer.»

«Vielleicht hat er jetzt andere Prioritäten. Ich kann natürlich nicht für ihn sprechen, aber ich bin ziemlich sicher, daß es nichts für ihn ist . . . nichts für uns.»

«Aber fragen wirst du ihn, versprichst du das?»

«Selbstverständlich, Em.»

Die Schwägerinnen umarmten einander zum Abschied und sagten, was sich gehörte. Es klang gezwungen und unaufrichtig.

Wieso, fragte sich Emily, war Julia so sicher, daß Tommy nicht bereit war, das Angebot anzunehmen? Vielleicht hegte er nach wie vor einen Groll gegen Tschiang Kai-schek, weil dieser ihn damals nicht aus dem Gefängnis geholt hatte. Aber die ganze Sache lag immerhin schon sechs Jahre zurück. Und hatte nicht Mei-ling für ihn getan, was sie konnte? Ihr, nicht dem Generalissimus, würde er unmittelbar unterstehen.

Vor allem verstand Emily nicht, wie jemand eine Gelegenheit zurückweisen konnte, China im Kampf gegen die Japaner zu unterstützen – schon gar nicht ihr Bruder, der ein glühender Patriot war. Was mochte Julia dagegen einzuwenden haben, daß Tommy für Mei-ling Tschiang arbeitete?

Allmählich entstand in Emily ein leiser Verdacht. Zum erstenmal vermutete sie, daß ihre ansonsten so offene Schwägerin wichtige Dinge vor ihr verbarg.

45

21. Dezember 1934

Der von Schneeregen verdüsterte Himmel schimmerte bläulichweiß auf, während die Leuchtrakete langsam dem halbgefrorenen Boden entgegensank. Eine Minute später erlosch sie geräuschlos; und die Dunkelheit des späten Nachmittags legte sich wieder über die unfruchtbaren Hochflächen des östlichen Tibet.

Nur einige Wachfeuer trotzten der Schwärze noch, nachdem sich die blasse Sonne hinter die Bergriesen zurückgezogen hatte, doch reichte ihr gelber Schein kaum über die Wachposten auf den von den Soldaten aufgetürmten Schneewällen hinaus. Die sechshundert Männer unter Führung Tschang Kuo-taos, die den Erkundungstrupp der Roten Armee der Vierten Front bildeten, waren abgeschnitten. Um sie herum herrschte am kürzesten Tag des Jahres schon tiefe Nacht.

Das Bild, das die Leuchtrakete gezeigt hatte, verharrte noch einige Sekunden auf Tschang Kuo-taos Netzhaut: Die Hochebene erstreckte sich leer und bedrohlich bis zum Horizont; tintenschwarze Schatten lagen darüber, schneebedeckte Felsen leuchteten weiß. Der Kommandant ließ seinen Feldstecher sinken und lauschte aufmerksam, als habe er im Heulen des Windes Geräusche vernommen, die an jenem Ort nichts zu suchen hatten. Einen Augenblick später gab er mit scharfer Stimme einen Befehl.

Eine zweite Leuchtrakete zischte empor, und während sie an ihrem kleinen Fallschirm herabsank, verbreitete sie vor dem samtschwarzen Himmel erneut grelles Magnesiumlicht.

Tschang Kuo-tao hob sein Glas, richtete es auf die dunklen Gestalten, die aus dem Lichtkreis strebten, und zählte laut: «Fünf . . . zwölf, fünfzehn . . . an die zwei Dutzend, und noch ein Rudel von derselben Größe. Sagen wir vierzig bis fünfzig. Legt mehr Holz auf die Feuer.»

«Die Wölfe mag das Feuer vertreiben», sagte sein Gefährte zögernd, «was aber, wenn die Khampas angreifen?»

«Solange uns Signalraketen bleiben, brauchen wir vor denen keine Angst zu haben», erwiderte Tschang Kuo-tao.

«Und wie lange ist das?» fragte der andere. «Noch ein, zwei Nächte . . . bestenfalls drei? Ich sage es dir noch einmal: Wir müssen zurück.»

«Und ich sage dir noch einmal, Tschu De: Ich denke nicht an Rückkehr. Ich weiß, daß du deinen Posten in der Ersten Armee eigens verlassen hast, um mich dazu zu überreden, aber ich mache nicht mit. Ich gehe nicht in die Falle, die dein Herr und Meister Mao Tse-tung mir gestellt hat.»

Der untersetzte General Tschu De, dessen Name «Rote Tugend» bedeutete, war zwar einen ganzen Kopf kleiner als Tschang Kuo-tao, fürchtete sich aber nicht vor ihm, obwohl er sein Gefangener war.

Er hörte zu, als Tschang Kuo-tao seine Vision von der Zukunft der Kommunistischen Partei Chinas ausmalte, die deutlich von Mao Tse-tungs Linie wie auch von der offiziellen des sich an den Sowjets ausrichtenden Zentralkomitees in Schanghai abwich. Tschu De nickte zwar zustimmend und zeigte sich sogar begeistert von Tschang Kuo-taos Plan, alle Chinesen, ob sie links oder rechts standen, im Widerstand gegen die japanische Bedrohung zu vereinen – doch er war nicht bereit, sich von Mao Tse-tung abzuwenden, dessen Zukunftsvision auf seiner Gewißheit gründete, er selbst werde zuerst die Kommunistische Partei Chinas und später das ganze Land beherrschen.

Das Leben des einst dem Opium und den Konkubinen verfallenen Tschu De hatte beim Aufstand von Nantschang eine entscheidende Wendung genommen. Schon vorher hatte er mit Mao Tse-tung zusammengearbeitet und mit der Roten Armee der Ersten Front die schlagkräftigste Truppe der Kommunisten geschaffen sowie in den Bergen der Provinz Kiangsi das bisher größte Rätegebiet. Nie würde er seinen politischen Mentor Mao Tse-tung verlassen, der Tschang Kuo-taos Rivale war.

Diesem war klar, daß er seinen Gefangenen zwar töten, aber nicht auf seine Seite bringen konnte. Wenn er so skrupellos war, Tschu De aus dem Weg zu schaffen, wäre ihm Mao Tse-tung, der als Kommandant im Feld nicht viel taugte, auf Gedeih und Verderb ausgeliefert. Nicht einmal der agile politische Drahtzieher, Kommissar Tschou En-lai, der sich auf Maos Seite geschlagen hatte, könnte den Verlust von Tschu Des militärischem Genie wettmachen. Ohne Tschu De bekäme Tschang Kuo-tao die Herrschaft über die kommunistische Bewegung und damit die Möglichkeit, China gegen Japan zu einigen.

Also stand der liebenswürdige General zwischen Tschang Kuo-tao und der Errettung Chinas. Als er angekommen war, um die Rote Armee der Vierten Front in Mao Tse-tungs Netze zu locken, hatte ihn Tschang Kuo-tao zwar gefangengenommen, brachte es aber nicht über sich, ihn hinrichten zu lassen. Da Tschu De äußerst beliebt war, hätte Tschang Kuo-tao in einem solchen Fall fürchten müssen, den Haß der ganzen Bewegung auf sich zu ziehen. Seine Macht hätte ihm dann nicht sehr viel genützt. Strategisches Denken war es, versicherte er sich selbst, nicht etwa Gefühlsduselei, was ihm die Hände band.

Die Leuchtrakete erlosch, und die beiden Gegner standen einander im Finstern gegenüber. Im Schutz der Dunkelheit näherten sich die Wölfe laut heulend wieder.

«Du wirst mich nicht überzeugen können, Kuo-tao. Du kannst sagen, was du willst – ich stehe zu Mao Tse-tung. Ganz gleich, was ihr Intellektuellen denkt, es gibt Dinge, die wichtiger sind als Worte . . . Du könntest mich also ebensogut gehen lassen.»

«Oder dich töten lassen!» drohte Tschang Kuo-tao.

«Oder mich töten lassen!» gab Tschu De ungerührt zurück. «Ich wüßte zwar nicht, warum –»

«‹Beharrliches Linksabweichlertum› dürfte als Grund genügen.»

«Wenn du das wirklich willst, warum bringst du es dann nicht hinter dich? Du hast doch jetzt dein eigenes Zentralkomitee, das dir aus der Hand frißt und jede deiner Entscheidungen billigen würde.»

«Ich will mir deinen Freund Mao, der darauf aus ist, sich zum Diktator aufzuschwingen, nicht unnötig zum Feind machen.»

«Ich glaube keine Sekunde, daß er diese Absicht hat.»

«Treib mich nicht dazu, daß ich dich töten lasse, alter Freund. Es ist sicher besser, einfach zuzuhören als zu sterben.»

«Keine Frage, Kuo-tao», lachte Tschu De. Vor Kälte erschauernd zog Tschang Kuo-tao den schmuddeligen, nach ranziger Butter, Urin und Rauch stinkenden Lammfellmantel fester um sich, den er über seiner gefütterten Jacke und Hose trug. Tschu De hingegen schien der schneidend kalte Wind nichts auszumachen, obwohl er nur eine wattierte Jacke und eine dünne Wollhose anhatte, Beutestücke, die von einem gefangenen nationalistischen Offizier stammten. Er schlurfte ein wenig in seinen gefütterten Filzstiefeln hin und her, während sein Gegenspieler kräftig aufstampfte, um seinen Blutkreislauf wieder in Gang zu bringen.

Der ältere Mann, mußte sich Tschang Kuo-tao eingestehen, war wie eine Gebirgseiche – knorrig, dauerhaft und mit tiefen Wurzeln. Er würde sich nicht vor dem Wind beugen wie das geschmeidige Bambusrohr und sich auch von einem Erdrutsch nicht mitreißen lassen.

Als die ersten Gewehre um sie herum aufbellten, wandte sich Tschu De nicht um. Während das Wolfsgeheul anschwoll und sich dann langsam in der Ferne verlor, steckte er sich eine Zigarette an. Noch immer hörte man einzelne Gewehrschüsse um die Verteidigungswälle. Ein Trompetensignal ertönte, und ein Offizier rief: «Feuer einstellen! Feuer einstellen! Ihr seht doch, daß die Wölfe davongelaufen sind. Geht sparsam mit der Munition um!»

Selbst die üblichen Lagergeräusche verstummten. Stille lag über der Schneewüste. Die Soldaten hatten aufgehört zu lachen und zu fluchen, man hörte kein metallisches Klirren von Waffen mehr, und selbst die Kleinen Roten Teufel, wie man die halbwüchsigen Offiziersburschen, Meldegänger und Signalhornbläser nannte, verhielten sich still, während sie doch sonst unaufhörlich stritten und tobten.

Nach einer halben Minute nahezu unerträglicher Stille ertönten wieder Schüsse um das Lager herum. Schon wollte Tschang Kuo-tao wütend den Befehl wiederholen, daß die Männer Munition sparen sollten, als ihm auffiel, daß die Schüsse erwidert wurden. Es waren unverkennbar die alten Vorderlader der tibetischen Nomaden, und so rief er statt dessen laut: «Die Feuer aus! Die Khampas greifen an!»

Er stieß Tschu De zu Boden, ließ sich neben ihn fallen und sah, wie die Kleinen Roten Teufel, die sich deutlich gegen die Flammen abzeichneten, die Feuer austraten.

Das Feuer, vor dem die Wölfe angstvoll wichen, zog die räuberischen Nomaden der tibetischen Hochebene geradezu magisch an. Mehrfach hatte die Propaganda-Abteilung der Einheit den Khampas ergebnislos die freundschaftlichen Absichten der Roten Armee klarzumachen versucht.

Für sie war ein Chinese wie der andere – und immer ein Feind. Deshalb gaben sie nichts auf die Versprechungen, sie beim Kampf gegen die Unterdrückung durch die Feudalregierung in Lhasa zu unterstützen. Ohnehin schien es ihnen einträglicher, das Lager der Eindringlinge zu plündern, als Handel mit ihnen zu treiben. Chinesische Bauern ließen sich viel leichter von der Notwendigkeit überzeugen, die Kommunisten zu unterstützen, die den Sturz der tyrannischen alten Ordnung anstrebten.

Wieder erhellte eine Leuchtrakete den Himmel, die aber nicht einwandfrei funktionierte und bald erlosch. Die wenigen Sekunden aber genügten zu erkennen, daß Hunderte von Khampas das Lager umzingelten. In ihren dicken Mänteln hockten sie auf plumpen Pferden. Sie wirkten schwerfällig, aber sie ritten geschickt und feuerten dabei mühelos aus dem Sattel. Aufschreie innerhalb des Lagers bestätigten, daß sie auch trafen.

Tschang Kuo-tao, der hinter den Schneewällen Deckung gesucht hatte, sagte etwas zu einem der jungen Hornisten. Ein Signal ertönte, und vier Raketen stiegen gleichzeitig auf, um alle vier Himmelsrichtungen zu erleuchten. Deutlich sah man die Khampas, die im Galopp der schützenden Dunkelheit zustrebten. Einer nach dem anderen stürzte unter den Schüssen der Chinesen aus dem Sattel. Als ihnen fauchende Mörsergranaten folgten, trieben sie ihre Pferde noch mehr an.

Nachdem Tschang Kuo-tao Befehl gegeben hatte, die Leuchtraketen abzufeuern, hatte er kein weiteres Wort mehr gesagt. Seine disziplinierten Soldaten waren allein imstande, die Angreifer zu vertreiben. Immer noch schweigend sah der Kommunistenführer zu, wie die Wölfe zurückkehrten.

Zuerst einzeln, dann zu zweit und zu dritt, trabten sie in das allmählich verlöschende Licht der Raketen und zerrten an den Sterbenden in ihren gelbroten Gewändern. Als die letzte Rakete erlosch, begannen sie wieder zu heulen. Es klang wie ein Requiem für die Nomaden, die von den Männern erschossen worden waren, die behauptet hatten, sie befreien zu wollen.

«Tibet bringt nichts.» Tschang Kuo-tao wandte seine Gedanken wieder der Zukunft zu. «Wir brauchen einen wirklich sicheren Stützpunkt.»

«Außerdem liegt es zu weit vom Schuß. Wir müssen näher an die Zentren der Macht heran», fügte Tschu De hinzu. «Sobald wir unsere Wunden geleckt und unsere Kräfte gesammelt haben, greifen wir wieder an.»

«Selbstverständlich!» stimmte Tschang Kuo-tao zu. «Wenn es etwas gibt, was ich in mehr als zwei Jahren gelernt habe –»

«Zwei Jahre? Das hatte ich vergessen. Mao und ich sind erst eins unterwegs.»

«Zwei volle Jahre und zwei Monate, mein Freund. Wir haben im Oktober 1932 auf unserem Weg nach Westen die Bahnlinie Hankao–Peking überquert. Vergiß nicht, daß Tschiang Kai-scheks Vierter Vernichtungsfeldzug in erster Linie uns galt. Ich hatte bereits den Rätebezirk in Sezuan eingerichtet, als ihr gemerkt habt, daß ihr euch nicht gegen den Fünften Vernichtungsfeldzug halten konntet.»

«Die Propagandisten nennen unseren Rückzug den Langen Marsch, Kuo-tao. Sie feiern ihn bereits als großen Sieg.»

«Als Sieg! Wir haben in Ost- und Zentralchina alle Positionen aufgegeben und sind nach wie vor auf der Flucht, ohne festen Stützpunkt!»

«Du mußt dich mit Mao einigen», drängte Tschu De erneut. «Er braucht dich und deine Armee. Warum hätte er mich sonst geschickt?»

«Wenn er und ich wirklich zu einer Einigung kommen könnten . . . Für den Kampf gegen Japan müssen sich alle Chinesen zusammenschließen, sogar die Kommunisten mit den Nationalisten.»

«Das wird sich zeigen, Kuo-tao. Vorrang hat unsere eigene Sicherheit – wir müssen erst einmal *unsere* Kräfte sammeln. Das siehst du doch auch so, nicht wahr?»

«Ich bin da nicht ganz sicher», gab Tschang Kuo-tao zur Antwort. «Mir scheinen die Japaner für das Land und uns Kommunisten eine größere Gefahr zu sein als die Nationalisten. Aber in einem Punkt habe ich Klarheit gewonnen: Ich lasse dich nicht hinrichten, Kamerad.»

«Nun, darüber werde ich mit dir gewiß nicht streiten!»

46

24.–25. Dezember 1934

«Wenn es nicht anders geht, kann man nichts machen», stimmte Julia zu. «Aber bist du sicher, daß es nicht bloß eine Ausrede ist, um nicht zu den Pomeroys gehen zu müssen?»

«Zu denen kommen wir noch immer zeitig genug», gab Tommy zur Antwort und steuerte den Wagen geschickt durch den dichten Verkehr. «Ich habe Mrs. Wang versprochen, bei ihr in der Klinik vorbeizukommen. Ihr bedeutet Weihnachten nichts, und mir, wie du weißt, auch nicht besonders viel. Nur deinetwegen und wegen der Kinder mache ich das mit. Wenn es um Weihnachten geht, bist du ja wirklich schlimmer als die Kleinen.»

«Nun, falls dich das tröstet, Heiligabend ist ja schon zur Hälfte vorbei. Noch ein paar Stunden, und du kannst ihn für ein ganzes Jahr wieder vergessen.»

«Gegen die Mitternachtsmette habe ich nichts, schließlich *soll* es ja ein religiöses Fest sein. Aber der Baum und der ganze andere Klimbim . . . das sind doch nichts als verpflanzte deutsche Bräuche.»

«Den Kindern gefällt es.» Indirekt verteidigte Julia ihre eigene Festfreude. «Ihnen zuliebe . . .»

«. . . machst du, was du selbst am liebsten hast – ein großes gefühlsseliges Tamtam», lachte Tommy. «Aber wie kannst du erwarten, daß Persephone mit ihren sechzehn Monaten die Sache versteht? Und Emilys Jüngste ist kaum älter als ein Jahr . . .»

«Den Kleinen gefällt es am meisten. Und Emilys Jüngste heißt Eunice. Du könntest dir ruhig den Namen deiner eigenen Nichte merken.»

«Emmy ist es diesmal wohl ernst, meinst du nicht auch? Schluß mit Kindern für den alten Ou-yang Hsiu? Schluß mit den Versuchen, noch einen Sohn zu bekommen?»

«Dazu hat Em weder Zeit noch Lust. Sie hat viel zuviel mit ihrer Arbeit für Mei-ling zu tun. Man könnte glauben, die beiden führen den Kampf gegen den Kommunismus ganz allein – von dem bevorstehenden Krieg gegen Japan ganz zu schweigen.»

«Mir ist aufgefallen, daß Emmy beständig zwischen Schanghai und Nanking hin- und herfährt. Vernachlässigt sie damit ihre Kinder nicht?»

«Was soll sie machen? Wenn sie sich beklagt, sagt Mei einfach: ‹Wozu gibt es Amahs? Ich brauche dich dringender als die Kinder. *China* ist auf deine Hilfe angewiesen!›»

«Weißt du, Emmy könnte uns sehr nützlich sein. Wirklich schade, daß sie auf der falschen Seite steht.»

«Sie wird ihre Meinung nie ändern. Im vorigen Jahr dachte ich eine Zeitlang sogar, sie hätte einen Verdacht . . . als du Meilings Angebot ausgeschlagen hast, die medizinische Betreuung der Luftstreitkräfte zu übernehmen. Aber ich bin sicher, daß sie darüber hinweg ist. Sicher glaubt sie, daß wir einfach zu selbstsüchtig und zu sehr auf unser angenehmes Leben bedacht sind, als daß wir für China Opfer bringen wollten.»

«Nun, du kennst sie sicher besser als ich. Vielleicht sollten wir in dem Fall doch ernsthaft überlegen, ob wir nicht einen neuen Wagen kaufen wollen. Etwas, das zu einem fertig ausgebildeten Internisten paßt.»

«Tommy, dieses neue Spielzeug ist kaum älter als ein Jahr.» Während sie das sagte, überlegte sie, wie beneidenswert ein Leben war, in dem ihre größte Sorge darin bestand, ihren Mann vom Kauf ständig neuer Autos abzuhalten. Um die Politik stand es da ganz anders. Die Bedrohung durch Japan war mehr als ernst – und die kommunistischen Armeen waren nach Westen verschwunden.

Von der politischen Lage abgesehen waren Tommy und Julia sehr glücklich. Trotz der Weltwirtschaftskrise lief ihr Leben in geordneten Bahnen. Die Aufträge, die sie für den Apparat erledigten, erstickten jede mögliche Langeweile im Ansatz, und sie genossen das angenehme Leben, das sie auf ausdrücklichen Wunsch des Apparats zur Tarnung führen mußten. Inmitten aller Gefahr und Unsicherheit um sie herum besuchten sie Bälle und Gesellschaften, nahmen an Banketten und Glücksspielen teil.

Julia liebte dieses Leben – und sie liebte ihren Mann. Dennoch sah sie ihn und sich selbst realistischer als zuvor. Er war äußerst klug, doch kein Intellektueller. Er pflegte scherzend zu sagen, daß er den größten Teil seines geistigen Kapitals mit seiner Ausbildung zum Arzt verbraucht habe. Theoretische Diskussionen machten ihm keinen Spaß.

Den größten Teil seiner Freizeit verbrachte er mit den geistlosen Vergnügungen der Oberschicht in der Stadt. Er spielte Tennis und ritt, ging gern zu Pferderennen und Rugbyspielen und vergnügte sich mit Bridge und Backgammon. Oft begleitete ihn Joshua Haleevie dabei. Wenn in Schanghai eine neue Operette von Gilbert und Sullivan aufgeführt wurde oder eine amerikanische Jazzcombo auf dem Weg nach Australien in der Stadt gastierte, wußte er zuerst davon.

Manchmal reagierte er so schnell, daß es Julia fast ängstigte, doch ein Denker war er nicht. Seine Fensterglasbrille und seine Meerschaumpfeife vermittelten einen Eindruck von ihm, der nicht stimmte. Er war sprunghaft wie ein Kind, fand sie – vor allem, was Autos betraf.

«Auch mit einem neuen Wagen kämen wir bei diesem gräßlichen Wetter nicht schneller voran», sagte Julia. «Wo liegt eigentlich die Klinik von dieser Mrs. Wang? Und was ist daran so wichtig, daß es nicht bis nach Weihnachten warten kann?»

«Die Klinik liegt am Rand von Tschapei», gab Tommy zurück. «Mrs. Wang hat nicht genau gesagt, was sie wollte. Ich habe ihr vor einiger Zeit versprochen, ihren Hebammen einmal einen kleinen Vortrag zu halten, damit sie ihr Wissen ein bißchen aufpolieren und aus neueren Erkenntnissen lernen können. Heute morgen hat sie angerufen und gefragt, ob das heute abend möglich wäre.»

«Am Heiligabend, Tommy? Ist das nicht ein bißchen viel verlangt?»

«Ich habe ihr gesagt, daß heute ein hoher ausländischer Feiertag ist. Das wußte sie aber und meinte, die Angelegenheit dulde keinen Aufschub.»

«Nun, wenn es sich nicht ändern läßt . . .»

Vor einigen Minuten hatten sie die künstliche Festfreude der Hauptgeschäftsstraßen hinter sich gelassen, in deren Schaufenstern sich importiertes Spielzeug, Berge von tropischen Früchten und Kisten voll Wein und Cognac türmten. Die rot-grünen Girlanden, die sich um die Laternenpfähle wanden, lagen jetzt ebenso hinter ihnen wie der Geruch von gerösteten Maronen.

Nachdem Tommy in den engen dunklen Gassen des Industrievororts Tschapei zweimal nach dem Weg gefragt hatte, blieb er zweifelnd vor einem kleinen Metallwarenladen stehen. Das rote Sonnenkreuz der Barmherzigkeit war auf den breiten hölzernen Pfeil gemalt, der zu MADAME WANGS ENTBINDUNGSKLINIK wies.

«Wartest du im Wagen?» fragte Tommy.

«Ach, ich komme lieber mit. Vielleicht geht es dann schneller.»

Er führte Julia am Arm durch das Gäßchen, das voller

Pfützen war. Sie würde ihre Schuhe ruinieren, dachte Julia flüchtig, doch etwas anderes stand im Vordergrund ihrer Überlegungen.

Wann immer sie mit dem Leben der Armen von Schanghai in Berührung kam, war sie aufs neue entsetzt und erschreckt. Sie fühlte echte Freude bei dem Gedanken, daß sie für diese unterdrückten Massen kämpfte. Wenn in China erst die Kommunisten herrschten, würden sie diesen mittelalterlichen Schmutz mit seinem Elend beiseite fegen – zusammen mit der überholten Ausländerherrschaft in der internationalen Konzession und im französischen Viertel Schanghais.

Am Ende des Gäßchens sah man einen Lichtschein aus einem kleinen vergitterten Fenster schimmern. Als Frau Wang auf Tommys Klopfen die zweifach verschlossene Tür öffnete, war Julia überrascht. Sie hatte eine schmale Frau mit niedergeschlagenen Augen erwartet, einer Art weltliche Barmherzige Schwester. Statt dessen stand vor ihr eine üppige Frau in einem roten Samtkaftan und mit einer dicken Bernsteinkette um den Hals. Zwei nackte Glühlampen hingen von der Decke und erhellten den kleinen Raum, den graue Baumwolltücher an Drähten in drei Abteile trennten.

«*Dai-fu . . .*» Mrs Wang ergriff Tommy bei den Händen, nachdem sie drei schwere Riegel vorgeschoben hatte. «Meister der Heilkunst, ich bin so dankbar, daß Sie gekommen sind. Aber ich muß um Entschuldigung bitten. Heute ist die Klinik geschlossen, und es sind keine Hebammen hier.»

«Und warum haben Sie mich dann hergebeten, Mrs. Wang?» fragte Tommy, der mit Mühe einen Fluch unterdrückte. «Ich habe am Heiligabend anderes zu tun.»

«Es tut mir sehr leid, Meister. Aber die Dame bestand darauf. Sie sagte, es gäbe keinen günstigeren Zeitpunkt als den Heiligen Abend. Die Polizei sei nicht auf den Straßen, und sogar die nationalistischen Agenten und der –»

«Die Dame? Was für eine Dame? Ich hoffe, sie hat einen triftigen Grund –»

«Das denke ich schon. Aber sie wird Ihnen alles selbst sagen. Sie ist eine alte Bekannte.»

Nach einem mißtrauischen Blick auf die verriegelte Tür zog Mrs. Wang den Vorhang vor dem mittleren Abteil beiseite. Eine schmale Frau saß mit gefalteten Händen auf dem Stuhl neben dem Untersuchungstisch, ihr Gesicht lag im Schatten.

Als sie aufsah, wußte Tommy sofort, daß er sie noch nie gesehen hatte. Sie wirkte elegant mit ihrem grünseidenen Kleid, dem Mantel mit Pelzkragen und der Dauerwelle. Ihr leuchtendroter Lippenstift paßte genau zur Farbe ihrer polierten Fingernägel, die sie allerdings kurz geschnitten trug.

«Ich bedaure, meine Dame, aber –» begann Tommy, da die Frau schwieg.

«Tommy!» unterbrach ihn Julia, «es ist Lien! Kuo-taos Frau. Sieh doch nur genau hin!»

Erneut musterte Tommy die Frau vor ihm. Die Lien, an die er sich erinnerte, hatte das Haar kurz getragen, nichts von Make-up wissen wollen und sich einfach gekleidet: Sie war geradezu das Muster einer nüchternen und strengen Genossin. Ihre Verkleidung war einfach glänzend. Wenn sogar er darauf hereingefallen war, würde sie auch die Spitzel und Geheimagenten täuschen können, die sich die schon vor Jahren von den Nationalisten auf ihren Kopf ausgesetzte Belohnung verdienen wollten.

«Yu-li . . . Tom.» Sie lächelte. «Ich bin so dankbar, daß Sie gekommen sind. Ich wollte Sie eigentlich nicht belästigen, aber als sich auch noch der Apparat an der Jagd auf mich beteiligte . . .»

«Ich habe Sie gesucht», sagte Tommy beinahe vorwurfsvoll. «Immer wenn ich dachte, ich hätte Sie aufgespürt, waren Sie wieder verschwunden.»

«Ich weiß», gab sie besänftigend zurück. «Sie sollten mich nicht finden. Mir ging es gut, und ich wollte Ihnen keine Schwierigkeiten bereiten. Jetzt aber bleibt mir keine Wahl. Sie sind meine letzte Hoffnung. Ich habe gemerkt, daß nicht nur die Nationalisten und die Ausländerpolizei hinter mir her sind, sondern daß auch der Apparat mich sucht – und das bedeutet nichts Gutes. Wahrscheinlich hat es etwas mit Kuo-taos politischen Manövern zu tun. Dabei weiß ich nicht einmal, wo er sich aufhält. Sie beide sind die einzigen, an die ich mich jetzt wenden kann. Allen anderen Bekannten aus der Bewegung darf ich nicht mehr trauen.»

Julia wollte fragen, was Lien zu der Annahme veranlaßte, sie würden sich gegen den Apparat stellen, doch Tommy sagte: «Wir werden sehen, was wir tun können. Was haben Sie denn in all der Zeit gemacht?»

«Nicht viel. Als Kuo-tao verschwand, war das Parteihauptquartier hier schon gefährdet, und jetzt sind davon, wie Sie wissen, ohnehin nur noch Reste vorhanden. Um mich zu retten, habe ich meinen Namen geändert und mich zur Hebamme ausbilden lassen. Auf diese Weise habe ich Mrs. Wang kennengelernt . . . Aber es hat alles nichts genützt. Ich bin mit meiner Weisheit am Ende.»

«Als erstes müssen wir Sie hier herausholen, dann sehen wir weiter», sagte Tommy, ohne eine Sekunde zu zögern. «Haben Sie eine Schwesterntracht? Und wischen Sie die Schmiere aus dem Gesicht.»

Frau Wang, die ungeniert zugehört hatte, holte einen weißen Kittel aus einem Schrank und zog den Vorhang vor.

Julia wollte dringend mit Tommy sprechen, aber vor den Zuhörerinnen war das unmöglich. Tommys spontane Großzügigkeit konnte nicht nur ihre Tarnung gefährden, sondern auch den Apparat gegen sie beide aufbringen. Nicht einmal die Errettung Liens, der Frau ihres ältesten Freundes in der Bewegung, war es wert, alles aufs Spiel zu setzen.

Wenn bekannt wurde, daß sie Lien bei ihrer Flucht behilflich gewesen waren, würde das den Verlust all dessen bedeuten, für das sie gearbeitet hatten. Die Ausländerpolizei würde sie beide verhaften, oder die Nationalisten würden sie verschwinden lassen. Es war sogar möglich, daß der Apparat selbst sie zur Vergeltung töten ließ. Aber selbst wenn er sie nur ausschloß, wäre der Hauptzweck ihres Lebens zerstört.

Sie gingen nicht zur Heiligabendfeier der Pomeroys. Tommy hatte genau nachgedacht, und er handelte rasch. Lien verbrachte die Nacht im Ankleidezimmer neben dem Schlafzimmer der Howes im fünften Stock, hatte aber das Haus an der Kiukiang Road schon um drei Uhr morgens wieder verlassen. Selbst schwer arbeitende Dienstboten in Schanghai standen nicht vor vier Uhr auf, nicht einmal am Weihnachtstag.

Lien hatte einen kleinen Strohkoffer mit einer zweiten Schwesterntracht, Unterwäsche, einem Pullover und einigen Toilettenartikeln. Tommy hatte sie die Adresse einer Klinik, die sich um arme Fischerfamilien in Wusung am Jangtse kümmerte, und eine Botschaft an seine Tante Wi auswendig lernen lassen, von deren Zuwendungen die Klinik lebte. Auf einem Briefbogen des Allgemeinen Krankenhauses von Schanghai hatte er eine Empfehlung an die Oberschwester der Klinik geschrieben und die Unterschrift seines Oberarztes gefälscht, der Artikel für die nationalistische Presse schrieb und daher über jeden Verdacht erhaben war, einer Kommunistin bei der Flucht behilflich zu sein.

In einem Stoffgürtel unter ihrem Kleid trug Lien zweitausend Dollar in Gold und Banknoten bei sich. Tommy hatte ihr das Geld im letzten Augenblick gegeben und seinen Rat wiederholt: «Nehmen Sie den ersten Zug vom Nordbahnhof. Den kontrolliert die Polizei nie, so früh sind die noch nicht da. Und vergessen Sie nicht, Wusung ist nur für eine oder zwei Wochen sicher. Verschwinden Sie ganz aus der Umgebung von Schanghai, tauchen Sie im Landesinnern unter.»

Julia sagte nichts gegen die törichte Großzügigkeit ihres Mannes, ja sie steigerte, beinahe gegen ihren Willen, noch ihre Zuneigung für ihn. Aber sie war sehr nervös, als sie am Morgen den Messinggong schlug, um die Kinder zur Bescherung unter den Weihnachtsbaum zu rufen, der beinahe bis zur Decke des riesigen Wohnzimmers reichte. Auch wenn es ganz den Anschein hatte, als seien sie noch einmal davongekommen, zitterten ihre Hände noch immer, als Althea und Persephone ins Wohnzimmer stürzten.

Wie konnte Tommy sein Verhalten nur rechtfertigen? Er hatte die persönliche Freundschaft über seine Pflicht gegenüber der Partei gestellt, die Lien suchte. War nicht das genau der bürgerliche Individualismus, vor dem gute Kommunisten gewarnt wurden? Doch wenn sie selbst hätte entscheiden müssen, überlegte Julia, hätte sie nicht auch so gehandelt?

Sie grübelte immer wieder darüber nach, während die Mädchen buntes Geschenkpapier auf dem Teppich verstreuten. Adam trug gerade sein Geschenk in der Schnauze, eine riesige Gummimaus, die quietschen konnte, als ein junger Polizeiinspektor das Wohnzimmer betrat. Julia lächelte ihm freundlich zu, denn sie hatte ihn kurz zuvor bei einer Cocktailparty kennengelernt: er hieß MacGillivray und war Schotte. Seine Mission war ihm offensichtlich peinlich, und daher gab er sich schroff und reagierte nicht auf ihren Charme.

Steif sagte er: «Gestern soll eine gewisse Frau Tschang, mit Vornamen Lien, in Ihrem Wagen gesehen worden sein. Eine richterliche Anordnung zur Durchsuchung Ihres Hauses – und öffentliches Aufsehen – läßt sich vermeiden, wenn Sie uns gestatten, daß wir uns bei Ihnen umsehen.»

«Wie lautet denn der Tatvorwurf, Inspektor?» Tommy nahm die Pfeife aus dem Mund. «Wir haben die Frau schon seit Jahren nicht gesehen. Allerdings bin ich früher gelegentlich mit ihrem Mann zusammengetroffen. Was wollen Sie von ihr?»

«Sie ist eine bekannte kommunistische Agitatorin», gab Inspektor MacGillivray zur Antwort. «Darüber hinaus wird sie des Totschlags in Zusammenhang mit einer Entbindung verdächtigt. Ich dürfte es Ihnen eigentlich gar nicht sagen, aber den Vorwurf hat Dr. Yen erhoben, der Leiter des Krankenhauses von Wenhua.»

Tommy beschrieb mit seinem Pfeifenstiel einen undeutlichen Halbkreis und sagte: «Das Haus steht zu Ihrer Verfügung, Inspektor. Die Dienstboten zeigen Ihnen den Weg.»

Julia spürte, daß Tommy ebenso entsetzt war wie sie selbst. Dr. Yen war eine Ausnahme von der Regel, daß die Agenten des Apparats einander nicht namentlich bekannt waren. Er war der heimliche Sprecher der Kommunisten für Gesundheits- und Wohlfahrtsfragen. Stets erhob er öffentlich ernste Anschuldigungen gegen die Nationalisten, obwohl er seine Mitgliedschaft in der Kommunistischen Partei selbstverständlich nie zugab.

Da Dr. Yen den Vorwurf des Totschlags erhoben hatte, lag die Schlußfolgerung auf der Hand: der Apparat bediente sich seines Feindes, der Ausländerpolizei, um seine eigenen Anhänger zu verfolgen. Die Revolution fraß nicht nur ihre Kinder; sie half sogar den Kapitalisten dabei, ihre Kinder umzubringen.

Tommy bot Inspektor MacGillivray zur Feier des Tages etwas zu trinken an. Als dieser ablehnte, sagte er: «Ich nehme an, daß Sie Ihre Arbeit zu Ende bringen wollen. Bitte lassen Sie sich nicht stören. Stammt übrigens die Behauptung, Mrs. Tschang sei in meinem Wagen gesehen worden, auch von Dr. Yen?»

«Keineswegs!» lächelte der Inspektor. «Aber Sie wissen ja, daß wir unsere Informanten nicht preisgeben dürfen.»

Tommy, der ganz sicher war, daß der Apparat die Rolle nicht kannte, die sie bei Liens Flucht gespielt hatten, plauderte mit Julia, während der Inspektor diensteifrig seine Leute durch das Haus führte. Der Oberdiener Lu berichtete später, sie hätten keinen einzigen Schrank, keinen Abstellraum und keine noch so kleine Nische ausgelassen. Tommy lachte zwar, aber ihm schwindelte ebenso wie Julia. Ihr größter Feind war das Mißtrauen. Diese Hausdurchsuchung im Morgengrauen würde zwangsläufig nicht nur den Verdacht der Geheimpolizei der Nationalisten erwecken, sondern auch den der Staatsschutzabteilung bei der Ausländerpolizei. Obwohl man ihnen seit Jahren die Rolle der amüsiersüchtigen Reaktionäre abnahm, die sie spielten, würde man sie in Zukunft beschatten.

Dieses Mißtrauen konnte ihr Leben zugrunde richten. Und das nur, weil Tommy einem alten Freund einen selbstverständlichen Dienst erwiesen hatte. Wenigstens der Apparat schien keinen Verdacht gegen sie zu hegen. Doch warum, überlegte Julia, sah sie ihn dann als ihren Feind an?

IV
Sorgen

1937–1940

47

14. August 1937

Julia hätte Richard Hollings auch ohne die Anweisung des Apparats, allen Auslandskorrespondenten gastfreundlich und hilfsbereit zu begegnen, in aller Freundschaft begrüßt. Zehn Jahre lag es zurück, daß er sich im Unfrieden von Emily getrennt hatte. Inzwischen hatte er ganz Asien bereist und war als Korrespondent des *Boston Globe* längere Zeit in Europa gewesen. Allein schon ihre Neugier hätte sie dazu getrieben, Kontakt mit ihm aufzunehmen, nachdem er nach Schanghai zurückgekehrt war. Er würde hier als leitender Asien-Korrespondent des *Globe* sowie der Rundfunkgesellschaft NBC arbeiten. Julia verabredete sich mit ihm im Studio des Senders XMHA, wo sie an jenem 14. August 1937 das Wunschkonzert ansagte. Kaum hatte sie nach dem Ende der Sendung den Kopfhörer abgelegt, riß er strahlend die Tür zu dem winzigen Raum auf. Ihre Pflicht der kommunistischen Bewegung gegenüber zwang sie, eine Weile mit Richard zu verbringen, auch wenn sie bald spürte, daß ihr selbst an der erneuerten Bekanntschaft wenig lag. Seine Selbstgefälligkeit kam ihr ausgeprägter vor denn je. Er hielt es für selbstverständlich, daß sie von dem Wiedersehen mit ihm entzückt war. Sie konnte in der Tat nicht umhin, sich einzugestehen, daß er noch besser aussah als früher.

Sie selbst hatte zwar nie etwas für ihn empfunden, doch war sie froh, daß sich Emily zur Unterstützung Mei-lings in Nanking aufhielt, die gerade zur Generalsekretärin des Ausschusses für Luftfahrtangelegenheiten ernannt worden war. Damit blieb Julia Zeit, die Freundin zu warnen, so daß diese ihr Herz gegen den tückischen Charme ihres früheren Liebhabers stählen konnte. Richard hatte sich offenbar schon nach ihr erkundigt und gehört, daß sie eine «glückliche und gesegnete» Ehe führe.

Julia behielt ihre Zweifel an Emilys glücklicher Ehe für sich. Obwohl sich ihre Schwägerin kaum für ihren Gatten interessierte und ihn nur noch selten sah, schienen andere Männer sie völlig kalt zu lassen. Ohne sich über ihre häufige Abwesenheit zu beklagen, ermöglichte es ihr Ou-yang Hsiu nicht nur, Würde und Ansehen einer Ehefrau zu genießen, sondern er kam auch für ihre beachtlichen Rechnungen auf, und so konnte sie ihre eigenen Mittel auf die Unterstützung Mei-lings und die Sache Chinas verwenden.

Emilys Herz schien verschlossen. Doch wer schien geeigneter, es wieder zu öffnen als der Mann, der einst die Tür zugeschlagen hatte?

Allerdings war es möglich, daß Richard Hollings das gar nicht wollte. Er hatte sich, wie es die Höflichkeit gebot, nach Tommy und ihren beiden Kindern erkundigt und dann ausschließlich über Politik und Krieg gesprochen. In einem Nebensatz hatte er erwähnt, daß Fiona, die Frau, mit der er seit zwei Jahren verheiratet war, nachkommen werde, sobald er in Schanghai eine passende Wohnung gefunden hatte.

Ansonsten gab er sich betont geschäftsmäßig. «Alle Welt weiß, daß du eine erstklassige Quelle für Informationen, Erkenntnisse und Tratsch bist», sagte er. «Ich wüßte gern, wie du die Lage in Schanghai beurteilst. Als Gegenleistung erzähle ich dir, was für Eindrücke ich im Norden des Landes gewonnen habe.»

Das interessierte Julia, denn die Japaner hatten Nordchina mehr oder weniger in der Hand, so daß das Gebiet vom Rest des Landes abgeschnitten war.

«Ich fürchte, ich habe dort das wahre Gesicht Japans gesehen – und ich bin entsetzt», begann Richard.

Gegen ihren Willen begann Julia, ihn sympathisch zu finden. Hatte er womöglich in den vergangenen zehn Jahren mehr Verständnis für China und die Chinesen entwickelt?

«In Tientsin hat die Polizei zehntausend Dollar Mex Belohnung für denjenigen ausgesetzt, der Angaben über den Tod von hundertundsieben Männern machen kann», sagte er. «Alle waren zwischen zwanzig und vierzig, und einen wie den anderen hat man mausetot aus dem Fluß gefischt. Keine Anzeichen von Verletzungen, keinen Hinweis darauf, daß bei ihrem Tod etwas nicht mit rechten Dingen zugegangen sein könnte – nur die Tatsache, daß es so viele waren, hat Aufsehen erregt und Verdacht geweckt.»

Julia fächelte sich mit einer Plattenhülle Luft zu, denn die kürzlich eingebaute Klimaanlage war gegen die Augusthitze machtlos.

«Schließlich hat die Polizei dann einen Burschen aus dem Fluß geangelt, der noch nicht ganz tot war», fuhr Richard fort. «Er war Wanderarbeiter und hat erzählt, daß man ihn im japanischen Teil der Stadt in einem Klub gelockt hatte, wo er spottbillig Opium und Heroin bekam, so viel er wollte. Er hat ein paar Zigaretten geraucht – und ist im Krankenhaus wieder zu sich gekommen. Mit einer Strychninvergiftung.»

Er steckte sich eine Zigarette an. «Damit dürfte bewiesen sein, daß die Japaner auch einen Drogenkrieg führen. Sie sind entschlossen, China mit allen Mitteln zu erobern, und sie schrecken nicht davor zurück, das Volk zu demoralisieren und zu mißbrauchen!»

Während Julia schweigend nickte, überlegte sie, wie sie am besten formulieren konnte, was sie Richard auf Weisung des Apparats mitteilen sollte. Sie mußte ihn davon überzeugen, daß die Kommunisten zehnmal entschlossener kämpften als die Nationalisten. Vielleicht konnte sie ihm klarmachen, daß sich China nur deshalb endlich gegen die Japaner erhob, weil der Vorsitzende Mao Tse-tung schließlich den Generalissimus Tschiang Kai-schek zum Kampf gezwungen hat?

Niemanden, erklärte Richard Hollings gerade, habe der Zwischenfall täuschen können, den die Japaner am 7. Juli auf der Marco-Polo-Brücke inszeniert hätten. Es war offensichtlich, daß sie nur einen Vorwand suchten, endlich losschlagen zu können.

Warum sonst hätten sie behauptet, daß sich japanische Deserteure in der Garnison jenes unbedeutenden Städtchens verbargen, das oberhalb der mit Löwenköpfen verzierten Marmorbrücke lag, das nach dem großen venezianischen Forschungsreisenden benannt war? Warum sonst hätten sie ein kriegsstarkes Bataillon dorthin in Marsch gesetzt und warum sonst das Feuer eröffnet, obwohl die Leute ihnen dort sagten, sie wüßten dort nichts von Deserteuren? Wie hätten die Japaner, wenn die Sache nicht schon von langer Hand vorbereitet gewesen wäre, sogleich mehrere aufeinander abgestimmte Angriffe durchführen können, mit denen sie das mehrere hundert Kilometer entfernte Tientsin und das etwa fünfzig Kilometer nordöstlich der Brücke gelegene Peiping im Handstreich nahmen?

«Eins muß man ihnen lassen – ich hätte nie geglaubt, daß Asiaten so gründlich planen und so verwegen handeln würden. Ich werde nie wieder von oben auf die Burschen herabblicken.» Richard drückte seine Zigarette aus. «Und jetzt sag mir, wie sich die Dinge von Schanghai aus darstellen.»

Julia war es gewohnt, diese Frage zu beantworten. Sie wagte es jedoch nicht, ein allzu grobes und einseitiges Bild zu malen. Richard kannte sich zu gut aus. Eingedenk seiner Abneigung gegen den Generalissimus vertraute sie ihm an, daß die Nationalisten nach wie vor den bei weitem überwiegenden Teil ihrer militärischen Kräfte auf den Kampf um die von Kommunisten besetzten Gebiete verwandten – und nur einen Bruchteil gegen die Japaner. Überdies machten in den von der Kuomintang beherrschten Gebieten Schlägertrupps und Geheimagenten Jagd auf Kommunisten, obwohl sie gegen den Feind von außen offiziell miteinander verbündet waren.

«In Wirklichkeit», fügte sie hinzu, «sind die Leute, gegen die die Nationalisten ihre Hexenjagd entfesseln, keine Kommunisten, ja, nicht einmal Sozialisten, sondern höchstens eine Art Agrardemokraten, Sozialdemokraten.»

Diese sogenannten Kommunisten, fuhr sie fort, die selbst

heftig gegen die Japaner kämpften, veranlaßten den zögernden Tschiang Kai-schek allmählich zum Kampf gegen die japanischen Eindringlinge und brachten durch Studentendemonstrationen, Flugblätter, Straßentheater, Filme und Plakate die öffentliche Meinung gegen die trägen Nationalisten auf – vor allem aber durch empörte Mundpropaganda.

«Der Generalissimus ist nicht dumm, mußt du wissen», sagte Julia, der klar war, daß sie die Gewichte gleichmäßig verteilen mußte, «und auch kein Feigling. Er hat den Widerstand gegen die Japaner hinausgezögert, weil er zuerst die Kommunisten vernichtend schlagen wollte – und das ist nach wie vor seine Absicht. Außerdem weiß Mei-ling, daß sich Krieg nicht mit friedlichen Beschäftigungen verträgt. Und mit solchen Beschäftigungen verdient die Familie Sung Millionen im Jahr. Der Gemus selbst nennt die Japaner eine Krätze, lästig, aber nicht lebensbedrohend. Die Kommunisten hingegen vergleicht er mit einem Krebsgeschwür, an dem das Land dahinsiechen wird, wenn man es nicht herausschneidet.»

Nach einer kurzen Pause fuhr sie fort: «Du warst lange fort, Dick. Du mußt wissen, daß die Kommunisten in Zentralchina starke Stützpunkte errichtet haben. Sie haben die Bauern auf ihre Seite gebracht und die Rote Armee neu aufgebaut. Aber die Vernichtungsfeldzüge des Generalissimus waren zu viel für sie: italienische Flugzeuge und deutsche Militärberater stehen gegen simple Gewehre und Generäle, die sich ihre militärischen Kenntnisse im Selbststudium angeeignet haben. Also mußten die Kommunisten schließlich den Rückzug antreten. Sie nennen ihn den Langen Marsch, und dabei sind sie Ende 1935 schließlich in Yenan gelandet, ganz in der Nähe der alten Hauptstadt Hsian.»

«Willst du damit sagen, daß unter den Kommunisten Friede und Eintracht herrschen?» fragte Richard. «Als ich zum letztenmal von ihnen hörte, gingen sie gerade mit Zähnen und Klauen aufeinander los.»

«Nun», gab sie zu, «Mao Tse-tung und Tommys alter Freund Tschang Kuo-tao haben sich vor einer Weile zerstritten und jeweils ein eigenes Zentralkomitee eingesetzt. Jetzt aber kommen sie glänzend miteinander aus. Mao Tse-tung ist Vorsitzender der Kommunistischen Partei Chinas, und Tschang Kuo-tao steht an der Spitze der Regierung von Yenan.»

«Und was ist mit der Einheitsfront gegen Japan?» fragte Richard. «Ich hatte gedacht, Nationalisten und Kommunisten würden nie zusammenfinden.»

Wie ihm Julia erklärte, war das eine komplizierte Geschichte. Die Vernichtungsfeldzüge hatten auch dann nicht aufgehört, als die Kommunisten im fernen Nordwesten eine Zuflucht gefunden hatten. Im Dezember 1936 war der Generalissimus nach Hsian geflogen, um von dort aus den gegen das nahe gelegene kommunistische Gebiet gerichteten Sechsten Vernichtungsfeldzug zu koordinieren.

Zu den Befehlshabern, erklärte Julia, hatte auch der junge Marschall gehört, Dschang Hsü-liang. Er und seine Verbündeten setzten am 12. Dezember 1936 Tschiang Kai-schek fest und verlangten, daß er sofort alle Angriffe gegen die Kommunisten einstelle und sie statt dessen auffordere, sich den Nationalisten im gemeinsamen Kampf gegen Japan anzuschließen.

Der Generalissimus hatte getobt und erklärt, diese Meuterei könne die Republik China zugrunde richten. Wenn man ihn in Mißkredit bringe, werde die Nation untergehen – denn niemand außer ihm sei in der Lage, das Land zu führen.

Die Kommunisten hatten zugestimmt, obwohl nachgeordnete nationalistische Politiker und Militärs in Nanking bereits Anstalten getroffen hatten, die Nachfolge des gestürzten Helden zu regeln. Am 15. Dezember 1936 kam Kommissar Tschou En-lai aus Yenan und begrüßte seinen alten Vorgesetzten und Gegner mit den Worten: «Ich bin gekommen, um eine Ehe zwischen der Nationalen Volkspartei und der Kommunistischen Partei Chinas zu arrangieren.» Nach langen Unterredungen hatten sich Tschiang Kai-schek und Tschou En-lai darauf geeinigt, die Einheitsfront gegen Japan ins Leben zu rufen.

Am Weihnachtstag war der Generalissimus nach Nanking zurückgekehrt. Die nachgeordneten Politiker und Generäle jubelten und legten ihre Pläne für einen Staatsstreich einstweilen wieder in die Schublade – sie mußten auf eine bessere Gelegenheit warten.

Julia hielt es für das beste, Richard *nicht* zu berichten, daß sich Mao Tse-tung in Yenan lediglich zum Schein dem Kommando der Regierung in Nanking unterstellt hatte. Das von den Kommunisten beherrschte Gebiet war jetzt theoretisch eine halbautonome Region in einer nationalistischen Republik. Die Rote Armee hieß jetzt Rote Armee des Achten Wegs und unterstand dem Namen nach dem Generalissimus.

Selbstgefällig hatte der Vorsitzende Mao Tse-tung verkündet: «Endlich halten wir einen Zipfel der Macht in Händen. Die Einheitsfront gegen Japan ist der vollkommene Deckmantel für eine Subversion in den Weißen Gebieten – und ein idealer Vorwand für eine rasche Vergrößerung der Roten Armee. Jetzt steht fest, daß wir *ganz* China erobern werden!»

Nach kurzem Überlegen, wieviel sie preisgeben sollte, fuhr Julia fort: «Der Gemus hatte gehofft, China militärisch zu stärken, indem er Zeit herauszuschinden versuchte. Aber das ist ihm nicht so recht gelungen. Ein Beispiel ist die Luftwaffe: lange bevor Mei-ling das Kommando übernahm, hatte Nanking ein Abkommen mit Italien getroffen, das Kriegsflugzeuge liefern und Piloten ausbilden sollte. Auf dem Papier verfügt die chinesische Luftwaffe über fünfhundert Kampfflugzeuge und tausend Piloten. In Wirklichkeit sind es gerade einundneunzig Maschinen und vielleicht hundert ausgebildete Piloten. Meiling hat gerade einen fähigen amerikanischen Fliegeroffizier angeheuert, Claire Chennault. Er soll die chinesische Luftwaffe auf Vordermann bringen.»

«Augenblick, Julie!» sagte Richard mit einer abwehrenden Handbewegung. «Du bist ja überhaupt nicht zu bremsen. Laß mal diese Einzelheiten einen Augenblick aus dem Spiel und erzähle mir lieber was über Schanghai.»

Damit er nicht in ihren Zügen lesen konnte, senkte sie den Kopf, so daß ihr das mahagonifarbene Haar ins Gesicht fiel. Er gab sich gönnerhaft und überheblich wie eh und je. Auch wenn er inzwischen ein gefragter Journalist war – sie mochte ihn nach wie vor nicht. Früher hatte sie ihn um Emilys willen ertragen, jetzt würde sie ihn um des Apparats willen dulden müssen.

«Natürlich hast du dich längst in der Stadt umgesehen», begann sie. «Und dabei ist dir auch bestimmt nicht entgangen, daß die Straßen voller Flüchtlinge sind. Normalerweise leben sechzigtausend Ausländer und eineinhalb Millionen Chinesen im französischen Viertel und im internationalen Teil der Stadt. Jetzt ist eine dreiviertel Million chinesischer Flüchtlinge hinzugekommen, so daß Schanghai aus allen Nähten platzt. Sie sind gekommen, weil sie glauben, hier in Sicherheit zu sein, doch wer die Zeichen zu deuten versteht, weiß es besser. Die Katastrophe steht unmittelbar bevor. Der Generalissimus hat in den beiden vergangenen Wochen Nordchina aufgegeben und seine Truppen aus Peiping und Tientsin abgezogen. Da er endlich begriffen hat, daß er dem Christlichen General, du weißt ja, diesem üblen Feng Yü-hsiang, nicht trauen kann, ist ihm auch klar, daß es für ihn dort keinen verläßlichen Verbündeten gibt. Er hat die 88. Division nach Groß-Schanghai verlegt. Sie ist sein ganzer Stolz: jeder ihrer Offiziere kommt von der Militärakademie in Whampoa. Das bedeutet aber genaugenommen nichts anderes, als daß sie einer wie der andere von Nazi-Offizieren ausgebildet sind und den Stechschritt perfekt beherrschen.»

Sie schüttelte ihr Haar wieder nach hinten und holte tief Luft. «Wahrscheinlich hatte Tschiang Kai-schek gehofft, die Aggressoren würden Schanghai links liegen lassen, um die ausländischen Mächte nicht zu reizen», sagte sie dann. «Aber daß die Chinesen gewagt haben, Vorbereitungen zu ihrer Verteidigung zu treffen, hat die Japaner aufgebracht. Sie schaffen pausenlos Soldaten und Kriegsschiffe heran, und die Ausländer zittern vor Angst. Es ist kein Vergleich mit 1932 und auch nicht mit 1927, als jeder Angst hatte, die bösen Roten würden uns auffressen. Damals war es nicht annähernd so schlimm.»

Mehr als zwanzig Kriegsschiffe der Kaiserlich Japanischen Flotte lagen drohend auf dem Huangpu vor Anker. Ihr Flaggschiff, die *Idzumo*, war ein altes Schlachtschiff, nicht größer als ein moderner Kreuzer. Die Japaner hatten es vierzig Jahre zuvor von der zaristischen Marine erbeutet. Die Garnison, die sich im Schanghaier Stadtviertel Hunggu auf einem jetzt Klein-Tokio genannten ehemaligen amerikanischen Mandatsgebiet befand, war inzwischen von japanischen Seesoldaten befestigt worden. Und von Taiwan aus kamen regelmäßig japanische Bomber zu «Höflichkeitsflügen» herüber und drehten über Schanghai ihre Runden.

Diese Machtdemonstration sollte zweifellos den Generalissimus veranlassen, sich wie 1932 zurückzuziehen. Doch diesmal dachte er nicht daran, sondern verstärkte seine Einheiten sogar.

«Vor fünf Tagen», sagte Julia jetzt, «hat jemand ein Streichholz an die Zündschnur dieses Pulverfasses gehalten.»

Am frühen Abend des 9. August hatte sich ein japanischer Marineleutnant zum Militär- und Zivilflughafen von Hungdschao fahren lassen. Keine einzige Straßensperre hielt den schwarzen Wagen auf. Die Chinesen suchten die Auseinandersetzung nicht, und fünfundzwanzigtausend ausländische Soldaten blieben hinter ihren Stacheldrahtverhauen und Sandsackbarrikaden, die wieder einmal die Konzessionsgebiete vom Hinterland trennten.

Weder der Offizier noch der Fahrer, ein Marinesoldat, achteten auf den ersten Schuß, da ihre Aufmerksamkeit den Kampfflugzeugen galt, die in der Ferne auf dem Flugfeld standen. Auf die Salve, die dann folgte, konnten sie nicht mehr reagieren. Der schwere Wagen schleuderte und fuhr in den Graben.

Die hintere Tür öffnete sich, und der Leutnant stürzte auf die Straße. Sechs kleine Löcher verunzierten seinen khakifarbenen Uniformrock, Blut lief über die Messingknöpfe.

«Jetzt hatten die Japaner ihre Märtyrer», sagte Julia. «Dennoch garantierte Tokio großmütig die Sicherheit der ausländischen Gebiete – sofern die Chinesen alle Truppen aus dem Großraum Schanghai abziehen würden. Als sich der Bürgermeister weigerte, diese Forderung zu erfüllen, mahnten die guten alten *North China Daily News* die Chinesen, die Japaner nicht durch Widerstand zu weiteren Übergriffen zu reizen.»

«Das sieht ihnen ähnlich!» entfuhr es Richard. «Das Sprachrohr der Hochfinanz, das stets predigt: *Der Handel muß um jeden Preis aufrechterhalten werden.*»

«Vorgestern dann», fuhr Julia fort, «haben chinesische Angestellte der Telefongesellschaft das japanische Konsulat und auch die meisten japanischen Firmen vom Netz getrennt. Die 88. Division hat den Nordbahnhof besetzt und an allen Ausfallstraßen Sperren errichtet. Gestern sind die Scharmützel losgegangen. Es war übrigens Freitag, der dreizehnte.»

«Und was ist mit den Bombenangriffen der Chinesen? Ich habe gehört, sie versuchen die Kriegsschiffe zu versenken, vor allem die *Idzumo*. Aber ihre Maschinen sind heute morgen so hoch geflogen, daß ich sie kaum hören, geschweige denn sehen konnte.»

«Vielleicht, weil der Himmel so bedeckt ist?»

Im selben Augenblick klirrte das Oberlicht, und der ganze Raum erbebte. Das Gebäude schien zu schwanken, die Tür sprang auf, und das Dröhnen von Flugzeugmotoren drang ins Studio.

«Jetzt fliegen sie niedriger», sagte Hollings. «Gibt es eine Möglichkeit, aufs Dach zu kommen? Das muß ich unbedingt sehen.»

«Laß dich nicht aufhalten. Einfach die Treppe hinauf, und ganz Schanghai liegt dir zu Füßen. Ich komme nach und hole dich ab, sobald ich hier aufgeräumt habe, in einer Viertelstunde etwa.»

Das Gedröhne ließ nicht nach. Nervös ordnete Julia die Platten, die sie gespielt hatte, und raffte ihre Papiere zusammen. Dann erstieg sie gleichfalls die Treppe, die zum flachen Dach des Gebäudes hinaufführte.

Dort stand Richard Hollings und drehte den Kopf hin und her. Der Schweiß färbte sein Hemd dunkel – auch fünfzig Meter über der Straße war es noch schwül.

«Nichts zu sehen!» klagte er. «Hören kann ich sie, aber ich sehe keine einzige Maschine.»

In dem Augenblick wurde ein Dröhnen noch lauter, doch in den Wolken, die über der Stadt hingen, blieb die Maschine unsichtbar. Ein Blick nach unten zeigte Julia, daß die alte

Idzumo völlig unbeschädigt inmitten der japanischen Flottille lag, ein Spielzeug-Kriegsschiff mit drei eigenartig dünnen Schornsteinen, drohenden Geschütztürmen und bunten Signalflaggen.

«Er kommt zurück!» schrie Hollings. «Da drüben, über dem Franzosenviertel.»

Jetzt tauchte die Maschine aus den Wolken auf. Mit ihrer abgeplatteten Nase und den Stummelflügeln wirkte auch sie wie ein Modellflugzeug über einer Spielzeugstadt. Der Motor heulte auf, als sie herabstieß, die gezackte weiße Sonne der Republik China blitzte auf ihren Tragflächen.

«Eine Northrop», gab sich Richard sachkundig. «Sie fliegt für einen leichten Bomber ziemlich tief – es ist nämlich kein Sturzbomber, mußt du wissen.»

Ohne etwas darauf zu erwidern, sah Julia wie gebannt auf das moderne Kampfflugzeug, das sich so sehr von den kastenförmigen Doppeldeckern unterschied, mit denen die internationale Konzession 1927 den Generalissimus und seine chinesischen Bolschewikenhorden in die Flucht geschlagen hatte. Das beste von allem war, daß jetzt Chinesen und keine Ausländer diese in Amerika gebauten Eindecker flogen.

Das Flugzeug richtete seine stumpfe Nase auf die japanische Flottille und stieß noch tiefer hinab. Julia wünschte sehnlichst, daß seine Bomben die *Idzumo* treffen würden.

«Großer Gott. Das *kann* er nicht tun!» Sogar Richards Stimme klang jetzt nervös. «Gott im Himmel! Er hat seine Bomben ausgeklinkt.»

Zwei schwarze Zylinder fielen unbeirrbar abwärts, während die Maschine unbehelligt durch den Vorhang der japanischen Flugabwehr schlüpfte, deren Geschütze zu bellen begannen. Die Bomben verschwanden hinter den Gebäuden des französischen Teils der Stadt. Einen Augenblick später erhoben sich dort Flammen und schwarzer Rauch, und fast im selben Moment hörte Julia eine gedämpfte Detonation. Das hohe Gebäude schwankte unter ihren Füßen. In diesem Augenblick brach ein zweiter Bomber dort durch die Wolken, wo zuvor der erste aufgetaucht war.

Die Maschine folgte demselben Kurs wie die vorige, warf aber keine Bomben ab. Über dem Bund schien sie einen Satz nach vorn zu tun, als wolle sie ihre Beute schlagen. Jetzt erst lösten sich zwei schwarze Bomben, auch sie zu früh ausgeklinkt, und fielen dem Bund entgegen.

Sie verschwanden hinter dem pyramidenförmigen Turm des *Cathay Hotels*. Julia atmete auf. Gleich würden riesige Fontänen kaffeebraunen Wassers zum Himmel steigen. Hätten die Bomben festes Land getroffen, hätten sie Tausenden von Flüchtlingen, die sich auf dem Bund drängten, Tod und Vernichtung gebracht.

Rauch stieg dicht über dem *Cathay Hotel* zum Himmel. Julia hörte die Detonation, dann kam die Druckwelle, und schließlich sah sie die Flammen. Sekunden später wiederholte sich der Vorgang.

«Es wird Sir Victor Sassoon aber gar nicht gefallen, wenn sie ihm sein hübsches neues *Cathay Hotel* demoliert haben.» Der Engländer hatte fast eine halbe Minute gebraucht, bis er den Scherz herausbrachte, zu dem er sich verpflichtet fühlte. Julia hörte ihn kaum. Sie hatte das Gefühl, gleich ohnmächtig zu werden. «Ich gehe mal ins Franzosenviertel hinüber und besehe mir den Schaden da. Kommst du mit?»

Obwohl Julia Gewalt verabscheute, folgte sie Richard Hollings wie betäubt zu der Stelle, wo die Bomben detoniert waren. Das war ihre Pflicht. Der Angriff auf die bisher sakrosankten ausländischen Gebiete würde zahlreiche Korrespondenten der Weltpresse nach Schanghai locken – zumal es sich um die ersten Bombenabwürfe auf eine Großstadt handelte, seit im Weltkrieg die Zeppeline London angegriffen hatten. Die meisten der Neuankömmlinge würden von ihr genau wissen wollen, wie es gewesen war.

Als sich Julia dem Ort des Unheils näherte, hörte sie ein ungeheures Stöhnen, das anschwoll und dann wieder verebbte, bis es von den Glocken der sich nähernden Feuerwehrfahrzeuge übertönt wurde.

Als sie nahe genug herangekommen war, sah sie Hunderte

von Chinesinnen, die Gesichter und Kleidung rußgeschwärzt und teils mit Blut beschmiert, jammernd und schluchzend auf dem Gehsteig hocken.

Richard lief zu dem französischen Feuerwehrkommandanten hinüber, um sich nach Einzelheiten zu erkundigen. Auf der anderen Seite des Platzes erhob sich unversehrt der sechseckige Backsteinbau, der den Mittelpunkt des Vergnügungsparks Große Welt bildete. Ein etwa eineinhalb Meter hoher Wall schien zum Schutz gegen eine solche Detonation um ihn herum errichtet worden zu sein. Er wirkte merkwürdig bunt, als bestehe er aus vielfarbigen Sandsäcken.

Unwillkürlich griff sich Julia an die Kehle, als sie sah, daß rote und gelbe Flüssigkeiten aus diesem Schutzwall liefen – es waren zerschmetterte und verkohlte Menschenleiber.

Die Armenküche, die Reis an die Tausende auf dem Platz kampierenden Flüchtlinge verteilt hatte, war unversehrt, doch der Explosionsdruck hatte Hunderte der Menschen, die auf eine Mahlzeit warteten, gegen die Mauern der Großen Welt geschleudert. Sie lagen dort tot oder sterbend, verwundet und blutend.

Julia mußte sich in den Rinnstein übergeben. Sie wischte sich den Mund mit einem parfümierten Spitzentüchlein aus ihrer roten Handtasche und ließ es anschließend fallen.

Der Geruch nach verbranntem Fleisch war ekelerregend. Drei Kulis lagen ohne erkennbare Verletzungen neben ihren Rikschas. Allem Anschein nach waren sie der Druckwelle zum Opfer gefallen. Ihre zerbrechlichen Fahrzeuge lagen zertrümmert neben ihnen. Die drei sonderbar zusammengedrückten Bündel aus blauem Tuch waren wohl ihre Fahrgäste gewesen.

Plötzlich tauchte Tommy hinter ihr auf und wies sie an: «Entweder hilf mit oder verschwinde. Für Gaffer ist hier kein Platz.»

«Oh, Tommy!» Sie wandte sich um und warf sich ihm in die Arme. «O Gott, Tommy.»

Er umarmte sie und sagte: «Reiß dich jetzt bloß zusammen. Du kannst nämlich wirklich helfen.»

Neben den Feuerwehrfahrzeugen standen außer drei der schwarzen Lastwagen, die sonst täglich zum Abtransport der auf den Straßen der Stadt eingesammelten Leichen dienten, zwei Ambulanzen. Weißgekleidete Ärzte und Schwestern knieten neben den über den Platz verstreuten Gestalten, die zum größten Teil tot waren.

Julia half, die Verletzten fortzutragen, zwang sich dazu, verkohlte Leichname anzuheben, unter denen man noch Lebende zu finden hoffte. Mit Gewalt verdrängte sie alle Empfindungen, Mitleid wie Ekel. Nur so konnte sie helfen.

Tommy legte ihr eine Hand auf die Schulter. «Es tut mir leid, daß ich dich vorhin so angefahren habe», sagte er. «Ich mußte dich aus deinem Schock herausreißen. Aber jetzt solltest du nach Hause gehen. Ich rufe so bald wie möglich an.»

Sein Anruf kam erst am nächsten Vormittag, und erst um vier Uhr nachmittags kehrte er ins Haus an der Kiukiang Road zurück. Inzwischen tobte endlich der Taifun über der Stadt, der schon so lange in der Luft gelegen hatte.

«Zumindest hält der Sturm die verdammten Maschinen am Boden», sagte Tommy mit grimmiger Befriedigung. «*Alle* verdammten Kampfflugzeuge – die unserer tapferen Verteidiger von der chinesischen Luftwaffe wie auch die der Japaner.»

Nachdem er aus seinem Glas einen Schluck Whisky mit Soda getrunken hatte, fügte er tonlos hinzu: «Man rechnet mit eintausendzweihundert bis eintausenddreihundert Toten an der Großen Welt, außerdem etwa dreihundert Verletzten. Natürlich ist das nur eine grobe Schätzung.»

«Dick hat angerufen, Richard Hollings.» Julia war froh, daß das Fenster des Wohnzimmers zu hoch lag, als daß sie dadurch auf die gepeinigte Stadt hätte sehen können. «Er wollte mir danken und uns zum Abendessen einladen. Er geht einem zwar manchmal etwas auf die Nerven, aber nicht mehr so schlimm wie früher. Er hat gesagt, daß am Bund in der Nähe des *Cathay Hotels* an die sieben- bis achthundert Menschen umgekommen und vielleicht tausend verletzt worden sind.»

«Eine beachtliche Leistung unserer edlen nationalistischen Verteidiger!» sagte Tommy mit wutverzerrtem Gesicht. «Gott weiß, was die noch alles anrichten, wenn sie erst richtig loslegen.»

48

2. September–10. Oktober 1937

Richard Hollings hatte einen Vorteil, der bei Kriegsberichterstattern selten war: er konnte beim Kampf um Schanghai über *beide* Seiten berichten. Er hatte leichten Zugang zu den chinesischen Stellungen in Tschapei und war auch ein willkommener Gast an Bord des japanischen Flaggschiffs *Idzumo*. Der Engländer hatte während seiner längeren Aufenthalte in Tokio Kontakte zu einflußreichen Offizieren gepflegt und war bei ihnen als «Freund Japans» bekannt.

Obwohl er Julia gegenüber die japanische Aggression verurteilt hatte, färbten seine Empfindungen seine Berichte in keiner Weise. Mit geradezu kaltblütiger Objektivität vermied er es, in seinen Artikeln Tokio zu verärgern. Zugleich faßte Julia beinahe eine Art Zuneigung zu ihm, weil er in Gesprächen mit ihr Verständnis für ihr geliebtes China zeigte. Sie konnte weder lesen, was er im *Globe* schrieb, noch seine Berichte im Sender NBC hören – und seine japanischen Freunde bekamen nicht mit, was er im privaten Gespräch sagte.

Nie hielten die Japaner Richard auf, wenn er die Brücke nach Hunggu überquerte, während sonst an den Grenzbefestigungen alle Ausländer von den Wachen streng kontrolliert wurden, damit niemand Waffen oder subversives Material einschleusen konnte. Die Soldaten der Kaiserlich Japanischen Streitkräfte waren zwar eifrig dabei, das Märchen von der westlichen Überlegenheit in Asien ein für allemal Lügen zu strafen, doch ein westlicher «Freund Japans» blieb nach wie vor unbehelligt.

Die Berichterstattung über die Chinesen war schwieriger. Die nationalistischen Generäle hielten sich vorsichtig bedeckt. Um mit den Männern zusammenzutreffen, die im kritischen Herbst 1937 in China Politik machten, hatte Richard vierhundert Kilometer nach Nanking reisen müssen. Ob man für diese

Fahrt die Bahn oder das Auto benutzte – die japanischen Patrouillen und Luftangriffe machten den Ausflug gefährlich. Ganz gleich aber, was man über Richard Hollings' Charakter oder seine Moralbegriffe denken mochte, niemand hatte ihn je feige genannt.

Sein Drang, den Ereignissen immer möglichst nahe zu sein, führte ihn am frühen Nachmittag eines heißen Septembertages zum Beobachtungsposten der chinesischen Luftwaffe auf dem Dach des *Hotel Metropolitan* in Nanking. Dort traf er Hauptmann Claire Lee Chennault, den Amerikaner aus der ehemals französischen Kolonie Louisiana. Er war sieben Jahre älter als Richard, der gerade vierzig geworden war, und sah aus, als wären seine Züge aus Granit gemeißelt, dem Zeit und Verfall nichts anhaben konnten. Seine jettschwarzen Augen lagen so tief, daß er fast wie ein Chinese wirkte.

Chennault, der im Weltkrieg Jagdflieger gewesen war, predigte unaufhörlich die Überlegenheit der kleinen, beweglichen und schnellen Jagdmaschinen gegenüber den großen, schwerfälligen Bombern. Die Mehrzahl der Militärflieger allerdings behauptete, es sei ein Leichtes, Jäger mit den Bordwaffen der Bomber vom Himmel zu fegen.

Gerade, als sich Generalissimus Tschiang Kai-schek um den Aufbau einer chinesischen Luftwaffe bemühte, hatte Chennault bei den Streitkräften der Vereinigten Staaten seinen Abschied nehmen müssen. Man hatte ihm völlig freie Hand und ein beträchtliches Gehalt versprochen und ihn so nach China gelockt. Jetzt war er «Ausbildungsberater» der nationalistischen Luftwaffe und unterstand in dieser Eigenschaft unmittelbar Tschiangs Gattin Mei-ling, der Generalsekretärin des Luftfahrtausschusses.

Während er jetzt mit seinem Besucher auf dem Dach des *Metropolitan* auf den ersten japanischen Luftangriff gegen Nanking wartete, kaute er auf einer Zigarre und vertraute Hollings an, er habe die Angriffe auf die *Idzumo* befohlen, die in den ausländischen Teilen Schanghais solche Verwüstungen angerichtet hatten.

«Gleich beim ersten Angriff, der auf meine Rechnung geht»,

sagte er, «haben mich meine Jungs bis auf die Knochen blamiert! Die Chinesen haben zwar das Zeug zum Fliegen, sie können mal richtig gut werden, aber zur Zeit fehlt ihnen noch viel.»

«Könnten Sie mir etwas mehr über den Angriff auf die *Idzumo* sagen?»

«Sicher. Die Leute sollten zum Ausklinken der Bomben nicht unter siebentausendfünfhundert Fuß gehen. Außerdem hatte ich ihnen auf die Seele gebunden, unter keinen Umständen über die Stadt anzufliegen. Niemandem liegt an einem internationalen Zwischenfall.»

Chennault suchte mit den Augen den leeren Himmel über Nanking ab und fuhr fort: «Wegen der Wolkendecke war ein gezielter Bombenabwurf aus großer Höhe nicht möglich, aber meine Jungens wollten unbedingt zeigen, was sie können. Also haben sie die Stadt in knapp tausendfünfhundert Fuß Höhe überflogen und dann versucht, ihre Eier im Sturzflug zu legen.»

«Wissen Sie, ich habe bei der ganzen Sache kein einziges japanisches Flugzeug gesehen.»

«Keine Sorge – heute nachmittag werden Sie davon mehr zu sehen kriegen, als Ihnen lieb ist.» Chennault setzte seinen Zigarrenstummel in Brand. «Über unser Frühwarnnetz sind bereits Alarmmeldungen eingegangen. Es sollen etwa fünfundzwanzig Bomber unterwegs sein.»

Das Feldtelefon klingelte, und der Amerikaner nahm ab. Richard hörte eine aufgeregte Stimme sagen: «Banditen! Banditen! Auf zwölf Uhr in zehntausend Fuß Höhe. Zwanzig bis dreißig Banditen!»

«Schon gut, Li, du brauchst nicht zu brüllen, ich höre dich auch so. Gerissene Halunken, diese Japse! Ich hatte nicht damit gerechnet, daß sie die Stadt umfliegen und jetzt von Norden aus angreifen.»

Er zog an seinem zerkauten Zigarrenstummel und sagte dann: «Li? Warten alle unsere Jäger über den Wolken? Sag ihnen noch mal: Keiner soll sich rühren, bis die Japse zurückkommen. Ich weiß, daß das hart ist, aber einen anderen Weg gibt es nicht!»

Er schleuderte seinen Zigarrenstummel über das Dach und sagte in leichtem Ton: «Wenn man die chinesischen Jagdpiloten gut genug ausbildet, brauchen sie sich hinter niemandem zu verstecken. Aber noch ist es nicht soweit.»

Nach einer nachdenklichen Pause fuhr er fort: «Und deswegen muß ich zulassen, daß die Japse ihre Bomben abwerfen. Danach rechnen sie nicht mehr damit, daß was passieren könnte, und dann schlagen wir zu. Verdammt bitter für Nanking, diese kostbare schöne neue Hauptstadt, aber die einzige Möglichkeit, die verfluchten Japse runterzuholen!»

Das Dröhnen von Motoren am nördlichen Horizont kündigte die Ankunft der rund zwei Dutzend japanischen Bomber an. Das Sonnenlicht blitzte auf ihren Rümpfen, als sie herabstießen und sich aufteilten, um der Flak kein Ziel zu bieten. Sie strichen in geringer Höhe über die Stadt hinweg. Die blutroten Sonnen auf ihren Flügeln wirkten riesig.

Als sie auf das grasbewachsene Flugfeld westlich der Stadt zujagten, spritzten riesige Erdfontänen hoch. Sekunden später schossen Flammen empor.

Noch zweimal wurde das Flugfeld angegriffen, dann ging der Bombenhagel über der Stadt nieder. Als sie ihre Last abgeladen hatten, formierten sich die Angreifer wieder, drehten die Nasen nach Osten und stiegen in die Wolken.

Richard sah nichts, hörte aber Maschinengewehre hämmern. Nach drei bis vier Minuten war es am Himmel so still wie zuvor.

Das Feldtelefon klingelte erneut. Chennault nahm ab, hörte eine Weile zu und fragte: «Stimmt das auch?» Zu Richard gewandt, sagte er dann: «Na bitte – acht japanische Bomber haben sie runtergeholt! Das müssen wir uns ansehen!»

Ein Fahrer in der Uniform der chinesischen Luftwaffe brachte sie aus der Stadt heraus zu einer Stelle, von der schwerer Rauch zum Himmel stieg. Richard überzeugte sich mit einem Blick durch seinen Feldstecher davon, daß die brennende Maschine ein zweimotoriger japanischer Bomber war.

Wie bei einer makabren Schnitzeljagd wiesen ihnen Aluminiumrümpfe die Richtung auf den japanischen Stützpunkt, der über tausend Kilometer entfernt auf der Insel Formosa lag, dem einstigen Taiwan. Insgesamt sahen sie fünf abgeschossene Maschinen.

Die Landleute gafften die beiden Ausländer feindselig an, wohl weil sie sie für Japaner hielten, die sich mit dem Fallschirm gerettet hatten. Erst als ihnen der Fahrer erklärte, Japaner sähen ganz anders aus, führten die Bauern sie bereitwillig durch das unwegsame Gelände zu den geschwärzten Gerippen zweier weiterer Bomber. Zwei andere Maschinen identifizierte Chennault knurrend als chinesische Jagdflugzeuge. Eine Kanzel war leer, die andere enthielt einen bis zur Unkenntlichkeit verkohlten Körper.

Den achten Bomber, dessen Abschuß man ihm gemeldet hatte, fanden sie weder an jenem Tag noch später. Stundenlang suchte Chennault danach, dann erklärte er: «Nun, im Eifer des Gefechts zählt keiner so genau. Vielleicht haben sie nur sieben erwischt, aber das genügt erst mal. Zwei, drei weitere Tagesangriffe auf Nanking, mehr wird es nicht mehr geben. Langsam setzen wir uns durch.»

Richard Hollings kehrte nach Schanghai zurück, denn von dort, wo die Landstreitkräfte aufeinanderprallten, ließ sich über den Chinesisch-Japanischen Krieg am besten berichten.

Obwohl nicht einmal die amerikanische Flotte gemeinsam mit der britischen imstande gewesen wäre, die fünftausend Kilometer lange chinesische Küste zu überwachen, verkündeten die Japaner eine Blockade – in erster Linie wohl, um ängstliche Reeder abzuschrecken. Nationalistische Landstreitkräfte zogen sich aus Nordchina zurück, das der Generalissimus den Eindringlingen praktisch kampflos überlassen hatte. Obwohl die Kommunisten die Hauptmacht ihrer Streitkräfte schonten, fügte ihre 115. Division dem Feind die erste empfindliche Schlappe zu. Da japanische Generäle nicht glauben konnten, daß Chinesen ihnen standhalten und sich zum Kampf stellen würden, folgten mehrere Einheiten des Feindes einander in den Hinterhalt, den die Kommunisten auf einem schmalen Gebirgspaß im Nordwesten gelegt hatten.

Dieser erste Sieg der Chinesen erfüllte Julia Howe mit Jubel – vor allem, weil es ein Sieg der Kommunisten war. Der Apparat wies sie an, unauffällig zu verbreiten, nationalistische Soldaten, die eigentlich mit der 115. Division hätten zusammenarbeiten sollen, seien vor dem Feind davongelaufen, was eine durchaus glaubwürdige Behauptung war.

Für solche Informationen war Richard Hollings dankbar. Zwar hätte er gern auch gewußt, aus welchen Quellen Julia sie bezog, unterließ es aber wohlweislich, sie danach zu fragen. Sie war zu nützlich, als daß er sie hätte verärgern dürfen.

Aber das große aufregende Thema war Schanghai. Die Nationalisten hielten stand, obwohl ein ihnen an Zahl weit überlegenes Expeditionskorps der Japaner von mehr als hunderttausend Mann an Land gegangen war und ihnen schwer zusetzte.

Bloße Fakten zu berichten, machte Richards Ansicht nach jedoch bestensfalls die Hälfte seiner Aufgabe aus. Er fürchtete, mit Reportagen über unwichtige Schlachten, die an Orten mit unaussprechlichen Namen zwischen irgendwelchen asiatischen Armeen geführt wurden, seine Leser zu langweilen und zu verwirren. Er wollte einem möglichst breiten Publikum etwas bieten. Damit würde er dem *Globe* aus Boston und der Rundfunkgesellschaft NBC nützen – und vor allem auch sich selbst.

Der Luftkrieg war Richards Ansicht nach weit dramatischer als die Schlachten zu Lande, romantisch wie einst der Kampf zwischen gewappneten Rittern. Daher kehrte Richard wiederholt zu Claire Chennault nach Nanking zurück, der sich vorgenommen hatte, den japanischen Luftangriffen ein Ende zu bereiten.

Nach dem ersten Angriff waren die Bomber binnen fünf Tagen noch dreimal zurückgekehrt. Die chinesischen Jagdflieger verfolgten sie mit Chennaults neuer Taktik – jeweils drei eng beieinander fliegende Jäger griffen einen einzelnen Bomber an. Obwohl sie nicht besonders gründlich ausgebildet waren, bestätigten die chinesischen Piloten die Richtigkeit von Chennaults These. Die Bomber fegten ihre lästigen Verfolger keineswegs immer einfach vom Himmel.

Chennault zufolge hatten die Japaner insgesamt vierundfünfzig zweimotorige Maschinen verloren, und er verkündete: «Jetzt kommt die nächste Stufe – die Nachtangriffe.»

Die chinesische Flak ordnete ihre großen Suchscheinwerfer so an, daß die angreifenden Maschinen an ihren Lichtfingern aufgespießt wurden und nicht entkommen konnten. So waren die Besatzungen nicht imstande, die Jäger zu sehen, die «an den Strahlen raufklettern, wie Affen an einer Palme», wie Chennault triumphierend erklärte. Beim dritten Nachtangriff schossen die Chinesen sieben von dreizehn Bombern ab, und das bedeutete das Ende der Nachtangriffe.

Doch letzten Endes war selbst Chennault, der Zauberer aus Louisiana, machtlos gegen die Überlegenheit der Japaner: sie besaßen eine weit größere Anzahl von Maschinen, besseres Material und erfahrenere Piloten. Nach sechs Wochen kehrten die japanischen Tagbomber zurück, von modernen Eindecker-Jägern eskortiert. Diese schossen elf der letzten sechzehn veralteten Doppeldecker der Chinesen ab, die wie schwerfällige Hummeln vom Himmel stürzten.

«Dagegen ist einstweilen kein Kraut gewachsen», erklärte Chennault grimmig. «Jetzt werden sie Nanking dem Erdboden gleichmachen. Ich habe ja auch nie etwas von Tagesangriffen *mit Begleitschutz* gesagt.»

«Und was ist mit Schanghai?» fragte ihn Richard. «Schreiben Sie das auch ab?»

«Wenn ich Nanking nicht verteidigen kann, gibt es keine Möglichkeit, Schanghai zu halten. Ich kann am Himmel nur einen Guerillakrieg führen, die Japaner treffen, wo sie Schwächen haben. Aber wenn man mir etwas Zeit gibt, schmeiße ich mit der Luftwaffe die Japse aus ganz China raus. Meine Chefin sorgt dafür, daß ich bessere Maschinen kriege und meine Jungens besser ausbilden kann.»

«Ihre Chefin?»

«Ja, Madame Tschiang Kai-schek. Die meisten Korrespondenten wollen als erstes ein Interview mit ihr. Sie sieht gut aus und tut mehr für China als –»

«Ich müßte sie wohl auch mal aufsuchen», sagte Richard. «Ich kenne sie von früher her, bevor sie geheiratet hat.»

«Tatsächlich? Dann sollten Sie unbedingt mit ihr reden.»

«Ich glaube, ich bin ihr bisher einfach aus dem Weg gegangen», gab Richard leise zurück. «Aus persönlichen Gründen.»

49

18. Oktober 1937

Richard Hollings aß mit Jimmy Wei, dem Pressebeauftragten der chinesischen Regierung, zu Mittag. «Was haben Sie heute für mich?» fragte er nach einer Weile.

«Es muß ganz unter uns bleiben. Einverstanden?»

Der Korrespondent nickte. Er hatte zwar etwas gegen Informationen, die er nicht verwerten konnte, aber sie waren besser als gar keine Information.

«Das Spiel ist aus», sagte Jimmy mit feierlicher Stimme. «Ist Ihnen klar, was das heißt?»

«Natürlich.»

«Ja», fuhr Jimmy fort, ohne zu lächeln, «wir ziehen uns aus Schanghai zurück. Wir haben die Japaner nicht aufzuhalten vermocht und es auch nicht fertiggebracht, die Westmächte auf unsere Seite zu ziehen. Es wird ein langer Krieg.»

«Jimmy», fragte Richard, «warum sagen Sie mir das jetzt?»

«Nur, damit Sie Bescheid wissen. Außerdem möchte ich, daß Sie nie vergessen, wie gut ich Sie immer mit Informationen bedient habe.» Grinsend fügte er hinzu: «Dann kann ich Sie beim nächstenmal besser reinlegen. Außerdem bedeutet unser Rückzug keineswegs, daß alles vorbei ist. Der Kampf fängt jetzt erst an.»

«Wie können Sie denn je gewinnen?» drängte Richard, «Woher sollen die Soldaten und die Waffen kommen? Vom Mut ganz zu schweigen!»

«Wir haben zig Millionen tapferer junger Männer, und irgendwann wird uns Onkel Sam bestimmt Waffen liefern.

Aber wir müssen lernen. Ein Land, das korrupt oder untüchtig ist, kann überleben; aber wenn es korrupt *und* untüchtig ist, bedeutet das seinen Untergang. Wir müssen . . .»

Richard Hollings hörte nicht mehr zu. Ein Schlager, den der Barpianist gerade spielte, ließ ihn an Fiona denken, seine junge Frau. Sie hatte unbedingt mit nach China kommen wollen, doch jetzt wußte er, daß es richtig gewesen war, sie vorerst in England zu lassen. Es herrschte Krieg, und das war nicht die richtige Situation, um alten Freunden seine Ehefrau vorzuführen. Außerdem könnte er seine Arbeit nicht ordnungsgemäß tun, wenn er sich um Fiona sorgen müßte. Er merkte, daß er sie tatsächlich liebte.

«. . . hören Sie eigentlich, was ich sage?» fragte Jimmy geduldig.

Richard bat um Entschuldigung. «Tut mir leid. Ich fürchte, ich war mit den Gedanken woanders.» Plötzlich hatte er diese ganzen politischen Gespräche schrecklich satt. Gedankenverloren sah er einem kleinen Jungen von acht oder neun Jahren zu, der in einer khakifarbenen Uniform durch den Speisesaal rannte. Hinter ihm her kam mühsam humpelnd eine ältere Amah, die in Schanghai-Chinesisch auf ihn einredete. Die beiden kamen wohl nicht aus Nanking.

Erstaunt sah Richard auf der Uniform des kleinen Jungen, der mit seiner Amah durch eine Tür verschwand, die Rangabzeichen eines Majors der chinesischen Luftwaffe. Jimmy Wei, der seinem Blick gefolgt war, geriet ins Schwärmen. «Ein wunderhübscher Junge, nicht wahr? Und so aufgeweckt! Dafür kämpfen wir – für die Kinder, für Chinas Zukunft. Wissen Sie, ich dachte, der Junge sei mit seiner Mutter schon wieder in Schanghai. Auch wenn Sie im Augenblick nicht zu Madame Tschiang können, müssen Sie diese Dame unbedingt kennenlernen. Das gibt eine gute Geschichte.»

«Was ist denn an ihr so Besonderes?»

«Erstens hat sie in der vorigen Woche ihren ersten Alleinflug unternommen. Sagen Sie selbst: wie viele Frauen, schon gar Chinesinnen, können fliegen? Außer dem kleinen Burschen in Luftwaffenuniform hat sie noch zwei Kinder und ist nicht nur

Madame Tschiangs rechte Hand, sondern erledigt auch einen großen Teil unserer Öffentlichkeitsarbeit, in perfektem Englisch, kein Vergleich mit meinem. Ich stelle sie Ihnen gern vor.»

«Das scheint mir ja eine phantastische Frau zu sein. Wenn man Sie so hört, könnte man meinen, ihr Chinesen habt eine neue Hua Mu-lan. So hieß doch wohl eure heilige Johanna», prahlte Richard mit seinem Bröckchenwissen chinesischer Geschichte. Er wollte Jimmy Weis Antwort nicht hören, die er bereits zu kennen glaubte. Diese Beschreibung, fürchtete er, konnte nur auf Emily passen. «Eine richtige Amazone! So ein stämmiges Weib mit Muskeln am ganzen Körper und einer Stimme wie ein Nebelhorn.»

«Da irren Sie sich aber gewaltig! Trinken Sie Ihren Kaffee aus, ich bringe Sie zu ihr.»

Richard rührte in seinem bitteren schwarzen Kaffee herum. Er wollte die Begegnung möglichst hinauszögern. Doch schließlich folgte er Jimmy Wei durch den Eßsaal zu einer Nische.

Sein eigenes Zaudern irritierte ihn. *Er* brauchte sich nun wirklich keine Vorwürfe zu machen. Schließlich hatte *sie* ihn vor zehn Jahren mitten in der Nacht einfach auf der Straße stehenlassen. Außerdem war er verheiratet und liebte seine junge Frau.

An einem runden Tisch saß Emily Ou-yang, genau im Lichtkegel der Deckenlampe. Sie bestand diesen Test glänzend. Ihre Haut schimmerte noch immer wie makelloses Elfenbein, und ihre Augen sprühten von Witz und Energie. Ihre vollen Lippen öffneten sich überrascht, als sie Richard sah. Ihre ausgeschnittene Bluse ließ ihre Schultern unbedeckt, die so zart und zerbrechlich wirkten, wie Richard sie erinnerte. Gegen seinen Willen war er tief bewegt.

«Darf ich Ihnen Mr. Hollings vorstellen, Madame Ou-yang?» sagte Jimmy Wei mit ungewohnter Förmlichkeit. «Bestimmt haben Sie von ihm gehört. Er ist der berühmte Auslandskorrespondent, der so viel über China weiß. Ein wahrer Freund unseres Landes.»

Emily, die wie Richard dieses unvermeidliche Zusammentreffen gefürchtet hatte, zwang sich zu einem Lächeln, murmelte einen flüchtigen Gruß, bot ihm aber nicht die Hand.

Gelächter ertönte, und eine quälend vertraute amerikanisch klingende Stimme sagte: «Großer Gott, Kinder, man könnte meinen, ihr habt euch noch nie gesehen.»

Ein Mann, der neben Emily am Tisch gesessen hatte, erhob sich und streckte die Hand aus. Über die Einmischung verärgert, aber dankbar, weil damit die Spannung abgebaut worden war, suchte Richard nach dem Namen des Amerikaners: «Harrison Parker Smythe, nicht wahr?» Gleichzeitig wurde er wütend auf sich selbst, weil er irgendwo in seinem Innern einen kleinen Stich von Eifersucht verspürte.

Harry Smythe nickte und sagte mit Begeisterung in der Stimme: «Ich habe fleißig Flugstunden genommen und bin jetzt Oberst der Reserve. Madame Tschiang möchte, daß ich Claire Chennault unterstütze. Deshalb ist Emmy so nett zu einem heruntergekommenen alten Flieger.»

Ein leichtes Lächeln trat auf Emilys Lippen, und sie betrachtete Richard eine ganze Weile. In ihrem Ausduck lag weder Willkommen noch Feindseligkeit. Sie neigte den Kopf und sagte: «Wir halten große Stücke auf Harry Smythe. Madame Tschiang erwartet viel von ihm – und ich widerspreche ihr nicht. Wir Chinesen wissen unsere alten Freunde sehr zu schätzen.»

Während sich Richard noch fragte, was sie mit diesem doppeldeutigen Satz meinen mochte, fuhr sie fort: «Sicher hast du gesehen, wie sich mein kleiner Frechdachs aufführt. Die gute Wen Ye ist für ihre Aufgabe inzwischen wirklich zu alt. Sie kann ihn kaum bändigen.»

«Ein netter Junge, Emily», gab er höflich zur Antwort. «Er sieht dir sehr ähnlich.»

«Wir nennen ihn Jason, weil er so draufgängerisch ist. Mein Bruder Tommy findet seinen chinesischen Namen Jen-hsun lachhaft, denn er bedeutet ‹wahrer Gehorsam›. Das aber ist das letzte, woran der kleine Teufel denkt. Ich verziehe ihn allerdings auch, um ehrlich zu sein.»

Flüchtig kam es ihr in den Kopf, daß Jason ebensogut Richards Sohn sein könnte, doch verwies sie sich diesen Gedanken sofort. Was sollte daran beunruhigend sein, daß sie mit ihrem früheren Liebhaber zusammentraf? War sie nicht selbst eine angesehene Journalistin und Autorin und darüber hinaus auch noch Fliegerin sowie die gänzlich unabhängige Ehefrau eines wohlhabenden Chinesen aus alter Familie und Mutter dreier gesunder und schöner Kinder? War ihr Leben als Frau nicht in jeder Hinsicht erfolgreich und erfüllt? Außerdem war sie Mei-ling Tschiangs rechte Hand im Kampf für Chinas Zukunft – und für die Rechte der Frauen Chinas.

Sie schalt sich innerlich wegen ihrer Verwirrtheit. Ihr gefiel ganz und gar nicht, daß sie sich wieder zu Richard hingezogen fühlte, kaum daß sie ihm erneut begegnet war. Noch vor zehn Minuten war sie ausgeglichen und zufrieden gewesen – was war nur geschehen?

«. . . dann spreche ich heute nachmittag mit Mei-ling», vollendete sie einen Satz, von dem sie gar nicht mehr wußte, wie sie ihn begonnen hatte. «Ich bin sicher, daß sie lange mit dir wird reden wollen. Du berichtest also für die North American Newspaper Alliance, die National Broadcasting Company und den *Globe*?»

«Gelegentlich auch für die Londoner *Times*.»

«Wie schön für dich. Allerdings sind wir, offen gesagt, in erster Linie an den Vereinigten Staaten interessiert.» Emily merkte, daß sie das nur sagte, um ihre Verlegenheit zu überspielen. «Die meisten Amerikaner wissen nur wenig über China, aber alle haben eine fertige Meinung über das Land. Und natürlich hört Washington darauf.»

«Ich habe in Amerika eine ziemlich große Leserschaft.»

Sie erhob sich, bot ihm kühl die Hand und sagte: «Nun, das ist ja großartig. Ich muß jetzt gehen.»

Richard, den die Kühle ihres Abschieds ärgerte, sah nachdenklich auf das Pilotenabzeichen an der Schulter ihrer Bluse. Die Flügel schienen aus Gold zu sein, die weiße Sonne in der Mitte bestand aus Saatperlen, und den blauen Hintergrund, der den Himmel vorstellen sollte, bildeten Saphirsplitter. Offensichtlich führte Emily den Krieg auf hoher modischer

Ebene – etwa so, überlegte er, als lasse die Jungfrau von Orléans ihre Rüstung bei Coco Chanel anfertigen.

Während sie davonging, wandte er ihr absichtlich den Rücken zu und sagte zu Harry Smythe: «Ich hätte nie gedacht, Sie hier zu treffen. Ich hatte angenommen, Sie seien mit China fertig.»

«Am schwersten fällt es mir, mein Mandarin wieder aufzupolieren», vertraute ihm der Amerikaner, der einst Vizekonsul in Schanghai gewesen war, ernsthaft an. «Aber Emily hilft mir sehr.»

Wieder fühlte Richard bei diesen Worten einen Stich von Eifersucht. Er lächelte bemüht und sagte: «Sie müssen in der Diplomatie jetzt einen sehr hohen Rang einnehmen.»

«Ich war zwar erster Botschaftssekretär in Rom, gehöre hier aber nicht dem diplomatischen Corps an. Ich bin mit einem Sonderauftrag unterwegs und vom Außenministerium auf unbestimmte Zeit beurlaubt. Meine Situation läßt sich nicht so einfach erklären . . .»

Skeptisch sah der Korrespondent den Diplomaten an. Das klang fast, als wolle er eine Mission vertuschen, zu der Washington offiziell nicht stehen mochte. Ob es sich lohnte, der Sache nachzugehen?

«Dick, ich habe Sie noch nie belogen», fügte Harry Smythe hinzu, «und ganz unter uns: ich erledige hier einen kleinen Auftrag für Präsident Roosevelt. Er will aus erster Hand hören, wie das militärische Potential Chinas einzuschätzen ist – vor allem in der Luft.»

Unwillkürlich folgte Richard nun doch mit den Blicken der davonschreitenden Emily, die von dem kleinen Jungen in der Luftwaffenuniform und seiner alten Amah begleitet wurde. Den Kopf hoch erhoben, ging sie zum Ausgang, wo ein Fahrer neben einem smaragdgrünen Lincoln Continental-Kabriolett wartete.

Sie sah sich nicht um. Warum hätte sie das auch tun sollen?

50

27. Oktober 1937

Befriedigt musterte Joshua Haleevie die herbstliche Pracht seines zwei Hektar großen Parks. Der japanische Ahorn mit dem kupferroten Laub bildete einen lebhaften Hintergrund für die safrangelben gefüllten Chrysanthemen. Das Grün der Rhododendronblätter wirkte wie poliert, und die Azaleen flammten in herbstlichem Rot. Noch standen die an der Pergola emporrankenden Kletterrosen in voller Blüte.

Als er merkte, daß der Blick seines Obergärtners streng auf ihm ruhte, schob Joshua schuldbewußt die Gartenschere wieder in die Tasche seiner abgetragenen Zwillichhose. Zwischen ihnen galt ein ehernes Abkommen, sagte Joshua bisweilen halb im Scherz. Um das Lebenswerk seines Gärtners nicht zu gefährden, würde er es nie wagen, auch nur an der riesigen Ligusterhecke am Ende seines eigenen Gartens ein paar Zweige zurückzustutzen.

Ein anderes Augenpaar dagegen blickte Joshua sanft und vertrauensvoll an. Mit fast sechzehn Jahren war der Mastiff Adam Schall von Bell noch immer recht munter. Das Alter des Tiers erkannte man lediglich an einigen grauen Haaren – und vielleicht an seinem ungewöhnlichen Pflichtgefühl.

Eine Woche zuvor hatte der Hund Julia und Tommy Howes Töchter, die siebenjährige Althea und ihre vierjährige Schwester Persephone, zu Joshuas großem Herrensitz am Westrand der internationalen Konzession begleitet. Julia meinte, die Kinder wären dort sicherer als in der Stadt und der Hund solle ihnen Gesellschaft leisten. In Wirklichkeit hing sie so sehr an dem Tier, das sie es um seiner eigenen Sicherheit willen mit den Mädchen geschickt hatte.

Die Mädchen kamen jetzt, den Hund zwischen sich, auf Joshua zugerannt. Abgesehen von ihrer Haar- und Augenfarbe – Althea hatte Julias rötliches Haar und hellbraune

Augen, die ihrer Schwester waren tiefbraun und ihr Haar pechschwarz – ähnelten sie einander sehr und erinnerten vor allem an ihren Vater. Nur wenn sie lachten, wirkten sie wie Miniaturausgaben von Julia.

Obwohl der Himmel vollständig ungetrübt war, grollte es aus der Ferne wie Donner, und Adams Nackenhaare sträubten sich. Das Geräusch wurde stärker, und Adam stieß ein drohendes Bellen gegen diese vom Himmel kommende Herausforderung aus.

Joshua, mehrfacher Millionär und Major in der Freiwilligen-Truppe von Schanghai, beneidete den Hund, der nichts besaß als seinen wohltönenden Namen, um den Glauben, der Lärm sei nichts als Donner.

Fast mit Bedauern betrachtete er jetzt das Haus aus behauenen Granitblöcken. Er hatte es für seine Frau Charlotte bauen lassen, die es Zion nannte. Seit die Ärzte ihr gesagt hatten, sie werde nie Kinder bekommen können, kam ihm der Prunk und Glanz dieses Herrensitzes ziemlich sinnlos vor.

Seit einiger Zeit belagerten die Japaner den internationalen und den französischen Teil Schanghais. Auch wenn sie nicht ganz China damit in den Griff bekamen, daß sie die Handelsmetropole isolierten, konnten sie doch zumindest die Stadt selbst von ihren Märkten im Landesinnern abschneiden und ihr damit die Luft abdrücken.

Dennoch war erstaunlicherweise eine Welle von Wohlstand die sichtbare Auswirkung der schwersten Bedrohung, der die ausländische Konzession ausgesetzt war, seit die Rebellen von Taiping 1860 vor den Stadttoren kehrtgemacht hatten. Julias Onkel John Pavernen war ein Beispiel für das merkwürdige Phänomen des Wohlstands, das aus dem Chaos entstand. Die Verhältnisse in Europa und der Chinesisch-Japanische Krieg machten ihn reich.

Tausende jüdischer Flüchtlinge aus Nazi-Deutschland hatten in der internationalen Konzession Zuflucht gesucht. In Schanghai konnten sie ungehindert an Land gehen und sich beliebig lange aufhalten. Da die meisten von ihnen nicht unvermögend waren und ausnahmslos alle ein Dach über dem

Kopf brauchten, erwarb John Pavernen mit einem Geschäftspartner Immobilien, baute sie um und schlug sie mit hohem Gewinn an diese Zuwanderer los. Doch war der Immobilien-Boom nur eine der Gaben aus dem Füllhorn, das die Götter des Krieges und des Glücks über der Stadt ausschütteten. Der Flinke John Pavernen beschäftigte sich noch mit einer weiteren sehr einträglichen Abart der Nächstenliebe.

Hunderte chinesischer Industrieller hatten auf der Flucht vor der japanischen Bedrohung ihre Fabriken in die sichere ausländische Konzession verlagert und brauchten Hilfe beim Umgang mit deren Behörden. Das Unternehmen JPEnterprises war wiedererstanden und ließ ihnen diese Hilfe angedeihen. John Pavernen hatte sogar seine Nichte Julia dazu überredet, ihm dabei zur Hand zu gehen. Ihr Mitgefühl für die chinesischen Unternehmer, die überdies Arbeitsplätze für die Armen der Stadt schaffen würden, linderte ihren Abscheu vor den kapitalistischen Ausbeutern.

Trotz der Unterstützung durch Julia bedauerte der Flinke John, daß der Kleine Pao nicht mehr verfügbar war. Er wäre der ideale Mittelsmann zwischen dem Amerikaner und seinen chinesischen Landsleuten gewesen, als es um die Gründung der «Unternehmen unter fremder Flagge» ging.

Der Grundgedanke dabei war einfach. Ein in China tätiges Unternehmen im Besitz von Chinesen war ein Opfer der von der Regierung in Nanking festgesetzten horrenden Steuern, der Schmiergeldforderungen korrupter Beamter – und der Gier der Japaner. Ausländische Unternehmen aber, die in China tätig waren, durften in keiner Weise belästigt werden. So kam es, daß im Firmenregister der internationalen Konzession im Oktober 1937 John Pavernen als Allein- oder Mitinhaber von hundertdreiundzwanzig Unternehmen aufgeführt war, angefangen bei Bäckereien und Getreidemühlen über Schiffsausrüster bis hin zu einer Omnibusgesellschaft und einer Autovertretung.

Joshua Haleevie mußte lächeln, als er an diesen bunten Farbtupfer im grauen Gewebe der jüngsten Monate dachte. Doch die Brutalität der Wirklichkeit drängte sich wieder in den Vordergrund seiner Gedanken. Vor dem aschgrauen Abendhimmel zeichnete sich in der Gegend des Nordbahnhofs Feuerschein ab.

Er tätschelte Adam und strich Julias Töchtern über die Köpfe. Dann setzte er sich ein wenig abseits auf eine Bank unter einen Magnolienbaum, um in Ruhe eine Zigarre zu rauchen. Doch er konnte seine Gedanken nicht von der kritischen Lage der Stadt lösen. Schon seit Monaten stand das kleine Heer der Freiwilligen unter Waffen. Selbst Schauspieler und Musiker trugen Gewehre statt Masken und Violinen. Sandsäcke schützten die Glastüren des Theaters, an denen Schilder lapidar verkündeten: WEGEN DER ANDAUERNDEN KAMPFHANDLUNGEN GESCHLOSSEN.

Aber die geschäftstüchtigen Köpfe der Stadt waren auf Ersatz für solche Vergnügungen verfallen, und so gab es beispielsweise Angebote wie dieses: *Schanghais vergnüglichstes Kriegserlebnis – eine Fahrt mit dem Aussichtsbus an der Front entlang – inkl. ein Gratisgetränk*. Gerade solche Leichtfertigkeit überzeugte Joshua Haleevie davon, daß diese einzigartige internationale Gemeinschaft unaufhaltsam dem Untergang entgegentrieb. Ihr Fortbestand hing davon ab, daß alle Ausländer ihre gemeinsamen Interessen auch gemeinsam verfolgten. Diese stillschweigende Übereinkunft hatten die Japaner, die ja auch etliche Firmen in der Konzession besaßen, durch ihren Angriff auf Groß-Schanghai gebrochen.

Obwohl Joshua Grund genug zu der Befürchtung hatte, daß die einzigartige Lebensweise in dieser Stadt, die er so liebte, bald ein Ende haben würde, verhielten sich die Westmächte, als glaubten sie, die Konzession werde für alle Zeit bestehen. Unter dem Schutz von Kriegsschiffen trafen in großer Zahl Soldaten vieler Nationen ein, um die Stadt zu verteidigen: Briten, Franzosen, Amerikaner und Italiener.

Das aber vermochte Schanghais Geschäftsleute nicht zu beruhigen. Tausende von Frauen und Kindern waren nach Hongkong evakuiert worden, und erneut hemmten Stacheldrahtzäune und Sandsackbarrikaden den Zustrom chinesischer Flüchtlinge in die ausländischen Schutzgebiete. Sogar auf dem Bund und in der Nanking Road türmten sich die Sandsäcke, wie auch vor vielen Schaufenstern in der Bubbling Well Road.

Die militärische Entschlossenheit, die die Westmächte zur Schau trugen, hatte die japanischen Bodentruppen bisher davon abgehalten, die gesetzlich verbriefte Unversehrtheit der internationalen Stadt zu verletzen. Doch immer wieder gingen versehentlich Geschosse beider Seiten auf die Konzession nieder. Mitte Oktober hatten am hellen Tag Bomben eines nicht identifizierten Flugzeugs zwei große Kaufhäuser an der Nanking Road getroffen. Mehr als tausend Menschen waren ums Leben gekommen. Regelmäßig forderte ein wahrer Hagel von Granatsplittern seine Opfer, und unter den chinesischen Flüchtlingen, deren Zahl nahezu eine Million betrug, wüteten Krankheiten. Verglichen mit dem Gemetzel, das in Groß-Schanghai stattfand, blieben die ausländischen Enklaven jedoch praktisch verschont, waren nach wie vor privilegiert.

Der Abendhimmel wurde dunkler, und der Feuerschein über dem brennenden Tschapei war im Park deutlicher zu sehen. Die Artillerie bellte ärgerlich gegen knatterndes Maschinengewehrfeuer an – nach wie vor hielten die Chinesen ihre Stellungen in den Wohnblocks, Bürogebäuden und Lagerhäusern nördlich des Sutschou-Flusses. Aber wie lange konnten ihre gelichteten Reihen dem dreimal so zahlreichen Gegner standhalten?

Hinter der Rhododendronhecke hörte Joshua Bellen und Kichern. Als er hinging, fand er die beiden kleinen Mädchen, die einander in gespielter Furcht bei der Hand hielten. Adam saß neben ihnen und bellte, so laut er konnte.

«Schluß, meine Damen!» rief Joshua. «Schlafenszeit!»

Er scheuchte die protestierenden Mädchen über den Kiesweg zum Haus. Adam trottete hinterher. Von der Blesse auf der Brust abgesehen, war der riesige schwarze Mastiff in der Dunkelheit so gut wie unsichtbar.

Mit einemmal hörte Joshua das Pfeifen einer Artilleriegranate. Er riß die Mädchen an sich und warf sich zu Boden. Der Boden erbebte unter der Druckwelle, als das Geschoß vorbeiraste. Eilends trieb er die Mädchen dem Schutz des Hauses entgegen. Ihre Arme umschlangen seinen Hals, und ihr warmer Atem strich ihm über die Wangen. Wieder mußte er betrübt daran denken, daß seine Frau Charlotte keine Kinder bekommen konnte.

Warum sonst aber hatte er sie geheiratet? Warum war er ein so gefügiger Tor gewesen? Warum hatte er sich nicht gegen seine Eltern gestellt und Elisaweta gezwungen, ihn zu heiraten – ihm Söhne und Töchter zu schenken! Trotz ihrer äußerlichen Selbständigkeit hatte sie insgeheim erwartet, daß er ihr die Entscheidung abnahm.

Seltsam, daß ihm solche Gedanken kamen, während um ihn her ein Krieg tobte. Mit einemmal glaubte er, das Pfeifen von Mörsergranaten zu hören. Unsinn! Tschapei war viel zu weit entfernt. Verblüfft erstarrte er mitten in der Bewegung, als er hinten im Park, weniger als zweihundert Meter entfernt, eine Mörsergranate detonieren hörte. Eine zweite folgte, noch näher. Er warf sich erneut zu Boden und schützte die beiden Mädchen mit seinem Körper. Allerdings würde es wenig nützen, sich ins Gras zu ducken, wenn die Granaten noch näher kamen, denn ihre Splitter verteilten sich in weniger als einem halben Meter Höhe nahezu waagerecht über den Boden.

Als noch eine dritte Mörsergranate detonierte, beschloß Joshua zu bleiben, wo er war, statt es auf einen Spurt zum Haus ankommen zu lassen. In der Dunkelheit sah er die Blesse auf Adams Brust und mußte unwillkürlich über das Tier lächeln. Der Mastiff lief im Kreis herum und verbellte im hohen Falsett das Bombardement. Und da hieß es immer, Hunde hätten Angst vor dem Donner von Kanonen.

Eine vierte Mörsergranate detonierte, glücklicherweise immer noch an die hundert Meter entfernt. Es war die letzte der Serie, entschied Joshua, nachdem er eine halbe Minute gewartet hatte. Im Park herrschte vollständige Stille. Selbst das winselnde Bellen hatte aufgehört.

An Charlotte vorbei, die an einer der Fenstertüren der Veranda stand, trug er die Mädchen ins Haus und sagte beruhigend: «Mir fehlt nichts! Mach dir keine Sorgen, Liebling.

Geh bitte mit den Kindern vom Fenster weg. Ich bin gleich wieder da.»

Voll tiefer Sorge ging er den Weg zurück, den er gekommen war. Er sah den samtigen Rasen blaßgrün im Mondlicht liegen und erkannte in der Nähe der Rhododendren einen schwarzen Haufen. Er wußte, was er vorfinden würde und überquerte mit schleppenden Schritten die Rasenfläche. Es ist nur ein Hund, sagte er sich, und die Kinder sind in Sicherheit.

Den Fuß, mit dem er den dunklen Körper anstoßen wollte, zog er unvermittelt zurück. Er zwang sich niederzuknien und das Tier mit den Händen umzudrehen. Irgendwie schien ihm diese Geste angemessener.

Ein Blutfaden lief schräg über Adams Blesse. Seine großen braunen Augen blickten stumpf, und die silbernen Haare um die Schnauze des alten Hundes glitzerten im Mondlicht.

Im Bewußtsein, daß seiner Frau und den ihm anvertrauten Kindern nichts geschehen war, wandten sich seine Gedanken der ungewöhnlichen Serie von Mörsergranaten zu, die auf seinen Park niedergegangen waren. Irgend jemand mußte, aus welchen Gründen auch immer, sein Geschütz um hundertachtzig Grad gedreht und in die falsche Richtung gefeuert haben.

Joshua begriff nicht, warum ihn der Tod eines Hundes so berührte. Tief beunruhigt erstieg er die Treppe zum Dachgeschoß. Durch die Fenstervorhänge erkannte er einen leuchtendroten Schein, der den Horizont im Norden erhellte.

Er begann zu begreifen, warum er so sehr um Adam trauerte. Der Tod des Hundes war ein Symbol – und ein Vorzeichen. Er bedeutete das Ende einer Epoche, in der sie alle jung, glücklich, optimistisch – und sicher gewesen waren.

Unwillkürlich fiel ihm Julias Hauseinweihung im Jahre 1922 ein, als er, vom Champagner schon stark angeheitert, mit Elisaweta zehn weitere Kartons und einen Plattenspieler angeschleppt hatte. Am Abend dann hatte Tommy Howes Freund, der kommunistische Gewerkschaftsagitator Tschang Kuo-tao, Julia den schwarzen Welpen mit der weißen Blesse geschenkt.

Es kam ihm vor, als sei das gestern gewesen. Dabei lag es

fünfzehn Jahre zurück – eine halbe Generation. Er sah erneut aus dem Fenster. Ganz Tschapei brannte. Die Flammenfront war beinahe kilometerlang, und der Himmel leuchtete über Schanghai blutrot. Der Rauch über dem brennenden Tschapei verdunkelte die Sterne und den Mond.

Inmitten der Flammen erhob sich eine unbesiegbar scheinende neunstöckige Pagode, deren glasierter Ziegelpanzer zinnoberrot leuchtete. War auch die Unzerstörbarkeit dieser Pagode ein Vorzeichen? Sagte sie nicht, daß es dem winzigen Japan unmöglich sein werde, den unbezähmbaren Willen und die riesigen Weiten Chinas zu besiegen?

Im nächsten Augenblick sank die Pagode inmitten der Flammen in sich zusammen.

51

12. Dezember 1937

Richard Hollings wirkte auf dem amerikanischen Kanonenboot USS *Panay* wie das fünfte Rad am Wagen – nicht weil er Engländer, sondern weil er trübsinnig war. An Bord herrschte eine muntere Stimmung – nicht nur bei der Besatzung, sondern auch bei den in Nanking an Bord gekommenen amerikanischen Botschaftsangehörigen und den Auslandskorrespondenten unterschiedlicher Nationalität. Richard vermochte keine Freude dabei zu empfinden, daß er die dem Untergang geweihte Stadt verließ, die der Generalissimus mitsamt seiner Gattin, Madame Tschiang Kai-schek, bereits vier Tage zuvor aufgegeben hatte, um in die neue Hauptstadt Wuhan zu reisen, tausend Kilometer weiter flußaufwärts.

Auch die nationalistische Nachhut zog sich jetzt zurück und überließ die Stadt mitsamt ihren Bewohnern den Japanern. Die letzten Ausländer waren an Bord der *Panay* gegangen und hielten die auf Rumpf und Sonnensegel gemalten amerikanischen Flaggen für einen sicheren Schutz – sicherer jedenfalls als die spärliche Bewaffnung des Schiffs.

Niedergeschlagen starrte der Engländer auf die riesige Wasserfläche des Jangtse. Die Anstrengungen und das Wechselbad der Gefühle der vergangenen Woche hatten ihn deprimiert und erschöpft. Vor allem machte er sich Gedanken um Emily, an deren Nachnamen Ou-yang er sich immer noch nicht hatte gewöhnen können.

Seit er im September zum erstenmal in Nanking gewesen war, hatte Richard die Stadt mehrfach besucht. Man hatte ihn ohne Schwierigkeit zum Generalissimus wie auch zu Madame Tschiang Kai-schek vorgelassen, und Jimmy Wei hatte ihm anvertraut: «Ihr Name ist gleich ganz oben auf die Liste gekommen. Dafür hat Emily gesorgt.»

Richard vermutete, daß Jimmy Wei von ihrer früheren Beziehung wußte, auch wenn er das mit keiner Silbe zu erkennen gab.

Emily hatte er nach ihrem Zusammentreffen im Speisesaal des *Metropolitan* nur ein einziges Mal wiedergesehen, in der Suite der Tschiangs. Sie hatte ihn höflich und distanziert begrüßt, ihn noch einmal dem Generalissimus vorgestellt, Mei-ling an frühere Zusammentreffen erinnert und war dann gegangen.

Nachdem die Japaner Groß-Schanghai besetzt hatten, konnte eine so bekannte Persönlichkeit wie Madame Tschiang Kai-schek unmöglich durch die Linien in die Stadt gelangen, wohl aber ihre Assistentin Emily Ou-yang, sofern sie mit falschen Papieren reiste. Richards Bemühungen, sie in Schanghai zu besuchen, waren auf heftigen Widerstand gestoßen. Manchmal begrüßte ihn Julia herzlich als wichtigen Korrespondenten, dann wieder gab sie sich abweisend, weil sie ihn als Bedrohung für das seelische Gleichgewicht ihrer Schwägerin ansah.

Richard, der zum letztenmal in Nanking von Emily gehört hatte, hoffte, daß sie jetzt in Schanghai in Sicherheit war. Gleichzeitig träumte er davon, sie in Wuhan vorzufinden, wenn die *Panay* dort ankam – *falls* sie je dort ankam! Der Kapitän schien nicht genau zu wissen, wohin die Reise gehen sollte. Er hatte um halb neun an jenem Sonntag die Anker lichten lassen, war stromauf gedampft und dort, wo sich der Jangtse weitete, wieder vor Anker gegangen. Er verhielt sich, als habe er nichts zu befürchten, obwohl immer wieder beide Seiten auch neutrale Schiffe unter Feuer nahmen. Im Laufe des Nachmittags gestattete er einem Dutzend Besatzungsmitgliedern, auf drei in der Nähe ankernde Tanker überzusetzen. Auf diesen Schiffen, die gleichfalls unter amerikanischer Flagge fuhren, galt das auf den Schiffen der Kriegsmarine streng gehandhabte Alkoholverbot nicht.

Es schien den Kapitän nicht erkennbar zu beunruhigen, daß zwei japanische Kampfflugzeuge auf das Kanonenboot niederstießen. Sie waren offenbar auf der Suche nach den zehn Truppentransportern, auf denen, wie es gerüchtweise hieß, eine chinesische Division von Nanking geflohen war. Das Bewußtsein, als Amerikaner unantastbar und unverletzlich zu sein, panzerte den Kapitän offenbar förmlich.

«Richtig unwirklich», meldete sich eine Stimme, «ein gemaltes Schiff auf einem gemalten Meer.»

Mit Vergnügen sah Richard das römische Profil des italienischen Korrespondenten Luigi Barzini, der wie Harry Smythe und Norman Alley, der draufgängerische Wochenschau-Kameramann, zu der Gruppe von Journalisten gehörte.

«Sehen Sie nur!» Barzini gestikulierte vom Oberdeck zum Rumpf des Kanonenboots hinunter. «Ein weiß-braun bemaltes Kriegsschiff, wie aus einer komischen Oper. Hat man je etwas weniger Kriegerisches gesehen?»

Die Bemalung, die Luigi Barzini so amüsant fand, sollte dafür sorgen, daß jeder Bürgerkriegsgeneral das Schiff schon von weitem erkannte und die Finger davon ließ, sofern er sie sich nicht verbrennen wollte. Richard hoffte, daß die Abschreckung funktionierte, denn die *Panay* war so gut wie wehrlos. Zwar besaß sie neben ihren Maschinengewehren zwei 7,5-Zentimeter-Geschütze an Bug und Heck, doch stand für diese keinerlei Munition zur Verfügung. Noch nach mehr als sechs Monaten betrachtete die amerikanische Marine den Chinesisch-Japanischen Krieg als besseren Witz.

Hundert Kilometer nordöstlich strebten zwei weit auseinandergezogene japanische Marineflieger-Staffeln durch den grauen Winterhimmel. Die Piloten waren voller Vorfreude. Zum erstenmal ging es gegen ihr eigentliches Ziel: Schiffe. Die beiden Staffelführer beugten sich in ihren Sitzen leicht vor, als könnten sie auf diese Weise ihre Maschinen rascher dem Feind entgegentreiben.

Als er in der Ferne das Brummen der Motoren hörte, hob Harry Smythe den Blick zum Himmel und sagte: «Irgendwelche armen Säcke kriegen gleich 'ne Ladung ab! Diesen verdammten Japanern gehört der ganze Himmel.»

«Es mag selbstsüchtig klingen, aber ich bin froh, daß das nicht uns gilt», sagte Luigi Barzini. «Mein Bedarf ist allmählich gedeckt, ich hab schon oft genug Bomben aufs Dach gekriegt . . .»

«So geht's mir auch . . .» Richard Hollings unterbrach sich und rief: «Warum zum Teufel fliegen die so tief?»

«Runter, Leute!» schrie Harry Smythe. «Deckung, um Gottes willen!»

Auch der Kapitän im Steuerhaus hob den Blick. Er sah die Bombe nicht, deren Druckwelle ihn gegen die Wand schleuderte, wohl aber sah er, daß sein linkes Bein in einem merkwürdigen Winkel abstand. Obwohl ihn Schmerz übermannte, ließ er gewohnheitsmäßig den Blick über das Schiff laufen: die Funkbude war zerschmettert, ein Mast gesplittert, das Buggeschütz aus seiner Verankerung gerissen.

Auf dem Oberdeck lag Richard Hollings. Er konnte die beiden Bomben sehen, die dem Bug entgegenfielen. Als das Kanonenboot unter der doppelten Detonation erbebte, wurde er eine Handbreit in die Luft geschleudert. Um ihn herum stieg eine Wasserkaskade auf. Offenbar hatte zumindest eine der Bomben ihr Ziel verfehlt. Blinzelnd sah Richard zwei Maschinen auf das Heck niederstoßen. Die roten Kreise auf ihren Tragflächen wirkten riesig. Auf dem tiefsten Punkt des Sturzflugs lösten sich die Bomben. Beide detonierten im Wasser und ließen das sechzig Meter lange Schiff wie ein Spielzeug in einer Badewanne auf und ab tanzen.

Auf dem Deck herrschte hektisches Treiben. Ein Bootsmann schrie Befehle, und ein Offizier, dem die Uniform in Fetzen vom Leib hing, kletterte zum Steuerhaus empor.

Später erinnerte sich Richard, daß er erstaunlicherweise keinerlei Furcht empfunden hatte. Wahrscheinlich war alles zu schnell gegangen. Er sah deutlich vor sich, wie Norman Alley wieder aufrecht stand und die Kassette seiner Schmalfilmkamera wechselte.

Später drängten sich andere Bilder dazwischen: die Funkbude hinter dem Steuerhaus wurde erneut getroffen; ein Offizier, aus dessen Beinstumpf das Blut schoß, kroch über das Deck und schrie weiter seine Befehle, Dampf entwich dröhnend aus dem Schornstein, als der Ingenieur das Sicherheitsventil löste, um zu verhindern, daß der Kessel explodierte; Luigi Barzini kehrte von einem leichtfertigen Erkundungsgang unter Deck zurück, um zu berichten, daß das Wasser im Rumpf rasch steige. Und immer wieder donnerten ihnen die Motoren der Sturzbomber in den Ohren, blitzten die blutroten Sonnen auf ihren Tragflächen auf, hämmerten die uralten Maschinengewehre des Kanonenboots ohnmächtig los, antworteten die Bordwaffen der Flugzeuge.

Als sich die Maschinen die drei Tanker vornahmen, ertönte der Befehl: «Alle Mann von Bord!»

Während sie auf dem Heck der *Panay* darauf warteten, die beiden Motor-Sampans zu besteigen, die ihre einzigen Rettungsboote waren, leckte ihnen das Wasser um die Füße. Niemand hatte das Kommando. Der Kapitän war bewußtlos, der Erste Offizier war in den Hals und an den Händen getroffen und konnte keine Befehle mehr geben. Dennoch verlief das Manöver geordnet. Die Besatzung schaffte nicht nur die Verwundeten und die Passagiere von Bord, sondern auch Medikamente und wichtige Vorräte.

«Das nenne ich Disziplin!» sagte Harry Smythe. «Drill und Disziplin!»

«Ach was, nichts als Anfängerglück!» gab Richard Hollings zurück. «Außerdem haben wir Schwein gehabt, daß die Japse verschwunden sind!»

Genau fünf Minuten nach drei verließ der letzte Offizier das Schiff. Es war ein junger, fast nackter Leutnant, dem die Detonation die Uniform buchstäblich vom Körper gerissen hatte.

Als der zweite Sampan ablegte, stand das Deck des Kanonenboots bereits vollständig unter Wasser. Nach wenigen Minuten legte es sich träge nach Steuerbord und drehte seine mit langen Wasserpflanzen und grauen Muscheln bedeckte Unterseite in die Luft. Dann tauchte die *Panay*, mit dem Bug voraus, in die schmutzigbraunen Fluten des Jangtse. Bald schloß sich das Wasser über dem abgerundeten Heck wieder. Nur noch konzentrische Kreise und aufsteigende Blasen ließen die Stelle des Untergangs erkennen.

Eine Weile schwiegen alle, doch schließlich sagte jemand: «Das war's! Sehen wir zu, daß es irgendwie weitergeht.»

Norman Alley, der Kameramann, wischte sich mit dem Rücken der rußgeschwärzten Hand das gleichfalls rußgeschwärzte Gesicht und sagte leise: «Das sind hinreißende Aufnahmen! So gute hab ich noch nie gemacht. Man sieht genau, wie nah die Japaner dran waren. Sie können die großen Sterne und Streifen auf unseren Sonnensegeln unmöglich übersehen haben! Großartige Aufnahmen! Aber hoffentlich erlebe ich so etwas nie wieder!»

Luigi Barzini wandte sich zu Richard Hollings und sagte mit leiser Stimme: «Jetzt liegen die Vereinigten Staaten im Krieg mit Japan. Die Kriegserklärung kommt vielleicht später, aber ausweichen kann man dem Krieg nicht mehr. Auch wenn es die Amerikaner vielleicht nicht wissen, sie befinden sich im Krieg mit Japan!»

52

10. Januar 1938

Mehrere hundert Tauben flatterten im glasüberdachten Hof des alten Herrenhauses an der Jessfield Road durcheinander. Rot, grün und rosa bemalt, wirkten sie unter dem bleifarbenen Januarhimmel wie Konfetti. Die an ihre Beine gebundenen Bambuspfeifen gaben unter dem Krachen der Feuerwerkskörper schrille Laute von sich.

Man feierte die Verlobung des ältesten Sohnes von Herrn Ou-yang Hsiu. Die Herrin des Hauses jedoch, die Stiefmutter des Bräutigams, war bei dem Feuerwerk nicht anwesend, das ihr wohlhabender Gatte veranstaltete. Obwohl er nach wie vor gern einen weiteren Sohn gehabt hätte, freute er sich über die beiden Mädchen und den Jungen, die ihm seine dritte Frau geschenkt hatte. Der Preis für eine moderne Gattin, die im Ausland studiert hatte, war nun einmal, daß man ein unabhängiges Verhalten duldete, das bisweilen ans Unziemliche grenzte.

Emily Ou-yang erwartete im großen Wintergarten an der Rückseite des alten Hauses ihre eigenen Gäste. Wäre ihre Pflicht ihrem Land gegenüber weniger dringend gewesen, hätte sie die Familienfeier nicht verlassen, doch Madame Tschiang Kai-scheks Anweisungen, die ein Bote von Wuhan gebracht hatte, mußten sofort befolgt werden. Darin hieß es: *Da die Vereinigten Staaten unsere Niederlage für unausweichlich halten, zögert die Regierung des Landes und setzt auf Japan. Sofern sich die Meinung der Amerikaner nicht ändert, wird uns sogar die geringe Unterstützung gestrichen, die wir gegenwärtig bekommen. Du mußt sie unbedingt davon überzeugen, daß wir ihren Kampf kämpfen – und gewinnen können. Laß alles andere stehen und liegen!*

Emily wollte nunmehr die Korrespondenten der amerikanischen Zeitungen und Rundfunkstationen dazu bringen, der Öffentlichkeit ihres Landes zu erklären, daß Chinas Kampf im

Interesse Amerikas liege und daß die Japaner die wahren Feinde seien. Gelang das, würde Chinas Zentralregierung von den Vereinigten Staaten die Geschütze bekommen, die sie brauchte, um Japan zu besiegen. Daher hatte Emily mit ihrer Schwägerin Julia, die jeden Auslandskorrespondenten in China persönlich zu kennen schien, einen Plan ausgearbeitet.

Julia hatte sich dieser Sache mit Leib und Seele verschrieben. Sie hatte sogar den Segen des Apparats, denn immerhin waren Nationalisten und Kommunisten, jedenfalls auf dem Papier, gegen den gemeinsamen Gegner Japan geeint. Julia wußte, warum die Kommunisten die Einheitsfront bejahten, sprach aber nie darüber. Mao Tse-tung hatte auf das Bündnis hingearbeitet, denn es hätte das Ende der Kommunisten bedeutet, wenn sie nicht die nationalistischen Heere von sich selbst abgelenkt und zum Kampf gegen Japan aufgerufen hätten.

Der Empfang, den Emily an jenem trüben Sonntagnachmittag für fünfzig Gäste gab, bedeutete den Eröffnungsschuß in dem Propagandafeldzug, den sie mit Julia geplant hatte. Generalkonsuln ausländischer Mächte sollten zusammen mit den chinesischen Leckerbissen auch Informationen bekommen, die in Amerika nicht allgemein bekannt waren. Aber die wirklich wichtigen Dinge wollten Emily und Julia mit den ausländischen Korrespondenten besprechen, denn Zeitungsleute hielten sich gern selbst für diejenigen, die die Politik machten.

Trotz ihres Engagements für diese Sache hatte sich Emily zuerst dagegen gewehrt, daß Julia auch Richard Hollings auf die Gästeliste setzen wollte, und heftig erklärt: «Ich will ihn nicht hier im Haus haben. Es wäre meinem Mann gegenüber nicht anständig. Immerhin wissen viele der anderen Gäste, daß –»

«Emmy, ich verstehe, was du empfindest», hatte Julia geantwortet. «Auch ich kann ihn kaum ertragen, trotzdem sehe ich ihn ziemlich häufig.»

«Julie, wie kannst du nur? Er ist widerlich.»

«Aber nützlich», hatte Julia beharrt. «Er ist jetzt jemand. Hinter ihm stehen nicht nur die NBC und der *Boston Globe*, seine Artikel werden von der North American Newspaper Alliance auch an zahlreiche andere Blätter verkauft . . .»

«Schön, laden wir ihn ein, wenn es nicht anders geht», hatte Emily schließlich zugestimmt. «Aber glaub nicht, daß ich mit ihm rede.»

Richard war einer der ersten Gäste. Emily begrüßte ihn steif und förmlich. Er schien nichts davon zu merken und plauderte munter drauflos. Als weitere Gäste eintrafen, begrüßte er Julia, als sei sie eine enge Vertraute, und sagte: «Emily hat ja wirklich keine Kosten gescheut. Ein Streichquartett und alle Köstlichkeiten der chinesischen Küche. Aber sie kommt mir etwas nervös vor . . .»

«Ja, weißt du denn noch nicht, was los war?» unterbrach ihn Julia. «Sie war in Nanking dabei, als die Japaner einmarschiert sind.»

«Die Arme! Kein Wunder! Hat es sie sehr mitgenommen?»

«Sie ist zäh, und ich hoffe, sie kommt darüber hinweg. Aber es ist erst einen Monat her.»

Richard folgte Julias Blick. Obwohl Emily sehr schlank, fast mager war, sah sie in ihrem königsblauen Tschipao mit goldener Borte hinreißend aus. Als einzigen Schmuck trug sie ihr winziges Rangabzeichen der chinesischen Luftwaffe mit Saatperlen und Saphiren.

«Dick, es geht ihr um die Sache», beschwor ihn Julia. «Sie arbeitet so hingebungsvoll für China, daß es in ihrem Leben nichts anderes gibt.»

Emily bearbeitete gerade den amerikanischen Generalkonsul, dem durchaus klar war, daß hinter ihrer sanften Stimme Madame Tschiang Kai-scheks Botschaft hervortönte.

«Ich bin da anderer Ansicht», sagte er gerade. «Die Vereinigten Staaten sind streng neutral und begünstigen keine der beiden Seiten.»

«Und was ist mit der *Panay*? Die japanischen Piloten können doch unmöglich die riesigen amerikanischen Flaggen übersehen haben! Es ist völlig ausgeschlossen, daß sie ein amerikanisches Kanonenboot mit einem chinesischen Truppentransporter verwechselt haben. Schließlich ist es ein offenes

Geheimnis: auf Norman Alleys Film sind Sturzbomber zu erkennen, die sich lediglich dreißig Meter über dem Schiff befanden. Aber Ihr Land hat nichts unternommen – im Gegenteil! Präsident Roosevelt hat persönlich dafür gesorgt, daß diese Aufnahmen nicht veröffentlicht werden durften.»

«Nun, immerhin haben wir auf das schärfste protestiert. Das würde ich nicht als ‹nichts› bezeichnen.»

«Ihr Land», fuhr Emily fort, ohne sich von diesem Einwurf beirren zu lassen, «verkauft den Japanern Flugbenzin und Eisenschrott. Es übt darüber hinaus Druck auf Claire Chennault und seine Männer aus, indem es droht, daß sie ihre amerikanische Staatsbürgerschaft aufs Spiel setzen, wenn sie für China kämpfen.»

«Die Gesetze unseres Landes», erwiderte er, «verbieten es Amerikanern nun einmal, in den Streitkräften fremder Länder zu dienen. Wie ich schon sagte, die Vereinigten Staaten sind neutral.»

«Und warum können sie sich dann nicht so verhalten?»

«Was wollen Sie damit sagen?»

«Militärisch wichtige Güter strömen nach Japan. Nicht Kanonen oder Flugzeuge, so etwas wird dort nicht gebraucht – Japan hat seine eigene Rüstungsindustrie. Aber alles andere. China hingegen kann von Amerika keinerlei Waffen kaufen, nicht einmal mehr die veralteten Gewehre, die es bisher von Ihrem Verteidigungsministerium bezogen hat. Sie verkaufen uns nicht einmal Sprengstoff für den Einsatz auf Baustellen. Amerika benachteiligt China in jeder Hinsicht!»

«Madame Ou-yang, Sie wissen, daß Diskretion für einen Diplomaten dasselbe bedeutet wie Keuschheit für eine Dame, aber ich werde Ihnen gegenüber ausnahmsweise indiskret sein.» Der Generalkonsul bemühte sich, charmant zu sein. «Falls Sie bereit sind, einen unverlangten Rat anzunehmen, würde ich Ihnen empfehlen, eine Weile abzuwarten und zu hoffen. Die Dinge sind im Fluß, eine Änderung steht bevor, aber es wird nicht leicht sein, und es wird seine Zeit dauern.»

«Ich werde zu hoffen versuchen», gab sie zur Antwort, «aber auch das ist nicht einfach.»

Der Generalkonsul verbeugte sich förmlich und entschuldigte sich. Er bedauerte bereits die wenigen Andeutungen, die er gemacht hatte.

«Nicht nachgeben, Emmy», hörte sie die muntere Stimme ihres Bruders Tommy. «Es wäre für dich gar nicht gesund, die Hoffnung aufzugeben. Denkbar schlecht für dein Seelchen!»

«Jimmy Wei, Sie haben meinen Bruder auf den Pfad des Lasters geführt», schalt Emily Tommys Begleiter. «Wieviel habt ihr beiden getrunken?»

«Höchstens zwei oder drei kleine Schlückchen, bestimmt nicht mehr», gab Jimmy zur Antwort.

Emily mochte das nicht recht glauben, denn die rötlichen Flecken über Tommys Wangenknochen sprachen eine deutliche Sprache. Dem dunklen Gesicht des kleinen Jimmy Wei allerdings, der zur Feier des Tages einen Nadelstreifenanzug trug, war nichts anzumerken.

Jimmy nahm die Geschwister beim Arm und führte sie zur Bar. Dort bestellte er Highballs, nahm einen Truthahnschlegel vom Büfett und fuchtelte damit herum, um seine Worte zu unterstreichen.

«Sie wollen also wissen, wie es in Nanking war, nachdem die japanischen Zwerge da einmarschiert sind, Dr. Howe?» fragte er mit lauter Stimme.

Tommy nickte, obwohl er die Geschichte von Emilys und Jimmys gemeinsamer Flucht bereits kannte. Normalerweise sprachen er und Jimmy Wei einander ohnehin mit Vornamen an. Von Jimmys lauter Stimme angelockt, strömten die Gäste zur Bar. Diejenigen, die ihn nicht kannten, wollten die Geschichte hören. Die Korrespondenten, die ihn gut kannten, machten sich auf eine seiner mit Recht berühmten Solonummern gefaßt.

Er wirbelte den Schlegel durch die Luft und sagte mit dröhnender Stimme: «Sie wissen, meine Freunde, es ist heutzutage nicht üblich, über Recht und Unrecht zu sprechen. Wir nehmen den Namen Gottes kaum noch in den Mund. Aber Nanking hat mich zum Glauben an Gott bekehrt. Ich habe das Böse gesehen – und da *wußte* ich, daß es als Gegengewicht dazu das Gute geben muß. Gott hat dafür gesorgt, daß unsere Gastgeberin und ich entkommen konnten.»

«Erzählen Sie schon», flüsterte ihm Tommy zu. «Gleich hört kein Mensch mehr zu.»

«Beim Einmarsch der Japaner befanden Emily und ich uns im Keller des Luftfahrtgebäudes, das an einem großen Platz liegt. Weil es von Bomben getroffen worden war und wie eine Ruine aussah, beachteten die Japse es nicht, als sie einmarschierten, und wir konnten alles wie von einem Tribünenplatz aus mit ansehen.» Jimmy nahm einen Schluck und fuhr fort: «Die japanische Führung hat direkt vor unseren Augen den Appell abgenommen und dann ihre Soldateska auf die Stadt losgelassen, zu Mord, Plünderung –»

«Und Vergewaltigung!» ergänzte Emily. «Wir haben genau zugesehen, um alles über unseren Feind zu erfahren. Aber was wir da gesehen haben . . .»

«Ungefähr siebenundzwanzigtausend Männer sind auf Nanking losgelassen worden», nahm Jimmy den Faden auf, «und haben schlimmer gehaust als die Mongolen. Weil die japanischen Zwerge stinkbesoffen waren, haben sie anfangs nur die Menschen umgebracht, die ihnen beim Plündern im Weg waren – nicht mehr als zehntausend.»

«Zehntausend zu Anfang, Mr. Wei?» fragte der amerikanische Generalkonsul. «Wie hoch schätzen Sie die Gesamtzahl?»

«Es sind zu viele, um sie zu zählen, aber es hat mindestens hunderttausend Tote und Verwundete gegeben. Angefangen hat das Gemetzel mit Schwertern und Bajonetten. Als nächstes kamen Pistolen und Gewehre an die Reihe. Zum Schluß sind sie mit Maschinengewehren und Flammenwerfen vorgegangen.» Jimmy rieb sich die Augen. «Die Flammen schlugen so hoch, daß die ganze Stadt im Dunkeln wie eine Bühne vor uns lag . . . Wir haben zugesehen, wie sie die Frauen in Reih und Glied aufgestellt haben, von kleinen Mädchen, kaum zehn Jahre alt, bis hin zu Greisinnen.»

Jimmy schüttelte wie von Schmerz ergriffen den Kopf und warf Emily einen flehenden Blick zu. Sie berichtete mit tonloser Stimme: «Ein paar hundert japanische Soldaten waren es, Männer wie Gorillas, mit brutalen Gesichtern und lang herabhängenden Armen. Ich muß Ihnen wohl keine Einzelheiten schildern. Erst haben sie die Frauen und Mädchen mißbraucht und sie dann mit Schwertern und Gewehrkolben umgebracht – so gleichgültig und beiläufig, als würden sie Reis dreschen.»

«Laß gut sein, Emmy.» Julia trat beschützend vor. «Du brauchst die entsetzlichen Einzelheiten nicht alle zu wiederholen!»

«Nur eins möchte ich noch sagen.» Jimmy leerte sein Glas. «Mit denen kann man weder verhandeln noch Abkommen schließen – ebensogut könnte man mit einem *tsunami* verhandeln, einer Gezeitenwelle, die mit vernichtender Kraft überrollt und mitreißt, was sich ihr in den Weg stellt. Das sollte keiner von Ihnen je vergessen, im ureigensten Interesse. Und denken Sie immer daran: Wir Chinesen sind nur die ersten. Genau wie eine Gezeitenwelle können die Japaner nicht aufhören. Es gibt nur eine Möglichkeit: Japan zu vernichten ... durch geschlossenen Widerstand. Sie, meine Damen und Herren, kommen als nächste an die Reihe. Erst Südostasien, dann Indien. Gott allein weiß, wie es weitergeht. Vielleicht glauben Sie, daß ich übertreibe. Aber nehmen Sie einmal an, ich hätte Ihnen vor zwanzig Jahren gesagt, ein kleines Land wie Japan mit einer Einwohnerzahl von sechzig Millionen würde ein riesiges Land wie China mit vierhundert Millionen Menschen überfallen. Hätten Sie mir geglaubt? Der Krieg wird sehr lange dauern!»

Das Schweigen, das seinen Worten folgte, dauerte eine halbe Minute an. Die Diplomaten unterließen es eine kurze Weile, wie gewohnt vor Übertreibung zu warnen, die Zeitungsleute sahen in den dunklen Korridor der Zukunft, den allem Anschein nach Detonationen und Leuchtspurgeschosse erhellen würden.

«Falls Jimmy recht hat, werden wir den Rest unseres Lebens hindurch über Krieg berichten ... ganz gleich, wie alt wir werden!» Richard Hollings lächelte nicht, während er das sagte. «Zur Zeit ist in China Optimismus nirgends zu finden.»

Tommy verließ die Gäste, die sich um Jimmy und Emily drängten und ihnen Frage auf Frage stellten. Er zog Julia und Richard mit sich und murmelte: «Optimismus ist durchaus zu finden – wenn man weiß wo. Habt ihr schon mal von einem Ort namens Yenan gehört?»

«Sicher», gab Richard zur Antwort. «Aber niemand hat je herausbekommen, was die chinesischen Kommunisten dort treiben. Es gibt keine Möglichkeit hinzukommen. Außerdem kämpfen sie nicht für China, sondern werden von Moskau und der Kommunistischen Internationale gesteuert.»

«Was das angeht, bin ich mir nicht sicher, obwohl ich die Lehre der Kommunisten weiß Gott nicht unterstütze», gab Tommy zur Antwort. «Ich habe den Eindruck, daß ihnen die Theorie – Marxismus oder was auch immer es sein mag – seit dem Einmarsch der Japaner nicht mehr so wichtig ist. Natürlich kann nur der Generalissimus unser Land vor den Japanern retten, aber die Vorsitzenden Mao Tse-tung und mein alter Freund Tschang Kuo-tao bewirken in Yenan große Dinge. Sie haben die Rote Armee der Zentralregierung unterstellt, so daß diese jetzt ihre Befehle vom Ministerium für nationale Verteidigung bekommt.»

«Und was ist von den Berichten zu halten, denen zufolge die Nationalisten die Blockade über die kommunistischen Gebiete nach wie vor nicht aufgehoben haben?» wollte Richard wissen. «Bereitet der Generalissimus nicht in aller Stille einen neuen Vernichtungsfeldzug vor?»

«Ich persönlich bedaure es, daß der Generalissimus es nach wie vor für nötig hält, die Kommunisten kurz zu halten», antwortete Tommy. «Wenn er sie nur machen ließe, könnten Nationalisten und Kommunisten alle Kräfte gegen die Japaner mobilisieren. Ich will damit den Generalissimus keineswegs kritisieren, aber –»

«Natürlich willst du», lachte Richard. «Aber du hast durchblicken lassen, daß es Möglichkeiten gibt, nach Yenan zu kommen.»

Julia sah ihn erstaunt an. Tommy hob hinter dem Rauch seiner Meerschaumpfeife eine Braue.

«Du scheinst mehr zu wissen, als du zugibst», beharrte

Richard. «Weißt du tatsächlich, wie man nach Yenan kommen könnte?»

Als Tommy die Pfeife aus dem Mund nahm und nickte, sagte der Korrespondent begeistert: «Das wird ein Knüller! Der erste Augenzeugenbericht über die geheimnisvollen chinesischen Kommunisten. Natürlich müßte ich in dem Fall die Möglichkeit haben, mich frei zu bewegen und mit allen zu sprechen – einschließlich Mao Tse-tung und deinem alten Freund Tschang Kuo-tao.»

«Dick, du bist noch nicht dort», lachte Julia. «Wenn du zu viele Bedingungen stellst, wird vielleicht nichts aus der Sache. Tommy kann schließlich nicht hexen.»

«Heißt das, ihr glaubt, daß sich da tatsächlich etwas arrangieren läßt?»

Julia nickte nach einer kurzen Pause, die sie gemacht hatte, um die Wirkung ihrer Worte zu steigern. Erstaunt fragte Richard Hollings weiter: «Wie kommt es, daß ihr beide euch so gut auskennt?»

Tommy hatte den Apparat darauf hingewiesen, daß ein offenes Umwerben des britischen Korrespondenten zu ihrer Enttarnung führen könne, doch die Antwort hatte an Deutlichkeit nichts zu wünschen übrig gelassen: *Es ist von höchster Wichtigkeit, einen einflußreichen westlichen Auslandskorrespondenten nach Yenan zu bringen, damit er der nationalistischen Propaganda etwas entgegenzusetzen hat und sie möglichst widerlegt – auch auf die Gefahr hin, daß Ihre eigene spätere Nützlichkeit darunter leidet.*

«Ja», sagte Julia nachdenklich, «ein Bekannter, der weiß, daß einige unserer Freunde Auslandskorrespondenten sind, hat uns angesprochen, und so –»

Tommy unterbrach sie: «Wir halten es für wichtig, daß die Dinge genauso dargestellt werden, wie sie sind, denn wir glauben an die Macht der Wahrheit. Niemand kann von mir als dem Sohn eines Bankiers erwarten, daß ich die Kommunisten liebe, aber wenn wahrheitsgemäß und vorurteilsfrei über beide Seiten berichtet wird, nutzt das China auf lange Sicht am meisten.»

«Wann kann ich euren Bekannten treffen? Je eher, desto besser.»

«Ganz so einfach ist das nicht, Dick», gab Julia zu bedenken. «Wir können ihn nicht einfach herbestellen. Aber wir werden sehen, was wir tun können. Bis dahin zu niemandem auch nur ein Wort.»

«Natürlich nicht, Julie.»

«Vor allem nicht zu Emmy», betonte Julia. «Das hätte entsetzliche Folgen. Du mußt durch die nationalistische Blockade; sie darf also keinesfalls wissen, daß –»

«Ich verstehe. Wahrscheinlich hätte ich sowieso keine Gelegenheit, zu der Schneekönigin irgend etwas anderes zu sagen als ‹Danke und auf Wiedersehen, Mrs. Ou-yang! Es war eine reizende Gesellschaft!›»

«Lieber Gott!» sagte Tommy mit einem Blick auf seine goldene Schweizer Uhr. «Ich habe in einer Viertelstunde Stationsvisite. Julia, sag Emmy, daß ich mich nicht verabschieden konnte, ich muß sofort los.»

«Nicht ohne mich, Herr Doktor», gab sie zurück. «Du hast ja wohl nicht vergessen, daß wir den Kindern versprochen haben, zu Hause zu sein, um ihnen gute Nacht zu sagen. Außerdem sind wir um acht Uhr bei Sterling Fessenden eingeladen. Ich rufe Emmy morgen an.»

Tommy hatte böse Vorahnungen, die ihm das Hochgefühl über das gewonnene Scharmützel im Propagandakrieg zwischen den Nationalisten und Kommunisten verdarben. Julia hatte bisweilen den Eindruck, daß er zu feinfühlig für die Untergrundarbeit war. Sie selbst konnte zwar auch nicht alle Gewissensbisse unterdrücken, ließ sich aber dadurch von der Erfüllung ihrer Pflichten nicht abhalten.

«Die Sache ist schon ein bißchen merkwürdig, was?» sagte Tommy, während sie an der Rennbahn entlangfuhren.

«Wieso?»

«Na hör mal», sagte er. «Du weißt genau, was ich meine. Es ist ja eigentlich nicht ganz anständig, wie wir Dick Hollings ausgerechnet bei einer nationalistischen Veranstaltung geködert haben.»

«Ob anständig oder nicht, die Hauptsache ist, es funktioniert», gab sie zurück. «Die meisten Korrespondenten würden für einen Exklusivbericht aus dem kommunistisch beherrschten Gebiet einen Arm geben. Und Dick ist nun mal ganz verrückt nach Ruhm.»

Sie wäre weniger selbstsicher gewesen, wenn sie das Gespräch gehört hätte, daß Emily mit Jimmy Wei führte, nachdem die Gäste das Haus verlassen hatten. Jimmy, der sich nicht aus den Privatangelegenheiten seiner Bekannten heraushalten konnte, spielte nach wie vor Amor. Enttäuscht darüber, daß bei Emilys und Richards Zusammentreffen im Speisesaal des *Metropolitan Hotels* nichts herausgekommen war, bemühte er sich immer noch um die Aussöhnung der beiden. Er war sicher, daß sie einander brauchten. Ou-yang Hsiu spielte in Emilys Leben keine Rolle mehr, und daß Richard seine junge Frau, mit der er noch gar nicht lange verheiratet war, nicht nachkommen ließ, sprach Bände.

«Sie sollten Dick nicht so abblitzen lassen», sagte er und zog Emily beiseite. «Nach der Sache mit der *Panay* hat er das nicht verdient. Warum haben Sie ihn überhaupt eingeladen? Doch wohl nicht, um ihm die kalte Schulter zu zeigen!»

«Julia hat ihn eingeladen», gab sie trotzig zurück, «ich nicht.»

«Und wird sie ihn in unserem Sinn informieren?»

«Ich denke schon.»

«Das scheint mir nicht zu reichen. Man kann nicht einer Ausländerin die Sorge um China anvertrauen – ganz gleich, wie eifrig Julia für die Sache kämpfen mag. Manchmal bin ich mir über ihre politischen Ansichten sowieso nicht im klaren.»

«Seien Sie nicht albern, Jimmy. Ich kenne sie seit unserem zwölften Lebensjahr. Eine Zeitlang habe ich sie verdächtigt, jetzt aber nicht mehr. Außerdem ist Tommy –»

«Entschuldigen Sie, Emmy, aber Hollings ist wirklich überaus wichtig. Ohne ihn läuft nichts. Zwar ist der *Boston Globe* nicht so bedeutend wie Dick glaubt, aber er schickt seine Beiträge an die NANA – die North American Newspapers Alliance –, und die beliefert Hunderte von Zeitungen in Amerika und im Ausland. Außerdem arbeitet er für die NBC, und für die Verbreitung von Informationen wird der Rundfunk immer wichtiger. Das ist das Medium der Zukunft.»

«Jimmy, ich weiß, was die NANA ist. Ihnen dürfte doch bekannt sein, daß ich selbst gelegentlich für Zeitungen schreibe.»

«Ich bitte noch einmal um Entschuldigung, Emmy, aber ich finde, daß Sie ihn heute ein bißchen von oben herab behandelt haben.»

«Na schön, Jimmy. Ich tue es zwar nicht gern, aber ich werde mit ihm sprechen. Schließlich geht es um China!»

Über diesen Satz mußte Emily selbst lächeln, auch dann noch, als sie Richard mit einem halben Dutzend anderer Gäste zusammenstehen sah, die sich von ihr verabschieden wollten. Das Lächeln verstärkte den falschen Eindruck, den ihre Worte hervorriefen: «Kannst du noch einen Augenblick bleiben, Richard?»

Da Richard vor Freude strahlte, fügte sie rasch hinzu: «Es dauert nicht lange. Nimm doch noch ein Glas.»

Er war von Emilys plötzlicher Wärme nach fünf Monaten eisiger Distanz verblüfft. Sie saßen nebeneinander auf einer Bank zwischen Farnen und Orchideen. Ihre Finger spielten mit dem Fliegerabzeichen auf ihrer Schulter. «Wir hätten schon früher miteinander sprechen sollen, Dick ... als Freunde», begann sie. Sie wollte eine angenehme Atmosphäre schaffen, bevor sie auf ihn einzuwirken versuchte. «Es ... was wir miteinander hatten ... liegt so lange zurück. Es ist albern, wenn sich alte Freunde derart aus dem Weg gehen.»

«An mir liegt das nicht», sagte er. «Ich spreche gern mit dir – als alter Freund.»

«Und ich möchte dir sagen, daß ich dir in keiner Weise grolle», begann sie schwerfällig, obwohl sie genau wußte, daß das Gespräch in leichtem Ton geführt werden mußte.

Richard schluckte die Antwort herunter, die ihm auf der Zunge lag. Eigentlich hatte er sagen wollen, daß *er* Grund zu grollen habe. Schließlich hatte damals sie ihn zurückgewiesen. Emilys ungeschicktes Vorgehen erfüllte ihn mit einer vagen Hoffnung. Ihr wäre sicher nicht so unbehaglich zumute, wenn ihr das Gespräch nicht wichtig wäre.

«Nun, ich dachte, wir könnten um der alten Zeiten willen ... ich meine ...» Sie wußte nach wie vor nicht recht, was sie sagen sollte. «Weißt du, ich habe nichts über das geschrieben, was ich in Nanking gesehen habe.»

«Was, du hast es nicht weitergegeben?» Der Korrespondent in ihm war erstaunt. «Nichts an deinen großartigen *Public Ledger*, obwohl du eine Gelegenheit hattest, die Japaner als das zu entlarven, was sie sind? Wie kannst du seelenruhig auf einer solchen Augenzeugengeschichte sitzenbleiben?»

«Kein Wort habe ich geschrieben. Ich konnte nicht. Bis heute nachmittag habe ich es kaum fertiggebracht, zu irgend jemandem darüber zu reden, Dick.»

«Es fällt mir schwer, das zu glauben. Wie konntest du –»

«Du hast mir schon früher immer vorgeworfen, ich sei nicht professionell genug. Vielleicht hattest du recht damit. Aber wenn dich die Sache nicht interessiert, läßt sich auch jemand anders finden, der ...»

Gerade rechtzeitig fiel ihr Jimmy Weis Warnung ein, Richard nicht zu verärgern, und so fuhr sie anders als beabsichtigt fort: «Aber eigentlich wäre es mir nicht recht, wenn ein anderer als du die Geschichte schriebe. Nur du bist imstande, die Ereignisse im richtigen Licht darzustellen.»

Die Wärme ihrer Schmeichelei ließ Richards Mißtrauen dahinschwinden. Er beugte sich zu ihr und legte ihr impulsiv die Hand auf den Arm. Als er ihre weiche Haut unter der Seide spürte, mußte er unwillkürlich an vergangene Zeiten denken. Zärtlichkeit wallte in ihm auf, und seine Hand zitterte. Als er sie schließlich zurückzog, hatte er ganz vergessen, was er eigentlich hatte sagen wollen.

Emily hob überrascht den Blick. Ohne es zu wollen, schob sie sich näher an ihn, und er hob instinktiv die Arme.

Sie zwang sich, Haltung zu bewahren und ärgerte sich über ihren Mangel an Beherrschung. Richard ließ die Arme sinken, und sie lächelte nervös.

Sie zwinkerte, als erwache sie aus einem Schlaf, legte die Hände in den Schoß und sagte betont munter: «Laß uns mal sehen. Du willst die Geschichte doch, oder? Mehr kann ich dir heute nicht sagen. Ich muß zu meiner . . . zu Hsius Gesellschaft zurück. Aber morgen . . .»

«Könnten wir nicht miteinander zu Mittag essen?» schlug er vor. «Im Französischen Klub?»

«Ach, da war ich schon so lange nicht mehr. Warum eigentlich nicht?»

53

11.–31. Januar 1938

Bei ihrem ersten gemeinsamen Mittagessen seit mehr als zehn Jahren gab es zwischen Richard und Emily nichts weiter über ihre Beziehung zu sagen. Es hätte keine Wörter gegeben, mit denen sie ihr noch tastendes Verständnis voneinander hätten ausdrücken können, das keiner von beiden schon wirklich erfaßt hatte.

In der darauffolgenden Woche trafen sie mehrfach zusammen, wobei sie wie in stillschweigendem Einverständnis die Abendstunden mieden. Vor sich selbst – und vor einander – taten sie so, als arbeiteten sie an der Geschichte der Ausschreitungen in Nanking, obwohl sie ohne weiteres imstande gewesen wären, sie an einem einzigen Tag niederzuschreiben. Emily begründete diese Treffen vor sich selbst mit ihrem patriotischen Pflichtgefühl. Sie sagte sich, sie müsse dafür sorgen, daß China in Richard Hollings' Darstellung günstig abschnitt, und er war beinahe selbst davon überzeugt, daß sein Interesse an ihr in erster Linie beruflicher Natur sei.

Sie hatten das Glück vergessen, das sie einst miteinander erlebt hatten, die übernatürliche Erhöhung aller Gefühle. Während der nächsten Woche woben sie allmählich das komplizierte Muster ihrer Beziehung neu. Sie waren vorsichtig und ließen sich Zeit trotz der angespannten politischen Lage, die sie jederzeit voneinander trennen konnte. Es drängte sie nicht, mit ihren Körpern den Bund zu bekräftigen, der uneingestanden zwischen ihnen bestand. Als sie schließlich doch in Richards Suite in den Broadway Mansions wieder zueinander fanden, erlebten sie die tiefste Lust, die beide je empfunden hatten.

Nahezu zwei Wochen lang vergaß Emily buchstäblich den Krieg um das Überleben ihres Volkes. Sie kannte nur einen Sinn in ihrem Leben – die neu erwachte Liebe zu Richard. Voll Staunen merkte sie, daß gerade die Unmöglichkeit einer Ehe zwischen ihnen ihrer Beziehung alle frühere Schroffheit genommen hatte. Jetzt, da sie weder Treue von ihm erwarten noch ihm Verantwortung aufbürden konnte, gab es keine Forderung mehr, die sie nicht stellen durfte, weil er nicht imstande gewesen wäre, sie zu erfüllen. Außerdem hatte sie selbst keine Gewissensbisse. Sie hatte ihrem Gatten alles gegeben, was er von ihr erwartete, und zu einem öffentlichen Skandal, der ihn sein Gesicht verlieren ließ, würde sie es nicht kommen lassen.

Richard konnte zu keinem Zeitpunkt seine Arbeit und seinen Ehrgeiz vollständig vergessen. Sie waren sein Lebensinhalt. Wohl aber vergaß er Fiona fast vollständig, die er erst zwei Jahre zuvor in England geheiratet hatte. Stets hatte er diese Emily mit der elfenbeinfarbenen Haut und dem schwarzen Haar geliebt, das begriff er jetzt. Nicht er hatte ihre Trennung in die Wege geleitet, sondern sie. Er hatte nie aufgehört, sie zu lieben und zu begehren. Die Wiedergeburt ihrer Liebe ließ alle minderen Gefühle in den Schatten treten, und es kam von Zeit zu Zeit sogar vor, daß er kaum noch an seinen Ehrgeiz dachte.

Um keinen Skandal heraufzubeschwören, mahnte Emily ihren bisweilen sorglosen Liebhaber zur Vorsicht. Mit der Wiederaufnahme ihrer persönlichen Beziehung hörten sie schlagartig auf, einander in der Öffentlichkeit zu begegnen. Nachdem Richard den auf Emilys Erlebnisse in Nanking gestützten Bericht verfaßt hatte, mußten die Neugierigen – unter ihnen der enttäuschte Jimmy Wei – den Eindruck gewinnen, als gingen die früheren Liebenden einander nach wie vor aus dem Weg.

Nur Julia und Tommy, die beide am besten kannten, spürten, daß etwas geschehen war. Emily wirkte strahlend, und Richard war beinahe vollständig entspannt. In der Öffentlichkeit übersahen sie einander und verschwanden meist zur gleichen Zeit aus dem Blickfeld der anderen. Die Howes machten sich Sorgen über die Belastung, der sie die wiedervereinten Liebenden aussetzen würden, wenn sie Richard in die kommunistische Hauptstadt Yenan lockten. Für die glühende Nationalistin Emily war das der Wohnsitz des Teufels.

«Wird es nicht allmählich Zeit?» fragte Julia trübsinnig am letzten Januartag des Jahres 1938 beim Abendessen. «Ich mache der Sache ungern ein Ende, aber ich fürchte, ich muß Richard morgen sagen, daß der Weg nach Yenan frei ist.»

«Du könntest es ruhig noch ein bißchen hinausschieben», gab Tommy zur Antwort. «Zum Glück liegt die Entscheidung bei dir und nicht bei mir.»

«Was soll das heißen?» fragte sie gefährlich ruhig. «Geht es etwa nicht uns beide an?»

«Selbstverständlich, Liebste», sagte er beschwichtigend. Auf einen Streit wollte er es keinesfalls ankommen lassen. «Aber die Propaganda ist doch dein Gebiet.»

«Ach, sieh mal an», fuhr sie ihn an. «Und wer hat mich in diese Sache hineingezogen?»

«Du kannst die Aufgabe jederzeit zurückgeben», gab er zur Antwort. «Niemand würde dich dafür umbringen.»

«Da bin ich nicht so sicher. Aber ich möchte die Aufgabe gar nicht zurückgeben. Schließlich leisten wir eine große und wichtige Arbeit.»

«Was ist dann also los, Julie? Warum läßt du deinen Zorn an mir aus?»

«Ich lasse meinen Zorn an niemandem aus. Wir tun das Richtige.»

«Emmy war schon seit Jahren nicht so glücklich, was?» fuhr Tommy fort. «Und wir sind drauf und dran, das kaputtzumachen.»

«Richard kommt ja wieder. Daß er für eine Weile fortgeht, bedeutet nicht das Ende. Nicht wenn sie sich wirklich lieben.»

«Da bin *ich* nicht so sicher», begann Tommy, doch Julia

unterbrach ihn: «Ich habe es satt, daß du mir dauernd die Schuld in die Schuhe schiebst.»

«Dick nach Yenan zu lotsen war dein Einfall», gab er zurück. «Ich hab ihm nie wirklich getraut und –»

«Aber du warst einverstanden – oder etwa nicht? Und es scheint dir auch gar nichts auszumachen, mit ihm zu reisen.»

«Jetzt sei aber vernünftig, Julie.» Ihn beunruhigte die Richtung, die ihr Streit zu nehmen begann. «Schließlich braucht er einen Dolmetscher und jemanden, der ihm . . . äh . . . die Richtung vorgibt. Und das muß jemand sein, dem er traut.»

«Ich könnte das ebensogut, wenn nicht besser.»

Verblüfft sah er sie an, und trotzig gab sie seinen Blick zurück. Sie wartete darauf, daß er widersprach, denn immerhin hatte sie mit dieser Äußerung seine männliche Überlegenheit in Frage gestellt.

Er begann, sich Gedanken zu machen. Zum erstenmal, seit sie verheiratet waren, hatten sie im vergangenen Jahr beständig über ihre unterschiedliche Haltung zu politischen Aktionen gestritten. Julia traute der Kommunistischen Partei Chinas Übermenschliches zu und erklärte, es sei nicht ihre Aufgabe, deren Anweisungen in Frage zu stellen, sondern sie zu befolgen. Tommy war skeptischer. Es war ihm nicht möglich, Lügen, Heuchelei, Diebstahl und Mord zu billigen, nur weil die Partei, mit deren Zielen er sympathisierte, ein solch widerwärtiges Vorgehen für angebracht hielt.

Jetzt fürchtete er eine weitere erbitterte Auseinandersetzung. Julias Blick zeigte ihm, daß sie nur auf seinen Widerspruch wartete – und gerade das provozierte ihn zu widersprechen.

«Das ist eine der lächerlichsten Behauptungen, die ich je gehört habe», sagte er. «Eine Ausländerin soll einen Korrespondenten nach Yenan begleiten? Absoluter Unsinn! Außerdem, wer soll sich um die Mädchen kümmern? Davon abgesehen ist dein Chinesisch nicht . . .»

Obwohl ihr klar war, daß er ihr Mandarin meinte, denn im Schanghai-Dialekt drückte sie sich sehr gewandt aus, nahm sie den Fehdehandschuh auf. Seine männliche Starrheit und rassistische Herablassung kränkten sie.

«Lao Tsi ist ohne weiteres imstande, sich um die beiden zu kümmern», fuhr sie ihn an. «Und was mein Chinesisch angeht, ist das so schlecht nicht. Immerhin hast du selbst –»

«Du weißt doch genau, was ich meine, Julie.» Er gab sich ausgesucht geduldig. «Du hast doch Mao Tse-tung schon Mandarin sprechen hören und weißt so gut wie ich, daß sein Genuschel kaum verständlich ist. Vergiß außerdem Kuo-taos Kiangsi-Dialekt nicht. Manchmal verstehe *ich* ja kaum, was er sagt.»

Julias Zorn flammte noch höher auf. Sie hatte ein schlechtes Gewissen, weil sie Emilys neues Glück gefährdete und richtete ihren Zorn gegen ihren Mann. «Du hältst mich also für eine arme, schwache Frau? Wenn es darum geht, Kinder in die Welt zu setzen, bin ich dir gerade recht – aber dann soll ich am besten mit ihnen im Kinderzimmer eingeschlossen bleiben. Noch dazu bin ich eine dumme Ausländerin! Die hält man besser von ernsthaften Angelegenheiten fern. Als Lockvogel für andere dumme Ausländer mag sie ja dienen», fuhr sie atemlos vor Wut fort. «In Wirklichkeit verachtest du alle fremden Teufel und hältst Frauen ... alle Frauen ... für dumm und hohlköpfig! Sogar mich! *Vor allem* mich!»

«Julie, Liebste», warf er ein, «das ist doch albern. Können wir nicht –»

«Versuch es jetzt bloß nicht mit Schmeicheleien! Ich weiß genau, worauf du hinauswillst. *Du* kannst morgen Richard anrufen, ich werde den Teufel tun. Wenn ich nicht mit nach Yenan darf, will ich mit der Sache überhaupt nichts zu tun haben. Verschwinde doch und bleib weg, solange du willst. Ich bin nicht sicher, daß ich dich wiedersehen will.» Sie holte noch einmal tief Luft für einen letzten Angriff und sagte: «Außerdem wirst du mir ... fehlen ... *sehr*.»

Von ihren eigenen Worten verwirrt, errötete sie wie ein Schulmädchen, lächelte dann töricht und stimmte zögernd in Tommys schallendes Gelächter ein.

Endlich wischte er sich die Tränen aus den Augen und keuchte: «Das ist ... das ist ... das Komischste, was ich seit Jahren gehört habe. Du willst mich nicht wiederhaben, aber ich werde dir fehlen – und zwar *sehr*.»

Wider Willen mußte Julia kichern, und ihr Zorn schwand dahin. Doch ihr Herz schlug nach wie vor rasch, und ganz hatte sich ihre Empörung noch nicht gelegt. «Wirklich, Tommy, es gefällt mir nicht, daß du ohne mich reist.»

«Es geht doch nicht anders, Liebling. Jemand muß sich um die Kinder kümmern. Du würdest doch nicht allen Ernstes Lao Tsi wochenlang mit ihnen allein lassen?»

«Vielleicht nicht.» Sie gab sich noch nicht geschlagen. «Aber Charlotte Haleevie würde liebend gern –»

«Du weißt genau, daß die Reise nach Yenan kein Spaziergang ist, sondern durchaus mit Gefahren verbunden. Wäre es wirklich klug, beide Eltern dem auszusetzen? Was würde aus –»

«Schön, Tommy, du hast mich überzeugt. Aber es ist wirklich nicht gerecht. Eine Frau bleibt immer angebunden.»

«Das würde ich eigentlich nicht sagen –» setzte er an, aber sie unterbrach ihn. «Wirst du mit dieser Reise nicht deine Tarnung preisgeben? Unsere Tarnung?»

«Ich fahre als Arzt nach Yenan. Mein guter Freund und früherer Patient Kuo-tao leidet unter allgemeiner Schwäche . . . seit dem Langen Marsch über die Hochflächen Tibets. Da wir jetzt alle im Kampf gegen Japan zusammenhalten, sind die Nationalisten bereit, ihm eine angemessene medizinische Betreuung zuzugestehen. Sollte ich aber in Yenan zufällig über Dick Hollings stolpern . . .»

«Wird man uns nicht noch mehr verdächtigen?»

«Vielleicht geht es gerade anders herum. Die Geheimpolizei ist mehr oder weniger davon überzeugt, daß ich reumütig vom Kommunismus abgefallen bin, wenn auch noch nicht ganz und gar wieder zur reinen Lehre des Kapitalismus zurückgekehrt. Mit ihrer verqueren Logik werden sie annehmen, daß ich nie im Leben nach Yenan ginge und damit meine Position zu erkennen gäbe, wenn ich nach wie vor ein gefährlicher Roter wäre.»

«Und warum mußt unbedingt du hin? Könnte das nicht ebensogut jemand anders tun»

«Ich *möchte* hin, Liebling.» Tommys schmales Gesicht wurde

ernst. «Kuo-taos Schwierigkeiten sind nicht wirklich körperlicher Art. Ich hab dir schon früher gesagt, daß er politisch in einer Zwickmühle ist. Er bekämpft Mao Tse-tung noch heftiger als zuvor, weil er fest davon überzeugt ist, daß sich dieser zum Diktator aufschwingen will. Auch mit den Beiträgen der Kommunisten zum Kampf gegen Japan ist er nicht zufrieden. Er hält sie weitgehend für vorgetäuscht. Ich *muß* mit ihm reden – nicht nur um seinetwillen, sondern auch um unseretwillen.»

Obwohl Julia sich noch immer ungerecht behandelt fühlte, legte sich ihr Zorn gegen Tommy. Sie machte sich große Sorgen um ihn – und zwar keineswegs nur wegen der gefährlichen Reise. Es kam ihr vor, als stehe er im Begriff, das Vertrauen in die Kommunistische Partei Chinas zu verlieren.

Das Leben lief nie so, wie man es erwartete. Seit Jahren hatte sie sich darum bemüht, gegen die Ungerechtigkeit und Ausbeutung zu kämpfen, die sich aus der bloßen Existenz der internationalen und französischen Konzession Schanghais ergaben. Sie hatte gekämpft, um zu erreichen, daß die Öffentlichkeit im Ausland die Aufgabe der exterritorialen Privilegien der Ausländer verlangte, auf die sich die Existenz dieses Teils der Stadt gründete. Jetzt, da die Japaner die ausländischen Gebiete bedrohten, machte ihr die Vorstellung, die Konzessionen könnten zerstört werden, im tiefsten Herzen angst. Doch nur die Befürchtung, andere Mächte würden die ausländischen Besitzungen militärisch verteidigen, hielt die Japaner davon ab, nach ihnen zu greifen.

Die Uneinigkeit innerhalb der Kommunistischen Partei Chinas, die Tommy gerade wieder betont hatte, war noch beunruhigender. Dennoch war Julia zuversichtlich, daß sie ihr Vertrauen in die Führung der Partei nie verlieren würde.

54

13.–25. Februar 1938

Eisig pfiff der Februarwind über die Stadtmauer von Yenan und häufte Schneewehen an. In dem improvisierten Hörsaal für die Kinder höherer Kader saß Richard Hollings neben dem Vorsitzenden Mao Tse-tung, der den Journalisten seit seiner Ankunft vor achtundvierzig Stunden mit Höflichkeitsbezeugungen überhäufte. Richard spähte ungläubig durch den Zigarettenrauch, der in dem Raum hing. In einer eleganten Tweedjacke, Reithose und Reitstiefeln war gerade Tommy Howe durch einen Seiteneingang hereingetreten. Der Engländer sprang von der rohen Holzbank auf, um den Freund zu begrüßen, den er mehr als eintausendfünfhundert Kilometer entfernt in Schanghai gewähnt hatte.

«Dr. Livingstone, nehme ich an», grinste Richard und streckte Tommy die Hand entgegen. «Daß du hier aufkreuzt, ist ja wohl kein Zufall, was?»

Mit breitem Lächeln nickte Tommy und sagte: «Stimmt. Ich mußte meinen alten Gefährten Tschang Kuo-tao besuchen, er ist mein Patient. Aber offen gestanden haben Julie und ich uns Sorgen um dich gemacht, und als sich die Gelegenheit bot, einen Platz in einem Flugzeug hierher zu bekommen, habe ich zugegriffen.»

«Du bist geflogen? Hast du ein Glück! Nach einer ganzen Woche per Bahn und Lastwagen bin ich wie gerädert. Wie hast du das bloß geschafft?»

«Kurz nach deinem Aufbruch hat Mei-ling Emmy nach Wuhan beordert. Außerdem wollte der Generalissimus meinen Rat, was die medizinische Betreuung der Luftwaffenangehörigen betrifft. Das soll nicht heißen, daß ich je wieder eine Uniform anziehe . . .»

«Aber was ist mit dem Flugzeug, Tommy? Wie bist du hergekommen?» drängte Richard.

«Ach so, ja. Der Garnisonskommandant von Hsian hielt sich gerade in Wuhan auf. Als ich hörte, daß er in Yenan zu tun hatte, habe ich ihn gebeten, mich mitzunehmen. Allem Anschein nach kommt er mit offiziellen Botschaften des Generalissimus für die beiden Vorsitzenden – Mao Tse-tung als Vorsitzender des Zentralkomitees der Partei und Tschang Kuo-tao als Vorsitzender der Räteregierung des Bezirks.»

«Bleibst du eine Weile hier? Das wäre mir sehr lieb. Es ist zwar alles ungeheuer interessant hier, aber ich kann doch kaum Chinesisch, und kein Mensch außer den Dolmetschern redet Englisch. Du hast keine Ahnung, welche Freude einem da ein vertrautes Gesicht bereiten kann.»

Tommy schwieg. Schließlich war er gerade deshalb in die Hauptstadt der Kommunisten gereist, weil er sich durchaus vorstellen konnte, welche Freude ein bekanntes Gesicht bei einem Fremden auszulösen vermochte, der allein war in Chinas wildem Nordwesten.

Er hatte bereits den Bericht des Studenten durchgearbeitet, von dem Richard glaubte, er habe ihn auf der zweiten Etappe seiner Bahnreise zufällig kennengelernt. Richard war entzückt gewesen, die Bekanntschaft eines jungen Mannes zu machen, der verständliches Englisch sprach, und noch entzückter, als er erfuhr, daß auch dieser nach Yenan unterwegs war. Richard ahnte selbstverständlich nicht, daß der hilfreiche junge Mann, der erklärt hatte, er wolle als Freiwilliger zum Heer der Kommunisten stoßen, in Wirklichkeit ein geschätzter Mitarbeiter der Abteilung Öffentlichkeitsarbeit im Grenzgebiet war. Und dahinter wiederum verbarg sich nichts anderes als das auch für die Geheimpolizei zuständige Sicherheitsbüro der Kommunistischen Partei.

Keine Sekunde lang war der Korrespondent unbeobachtet – oder ohne Schutz – geblieben. Zahlreiche Mitreisende, die nicht zu erkennen gaben, daß sie Englisch verstanden, lösten sich bei dieser Aufgabe ab. Bis jetzt hatte Richard Hollings sich in allem richtig verhalten.

Die Fahrt von Schanghai nach Hsian war ereignislos verlaufen. Er hatte die nicht genau markierte Grenzlinie zwischen dem von den Japanern besetzten Gebiet und dem Herrschaftsbereich der Nationalisten überquert und war schließlich auf einem Lastwagen, der Waren schmuggelte, durch die Grenzsperre der Nationalisten ins Gebiet der Kommunisten gelangt – zusammen mit einer Ladung Zeitungspapier und Drucktypen. Den Kommunisten schienen Flugblätter ebenso wichtig zu sein wie Karabinermunition.

Richard Hollings sollte in Yenan davon überzeugt werden, daß eine Wiedergeburt der chinesischen Kultur bevorstand, bei der sich die Kommunistische Partei in der Rolle der Hebamme sah. Er zeigte sich von den Bemühungen der Chinesen tief beeindruckt, wie der Student während der dreihundert Kilometer langen Lastwagenfahrt von Hsian nach Yenan erfahren hatte. Tommy war mit dessen Bericht zufrieden. Die anstrengende Reise nach Yenan hatte den Korrespondenten in die richtige Stimmung versetzt. Ihm lief das Wasser sozusagen schon im Mund zusammen. Dabei wußte er noch gar nicht, welche journalistischen Leckerbissen man ihm zugedacht hatte. Die Propagandisten waren eifrig darum bemüht, aus dem fernen Yenan eine Legende zu machen.

Hier, wo seit Jahrtausenden die Menschen in Wohnhöhlen hausten, die man in die weichen Lößhänge grub, war die sich rasch ausdehnende Verwaltung der Kommunisten in einer Vielzahl baufälliger öffentlicher Gebäude untergebracht. Eins von ihnen beherbergte jetzt die Akademie für die Kinder höherer Kader, die gewisse Privilegien genossen. Dem Hörsaal sah man sein Alter an, die Wände ächzten unter der Last der Jahre, und frische Gipsflecken betonten den Verfall. Wie alles in der Stadt war der gestampfte Erdboden mit feinem gelbem Lößstaub bedeckt.

Einige nackte Glühlampen, die an langen Drähten mit schadhafter Isolation von der Decke hingen, kämpften gegen die Dunkelheit des späten Wintertages an. Alle Anwesenden trugen wattierte Baumwolljacken, in denen sie wie übergroße Schulkinder aussahen. Transparente an den Wänden priesen die Einheitsfront gegen die Japaner oder warben für Sauberkeit, Disziplin und zum Kampf gegen das Analphabetentum.

Nahe dem verschossenen roten Vorhang vor der Bühne saßen die Parteiführer, zerbissen Kürbiskerne und schlürften Tee aus Tontassen. Auch der Vorsitzende Mao Tse-tung und der Oberkommandierende der Armee des Achten Weges, Tschu De, die «Rote Tugend», saßen nicht wie sonst in bequemen Sesseln, sondern auf rohen Holzbänken ohne Rückenlehnen, damit Richard Hollings sah, was er sehen sollte: eine große glückliche Familie, in der alle gleich waren. Die Leibwächter der Parteiführer trugen ihre Pistolen unter den Jacketts, und die höheren Kader hatten die zahlreichen Füllhalter aus ihren Brusttaschen genommen, mit denen sie sonst ihren Rang zu dokumentieren pflegten. Der Mummenschanz war bestens organisiert.

Nachdem Tommy den Vorsitzenden Mao Tse-tung und dessen Vertraute begrüßt hatte, sah er sich vergebens nach Tschang Kuo-tao um. Er wußte, daß Mao Tse-tungs Gegenwart bei dieser öffentlichen Versammlung ungewöhnlich war. Der Vorsitzende der Kommunistischen Partei Chinas gab sich normalerweise bereits ebenso unnahbar wie einst die chinesischen Kaiser.

Er war nicht mehr der junge, karrieresüchtige Mann, der siebzehn Jahre zuvor bei der Gründungsversammlung des Nationalen Studentenbundes jene endlose lange Rede gehalten hatte. Statt des handgewebten langen Gewands trug er jetzt den aus blauer Jacke und Hose bestehenden Anzug der Landarbeiter. Nach vielen Jahren voller Gefahr und Entbehrungen war er mit seinen fünfundvierzig Jahren nicht mehr rundlich, sondern geradezu abgezehrt, so daß er größer wirkte als zuvor.

Während er Tommy zu sich winkte, sagte er: «Der Dolmetscher taugt nichts, er spricht ein schauderhaftes Englisch. Übernehmen Sie das! Ich habe dem hellhäutigen Barbaren gerade die Resolution des Völkerbunds erläutert. Sie ist der Beweis für die Unausweichlichkeit unseres Sieges.»

Tommy hob die Braue und unterschlug die rassistische Randbemerkung. Immerhin war auch Julia, seine Frau und die Mutter seiner Töchter, eine «hellhäutige Barbarin».

«Kennst du diese Resolution?» wandte sich Richard an

Tommy. «Der Völkerbund hat soeben allen Mitgliedsländern empfohlen, Hilfsgüter nach China zu schicken. Der Vorsitzende Mao ist davon überzeugt, daß das einen großen Sieg bedeutet. Ich möchte ihn gern fragen, was für praktische Ergebnisse er sich davon verspricht. Du weißt, daß mich seine Einschätzung der außenpolitischen Situation sehr beeindruckt. Soll ich ihm das sagen?»

«Ehrlich gemeinte Wertschätzung ist stets willkommen», gab ihm Tommy zur Antwort und wiederholte dann Richards Frage und das Kompliment für den Vorsitzenden in Mandarin.

«Diese Entschließung bedeutet, daß alle Völker der Welt vereint hinter unserem Kampf gegen Aggression und Faschismus stehen», sagte Mao Tse-tung mit Nachdruck. «Ich weiß, daß der Völkerbund oft als ein Verein von Nichtstuern kritisiert wird. Man braucht nur daran zu denken, mit welchen Schwierigkeiten die Sowjetunion zu kämpfen hatte, als sie mit Hilfe des Völkerbunds eine Einheitsfront gegen den Faschismus erreichen wollte. Aber diese Entschließung wird innerhalb des Völkerbunds zu bedeutenden Veränderungen führen. Der Kampf unseres Landes beflügelt alle Menschen, die Freiheit und Gerechtigkeit lieben.»

Richard setzte zu einer neuen Frage an, aber der Vorsitzende gebot Schweigen. Seine Hand hob sich wie segnend über die zehn Jungen und zehn Mädchen in frisch gebügelten blauen Jacken, die gerade vor dem roten Vorhang aufgetreten waren. Aus den Schriftzeichen auf ihren leuchtend roten Armbinden ging hervor, daß es sich um Junge Pioniere handelte. Sie alle trugen rote Halstücher, und in die Zöpfe der Mädchen waren rote Bänder geflochten. Als ein Junge in die Hände klatschte, begannen alle zu singen: *«Tschi-lai, tschi-lai, pu yüantse ...»*

Strahlend schlug Mao Tse-tung mit der Faust den Takt auf den Tisch, während Tommy für Richard das Kampflied der chinesischen Kommunisten übersetzte: «Voran! Voran! Alle, die ihr die Sklaverei haßt ... Mit unserem Fleisch und Blut werden wir eine neue Große Mauer erbauen!»

Nachdem die Jungen Pioniere vier weitere Lieder zum

besten gegeben hatten, traten sie wieder ab. Dann teilte sich der rote Vorhang, und ein junger Mann von etwa zwanzig Jahren las aus einem Büchlein vor, das er mit beiden Händen hielt: «Genossen, die Mitarbeiter und Schüler der Akademie für die Kinder der höheren Kader von Yenan heißen euch willkommen.» Tommy dolmetschte flüsternd. «Heute hören wir die lehrreiche Geschichte des Verräters Tschang Mu-tao. Sie spielt in . . .»

Tommy verlor den Faden, als ihn Richard am Ärmel zupfte und fragte: «Wieso Tschang Kuo-tao? Der *Verräter* Tschang Kuo-tao? Hast du nicht gesagt, dies wäre ein historisches Stück?»

«Halt um Himmels willen den Mund!» flüsterte Tommy. «Nicht *Kuo*-tao, sondern *Mu*-tao. Er war einer der berüchtigsten Verräter unseres Landes.»

Wie bei chinesischen Theateraufführungen üblich, beteiligten sich die Zuschauer lebhaft an den Vorgängen auf der Bühne. Die «Ohs» und «Ahs» stolzer Eltern wetteiferten mit den lauten Kommentaren zum Geschehen, während das jahrhundertealte Stück seinen Fortgang nahm. Alle Darsteller waren Kinder: die Hofdamen trugen herrliche Seidenkleider, die Generäle reichverzierte Rüstungen, und die Höflinge elegante Gewänder. Alle trugen bemalte Masken vor dem Gesicht, und im Publikum wurde laut darüber gerätselt, wer sich dahinter jeweils verbergen mochte.

Doch alle schienen den Hauptdarsteller zu kennen, den Jungen, der hinter der Maske eines Schurken den Verräter Tschang Mu-tao spielte. Tommy begriff, warum er der Liebling aller war. Er beherrschte mit seiner klaren Sprechweise und seinen dramatischen Gebärden das Geschehen auf der Bühne.

Von dessen Darstellungskunst ganz in Bann geschlagen, hörte Tommy kaum, wie sich eine Seitentür öffnete. Gerade in diesem Augenblick lachte Mao Tse-tung laut auf und sagte: «Das nenne ich wahre Kunst! Wie passend! Eine köstliche Eingebung, Tschang *Kuo*-taos Sohn den Verräter Tschang *Mu*-tao spielen zu lassen!»

Tommy drehte sich zur Seite und erkannte den hochgewachsenen Mann, dessen Eintreten Mao Tse-tung zu seinem Ausruf veranlaßt hatte. Es war sein alter Freund Tschang Kuo-tao. Mit großen Schritten ging er auf die Bühne und achtete nicht darauf, daß er dabei die Kerosinleuchten umwarf, die auf dem Boden standen. Er riß seinem verängstigten Sohn die Maske vom Gesicht, nahm ihn auf die Arme und trug ihn zum Ausgang.

«Barbaren!» rief er. «Es ist bösartig, ein unschuldiges Kind dazu zu bringen, daß es seinen eigenen Vater quält. Ihr seid schlimmer als wilde Tiere!»

Der öffentliche Zusammenstoß zwischen den beiden Männern, die die Sache der Kommunisten verkörperten, entsetzte Tommy. Er empfand für den aufrechten Tschang Kuo-tao große Freundschaft und Achtung, doch Mao Tse-tung als Vorsitzender des Zentralkomitees vertrat den kollektiven Willen der Partei, und ein guter Kommunist schuldete der Partei Treue und Gehorsam. Dennoch wäre es äußerst unchinesisch – sogar unmenschlich – gewesen, hätte Tommy seinem alten Mentor Tschang Kuo-tao den Rücken gekehrt.

Der Vorsitzende Mao unternahm keinen Versuch, sich bei Richard Hollings wegen dieses Zwischenfalls zu rechtfertigen oder ihn daran zu hindern, mit Tschang Kuo-tao zu reden. Richard war ganz begierig darauf, Tommys Freund zu befragen und lächelte zynisch, als Tommy meinte, der öffentliche Zusammenstoß zwischen den beiden Männern habe nichts zu bedeuten. Als ihn Tommy darauf hinwies, aus seiner Kenntnis des Landes müsse er doch wissen, wie temperamentvoll die Chinesen seien, grinste Richard breit und erklärte, wenn dieser Vorfall nichts weiter zu bedeuten habe, könne man doch ebensogut Tschang Kuo-tao selbst danach fragen.

Tommy stimmte sofort zu. Da man Richard unbedingt den Eindruck vermitteln mußte, daß im kommunistisch besetzten Grenzgebiet eine freie öffentliche Debatte an der Tagesordnung sei, durfte er nicht warten, bis ihm die Geheimpolizei die Erlaubnis zu dem Gespräch gab. Überdies wollte er selbst so schnell wie möglich mit Tschang Kuo-tao sprechen – offenbar war sein Freund in Schwierigkeiten.

Nachdem Tommy und Richard die offiziellen Termine des Tages hinter sich hatten, stapften sie am nächsten Nachmittag über nahezu völlig verlassene schneebedeckte Straßen auf das Nordtor zu. Der Sturm hatte sich gelegt, aber eiskalter Wind biß durch die Wollschals, die sie zum Schutz um das Gesicht gewickelt hatten und ließ ihre Augen tränen.

Der Torwächter trug einen erbeuteten japanischen Militärmantel mit Kapuze, der ihm bis zu den Knöcheln reichte.

Vor dem Tor wölbte sich der unendlich scheinende blaue Himmel über dem hellen Tal. Bleich hob sich die Februarsonne über die vom Löß gelben Hügel, in deren Flanke man zahlreiche Wohnhöhlen erkannte. Grauer Rauch erhob sich von den strohgedeckten elenden Hütten neben der unbefestigten Straße, deren Boden jetzt gefroren war. Das Tal von Yenan wirkte abweisend und arm.

Allmählich spürten Richard und Tommy, wie die Kälte durch ihre Mäntel drang. Gleichzeitig aber entdeckten sie ein Schild vor einer der Wohnhöhlen, auf dem stand: BÜRO DES VORSITZENDEN DER REGIERUNG DES GRENZBEZIRKS. Tommy rüttelte an der hölzernen Eingangstür, und da sich niemand meldete, schlug er mit der Faust dagegen. Eine Stimme brummelte drinnen etwas Unverständliches, und Tommy rief laut: «*Wo-men tschao Tschang Tschu-hsi* . . . Wir wollen zum Vorsitzenden Tschang.»

Riegel wurden zurückgeschoben, die Tür knirschte in den Angeln, und der Kommunistenführer stand vor ihnen. Sein finsteres Gesicht hellte sich auf, als er erkannte, wer ihn da besuchte.

«Kommt herein, meine Freunde!» rief er mit dröhnender Stimme. «Tom, ich habe mich schon gefragt, wann ich dich sehen würde . . . Hat niemand euch aufzuhalten versucht?»

«Nein, Kuo-tao. Wir sind hergekommen, als wären wir unsichtbare Geister.»

«Selbst *er* wagt es bisher nicht», murmelte Tschang Kuo-tao. «Noch gibt es Moskau – und die Weltöffentlichkeit. Außerhalb

Yenans gilt mein Name noch. Aber ich bin ein schlechter Gastgeber, euch hier draußen in der Kälte stehen zu lassen. Kommt herein.»

Im Gang spendete eine Ölfunzel trübes Licht, und auch in dem sich anschließenden Zimmer war es nicht viel heller. Auf einem niedrigen Tisch brannte eine Öllampe. Außerdem standen dort eine angeschlagene Porzellankanne mit vier winzigen Täßchen, eine Schnapsflasche und ein zerbeulter Aschenbecher aus Blech, neben dem eine rot-gelbe Zigarettenpackung lag.

«Unsere Vorfahren hatten vollkommen recht, als sie sich bei diesem Klima entschieden, in Höhlen zu leben», sagte Tschang Kuo-tao, dessen Gesicht im flackernden gelblichen Schein der Lampe wie eine alte Maske wirkte. «Hier ist es warm und trocken, und der Wind kommt nicht herein. Außerdem gibt es nur einen Eingang, und niemand kann mich überraschen.»

Mit dem leidenschaftslosen Auge des Mediziners betrachtete Tommy prüfend den Mann, den er schon so lange nicht mehr gesehen hatte. Die Anstrengungen seines Lebens standen ihm ins Gesicht geschrieben; er wirkte deutlich älter als vierzig Jahre. Vor allem die letzten sechs Jahre, in denen er Anführer der irregulären Truppen gewesen war, mußten ihm sehr zugesetzt haben. Er war abgemagert, wenn er auch keine sichtbaren Anzeichen einer Krankheit aufwies. Tommy beschloß, ihn zu untersuchen, wenn ihn Tschang Kuo-tao darum bat, das von sich aus aber nicht vorzuschlagen. Er vermutete jetzt, daß die Botschaften, in denen sein Freund von Krankheit gesprochen hatte, eine List gewesen waren, um ihn nach Yenan zu holen.

«Tom», begann Tschang Kuo-tao jetzt, «ich hatte noch gar keine Gelegenheit, euch dafür zu danken, daß ihr Lien geholfen habt. Ohne eure Hilfe wäre sie am Ende gewesen. Sie ist gerade nicht zu Hause, möchte dir aber bestimmt selbst danken.»

«Es war nicht der Rede wert, Kuo-tao», gab Tommy zur Antwort. «Schließlich hatte mir der Apparat keine Anweisung erteilt, mich aus der Sache herauszuhalten. Ihr habt doch mit niemandem darüber gesprochen?»

«Mach dir keine Sorgen, Tom. Niemand außer Lien und mir weiß etwas darüber. Mr. Hollings, ich möchte Ihnen gern sagen . . .» Es kostete Tommy Mühe, für Richard zu dolmetschen. Tschang Kuo-tao sprach sehr erregt und verschluckte halbe Wörter des Kiangsi-Dialekts, der Tommy ohnehin nicht sehr geläufig war. Tschang Kuo-tao war Unrecht geschehen, und er hatte Zuhörer, die für ihn Verständnis hatten, lange entbehren müssen.

«Sie haben ja gesehen, was sie mit dem Jungen angestellt haben. Er ist noch nicht einmal elf», begann er. «Es sind Teufel, Dämonen in Menschengestalt! Und Mao Tse-tung ist der schlimmste von allen!»

Seine Faust fuhr so heftig auf die Tischplatte nieder, daß die Täßchen darauf tanzten. Er zwang sich zu einem Lächeln, das sein Gesicht jedoch nur noch wilder erscheinen ließ. Nach einer Weile besann er sich auf seine Pflichten als Gastgeber und goß farblosen Schnaps aus der Flasche in die Täßchen.

«Einige Vergünstigungen hat man mir noch gelassen», sagte er mit unzufriedener Stimme und stellte die Flasche zurück. «Der Streich mit dem Jungen war übrigens nur Teil ihrer Zermürbungstaktik. Mit meiner Frau treiben sie es noch schlimmer.»

Er nippte an seinem Becher und wandte sich dann wieder an Richard: «Lien ist eine alte Genossin. Sie hat von Anfang an zu den Führungskadern gehört. Als ich aus Schanghai fortging, ist sie geblieben, und als die Geheimagenten der Nationalisten und die Ausländerpolizei das Parteihauptquartier praktisch auflösten, ist es ihr gelungen zu entkommen. Dann hat sie den Kontakt zur Partei verloren, ihren Namen geändert und ist untergetaucht. Sie hat sich zur Hebamme ausbilden lassen.»

Er leerte seinen Becher, die Gäste taten es ihm nach, und als er die Becher erneut gefüllt hatte, fuhr er fort: «Als die Einheitsfront gegen Japan gebildet wurde, hat Lien Kontakt mit dem kommunistischen Verbindungsoffizier in Nanking aufgenommen, einem von Tschou En-lais Leuten. Nachdem sie sich hierher durchgeschlagen hatte, haben wir unseren Sohn nachkommen lassen. Endlich waren wir drei wieder zusammen! Sie leitet jetzt Kurse für Geburtshilfe und ist weiterhin politisch aktiv. Aber das Zentralkomitee, das ausschließlich auf Maos Worte hört, will sie nicht wieder in die Partei aufnehmen. Angeblich muß man sich erkundigen, was sie getan hat, nachdem die Verbindung zur Partei in Schanghai abgerissen war. Sie ist sehr aufgebracht! Für sie ist es, als habe sie ihre Identität verloren.»

Er schüttelte den Kopf und drehte seine Tasse in den Händen. Dann fuhr er fort: «Natürlich sind das alles nur Mückenstiche, im geschichtlichen Maßstab gesehen lächerliche Kleinigkeiten. Aber was dahintersteckt, ist von großer Bedeutung.»

Richards hagere Züge drückten Mitgefühl aus, und Tschang Kuo-tao wandte sich erneut unmittelbar an ihn: «Offen gesagt, Mr. Hollings, stehen persönliche Rivalität und persönliche Meinungsverschiedenheiten zwischen Mao Tse-tung und mir. Er ist darauf aus, mich zu vernichten und hätte das auch längst getan, wenn ihn die Komintern nicht daran gehindert hätte. Im vorigen Frühjahr hat er eine ‹Kampagne zur Kritik an Tschang Kuo-tao› ins Leben gerufen, angeblich, damit die Genossen aus meinen Fehlern lernen konnten.»

Der Parteiführer bemühte sich, seinen Ärger zu unterdrücken. Er hielt eine Zigarette in die Flamme der Öllampe und sprach weiter, während er von Zeit zu Zeit daran zog.

«Ich habe ein *provisorisches* Zentralkomitee gegründet, als einzige Möglichkeit, wichtige Entscheidungen fällen zu können. Wir hatten ja keinerlei Kontakte mehr zu dem, was vom Hauptquartier in Schanghai noch übrig sein mochte. Dann hat dieser dungfressende Karrierehengst Mao Tse-tung sein eigenes *ständiges* Zentralkomitee gegründet und auf diese Weise den Parteivorsitz an sich gerissen. Auch das mag im Grunde unbedeutend sein, aber wir unterscheiden uns in wesentlichen Fragen. In den wichtigsten Fragen: Leben oder Tod für China und die Kommunistische Partei unseres Landes!»

Er wandte sich und rief: «*Er-tse* . . . Sohn, bring mein Tagebuch vom vorigen Jahr.»

Der Junge, den er aus dem Saal getragen hatte, brachte mit

einem strahlenden Lächeln eine dicke Kladde und verschwand wieder in der Finsternis. Sein Vater schlug das Buch auf und las laut vor: «November 1937: Nach drei Monaten heldenmütigen Kampfes mußte die Zentralregierung des Generalissimus Tschiang Kai-schek ihre Truppen aus Schanghai abziehen. Einige Wochen später hat sich die Zentralregierung aus Nanking nach Wuhan zurückgezogen. Selbst Kriegsherren wie der Christliche General haben sich dafür ausgesprochen, bis zum bitteren Ende zu kämpfen. Und was hat der Held Mao Tse-tung gesagt? ‹Die Kaiserlich Japanische Armee wird bald ganz China besetzt halten. Dann werden unsere Guerilla-Streitkräfte in ungeahnter Zahl hinter den Linien des Feindes ausschwärmen. Zuerst wird das ganze Land aus der Hand Tschiang Kai-scheks in die Hände der Japaner fallen, und später werden wir Kommunisten es von ihnen zurückerobern.›»

Tschang Kuo-tao schlug das Buch zu, rieb sich die Augen und sagte: «Als ich Mao das sagen hörte, war ich entsetzt. Warum will er, daß aus China eine japanische Kolonie wird? Warum unterstützt die Kommunistische Partei Chinas nicht mit allen Mitteln die Einheitsfront gegen Japan? Jetzt sind wir alle in erster Linie Chinesen, oder etwa nicht?»

Der breitschultrige Mann schüttelte den Kopf. Er war wütend und gleichzeitig verwirrt – ein waidwunder Löwe, den Schakale hetzten. Tommy fühlte sich seinem alten Freund sehr verbunden, doch was hätte er sagen können, ohne die gesamte kommunistische Bewegung herauszufordern? Er konnte lediglich möglichst gewissenhaft dolmetschen.

«Alles, was Mao will, hilft den japanischen Aggressoren», schloß Tschang Kuo-tao seinen Bericht. «Alles, was er tut, schlägt der Kommunistischen Partei und der Armee des Achten Wegs tödliche Wunden – und ist gegen China gerichtet. Manchmal überlege ich, ob er nicht unter dem Deckmantel des Kommunismus ein Verräter ist. Das mag Ihnen widersinnig erscheinen, aber . . .»

Die Besucher mußten aufbrechen, bevor die früh hereinbrechende Abenddämmerung des Winters das Tal mit Dunkelheit erfüllte. Außerdem spürte Tommy, daß er schon zu viel Zeit bei seinem alten Freund verbracht hatte. Es war besser, ihn nicht mehr aufzusuchen, schon gar nicht in Richard Hollings' Begleitung. Die Zweifel, die Tschang Kuo-tao an der Richtung der Kommunistischen Partei Chinas hatte, verursachten Tommy geradezu körperlichen Schmerz. Er konnte sie nicht vollständig zurückweisen, wohl aber dafür sorgen, daß der Korrespondent ein Bild der Kommunistischen Partei, Regierung und Armee aus Yenan mitnahm, das nicht von Tschang Kuo-taos Bitterkeit getrübt war, ob diese nun zu Recht bestand oder nicht.

Dennoch besuchten Tommy und Richard am folgenden Nachmittag erneut die Wohnhöhle des Vorsitzenden der Regierung des Grenzbezirks. Richard hatte darauf bestanden, und eigentlich wollte auch Tommy noch mehr erfahren. Während der zwei Wochen, die sie gemeinsam in Yenan verbrachten, suchten sie Tschang Kuo-tao noch zweimal auf. Tommy war zwar davon überzeugt, daß die Partei recht hatte, an deren Spitze der Vorsitzende Mao Tse-tung stand – doch was sprach dagegen, sich auch eine abweichende Meinung anzuhören?

Darüber hinaus wollte Tommy Tschang Kuo-tao Gesellschaft leisten und ihm, was immer seine Fehler sein mochten, in seiner Verbitterung ein wenig beistehen. Wäre er nicht wiedergekommen, hätte das seinen alten Freund nur in dem Glauben bestärkt, von aller Welt verlassen zu sein. Außerdem wollte Tommy Lien gern wiedersehen und ihr den Kaschmirschal und die pelzgefütterten Handschuhe geben, die Julia für sie geschickt hatte.

Entsetzt merkte Tommy, daß er, während Tschang Kuo-tao voller Leidenschaft erzählte, zu einigen seiner Argumenten zögernd, aber zustimmend nickte. Während er übersetzte, versuchte er, Richard durch seinen bloßen Tonfall davon zu überzeugen, daß man nicht alles wörtlich nehmen dürfe, was sein alter Freund sagte. Als Dolmetscher konnte er das, was er übersetzte, ja nicht gut selbst kommentieren. «Als der Widerstand begann», erinnerte der alte Revolutionär, «habe ich mir geschworen, all meine Bitterkeit hinter mir zu lassen, andernfalls hätte ich die Partei verlassen müssen und damit das Ziel meines Lebens zerstört. Es war so schlimm, daß ich sogar ernsthaft erwogen hatte aufzugeben. Aber jetzt ist es noch schlimmer!»

Tschang Kuo-tao zufolge hatte Mao der Armee des Achten Wegs den Befehl gegeben, nicht gegen die Japaner zu kämpfen, sofern auch nur die geringste Gefahr einer Niederlage bestand. Sie sollte ihre Kräfte zum Schlag gegen Tschiang Kai-schek sammeln und sie nicht im Kampf gegen die Japaner verzetteln. Mao habe sogar den General getadelt, berichtete Kuo-tao, der den ersten großen chinesischen Sieg gegen die Japaner errungen hatte, da dieser angeblich zu teuer erkämpft worden sei.

Vor allem aber warf Tschang Kuo-tao dem Vorsitzenden Mao vor, er ordne alles seinem persönlichen Ehrgeiz unter und wolle sich zum Diktator aufschwingen. Selbst Menschen, deren Meinung nur um weniges von Maos Linie abwich, wurden aus der Partei ausgeschlossen, unabhängig davon, wie wertvoll sie für die Bewegung waren. Ein Kommunist durfte niemandem gehorchen als dem Vorsitzenden Mao Tse-tung.

«Sein Haß auf Abweichler ist geradezu krankhaft», explodierte Tschang Kuo-tao, als er sich an einem späten Februartag endgültig von seinen Besuchern verabschiedete. «Er haßt mich mehr als die Japaner – sogar noch mehr als Tschiang Kai-schek. Seine Boshaftigkeit macht Yenan für mich zum luftlosen Verlies.»

55

27. Februar–2. März 1938

Richard Hollings zögerte gewöhnlich nicht, wenn es galt, mit scharfer Zunge rasch Kritik zu äußern. Aber während der zwei Wochen in Yenan hatte er sich Tommy gegenüber zu dem, was er gesehen und gehört hatte, mit keiner Silbe geäußert. Daher überraschte es Tommy, als der Korrespondent im rötlichen Schein des Feuers lächelte und leise sagte: «Ein toller Palast für den Herrscher über dreißig Millionen Menschen und Oberbefehlshaber über eine Million Soldaten!»

Tommy sah sich in Maos Höhlenwohnung um und stimmte ihm zu. «Es läßt sich wohl kaum mit der Downing Street oder dem Weißen Haus vergleichen. Kannst du dir vorstellen, daß Neville Chamberlain oder Franklin Roosevelt in einer solchen Umgebung vernünftig arbeiten könnten?»

Genosse Mao Tse-tung, Vorsitzender des Zentralkomitees wie auch des Militärausschusses der Kommunistischen Partei Chinas, hockte vor dem Kang, der großen, aus Ziegeln gemauerten beheizbaren Schlafplattform, die man überall in Nordchina findet, und schürte das darunter brennende Feuer, um dafür zu sorgen, daß er es in der Nacht warm hatte. Der Feuerschein spiegelte sich rot auf seinem knochigen Gesicht.

«Ich kann es einfach nicht glauben, Tommy», flüsterte Richard, «ich kann nicht glauben, daß dieser Bursche hier das Ungeheuer sein soll, von dem dein Freund immer redet!»

Mao Tse-tung hob fragend den Blick, setzte sich auf einen niedrigen Bambushocker und wartete offenbar darauf, daß Tommy die letzte Bemerkung des Korrespondenten dolmetschte.

«Vorsitzender, er hat gesagt, daß es sich um ein außergewöhnliches Hauptquartier für jemanden handelt, dem so große Verantwortung auferlegt ist», improvisierte Tommy.

«Er findet es bewundernswert, daß Sie unter solchen Bedingungen Ihre Aufgaben zu erfüllen vermögen.»

«Sagen Sie ihm, daß ich mir das nicht ausgesucht habe.» Mao Tse-tungs offenes Lächeln wirkte respekteinflößend und ließ ihn gleichzeitig sympathisch erscheinen. «Das bedeutet natürlich nicht, daß ich auf einen Palast aus wäre. Dort vernimmt man die Stimme derer nicht, die auf den Feldern arbeiten. Leider ist das einzige Feld, für das ich gegenwärtig Zeit habe, mein kleines Tabakbeet.»

Da Tommy wußte, daß Mao Tse-tung früher mit aller Kraft vom Hof seines Vaters fortgestrebt hatte, beeindruckte ihn dessen angeblicher Wunsch nicht, zu den Feldern zurückzukehren. Statt dessen stieg in ihm ein leises Mißtrauen gegen den Mann auf, der offenbar in allen Situationen das Richtige zu sagen wußte.

«Ich möchte gern etwas anderes ansprechen, Vorsitzender.» Richard Hollings' Einleitung ließ erkennen, daß eine peinliche Frage bevorstand. «Man hört gerüchtweise von Uneinigkeit und persönlichen Rivalitäten in den Reihen Ihrer Partei. Manche sagen sogar, sie stehe in Wirklichkeit nicht hinter dem Krieg gegen die Japaner. Was können Sie mir darüber sagen?»

Mao Tse-tung neigte den Kopf und betrachtete Richards Gesicht aufmerksam, während Tommy seine Worte dolmetschte. Ohne zu zögern, antwortete er dann: «Sie haben mit meinem alten Freund Tschang Kuo-tao gesprochen, nicht wahr? Selbstverständlich ist mir das bekannt. Man berichtet mir sogar unaufgefordert so einiges. Aber es dürfte Ihnen aufgefallen sein, daß sich niemand eingemischt und niemand Sie beobachtet hat. Dennoch kann ich mir gut vorstellen, was er Ihnen erzählt hat. Sicher hat er mich als eine Art Ungeheuer hingestellt. Das stimmt doch, Mr. Hollings, nicht wahr?»

Der Engländer nickte.

«Vermutlich hat Ihnen mein alter Freund Kuo-tao einige merkwürdige Geschichten erzählt», fuhr Mao Tse-tung fort. «Eine äußerst betrübliche Sache, Mr. Hollings. Ich fürchte, die Zeit, die er auf der Hochfläche Tibets verbracht hat, war zuviel für ihn. Er leidet an Wahnvorstellungen und glaubt beispielsweise, man verfolge ihn.»

Er ließ erneut eine Pause eintreten, damit Tommy dolmetschen konnte, und fragte dann: «Glauben *Sie*, daß man ihn verfolgt? Kann man die Ernennung zum Vorsitzenden der Grenzregion als Verfolgung bezeichnen? Obwohl sein Stellvertreter den größten Teil seiner Aufgaben erledigt, halten wir Kuo-tao. Das letzte, was ich . . . was das Zentralkomitee . . . möchte, ist, einen alten Kämpfer und Genossen zu demütigen. Wir hoffen, daß er bald wieder gesund wird und erneut Seite an Seite mit uns arbeiten kann. Ich muß noch einmal über seinen Gesundheitszustand mit Ihnen sprechen, Dr. Howe. Bitte erinnern Sie mich daran.»

Tommy war verblüfft. Noch nie hatte der Vorsitzende Mao Tschang Kuo-taos Gesundheit angesprochen, die ganz offenkundig ausgezeichnet war. Richard schien beeindruckt, soweit es überhaupt möglich war, seine Reaktion zu bewerten. Bei Interviews zeigte er nie, was er dachte.

«Ich bestreite gar nicht, daß es zwischen uns zu Meinungsverschiedenheiten gekommen ist», fuhr Mao Tse-tung fort. «Offen gesagt gibt es innerhalb der Kommunistischen Partei Chinas zahlreiche voneinander abweichende Ansichten, Mr. Hollings. Letzten Endes setzt sich eine Meinung durch, aber sie bildet sich in offener Debatte heraus. Mir ist sehr daran gelegen, daß Kuo-tao bald wieder zu vollen Kräften kommt, damit er erneut konstruktiv an dieser Debatte mitwirken kann. Erst im vorigen Jahr haben wir eine Kampagne begonnen, um seine und unsere Ansichten miteinander auszusöhnen. Sie können also sehen, wie hoch wir ihn schätzen.»

Konnte das, überlegte Tommy, derselbe Mann sein, der lachend geäußert hatte, welch glänzender Einfall es sei, Tschang Kuo-taos Sohn den Verräter in dem Theaterstück spielen zu lassen? Der Korrespondent hatte diesen Widerspruch vermutlich längst selbst bemerkt. Dann fiel Tommy ein, daß ihn damals Tschang Kuo-taos Auftreten abgelenkt und er Richard diese Bemerkung Maos nicht übersetzt hatte. Jetzt war es dafür natürlich zu spät.

Insgesamt aber fand Tommy Mao Tse-tungs routinierte Vorstellung eindrucksvoll und überzeugend. Es wäre unglaubwürdig gewesen, jeden Konflikt mit Tschang Kuo-tao zu bestreiten, und daher gab der Vorsitzende diese Meinungsunterschiede offen zu, womit er seine eigene Glaubwürdigkeit untermauerte. Vermutlich würde Richard Mao Tse-tungs Lügen, was Tschang Kuo-taos Gesundheit, die Kampagne gegen ihn und die angebliche Aussicht auf eine Aussöhnung der beiden betraf, unbesehen glauben.

Es war kein Verbrechen, im Interesse der Sache zu lügen. Statt dessen wäre es ein schwerer Fehler gewesen, *nicht* zu lügen, wo eine Lüge unerläßlich war.

Mao Tse-tung rückte bei seinen Gesprächen mit Richard Hollings, die eine ganze Woche lang seine Abende beanspruchten, die Leistungen der Kommunisten ins beste Licht. Seit ihrem Rückzug aus Zentralchina hatte die Kommunistische Partei nicht nur ein unabhängiges Reich im Nordwesten errichtet, sondern auch einen im Untergrund arbeitenden Apparat in allen von Nationalisten und Japanern beherrschten Gebieten.

Der Lange Marsch allerdings war kaum der große Sieg, als den ihn der Vorsitzende Mao Tse-tung und General Tschu De hinstellten, der sich gleichfalls die größte Mühe gab, dem Korrespondenten Sand in die Augen zu streuen. Nur sechstausend der ursprünglich mehr als hunderttausend Kämpfer hatten ihr Ziel erreicht. Doch in der vom Feuerschein erhellten Wohnhöhle von Yenan wurde eine Legende geschmiedet – der machtvolle Mythos vom Langen Marsch.

«Unter all den zahlreichen Korrespondenten, die herkommen wollten, haben wir uns für Sie entschieden, Mr. Hollings.» Der Vorsitzende Mao kombinierte geschickt Schmeichelei und Offenheit. «Und zwar weil Sie uns, frei heraus gesagt, nützlich sein können. Sie sind ein glänzender Journalist und ein scharfer Beobachter, und Sie verfügen über ein bemerkenswertes Verständnis für die Situation in unserem Land.»

Die Züge des Korrespondenten verzogen sich zu milder Skepsis, und er gab zur Antwort: «Ich schmeichle mir nicht, daß Sie meine Artikel lesen.»

«Doch, Mr. Hollings, ich kenne sie. Man hat sie mir übersetzt. Dr. Howe hat dabei geholfen.» Den letzten Satz ließ Tommy aus, weniger, weil er nicht der Wahrheit entsprach, als deshalb, weil er damit seine enge Verbindung zu den Kommunisten preisgegeben hätte. «Ich ... wir ... hätten Sie nicht eingeladen, wenn wir Ihre Arbeit nicht gekannt hätten. Von einer objektiven Berichterstattung, ganz gleich, wie tief sie den Dingen auf den Grund geht, haben wir nichts zu befürchten, lediglich von ungenauen oder voreingenommenen Berichten.»

Richard Hollings ließ sich von diesen Komplimenten nicht beeindrucken. Scharf fragte er zurück: «Was erwarten Sie von mir? Wie soll ich Ihrer Sache dienen?»

«Bitte seien Sie nicht gekränkt, Mr. Hollings», gab Mao Tse-tung zur Antwort. «Wir erwarten lediglich, daß Sie ausgewogen über das berichten, was Sie hier gesehen und gehört haben. Nichts weiter.»

Tommy sah Richard aufmerksam an. Für einen kurzen Augenblick fiel dessen gleichmütige Maske, und er sah den Vorsitzenden bewundernd an. Hier also endete die journalistische Neutralität!

«Bei meinen Studien der Weltgeschichte», erläuterte der Vorsitzende, «bin ich zu einem Ergebnis gekommen: Amerika wird die Zukunft beherrschen – bis die imperialistischen Mächte einander im Krieg zerstören, so daß die Sowjetunion und ein Sowjetchina die Führung über die gesamte Menschheit übernehmen. *Die letzte Bemerkung nicht übersetzen, Howe!* Sie, Mr. Hollings, vertreten die Presse Amerikas. Offen gesagt brauchen wir Freunde in Amerika – und wir verdienen sie auch. Ich denke, daß Sie uns dabei helfen werden, in Amerika Millionen von Freunden zu gewinnen!»

Mao Tse-tung stand neben einer Weltkarte für die Grundschule, die an der Wand seiner Wohnhöhle hing. Er legte die Hand auf die blaßblau dargestellten Vereinigten Staaten und erklärte: «Hier und jetzt kämpfen wir den Kampf Amerikas. Es wird morgen nicht kämpfen müssen, wenn es uns heute unterstützt.»

Mit den Fingern fuhr er die Umrisse der japanischen Inseln nach und führte dann die Hand westwärts, über die Weiten Chinas. Er wandte sich um und sagte: «Auf Wiedersehen, Mr. Hollings. Sie haben dem Gefasel eines unwissenden Bauern geduldig zugehört. Gewiß haben Sie andere dringende Verpflichtungen. Auch ich muß mich um meine Aufgaben kümmern. Auf Wiedersehen, Mr. Hollings.»

Der Journalist war nicht bereit, sich ohne eine letzte Frage fortschicken zu lassen. «Und was ist mit dem Kommunismus?»

«Kommunismus? Ich verstehe nicht. Was soll damit sein?»

«Wie steht es um den Kommunismus für China, Vorsitzender?»

«Das kann niemand sagen. Die meisten von uns glauben, daß das Land eines Tages kommunistisch sein wird, manche bezweifeln es. Gegenwärtig arbeiten wir nicht auf den Kommunismus hin. Vielleicht irgendwann in der Zukunft . . .»

Richard Hollings wußte bereits, daß die Wochen im Grenzgebiet die wichtigsten seines Lebens waren. Die bisher noch nie berichtete Geschichte der chinesischen Kommunisten konnte für ihn das Sprungbrett zum Ruhm bedeuten – wenn er es geschickt anstellte. Mao Tse-tungs Schmeichelei hatte ihn keineswegs sonderlich beeindruckt. Ihm war klar, daß ihm selbst ein weniger gewiefter Taktiker als der Vorsitzende den Korrespondenten der *New York Times* vorgezogen hätte. Richard nahm an, daß man auf ihn verfallen war, weil die Kommunisten vermuteten, die *New York Times* werde wegen ihrer äußerst konservativen Haltung ohnehin keinen objektiven Bericht über das bringen, was in der Grenzregion vor sich ging – von einem günstigen ganz zu schweigen.

Überdies hätte der Korrespondent der *New York Times* die Einladung möglicherweise abgelehnt, weil er seine Beziehung zu den Nationalisten zu gefährden fürchtete. Trotz der Einheitsfront gegen Japan würde der Generalissimus kaum glücklich darüber sein, daß ein ausländischer Korrespondent hinter seinem Rücken den Kommunisten schöntat. Richard nahm sich vor, als nächstes seine Position bei den Nationalisten wieder ins rechte Licht zu rücken.

In Gedanken versunken ging er am Rand des Flugfelds auf und ab. Er war gekommen, um sich von Tommy zu verabschieden, der Yenan im Eindecker des nationalistischen Bezirkskommandanten wieder verließ. Er bedauerte Tommys Abflug in keiner Weise. Zu lange waren sie zusammen gewesen, um sich nicht gelegentlich auf die Nerven zu gehen. Außerdem hatte er bei Tommy gelegentlich Anzeichen einer unangenehmen Neugier über seine Beziehung zu Emmy gespürt. Nur gut, daß die brüderliche Sorge es nicht ganz vermocht hatte, die ihm anerzogene Zurückhaltung zu überwinden.

Dennoch war ihm Tommy gefährlich nahe gekommen. Beinahe hätte er ihn tatsächlich gefragt, wie er sich sein Verhältnis zu Emily in Zukunft vorstellte – als könne ein glücklich verheirateter Mann gegenüber einer verheirateten Frau, die noch dazu Mutter dreier Kinder war, irgendwelche Absichten haben, die über gegenseitige freundschaftliche Zuneigung hinausgingen!

Die Maschine hob ab, drehte nach Süden und verschwand. Er selbst würde am nächsten Morgen erneut die Strapazen einer Fahrt auf einem Lastwagen nach Hsian auf sich nehmen müssen.

Mit Tommy hatte er vereinbart, daß beide ihren gemeinsamen Aufenthalt in Yenan geheimhalten wollten. Es würde Tommys Ruf als Modearzt schaden, wenn man ihn kommunistischer Sympathien verdächtigte, und Richard war es lieber, wenn keiner seiner Kollegen erfuhr, daß man über die Howes einen Paß in die Grenzregion bekommen konnte. Niemand sollte von seiner Reise nach Yenan erfahren, bevor er selbst darüber berichtet hatte.

Ein erneutes Dröhnen am Himmel unterbrach seine Gedanken, und als er den Blick hob, sah er in westlicher Richtung ein kleines Transportflugzeug.

Auf der Straße, die zur Stadt führte, näherte sich eine Cadillac-Ambulanz, ein Geschenk der chinesischen Restaurantbesitzer New Yorks, die Mao Tse-tung zum persönlichen Gebrauch diente. Sie hielt neben Richard an, der Vorsitzende steckte den Kopf aus dem Fenster, und der Dolmetscher, der bei Tommys Auftauchen entlassen worden war, sagte, so gut er es auf englisch vermochte: «Sie müssen versprechen, Hollings, daß Sie nicht über dieses Flugzeug berichten. Ich vertraue Ihnen an, daß es von einem Stützpunkt aus der Sowjetunion kommt, wo nationalistische Piloten ausgebildet werden. Einige alte Genossen kehren damit zurück, von denen wir manche seit vielen Jahren nicht gesehen haben. Wir sind sehr glücklich darüber. Sie dürfen kein Wort darüber verlieren.»

«Können Sie mir sagen, warum nicht?»

«Ihr Engländer seid so dickköpfig», lachte Mao gezwungen; es klang gefährlich. «Sie wissen doch sicher, daß Stalin und Tschiang Kai-schek ein Abkommen unterzeichnet haben, demzufolge die Sowjets nur nationalistische Gebiete anfliegen dürfen. Sie wollen doch nicht etwa den Piloten in Schwierigkeiten bringen? Schreiben Sie also nichts darüber, daß sowjetische Flugzeuge nach Yenan kommen.

Noch besser – erwähnen Sie die Sowjets gar nicht. Sie haben hier ohnehin keinerlei Einfluß. Meine kommunistische Partei ist ausschließlich eine chinesische Partei.»

56

7. Juni 1938

Emily hatte wenig Lust, zu dem Galaempfang anläßlich der Neueinweihung des renovierten Hotels *Ikra* zu gehen. Noch weniger begeisterte es sie, daß sich «Gräfin Elisaweta Alexandrowna Jawalenka» die Ehre gab, sie mit einer auf feinstem Bütten gedruckten Karte anschließend zu einem «kleinen Empfang unter alten Freunden» einzuladen.

Sie musterte sich kurz in dem kleinen Kosmetikspiegel, den sie zusammen mit der Einladung aus ihrem Abendtäschchen gezogen hatte. Sie konnte sich noch immer sehen lassen, dachte sie befriedigt und stopfte beides in die Tasche zurück.

Sie warf einen Blick aus dem Wagenfenster auf die Nanking Road. Dort herrschte lebhafter Verkehr, obwohl der Krieg gegen die Japaner Anfang Juni 1938 nahezu ein volles Jahr andauerte. Er hatte den Habgierigen und Skrupellosen unter Chinesen wie Ausländern neue lukrative Geschäfte ermöglicht. Nicht einmal zwei Kilometer entfernt von den Ruinen Tschapeis, wo der Kampf getobt hatte, prangten in den Schaufenstern Luxusgüter, wie sie Schanghai noch nie zuvor gesehen hatte. Die ausländische Konzession erlebte einen ungeahnten wirtschaftlichen Aufschwung, während China blutete.

Beinahe schämte sich Emily, daß sie in dem neuen Wagen ihres Vaters saß, einem auffälligen und maßlos teuren Rolls-Royce Phantom VI. Dennoch hatte sie ihn sich ausgeliehen, um den arroganten japanischen Wachen an der Grenze und den unter ihrem Schutz agierenden Schlägertypen in der Konzession zu zeigen, daß sie nicht irgend jemand war. Der weißrussische Leibwächter neben dem alten Fahrer würde keinen Augenblick zögern, von der Waffe Gebrauch zu machen, die er griffbereit über seiner weißen Uniform hielt.

Seit kurzem beschäftigten die Howes wieder einen Leibwächter – wie damals, als Julia sich bei ihrer Ankunft im Jahre 1921 so sehr darüber gewundert hatte. In diesen Zeiten mußte man mit Entführungen und Anschlägen rechnen, vor allem in den unter ausländischer Herrschaft stehenden Teilen Schanghais.

Unruhig rutschte Emily auf dem Ledersitz hin und her, denn trotz ihres Tschipao aus dünner Seide litt sie unter der hohen Luftfeuchtigkeit. Zu allem Überfluß verlangte die feierliche Gelegenheit auch, daß sie Strümpfe trug. Sie sehnte sich nach der Freiheit der Kriegshauptstadt Wuhan, wo sie Hosen trug, in denen sie sich bewegen konnte, und wo niemand von ihr erwartete, daß sie damenhaft in Strümpfen und mit Strumpfbandgürtel auftrat.

Sie sah hinaus, und ihre Augen begegneten dem bösen Blick eines Bettlers. Eine große Narbe verunstaltete sein Gesicht, und Hunger hatte seinen Körper abmagern lassen. Seine Haut wirkte grau. Mit Entsetzen sah sie auf seinem völlig verschmutzten Uniformrock das Abzeichen der 88. Division, die Tschapei so tapfer verteidigt hatte. Beide Beine waren ihm über dem Knie abgenommen, und er saß auf einem Rollbrett, vermutlich das Abschiedsgeschenk seiner Einheit.

Und sie hatte keine anderen Sorgen, als sich nach der Freiheit ihrer Hosen in Wuhan zu sehnen! Emily schämte sich ihrer Gedankenlosigkeit.

Sie wies den Fahrer durch das Sprachrohr an, den verstümmelten Veteranen zur Rehabilitationsklinik der Haleevies zu bringen, nachdem er sie vor dem *Ikra* abgesetzt hatte.

Dann konzentrierte sie sich auf den Empfang. Immerhin ging sie dienstlich dorthin. Auch wenn die Art der Veranstaltung vermutlich nicht das war, was sich Mei-ling Tschiang vorstellte, dürfte sie sich als fruchtbar erweisen.

Nach wie vor wollte Mei nicht, daß Emily für immer nach Wuhan kam. Emily schien ihr in Schanghai nützlicher zu sein. Jimmy Weis Dienststelle konnte die normalen Pressekontakte bewältigen, und der gut arbeitende Geheimdienst der Nationalisten verfaßte die nachrichtendienstlichen Routineberichte. Aber nur Emily hatte die Möglichkeit, Chinas mächtigste Frau mit dem vertraut zu machen, was in der Weltstadt Schanghai vorging. Nur sie konnte die einflußreichen Chinesen dort davon überzeugen, daß die in weiter Ferne befindliche Regierung zu gegebener Zeit weder patriotische Opfer noch unpatriotische Verbrechen vergessen werde. Sie war halb Klatschmaul, halb Stimme des Gewissens, und beide Rollen sagten ihr überhaupt nicht zu.

Als der dichte Verkehr den smaragdgrünen Rolls-Royce endgültig zum Stehen brachte, beschloß sie, die letzten wenigen hundert Meter zu Fuß zu gehen. Zuerst ärgerte es sie, daß der weißrussische Leibwächter darauf bestand, sie zu begleiten, doch bald schon war sie ihm dankbar dafür, daß er ihr einen Weg durch die Menge der Neugierigen bahnte, die sie anstarrten. In ihrem dünnen Tschipao fühlte sie sich unter all den sich drängenden und stoßenden Menschen in blauer

Arbeitskleidung sehr unsicher. Noch siebzehn Jahre nach ihrer Rückkehr aus Amerika empfand sie in einer chinesischen Volksmenge eher Unbehagen. Wie Mei-ling Tschiang konnte sie einer Gefahr gleichmütig ins Auge sehen, aber Unbequemlichkeit war ihr ein Greuel.

Ihr Leibwächter salutierte am Eingang und erklärte, er werde in der Küche auf sie warten. Angesichts der Menschenmenge, die sich hier noch dichter als draußen drängte, kam sie sich wie eingeschlossen vor. Aber es roch besser. Exquisite Parfums vermischten sich mit dem Duft erlesenster Havannas. Es roch nach der neuen Wolle der Teppiche und nach frischer Farbe.

Emily nannte einem Bediensteten in roter Livree ihren Namen, und sogleich bahnte er ihr einen Pfad durch die Menge. Das Restaurant, einst ganz in rotem Plüsch gehalten, prangte jetzt in Taubengrau, leuchtendem Grün und Orange. Der halbkreisförmige Tanzsaal jedoch war fast unverändert geblieben. Das Holz strahlte jedoch in hellerem Weiß, die vergoldeten Säulen mit den ionischen Kapitellen glänzten kräftiger, und die Samtvorhänge schimmerten in dunklerem Rot als zuvor. Der Tanzsaal war der Mittelpunkt des Empfangs. Die Uniformen amerikanischer Marineoffiziere leuchteten weiß neben den weitgeschnittenen Khakiuniformen ihrer japanischen Kollegen. Sechs Monate nach dem Angriff auf die *Panay* behandelten die Angehörigen der beiden Seestreitkräfte einander mit kühler Distanz. Einige der italienischen Gäste trugen die Schwarzhemden von Mussolinis faschistischer Bewegung, deren Rollkommandos sich jeden in Schanghai ansässigen Italiener vornahmen, der von dem Diktator nichts wissen wollte.

Die Deutschen benahmen sich besser, wahrscheinlich, weil sie in Schanghai noch nicht viel Rückhalt hatten. Nachdem sie wenige Wochen zuvor ihre Berater von der nationalistischen Armee abberufen hatten, waren sie noch nicht ganz sicher, wo sie standen. Man sah nur eine feldgraue Uniform und kein einziges Hakenkreuz. Wohl aber erkannte man inmitten der Abendkleider das Himmelblau der französischen und das Scharlachrot der britischen Uniformen. Die Mehrzahl der

Männer aber war im Smoking, und einige Unerschrockene hatten sich sogar in ihren Frack geworfen.

Ausgeschlossen von dem Empfang schienen lediglich die Sowjetrussen, wohl mit Rücksicht auf die Handvoll Weißrussen, deren alte cremefarbene Uniformen sie wie Geister erscheinen ließen, die über den toten Zaren wachten. Nachdem Elisaweta erkannt hatte, daß die Sowjets sie in den zwanziger Jahren als Marionette benutzt hatten, haßte sie sie mehr denn je und liebäugelte statt dessen mit den Japanern. Zwar galten sie als der Erzfeind der Russen, doch waren sie jetzt vor allem der Feind der Bolschewiken. Weil die Nazis und die italienischen Faschisten ebenfalls gegen die Bolschewiken kämpften, ließ sie auch diese gelten.

Joshua Haleevie war nicht glücklich darüber, daß seine einstige Geliebte mit den Nazis sympathisierte. Immerhin verfolgten sie die Juden in grausamster Weise. Die meisten der aus Deutschland gekommenen Flüchtlinge in Schanghai waren imstande, ihren Lebensunterhalt zu verdienen, da fast alle über einen hohen Ausbildungsstand und einiges Vermögen verfügten. Zwar knirschten die alteingesessenen Mitglieder der jüdischen Gemeinde angesichts der empfindlichen Überheblichkeit der Neuankömmlinge mit den Zähnen, doch bemühten sie sich, ihre Glaubensbrüder zu unterstützen.

Joshua hatte keine Einwände erhoben, als drei Monate zuvor sein Vater den Vorschlag gemacht hatte, Charlotte solle in Australien und Amerika erkunden, wie man den Juden, die dorthin geflohen waren, eine neue Existenzgründung ermöglichen könne. Er hatte sich aber geweigert, sie zu begleiten. Seine Interessen und seine geschäftlichen Angelegenheiten in Schanghai, hatte er seinem Vater erklärt, machten seine Anwesenheit unabdingbar. Klugerweise hatte Sir Joshua darauf verzichtet, sich genauer nach der Art dieser Interessen und Angelegenheiten zu erkundigen.

Joshuas Hauptinteresse in Schanghai war offenkundig ganz privater Natur, überlegte Emily mit leichter Boshaftigkeit, obwohl sie nicht wußte, ob die Beziehung zwischen Elisaweta und ihm schon wieder aufgelebt war. Es schien ihn nicht zu kümmern, daß seine Anwesenheit beim Empfang Charlotte zu Ohren kommen mußte. Er verließ sich darauf, daß seine Frau intelligent genug war, ihm weder Fragen zu stellen noch Vorwürfe zu machen.

In seinem leuchtend weißen Smoking ging er von Gast zu Gast, offensichtlich immer bestrebt, Neuigkeiten zu erfahren. Emily hatte beinahe vergessen, daß er nicht nur ein äußerst erfolgreicher Geschäftsmann war, sondern auch einer der bestinformierten Männer Schanghais. Sofern man den Angaben des nationalistischen Geheimdienstes trauen durfte, war er das Gehirn hinter dem Geheimdienst der internationalen Konzession – und wahrscheinlich mehr.

Jetzt sprach er mit einem Mann, der fast so groß war wie er selbst und eine einfache, randlose Brille trug. Dieser Roland Yamaguchi, einer der führenden Männer der offiziellen japanischen Nachrichtenagentur, war hochintelligent und für seine Arbeitgeber überaus nützlich. Er hatte in Amerika studiert und war für andere Korrespondenten eine ausgezeichnete Nachrichtenquelle, da er stets bereit war, mit seinem einwandfreien Englisch demjenigen Informationen zukommen zu lassen, der ihm seinerseits etwas mitzuteilen hatte. Emily sah bei dem zwischen China und Japan tobenden Propagandakrieg in ihm einen Gegner, den man unbedingt ernst nehmen mußte.

Beide Männer sprachen auf Gregory Hardin ein, einen Mann, der ganz anders wirkte, als man sich Texaner gewöhnlich vorstellte. Er war klein, schmal, zurückhaltend und wirkte in seinem braunen Straßenanzug unauffällig. Seit neuestem gehörte er dem Stab der *New York Times* an. Er war nicht nur ein scharfsichtiger Beobachter, sondern auch gründlich und genau, Eigenschaften, die beinahe ebensoviel wert waren wie Richard Hollings, sicheres Gespür für Neuigkeiten.

Da sie Richard nirgends sah, trat Emily auf die drei interessanten Männer zu. Plötzlich jedoch wandte sie sich wieder ab. Ihre Würde gestattete es ihr keinesfalls, sich öffentlich mit einem Japaner zu unterhalten.

Erneut sah sie sich in dem Tanzsaal um. Sie war nicht gern allein. Die persönliche Vertreterin Madame Tschiangs in

Schanghai sollte um der politischen Wirkung willen jederzeit von einer Aura der Macht umgeben sein, von einem Kometenschweif von Bittstellern und Bewunderern. Hier jedoch kam sie sich genau vor wie bei den Bällen in ihrem ersten Studienjahr am College von Bryn Mawr. Es war herabsetzend – und auch ein wenig beängstigend –, als Frau bei einer Gesellschaft allein zu sein.

Roland Yamaguchi legte Joshua die Hand auf den Arm und zog ihn in Richtung der Tanzkapelle fort. Diese kränkende Geste war durchaus kalkuliert. Der gerissene Japaner hatte damit deutlich gemacht, daß er und der einflußreiche Mann aus Schanghai vertrauliche Mitteilungen austauschten, während sich der Korrespondent der *New York Times* überlegen durfte, welche wichtigen Nachrichten ihm da entgingen. Dennoch lächelte Gregory Hardin scheinbar gleichmütig, als Emily zu ihm trat.

«Was gibt's Neues?» fragte sie automatisch. «Was habe ich verpaßt?»

«Wir haben uns einfach nur so unterhalten», gab er zur Antwort. «Unter anderem über Dick Hollings' Bericht aus Yenan und die üblichen kleinen Gemeinheiten unter Kollegen, Sie wissen doch. Wie ging es denn der Gattin Tschiang Kaischeks, als Sie sie zuletzt gesehen haben?»

«Als ob Sie nicht genau wüßten, daß das Monate her ist.» Sie fragte sich, warum er so unvermittelt das Thema gewechselt hatte. «Soweit ich weiß, geht es ihr gut.»

«Bestimmt haben Sie gehört, daß man sich erzählt, sie beabsichtige, sich in Amerika ärztlich behandeln zu lassen?»

«Man erzählt sich auch, daß zwischen ihr und dem Generalissimus nicht alles zum besten steht. Nichts als Unsinn. Nicht alle Feinde Chinas tragen japanische Uniform oder halten ein Gewehr in der Hand. Auch das Gerücht ist eine mächtige Waffe.» Da sie befürchtete, zu heftig reagiert zu haben, kam sie wieder auf das zu sprechen, was Hardin anfangs gesagt hatte. «Was ist mit Dick Hollings' Bericht?»

«Nun . . .» Gregory Hardin schwieg einen Augenblick sichtlich betreten, weil er von ihrer früheren Beziehung wußte, hatte aber offenbar noch keinen Klatsch darüber gehört, daß sie wieder aufgelebt war. In diesem Fall hätte er Richard gar nicht vor ihr erwähnt. Erforderlichenfalls würde sie weiter in Greg Hardin drängen, um Einzelheiten herauszubekommen. Es war für sie beruflich wie persönlich von Bedeutung zu erfahren, wie Richards Kollegen über die Artikelreihe dachten, die dieser über seinen Besuch in der Grenzregion geschrieben hatte. Sie selbst hatten diese sechs Artikel in Verwirrung gestürzt, ihr aber eigentlich nicht mißfallen.

Es hatte lange gedauert, bis sie erschienen waren. Richard hatte sich nicht besonders damit beeilt. «Es ist vor allem wichtig», hatte er immer wieder hervorgehoben, «alles ganz genau darzustellen.» Er hatte nur Emily unter dem Siegel absoluter Verschwiegenheit davon erzählt und die Exklusivberichte nicht einmal per Telegramm durchgegeben, sondern sie dem neuen Transpazifischen Luftpostdienst anvertraut, den die viermotorigen Flugboote der Pan American World Airways versahen. Da aber die Artikelreihe nicht über den Fernschreiber gekommen war, hatten auch die Redakteure in Amerika keinen Anlaß gesehen, sie übereilt zu drucken, und so waren erst in der vergangenen Woche Ausschnitte davon nach Schanghai zurückgelangt.

«Meinen Sie nicht, Emily, daß er die Sache verharmlost hat?» versuchte Gregory seine Kritik vorsichtig anzudeuten. «Er hatte eine einzigartige Gelegenheit. Jeder von uns hätte wer weiß was gegeben, um nach Yenan zu kommen. Aber Dick schreibt darüber, als handle es sich um ein Pfadfinder-Zeltlager. Die Artikel sind wie Reisbrei: hier und da eine Rosine, aber im großen und ganzen fade – und ziemlich süß.»

«Ist es gestattet, sich an dieser kulinarischen Unterhaltung zu beteiligen?» fragte spöttisch Richard Hollings, der unversehens neben Hardin aufgetaucht war. «Von Madame Ou-yang würde ich kaum Zustimmung erwarten, ganz gleich, was ich schreibe – aber Sie, Gregory . . .»

«Das stimmt nicht, Richard.» Sie freute sich über diese öffentliche Herausforderung, denn er hatte es vermieden, unter vier Augen mit ihr über seine Reportage zu reden. «Ich mißbillige nicht, was du geschrieben hast, ganz im Gegenteil. Ich halte deine Darstellung für vergleichsweise unvoreingenommen. Natürlich wäre es mir lieber, das Ganze hätte mehr Biß.»

«Biß?» gab er zurück. «Heute scheint wirklich der Tag der kulinarischen Metaphern zu sein. Was meinst du mit Biß, Emily?»

«Den Biß der Wahrheit, Richard. Sie hat scharfe Zähne.»

«Aha, jetzt kommt nach der Kochkunst die Zahnheilkunde an die Reihe. Sag mir . . . uns . . . doch, was du damit meinst.»

«Richard, wir Chinesen kennen die Kommunisten weit besser, als es dir möglich ist. Du warst nur ein paar Wochen bei ihnen.» Sie wollte Richard gewisse Dinge mitteilen – und ein Streit in der Öffentlichkeit war die beste Möglichkeit, ihre private Beziehung zu vertuschen. «Obwohl du jahrelang in Schanghai gelebt hast, scheinst du nicht so viel gelernt zu haben, wie nötig gewesen wäre.»

«Nur weiter, Emily», ermunterte er sie.

«Die Kommunisten sind durch die Bank Lügner. Und sie rühmen sich ihrer Lügen sogar! Alles, was sie dir gesagt haben, war mit Lügen vermischt. Sie streben die Macht mit allen Mitteln an: Mord, Folter, Vergewaltigung – ihnen ist alles recht.»

«Ich verstehe nicht ganz, worauf du hinaus willst.» Richards Stimme klang abwehrend – und überlegen.

«Du hast die Kommunisten beschrieben, als seien sie irgendeine beliebige politische Partei. Eine ganz normale, friedliche Partei wie die Demokratische Liga. Das führt den Leser in die Irre.»

«Seit der Einheitsfront gegen Japan *sind* die Kommunisten doch wie jede andere Partei. Alle arbeiten mit der Zentralregierung zusammen, um die Invasion aufzuhalten. Schön, sie haben ihr eigenes Gebiet, wie ein amerikanischer Bundesstaat. Die Demokraten regieren in Washington, aber dennoch regieren die Republikaner gewisse Einzelstaaten.»

«Eine politische Partei mit ihrer eigenen Armee?» wandte Emily ein. «Eigentlich sogar zwei: die des Achten Wegs und die Guerillatruppen der neu aufgebauten Armee der Vierten Front. Das nenne ich eine merkwürdige Partei!»

«Ich habe gehört», mischte sich Hardin ein, «daß darüber auch von kommunistischer Seite mehr zu sagen ist, als Sie berichtet haben. Wie kommt es, daß Sie das unterschlagen haben?»

Diese leise vorgetragene Frage, begriff Emily, war gefährlicher als ihr Frontalangriff. Richard wirkte verlegen.

«Warum lassen wir die Sache nicht einfach fallen?» fragte sie, ihn in Schutz nehmend. «Wir erreichen doch nichts.»

«Nein, Emily, ich beantworte die Frage.» Trotz der Klimaanlage wischte sich Richard die Stirn mit dem Taschentuch. «Ich möchte nur ein paar Sekunden lang darüber nachdenken.»

Emily sah sich um. Kellner in bestickten russischen Kasacks schoben sich mit großen Tabletts voll Räucherstör und frischem Kaviar durch die Menge, andere servierten Champagner oder Wodka. Die zwölfköpfige Kapelle spielte die neuesten Schlager.

Mit einemmal erkannte sie den Flinken John Pavernen, der sich mit Elisaweta unterhielt. Er trug einen mitternachtsblauen Smoking, und Elisaweta wirkte in einem honigfarbenen Ballkleid mit weitem Rock einfach hinreißend. Worüber die beiden wohl verhandeln, überlegte Emily.

«Greg, ich wollte den Kommunisten gegenüber nicht *zu* freundlich sein, denn das wäre nicht überzeugend gewesen», sagte Richard, und sie wandte ihre Aufmerksamkeit wieder ihm zu. «Warum sollte ich es mir auch mit den Nationalisten noch mehr verderben? Emily, auch du hast in einer Hinsicht recht: nicht mit deinem hysterischen Ausfall gegen die Kommunisten als Mörder, Vergewaltiger und was weiß ich noch alles. Ich habe aber sehr wohl geschrieben, daß es in den Reihen der Kommunisten Unstimmigkeiten gibt. Das ist aber kein Beleg dafür, daß sie für freie, demokratische Debatten eintreten.»

«Genau!» warf Emily ein. «Redefreiheit gehört nicht gerade zu ihren politischen Zielen.»

«Vielleicht hätte ich hier und da wirklich weniger zurückhaltend sein sollen. Auch ich bin nicht ganz zufrieden. Möglicherweise fahre ich noch mal nach Yenan und gehe der Sache auf den Grund. Es ist nämlich so –»

«Porco israelitico!» hallte es mit einemmal durch den Ballsaal. Roland Yamaguchi und Joshua Haleevie, die noch immer in der Nähe der Kapelle standen, starrten fassungslos auf einen stämmigen blonden Mann in der schwarz-silbernen Galauniform der italienischen Faschisten, an der nicht einmal der Zierdolch fehlte. «Schwein! Judenschwein! Kapitalistisches Judenschwein!» wiederholte er.

Joshua sah sich im Saal um, lächelte den Umstehenden zu und zuckte verächtlich die Schultern. Immer noch lächelnd, schlug er dem Italiener erst mit der flachen Hand und dann mit dem Handrücken ins Gesicht.

Dann wandte er sich um und lächelte noch einmal entschuldigend, als wollte er sagen: Tut mir entsetzlich leid, aber das mußte sein.

Er hatte zwei oder drei Schritte getan, als der Italiener wütend aufbrüllte. Verachtungsvoll ging Joshua weiter. Erst als Roland Yamaguchi einen scharfen Warnruf ausstieß, wandte sich Joshua halb um. Der Italiener stürmte wie ein gereiztes Nashorn auf ihn zu, den Zierdolch in der Hand. Eine Frau kreischte auf, und ein Mann machte seiner Hilflosigkeit durch Lachen Luft.

Joshua hob die Linke, um sich zu verteidigen, und Yamaguchi packte den Mann an der Schulter, doch da Joshua beim Umdrehen das Gleichgewicht verloren hatte und der Italiener mit viel Schwung auf ihn zustürmte, durchbohrte sein Dolch Joshuas Oberarm. Der Angreifer zog ihn heraus, um erneut zuzustoßen.

In dem Augenblick legte ihm Yamaguchi den Arm um die Kehle und riß ihn zurück, so daß der Mann vor einer der vergoldeten Säulen niedersank. Wie aus dem Nichts tauchten zwei weißrussische Wächter in weißen Uniformen auf und schleppten ihn fort. Einer der beiden, erkannte Emily, war ihr eigener Leibwächter.

Mit Tränen der Wut in den Augen eilte Elisaweta auf Joshua zu. Blut troff aus dem Riß in seinem Smokingärmel. Sie umarmte ihn, ohne auf ihr gelbseidenes Ballkleid zu achten. In das entsetzte Schweigen hinein sagte Joshua bedauernd: «Tut mir leid, Liz! Habe mich wohl schlecht benommen. Und das Jackett ist auch hinüber.»

Elisaweta wußte nicht, was sie sagen sollte. Sie stieß kleine, tröstende Laute aus, hielt ihn eng an sich gepreßt und hob kaum den Blick, als sich Roland Yamaguchi tief vor ihnen verbeugte.

«Es tut mir entsetzlich leid», sagte der Japaner. «Es ist eine Schande, daß so etwas passieren konnte!»

«Sie können doch nichts dafür!» sagte Joshua langsam mit weißem Gesicht. «Sie haben nichts damit zu tun!»

«So etwas ist sehr schlecht», murmelte der Japaner. «Wie kann Japan mit solchen Verbündeten . . .»

Als trage er persönlich die Schuld an dem Vorfall, verbeugte sich Roland Yamaguchi erneut und stakste mit steifen Schritten zur Tür. In der Halle traf er auf Tommy und Julia, die absichtlich später gekommen waren und eigentlich sogleich in Elisawetas Privaträume hatten gehen wollen. Sie fanden es nicht richtig, daß Elisaweta in einer Zeit, da China verzweifelt gegen einen starken Feind kämpfte, ihr Haus so aufwendig dekorierte und das Ereignis so demonstrativ feierte, aber sie hatten es nicht über sich gebracht, ihre Einladung vollständig zu ignorieren.

Julia trug einen blaßgrünen seidenen Tschipao, der ihr mahagonifarbenes Haar und ihre grünen Augen zur Geltung brachte. In erster Linie aber wollte sie damit unterstreichen, daß sie die Sache der Chinesen unterstützte. Tommy, im cremefarbenen Leinenanzug, wollte gerade seine Arzttasche an der Garderobe abgeben, als Yamaguchi mit großen Schritten auf ihn zugeeilt kam und ihn zurückhielt. «Behalten Sie die, Doktor», rief er. «Man hat Haleevie eben eine scheußliche Stichwunde zugefügt. Er ist im Ballsaal.»

Tommy schob sich durch das dichte Gedränge im Gang, und Julia, die ihm folgte, verfluchte im stillen den enganliegenden Tschipao, in dem sie nur winzige Trippelschritte machen konnte, obwohl er bis über das Knie geschlitzt war.

An der Tür des Ballsaals lächelte John Pavernen bei Tommys Anblick erleichtert und sagte: «Sie haben es wohl schon gehört? Sie hat ihn in ihre Wohnung hinaufgebracht und nach Dr. Rosenberg geschickt.»

«Amateure brauchen wir hier nicht!» gab Tommy zur Antwort, der selbst keine Wunde genäht hatte, seit ein Jahr zuvor die Große Welt bombardiert worden war, «der Teufelsdoktor ist schon da».

In dem kleinen Privataufzug, der gleichfalls in völlig neuem Glanz erstrahlte, sagte Julia gereizt: «Du wirkst sehr munter, wenn man bedenkt, daß wir nicht wissen, wie schlimm es ist.»

«Aber natürlich weiß ich das, Julie. Kein Blut auf dem Boden, und keine Spur von Panik unter den Gästen. Es kann also nur halb so schlimm sein.»

Doch es sah schlimm genug aus. Als der Fahrstuhl das oberste Stockwerk erreicht hatte, fanden sie Joshua kreidebleich und in Hemdsärmeln auf dem minzgrünen Sofa liegen. Neben ihm kniete Elisaweta und drückte ihm ein Handtuch auf den Arm, durch das Blut drang.

«Tommy!» rief sie erleichtert. «Gott sei Dank. Dr. Rosenberg ist nicht zu erreichen. Ich wollte gerade . . .»

Vorsichtig nahm er ihr das Tuch aus der Hand. Die Wunde war nicht tief, etwa zehn Zentimeter lang und blutete heftig. Er legte das Handtuch wieder darauf und sagte zu Elisaweta: «Kein Grund zur Beunruhigung. Aber du wirst unten gebraucht . . . Du darfst deine Gäste nicht im Stich lassen.»

«Tommy», bat sie ihn, «ich muß bei ihm bleiben, ihm helfen.»

«Du würdest mehr im Weg sein als helfen», erwiderte er absichtlich schroff. «Julie, hol das Riechsalz aus der Tasche und halte es ihr unter die Nase, bevor sie umkippt. Dann hilf ihr, sich zurechtzumachen, und schick sie runter.»

Tommy säuberte die Wunde, desinfizierte sie und nähte die Wundränder. In ein paar Monaten würde nur noch ein blasser roter Strich zu sehen sein, der nach Ablauf eines Jahres genauso weiß sein würde wie die Haut.

«Ein paar Kodeintabletten und ein Cognac sind alles, was

du jetzt brauchst», sagte Tommy, stolz auf sein Werk. «Was zum Teufel hast du getrieben, alter Freund?»

«Den Trottel gespielt!» gab Joshua zur Antwort, während er schlückchenweise den Cognac trank, den ihm Julia eingeschenkt hatte. «Ich habe mich Illusionen hingegeben!»

«Ein kluger alter Fuchs wie du?» lachte Julia. «Unmöglich!»

«Alt ja, aber klug? Nicht unbedingt.»

Tommy ließ nicht locker: «Wer hat versucht, dir seine Initialen ins Fleisch zu schneiden?»

«Giancarlo Poletti, unser örtlicher Mussolini.» Joshua lächelte töricht. «Und nicht nur das, er hat auch meine Illusionen zerstört. Mir waren all diese Neuankömmlinge, diese überheblichen *Jekes*, die deutschen Juden, ein Dorn im Auge. Natürlich hab ich ihnen geholfen. Das ist meine Pflicht. Aber ich als Brite bin nicht in dem Sinne Jude wie sie, hab ich mir immer eingeredet. Das stimmt zwar, aber jetzt habe ich gemerkt, daß auch ich Jude bin. Ich fürchte, ich habe die Beherrschung verloren.»

«Diesem Windhund gegenüber?»

«Ich fürchte ja, mein Junge. Poletti hat sich schlimmer als Hitler über uns jüdische Untermenschen geäußert. Ich habe ihm sehr freundlich mitgeteilt, was ich davon halte, darauf hat er mich laut beschimpft, und ich mußte ihm eine kleben. Das Ergebnis seht ihr.»

«Das hätte früher nie passieren können», sagte Julia halb spöttisch, halb ernst. «Das jedenfalls sagt mein Schwiegervater immer.»

«Mein Vater auch», stimmte Joshua zu. «Was für Zeiten! Damen und ... äh ... bessere Kurtisanen auf demselben Empfang, samt Operettenitalienern mit Theaterdolchen. Ich muß schon sagen!»

Emily steckte den Kopf zur Tür herein und trat ein, als sie sah, daß sich Joshua Cognac schlürfend und munter mit ihrem Bruder unterhielt. Ihr folgte Gregory Hardin. Er hatte Elisaweta gefragt, warum sie ausgerechnet ihn zu dieser Versammlung alter Freunde eingeladen habe, und sie hatte geantwortet: «Wir werden alt und langweilig, Gregory. Wir brauchen frisches Blut.»

Emily und Julia küßten einander zur Begrüßung, dann ließ sich Emily auf einen Sessel fallen und verkündete: «Liz sagt, sie kommt, sobald sie kann. Wir sollen ruhig schon mal mit dem Champagner anfangen.»

Kurz darauf kam Richard Hollings mit John Pavernen herein. Zwar war dessen lackglänzendes schwarzes Haar inzwischen offensichtlich gefärbt, doch seine grünen Augen hatten noch immer den alten Glanz. Mit fast sechzig Jahren war der Flinke John noch recht schlank, wenn sich auch unter dem Smoking der Ansatz eines Bauchs abzeichnete. Er nahm die Zigarre aus dem Mund, an der er genüßlich sog, und dröhnte: «Ah, Champagner! Nun, es gibt ja auch eine Menge zu feiern.»

«Tatsächlich?» Hollings hob fragend die Braue. «Das ist mir noch gar nicht aufgefallen. Mein lieber John, wenn ich einmal von der neuen Einrichtung des *Ikra* absehe, wüßte ich wirklich nicht, was . . .»

John Pavernen ging quer durch den Raum auf seine Nichte zu, küßte sie, nahm ihr ein Glas Champagner aus der Hand und nickte Emily freundlich zu.

«Es gibt jede Menge zu feiern, Leute.» Er hob sein Glas grüßend. «Nicht nur die Renovierung des *Ikra*. Obwohl – wenn man bedenkt, daß Liz noch vor ein paar Jahren eine arme weißrussische Tänzerin war, ist doch auch das nicht schlecht.» Er war für seine Taktlosigkeiten bekannt, und er fügte hinzu: «Ich bringe einen Toast auf den Frieden in China aus. Tschiang Kai-schek kann schließlich nicht *sämtliche* Friedensangebote ausschlagen. Die Japse sind ganz vernünftig, aber wenn er sich nicht bald mit ihnen einigt, reicht es ihm nicht mal zu einer japanischen Marionette – sie werden ihn einfach vom Tisch wischen! Er muß Frieden schließen, ob er will oder nicht. Auf den Frieden wollen wir trinken!»

Unter frostigem Schweigen aller Anwesenden hob John Pavernen sein Glas. Emily und Julia schleuderten ihm wütende Blicke zu, während Tommy wie ein teilnahmsloser Buddha vor sich hinsah. Er wollte sich nicht in der Öffentlichkeit mit dem Onkel seiner Frau streiten, der in Schanghai das älteste Mitglied ihrer Familie war. Gerade als Julia etwas sagen wollte, fragte Gregory Hardin leise: «Sprechen Sie da ausschließlich als Geschäftsmann, Mr. Pavernen? Oder auch als Amerikaner?»

«Als amerikanischer Geschäftsmann.» Nur zu gern erläuterte der Flinke John seinen Standpunkt. «Was in China fehlt, ist in erster Linie Recht und Gesetz. Das Geschäft braucht Frieden und geordnete Verhältnisse, sonst kann man keine Gewinne machen, und China wird nie in der Lage sein, seine Karre allein aus dem Dreck zu fahren. Diese Sicherheit können nur die Japaner gewährleisten.»

«Wenn man bedenkt, daß es in China seit drei Jahrzehnten keinen Frieden gegeben hat», bemerkte Hardin trocken, «scheinen Sie ganz gut abgeschnitten zu haben!»

«Ganz meine Meinung – noch dazu, wo ich als armer Junge vom Land angefangen hab. Aber geben wir uns doch keinen Täuschungen hin. Die Chinesen bemühen sich seit 1911 um eine Regierung, die länger als ein paar Jahre durchhält, aber das schaffen sie nicht. Ich habe an den innerchinesischen Streitigkeiten gut verdient, jetzt aber ist es Zeit für den Frieden, Zeit, daß die Japaner ein Machtwort sprechen.»

«Onkel John, ich traue meinen Ohren nicht», brach es aus Julia heraus. «Ist das wirklich dein Ernst? Als Amerikaner?»

«Natürlich, mein Kind. Welches Interesse hätten die Amerikaner an China, außer einem geschäftlichen? Je eher die Japaner den Generalissimus an die Kandare nehmen, desto eher geht es mit den Geschäften wieder aufwärts.»

Julia war zu wütend, als daß sie hätte antworten können, doch Gregory Hardin fuhr ihn an: «Sofern Sie als ehrenwerter Geschäftsmann sprechen, Mr. Pavernen, müssen Sie blind sein. Die Japaner werden dem ganzen Geschäftsleben ihre Art von Ordnung auferlegen und keine Konkurrenz dulden, sondern lediglich Geschäftsleute, die ihnen nützen. Sehen Sie den Tatsachen doch ins Gesicht!»

John Pavernen füllte sein Glas erneut und lachte. «Nun, nun, Mr. Hardin –»

«Sie reden gefährlichen Unsinn», fuhr Hardin unerbittlich

fort. «Glauben Sie denn wirklich, daß sich die Japaner mit China zufriedengeben werden? Natürlich werden sie sich eine Weile ruhig verhalten, um China zu verdauen, wie ein Python, der ein Schwein verschlungen hat. Aber danach? Als nächstes kommt Südostasien an die Reihe, denn da gibt es was zu holen – Öl, Gummi und Zinn. Aber es gibt Wichtigeres als Geschäfte und sogar als nationale Interessen», sagte Hardin schroff. «Gerechtigkeit und Moral! Die Chinesen kämpfen nicht nur, weil sie ihr Land bewahren wollen, sie kämpfen auch um Gerechtigkeit. Die japanischen Militärs stehen für die Herrschaft der unverhüllten Gewalt, für den Schritt zurück ins finstere Mittelalter. Mr. Pavernen, aber wir sollten uns darüber klar sein, daß die *Chinesen* unseren Kampf kämpfen.»

Er hielt inne. Es schien ihm peinlich, daß er sich von seinem Eifer hatte mitreißen lassen. Keiner der anderen sagte etwas. Nach einer Weile hob Joshua Haleevie sein Glas und meinte: «Hört! Hört! Eine sehr beredte Darstellung.»

Erkennbar unbewegt leerte John Pavernen sein Glas, sah auf die Uhr und erklärte: «Nun, ich kann nicht die ganze Nacht auf Elisaweta warten. Ich habe zu tun.» Er wandte sich Julia zu. «Ich sehe dich doch nächste Woche?»

Erst nach einer spürbaren Pause gab Julia zur Antwort: «Selbstverständlich, Onkel John. Wie besprochen.»

Die frostige Antwort seiner Nichte irritierte ihn, so daß er die Hand vom Knauf der schon halb geöffneten Tür nahm und sich noch einmal umdrehte. «Vielleicht fragen Sie sich, warum mich die Gräfin hierher eingeladen hat», sagte er mit erkennbarem Zorn in der Stimme, «vor allem, wo ich kein alter Freund von ihr bin, wie Sie alle, sondern eher ein geschäftlicher Bekannter. Ganz recht, wir sind einander nach wie vor geschäftlich verbunden, die Gräfin und ich. Wenn Mitsubishi und die Geheimpolizei für die Gräfin gut genug sind, sind sie es für mich wohl auch.»

Mit einem vorwurfsvollen Blick auf seine Nichte schloß er: «Aber da ich sehe, daß ich nicht gut genug für feine Leute wie Sie bin, gehe ich. Grüßen Sie meine Komplicin von mir.»

«Ich muß überleben, Joshua! Das steht für mich immer an erster Stelle!» sagte Elisaweta mit dramatischem Unterton in der Stimme. «Ich habe es dir immer wieder gesagt und nie ein Geheimnis daraus gemacht. Warum bist du jetzt so entsetzt?»

Joshua gab keine Antwort. Etwas Farbe war in sein Gesicht zurückgekehrt, doch um die Lippen herum war er blaß, und seine Augen wirkten abwesend. Elisawetas ausweichende Antwort auf seine Frage, warum sie mit den Japanern zusammenarbeite, gefiel ihm nicht. Wenn sie solchen Unsinn redete, spürte er fast eine Abneigung gegen sie. Dabei hätte er aus seinen eigenen Quellen längst erfahren können, was sie tat – wenn er nicht zugelassen hätte, daß ihn die Zuneigung blind machte, selbst während der Jahre, in denen sie nichts voneinander gesehen oder gehört hatten.

Nach fünf Jahren der Trennung hatte Elisaweta den Eindruck, daß selbst ein Joshua, der ständig an ihr herumnörgelte, besser war als gar keiner. Voll unbeschwerter Freude genoß sie ihr neues *Ikra* und ihren alten Liebhaber.

Nur schade, daß der Abend so wenig schwungvoll verlaufen war. Sogar Julia war zurückhaltend gewesen, obwohl sie bei Festlichkeiten sonst vor Munterkeit überquoll. John Pavernen, hatte man ihr mitgeteilt, hatte wegen dringender Geschäfte schon früh gehen müssen. Auch die anderen waren bald gegangen; kaum daß sie pflichtschuldig auf das neue *Ikra* getrunken hatten, hatten sie sich nacheinander davongemacht, und ihre Abschiedsworte hatten einen gezwungenen Klang gehabt. Nicht einmal die Hummersuppe, die Elisaweta hatte auftragen lassen, hatte sie zum Bleiben bewegen können.

Als sie Joshua nach dem Grund dafür fragte, hatte ihr dieser unumwunden mitgeteilt, was John Pavernen gesagt hatte und dann eine Erklärung von ihr verlangt. Obwohl ihn diese in keiner Weise zufriedenstellte, sagte er jetzt freundlich: «Tommy hat gesagt, ich soll mich nicht aufregen, aber ich kann, was du sagst, nicht einfach so hinnehmen. Du bist wohlhabend – wie kannst du da von Überleben reden? Das klingt doch verdächtig nach Ausrede.»

«Oh, Joshua, es tut mir *aufrichtig* leid.» Sie gab sich zerknirscht.

«Ich hatte ganz vergessen, daß ich ein verdorbener Mensch bin: selbstsüchtig, habgierig und im Innersten verkommen.»

«Nun übertreib mal nicht in die andere Richtung, Liz», sagte Joshua grinsend. «Aber ich warne dich, gleich morgen früh fange ich wieder von der Sache an.»

«Morgen früh? Heißt das, du willst die Nacht über hierbleiben? Oh, Joshua, das ist ja großartig!»

«So großartig nun auch wieder nicht, Liebste. Du hast es mit einem verwundeten Mann von fünfundvierzig Jahren zu tun.»

«Dein verdammter Onkel hat wirklich den Vogel abgeschossen», explodierte Tommy, als sie wieder im Wohnzimmer unter dem Dach des Hauses an der Kiukiang Road gelandet waren. «Man sollte ihm das goldene Fettnäpfchen am Band verleihen!»

«Tut mir leid, Liebling», murmelte Julia unbehaglich, «was kann ich dazu, daß er . . .»

«Weißt du, eigentlich ist Joshua selbst schuld», meinte Tommy und ließ sich in seinen geliebten alten Sessel aus Rosenholz fallen.

«Ich dachte, der Italiener, der Faschist Poletti, hätte –»

«Schon. Trotzdem. Joshua hätte ihn nicht ohrfeigen müssen. Er wird von Tag zu Tag empfindlicher.»

«Er sah jedenfalls nicht so aus, als wolle er das *Ikra* so bald verlassen», sagte Julia schwärmerisch. «Wenn die Sache Joshua und Liz wieder zusammenbringt, hatte sie ja doch ihr Gutes.»

«Meine liebe Julia», sagte Tommy spöttisch, «deine Moralvorstellungen werden immer laxer.»

«Aber ich bitte dich!» gab sie zurück. «Du bist doch derjenige, der eine unwissende Jungfrau schon lange vor der Hochzeit ins Bett bugsiert hat.»

«*Vor* der Hochzeit ja, aber nicht, *nachdem* sie einen anderen geheiratet hat.»

«Ich verstehe zwar, was du meinst, aber –»

«Zuerst die Sache mit Emily und Hollings, jetzt Liz und Joshua – du scheinst ja außereheliche Beziehungen völlig in Ordnung zu finden.»

«Du weißt genau, daß das nicht so ist.» Ihr war klar, daß er sie aufzog. «Was Emmy betrifft – ich habe sie seit Jahren nicht so strahlend gesehen. Und du weißt genau, daß es Hsiu nichts ausmacht, solange nichts an die Öffentlichkeit dringt. Er und Em verstehen sich gut. Tommy, sie ist wieder glücklich.»

«Also um Glück geht es. Macht Liz auch Joshua glücklich?»

«Auf Dauer vielleicht nicht. Aber mit Charlotte hat er nie eine wirkliche Ehe geführt, das ist eine bloße Verbindung zwischen den Familien Haleevie und Gubbai. Nicht mal Kinder haben sie. Warum also sollte Joshua nicht . . . Er kann nicht ohne Liz leben. Das hat mit Unmoral überhaupt nichts zu tun, es ist einfach eine naturgegebene Tatsache.»

«Von mir aus, Julie», lachte er. «Aber das Gequatsche deines Onkels über die Geschäfte, die er und Liz mit den Japanern machen, ist sehr gefährlich. Nehmen wir an, Hardin kann den Mund nicht halten. Oder denk an Hollings mit seinen Beziehungen zu den Japanern . . .»

«Greg Hardin sagt bestimmt nichts, und Dick kannst du besser einschätzen als ich.»

«Ich weiß nicht recht, Julie. Ich durchschaue ihn nicht.»

«Tommy, was wäre denn so schlimm daran, wenn die Japaner herausbekämen, was Onkel John gesagt hat?»

«Es könnte uns schaden, dem Apparat. Wenn die Japaner ihre Waffen beispielsweise auf einem anderen Weg an die Marionettenregierung der Bürgerkriegsgeneräle lieferten, wüßten wir nicht mehr darüber Bescheid. Das meiste kommt gegenwärtig unter dem Deckmantel amerikanischer Ware über JPEnterprises ins Land, eine amerikanische Firma. Die reiche und antikommunistisch eingestellte Gräfin Jawalenka stellt zusätzliche Mittel für die Finanzierung zur Verfügung, falls jemand fragt. Ein hübsches Geschäft, wie dein Onkel sagen würde.»

«Und wenn die Japaner ihre Vorgehensweise änderten?»

«Nun, es liefert uns wertvolle Aufschlüsse, daß wir die Waffenlieferungen an die Bürgerkriegsgeneräle im Auge behalten. Wir wissen genau, welcher von ihnen was bekommt – also ist uns auch bekannt, wer die Japaner unterstützt. Das aber liefert uns Anhaltspunkte dafür, wohin der nächste japanische Vorstoß gerichtet ist. Und mit diesen Angaben –»

«Ich weiß: die Armee des Achten Wegs und die neu aufgebaute Armee der Vierten Front können dann Gegenmaßnahmen ergreifen – ein vorbeugender Angriff hier, eine politische Aktion dort. Schlimmstenfalls bringen sie die Waffen in ihre Gewalt.»

«Sie haben es erfaßt, Miss Einstein. Du siehst also, es wäre mehr als ärgerlich, wenn die Japaner Wind von der Sache bekämen und ihre Vorgehensweise änderten. Bist du sicher, daß Hardin nichts ausplaudert?»

«Ganz sicher, Tommy. Aber ich werde ihn sicherheitshalber unauffällig von der Sache fortlocken.»

«Tu das. Mit Hollings werde ich selbst fertig. Vielleicht lasse ich einen Hinweis fallen, daß Mao keine Korrespondenten der amerikanischen Presse mehr nach Yenan läßt, wenn er erfährt, daß amerikanische Firmen japanische Waffen schmuggeln. Dick möchte unbedingt noch mal hin.»

«Nun, er hat mit seinen Artikeln ja niemandem weh getan.»

«Aber auch nicht alle erfreut. Dabei gibt er sich solche Mühe. Er hat doch tatsächlich den Vorsitzenden Mao Tsetung gefragt, wie es um den Kommunismus in China steht, und der hat sinngemäß gesagt, das wäre höchstens ein Fernziel, das in der näheren politischen Zukunft keine Rolle spielt. Und was tut dieser großartige Auslandskorrespondent? Er berichtet, daß die Leute gar keine Kommunisten seien, sondern Sozialdemokraten, die sich für ländliche Probleme interessieren, so eine Art Agrardemokraten.»

«Darüber werden die in Yenan aber lachen, was? Ich selbst mache es allerdings nicht viel anders. Wie kann man besser ausländische Freunde gewinnen als damit, daß man erklärt, die Mitglieder der KP Chinas seien in Wirklichkeit gar keine Kommunisten?»

«Julie, ich habe es ihm gesagt! Ich habe Hollings haargenau erklärt, daß der Kommunismus ein Ideal der fernen Zukunft ist. Niemand erwartet in den nächsten Jahrzehnten vollkommene Gerechtigkeit in einer vollkommenen Gesellschaft. Das hat Mao gemeint, nicht aber, daß er nicht auf den Kommunismus hinarbeitet. Ich wollte verhindern, daß Hollings seine Glaubwürdigkeit einbüßt. Wer wird ihm auch nur ein Wort von dem abnehmen, was er schreibt, wenn er solche Schnitzer macht? Er steht wie ein Idiot da.»

«Jeder wird es Wort für Wort glauben, Tommy. Unterschätze nie die Unwissenheit des Durchschnittslesers. Du erwartest einfach zuviel von den Menschen, mein Lieber. Es spielt überhaupt keine Rolle, was du ihm gesagt hast. Entweder hat er es tatsächlich nicht verstanden, oder er wollte es nicht verstehen.»

«Möglich, daß es über seinen Horizont geht. Agrardemokraten!»

«Natürlich sind es in Wirklichkeit Kommunisten», gab ihm Julia recht und fügte scheinbar übergangslos hinzu: «Liebling, ich wollte dich schon lange fragen: Wäre es nicht hübsch, wenn wir wieder einen Hund hätten? Die Mädchen möchten so gern einen Welpen, und es ist schon fast ein Jahr her, daß Adam . . .»

Tommy hatte den Eindruck, daß Julia im Begriff stand, sich durch die Hintertür einem kniffligen Thema zu nähern. Gleichmütig gab er zur Antwort: «Aber nicht wieder so eine Mordsdogge. Diesmal muß es etwas Kleineres sein, ein echter Schi-tse vielleicht. Ich finde es allerdings merkwürdig, daß jemand mitten im Krieg daran denkt, sich einen Hund anzuschaffen.»

Diese Antwort beruhigte Julia. Zwar sprach sie von einem neuen Hund, aber es mußte Tommy klar sein, daß sie auch an seinen alten Freund Tschang Kuo-tao dachte, der ihr vor Jahren den kleinen Welpen Adam aus Peking mitgebracht und sie beide zur Mitarbeit im Apparat ermuntert hatte.

«Ich kann immer noch nicht glauben», murmelte Tommy, «daß Kuo-tao die Partei verlassen hat! Es ist einfach unfaßbar!»

Sie hatten kurz zuvor Einzelheiten über diesen spektakulären Schritt erfahren. Mit Bestürzung hatte Julia gehört, daß Tschang Kuo-tao aus Yenan abgereist war. Dennoch blieb ihr Glaube an die Führung der Partei unerschüttert. Tommy hingegen hatte der Parteiaustritt seines Freundes in eine grundlegende Krise gestürzt, was sein Verhältnis zum Kommunismus betraf.

Alljährlich in der ersten Aprilwoche opferte die Zentralregierung der Republik China symbolisch am Grabmal des ersten chinesischen Kaisers. Als Vorsitzender der Regierung des Grenzbezirks hatte Tschang Kuo-tao natürlich an der Zeremonie für den gemeinsamen Vorfahren in der nahe gelegenen Stadt Hsian teilgenommen, die sich in den Händen der Nationalisten befand. Anschließend war er nicht ins «luftlose Verlies» von Yenan zurückgekehrt.

Nachdem ihn Kommissar Tschou En-lai vergeblich aufgefordert hatte, seinen Entschluß noch einmal zu überdenken, wurde Tschang Kuo-tao öffentlich getadelt. Chinas Kommunistische Partei wie auch die Komintern erklärten, er sei nicht von seinen Ämtern zurückgetreten, sondern aus der Partei ausgestoßen worden. Am 20. Mai 1938 hatte Tschang Kuo-tao mit einen vernichtenden «Offenen Brief an meine Landsleute» auf diese Behauptung geantwortet. Darin hieß es: «Das *einzige* Ziel der Kommunistischen Partei besteht nunmehr darin, ihre eigene Kraft zu bewahren und zu vergrößern, um die Macht über China an sich zu bringen. Die Unterstützung des Widerstandskriegs gegen Japan und die Einheitsfront mit den Nationalisten dienen lediglich als propagandistische Mittel zur Erreichung dieses Ziels. In Wirklichkeit arbeitet die Kommunistische Partei unaufhörlich daran, *alle* anderen antijapanischen Elemente zu vernichten, damit für sie selbst der Weg zur Macht frei wird.»

«Er *muß* unrecht haben», flüsterte Tommy, «er steht doch damit ganz allein.»

«Sein Gejammer über angebliche Täuschung ist widersinnig», erklärte Julia unerschütterlich. «Erinnere dich, Lenin selbst hat es als revolutionäre Pflicht bezeichnet, den Feind zu täuschen – mit allen verfügbaren Mitteln.»

«Vor allem, wenn er getäuscht werden will, wie dein guter Freund Hollings.»

«Ach, da fällt mir ein, Tommy», sagte sie rasch, um ihn auf

andere Gedanken zu bringen, «die Sowjets haben Kontakt mit dem Apparat aufgenommen. Sie wissen von unserer Existenz, kennen allerdings unsere Identität nicht. Wir sollen für sie ein paar Aufgaben erledigen. Meinst du nicht, daß wir das tun sollten?»

«Nie, Julia!» brach es aus Tommy heraus. «Was ich tue, geschieht für China. Mich interessiert weder der Kreml noch die Sowjetunion oder die Komintern. Die Russen können mir den Buckel runterrutschen.»

57

8. Juni 1938

Joshua hatte entweder sich selbst unterschätzt oder sie, vielleicht auch sie beide, überlegte Elisaweta selbstzufrieden am Morgen nach ihrem Empfang. Trotz seines verwundeten Arms war das Zusammensein mit ihm so wunderbar wie eh und je gewesen.

Wohlig betrachtete sie die Reste des Frühstücks, das sie im Schlafzimmer eingenommen hatten. Joshua hatte sich in dem riesigen Bett aufgesetzt. Er wirkte glücklich, aber nachdenklich. Bereute er es, daß er seine kinderlose – und wohl auch lieblose – Ehe verraten hatte? Oder grübelte er über John Pavernens Enthüllungen nach und darüber, daß Elisaweta gemeinsame Sache mit den Japanern machte?

«Liz, Liebling, du bist bezaubernder denn je», sagte er und fügte hinzu, als beantworte er ihre unausgesprochenen Fragen: «Weißt du, ich habe es mit meiner Ehe weiß Gott probiert, aber das bißchen, was sie mir war, ist mir entglitten. Es liegt nicht an Charlotte, sondern ausschließlich an mir – und an dir, Liz. Du bist Champagner für jemanden, der in der Wüste verdurstet.»

Sie beugte sich zu ihm hinüber und küßte ihn, ebenso dankbar für das, was er *nicht* gesagt hatte, wie für seine Schmeichelei. Wenn er an so angenehme Dinge dachte, würde er ihr keine Vorhaltungen über das machen, was John Pavernen ausgeplaudert hatte, beruhigte sie sich.

«Du verstehst dich auf schöne Worte, mein Liebster», sagte sie glücklich. «Du brauchst dir keinerlei Sorgen zu machen. Ruh dich einfach aus und laß dich verwöhnen.»

«Ach, beinahe hätte ich es vergessen. Der junge Hardin hat mich gestern noch gebeten, dir zu sagen, daß er dich anrufen will, um irgendein Gespräch zwischen euch zu Ende zu bringen. Früher warst du doch immer so ängstlich darauf bedacht, deinen Namen aus den Zeitungen herauszuhalten. Was ist los?»

«Er möchte über meine Kinder mit mir reden.»

«Was für Kinder? Sei nicht albern, Liz!»

«Es sind nicht *meine* Kinder, nicht richtig. Trotzdem bedeuten vierhundert von ihnen eine ziemlich große Verantwortung.»

«Vierhundert Kinder?»

«Es handelt sich um eine Krippe und eine Schule für Kinder, die durch den Krieg ihre Angehörigen verloren haben. Die meisten von ihnen haben ihre Eltern nie gekannt. Die Sache kostet nicht nur viel Geld, ich bin auch auf das Verständnis der Japaner angewiesen.»

«Ach so. Deshalb läßt du dich mit den Japanern ein. Das stellt die Sache in einem ganz anderen Licht dar. Trotzdem ...»

«Außerdem stehe ich im Grunde wirklich auf der Seite der Japaner. So entsetzlich sie sein können, sie sind immer noch besser als die Bolschewiken, und sie lassen sich immer wieder auf Grenzscharmützel mit der Roten Armee der Sowjetunion ein. Du siehst also, warum ...»

«Aber du spielst mit dem Feuer», rief er aus. «Hast du die Geschichte mit Oberst Ishikawa 1932 vergessen?»

«Keineswegs, Liebling. Und die Japaner auch nicht. Sie wissen durchaus, daß ich damals an seinem Verschwinden beteiligt war. Das verdammte norwegische Flittchen hat seinen Schnabel nicht halten können. Sie hat dich aber nicht erkannt, sondern gedacht, du wärst ein . . . äh . . . Kunde.»

«Heißt das, die Japaner erpressen dich? Die ganze Zeit schon?»

«Nur ein bißchen. Sie verlangen gelegentlich Informationen von mir, und von Zeit zu Zeit muß ich als Absender für ihre Waffenlieferungen herhalten. Sie zahlen übrigens wirklich gut dafür.»

«Ja – mit dem, was sie bei ihrem Opium- und Heroinhandel einnehmen. Liz, das kannst du nicht tun. Du schadest einer großen Zahl von Menschen, um ein paar hundert Kindern zu helfen.»

«Komm mit und sieh dir meine Waisenkinder an, Josh, dann wirst du mich verstehen.»

«Wenn es nur ums Geld geht, bin ich sicher, daß die Haleevies Mittel und Wege finden –»

«Danke, Liebling. Kannst du dir vorstellen, daß mich die Japaner weitermachen ließen, wenn ich mich ihnen offen widersetzte?»

«Uns wird schon etwas einfallen.»

«Vergiß nie, daß sie gegen die Sowjets sind. Ich würde einen Pakt mit dem Satan in der Hölle schließen, um gegen die Teufel zu kämpfen, die mein Rußland geraubt haben. Natürlich führen sich die Japaner hin und wieder abscheulich auf. Trotzdem . . .»

Mit bedenklichem Gesichtsausdruck sagte Joshua: «Ich habe nicht den Eindruck, daß du mir schon alles gesagt hast.»

«Eine alte russische Redensart lautet: Nur eine törichte Frau sagt ihrem Mann alles!»

Wie immer, wenn sie spaßte, sprach sie mit schwerem slawischem Zungenschlag. Dabei neigte sie, die Lider mit den langen Wimpern über ihre blauschwarzen Augen gesenkt, in gespielter Unterwürfigkeit den Kopf.

Lächelnd beharrte Joshua: «Und was bindet dich sonst noch an die Burschen?»

«Du magst es albern finden. Weißt du noch, wie wir damals in der Großen Welt waren, unmittelbar bevor Tschiang Kai-schek Schanghai eingenommen hat? Emmy ist mit mir zu diesem Wahrsager gegangen. Seine Voraussagen sind Punkt für Punkt eingetroffen. Er hat gesagt, ich würde viele Kinder haben, aber keine eigenen, und genauso ist es gekommen. Außerdem hat er gesagt, viele Männer würden mich bewundern, aber ich würde nie den besitzen, den ich wirklich will. Besitze ich dich etwa, Liebling? Daß ich sehr glücklich sein werde, hat er auch gesagt. Und wer kann schon sagen, was Glück ist, bevor alles vorüber ist? Und er hat mir ein langes Leben prophezeit – aber ich würde nicht immer dort leben, wo ich gern möchte, und auch das stimmt.»

«Und was noch?»

«Die letzte Voraussage hat sich bereits bewahrheitet: meine Feinde würden meine Freunde sein. Also muß ich mich mit den Japanern gut stellen. Sie sind die Feinde meiner Freunde, aber auch die meiner Feinde.»

58

18. Juli 1939

Auf einen Ellbogen gestützt, betrachtete Richard Hollings nachdenklich den schlanken Leib, der unter dem scharlachroten Baldachin des geschnitzten und vergoldeten Himmelbetts neben ihm lag. Emily war jetzt achtunddreißig Jahre alt, doch hatte ihre körperliche und seelische Reife ihren Reiz noch verstärkt. Sie lag mit geschlossenen Augen neben ihm und wirkte so vollkommen wie eine im Laufe der Zeit glattpolierte Elfenbeinstatuette der Göttin der Gnade. Zärtlich ließ Richard den Blick über sie gleiten, angefangen bei ihrer von blauschwarzem Haar eingefaßten hohen Stirn, auf der winzige Schweißtröpfchen standen, bis zu den schmalen Füßen mit den rotlackierten Zehennägeln.

Ihre kleinen Brüste waren ein wenig voller und deren rosa

Knospen eine Spur dunkler als früher. Zwar war ihre Taille noch nahezu ebenso schmal wie vor fünfzehn Jahren, doch ihre Hüften wie auch ihre Schenkel waren runder. Die Schultern wirkten nicht mehr so zerbrechlich. Jetzt war zu merken, daß sie körperlich zäh war.

Richard strich sich eine Locke aus der Stirn. Erstaunlicherweise hatte er an diesem heißen Nachmittag noch nicht ein einziges Mal an sich selbst gedacht. Er war von der Frau neben ihm förmlich besessen. Zuletzt hatte er sie vor einem halben Jahr in Schanghai gesehen, fast zweitausend Kilometer von dort entfernt, wo sie jetzt einander wieder begegnet waren: in Tschungking, der neuen provisorischen Hauptstadt der Republik China. Sie lag im Gebirge, an den Ufern des sich durch Schluchten windenden Jangtse und war sicher, da die japanischen Bodentruppen sie nicht erreichen konnten. Im Juli 1939, zwei Jahre nachdem über dem Zwischenfall an der Marco-Polo-Brücke der Vernichtungskrieg ausgebrochen war, hatte sich die nationalistische Regierung weit von Schanghai zurückgezogen. Tschiang Kai-schek kämpfte mit dem Rücken zur Wand.

Emilys und Richards Begegnung nach so langer Trennung war leidenschaftlich und heftig gewesen. Sie hatten nur wenig Zeit gehabt, miteinander zu sprechen, doch Richard wußte auch so, daß er Emily tief und unwiderruflich liebte. Er machte sich insgeheim Vorwürfe wegen ihrer früheren Streitereien und der vergeudeten Jahre. Unvermittelt trat ihm ein lebhaftes Bild vor Augen: er sah das von hellem Haar umrahmte blasse Gesicht seiner Frau Fiona, die dreizehntausend Kilometer entfernt in London lebte. Zum Glück hatten sie keine Kinder, denn ihm war jetzt klar, daß er alles daransetzen würde, Emily für den Rest seines Lebens an seiner Seite zu haben. Er hatte geglaubt, wirklich geglaubt, Fiona zu lieben – doch in Wirklichkeit hatte er immer nur Emily geliebt.

Ein Hund bellte, und Emily öffnete die Augen. Sie lächelte einen Augenblick lang überrascht und hob dann träge die Hand seinem Gesicht entgegen. Mit einemmal setzte sie sich auf und fragte unruhig: «Was war das?»

«Nur ein Hund», gab er zur Antwort. «Hat er dich erschreckt?»

«Das kann man wohl sagen! Du weißt es wohl noch nicht, Dick?» Sich mit einemmal ihrer Nacktheit bewußt, griff sie nach ihrem blauen, mit Spitzen besetzten Morgenrock. «Hier in Tschungking bedeuten bellende Hunde Luftangriffe.»

«Wieso das? Verfügen sie über übersinnliche Wahrnehmungsfähigkeiten, oder hören sie einfach die Motoren der japanischen Flugzeuge eher als wir?»

«Keins von beidem, mein kluger Freund! Aber der Nebel ist von Oktober bis April so dicht, daß ihn die Sonne fast nie durchdringt. Sehen die Hunde die Sonne doch einmal, bellen sie sie an wie einen Störenfried oder einen Einbrecher.»

«Ich bin heute wohl etwas begriffsstutzig. Ich verstehe immer noch nicht, was das mit Luftangriffen zu tun hat.»

«Ganz einfach: die Bomber können bei Nebel nicht fliegen. Wenn die Hunde bellen, heißt das, es herrscht gutes Flugwetter. Also steht uns ein Bombenangriff bevor.»

Sie umschlang seinen Hals und zog ihn zu sich herab. Sein Atem ging rasch und vermischte sich mit dem ihrigen.

«Großer Gott, Dick», flüsterte sie ihm zu, «jedesmal, wenn ich dich sehe, muß ich einfach . . .»

Ihre Stimmung schien unvermittelt umzuschlagen. Sie stieß ihn von sich, setzte sich auf, zog ihren Morgenmantel an, schloß ihn züchtig und nahm eine Zigarette aus Richards Packung.

«Genug!» sagte sie entschlossen. «Wir haben noch gar nicht richtig miteinander gesprochen. Vor einem halben Jahr bist du nach London aufgebrochen. Drei Monate später hat mich Mei-ling endlich nach Tschungking beordert. Es war Mai, gerade vor dem ersten Luftangriff. Hier auf dem Hügel vor der Stadt sind meine Kinder allerdings ziemlich sicher. Aber ich rede zuviel. So geht es mir immer, wenn ich glücklich bin.» Nach einer Pause flüsterte sie: «Ich liebe dich wirklich, Richard, so wahr mir Gott helfe.»

«Emily, ich . . . ich . . .» Richard hatte meist keine Schwierigkeiten auszudrücken, was er dachte, aber jetzt war seine Zunge wie gelähmt. «Ich wollte . . .»

«Ja, Richard!»

«Ich liebe dich auch. Von ganzem Herzen. Mehr, als ich sagen kann. Es ist mir gerade erst richtig aufgegangen. Ich schwöre dir . . .»

«Bitte nicht. Sag es mir oft, aber schwöre nicht . . . Erzähle mir lieber, was du seit deiner Abreise erlebt hast.»

«Ich war beständig unterwegs. Ein paar Wochen in London, wo ich alte Freunde getroffen und mit ein paar Männern im Auswärtigen Amt gesprochen habe. Dann in Amerika.» Er unterließ es, Emily zu sagen, daß ihn seine Frau dorthin begleitet und ihn gebeten hatte, sie mit nach Schanghai zu nehmen. Er wußte, daß Emily nicht nach ihr fragen würde.

«In Amerika hatte ich ständig mit allen möglichen wichtigen Leuten zu tun – natürlich auch mit dem Herausgeber des *Globe* und den Leuten von der NBC. Außerdem hatte ich ein Gespräch mit Präsident Roosevelt und seinem Außenminister Cordell Hull, der aus seiner Verachtung für die Japaner kein Hehl machte. Man ist in Washington sehr besorgt über die Zustände in Asien – vor allem hier in China.»

Emily nahm einen tiefen Zug aus ihrer Zigarette, hustete und fragte dann: «Was halten die Amerikaner von unserem Land? Wo liegen ihre Sympathien?»

«Bei China. Daran kann es keinen Zweifel geben. China ist in aller Munde, vom Präsidenten bis zum Lastwagenfahrer und zum Gepäckträger am Bahnhof – sogar im mittleren Westen, wo die Leute gewöhnlich an nichts als die nächste Ernte denken. Alle Frauen sammeln für die China-Hilfe.»

«Das klingt sehr gut. Dann ist es also eine reine Zeitfrage?»

«Was?»

«Nun, daß wir die Hilfe bekommen, die wir brauchen – und verdienen! In Zukunft werden keine Kleinigkeiten mehr im Weg stehen, wenn wir Kampfflugzeuge und Waffen haben wollen, nicht wahr?»

«So ist es leider auch nicht, Em! Erstens sind die Amerikaner entschlossen, sich aus dem Krieg herauszuhalten, und zweitens ist die Propaganda der Japaner wirksamer als eure, obwohl die Sympathien auf eurer Seite liegen. Entscheidend aber ist, daß die Chinesen von Amerika wegen der Kampfhandlungen nichts mehr kaufen. Die Japaner dagegen kaufen alles auf: Öl, Schrott, Getreide, sogar Sojabohnen. Da sich damit beachtliche Gewinne erzielen lassen, sind die Amerikaner nicht wählerisch.»

Dieses Bild der Vereinigten Staaten, das sich so deutlich von ihren eigenen Erinnerungen unterschied, entsetzte Emily. Sie zog an ihrer Zigarette und überlegte: «Im nächsten Jahr sind Präsidentschaftswahlen, und dann –»

«Roosevelt kandidiert zum drittenmal und lockt die Wähler mit dem Versprechen, er werde Amerika aus auswärtigen Verwicklungen heraushalten.»

Emily war enttäuscht, aber das wollte sie Richard nicht zeigen. Entschlossen beugte sie sich zu ihm hinüber und sagte keck: «Nun, wir sind ja nicht nur zum Reden hier, nicht wahr?»

Er knöpfte ihren Morgenmantel auf und schloß sie in die Arme. Noch einmal schoben sie Vergangenheit und Zukunft zugunsten dieses kostbaren Augenblicks beiseite.

Das Jaulen der Sirenen weckte sie.

Emily warf einen Blick auf die Uhr, setzte die Füße auf den roten Fliesenboden, öffnete den hölzernen Fensterladen und sagte: «Noch eine Stunde, bis es dämmert. Ich habe es dir ja gesagt, als die Hunde bellten. Die Japaner werden in etwa einer halben Stunde hier sein . . .»

«Sollten wir dann nicht . . .» Ihm fiel auf, daß er nicht wußte, was man in Tschungking bei einem Luftangriff tat.

«Diesen Hügel treffen sie nie. Von hier hast du einen Blick auf die ganze Stadt – wie von einem Tribünenplatz.»

Sie goß Tee ein und hielt ihm einen Teller mit krossem, getrocknetem Schweinefleisch hin.

«Fatty Wang hat den Leuten hier in der Provinz Sezuan beigebracht, Schweinefleisch so an der Luft zu trocknen, wie er es gern hat», sagte sie. «Du erinnerst dich doch noch an Oberst Wang? Er ist Mei-lings rechte Hand – und der führende Feinschmecker eines Volks, das aus Gourmets besteht. Und was es hier alles zu essen gibt! Wir haben in Tschungking nicht nur einheimische Köche, sondern auch solche, die aus allen möglichen Teilen des Landes hierher geflohen sind: Peking, Schanghai, Kanton, Hunan und was weiß ich noch. Es ist einfach umwerfend.»

«Aber sie kochen für die Reichen!» merkte er an.

«Ich fürchte ja. Aber wir können nicht an allen Fronten gleichzeitig kämpfen. Bis wir die Japaner vertrieben haben, kann ich nicht an soziale Gerechtigkeit denken – nicht einmal mehr an die Rechte der Frau.» Sie schüttelte zerknirscht den Kopf und wechselte rasch das Thema. «Was hat dich eigentlich in Amerika so lange aufgehalten?»

Richard steckte sich eine Zigarette an, bevor er antwortete: «Alle wollten etwas über China wissen. Ich habe ein paar Vorträge gehalten und im Rundfunk ein paar Sondersendungen gemacht. Das war alles sehr einträglich. Außerdem . . .»

«Außerdem was? Heraus mit der Sprache.»

«Außerdem habe ich –» sagte er und lächelte über ihre Ungeduld – «ein Buch geschrieben. Über China. Natürlich weiß ich, daß das anmaßend ist. Trotzdem soll es in den Vereinigten Staaten und in Großbritannien herauskommen.»

«Das ist ja großartig, Richard!»

Sie warf ihm die Arme um den Hals, küßte ihn und fragte: «Wann? Wie heißt es?»

«Und ich hatte immer gedacht, dir liegt nur an meinem Körper», neckte er sie. «Anfang nächsten Jahres, voraussichtlich im Februar. Der Arbeitstitel lautet *Gelbe Erde, Weiße Sonne, Roter Stern.*»

«Mußtest du die Kommunisten im Titel erwähnen?» Ihre Freude war getrübt. «So wichtig sind sie schließlich nicht. Du bist gerade erst in Tschungking angekommen – wirst du noch ein Kapitel über unsere neue Strategie und die neue Hauptstadt anfügen können? Sonst ist dein Buch nicht vollständig.»

«Ich denke schon, Liebling. Mir bleiben noch mehrere Monate. Ich möchte alles sehen. Und dabei brauche ich deine Hilfe.»

Mit dieser Äußerung wollte Richard Emily nicht täuschen, sondern ihr eine Freude machen. Er wußte tatsächlich nicht, wann es für Änderungen an seinem Buch zu spät sein würde. Da man einen Zeitungsbericht binnen zehn Minuten umstellen konnte, nahm er an, bei einem Buch sei es ebenfalls möglich, in letzter Minute Änderungen vorzunehmen.

«Ein Buchklub hat es als Hauptvorschlagsband ausgewählt», fügte er hinzu. «Der Verleger ist sehr zufrieden.»

«Ich bin beeindruckt.»

«Soweit ich weiß, fällt für mich ziemlich viel dabei ab. Wenn wir also jemals . . .» Er ließ den Hinweis unvollendet, obwohl er wußte, daß sie ihn nicht aufnehmen würde. «Es bedeutet für mich ziemlich viel. Der amerikanische Verlag drängt mich, schon bald ein weiteres Buch zu schreiben. Offenbar bin ich jetzt nicht mehr einfach irgendein Reporter, sondern ein anerkannter Autor. Jedenfalls sagen die Leute das.»

«Gelbe Erde, Weiße Sonne, Roter Stern», sagte Emily vor sich hin, um dem Gespräch eine andere Wendung zu geben. Es hatte fast so geklungen, als wolle er ihr einen Antrag machen, was unvorstellbar war, denn schließlich waren sie beide verheiratet. «Warum nicht einfach *Gelbe Erde, Weiße Sonne*? Es ist kürzer, hat mehr Pfiff – und sagt alles, worauf es ankommt.»

«Klingt gut. Ich denke mal drüber nach.»

Wieder jaulten Sirenen, immer eindringlicher, schien es, lauter, schriller.

«*Tsching-pao! Tsching-pao!* . . . Fliegeralarm!» Emily lachte unruhig. «So viel Chinesisch können inzwischen sogar die Besatzungen der ausländischen Kanonenboote. Das ist erst der Voralarm. Uns bleibt noch eine Viertelstunde.»

«Du weißt, daß mir Bomber schreckliche angst machen.»

«Liebling, es ist besser, du lernst, mit ihnen zu leben. Wir hatten seit April jeden Tag durchschnittlich zwei Angriffe . . . Sag mir, hast du in Schanghai auch Tommy und Julie getroffen?»

«Sicher! Ich hatte zwar beim Umsteigen nicht viel Zeit, aber dazu hat es gereicht.»

«Und wie geht es ihnen?» fragte sie eifrig.

«Wohl ganz gut», sagte er zögernd. «Was könnte ich sonst sagen?»

«Eine Menge, nehme ich an. Sofern du die Absicht hast, mich zu schonen, tu es lieber nicht. Was ist los?»

«Offen gestanden nichts, was ich genau bezeichnen könnte. Sie sind beide gesund, wirken munter und arbeiten viel. Auch den Kindern geht es gut.»

«Richard, du weichst mir aus. Sag mir, was du weißt – oder vermutest. Sonst denke ich das Schlimmste.»

«Wenn du unbedingt willst . . . Ich kann mich irren, aber ich habe den Eindruck, daß die beiden nicht besonders gut miteinander auskommen.» Er versuchte zu erklären, was er meinte. «Zwischen dir und mir ist etwas Reibung normal, aber bei Julie und Tommy doch wohl ungewöhnlich. Er sitzt in sich versunken da und sagt kein Wort, und sie lacht nicht mehr so viel wie früher – und wenn, dann klingt es gezwungen.»

Emily musterte ihn aufmerksam, und er fügte trotzig hinzu: «Der Teufel soll es holen, Em, wahrscheinlich bilde ich mir das alles nur ein. Der Krieg findet zwar nicht mehr in Schanghai selbst statt, aber das Leben dort ist kein Zuckerschlecken – schließlich sitzen die Japaner rund um die Stadt. Man kommt sich vor wie in einem Käfig im Zoo.»

«Sie könnten doch nach Tschungking kommen», überlegte Emily laut, «oder nach Amerika gehen . . . Nein, das käme für Tommy nicht in Frage. Er würde China nie verlassen. Doch warum um Himmels willen bleiben sie ausgerechnet in Schanghai?»

Sie beugte sich über ihn, um ihre Zigarette auszudrücken, und er liebkoste ihre Hüfte. Lächelnd schüttelte sie den Kopf, legte sich zurück und fuhr fort: «Ich glaube, ich schreibe Julie einen Brief und frage sie einfach, was los ist. Schlimmstenfalls teilt sie mir mit, ich solle mich um meine eigenen Angelegenheiten kümmern.»

Emily ließ sich von dem hohen Bett herabgleiten und trat zu der Kommode, auf die sie ihre Kleidungsstücke geworfen hatte. Während ihr Richard beim Anziehen zusah, befand er, daß der Krieg auch seine guten Seiten habe. Mit einem tiefen Seufzer begann dann auch er, sich anzuziehen.

Unvermittelt fragte sie ihn: «Dick, wann kann ich dein Manuskript sehen? Ich würde es gern lesen.»

«Tut mir leid, Em.» Er hängte sich den Feldstecher um. «Ich bin mit dem Flugzeug gekommen, und da darf man kaum Gepäck mitnehmen. Ich habe mein einziges Exemplar in New York gelassen. Sobald ich das fertige Buch habe . . .»

«Ich komme darauf zurück.» Sie nahm seinen Arm. «Wollen wir uns jetzt den Krieg ansehen?»

Richard Hollings hatte nur wenig auf seine Umgebung geachtet, als ihn die Kulis in einer Sänfte den schmalen Bergpfad zu dem von einer Steinmauer umgebenen Anwesen getragen hatten, wo die Familie Ou-yang in einer für Kriegsflüchtlinge bemerkenswert behaglichen Umgebung lebte. Der Weg führte so nahe am Abgrund entlang, daß ihn die Furcht daran gehindert hatte, die Aussicht zu genießen. Auch als Emily jetzt im Dämmerlicht mit ihm hinausging, gönnte er dem fernen Tschungking keinen Blick, sondern betrachtete unverwandt ihr glänzendes Haar. Sie traten auf einen Felsvorsprung, von dem aus man über den Fluß hinweg die Stadt sehen konnte.

Emily wies hinab und sagte: «Ist das nicht ein herrliches Bild?»

Das Zentrum der Stadt Tschungking lag an der Spitze eines Dreiecks, das durch den Zusammenfluß des breiten Jangtse und des schmaleren Tschialing gebildet wurde. Innerhalb der zinnenbekrönten Stadtmauer standen niedrige alte Gebäude mit Ziegeldächern, auf den Hügeln im Westen lagen einige Neubauten. Steintreppen erhoben sich vom Flußufer aus bis in mehr als hundert Meter Höhe. Jeden Tropfen Wasser und jedes Reiskorn mußten Kulis diese Treppe emportragen.

Da die Flüsse eine Art Wassergraben um diese Festung bildeten, war die Stadt zu Lande praktisch uneinnehmbar. Angriffen aus der Luft hingegen waren sie hilflos ausgeliefert. Durch sein Fernglas sah Richard die schwarzen Narben, die Brandbomben ins Gesicht der Stadt gerissen hatten. Gegen die

Bomber waren ihre Flakbatterien machtlos, und die chinesische Luftwaffe, gab Emily zu, war so gut wie vernichtet. Claire Chennault bemühte sich, sie aus dem Nichts heraus in Kunming, siebenhundert Kilometer südwestlich gelegen, erneut aufzubauen.

Obwohl der Stützpunkt der japanischen Bomberverbände bei Yotschao lag, siebenhundert Kilometer östlich, kamen die Bomber an diesem Tag aus Südwesten. Sie hatten die Stadt umflogen, um die Flak zu täuschen und brausten aus der untergehenden Sonne heran. Es sah aus, als bedeckten die Staffeln den gesamten Horizont. In V-förmigen Formationen schossen sie wie Wildgänse über Richard und Emily hinweg. Die Sonnenscheibe auf ihren Tragflächen leuchtete blutigrot.

«So viele waren es noch nie», sagte Emily düster. «Das wird ein schwerer Angriff.»

Richard zählte sechsundvierzig zweimotorige Bomber. Während sie Tragfläche an Tragfläche die wehrlose Stadt überquerten, glänzten sie im Licht der Flakscheinwerfer vor dem dunklen Himmel wie Pailletten.

Alle Bombenschächte öffneten sich gleichzeitig. Brandbomben stürzten in Schwärmen durch das Licht der Suchscheinwerfer dem Boden entgegen. Ihnen folgten die großen Sprengbomben.

Richard legte den Arm um Emily und spürte, wie sie zitterte. Aller zur Schau getragene Mut war von ihr abgefallen, und sie vergrub ihr Gesicht an seiner Schulter.

Feuer schien unten in der Stadt auf. Sekunden später schlugen die großen Bomben ein, und hohe Flammen beleuchteten die silbrigen Rümpfe der Bomber rot.

Als die schweren Bomber unmittelbar über sie hinwegflogen, zog Richard Emily zu Boden. Im Feuerschein konnte man sie sicher sehen.

Mit einemmal kamen in ihrer unmittelbaren Nähe rote Leuchtkugeln herabgeschwebt, prallten auf die wenige Meter entfernten Felsen und platzten. Der Maschinengewehrschütze in der Kanzel über ihnen ließ seine beiden Waffen aufbellen, wieder und wieder. Die Gewehrmündungen glänzten wie die Augen eines großen, gefährlichen Insekts.

Als die Maschinen vorüber waren, rief Emily aus: «Ein Wunder! Ein richtiges Wunder! Er hat uns nicht getroffen! Das ist der schlimmste Angriff, den ich bisher je gesehen habe, das Schlimmste, was Tschungking bisher mitgemacht hat.»

Der Nordwind trug den beißenden Geruch des Feuers von der Stadt zu ihnen herauf, während sie langsam zu dem von einer Mauer umgebenen Anwesen zurückkehrten. Es roch nach brennendem Kerosin, brennender Wolle und brennendem Fleisch.

Emily faßte sich mühsam. Sie berührte Richard am Arm und sagte: «Du wirst über Nacht bleiben müssen. Leider nicht bei mir, sondern im Gästepavillon. Hsiu ist tolerant – in Grenzen. Ich stelle ihn nur auf die Probe, wenn du in der Nähe bist, Liebling. Und das war bisher nicht oft der Fall.»

«Leider habe ich darauf auch wenig Einfluß», erklärte er. «Wenn ich zu sagen hätte . . .»

«Vielleicht hast du das eines Tages.» Sie gewährte ihm diesen ersten Hoffnungsschimmer beiläufig. «Vielleicht, wenn der Krieg gewonnen ist . . . Aber das ist dummes Gerede. Schließlich ist da auch noch deine Frau . . .»

59

19. Juli 1939

Als Richard am nächsten Morgen unter seinem Moskitonetz aufwachte, erinnerte er sich mißgelaunt an den vergangenen Abend. Bei ihrer Rückkehr zum Haus waren Emily und er auf Harrison Parker Smythe III gestoßen, der sich in einem Liegestuhl lümmelte. Er war grotesk ausstaffiert, so als gehe er auf eine Großwildsafari. Mit unschuldig blitzenden kornblumenblauen Augen hatte er nur gegrinst, als Emily ausrief: «Ich dachte, Sie wären bei Claire Chennault in Kunming!»

Wäre Emilys Überraschung nicht gewesen, hätte Richard

an ein abgekartetes Spiel geglaubt. Beim Abendessen hatten sie und Harry einander die Bälle so gekonnt zugeworfen, als hätten sie geprobt, was sie sagen wollten. Richard mußte daran denken, wie Smythe früher in Schanghai um Emily herumscharwenzelt war und wurde wieder eifersüchtig. Offenkundig war der Amerikaner in Emily verliebt, und ihre Vertrautheit ließ ihn Schlimmes vermuten. Mit großer Anstrengung schob er diesen unwürdigen Verdacht beiseite.

Seine Gedanken wandten sich wieder dem Gespräch zu, das sie beim Abendessen geführt hatten. Emilys Haus war mit Whisky und Cognac gut versehen. Solche Luxuswaren kosteten auf dem schwarzen Markt in Tschungking pro Flasche hundertfünfzig Dollar Mex. Sie hatte gesagt, ihre Vorgesetzte, Mei-ling Tschiang, sorge dafür, daß ihr Barschrank stets gefüllt sei. Am anderen Ende der Stadt gab Kommissar Tschou Enlai, der oberste Vertreter der Kommunisten, für ausländische Korrespondenten regelmäßig Teegesellschaften, bei denen Alkohol und Propaganda in Strömen flossen. Emily hatte, wie sie zugab, den Auftrag, dem entgegenzuwirken, indem sie ihre Gäste ebenso freigebig bewirtete und ihnen überdies, wie sie erklärte, die Wahrheit sagte.

Ihre Wahrheit, spürte Richard, stand der offiziellen Linie der Nationalisten sehr nahe, und so war es kein Wunder, daß sie gemeinsam mit Harry in den höchsten Tönen das Lob von Generalissimus Tschiang Kai-scheks brillanter Strategie gesungen hatte.

Auf ihrem Rückzug vor den stark überlegenen japanischen Streitkräften, insbesondere den Panzertruppen und Flugzeugen, kämpften die Nationalisten erbittert um jeden Fußbreit Boden. Das Ziel des Generalissimus, hob Harry hervor, sei es, die Japaner zu ermüden, so wie es die Russen mit Napoleon getan hatten, als er töricht genug war, ein riesiges Reich erobern zu wollen. Emily stimmte mit feierlichem Nicken zu, und Richard verkniff sich den Hinweis, daß der Generalissimus nach wie vor seine besten Truppen dafür aufbot, die Kommunisten in Schach zu halten. Sie hätte ihm mit Recht entgegengehalten, daß auch die Kommunisten ihre Kräfte schonten, um sie gegen die Nationalisten in die Schlacht zu werfen, sobald der Krieg gegen Japan gewonnen war.

Richard hatte sich also beherrscht, war aber bei der nächsten Strophe von Emilys und Harrys Duett explodiert. Ohne Umschweife hatte Harry Smythe Richard für die Propagandakampagne der Nationalisten einzuspannen versucht.

Als Gegenleistung für Informationen über den Luftkrieg sollte er, wenn es nach dem Amerikaner gegangen wäre, dessen Landsleuten die alte Botschaft mit einem neuen Zungenschlag verkünden: Da der Kampf, den China gegen Japan führte, bereits der Krieg Amerikas sei, solle das Land die von den – nationalistischen – Chinesen benötigten Kampfflugzeuge zur Verfügung stellen. Außerdem könne China für diese Maschinen amerikanische Piloten brauchen.

Nachdem Richard erklärt hatte, er sei nicht bestechlich, hatten er und Smythe einander wild angestarrt. Schließlich hatte Emily zwischen den beiden wieder eine Art Frieden gestiftet und sie mit Zahlen aus japanischen Dokumenten abgelenkt, die den Chinesen in die Hände gefallen waren.

Der Feind behauptete, eineinhalb Millionen Quadratkilometer chinesischen Bodens und siebzig Millionen Chinesen zu beherrschen. Somit, hatte Emily verstohlen lächelnd erklärt, blieben nur noch siebeneinhalb Millionen Quadratkilometer und dreihundertdreißig Millionen Chinesen außerhalb des japanischen Herrschaftsbereichs. Sie hatte hinzugefügt, daß den Japanern ihr tödliches Dilemma durchaus bewußt sei: je tiefer sie in das Landesinnere eindrangen, desto geringer wurde ihre Aussicht auf den Sieg. Sieben Millionen chinesische Soldaten lockten gut eine Million Japaner in die größte Falle der Welt – die ungeheuren Weiten Chinas. «Wir können nicht weiter vorrücken», hieß es in einem gleichfalls in die Hände der Chinesen gefallenen Stabsbericht der Kaiserlichen Armee, «und wir wagen nicht, uns zurückzuziehen.»

Beim Nachtisch, der aus kleinen Sezuan-Tangerinen bestand, hatte sich Emily entschuldigt, da sie nach einem anstrengenden Tag erschöpft sei, und zu Richard gesagt: «Harry zeigt dir, wo du schläfst. Vielleicht leiht er dir auch einen Rasierapparat.»

Dann hatte sie ihn flüchtig auf den Mund geküßt, eine Vertraulichkeit, die sie sich sonst vor Außenstehenden nicht erlaubte.

Nach dem Frühstück riet Emily zur Geduld, doch Richard wollte unbedingt an die Arbeit zurück, und Harry Smythe hatte im Verteidigungsministerium zu tun. Am Tor stand keine Mietsänfte zur Verfügung, obwohl dort sonst immer zwei oder drei auf Kundschaft warteten. Vermutlich waren nach diesem schwersten Luftangriff des Krieges alle gesunden und kräftigen Männer zu Aufräumarbeiten herangezogen worden. Emily bot Richard und Harry ihre Privatsänfte an.

Da Richard erklärte, er gehe lieber zu Fuß und Smythe sich ihm anschloß, nahm sie selbst die Sänfte und nannte den Trägern den Luftfahrt-Ausschuß als Ziel. Sie wollte Mei-ling Tschiang nicht durch eine Verspätung reizen, obwohl es ihr die alte Freundin bestimmt nicht übelgenommen hätte, wenn sie einem wichtigen Korrespondenten ihre Sänfte geliehen hätte. Trotz ihres zunehmenden Hochmuts vergaß Mei-ling nie, wie wichtig die öffentliche Meinung Amerikas für China war.

Daß Mei-ling eine so bedeutende Rolle spielte, hatte in erster Linie mit ihren Verbindungen zu Amerika zu tun. Sie diente ihrem Mann als Dolmetscherin und war auch seine Mitarbeiterin in allen Fragen und Verhandlungen, die eine Zusammenarbeit mit den Vereinigten Staaten betraf, weil sie bei den Amerikanern so bekannt und beliebt war. Ihre eigene Position stand und fiel damit, wie die amerikanische Presse über sie berichtete, und deshalb war sie bereit, für Korrespondenten nahezu alles zu tun. Von Zeit zu Zeit sagte sie ihnen sogar einmal die Wahrheit.

Während Emilys Sänfte den steilen Weg zur Fähre über den Tschialing hinabschwankte, folgten ihre Gäste einige hundert Meter hinter den Kulis, die den Abstand trotz ihrer Last ständig vergrößerten.

Harry Smythe blieb stehen, um einen Blick auf die Stadt zu

werfen, und fragte Richard: «Sie haben es wohl nicht besonders eilig?»

«Nicht sehr», gab Richard zurück, «obwohl ich eigentlich mit verschiedenen Leuten reden müßte.»

Nachdenklich sagte der Amerikaner: «Diese Provinz hier, Sezuan, die fruchtbarste des Landes, ist für den Gemus das Ende der Fahnenstange.»

Während ihm Richard zuhörte, ließ er den Blick über die zerstörte Stadt schweifen. «Er ist von der Außenwelt abgeschnitten. Die Japaner beherrschen die Küstenprovinzen, und er hat, mit Ausnahme der Schmalspurbahn durch Französisch-Indochina, keinen Zugang zum Meer. Von Zeit zu Zeit landet ein Flugzeug aus dem sowjetischen Teil Zentralasiens oder kommt von Kalkutta über den Himalaya. Den Nachschub liefern hauptsächlich klapprige Lastwagen, die sich von Burma her über die Berge schleppen. Mehr als die halbe Ladung besteht aus dem Treibstoff, den sie für den Weg brauchen. Nicht besonders aussichtsreich, was?»

«Wie paßt das zu dem optimistischen Bild, das Sie gestern abend gemalt haben?»

«Dick, stellen Sie sich vor, ein ganzes Volk ist auf dieser Hochebene in die Enge getrieben. Mehr als zwanzig Millionen Chinesen sind in die Provinz Sezuan geströmt, und das sind die mit Unternehmungsgeist und Vorstellungskraft. Es kommen immer noch mehr – trotz Krankheiten, Hunger und Banditenüberfällen!»

Den Blick auf die Gipfel am Horizont geheftet, sagte Harry leise: «Ich war Zeuge einer Völkerwanderung: sie kommen mit schrottreifen Bussen, mit Fahrrädern, Ochsenkarren und zu Pferde. Auf uralten Lastwagen, die von Bindfaden und Kaugummi zusammengehalten werden und jeden Augenblick zusammenbrechen können. Tausende sind auf Dschunken durch die Schluchten des Jangtse gekommen – und einige wenige Privilegierte mit dem Flugzeug. Die meisten aber haben den Weg zu Fuß gemacht: Säuglinge und Großmütter mit eingebundenen Füßen, seßhafte Bürger aus den Vertragshäfen und Soldaten aus der Mandschurei, Maultiertreiber aus der Provinz Schansi und Teehändler aus Amoy, Seefahrtstechniker aus Kanton und Elektriker aus Tientsin.»

Der Amerikaner nestelte eine Zigarette aus seiner zerdrückten Packung. Die Flamme des verchromten Feuerzeugs sprang eine halbe Handbreit in die Höhe. Während er den Rauch ausstieß, sah er offenkundig überrascht auf die Zigarette und warf sie zu Boden.

«Ich muß das Rauchen einschränken», erinnerte er sich selbst, «der Krieg wird lange dauern.»

«Harry, das ist alles sehr eindrucksvoll», sagte Richard. «Doch mit einer Völkerwanderung läßt sich kein Krieg gewinnen.»

«Ich habe mich da eben hineingesteigert», gab der Amerikaner zu. «Aber diese Leute *werden* den Krieg gewinnen. Mechaniker und Ingenieure haben ihre Fabriken mitgebracht – auf Handkarren, von Menschen gezogenen Leiterwagen und auf dem eigenen Rücken. Sie stellen alles her, was gebraucht wird, von Streichhölzern und Textilien bis hin zu Zement und Kanonen. Die schweren Maschinen sind auf Dschunken gekommen, oder man hat sie mit der Bahn so weit gebracht, wie die Gleise reichten, und sie von dort über unbefestigte Gebirgsstraßen von Hand weiterbefördert. Ein solches Volk ist unbesiegbar.»

Richard begriff, daß Harry Smythe China wirklich liebte. Seine Zuneigung zu Emily galt nicht ihr selbst, sondern der Tatsache, daß sie eine so willensstarke Vertreterin ihres Landes war.

Dem Amerikaner schien sein eigener Gefühlsausbruch peinlich. Er wandte sich ab und folgte dem Weg hinab zum Fluß. Während sie auf den Fährsampan warteten, mit dem Mensch und Tier über den stillen Tschialing nach Tschungking übergesetzt wurden, formulierte Richard in Gedanken seinen ersten Bericht. Als Eröffnungssatz wollte er schreiben: *«Das chinesische Volk ist zu allem fähig – nur nicht zur Kapitulation.»*

Sogleich verwarf er den Satz wieder. Es war lächerlich, so kurz nach der Ankunft ein solch pauschales Urteil zu fällen. Außer mit Emily und Harry hatte er mit kaum jemandem gesprochen, und sie waren beide eingeschworene Gefolgsleute der Nationalisten. Er mußte zu einem eigenen Urteil gelangen. Außerdem würde es seltsam wirken, wenn er *beide* chinesische Regierungen mit Lobeshymnen bedachte.

Die beiden Männer sprangen von der Fähre auf das schlammige Ufer und damit in die Wirklichkeit der Stadt Tschungking. Viele der Umhereilenden hielten sich essiggetränkte Tücher vor die Nase. Richard würgte an dem über der Stadt liegenden Gestank, und Galle stieg ihm bitter in den Mund. Der ekelhaft süßliche Geruch verwesenden Fleisches überlagerte alles andere. Obwohl er die strengen Gerüche Asiens schon seit vielen Jahren ertragen gelernt hatte, kam es ihm vor, als müsse er ersticken.

«Ich muß in die andere Richtung», verabschiedete sich Harry Smythe. «Zum Pressezentrum brauchen Sie nur der Straße hier zu folgen . . . Kopf hoch, alter Junge.»

Sampans, auf denen sich Leichen türmten, strebten dem jenseitigen Flußufer zu, wo Massengräber ausgehoben wurden. Männer und Frauen suchten im Schlamm zwischen gliedlosen Rümpfen; menschliche Körperteile waren wie die Überreste eines Kannibalenbanketts verstreut. Aus blutigen Gesichtern starrten vorwurfsvoll Augen, knochige Hände krallten sich in die stickige Luft. An einem oberhalb des Knies sauber abgetrennten wohlgeformten Bein prangten noch ein beigefarbener Seidenstrumpf und ein hochhackiger Schuh.

Die Suchenden wendeten die Leichname um, als seien sie konfuzianische Mönche und Nonnen, die für ihre Sünden dadurch büßten, daß sie diese entsetzliche Aufgabe übernommen hatten. Es war das mindeste – und zugleich das einzige – was sie für die Toten tun konnten. Die konfuzianische Religion verlangte von einem Chinesen, den Leib, den er von seinen Eltern bekommen hatte, unverstümmelt zu bewahren. Entsetzt erkannte Richard, daß die Suchenden hofften, einzelne Gliedmaßen und Köpfe mit den zugehörigen Rümpfen zusammenfügen zu können, damit die Toten vollständig ins Jenseits einzugehen vermochten.

Er wandte sich von der bedrückenden Szene ab und machte

sich auf den Weg zum Pressezentrum. Trotz der durch die Bomben aufgerissenen Straßen, der leeren Gebäudefassaden und der ausgebrannten Schreine war in Tschungking das Leben – und die Hoffnung – an allen Ecken und Enden spürbar. Inmitten der Trümmer hockten Arbeiter, schlugen Mörtelreste von den Ziegelsteinen und stapelten diese zur weiteren Verwendung auf. Jungen und Mädchen stapften lachend und einander neckend den Berg zur Schule hinauf. Auf ihren Schiefertafeln stand hundertfach dasselbe Ideogramm. Wasserverkäufer riefen ihre Ware aus, und wütend bellten Hunde hinter Bambuszäunen.

Im geschäftigen Foyer des Pressezentrums wetteiferte der muffige Geruch von Moder mit dem nach frischer Farbe. Obwohl das Zentrum erst vor zehn Tagen eröffnet worden war, wies der Putz an den Wänden bereits feine Risse auf.

Jimmy Wei tauchte aus dem Gedränge auf und begrüßte Richard freundlich. In seinem Arbeitsraum, der kaum größer war als eine Mönchszelle, spannte Richard einen Bogen Papier in seine Reiseschreibmaschine, tippte die Überschrift seines Artikels und starrte dann nahezu eine Viertelstunde lang das feindselige weiße Blatt stumm an.

60

24. August–7. September 1939

Während sich Harry Smythe und Emily Ou-yang bemühten, Richard Hollings für ihr Projekt einzuspannen, mit dem sie amerikanische Hilfe für die nationalistische Regierung zu gewinnen hofften, handelte die Sowjetunion. Der Diktator Josef Stalin versprach Generalissimus Tschiang Kai-schek, den die sowjetische Propaganda flugs von einem «Feudaldespoten» in einen «demokratischen Helden» verwandelt hatte, Waffenlieferungen und ganze Bataillone von Militärberatern.

Stalins Gründe dafür waren von brutaler Einfachheit. Japan war der wirklich gefährliche Nachbar der Sowjetunion im Fernen Osten, und den chinesischen Nationalisten war es weit eher zuzutrauen, daß sie zahlreiche japanische Soldaten töteten, als den chinesischen Kommunisten. Also warf sich Stalin, den nur Macht zu beeindrucken vermochte, zum Schutzherrn der mächtigeren der beiden Gruppen auf. Überdies wollte er den Einfluß über China zurückerlangen, den die Sowjetunion 1927 eingebüßt hatte, als man die Komintern-Agenten des Landes verwiesen und die Kommunistische Partei Chinas zerschlagen hatte. Natürlich sicherte er sich ab, indem er insgeheim auch die chinesischen Kommunisten weiter unterstützte.

Der Generalsekretär der KPdSU, der selbst unter Verfolgungswahn litt, riet dem Generalissimus außerdem: «Sie müssen sich vergewissern, daß es hinter Ihrem Rücken keinen Verrat und keine Treulosigkeit gibt. Lassen Sie am besten mindestens viereinhalb Millionen Menschen erschießen. Sobald bei uns ein Verdächtiger das Innenministerium erst einmal betreten hat, gibt es für ihn nur zwei Ausgänge: Sibirien oder das Grab.»

Tschiang Kai-schek, der seinem Wesen nach eher ein Taktiker als ein Diktator war, befolgte diesen Rat nicht. Seiner Ansicht nach war seine eigene Geheimpolizei bereits brutal genug. Stalin schickte zwar ein riesiges Kontingent an Militärberatern ins Land, aber nur ein winziges Rinnsal an Kriegsmaterial. Die Nationalisten konnten es sich leisten, seinen Rat in den Wind zu schlagen.

Auf dem Dachgarten, den Julia über der Wohnung des Hauses in der Kiukiang Road hatte einrichten lassen, ertönte eine Klingel zum Zeichen, daß jemand an der Haustür Einlaß begehrte. In diesen unruhigen Zeiten konnte man gar nicht früh genug erfahren, daß jemand vor der Tür stand. Die Howes litten weniger unter dem allgemeinen wirtschaftlichen Niedergang Schanghais als viele andere, und in dem Maß, in dem Donald Howes Reichtum abnahm, wuchs die Praxis seines Sohnes sprunghaft an.

Neben den konservativen Briten, die wegen seiner durch die englische Public School geprägten Sprechweise Vertrauen zu ihm hatten, und den von Julia angelockten Amerikanern konsultierten ihn auch reiche Chinesen, die vor den exotischen Gefahren westlicher Medizin weniger Angst hatten, wenn sie einer ihrer Landsleute ausübte. Obwohl das Ehepaar Howe das gesamte Gebäude an der Kiukiang Road übernommen hatte, um genug Platz für Tommys Praxis zu haben, bereitete Julia die Erledigung ihrer Haushaltspflichten keine Mühe, denn die Zahl der Dienstboten schien doppelt so rasch zuzunehmen wie deren Aufgaben.

Hätte Julia nicht ab und zu ein Machtwort gesprochen, hätten die Amahs die neunjährige Althea und die sechsjährige Persephone gänzlich verzogen. Julia war stolz, daß ihre Töchter mühelos Schanghai-Chinesisch sprachen, und sie hätte sich geschämt, wenn sie, wie manche amerikanischen Kinder, ihre Eltern so selten zu sehen bekommen hätten, daß sie kaum Englisch sprachen. Doch da sie die Mädchen mit ihrer Fürsorge zu ersticken fürchtete, wenn sie ständig zu Hause war, sagte sie jeden zweiten Tag im Sender XMHA das Wunschkonzert an.

Merkwürdig, überlegte Julia, daß ihr Leben jetzt eigentlich normaler wirkte als früher – abgesehen davon, daß sie sich neuerdings mit Tommy über politische Fragen häufiger und schärfer stritt als in den Jahren zuvor. Ein seltsames Gefühl, ausgerechnet in der Zeit der Invasion und der Teilbesetzung Schanghais ein normales Leben zu führen. Der größte Teil ihres Lebens in China war inmitten von Spannungen und Gefahren abgelaufen. Selbst die wunderbaren Jahre 1931 bis 1937 hatten Krieg und Revolution überschattet, obwohl damals in der verzauberten Stadt solche Bedrohungen sehr fern erschienen waren.

Beunruhigt sah Julia zu Tommy hinüber, als es ungeduldig ein zweites und drittes Mal läutete. In den Wohnbezirken Schanghais war ein unangemeldeter Besucher um halb elf Uhr abends ungewöhnlich und bot durchaus Anlaß zur Besorgnis. Ihre geheime Arbeit für den Apparat war zwar ein wichtiger

Teil ihres Lebens, beschwor für sie aber gleichzeitig Gefahren herauf. Sie fürchteten nicht nur die Kempeitai, die «Gedankenpolizei» der Japaner, sondern auch die Polizei der ausländischen Konzession sowie die Geheimagenten der Nationalisten.

«Ich gehe hin», erklärte Tommy. «Ein Patient dürfte es kaum sein, denn der hätte angerufen statt herzukommen. Ich wüßte gern, wer . . .»

Er ging die Wendeltreppe zu dem riesigen Wohnraum hinab und öffnete die verglaste Mahagonitür, die sie an Stelle der alten, mit Gittern bewehrten Tür hatten anbringen lassen. Die früher schmuddelige Diele prangte jetzt in Lavendelblau und Gelb. Der Aufzug war bereits auf dem Weg nach oben.

Tommy gebot sich Ruhe. Sein Oberster Hausdiener Lu würde so spät keinen Fremden einlassen, ohne sich vorher über die Haussprechanlage vergewissert zu haben, wer es war. Er entspannte seine verhärteten Nackenmuskeln. Warum sollte ein Mann wie er sich in seinem eigenen Haus fürchten?

Als sich die Aufzugtür öffnete, hatte er so etwas wie eine Vision: Die Gräfin Elisaweta Alexandrowna Jawalenka trat mit einer Stola aus sibirischem Weißfuchs über einem von einer Kosakenuniform inspirierten schwarzen Seidenkaftan auf den Flur; dabei waren es auch am Abend noch gut und gern dreißig Grad. Sie schleppte einen großen Weidenkorb. Wo, überlegte Tommy, war der uniformierte weißrussische Lakai, der gewöhnlich neben dem Fahrer ihres riesigen Hispano-Suiza saß? Sie hatte das Fahrzeug kürzlich von einem Bürgerkriegsgeneral aus dem Landesinnern teils als Gegenleistung für Dienste erworben, die ihm das *Ikra* erwiesen hatte, und teils als Bezahlung für Maschinengewehre.

«Mein lieber Tommy!» Bei ihrer Umarmung roch er schweres Parfum und französischen Cognac. «Sei so lieb und hilf mir.»

«Seit wann trägst du denn deine Sachen selbst?»

«Ich erkläre es dir drinnen», flüsterte sie. «Niemand darf etwas wissen. Alle Dienstboten sind Spione.»

Über ihren verschwörerischen Ton belustigt, wuchtete Tommy den schweren Korb die Wendeltreppe zum Dachgarten hinauf. Bald saßen die beiden Frauen nebeneinander auf einem kleinen Sofa. Elisaweta nahm zwei kaltbetaute Flaschen Taittinger aus dem Korb und wies Tommy an: «Steh nicht herum, mach schon eine auf.»

Während sich Tommy daranmachte, die Anweisung auszuführen, fragte Julia: «Was feiern wir eigentlich?»

«Das darf niemand wissen, meine Lieben. Die Japaner haben ihre Spione überall.»

«Die Japaner?» fragte Julia verblüfft. «Aber für die arbeitest du doch?»

Elisaweta hob ihr Glas und sagte: «Laßt uns auf General Schukow und seine tapferen Soldaten trinken! Sie haben die japanischen Eindringlinge aus meiner russischen Heimat vertrieben.»

«Aber Liz», sagte Tommy, «noch vorige Woche hast du gebetet, daß die Japaner die Bolschewiken vernichtend schlagen.»

«Eine Dame darf es sich ja wohl anders überlegen, oder? Schließlich ist Blut ein besonderer Saft. General Schukow hat nach dreimonatigem Kampf eine japanische Panzerarmee von heiligem sibirischem Boden vertrieben. Die Nachricht ist gerade durchgekommen.»

«Auf eine japanische Niederlage trinke ich gern, Liebste. Aber nicht auf einen Sieg der bolschewikischen Mörder.» Julia versteckte sich automatisch hinter ihrer antikommunistischen Maske. «Gerade du solltest auch wissen –»

«Ich denke realistisch, Julia. Der Zar wird seinen Thron nie wieder besteigen. So abscheulich die Bolschewiken sind, sie haben das große Rußland geeinigt, und sie leisten den japanischen Angreifern Widerstand.»

Für Tommy war Elisawetas Gesinnungsänderung ebenso unfaßlich wie ihre Behauptung, sie denke realistisch. Soweit er wußte, hatte sie nie in ihrem Leben der Realität ins Auge gesehen, nicht einmal während ihrer entsetzlichen Jahre in Sibirien – ganz davon abgesehen, daß ihr Glaube an die Wiederherstellung der Zarenherrschaft stets unerschütterlich gewesen war.

«Auf den heiligen Boden des Mutterlandes!» begann sie einen neuen Trinkspruch. «Auf daß er immerdar unverletzt bleibe!»

Tommy setzte sein Glas ab und erklärte mit grimmigem Humor: «Bei Licht betrachtet gehört dein heiliger sibirischer Boden eigentlich uns Chinesen. Eure Zaren haben ihn uns in blutigen Kriegen abgenommen. Aber auf die Niederlage der Japaner trinke ich trotzdem.»

«Ich hab's schrecklich eilig», sagte Elisaweta mit einem Blick auf ihre juwelenbesetzte Armbanduhr. «Ich muß im *Ikra* für Ruhe sorgen. Die Japaner werden heute unerträglich und streitsüchtig sein.»

Nachdem sie Julia und Tommy auf die Wange geküßt hatte, eilte sie die Wendeltreppe zum Aufzug hinab. Julia füllte die Gläser erneut und sagte selbstzufrieden: «Da siehst du es: Irgendwann erkennt jeder die Wahrheit, sogar eine unverbesserliche Reaktionärin wie Liz.»

«Was für ein Auftritt!» sagte Tommy kopfschüttelnd.

«Ach, Tommy, laß sie doch. Sie ist vom Sieg der Russen entzückt, und ich freue mich, weil die Japaner von der Sowjetunion eins auf die Nase bekommen haben. Die Bolschewiken sind unsere besten Freunde.»

«Was das betrifft, bin ich nicht so sicher, Julie.» Tommy suchte in allen Taschen nach seiner Pfeife. «Nahezu die gesamte sowjetische Hilfe geht an die Kuomintang. Stalin scheint keinen Pfifferling auf unsere Kommunistische Partei zu geben. Vergiß nicht, daß Moskau uns 1927 einfach hat sitzenlassen. Das kann sich jederzeit wiederholen.»

«Liebling, sei nicht so pessimistisch. Jetzt herrschen ganz andere Verhältnisse, und wir müssen praktisch denken. China hat sonst keine Freunde.»

«Julia, ich habe nachgedacht.» Während er die Pfeife entzündete, verdeckte ein blasses Rauchwölkchen sein Gesicht für einen Augenblick. «Ich mache mir Sorgen um Schanghai. Alles mögliche kann passieren. Ich habe dich schon mehrfach gebeten, die Mädchen zu deinen Eltern zu bringen, und ich verstehe einfach nicht, warum du es nicht tust. Jedenfalls bis man weiß, wie es weitergeht. Es ist an der Zeit, daß sie ihre Großeltern wieder einmal zu sehen kriegen.»

«Liebling, wie oft soll ich es dir noch sagen? Ich lasse dich unter keinen Umständen hier allein.»

«Du weißt doch genau, daß ich das Land gegenwärtig nicht verlassen kann. Alle Gründe, die es für dich unerläßlich machen zu gehen, machen es für mich unerläßlich zu bleiben.»

«Tommy, ich trage meinen Anteil zu dem bei, was für den Apparat zu tun ist. Etwas mehr als meinen Anteil sogar, denn du hast ja die Praxis. Wenn ich ginge, wärst du aufgeschmissen.»

«Das stimmt schon, aber die Zeit, die ich jetzt mit der Familie verbringe, könnte ich dann für den Apparat aufwenden. Das würde sich ausgleichen.»

«Möchtest du mich unbedingt loswerden? Es gefällt mir nicht, daß du mich sozusagen für entbehrlich erklärst. Für den Apparat ist mein Bleiben ebenso wichtig wie für . . .»

Das Telefon auf der Marmorplatte des Beistelltischchens schrillte, und Julia nahm verärgert ab. Sie hörte angestrengt zu und fragte zweimal: «Sind Sie sicher?»

So rasch sie den Hörer von der Gabel gerissen hatte, so langsam legte sie ihn jetzt nieder. Als sie sich Tommy zuwandte, trat das Rot des Lippenstifts grell aus ihrem kalkweißen Gesicht hervor.

«Das war Billy Wang vom Sender», kam ihre gedrückte Stimme. «Er hat mich angerufen, weil er weiß, daß mich Politik interessiert. Großer Gott! Ich kann es nicht glauben! Stalin hat mit Hitler einen Nichtangriffspakt geschlossen!»

«Ein Pakt mit dem Teufel!» sagte Tommy. Seine Stimme klang überrascht, aber nicht entsetzt. «Und was ist mit den Japanern? Immerhin sind sie die Verbündeten der Nazis.»

«Nichts. Das hätte Billy Wang mir gesagt. Tommy, vielleicht habe ich ihn falsch verstanden? Vielleicht wollen die Sowjets in Wirklichkeit die Deutschen und die Japaner auseinanderbringen?»

«Das bezweifle ich», meinte Tommy. «Wir können ja unsere Bekannten im sowjetischen Konsulat mal fragen, ob sie jetzt gemeinsame Sache mit den Japanern machen.»

«Du weißt, daß das unmöglich ist, Tommy. Nie und nimmer könnten die Sowjets –»

«So unmöglich wie ein sowjetischer Pakt mit Hitler-Deutschland?»

«Bestimmt hat Stalin gute Gründe.» Julias Zuversicht erwachte wieder.

«Sicher hat er die. Aber ich frage mich, ob er recht hat, und ob das, was er tut, auch gut für China ist.»

«Wenn es gut für die Sowjetunion ist, ist es gut für uns», bekräftigte Julia. «Ohne diesen sicheren Stützpunkt wäre die gesamte fortschrittliche Bewegung machtlos. Daher muß dem Wohlergehen der Sowjetunion Vorrang eingeräumt werden. Sie ist das Vaterland der Werktätigen überall auf der Welt.»

«Ende des Zitats», gab Tommy bitter zur Antwort. «Bitte, Julie, erspare mir die unausgegorenen Phrasen, die man an der Arbeiteruniversität von Schanghai auswendig lernt. Mir ist unverständlich, wie ein anständiger Chinese es vor sich selbst rechtfertigen kann, vor Moskau im Staub zu kriechen –»

«Von mir aus sei du so sarkastisch, wie du willst», sagte Julia entschlossen. Sie reckte das Kinn vor und ballte die Hände im Schoß. «In einem bin ich mir völlig sicher.»

«Und was wäre das, meine Liebste?»

Sie antwortete nicht sofort. Die Mehrzahl ihrer verbissenen Streitereien der letzten Monate waren aus Julias Überzeugung entstanden, sie und Tommy sollten unmittelbar für die Sowjets tätig werden. Er hingegen war nicht einmal bereit, auf die Fühler zu reagieren, die der sowjetische Generalkonsul ausstreckte. Doch noch nie zuvor hatte er sie mit so kaltem, verächtlichem Sarkasmus behandelt.

«Und was wäre das, Julie?» wiederholte er.

Obwohl sein Ton weniger feindselig klang, gab sie nach wie vor keine Antwort. Sie steckte eine Zigarette in ihre elfenbeinerne Spitze und sah ihn durch den sich kräuselnden Rauch nachdenklich an. Schließlich sagte sie: «Ich warte einfach ab, bis du dich ein bißchen beruhigt hast. Du weißt sehr wohl, daß die KPdSU ihre eigenen Interessen an die erste Stelle setzen muß.»

«Ich bin dir für diese Belehrung sehr dankbar, Julie.»

«Welche Umstände auch immer Moskau zu diesem Abkommen gezwungen haben mögen», fuhr sie fort, «es ist für uns erst recht ein Grund, unmittelbar mit den Sowjets zusammenzuarbeiten. Du hast viel zu lange gewartet. Wie lange willst du dich noch der Parteidisziplin widersetzen? Wie kannst du –»

«Die KPdSU ist nicht meine Partei!» zischte er gepreßt. «Und sie wird es auch nie sein.»

«Damit weichst du der eigentlichen Frage aus, Tommy, und das weißt du auch. Moskau ist die einzige Hoffnung Chinas, die einzige Hoffnung der Welt auf Frieden und Fortschritt. Wie könnten wir uns da weigern –»

«Laß es gut sein, Julie», sagte er müde. «Ich wünschte wirklich, du würdest Althea und Persephone zu deinen Eltern bringen, bis sich die Lage beruhigt hat. Das Spiel wird allmählich zu gefährlich.»

«Sprich nicht in diesem herablassenden Ton mit mir, Tommy!» Ihre Stimme überschlug sich fast. «Zum Teufel mit der Gefahr! Ich bin keine kleine Närrin, die du aus dem Weg schaffen mußt, sobald die Dinge ernst werden. Ich habe für den Apparat und für die Sache ebensoviel getan wie du – vielleicht noch mehr. Also habe ich auch ein Recht auf meine Meinung. Ich wiederhole: wir *müssen* mit den Sowjets zusammenarbeiten.»

«Du kommst mir vor wie der Dompteur, der das falsche Ende des Python in die Hand nahm.» Sein spöttischer Ton steigerte ihre Wut noch. «Er hat mit dem Schwanz gesprochen und ihn zärtlich gestreichelt, bis er sicher war, daß ihm die Schlange gehorcht. Aber dann hat das vordere Ende sich um ihn gewickelt und ihn zermalmt.»

«Und was willst du mit diesem albernen Vergleich sagen?»

«Das sowjetische Konsulat hier in Schanghai ist der Schwanz des Pythons. Der Kopf sitzt in Moskau. Es hat keinen Sinn, sich mit dem Schwanz anzufreunden ... Fahr nach Hause, Julie! Um unser aller Sicherheit willen, fahr!»

«Mit deiner wuchernden Phantasie hättest du nicht Arzt, sondern Romanautor werden sollen», zischte sie zurück. «Aber du wirst mich nicht los. Mein Zuhause ist Schanghai. Ich bleibe. Und ich nehme notfalls auch ohne dich Kontakt zu den Sowjets auf.»

«Fahr nach Hause, Julie!» brüllte er. «Fahr nach Hause, bevor deine Torheit uns alle in den Tod reißt! Wie konnte ich nur jemals denken, du wärst imstande . . .»

Trotz seiner Wut beherrschte Tommy jede seiner Bewegungen. Er klopfte seine Pfeife aus und setzte einen Fuß auf die Wendeltreppe. Dann aber wandte er sich unvermittelt nach Julia um. Auf seinen Wangen glühten rote Flecken, und er schleuderte seine Meerschaumpfeife so heftig gegen das Tischchen, daß ihr gelblichweißer Kopf auf der Marmorplatte zerschellte.

«Ich gehe ins Krankenhaus!» schrie er. «Ich weiß nicht, wann ich zurückkomme.»

Es war die schlimmste Auseinandersetzung, die sie je gehabt hatten. Bisher hatte Tommy seine an sich leicht aufbrausende Natur stets im Zaum gehalten. Wenn seine Selbstbeherrschung jetzt nachgelassen hatte, mußte zwischen ihnen beiden etwas Grundlegendes nicht stimmen. Was auch immer es war, es ging weit über ihre bisherigen Meinungsverschiedenheiten in politischen Fragen hinaus.

Julia erschauerte. Mit einemmal empfand sie Angst, große Angst. Hatte sie diesen Ausbruch durch falsches Verhalten selbst hervorgerufen? überlegte sie besorgt. Oder war ihr Mann im tiefsten Innern mit irgend etwas unzufrieden? Ärgerte es ihn, daß sie sich ihm – auch öffentlich – nicht so unterordnete, wie das Chinesinnen taten? Hatte sie seinen männlichen Stolz verletzt, indem sie sich etwas herausnahm, was ihr als ganz natürlich erschien – ihre Gleichheit als Mensch?

Sie entzündete grübelnd eine weitere Zigarette und hockte sich unglücklich in eine Ecke ihres Sofas.

In allen Beziehungen zwischen Mann und Frau gab es Spannungen. Glückliche Ehepaare beherrschten diese Spannungen, und sehr glückliche zogen sogar Nutzen daraus. In ihrer eigenen Ehe jedoch gab es eine besondere Quelle der Spannung: die in ihrem Mann zutiefst verwurzelte Überzeugung der rassischen und kulturellen Überlegenheit des chinesischen Volkes.

In Schanghai, wo Ausländer Chinesen als minderwertig behandelten, obwohl ihnen die Chinesen ihrer eigenen Einschätzung nach unermeßlich überlegen waren, blieb ihnen nichts anderes übrig, als Abwehrmechanismen zu entwickeln. Hatte sich jetzt bei ihrem Streit gar Tommys Rassenvorurteil gegen sie gerichtet? Sah er in ihr womöglich einen kulturlosen fremden Teufel? Haßte er sie, weil sie dem Volk entstammte, das sein Land zu wiederholten Malen gedemütigt hatte? An ihr selbst, fand Julia, konnte es nicht liegen, denn ihr war Rassenhaß fremd.

«Der Teufel soll es holen!» rief sie laut aus. «Der Teufel soll das Ganze holen – die Überheblichkeit der Männer und die der Chinesen!»

Es war typisch für Tommy: gegen Mittag kamen die ersten Rosen, ein Dutzend mit einem zinnoberroten Band um die Stiele. Er hatte gewußt, daß sie, betäubt von Erregung, eine Schlaftablette nehmen und erst spät aufstehen würde. Sie erwachte, kurz nachdem die goldgelben Rosen gekommen waren. Ihre Amah Lao Tsi brachte sie ihr auf dem Frühstückstablett ins Schlafzimmer, das die Hälfte des vierten Stocks einnahm.

Zwei Stunden später kamen zwei Dutzend Rosen von dunkelroter Farbe; ein goldenes Band hielt sie zusammen. Tommy selbst traf um vier Uhr mit drei Dutzend weißer Rosen zu Hause ein, deren Stiele rote und goldene Bänder umschlangen. Julia hatte die Mädchen zu der stets gastfreundlichen Charlotte Haleevie bringen lassen und wartete in einem Hausanzug in dem riesigen Wohnzimmer. Als Tommy die Tür aufstieß, leuchteten die goldgelben und die roten Rosen in Kristallvasen.

«Lao Tsi hat mir gesagt, daß ich dich hier finden würde», sagte er mit törichtem Lächeln. «Wie fühlst du dich?»

«Großartig!» gab sie zur Antwort. «Absolut blendend! Es könnte gar nicht besser sein!»

«Schön, Julie, ich verstehe», sagte er, das Gesicht zu einem schiefen Lächeln verzogen.

«Wie müßte ich mich deiner Ansicht nach fühlen? Wie eine Schneekönigin?»

«Es tut mir sehr leid. Worum es auch immer bei unserem ... äh ... Streit gegangen sein mag, es gibt keine Entschuldigung dafür, daß ich mich so habe gehenlassen.» Er hatte seine Versöhnungsworte offenbar einstudiert. «Das war ungehörig!»

«Ich hätte dich nicht reizen dürfen», räumte sie ein. «Auch mir tut es leid, Liebling. Entschuldige, daß ich dich so aufgebracht habe. Aber du hast mir wirklich angst gemacht.»

Unter vielen gegenseitigen Entschuldigungen und Beteuerungen versöhnten sie sich. Damit allerdings hatten sie sich noch lange nicht über die Fragen geeinigt, um die es gegangen war, sondern lediglich die Sinnlosigkeit eingesehen, sich darüber zu streiten. Tommy sprach sich nach wie vor unerbittlich gegen eine Zusammenarbeit mit den Sowjetrussen aus und machte keinen Hehl aus seiner Überzeugung, daß es besser wäre, wenn Julia mit den Mädchen die Gefahren Schanghais hinter sich ließe. Sie wiederum widersetzte sich hartnäckig dieser Forderung – und beharrte auf ihrer Entschlossenheit, mit den Sowjetrussen zusammenzuarbeiten. Dennoch besiegelten sie voller Leidenschaft ihre Versöhnung in dem großen gemeinsamen Schlafzimmer.

«Vielleicht sollten wir uns öfter streiten», sagte Julia verträumt. «Es ist so schön, sich wieder zu vertragen. Wer hätte gedacht, daß ein so altes Ehepaar wie wir ...»

«Rede bloß nicht von Alter, Schätzchen. Wenn das kein Nachweis jugendlichen Schwungs war ...»

«Unbestreitbar, Herr Doktor.»

«Vielleicht sollten wir für ein paar Wochen verreisen. Uns beiden würde eine Luftveränderung guttun.»

«Ein wunderbarer Gedanke. Wohin fahren wir?»

Schließlich fuhren sie nirgendwohin, denn es gab keine Möglichkeit, von Schanghai aus einen Ort zu erreichen, wo man sich eine oder zwei Wochen lang erholen konnte. Nordchina, wo sie sonst im Sommer Ferien machten, wurde von den Japanern beherrscht, und Japan selbst kam ebenso wenig in Frage wie Korea oder Taiwan, die beide von Japan besetzt waren. Das Landesinnere schied wegen der im Land herrschenden Unruhe aus; auch das nur zwanzig Kilometer entfernte Wusung. Nach Manila, Hanoi, Singapur oder Bali war es zu weit. Außerdem herrschte dort eine ebenso drückende Hitze wie in Schanghai.

«Bliebe nur noch Hongkong», sagte Julia schließlich betrübt. «Aber niemand, der bei klarem Verstand ist, würde ausgerechnet im August dorthin reisen.»

Wären sie verreist, hätten sie Ende August 1939 möglicherweise die neuesten politischen Entwicklungen nicht sogleich mitbekommen. Nach der Unterzeichnung des deutsch-russischen Nichtangriffspakts überschlugen sich die Ereignisse in Europa, und wieder stritten die Howes erbittert miteinander.

Tommy behauptete, was sich dort abspielte, sei ein unmittelbares Ergebnis des Abkommens zwischen Berlin und Moskau, und erklärte, Adolf Hitler habe den Einmarsch in Polen nur gewagt, weil sich Nazi-Deutschland der wohlwollenden Neutralität der Sowjetunion sicher sein durfte. Er teilte Julias Freude nicht, als die sowjetische Rote Armee Ostpolen besetzte, und konnte die Begeisterung nicht fassen, die sie an den Tag legte, als sie erfuhr, Großbritannien und Frankreich hätten am 3. September 1939 Deutschland zögernd den Krieg erklärt.

«Ich finde es natürlich abscheulich, daß noch mehr Menschen ums Leben kommen», sagte Julia, «aber wo gehobelt wird, fallen nun einmal Späne. Stalins Strategie ist brillant. Nachdem sich die Nazis und die kapitalistischen Völker gegenseitig in den Untergang getrieben haben, wird die Sowjetunion zur mächtigsten Nation auf der Erde, und dann folgt der Triumph des Fortschritts! Der Nichtangriffspakt war ein Meisterstreich.»

«Manchmal, meine Liebe, klingt das, was du sagst, wie aus einem Propagandastück», gab Tommy zur Antwort. «Du kennst ja wohl die chinesische Geschichte von dem Mann, der vom Hang eines Berges aus zusah, wie zwei Tiger miteinander kämpften, bis er zum Schluß selbst gefressen wurde. Mir scheint, du hast die verdammten Japaner nicht in deine Erwägungen einbezogen.»

«Um die kümmert sich die Sowjetunion, wenn die Zeit dafür reif ist. Stalin wird sich auf Chinas Seite stellen, und gemeinsam werden wir Japan verschlingen.»

«Und auf wessen Seite wird sich dein guter Stalin schlagen, auf die des Vorsitzenden Mao oder die des Gemus? Zur Zeit hat es ganz den Anschein, als ob Tschiang Kai-schek vorn läge. Ich an Maos Stelle würde mir die größten Sorgen machen.»

Am nächsten Tag erreichte eine verspätete Geheimmitteilung aus Yenan die Howes. Sie war unterwegs aufgehalten worden. Die Kommunistische Partei Chinas hatte dringende Anweisungen an die regulären Truppen der Armee des Achten Wegs, an die Guerillakämpfer der neu aufgebauten Armee der Vierten Front und an den im Untergrund tätigen Apparat erlassen. Alle Kommunisten wurden darin aufgefordert, mit allen Kräften für die Vertreibung der nationalistischen Streitkräfte aus dem Norden Chinas und dem Jangste-Tal zu kämpfen. Diesem Ziel gegenüber sei das japanische Problem als zweitrangig zu betrachten.

An Tommy nagten leise Zweifel an der Kommunistischen Partei, aber Julias Glaube wurde nur noch stärker. Da auch ihre leidenschaftliche Versöhnung nicht vermocht hatte, ihre auseinanderdriftenden politischen Ansichten wieder anzunähern, wurde die Spannung zwischen ihnen erneut schmerzhaft spürbar.

In jener Woche fiel Tommy ein Exemplar der *China Weekly Review* in die Hände, die mit einer Balkenüberschrift verkündete: KRIEG ZWISCHEN JAPAN UND AMERIKA STEHT UNMITTELBAR BEVOR! So lautete der Titel eines Buchs, das ein japanischer General soeben veröffentlicht hatte. Auf dem Umschlag sah man, wie Torpedo- und Sturzbomber der Kaiserlich Japanischen Marine die Pazifikflotte der Vereinigten Staaten in Grund und Boden schossen.

Die Aussicht, daß die Vereinigten Staaten gezwungen werden könnten, sich im Kampf auf Chinas Seite zu schlagen, gefiel Tommy. Julia hingegen bereitete diese Möglichkeit große Sorge. Sie, die auf eine Niederlage Japans hinarbeitete und gelegentlich auch dafür betete, hatte nie geglaubt, daß ihr eigenes Land unmittelbar in die Sache verwickelt werden könnte. Jetzt stieg die Spannung im Haus an der Kiukiang Road noch höher.

61

3. Oktober 1939

«Das können Sie auf keinen Fall schreiben», sagte Harry Smythe.

«Wollen Sie mich etwa daran hindern?» gab Richard Hollings bissig zurück. «Was finden Sie denn überhaupt an meinem Leitartikel auszusetzen?»

«So ungefähr alles.» Der Amerikaner las von dem maschinegeschriebenen Blatt laut vor: «‹Der Geheimbotschafter des Präsidenten Roosevelt verpflichtet durch die Hilfe, die sein Land in gesetzlicher wie ungesetzlicher Weise China gewährt, die Vereinigten Staaten zum Krieg mit Japan.› Wollen Sie wirklich meine Mission – und meine Karriere – gefährden?»

«Seien Sie unbesorgt», gab Richard zurück. «Ich könnte auch schreiben: ‹Die Vereinigten Staaten sind in Chinas äußerstem Südwesten, in der subtropischen Provinz Kunming, bereits in die Feindseligkeiten gegen Japan verwickelt. Die Ereignisse haben aus Tokio stammende Voraussagen über einen unvermeidlichen Zusammenstoß zwischen diesen beiden Mächten bestätigt: frühere Angehörige der amerikanischen Luftstreitkräfte bilden die chinesische Luftwaffe aus und übernehmen auch selbst gelegentlich Kampfaufträge.›»

«Bitte hören Sie auf, mir auf diese Weise Angst einzujagen, Dick. Das kostet mich Jahre meines Lebens.» Smythes sommersprossiges Gesicht wirkte tatsächlich blaß. «Soll ich einen Herzanfall kriegen? Wollen Sie all unsere Arbeit zunichte machen?»

«Aber es stimmt doch nun mal – und ich verzichte ungern auf einen guten Artikel. Aber um Ihnen einen Gefallen zu tun, alter Freund . . .»

«Ich hätte mir denken sollen, daß Sie nur Spaß machen.»

«Es fällt mir verdammt schwer zu tun, was Sie von mir verlangen», gab Richard zurück.

Er ließ seinen Blick von der überdachten Veranda vor Claire Chennaults Arbeitszimmer über das grasbewachsene Flugfeld der Flugschule Kunming schweifen und fügte hinzu: «Dann bleibt mir eigentlich nur noch die Möglichkeit, das ungefähr so zu formulieren: ‹Die Vereinigten Staaten werden bald offen in den Krieg gegen Japan eintreten müssen, jenen Gegner, den sie seit langem insgeheim bekämpfen. Sie müßten China vor einer offiziellen Kriegserklärung möglichst gründlich ausrüsten, vor allem mit den Flugzeugen und Piloten, auf die das Land so dringend angewiesen ist.›»

Mit einer Grimasse ließ der Amerikaner erkennen, daß er mit dieser Version im Prinzip einverstanden war, und Richard überlegte, wie geschickt ihn Harry und Emily eingewickelt hatten. Seine Emily, der er noch vor zwei Wochen mit reinem Herzen ewige Ergebenheit geschworen hatte.

Voller Stolz hatte er zugesehen, als sich Emily für den Flug von Tschungking nach Kunming ans Steuer von Claire Chennaults Maschine gesetzt hatte. Einen Augenblick lang hatte er entsetzliche Angst empfunden, als das Leichtflugzeug zwischen den überhängenden Klippen auf der Insel in der Mitte des Jangtse die Sandbahn entlang zum Start gerollt war, doch bald war dieses Gefühl verflogen.

Nach wie vor störte ihn die gelassene Vertraulichkeit, mit der Harry Smythe Emily behandelte. Dabei war dieser glücklich verliebt in eine gertenschlanke junge Vietnamesin, die mit der klapprigen Eisenbahn von Hanoi tausend Kilometer weit nach Kunming gefahren war, um im Auftrag ihres Vaters, der einen Weinhandel betrieb, offenstehende Schulden einzutreiben.

Seit drei Tagen waren sie jetzt in Kunming; der Ort kam ihnen vor wie eine außergewöhnliche Mischung aus dem Frankreich des 19. Jahrhunderts und dem China des Mittelalters. Die Schmalspurbahn, deren Gleise sich über Gebirgspässe nach Haiphong am Golf von Tongking wanden, war die einzige Bahnverbindung des unbesetzten China zur Außenwelt. Schon Anfang Oktober lagen die reichverzierten Hausboote am See von Kunming verlassen – die französischen Familien, die dort im Sommer Zuflucht vor der Hitze suchten, waren wieder abgereist.

Auf den Straßen drängten sich die kleinwüchsigen dunkelhäutigen Angehörigen der Bergstämme. Die Männer hatten ausgebleichte blaue Turbane auf dem Kopf, die Frauen trugen perlenverzierte schwarze Schürzen über knielangen Röcken. Packesel, die Industrieerzeugnisse über die Himalaya-Pässe geschleppt hatten, wurden jetzt auf dem lärmerfüllten Marktplatz mit Zinn, Salz und Opium beladen. Rikschas bahnten sich schrill klingelnd ihren Weg durch Wasserbüffel und Schweineherden. Von Zeit zu Zeit ertönte die Dampfpfeife einer der winzigen Schmalspurlokomotiven.

«Ein merkwürdiger Ort für eine Fliegerschule», hatte Claire Chennault beim Frühstückskaffee auf der Veranda erklärt. «Alles ist hier wirklich noch ganz wie im Mittelalter. Es würde mich gar nicht überraschen, wenn der Geist Marco Polos plötzlich hier auftauchte und Flugstunden haben wollte. Angeblich ist er genau durch Kunming gekommen. Weiter als hierher können wir uns vor den japanischen Bombern nicht zurückziehen, und manchmal ist auch das noch nicht weit genug», fügte er mit schiefem Lächeln hinzu.

Sein Gesicht ähnelte nach den in offenen Flugzeugkanzeln verbrachten Jahren dem eines indianischen Medizinmanns. Die geradezu höfische Art, mit der er sich vor Emily verbeugte und ihr den Arm bot, um sie in sein Dienstzimmer zu führen, schien dazu nicht recht zu passen. Beide trugen die goldenen Flügel der chinesischen Luftwaffe, waren aber nicht in Uniform.

Mei-ling Tschiang hatte Emily nach Kunming geschickt,

damit sie Claire Chennault besänftigte, der sich wieder einmal laut darüber beklagte, wie wenig Unterstützung man ihm bei seiner Aufgabe angedeihen ließ, eine neue chinesische Luftwaffe aus dem Boden zu stampfen.

Mei-ling hatte nichts dagegen einzuwenden gehabt, daß Richard Hollings Emily begleitete. Daß Berichte die Öffentlichkeit im Ausland erreichten, war für die Luftwaffe von ebenso großer Bedeutung wie für Mei-ling selbst. Lächelnd hatte sie Emily beim Abschied geneckt: «Du solltest aber den ritterlichen Korrespondenten nicht zu sehr erschöpfen. Sieh zu, daß ihm etwas Kraft für seine Arbeit bleibt. Und tu um Himmels willen so, als nähmest du Claires Rücktrittsdrohungen ernst. Annehmen kann nur ich seinen Rücktritt, aber das werde ich nie tun.»

Emily verstand, was Mei-ling damit sagen wollte. Der Mann, der jetzt vor der Karte Südchinas am Tisch lehnte, war nicht mehr der galante Gentleman aus Louisiana, der sich erst setzte, nachdem er der Dame den Aschenbecher zurechtgestellt hatte. Seine schwarzen Augen hatten sich zu Schlitzen zusammengezogen, und sein Gesicht wirkte mutlos.

«Ich fürchte, es gibt keine andere Möglichkeit!» Seine sonst so kräftige Stimme klang schwach. «Diesmal ist es wirklich zu viel für mich. Ich habe den Eindruck, daß man mich nicht ganz ernst nimmt.»

«Ich nehme Sie sehr ernst. Alle Chinesen tun das», sagte sie nachdrücklich. «Wir alle stehen tief in Ihrer Schuld.»

«Das macht die Sache für mich um so schwerer.» Er ließ eine theatralische Pause eintreten. «Sie müssen verstehen, daß mir keine Wahl bleibt, als von meinem Posten zurückzutreten. Wenn ich daheim auf die Jagd gehe, werde ich an meine chinesischen Freunde denken. Es wird für Madame Tschiang ein Leichtes sein, für mich einen Nachfolger zu finden. Was ich hier tue, kann jeder beliebige andere Jagdflieger auch.»

«Ich habe alle Vollmachten . . . beinahe alle», unterbrach ihn Emily. «Ich kann jede vernünftige Forderung erfüllen. Aber Ihren Rücktritt kann ich nicht annehmen, das ist ausschließlich Madame Tschiang vorbehalten. Sie wird in den nächsten drei Monaten sehr beschäftigt sein, und daher sollten Sie ruhig weitermachen. Es sei denn, Sie wollen desertieren.»

Ein zögerndes Lächeln spielte um Chennaults schmale Lippen, dann brach er in lautes Lachen aus.

«Na schön, Sie sollen Ihren Willen haben», sagte er schließlich. «Aber Sie müssen sich wirklich um Fahrwerksreifen kümmern. Sonst bleibt mir gar nichts anderes übrig, als den Laden dichtzumachen. Die Steine auf den Start- und Landebahnen zerfetzen die Reifen wie Luftballons.»

«Es sind zwei Ladungen unterwegs, Claire. Wir lesen Ihre Aktennotizen nämlich.»

«Noch etwas.» Sein Gesicht verfinsterte sich. «Ich mußte siebzig Prozent der neuen Rekruten zurückschicken. Man soll mir Männer ohne jede Flugausbildung schicken, nicht welche, die sich für den Roten Baron halten, weil sie schon mal ein paar Flugstunden hatten. Außerdem brauche ich gute Verbindungsoffiziere. Keine nutzlosen Halunken, die bloß auf Bestechungsgelder aus sind –»

«Wir können jederzeit die schlimmsten an die Wand stellen. Ein Exempel statuieren.»

«Welchen Sinn sollte das haben? Besorgen Sie einfach bessere Männer, sonst muß ich –»

«Wieder einmal zurücktreten?» Sie lächelte besänftigend. «Wollen Sie die Fliegerei etwa ganz an den Nagel hängen?»

Als er keine Antwort gab, fuhr Emily rasch fort: «Mei-ling hat mir erzählt, daß Sie dem Gemus genau erklärt haben, was die chinesische Luftwaffe braucht. Punkt für Punkt haben Sie aufgeführt, woran es fehlt: an der Ehrlichkeit, der Leistungsbereitschaft und der Ergebenheit. Und er hat gesagt –»

«Daß er das alles schon weiß», unterbrach Chennault sie, «und noch Schlimmeres.»

«Daraufhin haben Sie ihn gefragt, warum er korrupte und unfähige Offiziere nicht einfach feuert oder an die Wand stellen läßt.»

Mit breitem Grinsen erinnerte sich Claire Chennault: «Er hat gesagt, daß er außer den Chinesen niemand hat, und wenn er sich alle vom Hals schaffte, die nichts taugen, wer bliebe ihm dann übrig?»

«Na bitte», sagte sie. «Wir müssen unser Bestes tun –»

«Genau das ist ja der Punkt!» Er schlug mit der flachen Hand auf den Tisch. «Für die Luftwaffe wird nicht genug getan. Wir brauchen andere Leute – möglichst Amerikaner.»

«Was stimmt mit den chinesischen Piloten nicht?»

«Ich sage es Ihnen als Chinesin nur ungern, aber Sie wollen es ja hören. Ihre Männer könnten großartige Piloten sein – wenn wir genug Zeit hätten, sie entsprechend auszubilden. Kein gebildeter junger Chinese ist bereit, mit seinen Händen zu arbeiten. Wir müssen ihnen erst einmal eine Beziehung zu den Maschinen vermitteln, sie müssen lernen, sie zu achten und zu schätzen – lauter Dinge, die amerikanische Jungen mit der Muttermilch einsaugen. Wenn der Krieg lange genug dauert, bekommen wir phantastische chinesische Flieger. Aber um die Japaner zurückzuschlagen, brauchen wir jetzt sofort gute Jagdflieger.»

«Das gefällt mir nicht», sagte Emily. «Auf die Dauer müssen wir auf jeden Fall eine chinesische Luftwaffe mit chinesischen Besatzungen haben, und wenn wir mit der Grundausbildung schon bei Zehnjährigen anfangen. Aber kurzfristig haben Sie vermutlich recht. Wir brauchen nicht nur amerikanische Flugzeuge, sondern auch amerikanische Piloten.»

«Ich lasse Sie ungern gehen, Emily, aber ich habe Hollings versprochen, mich noch mal mit ihm zu unterhalten.»

Wenn Claire Chennault seinen Charme einmal spielen ließ, war er überwältigend.

Schweigend hörte ihm Richard Hollings zu. Er war zu dem Ergebnis gekommen, daß bei dieser komplizierten Auseinandersetzung zwischen Chinesen und Japanern die öffentliche Meinung ebenso bedeutend war wie Waffen, Strategie und Mut. Zum erstenmal in der Menschheitsgeschichte erfuhr die gesamte Weltöffentlichkeit schon Minuten, nachdem die Schlacht begonnen hatte, vom Kampf zwischen Gut und Böse. Die Öffentlichkeitsarbeit konnte unter Umständen für einen Befehlshaber wichtiger sein als die Taktik.

Chennault zeigte, daß er dieses Metier instinktiv glänzend beherrschte. Mit geradezu chinesischem Geschick unterließ er es zunächst, seine eigentliche, wichtigste Überzeugung darzulegen: daß es unabdingbar sei, den modernen japanischen ebenso moderne amerikanische Flugzeuge entgegenzustellen. Statt dessen erging er sich in Erinnerungen an die Anfänge der Fliegerausbildung in Kunming.

«Als die ersten Staffeln mit ihren Curtiss-Hawk-Maschinen hier landeten, hat mehr als die Hälfte Bruch gemacht. Ich mußte bis zum Gemus vordringen, bis ich jeden der sogenannten Piloten einer fliegerischen Grundprüfung unterziehen und die an die Luft setzen durfte, mit denen zu arbeiten sinnlos war. Wenigstens läßt sich der Flugplatz leicht anfliegen – der alte Kahlkopf da hinten ist nicht zu übersehen. Leider auch nicht für die Japaner.»

Er wies auf die Hügelkette jenseits des amethystfarbenen Sees von Kunming. Erdrutsche hatten die höchste Erhebung bis auf die nackten Felsen abgetragen, welche in der Morgensonne rostrot glänzte.

«Das waren Zeiten, als wir 1937 in Nanking die Bomber runtergeholt haben, erinnern Sie sich noch? Inzwischen sind die Japse überheblich geworden. Beispielsweise haben sie ihre Jäger schon auf dem Flugplatz von Tschengtu landen lassen, dreihundert Kilometer *westlich* von Tschungking. Die Piloten sind rausgesprungen und haben unsere Maschinen auf dem Boden in Brand gesetzt, während ihre Kumpels in der Luft kreisten, um jede Gegenwehr unmöglich zu machen. Verrückt, nicht wahr?»

Richard notierte sich etwas und nickte.

«Die Burschen überfliegen eine Stadt drei- bis viermal, bevor sie ihre Bomben ausklinken, einfach um zu zeigen, wer den Luftraum beherrscht – und um den Chinesen klarzumachen, daß Widerstand sinnlos ist, um sie zu demoralisieren.»

«Heißt das, es gibt keinen chinesischen Widerstand mehr, Claire?»

«Nun, Widerstand kann man es nicht gerade nennen. Die meisten guten Piloten sind gefallen, und die übrigen . . .»

Harry Smythe hob den Blick zum strohgedeckten Dach der Veranda, während Emily gequält dreinsah und sich auf die Lippe biß. Es war ihr nicht recht, daß Chennault die chinesischen Piloten herabsetzte, auch wenn sein scharfes Urteil die Notwendigkeit größerer amerikanischer Hilfe deutlich unterstrich.

«Inzwischen sieht es etwas besser aus», fuhr Chennault fort. «Immerhin können meine Jungens jetzt starten und landen, ohne jedesmal die Einzelteile ihrer Maschinen in der Landschaft zu verstreuen.»

Er spähte mißtrauisch nach Osten und neigte den Kopf, als habe er etwas gehört, das den anderen entgangen war. Als er am blassen Himmel über den Hügeln nichts sah, fuhr er fort: «Es geht auch um die Ausrüstung. Wenn auch möglicherweise unsere neuen Jagdmaschinen, die P-40, den alten japanischen Nate die Stirn bieten können, habe ich noch keine Ahnung, was mit ihren neuen Zero-Jägern ist. Jedenfalls ist die richtige Taktik ebenso wichtig wie geeignete Maschinen.»

Erneut sah er zum Himmel empor und runzelte die Stirn. Dann warf er einen Blick zu der ebenfalls strohgedeckten Funkbude hinüber.

«Irgendwas stimmt da nicht», sagte er. «Ich kann . . .»

In dem Augenblick kam ein schlaksiger chinesischer Leutnant aus der Funkbude gerannt und rief, kaum, daß er in Hörweite war: «*Tsching-pao*, Sir! Etwa vierzig Banditen aus Nordosten. Geschätzte Ankunftszeit in vierundzwanzig Minuten.»

«Beide Staffeln steigen in genau fünfzehn Minuten auf», befahl Chennault. «Das Kommando haben Mr. Adair und Mr. Alison. Alle wissen, was sie zu tun haben: absolute Funkstille.»

Der Leutnant salutierte und machte sich davon. Chennault erläuterte: «Wenn alle meine Leute so wären wie der junge Li, hätten wir den Krieg praktisch schon gewonnen. Übrigens, Mr. Hollings, Adair und Alison sind selbstverständlich chinesische Namen. Meine amerikanischen Jungens dürfen offiziell nicht an Kampfeinsätzen teilnehmen. In einer halben Stunde kriegen wir ordentlich eins auf die Rübe.»

«Und was ist mit dem großen Hinterhalt, den Sie planen?» fragte Harry Smythe.

«Sie können die Attrappen draußen stehen sehen. Mit etwas Glück können wir heute ein ordentliches Schützenfest feiern.»

«Ich hab noch nie gehört, daß ein Reporter einen Luftkampf von oben miterlebt hätte», sagte Harry. «Was halten Sie davon?»

Richard lächelte bei dem abwegigen Gedanken, doch der alte Weltkriegspilot Harry Smythe schien es ernst zu meinen.

«Von mir aus, Harry», sagte Chennault leichthin. «Ich will *alle* Maschinen in der Luft haben, auch die Ausbildungsflugzeuge. Auf dem Flugfeld bleiben nur die Attrappen.»

Richard zwang sich, mit munterer Stimme zu sagen: «Dann sollten wir uns besser auf die Socken machen, Harry.»

«Ich bin nicht Ihr Pilot, Dick. Ich kenne diese Ausbildungsflugzeuge nicht.»

«Nun, in dem Fall . . .» Richard gab sich enttäuscht. In Wirklichkeit war er sehr erleichtert.

«Ich habe so viele Flugstunden damit gemacht», sagte Emily, «daß ich sie mit verbundenen Augen fliegen könnte.»

Keinesfalls konnte Richard ihr Angebot zurückweisen. Sie war männlicher Herablassung gegenüber so empfindlich, daß er nicht einen Augenblick zögern durfte.

«Wo steht die Kiste?» fragte er daher mit gespielter Heiterkeit. «Ich bin bereit.»

«Und mich fragt keiner?» meldete sich Claire Chennault. «Ich bin hier ja bloß derjenige, der die Drecksarbeit macht. Nehmen Sie Baker-Oboe-drei, Emily. Es ist die einzige Schulungsmaschine mit Sprechfunk. Gehen Sie auf zehntausend Fuß und bleiben Sie da. Gehen Sie nicht tiefer und halten Sie sich aus den Luftkämpfen raus. Und nicht vergessen: absolute Funkstille. Ich will nicht den kleinsten Laut hören!»

«Das ist das erste Mal, daß ich den Piloten vor dem Start geküßt habe», lachte Richard ins Mikrofon der Wechselsprechanlage und wandte den Kopf, um Emily zuzulächeln. Sie spitzte den Mund zu einem angedeuteten Kuß.

«Wir sollten besser nicht reden», sagte sie mit Flüsterstimme. «Ich könnte sonst einen Funkspruch überhören.»

Die zweisitzige Maschine schraubte sich auf zehntausend Fuß Höhe. Das Flugfeld sah aus wie eine grüne Briefmarke. Vom Vordersitz aus war Richards Sicht nach unten durch die untere Tragfläche des Doppeldeckers eingeschränkt, doch ringsherum konnte er alles gut sehen.

Als die Schulungsmaschine in einer Höhe von sechstausend Fuß die ersten dünnen Wolkenfetzen durchquerte, atmeten beide Insassen auf. Trotz des gut funktionierenden Warnnetzes am Boden hatten sie befürchtet, während des Steigflugs von den Japanern angegriffen zu werden. Sie waren allein am Himmel, denn die beiden Jagdstaffeln, die unmittelbar vor ihnen aufgestiegen waren, lauerten bereits unsichtbar in zehntausend Fuß Höhe über den Wolken.

Als die Maschine vollständig in die Wolken eintauchte, spürte Richard, wie die Kälte durch seinen Fliegeranzug drang. Es kam ihm vor, als seien Stunden vergangen. In Wirklichkeit lag die erste Warnung des jungen Leutnants gerade neunzehn Minuten zurück. Es war 11 Uhr 32. In fünf Minuten mußten die Japaner da sein.

Emily flog große Kreise durch die Wolkenränder. Als sie auf ihrer Fliegeruhr sah, daß bis zur geschätzten Ankunft der Japaner noch eine Minute blieb, zog sie am Steuerknüppel, und die Maschine stieg weitere zwölfhundert Fuß.

Die Nässe der Wolken legte sich kalt auf ihre Gesichter. Richard fluchte leise. Wenn sie nicht einmal sehen konnten, was sich unten abspielte, war es sträfliche Dummheit, sich auf eine solche Gefahr einzulassen. Bevor er Emily bitten konnte, tiefer zu gehen, teilten sich die Wolken, und als er den Kopf reckte, sah er unter sich das Flugfeld inmitten eines Flickenteppichs von Getreidefeldern. In unregelmäßigen Abständen öffnete und schloß sich die Wolkendecke unter ihm.

Trotz der dicht anliegenden Kopfhörer dröhnte der Motor des Flugzeugs so laut, daß Richard nichts anderes zu hören vermochte. Mit einemmal bebte die leichte Maschine unter dem Anprall der von zahlreichen Flugzeugtriebwerken ausgehenden Schallwellen. Eine Anzahl kleiner schwarzer Flecke tauchte am Horizont auf. Sie wuchsen rasch zu einer großen Schar silbriger Flugzeuge.

Die Japaner näherten sich unerbittlich und allem Anschein nach auch unverwundbar: zweiundvierzig zweimotorige Mitsubishi-Bomber, die aussahen wie schwere Mörderwale, von zwölf Nate-Jagdflugzeugen wie von Pilotfischen begleitet. Sie kreisten, ohne auf die Rauchwölkchen der Flak zu achten, die zu ihnen emporstiegen.

Mit geöffneten Bombenschachtklappen überflogen die Mitsubishi-Maschinen den Flugplatz, aber keine Bombe fiel. Schützend kreisten die zwölf Nate-Maschinen über ihnen. Chinesische Kampfflugzeuge waren nicht auszumachen.

Unten schoß ein chinesisches Flugzeug aus einer Deckung von Sandsäcken heraus, fegte über die Graspiste und stieg empor. Richard konnte sich richtig vorstellen, wie die japanischen Flieger verächtlich über diese Flucht in Baumwipfelhöhe lächelten.

Mit diesem vorgetäuschten Versuch, den Angreifern zu entkommen, wiegte Claire Chennault die Japaner vollends in Sicherheit. Alles andere war bereit. Schlecht getarnte Hawk-Maschinen standen hier und da, dazwischen drei Northrop-Bomber und eine nagelneue DC-3-Transportmaschine. Hätte Richard die stoffverkleideten Bambusattrappen, in deren Rümpfen hinter den aus Zellophan bestehenden Windschutzscheiben Feuerwerkskörper und ölgetränkte Putzlumpen bereitlagen, nicht selbst am Boden gesehen, hätte auch er sich von diesem Anblick täuschen lassen.

In Gruppen aus jeweils sieben Maschinen donnerten die japanischen Flugzeuge in V-Formation über das Flugfeld. Bomben fielen auf Unterkünfte und Flugzeughallen, Rauch wälzte sich über die Startpiste, der Feuerschein von Explosionen flammte auf.

Die Wolkendecke über den Angreifern blieb geschlossen. Wann, fragte sich Richard wütend, würde Chennault die chinesischen Jäger endlich zum Angriff beordern? Als der Wind den Rauch über den Boden trieb, erkannte er, daß einige der Attrappen noch unbeschädigt waren.

Die Bomber gingen tiefer, ohne auf die Leuchtspurgeschosse der Maschinengewehre zu achten, die ihnen vom Boden aus entgegenhämmerten. Die Japaner bestrichen mit ihren Bordwaffen das Flugfeld, und eine weitere Attrappe ging in Flammen auf. Feuerwerkskörper knatterten wie Maschinengewehrfeuer, und dichter Rauch stieg von den ölgetränkten Lappen zum Himmel. Zwei der Attrappen explodierten.

Richard beugte sich so angestrengt vor, daß ihm die Schultergurte ins Fleisch schnitten. Er staunte über die Geduld der chinesischen Piloten, die nach wie vor über den Wolken kreisten. Wie lange konnte Chennault noch warten?

Die Nate-Jäger lösten sich jetzt von dem Pulk und beharkten das Flugfeld. Die Bomber sammelten sich in sechs V-Fächern für den Heimflug, und die Begleitflugzeuge formierten sich wie bei einer Luftparade.

«Jetzt!» Das Wort ließ Richards Trommelfelle fast platzen. «Holt sie euch, Tiger! Waidmannsheil!»

Die stumpfnasigen Hawks stießen aus den Wolken, noch bevor Chennaults Befehl verhallt war. Während sie an Richard vorbeistürmten, kamen sie ihm wie Modellflugzeuge vor. Die von Lederhelmen umschlossenen Köpfe der Piloten waren winzig hinter den Windschutzscheiben; die weiße Sonne der nationalistischen Streitkräfte glänzte auf den Tragflächen. Das Heckleitwerk der beiden voranfliegenden Hawks trug drei weiße Streifen. Unter Anführung ihrer amerikanischen Ausbilder, denen ihr Vertrag Gefechtseinsätze eigentlich verbot, stürzten sich vierundzwanzig Kampfflugzeuge der chinesischen Luftwaffe auf den Feind.

Noch während des Sturzflugs bildeten die Staffeln Gruppen aus jeweils drei Maschinen, um ihre Feuerkraft zu konzentrieren und sich gegenseitig Schutz zu gewähren. Chennault hielt nichts vom altmodischen Luftkrieg, wo Maschine gegen Maschine kämpfte.

Ohne etwas von den Hawks zu ahnen, zogen die Japaner ostwärts ab. Die Verfolger feuerten erst, als sie bis auf hundert Meter an die Bomber herangekommen waren.

Binnen Sekunden detonierten die Mitsubishis. Die chinesischen Angriffsgruppen bahnten sich ihren Weg durch die brennenden Bombenflugzeuge und stiegen rasch wieder auf.

Fünf Bomber stürzten zu Boden; vier davon explodierten beim Aufprall. Dem fünften Piloten gelang eine Bauchlandung, und Richard sah, wie schwarze Ameisen vom Wrack fortrannten.

Die Wolkendecke schloß sich wieder unter dem Schulungsflugzeug. Jetzt hörte er in seinem Kopfhörer die Jubelschreie chinesischer Piloten, unter die sich knappe englische Kommandos mischten. Als sich die Wolkendecke wieder öffnete, hatten sich die japanischen Nate-Jäger gegen ihre Verfolger gewendet. Überrascht und in der Minderzahl, bedauerten ihre Piloten jetzt zweifellos, daß sie mit ihrem übermütigen Angriff auf die Bodenziele Munition und Treibstoff verschwendet hatten. Drei von ihnen wandten sich unvermittelt nach Osten zur Flucht, wobei sie die langsameren Hawks ohne Mühe zurückließen.

Die verbleibenden neun Maschinen hatten offensichtlich noch genug Treibstoff, um sich dem Kampf gegen die überraschend aufgetauchten Angreifer zu stellen. Schon nach zwanzig Sekunden trudelten drei der Hawks dem Boden zu.

Dann löste sich der japanische Verband auf, um die Chinesen zum Einzelkampf zu provozieren. Sofort stürzten sich diese in Dreiergruppen auf die Maschinen. Fünf Nate-Jäger wurden abgeschossen. Die verbliebenen folgten den heimwärts fliegenden Bombern, die von den Hawks immer wieder angegriffen wurden. Als Chennaults Befehl zur Rückkehr erfolgte, wurde die Jagd unverzüglich abgebrochen.

Noch immer kreiste das Schulungsflugzeug, und Richard zählte die Opfer. Er hatte neunzehn Mitsubishi-Bomber, fünf Nate-Jäger und drei Hawks abstürzen sehen. Es war 11 Uhr 46. Dreizehn Minuten waren vergangen, seit die Japaner am Horizont aufgetaucht waren.

«Herzlichen Glückwunsch!» sagte Richard in sein Mikrofon. «Ein glänzender Sieg!»

«Er wird das Selbstvertrauen unserer Leute steigern», gab Emily zurück. Ihre Stimme klang tonlos, keinerlei Hochgefühl schwang darin mit. Richard drehte den Kopf und sah, daß das Gesicht hinter ihrer Fliegerbrille verzogen war, als weine sie.

62

26. November 1939

Mit bloßen Beinen trabte der Rikscha-Kuli durch die feuchte Novemberkälte. Seine Füße steckten in Gummisandalen, die aus alten Autoreifen gefertigt waren, und wirbelten, blauweiß vor Kälte, bei jedem seiner Schritte weißen Schnee auf. Sechsundvierzig Körper hatte Julia auf dem kurzen Weg von der Kiukiang Road gezählt, die unter der dünnen weißen Decke des über Nacht gefallenen Schnees lagen. Schanghai hatte für sie nie jene Ungeheuerlichkeit verloren, die in ihr immer wieder Überraschung und gelegentlich auch Abscheu hervorrief.

Sie benutzte eine Rikscha, obwohl sie ihre Abneigung gegen dieses Verkehrsmittel nie überwunden hatte; aber sie wollte nicht mit dem offenen Lincoln Continental, Tommys neuestem Spielzeug, vor der Kaiming-Schule vorfahren. Er hätte es nicht unbedingt nötig gehabt, seine großbürgerliche Maske so deutlich hervorzukehren, ganz davon abgesehen, daß die Genüsse, die der Kapitalismus bot, die eigenen Wertvorstellungen durchaus untergraben konnte. Julia machte sich Sorgen um ihn.

Seit sein Mentor Tschang Kuo-tao die Partei verlassen hatte, war Tommys Begeisterung für die Sache der Kommunisten erkennbar abgekühlt. Zwar diente er dem Apparat nach wie vor, doch seine Vorbehalte gegen die Politik der Kommunistischen Partei Chinas wuchsen.

Der Kuli hielt vor dem riesigen Gebäude an, in dem die Schule untergebracht war. Die über der Ziegelmauer erkennbaren vier Stockwerke waren mit Schriftzeichen bedeckt, aus denen hervorging, daß der Bau eine Hochschule, eine Mittelschule, einen Kindergarten, eine Klinik und ein Waisenhaus beherbergte. Es gab in der internationalen Konzession und dem französischen Teil der Stadt inzwischen fünfzig höhere Schulen, zweihundert Mittelschulen und tausend Grundschulen, denn Flüchtlinge aus dem Landesinnern hatten die Bevölkerung der Stadt auf das Doppelte anschwellen lassen. Joshua Haleevie vermutete, daß sich mehr als drei Millionen Menschen auf ihren knapp dreißig Quadratkilometern drängten.

Während Julia überlegte, wie viele Menschen sich wohl allein in diesem einen Gebäude aufhalten mochten, gab sie dem Kuli abwesend sieben Dollar Mex. Instinktiv hob er die Hand, um sie am Ärmel zu zupfen und auf ihren Irrtum aufmerksam zu machen, doch dann steckte er die Münzen in den Gürtel und jagte mit seiner Rikscha davon, als wären zehntausend Teufel hinter ihm her. Wenn sie ihm aus Versehen so viel Geld gegeben hatte, war sie bestimmt so reich, daß sie es entbehren konnte.

Während Julia einem Schild zum Büro des Direktors folgte, schätzte sie, daß die fünf Stockwerke des Gebäudes bestimmt über sechzig Schlafräume und die gleiche Anzahl Wohnräume enthielten – und daß alle feucht waren, denn eine Zentralheizung gab es in diesem alten Gemäuer sicher nicht und bestimmt höchstens zwei Badezimmer für alle Bewohner gemeinsam. Julia erschauerte auf dem klammen Flur und war froh, daß sie ihre praktische Alltagskleidung trug: eine wattierte Jacke, lange wollene Hosen und flache Schuhe.

Im Geldadel von Schanghai herrschte die feste Überzeugung, daß Geld dann gut angelegt war, wenn man es in irgendeiner Form zur Schau stellte, denn wer zeigte, wie gut sein Geschäft lief, zog weitere Kundschaft an. Zentralheizung oder Badezimmer für die Ärmsten der Armen jedoch sah man von draußen nicht. Diese Theorie bürgerlichen Selbstverständnisses hatte ihr Tommy vor nicht allzu langer Zeit erläutert. Früher hatte er selbst am lautesten über die Schwächen seiner Landsleute gelacht, während er die der Ausländer nur belächelt hatte – jetzt verhöhnte er die Schwächen der Ausländer und jammerte über die seiner Landsleute. Unter dem Einfluß des Krieges war er so chinesisch geworden, daß Julia seine Reaktionen nicht mehr vorauszusagen vermochte. Wenn sie glaubte, er, der früher voller Witz und guter Laune gewesen war, werde lachen, war er trübsinnig, und wo sie von ihm Besorgnis vermutete, lachte er bitter.

Ihr Streit darüber, daß sie an der Kaiming-Schule unterrichten wollte, zeigte ihr, wie unbeständig seine Ansichten geworden waren. Früher hatte er sie gedrängt zu arbeiten, weil er befürchtete, sie werde sich langweilen, doch als sie ihm vor zwei Tagen mitgeteilt hatte, sie werde wieder unterrichten, war er aufgebraust und hatte ihr vorgehalten, damit gefährde sie ihre Tarnung und ihre Arbeit für den Apparat. Der Leiter des Instituts, ein früherer Teilnehmer ihrer Kurse an der Arbeiteruniversität, war ein im Untergrund tätiger kommunistischer Aktivist.

Tommy hatte sich daran gewöhnt, sie zu Hause vorzufinden, wenn ihm sein unregelmäßiger Arbeitsplan einen Augenblick der Muße ermöglichte. Im Unterschied zu den chinesischen Ehefrauen, die er inzwischen bewunderte, brachte es Julia nicht über sich, ihre Tage mit leerem Tratsch und mit Mahjongg, mit stundenlangen Besuchen in Kosmetiksalons und faden Gesellschaften zuzubringen. Sie hatte sich schließlich entschieden, sich mehr um ihre eigenen Bedürfnisse zu kümmern, da sie sein verändertes Verhalten nicht verstand.

Julia erstieg eine breite Treppe, deren Geländer von einer dicken Staubschicht bedeckt war. Die hohen Räume im ersten Stock mit den kunstvollen Stuckverzierungen schienen den Besuchern vorgeführt zu werden. Durch geöffnete Türen sah sie riesige Schlafzimmer mit Marmorkaminen, Spiegeln in vergoldeten Rahmen und kunstvoll verzierten Gaslampen.

Im zweiten Stock sah es schon anders aus. Hier hausten dicht an dicht zahlreiche Menschen. Auf dem Gang lagen allerlei Dinge des täglichen Bedarfs verstreut: Töpfe, Pfannen, Wasserkessel und Terrinen neben Kohleöfchen aus Keramik; Feuerholzbündel lagen neben allerlei Gemüse; Wannen voller Wäsche standen neben Nachttöpfen, und an der Wand lehnten zwei Sandelholzsärge. Durch halbgeöffnete Türen hörte Julia das unaufhörliche Geklapper von Mahjongg-Steinen und die Ausrufe eifrig spielender Männer.

Frauen hielten an ihren Waschbrettern mitten in der Bewegung inne und starrten die Ausländerin mit den auffälligen rötlichen Haaren an. Kleine Kinder, die in geflochtenen Wiegen lagen, von der Mutter auf dem Rücken getragen wurden oder sich mit Hunden um Abfälle balgten, streckten die Ärmchen nach ihr aus. Größere Kinder hoben den Blick von den Schiefertafeln, auf die sie mühevoll ihre Schriftzeichen kratzten. Zwei ältere Männer, in das chinesische Schachspiel vertieft, lösten zwar die Augen nicht vom Brett, aber ihre Hände verharrten einen Moment reglos. Unter all diesen Menschen gab es nur zwei junge Männer. Sie schleppten Kohlensäcke, und auch sie blieben einen Augenblick lang stocksteif stehen.

Im dritten Stock wies der Pfeil zum Büro des Direktors den Gang entlang. Als Julia schließlich die richtige Tür öffnete, hob eine gepflegte Frau in einem wattierten Tschipao den Blick von ihrem Schreibtisch.

«Mrs. Howe? Ich bedaure, der Direktor ist in dringlichen Angelegenheiten abberufen worden. Er hofft, daß Sie in einer halben Stunde Ihren Unterricht beginnen können.»

Julia nahm die ihr angebotene Tasse Tee an und sah auf die Uhr. Der große Türknauf aus Messing drehte sich langsam, und ein kleiner Mann in einem wattierten langen Gewand trat ein. Er zog das linke Bein nach und trug einen schwarzen Hut, der seine Gesichtszüge verbarg. Bei Julias Anblick wandte er sich um und glitt wieder hinaus.

Falls er zum Apparat gehörte, war seine Furcht leicht zu verstehen. Obwohl die Kommunisten in den ausländischen Gebieten Schanghais sicherer waren als sonst irgendwo außerhalb ihrer im Landesinnern gelegenen Stützpunkte, wurden sie nach wie vor von der Ausländerpolizei verfolgt. Mit ihrem ausländischen Gesicht mußte sie dem Mann verdächtig vorkommen. Die Sekretärin verlor über den seltsamen Auftritt kein Wort, und Julia konnte sie unmöglich danach fragen.

Irgend etwas an dem geheimnisvollen Besucher kam ihr

vertraut vor. Seine Haltung? Es durchfuhr sie kalt. Er erinnerte sie an den Kleinen Pao. Aber Pao war vor mehr als zehn Jahren ums Leben gekommen. Hätte er die Verfolgungen damals überlebt, hätte er sich bestimmt längst mit Tommy und ihr in Verbindung gesetzt.

Sie wischte die Erinnerung mit einem ärgerlichen Kopfschütteln beiseite und machte sich auf den Weg in ihr Klassenzimmer. Der Geruch nach Kreidestaub erinnerte sie ebenso an ihre glücklichen Tage an der Arbeiteruniversität Schanghai wie der Kerosinofen, der, wie sie vermutete, als Zugeständnis an die mangelnde Widerstandskraft von Ausländern aufgestellt worden war.

Sie merkte, wie sehr ihr der Kontakt zu lernbegierigen jungen Menschen gefehlt hatte. Auf Anweisung des Apparats spielte sie den korrupten bunten Schmetterling der bürgerlichen Gesellschaft, aber wohl gefühlt hatte sie sich in der Rolle nie. Sie war glücklich, daß man ihr erlaubt hatte, wieder Englisch zu unterrichten.

Das aber war, wie sich zeigte, nicht einfach. Als erstes versuchte sie die schon vorhandenen Kenntnisse der bunt zusammengewürfelten Gruppe durch ein Diktat festzustellen; dann ließ sie ein freies Gespräch folgen. Sie nahm dazu einen Absatz aus der kommunistischen Zeitung *New China Daily*, die im von den Nationalisten besetzten Tschungking herauskam, weil die beiden miteinander um die Führung Chinas wetteifernden politischen Gruppierungen dem Namen nach immer noch im Kampf gegen Japan geeint waren.

«Tendenzen, die auf eine Abspaltung hinweisen, wurden kürzlich in der zum gemeinsamen Widerstandskampf gegen die Japaner ins Leben gerufene Einheitsfront zwischen Nationalisten und Kommunisten deutlich», las sie langsam vor. «Verschiedentlich haben vagabundierende Truppen der Nationalisten Einheiten der neu aufgebauten Armee der Vierten Front angegriffen, der Guerillastreitkraft der Kommunisten im vom Feind besetzten Gebiet. Einen besonders heimtückischen Überfall verübten am 11. November 1939 Infanterie und geheime Sonderagenten. Dabei wurden mehr als zweihundert verwundete Soldaten und ihre Angehörigen brutal hingemetzelt ...»

Julias Gedanken schweiften ab. Diese Welle von Gewalttätigkeiten hatte eigentlich schon im Vorjahr begonnen, als kommunistische Einheiten ein nationalistisches Regiment angegriffen und zerschlagen hatten. Obwohl die Kommunistische Partei Chinas erklärt hatte, die nationalistische Organisation arbeite insgeheim mit den Japanern zusammen, verstanden politisch unvoreingenommene Beobachter nicht so recht, warum die Armee des Achten Wegs den ersten Schlag geführt hatte. Seither waren Zusammenstöße gewöhnlich durch die kommunistischen Guerillatruppen eingeleitet worden, angeblich, um Angriffen der Gegenseite zuvorzukommen. Gelegentlich allerdings hatten auch wortbrüchige nationalistische Truppen den Kampf begonnen.

Nachdem Julia eine Vielzahl von Fragen aus der Gruppe beantwortet hatte, übertrugen die Schüler den Text gewissenhaft in ihre Hefte. Dank des Kerosinofens war es in dem Raum unerträglich warm, und Julia wäre fast eingeschlafen.

Durch einen Spalt in der Schiebetür, die den improvisierten Unterrichtsraum vom Nebenraum abtrennte, hörte sie eine klare Frauenstimme abwechselnd auf englisch etwas hervorstoßen und dann wieder in einer Sprache sprechen, die zugleich guttural und melodiös klang.

Julia nahm sich zusammen und begann mit der Diskussion. Einige der Teilnehmer beteiligten sich recht eifrig, und da unter ihnen durchaus unterschiedliche Ansichten herrschten, kam eine recht hitzige Debatte zustande, zu der Julia gelegentlich die treffenden Ausdrücke beisteuern mußte.

Als sie am Ende der Stunde den Raum verließ, fiel ihr Blick auf eine hochgewachsene Frau, der man in keiner Weise ansah, daß im Land Krieg, Not und Elend herrschten. Sie trug ein gelbseidenes Schneiderkostüm, hatte nachlässig einen Zobelmantel über den Arm geworfen und trug ihr schwarzes Haar in einem Knoten. Sie sah aus, als wäre sie einem Modejournal entstiegen.

Als sich die dieser Umgebung völlig unpassende Erscheinung umwandte, mußte Julia über ihre eigene Begriffsstutzigkeit lächeln. Nur Gräfin Elisaweta Alexandrowna Jawalenka war imstande, so aufzutreten. Offenkundig hatte sie auf der anderen Seite der Schiebetür einen Russischkurs gehalten. Das also war die geheimnisvolle Sprache gewesen.

«Julia, Liebste, ich warte schon ewig», rief Elisaweta und umarmte sie. «Soll ich dich mitnehmen, oder holt dich dein umwerfender Gatte ab?»

Die dünne Schneedecke, die noch am Vormittag die Straßen bedeckt hatte, war bis zum Spätnachmittag geschmolzen, und die Toten, die über Nacht erfroren waren, hatte der Sammeldienst zu einem Massengrab geschafft. Die frühe Abenddämmerung malte tiefe Schatten auf die Mauern, die die Jessfield Road säumten, und Julias Vorstellungskraft bevölkerte sie mit Männern und Frauen, die an Hunger und Krankheit litten. Noch immer liebte sie Schanghai, jetzt, inmitten des Leidens, das der Stadt auferlegt war, sogar noch mehr als in den vergangenen Zeiten des Glanzes. Köpfe wandten sich, als Elisawetas schwarzer Hispano-Suiza über die Bubbling Well Road nach Osten rollte.

«Bestimmt hättest du nie im Leben *mich* hier zu sehen vermutet?» sagte Elisaweta selbstgefällig zu Julia. «Es ist ein langer Weg von der Kiangse Road hierher.»

«Liz, es gelingt dir immer wieder, mich zu verblüffen – vor allem, wenn du dich tugendhaft gibst.»

«Der Einfall stammt von Joshua. Der kluge Junge hatte Sorgen, ich könnte ihm langweilig werden und, schlimmer noch, mich selbst langweilen. Er meinte, nur gute Taten könnten mich retten, und da mir die Beschäftigung mit dem Waisenhaus nicht genügte, habe ich mich erbötig gemacht, Russischunterricht zu geben. Meine Schüler sind zwar zerlumpt, aber nicht so schmuddelig wie die kleinen Kinder.»

Julia lehnte sich behaglich in die Lederpolster der Limousine zurück und lachte. «Meine Liebe», sagte sie vergnügt, «du wirst ganz wie Joshua. Ihr beide werdet mich nie davon überzeugen können, daß eure guten Taten ihren Ursprung einzig und allein in eurer Selbstsucht haben. Wie geht es ihm übrigens? Ich habe ihn schon ewig nicht mehr gesehen.»

«Oh, er ist nicht zu mir zurückgekehrt – nicht ganz. Aber er verbringt wieder sehr viel mehr Zeit bei mir.»

«Wie kommt er mit Charlotte aus, wenn ich das fragen darf?»

«Darfst? Ich hätte mich gewundert, wenn du es nicht getan hättest ... Er sagt ihr die Wahrheit, wenn sie hier in Schanghai ist, was zum Glück nicht sehr oft der Fall ist.»

«Na ja, daran ist er wohl nicht ganz unschuldig.»

«Schon möglich. Aber das ist nicht der Grund seiner Depressionen.»

«Er ist deprimiert? Wieso?»

«Weil er die Stadt liebt. In ihr sieht er das Ideal eines von allen Nationen gemeinsam regierten Gemeinwesens. Ich glaube, er liebt die Stadt noch mehr als mich. Ohne Schanghai wäre er nichts weiter als einer von vielen heimatlosen und entwurzelten Juden, wenn auch ein reicher, bezaubernder und kluger. In den letzten Monaten war es mit ihm besonders schlimm.»

«Warum das? Die Lage ist doch seit Jahren gleich schlecht.»

«Der Grund heißt Wang Tsching-wei, Julie. Erinnerst du dich noch? Dieser elende Opportunist hat damals, als er der Hauptrivale des Generalissimus war, mit den Kommunisten gemeinsame Sache gemacht, und heute steht er auf der Seite der Japaner.»

«Und in ein paar Monaten wird er an der Spitze einer von den Japanern installierten Marionettenregierung stehen, ich weiß», sagte Julia. «Er führt sich so auf, als wäre es bereits soweit – dabei weiß jeder, daß er seine Zukunft hinter sich hat.»

«Sicher, außer den Japanern und einigen Chinesen, die um jeden Preis ihre Ruhe haben wollen.»

«Du bist wirklich ein Chamäleon, Liz. Es ist noch gar nicht so lange her, daß du dich für die Japaner und gegen die Bolschewiken ausgesprochen hast. Dann, als General Schukow den Japanern eins versetzt hat, warst du mit einemmal eine russische Patriotin, und jetzt klingt es ganz so, als ob du die Japaner richtig haßt. Geht das nicht alles ein bißchen schnell?»

«Das bringt mein . . . äh . . . Beruf mit sich, Liebste.» In dem dunklen Innenraum des Wagens schimmerte Elisawetas Gesicht weiß. «Aber bleiben wir doch bei den allgemeineren Fragen. Nicht weit von der Kaiming-Schule, in der Jessfield Road 76, hat Wang Tsching-wei ein kleines Geheimpolizei-Hauptquartier. Bestimmt hast du gehört, was dort vor sich geht: Entführungen, Folterungen, Erpressungen und Mord – nahezu *alles*, was sich die menschliche Phantasie ausmalen kann, um den Willen chinesischer Patrioten zu brechen, die gegen die Japaner standhalten wollen. Jedes Mittel ist recht, um sie zur Zusammenarbeit mit Wang und mit den Japanern zu bringen. Aus Joshuas Musterstadt, die er so sehr liebt, ist ein Schlangennest geworden – und all das unter dem Deckmantel der Exterritorialität.»

«Vergiß die Faschisten nicht. Wenn ich nur an den Italiener mit dem Dolch denke . . .» überlegte Julia laut. «Und die widerwärtigen Nazis. Die deutschen Juden, die sich hierher geflüchtet haben, glaubten, sie wären in Sicherheit, und jetzt werden sie eingeschüchtert, verleumdet und zusammengeschlagen. Schanghai ist zum Zentrum der Nazi-Propaganda und Nazi-Spionage von ganz Asien geworden, eine richtige Kloake. Ich kann mir genau vorstellen, was Joshua empfindet.»

«Da bin ich nicht so sicher, Julie. Keiner von uns kann *genau* wissen, wie es für ihn ist. Seine wunderbare Stadt liegt im Sterben, verfault bereits . . . Was ist denn da vorn los?»

Erstaunt sah Julia, daß eine Menschenmenge die Kreuzung versperrte, die zur Polizeiwache von Laodse führte, wo es am 30. Mai 1925 zu jenem entsetzlichen Zwischenfall gekommen war. Trotz der Einwände ihres weißrussischen Leibwächters gebot Elisaweta ihrem Chauffeur anzuhalten. Von Neugier wie auch von ihrem neuentdeckten Bürgersinn getrieben, wollte sie feststellen, warum so viele Menschen den Pfahl der Laterne anstarrten, die die Kreuzung erhellte.

Die beiden Frauen folgten dem uniformierten Leibwächter,

der eine große Taschenlampe in der Hand hielt, die ihm zugleich als wirksame Waffe dienen konnte. Er bahnte ihnen einen Weg durch die Menge. Auf dem Gehweg lag ein Chinese am Rand des Lichtkegels, den die Straßenlaterne warf, so daß man nur seinen Kopf erkennen konnte. An seinen glatten Wangen und seinem gepflegt glänzenden schwarzen Haar war zu erkennen, daß er kein Stadtstreicher war.

Der Leibwächter richtete den Strahl seiner Taschenlampe auf den Mann. Julias Fingernägel gruben sich in Elisawetas Handfläche. Nur der Kopf des Mannes, der sauber vom Hals abgetrennt war, lag auf dem Pflaster des Gehsteigs. Blut lief noch in einem dünnen Faden auf den Boden.

Schritt für Schritt zwang sich Julia, näher heranzugehen. Sie konnte nicht einfach stehen und gaffen wie die anderen Ausländer in Abendgarderobe, die inzwischen zu der Menge gestoßen waren. Sie hatte nichts mit ihnen gemein, sie war ein lebender Teil der gequälten Stadt Schanghai. Sie zwang sich, das grausame Schauspiel in sich aufzunehmen. Sie kannte den jungen Chinesen, der offenbar wenige Minuten zuvor hier enthauptet worden war. Er hatte als Berichterstatter für den angesehenen *Schun Pao* gearbeitet, die älteste Zeitung Chinas, die in Schanghai erschien. Julia konnte die erstarrte Grimasse seines Gesichts kaum ertragen. Ihre Augen wanderten zu den unbeholfenen Ideogrammen auf dem gelben Papier, das an den Laternenpfahl geheftet war:

Warnung an alle Redakteure! Diese von aufgebrachten Patrioten verhängte und ausgeführte gerechte Strafe wird jeden treffen, der die Bildung einer Regierung sabotiert, die einen ehrenhaften Frieden mit dem japanischen Kaiserreich abzuschließen und den Wohlstand wieder zu begründen bestrebt ist. Dieser Mann war ein Verräter an China und ein Lakai der kriegstreiberischen Scheinregierung Tschiang Kai-scheks. Er hat sich angemaßt, gegen das Heil des Landes zu schreiben. Sein Schicksal diene allen zur Warnung!

63

20.–31. DEZEMBER 1939

Richard Hollings befürchtete einen kühlen Empfang, als er sich am Nachmittag des 20. Dezember zu Kommissar Tschou En-lais wöchentlichem *jour fixe* für ausländische Korrespondenten begab, bei dem zu Tee und Whisky Propaganda serviert wurde. Er fürchtete, daß den Kommunisten seine engen Verbindungen zu den Nationalisten mißfielen. Da niemand in Tschungking besser informiert war als die aus Yenan kommenden Delegierten der Zentralregierung, wußten die Kommunisten zweifellos, daß er mit Emily und Harry Smythe bei Claire Chennault gewesen war. Während seine Rikscha durch die Schlaglöcher holperte, überlegte er, daß er unklug gehandelt hatte. Er hätte nicht so begeistert über den Luftkrieg und die Kampagne schreiben sollen, mit der die Nationalisten amerikanische Flugzeuge und Piloten zu bekommen hofften. Es würde den Kommunisten aus verständlichen Gründen nicht recht sein, daß die Nationalisten eine machtvolle Luftwaffe auf die Beine stellten, denn diese ließ sich ebenso gegen sie wie gegen die Japaner einsetzen.

Vor allem machte sich der Korrespondent Sorgen darüber, wie ein erneutes Zusammentreffen mit dem Mann, der heute nachmittag sein Gastgeber sein würde, ablaufen könnte. Als Leiter der von Yenan nach Tschungking geschickten Delegation und als abgeordneter Minister des allmächtigen Nationalen Militärrats nahm Tschou En-lai von den zahlreichen Kommunisten, die – offen oder verdeckt – Ämter in der Zentralregierung innehatten, die höchste Position ein. Richard kannte ihn seit der Mitte der zwanziger Jahre aus seiner Zeit in Schanghai. Er hatte 1927 über die wunderbare Flucht des Kommissars während Generalissimus Tschiang Kai-scheks Gegenschlag berichtet, und sie hatten sich während seines Aufenthalts in Yenan freundlich miteinander unterhalten.

Dennoch wirkte der impulsive Kommunistenführer ein wenig einschüchternd auf Richard, der nie genau wußte, was der andere dachte.

Seinen Befürchtungen zum Trotz wurde er begrüßt wie ein Freund nach langer Abwesenheit. Strahlend vor Wohlwollen kramte der Kommissar sein holpriges Englisch hervor. Er erinnerte sich genau an die kurzen Begegnungen in Yenan.

«Wann», fragte er scherzend, «wird der Generalissimus Sie wieder einmal zu uns reisen lassen? Sie sind uns stets sehr willkommen.»

«Jederzeit, wenn das Ihr Wunsch ist, Minister», gab Richard zur Antwort. «Ich sehe gern alle meine Freunde dort wieder. Das heißt, ich hoffe, daß wir nach wie vor gute Freunde sind.»

«Lieber Dick, das sind wir», bekräftigte Tschou En-lai. «Der Vorsitzende Mao sendet seine besten Grüße.»

Es war Richard nur recht zu erfahren, daß er bei dem autokratisch herrschenden Vorsitzenden Mao nach wie vor gut angeschrieben zu sein schien. Ihre letzte Unterhaltung hatte mit der Warnung geendet, nichts darüber zu berichten, daß sowjetische Flugzeuge in Yenan landeten, weil damit das zwischen Tschiang Kai-schek und Stalin geschlossene Abkommen verletzt wurde. Obwohl Richard sich selbstverständlich daran gehalten hatte, erinnerte er sich nur mit einem gewissen Zittern an Mao Tse-tung.

«Bitte überbringen Sie dem Vorsitzenden den Ausdruck meiner Wertschätzung.» Richard wagte einen Vorstoß. «Ich bin von Ihrem Willkommen entzückt, aber auch ein wenig überrascht, wie ich gestehen muß. Offen gesagt habe ich befürchtet, Sie fänden meine Beziehungen zum Umfeld des Generalissimus zu eng.»

«Wegen der charmanten Madame Ou-yang? Mein Bester, das ist Ihre Angelegenheit. Wir Kommunisten legen keine veralteten kleinbürgerlichen Moralmaßstäbe an die Beziehungen zwischen Mann und Frau. Die Ehe ist nichts weiter als ein bourgeoiser Vertrag zur Bewahrung des Privateigentums. Und Eigentum ist Diebstahl!»

«Wie immer sind Sie von erfrischender Aufrichtigkeit, Minister.»

«Wenn ich schon in diesem Ruf stehe . . .» Tschou En-lai lachte. «Nun, dann kann ich mich ja auch danach richten.»

Er faßte den Korrespondenten freundlich beim Ellbogen und führte ihn in eine Fensternische, ein wenig abseits von den anderen Zeitungsleuten, die alle statt Tee lieber schottischen oder amerikanischen Whisky tranken.

«Uns gefällt Ihre Offenheit und Ihre Genauigkeit», erklärte Tschou En-lai. «Mit unserer Hilfe hätten Sie zwar bei der Abfassung Ihres Buchs einige Fehler vermeiden und gewisse kritische Einschätzungen verändern können. Das aber wäre vielleicht gar nicht gut gewesen. Alles in allem sind wir mit *Roter Stern und gelbe Erde* sehr einverstanden.»

Stolzgeschwellt von so viel Lob, sagte Richard: «Ich habe das fertige Buch selbst noch gar nicht gesehen . . . Sagten Sie *Roter Stern und Gelbe Erde*? Da kann was nicht stimmen. Es heißt *Gelbe Erde, Weiße Sonne, Roter Stern.*»

«Auch ich habe das Buch selbst noch nicht gesehen», sagte Tschou En-lai augenzwinkernd, «aber eine detaillierte Zusammenfassung von etwa fünfzig Seiten. Ich versichere Ihnen, sein Titel ist *Roter Stern und gelbe Erde*. Ein besserer Titel . . . er ist weitsichtiger.»

«Eigentlich gefällt er mir auch besser, wenn ich es recht bedenke. Er ist schlagkräftiger. Aber man hätte mir die Änderung zumindest mitteilen können.»

«Das tue ich doch gerade. Ich sage Ihnen auch, daß wir Ihnen nicht einmal Ihre schlimmsten Irrtümer anlasten werden. Zwar war der Vorsitzende Mao ziemlich verärgert, aber es ist mir gelungen, ihn zu besänftigen . . . Wir haben Ihnen immer wieder gesagt, daß wir Kommunisten sind, wahre Anhänger der marxistisch-leninistischen Lehre. Dennoch –»

«So steht es doch auch in meinem Buch.»

«Nicht ganz. Beinahe hätten Sie sogar *mich* davon überzeugt, daß wir keine Marxisten-Leninisten sind», lachte er; es klang fast wie ein Kichern. «Der Leser muß den Eindruck gewinnen, daß wir Agrarreformer sind, schlimmstenfalls

Sozialisten, rechtsorientierte Sozialdemokraten. Mao Tse-tung hat bei dieser Beleidigung geschäumt und gesagt, ebensogut könne man ihm bourgeoise Gefühlsduselei und Mangel an revolutionärer Durchsetzungsbereitschaft unterstellen. Schließlich aber hat er eingesehen, daß wir – jedenfalls vorläufig – diesen Eindruck in der Öffentlichkeit erzeugen müssen. Ich sage Ihnen das ganz im Vertrauen.»

«Ich weiß Ihre Offenheit zu schätzen, Minister. Es kommt mir ganz so vor, als hätte jemand hinter meinem Rücken ziemlich kräftig an dem Buch herumredigiert.»

«Machen Sie sich keine Sorgen, alter Junge», sagte Tschou En-lai. «Ich kann Ihnen versichern, daß Ihr Lektor in New York kaum etwas geändert hat. Es ist alles, wie Sie es geschrieben haben.»

Als sich Gregory Hardin näherte, bedankte sich Richard bei seinem Gastgeber und ging. Ihn verwirrte die begeisterte Aufnahme seines Buchs durch Tschou En-lai, denn er war der festen Überzeugung, einen ausgewogenen Bericht und keineswegs eine Lobeshymne der kommunistischen Herrschaft abgefaßt zu haben.

Während er auf eine Rikscha wartete, fiel ihm ein merkwürdiger Vorfall ein, dessen Zeuge er zwei Tage zuvor geworden war. Auf dem Gelände des Innenministeriums war ihm Tommy Howes alter Freund Tschang Kuo-tao über den Weg gelaufen, mit dem sie in Yenan so viele Stunden verbracht hatten. Dieser hatte Richards ausgestreckte Hand übersehen und so getan, als sei er Luft. Sollte auch er Zugang zu der Zusammenfassung von *Roter Stern und gelbe Erde* gehabt haben, von der Tschou En-lai gesprochen hatte? Dann mußte er jetzt vermutlich den Autor verabscheuen, der es unterlassen hatte, Kuo-taos persönliche Vorwürfe gegen den Vorsitzenden Mao und seine boshaften Unterstellungen gegen diesen darin aufzunehmen.

Diese Auslassung war nötig gewesen, um die Leser nicht zu verwirren. Tschang Kuo-tao, der ehemalige Vorsitzende der Regierung der Grenzregion, war in der Machtkonstellation der Kommunisten nicht einmal mehr ein unbedeutender

Stern, während der rote Stern des Vorsitzenden Mao Tse-tung beinahe ebenso hell strahlte wie die Weiße Sonne Tschiang Kai-scheks. Es war durchaus denkbar, daß er sie irgendwann einmal verdunkeln würde.

Doch konnte Tschang Kuo-tao wirklich die Kurzfassung des Buchs gesehen haben, von der Tschou En-lai vorhin gesprochen hatte? In Tschungking war alles möglich, sogar freundschaftliche private Kontakte zwischen früheren Vertrauten, die jetzt öffentlich übereinander herzogen.

Konnte auch Emily von dem Bericht erfahren haben? Selbst das war möglich, wenn auch weniger wahrscheinlich. Er konnte selbstverständlich leicht die unangenehme Geschichte mit dem geänderten Titel erklären. Wie er kannte auch sie die Selbstherrlichkeit von Verlegern und Lektoren aus erster Hand.

Tschungking lag von Schanghai gut eintausendfünfhundert Kilometer entfernt am Oberlauf des sich windenden Jangtse. Als sich das Jahr 1939 seinem Ende näherte, hatten die Chinesen die japanischen Heere durch ihren ständigen Rückzug erschöpft. Die Kämpfe hatten einen toten Punkt erreicht. Der Kuomintang und den Kommunisten war mehr daran gelegen, gegeneinander zu kämpfen, als gegen die Japaner. Dennoch war Tschungking die Hauptstadt einer dem Namen nach geeinten Republik China. Nicht nur Tschou En-lai, sondern auch der christliche General und andere Kriegsherren arbeiteten nach außen hin freundschaftlich mit dem Generalissimus zusammen. Dennoch blieb Tschungking eine unbedeutende Provinzstadt.

Die historischen Ereignisse spielten sich anderswo ab, vor allem in Europa. Längst hatten die Nazis den polnischen Widerstand gebrochen, hatte die Sowjetunion Ostpolen besetzt, das einmal zum Zarenreich gehört hatte.

Im *Ikra* trank Elisaweta Alexandrowna Jawalenka auf «die Zurückeroberung heiligen russischen Bodens», ohne sich um den Spott ihres Liebhabers Joshua Haleevie zu kümmern. Im Haus an der Kiukiang Road jubelte Julia Howe, ungeachtet der Skepsis ihres Gatten Tommy, über das «Erstarken der Heimat aller Werktätigen, des Mutterlandes von Frieden und Demokratie».

Im Pressezentrum von Tschungking sah Richard Hollings unruhig nach, ob in seinem Postfach irgendeine Mitteilung lag. Die Aufmerksamkeit der Welt konzentrierte sich auf Europa, obwohl zumindest die Westfront dort völlig unbeweglich war und pro Tag keine zwanzig Schuß abgefeuert wurden. Kurz vor der ersten Kriegsweihnacht war das Leben in Paris so ausgelassen wie eh und je. Auch die Vereinigten Staaten, die wie immer in erster Linie mit ihren eigenen Angelegenheiten beschäftigt waren, richteten das bißchen Aufmerksamkeit, das sie erübrigen konnten, eher auf Europa als auf Asien. Richard brannte darauf, über die Ereignisse in Europa zu berichten. Sie konnten ihm helfen, das Gebäude seines neuen Ruhms höher zu türmen. Er war nicht mehr ein beliebiger Auslandskorrespondent, sondern eine Autorität in Fragen der Weltpolitik – das hieß, er würde es sein, wenn Mitte Februar 1940 sein Buch auf den Markt kam. Möglicherweise empfahl es sich, zu diesem Zeitpunkt nicht in Tschungking zu sein. Er beschloß, China unmittelbar nach Neujahr zu verlassen.

Da Emily an der Erinnerung ihrer gemeinsam in Schanghai verbrachten Silvesterabende hing, hatte er ihr versprochen, mit ihr den Anbruch des Jahres 1940 zu feiern, so gut das in Tschungking möglich war. Dann aber würde er seine Zelte in China abbrechen.

Emily würde gewiß verstehen, daß er nicht in einem Nest wie Tschungking versauern konnte, während die Welt auf seine Berichte von den Hauptfronten des Krieges in Europa wartete. Wahrscheinlich konnte er einen Platz in einer Maschine der chinesischen Luftfahrtgesellschaft nach Kalkutta bekommen. Allerdings wäre ihm ein Nachtflug in die Kronkolonie Hongkong über das von den Japanern besetzte Gebiet hinweg lieber gewesen, denn er war weniger gefährlich als der Flug über die weißen Gipfel des Himalaya nach Indien.

Obwohl es ihn drängte, anderswo zu Ruhm zu gelangen, fiel ihm der Abschied schwer. Nachdem er seine Arbeitgeber davon überzeugt hatte, daß er fortmüsse, wollte er selbst plötzlich nicht mehr abreisen. Emily würde ihm fehlen. Sobald er wieder in England war, würde er die Scheidung von Fiona in die Wege leiten, und je eher er aufbrach, desto früher war er imstande, als freier Mann zurückzukehren. Erst nach der Scheidung konnte er Emily einen glaubwürdigen Heiratsantrag machen.

Überrascht merkte er, wie sehr ihn China in Bann geschlagen hatte, ihn, der sich stets darüber lustig gemacht hatte, wie sehr andere Ausländer, die schon lange dort lebten, an dem Land hingen. China war für ihn nicht mehr einfach eine faszinierende politische oder gesellschaftliche Bühne und auch nicht mehr nur ein Sprungbrett zum Ruhm. Es hatte ihn fest im Griff, und es würde schmerzen, sich daraus zu lösen.

Er machte sich Sorgen darum, wie Emily auf sein Buch reagieren würde. Offenbar hatte sie noch nichts von dem geänderten Titel erfahren und auch keine Zusammenfassung des Inhalts gesehen, denn seit er ihr das erste Exemplar versprochen hatte, das er bekommen würde, hatte sie das Buch mit keiner Silbe mehr erwähnt.

Der eifrige junge Mann, der im Pressezentrum die für die Korrespondenten bestimmten Mitteilungen verteilte, zupfte Richard am Ärmel und drückte ihm einen der wohlvertrauten blau-weißen Umschläge der chinesischen Funkspruchgesellschaft in die Hand. Richard öffnete ihn und las zuerst ärgerlich, bald aber voll Hochgefühl: NATBROADCAST VORZIEHT IHR BLEIBEN BIS MÄRZ STOP DANACH GLÄNZENDER EUROPAAUFTRAG BESTE WÜNSCHE DAVIDSON GLOBE.

Irgendwie, das wußte Richard, mußte er Emily die Sache mit dem geänderten Buchtitel beibringen, bevor sie von dritter Seite davon erfuhr. Die Kritiker in Amerika und England lobten das Buch in den höchsten Tönen, und irgendwann würden Rezensionen ihren Weg auch nach Tschungking finden. Das beste daran war, daß ihn die Londoner *Times* aufgefordert hatte, in Zukunft regelmäßig Berichte für sie zu verfassen. Über all das hätte er gern mit Emily gesprochen, doch er fürchtete ihre Reaktion auf die Titeländerung.

In der letzten Dezemberwoche schließlich gab er sich einen Ruck. Er zeigte ihr die Briefe, die er von den Verlagen in New York und London bekommen hatte und meinte: «Ich fürchte, sie haben den Titel geändert, Em. Sie nennen das Buch jetzt *Roter Stern und gelbe Erde*.»

«Ich weiß, was Lektoren und Verleger mit Büchern alles anstellen», sagte sie beinahe wegwerfend. «Mach dir also keine Sorgen, was mich betrifft. Aber wir wollen uns nichts vormachen: es wird sehr peinlich werden, wenn wir den Nationalisten erklären müssen, welches Schicksal die Weiße Sonne ereilt hat. Mir dagegen macht das gar nichts aus . . . wirklich nicht!»

Richard bemühte sich, die gezwungene Fröhlichkeit in ihrer Stimme zu überhören. Er fragte sich, warum er den neuen Titel so lange für sich behalten hatte. Emily wußte natürlich, mit welcher Eigenmächtigkeit Lektorate Manuskripte änderten und es war selbstverständlich, daß sie ihre Liebe nicht durch einen albernen Buchtitel trüben ließ.

Er wußte nichts von dem Gespräch, das sie mit Mei-ling Tschiang eine Woche zuvor geführt hatte. «Aus unseren Botschaften in London und Washington haben wir einige merkwürdige Berichte über das Buch deines Richard Hollings bekommen. Es hat fast den Anschein, als sei er zu den Roten übergelaufen», hatte Mei-ling spitz gesagt. «Nein», hatte sie auf Emilys Nachfrage zugegeben, «gesehen hat das Buch keiner unserer Informanten. Wie gewöhnlich geben die Diplomaten nur politischen Klatsch weiter.»

Sie hatte Emily zugestimmt, daß sie kein voreiliges Urteil fällen dürften. Immerhin half Richard, Amerika davon zu überzeugen, wie dringend China auf amerikanische Kampfflugzeuge und Piloten angewiesen war.

Emily wußte, daß sie ein Nachhutgefecht führte, als ihr Hollington Tong, Jimmy Weis Vorgesetzter, mitteilte, auch er habe von seinem Informationsdienst im Ausland beunruhigende Berichte über *Roter Stern und gelbe Erde* bekommen. Und George Ye berichtete einige neue Einzelheiten aus Singapur, wo er ein Vorausexemplar in den Händen gehabt hatte, das der dortigen *Straits Times* zur Rezension zugeschickt worden war.

«Ich mußte mich mit einem flüchtigen Durchblättern begnügen», übersetzte Emily seine stark abgekürzte telegrafische Mitteilung. «Was ich aber gesehen habe, hat mir die Haare zu Berge stehen lassen. Dieses fürchterliche Buch wird unserer Sache schweren Schaden zufügen. Mr. Hollings scheint mit fliegenden Fahnen zu den Kommunisten übergelaufen zu sein. Er stellt Mao Tse-tung als eine Art Kreuzung aus George Washington, Oliver Cromwell, Abraham Lincoln und Jesus Christus dar und tut so, als stehe dieser mit seinen Helfershelfern im Begriff, in China das Paradies auf Erden zu errichten. Außerdem spielt er den nationalistischen Widerstand gegen Japan herunter und schildert die Kommunisten als wahre, tapfere Kämpfer gegen den Aggressor. Wenn man Richard Hollings folgt, dämmert über China ein neues Zeitalter herauf. Die Romanautorin Ting Ling gilt ihm als Verkörperung der wunderbaren neuen chinesischen Frau. In bezug auf militärische Angelegenheiten ist er bemerkenswert . . .»

Tränen der Wut schossen Emily in die Augen. Der Himmel allein mochte wissen, was damals in Yenan vor sich gegangen war, wo Anstand offenbar nichts galt. Sie konnte nicht glauben, daß zwischen Richard und dieser Frau, die sich Ting Ling nannte, mehr als ein flüchtiges Lächeln getauscht worden war. Doch sie kannte ihn, und ebenso die zahlreichen Affären jener Autorin der Linken, die in aller Munde waren. Alles war möglich!

Innerlich tobte sie. Dieses kommunistische Flittchen, diese hysterische Fanatikerin sollte die Ideale chinesischen Frauentums verkörpern? Was war mit Mei-ling Tschiang, mit ihr selbst? Ein solcher Lobgesang auf die hergelaufene Ting Ling war eine Beleidigung jeder anständigen Chinesin.

Schon nach kurzem Nachdenken war Emily fest davon überzeugt, daß zwischen Ting Ling und Richard in Yenan etwas gewesen war. Warum sonst sollte er sie so überschwenglich preisen?

Ganz gleich, welche Motive die andere gehabt haben mochte, Richard in ihr Bett zu locken, sie, Emily Ou-yang, liebte ihn! Das war die einzige Rechtfertigung dafür, daß sie ihre Stellung und Würde fortwährend aufs Spiel setzte. Der Krieg zögerte die Abrechnung hinaus, aber irgendwann würde sie für ihr unmoralisches Verhalten zahlen müssen. Ihre Liebe zu Richard war ihre einzige Rechtfertigung für das, was sie tat, und diese Liebe würde sie mit aller Macht verteidigen.

Sie kam sich wie ein törichtes junges Mädchen vor, aber neben ihrer Liebe zu ihm wirkte alles andere unbedeutend: ihre Arbeit, ihre beruflichen und politischen Erfolge, ihre Familie und sogar ihr Land. Auf keinen Fall würde sie sich von ihm lossagen.

Andererseits würde sie keinesfalls den Fehler begehen, ihm zu sagen, wie sehr er ihr Leben beherrschte. Keinesfalls konnte sie sich für ihn vollständig aufgeben. Sie wollte kein Anhängsel sein, ganz gleich, wie hoch er dieses Anhängsel schätzen mochte.

Am letzten Tag des vierten Jahrzehnts des Jahrhunderts lag Tschungking unter einer trüben grauen Nebeldecke. Die kriegsbedingten Entbehrungen wurden durch die puritanische Bewegung Neues Leben, die der Generalissimus zur Zeit propagierte, noch verschärft. «Nicht Kraft durch Freude wie bei den Nazis», spottete selbst Emily, «sondern Kraft durch Enthaltsamkeit.» Der Genuß von Alkohol war verboten, ja sogar das Tanzen. Überdies stand das chinesische Neujahrsfest, nach Lunarmonaten berechnet, erst in einem Monat bevor.

Unter den Ausländern herrschte Unruhe. Die Mehrzahl der Diplomaten, Beamten und Korrespondenten sahen diesem Silvesterabend ebenso abergläubisch entgegen wie die Chinesen ihrem Neujahrsfest, bei dem alle Menschen neu geboren und alle Schulden, ob seelischer oder materieller Art, getilgt wurden. Da auch ihre eigenen Nationen nun im Krieg standen, war es den Ausländern klar, daß das bevorstehende Jahrzehnt für ihr Schicksal von ebenso entscheidender Bedeutung sein würde wie für die Chinesen.

Die ausländische Kolonie in Tschungking ließ sich die Festfreude nicht vergällen. In der Britischen Botschaft sollte ein Ball stattfinden. Wie ungeschickt auch immer sich die Briten in der Politik anstellen mochten; was Gesellschaften und Feierlichkeiten anging, suchten sie ihresgleichen. Da das Botschaftsgebäude sozusagen auf britischem Boden stand, war man dort nicht verpflichtet, die puritanischen Gesetze der Nationalisten zu befolgen.

Als führender britischer Korrespondent wurde Richard Hollings selbstverständlich zu dem Ball eingeladen, und da Madame Tschiang Kai-schek an einer solch oberflächlichen Vergnügung nicht gut teilnehmen konnte, kam an ihrer Stelle ihre rechte Hand, Madame Ou-yang. Die Gattin des Botschafters, die von der tragischen Romanze zwischen Emily und Richard wußte, betrachtete die beiden insgeheim als ihre wichtigsten Gäste. Als sie das dem Protokollchef gegenüber durchblicken ließ, gab dieser zur Antwort: «Jedenfalls ist der Bursche berühmt, und dabei hat hier in Tschungking noch kein Mensch ein Exemplar seines Buchs zu sehen bekommen.»

In dieser Hinsicht irrte er. Drei Tage zuvor waren mit einer Maschine aus Indien sechs Exemplare von *Roter Stern und gelbe Erde* in der vorläufigen Hauptstadt eingetroffen.

Richard Hollings bekam zwei davon und beschloß, vorerst niemandem davon zu erzählen. Er lächelte betrübt, als er daran dachte, daß er ursprünglich das allererste Exemplar Emily hatte schenken wollen.

Doch als er seinen Text erneut las – er war, wie Tschou En-lai gesagt hatte, tatsächlich so gut wie unverändert –, fand er nur sehr wenig, das er inzwischen anders formuliert oder ausgelassen hätte. Vielleicht, überlegte er, hätte er den Austritt von Tommy Howes Freund Tschang Kuo-tao aus der Partei in einem oder zwei Absätzen erläutern sollen, aber sonst war er mit seinem Werk im großen und ganzen zufrieden.

Was Richard nicht wußte, war, daß Hollington Tong auch Emily eins der vier aus New York gekommenen Exemplare gegeben hatte. Glücklicherweise war Mei-ling Tschiang gerade mit den Vorbereitungen ihres Flugs nach Hongkong beschäftigt, wo sie sich wegen einer hartnäckigen Hautreizung behandeln lassen und ihre älteren Schwestern besuchen wollte, Madame H. H. Kung und Madame Sun Yat-sen. Sie hoffte, beide überreden zu können, daß sie mit ihr nach Tschungking zurückkehrten. Hätte sich Mei-ling mit dem Buch beschäftigt, hätte das sicher sofort eine Krise heraufbeschworen.

Emily hatte nur einen kurzen Blick auf das Vorwort geworfen, um sich zu vergewissern, daß Richard tatsächlich die ihr ursprünglich zugedachte Danksagung gestrichen hatte. Dann hatte sie das Buch in eine Schublade mit Seidentüchern und anderen modischen Accessoires verbannt, die sie in Tschungking kaum je trug. Irgendwann würde sie es lesen müssen, denn bestimmt würde Mei-ling gelegentlich darauf zu sprechen kommen, aber das hatte Zeit, bis all die Feste vorüber waren.

Zum Glück brauchte sie sich wegen ihres Gatten Hsiu keine Sorgen zu machen. Da dieser nicht wußte, was die Ausländer von Emilys öffentlichem Auftreten mit Richard hielten, konnten deren Ansichten ihn auch nicht beeinflussen. Im übrigen hätte er sich auch nichts daraus gemacht, wenn er sie gekannt hätte, denn für ihn waren Ausländer nichts weiter als kluge Tiere, die raffinierte Maschinen erfanden. An ihren moralischen Urteilen lag ihm ebensowenig wie an den Ansichten seiner Wachhunde. Wichtig war ihm nur das Urteil von seinesgleichen, den in der Gesellschaft festverwurzelten chinesischen Familien, die es im Krieg nach Tschungking verschlagen hatte. Sie aber wußten nur wenig von Emily und führten jedes außergewöhnliche Verhalten auf die Umstände des Krieges zurück. Emily mußte nun einmal mit Ausländern zusammentreffen, und es war bekannt, daß bei diesen sonderbares Benehmen als normal galt.

Überdies hatte Hsiu Emily von Anfang an wissen lassen, er werde keine Einwände gegen ihr Tun und Treiben erheben, solange sie die Familie keinem öffentlichen Skandal aussetze. Als Ehrenmann würde er so lange zu seinem Wort stehen, wie sie zu dem ihren stand.

Sie hatte ihm pflichtgemäß drei Kinder geboren und erfüllte

alle damit verbundenen Aufgaben. Jason wollte mit seinen knapp elf Jahren bereits Kadett bei der chinesischen Luftwaffe werden, doch Emily verwehrte es ihm, weil die Söhne hochstehender chinesischer Familien nun einmal nicht in den Militärdienst traten. Patricia war neun und Eunice sechs, und beide zeigten bereits vielversprechende Ansätze der altüberlieferten weiblichen Tugenden, waren folgsam und bescheiden. Glücklicherweise schienen sie das ungebärdige Streben nach Unabhängigkeit, das ihre Mutter auszeichnete, nicht geerbt zu haben.

Im Augenblick, befand Emily, stand alles recht gut, obwohl sie nicht sicher sein konnte, daß Hsiu nicht doch eines Tages gegen ihr Verhalten protestierte. Hätte er weniger Zeit in einem Buddhistenkloster auf dem heiligen Berg Omei, dreihundert Kilometer westlich von Tschungking, verbracht, hätten sich die Dinge möglicherweise bereits als schwierig erwiesen.

Emily schob alle Zukunftsängste beiseite und betrat an Richards Arm den üppig ausgeschmückten Ballsaal der Britischen Botschaft. Da man die Gäste gebeten hatte, kostümiert zu erscheinen, war es eine bunte Gesellschaft. Emily trug statt des üblichen Tschipao ein Abendkleid aus scharlachrotem Seidenchiffon. Ihr Haar hatte sie mit Hennapuder rot gefärbt und ein übertriebenes Make-up aufgelegt. Sie stellte Ginger Rogers in ihrer neuesten Rolle dar. Richard wirkte neben ihr sehr unauffällig; er hatte sich vom päpstlichen Nuntius eine graue Soutane und ein Brustkreuz ausgeborgt und trat als Graue Eminenz auf. An seinem Arm wirbelte Emily wie ein Feuer durch den Ballsaal. Der Champagner floß in Strömen, was erstaunlich war, wenn man bedachte, daß jede Flasche mit der Schmalspurbahn aus Haiphong oder mit ohnehin schon überladenen Flugzeugen aus Indien herangeschafft werden mußte. Die meisten Botschaften hatten allerdings in weiser Voraussicht Vorräte eingelagert, als die letzten Dampfer und Kanonenboote von Schanghai auf den Jangtse hinaufgefahren waren. Alle Besucher waren darauf bedacht, sich nach Kräften zu amüsieren. Keiner von ihnen wußte, wo er in der nächsten Silvesternacht sein würde.

Seit Jahren, dachte Emily plötzlich, war sie nicht so glücklich gewesen – eigentlich nicht mehr, seit sie mit Richard gebrochen und sich in ihre törichte Ehe gestürzt hatte.

Wie eine scharlachrote Flamme glitt sie beim letzten Tanz des Jahres 1939 in seinen Armen durch den Saal.

«Liebste!» flüsterte er mit belegter Stimme. «Du wirst immer meine Liebste sein!»

Sie lächelte. Fast fürchtete sie zu sprechen und flüsterte: «Immer!»

Von fern hörten sie den Gong, der die Mitternacht verkündete. Sie nahmen die Masken ab und küßten einander ganz leicht – und noch einmal.

«Alles wird gut», versicherte Richard ihr. «Bestimmt wird alles gut . . . für immer.»

«Bestimmt», gab sie zurück. «Für immer.»

Um sie herum stießen die anderen Gäste mit ihren Sektkelchen an und beglückwünschten sich zum neuen Jahr. Emily und Richard küßten einander erneut, heftiger. Und mit einemmal hatten beide Angst.

64

3. Februar–6. März 1940

Unwillkürlich wanderten Emilys Augen zu der Schublade, in der Richards Buch ungeöffnet unter ihren Tüchern lag. Sie hatte das Gefühl, als ticke dort eine Zeitbombe, die irgendwann detonieren mußte.

An einem feuchtkalten Nachmittag Anfang Februar hielt sie es nicht länger aus und öffnete die Schublade. Hollington Tong fragte immer wieder nach ihrer Meinung zu *Roter Stern und gelbe Erde*, und sie konnte nicht gut weiterhin behaupten, sie habe noch keine Zeit gehabt, es zu lesen. Sie verschloß die Schlafzimmertür und begann zu blättern.

Obwohl sie sonst rasch las, brauchte sie für die vierhundert Seiten eine volle Woche, und aus ihrer anfänglichen Billigung wurde Entsetzen. Manche Beobachtungen fand sie erstaunlich genau, und im großen und ganzen gefiel ihr zunächst, was Richard von China erfaßt hatte.

Je weiter sie las, desto mehr wuchs ihre Verwunderung. Sie wußte, daß Richard die Wirklichkeit ganz genau einschätzen konnte und kam zu dem Ergebnis, daß er sie absichtlich entstellt hatte. Ungläubig schüttelte sie den Kopf. Sie vermochte einfach nicht zu fassen, daß Richards Bericht so voreingenommen sein sollte. Sie legte das Buch für eine Woche beiseite und zwang sich dann, es erneut zu lesen.

Diesmal wirkten die Entstellungen noch greller, und die wenigen Passagen, in denen Richard das auszugleichen versuchte, kamen ihr nicht besonders überzeugend vor. Betrübt mußte sie sich eingestehen, daß er dem Land nicht wiedergutzumachenden Schaden zugefügt hatte, um sich selbst ins beste Licht zu rücken. Daß er die wunderbare Welt Mao Tse-tungs entdeckt hatte, würde ihn, das begriff sie, berühmt machen. Hätte er deren wahres und wenig anziehendes Gesicht getreulich wiedergegeben, wäre das nicht der Fall gewesen.

Während der drei Wochen, in denen sich Emily mit dem Buch beschäftigte, mied sie Richard mit fadenscheinigen Ausreden. Ihr fehlte der Mut, mit ihm zu reden, und sie fand, auch er solle ruhig eine Weile so leiden, wie sie litt. Untröstlich, ohne seine Gegenwart und seine Liebe, grollte sie ihm dafür, daß er sie zu einer so harten Entscheidung zwang.

Dabei ging es nicht so sehr darum, daß sie zwischen Richard und China wählen mußte und auch nicht darum, daß sie sich zwischen Richard und ihrer gegenwärtigen Aufgabe, ihren Freunden und Bekannten, entscheiden mußte, auch wenn sie wußte, daß ihr solche Entscheidungen irgendwann bevorstehen würden. In erster Linie litt sie darunter, daß er sie zwang, zwischen ihm und ihrer Selbstachtung zu wählen.

Bevor sie sein Buch gelesen hatte, war sie entschlossen gewesen, seinetwegen erforderlichenfalls ihre Arbeit aufzugeben, ihren Ruf und vielleicht sogar ihre Kinder – doch ihr Dasein als unabhängiger Mensch konnte sie keinesfalls opfern.

Jetzt wußte sie, daß sie allen Sinn ihres Lebens verraten würde, wenn sie sich für Richard entschied. Nachdem sie sich wochenlang gequält und die Entscheidung hinausgezögert hatte, war ihr klar, daß sie mit ihm brechen mußte, und diesmal für immer.

Doch ein zu großer Teil ihres Wesens war mit dem Mann verflochten, den sie nach wie vor liebte. Sie fürchtete sich davor, Richard zu sehen, wie sie nichts mehr gefürchtet hatte, seit sie im Alter von zehn Jahren nach Amerika aufgebrochen war. Wäre sie eine Spur weniger mutig gewesen, hätte sie ihn eine Spur weniger geliebt, hätte sie das Ganze mit einem kurzen Brief beendet. Aber sie durfte sich nicht selbst dadurch schonen, daß sie sich hinter der unpersönlichen Schreibmaschine verbarg.

Sie mußte ihn bald sehen, sagte sie sich, auch wenn ihr langes Schweigen eigentlich schon deutlich genug gesprochen hatte. Gewiß hatte Richard längst geschlossen, daß sie ihm aus dem Weg ging, weil sie sein Buch gelesen hatte – und es abstoßend fand. Ende Februar mußte er seine Belegexemplare erhalten haben. Daß er ihr trotz seines Versprechens keins gegeben hatte, konnte nur einen Grund haben: ihm war klar, daß sie *Rote Sonne und gelbe Erde* nicht billigte.

Ihr war bewußt, daß sie handeln mußte, doch noch immer zögerte sie. Gegenwärtig befand sich Richard zu einem zweiten Besuch bei Claire Chennault in Kunming.

Doch vielleicht tat sie ihm Unrecht? Vielleicht hatten ihm die Kommunisten tatsächlich Sand in die Augen gestreut. Bekanntlich waren sie glänzende Propagandisten, mit anderen Worten überzeugende Lügner. Ihre eigenen Erfahrungen als Propagandistin der Kuomintang nötigten ihr Respekt vor den Fähigkeiten des Gegners ab. Vielleicht hatte Richard gar nicht begriffen, wie sehr sein Lobpreis den Kommunisten der nationalistischen Regierung und der Sache der Nationalisten schaden würde.

In der ersten Märzwoche kehrte Richard nach Tschungking

zurück. Da er sich ihre Reaktion auf sein Buch hatte sehr wohl vorstellen können, war er nach Kunming gereist, um dort neues Material zu sammeln. Er hoffte, ihren Zorn damit zu besänftigen, daß er ein lobendes Buch über Claire Chennault verfaßte, der im Begriff stand, eine Jagdstaffel aus amerikanischen Freiwilligen zu bilden. Eine in China stationierte amerikanische Fremdenlegion der Luft böte blendendes Material für eine Reportage.

In Schanghai fand Richard allerdings ein langes Telegramm seines Agenten Moss vor, in dem ihn dieser drängte, statt eines kleinen Berichts über Claire Chennaults Bemühungen ein politisches Buch zu verfassen, das der Mühe wirklich wert war. Wörtlich hieß es: SIE STEHEN IM BEGRIFF, IN DER WELT ALS FÜHRENDE AUTORITÄT ÜBER CHINA BEKANNT ZU WERDEN, UND DER VERLAG MÖCHTE EIN WEITERES GROSSES BUCH VON IHNEN. ER MEINT, EINE UNBEDEUTENDE ABENTEUERGESCHICHTE WERDE IHREN RUF UNTERGRABEN, EIN GROSSES THEMA IHN HINGEGEN FESTIGEN. DIESER ANSICHT SCHLIESSE ICH MICH AN. WIE WÄRE ES BEISPIELSWEISE MIT DER ROLLE DER SOWJETUNION IM KRIEG UND IN DER WELT? BEI DIESER AUFGABE KÖNNEN IHNEN IHRE FREUNDE IN YENAN BESTIMMT HELFEN.

Die Nebenbemerkung über seine Freunde in Yenan ließ Richard zusammenzucken. Bestimmt hatte die nationalistische Geheimpolizei das Telegramm mit großer Freude gelesen. Betrübt beschloß er, den Plan eines Buchs über Chennault fallenzulassen – keineswegs nur, wie er sich einredete, weil der Verlag dafür lediglich einen Vorschuß von dreitausend Dollar zu bewilligen bereit war, während ihm sein Agent für das Projekt über die Sowjetunion mindestens fünfzigtausend Dollar in Aussicht gestellt hatte. Moss hatte recht, und der Verleger auch. Er konnte sich den Luxus nicht leisten, bei den Nationalisten zu Kreuze zu kriechen. Er mußte das Eisen schmieden, solange es warm war, und wenn die Sowjetunion als Thema gefragt war, würde er eben darüber schreiben.

Daß er Emily mit dem Buch über Chennault nicht besänftigen konnte, war bedauerlich, aber sie kannte seinen Beruf gut genug, um zu wissen, daß ihm keine Wahl blieb. Vielleicht konnte er es ja auch später noch schreiben.

Emily würde wissen, daß er für ihre gemeinsame Zukunft arbeitete, und sie würde auch verstehen, daß er rasch handeln mußte und sich nicht länger in China aufhalten durfte. Ihr langes, böses Schweigen hatte er beinahe vergessen. Alles würde sich einrenken, sobald er ihr die gute Nachricht von dem neuen Auftrag seines Verlags überbrachte.

Er pfiff fröhlich vor sich hin, während er ein Antworttelegramm an seinen Agenten entwarf, in dem er das Angebot von fünfzigtausend Dollar Vorschuß für ein Buch über die Sowjetunion annahm. Vermutlich würde auch sein britischer Verleger es bringen.

Munter auf der Reiseschreibmaschine klappernd, entwarf er zwei weitere Telegramme. Mit ihnen teilte er in nahezu gleichem Wortlaut dem *Boston Globe* und dem National Broadcasting System mit, einstweilen sei aus China kaum mehr herauszuholen. Die Sowjetunion hingegen müsse als Schlüssel zum Krieg – und damit als Schlüssel für die Zukunft der Menschheit – angesehen werden.

Nachdem er sich auf diese Weise nicht nur über die Zukunft der Menschheit, sondern zugleich auch über seine eigene geäußert hatte, war er nicht länger in der Stimmung, weibliche Launen hinzunehmen. Bis zu seinem Aufbruch blieb nur noch sehr wenig Zeit, und die mußte er nutzen. Er hatte ihren schweigsamen Streit buchstäblich verdrängt und nahm an, auch Emily sei über das hinweg, was sie geärgert haben mochte.

Fröhlich bestieg er einen der Sampans, die als Fähren über den Tschialing dienten, und ebenso fröhlich erklomm er den Pfad, der zum Anwesen der Familie Ou-yang emporführte.

Emily empfing ihn im Salon. Sie hatte sich schon fast davon überzeugt, daß sie das Buch und seinen Autor vorschnell verurteilt hatte. Richard sah, daß sie abgenommen hatte, was sie sich eigentlich nicht leisten konnte, und in ihren großen Augen schimmerte es verdächtig.

«Du hast dir ja Zeit gelassen, das muß man sagen.» Sie wich

seiner Umarmung aus. «Man könnte denken, ich sei aussätzig.»

«Ich dachte, du wolltest ...» Ihre abweisende Haltung verwirrte ihn. «Ich dachte, du bräuchtest Zeit für dich selbst, Emily.»

«Die habe ich tatsächlich gebraucht, und vielleicht brauche ich sie immer noch.» So fest sie sich im einen Augenblick gegeben hatte, so kläglich fragte sie im nächsten: «Richard, wie konntest du uns das antun?»

«Was soll ich uns angetan haben, Emily?» kam seine Antwort, als habe er sie geprobt. «Ganz gleich, was es sein mag, ich habe nicht verdient, daß du mich von dir stößt. Ich bin gekommen, um dir zu sagen, daß ich abreisen muß – schon sehr bald. Natürlich komme ich wieder, aber Gott weiß, wann das sein wird. Unsere Zeit ist kostbar, und du verschwendest das bißchen, das wir gemeinsam noch haben.»

Sie spielte mit den gehäkelten Schutzdeckchen auf dem roten Plüschsofa, bevor sie antwortete: «So wie du das sagst, klingt es, als hätte ich dich bloß aus einer Laune heraus nicht sehen wollen.»

«Nein, Liebste, eine Laune war es nicht. Dafür hat es viel zu lange gedauert.» Da er unsicher war, suchte er Zuflucht in pompösen Worten: «Ich würde mich glücklich schätzen, wenn es nicht mehr wäre. Du bist dir doch im klaren darüber, daß du volle sechs Wochen lang dafür gesorgt hast, daß wir uns nicht sehen konnten?»

Seufzend sagte Emily: «Wer braucht Feinde, wenn die eigenen Freunde solche Bücher schreiben?»

«Mein Buch ist gut!» explodierte er. «Ich bin nicht hergekommen, um mir von dir Literaturkritik anzuhören.»

Ohne auf seinen Einwand einzugehen, fuhr sie mit erhobener Stimme fort: «Wie *konntest* du uns das antun? Hast du auch nur einen Augenblick lang an uns gedacht? Hast du überlegt, was das Buch für mich bedeuten würde? Oder auch für dich? Du hast mich ... alles hast du verraten! Wie *konntest* du uns das antun?»

Er bemühte sich, gelassen zu bleiben, und erwiderte bestürzt: «Wie ich sehe, gefällt dir *Roter Stern* nicht. Mag sein, daß ich hier und da ein bißchen über das Ziel hinausgeschossen bin, aber das bedeutet nicht das Ende der Welt. Schließlich ist es doch nur ein Buch.»

«*Nur* ein Buch!» brach es aus Emily heraus. «Warum sagst du nicht gleich, es ist *nur* ein Leben! *Nur* das Leben von Millionen Chinesen – Männer, Frauen und Kinder! Großer Gott im Himmel, *nur* ein Buch!»

«Nun reg dich doch nicht auf, Em!» Er gab seiner Stimme einen betont harmlosen Klang. «Wir wollen es nicht übertreiben.»

«Übertreiben? Ist dir eigentlich nicht klar, daß du alles zerstört hast, was wir hatten?»

Richard fingerte eine Zigarette aus seiner zerdrückten Packung. Drei Streichhölzer zerbrachen, bevor es ihm gelang, sie anzuzünden. Er nahm einen tiefen Zug und stieß mit Nachdruck den Rauch aus.

«Emily», sagte er schließlich, «ich habe berichtet, was ich gesehen habe, und das würde ich auch wieder tun. Ich liebe dich von ganzem Herzen. Ich habe versucht, dir das zu sagen, und ich sage dir auch noch einmal, daß ich dich heiraten möchte. Ich werde mich von Fiona scheiden lassen. Aber wie auch immer die Dinge stehen, ich kann nicht zulassen, daß du mir Vorschriften über das machst, was ich zu schreiben habe. Das verstehst du doch, nicht wahr?»

«Nein, das verstehe ich nicht», rief sie mit schriller Stimme. «Nicht wenn du Lügen verbreitest, die die Republik China zugrunde richten und einer kommunistischen Machtübernahme den Weg bereiten können. Damit, daß du den Generalissimus herabsetzt und Mao Tse-tung über den grünen Klee lobst, machst du unsere Aussichten auf amerikanische Hilfe zunichte. Du hast zig Millionen Chinesen praktisch zur Sklaverei verdammt.»

«Malst du das nicht in etwas zu grellen Farben, Emily? Du entwirfst da ein stark verzerrtes Bild. Meinst du das, wenn du sagst, ich hätte alles zerstört?»

«Das auch.» Ihre Stimme wurde leiser, während sie sich

bemühte, ihre Fassung zurückzugewinnen. «Aber auch mich selbst. Du ahnst gar nicht, welchen Druck ich ertragen mußte – von Mei-ling, von Hollington Tong und sogar von Jimmy Wei. Du hast keine Sekunde lang an die Folgen deines Tuns gedacht. Ich kann unmöglich weiter hier arbeiten, solange ich mich mit dir treffe. Niemand würde mir mehr trauen.»

«Könnte ich dich doch nur mitnehmen . . .»

«Nun, das kannst du nicht. Ich habe drei Kinder, die ich liebe und die mich brauchen.»

«Es ist also gar nicht nur das Buch.»

«Doch, das ist es. Von allem anderen einmal abgesehen, *kenne* ich keinen Menschen, der ein solches Buch schreiben kann. Ich kenne dich überhaupt nicht. Wie könnte ich dir je wieder trauen? Wenn du es fertigbringst, die Wahrheit zu entstellen und zu verdrehen, es fertigbringst zu lügen –»

«Nun mal langsam. Was in *Roter Stern* steht, ist wahr – so wahr, wie ich es darzustellen vermocht habe. Auch in den besten Berichten sind hier und da Fehler nicht zu vermeiden, aber im großen und ganzen liefert das Buch ein wahres Bild, und ich –»

«Großer Gott, du machst mir angst . . . Angst, daß du wirklich glaubst, was du sagst! Du bist doch kein Dummkopf.»

«Läuft es auf die Alternative Dummkopf oder Schurke hinaus?» fragte er mit ausdrucksloser Stimme.

«Was soll ich sonst denken? Was bleibt mir anders übrig, da ich nun einmal den Unterschied zwischen dem sehe, was ich als die Wahrheit kenne, und dem, was du geschrieben hast?»

«Du könntest versuchen zu denken, daß du nicht alles weißt», gab er zurück. «Daß du Chinesin bist, bedeutet nicht zwangsläufig, daß du alles über China weißt. Warum siehst du nicht zur Abwechslung einmal die Unfähigkeit und Korruption auf eurer Seite? Von eurem großartigen Gemus einmal abgesehen, haben doch alle ihren Rüssel im Trog. Das mußt du doch auch seh –»

«Niemand behauptet, daß die Nationalisten vollkommen wären, ich schon gar nicht. Aber darüber kann man reden. Korrespondenten haben die Möglichkeit, darüber zu schreiben, und die nutzen sie auch. Du tust aber so, als gäbe es auf der Gegenseite ein agrarisches Paradies. Du *mußt* wissen, daß das Unsinn ist. In Yenan kann es sich niemand leisten, anderer Meinung zu sein als Mao Tse-tung. Er ist nichts als ein selbstherrlicher Diktator! Denk doch nur an Tschang Kuo-tao –»

«Ein Überläufer – ein Verräter und Renegat. Wenn man auf das Gebrabbel jedes schlechten Verlierers hören wollte –»

«Richard, es ist sinnlos. Warum hören wir nicht damit auf?»

«Gern, Emily», sagte er in versöhnlichem Ton. «Ich hatte einen ganz anderen Grund, heute zu kommen. Wir wollen nicht mehr über Politik reden. Uns bleibt nicht viel Zeit. Wir können uns ruhig und zusammenhängend über all das unterhalten, wenn ich zurückkehre. Jetzt aber –»

«Das hältst du wohl im Ernst für möglich?»

Emily nahm eine Zigarette und preßte sie zwischen die Lippen. Sie nickte abwesend, als er ihr Feuer gab, als hätten sie sich zufällig bei einer Cocktailparty getroffen.

«Eins muß ich sagen, Richard», sagte sie leise. «Du kannst mich immer noch überraschen. Tatsächlich. Du scheinst also allen Ernstes zu glauben, wir könnten die Sache einfach vergessen. Du kreist nur um dich selbst, völlig unempfänglich für alles, was um dich her geschieht.»

«Emily, tust du mir damit nicht unrecht?» wandte er ein. «Wie kannst du sagen –»

«Du verstehst immer noch nicht, was du uns angetan hast, nicht wahr? Ich habe ein Geschöpf geliebt, das ich selbst erfunden habe. In Wirklichkeit hast du dir nie genug aus mir oder uns gemacht, um auch nur einen Augenblick über die Folgen deines Tuns nachzudenken.»

Richard schwieg erschöpft. Emily sah ihn ausdruckslos an und nahm einen Tabakkrümel von ihrer Zungenspitze.

«Es hat keinen Sinn, wirklich nicht», sagte sie leise und drückte ihre Zigarette aus. «Eigentlich hatte es nie einen Sinn. Zumindest hast du dich immer wie ein Gentleman benommen . . . auf deine eigene Weise. Und deshalb geh bitte rasch – wie ein Gentleman.»

65

29. März 1940

Der rote Stander der britischen Handelsmarine schützte den kleinen Küstendampfer vor den Schiffen der Kaiserlich Japanischen Kriegsmarine, die vor der chinesischen Küste dafür sorgten, daß niemand die Blockade durchbrach.

Dennoch folgte das Zehn-Zentimeter-Zwillingsgeschütz des Zerstörers *Tatsuta* dem Küstendampfer, als dieser aus dem Südchinesischen Meer in den Jangtse einfuhr. Bis zum Huangpu und zum Hafen von Schanghai würde das Schiff noch mehrere Stunden unterwegs sein, und auf der ganzen Strecke würden japanische Geschütze es im Visier haben.

«Die wollen uns bloß einschüchtern», sagte der Kapitän zu Richard Hollings. «Bis jetzt hat noch keiner einen Schuß abgefeuert. Aber eines Tages wird mal was passieren.»

Der Korrespondent merkte sich diese Äußerung. Sie faßte die Stimmung zusammen, die in Schanghai herrschte, bevor er überhaupt die Königin unter den Städten des Fernen Ostens wiedergesehen hatte. Der Würgegriff der Japaner begann allmählich Wirkung zu zeigen, und prahlerischer Mut verhüllte nur die wachsende Besorgnis in der Stadt. Obwohl die Eindringlinge es noch nicht gewagt hatten, in die ausländischen Bezirke einzumarschieren, behinderten sie den Handel erheblich, von dem der große Hafen lebte.

Richard war zurückgekommen, um eine Abschiedsserie über das Schanghai zu schreiben, das es bald nicht mehr geben würde – unabhängig vom Ausgang des Zweiten Weltkriegs. Natürlich interessierte seine ausländische Leserschaft die interationale Metropole weit mehr als irgendwelche fernen Städte, in denen ausschließlich Chinesen lebten, oder Schlachten zwischen den Asiaten. Er plante, den Besuch in Schanghai rasch hinter sich zu bringen und dann nach Europa zu reisen, wo seine Auftraggeber ihren Starreporter an den jeweiligen Brennpunkten der Ereignisse einzusetzen gedachten.

Während das Schiff den Fluß hinaufdampfte, merkte Richard, daß die Dschunken auf dem Wasser und die Pagoden am Ufer keinerlei Empfindungen mehr in ihm wachriefen. Zu viele chinesische Flüsse hatte er gesehen, zuviel von China. Er war mit dem Land beinahe fertig.

Für ihn neigte sich eine Ära dem Ende zu. Er kehrte nach Schanghai zurück, um den Kreis seines in China verbrachten Lebens dort zu beenden, wo er ihn begonnen hatte. Darüber hinaus lohnte sich diese mehrere tausend Kilometer lange Reise, weil er sich davon die richtige Einführung für die Sowjetunion versprach. Einen Titel für sein Buch hatte er bereits: *Wer den Bären reizt* sollte es heißen. Zuerst aber mußte er dafür sorgen, daß er einen Fuß in die Tür zum Kreml setzen konnte.

Natürlich hatte er in Tschungking noch einmal mit Tschou En-lai gesprochen. Dieser hatte ihm zugesagt, sich für ihn zu verbürgen, nachdem er erst ausdrücklich erklärt hatte, er besitze bei den Sowjets keinerlei Einfluß. Außerdem hatte Richard einen Höflichkeitsbesuch beim sowjetischen Botschafter in Tschungking gemacht, doch weit mehr Einfluß als dieser hatte der sowjetische Generalkonsul in Schanghai. Er war die große Spinne im Netz der sowjetischen Spionage, Diplomatie, Handelsbeziehungen und Subversion in ganz Asien. Man munkelte, er sei ein persönlicher Schützling Stalins und Generalmajor im Sicherheitsdienst und in der GPU, der Geheimpolizei der Sowjetunion. Ein Wort von ihm konnte Richard Hollings die Kremltore öffnen.

Er hatte Tommy Howe seine Ankunftszeit telegrafisch mitgeteilt. Nach Yenan gab er sich keinen Täuschungen mehr darüber hin, wo Tommy und Julia politisch standen. Er war fest davon überzeugt, daß Tommy im Apparat eine bedeutende Rolle spielte und daher zu sowjetischen Diplomaten engen Kontakt hatte. Falls sich Tommy für ihn verbürgte, konnte er hoffen, in Moskau ebenso willkommen zu sein wie seinerzeit in Yenan. Gleich nach seinem Besuch beim Generalkonsul wollte er abreisen.

Er bemühte sich, nicht an Emily zu denken. Seine Frau Fiona, die nach wie vor in England lebte, würde glücklich sein, ihn zu sehen und war dankbar für jede Minute, die er mit ihr verbringen konnte. Nie beschimpfte sie ihn, nie warf sie ihm seine Schwächen vor.

Warum aber verbrachte er soviel Zeit ohne sie? Unwillkürlich kehrten seine Gedanken erneut zu Emily zurück – und wieder begriff er, daß er nur in ihrer Nähe wahrhaft glücklich war.

Richard war nicht bereit zu glauben, daß ihre Trennung endgültig sein sollte; schließlich hatte ihn Emily schon dreizehn Jahre zuvor wegen seiner angeblichen Selbstsüchtigkeit fortgeschickt. Von Harry Smythe wußte er, daß sie vor seiner Abreise beständig zwischen Wut und Kummer geschwankt hatte. Tagelang war Richard ziellos durch Tschungking gestrichen, unfähig, sich auf seine Arbeit zu konzentrieren, bis ihm unerwartet ein Platz in einer Sondermaschine nach Hongkong angeboten wurde. Auch wenn er vermutete, daß Emily ihre Beziehungen hatte spielen lassen, damit er endlich aus Tschungking verschwand, hatte er die Möglichkeit sogleich genutzt.

Er hatte ihr zum Abschied keine Zeile geschrieben und ihr statt dessen nach langem, innerem Ringen ein Exemplar seines Buchs mit der Widmung geschickt: *Für Emily vom Autor mit all seiner immerwährenden Liebe. In der Hoffnung, daß sie es eines Tages erneut liest und dann vielleicht anders darüber denkt.*

In Hongkong hatte er begriffen, warum die Fluggesellschaft den Einsatz ihrer neuen Douglas DC-3 riskiert hatte, auf die sie unbändig stolz war. In einer auf dem Rollfeld stehenden englischen Luxuslimousine sah er drei Frauen. Er erkannte Mei-ling Tschiang, und da zwischen ihr und den beiden anderen eine unverkennbare Familienähnlichkeit bestand, mußten diese ihre älteren Schwestern sein: Ai-ling Kung und Tsching-ling, Sun Yat-sens Witwe. Offenbar kehre Mei-ling, nachdem sie ihre medizinische Behandlung in Hongkong abgeschlossen hatte, in aller Heimlichkeit nach Tschungking zurück, und offenbar war es ihr gelungen, ihre beiden Schwestern dazu zu überreden, daß sie sie begleiteten.

Daß Rosamonde Sun nach Tschungking reiste, nachdem sie zuvor aus der Sicherheit des britischen Hongkong heraus die nationalistische Regierung ihres Schwagers geschmäht hatte, würde dem Vorsitzenden Mao Tse-tung gefallen. Zusammen mit Tschou En-lai würde sie zweifellos die ausländische Presse um den Finger wickeln und damit das Bild der Kommunisten heller erstrahlen lassen.

Auf dem Rollfeld des Flughafens von Hongkong hatte sich Richard insgeheim beglückwünscht, auf das richtige Pferd gesetzt zu haben. Als er jetzt das Küstenschiff, mit dem er von Hongkong nach Schanghai zurückgekehrt war, am Bund verließ, beglückwünschte er sich erneut. Julia Howe wartete im gelben Schein einer Straßenlaterne auf ihn. Sie und er waren jetzt fast so etwas wie Komplicen, denn sie hatte schon vor ihm auf das richtige Pferd gesetzt.

Sie wirkte glücklich, und sie hatte auch Grund dazu. Der Krieg zog sich hin, und während sich die Japaner und die Nationalisten immer tiefer in eine ausweglose Situation manövrierten, boten die Auseinandersetzungen den chinesischen Kommunisten eine glänzende Gelegenheit, ihr Herrschaftsgebiet auszuweiten und ihre Heere zu vergrößern. Hinzu kam, daß in dem andauernden Krieg in Europa die Sowjetunion als einzige Macht siegreich blieb. Nachdem sie widerrechtlich in Polen einmarschiert waren und das Land im Handstreich genommen hatten, mußten sich die Deutschen mit den Briten und Franzosen herumschlagen, während die Sowjets ihren Machtbereich fast kampflos hatten ausdehnen können. Julia mußte es einfach gutgehen.

Ohne sich um die Umstehenden zu kümmern, schlang sie Richard die Arme um den Hals und küßte ihn auf den Mund. Einen solch impulsiven Willkommensgruß hatte er von ihr noch nicht erlebt. Julias erste Worte zeigten, warum er bei ihr in so hoher Gunst stand.

«Du siehst großartig aus, Dick», begrüßte sie ihn und fuhr sogleich fort: «Dein Buch ist hinreißend. Tommy und ich waren ganz begeistert. Wie geht es Emmy? Ich freue mich, daß ihr beide wieder zusammen seid.»

«Ihr geht es sehr gut. Leider sind wir im Augenblick keineswegs zusammen. Sie ist weder mit mir noch mit meinem Buch einverstanden.»

«Nun, du kannst nicht gut erwarten, daß es ihr gefällt. Außerdem hat sie dir wahrscheinlich immer noch nicht verziehen, daß du sie damals sitzenlassen und in die Arme des alten Ou-yang Hsiu getrieben hast. Aber Streitigkeiten unter Liebenden sind bald vorbei.»

Da Richard auf Julias Wohlwollen angewiesen war, beließ er es dabei. Er hatte ihr die Wahrheit gesagt, sie mochte sie auslegen, wie sie es für richtig hielt.

«Und wie geht es dir, Julie», fragte er, «und Tommy und den Mädchen? Sind alle wohlauf?»

«Ja, zum Glück, Dick. Uns geht es gut, und wir sehen voll Zuversicht in die Zukunft. Es wird alles gut für China und für die Welt.»

An dieser munteren Bekräftigung stimmte lediglich Julias Optimismus, was die politischen Ereignisse betraf, den ihr Mann in keiner Weise teilte.

Nach mehr als einem Jahrzehnt einer harmonischen Ehe erlebten Julia und Tommy die unglücklichste Zeit ihres gemeinsamen Lebens. Er verurteilte ihre naive Zukunftsgläubigkeit, und sie verabscheute die skeptische Grundhaltung, mit der er alles betrachtete.

Wie Joshua Haleevie war auch Tommy tief vom Niedergang seines geliebten Schanghai betroffen. Jeden Morgen wurden über hundert unidentifizierte Leichen eingesammelt – und täglich trafen Hunderte neuer Flüchtlinge in der Stadt ein. Frauen mit verfilztem Haar suchten, ihre halbverhungerten Kinder an der Hand, überall nach Essensresten, sämtliche Pensionen, Hotels und Schulen, ja sogar die heruntergekommensten Häuser, waren bis zum Bersten voller Menschen, und so nächtigten Zehntausende auf offener Straße. Die Wohlfahrtsorganisationen waren völlig überfordert und nicht imstande, der Vielzahl der Flüchtlinge wirksam zu helfen.

Außerdem wimmelte es in der Konzession und im französischen Teil der Stadt von Kriminellen, die unter dem Schutz der

Japaner und deren chinesischer Marionettenregierung ungehindert ihr Unwesen trieben. Tschiang Kai-scheks einstiger Hauptrivale Wang Tsching-wei trat jetzt öffentlich als Verräter an seinem Land in Erscheinung. Nach jener ersten Enthauptung, die Julia und Elisaweta so entsetzt hatte, war Mord aus politischen Gründen jetzt an der Tagesordnung. Der oberste Herr der Bruderschaft vom Schleusentor, der Grüne Drache, hatte keinen Einfluß mehr auf den Drogenhandel oder die Gewalttätigkeit in der Stadt. Weit zahlreicher und ungleich besser bewaffnet als die Angehörigen seines Geheimbundes waren ganze Regimenter auf eigene Rechnung arbeitender Verbrecher.

Julia hatte Richard in seiner alten Suite in den *Broadway Mansions* untergebracht, und da er nicht bereit war, über Emily zu reden, berichtete sie ihm über den Zusammenbruch von Recht und Gesetz, während ihnen der Zimmerkellner etwas zu trinken zurechtmachte.

«Du hast es ja selbst gesehen, Dick, die Stadtmitte ist praktisch Niemandsland. Irgendwelche Patrouillen laufen dauernd dort herum, mit der Schußwaffe in der Hand, und die Panzerwagen und Tanks hast du ja wohl auch gesehen. Es gibt noch mehr Maschinengewehrnester als 1927, nur daß es diemal kein falscher Alarm ist.»

«Du bleibst mit den Kindern in der Stadt? Ist das nicht töricht?»

«Tommy wird nicht müde, mir das vorzuhalten. Er will, daß ich mit den Mädchen nach Amerika gehe, zu meinen Eltern. Außerdem hat Althea ein wenig Asthma, wahrscheinlich, weil es hier so feucht ist. Tommy sagt, ich soll sie in ein besseres Klima bringen, zumal die interationale Lage so unsicher ist. Er hat Angst, daß wir hier eingesperrt sein werden, wenn der Krieg kommt. Du siehst also –»

«Langsam, Julie», bat Richard. «Was hat denn Tommy genau vor? Will er mit euch nach Amerika?»

«Manchmal sagt er ja, dann wieder nein. Selbst wenn er die bürokratischen Hindernisse überwinden und in Amerika praktizieren könnte, möchte er wohl lieber hierbleiben. Er sagt, sein Platz sei hier in China. Aber *ich* soll fortgehen.»

«Julie, viele Paare werden getrennt, wenn dieser Krieg weiter um sich greift. Hunderttausende sind es bereits. Die Sache ist äußerst ernst.»

«Das sagt er auch immer wieder und behauptet, das könne noch Jahre so weitergehen und die Mädchen würden hier keine vernünftige Ausbildung bekommen. Aber der Teufel soll mich holen, wenn ich gehe. Ich habe meine Arbeit im Sender, ich unterrichte und . . . und ich habe noch andere wichtige Dinge zu tun. Tommy sagt, es gibt bereits Cholera und Typhus in der Stadt, und es würde noch schlimmer. Man kann zur Zeit nicht gut mit ihm reden, Dick.»

«Julie, ich bewundere deinen Mut, aber nicht unbedingt die Nüchternheit deines Denkens. Hast du je überlegt, wieviel du gerade jetzt in Amerika bewirken könntest? Für China und . . . äh . . . die fortschrittliche Bewegung.»

Nach der Lektüre von Richards Buch war Julia überzeugt, daß er den Kommunisten zumindest eine gewisse Sympathie entgegenbrachte. Daß er jetzt die Kommunisten und deren Verbündete auf der ganzen Welt «fortschrittliche Bewegung» nannte, bestärkte sie in ihrer Ansicht. Dennoch konnte sie ihm kaum anvertrauen, daß sie mit Tommy erbittert über die Frage stritt, ob sie unmittelbar für die Sowjets arbeiten sollte oder nicht. Einem Journalisten konnte sie nicht gut anvertrauen, daß sie sozusagen eine Spionin war, ganz gleich, wie wohlwollend er ihr gegenüberstehen mochte.

«Ob Tommy mit uns zu Abend essen könnte?» Richard steckte sich eine Zigarette an. «Ich kann es nicht abwarten, den alten Halunken wiederzusehen.»

«Was glaubst du?» Julia nahm einen großen Schluck aus ihrem Glas und erklärte: «Er ist damit beschäftigt, die Leiden der Wohlhabenden zu kurieren. Es gibt unter ihnen *so* viel Krankheit, vor allem unter den feinen Damen der Schanghaier Gesellschaft. *Alle* Chinesinnen lieben Tommy und seine heilenden Hände.»

«Und was ist mit dir, Julie? Hast du Zeit? Vorausgesetzt, daß Tommy nichts dagegen hat.»

«Natürlich nicht, vorausgesetzt, ich hinterlasse eine Mitteilung wie ein braves Frauchen. Er ist froh, wenn er sich nicht um mich kümmern muß.»

Richard merkte, daß sie etwas mehr getrunken hatte, als ihr guttat, und beschloß, das Essen in der Suite servieren zu lassen. Ihre bitteren Bemerkungen über Tommy beunruhigten ihn. Daß ausgerechnet diese beiden zerstritten sein sollten, war erstaunlich. Andererseits waren die Geschwister Howe in ihrer Hingabe an China geradezu fanatisch, und er konnte verstehen, daß Tommy auf Julia provozierend wirken mußte. Nach wie vor begriff auch er nicht, warum sich Emily so heftig – und so persönlich – gegen sein Buch ausgesprochen hatte.

Während des Abendessens erwähnte Richard Tommy mit keinem Wort. Statt dessen beantwortete er Julias Fragen über Tschungking und hörte ihrem unerschöpflichen Klatsch über Schanghai zu. Als sie ihn auf die Terrasse vor dem Salon seiner Suite führte, von wo aus man den wunderbaren Anblick Schanghais bei Nacht genießen konnte, kehrten seine Gedanken zu Tommy und Emily zurück.

Vielleicht ginge es uns beiden besser, wenn wir die Geschwister Howe nie kennengelernt hätten, überlegte er. Sie haben so hohe Ideale, daß kein lebender Mensch ihnen gerecht werden kann.

Mit seltsamem Ausdruck sah ihn Julia an. Unsicher, ob er seine Gedanken laut ausgesprochen hatte, sagte er unvermittelt: «Diese Chinesen können einem schrecklich auf die Nerven gehen, nicht wahr?»

«Das kann man wohl sagen», bestätigte sie. «Manchmal möchte ich am liebsten sagen, der Teufel soll sie holen. Der Teufel soll *alle* Chinesen holen!»

Sie lehnte sich mit dem Rücken gegen das Geländer und sah ihn an. Hinter ihr lag der beleuchtete Bund, links von ihr zog sich die Nanking Road wie ein glänzender Kometenschweif nach Westen.

Als sie sich weiter zurücklehnte, faßte er sie am Arm und warnte: «Vorsicht, da geht es tief runter.»

«Wohin, Dick? Manchmal hätte ich nichts dagegen zu fallen, das versichere ich dir.»

Sie sprach betont sorgfältig. Offensichtlich hatte die Mahlzeit sie nicht nüchterner gemacht. Nach dem Cocktail hatten sie zum Essen Rotwein und danach Cognac getrunken.

«Was hast du vorhin gesagt?» fragte sie nach längerer Pause. «Über Tommy und Emily? Ich weiß, daß du etwas gesagt hast.»

«Ich sagte nur, daß einem die Chinesen auf die Nerven gehen können. Hast du etwas anderes gehört, Julie?» Während er sie neckte, merkte er, daß auch er nicht mehr ganz nüchtern war.

«Ich habe gedacht ... ich habe an Tommy und Emily gedacht. Weißt du, manchmal sind sie für gewöhnliche Sterbliche wie dich und mich viel zu gut. So edel ... so patriotisch ... so vernünftig ... so ... zum Kuckuck ... so überlegen ... und so chinesisch!»

«Sei nicht bitter, Julie. Bestimmt kommt wieder alles in Ordnung.»

«Zwischen dir und Em ist es doch auch nicht in Ordnung, Dick, nicht wahr? Und wird es auch nicht wieder? Die kleine Julie ist nicht dumm. Ich höre es an deiner Stimme.»

«Nein, es ist nicht in Ordnung», gab er zu. «Sie hat sich wieder über mich geärgert. Diesmal ging es um mein Buch ...»

«Was hast du erwartet, Dick?» Einen Augenblick lang sprach sie mit munterer, fast spöttischer Stimme. «Einen Orden vom Gemus? Du wußtest doch ganz genau, was du getan hast, oder nicht? Und manche Leute sind sehr stolz auf das, was du getan hast, Dick. Ich zum Beispiel.»

«Ich habe mir wirklich Mühe gegeben, Julie. Ich habe mir Mühe gegeben klarzumachen, worum es geht. Ich freue mich, daß du den Eindruck hast, es ist mir gelungen.»

«Gelungen? Das ist eine Untertreibung. Soweit ich gehört habe, hast du den Lauf der Geschichte geändert. Die Besprechungen, die ich gelesen habe, waren überschwenglich. Das Buch ist sogar in Leitartikeln behandelt worden. Richard, mein Lieber, du bist eine Ein-Mann-Agitprop-Truppe.»

«Ich bin wirklich froh, daß es dir gefallen hat, Julie. Nach den bisherigen Nörgeleien ist das eine angenehme Abwechslung. Du sagst das doch nicht etwa, um mir zu schmeicheln?»

«Richard Hollings, komm ein bißchen näher, damit ich nicht so brüllen muß.» Julia schüttete noch einen Cognac in sich hinein. «Es muß ja nicht alle Welt erfahren. So ist es besser. Ich will es dir ins Ohr flüstern.» Sie stellte das Glas auf das Geländer der Terrasse, hob sich auf die Zehenspitzen und flüsterte ihm etwas zu. Da sie dabei leicht schwankte, hielt sie sich an ihm fest. Er spürte das Gewicht ihrer vollen Brust weich auf seinem Arm, und die Wärme ihrer Schenkel an seinem Bein.

Während er sich ihr zuwandte, sagte er sich, daß er Emily mit ihrer besten Freundin nicht wirklich betrog. Er konnte sie nicht gut um etwas bringen, was sie bereits zurückgewiesen hatte. Und Julia schien genau zu wissen, was sie tat – nach zwölf Jahren ehelicher Treue, die im lebenslustigen Schanghai Aufsehen erregt hatte.

Wenn man darüber nachdachte, wie sie zu den Geschwistern Howe standen, war das hier eine fast inzestuöse Begegnung – aber wer sonst hätte ihnen beiden eine so süße Rache verschaffen können?

66

3.–20. April 1940

Joshua Haleevie gefiel die Karikatur, die er in der Londoner Zeitung *Daily Express* sah. In David Lows unverkennbarem Strich wurde da gezeigt, wie Hitler und Stalin zur Unterzeichnung des deutsch-russischen Nichtangriffspakts zusammentrafen, der den Ausbruch des Zweiten Weltkriegs beschleunigt hatte. Die beiden Diktatoren standen einander freundlich lächelnd in Knobelbechern und mit Orden behängt gegenüber und zogen höflich die Schirmmützen voreinander. Hitler fragte, sich vor Stalin verbeugend: «Habe ich das Vergnügen mit dem Abschaum der Erde?» Worauf Stalin, sich gleichfalls verneigend, erwiderte: «Und ich mit dem blutigen Mörder der Werktätigen?»

Obwohl die Sowjetunion und Deutschland in Europa gemeinsame Sache machten und die Konsulate beider Länder im Schanghaier Stadtteil Hunggu nebeneinanderlagen, gingen Deutsche und Russen einander geflissentlich aus dem Weg. Täuschten sie diese Abneigung vor? fragte sich Joshua. Und falls ja, warum?

Der anonyme Leiter des anonymen Geheimdienstes der internationalen Konzession nahm sich vor, dieser Frage nachzugehen.

Mit zwei Ausnahmen betrieben alle ausländischen Mächte ihre im Fernen Osten tätigen Geheimdienste von Schanghai aus. Die Vereinigten Staaten hatten dort gar keinen Stützpunkt und die Briten operierten von Singapur aus. Dennoch berichtete Joshua Haleevie unmittelbar nach London.

Was die Nazis betraf, folgte er einer beunruhigenden Fährte. Elisaweta hatte eine beiläufige Bemerkung über die Geldmittel gemacht, die dem deutschen Kulturattaché, einem Mann namens Johannes Witzer-Weidemann, zur Verfügung standen. Dieser verstand sich nicht nur blendend mit den Japanern und Italienern, sondern auch mit den Diplomaten und Handelsattachés kleinerer Länder. Für sie gab er regelmäßig Gesellschaften im *Ikra*, die jeweils mehr als fünftausend Dollar kosteten. Zwar war er Elisaweta ein willkommener Kunde, doch betrachtete sie sein Treiben voll Mißtrauen.

Wie alle gebildeten Töchter der russischen Aristokratie sprach sie nicht nur ihre Muttersprache, sondern neben Englisch und Französisch auch Deutsch und Italienisch, ohne diese Kenntnisse an die große Glocke zu hängen. Zum einen wäre das unfein gewesen und zum anderen war es oft nützlich, etwas zu verstehen, ohne daß andere davon wußten. Es war für die Besitzerin des *Ikra* von großem Vorteil, hin und wieder unauffällig zuhören zu können, damit sie wußte, was unter ihrem Dach vor sich ging.

Der gastfreundliche deutsche Kulturattaché wurde schwatzhaft, wenn er etwas zuviel getrunken hatte, und sie hatte gesehen, wie er eines Tages den deutschen Generalkonsul angestoßen und gesagt hatte: «Die Maisache kommt hervorragend an», was diesen äußerst peinlich zu berühren schien.

Bei einer anderen Gelegenheit hatten er und ein zu Besuch anwesender Generalmajor im deutschen Generalstab einander mehrfach zugetrunken. Obwohl Elisaweta nicht nahe genug herankommen konnte, um alles zu verstehen, was sie sprachen, hatte sie wiederholt die Wörter *Maibaum* und *Maibowle* gehört. Was die Deutschen nur mit dem Mai hatten?

Elisaweta hatte Joshua von ihren Beobachtungen erzählt, und dieser hatte, neugierig geworden, Aufzeichnungsgeräte an die verborgenen Mikrofone angeschlossen, die auf sein Betreiben damals beim Einbau der Telefonanlage angebracht worden waren. Der Kellner Wang, der ihm seinerzeit geholfen hatte, die Leiche von Oberst Ishikawa aus dem Weg zu schaffen, wechselte die magnetisierten Drahtspulen regelmäßig aus. Es war Joshua klar, daß Wang entweder den Nationalisten oder den Kommunisten mitteilen würde, daß im *Ikra* die Gäste abgehört wurden, doch kümmerte ihn das nicht; ihm lag ausschließlich an neuen Informationen.

Obwohl den Aufzeichnungen nichts Eindeutiges zu entnehmen war, begann er zu vermuten, daß er einen großen Fisch an der Angel hatte. Er ließ den deutschen Kulturattaché ständig überwachen und beorderte einen chinesischen Informanten zu sich, der im deutschen Konsulat angestellt war.

Die Überwachung ergab, daß der Kulturattaché Witzer-Weidemann an den unglaublichsten Stellen die unglaublichsten Freunde hatte – «Leute, die bei dem Begriff Kultur vermutlich an ein neues Maschinengewehr denken», wie es in einem Bericht hieß. Der chinesische Informant hielt den deutschen Kulturattaché für die Zentralfigur der Nazi-Spionage im Fernen Osten und erklärte, der Mann verbringe viel Zeit im Funkraum des Konsulats, zweifellos, um Kontakte mit Außenposten – und Berlin – zu halten.

Der Chinese, dessen neue sechzehnjährige Konkubine einen teuren Geschmack hatte, bekam den Auftrag zu sammeln, was im Konsulatspapierkorb landete: Kohlepapier, zerrissene

Durchschläge und so weiter. Man versprach ihm für den Fall, daß sich etwas Verwertbares darunter finden würde, eine hohe Belohnung, doch zunächst glaubte niemand so recht, daß viel bei der Sache herauskommen würde.

Verblüfft betrachtete Joshua die dünnen Blätter, die vor ihm auf dem Schreibtisch lagen. Es hätte nicht geschehen dürfen, aber es war nun einmal geschehen. Der deutsche Kulturattaché hatte an siebzehn Agenten verschiedene Botschaften geschickt, jede von ihnen in einem für ihn unentzifferbaren Code – mit einer Ausnahme. Durch einen ungewöhnlichen Glückszufall, vielleicht auch durch die arrogante Sorglosigkeit der Nazis, war Joshua nicht nur in den Besitz des verschlüsselten Textes gelangt, er hatte auch den im Klartext abgefaßten Entwurf einer der Mitteilungen in die Hände bekommen: *Bestätige hiermit entscheidende Aktionen während der ersten zehn Maitage. Warten Sie auf nähere Anweisungen.*

Die Zahl 37490, die für das Wort «Mai» stehen mußte, kam in jeder der Mitteilungen vor und fand sich überdies auch in einem Bruchstück einer verschlüsselten Nachricht aus Berlin.

Joshua wunderte sich darüber, daß die Deutschen für ein- und ausgehende Mitteilungen denselben Code verwendeten. Er pfiff durch die Zähne. Herr Witzer-Weidemann besaß offenbar Informationen, deren Bedeutung weit über das diplomatische Tagesgeschäft hinausreichte. Die Nazis planten für Anfang Mai eine größere – vielleicht sogar entscheidende – Operation, und es war unerläßlich, genau zu erkunden, was der Mann wußte.

Joshua entwarf ein Telegramm, mit dem er London davon in Kenntnis setzte, daß er eine wichtige Spur verfolge. Er bat zugleich um die Erlaubnis, den deutschen Kulturattaché zu entführen. Das würde sich ohne große Gefahr bewerkstelligen lassen, denn eine solche Tat würde man automatisch chinesischen Banditen in die Schuhe schieben. Wenn man den Mann unter dem Einfluß von Drogen geschickt befragte, würde er später nicht einmal wissen, welche Fragen ihm gestellt worden waren.

Joshua hatte mit keiner prompten Antwort gerechnet und war daher nicht überrascht, daß er drei Tage nach dem Abgang seiner dringlichen Anfrage noch nichts gehört hatte. Da es erst Anfang April war, blieb noch Zeit genug, Maßnahmen gegen das zu planen, was die Deutschen für die ersten zehn Maitage vorhatten. Er beschloß, London zwei weitere Tage Zeit zu lassen, bevor er eine nachdrückliche Mahnung abschickte – oder auf eigene Faust handelte.

Einstweilen schob er die Angelegenheit beiseite und überlegte, ob die Beziehungen zwischen Deutschen und Russen mit der Sache zu tun haben mochten.

Warum, fragte er sich, gingen die Vertreter der totalitären Verbündeten einander so demonstrativ aus dem Weg? Sofern ihre zur Schau getragene Abneigung als Deckmantel einer insgeheim praktizierten Zusammenarbeit diente, gingen sie mit großem Geschick vor. Nicht die Spur eines Hinweises auf ein Zusammenwirken hatte sich finden lassen, weder beim Abhören von Telefonen noch bei der Überwachung der Mitarbeiter dieser Konsulate durch Angehörige der Abteilung Staatsschutz bei der Ausländerpolizei.

Die neue Konkubine des chinesischen Angestellten im deutschen Konsulat war *sehr* teuer. Es war für den Mann weder mühevoll noch gefährlich, seine Zeitung in seinem bevorzugten Teehaus liegen zu lassen und das Exemplar seines Gegenspielers aus dem sowjetischen Generalkonsulat mitzunehmen – wohl aber überaus einträglich. Auch an jenem Nachmittag, an dem Joshua beschloß, noch zwei Tage zu warten, bevor er den deutschen Kulturattaché entführen ließ, tauschten die beiden Botschaftsangestellten ihre Zeitungen aus.

Wie von Joshua vermutet, hatte der Kellner Wang dem Apparat die Abhöraktion im *Ikra* weiterberichtet. Da dieser nach einer Woche zu dem Ergebnis gekommen war, die Information sei nicht von besonderem Wert, hatte er sie an das sowjetische Konsulat weitergeleitet. Eine weitere Woche lang hatten die Sowjets überlegt, was sie mit ihr anfangen sollten, dann hatten sie sie den Nazis zugespielt.

Sofort wollte der deutsche Kulturattaché wissen, wer sich so sehr für ihn interessierte. Die Sowjets leiteten seine Anfrage an den Apparat und dieser sie an den Kellner Wang weiter. Dabei entstanden weitere Verzögerungen, doch schließlich erfuhren die Deutschen, daß Joshua Haleevie hinter der Sache steckte.

Unverzüglich baten die Nazis die Sowjets um Mithilfe bei der Ausschaltung des Störenfrieds. In der in die Zeitung eingeschlagenen Mitteilung hieß es: *Aus naheliegenden Gründen ziehen wir es vor, bei der Liquidierung des Judenschweins nicht selbst in Erscheinung zu treten. Wir sind Ihnen daher zu großem Dank verpflichtet, daß Sie sich um die Angelegenheit kümmern.*

Der Nachmittagsverkehr auf der Bubbling Well Road vermochte Julias Interesse nicht sonderlich zu wecken. Unruhig rutschte sie auf dem heißen Ledersitz des Lincoln Continental hin und her und spielte mit ihrer Zigarettenspitze. Erst wenn ihre Armbanduhr genau fünf zeigte, wollte sie sich eine weitere Zigarette anstecken. Noch zwölf Minuten mußte sie ohne Nikotin auskommen.

Sofern Joshua bis dahin das Lebensmittelgeschäft von Dombey & Son nicht betreten hatte, durfte sie ihren Beobachtungsposten verlassen. Der sowjetische Vizekonsul Pawel Egorow hatte ihr jedoch versichert, er werde kommen.

«Er kauft dort an jedem zweiten Dienstag Käse», hatte der Russe betont. «Sie verstehen, Sie sollen ihn für unseren Mann nur identifizieren.»

Ungeduldig hatte sie genickt, von der Sonne geblendet, die ihr in die Augen schien. Sie hatte sich mit Egorow im kleinen Park am Bund gegenüber dem britischen Konsulat getroffen. Die einzigen Chinesen dort waren Gärtner, und so brauchte man nicht zu befürchten, daß als Kulis oder kleine Angestellte verkleidete Angehörige der Abteilung Staatsschutz dort herumliefen. Ihre Unterhaltung war etwas mühevoll gewesen, denn Egorow hielt sich, während er sprach, die *North China Daily News* vor das Gesicht, während sie so getan hatte, als lese sie aufmerksam in *Vom Winde verweht.*

«Sie werden wie zufällig auf Mr. Haleevie stoßen und ein wenig mit ihm plaudern», hatte Egorow sie angewiesen.

«Wenn dann Slawinsky vorbeikommt, stellen Sie die beiden einander vor und gehen fort.»

Er hatte seine Zeitung umgeblättert und dann betont: «Sie müssen sofort gehen und dürfen keinesfalls eingreifen, ganz gleich, was passiert.»

«Was soll der ganze Hokuspokus?» hatte sie gefragt. «Und woher weiß ich, wer dieser Slawinsky ist?»

«Sie werden ihn an seinem weißen Panamahut erkennen. Eins kann ich Ihnen sagen: Er hat Schwierigkeiten mit dem Stadtrat und glaubt, daß ihm Haleevie helfen kann. Slawinsky ist ein verdammter Weißrusse. Wenn wir solchen Leuten helfen, bekommen wir die Emigranten auf unsere Seite. Aber der Grund für das Treffen geht Sie nichts an.»

Dann hatte er seine Zeitung zusammengefaltet und war davongegangen, während Julia über die Manieren der Sowjetrussen nachgedacht hatte. Pawel Egorow hatte sie nicht zum erstenmal getadelt. Als sie mit Richard Hollings zum sowjetischen Konsulat gekommen war, hatte er gesagt: «Sie dürfen unter keinen Umständen je wieder in die Nähe dieses Gebäudes kommen. Niemals!»

Er hatte mit Julia gesprochen, als sei sie eine Untergebene, ein Zimmermädchen in einem drittklassigen Provinzhotel. Als sich ihr Zorn gelegt hatte, hatte sie begriffen, daß die Anweisung ihrem eigenen Schutz diente. Es wäre katastrophal, wenn jemand erführe, daß sie so enge Beziehungen zu den Sowjets hatte, und das Konsulat wurde von Zeit zu Zeit überwacht. Es wäre entsetzlich, wenn Tommy dahinterkäme, daß sie sich schon vor sechs Monaten den Sowjets zur Verfügung gestellt hatte.

Bisher hatte sie lediglich Angaben weitergegeben, die sie von ihrem Onkel über japanische Truppenbewegungen oder Waffenlieferungen gehört hatte, und ein paar Einzelheiten über amerikanische Waffenverkäufe an die Nationalisten. Daß sie gelegentlich Mitteilungen in den Mülltonnen am Columbia Country Club hinterlegte, bedeutete bei weitem keine enge Zusammenarbeit. Aber sie wußte, daß die Sowjets dafür dankbar waren. Die ihr angebotenen fünftausend Dollar in gebrauchten Scheinen hatte sie allerdings zurückgewiesen. Sie diente der Sache nicht, um sich zu bereichern.

Bei dem Zusammentreffen im Park hatte sie Pawel Egorow zum erstenmal wiedergesehen, seit sie mit Richard an der Botschaft aufgekreuzt war. Welchen Grund konnte der Presseattaché haben, den Weißrussen einen Gefallen zu tun? Andererseits war er für die Propaganda zuständig, und sicherlich konnte man es ausschlachten, wenn man solche Leute auf seine Seite zog. Außerdem mußte jemand die unangenehmen Aufgaben ausführen, die mit der Spionage verbunden waren. Schließlich sollte doch vor allem die Sowjetunion, das Vaterland der Werktätigen auf der ganzen Welt, vor den kapitalistischen Komplotts geschützt werden.

Egorow hatte Richard beim Generalkonsul eingeführt, und dieser hatte versprochen, sich bei der Sowjetführung für ihn zu verwenden. Voll Hochgefühl hatte Richard Schanghai verlassen.

Ja, Richard! Die Gewissensbisse, die sie seinetwegen empfand, quälten sie immer noch, und vielleicht würde das für immer so bleiben. Wieder einmal versicherte sie sich selbst, daß dieser einzige Fehltritt nicht weiter schlimm gewesen sei.

Und Tommy? Sie betete, daß sie nie erfahren müßte, wie er darauf reagieren würde.

Gedankenlos steckte sie sich eine Zigarette an, obwohl es erst neun Minuten vor fünf war. Tommy würde toben, wenn er von ihrem Zusammensein mit Richard erführe und förmlich Amok laufen, wenn er dahinterkam, daß sie für die Sowjets arbeitete. Eine Nacht mit einem anderen Mann mochte ihm möglicherweise verzeihlich erscheinen, aber sechs Monate dauernder Täuschung sprengten zweifellos die Grenzen seiner Toleranz.

Erneut richtete sie den Blick auf den Verkehr. Von Joshua Haleevies großem roten Packard Victoria, den ganz Schanghai kannte, war immer noch nichts zu sehen.

Julia drückte ihre Zigarette aus und nahm den Taschenspiegel zur Hand, um sich die Lippen nachzuziehen. Wenn Joshua kam, konnte sie ihn im Spiegel sehen.

Was, fragte sie sich wieder, hatte sie eigentlich in Richard

Hollings' Arme getrieben? Er war von Emilys Zurückweisung tief verletzt gewesen. Aber es war weder ihre Aufgabe, Wiedergutmachung für Emilys Grausamkeit zu leisten, noch die Stelle der Freundin in seinem Bett einzunehmen.

Natürlich war sie nach dem Gin, dem Burgunder und dem Cognac nicht mehr ganz standfest gewesen, und außerdem hatte sie sich über Tommy geärgert. Doch ließ sich ihr Verhalten damit wohl kaum erklären oder gar rechtfertigen. Ihr Fehltritt erschreckte sie, denn sie neigte von ihrem Wesen her nicht zur Untreue.

Daß sie der Lehre des Marxismus-Leninismus nahestand, bedeutete nicht, daß sie deren Beurteilung von Liebe und Ehe guthieß, die ihr völlig unausgegoren erscheint. Der Liebesakt sollte nichts anderes sein als ein Schluck Wasser, wenn man Durst hatte und die Ehe nichts als ein Vertrag, ein Abkommen, bei dem die Frau im Gegenzug für Unterkunft, Verpflegung und schmückenden Schnickschnack sexuelle und häusliche Dienstleistungen gewährte? Mumpitz! Julias Mund verzog sich spöttisch. Zuviel analytisches Denken, hatte Joshua einmal gesagt, sei die Totenglocke spontaner Empfindungen. Wie recht er damit gehabt hatte! Wo er nur blieb?

Erneut spähte sie auf die Straße, sah in den Spiegel und strich sich das Haar aus der Stirn. Als sie den Blick wieder hob, erkannte sie Joshuas Kabriolett. Es parkte unmittelbar vor ihrem Wagen. Mit raschen Schritten eilte Joshua auf die Tür des Ladens von Dombey & Son zu. Er schien sie nicht gesehen zu haben.

«Josh!» rief sie. «Joshua!»

Er wandte sich um und lächelte freundlich, als er sie erkannte. Dann sahen seine hellen blauen Augen über sie hinweg, und ein Schatten der Besorgnis überlief sein gebräuntes Gesicht. Doch hellten sich seine Züge so rasch wieder auf, daß Julia glaubte, sich das nur eingebildet zu haben. Er faßte sie leicht bei den Schultern und küßte sie auf die Wange.

«Julie!» sagte er. «Was treibst du denn hier?»

«Ich habe so viel davon gehört, wie viele verschiedene Käsesorten Dombey hat», improvisierte sie. «Da dachte ich, ich sehe mir das selbst mal an.»

«Dann haben wir ja dasselbe Ziel. Darf ich dich hineinbegleiten?» Er schien bester Laune zu sein.

Sie nahm seinen Arm, wandte sich aber um, als sie ihren Namen hörte. Von der tiefstehenden Sonne geblendet, sah sie nur den schwarzen Umriß eines breitschultrigen Mannes, der ihr grüßend zuwinkte. Unverkennbar aber war sein weißer Panamahut.

«Ah, Mr. Slawinsky!» begann sie. «Ich habe Sie ja schon ewig nicht mehr gesehen. Wie geht es Ihnen? Lernen Sie immer noch fleißig Englisch?»

«O ja. Wie schön, Sie wiederzusehen.»

Entschlossen sagte Julia: «Joshua, darf ich dir Mr. Slawinsky vorstellen? Einer meiner früheren Englischschüler, wie du dir wahrscheinlich schon gedacht hast.»

«Mr. Haleevie, ich bewundere schon lange Ihre . . .»

Julia überlegte, wie rasch sie sich verabschieden sollte. Der Weißrusse würde in ihrer Gegenwart nicht auf das zu sprechen kommen, was ihm am Herzen lag. Andererseits brachte sie es nicht fertig, Pawel Egorows Anweisung, sie solle sogleich fortgehen, zu befolgen. Unmöglich konnte sie einen alten Freund mit einem Fremden stehenlassen, kaum daß sie die beiden miteinander bekannt gemacht hatte. Das sähe doch sehr verdächtig aus. Manchmal hatten die Russen schon eigenartige Vorstellungen.

Der Weißrusse war hochgewachsen und kräftig. Er hatte ein unschuldiges Kindergesicht mit vertrauensvoll blickenden nußbraunen Augen. Es kam ihr ganz so vor, als habe sie nicht nur dem gerissenen Pawel Egorow einen Gefallen getan, sondern auch einem Menschen in Not. Ohnehin kam es nicht auf Egorow an, sondern auf die Sache, der er und sie dienten.

Julia stand zwischen den beiden Männern. Nachdem der Weißrusse endlich dem Mann vorgestellt war, der seine Schwierigkeiten lösen sollte, schien er keine Worte zu finden. Um die Situation zu überbrücken, erfand Julia einen lustigen Vorfall aus einem Englischkurs, bei dem sie Slawinsky die

Hauptrolle zudachte. Gleich würde sie eine wichtige Verabredung vorschützen und die beiden allein lassen, wie Pawel Egorow es von ihr verlangt hatte.

Mit einemmal lenkte eine Bewegung ihre Aufmerksamkeit auf sich. Slawinskys linke Hand, die Joshua nicht sehen konnte, weil Julia zwischen ihnen stand, umklammerte einen langen, ledernen Griff und schob sich Stück für Stück aus der Seitentasche seines Jacketts. Wie gelähmt sah Julia allmählich eine blitzende Messerklinge zum Vorschein kommen.

In ihrem Kopf jagten sich die Gedanken. Den Überfall mußte Pawel Egorow befohlen haben. Warum sonst hatte er sie angewiesen, sogleich zu gehen und keinesfalls einzugreifen? Welche Gründe auch immer er haben mochte, er irrte sich. Joshua Haleevie war kein Feind der Kommunisten, sondern ein Feind der Japaner. Kommunisten und Nichtkommunisten waren im Abwehrkampf gegen die japanische Aggression geeint. Sie mußte einem entsetzlichen Fehler vorbeugen.

Die Klinge wies auf Joshuas Unterleib. Julia ließ sich mit ihrem ganzen Gewicht auf den Unterarm des Russen fallen und schrie: «Vorsicht! Ein Messer!»

Ein flammender Schmerz durchzuckte ihre Hüfte, als Slawinsky die Klinge zurückriß. Joshua war offenbar unverletzt, nur sein Jackett hatte einen Riß. Julia stürzte auf den Gehsteig und prallte auf ihre Hände und Knie. Über die Schulter sah sie Slawinsky nach vorn hechten. Joshua wich ihm aus, und das Messer fuhr ins Leere.

Im nächsten Augenblick rissen zwei stämmige Chinesen in blauen Arbeitsjacken dem Mann die Arme auf den Rücken. Joshua hob Julia auf und trug sie zu seinem Wagen. Er schob sie wortlos hinein, warf sich auf den Fahrersitz, ließ den Motor aufheulen und lenkte das Kabriolett in den dichten Verkehrsstrom.

«Puh», sagte er nach einer halben Minute gleichmütig, «ohne dich hätte mich der Kerl doch glatt abgestochen.»

Julia suchte zitternd in ihrer Handtasche nach einer Zigarette. Sie konnte nicht sogleich antworten, denn sie war zwischen schlechtem Gewissen, Angst und Wut hin- und hergerissen. Wenigstens war Joshua unverletzt geblieben. Sie sah an sich herab und erkannte einen Riß in ihrem Rock und etwas Blut, doch es handelte sich nur um eine oberflächliche Wunde. Sie war über sich selbst entsetzt. Nur ein Zufall hatte sie davor bewahrt, als Werkzeug bei dem Mord an einem guten Freund zu dienen. Wie konnte Egorow nur so töricht sein – und so brutal? Er hätte beinahe einen entschiedenen Gegner der Japaner ermorden lassen, und obendrein hätte sie sich fast verraten. Sie entzündete ihre Zigarette mit dem Feuerzeug und sog den Rauch tief ein.

«Außerdem hätte dich bestimmt einer von den Burschen erwischt, wenn ich nicht dagewesen wäre, liebste Julie», fuhr Joshua in demselben munteren Ton fort.

«Was?» fragte sie. «Es tut mir entsetzlich leid, Joshua. Dieser Slawinsky muß verrückt sein. Es tut mir leid, dich ihm vorgestellt zu haben. Aber er war doch hinter dir her und nicht hinter mir?»

«Schon», erklärte Joshua freundlich. «Aber all die anderen hatten es auf dich abgesehen. Nicht nur die Leute vom Staatsschutz, die Gott sei Dank so rasch reagiert haben. Da mir keine Eskorte von Polizisten in Zivil zusteht, müssen sie dir gefolgt sein. Ich kann mir kaum vorstellen, daß sie dich schützen, sondern dich eher im Auge behalten wollten. Ich habe ein paar Männer gesehen, von denen ich weiß, daß sie Agenten der Nationalisten sind, und wenn mich meine Augen nicht getäuscht haben, war auch ein Rollkommando des Apparats in der Nähe. Alles dir zu Ehren, meine Liebe.»

«Meinst du?» Julia war entsetzt. «Was sollten sie sich aus mir machen?»

«Was? Nun, du hast mit deinem ... äh ... Tun allem Anschein nach eine ganze Anzahl von Menschen gekränkt. Mein Glück, daß dir der Staatsschutz auf den Fersen war. Aber für deine Zukunft ist das nicht besonders vielversprechend, meinst du nicht auch?»

Während Joshua in die Auffahrt vor seinem Haus einbog, murmelte er beruhigende Worte. Ohne auf ihre bohrenden Fragen zu antworten, brachte er sie in ein kleines Zimmer, dessen Wände mit Büchern bedeckt waren, und forderte einen Diener auf, ihr ein großes Glas Cognac zu bringen.

Als Joshua zehn Minuten später zurückkehrte, hatte er das Jackett gewechselt. Julia hatte sich im Badezimmer die abgeschürften Hände und Knie gewaschen und ihr Make-up erneuert. Den Riß in ihrem Rock hatte sie mit einer Sicherheitsnadel zusammengesteckt. Eine dünne rote Linie lief über ihren rechten Oberschenkel.

«Nun, Julie», fragte Joshua, «was soll ich jetzt mit dir anstellen?»

Über den Rand ihres Cognacglases lächelte sie ihn unsicher an.

«Tommy wird gleich hier sein», fügte Joshua hinzu. «Er sagte, er habe so etwas schon befürchtet. Er ist damit einverstanden, daß du noch heute nach Hongkong abreist. Die *Tschusan* läuft um zehn Uhr aus. Dir bleibt gerade noch Zeit –»

«Was soll ich? *Abreisen?*» fragte sie. «Das ist doch Wahnsinn. *Du* bist doch in Gefahr. Sie ... er ... war hinter dir her, nicht hinter mir. Ich begreife nicht –»

«Julie, ich bin durchaus imstande, mich um mich selbst zu kümmern, vielen Dank. Deine sowjetischen Spielkameraden werden mich nicht noch einmal bei einer Unaufmerksamkeit ertappen. Ich bin dir zu großem Dank verpflichtet, wirklich. Du hast ein paar Dinge ins rechte Licht gerückt, über die ich mir nicht recht klar war. Aber du, meine Liebe, wirst selbstverständlich verschwinden.»

«Mach keine Witze, Joshua.» Ihr Lachen hatte keine rechte Überzeugungskraft. «Ich sehe wirklich keinen Grund –»

«Julie, die Zeit für Witze ist vorüber», unterbrach er sie. «Die Sowjets werden allein schon deshalb hinter dir her sein, weil du ihnen die Tour vermasselt hast, von den wütenden Nationalisten und dem Apparat ganz abgesehen, die sich bestimmt hintergangen fühlen, weil du einen Auftrag für die Russen erledigt hast. Das ist doch schon eine ganz schöne Versammlung von Feinden, findest du nicht auch? Vom Staatsschutz wollen wir gar nicht erst reden. Du mußt sofort abreisen, wirklich.»

«Ich habe nicht gesagt, daß du mit deinen Spekulationen recht hast, Joshua. Aber selbst, wenn es sich so verhalten sollte, gibt es doch keinen Grund zur Eile. Wenn ich gut beschützt werde, können doch ein paar Tage –»

«Ich kann die Ausländerpolizei nicht sehr lange hinhalten, meine Liebe. Schon gar nicht nach diesem Zwischenfall, für den man von mir eine Erklärung verlangen wird. Daß ich dich so schnell von da weggebracht habe, lag einfach daran, daß ich dich den Klauen des Staatsschutzes entreißen wollte. Du mußt die Dinge sehen, wie sie sind: du bedeutest ein Risiko, eine große Gefahr für Tommy und deine kleinen Mädchen.»

Julia hob mutlos die Hand zu einer abwehrenden Geste, aber Joshua fuhr fort: «Bisher warst du ein Schutzschild für Tommy, denn die Nationalisten verdächtigten ihn – nicht ohne Grund – kommunistischer Sympathien. Wegen seiner amerikanischen Ehefrau, die bei der Auslandspresse gut angeschrieben war, konnten sie nichts gegen ihn unternehmen. Jetzt aber ziehst du die Gefahr auf euch, solange du noch in Schanghai bist. Wenn du fort bist, werden Donald Howes Sohn und Enkelinnen weiterhin die Duldung der Nationalisten genießen, nicht aber, wenn du bleibst.»

«Joshua, dramatisierst du das nicht ein bißchen?» fragte sie mit schwacher Stimme. «Wenn man dich hört, könnte man glauben, wo immer ich bin, herrscht Tod und Verderben.»

«Hast du denn das kleine Drama von vorhin schon vergessen? Möchtest du die Premiere miterleben, nachdem die Generalprobe schiefgegangen ist?»

Autoreifen knirschten auf Kies, und eine halbe Minute später trat Tommy mit einem kleinen Koffer und Julias Kaschmirmantel über dem Arm in den Raum. Er wirkte gelassen, aber um die Mundwinkel herum war er weiß.

«Joshua hat recht, Liebling», erklärte er. «Du wirst noch heute abend abreisen müssen. Josh, könntest du Julie und mich einen Augenblick allein lassen?»

Als sich die Tür schloß, zog Tommy sie wortlos eng an sich, küßte sie auf die Stirn und dann auf den Mund.

«Meine Liebste», sagte er, «liebe, tapfere Julie! Ich liebe dich! Du wirst mir schrecklich fehlen. Aber es ist –»

Sie küßte ihn, als könne er ihr neue Kraft geben. Er hielt sie so fest an sich gedrückt, daß es sie schmerzte.

«Julie, ich liebe dich so sehr. Hättest du mir doch nur gesagt, daß du mit den Sowjets arbeitest. Gewiß, ich bin manchmal sehr ärgerlich geworden . . .» Er unterbrach sich und sagte zärtlich: «Jetzt wird alles gut. Du wirst eine Weile fortbleiben, und dann werden wir . . .»

Sie konnte nicht glauben, daß es so einfach sein würde, aber sie nickte. Er trat einen Schritt zurück, sah sie von Kopf bis Fuß an und bemerkte dabei den Riß in ihrem Rock.

«Fast hätte ich es vergessen», sagte er geschäftsmäßig. «Jetzt wollen wir doch einmal einen Blick auf diesen Kratzer werfen.»

V

Trennungen

1946–1949

67

15. Juni 1946

Das Hotel *Imperial* in Tokio kam Julia sonderbar vor, weniger als ein von Menschenhand geschaffenes Gebäude als etwas natürlich Gewachsenes. Der gelbe Backsteinbau drückte sich eng an die graue Mauer, die den mittelalterlichen Kaiserpalast umgab. Auf den Innenseiten sämtlicher Zimmertüren in dem luxuriösen und geschmackvoll eingerichteten Hotel mahnte die US-Army mit Aufschriften in großen Buchstaben ihre Soldaten: Nicht im Bett rauchen!

Ganz Tokio wirkte im Juni des Jahres 1946 unwirklich. Die überheblichen Japaner, die Julia in China hatte herumstolzieren und plündern sehen, waren jetzt unterwürfige Diener der alliierten Besatzungsarmee. Zwar herrschte der Kaiser noch, aber wirklich regiert wurde das Land vom Dai Ichi-Gebäude aus, das dem Palast gegenüberstand und ihn deutlich überragte, durch General Douglas MacArthur, den Oberkommandierenden der alliierten Streitkräfte.

Julia und Tommy waren wie betäubt, seit sie zwei Tage zuvor in Yokohama an Land gegangen waren. Ihre Töchter Althea und Persephone waren ganz aufgeregt, weil sie endlich an ihren Geburtsort zurückkehren sollten, von dem sie so viel gehört und an den sie kaum Erinnerungen hatten. Tokio, die erste Großstadt Asiens, die sie nach beinahe sechs Jahren zu sehen bekamen, faszinierte sie. Julia und Tommy jubelten innerlich und schämten sich dieses Jubels zugleich.

Es fiel ihnen schwer, die einfache und doch so überwältigende Wirklichkeit zu begreifen: Japan, die Macht, die noch kürzlich Europäer, Amerikaner und Chinesen erniedrigt hatte, war jetzt selbst erniedrigt und zerstört. Auf ihrem Weg durch die verbrannten Ruinenfelder, die alles waren, was von der stolzen Metropole Tokio geblieben war, hatten Julia und Tommy grimmige Befriedigung verspürt. Ungeheure Feuerstürme waren auf die unaufhörlichen Luftangriffe der Amerikaner gefolgt. Später überwältigte sie das Elend der einfachen Japaner, denen ebensowenig eine Wahl zwischen Krieg oder Frieden geblieben war wie den Chinesen. Rache war nicht so süß, wie sie während jener dunklen Tage geglaubt hatten, als es schien, Japan werde nicht nur China erobern, sondern Amerika völlig aus dem pazifischen Raum verdrängen.

Dennoch – sie freuten sich durchaus über die Demütigung der japanischen Militaristen. Allerdings war der Sieg noch nicht vollständig. Die Entscheidungsschlacht um China begann erst, und sie kehrten zurück, um ihren Teil dazu beizutragen.

Zuvor aber mußte Tommy in Japan einen Auftrag des Apparats erledigen. Das war der wahre Grund für den Aufenthalt der Familie Howe im *Imperial* auf dem Weg nach Schanghai, auch wenn sie nach außen erklärten, Tommy nehme an einem Medizinerkongreß teil. Ins Land gelangt waren sie durch eine Erlaubnis der nationalistischen Zentralregierung, die Emily ihnen leicht erwirkt hatte.

Tommys Auftrag war diplomatischer Natur und unterlag strengster Geheimhaltung. Da die in Yenan ansässige Regierung des Vorsitzenden Mao Tse-tung international nicht anerkannt wurde, war sie auch in Japan nicht vertreten, wohl aber unterhielten sowohl die Republik China des Generalissimus Tschiang Kai-schek wie auch die Sowjetunion, die beide zu den fünf alliierten Mächten gehörten, Gesandtschaften in Tokio. Selbstverständlich mißtraute der Vorsitzende Mao den Nationalisten, auch wenn diese im Kampf gegen Japan dem Namen nach seine Verbündeten gewesen waren. Den Sowjets, die nach wie vor ideologisch auf seiner Seite standen, mißtraute er weniger, doch durfte er kaum annehmen, daß sie sich für die Interessen Yenans sehr einsetzten.

Da Tommy ohne weiteres nach Japan reisen konnte, hatte man ihm den Auftrag gegeben, dort enge Beziehungen zur Alljapanischen Vereinigung Demokratischer Ärzte anzuknüpfen. Von dieser Basis aus planten die Kommunisten, ihren Einfluß im ganzen geschlagenen Land zu verbreiten. Kommissar Tschou En-lai, der für die Außenpolitik der Regierung in Yenan zuständig war, wünschte eine Verbindung, die über die naheliegende Beziehung zu Japans Kommunistischer Partei hinausging, deren Führer die Zeit des Krieges in Yenan verbracht hatten. Außerdem wollte er, daß diese neue Verbindung zumindest vorläufig nicht öffentlich bekannt wurde.

Etwas befangen wegen des Mummenschanzes, der von ihm erwartet wurde, hatte Tommy in abgetragener und fleckiger Arbeitskleidung das *Imperial* durch einen Ausgang im Untergeschoß verlassen. Zwar sah er nicht aus wie ein Japaner, aber im geschäftigen Durcheinander des Krankenhauses, wo die demokratischen Ärzte ihr Büro in einem Zimmer hinter einem wissenschaftlichen Buchladen hatten, würde ein heruntergekommener Asiate nicht weiter auffallen.

Mit dieser Annahme hatte Tommy recht. Niemand interessierte sich für ihn. Auch seine Zusammenkunft mit dem Sekretär verlief zufriedenstellend. Die beiden linksorientierten Ärzte entdeckten, daß auch der jeweils andere im kapitalistischen England studiert hatte. Doch als Tommy inmitten der schwarzuniformierten Studentenmassen dem Ausgang zustrebte, wurde er enttarnt.

Der Mann, der ihn durch den Flur anrief, war so groß, daß er wie Tommy die Studenten um Haupteslänge überragte. Davon abgesehen wirkte er mit seinem schütteren Schnurrbart und seiner randlosen Brille sehr unauffällig.

Roland Yamaguchi war es ebenso schlecht ergangen wie seinem Land. Der Mann, der im Krieg die Redaktion der japanischen Nachrichtenagentur in Schanghai geleitet hatte, war abgemagert und sein grauer Flanellanzug glänzte speckig. Aber sein Benehmen war unverändert: freundlich und draufgängerisch. Als er Tommy ansprach, war er außerdem mißtrauisch.

«Dr. Howe», sagte er. «Und in was für einem merkwürdigen Aufzug! Stehen Sie im Begriff, neue Kontakte für Ihre Herren und Meister zu knüpfen?»

«Sie sind Roland Yamaguchi, nicht wahr?» Tommy überhörte die herausfordernde Frage. «Schön, Sie zu sehen. Es hat mir immer leid getan, daß wir in Schanghai nicht richtig Kontakt haben konnten. Aber Gott sei Dank ist der Krieg jetzt vorbei.»

«Ich bin froh, daß mit dem schrecklichen Töten Schluß ist», gab Yamaguchi nach einem Augenblick zurück. «Wissen Sie, ich habe nie an unseren Sieg geglaubt . . . Davon abgesehen gibt es nicht viel, wofür ich den Göttern danken könnte. Versuchen Sie mal gelegentlich, in einem besiegten Land zu leben. Es mag gut für die Seelenhygiene sein, aber das ist auch schon alles.»

Tommy, den der übergangslose Wechsel von offener Herausforderung zu unausgesprochener Bitte um Hilfe erstaunte, gab keine Antwort.

«Wollen wir nicht irgendwo Kaffee trinken?» schlug Yamaguchi vor. «Ich bin sicher, daß Sie es sich leisten können, auch wenn Sie in der Maske eines einfachen Arbeiters herumlaufen.»

Sie gingen in eine winzige Kaffeebar. Der Japaner schwankte zwischen Herzlichkeit und Vorwürfen. Das süße Gebräu, das Tommy wie geröstete Weizenkörner mit Karamel schmeckte, schien ihm zuzusagen. Es war deutlich zu sehen, daß sich Yamaguchi freute, jemanden getroffen zu haben, der sich an seine ruhmreichen Zeiten in Schanghai erinnerte, auch wenn es ein früherer Gegner war.

«Wir wollen nicht lange um den heißen Brei herumreden», begann er, und der freundliche Ton, in dem er das sagte, stand im scharfen Gegensatz zu der darin mitschwingenden unausgesprochenen Drohung. «Ich weiß, daß die Kempeitai, die Gedankenpolizei, und der kaiserliche Geheimdienst Sie seinerzeit in Schanghai der Beziehung zu den Kommunisten verdächtigten und Sie für einen Agenten des Apparats hielten. Aber da Beweise fehlten, beschloß man, Sie laufenzulassen, in erster Linie, weil man sehen wollte, wer Ihre Kontakte waren.»

Als Tommy schwieg, fuhr Yamaguchi fort: «Jetzt, wo ich Sie in dieser seltsamen Aufmachung aus einem allgemein als kommunistisch bekannten Buchladen in Tokio herauskommen sehe, gibt es für mich keinen Zweifel mehr, daß Sie tatsächlich ein kommunistischer Agent sind.»

«Sie errichten da ein Kartenhaus ohne jedes Fundament», sagte Tommy schließlich. «Ich habe meine eigenen und sehr persönlichen Gründe für diesen Besuch.»

«Soll ich Ihnen wirklich glauben, daß Sie in diesem Aufzug durch Tokio rennen, nur um Ihre schöne Frau zu betrügen? Es ist kränkend, Doktor, für so dumm gehalten zu werden.»

«Sie verstehen das falsch, Yamaguchi. Aber mir ist natürlich klar, daß Sie lästig werden könnten.»

«Sehr lästig. Es wäre Ihr Untergang, wenn ich dem amerikanischen Geheimdienst einen kleinen Wink gäbe, daß Sie als kommunistischer Agent tätig waren.»

«Meinen Sie, das glaubt man Ihnen einfach so, auf Ihr bloßes Wort hin?»

«Vergessen Sie nicht, daß die Amerikaner alle Akten der Kempeitai haben. Man braucht ihnen nur zu sagen, wo sie nachsehen müssen.»

«Was wollen Sie also?» fragte Tommy kurzangebunden.

«Wissen Sie, so schlecht, wie Sie glauben, geht es mir gar nicht. Ich arbeite für Associated Press.»

«Sie arbeiten für die Amerikaner – und wollen sie doch hintergehen?»

«Ich arbeite für die Amerikaner, aber ich gehöre ihnen nicht. Außerdem ist AP keine amtliche Agentur ... Ich muß nicht jedem sagen, was ich weiß.»

«Und was ist der Preis?»

«Ein Darlehen, in Raten. Sagen wir ein Jahr lang monatlich hundert US-Dollar? Dann können wir noch einmal miteinander reden. Vielleicht erhöhen Sie dann die Zahlungen, vielleicht lassen wir es dann gut sein.»

Tommy stimmte sogleich zu. Der geforderte Preis war so niedrig, daß es töricht gewesen wäre, sich dem Erpresser zu widersetzen. Als er später Julia von dem Zusammentreffen berichtete, beruhigte sie ihn: «Im Grunde ist Yamaguchi ein anständiger Kerl, Tommy. Das habe ich in Schanghai gemerkt. Aber wir sollten uns das zur Warnung dienen lassen. Wir sind nicht gefeit . . . man kann uns jederzeit enttarnen.»

«Eine verdammt nachdrückliche Warnung», antwortete er. «Die nächsten Jahre werden ohnehin schwierig genug, unangenehm und gefährlich. Aber wie du schon sagst, Yamaguchi zumindest ist anständig – jedenfalls auf seine Art.»

Damit mußten sie sich zufriedengeben. Es schien ihnen sinnlos und vielleicht auch gefährlich, dem Apparat das Mißgeschick zu melden. Sie beschlossen, die Stadt zu verlassen, sobald Tommy seinen Auftrag erledigt hatte. In Schanghai waren ihnen die unvermeidlichen Gefahren ihres Doppellebens weit besser bekannt als in Tokio – außerdem hatten sie dort Möglichkeiten, sich davor zu schützen.

68

21. Juni 1946

Die *President Wilson* schob sich vorsichtig den Jangtse hinauf. Ende Juni 1946, als der Krieg im Pazifik seit einem Jahr vorüber war, fürchtete der Kapitän immer noch, auf nicht geräumte Minen zu laufen. Julia stand mit den beiden Mädchen neben Tommy am Bug. Sie erschauerte, als sie an Tommys Zusammentreffen mit Yamaguchi in Tokio dachte. Es hatte sie lebhaft an die Gefahr erinnert, unter der sie vor sechs Jahren Schanghai verlassen hatte. Als sie Mitte 1940 auf der *Tschusan* vor den Feinden geflohen war, die sie sich mit ihrer Arbeit für den sowjetischen Generalkonsul gemacht hatte, waren Julias Empfindungen noch aufgewühlter gewesen als jetzt bei der Rückkehr.

Drei Tage hatte sie in einer beengten Kabine mit gelbgestrichenen Wänden und einem fadenscheinigen braunroten Teppich verbracht. Als sie endlich den sicheren Hafen von Hongkong erreichte, war sie zutiefst deprimiert. Zwei Wochen später war sie auf der *President McKinley* von Hongkong nach Schanghai zurückgekehrt, wo man ihr die Mädchen an Bord brachte, damit sie mit ihrer Mutter in die Vereinigten Staaten fuhren. Die Kabine auf diesem Schiff war ihr geräumig und heimelig vorgekommen.

Tommy hatte ihr damals ebenso entsetzlich gefehlt wie den beiden Mädchen. Zwar hatte er versprochen, sie zurückkommen zu lassen, «sobald der ganze Quatsch hier vorbei ist», oder selbst zu seiner Familie nach Amerika zu reisen. Er hatte sich zuversichtlich gegeben und gesagt, sie würden sicher nicht länger als ein halbes Jahr getrennt sein. Das andere Klima werde für Altheas Asthma gut sein, und im übrigen würden sich die Großeltern bestimmt freuen, endlich einmal wieder die Kinder bei sich zu haben.

Die Dinge hatten sich aber anders entwickelt, als Tommy und sie es sich während der halben Stunde ausgemalt hatten, die ihnen an Bord des Schiffs blieb, während die Amah Lao Tsi die Mädchen in der Kabine unterbrachte. Die lange Reise über den Pazifik war das Vorspiel zu einer mehrjährigen Trennung von Tommy und von Schanghai gewesen. Ursprünglich war Julia so sehr davon überzeugt gewesen, der Aufenthalt in Amerika werde nur von kurzer Dauer sein, daß sie eine möblierte Wohnung in Manhattan genommen hatte, obwohl sie für dasselbe Geld etwas Besseres hätte bekommen können. Ihre Eltern hatten eingesehen, daß sie sich in New York wohler fühlen würde, wo sie im Umfeld der Columbia University leicht neue Freundschaften knüpfen und für die Mädchen eine erstklassige Schule finden konnte. Im September 1940 hatten sie dann eine geräumige Wohnung mit Blick auf den Hudson bezogen. Selbst Julia und Lao Tsi hatten zugeben müssen, daß dieser Blick schöner war als der auf den trüben Huangpu.

Ende Oktober hatte sich ein Brief Julias an Tommy mit einem Brief gekreuzt, den er ihr geschrieben hatte. Sie hatte gefragt, wann sie nach Schanghai zurückkehren könne, und er hatte sie gebeten, sie möge ihm telegrafisch bestätigen, daß ihm die klinische Abteilung der Columbia University ein Forschungsstipendium für Thoraxmedizin gewährt habe.

Tommy war zu Weihnachten 1940 gekommen, zwei Wochen später, als er eigentlich wollte, denn Julia hatte ihn gebeten, sich nicht einem Flugzeug anzuvertrauen. Begrüßt hatten ihn eine überglückliche Gattin und zwei vor Freude ganz aus dem Häuschen geratene Töchter. Sogar die mürrische Amah Lao Tsi hatte vor Rührung geweint.

Mitte Januar hatte Tommy dann seine Tätigkeit an der Universität aufgenommen, doch konnte man leicht den Eindruck gewinnen, das Forschungsstipendium sei für ihn lediglich ein Vorwand gewesen, in die Vereinigten Staaten zu kommen. Er widmete seiner Familie weit mehr Zeit als je in Schanghai und hatte darüber hinaus versprochen, auch er werde erst dann zurückkehren, wenn es für sie alle möglich war. New York in Tommys Gesellschaft zu entdecken, bereitete Julia große Freude, und die Mädchen waren gerade im richtigen Alter, um die Schönheiten dieser großen Stadt in sich aufzunehmen.

Gegen Ende September 1941 hatte ein Telegramm ihrem Idyll ein Ende bereitet: Donald Howe hatte einen Schlaganfall erlitten, und da die Prognose ungünstig war, war Tommy nun doch geflogen. Julia und ihre Töchter hatten das Gefühl, er sei von einem Augenblick auf den anderen verschwunden. Neben einem Schrank voller Anzüge hatte er ein gähnendes Loch in ihrem Leben hinterlassen.

Tommy hatte telegrafiert, als sein Vater Mitte Oktober im verehrungswürdigen Alter von achtundsiebzig Jahren in Frieden Abschied von der Welt genommen hatte, und später ausführlich geschrieben. Seine Mutter wollte sich in ein buddhistisches Kloster in der Nähe ihres Geburtsdorfes zurückziehen und er selbst in Schanghai bleiben, bis der Nachlaß geordnet war. Vor allem wollte er sichergehen, daß die von seinem Vater für wohltätige Organisationen ausgesetzten Summen ihre Empfänger erreichten. Die Verantwortung dafür könne er reinen Herzens nicht ausschließlich seinen drei Brüdern überlassen, ließ er wissen.

In späteren Briefen hatte Tommy versprochen, er werde Mitte Januar 1942 wieder in New York sein. Er berichtete weiter, daß er Julias Fehler ausgebügelt und den Apparat besänftigt habe, während Joshua die Angelegenheit mit den Behörden der ausländischen Konzession ins reine gebracht habe. Daher könne die ganze Familie im Sommer nach Schanghai zurückkehren, wenn für die Töchter das Schuljahr und für den Vater der unterbrochene Forschungsauftrag beendet sei.

Julia war betäubt vor Entsetzen, als im Radio das Konzert des New York Philharmonic Orchestra unterbrochen wurde, um den Überfall der Japaner auf die amerikanische Flotte vor Pearl Harbor am 7. Dezember 1941 zu verkünden. Die Nachricht von kleineren Seegefechten bei Schanghai ging inmitten von Berichten über spektakuläre Angriffe auf Singapur, Manila und Hongkong unter, doch als Julia in der *New York Times* zwei Absätze darüber fand, konzentrierte sie ihre Gedanken schließlich auf ihre eigene schwierige Lage. Niedergeschlagen begriff sie, daß ihr ein langer Aufenthalt in den Vereinigten Staaten – und eine sehr lange Trennung von Tommy – bevorstand. Der Krieg war überall.

Am Silvestertag kam ein Telegramm von Elisaweta, in dem es hieß, Tommy gehe es gut. Es schloß geheimnisvoll: ER IST AUS GESUNDHEITSGRÜNDEN FORTGEGANGEN. Nach Monaten quälenden Schweigens hatte Julia schließlich auf einem einzigen Bogen schlechten braunen Papiers einen Brief von Tommy bekommen, den Harry Smythe in Kunming zur Post gegeben hatte. Er endete: «Mach Dir keine Sorgen, wenn Du nichts von mir hörst. Wahrscheinlich kann ich eine ganze Weile nicht mehr schreiben. Regelmäßiger Briefwechsel wird völlig ausgeschlossen sein. Du wirst es erfahren, wenn mir etwas zustößt; mach Dir also keine Gedanken, wenn Du nichts hörst, denn das bedeutet, daß alles in Ordnung ist. Ich liebe Dich immer.»

Der Krieg beherrschte die ganze Welt. Auf dem pazifischen Kriegsschauplatz wurden Amerikaner, Niederländer und Briten durch wiederholte Schläge gelähmt. Die Kaiserlich Japanische Marine und Armee schienen unbezwinglich zu sein. Hätte Julia nicht erlebt, wie die Japaner durch Chinas ungeheure Größe schon einmal in Bedrängnis geraten waren, sie wäre verzweifelt.

Die Niederlagen im Pazifik waren niederdrückend, noch niederdrückender aber war der Vormarsch der Deutschen in Europa. Sie hatten im Frühsommer 1940 Frankreich in die Knie gezwungen, während Julia auf der *President McKinley* San Francisco entgegengereist war. Sie hatte das Gefühl, daß das Ende Frankreichs nicht auf so schändliche Weise gekommen wäre, hätte der britische Geheimdienst die Berichte ein wenig aufmerksamer gelesen, die sein reger Agent in Schanghai, Joshua Haleevie, regelmäßig schickte.

Nach dem Debakel war es klar, daß der deutsche Kulturattaché Witzer-Weidemann zu den Mitwissern des geheimen Angriffsplans gehört hatte, dessen Durchführung am 10. Mai 1940 die Zeitungen der Welt mit Schlagzeilen füllte. Die «Maisache», auf die der Kulturattaché angestoßen hatte, war der Blitzkrieg gegen die Niederlande und Frankreich gewesen. Hätte man Joshua die Möglichkeit gegeben, dem Deutschen dieses Geheimnis zu entreißen, wäre die Schlacht wahrscheinlich anders verlaufen, denn ein vorgewarntes Frankreich wäre dem Vorstoß zumindest nicht so schnell erlegen.

Doch bei Licht besehen, überlegte Julia, hätten noch so viele Warnungen am Ergebnis wohl nichts geändert. Frankreich war in den Jahren, die auf den Ersten Weltkrieg folgten, mehrfach gewarnt worden, ohne sich der Gefahr bewußt zu werden, in der das Land schwebte. Auch das unausweichliche Geschick der internationalen Konzession und des französischen Viertels von Schanghai hatte ja eine Vielzahl von Warnungen nicht abzuwenden vermocht. Elisaweta hatte Julia über die «letzten Tage von Schanghai» berichtet. Da sie als Angehörige einer neutralen Macht galt, denn die Sowjetunion war am Krieg im Pazifik nicht beteiligt, konnte sie sich unbehelligt und unauffällig bewegen – gerade weil sie einem so auffälligen Gewerbe nachging. In ihrem Brief, den ein Bekannter mit nach New York gebracht hatte, schrieb sie über das Ende der einzigartigen internationalen Gemeinschaft am Huangpu: «Joshua hat den Abend nach der Einnahme von Pearl Harbor im Schanghai Club zugebracht, um den Dingen nahe zu sein, wie er sagte. In Wirklichkeit wollte er in meiner Nähe sein. Natürlich war seine Frau wieder irgendwo in Sachen Menschenliebe unterwegs, in Sydney oder Washington, glaube ich.»

Julia ließ den Brief sinken. Sie sah Elisaweta vor sich, wie sie auf einem der Korbstühle mit schilfgrünen Kissen an ihrem zierlichen weißen Schreibtisch saß, eine Zigarette in ihre lange Zigarettenspitze aus Lapislazuli steckte und diesen Brief schrieb.

«Gegen vier Uhr morgens brach die Hölle los. Als über dem Bund Granaten detonierten, bin ich davon in der Kiangse Road wach geworden. Ich habe nur den Lichtschein der Explosionen über dem Huangpu gesehen, aber Joshua hat von seinem Fensterplatz aus alles aus erster Hand mitbekommen: die Leuchtspurgeschosse über dem Fluß und das Mündungsfeuer der japanischen Artillerie, die sich die Schiffe vorgenommen hatte.

Von all den amerikanischen und britischen Kriegsschiffen waren nur noch zwei kleine Kanonenboote da: die HMS *Petrel*, die ein dreiundsechzigjähriger Reserveleutnant zur See der britischen Kriegsmarine kommandierte, und die USS *Wake*. Beide hatten lediglich eine Mindestbesatzung an Bord, und im Nu hatte die uralte *Idzumo* die *Petrel* in Brand geschossen. Damit, daß die Japaner an Bord der *Wake* stürmten, war der Krieg für Schanghai zu Ende.

Als Joshua auf den Bund hinauswollte, haben ihm japanische Marinesoldaten mit aufgepflanztem Bajonett den Weg versperrt, also hat er sich wieder schlafen gelegt. Vorher aber hat er mich angerufen, denn das Telefon und das gesamte öffentliche Versorgungsnetz funktionierten noch. Die Japaner wollten keinen Trümmerhaufen übernehmen.

Am nächsten Morgen ist eine Unzahl japanischer Soldaten

in die ausländische Konzession geströmt. Da von Widerstand keine Rede sein kann, sind sie rasch vorangekommen. Sie haben uns auf Plakaten mitgeteilt, was wir bereits wußten: daß Japan im Krieg steht mit den alliierten Mächten Großbritannien, Holland und den USA. Alle Bewohner der Stadt wurden aufgefordert, ihren üblichen Verrichtungen nachzugehen.

Aber das war natürlich unmöglich, denn schon bald hat man alles Eigentum beschlagnahmt und alle Angehörigen von Feindmächten interniert. Dein Onkel John hat übrigens die ihm gegen eine Zusammenarbeit mit den Japanern angebotene Freiheit ausgeschlagen.

Joshua hatte schon beizeiten Vorkehrungen getroffen zu verschwinden, wenn der Krieg die Stadt erreichen würde», las Julia weiter, «und das hat er auch getan. Zusammen mit dem Kellner Fatty Wu aus dem Französischen Klub ist er ins Landesinnere aufgebrochen. Tolle Burschen! Sie haben bei den Guerillas mitgekämpft und Piloten gerettet, die über den von Japanern besetzten Gebieten abgeschossen worden sind.

Mein Weizen blüht natürlich, und da ich mit den Japanern noch verschiedene geschäftliche Dinge zu erledigen habe, bin ich vorerst in der Stadt und bei meinen Waisenkindern geblieben.»

Elisawetas Geschick wurde aber ebenso wie das Chinas nicht nur durch die japanische Besetzung, sondern auch durch weitgehend undurchschaubare Ereignisse im Landesinnern bestimmt. Zu Beginn des Jahres 1941 kam das Ende der Einheitsfront gegen Japan; das Bündnis zwischen der Kuomintang und den Kommunisten zerbrach. Das Ende war durch einen Zwischenfall beschleunigt worden, der mit der Neuen Armee der Vierten Front zusammenhing. Julia erinnerte sich, daß sie 1939 ihren Schülern an der Kaiming-Schule über die ersten Zusammenstöße zwischen den Militäreinheiten der Nationalisten und den Guerillas der kommunistischen Neuen Armee der Vierten Front berichtet hatte.

Seither war die Neue Armee der Vierten Front stärker geworden – und hatte immer unabhängiger hinter den japanischen Linien agiert. Durch ihre beständige Eigenmächtigkeit aufgebracht, hatte der Generalissimus schließlich der Guerilla-Armee befohlen, nach Norden zu marschieren. Statt aber das Tal des Jangtse aufzugeben, hatten die Kommunisten gemeutert. Als daraufhin die Nationalisten zu Anfang des Jahres 1941 den kommandierenden General der Armee der Neuen Vierten Front gefangennahmen, hatten die Kommunisten einfach einen neuen Kommandeur eingesetzt und ihre Positionen in der Nähe von Schanghai gefestigt. Da die gegen Japan gerichtete Einheitsfront ohnehin nur noch auf dem Papier bestand, hatte Kommissar Tschou En-lai Tschungking verlassen.

Während die Kommunisten ihre Macht hinter den nicht genau erkennbaren japanischen Linien immer mehr ausdehnten, eroberten die Nationalisten die Luft. Harrison Parker Smythe III hatte befriedigt gelächelt, als er Julia bei einem Besuch in Amerika erklärt hatte: «Im Frühjahr 1941 hat Claire Chennault richtig losgelegt, nachdem ihm der Generalissimus den Kauf von hundert amerikanischen Jägern gestattet hatte. Nur gut, daß dank unserer Öffentlichkeitsarbeit Volk und Regierung der Vereinigten Staaten darauf vorbereitet waren. Endlich hatten wir die Amerikaner davon überzeugt, daß die Chinesen auch ihren Kampf kämpfen. Alle tatsächlichen und vorgeschobenen rechtlichen Hindernisse wurden jetzt beiseite gefegt, und Chennault bekam die Möglichkeit, Jägerpiloten der US-Armee zu rekrutieren.»

Gegen Ende des Jahres war Nationalchinas amerikanische Freiwilligentruppe zwar mit P-40-Maschinen von Curtiss Wright ausgerüstet, doch erwies sich unglücklicherweise die flinke kleine japanische Zero als das bessere Jagdflugzeug. Da die Vereinigten Staaten nichts Gleichwertiges zu bauen vermochten, hatte Chennault den Freiwilligen seine bewährte Taktik eingehämmert, bei der sich jeweils drei Maschinen auf ein Ziel konzentrierten, um das Handikap auszugleichen. Außerdem setzte er für jedes abgeschossene japanische Flugzeug eine Prämie von fünfhundert US-Dollar aus.

In Amerika sich mehr oder weniger selbst überlassen, hatte Julia ihren eigenen kleinen Krieg gekämpft, in dem es zu ihrem Bedauern ganz ohne Gefahr abging. Die neu eingerichtete amerikanische Propagandabehörde, das Amt für Kriegsinformation, hatte sie 1941 begeistert willkommen geheißen, als sie dort ihre Dienste anbot, und sie nach San Francisco geschickt. Obwohl Julia warnend darauf hinwies, daß sie kaum einen originellen Satz zu Papier bringen konnte, sah man ihre Rundfunkerfahrung, ihre Kenntnis Chinas und ihre Verbindungen zu Journalisten als ideale Qualifikation an. Überdies galt ihre Beziehung zur Kommunistischen Partei Chinas als weitere, wenn nicht sogar entscheidende, Empfehlung. Die mit lauter begabten Amateuren besetzte Dienststelle an der Westküste konzentrierte ihre Propaganda in erster Linie auf Asien – und in zweiter Linie auch darauf, wie die Bevölkerung der Vereinigten Staaten Asien wahrnahm.

San Francisco war eine sehr angenehme Stadt. Althea und Persephone hatten ständig neue Streifzüge durch die Straßen und Gassen unternommen und die alte Amah Lao Tsi hatte im Chinesenviertel genügend Menschen gefunden, die wie sie Schanghai-Chinesisch sprachen. Wäre nicht Tommy verschwunden und Julia in ständiger Sorge um ihn gewesen, das Leben in San Francisco hätte sich glänzend angelassen.

Im Oktober 1942 hatte ihr unmittelbarer Vorgesetzter sie mit einem weißhaarigen Chinesen bekannt gemacht. Professor Han lehrte Soziologie an der Stanford University. Sein altmodisches, ja, geradezu höfisches Gebaren belustigte sie, aber die Mitteilung, die er ihr überbrachte, versetzte sie in tiefste Unruhe. Vom Apparat war die Anweisung gekommen, daß sich die Genossin Julia Howe einem sowjetischen Agentenführer zur Verfügung zu stellen habe. Professor Han erinnerte sie überflüssigerweise daran, daß jetzt alle auf derselben Seite standen: die Kommunisten Chinas wie die Sowjetunion und die Vereinigten Staaten, alle kämpften gegen einen gemeinsamen Feind. Da Yenan in Amerika natürlich nicht über Konsulate oder öffentlich tätige Organisationen verfügte, sollte Julia unmittelbar für die Sowjets arbeiten.

Sie mußte daran denken, wie sie schon einmal für die Russen die Kastanien aus dem Feuer hatte holen sollen und dabei fast Beihilfe zum Mord an Joshua geleistet hätte und protestierte. Daß sie ihren Beitrag zum Kampf um die Befreiung Chinas leisten wollte, bedeutete nicht zugleich die Bereitschaft, als russische Spionin tätig zu werden. Außerdem standen die Russen nicht im Krieg gegen Japan, sondern gegen die Deutschen. Professor Han hatte auf diese Bedenken erwidert: «Sie haben Ihre Anweisungen bekommen. Es ist nicht Ihre Aufgabe, darüber zu diskutieren, sondern zu gehorchen.»

Julia hatte nicht gehorcht und ihre Verabredung mit dem sowjetischen Agentenführer einfach ignoriert, nachdem sie eine ganze Woche lang mit sich selbst zu Rate gegangen war. Zu ihrer Überraschung wurde kein großer Druck auf sie ausgeübt. Professor Han hatte kühl gelächelt und erklärt: «Die Russen sind natürlich Russen – Kommunisten oder nicht. Das verstehen wir. Aber denken Sie daran: Wagen Sie nie, sich *unseren* Aufträgen zu widersetzen!»

Da schon mehrere Mitarbeiter des Amts für Kriegsinformation längere Reisen nach Tschungking unternommen hatten, war Julia der Ansicht, jetzt sei sie an der Reihe. Sie würde Emily sehen können, die ihr sehr fehlte, und außerdem konnte sie versuchen, Tommy aufzuspüren. Vielleicht war sogar ein Besuch in Yenan möglich. Die Mädchen wären bei Lao Tsi gut aufgehoben, und außerdem hatte sich Julias Mutter, die mit ihren sechsundsechzig Jahren noch sehr rege war, angeboten, nach San Francisco zu kommen und sich um alles zu kümmern.

«Es wird dem alten Burschen guttun, aus dem kalten Norden ins milde Klima Kaliforniens zu reisen», hatte sie geschrieben. Julia mußte lächeln. Ihr Vater war genau elf Monate älter als ihre Mutter, die im übrigen wußte, daß es in San Francisco oft keineswegs mild, sondern neblig war.

Dann hatte Julia auf die offizielle Reiseerlaubnis gewartet. Sie zweifelte keine Sekunde lang daran, daß sie sie bekommen würde, denn ihr Vorgesetzter war von ihrem Vorhaben begeistert. Welche bessere Möglichkeit gab es, den Amerikanern die menschlichen Realitäten des Krieges klarzumachen, als den Bericht über die Suche einer Amerikanerin nach ihrem chinesischen Mann, der im von Japanern besetzten Gebiet kämpfte? Welche bessere Möglichkeit auch, das Herz der Chinesen anzurühren, als diese Ergebenheit einer ausländischen Frau ihrem chinesischen Mann gegenüber?

Bei jeder Regierungsorganisation, selbst wenn sie von Amateuren betrieben wurde, war mit bürokratisch bedingten Verzögerungen zu rechnen. Trotzdem war Julia empört, als ihr Vorgesetzter ihr mitteilte, die Entscheidung werde noch auf sich warten lassen – «aus Gründen, die man mir nicht sagen will». Ein Besuch des höflichen Professors Han hatte die Angelegenheit geklärt und Julia in Wut versetzt.

«Der Apparat ist der Ansicht, daß Sie hier von größerem Nutzen sein können, als wenn Sie nach Tschungking reisen», hatte er ihr gesagt. «Was wollen Sie denn überhaupt bei den Reaktionären dort?»

Als sich ihr Zorn gelegt hatte, mußte sich Julia eingestehen, daß die revolutionäre Verschwörung, der sie sich mit Haut und Haar ausgeliefert hatte, sich offenbar nach Lust und Laune über ihre persönlichen Wünsche hinwegsetzen konnte. Sie hatte sich zum Werkzeug von Männern gemacht, denen weder an ihren Wünschen lag noch an ihrem Wohlergehen.

Dennoch schien ihr das Opfer gerechtfertigt, das sie brachte. Sie wäre ein armer Mensch, überlegte sie, wenn sie nicht imstande war, ihre selbstsüchtigen persönlichen Wünsche hintanzustellen, um den Kampf für die Zukunft Chinas und der Menschheit zu unterstützen. Dennoch schwor sie sich erneut, keinesfalls wieder dem sowjetischen Spionagenetz zu dienen. Sie haßte die Sowjets, weil diese sie getäuscht hatten.

Immer noch vor Zorn darüber schäumend, daß man sie nicht nach China reisen ließ, war Julia entzückt gewesen, als Emily im Mai von Washington aus anrief und ihre unmittelbar bevorstehende Ankunft in San Francisco zusammen mit Meiling Tschiang ankündigte. Julia konnte nicht nach Tschungking reisen, aber Tschungking kam wenigstens in Gestalt ihrer Schwägerin zu ihr.

Sie hatten sich bei einem Empfang im Presseklub von San Francisco getroffen und dann in Julias Wohnung Wiedersehen gefeiert. Sie hatten einander so viel zu erzählen, daß sie die ganze Nacht im Wohnzimmer saßen und unaufhörlich redeten.

Emily hatte einen langen Brief ihres Bruders mitgebracht, den Julia wie ihren Augapfel hütete, obwohl nicht viel Neues darin stand. Immerhin lebte Tommy!

Aus Takt Emily gegenüber unterließ es Julia, Richards neues Buch *Wer den Bären reizt* zu loben, das dessen Ruf als einer der gewichtigsten politischen Journalisten gefestigt hatte. Sie hatte ihre eigenen Vorbehalte gegenüber den Sowjets, aber ihre Schwägerin war eine glühende Antikommunistin. Sie hätte nur die Nase über das rührende Bild gerümpft, das Richard von den Republiken der Sowjetunion malte, die vereint gegen die eindringenden Nazis standen. Sie vermied es auch, Emily zu erzählen, daß das Amt für Kriegsinformation Richard in zwei Wochen auf seinem Weg zum pazifischen Kriegsschauplatz in San Francisco zu empfangen hoffte.

«Wenn wir nach dem Krieg nach Schanghai zurückkehren, wird es eine neue Welt sein», hatte Emily schließlich ihre Empfindungen zusammengefaßt. «Es ist erst ein paar Monate her, daß Briten und Amerikaner endlich auf ihre Privilegien verzichtet und die Exterritorialität der Stadt aufgehoben haben. Es dürfte ihnen klar sein, daß sie nach dem Krieg die Uhr nicht werden zurückdrehen können. Selbst ich bin ein bißchen traurig über das Ende der internationalen Konzession und des Franzosenviertels. So oder so, das alte Schanghai ist auf immer dahin.»

Im Juli 1944 waren Sir Judah und Lady Haleevie aus New York, wo sie schon seit einer Weile lebten, nach San Francisco gekommen. Julia mochte das alte Paar beinahe so gern wie ihre eigenen Eltern, denn sie sah in ihnen eine lebende Verbindung zu ihrem geliebten, vergangenen Schanghai. Begleitet wurden die beiden von Joshuas Frau Charlotte. Diese war entzückt, daß sich Julia um die beiden alten Herrschaften kümmerte, denn selbst die aufopferungsvolle Schwiegertochter brauchte hin und wieder eine Atempause. Stundenlang unterhielt sich Julia mit den Haleevies über das alte Schanghai, dessen pulsierendes Leben sie so genau miterlebt hatte.

Die Haleevies bewohnten im Hotel *Fairmont* zusammen mit ihren Dienstboten, von denen sie sich auch auf Reisen nicht trennten, eine Suite, die nahezu ein ganzes Stockwerk einnahm. Es hatte Julia nicht besonders überrascht, als Rachel Haleevie eines Tages unvermittelt erklärte: «Hinterher ist es immer zu spät. Ich bedaure aufrichtig, daß ich mich damals zwischen Joshua und seine Russin gestellt habe. Es war eben eine ganz andere Zeit . . . Nun ja. Seine Ehe mit Charlotte ist nicht unbedingt ein Erfolg, nicht wahr?»

Als Julia an einem kühlen Oktobernachmittag ins Hotel kam, fand sie die Dienstboten der Haleevies aufgeregt in der riesigen Suite hin und her eilen. Der dreiundachtzigjährige Sir Judah saß abwesend in einem Lehnstuhl in seinem Schlafzimmer. Seine Frau Rachel, zwölf Jahre jünger als er, war eine Stunde zuvor im Schlaf von ihm gegangen. Als Sir Judah Julia empfing, erschien er ihr wie ein silberhaariger, trauernder Prophet aus dem Alten Testament.

«Es ist für sie besser so», sagte er mit fester Stimme, aber seine rotgeränderten Augen sprachen eine andere Sprache. «Sie wollte als erste gehen, denn sie hatte Angst, allein zurückzubleiben. Aber warum hat sie mich so ganz ohne Abschied verlassen?»

Entsprechend dem mosaischen Gesetz wurde Rachel Haleevie am folgenden Tag beigesetzt. Einen Tag später kam ihr ältester Sohn Jeremiah aus China, nachdem es ihm mitten im Krieg wunderbarerweise gelungen war, ein Flugzeug zu chartern. Bis dahin hatten Julia, die beständig den Tränen nahe war, und Charlotte einander an Sir Judahs Seite abgelöst. Alle Vorhänge waren zugezogen, alle Spiegel verhängt.

«Wir Juden halten eine Woche lang Totenwache – damit sich die Überlebenden keinen trüben Gedanken hingeben.» Sir Judahs Fassung war nach wie vor unerschütterlich. «Damit halten wir sie in Atem, vor allem die Frauen, die sich um die

Gäste kümmern müssen. Aber ein alter Mann wie ich, der praktisch allein ist! Da haben nur die Dienstboten etwas zu tun. Wären wir in Schanghai, würden die Leute in Scharen kommen!»

Jeremiah Haleevie brauchte keine weitere überstürzte Reise zu unternehmen. Am fünften Morgen nach Rachels Tod rief ihn der Kammerdiener ins Schlafzimmer seines Vaters. In seinem altmodischen Nachthemd wirkte Sir Judah noch mehr wie ein alttestamentarischer Prophet. Entspannt lag er auf den Kissen. Seine Züge verklärte ein Lächeln, doch die ausdruckslosen Augen zeigten, daß er seiner Gattin gefolgt war.

Während sich das Jahr 1944 allmählich dem Ende zuneigte, war es Tommy gelungen, beinahe allmonatlich einmal zu schreiben, und Julia konnte über Harry Smythe antworten. Dieser stand, wie er ihr selbst mitteilte, bei Claire Chennault, inzwischen Generalmajor und Oberbefehlshaber der 14. US-Luftwaffen-Abteilung in China, in Diensten als «Oberst, Hauptordonnanz, Oberkoch und Flaschenwäscher».

Tommy und Julia mußten sehr vorsichtig formulieren, was sie einander zu sagen hatten, da ihre Briefe abgefangen werden konnten. Harry Smythe hätte natürlich nicht im Traum daran gedacht, sie zu lesen, aber andere Amerikaner – und natürlich die Nationalisten – hätten da wohl weniger Bedenken gehabt.

Als Julia am letzten Adventssonntag des Jahres 1944 an die Tür ging, weil es geklingelt hatte, stand lächelnd Professor Han vor ihr. Nachdem er sich in den bequemsten Sessel gesetzt und dankend den Cognac angenommen hatte, den sie ihm frostig anbot, hatte er erklärt: «Diesmal hat mich der Apparat nicht mit unangenehmen Nachrichten geschickt, meine liebe Mrs. Howe; ich soll lediglich neue Mitteilungen überbringen und Ihnen die Situation erläutern, damit Sie Ihre Arbeit besser tun können. Dr. Howe hat den Wunsch geäußert, daß man Sie vollständig informiert.»

Es gefiel Julia, daß Professor Han auf Tommys Anweisungen hin hatte kommen müssen. Dieser begann selbstgefällig: «Die Nationalisten arbeiten uns mit ihren schurkischen Taten in die

Hände. Sie sorgen dafür, daß unsere Freunde uns immer mehr unterstützen und treiben uns unsere Feinde in die Arme. Sehr bald schon wird uns China wie ein reifer Pfirsich in den Schoß fallen. Wir müssen uns zwar nach wie vor große Mühe geben, aber das Ergebnis ist abzusehen.»

Im Herbst jenes Jahres, hatte er erklärt, waren die Japaner mit ihrer ersten größeren Offensive seit mehreren Jahren erfolgreich gewesen. Sie hatten die Nationalisten aus dem größten Teil Südchinas vertrieben, die vorgeschobenen Stützpunkte von Claire Chennaults 14. Luftwaffen-Abteilung besetzt und sogar Tschungking bedroht. Nachdem sie auf diese Weise einen von der Mandschurei bis Indochina reichenden breiten Korridor geschaffen hatten, mußten sie erschöpft innehalten. Doch die Reihe ihrer Angriffe unter dem Decknamen *Ichigo*, Operation Nummer Eins, hatte nicht nur die Nationalisten in große Bedrängnis gebracht, ohne den Kommunisten wirklich zu schaden, sondern auch den unvermeidlichen Bruch zwischen dem stolzen Generalissimus Tschiang Kai-schek und seinem grimmigen amerikanischen Stabschef General Joseph Stilwell beschleunigt.

«Stilwell hat sich wie ein Tor benommen – zu unserem Vorteil», hatte Professor Han erläutert. «Wie konnte er nur annehmen, er könne Tschiang Kai-schek seinen Willen aufzwingen! Wieder so ein arroganter Ausländer, der China zu kennen glaubt! Ich bitte um Entschuldigung, Mrs. Howe, aber ich glaube, Sie verstehen, was ich meine. Stilwell wollte, daß Tschiang Kai-schek die nationalistischen Einheiten zurückzog, die unser Grenzgebiet blockierten, weil er diese vierhunderttausend Männer gegen die *Ichigo*-Kampagne einsetzen wollte . . . Und er hat gedroht, die amerikanischen Hilfslieferungen einzustellen, falls sich Tschiang Kai-schek nicht fügte. Als ihm der Generalissimus im Gegenzug ein Ultimatum stellte, blieb Präsident Roosevelt nichts anderes übrig, als Stilwell abzulösen.»

Julia zügelte ihre Ungeduld. Was ihr Professor Han da anvertraute, war ihr nicht neu – sie wußte all das längst aus den Mitteilungen, die das Außenministerium aus Tschungking bekam und die sie nicht nur regelmäßig las, sondern auch regelmäßig an den Apparat weiterleitete.

«Damit ist jetzt Chennault der einflußreichste Amerikaner in China», nahm der Professor den Faden wieder auf. «Er ist ein bedeutender Mann – in der Luft, aber nicht am Boden. Er führt den Generalissimus mit seiner Behauptung, die Nationalisten könnten die Japaner – und die Kommunisten – allein durch die Luftüberlegenheit besiegen, in eine Sackgasse. Dabei hat seine 14. Luftwaffen-Abteilung nicht einmal vermocht, den japanischen Angriff auf seine eigenen Stützpunkte aufzuhalten. Der Sieg wird am Boden errungen. Ich bete jeden Abend für Chennaults Gesundheit.»

Professor Han hatte sein leeres Glas gehoben, und Julia hatte es gern erneut gefüllt. Nach einem weiteren Schluck fuhr er fort: «Die Amerikaner sind entsetzt von der Korruption, die bei den Nationalisten herrscht. Tschiang Kai-scheks Schwager, der Finanzminister H. H. Kung, besteht darauf, daß die Amerikaner für zwanzig chinesische Dollar einen US-Dollar zahlen und dabei ist der – durchaus realistische – Schwarzmarktkurs achthundert zu eins. Ein wie großer Teil des Gewinns mag wohl in H. H. Kungs Tasche fließen? Tschiang Kai-schek hingegen ist nach wie vor unfähig, seine eigene Zentralregierung zu beherrschen, und auch die Bürgerkriegsgeneräle hat er keineswegs zur Räson gebracht. Er ist wie ein Jongleur, der zu viele Schüsseln und Gläser in der Luft hat. Sobald ihn die Erschöpfung zwingt innezuhalten, zerscherbt alles am Boden.» Professor Han räusperte sich. «Tschiang Kai-schek ist einfach nicht hart genug», erklärte er dann lächelnd. «Genosse Stalin hat ihm geraten, er solle mit eiserner Hand regieren und einfach ein paar Millionen liquidieren lassen, um wirklich Herr im eigenen Haus zu sein. Diesen Rat hat er nicht befolgt.»

«Und meine Rolle?» hatte Julia gefragt.

«Wie Sie wissen, bestreiten wir *nie*, daß wir Kommunisten sind, ergebene Anhänger des Marxismus-Leninismus», hatte ihr Besucher erwidert. «Dennoch halten uns nach wie vor viele Amerikaner für eine Art Agrarnationalisten, revolutionäre

Reformer, was auch immer das bedeutet. Nun, solange es uns nicht schadet . . . Haben Sie Bleistift und Papier? Sie könnten sich einiges notieren.»

Es amüsierte Julia, daß er sie wie eine Studentin behandelte. «Sie werden sich in Zukunft auf die Schwächen der Nationalisten konzentrieren: deren Korruption, Grausamkeit und Unfähigkeit», fuhr er fort. «Außerdem darauf, daß sie Schlachten mit den Japanern nicht nur aus dem Weg gehen, sondern sogar mit ihnen zusammenarbeiten. Was uns betrifft, werden Sie die Vaterlandsliebe, die Bescheidenheit und den Idealismus hervorheben, die uns beflügeln, sowie unsere völlige Hingabe an den Krieg gegen Japan und unsere beständige Bereitschaft, mit den Nationalisten zu verhandeln – von gleich zu gleich.»

Da Kommissar Tschou En-lei gerade zum drittenmal Verhandlungen mit den Nationalisten hatte scheitern lassen, klang dieser letzte Punkt sogar in Julias Ohren ein wenig merkwürdig. Generalissimus Tschiang Kai-schek hatte erklärt, wenn die Zentralregierung mit den Kommunisten ohne Voraussetzungen verhandle – was zwangsläufig bedeutete, daß man ihre Grenzregion als autonom anerkennen mußte –, gebe sie die Souveränität über die von Kommunisten besetzten Gebiete Chinas auf. Der Vorsitzende Mao Tse-tung hingegen wies darauf hin, daß die Kommunisten lediglich eine politische Partei seien, beharrte aber gleichzeitig auf dem Anspruch, daß die Regierung der Grenzregion in Yenan jener der Republik China in Tschungking ebenbürtig sei. Die Kluft schien unüberbrückbar.

«Professor Han, ich nehme an, daß es jetzt in erster Linie darum geht, die öffentliche Meinung für uns zu gewinnen», hatte Julia mit der Förmlichkeit gesagt, die der Anlaß erforderte. «Ich nehme an, daß ein Sieg auf diesem Gebiet entscheidend sein kann.»

«Nie und nimmer!» Er war offenkundig entsetzt gewesen. «Natürlich, unter gewissen Umständen kann die öffentliche Meinung entscheidend sein. Wir müssen stets auf sie achten. Aber im heutigen China kann die Propaganda allein ebensowenig etwas Entscheidendes bewirken wie die Guerillas allein.

Beide sind Gehilfen der konventionellen Streitkräfte. Die großen Bataillone werden uns an die Macht bringen, und der Tag der Abrechnung steht unmittelbar bevor!»

69

21. Juni 1946

Als Julia mit Tommy und ihren Töchtern am 21. Juni 1946 auf den Bund trat, sah sie ein Schanghai, das ein wenig heruntergekommen und ein wenig älter geworden war – aber es war trotz allem Schanghai geblieben. Obwohl die Herrschaft über die frühere internationale Konzession wie auch über den einst französischen Teil der Stadt in den Händen der Republik China lag, hatte sich das Straßenbild der geschäftigen Stadt kaum verändert. Dennoch war ein grundlegender Wandel zu spüren – nur begriff Julia nicht sofort, worin dieser bestand.

Während sie in Joshua Haleevies Rolls-Royce Phantom, der die Zeit der japanischen Besatzung hinter einer falschen Mauer in einer großen Garage überstanden hatte, die Nanking Road entlangfuhren, versuchte sie zu ergründen, was diesen Wandel ausmachte. Der Bund sah genauso aus wie früher, nur beherrschte jetzt nicht mehr das japanische Flaggschiff *Idzumo* den Huangpu, sondern ein amerikanischer Zerstörer, dem eine große weiße *246* auf den Bug gepinselt war.

Althea und Persephone beugten sich aufgeregt aus dem Fenster, ein rötlicher Kopf und ein pechschwarzer. Sogar der sechzehnjährigen Althea gelang es nicht, ihre Spannung hinter ihrer gewohnten Maske von Blasiertheit zu verbergen. Die dreizehnjährige Persephone dagegen schien von den Menschenmassen, dem dichten Verkehr und dem Überfluß von Seidenstoffen, Schmuck, Möbeln und Leckereien, der in den Schaufenstern zu sehen war, völlig verzaubert.

Als der Wagen an einer Kreuzung anhalten mußte, an der

ein Polizist den Verkehr regelte, begriff Julia schlagartig, was sich verändert hatte. Zwar war es wohl nur eine Kleinigkeit, doch verbarg sich dahinter mehr: die Polizeibeamten der internationalen Konzession waren stets in sauberer und glattgebügelter Khaki-Uniform aufgetreten, der Mann auf der Kreuzung aber trug eine zerdrückte Uniform aus Baumwollstoff und eine schlechtsitzende Schirmmütze. Außerdem hing ihm eine Zigarette im Mundwinkel. Das ist es, dachte Julia, als der Wagen wieder anfuhr, dieser Polizist könnte ebensogut den dürftigen Verkehr in einer chinesischen Stadt regeln. Sie mußte über ihre eigene Fehlleistung lächeln. Er regelte ja den Verkehr einer chinesischen Stadt.

Zum erstenmal wurde ihr der neue Status der ehemaligen Ausländerstadt bewußt. Da Amerika und Großbritannien während des Krieges, von Frankreich zögernd gefolgt, ihre Ansprüche auf Exterritorialität aufgegeben hatten, gehörten die früher ausländischen Teile Schanghais jetzt zum chinesisch verwalteten Bezirk Groß-Schanghai. Obwohl sich Julia stets mit aller Kraft für diesen Wandel eingesetzt hatte, war sie jetzt betrübt darüber. Es bedrückte sie, daß die internationale Metropole nicht mehr existierte, und es kam ihr merkwürdig vor, daß sie sich innerhalb der alten Grenzen der Ausländerstadt befand, ohne in einer Ausländerstadt zu sein. So mußte sich jemand fühlen, der als Geist seiner eigenen Beerdigung beiwohnte.

«Lao Tsi», sagte Tommy leise, «hätte dieses neue Schanghai nicht gefallen, auch wenn es auf den ersten Blick genauso aussieht wie das alte.» Ein Schanghai, das genauso regiert wurde, wie die Nationalisten andere chinesische Städte regierten, wäre nicht nach ihrem Sinn gewesen – denn was das bedeutete, war sattsam bekannt: Unfähigkeit, Korruption, Grausamkeit und Unberechenbarkeit.

Julia nahm Tommys Hand. Auch Lao Tsi würde heimkehren, nur ein wenig später, wenn ihr Sarg aus dem Rumpf der *President Wilson* ausgeladen war. Sie hatte lange gekränkelt und war schließlich still gestorben. Obwohl sie China stets als «entsetzlich schmutziges Land mit vielen schlechten Menschen und niederträchtigen Mandarinen» beschimpft hatte, hatte sie den Howes das Versprechen abgenommen, ihre Gebeine in ebendieses schmutzige Land heimkehren zu lassen.

Als der Wagen vor dem Haus an der Kiukiang Road hielt, kam es Julia vor, als begegne sie einem alten Freund wieder, der sehr gelitten, sich aber von allen Leiden erholt hatte. Haustür und Fenster waren offenbar erneuert worden, und die vom zweiten bis zum fünften Stock reichende helle Backsteinfassade hob sich deutlich von den verwitterten alten Ziegeln des Erdgeschosses und des ersten Stocks ab. Tommy hatte ihr davon erzählt, daß das Haus noch gegen Kriegsende beschädigt worden, aber zum größten Teil schon vor seiner Abreise nach Amerika wieder repariert worden sei. In einer amerikanischen Großstadt wie zum Beispiel New York wären die Arbeiten für doppelt so viel Geld nicht halb so schnell – oder halb so gut – ausgeführt worden. Der alte Geist von Schanghai lebte also noch.

Vor dem Haus parkte Joshuas roter Packard Victoria mit dem weißen Verdeck. Es schien ihm auf geheimnisvolle Weise gelungen zu sein, all seine Autos unbeschadet über den Krieg zu retten. Durch den Chauffeur seines Rolls-Royce hatte er ihnen ausrichten lassen, er werde sie in der Kiukiang Road erwarten. Sie sollten sich ruhig vorher in aller Ruhe und ohne großen Willkommenstrubel in Schanghai umsehen.

Hinter dem Packard stand ein schwarzer Hispano-Suiza, der glänzte, als komme er geradewegs aus dem Ausstellungsraum des Händlers. Also erwartete auch die vormalige Gräfin Elisaweta Alexandrowna Jawalenka die Heimkehrer. Den Cadillac Fleetwood kannte Julia ebensowenig wie das Cord-Coupé mit der kantigen Karosserie und den in die Kotflügel eingelassenen Scheinwerfern.

«Das ist Ems neues Wägelchen.» Tommy wies mit dem Stiel seiner Pfeife auf den Cadillac. «Sie fährt nicht mehr gern selbst. Sie sagt, wegen all ihrer Kinder braucht sie einen Wagen von anständiger Größe. Ich finde ihn ja eher ein bißchen protzig, geradezu unanständig.»

Julia lächelte übertrieben und wartete darauf, daß er fortfuhr. Als er sie unschuldig ansah, fragte sie: «Und der Cord, Tommy? Wolltest du nicht schon immer so einen Wagen?»

«Tatsächlich? Nun, der da ist nichts Besonderes. Praktisch eine Antiquität – mehr als zehn Jahre alt.»

«Ich hoffe, daß du mit ihm glücklich wirst. Zumindest ist er nicht so häßlich wie dein Chrysler.»

«Häßlich? Der Airflow war wunderschön und marschiert technisch gesehen immer noch an der Spitze des Fortschritts! Wußtest du eigentlich . . .»

Julia wandte sich ihren Töchtern zu, die mit großen Augen auf das Gebäude vor ihnen sahen.

«Och, ist ja nur ein ganz normales Haus», murrte Althea, die ihre Überlegenheit wiedergefunden hatte. «Ich hatte immer gedacht, es wäre so 'ne Art Palast.»

Emily umarmte sie alle in dem riesigen Wohnzimmer, das Julia wie ein Hort kostbarer Erinnerungen schien. Sie trug nicht mehr wie im Krieg Bluse und Hose, sondern hatte sich, wenn auch nicht ohne Zögern, zur Bekräftigung ihres Patriotismus für einen ihrer Figur schmeichelnden Tschipao entschieden. Ihre angestrengte Miene beunruhigte Julia. Sie war so abgemagert, daß ihre Hüftknochen spitz durch den Stoff des orangefarbenen Kleids stachen, und ihr Gesicht wirkte fast durchsichtig.

Tommy begrüßte seine Schwester mit einem Kuß, runzelte die Brauen und sagte: «Du gefällst mir überhaupt nicht, Em. Ich kenne einen guten Kollegen, zu dem du gehen solltest. Er heißt David Tschen und –»

«Mach dir um mich keine Sorgen», unterbrach sie ihn und fuhr dann zu den Mädchen gewandt fort: «Althea und Perse, wie ihr gewachsen seid! Ich weiß, man sagt so etwas nicht, aber . . .»

Die dunkelhaarige Persephone warf sich in die Arme ihrer Tante Emily, die sie schon immer verehrt hatte, weil sie eine so mutige Fliegerin war. Auch Althea erlag ihrem Zauber, betrachtete aber mit deutlich zur Schau getragenem Desinteresse den Jungen und die beiden Mädchen, die hinter Emily standen.

«Jason, Patricia und Eunice», gebot Emily, «sagt eurer Tante Julia und eurem Onkel Tommy guten Tag. Hsiu läßt sich übrigens entschuldigen. Er fühlt sich nicht wohl.»

Da niemand ernsthaft erwartet hatte, daß sich der zweiundsiebzigjährige Hsiu bei einer zwanglosen Familienzusammenkunft zeigte, achteten Julia und Tommy nicht weiter auf Emilys Worte und wandten sich den Kindern zu, die seine «moderne» Familie bildeten. Wie es sich gehörte, wenn auch etwas verlegen, gaben ihnen die Nichten einen Kuß. Der siebzehnjährige Jason verbeugte sich linkisch, schüttelte ihnen die Hand und bot allen Champagner an.

Julia betrachtete ihn voller Wärme. Sie fand, daß er in Wesen, Haltung und Aussehen seinem Onkel Tommy sehr ähnlich war, so wie ihn Julia vor fünfundzwanzig Jahren kennengelernt hatte. Die fünfzehnjährige Patricia und die dreizehnjährige Eunice dagegen wiesen eine deutliche Familienähnlichkeit mit ihrem Vater auf.

«Ihr müßt unbedingt den Dachgarten sehen», sagte Jason zu Althea und Persephone. «Kommt, wir gehen rauf und lassen die Erwachsenen allein spielen.»

Er hatte Humor und Charme, dachte Julia. In ein paar Jahren würde er ein richtiger Herzensbrecher sein, wie Tommy damals. Woher hatte er das nur?

Eine Männerstimme riß Julia aus ihren Gedanken. Sie hob den Blick und erkannte nicht nur Joshua, sondern auch Elisaweta. Sie sah völlig unverändert aus, als habe ihr die Zeit nichts anhaben können.

«Oh, ihr Lieben!» rief sie und schloß Julia in die Arme. «Meine Lieblings-Amerikanerin und mein Guerilla-Arzt. Wie schön, euch wieder zusammen zu sehen!»

Julia merkte, wie ihr bei der Wärme, mit der die Russin sie begrüßte, Tränen in die Augen stiegen. Sie mochte sie sehr. Jetzt, da sie Elisaweta aus der Nähe sah, begriff sie aber auch, warum sich diese nicht verändert zu haben schien. Ihre Haut wirkte um Kiefer und Augen herum verdächtig straff. Ob sie sich wohl hatte liften lassen?

Während Elisaweta auf Tommy zueilte, bewegte sich Joshua

deutlich langsamer. Er zog ein Bein nach und stützte sich auf einen Stock. Tommy murmelte: «Es mußte also doch ab. Du hättest es mir sagen können.»

«Sollte ich etwa die gute Nachricht von allen Dächern schreien?» sagte Joshua mit dem Lächeln, das sie so gut kannten. «Ich fand, daß das warten konnte ... Meine liebe Julia, wie geht es dir?»

Statt einer Antwort umarmte sie Joshua und drückte ihn fest an sich. Tommy hatte ihr lediglich berichtet, daß ein offener Bruch seines Beins, den er völlig unheldenhaft durch einen umgestürzten Ochsenkarren erlitten hatte, nicht richtig zusammengewachsen war. Später hatten sie einen munteren Brief von ihm aus einer Londoner Klinik bekommen. Von einer Amputation hatte nichts darin gestanden.

«Es ist großartig, dich zu sehen, Joshua», rief Julia aus. «Ganz wie früher ... Du Armer, tut es noch weh?»

«Nur wenn ich gehe», sagte er mit breitem Grinsen. Um kein beklommenes Schweigen entstehen zu lassen, nahm er sein Glas und sagte: «Auf das unsterbliche Schanghai! Und auf uns! Auch wenn wir nicht unsterblich sind, so geben wir uns doch Mühe.»

Die Kriegsjahre hatten tiefe Linien in sein Gesicht gegraben. Sein Haar war grau, und seine Hand zitterte leicht.

Auch Emily hob ihr Glas und sagte: «Auf Schanghai! Auf China!»

Julia setzte sich zu Elisaweta auf das Rosenholzsofa. Die Kissen waren neu bezogen, wieder mit orangefarbener Thai-Seide. Jetzt, inmitten der Armut, wirkte der in Schanghai herrschende materielle Überfluß noch auffälliger als vor dem Krieg. Wer genug Geld hatte, konnte alles bekommen, insbesondere die bereitwilligen Dienste jener, die keines hatten. Das Haus wirkte frischer und glänzender als sechs Jahre zuvor, da sie es verlassen hatten.

Elisaweta steckte eine Zigarette in ihre Zigarettenspitze aus Lapislazuli, zündete sie an und fragte Julia: «Habe ich euch eigentlich je erzählt, wie ich aus der Stadt herausgekommen bin?»

«Tommy hat ein bißchen berichtet, aber Einzelheiten weiß ich nicht», gab Julia zur Antwort.

«Nun, nachdem ich das *Ikra* geschlossen hatte», begann Elisaweta ihren Bericht für Emily und Julia, «waren die Japaner wie vor den Kopf geschlagen. Wo sollten sich jetzt die Offiziere amüsieren? Aber davon abgesehen, daß ich keine rechte Lust mehr hatte, fehlte mir auch ein großer Teil meines ... äh ... Personals: Die Damen waren interniert, repatriiert oder als Kriegsbräute entschwebt. Also blieb mir keine Wahl, als aufzuhören. Der japanische Garnisonskommandant wollte wissen, wie er mir für meine Dienste danken könnte. Ohne groß darüber nachzudenken, sagte ich, daß ich gern aus Schanghai fort wollte, das aber ohne meine Waisenkinder nicht könne. Es waren wohl noch gut hundert. Zu meiner Überraschung hat er sich sofort bereit erklärt, mir zu helfen und gesagt, sie seien die Zukunft Chinas, und sie sollten sich als Erwachsene stets an die Freundlichkeit und Hilfsbereitschaft der Kaiserlich Japanischen Armee erinnern.»

Parfümierter Rauch stieg auf, und sie fuhr fort: «Da er das ernst zu meinen schien, habe ich auf dem üblichen Weg mit Joshua und den Guerillas Verbindung aufgenommen, und dann ist der Konvoi unter Anführung japanischer Militärpolizisten im Schutz einer weißen Flagge nach Sutschou losgefahren. Voran mein Wagen, mit Chauffeur und Lakai in weißen Uniformen, und dahinter fünf Busse der Kaiserlichen Armee mit den Kindern. Die Japaner haben sie am vereinbarten Treffpunkt aussteigen lassen und sind dann in die Stadt zurückgekehrt. Ein bis zwei Stunden später sind dann die Leute von der Guerilla gekommen. Ich möchte wetten, daß die Japaner keine Ahnung hatten, wer die Amahs und Kulis waren, die sich die ganze Zeit um die Kinder kümmerten: lauter chinesische Agenten, die dringend von der Kempeitai gesucht wurden.»

Emily lachte herzlich, doch plötzlich hielt sie inne und sagte verblüfft: «Die Prophezeiung, Liz! Weißt du noch, was der Wahrsager damals in der Großen Welt gesagt hat? Das meiste hat sich erfüllt, dann wird der Rest auch eintreffen. Du würdest lange leben, hat er gesagt, aber nicht immer, wo du wolltest. Nun, du wirst bestimmt lange leben – so wie du aussiehst. Und du wärst wohl kaum zwei Jahre bei den Guerillas in den Bergen geblieben, wenn du es dir hättest aussuchen können. Dich *haben* viele Männer bewundert – genau, wie er es vorausgesagt hat. Ich will dich nicht danach fragen, ob du den besitzt, den du wirklich liebst, denn ich weiß nicht genau, was in diesem Zusammenhang besitzen heißt.»

Verblüfft sah Julia ihre Schwägerin an, die mit unverminderter Begeisterung fortfuhr: «Viele Kinder, aber keine eigenen. Stimmt genau. Und deine Feinde *waren* deine Freunde – die Japaner. Vor allem siehst du sehr glücklich aus, ganz, wie es der Wahrsager gesagt hat. Ich finde es großartig.»

Julia beschloß, sich bald einmal ausführlich mit ihrer Schwägerin zu unterhalten, die ihr näherstand als eine Schwester. Die drei Jahre, in denen sie einander nicht gesehen hatten, schienen Emily stark mitgenommen zu haben. Warum galten ihr plötzlich die zufällig eingetroffenen Prophezeiungen irgendeines Wahrsagers so viel?

Als sich das Gespräch der Verwaltung Schanghais zuwandte, die die Nationalisten übernommen hatten, wurde Emily wieder ruhiger. Die Stadt war wohlhabender als je zuvor, und es ließ sich dort, wie Joshua und Elisaweta bestätigten, für die Reichen und Privilegierten noch angenehmer leben als früher – für die Armen und Machtlosen allerdings war es unleugbar schlimmer denn je.

«Hier leben Hunderte von Ämterjägern und Kriegsgewinnlern, die aus Tschungking mitgekommen sind», sagte Elisaweta. «Die Nationalisten haben unter dem Vorwurf der Kollaboration enteignet, wen sie wollten – und natürlich allen Besitz der Japaner beschlagnahmt. Wie ich zurechtkomme? Nun, gegen riesige Bestechungsgelder bekommt man alles, was man braucht. Das *Ikra* wird bald wieder eröffnet.»

«Gib den Nationalisten eine Chance, Liz», bat Emily. «Es sind nur Anlaufschwierigkeiten. Natürlich hat es Auswüchse gegeben – und es waren vermutlich nicht die letzten. Aber wir machen Fortschritte. Alles geht schon besser. Laß uns etwas

Zeit. Wir hatten noch nie zuvor eine Weltstadt wie Schanghai zu verwalten.»

Als Tommy das Licht löschte, drängte sich Julia im großen Rosenholzbett näher an ihn. Seine Lippen berührten ihr Haar, als er sich über sie beugte, um ihr einen Gutenachtkuß zu geben. Sie nahm seine Hand und hörte binnen zwei Minuten seine tiefen und regelmäßigen Atemzüge – er war eingeschlafen. So rasch konnte sie die Aufregungen des Tages nicht hinter sich lassen. Sie sah den Schatten zu, die über die Zimmerdecke liefen, sobald vier Stockwerke weiter unten ein Auto vorbeifuhr.

Merkwürdigerweise hatte niemand den Bürgerkrieg zwischen Nationalisten und Kommunisten auch nur mit einem Wort erwähnt. Fast war es, als hätten sie alle Angst, über den neuen Konflikt zu sprechen, der ihr Leben beherrschte, seit Anfang 1946 die Rivalen einander immer heftiger bekämpften. Der Weltkrieg, in dem so viele Millionen Menschen umgekommen waren, hatte für den Bürgerkrieg in China nur ein Zwischenspiel bedeutet. Generalissimus Tschiang Kai-schek und der Vorsitzende Mao Tse-tung hatten darin nichts gesehen als eine Ablenkung von dem eigentlichen Konflikt. Trotz der Versuche des amerkanischen Armeegenerals George Catlett Marshall, die feindlichen Parteien miteinander auszusöhnen, hatten sie einander schon wieder an der Gurgel gepackt. Die Schlacht tobte von den grasbewachsenen Ebenen der Mandschurei bis zu den Reisfeldern im Süden, von den engen Gäßchen der Altstadt Schanghais bis in die Hörsäle der Universität des einstigen Peking, das jetzt Peiping hieß – «Frieden im Norden».

Julias Gedanken liefen unruhig durcheinander: die Reise über den Pazifik, das Bild, das Schanghai jetzt bot; Emily mit ihrem angespannten Gesicht, Elisaweta, die unverändert schön, und Joshua, der so entsetzlich verstümmelt war – all das zog ihr in buntem Reigen durch den Sinn.

Auch an die Vergangenheit mußte sie denken. Bürgerkrieg hatte im Land schon geherrscht, als sie zum erstenmal in

Schanghai eine Gesellschaft besucht hatte. Zu der Zeit, da Eurydice und Donald Howe ihren dreißigsten Hochzeitstag gefeiert hatten, hatte das Land bereits ein Jahrzehnt des Bürgerkriegs hinter sich, und er hatte noch weitere sechzehn Jahre gedauert, bis der Einfall der Japaner für kurze Zeit Nationalisten und Kommunisten geeinigt hatte. Wieder schien der Bürgerkrieg in China Alltag zu sein – doch hoffte sie, daß er nicht mehr sehr lange dauern werde.

70

2. September 1946

Trotz der überraschenden Einsicht, daß Japan wirklich am Boden lag, begriff Julia das ganze Ausmaß der vom Krieg hervorgerufenen Veränderungen erst, nachdem sie einige Monate wieder in Schanghai gelebt hatte. Zwar sagte ihr Verstand, daß sie in einem neuen Zeitalter lebten, aber ihr Gefühl war dieser Erkenntnis noch nicht gefolgt. Nach wie vor meinte sie, derselbe Mensch zu sein wie früher und am selben Ort wie einst zu leben, im alten Schanghai, das ihr von allen Städten die liebste war. Tommy meinte, sie würde sich deshalb so schwer an die neue Wirklichkeit gewöhnen, weil sie so weit fort gewesen war, während diese Wirklichkeit auf dem Amboß des Krieges entstand.

Julia war davon ausgegangen, ohne weiteres an den altvertrauten Plätzen wieder ihren altvertrauten Tätigkeiten nachgehen zu können; doch statt dessen mußte sie erfahren, daß sie sich in der Stadt, die sie liebte, nicht mehr zurechtfand. Eigentlich hätte sie begeistert sein müssen, daß die einstige internationale Konzession und das Franzosenviertel jetzt unter chinesischer Herrschaft standen. Sie hätte mit allen Kräften ihren Beitrag dazu leisten müssen, daß die Macht in China möglichst rasch der korrupten und nichtswürdigen Kuomintang des Generalissimus Tschiang Kai-schek aus den Händen genommen und der idealistisch gesonnenen und dynamischen Kommunistischen Partei unter dem Vorsitzenden Mao Tse-tung übertragen wurde. Doch tat sie nichts dergleichen, jedenfalls nicht mit ganzem Herzen.

Ihr Unbehagen brachte sie dazu, ihre Grundsätze neu zu überdenken. An den feuchtheißen Augustabenden sprach sie darüber lange mit Tommy. Wenn auch sonst vieles nicht stimmen mochte, Julia war dennoch voller Zuversicht, weil ihre Beziehung wieder im Lot war. Die nahezu fünfjährige Trennung hatte bei ihnen beiden zu der Einsicht geführt, daß der andere das Wichtigste im eigenen Leben war.

Tommy gab bereitwillig zu, was Julia schon vermutet hatte: Er war nicht mehr davon überzeugt, daß die jetzt praktisch unausweichliche Machtergreifung der Kommunisten unbedingt zu allgemeiner Stabilität führen und Wohlstand und Glück für alle mit sich bringen würde. Natürlich konnten die Kommunisten, fügte er hinzu, nicht schlimmer sein als die Nationalisten, sie waren sogar auf jeden Fall sehr viel besser. Die Regierung des Generalissimus sei nun auch finanziell und militärisch so am Ende, wie sie es moralisch schon lange gewesen sei. Trotz seiner Bedenken sah er in der Kommunistenherrschaft die einzige Hoffnung für das Land.

«Heißt das, wir haben keine Wahl?» fragte ihn Julia. «Können wir keine andere Richtung einschlagen?»

«Ich fürchte nein, Liebste . . . Wenn uns an China und an den einfachen Menschen gelegen ist, müssen wir unbedingt weitermachen.»

«Tommy, eines Tages wird es bestimmt großartig. Aber das ist für dich kein rechter Trost, nicht wahr? Du scheinst enttäuscht zu sein.»

«Aber nein, Julie, nur erwachsen. Endlich werde ich erwachsen. Ich weiß jetzt, daß es für die Probleme, die sich die Menschen schaffen, keine vollkommenen Lösungen gibt – nur schlechte und etwas weniger schlechte.»

«Das klingt nicht sehr tröstlich. Du weißt, daß ich mich deiner Meinung nicht anschließen mag . . . Allerdings hattest du auch damals recht, als du sagtest, daß wir nicht für die Sowjets arbeiten sollten.»

«Das ist vorbei. Vergiß es.»

«Ihr Chinesen seid tatsächlich anders, nicht wahr?»

«Selbstverständlich. Ganz gleich, welche Fehler er hat, Mao Tse-tung ist kein von Verfolgungswahn besessener Massenmörder wie Stalin. Bestimmt wird es China gutgehen, wenn er regiert.»

«Und was ist mit uns, Tommy? Was wird bis dahin aus uns?»

«Was meinst du?»

«Nun, was ist mit unserer Tarnung? Ist die nicht ziemlich fadenscheinig geworden?»

«Im Gegenteil, wahrscheinlich ist sie besser als je zuvor. Wir brauchen nicht mehr so zu tun, als stünden wir wer weiß wie weit rechtsaußen. Die allgemeinen Ansichten haben sich geändert. Jetzt genügt es, zur Tarnung in der Mitte zu stehen.»

«Tommy, mir geht es nicht nur darum. Ich mache mir große Sorgen um unsere Sicherheit – und um die der Kinder. Wenn uns die Nationalisten wirklich erwischen, oder die Amerikaner oder die Briten . . .»

«Julie, eines mußt du mir glauben», sagte Tommy bedächtig. «Du mußt mir vertrauen.»

«Ich werde es versuchen», lachte sie. «Obwohl das ja eigentlich nicht meine Art ist.»

«Bitte glaube mir, Julie, von den Nationalisten droht uns keine Gefahr, solange Emily mit Mei-ling Tschiang zusammenarbeitet – und solange wir aufpassen. Es wäre zum Beispiel unklug, sich zu eng an jemanden wie Rosamonde Sun anzuschließen. Du hast doch sicher gehört, daß sie zurückgekommen ist, um ihren Propagandafeldzug gegen die Nationalisten fortzusetzen?»

«Emily kann den Amerikanern und Briten nichts vormachen, Tommy. Sie weiß ja nicht mal, daß sie uns vor den Nationalisten schützt.»

«Weiß sie das wirklich nicht? Ich bin mir da manchmal nicht so sicher. Wie auch immer, mach dir um die ausländischen Mächte keine Sorgen. Um die kümmert sich Joshua.»

«Wie das?»

«Julie, bitte. Ich habe gesagt, du mußt mir einfach glauben.»

Selbstverständlich wußte der Apparat nichts von den Bedenken des Ehepaars Howe. Da die beiden zu den besonders erfahrenen und zuverlässigen Agenten gehörten, wurden sie sofort in die heftige politische Schlacht, in den «entscheidenden Kampf um China» geworfen. Sie mußten neue Anhänger rekrutieren, bekamen Spionageaufträge und Propagandaaufgaben. Doch wurden sie angewiesen, keinesfalls ihre Tarnung dadurch zu gefährden, daß sie sich in der Nähe der von Kommunisten geschürten öffentlichen Demonstrationen zeigten, mit denen die Macht der Nationalisten ausgehöhlt wurde.

Dieses eine Mal aber war Tommy entschlossen, sich dem Verbot zu widersetzen. Julia hatte ohnehin schon immer einen Hang zur Aufsässigkeit gehabt. Sie wollten die Protestkundgebung gegen den Bürgerkrieg sehen. Die Nationalisten waren nicht mehr die einzigen Schurken im Stück. Die Propaganda der Kommunisten hatte die Amerikaner, zuvor zuverlässige Verbündete des chinesischen Volkes, längst zu brutalen Imperialisten gestempelt, die den Chinesen nehmen wollten, was sie hatten.

Die bedeutendste Demonstration, die Schanghai je erlebt hatte, war auf den 2. September 1946 angesetzt, den ersten Jahrestag der japanischen Kapitulation. Tommy und Julia wollten dem Schauspiel möglichst unauffällig zusehen, denn der Apparat sollte nichts von ihrem Ungehorsam erfahren.

Glücklicherweise verschaffte Joshua ihnen eine Einladung in den Schanghai Club. Vor diesem Bollwerk ausländischer Macht sollte die Parade mit einem Volkfest enden. Kein Außenstehender würde innerhalb dieser Festung des Kapitalismus Sympathisanten der Linken vermuten. Die Angestellten des Klubs, die das Ehepaar Howe kannten, hielten sie für unverbesserliche, wenn auch freundliche Reaktionäre.

Vor dem Krieg hatte man Chinesen im Schanghai Club nicht gern gesehen, jetzt aber hieß der Ober, der selbst natürlich auch Chinese war, Tommy willkommen und führte ihn und Julia zu einem Vorzugsplatz an einem Fenster. Früher hatten sich patriotische Demonstranten den disziplinierten Beamten der Ausländerpolizei gegenübergesehen und nicht wie jetzt rücksichtslosen Schlägerkolonnen der Nationalisten. Schanghai war tatsächlich eine völlig neue Welt geworden.

«Habt ihr euch schon etwas zu trinken bestellt?» rief Joshua und trat an ihren Tisch. «Wann fängt das Spektakel denn an?»

«Bis jetzt ist noch nicht viel zu sehen», gab Tommy zur Antwort. «Nur ein paar Dutzend Demonstranten und einige Ordner, üble Gestalten.»

Die Ordner trugen außer ihren Revolvern noch knapp einen Meter lange Schlagstöcke aus Eisenholz. Schließlich drang Lärm aus einer Nebenstraße, und die Männer erstarrten. Ein Offizier mit einer verspiegelten Sonnenbrille brüllte ein Kommando, und sie stellten sich in einer beinahe ordentlich zu nennenden Reihe auf. Hinter ihnen stießen Möwen auf den schlammigen Huangpu hinab.

Die Demonstranten strömten unter lauten Sprechchören von der Rennbahn her auf den Bund. Erst erschienen ein paar Dutzend, dann mehrere hundert, und schließlich brandeten Tausende junger Männer und Frauen gegen die Tempel des Mammons am Bund an.

Die Ordner rührten sich nicht. Man sah den Studenten in ihren gestärkten Hemden und Blusen auf den ersten Blick an, daß sie nicht die Kinder armer Leute waren. Die nationalistische Polizei würde nicht ohne weiteres unter den Augen von Ausländern gegen diese privilegierten jungen Leute vorgehen. Spruchbänder wurden entfaltet, auf denen es hieß: SCHLUSS MIT DEM BRUDERMORD, oder auch: WIDERSTAND GEGEN DIE MÖRDERBANDEN DER KUOMINTANG. Eins forderte auf englisch: AMERIKANER, HÄNDE WEG VON CHINA! und ein anderes: KEIN DEMOKRATISCHER YANKEE UNTERSTÜTZT DIE KUOMINTANG-FASCHISTEN!

«Typisch», meinte Joshua. «Am dichtesten drängen sie sich vor dem Gebäude der *Daily News*, damit die Korrespondenten alles gut mitkriegen.»

«Je eher wir ... äh ... man gegen diesen Unsinn einschreitet, desto besser!» hörte man einen Amerikaner vom Nachbarfenster tönen. Eine Stimme mit britischem Akzent fügte hinzu: «Aber sie haben doch recht. Je eher die Kämpfe aufhören, desto besser ist es für das Geschäftsleben.»

Joshua, der wohl daran dachte, daß er seit drei Jahrzehnten ähnliche Unterhaltungen miterlebte, lächelte trübsinnig zu Tommy hinüber, der die Schultern zuckte. Julia warf den beiden einen flüchtigen Blick zu und richtete dann ihre Aufmerksamkeit wieder auf die Szene vor dem Fenster.

Die jungen Leute waren nicht nur mutig, sondern auch einfallsreich. Zwei junge Männer in Uniformen der US-Luftwaffe schleuderten, Pilotenhelme auf dem Kopf, kleine bombenförmige Gegenstände in die Zuschauermenge. Auf dem Transparent, das sie an langen Stangen hochhielten, hieß es: YANKEES – MIT EUREN BOMBEN TÖTET DIE KUOMINTANG CHINESISCHE KINDER! Drei junge Frauen in langen Röcken, hochgeschlossenen Blusen und grauen Kopftüchern, die wohl das koloniale Amerika darstellen sollten, riefen unverständliche Schlachtrufe, während sie ein Spruchband mit der Aufschrift YANKEES – ERINNERT EUCH AN EURE EIGENE REVOLUTION! schwangen.

«Liebe Güte!» rief Joshua. «Die beiden schießen wirklich den Vogel ab!»

Ein als Onkel Sam verkleideter Mann, dessen Gesicht unter dem blau-weiß-roten Zylinder eine riesige Pappnase verdeckte, ging neben einer noch auffälliger ausstaffierten Fraugestalt. Ihr Gesicht war mit grüner Farbe bemalt, sie trug ein in komplizierte Falten gelegtes bodenlanges grünes Kleid und hielt eine brennende grüne Fackel in der Hand. Offenkundig verkörperte sie die Freiheitsstatue. Dazu trug sie eine rötliche Perücke. Über den beiden verkündete ein Schild: ONKEL SAM LIEBT MISS LIBERTY – ZU HAUSE!

Hinter ihnen schritt mit blutrot gefärbten Händen ein als Armeegeneral Douglas MacArthur verkleideter junger Mann. Es folgten zwei Männer mit aufgequollenen Bäuchen, auf deren Westen Dollarzeichen prangten. Ein Schild am Hut des einen verkündete BLUTSAUGER AUS DER WALL STREET, das am Hut des anderen IMPERIALISTISCHER BLUTEGEL.

Jetzt skandierten die Demonstranten: «Amerikaner, habt ein Herz! Schluß mit der Hilfe für die Mörder der Kuomintang! Schluß mit dem Bürgerkrieg!»

«Jetzt geht es rund», hörte man den Amerikaner vom Fenster neben ihnen. «Das haben natürlich die verdammten Kommunisten inszeniert.»

Noch hielt sich das Einsatzkommando der Polizei zurück. Herausfordernd riefen die Studenten den Männern zu: «Handlanger der Imperialisten! Im Gesicht Chinesen, im Herzen Barbaren!» Zwar zuckte es unruhig in ihren Reihen, aber ein scharfes Kommando des Offiziers mit der Sonnenbrille sorgte dafür, daß sie sich bezähmten.

Onkel Sam war inzwischen auf das Dach eines grünen Pontiac geklettert, den unklugerweise jemand am Bund geparkt hatte. Er hielt der Freiheitsstatue die Hand hin, damit sie sich neben ihn stellen konnte. Andere Demonstranten gaben ihm ein Mikrofon in die Hand und bildeten einen schützenden Ring um den Wagen.

Julia nickte anerkennend. Das zeugte von ebenso guter Planung wie die Aufstellung der vier Lautsprecher, die von demonstrierenden Studenten umringt waren. Die ganze Sache war gründlich vorbereitet.

«Gleich holen sie sich die Bürschchen», sagte der Amerikaner am Nachbarfenster befriedigt. «Geschieht ihnen ganz recht. Eine Unverschämtheit, Amerikaner als Blutsauger zu diffamieren.»

Als die Polizei gegen die Studenten andrängte, gab der Schutzwall nach, und bald war der Wagen von Ordnungskräften umstellt. Mit hartem Griff wurde Onkel Sam bei den Knöcheln von seinem Podest heruntergerissen. Ein Schlag mit dem Knüppel fegte ihm den Hut vom Kopf. Blut lief ihm über das Gesicht. Der Freiheitsstatue halfen die Polizisten ritterlich vom Wagen herunter. Merkwürdigerweise schlug die Einsatztruppe nicht weiter auf den mitgenommenen Onkel Sam und die weinende Miss Liberty ein, sondern bildete lediglich einen undurchdringlichen Kordon um sie.

Mit einemmal stieß Tommy einen Schrei aus, sprang auf und drängte sich durch die Gruppe, die das Fenster umstand, zur Tür. Einen Augenblick lang sah Julia verständnislos auf das grünverschmierte Gesicht, über das jetzt Tränen liefen, dann folgte sie ihm in das Menschengedränge auf dem Bund.

Ein Student packte Tommy am Ärmel, doch er riß sich los und bahnte sich einen Weg durch die Menge. Julia umklammerte ihre Perlenkette und bemühte sich, ihn nicht aus den Augen zu verlieren.

«Ho-ping! Ho-ping!» erhoben sich spöttisch die Stimmen der Studenten. «Frieden! Frieden!»

Tommy, der die Menge um einen ganzen Kopf überragte, kämpfte sich näher an den Polizeikordon heran, der inzwischen an die zwei Dutzend Demonstranten in seiner Mitte festhielt. Gerade in diesem Augenblick griffen die Studenten mit Steinen und Flaschen an. Die Schlagstöcke der Polizisten fuhren auf sie nieder. Ein Hieb traf Tommy an der Schulter, und ein greller Schmerz durchzuckte ihn. Verbissen stürmte er weiter voran.

«Verräter!» schrie ein rundlicher Soldat und riß ihn zurück. «Nicht aufgeben!»

Bis aufs Blut gereizt, wandte sich Tommy um und schlug den Angreifer mit der Faust nieder. Dabei sah er, daß Julia ihm gefolgt war. Er nahm ihre Hand und drängte sich in die Lücke zwischen Demonstranten und Polizei.

«Wir müssen zu ihnen!» rief er.

Ohne auf die Ausländerin zu achten, stürzten sich zwei Polizisten auf den achtbar aussehenden Chinesen, der sich den Aufrührern angeschlossen zu haben schien. Ein Schlagstock fuhr ihm in die Rippen, so daß er fast zu Boden gestürzt wäre, und zwei Polizeibeamte rissen ihm die Arme hinter den Rücken. So wurde er durch den Polizeikordon geschoben, der die Gefangenen umgab.

Julia stürzte sich auf die Männer, die Tommy hielten. Verblüfft wandte sich einer von ihnen ihr zu. Tommy riß sich los, als er sah, daß Julia auf das Straßenpflaster geschleudert wurde und hieb dem Polizisten mit aller Kraft die Faust in den Nacken.

«Schluß, ihr verdammten Idioten!» Tommy und sein Gegner erstarrten mitten in der Bewegung. «Was ist denn hier los?» Vor ihnen stand der Offizier mit der verspiegelten Sonnenbrille. «Wen haben wir denn hier? Dachte ich es mir doch. Dr. Howe, nicht wahr? War nicht Ihr Vater . . .»

Tommy nickte. Offenbar hatte ihm die allgemein bekannte Tatsache, daß sein Vater schon immer die Sache der Nationalisten unterstützt hatte, eine Atempause eingetragen.

«An mich erinnern Sie sich wohl nicht, Doktor?» fragte der breitschultrige Offizier. «Sie haben mir vor Jahren eine Wunde genäht . . . Und was Ihr Vater getan hat, weiß ohnehin jeder. Sie und Kommunist? Lächerlich! Sie sind hoffentlich nicht verletzt? Fehlt Ihrer Gattin auch nichts?»

Sprachlos über diese plötzliche Wendung hörte Julia Tommy erwidern: «Verbindlichen Dank. Uns fehlt nichts. Aber da gibt es eine kitzlige Sache.»

Er streckte die Hand aus, wobei zwischen seinen Fingern ein grüner Fünfzig-Dollar-Schein sichtbar wurde, und sagte: «Zwei Ihrer Gefangenen . . . Schließlich sind es ja nur übermütige junge Leute. Vielleicht etwas in die Irre gegangen, aber das ist eine Frage der Erziehung, um die sich die Eltern kümmern sollten. Wissen Sie, mein Neffe und meine Tochter . . .»

71

6. November 1946

«Wir übergeben der Erde diese sterbliche Hülle, die unser Bruder war. Asche zu Asche und Staub zu Staub!» Der amerikanische Geistliche sagte die letzten Worte in die kalte Abenddämmerung hinein und ließ eine Lehmscholle auf den Mahagonisarg poltern. Die feuchte Erde zerbröselte auf der vergoldeten Tafel, die verkündete: *John August Pavernen, 6. Januar 1877–3. November 1946.*

Die zerlumpten Totengräber des Friedhofs an der Shantung Road wären dem beißenden Wind und feuchten Nebel gern möglichst bald entkommen, doch die letzten Trauergäste blieben noch eine Weile um das offene Grab stehen.

Elisaweta Alexandrowna Jawalenka entzündete zum letztenmal eine Zigarette mit dem goldenen Feuerzeug, das John Pavernen ihr vor vielen Jahren geschenkt hatte und ließ es dann ins Grab fallen. In einem Kaschmirmantel mit Nerzfutter vor der Kälte geschützt, schneuzte sich Harrison Parker Smythe III laut. Seine kornblumenblauen Augen waren feucht.

Der Flinke John war gegen Ende des Jahres 1945 nach Schanghai zurückgekehrt und ein Jahr später mit neunundsechzig Jahren an einer Grippe gestorben. Er hatte kaum mehr Gelegenheit gehabt, die Möglichkeiten zu nutzen, die die Korruption der Nationalisten im Verein mit massiven amerikanischen Hilfslieferungen und dem um sich greifenden Bürgerkrieg einem ehrenwerten Geschäftsmann boten.

Zu seiner Trauerfeier hatten sich an die hundert Ausländer und doppelt so viele Chinesen eingefunden. Die Ausländer hatten ihn wegen seiner Umgänglichkeit gemocht und die Chinesen, weil er ihnen insgeheim Wohltaten erwiesen hatte, wenn es ihnen schlecht gegangen war.

Über das Grab hinweg trafen Julias Augen auf Emilys Blick – und beide sahen hastig beiseite. Julia nickte kalt und wandte sich wieder ihren trüben Gedanken zu. Die Generation, die ihrer vorausging, starb langsam, und jeder von ihnen hinterließ eine klaffende Lücke im Leben der Zurückbleibenden.

Julia hob den Kopf und traf erneut auf Emilys Blick. Sie schämte sich ihrer Kälte und lächelte der Freundin vorsichtig zu. Emily erwiderte das Lächeln und in stillschweigendem Einverständnis schlugen sie gemeinsam den Weg ein, der zu den wartenden Autos führte. Als sie einander nahe genug waren, beugte sich Emily zu Julia hinüber und küßte sie. Hand in Hand gingen sie zu den Wagen.

Zehn Schritte hinter seiner Frau und seiner Schwester lächelte Dr. Thomas Howe gleichfalls. Es war an der Zeit, den

Bruch mit Emily zu kitten, der offen zutage getreten war, nachdem er Jason und Althea vor den Unannehmlichkeiten einer Gefängnishaft in den Händen der Kuomintang bewahrt hatte. Als er mit Julia und den Sündern, die keinerlei Reue bekundeten, ins Haus an der Kiukiang Road zurückgekehrt war, hatte Julia ihren Neffen scharf zurechtgewiesen, weil er die deutlich jüngere Althea in die Sache verwickelt hatte. Ihre Wut hatte sich auch daran entzündet, daß nach diesem Nachmittag Altheas Asthma, das durch den langen Aufenthalt in Amerika so gut wie geheilt schien, erneut ausgebrochen war.

Um das Asthma schien Althea sich keine Gedanken zu machen, doch sie war tief in ihrem Stolz gekränkt. Sie hatten sie ins Bett gesteckt und Jason nach Hause bringen lassen. Dem Fahrer gaben sie eine kurze Mitteilung für Emily mit, denn Julia weigerte sich, sie anzurufen.

«Ihr Sohn soll ihr selbst sagen, daß er in Sicherheit ist – und es dir verdankt», sagte sie. «Soll er doch selbst die ganze Geschichte berichten und erklären, was er mit *meiner* Tochter angestellt hat. Immer vorausgesetzt, er kann seine Mutter finden. Wahrscheinlich sitzt sie in Nanking und schmiedet im Verein mit der unsäglichen Mei-ling Tschiang Komplotte.»

«Ich werde dich nicht drängen, sie anzurufen», hatte Tommy zurückgegeben. «Aber ganz schuldlos sind auch wir nicht. Schließlich waren wir gewarnt.»

«Sei nicht albern, Tommy. Wie das?»

«Weißt du nicht mehr? Du hast mir doch selbst gesagt, daß du zufällig gehört hast, was Althea und Perse gestern abend beredet haben.»

«Na ja, das war aber eher ein Streit, bei dem es um ihre Tante Emily ging. Perse vergöttert sie geradezu. Da kann es eines Tages auch Schwierigkeiten geben, Tommy.»

«Darum kümmern wir uns, wenn es soweit ist, Julie. Persephone ist erst dreizehn.»

«Es ist schon erstaunlich, was du alles über dreizehnjährige Mädchen nicht weißt – und auch nicht über sechzehnjährige. Bei Perse dreht sich jeder zweite Satz um Tante Emily. Die Kinder hätten sich fast geprügelt, als Althea behauptet hat,

Em sei eine reaktionäre Harpyie, die sich vom Blut der chinesischen Massen nährt.»

«Wir hätten uns denken können, daß sie das von Jason hatte. Er geht doch immer zu diesen Studentenversammlungen. Ich selbst hätte nie –»

«Ich auch nicht. Wahrscheinlich hatte ich Angst, es könnte unsere Tarnung gefährden, wenn wir sie politisch erziehen. Ganz davon abgesehen, daß in Amerika keinerlei Notwendigkeit bestand . . .»

«Wir müssen uns darüber Gedanken machen. Erstaunlicherweise scheint Jason seine Mutter trotz allem gern zu haben.»

«Warum nicht? Trotzdem kann er die von ihr vertretene Politik verabscheuen. Denk nur, er hat Althea eingeredet, sie wäre so eine Art heilige Johanna von China. Wärst du nicht gewesen . . .»

«Ich wüßte gern, welches Schwein meinen Neffen zu der Sache angestiftet hat», fiel ihr Tommy ins Wort. «Ich hätte so etwas nie getan.»

Julia lächelte boshaft, und Tommy grinste verlegen zurück. Er hatte gerade einem unbekannten Genossen genau das vorgeworfen, was sie sehr wohl selbst taten – junge Männer und Frauen für den Apparat gewinnen.

«Es klingt tatsächlich skrupellos», sagte Julia. «Da werden unschuldige Kinder verführt und in den politischen Kampf hineingezogen. Sie sind viel zu jung, um sich solcher Gefahr auszusetzen.»

Mit unüberhörbarem Spott gab Tommy zur Antwort: «Auf einmal hat die Sache ein ganz anderes Gesicht, nicht wahr? Sobald es um die eigenen Kinder geht – oder auch nur um den eigenen Neffen.»

«Ich bin nicht sicher, ob ich auf Emily wegen ihrer Sorglosigkeit wütender bin oder wegen ihrer stupiden reaktionären Politik. Wahrscheinlich ersteres. Sie *mußte* doch wissen, was Jason vorhatte!»

«Theoretisch billigst du, was er getan hat. Aber wenn deine eigene Tochter davon betroffen ist, stellt sich die Sache natürlich anders dar.»

«Ich finde es einfach nicht richtig, daß die Kinder da hineingezogen werden. Aber die Kommunisten sind für China tatsächlich die einzige Lösung.»

«Ohne Frage, Liebling. Wir selbst müssen weitermachen, aber . . . aber . . .»

Mit dem Whiskyglas in der Hand saß er ratlos in seinem geliebten Rosenholzsessel, bis Julia fragte: «Aber was, Tommy? Du wolltest gerade sagen . . .»

Nachdem er bedächtig einen Schluck genommen hatte, meinte er langsam: «Was würdest du davon halten, Julie, wenn ich dir sagte, daß es eine andere Möglichkeit gibt? Zumindest eine andere Art des Vorgehens.»

«Ich würde dir zuhören – so wie jetzt. Du weißt ja, Liebling, du bedeutest mir mehr als jede Politik oder –»

«Du mir auch. Das aber macht uns zu schlechten Kommunisten. Wir sind eher bourgeoise Individualisten. So ist das nun mal, Julie. Während des Krieges war es einfach ein Gebot des Anstands und völlig natürlich, eng mit Joshua zusammenzuarbeiten. Wir alle waren Verbündete, und das war richtig so. Auch jetzt sollten wir vielleicht mit den Briten zusammenarbeiten. Weder sie noch die Amerikaner sind noch unsere Hauptgegner, nicht mehr, seit sie die Ansprüche auf die Exterritorialität aufgegeben haben. Unser gemeinsamer Feind heißt Tschiang Kai-schek. Nach Mao Tse-tungs Sieg sollte China möglichst gute Beziehungen zu Großbritannien und Amerika haben, als Gegengewicht zu den Sowjets.»

«Ich verstehe. Du denkst ja wirklich weit voraus. Sonst könnten die Sowjets –»

«Ich dachte mir doch, daß du mir zustimmen würdest.»

Er lächelte, weil er wußte, daß sie die Sowjets ebenso verabscheute wie er – allerdings aus anderen Gründen. Ihr Haß ging darauf zurück, daß diese sie getäuscht und dazu benutzt hatten, Joshua Haleevie buchstäblich ans Messer zu liefern. Tommy hingegen sah in ihnen die um nichts besseren Nachfolger des zaristischen Regimes, die China noch immer ausbeuteten. «Ich habe es auch für euch getan – für dich und die Mädchen», begann er wieder. «Eines Tages sind wir vielleicht auf Josh und seine Verbindungen zu den Briten angewiesen.»

«Als eine Art Rettungsanker?»

«Wer weiß? Auf jeden Fall glaube ich, daß es um Chinas und unserer selbst willen richtig ist, weiterhin mit ihm zusammenzuarbeiten. Das bedeutet auch, ihm – und damit dem Geheimdienst in London – Mitteilungen zukommen zu lassen.»

Tommy ließ nachdenklich eine Pause eintreten. Er hatte seiner Frau beinahe alles gesagt, und dennoch fragte er sich, ob er ihr wirklich auch den Rest anvertrauen sollte. Doch die Realitäten der Nachkriegszeit in Schanghai hatten Julia nachdenklicher gemacht und ihre Impulsivität gezügelt. Er hatte sich schon früher stets auf sie verlassen können; und jetzt würde das erst recht der Fall sein.

«Da ist noch etwas, Julie», sagte er. «Du hast dir Gedanken wegen unserer Tarnung gemacht und mich einmal gefragt, ob sie nicht durchschaubar geworden sei. Du hast natürlich recht. Aber wir sind vor der britischen und amerikanischen Gegenspionage sicher. Joshua schützt uns und –»

«Tommy, das hast du mir doch alles schon gesagt, auch wenn du mir damals nicht erklärt hast, warum ich dir vertrauen sollte.»

«Damals durfte ich Joshuas Sicherheit nicht aufs Spiel setzen. Jetzt aber ... Man hat sich nach uns erkundigt und mißtrauische Fragen gestellt. Aber Josh hat die Sache abgebogen und einfach die Wahrheit gesagt: Wir arbeiteten für ihn, sind also Doppelagenten, und er übernimmt die volle Verantwortung für uns ...»

Tommys Worte waren nicht imstande, Julia vollständig zu beruhigen. Noch nie hatte die Gefahr, mit der ihre Arbeit für den Apparat verbunden war, sie so sehr geängstigt. Früher hatte sie sich einfach in der uneinnehmbaren ausländischen Konzession vor der Rache der Nationalisten sicher gewähnt. Bisweilen hatte sie Angst gehabt, vor allem, als sie 1940 aus Schanghai hatte fliehen müssen. Aber sie war es nicht gewohnt, tagein, tagaus von Furcht gequält zu werden.

Die Illusion der Sicherheit war dahin. Das Gebiet, auf dem sie sich befanden, war nicht mehr exterritorial, und Tommy hatte ihr gerade erklärt, daß sie eines Tages einen Rettungsanker würden brauchen können. Sofern man sie beide enttarnte, würden die Nationalisten zweifellos fürchterliche Rache üben. Vielleicht käme sie als Ausländerin mit Gefängnis oder der Ausweisung davon, aber Tommy würde mit Sicherheit umgebracht. Dies war kein Spiel, das sie nach Lust und Laune beenden konnten, und deshalb hatte er für seine Frau und sich selbst die Vorsichtsmaßnahmen ergriffen, die ihm zu Gebote standen.

Tommy wandte seine Aufmerksamkeit wieder der Szene auf dem Friedhof zu, der in winterlicher Verlassenheit dalag. Seine Frau und seine Schwester gingen Arm in Arm. Sie waren offensichtlich wirklich im Begriff, sich miteinander auszusöhnen.

Julia war über ihren Streit mit Emily äußerst unglücklich gewesen. Der plötzliche Tod ihres Onkels, den sie trotz allem sehr gern gehabt hatte, war ihr nahegegangen, und zum erstenmal hatte sie keine Möglichkeit gehabt, bei Emily Trost zu suchen. Unwillkürlich mußte sie daran denken, daß auch ihr Vater, der ältere der beiden Brüder, bald sterben konnte. Sie hatte ein schlechtes Gewissen, so wenig Zeit mit ihren Eltern zu verbringen. Deren aufrichtig gemeinte Erklärung, sie seien glücklich, solange ihre Tochter glücklich sei, auch wenn sie dazu fünfzehntausend Kilometer entfernt leben mußte, verstärkte dieses Gefühl eher noch.

Die beiden Frauen warteten neben Emilys riesigem Cadillac. Sie war ohne ihren Gatten Hsiu gekommen und hatte sich nicht einmal die Mühe gemacht, die ihr zweifellos von ihm aufgetragenen Kondolenzbekundungen auszurichten. Tommy und Julia ließen sich gern von ihr zum Mitfahren einladen und schickten ihren eigenen Wagen nach Hause.

Unterwegs plauderten die beiden Frauen über Modefragen, gemeinsame Bekannte, Bücher und Kindererziehung, wobei sie Jason und Althea bewußt aussparten. Zwar schlug Emily ihre Einladung aus, mit ihnen in der Wohnung in der Kiukiang Road etwas zu trinken, verabschiedete sich aber vor der Tür herzlich von ihnen.

Der Amerikanische Club an der Futschou Road in der Nähe des Bund belustigte Tommy stets, gerade weil er so unnachahmlich amerikanisch war. Massig und gedrungen unterschied sich der Bau bereits äußerlich deutlich von dem architektonisch aufgelockerten und sehr britisch wirkenden Schanghai Club am Bund.

Harry Smythe, der seinem ganzen Auftreten nach gleichfalls äußerst amerikanisch wirkte, wartete bereits im Speisesaal. Tommy hatte Harry, als er von ihm zum Mittagessen eingeladen wurde, darauf hingewiesen, daß sie nicht sehr viel Zeit haben würden. Seine Sprechstunde begann um halb drei, und er ging gern vorher die Patientenberichte durch.

«Da Sie in Eile sind, will ich nicht lange um den heißen Brei herumreden», sagte Harry, nachdem er die Bestellung aufgegeben hatte. «Wir möchten, daß Sie für uns arbeiten.»

«Das nenne ich ein deutliches Wort», sagte Tommy und nahm einen Schluck von seinem Martini. «Sagen Sie mir noch, wer sich hinter dem ‹wir› verbirgt? Und welchem Umstand verdanke ich diese Ehre?»

Lächelnd erklärte Harry: «‹Wir› sind Claire Chennault, ein gewisser Whitey Willauer und ich selbst – unter anderen.»

«Und was könnte ich für so erlesene Leute tun? Ich hatte gedacht, Sie arbeiten für General Marshall, den großen Friedensstifter.»

«Da der große Friedensstifter nichts erreicht, halte ich es lieber mit jemandem wie Claire Chennault, der die Dinge in Gang bringt.»

«Was bringt er zum Beispiel in Gang?»

«Er will eine Fluglinie einrichten. Damit tut er wirklich etwas für China.»

«So viele Leute tun so viel für China», murmelte Tommy. «Das Land ist mit ausländischen Pöstchenjägern förmlich überschwemmt. Und die meisten von ihnen leben glänzend davon. Generalmajor Claire Chennault allerdings und Harrison Parker Smythe III muß man ernst nehmen. Sagen Sie mir also, was ich für Sie tun kann.»

«Wir hätten Sie gern als unseren leitenden Flugarzt. Sie

müßten sich nicht nur um die Piloten kümmern, sondern auch um die hygienischen Bedingungen an den jeweils von uns angeflogenen Orten.»

«Harry, was steckt hinter dieser Fluglinie?»

Der Kellner brachte die Suppe. «Na schön, ich fange ganz von vorn an», sagte Harry. «Sie wissen ja, daß Chennault Anfang des Jahres nach China zurückgekommen ist. Er war entsetzt von dem schrecklichen Leiden, das er überall sah, und hat ein paar von uns angeschrieben.»

Er entnahm der Innentasche seines Jacketts ein zerknittertes Blatt, glättete es, setzte eine Lesebrille mit einem Rahmen aus Schildpatt auf und las: «‹Ich habe›, schreibt er hier, ‹noch einmal den Weg von Schanghai flußaufwärts gemacht, über Nanking und Wuhan nach Tschungking – denselben Weg, den wir im Krieg alle hinter uns gebracht haben. Mich haben die Verwüstung und das Ausmaß von Krankheiten und Hunger, das ich gesehen habe, erschüttert. Alle Städte im Landesinnern, mit Ausnahme von Tschangscha, sind vollständig zerstört – nichts als Ruinen. Tschangscha steht wenigstens noch zur Hälfte.›»

Harry entzündete eine Zigarette und fuhr mit betont ausdrucksloser Stimme fort: «‹Hier geht es nicht nur um eine vorübergehende Hungersnot, wie sie der Ausfall einer Ernte mit sich bringt. Es ist ein *dauerndes* Elend – und keine Hilfe ist in Sicht. Die Japaner haben alles Eßbare aus dem Land geholt und alle Schweine und Hühner geschlachtet. Die Menschen ernähren sich von Baumrinde und allen möglichen wilden Pflanzen; mit Lehm versetztes Reisstroh gilt ihnen geradezu als Delikatesse. Da die Japaner auch alle Ochsen und Büffel in ihren Besitz gebracht haben, müssen sich jetzt Männer und Frauen selbst vor die schweren Holzpflüge spannen. Nur nützt es kaum etwas, denn die Japaner haben ihnen auch das Saatgetreide genommen.›»

«Nicht nur die Japaner», murmelte Tommy, «auch die verschiedenen Bürgerkriegsgeneräle – außerdem die Armeen der Nationalisten und der Kommunisten. Alle haben geplündert. Es blieb ihnen nichts anderes übrig, wenn sie überleben wollten. Ich habe das Leben auf dem Land miterlebt, während Sie es sich im Luxus von Kunming haben gutgehen lassen.»

«So großartig war das mit dem Luxus nicht!» lächelte Harry. «Auf jeden Fall schreibt Claire weiter: ‹Das Tal des Jangtse ist beinahe eine Wüste – und dabei kam früher von hier die Hälfte der chinesischen Reisproduktion. Über die Hälfte der Schiffe hat man versenkt, und es gibt kein Bauholz für neue. Die Eisenbahnlinien sind zerstört, die Straßen bestehen aus tiefen Löchern, und nur wenige Lastwagen sind noch fahrtüchtig. Eine Luftfahrt gibt es praktisch nicht mehr – in ganz China existieren nur etwa vierzig mittelgroße zivile Transportflugzeuge. Die einhundertzwanzig Transportmaschinen, die bei Kriegsende der Zentralregierung von den Vereinigten Staaten übergeben worden sind, befördern Soldaten und Material zu den im Feld stehenden nationalistischen Truppen.›»

Harry drückte heftig seine Zigarette aus. «Zum Schluß schreibt Claire: ‹Der Mangel an Verkehrsmitteln stößt China in die Steinzeit zurück. Der Handel ist gelähmt, Hilfsaktionen sind nicht möglich, zahllose Menschen fallen Hunger und Krankheiten zum Opfer – allein in diesem Jahr waren es in der Provinz Hunan vier Millionen –, während sich in den Lagerhäusern an der Küste Handelswaren und Hilfsgüter zu Bergen türmen.›»

Nachdem Harry Smythe das Blatt sorgfältig wieder zusammengefaltet und samt seiner Lesebrille in der Brusttasche verstaut hatte, legte er die Hände flach auf den Tisch, sah Tommy an und sagte leise: «Natürlich möchte Claire eine eigene Fluglinie. Das ist sein Lieblingsspielzeug. Aber er macht sich auch aufrichtig Sorgen um China. Ich weiß, daß es gerade Mode ist, über ihn zu spötteln, aber ihm geht es wirklich um das Land.»

«Das betreite ich nicht, Harry. Von uns Chinesen verspottet ihn kaum jemand, nicht einmal die Linken. Was das betrifft, sind wir beide einer Meinung.»

«Er hält eine Luftlinie für dringend erforderlich. Die eigens für China gegründete Hilfsorganisation der Vereinten Nationen hat ungeheure Mengen an Hilfsgütern ins Land gepumpt, aber es gibt keine Möglichkeit, sie an die bedürftigen Empfänger weiterzuleiten. Jetzt hat uns die Organisation zwei Millionen Dollar für die Beschaffung von Flugzeugen vorgestreckt, und die Zentralregierung hat sich gerade bereit erklärt, der Gründung einer Luftlinie zuzustimmen.»

«Woher kommen die Transportflugzeuge?»

«Die hat Whitey Willauer gekauft.»

«Einfach so?»

«Er ist . . . war . . . im Geschäft mit überschüssigem amerikanischem Kriegsmaterial und hat die Maschinen an Claire verkauft.»

«Und damit zugleich an sich selbst? Wirklich unternehmerisch gedacht!»

«Sie waren äußerst günstig zu haben, zum Stückpreis von nur ein paar tausend Dollar. Der Hilfsorganisation zahlen wir das Geld in Dienstleistungen zurück: Wir transportieren die Hilfssendungen.»

«Und wie soll die Fluglinie heißen?»

«Chinese Air Transport – CAT. Können wir auf Sie zählen?»

«Aber nur als Berater. Meine Praxis gebe ich nicht auf.»

Der Kellner nahm die Suppentassen fort und servierte gewaltige T-Bone-Steaks und eine Flasche roten Châteauneuf du Pape.

«Kein schlechter Wein.» Harry hob das Glas. «Auf eine lange und fruchtbare Zusammenarbeit.»

«Auf CAT», gab Tommy zurück. «Und jetzt erzählen Sie mir, warum Sie von General Marshall so enttäuscht sind.»

«Bestimmt haben Sie schon gehört, daß er gleich nach Neujahr heimkehrt?»

«Weil Truman ihn zum Minister machen will. Das muß nicht zwangsläufig bedeuten, daß niemand seine Mission fortführt.»

«So heißt es, aber in Wahrheit zieht sich Washington aus China zurück.»

«Worin liegt der Grund für die Eile? Warum verläßt General Marshall das Land so verärgert?»

«Sie wissen doch, daß er die Kuomintang mehrfach mit den

Kommunisten an den Konferenztisch gebracht hat. Jedesmal hat die eine oder die andere Seite die Verhandlungen abgebrochen und dann die Schuld auf die Vereinigten Staaten geschoben. Einen Kompromißfrieden will keiner von beiden. Sie wollen mit Verhandlungen nur Zeit gewinnen – und auf dem Schlachtfeld die Oberhand.»

«Aber warum jetzt?» wollte Tommy wissen.

«Der General hat es satt, immer als Sündenbock dazustehen. Was auch immer er tut, es ist falsch. In den Vereinigten Staaten stellt die Propagandamaschinerie der Nationalisten Marshall und unseren Präsidenten praktisch als Kommunisten hin. Der Vorsitzende Mao Tse-tung wieder wirft Amerika vor, es habe sich gänzlich auf die Seite der Nationalisten geschlagen. Wollen Sie Marshall da einen Vorwurf machen?»

«Harry, verstehen die Vereinigten Staaten eigentlich nicht, daß China für sie von größtem Interesse sein muß? Sie benehmen sich wie kleine Jungens, die beleidigt den Ball nehmen und nach Hause laufen, wenn das Fußballspiel nicht ganz so läuft, wie sie es gern hätten.»

«Die Vereinigten Staaten sind offenbar nicht bereit, ihre idealistischen Ziele aufzugeben», meinte Harry. «Sie wollen in China sowohl eine einwandfrei funktionierende Demokratie als auch eine moderne, auf Industrie gestützte Wirtschaft errichten – allerdings ohne den Preis zu zahlen, der zur Erreichung dieser Ziele erforderlich ist.»

Er schenkte sich Wein nach. «Nur mit einem massiven Aufgebot amerikanischer Waffen und Truppen könnte man den Kommunisten Einhalt gebieten. Allein schafft Tschiang Kaischek das nie. Doch genau dazu sind die Vereinigten Staaten nicht bereit.»

«Das heißt ja wohl mit anderen Worten», überlegte Tommy, «daß sie die Sache des Einsatzes nicht für wert halten.»

«Das wäre so, wenn wir es mit vernünftiger Politik zu tun hätten. Aber die amerikanische Politik ist nicht vernünftig. Unser Land will die nötigen Schritte nicht unternehmen, zugleich aber auch seine Ziele nicht aufgeben. Damit sitzen wir natürlich in der Bredouille.»

Beschwingt verließ Tommy den Amerikanischen Club. Er hatte wertvolle Informationen bekommen – sie würden sowohl den Apparat als auch London interessieren. Amerikas Unentschlossenheit würde für den Sieg der Kommunisten sorgen. Zwar würden die Vereinigten Staaten in China weiterhin Anwesenheit demonstrieren und die Nationalisten unterstützen – aber keins von beidem in hinreichendem Maße, um etwas am Ergebnis zu ändern.

72

11. November–2. Dezember 1946

Fünf Tage nach John Pavernens Beisetzung rief Emily Julia an und teilte ihr mit, sie würde gern zu einem Plauderstündchen vorbeikommen. Da Julia die entschiedene Offenheit ihrer Schwägerin kannte, überraschte es sie nicht, als ihr Emily ohne Umschweife erklärte: «Ich bin gekommen, weil ich dich um Verzeihung bitten möchte. Jasons Verhalten war unentschuldbar . . . Ein Kind wie Althea in seine politischen Torheiten mit hineinzuziehen!»

«Sie hätte mir sagen können, was sie vorhatte», gab Julia zurück. «Auch Althea hat sich ziemlich unverantwortlich aufgeführt. Und ein Kind ist eine Sechzehnjährige heutzutage eigentlich auch nicht mehr. Em, du mußt über Jasons Treiben furchtbar wütend sein! Nicht nur, weil es gefährlich, sondern weil es für dich auch peinlich ist!»

«Ich habe alles versucht, wirklich, und ich weiß nicht, was ich noch tun könnte – außer ihn sofort nach Amerika zu schicken. Nur fürchte ich, daß er sich da genauso engagieren würde wie hier. Unter den chinesischen Studenten dort sind die Roten äußerst aktiv.»

«Mut hat er ja», räumte Julia ein. «Aber wie er den Versprechungen der Kommunisten Glauben schenken kann –»

«Ihr wart lange fort, Julie. *Alle* jungen Leute glauben aufrichtig an die Sache der Kommunisten. Sie glauben ihnen jedes Wort – und den Eltern überhaupt nichts mehr. Auch Althea war ziemlich mutig.»

«Ich kann ihr einfach nicht verzeihen, daß sie uns nichts gesagt hat. Außerdem sollte eine wohlerzogene junge Dame unter keinen Umständen in der Öffentlichkeit –»

«Weißt du, meine Liebe, du hast die Mentalität des weiblichen Gehorsams noch nicht ganz überwunden», grinste Emily. Allmählich fand sie zu ihrer sonstigen guten Laune zurück. «Auch wenn Tommy möglicherweise der ideale Ehemann ist, brauchst du deswegen doch nicht seine gefügige Dienerin zu sein. Du bist den alten Traditionen ganz schön fest verhaftet – eine bessere chinesische Gattin, als ich es je war.»

«Nicht auf politischem Gebiet.» Julia hatte ziemlich gründlich darüber nachgedacht, auf welche Weise sie ihre politische Position nach außen verändern mußte, um glaubwürdig zu bleiben und ihre Tarnung nicht aufs Spiel zu setzen. «Nachdem ich gesehen habe, was hier in Schanghai vor sich geht, fürchte ich, daß die Lösung nicht vom Generalissimus kommt.»

«Was meinst du damit?» fragte Emily mit Schärfe in der Stimme. «Denkst du an etwas Bestimmtes? Wenn nicht der Gemus, wer dann? Etwa der Vorsitzende Mao Tse-tung?»

«Der Himmel bewahre! Von den Kommunisten kommt gewiß kein Heil. Aber wenn der US-Dollar plötzlich nicht mehr achthundert, sondern eintausendsechshundert chinesische Dollar wert ist, muß irgend jemand etwas unternehmen. Wie viele Menschen werden verhungern, wenn ihr Geld wertlos ist? Ich hatte an die Dritte Kraft gedacht. Sie ist unsere einzige Hoffnung.»

«Gehörst du etwa jetzt auch zu denen, die an die nichtkommunistische Opposition glauben, Julie? Diese wohlmeinenden Liberalen werden nie etwas bewirken . . .»

Julia, die es gewöhnt war, ihre wahren Ansichten zu verbergen, gab jetzt ganz bewußt einige davon preis. Zwar war Emily eine entschiedene Anhängerin der Nationalisten und eine ebenso entschiedene Antikommunistin, aber sie gab sich keinen Illusionen hin. Sie hätte Julias Motiven mißtraut – oder an ihrem Geisteszustand gezweifelt –, wenn diese angesichts der herrschenden Lage einen scharfen rechten Kurs gesteuert hätte. Trotzdem war es ein ziemlicher Eiertanz.

Julia mußte einen Teil ihrer Ansichten abstreiten; zu anderen konnte sie stehen. Aus ihrer unmittelbaren Erfahrung heraus stimmte sie rückhaltlos zu, als Emily erklärte, wie gefährlich es für die chinesischen Kommunisten sei, wenn sie sich mit den Sowjets einließen, mußte aber zugleich voller gespielter Naivität sagen: «Vielleicht steht Mao Tse-tung dem Kreml gar nicht so nah. Du weißt doch, daß Dick Hollings keine Anzeichen von sowjetischem Einfluß bemerkt hat . . .»

«Das hat er *berichtet*», sagte Emily hitzig. «Er wählt immer das aus, was seinen Zielen am besten paßt. Kein Wort mehr von *dem* Mann.»

Julia konnte ihrer Schwägerin weder anvertrauen, daß sich Tommy, der die Dinge aus erster Hand kannte, große Sorgen um den sowjetischen Einfluß auf die chinesischen Kommunisten machte. Sie konnte auch nicht zugeben, daß die Kommunisten die «spontanen» Demonstrationen sorgfältig planten, mit deren Hilfe Ansehen und Macht der Nationalisten systematisch untergraben wurden.

Dennoch tat die Unterhaltung Emily gut. Sie konnte endlich einmal sagen, was sie dachte, wozu sie bei ihren reaktionären nationalistischen Kampfgenossen keine Gelegenheit hatte. Ihre angestrengten Gesichtszüge entspannten sich, und ihre Wangen überzog langsam ein frisches Rot, das seine Ursache nicht nur in den Eisentabletten hatte, die ihr Arzt ihr gegen ihre Anämie verordnet hatte.

«Auch ich muß mich entschuldigen.» Julia gab der Unterhaltung eine neue Wendung. «Es tut mir leid, daß ich über die Sache mit Althea und Jason so aufgebracht war. Es war dumm und gefühllos von mir, nicht gleich mit dir darüber zu sprechen. Ich habe mich wie ein kleines Kind benommen.»

«Die Politik macht aus uns allen Narren, Julie. Weißt du, ich glaube, wir müssen Jason doch nach Amerika schicken. Aber wie können wir ihn dort von den radikalen chinesischen Studenten fernhalten? Es muß doch –»

Das Klingeln des Telefons rettete Julia aus einer Zwickmühle. Sollte ausgerechnet sie der Freundin raten, wie sie ihren Sohn vor dem Einfluß der Kommunisten bewahren konnte? Ein wenig wegen ihres doppelten Spiels beschämt, nahm sie den Hörer ab.

«Julie? Habe *ich* ein Glück, daß ich dich gleich an die Strippe kriege.»

Sie warf einen Blick zu Emily hinüber, die sich gerade von ihren Zigaretten bediente. Obwohl sie die Antwort genau kannte, fragte sie: «Wer spricht denn da?»

«Na ich, Dick – als ob du das nicht genau wüßtest.» Trotz der vielen Jahre, die seit ihrer letzten Zusammenkunft vergangen waren, schien er sicher, daß sie ihn gleich an der Stimme erkennen mußte. «Wann können wir uns treffen? Hättet ihr heute abend Zeit, du und Tommy?»

«Ich . . . ich weiß nicht. Ich muß in meinem Terminkalender nachsehen.»

Das sagte sie, weil es sie ärgerte, mit welcher Selbstverständlichkeit er davon ausging, daß auch sie ihn treffen wollten. Sie hielt die Hand über den Hörer und zählte leise bis fünfzig. Emily sah belustigt zu.

«Ich fürchte, es geht nicht», sagte sie schließlich. «Du mußt mich jetzt bitte entschuldigen, ich habe Besuch.»

«Oh», sagte Richard verschwörerisch, «das verstehe ich doch. Zweifellos ein würdiger und langweiliger Besuch. Ich rufe später noch mal an.»

Emily stieß einen Rauchkringel aus und fragte: «Wer war denn dieser lästige Mensch?»

«Die Antwort wird dir nicht gefallen, Em. Natürlich konnte ich nicht mit ihm reden, während du hier sitzt. Es war Richard Hollings, dein alter Verehrer.»

«Nimm auf mich keine Rücksicht. *Das* Feuer ist in mir schon vor Jahren erloschen.»

«Bist du da ganz sicher?»

«Natürlich. Willst du wissen warum?»

«Eigentlich nicht. Aber interessant ist es sicher.»

«Er hat mich nie geliebt. Nie!»

«Nie?»

«Er hat nicht den kleinsten Versuch unternommen, mich umzustimmen. Als ich ihm den Platz in der Sondermaschine besorgt hatte, die Mei-ling aus Hongkong abholen sollte, ist er brav abgefahren. Wenn er sich wirklich etwas aus mir gemacht hätte, wäre er nicht einfach abgereist, nur weil ich gesagt hatte, er solle verschwinden. Er hätte Himmel und Erde in Bewegung gesetzt, um mich zurückzugewinnen.»

Auch in einem unter chinesischer Verwaltung stehenden Schanghai war das Leben als Ausländer angenehm. Außerdem war es weit sicherer als für Chinesen, denn die nationalistische Polizei behandelte Fremde weit rücksichtsvoller als ihre Landsleute.

Richard Hollings und Julia Howe waren vollkommen sicher, obwohl sie unter den Tausenden, die vor der Polizeiwache demonstrierten, die einzigen nichtchinesischen Demonstranten waren.

Zwar bedrängte Hollings, dessen Selbstbewußtsein mit fast fünfzig Jahren kaum nachgelassen hatte, Julia mit alter Beharrlichkeit, sich bei Emily für ihn zu verwenden. Doch seine einstige Geliebte weigerte sich, ihn zu empfangen.

Während sie jetzt von der Menge hin und her gestoßen wurden, überlegte Julia, warum sie zugestimmt hatte, für ihn zu dolmetschen. Der Grund war gewiß nicht sein Charme gewesen. Sie hatte Zeugin einer dieser Massenkundgebungen werden wollen, die langsam, aber sicher die Macht der Nationalisten aushöhlten.

«Erinnert dich das nicht an etwas?» rief ihr Richard über den Lärm der Menge zu.

«Ja, es ist so, als sähe man denselben Film noch einmal», stimmte Julia zu. «Das haben wir 1925 schon erlebt – beim Zwischenfall vom 30. Mai.»

Das Gebrüll der Menge übertönte seine Antwort: «*Kang-yi! Kang-yi!* Wir protestieren! Wir protestieren! Die Nationalisten schlachten unschuldige Arbeiter ab!»

Zwar hatten Protestdemonstrationen auch zwanzig Jahre zuvor vorwiegend Massen blaugekleideter Arbeiter auf die Beine gebracht, doch galten inzwischen die Schlachtrufe nicht mehr der Brutalität der Ausländer, sondern wandten sich gegen die der Nationalisten. Zwei Tage zuvor hatte die chinesische Militärpolizei sieben Straßenhändler getötet, als diese mit zahlreichen anderen gegen neue Vorschriften protestierten, die sie aus zahlreichen Distrikten vertreiben sollten. Gegen diese Übergriffe demonstrierten jetzt Tausende von Straßenhändlern.

Ein modernes Gemeinwesen, hatte der Oberbürgermeister erklärt, könne nicht zulassen, daß Straßenhändler überall ihre Waren anpriesen und aus wohlhabenden Wohnbezirken einen orientalischen Basar machten. Selbstverständlich waren die Straßenhändler durch diese Bedrohung ihrer Existenz aufgebracht, und der Apparat hatte die Situation genutzt und die Demonstrationen organisiert. Als wäre auch das geplant gewesen, hatte die Militärpolizei die Nerven verloren, in die Menge gefeuert und dabei sieben Männer getötet. Märtyrer waren für eine erfolgreiche Agitation unerläßlich und der Sache sehr nützlich.

BESTRAFT DIE MÖRDER stand auf einem der Transparente, und auf einem anderen CHINESEN DÜRFEN NICHT CHINESEN TÖTEN. Obwohl die Demonstration nichts mit dem amerikanischen Eingreifen in den Bürgerkrieg zu tun hatte, stand in englischer Sprache auf einem Spruchband SCHLUSS MIT DER AUSLÄNDISCHEN EINMISCHUNG IN CHINA.

Die Menge schob sich mit drohenden Parolen an die Polizeiwache heran. Der Zeitpunkt für beschwichtigende Reden war vorüber. Hinter Stacheldraht warteten Angehörige der Militärpolizei in amerikanischen Kampfjacken und mit schußbereiten amerikanischen Karabinern.

Die Straßenhändler schworen, wenn man sie daran hindere, werde auch niemand sonst Geschäfte machen, und stürmten die wenigen Läden, die noch geöffnet waren. Rauch quoll aus den Autos, die sie umstürzten. Das Splittern von Glas und das Krachen, mit dem die hölzernen Läden zerbarsten, übertönte die lauten Rufe aus der Menge. Ganze Wellen von Demonstranten drängten der Polizeiwache entgegen und wurden durch den Druck der hinteren Reihen gegen den Stacheldraht gepreßt.

Nervös entsicherten die Militärpolizisten ihre Waffen. Der Aufstand war bereits jetzt nicht mehr mit der Demonstration vom 30. Mai 1925 zu vergleichen.

Unter schrillen Schreien durchbrach die Menge den Stacheldrahtverhau und drängte weiter vor. Die Militärpolizisten wurden gegen die braune Backsteinmauer ihrer Wache gedrückt und legten ihre Karabiner an.

Die ersten Schüsse pfiffen über die Köpfe der Menge hinweg. Einige Sekunden lang hielten die Demonstranten inne, dann explodierte ihre ganze aufgestaute Wut. Die Menge war nicht mehr zu halten.

Eine zweite Salve kam von dem Gebäude her, und Julia sah einen jungen Mann zusammensacken. Das rote Tuch um seinen Hals färbte sich dunkler. Der grauhaarige Mann neben ihm sah ihn verwundert an. Erst als die Umstehenden sich entsetzt zurückzogen, fiel der Junge zu Boden.

Nach der dritten Salve wandte sich die Menschenmenge zur Flucht. Die Militärpolizisten gingen, mit den Kolben der Karabiner um sich schlagend, gegen die Demonstranten vor. Hier und da zeigten Schüsse an, daß sich noch einzelne eingekeilte Militärpolizisten ihren Weg freikämpften. Als die Männer erneut in einer ungeordneten Reihe beieinander standen, hoben sie die Karabiner.

Richard wies auf die hinter ihnen liegende Kreuzung, und Julia wandte sich, um ihm zu folgen.

«Höchste Zeit, hier zu verschwinden.» Sie hörte seine Worte über dem allgemeinen Lärm kaum. «Das haben wir früher schon gesehen. Dasselbe Stück unter neuer Regie.»

«Ja, das ist der einzige Unterschied», stimmte sie zu. «Jetzt geben Chinesen den Befehl, Chinesen zu töten. Du kannst in Schanghai beinahe täglich so einen kleinen Aufstand erleben. Den Nationalisten entgleitet die Herrschaft, noch bevor die Kommunisten kommen. Alles zerbröselt ihnen unter den Händen.»

73

2. Januar–8. September 1947

Der Mann auf dem Fahrrad war ein lebendes Barometer für den Niedergang, den Schanghai im Jahre 1947 erlebte. An jedem Werktag strampelte er morgens um halb acht über die Kiukiang Road ostwärts dem Bund zu und abends um halb sieben wieder nach Westen zurück. Julia wußte nicht, wo er arbeitete oder schlief, sie kannte weder seinen Namen noch sein Alter, schloß aber aus seinem uralten Raleigh-Rad und seinem fadenscheinigen, aber ordentlichen Anzug, daß er ein Angestellter eines alteingesessenen ausländischen Handelshauses sein mußte.

Daß er mißtrauisch und vorsichtig war, wußte sie. Jedesmal, wenn er an der Ecke der Honan Road abstieg, um den kleinen Tabakladen dort zu betreten, schloß er das Rad mit zwei Ketten an einem Laternenpfahl an und führte ein zusätzliches Vorhängeschloß durch das Kettenblatt und um die Kette. Obwohl Diebstähle in beunruhigendem Maße zunahmen, kam es ihr doch übertrieben vor, daß er außerdem die Bremsgummis einsteckte.

Zum erstenmal war ihr der Radfahrer am ersten Freitag des Januar 1947 aufgefallen, als er bei eisigen Schneeregen in einem alten Tweedmantel heimwärts fuhr. Vom Lenker seines Rads hing ein kleines, schmales Netz voller Zehn-Dollar-Noten mit dem Abbild Dr. Sun Yat-sens. Julia vermutete, daß der Mann gerade seine Prämie, wie viele ausländische Firmen sie allmonatlich verdienten Mitarbeitern zusätzlich zum Gehalt in US-Dollar zahlten, in die Landeswährung umgetauscht hatte. Auf dem Bund betrieben vor dem Gebäude der Bank of China ein Dutzend illegaler Geldwechsler offen ihre Schwarzmarktgeschäfte. Vermutlich würde die Frau des Mannes, sobald das Geld im Haus war, so rasch wie möglich Grundnahrungsmittel dafür kaufen – bevor die Kaufkraft weiter dahingeschmolzen war.

Je mehr der chinesische Dollar an Wert verlor, desto praller wurde im Verlauf des Frühlings das Netz am Lenker des Rads. Ende März waren es bereits zwei lange Netze voller Banknoten. Der Kurs der chinesischen Währung gegenüber dem amerikanischen Dollar gab täglich stärker nach.

Im Frühsommer hatte ein auf den Gepäckträger geschnalltes Köfferchen die Stelle der Netze an der Lenkstange eingenommen, um die Mitte des Sommers war es ein großer Koffer, und gegen Ende des Sommers hatten sich zwei große Netze dazugesellt, die wie Satteltaschen links und rechts des Hinterrads herabhingen. Der Mann kam jetzt zweimal wöchentlich mit seiner Last vorbei, und im Frühherbst sogar täglich.

Trotz seiner sonstigen Vorsicht schien es ihn nicht zu kümmern, daß man ihn mit Millionenbeträgen durch die Straßen fahren sah. Die zahlreichen Diebe Schanghais, die binnen Sekunden ein Fahrrad gestohlen hätten, waren selbst an ungeheuren Mengen dieser Banknoten nicht interessiert, denn dafür gab es so gut wie nichts zu kaufen.

Während das Vertrauen in die Zukunft ebenso rasch schwand wie der Wert des chinesischen Dollars, verfiel auch Schanghai in auffälliger Weise. Hotels, Wohnblocks und sogar die selbstbewußten ausländischen Klubs wurden nur noch nachlässig instandgehalten. Renovierungsarbeiten unterblieben. Die Straßenbahnwagen wurden immer mehr vernachlässigt, ihre Holzsitze splitterten, die Farbe blätterte ab, und ihre mechanischen Teile klapperten vernehmlich. Aus Straßen, um die sich niemand kümmerte, wurden Hindernisstrecken für die Autofahrer voll tiefer Schlaglöcher. Völlig apathisch trieb die Stadt dem Niedergang entgegen.

Sogar Joshua Haleevie hatte aufgehört, in die dem Untergang geweihte Stadt zu investieren. Sein geliebtes Schanghai lag im Sterben, und er mußte hilflos zusehen. Der Kapitalfluß hatte nur noch eine einzige Richtung – aus der Stadt hinaus. Auch Tommys ältere Brüder transferierten ihre Gelder nach Hongkong, New York und London. Zwar verbot die Zentralregierung der Nationalisten den Kapitalexport strengstens, doch ließen sich Zoll- und Bankbeamte leicht bestechen. Im übrigen trieben es Kabinettsminister, höhere Militärs und leitende Beamte schlimmer als die Privatleute. Sie schafften als Dienstgepäck Goldbarren und US-Dollar aus dem Land: ein deutlicher Hinweis darauf, daß nicht einmal sie Vertrauen zur Regierung hatten.

Julia wollte gar nicht genau hinsehen. Das Leiden der Menschen war entsetzlich – und obwohl sie schon so viele Jahre im Land lebte, hatte sie sich nach wie vor nicht an den scharfen Kontrast zwischen den auf Rosen gebetteten Reichen und der Not der Armen gewöhnt.

Besonders zu Herzen ging ihr das Elend der Kinder. Tausende von Familien lebten buchstäblich auf den Straßen, da die Inflation es ihnen unmöglich machte, die exorbitanten Mieten zu zahlen. Kinder, die sich schon mit sechs oder sieben Jahren für eine Schale Reis prostituierten, konnten noch von Glück sagen. Den Verkrüppelten und Kranken blieb nicht einmal diese Möglichkeit zu überleben. Sie umdrängten die Türen der Restaurants und bettelten deren wohlgenährte Besucher an. An der Hintertür prügelten sie sich um die Reste, die den Kellnern und Tellerwäschern zu mager schienen, sie ihren hungrigen Angehörigen mit nach Hause zu nehmen.

Julia mußte daran denken, was der Kleine Pao in den zwanziger Jahren durchgemacht hatte. Kleine Kinder folgten jetzt den Kulis, die Reissäcke schleppten, in der Hoffnung, daß einige Körner herausfielen. Andere verscheuchten die Spatzen von den unverdauten Haferkörnern in den noch dampfenden Roßäpfeln.

Julia wurde ganz gegen ihre Art weiß vor Wut, als Tommy ihr Mitte Juli erzählte, die Kommunistische Partei beabsichtige, den Bürgerkrieg sich noch einige Jahre hinschleppen zu lassen, um die Nationalisten vollständig zu zermürben. «Sie *dürfen* nicht warten. Es wird täglich schlimmer. Gott allein weiß, wie Schanghai in ein paar Jahren aussehen wird.»

«Wir sind noch nicht bereit», erklärte er. «Wir müssen unseres Sieges gewiß sein, bevor wir uns auf das letzte Gefecht einlassen.»

«Tommy, bis dahin werden bestimmt allein hier in Schanghai Zehntausende von Kindern umkommen. Wenn ich mir vorstelle, daß unsere beiden in derselben Lage wären ... Immerhin habe ich einen Trost. Wir haben damals, vor vielen Jahren, die richtige Seite gewählt. Schlimmer als jetzt kann es nicht werden.»

Tommy war im Grunde ihrer Meinung. Er war eigentlich davon überzeugt, daß der Vorsitzende Mao Tse-tung dem Land Frieden und Wohlstand bringen würde. Aber ein kleiner Zweifel nagte doch an ihm.

«Merkwürdig», begann Julia erneut, «ich habe meinen Geldmann mit seinem Fahrrad schon eine ganze Woche nicht mehr gesehen. Wenn das kein schlechtes Zeichen ist!»

Emily und Julia standen einander wieder so nahe wie eh und je. Da war es nur zu verständlich, daß sie der Ansicht waren, auch ihre Kinder könnten sich enger aneinander anschließen. Vor allem Jason, meinte Emily, könne der von Althea und Persephone ausgehende starke amerikanische Einfluß nicht schaden. Gegen sein politisches Engagement war schließlich grundsätzlich nichts einzuwenden; er war eben einfach ein bißchen übereifrig.

Die jungen Leute ihrerseits langweilten sich, denn ihre einzige Abwechslung bestand im Besuch des Columbia Country Club und in gelegentlichen Kinobesuchen. Jason hatte seiner Mutter hoch und heilig versprochen, er werde weder seine Schwestern noch seine Kusinen in die Studentenbewegung mit hineinziehen, und so verging allen die Zeit langsam. Das änderte sich, als die alte Tante Wi Howe alle auf ihren bei Wusung am Jangtse gelegenen Landsitz einlud. Das große Herrenhaus, das etwa fünfundzwanzig Kilometer von Schanghai entfernt war, nannte sie selbst ihr «Häuschen».

Tante Wi, die von einem Telefon nichts wissen wollte, schrieb, es würde sie freuen, wenn die jungen Leute bei ihr blieben, so lange sie wollten. Zu den Attraktionen, die sie bot, gehörten Angeln, Schwimmen, Segeln, Tennisspielen und Reiten.

«Außerdem», schrieb sie, «wird es den amerikanischen

Mädchen guttun, das *wirkliche* China zu sehen.» Tommy mußte breit lächeln, als er das las.

Der einsiedlerische Ou-yang Hsiu nickte zufrieden, als zwei Wochen später seine sonnengebräunten «modernen» Töchter Patricia und Eunice unter dem Schutz von Tante Wis altem obersten Hausdiener zurückkehrten. Zur gleichen Zeit setzte Persephone ihre Eltern ins Bild: «Althea und Jason waren richtige Spielverderber. Bei allem und jedem haben sie gesagt, es langweile sie. Ich bin richtig froh, daß sie früher abgereist sind.»

Tommy nickte mechanisch, und Julia sagte: «Schön, mein Mädchen. Du mußt uns dann später alles genau erzählen –»

«Augenblick mal», unterbrach Tommy sie. «Wie meinst du das, Jason und Althea sind früher abgereist? Wann war das?»

«Nun, so vor neun oder zehn Tagen. Sie haben gesagt, du hättest ihnen erlaubt, nach Hause zu fahren, wenn sie es langweilig fänden.»

Das Telefon klingelte. Emily berichtete aufgeregt, was sie gerade von ihren Töchtern erfahren hatte.

«Tommy, *wo* sind Jason und Althea?» fragte sie wutschnaubend. «Du mußt es wissen.»

«Wir haben selbst keine Ahnung, Em, aber das kriege ich verdammt schnell heraus. Und du alarmierst deine Freunde von der nationalistischen Polizei.»

Er legte rasch auf, zitternd vor Wut und Angst. Er brannte darauf, etwas zu tun, hatte aber keine Ahnung, was das sein sollte.

Zehn Tage waren eine lange Zeit. Wären die jungen Leute entführt worden, läge längst eine Lösegeldforderung vor. Überdies waren sie offenbar freiwillig aufgebrochen, nachdem sie den Geschwistern erklärt hatten, sie besäßen seine Erlaubnis dafür.

Tommy begann mit seinen Nachforschungen in Wusung. Er beauftragte Bauern und Fischer, den Bezirk abzusuchen. Auch den Apparat bat er um Mithilfe. Vielleicht hatte ja ein Genosse die beiden jungen Leute irgendwo gesehen, wo sie nichts zu suchen hatten.

Der alte Ou-yang Hsiu rief an und erklärte am Telefon, er erwarte, daß man alle nur möglichen Kräfte auf die Suche nach seinem jüngsten Sohn verwende. Merkwürdigerweise wirkte er, der Vater von vier Söhnen war, weit beunruhigter als Emily, die nur diesen einen Sohn hatte.

Täglich wurde Tommys Stimmung gedrückter. Die Durchsuchung des Bezirks von Wusung erwies sich als unergiebig, und der Apparat schwieg. Julia war ständig gereizt, und Emily tauchte zu den seltsamsten Tages- und Nachtzeiten in der Kiukiang Road auf und verschwand jedesmal rasch wieder nach Hause, in der Hoffnung, dort Informationen aus irgendwelchen nationalistischen Quellen vorzufinden.

Am vierten Tag kam mit der Post ein schmuddeliger Umschlag. In dem Brief, der in Sutschou aufgegeben war, hieß es: «Liebe Eltern, macht Euch keine Sorgen. Wir sind bei der Neuen Armee der Vierten Front, und wir dienen China. Ich bin alt genug, um ein Gewehr zu tragen, und Althea kann Bandagen wickeln oder Handgranaten zusammensetzen. Es ist großartig, daß wir die Möglichkeit haben, unseren Beitrag zum nahe bevorstehenden Sieg der Sache des Volkes zu leisten.»

Althea hatte ein P. S. daruntergekritzelt: «Mom und Dad, ich bin sicher, daß Ihr mich versteht. Wir hatten Angst, daß alles vorbei ist, bevor wir mitmachen können.»

Aus Tommy brach es heraus: «Ich verstehe nur eins – der verdammte Jason hat sie praktisch entführt. Verwöhnte Stadtkinder wie sie halten das Leben im Feld überhaupt nicht aus!»

Julia war so erleichtert, daß die beiden noch lebten, daß sie über seine Empörung sogar lachen konnte. Hatten die beiden nicht genau dasselbe getan wie er als junger Mann? Sie waren in einer Zeit, in der ihr Land in großer Gefahr schwebte, dem Heer beigetreten. Sie spielte sogar mit dem Gedanken, ihrer Tochter eine Weile Gelegenheit zu geben, ihre Ideale in der Praxis zu erproben, aber Tommy fluchte noch immer über den Neffen, der seine Tochter zu der politischen Sache verlockt hatte, der er selbst seit Jahrzehnten diente. Außerdem, sagte er, sehe er keinen Grund, warum sie Entbehrungen erleiden und schwere körperliche Arbeit tun sollte, solange es dafür genug Bauernmädchen gebe.

Neckend sagte Julia: «Eigentlich müßten wir doch stolz sein, unsere Tochter der Revolution zu übergeben.»

«Auf den Stolz pfeife ich!» explodierte er. «Und auf die Revolution auch! Aber wie kriegen wir die beiden wieder her? Den Apparat kann ich nicht darum bitten. Die würden sich schimmelig lachen.»

«Mit Recht. Bist du ganz sicher, daß du sie zurückhaben willst?»

«Sei nicht albern, Julie. Selbstverständlich.» Als er ihren spöttischen Ausdruck bemerkte, lachte er auch. «Großer Gott, ich bin ja so froh, daß wir wenigstens wissen, was mit ihnen los ist. Was tun wir jetzt bloß?»

«Wir könnten zu Rosamonde Sun gehen, Tommy. Wir schulden ihr ohnehin einen Besuch. Obwohl sie sich über mangelnde Aufmerksamkeit nicht beklagen kann. Die halbe Presse sitzt zu ihren Füßen, als wäre sie eine Art Gottheit.»

Madame Sun Yat-sen hatte ihr Haus allen jungen Liberalen Schanghais geöffnet, ob Ausländer oder Chinesen. Außerdem teilte sie den Auslandskorrespondenten alles mit, was die Kommunistische Partei Chinas inoffiziell verbreitet wissen wollte.

Da Tommy mit Rosamonde nie recht warm geworden war, brachte Julia ihr Anliegen vor. Sie nahm die Frau beiseite, die sie so sehr bewunderte und sprach leise fast zehn Minuten auf sie ein. Rosamondes Puppengesicht verzog sich zustimmend, und sie küßte Julia spontan auf die Wange.

«Ich tue, was ich kann», sagte sie, Tommys Hand tätschelnd. «Eure Motive sind ehrenwert.»

Nachdem sie das große Haus im früheren französischen Teil der Stadt verlassen hatten, lenkte Tommy den Cord heimwärts und fragte: «Was hast du ihr über meine Motive gesagt? Der Teufel soll mich holen, wenn ich die selbst genau kenne.»

«Ich habe ihr gesagt, daß wir als Eltern natürlich beunruhigt, als Patrioten jedoch sehr stolz darauf sind, daß unsere Tochter und unser Neffe in der Armee dienen. Alt genug seien sie auf jeden Fall; es gäbe ja so viele andere, die der Sache bereits in weit jüngeren Jahren dienten. Es sei uns noch nicht ganz gelungen, unsere Besorgnis um ihre Sicherheit vollständig zu unterdrücken, wir gäben uns aber die größte Mühe, diese Schwäche zu überwinden.»

«Verdammt noch mal, Julie, *willst* du etwa, daß sie bei den Bauernlümmeln da draußen bleiben? Bist du verrückt geworden?»

«Nein, Liebling, das will ich nicht, und ich bin auch nicht verrückt – aber ein bißchen schäme ich mich deiner Selbstsucht. Ich glaube nicht, daß Rosamonde einer tränenreichen Bitte gegenüber besonders aufgeschlossen wäre, jetzt, wo so viele kämpfen und sterben.»

«Was hast du ihr denn gesagt? Was meint sie mit meinen ehrenwerten Motiven?»

«Ich habe ihr gesagt, ich hätte mich zögernd von dir überreden lassen – weil du den klareren Kopf habest. Bei allem Stolz fragtest du dich doch, ob die jungen Leute ihr Leben auf diese Weise nicht wegwürfen. Jeder könne ein Gewehr tragen, aber nur wenige sprächen Englisch, und noch weniger hätten die Möglichkeit, im Ausland zu studieren, um der Revolution danach noch besser zu dienen – ganz wie Rosamonde selbst.»

«Kluges Mädchen. Das hätte ich nie fertiggebracht. Sie leitet also die Bitte weiter, und wir müssen nur noch warten?»

Angesichts der schlechten Nachrichtenverbindungen zu den Guerillas war die Wartezeit erstaunlich kurz. Am Abend des neunten Tages nach ihrem Besuch bei Rosamonde Sun entstiegen dem Aufzug im Haus an der Kiukiang Road zwei ziemlich abgerissene und in keiner Weise reumütige Sünder. Althea küßte ihre Eltern stürmisch, während der achtzehnjährige Jason mit reglosem Gesicht seinem Onkel und seiner Tante die Hand gab.

«Wir haben geschworen, es nur euch zu sagen», vertraute er ihnen beiden feierlich an. «Genosse Tschou En-lai *selbst* hat uns den Auftrag gegeben, nach Schanghai zurückzukehren und unser bisheriges Leben weiterzuführen.»

«Tschou En-lai selbst?» gab Tommy zurück. «Wie seltsam!»

«Papa, Genosse Tschou weiß über alles Bescheid, was geschieht», sagte Althea, «sogar über zwei so unwichtige kleine Soldaten der Revolution wie uns.»

«Er hat direkt an uns geschrieben, Onkel Tom. Er hat uns aufgefordert, nicht nur an die Gegenwart, sondern auch an die Zukunft zu denken. Viele tapfere junge Männer und Frauen könnten ein Gewehr tragen und Handgranaten montieren, aber nur wenige hätten die Gelegenheit, im Ausland zu studieren, um auf diese Weise ihrem Land um so besser dienen zu können.»

«Wie klug von ihm!» rief Julia aus. «Hat er sonst noch etwas gesagt?»

«Ja, daß wir nicht weiter in den Kreisen der Linken verkehren sollten. Manche Menschen, hat uns Genosse Tschou En-lai angewiesen, müßten lernen zu warten – und in der Stille zu dienen.»

Warum, überlegte sich Julia, hatte Tschou En-lai ihrer Bitte so buchstabengetreu entsprochen? Wollte er damit Tommy für die Hilfe belohnen, die ihm dieser während des Weißen Terrors von 1927 erwiesen hatte, oder war das sein Dank für die Dienste, die sie beide jahrelang geleistet hatten? Vielleicht hatte er auch einfach getan, was von seinem Standpunkt aus vernünftig war: Gebildete junge Leute gab es nicht so viele, als daß man verschwenderisch mit ihnen hätte umgehen können.

Erleichtert und entschlossen sagte Emily: «Wir müssen die Kinder sofort aus der Stadt schaffen. Wenn die Geheimagenten der Nationalisten die Wahrheit über diese jüngste Eskapade erfahren, schweben beide in Gefahr, und ich habe keine Möglichkeit, die Agenten lange hinzuhalten. Bei Mei-lings gegenwärtiger schlechter Laune kann ich niemanden schützen. Sie müssen beide mit dem nächsten Schiff nach San Francisco.»

Zwei Tage später standen Althea und Jason an Deck der *President Wilson*. Patricia und Eunice, die zu Hause bleiben mußten, umklammerten mit vor Ehrfurcht weit aufgerissenen Augen ihren heldenhaften Bruder. Persephone, die gleichfalls mitfuhr, schneuzte sich geräuschvoll, um ihre Tränen zu verbergen.

Emily und Julia betupften mit Taschentüchern ihre Augen. Tommy machte ein betont gleichmütiges Gesicht, und Ouyang Hsiu war wie gewöhnlich nicht da.

Emily erklärte, ihr dreiundsiebzigjähriger Gatte sei diesmal nicht aus eigenem Antrieb ferngeblieben. Daß sich die jungen Leute zu den Kommunisten geschlagen hatten, war ihm nahegegangen. Die Aufregung setzte seinem schwachen Herzen sehr zu.

«Habt ihr mich verstanden?» fragte Emily die drei jungen Reisenden noch einmal. «Der Generalkonsul holt euch in San Francisco vom Schiff ab, und in New York kümmert sich Tante Julias Vetter Bob um euch.»

«Mach dir keine Sorgen, Mutter», gab Jason mit abwehrender Geste zurück. Eine Pazifiküberquerung war eine Kleinigkeit für einen Patrioten, der feindliches Gebiet durchquert hatte, um sich der Neuen Armee der Vierten Front anzuschließen. «Es wird schon alles klappen.»

«Althea kommt gerade noch rechtzeitig zum Semesterbeginn in Bryn Mawr an», fuhr Emily fort. «Ich habe telegrafiert, so daß man sie dort erwartet. Und die Schule, auf die Perse gehen wird, ist auch informiert. Und, Jason, vergiß nicht –»

«Ich weiß, ich weiß», unterbrach Jason sie. «General Sun Li-jen hat seine Ausbildung am Militärinstitut von Virginia mit Auszeichnung abgeschlossen. Er hat meinetwegen dorthin telegrafiert. Ich soll mich anständig benehmen, keinem was über den Kommunismus oder die Neue Armee der Vierten Front erzählen und mich nicht mit den Linken einlassen. War sonst noch was, Mutter?»

«Nein, mein Liebling, alles ist in Ordnung.» Emily küßte ihn. «Bitte versuche, regelmäßig zu schreiben.»

«Wird gemacht, Mutter.» Jason wandte sich ab, damit niemand sah, daß nun auch ihm Tränen in die Augen stiegen. «Ich werde dran denken. Können wir jetzt in die Kabine runtergehen? Bei dieser Hitze gehe ich in dem Mantel noch ein.»

74

16. Oktober–20. Dezember 1947

Ou-yang Hsiu erlag Mitte Oktober einem schweren Herzanfall. Einige kleine Attacken waren dem vorausgegangen, doch er litt nicht lange, war fast bis zum Schluß bei vollem Bewußtsein und klagte schließlich: «Es fühlt sich an, als schnitte man mir mit zehn Rasiermessern zugleich die Brust auf.»

Seine Frau Emily, vierundzwanzig Jahre jünger als er, hatte seine tödliche Erkrankung gefaßt aufgenommen. Sie war selbst davon überrascht, wie sehr sein Tod sie betrübte und ihrem Leben in gewisser Weise sogar den Halt nahm. Sie hatte ihn stets geachtet, aber nie geglaubt, er könne so im Mittelpunkt ihres Lebens stehen.

Dieser Verlust fiel zeitlich mit einer Periode unfreiwilliger Ruhe in ihren politischen Aktivitäten zusammen. Mit dem Sieg über die Japaner war ihr großer Kreuzzug für die Nationalisten zu Ende gegangen. Wie Mei-ling Tschiang merkte auch Emily, daß ihre Kenntnisse der Vereinigten Staaten jetzt, da alle Kräfte auf die Kommunisten konzentriert wurden, nicht mehr gefragt waren. Zwar hatten die Nationalisten Amerikas Hilfe nie nötiger gehabt, aber ihre alte Garde stand allen Ausländern noch immer mißtrauisch gegenüber – vor allem den forschen Amerikanern. Die Nationalisten wirkten zu einer Zeit, wo sie kraftvoll gegen die kommunistische Propagandaoffensive hätten vorgehen müssen, beinahe wie gelähmt.

Manche Amerikaner, unter ihnen einige Kongreßabgeordnete, Journalisten und eine Handvoll Geschäftsleute, sprachen sich für das freies China der Nationalisten aus; eine weit größere Anzahl hingegen machte sich die Sache der Kommunisten zu eigen, in erster Linie aus Abscheu vor der Korruption und der Brutalität der nationalistischen Regierung. Es sah ganz so aus, als zögen die Männer und Frauen, die die öffentliche Meinung in Amerika bestimmten, die rosigen Versprechungen der Kommunisten, die sie kaum verstanden, dem schroffen Gesicht der Nationalisten vor, das sie inzwischen nur allzu gut kannten.

Zu Beginn des trüben und leeren Dezembers 1947 drängte der unermüdliche Jimmy Wei die apathische Emily: «Sie dürfen sich nicht so verschließen. Sie müssen wieder aktiv werden.»

«Und wie?» unterbrach sie ihn. «Meine Fähigkeiten scheinen im Moment nicht sehr gefragt.»

«Sie können unsere Sache den Amerikanern gegenüber besser vertreten als sonst jemand. Sie sollten wieder für uns arbeiten.»

Emily sah keinen Anlaß, die Dinge ausführlich mit Jimmy zu besprechen. Sie konnte ihm nicht gut sagen, daß sie die Kreise, in denen die ausländischen Journalisten verkehrten, absichtlich mied, um nicht Richard Hollings über den Weg zu laufen. Sie war fest entschlossen, ihn nie mehr wiederzusehen, schon gar nicht jetzt, da sie durch den Tod ihres Mannes verlassen und verletzlich war. Sein Mitleid wollte sie nicht, ganz davon abgesehen, daß ihr Stolz es unter keinen Umständen zulassen würde, seinem Charme erneut zu erliegen.

Trotz allem verdammte sie ihn nicht mehr so rückhaltlos wie damals in Tschungking. Sie war geistig, politisch und emotional gereift. Trotz ihrer Verehrung für Mei-ling Tschiang begriff sie jetzt, daß die Nationalisten große – vielleicht sogar entscheidende – Schwächen hatten. Aus diesem Grund, und auch aus Solidarität mit der Familie, sprach sie mit niemandem über ihren allmählich wachsenden Verdacht, was die Rolle betraf, die Tommy und Julia politisch spielten. Ihr Gewissen belastete das nicht, denn sie hatte gelernt, menschliche über politische Werte zu stellen. Sie würde die Sache der Nationalisten bis zu ihrem Tod unterstützen. In dem Bürgerkrieg aber, der in China tobte, sah sie längst nicht mehr den Kampf zwischen dem absolut Bösen und der absoluten Tugend.

«Lassen Sie mich die Sache in Nanking in die Wege leiten», bat Jimmy. «Am besten wäre für Sie eine Reise durch die Vereinigten Staaten: Vorzeigeinterviews und Rundfunksendungen. Dafür wäre es gut, wenn Sie sich wieder mit den

Korrespondenten bekannt machten. Nicht alle sind von den Roten hypnotisiert.»

«Die Aufgabe ist dringend, weiß Gott. Allein schon, daß ich darüber spreche, löst mich aus meiner Erstarrung.»

«Sie könnten doch damit anfangen, daß Sie bei Madame Sun Yat-sens Presseabenden erscheinen. Sie wissen doch, Tee und rote Propaganda.»

«Das brächte ich nicht fertig, Jimmy. Ich verabscheue sie.»

«Könnten wir sie doch nur zum Schweigen bringen! Aber gegen die geheiligte Witwe des Mannes, dem das Land so viel verdankt, sind wir machtlos.»

«Jimmy, ich sehe wirklich nicht, wie –»

«Nun, Sie sind doch eine alte Freundin der Familie Sung. Das ist doch Grund genug, oder?»

Als das Telefon klingelte, arbeitete sich Tommy Howe gerade durch den Ordner mit Zeitungsausschnitten, den seine Sekretärin für ihn angelegt hatte. Er mußte über politische Entwicklungen stets auf dem laufenden sein, doch manchmal fiel ihm das schwer. Neben seiner Praxis war er für die Fluglinie CAT als Flugarzt tätig und führte darüber hinaus die ihm vom Apparat zugewiesenen Aufgaben aus.

Julia nahm ab und formte das Wort «Emily» mit den Lippen. Während sie mit seiner Schwester sprach, las er zwei Kurzmeldungen, die alles Wesentliche enthielten, noch einmal:

12. November – Bei der Generaloffensive der Volksbefreiungsarmee fällt mit Schiatschiatschwang an der Bahnlinie Peiping–Hankao die erste größere Stadt Nordchinas in die Hände der Kommunisten.

Tommy mußte daran denken, daß für ihn alles mit dem Streik der Eisenbahner jener Linie begonnen hatte.

8. Dezember – Washington stellt den Nationalisten im Austausch gegen amerikanische Marinestützpunkte in China

140 Kriegsschiffe zur Verfügung, darunter einen schweren Kreuzer und verschiedene Zerstörer.

Vielleicht zu viele, überlegte er, aber auf jeden Fall zu spät.

Julia legte auf und teilte ihm mit, daß sich seine Schwester ins feindliche Lager wagen wolle, aber nicht den rechten Mut aufbringe. Sie wollte gern wissen, ob Tommy und Julia bereit seien, sie zu Rosamonde Sun zu begleiten.

Wie Julia war auch Tommy nur allzu froh, daß seine Schwester aus ihrer Lethargie zu erwachen schien. Allerdings teilte er Julias Hoffnung nicht, daß man sie dazu bringen könne, die Dinge im selben Licht zu sehen wie sie – und er fragte sich, woher ihr plötzliches Interesse an der Linken stammen mochte. Aber natürlich war er bereit, sie zu begleiten.

Eine Woche vor Weihnachten klingelten sie an der mit einem riesigen Ilexkranz und einer roten Schleife verzierten Tür des großen Hauses im ehemals französischen Teil der Stadt.

«Ich hatte fast vergessen, daß Rosamonde eine gute Christin ist.» Julia strich ihren Nerz glatt. «Als einzige Rechtgläubige von uns dreien werde ich mich hier richtig zu Hause fühlen.»

Weihnachtslieder ertönten von einem tragbaren Plattenspieler, und Punsch wurde ausgeschenkt.

Ein Tannenbäumchen war mit winzigen Lampions behangen, deren rote Seidenquasten jedesmal schwankten, wenn sich die Bodendielen knarrend unter den Schritten Vorbeikommender bogen. Tabakrauch hing in der Luft, man trank den heißen Punsch und führte angeregte Gespräche. Emily fühlte sich wohl in dieser ihr so vertrauten Atmosphäre, die überall entstand, wo Zeitungsleute zusammenkamen.

«Nehmt euch zuerst ein Glas Punsch, meine Freunde», sagte Rosamonde, «dann müßt ihr unbedingt die interessanten Leute kennenlernen. Gregory Hardin da drüben kennt ihr sicher schon längst. Er ist ja schon so lange hier!»

Emily winkte zu Hardin hinüber. Er galt als jemand, den weder Gunstbeweise noch Versprechungen oder Drohungen beeinflussen konnten. Schade, daß ein für seine Integrität bekannter Korrespondent wie er täglich günstiger über die Kommunisten berichtete. Natürlich war er weitgehend auf Berichte aus zweiter Hand angewiesen, da er, wie die meisten, zu den Kampfzonen keinen Zugang hatte.

«Sie sprechen nicht Chinesisch», gab Hollington Tong, der immer noch Leiter der Propaganda war, stets als Begründung dafür an, daß man die Korrespondenten von dort fernhielt. «Unglücklicherweise kann ich nicht jedes Mal einen meiner Mitarbeiter zu ihrer Begleitung aufbieten.» Emily erschien diese Haltung töricht. Selbst Jimmy Wei wurden wichtige Informationen von den reaktionären Mitgliedern der nationalistischen Partei vorenthalten, die alle Ausländer verachteten, besonders aber die Zeitungsleute. Damit sorgten die Nationalisten selbst dafür, daß das Feld denen überlassen blieb, die die Trommel der Kommunisten rührten – wie Rosamonde Sun. Sie verfügte stets über die neuesten Informationen, und immer waren diese günstig für die Kommunisten.

Während Emily ein Glas Punsch nahm, überlegte sie, wie recht Jimmy Wei hatte. Es gab viel zu tun. Aber bestand überhaupt noch Hoffnung, in die Entwicklung einzugreifen, sie gar umzukehren? Wie auch immer, alles war besser, als die Hände weiterhin in den Schoß zu legen. Sie würde sich erneut bemühen, dem Ausland die Wahrheit über China nahezubringen. Während sie sich mit freundlichem Lächeln Gregory Hardin zuwandte, spürte sie Rosamondes kalte Hand auf ihrem Arm.

«Emily», sagte Rosamonde, die sie seit sieben Jahren nicht gesehen hatte, «ich glaube, Sie kennen Richard Hollings?»

Im letzten Augenblick schluckte Emily die Antwort herunter. Sie hatte eigentlich sagen wollen, daß sie ihn nur zu gut kenne. Statt dessen murmelte sie mürrisch: «Guten Abend, Dick.»

Richard, der das Zusammentreffen offenkundig arrangiert hatte, rief aus: «Emily! Ich bin erst gestern aus Indien zurückgekehrt. Was für ein Glück, dich hier zu treffen.»

Es war besser, ihn nicht darüber aufzuklären, daß ihr Julia, seit er ein Jahr zuvor wieder nach Schanghai zurückgekehrt war, jedesmal getreulich berichtet hatte, wann er in die Stadt kam und wann er sie verließ, auch wenn sie immer wieder beteuerte, daß sie keinesfalls eine Versöhnung herbeiführen wollte. Trotz Emilys Entschlossenheit, ihm keine Gelegenheit zu einem Gespräch zu geben, entschlüpfte ihr der Satz: «Sammeln sich die Aasgeier der Presse bereits zum Festmahl?»

«Korrespondenten mögen seltsame Vögel sein, Emily, aber so pervers sind wir nun auch nicht», gab er in munterem Ton zur Antwort. «Wenn es keine Kriege und Revolutionen gäbe, würden wir uns gern an anderen, angenehmeren Dingen gütlich tun. Ohnehin bin ich für solche Unternehmungen zu alt.»

Er mußte etwa fünfzig sein, überlegte sie rasch. Seine grauen Schläfen ließen ihn nicht wesentlich älter als früher erscheinen, wohl aber distinguierter. Um die Augen herum wirkte er müde.

«Ich wollte damit nicht sagen, daß ihr die Kriege vom Zaun brecht», gab sie zur Antwort, «sondern daß sie euch als Jagdgründe dienen. Das stimmt doch?»

«Wie ungewöhnlich», überlegte Richard laut, «der Ansatz zu einer Entschuldigung nach einem persönlichen Angriff. Das will gar nicht recht zu Emily Howe . . . ich meine Madame Ou-yang, passen. Was mag wohl der Grund dafür sein?»

«Mach dir keine Illusionen, Dick, du bist es nicht. Aber wenn du frisch aus Indien kommst, brennen sicher alle darauf, mit dir zu sprechen. Laß dich also nicht aufhalten.»

«Vielleicht möchte ich aber nicht mit denen sprechen, sondern nur mit dir. Hat dir Julie übrigens schon von Fiona erzählt? Wir sind seit einem Monat geschieden. Sie hatte schon seit Jahren die Nase voll von mir. Ich sei nie zu Hause, hat sie geklagt, und falls doch, wünschte ich, anderswo zu sein. Also haben wir uns schließlich getrennt.»

«Wie schön für dich! Jetzt bist du alle Verantwortung los. Aber warum erzählst du mir das?»

«Es ist mir wichtig, daß du das weißt», sagte Richard mit ernstem Gesicht. «Du bist der einzige Mensch . . . aus dem ich mir je etwas gemacht habe. Von Anfang an hat es immer nur dich gegeben. Niemanden sonst! Und ich hoffe nach wie vor, daß . . .»

Trotz ihrer Entschlossenheit, ihm gegenüber gleichgültig zu bleiben, jagte Emilys Puls. Ganz gleich, wie sehr sie Richard verachten mochte, nach dieser Erklärung konnte sie nicht mehr im munteren Plauderton über ihn spotten. Aber verachtete sie ihn tatsächlich so sehr wie damals in Tschungking?

Sie hatte ihm wegen seines Buchs *Roter Stern und gelbe Erde* den Laufpaß gegeben. Sie hatten sich über Fragen der Politik zerstritten. Alle anderen Punkte, das begriff sie jetzt, waren unerheblich gewesen. Ihr war inzwischen auch klar, daß sein Buch, trotz aller Einseitigkeit, die Wirklichkeit nicht so sehr entstellte, wie sie damals angenommen hatte. Die Einsicht in die Fehler der Nationalisten hatte ihr auch ein Verständnis dafür vermittelt, daß die Kommunisten durchaus einige Vorzüge besaßen. Auf sie hatte sich Richard in seinem Buch konzentriert, während er über ihre zahlreichen Fehler hinweggegangen war.

Emily hielt nach wie vor die Nationalisten für die einzige Hoffnung Chinas und fürchtete die Kommunisten. Dennoch war sie jetzt imstande zu sehen, daß Richards Berichterstattung weitgehend ehrlich gewesen war. Sie stand seiner These nach wie vor ablehnend gegenüber, aber sie verachtete ihn nicht mehr dafür, sie haßte ihn nicht mehr – falls sie ihn je gehaßt hatte.

«Emily, ich sagte, daß ich nach wie vor hoffe . . .» Er ließ den Satz unvollendet. «Zumindest könntest du lächeln . . . mir ein Wort gönnen. Ich meine –»

«Nicht jetzt, Richard.» Die unausgesprochene Ermutigung war ihr herausgerutscht. «Seit Hsius Tod geht es mir nicht besonders . . . Ach, du wußtest nichts davon?»

«Es tut mir wirklich leid, Emily», sagte er langsam. «Ganz gleich, was andere denken mögen . . . was du gedacht haben magst . . . ich weiß, wie wichtig er für dich war. Wirklich, es tut mir aufrichtig leid.»

Überrascht sah sie ihn an. Sie kannte ihn doch nicht so gut, das merkte sie jetzt, nicht einmal nach all den Jahren. Sie hätte ihm nicht zugetraut, daß er die Tiefe ihrer Empfindung für ihren um so viele Jahre älteren Mann erfaßt hatte, die sie sich eigentlich nicht einmal selbst eingestehen mochte.

«Richard, ich . . .» Sie wußte, daß sie vorsichtig sein mußte, denn nun war sie ihm gegenüber wehrlos, aber erneut machten sich ihre Worte selbständig. «Wir können nicht einfach da weitermachen, wo wir aufgehört haben.»

«Das hatte ich auch nicht erwartet», lächelte er betrübt. «Aber, Em, endlich sind wir beide wieder frei. Könnten wir es nicht doch miteinander versuchen? Was meinst du, Em?»

«Und uns wieder entsetzlich über Politik in die Haare geraten? Ich weiß nicht, Dick, ich weiß es wirklich nicht.»

«Es gibt noch andere Dinge als die Politik. Natürlich nur wenige, unter den heutigen Umständen, aber doch ein paar. Könnten wir nicht das Experiment damit beginnen, daß wir heute abend miteinander essen?»

«Ich bin mit Tommy und Julia gekommen», wehrte sie sich schwach. «Es wäre nicht recht –»

«Um so besser. Sie können als Anstandsdackel mitkommen. Sag ja, Em.»

75

23.–29. März 1948

Es ging doch nichts über amerikanischen Kaffee. Julia goß sich noch eine Tasse ein und steckte sich eine zweite Zigarette an. Althea verzog das Gesicht, während ihre Mutter reichlich Sahne in den Kaffee goß.

«Das ist schon in Ordnung.» Julia kam den vorwurfsvollen Worten der Tochter zuvor. «Um meine Figur kümmere ich mich zu Hause wieder. Unterwegs kann man ruhig mal fünf gerade sein lassen.»

«Es ist nicht nur wegen der Sahne, Mom», sagte Althea. «Du rauchst so viel. Dabei weißt du genau, daß du von Zigaretten husten mußt. Wo du heute deinen Vortrag hältst, solltest du –»

«Na schön.» Julia drückte die Zigarette aus. «Besser?»

«Viel besser. Aber du solltest wirklich weniger rauchen. Ich habe dich die ganze Nacht husten gehört.»

«Wie du das sagst, könnte man glauben, daß man mich demnächst aus dem Hotel wirft, weil ich die anderen Gäste störe. Bin ich wirklich auf meine alten Tage zu einem öffentlichen Ärgernis geworden?»

«Das ist gar nicht so lustig. Du solltest wirklich . . .»

Seit Althea in Bryn Mawr studierte, war sie so betulich geworden, daß es Julia bisweilen vorkam, sie hätten die Rollen vertauscht und sie sitze nicht ihrer Tochter gegenüber, sondern ihrer besorgten Mutter. Aber Althea meinte es gut.

Immerhin hatte sie sich freiwillig bereit erklärt, ihre Mutter nach New York zu begleiten, wo diese an einem Kongreß über «China in der Krise» teilnahm, während Persephone es vorgezogen hatte, die gesamten Osterferien in einer Jagdhütte in Virginia zu verbringen, die ein reicher Gönner der Nationalisten ihrer Tante Emily zur Verfügung gestellt hatte. Persephone, die ihre Tante bewunderte, teilte auch deren politische Ansichten. Althea dagegen sprach zwar nie über die Anweisungen, die sie damals von Kommissar Tschou En-lai persönlich bekommen hatte, war aber nach wie vor der kommunistischen Revolution ergeben.

Dennoch würden sie in einigen Tagen in Virginia Wiedersehen feiern. Da auch Jason kommen wollte, hätte nichts Althea fernhalten können. Jetzt aber freute sie sich auf den vom «Komitee für demokratische Fernostpolitik» veranstalteten Kongreß und platzte fast vor Stolz über die Rolle, die ihre Mutter dabei spielte.

Natürlich hatte Julia ihrer Tochter nicht anvertraut, daß ihre beiden Eltern aktive kommunistische Untergrundagenten waren, denn das wäre trotz der Begeisterung des jungen Mädchens für die Sache zu gefährlich gewesen. Nach wie vor herrschten in Schanghai die Nationalisten, und die Rache, die sie unter dem Deckmantel der Justiz übten, war rasch und blutig.

Julias Vortrag hatte «China aus der Sicht der Konservativen» zum Thema. Man hatte ihr gesagt, es sei an der Zeit, daß sie sich gegen die Nationalisten äußerte. Der Kongreß wollte erreichen, daß Amerika seine Hilfe von den Nationalisten abzog und den Kommunisten zur Verfügung stellte. Weisungsgemäß sollte Julia berichten, wie ihr kürzlich die wahre Situation aufgegangen sei, nachdem sie jahrelang blind die Sache der Nationalisten unterstützt hatte. Sie würde erklären: «Selbst solche Amerikaner, die wünschen, daß die Nationalisten an der Macht bleiben, müssen jetzt widerwillig zugeben, daß die sogenannten Kommunisten im Begriff stehen, den Sieg davonzutragen. Es ist aussichtslos zu hoffen, daß die den Nationalisten gewährte amerikanische Hilfe etwas bewirkt oder gar deren endgültigen Sieg herbeiführt.»

Beschließen würde sie ihre Ansprache mit einem Appell: «Ist es nicht an der Zeit, daß wir Amerikaner aufhören, die falsche Seite zu unterstützen? Sollten wir nicht aufhören, noch Öl ins Feuer des Bürgerkriegs zu gießen und die bankrotten Nationalisten zum weiteren Kampf zu ermuntern – wobei sie weitere Hunderttausende von Menschen töten würden? Sollten wir nicht der anderen Seite eine Gelegenheit geben zu zeigen, was sie kann? Wie Ihnen allen bekannt ist, handelt es sich nicht wirklich um Kommunisten, sondern um nationale Revolutionäre.»

Allerdings würde sie nicht sagen, daß die Formel «nationale Revolutionäre», mit der sich die Wahrheit meisterhaft verdrehen ließ, von Richard Hollings stammte, denn er war als Vorkämpfer der chinesischen Kommunisten bekannt. Die Teilnehmerschaft des Kongresses «China in der Krise» dagegen bestand vorgeblich aus lauter unabhängigen Menschen: Gelehrten, Journalisten, Gewerkschaftsführern und Geschäftsleuten, denen Chinas Lage große Sorgen bereitete. Ihnen ging es darum, die Frage vorurteilsfrei und ohne politischen Druck zu behandeln. Selbstverständlich würden sie nach gründlichem Nachdenken unabhängig voneinander zu dem unausweichlichen Schluß kommen, daß die Nationalisten am Ende und die Kommunisten die Hoffnungsträger des Landes waren.

Das Telefon unterbrach Julias Gedanken. Da sie wußte, daß eine ganze Anzahl alter Bekannter aus ihrer Zeit im Amt für

Kriegsinformation am Kongreß teilnehmen würde, nahm sie ab – schließlich konnte es einer von ihnen sein. Von ihrem eigentlichen Zweck abgesehen, würde ihr die Veranstaltung sicher auch großen Spaß machen.

«Julia Howe?» Sie erkannte die Stimme nicht sogleich, obwohl sie ihr vertraut vorkam. «Erinnern Sie sich an den Freund, der Ihnen während des Krieges häufig Nachrichten von Ihrem Mann gebracht hat? Ein Hotelpage wird Ihnen gleich eine Nachricht auf Ihr Zimmer bringen. Bitte nehmen Sie sie zur Kenntnis.»

Was tat Professor Han von der Stanford University in New York? Julia lächelte über ihre eigene Naivität. Selbstverständlich würde er bei dem Kongreß anwesend sein, obwohl er offenbar nach wie vor bestens getarnt war.

Sie gab dem Pagen einen Vierteldollar Trinkgeld, was wahrscheinlich zuviel war. Ein wenig beunruhigt, denn von Professor Han waren meist unangenehme Nachrichten gekommen, riß sie den festen braunen Umschlag auf und brach sich dabei fast einen Fingernagel ab. Der Briefbogen, den sie herauszog, enthielt weder eine Anrede noch eine Unterschrift. In grüner Tinte stand darauf lediglich zu lesen:

«Dem Fördererausschuß ist mitgeteilt worden, daß Sie *keine* Rede halten, wohl aber an den Sitzungen teilnehmen und den Vorträgen gegenüber eine skeptische Grundhaltung an den Tag legen werden, gerade genug, um zu zeigen, daß Sie nach wie vor ein reaktionäres Element sind.

Da es für Sie gefährlich wäre, die Revolution öffentlich zu unterstützen, werden Sie sich nicht einmal als wohlmeinende Liberale zu erkennen geben.

Nach dem Sieg jedoch werden Sie öffentlich erklären, Ihre früheren Fehler erkannt zu haben – *nachdem* Sie die Wirklichkeit der von der Kommunistischen Partei Chinas geschaffenen neuen Demokratie erfahren haben. Da Sie in journalistischen Kreisen zahlreiche Bekannte haben, wird Ihre dramatische Bekehrung dann von großer Wirkung sein. Vernichten Sie dieses Schreiben sofort nach Kenntnisnahme.»

Julia zerriß das Blatt in winzige Fetzen und spülte es durch die Toilette. Trotz ihrer Enttäuschung mußte sie lächeln. Sie hatte gehofft, sich eines Teils der Spannung zu entledigen, die ihre Arbeit im Untergrund mit sich brachte, indem sie ihre wahre Stellung und ihre wahren Ansichten erklärte – zumindest soweit ihr der Apparat das gestattet hatte. Jetzt würde sie weiterhin ihr doppeltes Spiel spielen müssen: nach außen Reaktionärin und insgeheim Kommunistin. Außerdem würde sie Althea eine Halsentzündung vorgaukeln müssen.

Wenn sie es recht bedachte, war es eine große Ehre, daß man ihr verbot zu sprechen. Es schien, daß Tommy und sie dem Apparat zu wertvoll waren, als daß man sie einfach benutzte und dann fallenließ. Bei der künftigen Rolle, für die man sie aufsparte, ging es um weit mehr als darum, daß eine weitere amerikanische Stimme den zahlreichen amerikanischen Stimmen beipflichtete, die sich bei einem Kongreß in Amerika gegen die Nationalisten erhoben.

Sie konnte sich jetzt eingestehen, daß sie sich auf ihren Vortrag nicht gefreut hatte. Eine Zuhörerschaft von mehreren hundert Menschen war etwas ganz anderes als das unpersönliche Mikrofon beim Sender XMHA. Sie war eigentlich erleichtert – und froh, daß es noch nicht nötig war, ihre Tarnung auch nur zum Teil aufzugeben. Sie hatte eine heftige Reaktion Emilys befürchtet, wenn diese davon erfuhr, daß sie sich scharf gegen die Nationalisten wandte. Zumindest die Gefahr eines Bruchs mit ihrer Schwägerin stand jetzt nicht mehr unmittelbar bevor.

Von ihrer politischen Rückständigkeit abgesehen, war mit Emily alles in Ordnung. Während der drei Monate, seit sie Richard Hollings bei Rosamonde Sun erneut begegnet war, hatten sich die beiden allem Anschein nach ausgesöhnt. Julia vermutete, daß sie wieder miteinander schliefen, aber das war nicht entscheidend dafür, ob sie zusammenbleiben konnten. Sie mußten eine emotionale Basis schaffen, die tragfähig genug war, um den Spannungen zwischen zwei starken und bisweilen auch verletzenden Persönlichkeiten standzuhalten.

Richard wollte Emily auf jeden Fall heiraten, um sie dauerhaft an sich zu binden. Auch wenn sie politische Fragen nicht ganz aussparen konnten und ihre politischen Meinungen bisweilen in gefährlicher Weise aufeinanderprallten, gab sich Emily für eine Anhängerin des Generalissimus recht aufgeschlossen, und auch Richard versuchte, allzu heftige Konfrontationen zu vermeiden. Er gehörte nicht zu den Menschen, die sich für eine abstrakte Sache opferten – oder sich dafür auch nur übermäßige Unbequemlichkeiten aussetzten.

Die Bande zwischen den beiden waren stark. Emily hatte sich entschlossen, einige Monate in den Vereinigten Staaten zu verbringen, um ihren Sohn zu besuchen und etwas für die Sache der Nationalisten zu tun, und Richard hatte daraufhin zum erstenmal in seinem Leben seinen Beruf dem Gefühl untergeordnet und mit ihr verabredet, den letzten Monat dort gemeinsam mit ihr zu verbringen. Seinen Auftraggebern hatte er zu verstehen gegeben, er müsse sich wieder einmal mit der amerikanischen Lebensart vertraut machen.

Weder dem *Boston Globe* noch der NBC hatte er mitgeteilt, daß er außerdem eine Erkrankung der Atemwege behandeln lassen mußte, gegen die nicht einmal das neue Wundermittel der Antibiotika half. Tommy hatte ihn an das Presbyterian Medical Center in New York verwiesen, wo er mehrere Ärzte kannte. Richard nahm seine Krankheit so ernst, daß er sogar aufgehört hatte zu rauchen. Wenn er das fertigbrachte, meinten Julia und Tommy, würde er vielleicht sogar die skeptische Emily dazu bringen können, ihn zu heiraten.

Mit rauher Stimme flüsternd gelang es Julia, ihre Tochter davon zu überzeugen, daß sie eine Halsentzündung bekommen hatte. Trotz ihrer Enttäuschung war Althea nach wie vor von dem Kongreß fasziniert. Zum erstenmal in ihrem Leben, sagte sie vor Ehrfurcht erschauernd, sei sie im selben Raum mit «Männer und Frauen, die die Welt bewegen, richtig bedeutenden Menschen». Die Vorträge begeisterten sie, und sie nahm gläubig jedes Wort in sich auf.

Julia sonderte automatisch die Halbwahrheiten und die Unwahrheiten aus dem rhetorischen Brei aus. Selbstverständlich waren Täuschungen oft unerläßlich, so wie sie jetzt ihre Tochter täuschte, aber Althea ließ sich von Entstellungen der Wahrheit und unverhüllten Lügen wirklich zu sehr einwickeln. Julia würde am Abend einmal offen mit ihr sprechen müssen. Wenn sie ihr frei heraus die Meinung sagte, würde das ihrer Tarnung sogar guttun, wäre also ganz im Sinne des Apparats.

Julia kannte einige der anwesenden Chinesen als Trittbrettfahrer; die anderen waren vermutlich im Untergrund tätige Genossen. Der bedeutendste unter den anwesenden Chinesen allerdings war zugleich der auffälligste Mensch im ganzen Ballsaal des Hotel *Commodore*.

Feng Yü-hsiang, der christliche General, saß unbehaglich auf einem zerbrechlichen Stuhl, die riesigen Hände auf den Oberschenkeln. Jahrzehntelang war er wie ein Kistenteufelchen zwischen Macht und Ohnmacht hin und her gehüpft. Er hatte mit anderen Bürgerkriegsgenerälen paktiert, mit den Monarchisten und den Japanern, hatte mit Missionaren, Nationalisten und den Sowjets gemeinsame Sache gemacht. Jetzt versuchte er, zu einer Übereinkunft mit den chinesischen Kommunisten zu gelangen.

Er nutzte das Exil, zu dem ihn Tschiang Kai-schek verurteilt hatte, um neue Verbündete zu finden, und unternahm Anstrengungen, sich bei dem fernen Vorsitzenden Mao Tse-tung dadurch einzuschmeicheln, daß er bei Reden, die in englischer Sprache gehalten wurden und von denen er kein Wort verstand, zustimmend nickte. Dieses Verhalten, dachte Julia, war keineswegs seltsamer als seine früher an den Tag gelegte Liebedienerei dem Westen gegenüber.

Doch immerhin war Feng Yü-hsiang seit einer ganzen Generation aktiv an der Politik Chinas beteiligt. Abgesehen von einigen chinesischen Studenten, einer Handvoll chinesischer Mitläufer und einer geringen Zahl unbekannter chinesischer Genossen, fiel ihr auf, waren praktisch keine Asiaten anwesend. Natürlich war das bei einer in Amerika stattfindenden Veranstaltung völlig normal. Viele der Konferenzteilnehmer aber hatten mit China überhaupt nichts zu tun.

«Die tanzen auf jeder Hochzeit», hatte Julia einen jungen

Mann mit rundem Gesicht und dicker Brille am Pressetisch sagen hören, «die Väterchen Stalin lieb und teuer ist.»

Julia waren die zungenfertigen Redner herzlich zuwider, deren Beiträge von keinerlei Kenntnis über China getrübt waren. Ihr war ziemlich klar, daß sie von den Sowjets ausgewählt worden waren. Den weißhaarigen Vorsitzenden der Gewerkschaft der Schlafwagenschaffner etwa hatte man sicher weder wegen seiner Rednergabe noch wegen seiner China-Kenntnisse als Redner ausersehen, sondern wohl in erster Linie, weil er schwarz war. Die Sowjets waren stets geradezu ängstlich darauf bedacht, so viele Mitglieder farbiger Gesellschaftsgruppen wie möglich aufzubieten.

Der Filipino, der die Räumung aller amerikanischen Stützpunkte und den Abzug sämtlicher amerikanischer Unternehmen von den Inseln seiner Heimat verlangte, wirkte da schon überzeugender, auch wenn er offen zugab, nichts über China zu wissen. Zumindest war er Asiate. Besonders beredt über die Untaten Amerikas äußerte sich danach eine üppige indische Dame in einem purpurroten und rosafarbenen Sari, der es unbekannt zu sein schien, daß Amerika in Indien nie als Kolonialmacht aufgetreten war.

Als nach diesen hochkarätigen Beiträgen die «Gewerkschaftsführer, fortschrittlichen Vertreter politischer Gruppierungen und demokratischen Persönlichkeiten» das Wort ergriffen, wie der Vorsitzende die weißen Redner einführte, die nicht im entferntesten etwas mit Asien zu tun hatten, befürchtete Julia Langeweile. Es zeigte sich aber, daß sie bewegend und mit Schwung sprachen.

Begeisterter Beifall ließ einhellige Zustimmung zu den vorbereiteten Resolutionen erwarten. Der Kongreß reagierte mit Beschämung und Zorn darauf, daß die amerikanische Regierung in perfider Weise die «Reste der Tschiang Kai-schek-Clique» unterstützte und bejubelte die Aussicht auf einen unmittelbar bevorstehenden Sieg der Kommunisten in China.

«Wie konntest du nur an dieser . . . an dieser schamlosen Farce teilnehmen!» brach es aus Emily heraus, noch bevor Julia einen Schluck aus ihrem Glas hatte nehmen können. «Nicht einmal Richard, der *rote* Hollings, war da, aber du mußtest hingehen.»

Julia achtete nicht weiter auf den Ausbruch ihrer Schwägerin. Zwar entsetzte Emilys Heftigkeit sie, aber sie wußte, daß es zu einem entsetzlichen Streit kommen würde, wenn sie im selben Ton antwortete. Emilys zweiter Satz aber gefiel ihr sehr – wenn sie sich in dieser Weise über Richards politische Ansichten lustig machte, mußten die beiden schon sehr weit damit gediehen sein, ihre politische Kluft zu überwinden.

«Julie, manchmal verstehe ich wirklich nicht, was du tust», fuhr Emily fort, als sei sie auf einen Streit aus. «Und dann hast du obendrein noch ein unschuldiges Kind mitgenommen – ausgerechnet Althea, nach allem, was geschehen ist! Ich habe die Rednerliste gesehen: nichts als Kommunisten reinsten Wassers.»

«Wir wollten nur ein wenig lernen, Em.» Der versöhnliche Ton gelang Julia nicht ganz. «Es würde auch dir nicht schaden, wenn du gelegentlich aus deinem Elfenbeinturm herauskämst.»

«Meinst du? Weder Tschungking noch Kunming war ein Elfenbeinturm, meine Liebe. Gewisse Leute aber, die den Krieg über in San Francisco gesessen haben –»

«Bitte, bitte, keinen Streit, meine Damen», legte sich Richard ziemlich nervös ins Mittel. «Wir sollten den chinesischen Bürgerkrieg nicht unbedingt auch noch nach Virginia tragen.»

«Obwohl er gleich nebenan in Washington verloren wird?» Emily fügte sich widerwillig.

«Wollen wir uns wieder vertragen, Emmy?» Julia schlüpfte lächelnd in ihre Rolle der Skeptikerin. «Weißt du, in gewisser Hinsicht hast du ja nicht so unrecht. So wie sich die Leute da aufgeführt haben, könnte man den Generalissimus für den Teufel persönlich halten. Den Vorsitzenden Mao Tse-tung dagegen haben sie zum Erzengel hochgejubelt – mindestens.»

«Das sind dieselben Leute, die sich über die Lobby beschweren, die das nationalistische China angeblich hat», sagte Emily. «Die Amerikaner, vor allem die Presse des Landes, stellen uns wie die Vertreter der Hölle hin, aber von den Lügen und Betrügereien der anderen Seite wollen sie nichts wissen.»

«Em, der Krieg wird auf den Schlachtfeldern Chinas gewonnen oder verloren», gab Julia zu bedenken, «nicht in den Zeitungen Amerikas.»

«Möglich, aber zumindest könnten sie sich um etwas Neutralität bemühen. Falls uns der Kongreß die Hilfe noch weiter beschneidet –»

«Wenn der Gemus die Hilfe besser nutzte, die ihm gewährt wird, könnte er den Kampf gewinnen. Hätte Washington den Eindruck, daß er dazu imstande wäre, würde man ihm die Hilfe nicht so drastisch kürzen. Amerikaner mögen Gewinner, das weißt du doch.»

«Julia, ich hätte es fast vergessen», meldete sich Richard. «Da ist ein Brief für dich. Heute morgen hat ihn ein Eilbote gebracht. Ich hole ihn dir, ja?»

«Ihr Amerikaner könnt ja einen Gewinner nicht von einem Verlierer unterscheiden», fuhr Emily fort, ohne auf die Unterbrechung zu achten. «Ihr wißt nicht einmal, wo eure ureigensten Interessen liegen.»

«Em, ich wünsche den Sieg der Kommunisten bestimmt nicht.» Obwohl sie diese dreiste Lüge nicht zum erstenmal äußerte, schämte sich Julia ein wenig. «Aber selbst du mußt zugeben, daß die Hauptschuld beim Gemus liegt.»

«Gewiß, er ist nicht vollkommen. Aber wer hätte mehr erreichen können als er? Wenn er damals alle Kommunisten hätte hinrichten lassen, hätten die Amerikaner mit einem entsetzlichen Aufschrei reagiert. Vielleicht bist du anders, Julie, aber ich kann mich dem Eindruck nicht verschließen, daß die meisten gebildeten Amerikaner einen Sieg der Kommunisten gern sähen. Nur die einfachen Leute, die das Rückgrat des Landes bilden, sehen die Dinge klar und stehen auf der Seite der Nationalisten, weil sie den Kommunismus fürchten. Sie wissen, daß wir ihren Kampf kämpfen.»

Julia ließ sich mitreißen und sagte: «Emily, wenn ihr Chinesen endlich aufhören würdet, andere für eure Fehler verantwortlich zu machen, ginge es euch viel besser. Ich habe es satt, daß immer alles auf die Amerikaner geschoben wird. Und du hast dieses Land einmal sehr bewundert.»

«Julia, die Erfahrung der letzten Jahrzehnte hat mich viel gelehrt – unter anderem, daß man Amerikanern nicht trauen kann. Auch nicht den besten unter ihnen, nicht einmal dir. Zwar wirken sie offen und aufgeschlossen, aber sie sind es nicht. Mit einem Lächeln nehmen sie sich, was sie wollen!»

Unvermittelt brach Emily ab, entsetzt von ihren eigenen Worten. Ihre Schwägerin war sprachlos. Dieser Streit konnte einer seit Jahrzehnten dauernden innigen Freundschaft ein Ende bereiten und eine Familie zerstören. Offensichtlich wußte Emily mehr, als sie sagte.

Hinter welche ihrer eigenen Lügen, fragte sich Julia besorgt, war Emily gekommen? Hatte sie ihre geheime Funktion im Apparat durchschaut, deren Entdeckung buchstäblich tödliche Folgen haben konnte? Oder hatte Richard Hollings seine Aussöhnung mit Emily mit einem vollständigen Geständnis besiegelt? Die eine und obendrein keineswegs besonders befriedigende Nacht, die Julia mit ihm verbracht hatte, lag Jahre zurück, aber ihr war klar, daß Emily selbst diesen einzigen Akt der Untreue ihrer Freundin unverzeihlich finden würde.

«Hier ist dein Brief, Julie», rief Richard von der Tür her. «Ich hoffe, es sind angenehme Nachrichten.»

Dankbar für die Unterbrechung überflog sie rasch die kurze Mitteilung und las sie dann langsam noch einmal.

«Ich fürchte, ich muß euch verlassen, Em», sagte sie. «Mutter schreibt, daß es meinem Vater nicht besonders gutgeht. Angeblich besteht kein Grund zur Beunruhigung, deswegen hat sie nicht angerufen. Aber ich fahre wohl besser gleich nach Plattsburg. Ich kann die Mädchen doch bei euch lassen, nicht wahr?»

Während ihr Gepäck in den Wagen geladen wurde, begriff Julia, daß sie Emily nie zuvor gefragt hatte, ob ihre Töchter bei ihr bleiben könnten. Noch vor einer Viertelstunde hätte sie das als selbstverständlich vorausgesetzt – doch war jetzt ihrer Freundschaft der sichere Boden entzogen.

76

5. September 1948–8. Januar 1949

Noch eine Woche nach Julias weit verzögerter Rückkehr aus Amerika suchte Tommy Anfang September 1948 nach Vorwänden, seine Praxis im Erdgeschoß verlassen zu können, um Julia tagsüber kurz zu sehen. Jedesmal, wenn sie das Haus verließ, fand sie einen Anlaß, ein paar Minuten in der Praxis vorbeizuschauen. Sie war sechs Monate fort gewesen, ihre längste Trennung seit Kriegsende, und sie hatten ihr Wiedersehen nahezu vierundzwanzig Stunden lang im Bett gefeiert.

Die Dienstboten waren entzückt und amüsiert und glaubten Julia nicht so recht, daß sie sich ausruhen müsse, weil sie zu viele Zeitzonen zu rasch überquert habe. Sie nahmen ihr einfach nicht ab, daß sie mit dem China Clipper der Pan American Airways von San Francisco nach Hongkong lediglich fünfundsechzig Stunden gebraucht hatte.

Der Oberdiener Lu wäre beinahe zu weit gegangen. Sie hatten ihn immer für alt gehalten, obwohl er in Wirklichkeit nur fünf oder sechs Jahre älter war als Tommy. Kurz nach Julias Rückkehr hatte er Tommy schlau gefragt: «Haben Sie noch mehr Medizin, um alte Männer wieder jung zu machen? Sie haben doch nicht alles selbst genommen?»

Geschmeichelt hatte ihm Tommy ein Röhrchen mit Vitaminkapseln gegeben und zu Julia gesagt: «Das Zeug kann ihm nicht schaden. Außerdem kostet es nicht annähernd so viel wie Nashornpräparate oder Ginseng. Wenn er daran glaubt, hilft es ihm womöglich sogar.»

«Ist das auch dein Geheimnis?» hatte sie gefragt. «Vitamine?»

«Kein Bedarf», hatte er geantwortet. «Du bist mein bevorzugtes Vitamin.»

Alles in allem, befand Julia wieder einmal, war Tommy ein

wunderbarer Ehemann. Während sie in Amerika aufgehalten worden war, hatte er immer wieder angerufen. Später hatte er behauptet, mit diesen transpazifischen Gesprächen durchzukommen, hätte ihn mehr Schweiß gekostet als alle Anschläge und Überfälle gegen die Japaner während seiner Zeit bei der Guerilla. Julia hatte ihm keine Hoffnung auf eine baldige Rückkehr machen können, bis Mitte August ihre Mutter eingegriffen hatte.

«Mein Kind, er ist dein Mann, und ich glaube, er braucht dich», hatte sie gesagt. «Du wirst deinem Vater fehlen, aber viel kannst du ohnehin nicht für ihn tun. Auch ich brauche dich, aber ich will keine selbstsüchtige alte Frau sein. Der Arzt sagt, Vater kann noch sechs Wochen leben, aber auch noch sechs Jahre. Er wird dich verstehen. Du gehörst nach Hause zu deinem Mann.»

Julia war innerlich zerrissen, beschloß aber die Rückkehr, als ihr Tommy die ungewisse Prognose seines amerikanischen Kollegen bestätigte. Er war ehrlich zu ihr, obwohl er ihr gern Hoffnung gemacht hätte. Darmkrebs, hatte er ihr gesagt, könne sich rasch ausbreiten, aber ebenso auch über lange Zeit hinweg unverändert bleiben. Sofern sie nicht die Absicht habe, Monate, vielleicht Jahre am Bett ihres Vaters zu verbringen, sei es besser, nach Schanghai zurückzukehren. Seufzend hatte ihm Julia recht gegeben, zumal sie inzwischen mit ihren Töchtern schon so lange in ihrem Elternhaus zusammengewesen war, daß die vier Frauen einander auf die Nerven zu gehen begannen.

Die Hälfte ihrer Sommerferien hatten Althea und Persephone mit Patricia, Eunice und Jason bei Emily und Richard verbracht. Auf die kühle und höfliche telefonische Einladung ihrer Schwägerin, ob sie nicht auch wieder nach Virginia kommen wolle, hatte Julia frostig erklärt, sie müsse bei ihrem Vater bleiben. Überdies, hatte sie hinzugefügt, seien die Kinder durchaus alt genug, sich um sich selbst zu kümmern. Emily würde sie kaum wirklich zu einer Zeit in ihrer Nähe haben wollen, da sie sich Sorgen um Richard machte.

Dieser hatte sich auf längere Zeit von seiner Arbeit beurlauben lassen und verfaßte seine Memoiren, was Julia bei einem Mann, der lediglich ein Jahr älter war als Tommy, sonderbar vorkam. Als sie ihm das sagte, hatte er schallend ins Telefon gelacht und gemeint, daß er es nicht nur gewohnt sei, ständig zu arbeiten, sondern auch das Geld brauche und zur Zeit aus gesundheitlichen Gründen etwas anderes nicht tun könne.

Die Röntgenfachärzte am Presbyterian Medical Center hatten etwas gefunden, das sie als «Schatten auf der Lunge» bezeichneten. Fast peinlich berührt hatte der Thoraxspezialist Richard später erklärt, er leide an Tuberkulose, einer Krankheit, die wohlhabende Weiße in den aufgeklärten vierziger Jahren einfach nicht bekamen. Die neuen Antibiotika, vor allem Streptomycin, hätten die einst als galoppierende Schwindsucht bezeichnete Geißel der Menschheit fast völlig verschwinden lassen. Tuberkulose verlaufe heutzutage selten tödlich, wohl aber sei eine lange Zeit der Ruhe geboten.

Der Spezialist hatte Richard mit einem Klaps auf den Rücken und der Versicherung entlassen, er werde aller Voraussicht nach seine Berufstätigkeit höchstens für ein Jahr unterbrechen müssen. Richards Frage, ob er dann nach China zurückkehren könne, ließ den Arzt erleichtert aufatmen: Richards lange Aufenthalte in Ländern mit rückständigen hygienischen Bedingungen erklärten, wieso sein Patient eine Krankheit bekommen hatte, die im Westen kaum noch vorkam.

In Schanghai bedauerte Julia, daß sie auf dem Rückflug nicht bei Emily und Richard vorbeigeschaut hatte. Emily blieb vorläufig in Amerika, um in der Nähe ihrer Kinder zu sein, ihren Propagandafeldzug fortzusetzen und vor allem, um mit Richard zusammen zu sein.

Allerdings hatte Julia auch nicht unbedingt den glühenden Wunsch verspürt, vor der Abreise aus den Vereinigten Staaten ihre Schwägerin wiederzusehen. Ihr Abschied von ihrem Vater hatte sie bedrückt, und sie wollte so schnell wie möglich zu Tommy. Außerdem war ihrer Ansicht nach in erster Linie nicht sie, sondern Emily für die Entfremdung zwischen ihnen verantwortlich, die bereits länger dauerte als jede vorangegangene Verstimmung. Julia wollte nicht gern Friedensangebote machen, wenn sie befürchten mußte, daß diese zurückgewiesen wurden.

«Julie, wo bist du?»

Sie schrak bei Tommys Worten zusammen, da sie den Aufzug nicht gehört hatte. Als er ins Wohnzimmer trat, bemerkte sie, daß er müde aussah. Die Klimaanlage funktionierte wieder einmal nicht, und im Haus war es sehr heiß. Nun, neunundneunzig Prozent der Bevölkerung Schanghais machten alljährlich Anfang September genau dasselbe durch.

«Liebling!» rief er. «Ach, da bist du ja. Heiß heute, nicht wahr?»

Sie nickte, und er küßte sie leicht auf den Mund. Nachdem er für sie beide einen Cocktail gemixt hatte, entzündete er umständlich seine Meerschaumpfeife. Obwohl er seine Frau immer wieder mahnte, das Rauchen einzuschränken, ließ er selbst nicht von seiner Pfeife.

«Ich habe eine merkwürdige Geschichte gehört», begann er, «der Christliche General ist tot.»

«Den habe ich doch noch vor ein paar Monaten in New York gesehen», antwortete sie gedankenlos. «Da sah er eigentlich nicht krank aus.»

Sogleich lächelte sie wie ertappt. Tommy hatte sie einmal darauf hingewiesen, daß alle Menschen reagierten, wie sie es eben getan hatte, wenn sie vom Tod eines Bekannten erfuhren – als lasse sich damit, daß man jemanden vor einem Monat, einer Woche oder noch am selben Morgen gesehen hatte, dessen Tod auf geheimnisvolle Weise abwenden.

«Er war erst siebenundsechzig, und er war nicht krank», gab Tommy zur Antwort. «Jedenfalls ist er nicht an einer Krankheit gestorben, sondern bei einem Feuer auf einem Dampfer im Schwarzen Meer. Wußtest du, daß er in die Sowjetunion reisen wollte?»

«Es überrascht mich nicht. Ich habe dir ja erzählt, daß die Sowjets den Kongreß über ‹China in der Krise› praktisch allein bestritten haben. Wie ist das Feuer ausgebrochen? Sind viele umgekommen?»

«Das ist das Geheimnisvolle an der Sache. Niemandem sonst

wurde auch nur ein Haar versengt. Es heißt, daß der alte Junge ein begeisterter Amateurfotograf war. Mir ist das zwar neu, aber es spielt keine Rolle. Irgendwie soll sein hochentflammbares Filmmaterial Feuer gefangen haben, möglicherweise durch spontane Verbrennung. Und schwupps! – gab es keinen christlichen General mehr!»

«Das kommt mir aber äußerst sonderbar vor, Tommy.»

«Ja, vor allem, wenn man daran denkt, daß es seit Jahren Sicherheitsfilme gibt. Nun ja, in Rußland vielleicht nicht.»

«Die Sowjets haben ihn aus dem Weg geschafft, wie? Ich wüßte gern warum.»

«Wahrscheinlich dachten sie, er könnte ihnen in China in die Quere kommen. Oder sie wollten nur Ordnung schaffen und alte Rechnungen begleichen. Möglicherweise haben sie sogar im Auftrag unserer eigenen Herren und Meister, der Kommunistischen Partei Chinas, gehandelt. Du weißt doch aus eigener Erfahrung, wie hilfsbereit die Sowjets in der Hinsicht sind.»

Von Norden her überrollte die unaufhaltsame Welle der von den Kommunisten mobilisierten Volksbefreiungsarmee die Verteidigungslinien der Nationalisten. Auf der Karte sah dieser Vormarsch aus wie ein riesiger roter Tintenklecks, der sich rasch ausbreitete. Zuerst ergriff er die Mandschurei und den Nordwesten, dann den Norden des Landes, und schließlich den größten Teil der Provinz Kiangsu nördlich von Schanghai. All diese Gebiete fielen großen kommunistischen Divisionen in die Hände. Dabei handelte es sich nicht um Guerillakämpfer, sondern um gut ausgerüstete reguläre Truppen. Die rote Flut verharrte eine Weile am nördlichen Ufer des Jangtse, gerade jenseits von Nanking oder Schanghai. Aber sehr bald würde die Welle auch über diese Städte hinwegschwappen.

«Noch herrscht keine Panik», sagte Tommy eine Woche nach Julias Rückkehr, «aber es fehlt nicht mehr viel. Jeden Augenblick kann es soweit sein. Die Stadt hält den Atem an. Keiner kümmert sich mehr um seine alltäglichen Geschäfte – alles scheint unerheblich, wenn eine Dynastie stürzt.»

Die «unerheblichen» Begleiterscheinungen des Zusammenbruchs waren häufig tragisch und makaber, gelegentlich aber auch erheiternd.

Am 31. Januar 1948 waren dreihundert Animiermädchen und Tänzerinnen durch die Straßen Schanghais gezogen, um gegen einen Erlaß zu demonstrieren, nach dem alle Nachtklubs der Stadt geschlossen wurden. Ihren Protest unterstützten Hunderte von Musikern, Kellnern und Toilettenwärtern. Zwei Tage später bekräftigte die Behörde den Erlaß und verbot gleichzeitig jede Art von Tanzvergnügen, sowohl in privaten Räumlichkeiten wie auch in der Öffentlichkeit.

Am selben Tag, an dem auf diese Weise die moralische Reinheit Schanghais amtlich verordnet wurde, hatte die nationalistische Militärpolizei einen Streik von Baumwollarbeitern in der Stadt mit Gewalt niedergeschlagen, wobei drei Menschen ums Leben kamen und mehr als sechzig verwundet wurden. Während der darauffolgenden Monate hatten in ganz China Studenten und Dozenten «zur Unterstützung der gegen den Hunger und gegen die Unterdrückung gerichteten Bewegungen» gestreikt. Die Studenten Schanghais hatten einen neuen Gegner entdeckt. Sie lehnten sich jetzt gegen die Wiederbelebung des japanischen Militarismus durch die Amerikaner auf. Als wollten sie den amerikanischen Nationalfeiertag begehen, hatten sich am 4. Juli Hunderte von Studenten aus der von Kommunisten besetzten Mandschurei in Peiping regelrechte Gefechte mit nationalistischen Polizeibeamten geliefert. Dabei waren achtzehn von ihnen ums Leben gekommen und vierundzwanzig schwer verletzt worden.

«Und so geht es immer weiter», sagte Tommy müde.

«Ich hätte nie gedacht, daß es dahin kommt», gab Julia zurück. «Ich hatte mir einen Aufstand der Massen vorgestellt, aber keine riesigen Armeen.»

«Nun, es marschieren zwar große Armeen, aber Hunger, Krankheit, Chaos und Inflation marschieren schneller. Während deiner Abwesenheit haben sich die Lebenshaltungskosten bisweilen in vierundzwanzig Stunden verdoppelt. Manche Ladeninhaber haben ihre Preise alle paar Stunden heraufgesetzt. Andere haben voller Verzweiflung ihre Läden geschlossen.»

«Die Reichen können kaufen, was sie wollen, und es kostet sie kaum etwas», sagte Julia. «Das ist mir schon aufgefallen. Ein einfaches Kleid kostet mehrere Körbe voll chinesischer Banknoten, aber für ein paar US-Dollar bekommt man, was das Herz begehrt, sogar Pelze und Schmuck. Für eine Dose Konserven gibt es ein Paar Maßschuhe, und Chennaults Leute verdienen sich dumm und dämlich daran, daß sie die Hilfsgüter verhökern, die uns die Vereinigten Staaten liefern. Auch Militär und Diplomaten nutzen die Lage aus – jeder, der Zugang zu den Läden der Amerikaner hat. Es stinkt zum Himmel, Tommy!»

«Nicht mehr lange, Liebling. Wen die Götter vernichten wollen, dem rauben sie zuerst den Verstand. Wer Leuten wie Tschiang Tsching-kuo Macht einräumt, hat wirklich nichts mehr zu verlieren.»

Tschiang Tsching-kuo war der neununddreißigjährige Sohn des Generalissimus, der seine prägenden Jahre als politische Geisel in der Sowjetunion zugebracht hatte. Am 19. August 1948 übernahm er die Aufgabe, die chinesische Währung zu reformieren. Er führte den Gold-Yüan ein, für den Golddeckung bestand. Alle Bürger Chinas waren von Tschiang Tsching-kuo, der seinen Amtssitz in Schanghai hatte, aufgefordert worden, alles in ihrem Besitz befindliche Gold und Silber sowie alle Devisen in die neue Währung umzutauschen. Tschiang Tsching-kuo verstand es, diesem Ansinnen mit großem Nachdruck Geltung zu verschaffen.

«Tschiang Tsching-kuo ist wie Stalin», meinte Tommy. «Er meint, die Stabilität im Land sei um so höher, je mehr Menschen er umbringen läßt.»

Zwei Tage später wurde Julia zufällig Zeugin der Schrecken von Tschiang Tsching-kuos Reformen. Während sie mit dem Cord Coupé zu Rosamonde Sun unterwegs war, hielt ein wichtigtuerischer Polizist sie an der Avenue Edward VII. in der Nähe der Großen Welt an und sagte: «Eine Viertelstunde lang muß der Verkehr warten, bis nach der Strafaktion. Sie müssen hier stehenbleiben.»

Ein Armeelastwagen amerikanischer Herkunft hielt an, und als seine Heckklappe fiel, sah man auf der Ladefläche vierzehn Männer hocken, die von Militärpolizisten mit amerikanischen Karabinern in Schach gehalten wurden. Die Gesichter der Gefangenen waren voller Wunden und ihre zerrissenen Hemden voller Blutflecke. Mit Kolbenstößen wurden sie vom Wagen heruntergetrieben, obwohl sie sich kaum bewegen konnten, denn sie waren an Händen und Füßen gefesselt.

Die Gefangenen mußten sich auf die mit Splitt bedeckten Pflastersteine knien. Sie trugen schmutzige Stirnbänder, in die handgeschriebene Tafeln hineingesteckt waren, auf denen ihre Verbrechen verkündet wurden.

KOMMUNISTISCHER BANDIT stand auf einer, auf einer anderen GELDSCHACHERER. Das Schild eines wohlgenährten jungen Mannes, der die Überreste eines Seidenhemds im westlichen Stil trug, verkündete ICH HABE GOLD GEHORTET.

Julia konnte den Blick nicht abwenden. Wie Tommy gesagt hatte, bekämpfte der Sohn des Generalissimus den wirtschaftlichen Zusammenbruch mit Massenhinrichtungen. Julia erschauerte innerlich, als sie daran dachte, daß einige dieser Männer ihre Verbündeten im geheimen Krieg für Freiheit und Gerechtigkeit sein mochten.

Ein Militärpolizist zog seine großkalibrige Pistole, stellte sich hinter den als KOMMUNISTISCHER BANDIT gebrandmarkten Mann und feuerte ihm aus wenigen Zentimetern Entfernung in den Kopf. Oberhalb des Halsstumpfs war nichts mehr zu erkennen, das an einen Menschen erinnerte.

Julia schloß die Augen und legte die Stirn auf das Lenkrad. Trotz der Hitze im Wagen überlief es sie kalt. In kurzen Abständen ertönte Schuß auf Schuß. Sie roch das Kordit, und Übelkeit stieg in ihr auf. Mit Mühe öffnete sie erneut die Augen.

Zehn der vierzehn Männer lagen auf dem Straßenpflaster. Der Militärpolizist schob ein neues Magazin ein, während die verbleibenden Gefangenen schreckensbleich vor sich hin starrten. Mit der Waffe stieß der Polizist einen kräftigen Mann an, auf dessen Täfelchen WIRTSCHAFTSSPEKULANT stand. Nicht einmal seine Angst hatte alle Freundlichkeit aus seinem Gesicht zu vertreiben vermocht. Mit Entsetzen erkannte ihn Julia: es war Joshua Haleevies Jugendgefährte, der einstige Oberkellner im Französischen Club, der den Spitznamen Fatty Wu trug und Seite an Seite mit Tommy und Joshua bei den Guerillas gekämpft hatte.

Erneut schloß Julia die Augen und hatte einen Augenblick lang die Vision, Tommy knie an seiner Stelle. Nach den Maßstäben der Nationalisten war er hundertmal schuldiger als Fatty Wu.

Der tödliche Schuß hätte bereits fallen müssen, denn es waren schon einige Sekunden vergangen, seit der Militärpolizist Fatty Wu die Pistole an den Kopf gesetzt hatte. Furchtsam hob Julia den Blick. Wu stand jetzt aufrecht. Er wurde fürsorglich von zwei Militärpolizisten gestützt, zwischen denen er mit unsicheren Schritten zu einem alten Ford hinüberging. Schwerfällig ließ er sich auf den Rücksitz sinken.

Ein Schuß fiel, dann zwei weitere in rascher Folge. Wieder lagen drei Männer tot auf dem Straßenpflaster. Der Militärpolizist stand hinter dem letzten von ihnen und steckte die Pistole wieder in ihr Futteral. Die Sonne spiegelte sich in seiner Sonnenbrille. Er wirkte wie eine Maschine.

Julia fiel ein, daß sie auf dem Weg zu Rosamonde Sun war. Sie wollte den Motor anlassen, doch plötzlich aufsteigender Ekel hinderte sie an jeder Bewegung. Sie zitterte mehrere Minuten lang am ganzen Leib, bis es ihr schließlich gelang, den Wagen nach Hause zu fahren, nur nach Hause, wo sie sich einigermaßen sicher fühlen konnte.

Sie berichtete Tommy, was sie erlebt hatte. Er hörte schweigend zu, unterbrach sie lediglich, um ihr Whiskyglas neu zu füllen. Als sie erzählte, auf welch merkwürdige Weise Fatty Wu verschont geblieben war, lächelte Tommy zum erstenmal an jenem Abend und sagte: «Ich wußte, daß sich Joshua Sorgen machte. Fattys Leben hat ihn zweitausend US-Dollar gekostet, heutzutage ein Vermögen. Aber es hat funktioniert.»

«Tommy, du hättest an seiner Stelle sein können.»

«Aber nein, Liebling. Wir haben ein Gegenmittel. Wir könnten zwei*hundert*tausend US-Dollar zahlen. Wenn es nötig wäre, würde Joshua auch zwei Millionen hinlegen. Wer könnte dem widerstehen? Wenn du das nötige Kleingeld hast, kannst du ungestraft Leute umbringen und dich sogar an einem Aufstand beteiligen. Wenn aber einer keins hat? Nun, du hast es ja gesehen.»

Tommy lehnte sich in seinem Schreibtischstuhl zurück und dachte nach. Man brauchte kein Prophet zu sein, um die Zukunft deutlich vor sich zu sehen. Bis zum 1. November 1948 war der Gold-Yüan von seinem amtlichen Kurs von vier zu eins gegenüber dem US-Dollar auf zehntausend zu eins gefallen. Der Sohn des Generalissimus war «mit dem Ausdruck tiefsten Bedauerns darüber, daß das Leiden der Menschen noch zugenommen habe», zurückgetreten. Am 1. Dezember hatte die Volksbefreiungsarmee den strategisch wichtigen Ort Hsütschou sechshundert Kilometer nördlich von Schanghai eingenommen, nachdem der Generalissimus die besten ihm verbliebenen Divisionen dadurch ihrer Kampfkraft beraubt hatte, daß er an ihre Spitze Kommandeure setzte, die nichts weiter waren als politische Amateure. Am selben Tag trafen amerikanische Waffen im Wert von sechzehn Millionen US-Dollar in Schanghai ein; es war die letzte Lieferung, die auf das chinesische Festland gelangte. Der Generalissimus hatte angeordnet, alle künftigen Lieferungen nach Taiwan zu schicken.

Um Weihnachten 1948 ließ sich deutlich erkennen, wie die Zukunft aussehen würde. Der Antikommunist Joshua Haleevie hatte am Heiligabend, als er auf ein Glas Punsch vorbeikam, das unmittelbar bevorstehende Ende der nationalistischen Herrschaft mit den Worten kommentiert: «Weißt du, Tommy, es wird wohl langsam Zeit, daß wir den Leuten in London sagen, was sie tun müssen, um sich mit einem kommunistischen Regime gut zu stellen. Welche Forderungen könnte der Vorsitzende Mao außer der offiziellen Anerkennung seiner Regierung noch erheben?»

Tommy hatte die Frage an den Apparat weitergeleitet, ohne eine rasche Antwort zu erwarten. Nicht einmal der weitblickende Tschou En-lai würde sich zu einer Zeit, da die Kommunisten mit einer Neuordnung des Landes beschäftigt waren, mit Auslandsbeziehungen befassen.

Auf den ersten Blick schienen die Nationalisten durchaus noch Überlebenschancen zu haben. Südlich des Jangtse war auf der Karte Chinas fast nichts von den roten Tintenflecken der Volksbefreiungsarmee zu sehen. Aber der Kampfeswille der Nationalisten war gebrochen. Ihre Führer stellten sich darauf ein, mit den Kommunisten einen Separatfrieden abzuschließen und brachten öffentliche Gelder beiseite, um ein behagliches Exil genießen zu können. Daher war das weiße Gebiet südlich des Jangtse kaum von größerer Bedeutung als der weiße Fleck im roten Norden, wo ein alter Bürgerkriegsgeneral beharrlich Taiyüan hielt, die Hauptstadt der Provinz Schansi.

Tommy nahm die Unterlagen der Patienten zur Hand, die er an jenem Vormittag zu behandeln hatte. Die meisten davon waren wirklich krank, denn er hatte sich der Hypochonder entledigt – und damit allerdings auch seine einträglichsten Patienten vergrault. Wie schon früher behandelte er viele, die nicht imstande waren, ihn zu bezahlen.

Geld spielte jetzt keine große Rolle. Die Befreiung Schanghais stand unmittelbar bevor, da würde ihm persönlicher Reichtum nichts nützen. Er würde seine Praxis ausüben, wie er es sich einst erträumt hatte, frei von jedem Druck, offen für die Bedürfnisse der Kranken. Welche innen- und außenpolitischen Maßnahmen Mao Tse-tung auch ergreifen mochte, Tommy hoffte doch, daß die Bedingungen für die Ausübung eines für die Bevölkerung so wichtigen Berufs wie des seinen geradezu ideal sein würden.

Das Telefon läutete. «Leitung zwei», sagte seine Sprechstundenhilfe.

«Tommy, alter Junge, schön, Ihre Stimme zu hören.» Wie immer schien Harry Smythe bester Stimmung. «Hätten Sie Lust auf einen Flug? Wir haben in Taiyüan ein Problem: eine

DC-3 ist runtergekommen und ein Pilot verletzt worden ... Nein, einen anderen Arzt kann ich nicht auftreiben, sonst hätte ich Sie nicht angerufen ... Heute geht es dann aber nicht mehr zurück.»

Tommy erklärte sich bereit, Harry eine halbe Stunde später am Flughafen zu treffen. Er ging rasch seine Patientenberichte durch und sah, daß nichts Dringendes dabei war. Anschließend nannte er seiner Sprechstundenhilfe einen Stellvertreter für Notfälle und ging in die Wohnung hinauf, um sich warm anzuziehen. Da Julia nicht zu Hause war, hinterließ er ihr eine kurze Mitteilung.

Mit dröhnenden Motoren hob die Curtiss Commando von der mit Schneematsch bedeckten Startbahn ab. Unter den silbrig glänzenden Tragflächen wurde Schanghai immer kleiner. Tommy hockte unbehaglich auf einem Leinwandsitz, der an der unverkleideten Aluminiumwand des Rumpfs hing, und zog den Lammfellmantel enger um sich, den ihm Harry beim Start zugeworfen hatte.

Trotz seiner dicken Wollsocken verloren seine Füße auf dem nackten Metallboden schon bald jedes Gefühl. Der Schneematsch von den Schuhsohlen war in die Ritzen zwischen den Bodenbrettern gelaufen und gefror dort erneut. Harry holte ein Paar lammfellgefütterte Stiefel unter dem Sitz hervor. Tommy lächelte dankbar, doch auch nachdem er sie angezogen hatte, spürte er seine Zehen nicht.

Harry sagte etwas, und Tommy schüttelte den Kopf. Über dem Lärm der Motoren und des Windes konnte man nichts verstehen. Als Harry seine Hand zum Mund führte, als wolle er trinken, nickte Tommy. Etwas Heißes wäre sehr angenehm.

Während der Amerikaner nach vorn ging, spähte Tommy durch ein bullaugenähnliches Fenster in der Flugzeugwand. Unter ihnen schlängelte sich der Jangtse durch die strenge Winterlandschaft. Am Nordufer sah er graue Rauchwölkchen, auf die Sekunden später Blitze am Südufer folgten. Die Artillerie der Kommunisten feuerte über den Fluß, der China in zwei Hälften teilte. Jetzt verstand Tommy, warum die Maschine so steil stieg. Mehr als eintausendfünfhundert Kilometer nordwestlich lag Taiyüan, ein winziges Inselchen im roten Ozean der Volksbefreiungsarmee.

Jetzt ging die Maschine aus dem Steigflug in die Horizontale. Harry kam mit Pappbechern zurück und brüllte Tommy ins Ohr: «Ich hoffe, es ist so recht, mit Zucker und Milch.»

Tommy mochte nicht einmal Kaffee, aber er nickte und nahm den Becher entgegen. Allmählich entspannte er sich und sah sich in der Maschine um. Im vorderen Teil des Rumpfs waren Kisten mit amerikanischer Munition gestapelt, das Heck füllten hinter einer aus Heuballen aufgehäuften Barriere lebende Tiere, die vermutlich Taiyüans Verteidigern zur Nahrung dienen sollten. Ein Hahn krähte, und Hennen gluckten in ihren Weidenkörben. Über einem der Heuballen erschien der Kopf einer grauen Ziege. Außer den Tieren transportierte die Maschine noch Säcke mit Reis, Körbe voll Gemüse und in Tontöpfen eingelegte Eier.

Harry und er, das merkte Tommy erst jetzt, waren nicht die einzigen Passagiere. Fünf junge Chinesen spielten auf einer mit Vorhängeschlössern gesicherten schweren Kiste Mahjongg. Daneben war ein großer massiger Gegenstand, den eine Plane verdeckte, mit straff gespannten Stahlseilen gesichert.

Harry hatte berichtet, daß eine der zuverlässigen DC-3 der Linie CAT von Maschinengewehren beschossen worden war, während sie über Taiyüan Reis abwarf. Vermutlich war der große Gegenstand unter der Plane das Ersatztriebwerk, und die fünf jungen Männer waren Mechaniker. Warum Tommy nach Taiyüan fliegen sollte, wußte er jetzt auch – Harry wollte seine Piloten nicht chinesischen Militärärzten anvertrauen.

Obwohl beide Motoren nach Erreichen der Flughöhe langsamer liefen, klapperte der dünne Aluminiumrumpf immer noch metallisch. «Alles in Butter, Tommy», rief ihm Harry zu. «Es dauert vier Stunden . . . vielleicht viereinhalb.»

«In Ordnung, Harry.»

«Was wissen Sie eigentlich über unsere Operation in Taiyüan?»

«Herzlich wenig.»

«CAT hält die Stadt schon seit fünf Monaten über eine Luftbrücke am Leben. Am Tag, nachdem die Belagerung begonnen hatte, ist der Gemus hingeflogen. Er hat Chennault den Auftrag gegeben, notfalls alles andere stehen und liegen zu lassen und Taiyüan um jeden Preis zu halten. Wir haben schon zigtausend Tonnen Lebensmittel und Munition hingeflogen.»

«Und wie lange soll das noch gehen?»

«Unendlich lange natürlich nicht.» Harrys Atem kam als dichter weißer Dampf aus seinem Mund; in ihrer Flughöhe von fast dreitausend Metern war es sehr kalt. «Das kommt in erster Linie auf die kämpfenden Einheiten und auf den dickköpfigen alten Kriegsherrn an.»

Er erhob sich und machte eine Bewegung zur Kanzel hinüber. Vorsichtig wich Tommy den Spannseilen aus, die das DC-3-Triebwerk hielten, und ging nach vorn. Links saß ein Amerikaner, der Copilot rechts neben ihm war Chinese. Er sprach gerade in ein Handmikrofon.

«Willkommen an Bord», sagte er. «Tut mir leid, daß die Heizung da hinten nicht funktioniert.» Er sprach mit normaler Lautstärke und saß in Hemdsärmeln im geheizten und gut isolierten Cockpit.

«Captain Wessex Hakluyt Johnson», sagte Harry. «Alle Welt nennt ihn Wex. Johnny Wang neben ihm kennen Sie ja schon.»

«Wir sind bald da», sagte der Pilot. «Im Augenblick sieht man noch nicht viel wegen der Wolkendecke.»

«Welche Landebahn ist es diesmal, Wex?» fragte Harry.

«Weiß nicht genau», gab der Pilot zurück. «Johnny?»

Der Copilot hängte sein Mikrofon auf und zählte an seinen Fingern ab. «Wissen Sie, Dr. Howe, jedesmal, wenn uns die Kommunisten zu dicht auf den Pelz rücken, läßt der Gouverneur näher an der Stadt eine neue Start- und Landebahn bauen. Ich würde sagen, das ist jetzt die sechste.»

«Heißt das», fragte Tommy, «daß die Belagerung zu Ende ist, wenn es kein ebenes Gelände mehr für eine Startbahn gibt?»

«So ungefähr», gab der Pilot zur Antwort. «Wir könnten die

Stadt allerdings auch mit Abwürfen aus der Luft versorgen, jedenfalls eine Zeitlang. Sie können gern die Landung von hier aus mitverfolgen. Das ist bestimmt interessant.»

Dankbar, daß er nicht in die Kälte zurück mußte, setzte sich Tommy auf den Klappsitz hinter den Piloten und legte den Sicherheitsgurt an. Durch die Verglasung der Kanzel sah er eine dunkle Winterlandschaft, in der hier und da ein Feuer brannte.

«Alles klar?» fragte der Pilot. «Dann los.»

Er drückte die Nase der Maschine nach unten, und sie stürzte dem Boden so rasch entgegen, daß es Tommy vorkam, als würden seine Trommelfelle platzen. Dann riß er am Steuerknüppel, grundlos, wie es Tommy schien, so daß die Maschine scharf nach rechts stieg. Im gleichen Augenblick sah er eine Kette feuriger Kugeln vom Boden emporsteigen.

«Der Teufel soll die Burschen holen», fluchte der Pilot. «Ich habe schon gehört, daß sie jetzt auch Flak haben. Verdammt noch mal!»

Zwei parallele Reihen gelber Lichter leuchteten im Halbdämmer vor ihnen auf, und der Pilot schob das Steuerhorn nach vorn. Die Commando ging nach unten, und eine Minute später schleuderten die Räder Unmengen von Splitt gegen den Rumpf. Die große Maschine prallte von der Fahrbahn ab, und als die Räder den Boden erneut berührten, betätigte der Pilot die Bremse, so daß die Reifen kreischten.

Als die Maschine stand, wies er nach hinten.

«Jetzt schnell», sagte er zu Tommy. «Man weiß nie, womit einen die Kommunisten überraschen.»

Tommy holte rasch seine Arzttasche unter dem Segeltuchsitz hervor und stieg die schmale Aluminiumleiter hinab, die in die Türöffnung gehängt worden war. Im Licht von Kerosinlampen sah er, daß die Maschine in einer Art Einfriedung aus Sandsäcken zu stehen gekommen war, die mit Wellblech überdeckt war. Draußen detonierten Mörsergranaten.

«Willkommen in Taiyüan!» grinste Harry Smythe. «Ihr Patient wartet im Unterstand auf Sie.»

Der verwundete Pilot war ein schmächtiger Amerikaner namens Reilly. Tommy schiente seinen gebrochenen Arm, ließ aber die Maschinengewehrkugel im Oberschenkel stecken; es war besser, wenn man sich darum im Krankenhaus kümmerte.

Er trat hinaus, als der Beschuß nachließ, der offenbar zu ihrer Begrüßung veranstaltet worden war. Im Mondlicht sah Tommy die mittelalterlichen Befestigungsanlagen der Stadt Taiyüan. Im provisorischen Hangar arbeiteten die Mechaniker die ganze Nacht hindurch an der beschädigten Maschine. Mit Erleichterung stellten sie fest, daß das Triebwerk nicht vollständig ausgebaut werden mußte, und so tauschten sie nur die beschädigten Teile gegen solche des Ersatzaggregats aus. Ihnen war offenbar daran gelegen, Taiyüan rasch wieder zu verlassen.

Beim Morgengrauen war die Commando wieder startbereit; Harry Smythe flog als Copilot mit. Die reparierte DC-3 sollte eine Stunde später folgen, um den Schützen der Kommunisten nicht sogleich ein zweites Ziel zu bieten. Tommy, der mit seinem Patienten in dieser Maschine fliegen sollte, sah zu, wie die Commando beladen wurde, und überlegte im stillen, daß er lieber in der belagerten Stadt bleiben, als diese überladene Maschine besteigen würde.

In ihrem hinteren Teil, wo die Tiere transportiert worden waren, erhob sich ein wahrer Berg aus Truhen, Teppichen und Koffern. Den übrigen Rumpf füllten bis zur Rückwand der Pilotenkanzel Bündel und Körbe in allen Größen.

«Mir ist es ein Rätsel», sagte Tommy zu Harry, «wie er damit starten will.»

«Das ist erst der Anfang, mein Junge», gab Harry zur Antwort. «Warten Sie nur ab.»

Wex Johnson, der mit vier Militärpolizisten vor der Aluminiumleiter stand, wurde von Menschen bedrängt, die erst zurückwichen, als Schlagstöcke durch die Luft sausten. Zögernd stellten sie sich, nach wie vor drängend und fluchend, hintereinander auf und zeigten große rote Flugscheine. Jeden einzelnen prüfte der Pilot genau.

«Woher kommen die Flugscheine?» fragte Tommy.

«Wir haben ein kleines Büro in der Stadt», gab Harry Smythe zur Antwort. «Aber Wex ist auf etwas anderes aus. Jeder von diesen Leuten hat außer dem Tarif der Fluggesellschaft Wex' Privattarif zahlen müssen. Er nimmt nur US-Dollar oder Goldbarren. Auch für das Gepäck. Für alles, was aus der Stadt soll, muß an Wex gezahlt werden. Wenn das hier vorbei ist, wird er steinreich sein. Ich denke, daß er pro Hin- und Rückflug nach Abzug von Unkosten und Bestechungsgeldern zehntausend bis fünfzehntausend US-Dollar übrig behält.»

Tommy konnte an seinem eigenen Land oder an dessen Freunden nichts mehr überraschen. Julia hätte geschäumt, er begnügte sich damit zu zählen. Als fünfundachtzig Männer, Frauen und Kinder zwischen und auf die Gepäckberge gestopft waren, legte Harry Smythe dem Piloten mahnend die Hand auf den Arm. Immerhin war die Maschine nur für fünfzig Personen zugelassen. Die doppelten Frachttüren schlossen sich, und der Pilot erstieg die hohe Leiter zur Kanzel.

Bevor ihm Harry folgte, schüttelte er Tommy feierlich die Hand.

«Sie wollen doch nicht wirklich mit diesem überladenen Wal da fliegen?» fragte Tommy entsetzt. «Der kommt doch nie vom Boden hoch.»

«Wex kriegt ihn schon in die Luft», sagte Harry lässig. «Er hat viel zuviel investiert, um es nicht zu schaffen. Machen Sie es gut, alter Junge. In Schanghai sehen wir uns wieder.»

Während Harry gleichfalls zur Kanzel emporstieg, begannen die Motoren in der kalten Morgendämmerung zu laufen. Ihr Lärm schwoll an, wurde immer schriller, und als der Auspuffqualm aus dem provisorischen Hangar abzog, sah Tommy, daß die Räder der Commando wild gegen die Bremsklötze drängten. Der Motorenlärm verringerte sich ein wenig, Wex Johnson beugte sich aus der Kanzel und hob den Daumen zum Zeichen, daß alles in Ordnung war.

Als die Triebwerke erneut aufdröhnten, hielt sich Tommy die Ohren mit den Händen zu. Kulis rissen die Klötze beiseite, und die Maschine schoß aus dem Unterstand wie ein Kiesel aus einer Steinschleuder. Es sah so aus, als berührten die Räder den Boden kaum, und schon war die Maschine drei Meter in der Luft. Im nächsten Augenblick krachte das Fahrgestell auf die Startbahn, und erst an ihrem Ende erhob sich die Commando schwerfällig, von den Explosionswölkchen der Mörsergranaten förmlich angetrieben.

Tommy schluckte und merkte, daß er während dieses schwerfälligen Startvorgangs den Atem angehalten hatte.

Ganz langsam stieg die Maschine über den Mauerring der Stadt empor, erhob sich wie ein blitzender Vogel über die hohen Wachttürme, die auf der anderen Seite standen. Der Steigflug dauerte unerträglich lange.

Tommy wandte sich seinem Patienten zu, dessen Trage neben ein paar hölzernen Munitionskisten stand.

«Da! Sehen Sie!» rief Reilly. «Sie ist zu schwer. Sie reagiert nicht mehr auf das Ruder. Wex hat sie nicht mehr in der Hand!»

In den Scheiben der Kanzel spiegelte sich die Morgensonne, als die Commando nach unten sackte. Der verwundete Pilot krallte seine Finger in das Tuch der Trage, auf der er lag. Wex fing die Maschine ab, sie stieg erneut in Richtung auf die braunen Hügel.

«Er ist zu nah an der Klippe», stöhnte Reilly. «Vielleicht schafft er es gerade noch . . . Nein, er schafft es nicht . . . Großer Gott!»

Grelle Leuchtspurgeschosse stiegen zu der schwankenden Maschine empor. Ihre Nase senkte sich, hob sich aber im letzten Augenblick vor dem Aufprall auf die Felskante. Mühsam schob sich die Maschine in den freien Himmel.

«Jetzt ist alles gut», sagte Reilly und seufzte erleichtert. «Mein Gott, hatte ich Angst!»

In diesem Moment neigte sich eine der silbrig glänzenden Tragflächen, und die Maschine ruckte in der Luft, als werde sie plötzlich von einer Bremse angehalten. Das Flugzeug schien mitten in der Luft stehenzubleiben.

Im nächsten Augenblick drehte sich die große Transportmaschine wie ein Rad, schneller und schneller, so daß sie vor dem bleichen Morgenhimmel wie ein blitzendes silbernes Kreuz wirkte. Eine Flügelspitze prallte gegen eine Felskante; dann stürzte die Maschine auf den Hügel.

«Großer Gott!» wiederholte der verletzte Pilot. «Großer Gott.»

Tommy sah Flammen aus dem zerbrochenen Rumpf emporzucken. Sekunden später erhob sich eine dichte schwarze Rauchwolke über der Absturzstelle.

77

27. April 1949

Der schwarzlackierte Stutzflügel war zwar zerkratzt, ließ sich aber noch Töne entlocken.

«Er ist ein Nachtgeschöpf, wie ich», sagte Elisaweta Alexandrowna Jawalenka. «Er taugt nicht für den Tag – und auch nicht für Bach. Aber dieses letzte Mal tut er's noch.»

Der Pianist zwirbelte seinen Schnauzbart, rückte den Smoking über seinem Bauch zurecht und ließ die Hände über die Tasten gleiten. Seine Musik begleitete die letzte Abendgesellschaft, die Elisaweta je im *Ikra* geben würde. Und auch zu dieser waren nur wenige Gäste gekommen.

Die Volksbefreiungsarmee hatte am 21. April den Jangtse überquert, ohne auf nennenswerten Widerstand zu stoßen; nur hier und da hatten ihr demoralisierte Streitkräfte der Nationalisten kleinere Gefechte geliefert. Der Westwind, das einzige, was der aus Sampans und Dschunken bestehenden Flotte der Kommunisten hätte gefährlich werden können, hatte sich im letzten Augenblick gedreht. Die kommunistische Nachrichtenagentur Neues China berichtete später, die Bootsleute hätten gesagt: «Der Vorsitzende Mao Tse-tung hat sich für die Überfahrt den Ostwind ausgeborgt.»

Am 24. April war Nanking gefallen, und die kommunistischen Befreier sammelten sich jetzt erneut, um Schanghai einzunehmen, sobald sie den Zeitpunkt für gekommen hielten.

Und Schanghai? Die Stadt wartete. Trotz der absurden puritanischen Erlasse ihrer vor dem Ende stehenden nationalistischen Regierung herrschte noch immer munteres Treiben. Wer die Möglichkeit dazu hatte, verließ Schanghai jedoch in aller Eile.

Selbstverständlich führten Generäle und Politiker den Exodus an, obwohl einige noch blieben, um aus der dem Untergang geweihten Stadt das letzte Gramm Gold herauszupressen. Zahlreiche chinesische Kapitalisten folgten ihrem hinausgeschmuggelten Kapital nach Hongkong, aber viele harrten aus, im Vertrauen auf die Zusage der Kommunisten, man werde ihnen nicht nur gestatten, ihre Geschäfte fortzuführen, sondern sie förmlich darin bestärken. Mao Tse-tung hatte öffentlich verkündet, nach der Befreiung werde weder Kommunismus noch auch nur Sozialismus herrschen, sondern ein Übergangssystem, das er als Neue Demokratie bezeichnete. Das Privatunternehmertum werde aufblühen, sobald Korruption und Störung der öffentlichen Ordnung die wirtschaftliche Tätigkeit nicht mehr behinderten.

Einige Ausländer waren abgereist, allerdings war das die Minderheit. Die meisten von ihnen sahen in Schanghai ebenso ihre Heimat wie die Chinesen, die hier lebten. Einige Ausländer fühlten sich ihren chinesischen Beschäftigten verpflichtet. Andere wiederum glaubten, bei einer Auseinandersetzung, die ihrer Ansicht nach nur Chinesen betraf, könne ihnen nichts geschehen.

Die Flüchtlinge in der Stadt allerdings waren äußerst unruhig. Die Mehrzahl der Chinesen konnte sonst nirgendwohin, und die hilflosen Weißrussen fürchteten eine erneute Bolschewistenherrschaft. Die aus Nazi-Deutschland gekommenen Juden flohen erneut, und wenn auch die Angehörigen der alten jüdischen Gemeinde, größtenteils Sephardim, keine Flüchtlinge waren, hatten einige doch die Stadt verlassen, um die Entwicklung aus der Ferne abzuwarten. Joshua Haleevies ältester Bruder Jeremiah, seit dem Tod des Vaters das Oberhaupt der Familie, hatte sich nach Hongkong abgesetzt, wo sich inzwischen auch der größte Teil des flüssigen Vermögens der Familie befand.

Joshua selbst blieb. Er saß in seinem weißen Smoking Elisaweta gegenüber und klopfte mit seinem Lacklederschuh im Rhythmus der Klaviermusik. Daß seine Frau Charlotte vor mehr als einem Jahr die Stadt verlassen hatte, um sich in New York und Jerusalem ihr eigenes Leben einzurichten, berührte ihn nicht sonderlich. Als die Stadt ihrer größten Heimsuchung entgegensah, hatte er seiner Geliebten gesagt, er könne den Ort nicht verlassen, dem er sein Leben verdanke. Falls sich die Kommunisten anständig verhielten, sähe es äußerst töricht aus, wenn er sich davonmachte. Sofern sie sich jedoch schlecht aufführten, würde man ihn für einen Feigling halten, wenn er davonliefe.

Er hatte sich 1927 weder durch Kommissar Tschou En-lai und seinen Volksaufstand noch durch Generalissimus Tschiang Kai-schek und dessen Armee vertreiben lassen. Er hatte 1932 und dann wieder 1937 den Japanern entschlossen die Stirn geboten. Nach dem japanischen Angriff auf Pearl Harbor 1941 hatte er Schanghai verlassen, um zu kämpfen. Warum sollte er sich angesichts der gegenwärtigen Bedrohung, die möglicherweise gar keine war, anders verhalten?

Elisaweta gab sich keinen Täuschungen mehr hin. Vor einigen Tagen hatte sie gemerkt, daß Joshuas Liebe zu ihr Grenzen hatte. Fest davon überzeugt, daß er sie nie verlassen werde, hatte sie ihn oft mit wenig Zartgefühl behandelt und sich darauf verlassen, von ihm gerade ein bißchen mehr geliebt zu werden als sie ihn liebte. Inzwischen wußte sie, daß ihre Liebe ein wenig größer war als seine. Während er ihr früher vorgeworfen hatte, sie liebe ihr *Ikra* mehr als ihn, hatte sie jetzt gemerkt, daß er Schanghai mehr liebte als sie.

Hätte er sich sonst so entschieden geweigert, sie auf die SS *Anson* zu begleiten, die am nächsten Vormittag nach Hongkong auslaufen würde? Sie hatte ihn darauf hingewiesen, daß er jederzeit nach Schanghai zurückkehren könne, so wie sie es auch tun werde, wenn die Lage es wirklich erlaubte. Er hatte sie nicht zum Bleiben gedrängt, damit sie mit ihm gemeinsam abwartete, was die Versprechen der Kommunisten wert waren. Aber er war nicht zu bewegen, mit ihr nach Hongkong zu fahren.

«Es ist nicht dasselbe, wenn ich anschließend zurückgekrochen komme.» Seine Erklärung hatte ihr hohl in den Ohren geklungen. «Die Kommunisten sind Chinesen. Sie werden sich merken, wer geblieben ist, um sie willkommen zu heißen. Außerdem habe ich schon einige Fühler ausgestreckt und muß hier bleiben, um zu sehen, wie sie darauf reagieren. Es gibt keinen Anlaß für einen dramatischen Abschied. Du gehst nicht für immer, auch wenn dir das jetzt so vorkommt. Nach einem Monat bist du wieder hier, oder wir treffen uns in Hongkong. Was aber wird mit dem *Ikra?*»

«Das Hotel aufzugeben fällt mir nicht besonders schwer, Liebling», hatte sie geantwortet. «Aber ich kann den Gedanken nicht ertragen, dich aufgeben zu müssen.»

«Das wird auch nie nötig sein. Du scheinst endlich eine Wahl zwischen dem *Ikra* und mir getroffen zu haben. Und du hast dich für mich entschieden! Ich bin überglücklich, Liz . . . auch wenn es ein bißchen lange gedauert hat.»

«Du kommst also mit? Oh, Joshua, ich –»

«Liz, ich fürchte, davon kann keine Rede sein», sagte er sachlich, aber fest. «Ich werde hier gebraucht . . . ganz gleich, was passiert. Liebling, ich verspreche dir, daß ich nachkomme, sobald ich kann. Wir machen eine Kreuzfahrt rund um die Welt, wenn du willst. Wir heiraten, wenn dir der Sinn danach steht. Eine Scheidung von Charlotte ist eine bloße Formsache. Allerdings scheinen die Leute heutzutage zu glauben, daß es keinen großen Unterschied macht, ob man verheiratet ist oder nicht.»

«Meinst du, Josh?» Ihre Heftigkeit überraschte ihn. «Es gibt keinen größeren Unterschied auf der Welt! Hätten wir schon vor Jahren geheiratet, wäre *alles* anders! Natürlich heirate ich dich!»

«Liz, du machst mich sehr glücklich.» Seine Stimme schwankte einen Moment. «Also dann in einem Monat in

Hongkong, oder früher, falls die Dinge hier zur Ruhe kommen.»

Mit diesem Versprechen mußte sich Elisaweta begnügen. Sie war voller Verzweiflung, weniger weil sie Schanghai verlassen mußte, das ihre wahre Heimat geworden war, und keineswegs, weil sie an Joshuas Zusage zweifelte. Er hielt, was er versprach. Sie war verzweifelt, weil sie in ihrem tiefsten Innern wußte, daß er keine Möglichkeit haben würde, ihr zu folgen. Dafür würden die chinesischen Bolschewiken sorgen. Diesen Feind fürchtete sie so sehr, daß ihr eigener großer Mut sie verlassen hatte.

Sie wußte, daß sie Joshua verlieren würde, aber sie konnte nicht bleiben. Ihre siegreiche Nebenbuhlerin war nicht eine andere Frau, sondern die glutäugige und kaltherzige untreue Schönheit Schanghai.

Elisaweta spürte, wie das Lächeln ihr auf den Lippen erstarrte. Sie hob das Glas mit dem Krug 1936 der letzten Flasche aus dem Weinkeller des *Ikra.* Mit dieser Geste besiegelte sie den Abschied, den alle Anwesenden außer ihr selbst für vorläufig zu halten schienen – mit einer Ausnahme. Diese Ausnahme war Tommy Howe. Er trug auf Julias Betreiben statt des förmlichen Schwarz einen cremefarbenen Seidensmoking mit hellblauem Querbinder.

Elisaweta seufzte. Sie konnte sich nicht vorstellen, daß die Howes Schanghai je verlassen würden. Ebensogut hätte der Bund sich von der Stadt lösen und ins Meer hinaustreiben können.

Ihnen gegenüber standen vor drei unberührten Gedecken drei leere Stühle. An einem der Plätze war ein Champagnerglas auf den Kopf gestellt. Harry Smythe würde nie wieder eine Gesellschaft mit seinem munteren Geplauder beleben. Aus «privaten Quellen», eine Umschreibung für Tommys Kontakte zum Apparat, hatte Joshua erfahren, daß es beim Absturz der Curtiss Commando hinter den kommunistischen Linien keine Überlebenden gegeben hatte. Niemand hatte im Laufe des Abends Harry Smythe erwähnt, und niemand würde das tun. Der umgedrehte Sektkelch war ein überdeutlicher Hinweis.

Die beiden anderen Plätze waren für Richard Hollings und Emily bestimmt, die sich in Washington aufhielten. Richards Krankheit verbot ihm eine Reise nach China. Er hatte mehrere Male angerufen, um Material für seine außenpolitische Kolumne zu bekommen, die er zweimal pro Woche schrieb. Emilys Urteil, sagte er halb im Scherz, könne er wegen ihres lächerlichen Vorurteils gegen die sogenannten Kommunisten nicht trauen. Außerdem war sie wütend auf die Nationalisten wegen ihres schändlichen Rückzugs. «Sie ist eine viel zu stramme Antikommunistin», sagte Richard halb im Ernst und halb im Scherz, «als daß man von ihr irgendwelche nützlichen Hinweise auf mögliche zukünftige Entwicklungen bekommen könnte.»

Wegen der sich überstürzenden Ereignisse in China war ganz Amerika offenbar wild darauf, Neues über jenes Land zu erfahren, das noch vor vier Jahren als einer der fünf großen Alliierten gegolten hatte und in dem jetzt der Sieg der Kommunisten greifbar nahe bevorstand.

Dieses große Interesse gereichte Emily letzten Endes zum Vorteil, denn ihre Berichte über chinesische Frauen, die sich ursprünglich in erster Linie an Chinesinnen gewandt hatten, wurden jetzt in den Vereinigten Staaten geradezu verschlungen. Früher hatte sie sich gegen das Etikett gewehrt, eine «Autorin für Frauen» zu sein, inzwischen aber sah sie darin eine Auszeichnung. Während sie zum erstenmal in ihrem Leben zufrieden an der Seite eines Mannes lebte, traten die Probleme der Frauen für sie wieder in den Vordergrund.

Zu ihrer großen Erleichterung hatte ihr Richard den Erfolg nicht geneidet – im Gegenteil, er war stolz auf sie. Wenn sie bedachte, wie ehrgeizig und zielstrebig er selbst war, ließ das nur den Schluß zu, daß er sie wirklich liebte.

All das wußte Julia aus Emilys Briefen, die die Kluft zwischen ihnen allmählich geschlossen hatten. Zwar fehlte ihr Emily sehr, aber zugleich war sie froh, daß ihre Freundin nicht in Schanghai war, um das glanzlose Elend der Nationalisten mitzuerleben. Natürlich war Julia voller Vorfreude. Fast hätte sie ihre wahren Ansichten verraten, aber ihr fiel noch gerade rechtzeitig die Aufgabe ein, für die Tschou En-lai sie aufgespart hatte, und so verbarg sie ihren Jubel und tat so, als nehme sie den bevorstehenden Sieg der Kommunisten resignierend zur Kenntnis.

Elisaweta, die Gastgeberin, die in ihrem prächtigen Kleid aus weißem Organdy in dem leeren Saal fast wie ein Gespenst wirkte, riß sie aus ihren Gedanken. «Ich warte nicht, bis mich die Bolschewiken enteignen», sagte sie. «Als Peiping vor Monaten fiel, wußte ich, daß alles vorbei war. Die Bolschewiken können mein armes altes *Ikra* haben – mich bekommen sie nicht. Ich bin jetzt keine Aristokratin mehr, sondern gehöre zur Mittelschicht. Die hassen die Bolschewiken mehr als alles andere.»

«Liz, weißt du, wo der Gold-Yüan heute steht?» fragte Tommy mit ungewohnter Schärfe. «Sechs Millionen zu einem US-Dollar. Weißt du noch, wie es war, als die Nationalisten jeden gezwungen haben, seine Dollar, sein Gold und sein Silber gegen Gold-Yüans einzutauschen und jeden erschossen haben, der etwas zurückbehielt? Erinnerst du dich noch an den damaligen Kurs? Es gab vier Yüans für einen US-Dollar.»

«Das wissen wir doch alle», versuchte Joshua zu vermitteln. «Warum käust du das jetzt wider?»

«Liz sagt, die Kommunisten würden die Mittelschicht hassen. Und was ist mit den Nationalisten? Die haben die Mittelschicht doch bis aufs Hemd ausgeplündert, genau die Menschen, die ihnen ihre Devisen und ihr Edelmetall im Tausch gegen die wertlosen Gold-Yüans ausgehändigt haben. Dennoch haben die Nationalisten stets behauptet, sie seien für den Kapitalismus und gegen den Kommunismus. Wenn die Mittelschicht solche Freunde hat, warum fürchtet sie dann ihre sogenannten Feinde?»

«Wir Nationalisten wirken offenbar immer schlimmer, als wir wirklich sind», ließ sich Jimmy Wei vernehmen. Er war uneingeladen vorbeigekommen und hatte erklärt, bevor er zum Generalissimus Tschiang Kai-schek nach Taiwan reise, wolle er Abschied von Schanghai nehmen. Ohne den Blick zu heben, fuhr er fort: «Das ganze Ende ist würdelos. Nicht nur, daß der Gemus zurückgetreten ist – er ist auch ganze elf Tage später, während derer er noch geglaubt hat, er könnte Schanghai als letzte Bastion halten, nach Taiwan geflohen. Dann das abscheuliche Verhalten der Garnison: zweihunderttausend Soldaten, die sich aufführen wie die Wilden – mit Vergewaltigung, Plünderung und Mord. Ich bin zu alt, vielleicht auch zu halsstarrig, um mir noch eine andere Weltanschauung zu suchen. Aber die Sache ist einfach widerwärtig.»

«Jetzt soll bloß niemand sagen, das sei bei uns Chinesen immer so», sagte Tommy. «Es gibt ja Leute, die das behaupten. Was auch immer die Kommunisten tun mögen, das, was Sie eben beschrieben haben, werden sie nicht tun. Sie sind keine Tiere in Uniform.»

«Tommy, wir erfahren über sie nur das, was sie preisgeben wollen», meinte Joshua. «Oder was die Journalisten über sie schreiben. Du müßtest doch wissen, wie zweifelhaft diese Reportagen zum Teil sind.»

«Meine Damen und Herren!» meldete sich Jimmy Wei unvermittelt wieder zu Wort. «Ich spüre die Entstehung eines Mythos. Wie die meisten Mythen enthält er ein Körnchen Wahrheit. Die Kommunisten werden sehr schnell Legenden bei der Hand haben, wer denn nun Chinas Niedergang verschuldet hat.»

«Nun, und wie wird der Mythos aussehen?» fragte Tommy freundlich. «Sich selbst werden sie jedenfalls zu den Rettern des Landes stilisieren.»

«Richtig!» rief Jimmy Wei so laut, daß Julia zusammenzuckte. «Außerdem werden sie sagen, die Vereinigten Staaten hätten den Untergang Chinas verschuldet, aber das stimmt nicht, denn sie haben das Land nie besessen. Auch der Generalissimus ist nicht schuld, da auch er es nie besessen hat. Er war kein Diktator, sondern eher ein Aufsichtsratvorsitzender, der selbst nicht die Vollmacht hatte, auch nur einen einzigen Direktor zu entlassen. Da er China nie richtig beherrscht hat, kann er auch nicht die Schuld am Untergang des Landes tragen. Aber er hat die Dinge zusammengehalten. Niemand hätte mehr tun können als er. Seine sogenannten Anhänger haben sich aus den unterschiedlichsten Kreisen rekrutiert – von konfuzianischen Monarchisten und feudalen Raubrittern, die weder lesen noch schreiben können, bis hin zu Sozialisten und Trotzkisten. Wie könnte jemand China mit einer solchen zusammengewürfelten Bande regieren?»

«Na gut, Jimmy», sagte Tommy ungeduldig. «Aber wo ist nun das Körnchen Wahrheit in dem Mythos? Wer hat Chinas Niedergang verschuldet?»

«Ich werde es Ihnen sagen», rief Jimmy Wei und schlug sich mit theatralischer Geste an die Brust. «Ich selbst war es, denn ich habe nicht genug getan, das Land zu retten. Unfähigkeit und Korruption sind schuld, und wir, die wir das gewußt und uns Sorgen um das Land gemacht haben, sind nicht energisch genug dagegen vorgegangen, haben nicht genug unternommen, um etwas daran zu ändern. Wir haben einfach weitergemacht. Ganz gleich also, was die Zeitungen schreiben – wir selbst haben das Land verloren. Chinas Schicksal wurde in China entschieden und nirgendwo sonst.»

Die anderen schwiegen betroffen. Jimmy Wei stockte, und ohne sich seiner Tränen zu schämen, wischte er sich die Augen mit einem leinenen Taschentuch. Dann sagte er: «Natürlich haben die Amis immer wieder ihre Nase in unsere Angelegenheiten gesteckt. Claire Chennault hat uns nicht damit geholfen, daß er einen einfachen, glatten Sieg durch Luftüberlegenheit gepredigt hat. Noch im vorigen Herbst hat er dem Gemus eingeredet, er könne mit vielleicht fünfzig Bombern das Steuer herumwerfen und den Kampf gewinnen. Nicht nur eine einzige Schlacht, sondern gleich den ganzen Bürgerkrieg!»

Jimmy Wei stürzte seinen Champagner hinunter und richtete seine Schlußworte an das leere Glas: «Trotz allem war die Sache schon entschieden, bevor die Amis überhaupt auf der Bildfläche erschienen sind. Wollt ihr wissen, wer China an den Kommunismus verloren hat? Ich sage es noch einmal – *ich*!»

78

2.–25. Mai 1949

Anfang Mai spürte Julia immer deutlicher, daß Tommy das Hochgefühl, das sie empfand, seit China an der Schwelle zu einer wunderbaren neuen Ära stand, nicht teilte. Wieder einmal schien der distanzierte Naturwissenschaftler den glühenden Patrioten in Tommy zurückzuhalten. Nun, das war andererseits auch nicht schlecht. Die Revolution brauchte zwar begeisterte Helden, aber auch Männer, die inmitten der heftigsten Krise gelassen bleiben konnten.

Tommy gestand sich ein, daß seine Zweifel zugenommen hatten. Zu seinen allgemeinen Bedenken einem tiefgreifenden Wandel gegenüber und seinem alten Mißtrauen den Führern der Kommunisten gegenüber war etwas Neues getreten: Ihn beunruhigten die Ereignisse der jüngeren Vergangenheit zutiefst.

Aus Peiping, das erneut Peking, also «Hauptstadt im Norden», hieß, hatte unmittelbar vor dem Sieg der Vorsitzende Mao Tse-tung in einer Erklärung zur Außenpolitik der Welt mitgeteilt, man solle sich keinen Täuschungen hingeben. Das neue China werde «auf der Seite der Sowjetunion» stehen.

Damit hatten Julia und Tommy gerechnet, wenn auch beide große Bedenken gegen eine rückhaltlose Zusammenarbeit mit der Sowjetunion hatten. Damit standen sie nicht allein. Auch einflußreiche Mitglieder der Kommunistischen Partei Chinas selbst äußerten sich zurückhaltend, was eine allzu große Nähe zu den Sowjets betraf. Wie Tommy und Julia erinnerten sie sich an die Überheblichkeit der Sowjets, an das Unrecht, das sie China angetan hatten, und an den Opportunismus der Sowjetführung – angefangen mit dem Ersten Kongreß der Kommunistischen Partei Chinas, der 1921 in Schanghai stattgefunden hatte.

Doch im rosigen Morgendämmer des Sieges umgab den

Vorsitzenden Mao fast so etwas wie ein kaiserlicher Glorienschein, und so waren die Abweichler machtlos. Niemand konnte verhindern, daß Mao China vom Westen trennte, und gegen Ende des Frühjahrs 1949 waren die Vereinigten Staaten in den öffentlichen Erklärungen der Kommunisten zum Hauptfeind geworden. Hinzu kam, daß der Apparat auf Anregungen Joshuas, die darauf abzielten, die Beziehungen des neuen Regimes zu Großbritannien zu verbessern, nicht reagiert hatte. Offenbar war die kommunistische Führung so sehr damit beschäftigt, im volkreichsten Land der Erde die Macht zu übernehmen, daß sie China nahezu gedankenlos mit Haut und Haar an Moskau auslieferte.

Jeder in Schanghai wartete ängstlich und gespannt darauf, daß die Volksbefreiungsarmee der sich lang hinziehenden Übergangszeit ein Ende machte. Im Unterschied zu Julia und Tommy empfand die Mehrzahl der Millionenbevölkerung in der Stadt eher Furcht als Vorfreude. Während dem Ehepaar Howe der allmähliche Rückzug der Nationalisten die Heraufkunft des neuen Zeitalters verkündete, für das sie so lange gekämpft hatten, beendete für die meisten Bewohner Schanghais jener Rückzug ein Zeitalter, das ihnen vertraut war, auch wenn es schwer gewesen sein mochte.

Da die Telegrafengesellschaften inmitten des Chaos einwandfrei funktionierten, war Schanghai nach wie vor mit der Außenwelt verbunden. Anfang Mai erhielt Julia ein wortreiches, zum preiswerteren Nachttarif abgeschicktes Telegramm aus Washington: GEBT UNS EUREN SEGEN KOMMA SCHWESTER UND BRUDER STOP HABEN AM SAMSTAG UM VIER UHR NACHMITTAGS GEHEIRATET UND SOFORT BEGONNEN BIS ANS ENDE UNSERER TAGE GLÜCKLICH MITEINANDER ZU LEBEN STOP KÖNNEN KAUM ERWARTEN EUCH ZU SEHEN STOP WIR UND EURE UND UNSERE KINDER SENDEN EUCH VERSCHWENDERISCH VIEL LIEBE EMMY UND RICHARD! Obwohl diese Nachricht längst überfällig war, jubelte Julia laut vor Freude. Sie rief unverzüglich Tommy an, der versprach, eine Flasche Champagner zu öffnen, sobald er seinen letzten Patienten behandelt hatte. Einen Tag später übergab der oberste Hausdiener, der ihre Freude zu teilen schien, Julia ein weiteres Telegramm. «Vielleicht noch mehr gute Nachrichten?» sagte er und lächelte verschmitzt.

Eifrig nahm sie es entgegen und sah überrascht, daß es im Unterschied zum vorigen an sie allein gerichtet war. Vielleicht enthielt es doch keine gute Nachricht. Schließlich war ihr Vater, auch wenn sein Krebs allem Anschein nach zum Stillstand gekommen war, kein junger Mann mehr. Mit einemmal ängstlich, riß sie den auffällig dicken Umschlag auf. Das Telegramm war in Hongkong aufgegeben worden und bedeckte volle fünf Bogen. BITTEN VIELMALS UM ENTSCHULDIGUNG, begann es, ABER NEHMEN AN SIE SIND BEREIT ZU HELFEN STOP FALLS NICHT MÖGLICH BITTE MITTEILUNG UND ICH TELEGRAFIERE DIREKT STOP DENNOCH WÄRE GESAMTE FAMILIE ÄUSSERST DANKBAR WENN SIE DIESE SCHWIERIGE AUFGABE ÜBERNEHMEN KÖNNTEN STOP.

Verstört und verwirrt suchte Julia nach dem Absender: JEREMIAH HALEEVIE. Richtig, Joshuas ältester Bruder verwaltete das Vermögen der Familie in Hongkong. Kalte Furcht überkam sie, und sie las weiter. Da die *Anson* in einen tropischen Wirbelsturm geraten war, hatten alle Passagiere auf Geheiß des Kapitäns ihre Kabinen aufsuchen müssen. Beim Ausschiffen stellte sich später heraus, daß Elisaweta Jawalenkas Kabine gar nicht benutzt war. MUSS MIT BEDAUERN DARAUS SCHLIESSEN, hieß es am Ende des Telegramms, DASS GRÄFIN JAWALENKA VERMUTLICH VON EINER WELLE MITGERISSEN WURDE BEVOR SIE UNTER DECK GEHEN KONNTE STOP WÄRE ÄUSSERST DANKBAR WENN SIE JOSHUA DIESE ENTSETZLICHE NACHRICHT SELBST ÜBERBRINGEN WÜRDEN STOP BITTE VERSICHERN SIE IHN UNSER ALLER LIEBE UND UNSERES TIEFEN MITGEFÜHLS.

Julia faltete die Blätter zusammen, steckte sie wieder in den Umschlag und zündete sich eine Zigarette an. Erst als ein Hustenanfall sie schüttelte, erfaßte sie wirklich, was in dem Telegramm stand.

Elisaweta, die Überlebenskünstlerin, war tot. Der Wahrsager in der Großen Welt hatte also doch nicht recht gehabt mit seiner Prophezeiung, sie werde sehr lange leben. Im nächsten Augenblick aber begriff Julia, daß Elisaweta ihr Schicksal herausgefordert hatte. Hatte sie sterben wollen?

Es mußte ihr sehr nahegegangen sein, daß Joshua nicht bereit gewesen war, sie nach Hongkong zu begleiten. Damit hatte sich Elisaweta der einzigen großen Liebe beraubt gefühlt, die sie nahezu ihr ganzes Leben lang aufrechterhalten hatte. An Bord des Küstenschiffs nach Hongkong mußte sie Stunden, ja ganze Tage der völligen Verlassenheit erlebt haben. Sie war erneut auf der Flucht, ihr wertvollster Besitz, das *Ikra*, war unwiederbringlich dahin, und in ihrer Verzweiflung mußte sie glauben, daß sie auch Joshua verloren hatte.

Niemand würde je genau erfahren, was sie mitten im Toben eines Taifuns an die Reling des Schiffs getrieben hatte.

Julia nahm den Hörer auf. Er wog schwer in ihrer Hand, und ihre Finger drehten mühevoll die Wählscheibe. Sie hoffte, Joshua nicht anzutreffen. Sie hätte alles mögliche darum gegeben, die entsetzliche Aufgabe vor sich herschieben zu können, die ihr sein Bruder auferlegt hatte. Aber schon beim zweiten Klingeln nahm Joshua ab.

«Hallo, Josh», begann sie. «Hättest du Lust, heute nachmittag auf ein Gläschen vorbeizukommen? Nein, nichts Besonderes.»

Eigentlich hätte Julia die drei Wochen, die zwischen dem Eintreffen dieser Telegramme und dem Einmarsch der Volksbefreiungsarmee lagen, voll Hochgefühl erleben müssen, doch verdüsterten die Trauer um Elisaweta und der Kummer um Joshua diese Zeit.

Er war vor ihren Augen gealtert, als sie ihm behutsam von Elisawetas Tod berichtete. Er hatte kein Wort gesagt, war aber sichtbar in sich zusammengesunken. Seine leuchtendblauen Augen verschwammen, sein Lächeln verzog sich zu einer Grimasse, und sein Gesicht wurde aschfahl.

«Ich hätte mitfahren sollen», sagte er schließlich. «Dann wäre das nie passiert. Hätte ich doch meine anderen Angelegenheiten früher erledigt . . . Wer weiß?»

An jenem Nachmittag sagte Joshua nichts außer mechanischen Höflichkeitsformeln. Er saß lange schweigend da, dankte Julia schließlich für ihre Sorge und wünschte ihr gute Nacht.

Am nächsten Morgen rief er Tommy an, um sich mit ihm darüber zu unterhalten, wie sie beide ihre Angestellten vor den marodierenden Garnisonssoldaten schützen konnten. Später kam er, um mit ihm einige Informationen zu besprechen, die sie an den britischen Geheimdienst weiterleiten wollten. Tommy vermied es, von Elisaweta zu sprechen – und auch Joshua erwähnte sie nicht. Er blieb optimistisch, was die Beziehungen zu den künftigen Beherrschern Schanghais anging und äußerte sich zuversichtlich über neue Bauprojekte. Von Zeit zu Zeit jedoch verlor er den Faden eines Satzes und sah stumm vor sich hin.

Joshua und Tommy hatten fast nichts zu berichten, was London nicht den Zeitungen entnehmen konnte. Der Apparat hatte Tommy lediglich mitgeteilt, die Befreiung stehe unmittelbar bevor, und ihn angewiesen, so gut er das konnte, ohne seine Tarnung preiszugeben, alle seine Bekannten darauf hinzuweisen, daß die Neue Demokratie niemanden außer Imperialisten und deren Handlanger, die bürokratischen Kapitalisten, bedrohe. Darüber hinaus dürfe er die Zusicherung machen, daß es in der Stadt zunächst zu keinen großen Veränderungen kommen werde, mit Ausnahme gewisser Maßnahmen zur Linderung des Massenelends. Daher brauche sich kein vaterländisch gesonnener Geschäftsmann Sorgen zu machen.

«Endlich ist es soweit», erklärte Tommy am Samstag, dem 21. Mai. «Die Befreiung läßt höchstens noch einen Tag auf sich warten, vielleicht nur noch ein paar Stunden.»

«Woher willst du das wissen?» lachte Julia. «Hast du Geheimbotschaften von der Front bekommen?»

«Etwas viel Besseres», gab er zurück. «Der letzte CAT-Flug verläßt den Flugplatz Hungdschao in diesem Augenblick. Die CAT-Maschinen fliegen immer als letzte, und wie immer ist diese mit Flüchtlingen und Goldbarren überladen. Julia, eure amerikanischen Piloten haben mehr Mut als Verstand oder

Skrupel . . . Trotzdem war es sehr anständig von ihnen, mich anzurufen und mir mitzuteilen, daß sie für uns zwei Plätze reserviert hätten.»

«Was hast du ihnen gesagt?»

«Daß wir nach Schanghai gehören und hier bleiben.»

Den ganzen Samstagnachmittag und den ganzen Sonntag hindurch hörte man von Südwesten her Artilleriefeuer, etwa aus der Richtung, in der der Flugplatz lag. Am Montag und Dienstag schossen meist Handfeuerwaffen, und gelegentlich hörte man die Einschläge von Artilleriegranaten.

«Jetzt verabschieden sie die Nationalisten», sagte Tommy am Montag mit der sachkundigen Miene eines Veteranen, der in zwei Kriegen gekämpft hatte. «Sie machen den Leuten ein bißchen Dampf, die mit ihrer Beute zum Fluß geeilt sind. Ernsthafte Kämpfe finden nicht mehr statt, glaub mir das.»

Am Dienstagabend schloß Tommy das Haus an der Kiukiang Road sorgfältig ab, legte alle Riegel vor und hakte alle Ketten ein. Bei Anbruch der Sperrstunde waren alle Angehörigen des Haushalts in ihren Zimmern. Auch Tommy und Julia gingen früh zu Bett, erschöpft von der Anspannung des Wartens und einer leisen Trauer, die ihren Jubel verdüsterte. Das alte Schanghai, das jetzt wirklich dahinging, war ihr Leben gewesen.

Sie schliefen im letzten Abenddämmer des nationalistischen Regimes ein – und erwachten im Morgengrauen der kommunistischen Herrschaft. Die Volksbefreiungsarmee war im Verlauf der Nacht in der Stadt einmarschiert. Als Julia und Tommy am Mittwochmorgen um sechs Uhr die Wendeltreppe zum Dachgarten erklommen, sah man keinen einzigen nationalistischen Soldaten mehr. Die wenigen, die noch in der Stadt waren, hatten ihre Uniformen mit verwaschenen blauen Arbeitsanzügen vertauscht und waren in den Wohngebieten von Tschapei untergetaucht. Um Viertel nach sechs tauchte die Vorhut der Volksbefreiungsarmee am Anfang der Kiukiang Road auf und schob sich vorsichtig vorwärts. In weit auseinandergezogenen Zweiergruppen, die sich gegenseitig Feuerschutz vor Überraschungsangriffen gaben, eilten die Soldaten in ihren abgerissenen Baumwolluniformen von Hauseingang zu Hauseingang. Sie hielten ihre Waffen im Anschlag, doch kein Schuß fiel, kein Feind rührte sich. Der Morgen war still; nur die Spatzen auf den Dächern tschilpten.

Nach einer halben Stunde wurden die Befreier mutiger. Ungeordnete Kolonnen junger Männer, oft erst sechzehn oder siebzehn Jahre alt, zogen ostwärts dem Bund und dem Huangpu entgegen. Viele waren barhäuptig, aber manche trugen zerdrückte Mützen auf dem Kopf, an denen ausgebleichte aufgenähte rote Sterne prangten.

Daß die meisten von ihnen vom Land stammten, sah man schon an der Art, wie sie mit vor Staunen offenem Mund die hohen Gebäude und blitzenden Automobile anstarrten. Die Offiziere, deren Rang sich ausschließlich daran erkennen ließ, daß ihre grünen Uniformröcke Brusttaschen hatten, verwiesen ihnen solch unmilitärische Neugier nicht, sondern gafften im Gegenteil selbst die reichen Fassaden der sündigen Weltstadt an.

Auf dem holprigen Pflaster knarrten die großen Holzräder der von Pferden gezogenen Fouragewagen und quietschten die kleinen Stahlräder der Lafetten schwerer Maschinengewehre, vor die sich die Männer selbst spannten. Allmählich füllten Massen von Soldaten die Kiukiang Road.

Die Mehrzahl von ihnen trug Tuchschuhe mit Gummisohlen, einzelne aber auch Strohsandalen. Von Gleichschritt war keine Rede, jeder ging, wie es ihm paßte. Tausende weicher Sohlen schurrten wie ein mächtiger Wind, der über eine endlose Grasfläche weht, über das harte Straßenpflaster. Dieses Schurren war das eindringlichste Geräusch an dem hellen Maimorgen, an dem das uralte ländliche China Schanghai wieder in sich aufnahm.

Epilog

2.–6. Mai 1952

Auf Tuchsohlen glitt der Schlafwagenschaffner mit dem grauen Schnurrbart in das samtverhangene Abteil des Zugs und goß der Fremden mit gesenktem Blick grünen Tee ein – wie es sich für einen einfachen Mann gehörte, der den Kadern der neuen Volksrepublik ebenso diente wie er vor vierzig Jahren den Mandarinen der Großen Reinen Dynastie der Mandschus gedient hatte. Allem Anschein nach war die ausländische Dame eine wichtige Persönlichkeit, denn er hatte gesehen, daß der Premier sie persönlich zum Bahnsteig begleitet hatte. Als sie sich aus dem Fenster beugte, hatte er ihre Hand genommen, als wolle er sie an der Abreise hindern. Als hätten Madame Sun Yat-sens Abschiedstränen nicht schon gezeigt, wie bedeutend die Ausländerin war, wurde sie auch noch von einem jungen Mann und einer jungen Frau aus der Leibwache des Premiers beschützt, die im Nebenabteil mitfuhren.

Beschützt oder überwacht? Eigentlich lief es, wie schon früher, auf dasselbe hinaus.

Der Zug schob sich aus der Stadt, vorbei an kleinen Ziegeleien mit höchstens fünfzig Arbeitern, später vorbei an Schuppen mit Wellblechdächern, in denen ein paar Männer aus Schrott Pflugscharen zurechthämmerten. Das Land stieß mit seinen grünen Fingern in die Industrievororte hinein und umschlang damit die Stadt allmählich. Wasserbüffel standen in den Gräben, die das marschige Jangtse-Delta entwässerten, Sampans und Lastendschunken klappten die Masten herunter, um unter den niedrigen Höckerbrücken hindurchgleiten zu können. Sah man von dem Spinnennetz der Telegrafen- und Lichtleitungen vor dem Horizont ab, unterschied sich die Szene in nichts von dem, wie sie vor tausend Jahren ausgesehen haben mochte.

Julia lehnte den Kopf gegen die abgewetzte samtbezogene Rückenlehne und riß ein Zigarettenpäckchen der Marke «Tor des Himmlischen Friedens» auf. Amerikanische Zigaretten, die sie früher immer geraucht hatte, waren in Schanghai schon seit zwei Jahren nicht mehr erhältlich. Sie schob eine Zigarette in ihre Elfenbeinspitze und entzündete sie mit einem Streichholz. Da sie sich immer noch nicht an den kratzigen chinesischen Tabak gewöhnt hatte, mußte sie husten und drückte die Zigarette im Kristallaschenbecher auf dem Klapptisch unter dem Fenster rasch wieder aus. Ihr Blick schweifte über die Kornblumen am Bahndamm und fiel auf einige Bauernjungen, die von einem grünuniformierten Werbeoffizier der Volksbefreiungsarmee kommandiert wurden; vermutlich waren sie Rekruten für das chinesische Freiwilligenkontingent, das in Korea gegen die Amerikaner kämpfte.

Auf der linken Hälfte einer großen Reklametafel forderten leuchtendrote Ideogramme: KÄMPFT GEGEN DIE VEREINIGTEN STAATEN UND HELFT KOREA! KAUFT ANLEIHEN UND SAMMELT SCHROTT ZUR UNTERSTÜTZUNG DES KAMPFES GEGEN DEN AMERIKANISCHEN IMPERIALISMUS! Die rechte Hälfte verkündete: FÖRDERT DEN KAMPF GEGEN DIE FÜNF ÜBEL! PRANGERT DIE VERBRECHEN VON GESCHÄFTSLEUTEN AN, DIE DAS EIGENTUM DES VOLKES STEHLEN!

Sie mußte daran denken, daß der Krieg in Korea Woche für Woche Hunderte von Menschenleben kostete. Und erst vor zwei Stunden hatte sich der Ingenieur Liu Tsung-wi vor den Wagen des Premiers geworfen, um gegen die systematische Vernichtung des freien Unternehmertums zu protestieren, das China so verzweifelt brauchte.

Jetzt verlangsamte der Zug seine ohnehin gemächliche Fahrt und kam mit zischenden Luftdruckbremsen zum Stehen. Der erste Halt war Kasching, der Ort, an dem einundvierzig Jahre zuvor die Kommunistische Partei Chinas ihren ersten Nationalkongreß abgehalten hatte. Die verlassenen Bahnsteige wirkten in der Abenddämmerung gespenstisch. Die Hälfte der Glühlampen war ausgefallen, und die übrigen glommen düster vor sich hin – zur Stromeinsparung wurde die

Spannung im Netz herabgesenkt. Der einstigen Sommerfrische am Südlichen See hatte die rücksichtslose Kampagne der Kommunisten zur Vernichtung der bourgeoisen Klasse und zur Zerschlagung des Privatunternehmertums übel mitgespielt.

Die Kampagne trug den Namen Kampf gegen die Fünf Übel. Chinas neue Herren waren entschlossen, aus allen Industriellen, Ladeninhabern und Handwerksmeistern das letzte Gramm Gold – und erforderlichenfalls auch den letzten Blutstropfen – herauszupressen. Solche «Blutsauger» sollten zur Unterwerfung gezwungen werden. Gleichzeitig aber wurden auch die Arbeiter angetrieben wie Maultiere. Die Kommunisten sparten die Peitsche noch weniger als vor ihnen die Nationalisten.

Als der Zug wieder anfuhr, herrschte draußen vor dem halbgeöffneten Fenster Nacht. Julia seufzte. Man nannte sie schon so lange *wai-kuo tai-tai*, die Ausländerin, daß sie selbst beinahe mit diesem Begriff von sich dachte. Sie empfand weder Glück noch Sorge, war weder müde noch unruhig, weder wütend noch verängstigt, weder hungrig noch satt. Für einen Augenblick hatte sie das Gefühl, sehr weit fort zu sein.

Julia spähte in die gelegentlich durch das Aufblitzen eines Feuers unterbrochene schwarzsamtene Dunkelheit. Die Gerüche des ländlichen China drangen in ihre Nase: Rauch von brennendem, feuchtem Holz, frisch gepflügte Erde, der Gestank von Nachttöpfen und Schweinekoben und ein abgestandener Modergeruch. Ohne diese Gerüche hätte sie denken können, sie führe ganz allein durch völlig unbewohnten schwarzen Raum.

Sie erhob sich mechanisch, kleidete sich aus, zog das Nachthemd an, legte sich hin, löschte das Licht und sah zur Decke.

Tommy hatte die dunklen, geheimnisvollen Nächte im Landesinnern geliebt und stets gesagt: «Es ist wie auf einem anderen Planeten, auch wenn seine Bewohner meine Sprache sprechen . . . mehr oder weniger.»

Wenn sie an Tommy dachte, würde sie nicht einschlafen können. Sofern sie diese letzte Reise heil überstehen wollte, durfte sie nicht zu viel an ihn denken. Sie schloß die Augen und horchte auf die Stimmen des Zugs: das Rollen der Räder und das Knarren des Fahrgestells.

«Fort aus China!» ratterten die Räder. «Fort aus China! Fort aus Schanghai!»

«Für immer!» knarrte das Fahrgestell. «Für immer fort!»

Das zurückhaltende Klopfen des Schlafwagenschaffners schreckte Julia auf. Sie freute sich über den frischen Tee, den er ihr zum Frühstück brachte, war aber von seiner unterwürfigen Art irritiert. Aus dem Abteilfenster sah sie die ersten Vorläufer eines Gebirgszugs. Julia fragte den Mann, wo sie waren.

«Ein ganzes Stück südlich von Nantschang», gab dieser zurück. «Hier gibt es nichts Sehenswertes. Auch Nantschang ist nichts als eine weite Fläche in den Bergen . . . Ist die erhabene Dame bereit zur Besprechung der Speisefolge für das Mittagessen?»

Seine übertriebene Ehrerbietung ärgerte sie, und so sagte sie kurz angebunden, es gebe nichts zu besprechen. Eine Schale Nudeln würde völlig genügen.

Der Alte war ein wirkliches Original. Er redete sie mit Formeln an, die zu einer Mandschu-Prinzessin gepaßt hätten, er hatte keine Ahnung von der Bedeutung der Stadt Nantschang. Wie konnte ein erwachsener Mensch im neuen China nichts über den Aufstand von Nantschang wissen, dem die chinesische Rote Armee ihre Entstehung verdankte?

Sie sah aus dem Fenster und erblickte dichten Rauch. Der Zug quälte sich mit Schrittgeschwindigkeit eine steile Steigung empor. Bergab schaukelten die Wagen dann mit atemberaubenden siebzig Stundenkilometern dahin.

Der Zug verließ jetzt die Berge der Provinz Kiangsi und strebte der großen mittelchinesischen Ebene zu. Dort lag Hunan, die Heimatprovinz des Vorsitzenden Mao Tse-tung. Julias Stimmung hob sich. Die öden, kahlen Berge, die sich einer Besiedlung durch den Menschen widersetzten, hatten sie deprimiert. Man erkannte deutlich, daß der Weg für den einspurigen Schienenstrang aus dem nackten Fels herausgeschlagen worden war. Bisweilen schienen die Waggons die Felswände fast zu berühren.

Ein weit angenehmeres Gesicht des Landes, das Julia so liebte, lag unmittelbar vor ihr. Golden schimmerte die große Reisschale Zentralchinas in ihrer Erinnerung. Dennoch war es lächerlich, vom Hafen Schanghai zum Hafen Hongkong zu reisen, indem man mehr als eintausend Kilometer auf dem Landweg zurücklegte. Chinas Bahnwesen war schon immer rückständig gewesen, und es hatte unter den drei Jahren kommunistischer Herrschaft derart gelitten, daß es noch schlechter war als zuvor.

Nach einem höflichen Klopfen öffnete der alte Schlafwagenschaffner die Tür, eine Damastserviette über dem Arm. Julia sah ihn verblüfft an. Er trat einen Schritt zurück und hätte damit fast dem Kellner, der hinter ihm stand, das hoch über dem Kopf getragene Tablett aus den Händen gestoßen. Mit vor Angst kalkweißem Gesicht hob der Schaffner flehend den Blick zu Julia, und sie lächelte ihm verzeihend zu.

«*Hsie-hsie!*» flüsterte er. «Vielen Dank!»

Er war ihr aufrichtig dankbar dafür, daß sie nicht ihren Zorn an ihm ausließ. Die Unterwürfigkeit, die ihm offenbar in Fleisch und Blut übergegangen war, ließ sich wohl durch drei Jahre egalitärer Herrschaft kaum ändern. Überdies war sie nur in der Theorie egalitär, denn Premier Tschou En-lai in seiner russischen Zil-Limousine war mit dem einfachen Mann auf der Straße ebensowenig zu vergleichen, wie es einst ein kaiserlicher Großsekretär in einer vergoldeten Sänfte gewesen war – eher noch weniger. Hatte man je gehört, daß sich jemand, um Selbstmord zu begehen, vor eine Sänfte geworfen hatte?

Der Schlafwagenschaffner winkte den Kellner mit einem Schwenken der Serviette ins Abteil. Auf dem silbernen Tablett lagen neben einer vergoldeten Terrine elfenbeinerne Eßstäbchen und reinsilberne Löffel.

Glasnudeln mit perlfarbenen Haifischflossen und durchscheinenden Stücken von Schwalbennestern lagen auf einem Bett von blaßgrünen Blättern. Liebhaber gaben hohe Beträge für Haifischflossen und Schwalbennester aus, und diese hier waren von erlesener Qualität. Winzige Austern, rosige Krabben, kleine Hummerschwänze und Stücke verschiedener Muscheln vervollständigten das Mahl.

Julia hatte eine einfache Schale Nudeln bestellt und bekam eine lukullische Extravaganz serviert. Sie lächelte dem Schlafwagenschaffner dankend zu, und dieser vertraute ihr stolz an: «Das Gericht heißt ‹Drachen, die sich mit Perlen in den Wolken vermischen›. Es wurde für die Witwe des Kaisers geschaffen!»

Julia zögerte, die dampfende Vollkommenheit mit den Stäbchen zu zerstören und wickelte beinahe schüchtern eine Nudel um eine winzige Auster. Es schmeckte köstlich. Sie war hungrig, doch sie zog das Vergnügen in die Länge, indem sie jeweils nur kleine Häppchen nahm. Dieses Gericht vertrug keine Eile. Immerhin war sie auf dem Weg, China, das Land, in dem es solche Delikatessen gab, auf eigenen Wunsch zu verlassen.

Draußen verdrängten silbrige, überflutete Felder die letzten Ausläufer des Gebirges. Rauch erhob sich aus strohgedeckten Hütten. Unter Quietschen, Knirschen und Zischen kam der Zug zum Stehen. Der Schlafwagenschaffner klopfte, öffnete die Tür und stammelte verwirrt: «Entschuldigen Sie vielmals, erhabene Dame. Alle Fahrgäste sollen den Zug verlassen. Ich habe protestiert, aber auch die erhabene Dame muß sich zum Aussteigen herablassen.»

Julia, die von seiner Sorge gerührt war, machte sich weiter keine Gedanken. Bahnreisen in China wurden stets durch unvorhergesehene Aufenthalte unterbrochen; sei es, daß der Zug warten mußte, bis eine Herde Wasserbüffel die Gleise zu verlassen geruhte, sei es, daß ein Stück des Schienenstrangs fehlte. Es war auch möglich, daß eine Bande jener verzweifelter Männer, die Züge ausplünderten und Passagiere als Geiseln gegen Lösegeld festhielten, Barrieren auf den Gleisen errichtet hatte. Doch das kam nur noch selten vor, denn die Volksbefreiungsarmee hatte im Land mit harter Hand für Ordnung gesorgt.

Unauffällig folgten Tschou En-lais junge Sicherheitsbeamte

in ihren zerdrückten blauen Baumwolljacken Julia im Abstand von ein paar Metern, als sie, auf den Arm des alten Schlafwagenschaffners gestützt, auf das Schotterbett hinabstieg. Der enge Rock ihres gelben Kostüms war ihr dabei hinderlich, und sie mußte daran denken, wie zerbrechlich ihre weißen Pumps und wie fehl am Platz ihre Nylonstrümpfe waren. In der heißen Sonne lief ihr ein Schweißtröpfchen den Rücken hinab.

Was mochte der Grund für den plötzlichen Halt sein? In der Nähe befand sich nur eine Ansammlung verfallener Bauernhäuser, die sie im Vorbeifahren gesehen hatte. Als sie den anderen Fahrgästen zur Lokomotive folgte, sah sie Hunderte von Männern und Frauen in geflickter Arbeitskleidung neben den Gleisen hocken. Auf einer grobgezimmerten Plattform saßen auf Schemeln drei Männer hinter einem Tisch. Sie trugen Schirmmützen und ziemlich neue blaue Baumwolljacken.

«Sie sagen, daß sie sehr stolz sind, und sie wollen, daß wir es uns ansehen», sagte ein Mann rasch in Schanghai-Chinesisch, offenbar stolz darauf, daß er das verschliffene Hunan-Chinesisch verstand.

Die Bauern würdigten ihre Besucher kaum eines Blicks. Da sie ihnen nicht einmal eine Tasse heißes Wasser anbieten konnten, eine Geste der Gastlichkeit, die in China noch bei den Ärmsten der Armen üblich war, wäre es unhöflich gewesen, ihre Neugier zu zeigen, indem sie die Fremden offen angesehen hätten. Einige Bäuerinnen aber warfen verstohlene Blicke auf die Frauen unter den Fahrgästen.

Die Angst der Landbewohner war noch größer als ihre Neugier. Alle hielten die Augen unverwandt auf die drei Parteifunktionäre gerichtet, die hinter dem mit Spruchbändern verkleideten Tisch saßen. Julia sah, daß der in der Mitte sitzende und wohl älteste Funktionär eine Frau war.

Alle wandten die Köpfe, als einige junge Männer mit roten Armbinden und alten japanischen Gewehren zwei Gestalten herbeiführten. Sie stießen den Mann in mittleren Jahren und eine etwa gleich alte Frau auf die Plattform. Die beiden machten einen ziemlich selbstsicheren Eindruck, obwohl ihre Gesichter zahlreiche Verletzungen aufwiesen und blutverkrustet waren.

«Scha! Scha! Scha Lou Di-tschu!» kreischten die Bauern aus hundert Kehlen. «Tötet! Tötet! Tötet den Grundbesitzer Lou!»

Nachdem die Funktionärin der Menge mit einer Handbewegung Schweigen geboten hatte, richtete sie einige Worte in Mandarin, der Sprache des Nordens, an die Umstehenden. Vor Jahren hatte Julia an der Arbeiteruniversität Schanghai gelernt, wie man Zeugen für solche Schauprozesse präparierte. Die Landbewohner würden glauben, daß sie spontan ihrer Wut über den Gutsbesitzer Luft machten, der sie ihr Leben lang ausgebeutet und unterdrückt hatte.

«Genossen, wir teilen eure Erbitterung», sagte die Anklägerin jetzt, «aber die revolutionäre Justiz gebietet, daß sogar solchen Schweinen wie diesen ein ordentlicher Prozeß gemacht wird. Ihr alle werdet Gelegenheit zur Aussage bekommen. Wenn der letzte Zeuge seine Vorwürfe vorgebracht hat, werden die Massen ihr Urteil über diese Blutsauger sprechen!»

Suchend ließ sie ihren Blick über die Menge schweifen. Die ersten Zeugen hätten bereits aufspringen müssen. Sie zog das Gesicht finster zusammen und wartete.

Wenn sich die Bauern nicht aktiv am Prozeß beteiligten, war es sinnlos, hinterher den Besitz des Angeklagten zu verteilen. Vor allem sollte der Prozeß die Landbewohner dazu bringen, sich politisch eindeutig zu binden. Auf diese Weise gelang es den Funktionären, die absolute Herrschaft des Kommunismus in jedem kleinen Weiler zu festigen.

Diese Bauern jedoch waren teilnahmslos, beinahe mißmutig. Es war wohl doch kein so kluger Einfall gewesen, den Zug anzuhalten, denn das scheue Landvolk fühlte sich durch die Anwesenheit der fremden Zuhörer offensichtlich gehemmt. Zwar waren die Menschen überglücklich über die Aussicht, das Land zu besitzen, für dessen Gebrauch sie zuvor dem Gutsbesitzer den größeren Teil ihrer geringen Erträge hatten abtreten müssen. Sie hatten aber nach wie vor Angst, sich gegen ihn zu äußern.

«Hao-le! Ni-men yao fang . . .» Solche einfache Sprache mußten die Bauern verstehen. «Na schön! Ihr wollt sie also ungeschoren davonkommen lassen, den Blutsauger Lou und seine teuflische Frau? Nun, die revolutionären Massen bestimmen, was getan wird. Der Gutsbesitzer Lou bekommt sein Land zurück. Ihr Bauern seid wirklich sehr freundlich, wenn ihr den Lous verzeiht, obwohl sie gestohlen haben . . . gefoltert . . . vergewaltigt . . . ausgebeutet . . . versklavt . . . gemordet . . .»

Die kreischende Stimme der Funktionärin zählte die Verbrechen des Grundbesitzers auf, und die Bauern zuckten zusammen. Es war schlimm, auf diese Weise selbst der Feigheit und unrevolutionärer Großmut beschuldigt zu werden. Daß diese Anschuldigung ausgerechnet von einer Frau kam, war eine Demütigung. Schlimmer aber als der Gesichtsverlust war es für die Männer, daß sie ihr gerade erst gewonnenes Land wieder verlieren sollten.

Schließlich stützte sich eine kleine Frau mühselig auf ihren Stock und schrie mit sich überschlagender Stimme: «Ich möchte meine Vorwürfe vorbringen!»

Die Funktionärin forderte die zwergenhafte Frau mit einer Kopfbewegung auf, auf das Podest zu kommen, obwohl sie nicht als erste Zeugin vorgesehen war. Die Bauersfrau stieß Worte hervor, die Julia in dieser Geschwindigkeit nicht verstand. Glücklicherweise erläuterte dieselbe Stimme, die sie schon zuvor gehört hatte, in Schanghai-Chinesisch knapp, was sie sagte: «Die Töchter der Frau haben Gutsbesitzer Lou als Dienerinnen – und als Spielzeug gedient. Seine Frau hat sie geschlagen und bei den Schweinen im Koben schlafen lassen. In einem Wutanfall hat sie die jüngere, sie war erst zehn Jahre alt, gewürgt. Die ältere war dreizehn und hat nichts als Reisbrei mit Wasser zu essen bekommen, nicht einmal das kleinste Stückchen gesalzenen Kohl oder ein paar Bohnen. Als sie sich beklagte, hat der Gutsbesitzer sie vergewaltigt und anschließend seinen Wächtern ausgeliefert, damit die sich mit ihr vergnügen konnten . . .»

Julia konnte lediglich den Rücken des Mannes sehen, der ihr dies alles übersetzte. Jetzt wandte er sich abrupt um und ging mit leicht schleppendem Schritt zum Bremserhäuschen am Ende des Zugs. Etwas an ihm kam ihr vertraut vor. War es die Art, wie er ging, die Haltung seiner Schultern?

Grundbesitzer Lou und seine Frau waren sicherlich keine unschuldigen Opfer der revolutionären Justiz. Ein Zeuge nach dem anderen schilderte nun in den grellsten Farben ihre Verbrechen. Die beiden verdienten zweifellos das ihnen zugedachte Schicksal, denn sicherlich hatten sie all diese Greueltaten begangen – oder jedenfalls die meisten davon. Mit ihnen brauchte Julia kein Mitleid zu haben.

Örtliche Despoten wie Lou besaßen nicht nur den größten Teil des Ackerlandes, sie traten auch als Geldverleiher auf, monopolisierten den Handel und trieben die Steuern ein. Sie waren de facto zugleich Richter, Geschworene, Gefangenenwärter und Scharfrichter. Den Krieg und die Revolution hindurch hatten solche Familien überall das ländliche China tyrannisiert.

Die meisten Zeugen weinten. Viele der Frauen sprachen mit kaum hörbarer Stimme. Es war ihnen sehr unangenehm, über geschlechtliche Dinge zu reden, und sie fanden es ohnehin unvorstellbar, in der Öffentlichkeit zu sprechen. Die Männer brüllten mit roten Gesichtern und gereckten Fäusten ihre Wut heraus.

Halbherzig stießen die jungen Milizionäre die wütenden Bauern zurück, die den Gutsbesitzer und seine Frau angriffen, bis die Funktionärin das Volksgericht um sein Urteil bat.

«Scha! Scha! Scha Lou Di-tschu!» dröhnte derselbe Chor von Stimmen, der die Ankunft der Lous begrüßt hatte. «Tötet! Tötet! Tötet Grundbesitzer Lou!»

Die Funktionärin sagte etwas, das im Gekreisch der Menge unterging. Als die Bauern auf die Plattform zustürmten, machte sie eine gebieterische Handbewegung.

Zwei der jungen Milizionäre nahmen alte Mauser-Pistolen aus ihren hölzernen Pistolentaschen, blinzelten nervös und setzten den beiden Lous die Läufe auf den Nacken.

Julia sah die beiden Rauchwölkchen einen kurzen Augenblick, bevor sie die Schüsse hörte. Als die beiden Lous auf die

Plattform sanken, wich das Bauernvolk zurück, denn sie fürchteten die Seelen der Hingerichteten, die sich jetzt von ihren Körpern lösten – sie konnten schreckliche Rache an ihnen nehmen.

Die Wut der Menge war damit nicht besänftigt. Die Bauern – einmal von den Funktionären aufgestachelt – ließen sich nicht mehr zügeln. Milizionäre und Funktionäre waren gleichermaßen hilflos, als sich die Menge dem Zug zuwandte. Ein Gewehrschuß fiel, aber ebensogut hätte man einen Kiesel werfen können. Der alte Schlafwagenschaffner keuchte: «Sie glauben, wir sind der Feind! Diese verrückten Bauernlümmel hassen alle Fremden!»

«Scha! Scha! Scha wai-di!» ertönte der Ruf. «Tötet! Tötet! Tötet die fremden Imperialisten!»

Julia wich gegen den Waggon zurück, als könne sich dessen staubbedeckte Seitenwand teilen, um sie in ihrem Schutz aufzunehmen.

«Scha wai-dschen!» Der Schrei war wie ein Schlag. «Tötet die Ausländer!»

Es war für Julia kein Trost, daß die tobenden Bauern auch in ihren chinesischen Mitreisenden Ausländer sahen. Sie schloß die Augen nicht. Auf keinen Fall würde sie blind in ihr Schicksal . . .

Ganz in der Nähe ertönte eine Salve, kurz darauf eine zweite. Es klang, als würden die Schüsse von disziplinierten Soldaten abgefeuert. Die feindselige Menge wich zurück und verstummte. Als eine dritte Salve die plötzliche Stille des Spätnachmittags zerriß, wandten sich die Menschen zur Flucht.

Julia sah sich um und erkannte eine Einheit der Volksbefreiungsarmee, die vor dem Bremserhäuschen Aufstellung genommen hatte. Ihre schmucken braunen Uniformen und die halbautomatischen amerikanischen Gewehre wiesen sie als Elitetruppe aus.

«Feuer einstellen!» kommandierte die Stimme, die ihr so seltsam vertraut vorkam, auf Schanghai-Chinesisch. «Feuer einstellen und einsteigen. Alle Fahrgäste sofort einsteigen!»

Erneut in der Sicherheit ihres grünen Plüschabteils, während die Räder des Waggons beruhigend ratterten, zitterte Julia unter dem verspätet einsetzenden Schock. Tommy hatte sie stets geneckt, daß sie über die Oberfläche seines Landes husche wie ein Wasserläufer über einen Teich. Jetzt war sie einmal in die Tiefen des ältesten China hinabgestiegen und empfand Angst. Außerdem hatte sie ein schlechtes Gewissen, weil sie so lange der politischen Bewegung gedient hatte, die solch brutale Schauprozesse inszenierte und sich daran weidete.

Unvermittelt zog sie die Jalousie vor dem Fenster herunter, damit sie die Reisfelder nicht mehr sehen mußte. Wer mochte der Mann gewesen sein, der in Schanghai-Chinesisch zu ihr gesprochen hatte? Der Hinkende, der die Soldaten kommandiert hatte? Sie zwang sich, den ganzen Vorfall aus ihrem Gedächtnis zu verbannen, ließ das Abendessen ins Abteil kommen, wusch sich und legte sich schlafen.

Das Geräusch von Kies, der auf ein Wellblech prasselte, weckte Julia. Sie zog ihre Uhr unter dem Kopfkissen hervor und sah erstaunt, daß es bereits zehn war. Sie schob die Jalousie hoch und sah den Regen heftig niederprasseln. Draußen ließ sich nichts erkennen. Sie schloß die Jalousie erneut und klingelte nach dem Schaffner.

Bis Kanton, rechnete sie, dürfte es wohl noch bis zum späten Abend dauern. Für sie war diese Metropole des Südens nur eine Durchgangsstation auf dem Weg in die britische Kronkolonie. Wie bei ihrem ersten Exil fern von China würde Hongkong auch jetzt für sie nur das erste Etappenziel sein. Anschließend würde sie nach Amerika zurückkehren. Wohin hätte sie sich sonst wenden können?

Um Geld zumindest brauchte sie sich keine Sorgen zu machen. Tommys Brüder hatten den größten Teil des Vermögens der Familie Howe in Hongkong und New York in Sicherheit gebracht. Auch allein würde sie nicht sein, denn ihre Töchter lebten in Amerika. Althea war schon einundzwanzig und würde ihr eigenes Leben führen, aber die neunzehnjährige Persephone mußte zuerst ihre Ausbildung in Bryn Mawr beenden und solange bei Julia wohnen. Anschließend würde sie vielleicht der Einladung ihrer geliebten Tante Emily folgen, «einige Zeit» auf Taiwan zu verbringen, der grünen Insel, auf der die Nationalisten Zuflucht gesucht hatten.

In allen Ländern der Erde bemühten sich nach wie vor Politiker und Journalisten darum, die Niederlage der Nationalisten und den Sieg der Kommunisten zu erklären – oder hinwegzureden. Manche sprachen von der kommunistischen Eroberung, als seien Mao Tse-tung und Tschou En-lai fremde Eindringlinge und nicht Söhne der gelben Erde.

Ein leises Klopfen unterbrach ihre Gedanken. Das mußte der Schlafwagenschaffner sein. Julia öffnete und bestellte Kaffee mit Toast.

Sie kleidete sich an und unterdrückte ihr Verlangen nach einer Zigarette. Auf den Trost des Nikotins vor dem Frühstück war sie nicht mehr angewiesen. Jetzt war alles vorbei. Sie stand im Begriff, China zu verlassen. Alle Entscheidungen – und alle Gefahren – lagen hinter ihr. Sie war in Sicherheit, weil sie nur noch irgendein beliebiger, unwichtiger Mensch war.

Wo nur der Schlafwagenschaffner blieb? Ungeduldig drückte sie den Klingelknopf. Er hatte doch schon vor einer ganzen Weile ihre Bestellung entgegengenommen. Als es endlich klopfte, rief sie: «*Lai!* Herein!»

Es war ein anderer Mann, der schwerfällig mit dem schweren Silbertablett rückwärts ins Abteil kam. Er war schmaler und sehr viel kleiner als der Alte und hatte glänzend schwarze Haare. Jetzt verstand sie, warum sie ihr Frühstück so spät bekam. Die Ungeschicklichkeit eines neuen Kellners . . .

Der Mann drehte sich mit dem Tablett zu ihr um und sah sie freundlich lächelnd an.

«Hsiao-yüe!» sagte er. *«Pa-wei-nan Hsiao-yüe!»*

Julia sah ihn verständnislos an. Wer kannte ihren Mädchennamen Pavernen? «Ist das möglich?» fragte sie, ohne zu verstehen. «Pao? Kleiner Pao? Bis du es wirklich? Aber du bist doch . . . Es ist so lange her . . . Wir haben dich für tot gehalten.»

«Pa Hsiao-yüe . . .» Diese vertraute helle Stimme hatte sich

wirklich kaum verändert. «Miss Pavernen, es tut mir leid, wenn ich Sie geängstigt habe. Aber es war die einzige Möglichkeit. Es ist so schön, Sie wiederzusehen.»

«Pao! Kleiner Pao! Du bist es!»

Julia faßte ihn bei den Handgelenken und zog ihn an sich. Schließlich erwiderte er ihre Umarmung, und als er sie losließ, sah er sie mit einem breiten Lächeln an.

«Setz dich, Kleiner Pao! Setz dich!» sagte sie. «Kaffee? Eine Zigarette? Ach, Pao, warum hast du uns nie etwas gesagt? All diese Jahre, und kein Wort.»

«Yu-li Hsiu-yüe . . .» Er nahm eine Zigarette und fuhr fort: «Ich wollte es ja . . . so oft. Aber Sie sollten nichts erfahren. Ich hatte keine Wahl, ich mußte gehorchen.»

Julia nickte, sie verstand. Der Apparat hatte beschlossen, daß seine Agenten Thomas und Julia Howe nicht zu wissen brauchten, daß sein Agent Pao lebte. Persönliche Gefühle waren unerheblich. Es kam ausschließlich auf die politische Notwendigkeit an.

«Und, Kleiner Pao?» Sie konnte die Frage nicht unterdrücken. «Hat es dir nichts ausgemacht?»

«Selbstverständlich. Ich hatte doch außer Ihnen, dem Doktor und Master John keine Angehörigen. Aber was konnte ich tun? Sie haben mich wohl bei Master Johns Beerdigung nicht gesehen?»

«Natürlich nicht. Sonst hätte ich doch –»

«Ich war der vierte Kuli, der Blumen brachte – meine eigenen. Und Sie haben mich auch nicht erkannt, als ich ins Büro des Direktors in der Schule von Kaiming gekommen bin. Ich habe mich umgedreht und bin gegangen, obwohl mir das Herz blutete. Sie zu sehen und nicht mit Ihnen sprechen zu können!»

«Ach, Pao, ich bin ja so glücklich. Wie wunderbar . . . es ist wie ein neues Leben. Was hast du getan? Wieso bist du hier im Zug? Bist du Schaffner? Kellner? Mit deinen Englischkenntnissen . . .»

«Nicht so viele Fragen. Miss Ju-li, ich bin weder Schaffner noch Kellner, und ich heiße auch nicht Kleiner Pao, obwohl ich hoffe, daß Sie mich weiterhin so nennen. Ich heiße jetzt Li Te.»

Nur wenigen in der kommunistischen Bewegung war dieser Name unbekannt. Der schmale Mann in der Kellnerjacke, der inzwischen wohl etwa vierzig Jahre alt war und nicht einmal einen Meter sechzig maß, war bereits Legende. Er war seit zwei Jahrzehnten ein bekannter Guerillaführer, mittlerweile im Generalsrang. Berühmt waren seine Geheimdienstoperationen gegen die Japaner und die Nationalisten. Als Kuli oder Küchenhelfer verkleidet, konnte er sich überall unerkannt unter die Volksmenge mischen und in jede Festung eindringen.

«Es ist schwer zu glauben . . . Du . . . Sie, Kleiner Pao, sind Li Te! So große Taten! Ich bin so stolz auf Sie, Pao!»

Der alte Guerillakämpfer errötete wie ein Schuljunge.

«Als Sie damals verschwunden sind, hat Tommy Sie lange gesucht», fuhr sie fort. «Wir haben gedacht, Sie wären tot.»

«Kommissar Tschou En-lai hat sich um mich gekümmert. Ich war im Laufe der Jahre immer wieder einmal für längere Zeit bei ihm. Man könnte sagen, daß ich seine rechte Hand bin.»

«Und er hat uns nie etwas davon gesagt! Pao, sind Sie verheiratet? Haben Sie Kinder?»

«*Fu schi, Yu-li* . . . Nein, dazu hatte ich keine Zeit. Die Revolution ist eine eifersüchtige Geliebte. Meine einzigen Angehörigen sind der Doktor und Sie.»

Da Julias Onkel John den Kleinen Pao in den Straßen von Hunggu vor dem Hungertod errettet hatte und später Tommy und sie ihn erzogen hatten, würde er sie immer ganz selbstverständlich als seine engsten Angehörigen bezeichnen. In einem Land wie China drehte sich alles um die Familie, und daher würde er ihnen die Treue halten – nächst der Kommunistischen Partei.

«Aber warum zeigen Sie sich gerade jetzt, nach all diesen Jahren?» wollte sie wissen.

«Ich konnte unmöglich zusehen, wie Sie China verlassen, ohne mich von Ihnen zu verabschieden. Außerdem gibt es . . . äh . . . Probleme, die gelöst werden müssen.» Er senkte, als sei es ihm peinlich, den Blick auf den grünen Teppich, erkennbar im Widerstreit mit sich selbst. Hätte er seinem Auftrag entsprechend gehandelt, hätte er sich ihr gar nicht zeigen dürfen.

«Der Premier wollte, daß ich mich um Sie kümmere . . . Sie schütze.» Pao rang mit seinem Gewissen. «Da er mir nicht ausdrücklich verboten hat, mit Ihnen zu sprechen, habe ich –»

«Mich schützen? Wieso brauche ich im Zug Schutz?»

«Julia, Sie müssen mir vollständig vertrauen, wenn wir beide das . . . durchstehen sollen», sagte er, ohne auf ihre Frage einzugehen. «Ich erkläre so viel, wie ich kann, sobald ich die Möglichkeit dazu habe.»

«Pao, ich bin so aufgeregt, Sie wiederzusehen, daß ich kaum einen klaren Gedanken fassen kann. Warum so geheimnisvoll? Warum erklären Sie nicht einfach, was los ist?»

«Ich hole noch Kaffee.»

Er glitt aus der Tür. Während Julia wartete, mischte sich Besorgnis in ihre Freude.

«Ich habe schnell einmal nach Ihren Leibwächtern gesehen. Sie kennen mich nicht», erklärte Pao, als er nach zehn Minuten mit einer silbernen Kaffeekanne wiederkehrte. «Es sind sicher gute Wachhunde. Sie gehorchen jeweils dem letzten Befehl, den sie bekommen. Sie haben sich nicht besonders beeilt, als die wild gewordenen Bauern . . .» Er vollendete den Satz nicht. «Ich frage mich, ob Kang Scheng etwas damit zu tun hat.»

Als er den Namen des kaltblütigen Innenministers der Kommunisten erwähnte, dem das Volk den Spitznamen «Scharfrichter» gegeben hatte, lief ihr ein Schauer über den Rücken. «Pao, bitte sagen Sie mir, was das alles bedeutet. Wo ist überhaupt der Schlafwagenschaffner?»

«Ich war nicht sicher, auf welcher Seite er steht und habe ihm vorsichtshalber einen ordentlichen Schreck eingejagt. Ihm fehlt nichts. Eigentlich hatte ich jetzt noch gar nicht mit Ihnen sprechen wollen, sondern erst kurz vor der Grenze.»

«Aber Sie haben es getan, Pao. Sagen Sie mir also alles, was es zu sagen gibt.»

«Na schön. Das erste Problem ist, daß Sie sehr viel über China wissen. Und das zweite Problem ist, was Sie sagen werden, wenn Sie nicht mehr hier im Land sind. Kang Scheng und seine Anhänger wollten es lieber nicht darauf ankommen lassen. Sie wollten Sie, um jeder Gefahr vorzubeugen, gleich liquidieren. Das hat Premier Tschou En-lai verhindert. Er hat gesagt: ‹Denkt an das Gute, das sie noch für uns tun kann, statt daran, welchen Schaden sie anrichten könnte!› Aber er weiß selbst noch nicht genau, was er will. Das ist der eigentliche Grund, warum ich mitfahre. Ich soll zum einen dafür sorgen, daß Ihnen nichts geschieht, bis er sich entschieden hat . . . und ihm zum anderen bei der Entscheidung helfen.»

«Wenn ich richtig verstehe», gab sie zurück, «ist mein alter Freund Tschou En-lai noch nicht sicher, ob er mich ziehen lassen oder beseitigen soll.»

«Ich sage das äußerst ungern, aber in etwa stimmt das, Julie.» Er schien mit den Augen interessiert dem komplizierten Muster zu folgen, das er mit seinem Zeh auf dem grünen Teppich zog. «Tschou En-lai könnte beschließen, Sie zu beseitigen. Ich weiß nicht, ob ich das zulassen kann. Sie sind für mich wie eine Mutter und –»

«Pao, das ist ja entsetzlich», brach es aus ihr heraus. «Warum nur soll der Premier wünschen, daß man mich liquidiert?»

«Weil Sie zu viel reden könnten. Die Leute haben Angst, daß Sie sehr kritisch sein werden.»

«Das ist doch lächerlich, Pao!» Ihr Lachen klang in ihren eigenen Ohren gezwungen. «Was für eine Rolle spielt es, was ich sage? Nicht daß ich überhaupt die Absicht hätte –»

«Vielleicht jetzt nicht, aber womöglich später. Wer weiß das schon?» sagte er. «Sie wissen, daß wir Kommunisten entschlossen sind, den guten Namen unserer Heimat wiederherzustellen. Die Volksrepublik China soll als mächtiges und als gerechtes Land anerkannt werden. Wir müssen das Gesicht wiedergewinnen, das China verloren hat. Also geben wir Millionen für die Bewirtung ausländischer Delegationen aus, und dafür, sie hinters Licht zu führen, wenn es erforderlich ist. Millionen werden für ihre Reisen, Hotels und Bankette aufgewendet, und weitere Millionen, um jeden Bewohner des Landes eingehend zu präparieren, den die Ausländer vielleicht zu sehen bekommen, sowie für den Bau von Vorzeigedörfern und -fabriken. Sie wissen ja Bescheid.»

«Ich verstehe immer noch nicht, was all das mit mir zu tun haben soll.»

«Nun, Julie, Sie erinnern sich doch sicher, was Tschou En-lai über Ihren Freund Richard Hollings und sein Buch *Roter Stern und gelbe Erde* gesagt hat?»

«Natürlich, Pao. Er hat gesagt, Richard Hollings habe damit die Weltmeinung erobert und damit gleichzeitig China für den Vorsitzenden Mao. Aber das ist doch nur ein witziges Aperçu!»

«Julie, es ist viel mehr als das! Natürlich sind die Dinge nicht ganz so einfach. Aber die Weltmeinung ist für uns von entscheidender Bedeutung. Julie, Sie haben bei den Auslandskorrespondenten für unsere Sache Wunder gewirkt und erst recht während Ihrer Tätigkeit in Amerika im Amt für Kriegsinformation. Dann damit, daß Sie nach der Befreiung erklärt haben, die unmittelbare Erfahrung im Land habe Sie überzeugt – trotz Ihrer angeblich reaktionären Grundeinstellung. Das Leben in der Volksrepublik habe Ihnen gezeigt, wie großartig der Kommunismus sei. Damit haben Sie Zehntausende für uns gewonnen, meinen Sie nicht?»

«Möglich», stimmte sie zögernd zu. «Aber der Vergleich erscheint mir nicht –»

«Zum Teufel mit dem Vergleich!» rief der Kleine Pao. «Überlegen Sie doch nur! Sie sind jetzt berühmt als bedeutende Vorkämpferin des Neuen China. Wenn Sie sich gegen uns äußerten, würde uns das großen Schaden zufügen. Außerdem wissen Sie zu viel über die Funktionsweisen des Ganzen und über die Schattenseiten des Systems. Was auch immer Sie sagen, alles wäre äußerst überzeugend. Sie können also verstehen, warum es Tschou En-lai so schwerfällt, den ‹Scharfrichter› zurückzuhalten, und warum ich nicht sagen kann, wie er selbst sich entscheiden wird. Also müssen Sie –»

«Pao, was ist mit Tommy?» fragte ihn Julia übergangslos. «Bestimmt wissen Sie etwas. Sie *müssen* es mir sagen.»

«Ich habe für ihn getan, was ich konnte. Mehr kann ich nicht sagen.»

«Lebt er noch, Pao?» fragte sie stur. «Wo ist er? Auch wenn ich ihn nicht sehen darf, möchte ich es gern wissen. Um mich selbst mache ich mir keine großen Sorgen, wohl aber –»

«Das sollten Sie aber», meinte der Kleine Pao. «Um seinetwillen muß uns das Entkommen gelingen!»

«Dann lebt er! Er lebt! Oh, danke, Pao, vielen Dank!» Doch sie konnte sich keinen langen Freudenausbruch leisten. «Sie müssen mir auch sagen, *wo* er sich aufhält», drängte sie.

«Julie, ich schwöre, daß ich es täte, wenn ich es wüßte. Ich weiß es aber nicht. Ich kann Ihnen nur raten zu hoffen. Verzweifeln Sie nie am Schicksal des Doktors oder Ihrem eigenen!»

Sie saßen nicht einmal einen Meter voneinander entfernt, aber Julia hörte seine Worte wie aus großer Ferne. In ihrem Bewußtsein hatte nur ein Gedanke Platz: Ihr Leben konnte neu beginnen.

Sie hatte nie glauben wollen, daß Tommy bei seiner Flucht aus Schanghai im Sommer des letzten Jahres ums Leben gekommen war. Aber sie hatte keine Gewißheit gehabt. Jetzt hatte ihr der Kleine Pao zu verstehen gegeben, daß Tommy noch lebte – und durchblicken lassen, daß er ihm zur Flucht verholfen hatte.

Noch immer wußte sie nicht, ob er verletzt oder krank, ob er in Sicherheit oder auf der Flucht vor dem rachsüchtigen Innenminister war. Solange er sich in China aufhielt, das war ihr klar, bestand für Tommy größte Gefahr.

War sie erst aus dem Land, begriff Julia jetzt betrübt, würde sie ihm möglicherweise nicht mehr helfen können. Andererseits war ihr das auch im Verlauf des vergangenen Jahres nicht gelungen. Nicht einmal Kontakt zu ihm hatte sie aufzunehmen vermocht, denn sie war von allem vollständig abgeschnitten gewesen und hatte wie eine Ausgestoßene gelebt, bis vor einem Monat Premier Tschou En-lai gekommen war, um ihr zu sagen, er habe beschlossen, ihr ein Ausreisevisum zu erteilen. Nein, sie konnte Tommy nicht dadurch helfen, daß sie in China blieb. Vielleicht war ihr das von Hongkong aus aber besser möglich?

Der Kleine Pao war ein wertvoller Verbündeter. Da der Revolutionsheld sichtlich gegen die strenge Zucht der Kommunistischen Partei aufbegehrte, die ihm seit seinem fünfzehnten Lebensjahr geistige Heimat gewesen war, hatte sich seine Anhänglichkeit erneut Tommy und ihr zugewandt, die ihn ein Vierteljahrhundert zuvor praktisch adoptiert hatten. Aber würde nicht seine Treue der Partei gegenüber letztlich doch stärker sein?

Der Kleine Pao schüttelte eine Zigarette aus der roten Packung und kehrte, ohne weiter auf Julias Fragen nach Tommy einzugehen, zu seinem ursprünglichen Thema zurück: «Sie müssen verstehen. Tschou En-lai ist die Vorstellung zuwider, Sie den Wölfen zum Fraß vorzuwerfen. Aber selbst ihm sind manchmal die Hände gebunden. In zwölf Stunden kennen wir seine Entscheidung.»

«Wieso gerade in zwölf Stunden?»

«Dann sind wir in Kanton. Von dort kann ich ihn über die militärische Telefonleitung in Peking anrufen. Für den Fall, daß ich nicht durchkomme, habe ich Anweisung, Sie festzuhalten.»

«Ich verstehe.» Julia hatte den Eindruck, daß ihr neuer Verbündeter von diesem Teil seines Auftrags nicht gerade begeistert war. «Und selbstverständlich werden Sie Ihren Befehlen gehorchen?»

«Mancher kennt meinen Namen, aber nur wenige kennen mein Gesicht», wich er ihrer Frage aus. «Die beiden Sicherheitsbeamten hier im Zug hat man mitgeschickt, damit sie Sie beschützen und zugleich bewachen. Sie dürfen nur im äußersten Notfall erfahren, wer ich bin. Außerdem gibt es natürlich die Helfershelfer des ‹Scharfrichters›. Ich weiß nicht, ob sich hier im Zug welche befinden, aber unter keinen Umständen dürfen sie etwas von meiner Anwesenheit erfahren.»

Der Kleine Pao sah aus dem Fenster, durch das man wegen des heftig fallenden Regens nach wie vor fast nichts erkennen konnte. Mit verzogenem Gesicht rieb er sich den linken Oberschenkel und sagte: «Bei solchem Wetter tut das Bein immer weh. Hätte mich Tommy damals nicht operiert, hätte ich es wohl gar nicht mehr. Wahrscheinlich wäre ich gar nicht mehr am Leben. Ich tue alles, was ich kann.»

Sie sah ihn aufmerksam an, und er sagte unwillig: «Nun schön, Julie, wenn Sie es unbedingt wissen müssen. Sie sind zum Zankapfel zwischen miteinander rivalisierenden Gruppierungen in der Partei geworden. Nach außen hin macht sich Kang Scheng, der ‹Scharfrichter›, lediglich Sorgen um die Gefahr, die von Ihrer Existenz ausgeht. In Wirklichkeit möchte er durch Sie Tschou En-lais Stellung schwächen, der den Beschluß gefaßt hat, Sie aus dem Land gehen zu lassen. Falls es Kang Scheng gelingt, Sie, den Schützling des Premiers, in seine Hände zu bekommen, kann er damit Tschou eins auswischen.»

«Nach all diesen Jahren noch so heftige interne Streitigkeiten? Und sogar noch nach der Befreiung?»

«Es ist schlimmer denn je», lachte er bitter. «Und Sie stehen genau im Zentrum dieser Auseinandersetzungen.»

Er murmelte, er müsse feststellen, ob der alte Schlafwagenschaffner auch wirklich den Mund halte, und hinkte zur Tür. Erst als er schon eine Minute lang fort war, begann Julia zu zittern. Es hatte sie sehr viel Mühe gekostet, vorher ruhig zu bleiben.

Gott sei Dank, Tommy lebt! dachte sie glücklich. Der Kleine Pao hatte ihr Mut gemacht. Sie wagte zu hoffen, daß sie ihn wiedersehen werde, vielleicht schon sehr bald. Sie vertraute dem entschlossenen kleinen General voll und ganz.

Und die Gefahr, in der sie selbst schwebte? Sie hatte einen ergebenen Mitstreiter gewonnen. Könnte sie nur ein wenig zuversichtlicher sein, daß er sich den Anordnungen der Partei widersetzen würde, um sie zu retten, brauchte sie sich keine Sorgen mehr zu machen. Der Kleine Pao war treu und zuverlässig – aber wem gegenüber? Immerhin hatte er bereits damit seine Stellung und sein Ansehen bei der Parteiführung aufs Spiel gesetzt, daß er Tommy geholfen – und es ihr gegenüber dann auch noch zugegeben hatte.

Die Dämmerung fiel in Schaokwan schneller als im mehr als eintausend Kilometer nördlicher gelegenen Schanghai. Als der

Zug um sechs Uhr abends nach mühevoller Fahrt anhielt, lagen die Holzschuppen des Bahnhofs schon im Dämmerlicht der Subtropen. Dennoch beschloß Julia, sich auf den geborstenen Steinplatten des Bahnsteigs die Beine zu vertreten. Schaokwan war der letzte Aufenthalt vor Kanton. Dort würde sich Julias Schicksal entscheiden: entweder mußte Pao sie festhalten oder sie konnte ungehindert nach Hongkong weiterreisen.

Vorsichtig trat sie in die feuchte Hitze des Abends hinaus. Der Kleine Pao hatte ihr gesagt, ihr bleibe in Schaokwan zwar Zeit, eine Weile hinauszugehen, sie solle sich aber von ihren Mitreisenden fernhalten. Außer ihm sei niemand dort, der sie wirklich beschützen könne.

Auf ihre erstaunte Frage, ob denn nicht die Soldaten im Zug seien, die sie vor den aufgebrachten Bauern gerettet hatten, antwortete Pao nur knapp. «Sie sind unterwegs ausgestiegen. Es ist eine speziell zusammengestellte Einheit, die Männer für das Schlachthaus rekrutiert, Soldaten, die in Korea unter den Bomben der Amerikaner sterben sollen. Wir müssen die regulären Divisionen, die wir dorthin geschickt haben, mit Freiwilligen auffüllen, und die sind nicht leicht zu bekommen.»

Das geschäftige Treiben um sie her lenkte sie von ihren trüben Gedanken und Ängsten ab. Einen chinesischen Provinzbahnhof würde sie wohl zum letztenmal sehen. Knochige Kulis luden große Körbe mit lautstark kreischenden Hühnern auf einen Flachwagen, Schweine quiekten angstvoll in den langen Röhren aus Weidengeflecht, in denen man sie hielt. Auf großen Tonkrügen voller konservierter Enteneier wanden sich gelbe Drachen. All das war für Hongkong bestimmt. Die Bevölkerung Chinas hungerte, doch die britische Kronkolonie zahlte in harter Währung und die Regierung war dringend auf Devisen angewiesen – vor allem, weil sie damit sowjetische Rüstungsgüter für den Korea-Krieg bezahlen mußte.

Einige Kulis stritten sich laut im flackernden Schein der Kerosinlaternen. Mit einemmal löste sich ein kleiner drahtiger Kuli, der das linke Bein leicht nachzog, aus dem Schatten eines Schuppens; zwei große Körbe mit Kohl hingen von den

Enden seiner Tragstange aus Bambus. Der Kleine Pao wachte über sie.

Er ließ die Tragstange mit der schweren Last von der Schulter gleiten, löste die Körbe und beugte sich nieder, um sie abzusetzen. Aus dem Schuppen kam ein Kuli, der fast über Julia gestolpert wäre. Seine Tragstange beschrieb vor dem purpurfarbenen Abendhimmel einen eleganten Bogen und fuhr abwärts.

«Pao, runter!» rief Julia. «Duck dich!»

Der Kleine Pao ließ sich auf die Knie fallen, und die Stange pfiff genau an der Stelle durch die Luft, wo noch den Bruchteil einer Sekunde zuvor sein Kopf gewesen war. Pao hakte einen Fuß hinter den Knöchel des Angreifers, so daß der stämmige Mann fast auf ihn fiel, doch Pao wand sich blitzschnell beiseite. Einen Augenblick lang lag der Angreifer unbeweglich da und rang nach Luft.

Von hinten stürzte sich ein weiterer Kuli auf Pao. Julia sah ein Messer aufblitzen und kreischte: «*Schiu-ming! Schiu-ming!* Hilfe, Hilfe!»

Sie schleuderte dem zweiten Angreifer einen Korb mit aufgeregt gackernden Hühnern entgegen, woraufhin sich dieser eher verblüfft als verletzt zurückzog. Dann hob sie einen schweren Tonkrug voller Eier, dessen Gewicht sie keuchen ließ. Die gelben Drachen schienen in den Strahlen der untergehenden Sonne zu zucken, als der Krug mit Macht auf den Kopf des Kulis niederfuhr. Entsetzt ließ sie ihn fallen.

Als der Mann wieder auf die Beine zu kommen versuchte, ließ der Kleine Pao seine eigene Tragstange auf dessen Kopf sausen. Es sah aus, als berühre sie ihn nur leicht, aber es klang, als werde eine Melone zerschmettert.

Von hinten faßten Hände nach Julias Ellbogen. Instinktiv trat sie mit ihrem spitzen Absatz auf den Fuß des Angreifers, wand sich in seinem Griff und schrie wieder: «*Schiu-ming! Schiu-ming!* Hilfe! Hilfe!»

«Es ist alles in Ordnung», sagte eine Frauenstimme in Schanghai-Chinesisch. «Bitte schreien Sie nicht. Sie sind in Sicherheit.»

Julia wandte sich um und sah, daß der vermeintliche Angreifer ihr Leibwächter war, der sie aus dem Handgemenge herausgeholt hatte. Seine Kollegin redete beruhigend auf sie ein, während die Menge die verrückte Ausländerin verblüfft anstarrte.

«Warum um Himmels willen mischen Sie sich in einen Streit zwischen Kulis ein?» fragte der Sicherheitsbeauftragte. «Sie hätten verletzt werden können . . . schwer verletzt.»

«Ich hatte angenommen . . .» stammelte sie. «Ich dachte, er wollte . . .»

«Nun, niemand wird Ihnen etwas tun», beruhigte die Frau sie. «Nicht solange wir da sind. Wir werden dafür sorgen, daß Sie heil und gesund in Ihre Heimat zurückkehren.»

Julia ließ sich in die Sicherheit ihres Abteils zurückbegleiten. Eine Stunde, nachdem der Zug Schaokwan verlassen hatte, hörte sie ein leises Klopfen, und eine Stimme rief: «Tee, Madame Howe. Heißes Wasser für Ihren Tee.»

Als sie die Tür öffnete, glitt der Kleine Pao ins Abteil. Seine Lippe war aufgesprungen, und er hinkte stärker als zuvor. Sonst aber schien er nicht verletzt zu sein. «Vielen Dank, Julie», sagte er leise. «Wirklich, vielen Dank.»

«Ich danke Ihnen auch, Pao. Wir sind ein großartiges Paar. Wir könnten auf Jahrmärkten auftreten.»

«Sie müssen hinter mir her sein», sagte Pao. «Der wirkliche Feind, die Männer des ‹Scharfrichters›, nicht Ihre verschlafenen Leibwächter. Haben die schon die Beziehung zwischen dem Kuli und dem Kellner durchschaut?»

«Davon müssen wir wohl ausgehen. Wir werden jetzt wohl belagert, nicht wahr, Pao?»

«Sieht so aus.» Er fuhr mit der Hand in die Tasche seiner weißen Jacke. «Ich habe Spielkarten mitgebracht. Wir können Rommé spielen. Sie haben mich dabei früher nie schlagen können.»

Der Waggon schwankte auf den Schienen hin und her, während der Zug über die Weichen ratterte, so daß die Karten auf den Rand des Tisches zuglitten. Julia hielt sie fest, ließ krachend eine Pikzehn auf den Tisch fallen und rief glücklich: «Gewonnen!»

Seit nahezu sieben Stunden saßen sie jetzt schon im Abteil. Es war das erste Spiel, das sie gewann. Der Kleine Pao nickte nur abwesend und spähte unter dem Rand der Jalousie hindurch.

«Das ist nicht recht, Pao», neckte sie ihn. «Wenn Sie gewinnen, machen Sie jedesmal ein großes Theater, aber wenn ich einmal gewinne, nehmen Sie es nicht einmal zur Kenntnis.»

«Entschuldigen Sie, Julie.» Der kleine kommunistische General knöpfte die fleckige blaue Arbeiterjacke über seinem schmuddeligen Unterhemd zu und brachte ein gequältes Lächeln zustande. «Das hier war die Abzweigung nach Kanton. Es dauert vielleicht noch eine Viertelstunde bis zum Hauptbahnhof.»

«Und dort beginnt das Maskenspiel.»

«Ja, dort beginnt das Maskenspiel . . . Es empfiehlt sich, gut zu spielen. Es ist gleich die Premiere, eine Generalprobe ist nicht vorgesehen.»

Unter ihrer blauen Baumwolljacke lief Julia der Schweiß über den Nacken, und die groben Nähte der Hose, die sie trug, scheuerten an den Schenkeln. Ihre Handflächen waren vor Anspannung feucht. Paos Schicksal und ihr eigenes konnten davon abhängen, ob es ihr gelang, vor der feindseligen Zuschauerschaft ihre Rolle überzeugend zu spielen. Wie er schon gesagt hatte, proben konnten sie nicht – es würde nur diese einzige Vorstellung geben, für die sie bereits umgezogen war.

Eine Stunde zuvor hatte Pao die beiden Leibwächter aus dem Nebenabteil herbeigerufen, sich zu erkennen gegeben und ihnen Anweisungen erteilt. Die Männer hatten das Abteil verlassen, und Julia hatte mit der jungen Chinesin die Kleider getauscht. Diese war entzückt, das ausländische Kleid, die Nylonstrümpfe und die hochhackigen Pumps anziehen zu dürfen. Da ihre Vorstellung mindestens ebensogut sein mußte wie Julias, damit die List des Kleinen Pao gelang, war es gut, daß ihr zumindest das gelbe Kostüm gut paßte.

Am schwierigsten war natürlich das Gesicht. Nur geschicktes Verbergen konnte die doppelte Täuschung überzeugend gelingen lassen. Die Leibwächterin hatte reichlich Lippenstift, Rouge und Puder aufgetragen. Der breite Rand und der feine Schleier von Julias schwarzem Strohhut sollte ihre schmalen Augen verbergen. Julia beglückwünschte sich zu dem sentimentalen Impuls, der sie veranlaßt hatte, den Hut mitzunehmen, den sie zuletzt bei Onkel Johns Beerdigung getragen hatte.

Der Kleine Pao hatte eine geniale Lösung dafür gefunden, ihre auffällige Nase und ihre grünen Augen zu verbergen: ein Strohhut von über einem halben Meter Durchmesser, von dessen Krempe schwarze Stoffstreifen als Schutz gegen die Sonne hingen. Da gewöhnlich die schwer arbeitenden Hakka-Frauen solche Hüte trugen, bedeutete das, daß sich Julia mit Gepäck beladen mußte.

«Die Männer des ‹Scharfrichters› *sollen* vermuten, daß etwas nicht stimmt», meinte Pao. «Wenn wir sie dazu bringen zu denken, die Leibwächterin sei als Hakka-Arbeiterin verkleidet, kommen sie nicht auf den Gedanken, sich zu fragen, ob die gelbgekleidete Ausländerin die richtige Dame in Gelb ist.»

«Und der Leibwächter?»

«Er wird als Kuli verkleidet sein, und zwar so, daß man es merkt. Er und Sie werden die Dame in Gelb beschatten, und ich trage ihr Gepäck. Ich bin ziemlich sicher, daß man mir auf der Fährte ist. Die Leute kennen mich als Kuli und wissen, daß ich Sie nicht allein lassen werde. Also werden sie annehmen, daß Sie die Dame in Gelb sind.»

«Warum sollen sich die Leibwächter überhaupt verkleiden?» fragte sie. «Sieht das nicht zu verdächtig aus?»

«Leute, die den größten Teil ihres Lebens im Untergrund verbracht haben, halten es für selbstverständlich, daß sich Agenten verkleiden. Vor allem Kang Schengs Banditen. Sie heißen nicht umsonst die ‹Geheimen Scharfrichter› . . . Es ist wohl das erste Mal, daß Sie *gegen* den Apparat stehen, nicht wahr?»

Julia nickte. Der Zug ratterte über eine weitere Weiche. Die

Entscheidung rückte immer näher. Sie riskierte einen Blick unter dem Rand der Jalousie hindurch, erkannte aber nur ein paar spärlich beleuchtete Häuser.

«Noch ein paar Minuten, und ich muß Sie einstweilen verlassen», sagte Pao. «Die Leute des ‹Scharfrichters› werden mit allen Mitteln versuchen, mich in ihre Gewalt zu bekommen, wenn sie etwas Verdächtiges wittern.»

«Sie riskieren ziemlich viel für mich, Pao, nicht wahr?»

«Irgendwann mußte es dahin kommen. Hier geht es nicht einfach um eine der üblichen Querelen innerhalb der Kommunistischen Partei. Das hier ist praktisch ein Bürgerkrieg.» Der Zug verlangsamte seine Fahrt. «Ich habe jetzt keine Zeit mehr. Der Leibwächter wird Sie an einen sicheren Ort bringen. Ich sehe Sie bald wieder . . . hoffentlich.»

Abrupt wandte sich der Kleine Pao um und hinkte ins Nebenabteil hinüber. Etwa eine Minute, nachdem der Zug zum Stillstand gekommen war, trat die Frau in Gelb auf den Bahnsteig. Pao folgte ihr, Julias Lederkoffer hing an einem Ende seiner Tragstange und ihre Reisetasche aus Krokodilleder am anderen. Die Leibwächterin schwankte auf den ungewohnten hohen Absätzen, und ihre Taille war für das Kleid zu kräftig. Doch sie schritt alles in allem mit der Sicherheit einer Ausländerin, die es gewohnt ist, daß ihr die Chinesen ausweichen.

«Jetzt sind wir an der Reihe», sagte der Leibwächter. «Sie müssen sich ein paar Gepäckstücke nehmen. Ich verstehe gar nicht, wieso ihr Ausländer so viel Gepäck braucht.»

Über die ihr wohlvertraute chinesische Direktheit lächelnd, folgte ihm Julia, einen Koffer aus Krokodilleder in der rechten und eine kleine Reisetasche in der linken Hand.

Mit gesenktem Kopf trabte sie hinter dem Mann die Rampe zur Bahnhofshalle hinauf. Die flachen Absätze ihrer Tuchschuhe erschwerten ihr das Gehen, und die schwarzen Stoffstreifen an ihrem Hut nahmen ihr die Sicht.

«Nicht so steif. Sie müssen natürlich wirken», flüsterte ihr der Leibwächter zu, während sie an der Gepäckaufgabe warteten. «Die anderen müssen glauben, daß wir unsere Verkleidung für undurchschaubar halten.»

Julia gab sich Mühe, ruhig zu atmen. Sie hatte ihre Anspannung vor allem durch rasches, flaches Atmen verraten.

«Wir werden beobachtet», murmelte der Leibwächter. «Sehen Sie ruhig hin, wenn Sie wollen. Das läßt uns ungeschickter erscheinen, so wie es der Genosse General wünscht.»

Drei Männer unterhielten sich in der Nähe des Ausgangs zur Straße. Die gutgeschnittenen und glattgebügelten Jacketts ihrer Tropenanzüge ließen sie als Privilegierte des neuen Staates erkennen. Sie traten beiseite, als Julia und ihr Leibwächter zum Rikschastand strebten. Die von Kulis gezogenen zweirädrigen Rikschas waren abgeschafft. Jetzt gab es dreirädrige Fahrzeuge, eine Art Fahrrad mit Passagiersitz, die durch einen in die Pedale tretenden Mann angetrieben wurden. Zwei dieser Vehikel sah man weiter unten die Straße entlang verschwinden. In der ersten saß aufrecht die Dame in Gelb, in der zweiten hielt Pao die beiden Gepäckstücke Julias auf den Knien.

«Zur Insel Schamin», wies der Leibwächter den Fahrer laut an. «Gästehaus der Regierung.»

Julia drehte sich auf dem harten Sitz um und warf einen nervösen Blick nach hinten. Die Männer, die die Angabe des Fahrtziels gehört haben mußten, plauderten lässig miteinander. Eine Sicherheitsbeamtin aus Schanghai, die sich in nur allzu durchsichtiger Weise als Hakka-Arbeiterin ausgab, interessierte sie offenkundig nicht. Ihre Beute war die Ausländerin in dem auffälligen gelben Kleid – und jetzt waren sie sich ihrer Sache doppelt sicher, denn sie wußten, daß sie sie im offiziellen Gästehaus der Regierung finden würden, dem früheren Hotel *Victoria* auf der Insel Schamin.

Es war den Kommunisten offenbar noch nicht gelungen, in Kanton dieselbe düstere Eintönigkeit durchzusetzen, die längst über Schanghai lag. Noch leuchteten die Lichter der Restaurants bis spät in die Nacht, und das Geklapper von Mahjongg-Steinen begleitete angeregte Unterhaltungen.

«Heung dschao-bin . . .» wies der Leibwächter den Fahrer der Trischa in schwerfälligem Kantonesisch an. «Hier links . . . vergessen Sie das mit Schamin, hier nach links . . . dann wieder rechts, die nächste links . . .»

Die Trischa bahnte sich ihren Weg durch ein Gewirr von Häusern, deren Obergeschosse weit über die schmalen Gassen vorragten.

«Das genügt!» knurrte der Leibwächter schließlich. Als die Trischa in der Ferne verschwunden war, führte er Julia etwa fünf Minuten lang durch verschiedene sich windende Gäßchen und zog sie dann in einen dunklen Hauseingang. Kaum hatte er leise angeklopft, als eine Frau mit einer Kerze in der Hand die Tür öffnete.

«Bis morgen am Bahnhof», sagte er kurz und verschwand in der Dunkelheit.

Die Frau war sehr freundlich und nötigte ihr Tee und Gebäck auf. Allerdings verstand sie kein Wort von dem, was die Frau sagte, denn sie plapperte munter auf kantonesisch drauflos. Julia antwortete auf Schanghai-Chinesisch, was ungläubiges Lächeln im Gesicht ihrer Gastgeberin hervorrief, und als Julia versuchte, sich in Mandarin zu verständigen, erstickte ihre Gastgeberin fast vor Lachen über die unmögliche Ausländerin, die den unmöglichen Dialekt des Nordens sprach.

Mit einemmal neigte sie lauschend den Kopf, legte Julia die Hand auf den Ärmel und nickte ihr zu. Julia folgte ihr zu einer Hintertür, wo der Kleine Pao mit einem billigen Pappkoffer und einem kleinen Strohköfferchen wartete. Er hielt sich im Schatten der oberen Stockwerke und schritt rasch aus. Julia folgte ihm.

«Die Leibwächter brauchen nicht zu wissen, wo wir wirklich sind», sagte er.

«Nicht einmal ich habe den leisesten Schimmer, Pao.»

«Um so besser. Ohnehin bleibt die Sicherheitsbeamtin in ihrem Zimmer im Gästehaus, und der Mann steht bis morgen abend vor ihrer Tür Wache. Bis dahin sind wir in Sicherheit – oder tot.»

«Trauen Sie den beiden nicht?» Julia ging rascher, um mit ihm Schritt zu halten. «Nach allem, was sie bisher getan haben?»

«Doch, ich traue ihnen, aber nur solange sie keinen Kontakt mit dem Büro für Auswärtiges aufnehmen. Wenn sie dann erfahren, daß Tschou En-lai es sich anders überlegt hat, was ja durchaus möglich ist . . . Wir gehen auf jeden Fall über die Grenze.»

«Wir? Kommen Sie mit, Pao? Sie geben alles auf, wofür Sie –»

«Nehmen Sie mal an, er gibt nach, Julie. Was dann?»

Schweigend folgte sie ihm durch die Dunkelheit. Die mittelalterlichen Gäßchen waren menschenleer, aber durch Türritzen drang Licht, und aus offenen Fenstern hörte man Menschen laut miteinander sprechen, obwohl es mitten in der Nacht war. Kanton war längst nicht so verschlossen wie der Norden, eher eine Art chinesisches Neapel.

Der Kleine Pao trat unvermittelt in einen Innenhof, machte sich mit einem Schlüssel zu schaffen und führte Julia eine steile Treppe empor, die kaum breiter war als seine Schultern. Es roch nach Knoblauch, Essig und verbranntem Zucker, aber auch Modergeruch lag in der Luft. Nachdem sich Pao vergewissert hatte, daß die Schlagläden geschlossen waren, entzündete er eine Kerosinlampe. In ihrem Licht erkannte man Plüschsessel und einen mit Perlmutt eingelegten Tisch. Pao goß aus einer riesigen Thermosflasche Tee ein und hob dann Weiden- und Bambuseinsätze mit Kanton-Klößen aus einem noch größeren Warmhaltegefäß.

«Erst essen wir einmal.» Er nahm ein Paar Eßstäbchen aus Bambus zur Hand. «Dann können wir reden.»

«Wir können auch beides gleichzeitig tun», antwortete Julia. «Wohin gehen wir von hier aus?»

«Zum Bahnhof, damit wir den Sechs-Uhr-Zug bekommen. Das ist der erste. Im Schlafzimmer liegt ein Kleid für Sie bereit. Sie müssen sich so alt wie möglich machen. Streichen Sie sich das Gesicht ganz dick mit Make-up ein, als ob Sie viele Falten verbergen wollten.»

«Das muß ich ohnehin», gab sie zurück. «Doch was ist der Sinn der Sache?»

«Sie überqueren die Grenze als Miss Ethel McMurtry Phillips. Sie sind eine ältere englische Missionshelferin aus einem Dorf in den Bergen der Provinz Kiangsi, die soeben des Landes verwiesen worden ist. Ich komme wie gewöhnlich als Kuli mit und trage Ihr Gepäck.»

Julia lächelte unsicher und fragte: «Woher um alles in der Welt haben Sie einen Paß für Miss Ethel McMurtry Phillips?»

«Darum hat sich Tommy schon vor einer Woche gekümmert.» Während er das sagte, schob er sich beiläufig einen Kloß in den Mund. «Er meinte, wir könnten einen Paß für Sie gut brauchen und hat ihn hergeschickt. Er enthält sogar ein Foto nach einer alten Aufnahme von Ihnen.»

«Aha», sagte Julia, «das erklärt die Sache.» Dann erstarrte sie. «Sagten Sie, *Tommy* hat ihn geschickt? Dann geht es ihm ... geht es ihm gut?» Ihre Stimme überschlug sich. «Und er ist in Hongkong? Ach, Pao –»

«Bitte seien Sie still, sonst haben wir gleich die Polizei auf dem Hals. Es tut mir leid, ich hätte Sie nicht so überraschen dürfen.»

«Mein lieber Pao, auf diese Weise dürfen Sie mich jederzeit überraschen.» Sie beugte sich zu ihm und gab ihm einen Kuß auf die Wange. «Ich wußte es doch. Ich wußte es, als Sie mir sagten, ich könne hoffen. Und geht es ihm wirklich gut? Ich bin ja so glücklich! Warum haben Sie das nicht früher gesagt? Warum haben Sie mich denn nur so auf die Folter gespannt?»

«Was wir vorhaben, ist Teil eines sehr komplizierten Plans, Julie. Ich hätte Ihnen jetzt auch noch nichts davon sagen dürfen. Es ist eine lange Geschichte.»

«Wir haben viel Zeit. Es langweilt mich bestimmt nicht.»

«Es ist fast zwei Uhr morgens, Julie. Ich muß unbedingt sofort versuchen, zu Tschou En-lai durchzukommen. Von Tommy erzähle ich Ihnen dann später. Beten Sie, daß mir Tschou die richtige Antwort gibt.»

«Sie können ihm versichern, daß ich nichts sage, wenn ich das Land verlasse. Wie könnte ich?»

«Und wie soll ich ihn davon überzeugen, daß es Ihnen damit ernst ist?»

Pao glitt zur Tür hinaus, und einen Augenblick später hörte sie ihn mit lauter Stimme sprechen. Ärgerlich war nur, daß sie kein Wort verstand.

Zum erstenmal überließ sich Julia völlig ihrer Freude. Jetzt *wußte* sie, daß ihr Mann lebte. Er hielt sich in Hongkong auf, ganz in der Nähe, und schon morgen würde sie ihn sehen! Alles andere war unerheblich. Wenn sie die Grenze überschritt, würde sie nicht den besten Teil ihres Lebens hinter sich lassen, wie sie es noch gestern befürchtet hatte, sondern ihr Leben neu beginnen.

Sie betete jetzt tatsächlich, wie der Kleine Pao halb im Scherz angeregt hatte. Ein Wort ihres alten Freundes Tschou En-lai würde genügen, und sie wäre in Hongkong in Sicherheit. An Paos Fähigkeit, sie auf jeden Fall über die Grenze zu bringen, zweifelte sie keine Sekunde. Was aber, wenn ihn Tschou En-lai anwies, sie festzuhalten? Vielleicht wurde er im Nebenzimmer, von wo aus er nach Peking telefonierte, bereits von widerstreitenden Gefühlen hin und her gerissen.

Mit angehaltenem Atem lauschte sie. Sie hörte ihn nicht mehr sprechen. Dann kam er mit gleichmütigem Gesichtsausdruck wieder herein. Er sprach nicht sofort.

«Nun, Pao», drängte sie, «was hat er gesagt?»

«Ich bin zwar durchgekommen, aber der Premier ist nicht erreichbar. Ich habe gesagt, daß ich es in einer Stunde noch einmal versuchen werde.»

Voll Trübsinn dachte sie daran, daß es von Tschou En-lais Standpunkt so aussehen mußte, als wende er einer tickenden Zeitbombe den Rücken zu, wenn er sie gehen ließ. Dankbarkeit für ihre der Revolution erwiesenen Dienste mochte ihn bisher dazu bewegt haben, sie zu verschonen, aber Dankbarkeit war in diesen Zeiten ein verderbliches Gut.

«Also warten wir», sagte sie. «Sonst können wir ja wohl nichts tun?»

«Nein, Julie. Ich versuche inzwischen, mir zu überlegen, was ich tun soll, falls ich ihn nicht erreiche.»

«Dann müssen Sie Ihre zuletzt erhaltene Anweisung befolgen», erklärte sie. «Mich aus dem Land schaffen, bevor mich Tschou En-lais Feinde ... zum Schweigen bringen können oder mich gefangennehmen und zu Aussagen gegen ihn zwingen. Es ist heutzutage leicht, Menschen dazu zu bringen, daß sie sagen, was man von ihnen hören möchte, nicht wahr?»

«Sehr leicht, Julie», stimmte er zu.

«Bitte sagen Sie mir doch alles, was sie über Tommy wissen. Vielleicht hilft es Ihnen ja auch, sich zu entscheiden.»

«Es tut mir leid, aber wir mußten Sie wirklich im Ungewissen lassen. Das fand auch Tommy. Als es zum Bruch kam, hatten Sie bereits mit Ihrer Vorstellung begonnen, waren dabei, laut den Ruhm des Neuen China hinauszuposaunen und standen im Rampenlicht der Öffentlichkeit. Also konnten wir Ihnen da nichts sagen.»

«*Mir* konnte Tommy nichts sagen?» fragte Julia entsetzt. «Aber er wußte doch, daß ich unter keinen Umständen –»

«Er hatte kein Recht, darüber zu entscheiden, ob das Geheimnis preisgegeben werden durfte oder nicht. Es gibt eine Gruppe in der Partei, die sich darum bemüht, unsere Verbindungen zur Außenwelt aufrechtzuerhalten. Sie will nicht, daß China ganz und gar zu einer sowjetischen Kolonie wird. Deng Hsiao-ping, der neue Vizepremier, ist einer unserer Führer. Premier Tschou En-lai darf uns nicht unterstützen, jedenfalls nicht offen. Der ‹Scharfrichter› Kang Scheng und seine Gruppe neigen stark den Sowjets zu – und sie haben Rückendeckung durch den Vorsitzenden Mao. Es geht um eine Grundsatzentscheidung in der Politik und um einen Machtkampf. Der Preis ist das Amt des Premiers.»

Der Kleine Pao füllte die winzigen Teetassen erneut aus der großen Thermosflasche. «Die Bande des ‹Scharfrichters› hat Tommy von Anfang an verdächtigt. Schon wegen seiner Verbindungen zu Joshua Haleevie, aber auch weil ihn der Generalissimus 1927 freigelassen und seine Schwester sich so glühend für die Sache der Nationalisten eingesetzt hat. Davon, daß er mit einer Amerikanerin verheiratet ist, wollen wir gar nicht reden, Sie verstehen schon. Aber Tommy stand unter Tschou En-lais Schutz, und daher mußten sie sich mit den üblichen Nadelstichen begnügen. Als erstes haben sie sich Haleevies entledigt. Sie werden sich erinnern, daß das einfach war. Alle Ausländer, die nicht wie Sie für uns arbeiteten, wurden vertrieben. Haleevie haben sie lange erpreßt und gezwungen, Beträge zu zahlen, die er angeblich schuldete, Gehälter, die er angeblich nicht gezahlt hatte. Auf diese Weise wollte man ihn gleichzeitig für die verbrecherische Ausbeutung der Volksmassen durch seine Familie büßen lassen.»

Mit wegwerfender Handbewegung nahm Pao eine von Julias Zigaretten. «Das wissen Sie alles selbst. Es ist die übliche Behandlung von Ausländern. Bei Tommy lagen die Dinge anders; er war eine härtere Nuß. Selbst wenn sie seine Beziehungen zum britischen Geheimdienst beweisen konnten, hatte er immer noch die Möglichkeit zu behaupten, er habe auf Befehl gehandelt. Auf jeden Fall hätte ihn der Premier unterstützt, denn Tommy Vorwürfe zu machen, hätte bedeutet, daß er sich selbst schadete. Also hat der ‹Scharfrichter› einen Umweg gewählt und behauptet, Tommy habe die Parteidisziplin mißachtet und sich in seiner Praxis sowie bei der Verwaltung des verbleibenden Vermögens der Familie Howe der Korruption schuldig gemacht.»

«Und dann ist er plötzlich verschwunden», fiel ihm Julia ins Wort. «Ich hatte keinerlei Nachrichten von ihm, wußte nicht einmal, auf welche Weise er verschwunden war.»

«Das war einfach, Julie. Das alte Guerillanetz funktioniert in Notfällen noch immer ganz gut. Ich habe Tommy über die Grenze nach Hongkong geschafft, weil ich dachte, daß er dort mehr für China tun könnte als hier im Land. Wir brauchten dort jemanden, der das Vertrauen der Briten hatte. Es war meine Entscheidung, und ich würde es wieder tun. Aber Ihnen konnten wir nichts sagen, das verstehen Sie doch?»

Die Art, wie er sich bemühte, seine Handlungsweise vor ihr zu rechtfertigen, verhieß nichts Gutes. Wenn er es für nötig hielt, ihr so gründlich zu erläutern, warum er seinen Mitverschwörer gerettet hatte, würde er bestimmt davor zurückscheuen, sie gegen ausdrückliche anderslautende Anweisungen über die Grenze zu schmuggeln.

«Ich habe mich entschlossen, Pao.» Erst während sie sprach, überlegte sie, was sie sagen wollte. «Ich sage nichts über die Schattenseiten des Neuen China, wenn ich aus dem Land gelange. Es würde mich ohnehin nur als Närrin und Opportunistin erscheinen lassen.» Es war unerläßlich, ihn davon zu überzeugen, daß er ihr auf jeden Fall helfen mußte. «Statt dessen werde ich wie immer mit Tommy zusammenarbeiten.»

«Julie, warum wollten Sie überhaupt das Land verlassen?» fragte der Kleine Pao vorsichtig. «Daß Sie es jetzt wollen, ist klar, denn Sie haben keine Wahl mehr, seit der ‹Scharfrichter› hinter Ihnen her ist. Aber warum wollten Sie es vorher? Sie wußten doch gar nicht, was mit Tommy war?»

«Ich habe, offen gesagt, angenommen, er sei irgendwo im Landesinnern. Ich dachte, daß ich ihn zurücklassen müßte. Da ich durch mein Bleiben nichts mehr für ihn tun konnte, hoffte ich, aus dem Ausland etwas für ihn erreichen zu können.» Sie warf dem Kleinen Pao ein schiefes Lächeln zu. «Irgendwie war mir klar, daß ich gehen mußte, als man die Avenue Edward VII. in Yenan Lu umbenannt hat. Das kennzeichnete das Ende einer Epoche, einer Epoche, der ich angehört hatte. Da wußte ich, daß ich nichts mehr tun konnte. Alles lag nun in den Händen der Chinesen; Ausländer waren nur im Weg.»

«Und was ist mit denen, die geblieben sind? Das sind bestimmt noch mehrere Dutzend. Sie sind nach wie vor überzeugt, daß sie helfen können.»

«Ich konnte mich der Sache nicht vollständig ausliefern und zur Marionette werden, tanzen, wenn die Partei die Fäden zog, und ihr nach dem Mund reden. Außerdem konnte ich nicht länger Dinge rechtfertigen, die offenkundig schlecht für das Land sind, wie beispielsweise der Kampf gegen die Fünf Übel. Und dann der Einfall in Südkorea! China holt für Moskau die Kastanien aus dem Feuer und verbrennt sich dabei die Finger. Die Geschichte mit Korea hat den wirtschaftlichen Fortschritt gehemmt und den sowjetischen Einfluß gestärkt. Es wird schwer werden, das Joch der Sowjetunion jemals wieder abzuschütteln. Wie kann jemand den Vorsitzenden Mao davon überzeugen, daß sein einseitiges Vertrauen zu den Sowjets der größte Fehler ist, den er begehen konnte? In Wirklichkeit müssen wir doch alle . . .»

Der Kleine Pao hob die Hand und sagte: «Genug, Julie! Sie

haben mich davon überzeugt, daß Ihre Beweggründe untadelig sind. Jetzt muß ich Premier Tschou überzeugen. Ich werde ihn noch einmal zu erreichen versuchen.»

Diesmal blieb er beinahe eine halbe Stunde fort, und Julia hörte nur ein leises Murmeln. Offenkundig war die Verbindung besser als beim erstenmal, so daß er nicht so laut zu sprechen brauchte. Anfänglich freute sie sich über seine lange Abwesenheit – immerhin hatte man ihm nicht kurzum die Anweisung erteilt, sie festzuhalten. Doch warum mußte er so lange mit dem Premier feilschen?

Als er zurückkehrte, schüttelte er mit düsterem Gesicht den Kopf. «Tschou ist nirgendwo zu finden», sagte er. «Ich versuche es erneut, bevor wir aufbrechen. Aber viel Zeit bleibt uns nicht mehr.»

Julia fragte nicht, wofür er dann so lange gebraucht habe, sondern lächelte ihm ermunternd zu. Dann ging sie ins Nebenzimmer, um sich in Miss Ethel McMurtry Phillips zu verwandeln. Das sackartige dunkelbraune Baumwollkleid, das sie dort auf dem Bett vorfand, verdankte der Kunst eines Zeltmachers weit mehr als der eines Schneiders.

Die geheimen Scharfrichter warteten, als um vier Uhr morgens Julias Trischa vor dem Hauptbahnhof von Kanton anhielt. Ihre braunen Uniformjacken waren makellos und ihre Gesichter frisch rasiert. Die Augen aber, mit denen sie die Menschen um sich herum musterten, waren rotgerändert.

Obwohl sich Julia schrecklich verletzlich vorkam und sich nie einsamer gefühlt hatte, mußte sie diesen letzten Abschnitt ihrer Reise allein bewältigen. Welche Verkleidung auch immer er gewählt hätte, das Auftauchen des Kleinen Pao wäre ein Signal dafür gewesen, daß sie in der Nähe war, denn die Männer des Scharfrichters hielten Ausschau nach einer von einem kleinen hinkenden Chinesen begleiteten Ausländerin. Allein konnte sie sich vielleicht unter andere Ausländer mischen, die gegenwärtig aus China ausgewiesen wurden. Unmittelbar hinter ihr betraten drei dunkelblau gekleidete Nonnen das Bahnhofsgebäude, und ein weißrussisches Paar in

Mänteln aus mandschurischem Eichhörnchenfell wartete an der Paßkontrolle.

Julia beugte sich nieder, um den Bindfaden neu zu verknoten, der ihren stark mitgenommenen Pappkoffer zusammenhielt. Ihr kostbarer Lederkoffer und ihre krokodilledernen Reisetaschen wären zu verräterisch gewesen.

Wie konnte sie nur an Gepäck denken, während die stumpfen Augen der geheimen Scharfrichter sie musterten! Wer auch immer Ethel McMurtry Phillips sein mochte, zweifellos war sie ein sehr nervöser Mensch. Um das glaubhaft darzustellen, brauchte sich Julia nicht zu verstellen. Schwerfällig nahm sie Pappkoffer und Strohköfferchen in die Hand und ging zur Paßkontrolle.

Einer der Gehilfen des ‹Scharfrichters› trat gelangweilt neben den Paßbeamten und nahm ihm Julias neuen englischen Paß aus der Hand. Er klappte ihn nachlässig auf und betrachtete aufmerksam das unscharfe Foto. Eine halbe Minute lang gingen seine Augen wiederholt zwischen ihrem Gesicht und dem Bild hin und her. Wie es sich für eine demütige Missionshelferin geziemte, senkte Julia den Blick. Doch dann hob sie den Kopf und sah dem Mann unverwandt in die Augen – wie überhebliche Ausländerinnen das zu tun pflegten.

Vermutlich besaß der Mann ein gutes Foto von ihr. Um so besser! Dann würde er nach Ähnlichkeiten Ausschau halten. Und die einzigen erkennbaren Ähnlichkeiten zwischen der eleganten Julia Howe und der Landpomeranze Ethel McMurtry Phillips bestanden darin, daß beide aus dem Ausland stammten und weiblichen Geschlechts waren. Im übrigen lagen Welten zwischen ihnen. Das sackähnliche Kleid, das sie wie eine Persenning umschloß und ihr bis fast zu den Knöcheln reichte, die dicken Wollstrümpfe und ihre alten Wanderschuhe, über die Tommy immer gespottet hatte, machten einen anderen Menschen aus ihr. Um den Kopf trug sie ein verschossenes blaues Baumwolltuch.

Überdies stand Ethel McMurtry Phillips eindeutig im Begriff, ihren langen erbitterten Kampf gegen das Alter zu verlieren. Ihr Gesicht war vom Haaransatz an abwärts dick mit

Make-up beschmiert. Hinter ihren Brillengläsern starrten die Wimpern von schwarzer Wimperntusche. Für die Lippen hatte sich Julia einen grellroten kleinen schmierigen Kußmund ausgedacht, und die runden roten Flecken auf ihren Wangen vervollständigten das Bild einer verklemmten alten Jungfer, die sich noch immer nach einer Bilderbuchromanze zu sehnen schien.

Der Scherge gab Julias festen Blick zurück. In seinen Augen erkannte sie den Respekt dem Alter gegenüber, den kein Chinese je ganz ablegen konnte, in ihm lag aber auch der Fremdenhaß und die Verachtung von Frauen. Als er dem Paßbeamten ihren Paß zurückgab, griff diese Verachtung kalt nach Julias Herzen. Aber hatte sie nicht genau das erreichen wollen – daß er es gar nicht für erforderlich hielt, Kenntnis von ihr zu nehmen?

Erneut müde aufseufzend, hob sie ihr Gepäck und nahm die nächste Etappe des Wegs durch den bürokratischen Dschungel in Angriff, den es auf dem Weg zum Zug nach Hongkong zu bewältigen galt. Ohne Zwischenfälle brachte sie Währungs- und Zollkontrolle sowie die Überprüfung durch die Sicherheitspolizei hinter sich. Ihre Koffer in den Händen, ging sie schwerfällig die Rampe zum Bahnsteig hinunter. Unter dem langen Baumwollkleid konnte zum Glück niemand sehen, wie ihre Beine zitterten.

Der schmuddelige Waggon zweiter Klasse war nach ihrem luxuriösen Abteil im Expreß von Schanghai nach Kanton das reinste Fegefeuer. Jedesmal, wenn der Personenzug anhielt – und das tat er auf der einhundertfünfzig Kilometer langen Strecke rund zwei Dutzend Mal – wurde sie auf der Holzbank hin und her geschüttelt.

Dennoch fürchtete sie die Ankunft am Grenzfluß Schamtschon, die gegen vier Uhr am Nachmittag stattfinden würde. Die Kontrolle dort würde noch weit schärfer sein als die in Kanton. Schließlich würde sie ihr Gepäck dann etwa fünfzig Meter weit über die gedeckte Brücke auf britisches Gebiet tragen müssen.

Seit der Befreiung mußten alle Reisenden nach und von

Hongkong an der Grenze umsteigen. Das war eine politische Maßnahme. Die Schweine und das Gemüse, die sie gestern hatte einladen sehen, konnten im Zug bleiben und ungehindert passieren. Das war eine Frage des Geschäfts.

Der letzte Grenzposten in einer schlechtsitzenden Uniform mit roten Kragenspiegeln winkte Julia lässig weiterzugehen. Hinter ihr lagen die ermüdenden Formalitäten der Ausreise aus China, die nahezu zwei Stunden gedauert hatten. Jedes Kleidungsstück in ihrem Gepäck war betastet worden, zum Glück von männlichen Zollbeamten, die nicht imstande waren, den gewaltigen Qualitätsunterschied zwischen dem zu erkennen, was sie auf dem Leib trug und dem, was sie im Gepäck hatte. Sie selbst war von einer Zollbeamtin abgetastet worden, damit sicher war, daß sie auch an ihrem Körper keine Schmuggelware mit aus dem Land nahm.

Julia sah zurück zu dem Grenzposten. Er stand unter der leuchtendroten Fahne der Volksrepublik China mit ihren fünf gelben Sternen. Von der Schulter hing ihm eine Maschinenpistole. Am anderen Ende der gedeckten Brücke, jenseits des seichten Schamtschon, sah sie die englische Flagge über einem getünchten kantigen Gebäude wehen. Neben ihm standen zwei Polizisten in blitzsauberen Khaki-Shorts und -Hemden. Von ihrem Gürtel hingen schwarze Pistolentaschen.

Julia sah erneut zurück, entschlossen, ihrem Gedächtnis den letzten Blick auf China unauslöschlich einzuprägen. Plötzlich kamen ihr die Tränen. Wie durch einen Schleier sah sie den Grenzwächter gelangweilt einem Kuli zuwinken, dessen biegsame Tragstange aus Bambus unter dem Gewicht von fünf großen Lederkoffern auf und ab wippte. Hinter dem breiten Grinsen des Mannes erkannte sie das Gesicht des Kleinen Pao.

Schon als er sie in der Trischa zum Bahnhof geschickt hatte, nachdem er zum drittenmal den Premier am Telefon nicht hatte erreichen können, hatte sie geahnt, daß er sie keinesfalls ohne Abschied gehen lassen würde. Wortlos lächelnd beschleunigte er seinen Schritt, um sie einzuholen. Als sie die Brücke beinahe zur Hälfte hinter sich hatten, sah er zu dem gelangweilten Grenzwächter zurück und sagte leise: «Lassen Sie den kleinen Koffer fallen, so daß alles herausrollt.»

Ohne über die Aufforderung nachzudenken, gehorchte sie. Tuben, Fläschchen, Bürsten und sonstige Kosmetikartikel kullerten über die rauhen Bretter der gedeckten Brücke. Der Kleine Pao kniete sich neben sie, um ihr beim Einsammeln zu helfen, und sagte: «Ich mußte Ihnen unbedingt auf Wiedersehen sagen, Julie. Der Himmel weiß, wann wir uns noch einmal begegnen.»

«Sie kommen nicht mit? Nein, natürlich nicht. Jetzt ist das ja nicht mehr nötig. Man hat Ihnen nicht den ausdrücklichen Befehl erteilt, mich dort zu behalten. Sie hatten keine Gelegenheit, mit Tschou En-lai zu sprechen, nicht wahr?»

«So einfach ist die Sache nicht, Julie.» Er ließ zwei Lockenwickler durch seine Finger gleiten, so daß sie fortrollten. «Ich habe mit seinem Sicherheitsbeauftragten gesprochen, und er hat mich angewiesen, Sie festzuhalten. Deshalb bin ich gekommen – ich wollte mich davon überzeugen, daß Sie es schaffen. Ich hatte Sorge, Ihre verdammten Leibwächter würden durch das Büro für Auswärtige Angelegenheiten doch noch Wind von der Sache bekommen. Aber jetzt sind Sie in Sicherheit.»

«Und was ist mit Ihnen, Pao?» fragte sie. «Werden Sie keine Schwierigkeiten bekommen, weil Sie sich dem Befehl widersetzt haben? Wäre es nicht besser, wenn Sie mitkämen?»

«Ich nehme meine Befehle von Premier Tschou entgegen – und von niemandem sonst. Kein hergelaufener Beamter kann mir sagen, was ich zu tun und zu lassen habe.» Er sah zu dem selbstgefällig wirkenden Grenzwächter hinüber. «Julie, ich muß zurück. In unserem Land entwickeln sich die Dinge immer mehr zum Schlechten, aber eines Tages wird es auch wieder besser werden. Ich muß zurück und meinen Beitrag dazu leisten, daß dieser Tag möglichst bald kommt. Auf die Dauer wird sich unsere Revolution als das beste erweisen, das China in zweitausend Jahren widerfahren ist. An jenem Tag werden Sie und Tommy als unsere geehrten Gäste zurückkehren. Bis dahin muß ich mich verabschieden. Wir werden einander wiedersehen.»

Er legte die letzten Döschen in das Strohköfferchen und übergab es ihr mit einer galanten Verbeugung. In aller Öffentlichkeit konnte sie ihm unmöglich einen Kuß geben, aber sie sahen einander einen Moment unverwandt an.

Der Kleine Pao spürte schon, bevor er aufsah, daß am chinesischen Ende der Brücke eine Unruhe entstanden war. Julia schien völlig in Gedanken verloren.

«Schnell, Julie, laufen Sie!» schrie er. «Sie sind hinter Ihnen her!»

Sie nahm ihr Gepäck auf und sah ihren Leibwächter am Grenzposten vorbeirennen, gefolgt von seiner Kollegin, jetzt wieder in ihrer blauen Baumwolluniform. Hinter ihr nahmen zwei Grenzwächter ihre Maschinenpistolen von der Schulter.

Julia eilte, so schnell sie konnte, der Sicherheit des britischen Grenzpostens entgegen. Aus dem getünchten Gebäude tauchten sechs Beamte der Polizei von Hongkong auf und näherten sich im Laufschritt. Sie hörte, wie der Kleine Pao, Entschuldigungen murmelnd, ihre Verfolger mit seiner Tragstange und den daran befestigten Koffern behinderte, so gut er konnte.

Julia verfing sich mit dem Schuh in einem Spalt zwischen den Brettern und strauchelte. An der Spitze der Polizisten lief ein hochgewachsener Mann, dessen Gesicht unter dem schwarzen Schirm seiner Mütze nicht zu erkennen war. Der schwere Koffer machte es Julia unmöglich, ihr Gleichgewicht wiederzugewinnen, und der hochgewachsene Mann streckte einen Arm aus, um sie aufzufangen.

Sie fiel schwer gegen ihn, einen Augenblick von dem Anprall benommen. Als sie den Blick hob, blickte sie in Tommys Augen. Sein Gesicht war starr. Offensichtlich war er zu bewegt, um lächeln oder etwas sagen zu können.

«Tommy!» murmelte sie schließlich. «Tommy, Liebster! Ich wußte, daß du kommen würdest.»

«Jetzt ist es gut, Julie, alles ist gut», sagte er schließlich. «Du bist in Sicherheit . . . endlich.»

Nach längerer Pause fragte sie verzagt: «Was wird aus dem Kleinen Pao?»

Die Polizisten Hongkongs hatten eine Kette quer über die Brücke gebildet. Zwei Grenzwächter der Volksrepublik riefen ihnen etwas Unverständliches zu, während ein dritter den Kleinen Pao am Arm gepackt hielt.

«Mach dir um ihn keine Sorgen», tröstete Tommy sie. «Er wird sich schon aus der Schlinge ziehen. Vermutlich wird er ihnen klarmachen, daß er versucht hat, dich festzuhalten. Sein Rang als General wird ihm sicher zustatten kommen.»

Ein Polizeibeamter nahm Julias Gepäck, und sie schritt neben Tommy dem Schutz der britischen Flagge entgegen. Ein rotgesichtiger Engländer winkte sie in das kühle Innere des Grenzhauses. Drinnen spielte leise ein Radio.

Tommy legte die Arme um Julia und zog sie an sich. Sie klammerte sich an ihn. Er küßte sie lange.

«Julie», murmelte er.

Zum erstenmal seit einem Jahr konnte sich Julia ihren Gefühlen einfach hingeben. Endlich brauchte sie sich nicht mehr zusammenzunehmen. Tränen stiegen ihr in die Augen, und obwohl sie ihm etwas zu sagen versuchte, brachte sie kein Wort heraus. Sie merkte, daß sie am ganzen Körper zu zittern begann. Es wurde immer stärker.

«Tom . . . Tom . . .» brachte sie schließlich stotternd heraus. «Es ist alles zu Ende . . . alles, woran wir geglaubt haben . . . all unsere Arbeit . . . und China. Alles . . . alles ist zu Ende.»

Tommy, der einen hysterischen Anfall befürchtete, packte sie fest an den Schultern, aber sie zitterte nur um so stärker.

«Schluß, Julie. Schluß jetzt!» befahl er. «Es ist nicht alles zu Ende. Noch lange nicht!»

Mit verzweifeltem, tränenüberströmtem Gesicht sah sie ihn an. Er mußte sie ablenken, fuhr es ihm durch den Kopf, ganz gleich womit, damit nur dieses Zittern aufhörte. Er dreht das Radio lauter, und ein Lied hallte durch den kahlen Betonbau: «. . . möchte dich auf einem Schiff nach China bringen, nur dich ganz allein.»

«Hör nur, Julie!» rief er. «Hör nur, was sie spielen. ‹Das Schiff nach China›!»

Sie lächelte düster und sagte: «Gott sei Dank, daß ich dich

wiederhabe ... Aber es ist vorbei, Tommy. Wir werden nie zurückkehren.»

«Doch, Julie. Bestimmt. Auf welchem Weg auch immer, ob mit dem Schiff, der Bahn oder im Flugzeug – wir werden nach China zurückkehren!»

Robert S. Elegant

Robert S. Elegants große und erfolgreiche Romane erzählen von den Ränken und Feindschaften, von der Jagd nach Glück und Geld in den mächtigen Familien Chinas. **Robert S. Elegant**, der selbst lange Jahre als Korrespondent in Hongkong lebte, gewährt damit einen tiefen Einblick in die Geschichte, die politischen Geschicke und die uralte Kultur dieses riesigen und nach wie vor geheimnisvollen Reichs der Mitte.

Die Dynastie *Roman*
(rororo 5000 und als gebundene Ausgabe)
In Hongkong, der brodelnden Hafenstadt am Gelben Meer, einst Tor zum rätselhaften Reich der Mitte, heute Brückenkopf des Handels zwischen Ost und West, spielt diese große, sieben Jahrzehnte umspannende Geschichte eines Familien-Clans: Liebe und Feindschaft, Reichtum und Macht und der beispiellose Aufstieg eines Handelshauses.

Mandarin *Roman*
(rororo 5760 und als gebundene Ausgabe)
In der zweiten Hälfte des vergangenen Jahrhunderts erfährt der jüdische Kaufmann Saul Halevie das Ränkespiel am chinesischen Kaiserhof. Im Reich der Mitte herrscht Aufruhr, doch ändert sich wenig an den Spielregeln der Korruption: Ohne Geld geht nichts in China, mit Geld alles. Ein Roman voller unschätzbarer kulturgeschichtlicher Details und dramatischer Szenen.

rororo Unterhaltung

Mandschu *Roman*
(rororo 5484)
Im 17. Jahrhundert gerät China in schwere Bedrängnis. Die Macht des altehrwürdigen Herrscherhauses der Ming ist ausgehöhlt durch Korruption und Intrigen. Vor den Toren der großen Städte im Norden stehen die Heere der Mandschu, und es ist nur noch eine Frage der Zeit, wann die «barbarischen Eroberer aus dem Norden», die Tataren, die Macht der Ming endgültig zerstören und die Herrschaft an sich reißen. «... ein historisch-exotisches Kolossalgemälde.» Hamburger Abendblatt

Im Rowohlt Verlag ist außerdem erschienen:

Sturm über Shanghai *Roman*
Deutsch von Alfred Hans
816 Seiten. Gebunden.

3217/1

Horizonte

Bruce Chatwin
In Patagonien *Reis in in ein fernes Land*
(rororo 12836)
Bruce Chatwin hat auf einer langen Reise dieses malerisch schöne, wilde Land am Ende der Welt erkundet.

Jimmy Burns
Jenseits des silbernen Flusses
Begegnungen in Südamerika
(rororo12643)
Fünf Jahre lang lebte Jimmy Burns in Buenos Aires und bereiste Argentinien, Brasilien, Peru, Ecuador, Bolivien und Chile.
Burns war 1988 Preisträger des Somerset Maugham-Award.

Eddy L. Harris
Mississippi Solo *Mit dem Kanu von Minnesota nach New Orleans*
(rororo 12646)

John Krich
Wo, bitte, liegt Nirwana? *Eine Reise durch Asien*
(rororo 12642)

John David Morley
Grammatik des Lächelns
Japanische Innenansichten
(rororo 12641)
Japan, das ist der Riß zwischen zwei Kulturen, die das Leben widersprüchlich und faszinierend zugleich durchdringen.

Charles Nicholl
Treffpunkt Café «Fruchtpalast»
Erlebnisse in Kolumbien
(rororo 1282)
«Eines der spannendsten Reisebücher überhaupt – und brillant geschrieben!» New York Times

rororo Unterhaltung

Stuart Stevens
Spuren im heißen Sand
Abenteuer in Afrika
(rororo 12647)

Theodore Zeldin
«Ich liebe das Leben, und das Leben liebt mich» *Was es heißt, Franzose zu sein*
(rororo 12644)
Mit Geist und Witz zeigt der international bekannte Historiker das bunte Spektrum des französischen Lebens.